Seule dans la nuit

KAREN ROSE

Seule dans la nuit

Traduit de l'anglais (États-Unis) par
PHILIPPE MORTIMER

Harper
Collins
POCHE

Titre original :
ALONE IN THE DARK

HARPERCOLLINS FRANCE

83-85, boulevard Vincent-Auriol, 75646 PARIS CEDEX 13
Tél. : 01 42 16 63 63

www.harpercollins.fr

ISBN 979-1-0339-0292-8

Aux membres du Starfish -
Cheryl, Chris, Kathy, Susan et Sheila.
Merci pour les longues heures d'amitié, de soutien
et, bien sûr, pour le comptage des mots !
Et pour Martin. Je t'aime.

À Linda Hurtado pour ses conseils sur le personnage de mon héros journaliste (Batman n'est pas mort).

Au Dr Marc Conterato, qui a toujours une réponse quand je lui dis : « J'ai besoin d'une blessure qui [remplir le blanc]. »

À Kay Conterato, Mandy Kersey, Sonie Lasker, Terri Bolyard et mon mari, qui viennent toujours à ma rescousse quand je suis en panne d'inspiration.

Au Starfish, qui veille à ce que je sois disciplinée et m'encourage à rester sur la bonne voie !

À Mike Magowan qui a répondu à toutes mes questions concernant les armes à feu.

À Tory et Kirk Smith, qui m'ont procuré le cadre de travail le plus agréable dont un auteur puisse rêver ! Ce fut tout simplement un flot de mots.

À Caitlin Ellis, qui m'a alimentée en thé et en repas à réchauffer au micro-ondes. Et en petits gâteaux.

À l'Urban Institute pour ses révélations aussi détaillées que sensationnelles sur la maltraitance liée au trafic d'êtres humains aux États-Unis. La lecture de ce rapport m'a changée pour toujours.

Et, bien sûr, toutes les éventuelles erreurs sont de mon seul fait.

Prologue

Cincinnati, Ohio
Mardi 4 août, 2 h 45

Où est-il ? Il m'a promis de venir.

Contrôlant sa panique, Tala jeta autour d'elle des regards furtifs. Mais elle ne vit que les habitants du quartier, qui vaquaient à leurs occupations. Évidemment, à cette heure de la nuit, celles-ci n'étaient ni morales ni honnêtes.

Personne ne l'avait aperçue. Personne ne l'avait suivie. Du moins, c'est ce qu'elle espérait.

Elle se tapit dans l'ombre de la ruelle et décida de lui accorder une autre minute d'attente. Il fallait qu'elle soit rentrée avant qu'ils ne s'aperçoivent qu'elle s'était éclipsée — si ce n'était pas déjà le cas.

Sinon… sa vie était finie. Littéralement. Et pas seulement la sienne. C'étaient tous les membres de sa famille qu'elle mettait ainsi en danger. Si elle se faisait attraper, ils pourraient le payer au prix fort.

Et pourtant, elle avait pris ce risque.

À cause du bébé.

Tout ce qu'elle faisait, elle le faisait pour la petite, qui souriait et gazouillait parce qu'elle n'était pas encore en âge de comprendre à quel point le monde était mauvais. Tala aurait vendu son âme pour que le bébé soit épargné, pour que sa fille ne soit pas aspirée dans cet enfer, comme elle, à l'époque où elle n'avait que quatorze ans.

Trois douloureuses années s'étaient écoulées depuis. Trois années qui lui avaient paru durer une vie entière. Trois années au cours desquelles le regard de sa mère s'était éteint, et qui avaient réduit à néant la fierté de son père — il n'était plus que l'ombre de lui-même. Ses parents étaient pétrifiés et impuissants, parce qu'ils avaient peur pour leurs enfants. Tala les comprenait. Mais elle savait aussi que la situation ne pouvait durer plus longtemps. Elle attendait donc le moment propice pour agir.

Et ce moment tant attendu était arrivé.

Venez, je vous en prie. Venez.

S'il ne venait pas, elle aurait fait tout cela pour rien.

Elle entendit un bruit de pas et se retourna. Son cœur se mit à battre à tout rompre tandis que ses yeux fouillaient désespérément l'obscurité. Un homme marchait vers elle. Grand, impressionnant. Tala serra les poings et se tint prête à fuir au cas où il ne serait pas celui qu'elle attendait.

Ses pas étaient lents. Prudents. Il leva ses mains ouvertes et dit :

— C'est moi. Tu n'as rien à craindre.

Le cœur de Tala ralentit. L'homme avait une très belle voix. C'était ce qui l'avait attirée, au début. Elle l'avait entendu chanter, assis au bord de l'étang du parc où elle était autorisée à promener un chien ridicule, dont le collier incrusté de diamants aurait suffi à nourrir la famille de Tala pendant une année entière. La mélodie était si émouvante qu'elle en avait eu les larmes aux yeux.

Ces larmes avaient débordé et ruisselé sur ses joues tandis qu'elle était restée là, debout, sans bouger. Ensuite, elle avait dû payer pour ce concert impromptu. Et elle l'avait payé très cher. Cependant, elle s'était arrêtée de nouveau pour l'écouter, chaque fois qu'elle promenait le chien et qu'elle voyait l'homme assis au bord du plan d'eau. Tous les soirs, pendant une semaine. Elle s'était fait attraper quelques jours auparavant. Et avait été punie encore plus cruellement.

Et pourtant… elle n'avait pas pu s'en empêcher. Cette voix l'avait captivée et rendue imprudente. Mais, alors même que son cœur chantait à l'unisson avec l'inconnu, elle n'avait pas articulé le moindre mot quand il s'était tourné vers elle, lui demandant pourquoi elle pleurait.

Elle ne lui avait jamais adressé la parole. Jusqu'à ce jour.

Elle espéra qu'elle n'était pas en train de commettre une erreur monumentale. Parce qu'elle s'apprêtait à mettre sa vie entre ses mains, et celle de tous les êtres qu'elle aimait.

— Oui, murmura-t-elle. Je suis là.

Il s'approcha, le visage encore dissimulé dans la pénombre.

— Je m'appelle Marcus. Dis-moi pourquoi tu pleures.

Marcus… Elle aimait ce prénom. Elle se fiait à cette voix enveloppante. Mais en sa présence, sa gorge semblait nouée. Le secret qu'elle dissimulait depuis si longtemps restait enfoui tout au fond d'elle-même. Les mots ne venaient pas. Elle eut un mouvement de recul.

— Excusez-moi. Je… je ne peux pas…

— Ne pars pas. S'il te plaît.

Il avança d'un pas, les mains toujours ouvertes et tendues vers elle, bien visibles.

— Comment t'appelles-tu ? demanda-t-il.

Elle déglutit avant d'articuler tout bas :

— Tala.

Un sourire encourageant se dessina sur les lèvres de Marcus.

— C'est un joli nom. Pourquoi pleures-tu, Tala ?

— Et vous, pourquoi pleurez-vous ?

Car elle l'avait vu pleurer, lui aussi. Elle avait vu ses larmes couler quand il se croyait à l'abri des regards.

Son sourire s'estompa.

— J'ai perdu mon frère. Il a été assassiné. Il n'avait que dix-sept ans.

Elle déglutit à nouveau.

— Moi aussi, j'ai dix-sept ans, fit-elle.

Il hocha la tête.

— Qu'est-ce que je peux faire pour toi, Tala ?

— Je… Je ne peux pas vous payer.

Il secoua la tête.

— Je n'ai pas besoin de ton argent. Je n'en veux pas.

C'est donc ça, songea-t-elle, comprenant subitement ce qu'il convoitait. La peur l'envahit, et elle recula encore. Puis elle se figea, redressa le menton. Elle se força à afficher un sourire sensuel et fit mine d'attraper l'homme par la taille, tendant les mains vers son jean noir.

— Je vois, murmura-t-elle. Je peux vous faire passer un bon moment…

Il cligna des yeux et parut choqué. Puis horrifié.

— Non, dit-il en faisant un pas en arrière. Tu n'as pas compris. Je ne veux rien de toi. Je ne cherche qu'à t'aider.

— Pourquoi ? Pourquoi voulez-vous m'aider ? Je ne suis rien.

Il secoua la tête à nouveau. Lentement. Tristement.

— Personne n'a le droit de dire une chose pareille, chuchota-t-il. Pourquoi est-ce que tu pleures ?

Cette voix à la fois chaude et grave la toucha au plus profond de son âme. Elle sentit les larmes monter.

— C'est dangereux, murmura-t-elle. Ils sont dangereux. Si on me trouve ici, ma famille pourrait mourir.

— De qui as-tu peur ?

— De l'homme. De sa femme. Ils…

Elle détourna les yeux et ajouta honteusement :

— Ils nous possèdent.

Marcus serra les mâchoires.

— Comment ? De qui parles-tu ?

À l'extrémité de son champ de vision, elle vit un rayon de lune se refléter sur une surface métallique — mais trop tard. Un éclair, une détonation assourdissante… cette douleur atroce au ventre… le contact rugueux de l'asphalte sur son visage…

— Tala ! hurla Marcus.

Mais sa voix semblait lointaine.

— Tiens bon, nom de Dieu ! Tiens bon !

Elle ne voulait pas mourir. Elle n'avait pas encore vécu.

Sa famille… Il fallait que Marcus sauve sa famille. Elle ouvrit la bouche pour le lui dire :

— Aidez Mala…

Ses lèvres remuaient mais ses mots étaient inaudibles. Elle n'avait plus de souffle. *Dis-lui. Dis-lui…* Elle se força à inspirer et mit toute son énergie pour prononcer ce mot dans un râle déchirant :

— Malaya…

Puis une seconde détonation retentit, et quelque chose de lourd chuta sur son corps. *Marcus… Il a été abattu, lui aussi.* Elle se sentit soudain incapable d'inspirer le moindre filet d'air.

Je vais mourir… Sa famille allait mourir. Et Marcus… Il avait voulu l'aider. Et maintenant, il allait mourir, lui aussi.

Chapitre 1

Cincinnati, Ohio
Mardi 4 août, 2 h 49

L'inspectrice Scarlett Bishop laissa exprès son blouson dans la voiture. En partie parce que la chaleur était trop forte et poisseuse pour se vêtir au-delà du strict minimum, mais surtout parce que ainsi son Glock — qu'elle portait habituellement caché sous son blouson — serait bien visible dans son holster latéral.

Elle n'était pas d'humeur à se laisser embrouiller, ce soir-là.

Elle jeta un regard aux alentours et fronça les sourcils en constatant que la rue était presque déserte. Les prostituées et les dealers étaient d'ordinaire très nombreux à proposer leurs services dans ce quartier interlope de la ville. Mais personne ne cherchait à y vendre quoi que ce soit, cette nuit-là, ce qui mettait Scarlett mal à l'aise. Il s'était passé quelque chose qui les avait fait fuir et se terrer dans leurs tanières. Quelque chose de grave.

Elle ne vit aucun signe de la présence de l'homme qui l'avait appelée et lui avait demandé de venir seule. Normalement, elle se serait méfiée et serait venue accompagnée. Mais la voix de cet homme… Elle ne l'aurait avoué à personne, mais l'entendre après tant de mois l'avait profondément émue. Le numéro qui s'était affiché sur l'écran de son portable ne lui disait rien, mais elle n'avait pas oublié cette voix, qui resterait gravée dans sa mémoire toute sa vie. Elle l'avait brutalement tirée d'un sommeil de plomb. Neuf mois s'étaient écoulés sans qu'ils aient échangé un seul mot. Et pourquoi se seraient-ils parlé ? La présence de Scarlett n'aurait fait que raviver la douleur de cet homme et de sa famille, en leur rappelant le décès tragique qui les avait frappés.

Mais cette nuit-là, il avait dit :

— Peut-on se voir ? Seul à seul ?

— Pourquoi ?

— C'est important.

— D'accord. Où ça ?

Mais il avait déjà raccroché. Un instant plus tard, elle avait reçu un texto lui indiquant le coin de rue où elle devait se rendre.

La dernière fois qu'il l'avait appelée ainsi à l'improviste, les informations qu'il lui avait communiquées l'avaient menée à quatre cadavres. C'est pourquoi elle n'avait pas hésité à accepter de le rejoindre. Mais il n'était nulle part en vue.

Les seuls signes de vie, dans cette rue, provenaient d'un couple de sans-abri, qui l'observaient avec un intérêt non dissimulé. Ils avaient élu domicile dans un renfoncement, à l'entrée d'un magasin dont la vitrine était condamnée par des planches. Scarlett sortit deux bouteilles d'eau du coffre de sa voiture et repéra trois autres personnes, qui l'épiaient aux fenêtres de l'immeuble d'en face. Elle tendit une bouteille à chacun des vieux clochards, qui s'apprêtaient à passer la nuit blottis l'un contre l'autre dans leur abri de fortune. Leurs quelques affaires étaient rangées dans le chariot de supermarché qu'ils partageaient. Tommy et Edna étaient des habitués. Scarlett les connaissait depuis des années.

— Il fait chaud, lança-t-elle.

— Une vraie canicule, acquiesça Tommy.

Il découvrit une rangée de dents blanches, qui contrastait avec sa peau foncée, tandis qu'il décapsulait la bouteille d'eau.

— Qu'est-ce que tu fais ici, à cette heure tardive, mam'selle Scarlett ? demanda-t-il en exagérant son accent du Sud lorsqu'il prononça ce prénom.

Scarlett le gronda gentiment tout en scrutant la rue, sans y déceler la moindre trace de l'homme qui lui avait donné rendez-vous :

— Et vous, Tommy, qu'est-ce que vous faites dehors par une telle chaleur ? Vous savez que ce n'est pas bon pour votre cœur.

Tommy lâcha un soupir théâtral.

— Mon cœur est déjà fichu, se lamenta-t-il. Et c'est toi qui l'as brisé, mam'selle Scarlett, quand j't'ai d'mandée en mariage pour la toute dernière fois.

Scarlett esquissa un sourire. Tommy était un filou, mais elle l'appréciait sincèrement.

— Si je vous épousais, ce serait encore pire pour votre cœur, objecta-t-elle. Vous ne pourriez plus me voir en peinture.

Tommy éclata de son rire éraillé de fumeur invétéré.

— Là, t'as pas tort, acquiesça-t-il.

Il leva un doigt et ajouta d'un ton catégorique :

— Et me demande pas de me faire soigner au Meadow. J'y suis déjà allé trois fois, cette semaine. Cette jolie docteur Dani m'a dit que je me portais comme un charme.

La femme de soixante-dix-sept ans qui était assise à côté de lui émit un grognement. Edna vivait dans les rues de Cincinnati depuis que Scarlett était dans la police.

— Il raconte souvent que des conneries, çui-là mais, là, il te baratine pas. Il y a vraiment été, au Meadow. Mais pas trois fois, une seule…

Scarlett haussa les sourcils.

— Et le docteur Dani a vraiment dit qu'il se portait comme un charme ? demanda-t-elle.

Edna haussa les épaules.

— Un charme très ancien, alors, marmonna-t-elle.

Le Meadow était le centre local d'accueil pour SDF, et « cette jolie docteur Dani », ou plus précisément Danika Novak, était médecin urgentiste et sœur du coéquipier de Scarlett, Deacon Novak. Dani consacrait presque tout son temps libre au centre d'accueil, où elle dispensait bénévolement ses soins, et elle avait convaincu la plupart de leurs amis communs, dont Scarlett, de venir l'aider.

Scarlett secoua la tête mais n'insista pas. Cela n'aurait servi à rien. Elle avait déjà trouvé à deux reprises un logement stable à Tommy et à Edna au cours des dernières années, mais ils revenaient toujours à la rue. Cela nuisait à leur santé mais pouvait, à l'occasion, être utile à Scarlett dans ses enquêtes. Le couple était une source fiable d'informations concernant ce quartier, qu'ils connaissaient mieux que quiconque.

Elle jeta un nouveau regard autour d'elle mais ne vit toujours aucun signe de l'homme qu'elle devait rencontrer.

— Vous n'avez rien entendu de louche, cette nuit ? demanda-t-elle aux deux sans-abri.

Edna enfouit la bouteille d'eau dans l'une des poches de la blouse qu'elle ne quittait jamais puis fit un geste vers la gauche.

— Faudrait que t'ailles voir à trois rues d'ici, par là, ma poule. Y a eu des coups de feu… Trois…

Scarlett sentit son cœur vaciller.

— Pourquoi est-ce que vous ne l'avez pas dit avant ?

— Parce que t'as pas demandé, répliqua Edna en haussant les épaules.

— Les coups de feu, c'est courant dans le secteur, expliqua Tommy. Au point qu'on fait plus gaffe, sauf si c'est sur nous qu'on tire, bien sûr.

Scarlett se radoucit et demanda :

— Quand est-ce que c'est arrivé ?

— Y a quelques minutes, répondit Tommy. Mais je sais pas exactement à quelle heure… J'ai pas de montre, ajouta-t-il en criant, car Scarlett s'était déjà mise à courir, la peur au ventre.

L'homme l'avait appelée treize minutes auparavant. S'il avait été abattu entre-temps, il était peut-être déjà mort. *Non, il ne faut pas qu'il soit mort. Je vous en supplie, mon Dieu, faites qu'il ne soit pas mort.*

Parvenue à la ruelle que lui avait indiquée Edna, elle

s'arrêta net et son regard fut aussitôt attiré par le corps inerte qui gisait sur l'asphalte. *Ce n'est pas lui.* Cette victime-là était beaucoup trop petite.

Elle dégaina son arme, braqua sa lampe de poche devant elle et s'engagea prudemment dans la ruelle. Elle éclaira le corps de la victime — une jeune fille de type asiatique, apparemment. Qui était-ce ? Et où était l'homme ? Elle balaya la ruelle du faisceau de sa lampe mais ne vit personne d'autre. Le cœur serré, Scarlett s'accroupit à côté du corps. La victime, qui semblait avoir un peu moins de vingt ans, était allongée sur le dos. Ses grands yeux noirs fixaient le ciel sans le voir. *Si jeune,* songea Scarlett. Elle posa la lampe sur l'asphalte de façon à ce qu'elle éclaire le visage de la jeune fille, et enfila un gant sur sa main gauche, tenant toujours son pistolet de la main droite.

Elle lui palpa la gorge et constata l'absence de pouls, ce qui ne l'étonna pas. Mais la jeune fille n'était pas morte depuis longtemps : sa peau était encore chaude. Son ventre était dénudé. Son polo blanc avait été découpé juste au-dessous des seins.

Une balle avait été tirée à quelques centimètres du sternum mais, à en juger par la quantité de sang qui maculait le corps et l'asphalte tout autour, elle ne l'avait pas tuée sur le coup. Le décès était plus probablement dû à la balle qui lui avait perforé la tempe gauche, créant en sortant une plaie béante, large comme le poing, derrière l'oreille droite.

Cette fille avait été jolie avant que cette balle ne lui emporte la moitié du crâne.

Ce n'est pas lui qui a fait ça. C'est impossible. Scarlett ne pouvait pas y croire. *En fait, tu ne* veux *pas y croire.* Où était-il passé ?

Elle ramassa sa lampe de poche et s'en servit pour examiner le corps de la victime. Quelqu'un avait essuyé du sang sur l'abdomen nu. Scarlett vit sur le sol, à côté de la hanche, un morceau de tissu trempé de sang et roulé en boule. Quelqu'un avait tenté de lui porter les premiers secours.

— Il a tenté de te sauver la vie, murmura Scarlett.

— Tenté et échoué, dit une voix.

Scarlett la reconnut aussitôt et redressa brusquement la tête. Surgi de nulle part, il était là… L'homme qui hantait ses pensées et ses rêves depuis des mois. Et qui l'avait attirée une fois de plus sur la scène d'un homicide.

Marcus O'Bannion.

La voix — ce timbre si particulier qu'elle n'avait pu oublier — venait de l'obscurité, derrière elle. Abaissant son arme, elle se leva, se tourna et dirigea la lampe vers le mur de l'allée, éclairant de longues jambes, un torse puissant, de larges épaules et des vêtements noirs. Marcus était adossé au mur en brique, les bras croisés. Il baissait la tête et portait une casquette dont la visière lui masquait le visage.

Il redressa la tête et Scarlett sentit son cœur rater un battement. La peau de Marcus était blême, son expression maussade. Il ne cligna pas des yeux face à la lumière.

Elle ne l'avait pas entendu approcher et n'aurait pas remarqué sa présence s'il n'avait pas parlé. Il avait été d'une discrétion peu commune. Elle se souvint qu'il avait fait l'armée dans sa jeunesse. À présent, elle savait que, quel que soit le corps dans lequel il avait servi, il avait été très bien entraîné.

— D'où sortez-vous ? parvint à demander calmement Scarlett, malgré son cœur qui battait à tout rompre.

— De là, répondit-il en désignant la rue principale d'un geste de la tête.

— Vous faisiez quoi ?

— Je poursuivais le gars qui a fait ça, répondit-il.

Un autre petit mouvement de la tête, vers le corps de la victime, cette fois. Ses bras restaient immobiles. Scarlett traversa la ruelle et s'arrêta à une trentaine de centimètres de Marcus. Elle se rendit compte que ses épaules et son dos étaient anormalement voûtés. Elle remarqua également la grimace de douleur qui déformait sa bouche.

— Vous avez été blessé ?

— Moins grièvement qu'elle…

— Qu'est-ce qui s'est passé ?

Il ne cilla pas, fixant toujours le corps de la jeune fille.

— Vous êtes venue vite.

— J'habite à côté.

Leurs regards se croisèrent et son cœur se serra — aussi fort que la dernière fois qu'elle l'avait vu. Il était sur une civière, ce jour-là, et il avait failli mourir de ses blessures. Il les avait reçues en sauvant la vie d'une femmc qu'il ne connaissait même pas. Mais ses yeux — et sa voix — avaient bouleversé Scarlett. Et voilà qu'elle réagissait de même, neuf mois plus tard.

— Je sais, dit-il calmement.

Elle cligna des yeux, surprise. Lors de leurs brèves conversations dans une chambre d'hôpital, elle ne lui avait jamais révélé de détails aussi personnels que son adresse.

— Qu'est-ce qui s'est passé, Marcus ? Qui est-ce ?

— Aucune idée. Tout ce que je sais, c'est qu'elle s'appelait Tala.

— Et son nom de famille ?

— Je ne le connais pas. Nous n'en étions pas encore à ce stade de la conversation.

Il tendit l'oreille ; les hurlements des sirènes retentissaient dans la nuit.

— Les voilà enfin, marmonna-t-il.

— Vous les avez appelés ?

— Il y a trois minutes. Elle vivait encore…

Il se détacha du mur et se redressa précautionneusement. Et Scarlett eut une nouvelle surprise. Elle mesurait près d'un mètre quatre-vingts et levait rarement la tête pour regarder un homme dans les yeux, mais là, il lui fallut redresser le menton.

Elle se rendit compte qu'elle ne l'avait jamais vu debout. Elle l'avait aperçu allongé, d'abord sur une civière, ensuite dans un lit d'hôpital. Et il était venu à l'enterrement de son frère assis dans un fauteuil roulant.

Les sirènes se rapprochaient.

— Vite, le pressa-t-elle. Dites-moi ce qui s'est passé.

— Elle a demandé à me rencontrer.

Scarlett haussa les sourcils.

— Ah bon ? En pleine nuit ? *Ici ?*

Il confirma d'un bref hochement de tête.

— Moi aussi, ça m'a étonné. Ce n'est pas ici que je la rencontrais, avant…

— Et où la rencontriez-vous, Marcus ? demanda-t-elle d'une voix suspicieuse.

Il serra les dents.

— Ce n'est pas ce que vous croyez, grogna-t-il.

Scarlett l'avait irrité avec ses insinuations. *Eh bien tant pis !* Il était adulte et il avait eu rendez-vous avec une adolescente au beau milieu de la nuit… Une adolescente qui avait été tuée.

— Alors, racontez-moi.

— Je la voyais souvent quand elle promenait son chien au parc, près de l'endroit où je vais souvent. À chaque fois, elle était en larmes. Je lui ai demandé pourquoi, à plusieurs reprises. Mais elle ne m'a jamais répondu, même s'il est clair qu'elle essayait désespérément de le faire. Et ce soir, j'ai reçu un texto dans lequel elle me demandait de la rencontrer ici. Je vous ai appelée parce que j'ai pensé qu'elle avait peut-être besoin de protection. J'étais sûr que vous, vous pourriez l'aider.

Elle s'efforça de ne pas se laisser affecter par ces derniers mots.

— Mais visiblement, ça s'est mal passé…

— Ouais, on peut dire ça, fit-il avec amertume. Quand je suis arrivé, elle n'était pas au coin de la rue, comme elle me l'avait indiqué dans son message. Mais je l'ai vue passer la tête hors de cette ruelle obscure, alors je l'ai rejointe ici. Nous avons commencé à parler, et puis elle a été atteinte par une première balle.

— Celle qui a provoqué sa blessure au ventre…

— Oui. J'ai couru à l'autre bout de la ruelle, dit-il en désignant l'extrémité opposée à celle par laquelle Scarlett était arrivée. Mais le tireur n'était plus là. J'ai appelé la police avant de tenter d'arrêter l'hémorragie…

Sa mâchoire se crispa un peu plus, un mouvement convulsif lui déforma la joue.

— J'espérais que vous arriveriez avant les autres flics. Je comptais vous dire tout ce que je sais d'elle et repartir ensuite…

Il hésita avant d'ajouter :

— Je me disais que tout le monde imaginerait la même chose que vous…

— C'était une prostituée ? demanda-t-elle d'un ton égal.

— Je n'en sais rien. Elle avait de gros ennuis, c'est sûr, mais lesquels ?

Il dit la vérité, jugea Scarlett. *Mais pas toute la vérité.* Il lui cachait quelque chose. Quelque chose d'important. Elle n'aurait su dire ce qui lui faisait penser cela, mais elle en était certaine.

— Comment a-t-elle obtenu votre numéro ?

— J'ai laissé ma carte de visite sur le banc où j'étais assis, dans le parc.

— Pourquoi l'avez-vous laissée là, cette carte ? Pourquoi ne la lui avez-vous pas remise en mains propres ?

— Parce qu'elle ne s'est jamais assez approchée de moi. Pas une seule fois. Elle se tenait toujours au moins à une dizaine de mètres…

Son regard s'assombrit lorsqu'il ajouta :

— Et puis elle boitait, la dernière fois que je l'ai vue. Elle portait de grosses lunettes de soleil, mais pas assez grosses pour cacher un bleu à la joue.

— Elle était battue.

— C'est aussi mon avis. La dernière fois que je l'ai vue, je n'ai pas dit un mot. J'ai simplement brandi ma carte de visite avant de la poser sur le banc et de m'éloigner.

— C'était quand, ça ?

— Hier après-midi. Vers 16 heures.

— D'accord… Après le premier tir, celui qui l'a atteinte au ventre, vous lui avez porté les premiers soins. Qu'est-ce qui s'est passé ensuite ?

Il détourna les yeux.

— Je n'ai pas entendu le tireur revenir. Il a dû faire le tour du pâté de maisons. Il m'a pris à revers. J'étais en train de parler à la jeune fille, je lui disais de tenir le coup… Je lui répétais que les secours allaient arriver d'un instant à l'autre… Je ne faisais plus attention…

Il déglutit avant de poursuivre d'un ton amer :

— J'aurais dû. Il m'a tiré dessus avant de loger une balle dans la tête de la fille.

— Il vous a tiré dessus ? Où ça ?

— Dans le dos, répondit-il avec un rictus de dédain. Mais je porte un gilet pare-balles.

— Un gilet pare-balles… Mais pourquoi ? demanda-t-elle sans ciller, alors même qu'elle se sentait terriblement soulagée.

Les dégâts à l'arrière du crâne de la victime avaient été causés par un projectile de très gros calibre, tiré à bout portant. Si Marcus n'avait pas été protégé par un gilet pare-balles, il ne serait sans doute plus de ce monde.

— Vous vous attendiez à ce que ça tourne mal ? s'enquit-elle.

— Non. Pas à ce point, en tout cas. Je ne m'attendais pas du tout à… Mais je ne me sépare jamais de mon gilet pare-balles, depuis quelque temps.

— Pourquoi ? demanda-t-elle tout en constatant, mal à l'aise, qu'il rougissait.

— Parce que je l'ai promis à ma mère.

C'était plausible. La mère de Marcus venait de perdre son plus jeune fils moins de neuf mois auparavant, et elle avait failli perdre Marcus juste après. Dans ces conditions, Scarlett comprenait qu'une mère puisse exiger de son fils une telle précaution.

Sauf que… Sa mère devait avoir ses raisons pour craindre que Marcus soit à nouveau la cible d'un tueur. Mais lesquelles ? Elle décida de laisser cette question de côté pour le moment.

— L'impact de la balle m'a fait perdre l'équilibre. Je suis tombé de tout mon poids sur la fille…

Il passa un doigt sur sa poitrine puis le tendit pour que

Scarlett puisse l'examiner. Il était trempé de sang. Sa chemise noire rendait la tache invisible.

— C'est son sang. Quand j'ai repris mon souffle, je me suis levé. Et j'ai vu ce que le tireur lui avait fait. Je me suis lancé à sa poursuite mais, le temps que j'arrive au coin de la rue, il avait disparu. J'ai fait le tour du pâté de maisons, il n'y avait pas un chat. Tout le monde s'était carapaté, à commencer par lui…

— Et donc, vous êtes revenu ici pour m'attendre ?

Il haussa les épaules.

— Pour attendre quelqu'un… Soit vous, soit les autres flics.

Lesquels arrivèrent justement à cet instant. Une voiture de patrouille pila net à l'autre bout de la ruelle. Scarlett se tourna vers Marcus pour lui poser une dernière question.

— Vous m'avez dit que vous aviez l'intention, quand elle était encore en vie, de partir dès mon arrivée. Pourquoi êtes-vous revenu après sa mort ? C'était trop tard, et le tireur aurait pu revenir et tenter à nouveau de vous tuer. Pourquoi êtes-vous revenu, Marcus ?

Il jeta un regard désolé au corps de la jeune fille et murmura :

— Je ne pouvais pas la laisser seule dans la nuit.

Cincinnati, Ohio
Mardi 4 août, 2 h 52

Hors d'haleine, Drake Connor jeta un bref regard par-dessus son épaule avant de s'engouffrer sur le siège passager de la voiture.

— Roule ! lança-t-il en claquant la portière derrière lui.

Il se pencha vers la grille de ventilation de la climatisation, inspira profondément à plusieurs reprises, s'efforçant de ralentir sa respiration. S'il avait couru aussi vite sur une piste, il aurait gagné une montagne de trophées.

Stephanie démarra et fronça les sourcils.

— Où est-elle ? Et pourquoi es-tu en sueur ?

La voiture roulait trop lentement au goût de Drake.

— Accélère, nom de Dieu !

Il appuya sur le genou droit de Stephanie, et la Mercedes bondit.

— Merde ! s'écria Stephanie en écrasant la pédale de frein. Tu veux qu'on se fasse arrêter ? Où est-elle ?

Il ne lâchait pas des yeux le rétroviseur, guettant les gyrophares. *J'aurais dû les tuer tous les deux quand je les ai vus ensemble pour la première fois.* Son estomac était encore noué par la fureur.

— Dans la ruelle, répondit-il.

— Alors j'avais raison, lâcha Stephanie d'un ton méprisant. Je savais que ça ne sentait pas bon. Cette salope se foutait de nous. Tu n'aurais pas dû la laisser là toute seule. Dieu seul sait ce qu'elle fabrique avec Styx. Il est super moche, mais il a la meilleure came de la ville. Il doit être en train de bien la niquer…

Ça, pour être niquée, elle est niquée, songea sombrement Drake. *Et elle l'a bien cherché.*

— Ouais, dit-il, c'est probable.

Stephanie mit le clignotant avant de jeter un regard méfiant à Drake.

— J'aurais cru que ça t'inquiéterait plus. Je te parie que Styx a toutes les maladies sexuellement transmissibles répertoriées. Si elle se le tape, elle va nous contaminer.

— Il faudra juste lui trouver une remplaçante, lâcha-t-il, les dents serrées.

Il saisit le volant au moment où Stephanie s'apprêtait à tourner à gauche.

— Tu vas où comme ça ?

— Je retourne là-bas. On ne peut pas la laisser entre les pattes de Styx.

— Je t'ai dit de rouler, merde !

Il entendait le cri des sirènes, à présent.

— Voilà les flics ! Tirons-nous !

Stephanie freina si brusquement qu'ils faillirent tous deux rentrer dans le pare-brise.

— Les flics ? Mais qu'est-ce que tu as fait ?

— Elle est morte. Si tu ne veux pas aller en taule, tu vas rouler à toute blinde et nous emmener loin d'ici.

Stephanie ouvrit et referma la bouche sans émettre le moindre son, comme un poisson dans son bocal.

— Tu l'as tuée ? parvint-elle enfin à demander. Tu as tué Tala ?

— Je n'ai pas dit ça…

Il venait de se trahir, mais il était bien décidé à ne jamais avouer le meurtre.

— Mais c'est à nous qu'on va faire porter le chapeau, reprit-il. Alors ramène-nous à la maison ou je te jure que tu finiras comme elle.

Sous le choc, Stephanie obéit. Elle accéléra et se dirigea vers la sortie de la ville.

— Pourquoi tu l'as tuée ? demanda-t-elle.

— Je n'ai pas dit que je l'avais tuée.

— Tu veux dire qu'elle était déjà morte quand tu l'as retrouvée ?

— Ouais.

— C'est Styx qui l'a tuée ?

— Possible.

— Oh mon Dieu ! Mais c'est horrible. C'est tout simplement… Oh non… Maman et papa. Ils vont le savoir. Je vais me faire… Merde. Ils vont savoir que je l'ai laissée sortir…

Stephanie commençait à hyperventiler.

— Ils vont l'apprendre. Ils vont me tuer.

— Non, ils ne vont pas te tuer, parce que tu vas te ressaisir. Personne n'en saura rien.

— C'est toi qui le dis ! s'écria Stephanie. Réfléchis deux secondes. Ça sera aux infos. On parlera de la découverte de son corps à la télé. Mes parents regardent la télé, tu sais.

Son hystérie faisait de Stephanie une preuve vivante de leur culpabilité. *Il faut que je la calme,* songea Drake. *Il faut qu'elle se détende. Il faut faire baisser la tension.*

— Et alors ? demanda-t-il d'un ton posé, rassurant, presque convaincant, en accompagnant sa question d'un haussement d'épaules désinvolte. Elle est sortie. Comment pourraient-ils savoir que c'est toi qui lui as permis de sortir, si tu ne leur dis pas ? C'était une droguée. Elle voulait acheter un peu de came. Elle est tombée sur le mauvais dealer, et il les a butés, elle et son petit ami.

Stephanie se figea.

— Son quoi ?

— Son petit ami. Elle était avec un homme, dans cette ruelle.

— Qui ça ?

— J'en sais rien. Un vieux.

— Un flic ?

— Je ne crois pas. Maintenant, ça n'a plus d'importance. Ils sont morts. Ils ne peuvent plus rien dire.

— Mais, fit-elle d'une voix à peine audible, mais si c'était un flic ? Si elle parlait avec un flic… Peut-être qu'elle lui a tout raconté. Peut-être qu'il en a parlé à un de ses collègues. Peut-être qu'elle lui a parlé de ma famille. Peut-être que les flics vont…

— Peut-être que tu devrais te concentrer sur la route, l'interrompit-il d'un ton toujours calme mais lourd de menaces. Il ne faudrait pas qu'on ait un accident.

— Non, murmura-t-elle, hébétée. Non, il ne faudrait pas qu'on ait un accident.

Elle paniquait totalement. Ce qui était beaucoup plus probable, c'est que Tala racolait dans cette ruelle et que ce type n'était qu'un client. Voire un proxénète. La gamine était bien trop terrorisée pour parler à qui que ce soit.

Mais peut-être que Stephanie n'avait pas tout à fait tort de s'inquiéter.

Car même si le type en question n'était pas un flic, il avait peut-être parlé de Tala à quelqu'un d'autre, et cela pouvait être dangereux. Drake devait découvrir qui était ce connard, comment il avait rencontré Tala — et à qui il aurait pu parler d'elle.

Cincinnati, Ohio
Mardi 4 août, 3 h 35

Scarlett Bishop le regardait.

En temps normal, Marcus O'Bannion se serait peut-être réjoui du regard ouvertement admiratif d'une femme ravissante sur son torse nu et dégoulinant de sueur, tandis qu'il se prélassait sur son siège. Mais les circonstances n'avaient rien de normal, et Scarlett Bishop n'était pas seulement une femme ravissante : c'était aussi une inspectrice spécialisée dans les homicides.

Et il ne se prélassait pas du tout, en fait : il était assis à l'arrière d'une ambulance et se faisait ausculter par un urgentiste. Et le regard de l'inspectrice était certes admiratif, mais aussi alerte, inquiet — et méfiant.

Car Scarlett était perspicace. *Elle devrait être plus qu'inquiète. Elle devrait être terrifiée. Comme je le suis, moi.* Pas parce que la balle aurait pu mettre fin à ses jours, mais parce qu'il avait, l'espace d'un instant, voulu mourir.

Je suis fatigué. Fatigué par l'avidité, la violence et la perversité qui se déchaînaient autour de lui. Fatigué de voir le désespoir dans les yeux des victimes de la méchanceté humaine. Il en avait assez d'avoir toujours un train de retard. Car, même s'il avait été capable de les sauver et de les venger toutes, il n'aurait pas pu effacer ce qu'elles avaient subi. Et cette nuit, il n'avait même pas réussi à sauver la jeune fille.

Tala était en route pour les urgences, où les médecins ne pourraient que constater le décès. Elle était morte parce qu'elle l'avait appelé au secours. *J'aurais dû être sur mes gardes. J'aurais dû mieux la protéger.*

Il avait compris qu'elle subissait des mauvais traitements. La peur qu'il avait lue dans ses yeux était palpable, cette nuit-là comme toutes les fois où il l'avait croisée au parc. *Elle m'a fait confiance. Et je l'ai trahie.*

— Votre tension artérielle est normale, dit l'auxiliaire

médical en retirant le brassard gonflable de son bras nu. Votre pouls aussi.

Marcus leur avait affirmé qu'il n'avait rien de cassé, mais les secouristes n'avaient pas tenu compte de son avis et avaient insisté pour s'en assurer. Il connaissait son corps. Il savait ce qu'il ressentait quand tout allait bien. Mais ces gars faisaient leur boulot et il ne pouvait pas leur en vouloir. Il hocha la tête en articulant un « merci ».

— Vous devriez faire une radio, poursuivit l'auxiliaire. Le gilet a empêché la balle de pénétrer, mais ça ne veut pas dire qu'elle n'a pas causé de dégâts. Vous avez peut-être une ou deux côtes fracturées.

— Non, ça ira, répondit calmement Marcus qui observait Bishop, laquelle était repartie sur la scène de crime.

Partant de l'endroit où elle avait découvert le corps de Tala, elle s'en éloignait en effectuant des cercles concentriques, notant chaque détail d'un œil que Marcus savait très attentif.

Brusquement, elle s'accroupit et se pencha pour inspecter ce qui ressemblait à un petit amas de déchets, tassés dans une fissure du mur de la ruelle. Sa longue natte noire glissa devant son épaule. D'un geste impatient, elle ôta ses gants et rassembla ses cheveux en un nœud en huit qu'elle fixa à l'arrière de son crâne avec une barrette. Ses gestes étaient rapides et précis, ce qui n'étonna pas Marcus. Quand elle n'était pas remontée en chignon, sa natte lui descendait jusqu'aux reins et devait souvent la gêner dans ses mouvements.

Il aurait été plus commode — et plus sûr — de la couper. Cette natte rendait en effet Scarlett plus vulnérable dans un combat au corps à corps, en offrant à son adversaire un moyen facile de l'immobiliser.

Cette natte pouvait aussi donner une prise à son amant pendant qu'il… *Non. Pas de pensées de ce genre. Pas aujourd'hui.* Mais il ne put s'en empêcher, comme souvent au cours des neuf derniers mois.

Il chassa ces pensées impures et la regarda marcher vers le photographe de la police scientifique, désignant l'asphalte.

Puis elle enfila une nouvelle paire de gants en latex, tandis que l'homme prenait quelques clichés.

Elle fouilla dans le tas de déchets et en sortit un petit objet qui brillait à la lumière de sa lampe de poche. Une douille. De gros calibre. *Pas étonnant que j'aie si mal au dos,* songea Marcus.

Elle glissa la douille dans un sachet en plastique et se releva pour continuer d'inspecter la scène de crime. C'était bien la femme qui occupait si souvent ses pensées. Grande et fière. Agile et gracieuse. Forte mais compatissante. *Trop compatissante.* Son travail la rongeait de l'intérieur. Elle avait sous les yeux des cernes qui ne venaient pas du manque de sommeil, mais d'une lassitude morale qu'il connaissait bien pour l'avoir tant de fois constatée sur son propre visage en se regardant dans la glace.

Elle était exténuée, comme lui. Et pourtant elle avait accouru quand il l'avait appelée. Comme d'habitude.

Et cette fois encore, il sentait qu'il y avait entre eux une connivence, quelque chose de plus que l'attirance physique, qu'il ne cherchait d'ailleurs pas à nier — que ce soit dans ses pensées ou dans ses rêves. Il ne savait pas exactement de quoi il s'agissait, mais il avait l'intuition que Scarlett Bishop pourrait le comprendre.

Comprendre quoi ? se demanda-t-il avec amertume. *Moi ? Oui, elle comprendra.* Les choix qu'il avait faits. Les secrets qu'il cachait au fond de son cœur. Sa vie au fil du rasoir. Les ténèbres qui le gagnaient inexorablement. Oui, elle le comprendrait. Elle pourrait même lui venir en aide.

C'était justement la raison pour laquelle il ne l'avait pas revue au cours des neuf derniers mois. Il avait beau désirer le réconfort qu'elle pouvait lui apporter, il ne voulait surtout pas l'entraîner dans sa descente aux enfers.

Elle se tourna vers l'homme aux cheveux blancs qui venait de la rejoindre : l'agent spécial du FBI Deacon Novak, coéquipier de Scarlett au sein de la Brigade de répression de la grande criminalité de Cincinnati. Marcus connaissait mieux Deacon qu'il ne connaissait Scarlett. Il l'avait rencontré à plusieurs reprises lors des réceptions qu'organisaient ensemble le beau-père de Marcus et sa cousine Faith — la plus récente avait eu lieu pour célébrer les fiançailles de Faith et de Deacon. Marcus avait été heureux de voir cette relation amoureuse se renforcer ainsi. Deacon lui semblait sympathique et intègre.

Trop intègre, songea Marcus. Deacon Novak n'aurait jamais approuvé les sanglantes idées de vengeance qui envahissaient son esprit en cet instant même, pendant qu'un technicien de la police scientifique traçait des marques sur l'asphalte, tout autour du sang et de la matière cervicale de Tala.

Elle n'avait que dix-sept ans. Et elle avait été abattue comme un animal.

Une feuille de papier blanc, fixée à un bloc-notes, apparut dans son champ de vision, occultant la scène du carnage.

— Si vous ne voulez pas qu'on vous emmène aux urgences, dit l'auxiliaire d'un ton désapprobateur, vous devez signer cette décharge.

— J'ai déjà eu des côtes cassées. Je sais ce que ça fait. Là, ce n'est qu'un gros hématome, répliqua Marcus en lisant le formulaire en diagonale.

Il finit par signer et recommença à observer Scarlett. Elle se dirigeait vers lui, suivie de près par Deacon Novak.

Marcus se leva, réprimant une grimace de douleur. Son dos lui faisait horriblement mal, mais il avait aussi sa fierté. Qu'il soit torse nu alors que les deux flics étaient habillés — Deacon était même vêtu d'un costume-cravate —, passe encore. Mais il était hors de question de rester assis en leur présence.

Les yeux de Scarlett croisèrent les siens pendant un bref instant avant de se tourner vers l'auxiliaire.

— Alors ? demanda-t-elle d'un ton cassant. Votre diagnostic ?

— Contusions multiples, dit l'homme, laconique. Fracture des côtes possible.

— Alors, pourquoi ne l'emmenez-vous pas aux urgences ?

L'auxiliaire haussa les épaules.

— Il ne veut pas.

— Ce n'est qu'un bleu, marmonna Marcus. Je peux récupérer ma chemise ?

Le regard de Scarlett s'égara vers son torse nu avant de revenir précipitamment à son visage.

— Je suis désolée, mais votre chemise est devenue une pièce à conviction, tout comme votre gilet pare-balles… Mais mon partenaire vous a apporté un T-shirt, dit-elle d'un ton tout professionnel.

— Salut, Marcus, fit Deacon avec chaleur.

— Salut, Deacon.

— Ça fait plaisir de voir que vous n'êtes pas mort, déclara Deacon en lui tendant un T-shirt noir uni.

Marcus repensa aux coups de feu tirés à bout portant et serra les dents.

— Oui, dit-il avec amertume. Ça aurait été encore plus le bordel.

En enfilant le T-shirt, il lâcha un petit cri. La douleur lui vrillait le dos et les épaules.

— Je vous ai entendu, dit Deacon. Vous devez aller à l'hôpital.

— Non, pas du tout, répliqua Marcus d'un ton catégorique.

Il inspira profondément pour tester ses capacités respiratoires et fut heureux de constater que ses deux poumons fonctionnaient.

— J'en ai ma claque des hôpitaux. Et d'ailleurs, en cas de côte cassée, il n'y a rien d'autre à faire que d'attendre qu'elle se ressoude.

Il fit un signe de tête à l'auxiliaire médical.

— Merci quand même de m'avoir ausculté, lui dit-il.

— Vous avez tort, dit l'auxiliaire en secouant la tête.

Il referma les portières de l'ambulance, se mit au volant et démarra.

Ils restèrent donc tous les trois au coin de la rue, sans dire un mot, pendant que les techniciens de la police scientifique passaient la scène de crime au peigne fin. Marcus se rendit compte que Scarlett et Deacon attendaient qu'il fasse sa déposition. Il se sentit tout à coup plus épuisé qu'il ne l'avait été depuis des mois. Il redressa le dos en promenant son regard sur l'asphalte souillé de sang. Il devait faire attention à ce qu'il allait leur apprendre. Une colère froide montait en lui, s'ajoutant à la fatigue et à la douleur dans son dos. Dans un tel état, il risquait d'en dire trop et de révéler des faits qu'il devait garder pour lui.

Ressaisis-toi. Ne leur raconte que ce qu'ils ont besoin de savoir pour retrouver l'assassin de Tala.

Le reste ne les regardait pas.

Il se racla la gorge et déclara :

— Elle s'appelait Tala. Elle n'avait que dix-sept ans.

Cincinnati, Ohio
Mardi 4 août, 3 h 45

— Vous connaissez son nom de famille ? redemanda Scarlett d'un ton posé, mais se félicitant en son for intérieur que Marcus ait revêtu le T-shirt.

Elle avait dû se concentrer pour ne pas regarder son torse puissant. À présent, elle pouvait se focaliser sur ce qu'il disait. *Et je vais enfin pouvoir faire mon boulot correctement.* Une fille avait été tuée. Cette victime méritait que justice soit faite. Et justice ne pourrait être faite que si Scarlett se mettait au boulot sans être perturbée par les caprices de ses hormones.

Elle était heureuse que Deacon soit arrivé. Dès l'instant où elle s'était retrouvée seule avec Marcus O'Bannion dans cette rue étroite, elle avait perdu ses moyens. Ses émotions l'avaient emporté sur son professionnalisme. Et elle en avait honte. Elle avait même éprouvé une pointe de jalousie à l'égard de la jeune victime… d'une fille morte ! Tout ça parce que la malheureuse avait donné rendez-vous à Marcus. Et cette jalousie se combinait avec un refus farouche de croire que le beau Marcus pouvait avoir fait quelque chose de mal.

Elle se laissait aveugler, persuadée qu'il était un type bien. Un héros, même.

— Elle ne me l'a pas dit, lâcha Marcus en évitant le regard des deux inspecteurs.

Il avait les yeux rivés sur la scène de crime.

— Je n'ai pas eu le temps de le lui demander, précisa-t-il.

— Alors, qu'est-ce qu'elle vous a raconté ? demanda Scarlett.

Marcus serra les dents.

— Que sa famille était en danger. Quand je lui ai demandé qui la menaçait, elle m'a répondu : « L'homme et sa femme… Ils nous possèdent. »

Scarlett sentit son cœur se serrer.

Deacon marmonna un juron.

— Comment ça ? demanda-t-il.

— C'est ce que je lui ai demandé, mais c'est à ce moment que le premier coup de feu a été tiré et qu'elle s'est effondrée. Les deux seuls autres mots qu'elle a prononcés sont : « Aidez Malaya. » Et elle a perdu connaissance.

— Malaya…

Deacon était déjà en train de pianoter sur le clavier de son portable.

— Elle aurait pu parler d'une région, dans l'ouest de la Malaisie, dit-il au bout d'un moment.

— C'est peut-être aussi un prénom courant, hasarda Marcus. Ça veut dire « libre » en tagalog.

— Le tagalog est un dialecte philippin, si je ne me trompe, intervint Scarlett.

C'était logique. La fille avait l'air philippine.

Marcus hocha la tête.

— Vous parlez tagalog ? demanda Deacon d'un air intrigué.

— Non, mais je sais que c'est le nom d'un journal de Manille.

— Comment cela se fait-il ? demanda Deacon, plus curieux que suspicieux.

Marcus haussa les épaules.

— Ma famille travaille dans le milieu de la presse depuis plusieurs générations. Quand j'étais gamin, mon grand-père lisait cinq quotidiens avant le petit déjeuner. Il collectionnait les unes célèbres. L'une d'elles était justement celle de *Malaya*, le jour où le président Marcos a quitté le pouvoir et est parti en exil. Je lui ai demandé ce que cela signifiait et il m'a dit que *malaya* se traduisait par « libre » ou « liberté ».

— Vous vous en souvenez encore, depuis le temps ? demanda Scarlett. La chute de Marcos a eu lieu il y a près de trente ans. Vous ne deviez pas avoir plus de quatre ou cinq ans…

Nouveau haussement d'épaules.

— Je me souviens de presque tout ce que m'a dit mon grand-père. Mais ce mot-là avait une importance particulière à ses yeux. Il avait été envoyé aux Philippines pendant la guerre, il s'y était fait des amis parmi les autochtones. Il les avait connus dans un camp de prisonniers, à Bataan.

Scarlett et Deacon grimacèrent.

— Il n'a pas dû rigoler tous les jours, murmura Scarlett.

— Ouais. *Malaya* est l'un des premiers mots que mon grand-père a appris dans ce camp…

— Pour en revenir à Tala, qu'est-ce qu'elle a voulu dire, à votre avis ?

— Je crois qu'elle voulait que j'aide sa famille à se libérer. Le problème, c'est que je ne sais pas où elle habitait. Je n'ai aucune idée de l'endroit où ils sont enfermés.

— L'inspectrice Bishop m'a dit que vous aviez rencontré Tala au parc, dit Deacon.

— Pas exactement. En fait, je ne lui avais jamais vraiment parlé avant cette nuit. Je la *voyais* au parc, c'est tout. Quand je lui posais des questions, elle s'enfuyait.

— À quel endroit du parc la croisiez-vous ? Et quand l'avez-vous vue pour la première fois ? demanda Deacon.

— Près de ma maison. Et je l'ai vue pour la première fois il y a deux semaines, vers 1 heure du matin.

Étonnée, Scarlett haussa les sourcils.

— Vous étiez au parc à 1 heure du matin ?

— D'habitude, j'y vais en milieu d'après-midi. Mais il a fait si chaud, ces derniers jours, que je préférais y aller à la nuit tombée, vers 23 heures.

— Vous y allez pour faire votre jogging ? demanda Deacon.

— Avant, oui. Mais je n'ai pas couru depuis neuf mois.

Depuis qu'il a failli être tué, songea Scarlett. Et elle se souvint de ce qui s'était passé ce jour-là. Une balle avait perforé l'un de ses poumons alors qu'il protégeait une jeune femme innocente qu'un sociopathe avait prise pour cible. Marcus avait bien failli y rester.

Marcus se tourna de nouveau vers la scène de crime et reprit tranquillement son récit :

— Ma chienne est vieille, je dois lui mettre un manteau. Elle a le cœur fragile et ne supporte pas la chaleur, donc je la promène à la tombée dc la nuit. Il y a deux semaines, j'ai dû bosser très tard, et je ne suis rentré chez moi que vers 1 heure du matin. J'ai emmené BB au parc. Comme il n'y avait personne, j'ai…

Il hésita, haussa les épaules d'un air gêné et poursuivit :

— J'étais assis sur un banc, je laissais la chienne renifler l'herbe et puis Tala est arrivée, avec un caniche tout pomponné, du genre qu'on voit dans les concours canins. J'ai remarqué le collier du chien en premier.

— Il était fluorescent ? s'enquit Deacon.

Scarlett en était restée à ce « comme il n'y avait personne, j'ai… » inachevé. *Comme il n'y avait personne, vous avez fait quoi, au juste ?* avait-elle envie de lui demander. Car il avait rougi en disant cela, comme lorsqu'il avait avoué qu'il portait un gilet pare-balles parce qu'il l'avait promis à sa mère. Elle reporta la question à plus tard.

Marcus secoua la tête.

— Non, dit-il. Il était serti de diamants.

Deacon et Scarlett ouvrirent de grands yeux.

— Serti de diamants ? fit Scarlett. Des vrais diamants ? Vous êtes sûr que ce n'était pas plutôt de la verroterie ou de la zircone ?

— J'en suis presque certain. Il y avait une étiquette cousue dessus avec le logo de l'un des bijoutiers les plus chers de Chicago… Quand j'ai appelé le magasin pour me renseigner, un vendeur m'a assuré qu'ils n'avaient pas vendu ce modèle depuis longtemps… Il m'a suggéré de regarder sur eBay.

Scarlett fronça les sourcils.

— C'est drôle, mais je ne suis pas étonnée d'apprendre que vous avez mené votre petite enquête, dit-elle, de nouveau méfiante.

— J'espérais pouvoir l'identifier. Sur le moment, j'ai été consterné… Car qui irait affubler son chien d'un objet aussi coûteux ? Et que faisait une fille de son âge dans le parc à cette heure-là ? Je me suis mis en mode alarme. Je me suis levé et je me suis mis à marcher dans la direction opposée, mais… mais elle pleurait.

— Alors, vous êtes resté ? demanda Deacon d'un ton circonspect.

Marcus lui jeta un regard noir.

— Juste assez pour lui demander si elle avait besoin d'aide. Elle a tout de suite fait demi-tour. J'ai voulu la suivre mais ma chienne ne peut plus courir. Le temps que je la prenne dans mes bras, la jeune fille avait déjà disparu.

— Quand l'avez-vous revue ? demanda Scarlett, qui eut une vision subite de Marcus serrant un vieux chien contre lui.

— Le lendemain. Je suis revenu à 1 heure du matin, je me suis assis sur le banc et j'ai attendu. Elle est restée assez loin de moi et elle était habillée tout en noir, mais son chien est blanc, alors j'ai pu l'apercevoir. Je l'ai appelée, mais elle s'est enfuie, comme la veille. La troisième nuit, elle s'est approchée un peu plus près. Elle était en larmes.

Scarlett étudia le visage de Marcus. Il leur cachait quelque chose, elle en était sûre.

— Pourquoi s'est-elle approchée, cette fois-ci ? demanda-t-elle.

Il hésita et leva les yeux au ciel avant de répondre :

— Je ne sais pas… Peut-être parce que je chantais.

Scarlett et Deacon échangèrent un regard surpris.

— Vous chantiez ? Une chanson ? Dans le parc ?

Il la fusilla du regard.

— Oui, je chantais une chanson. J'étais seul, la première nuit… Enfin, c'est ce que je croyais. Il m'arrive de chanter quand je suis seul. Le surlendemain, je me suis dit que si je chantais, elle s'approcherait davantage.

Scarlett l'observait, fascinée : ce grand costaud était rouge comme une pivoine, il rentrait les épaules, sur la défensive. Il craignait visiblement qu'elle se moque de lui. Rien ne pouvait être plus éloigné de la vérité. Elle aussi était attirée par sa voix, par sa chaleur, sa façon de détacher les mots.

— Moi aussi, je chante quand je suis seule, dit-elle doucement. Surtout parce que personne ne supporterait de m'entendre. Je suppose que Tala aimait bien vous écouter.

Il se détendit un peu.

— Ouais, faut croire que oui, marmonna-t-il.

— Quelle chanson chantiez-vous ? demanda Deacon.

— Une ballade de Vince Gill, *Go Rest High on That Mountain*.

Émue, Scarlett inspira profondément. Elle avait trop souvent entendu cette chanson, lors de trop nombreux enterrements. Elle se souvenait encore de la première fois où elle l'avait entendue, et cela hantait encore ses cauchemars.

À en juger par le chagrin qui déformait le visage de Marcus, le plus récent de ces enterrements l'obsédait encore, lui aussi.

— Je comprends, murmura-t-elle.

Leurs regards se croisèrent, et elle sut qu'il ne doutait pas de sa sincérité.

Deacon les regardait d'un œil perplexe.

— Eh bien, pas moi, dit-il. C'est quoi, cette chanson ?

— C'est de la country, expliqua Scarlett sans quitter

Marcus du regard. Vince Gill l'a écrite après le décès de son frère. On la joue souvent aux enterrements. On l'a mise à celui du frère de Marcus… C'était un bon choix.

Les yeux de Marcus brillaient. La gratitude s'y mêlait au chagrin.

Deacon soupira en silence. Il avait neutralisé le meurtrier du frère de Marcus, fauché à dix-sept ans. Grièvement blessé, il n'avait pu assister aux obsèques. Mais il avait vu le corps sans vie du garçon.

Tout comme Scarlett.

Et Marcus.

Scarlett aurait voulu préserver Marcus de cette image terrible. Le fait d'avoir vu le cadavre de son frère jeté au fond d'un trou, comme un déchet, rendait son deuil plus éprouvant encore. Cela, Scarlett le savait d'expérience.

— Je vois, dit doucement Deacon. Donc, Tala était attirée par cette chanson. Elle vous a dit quelque chose, cette nuit-là ?

Marcus bascula d'un pied sur l'autre, évitant de croiser le regard des deux flics.

— Non, elle ne m'a jamais rien dit. J'ai continué d'aller au parc à 1 heure du matin toutes les nuits, en espérant qu'elle se confie enfin à moi. J'ai apporté ma guitare — je m'étais dit que comme ça, elle me trouverait peut-être moins intimidant. Mais ça n'a servi à rien. Elle a laissé le chien venir assez près pour que je puisse le caresser, mais elle ne s'est jamais approchée à moins de neuf mètres cinquante.

Neuf mètres cinquante ? D'abord étonnée par une telle précision, Scarlett fronça les sourcils avant de hocher la tête.

— La longueur de la laisse extensible du caniche.

Elle se tourna vers Deacon et expliqua :

— C'est la taille standard. J'en ai une comme ça pour promener Zat. Marcus, avez-vous vu la plaque d'identification du chien quand il s'est approché ?

— Il n'y avait que son nom sur la plaque, pas de numéro. Il s'appelait Coco… Tala est revenue au parc sept nuits d'affilée. Elle restait le temps de m'écouter chanter une ou deux ballades. La huitième nuit, elle n'est pas venue, ni les deux soirs suivants. Alors je me suis mis à aller au parc à des heures différentes de la journée. Et j'ai fini par la recroiser hier en fin d'après-midi. Il y a moins de douze heures de cela...

— C'est là qu'elle était couverte de bleus et qu'elle boitait, murmura Scarlett.

Il hocha la tête.

— Ouais, fit-il. Quelqu'un l'avait frappée. Sur le moment, je n'ai pas pensé que ça avait un rapport avec moi, parce que je n'avais jamais remarqué qu'elle était suivie quand elle promenait le caniche. Mais maintenant, je pense que j'ai été repéré. Quelqu'un savait qu'elle avait rendez-vous avec moi. Sans cela, elle serait encore vivante...

— Vous avez dit à l'inspectrice Bishop que vous aviez laissé votre carte sur le banc, dit Deacon. Et que Tala vous avait envoyé un texto pour vous demander de venir ici. On pourrait avoir le numéro du téléphone qu'elle a utilisé ?

Marcus lui tendit son portable.

— Elle m'a demandé de ne pas la rappeler et a ajouté qu'elle allait effacer le message, pour ne pas se faire prendre. Je n'ai pas rappelé, mais j'ai vérifié. C'est un numéro de portable jetable.

Deacon fronça les sourcils.

— Comment avez-vous fait pour vérifier ? demanda-t-il.

— Je dirige le journal qui appartient à ma famille, Deacon, dit Marcus tout doucement. Je dispose de toutes sortes de moyens d'obtenir des informations.

Agacé, Deacon plissa les yeux.

— Des moyens que vous ne comptez pas nous révéler, je suppose ? dit-il sèchement.

— Non, bien sûr.

Deacon fit mine de vouloir insister mais se ravisa.

— Bien, que pouvez-vous nous dire d'autre ?

Marcus se tourna vers Scarlett et la regarda d'un air embarrassé avant de dire :

— Vous m'avez demandé si c'était une prostituée, et je

vous ai répondu que je ne le savais pas. C'est la vérité. Mais je crois qu'elle était habituée à… certaines choses… Quand je lui ai proposé de l'aider, elle m'a dit qu'elle ne pouvait pas me payer, à quoi j'ai répondu que je ne voulais pas de son argent. Là, elle m'a regardé d'un air à la fois complètement désespéré et dégoûté. Puis, en un clin d'œil, elle a changé d'attitude. Elle a tendu la main vers mon pantalon… Elle m'a dit qu'elle pouvait me faire passer un bon moment… Je lui ai répondu que ça ne m'intéressait pas non plus.

— Et alors ?

— Elle avait l'air perdue, elle m'a demandé pourquoi je voulais l'aider. Elle m'a dit qu'elle n'était rien… que sa famille était en danger.

— Quel genre de « famille » voulait-elle que vous aidiez ? demanda Deacon. Ses parents, ses frères et sœurs ? Ou bien d'autres filles prisonnières, comme elle ?

— Elle a dit « ma famille ». J'ai tout de suite pensé que le couple qu'elle a mentionné la prostituait.

Scarlett montra à Deacon une des photos de la victime qu'elle venait de prendre avec son portable.

— C'est ce que j'ai pensé, moi aussi, dit-elle.

— Elle était jeune et vulnérable, acquiesça Deacon. La proie rêvée des réseaux d'esclavage sexuel. Comment était-elle habillée quand elle promenait son chien au parc ?

— Elle portait un polo et un vieux jean. On aurait pu la prendre pour une lycéenne ordinaire.

— Une lycéenne ordinaire qui promène un caniche dont le collier est serti de diamants, marmonna Deacon. En tout cas, quelles que soient les personnes qu'elle voulait protéger, et quelle que soit la nature de ses relations avec ces gens, elle devait tenir beaucoup à eux pour prendre de tels risques. Et ses « propriétaires » sentaient que leur emprise sur elle était assez forte pour la laisser promener le chien et être sûrs qu'elle reviendrait.

— Elle parlait bien anglais ? demanda Scarlett. Est-ce qu'elle vous a donné l'impression qu'elle habitait ici depuis longtemps ?

— Elle parlait parfaitement anglais, mais avec un accent, répondit Marcus.

Il sortit de la poche arrière de son jean une casquette de base-ball et ajouta :

— Vous pourrez en juger par vous-mêmes. J'ai enregistré la conversation…

Il s'interrompit avant de hausser les épaules et d'expliquer :

— J'ai enregistré tous nos échanges depuis notre deuxième rencontre.

Scarlett fixa la casquette d'un air stupéfait.

— Vous avez un micro dans votre casquette ?

— En fait, c'est une caméra. Cachée vers la visière.

— Pourquoi ? demanda Deacon.

— Je veux pouvoir me protéger au cas où quelqu'un chercherait à me piéger.

— Qui pourrait bien chercher à vous piéger, Marcus ?

Marcus se redressa, arborant l'expression d'un soldat prisonnier qui se blinde avant d'être interrogé.

— Je ne sais pas, répondit-il.

Il y a de la frustration dans sa voix, songea Scarlett. *Et de la sincérité.* Ou peut-être était-ce ainsi qu'elle voulait l'interpréter.

— Ceux qui vous ont incité à promettre à votre mère de porter un gilet pare-balles, peut-être ? demanda-t-elle avec une pointe d'ironie.

Chapitre 2

Cincinnati, Ohio
Mardi 4 août, 3 h 50

« Ceux qui vous ont incité à promettre à votre mère de porter un gilet pare-balles, peut-être ? »

Pris de court, Marcus se raidit. Puis il esquissa un petit sourire en coin. Aucun détail n'échappait à Scarlett Bishop. *Il faut que je fasse bien attention à mes paroles,* se dit-il. *Pour mon bien comme pour le sien.*

— Peut-être, répondit-il. Mais je ne les connais pas.

— Mais vous savez quand même qu'ils vous menacent ? demanda Deacon. Comment cela se fait-il ?

Le type du FBI était aussi futé que Scarlett. Marcus avait appris à apprécier la perspicacité et la vivacité d'esprit du fiancé de sa cousine Faith. Deacon et Scarlett formaient une équipe d'enquêteurs hors pair. C'était pour cette raison que Marcus les avait délibérément évités au cours des derniers mois.

— Je n'en sais rien, répondit-il.

— Quelqu'un d'autre savait que vous viendriez ici, cette nuit ? demanda Deacon.

Marcus fronça les sourcils, de nouveau pris de court.

— Vous croyez que c'était moi, la cible ?

— C'est à vous de me le dire, vous êtes venu équipé

d'un gilet pare-balles et d'une caméra, répliqua sèchement Deacon.

Marcus n'avait pas encore envisagé cette hypothèse, mais ce ne serait certainement pas la première fois que quelqu'un essayait de le tuer. C'était déjà presque un miracle qu'il n'ait pas été blessé avant son séjour à l'hôpital au mois de novembre. Certes, il avait quelques projets en cours, mais aucun d'entre eux n'était susceptible de le faire tuer. Cela dit, dans le passé, il s'était aliéné pas mal de monde…

— Je dirige un journal, finit-il par dire prudemment. Mes employés écrivent parfois des articles qui fâchent certaines personnes. On reçoit des menaces de temps en temps, c'est vrai. Mais la plupart n'ont rien de vraiment inquiétant. Et il n'y en a pas eu depuis un certain temps. Donc, non, je ne crois pas avoir été la cible.

— Ça, c'est à nous d'en juger, déclara Scarlett d'un ton cassant.

Elle était redevenue flic à part entière — le visage fermé et le regard perçant.

— Une jeune fille a été tuée. Si l'une des personnes qui vous a menacé est responsable de ce meurtre, il faut que nous sachions de qui il s'agit. Et ne me dites pas que vous refusez de dévoiler vos sources. Vous m'avez appelée parce que vous saviez que je pourrais aider cette adolescente en détresse. Ne vous mettez pas maintenant à entraver mon enquête.

Elle avait raison, Marcus devait l'admettre. C'est lui qui l'avait impliquée dans cette affaire.

— Vous aurez les informations dans moins d'une heure, promit-il.

— C'est-à-dire ?

— Une liste des menaces que j'ai reçues.

Celles qu'il était disposé à leur dévoiler, du moins. Certaines manquaient de crédibilité. D'autres avaient déjà été écartées. Mais d'autres encore auraient été trop révélatrices, surtout aux yeux d'une paire d'enquêteurs aussi chevronnés. Il comptait donc les trier soigneusement.

— Jusqu'à quand voulez-vous que je remonte ? demanda-t-il. Six mois ? Un an, cinq ans ?

— Vous avez fait une liste au fur et à mesure ?

— Pas moi, mais mon assistante s'en est chargée.

Elle échangea un bref regard avec Deacon.

— Tu crois que trois ans, ça suffirait ? lui demanda-t-elle.

Deacon haussa les épaules.

— Pourquoi pas ? Autant commencer par là…

Il posa ses étranges yeux vairons sur Marcus et ajouta :

— Il faut que vous me remettiez votre arme à feu.

Marcus se félicita d'avoir connu Deacon dans le contexte plus détendu des réunions de famille. Autrement, il aurait peut-être été impressionné par ce regard. Deacon avait un iris bleu et l'autre marron. De prime abord, cela avait quelque chose de troublant. D'hypnotique, même. Marcus ne doutait pas que Deacon en usait et en abusait pour intimider les suspects qu'il interrogeait.

Marcus lui rendit son regard sans ciller.

— Qu'est-ce qui vous fait croire que j'ai une arme à feu ?

Deacon leva les yeux au ciel.

— Le fait que vous portiez un gilet pare-balles et une caméra, peut-être ? fit-il d'un ton sarcastique. Ne me faites pas perdre mon temps, Marcus.

Marcus se rendit compte que c'était exactement ce qu'il était en train de faire, et il le regretta. Car, dès qu'il leur aurait remis son pistolet, ils le laisseraient partir. Scarlett s'en irait faire son boulot de flic… Et il se retrouverait seul, une fois de plus. C'était pitoyable.

— Vous avez raison, concéda-t-il.

Il posa un genou à terre pour ôter le SIG Sauer de poche de son holster à la cheville. Il se releva et déposa l'arme dans la main tendue de Deacon.

Deacon renifla le canon.

— Vous ne vous en êtes pas servi, cette nuit, constata-t-il.

— Non, je l'ai sorti… mais le tireur avait disparu. Je l'ai utilisé avant-hier au stand de tir. Votre collègue de la scientifique a fait un test de résidu de poudre sur mes mains. Et le résultat a été négatif.

— Vous auriez pu porter des gants…

— Mais ce n'était pas le cas.

Il risqua un coup d'œil en direction de Scarlett et s'aperçut qu'elle le fixait intensément. Elle semblait s'intéresser un peu trop à lui. Pas seulement en policière recueillant un témoignage… Et ce regard faisait bouillonner Marcus — non de colère mais de désir.

— Et votre couteau ? demanda-t-elle d'une voix froide qui contrastait avec son regard enflammé.

Pris au dépourvu, il ne sut que répondre pendant un instant.

— Mon couteau ? finit-il par dire.

— Vous avez découpé le polo de la victime quand vous avez essayé d'arrêter l'hémorragie. Il doit y avoir des traces de sang sur le couteau que vous avez utilisé. Où est-il ?

Agacé de s'être laissé surprendre, il plongea la main dans sa poche et en extirpa le couteau qui ne le quittait jamais.

— Il faudra me le rendre, marmonna-t-il en le lâchant dans le sachet que lui tendait Scarlett.

Elle l'examina à la lumière d'un des projecteurs qui éclairaient la scène de crime.

— Très joli, déclara-t-elle. On vous l'a donné quand vous étiez dans l'armée ?

Si elle savait qu'il avait servi dans l'armée, c'est qu'elle s'était renseignée sur lui. Il se demanda ce qu'elle avait pu apprendre en fouinant ainsi dans son passé.

— Non, je l'ai acheté dans un surplus…, répondit-il, prononçant tranquillement cette demi-vérité.

Le couteau qu'il venait de remettre à Scarlett était bien celui qu'il avait à l'armée et qu'il portait au combat. Il lui avait sauvé la vie un nombre incalculable de fois. Quand il avait quitté le service, il avait eu le plus grand mal à s'en séparer. Il avait alors acheté le même dans un magasin de surplus militaire, et c'est ce couteau tout neuf qu'il avait remis avec le reste de ses armes aux autorités militaires en retournant à la vie civile. Et il ne s'en était pas séparé depuis qu'il était revenu du Golfe. *Pourquoi ? Parce que…* Bon, d'accord, ça le rassurait. Il était assez adulte pour l'admettre.

Marcus s'était mis à porter une arme à feu après quelques mois de travail au journal — le temps de se faire quelques ennemis à Cincinnati. La liste des gens qui lui étaient hostiles n'avait cessé de s'allonger depuis, mais il ne regrettait rien de ce qu'il avait accompli pour informer le public.

Sauf si… Il se prit à espérer que Tala avait bien été la cible de la fusillade qui lui avait coûté la vie. Il ne voulait pas vivre avec la pensée qu'elle avait été tuée à sa place. Il leva la tête, perturbé par cette idée.

— Ce n'était qu'une gamine, murmura-t-il.

Scarlett se détendit.

— Elle avait l'âge de votre frère Mikhail, dit-elle. Je suis vraiment désolée, Marcus.

Il la regarda dans les yeux et il ressentit une nouvelle fois cette connivence, cette indicible affinité.

— Merci, répondit-il.

L'embarras se lut un bref instant sur le visage de Scarlett, puis elle redressa les épaules et son expression redevint sévère et inquisitrice.

— Nous n'avons aucune raison de vous retenir, dit-elle d'un ton brusque. Mais nous aurons certainement d'autres questions à vous poser. Vous avez des projets de voyage à l'étranger dans les temps qui viennent ?

Je vois, songea Marcus. Son moment d'empathie était terminé. Il ouvrit la bouche pour lui envoyer une réplique cinglante mais se ravisa. Cela aurait été injuste. Scarlett avait déjà largement prouvé sa compassion pour lui, le jour où elle était restée à son chevet, à l'hôpital. Et à l'enterrement de son frère, même si elle était restée à l'écart. Et cette compassion, il la percevait encore en cet instant, masquée par la sévérité de son regard, mais bien présente.

Elle ne voulait pas la montrer, voilà tout. Et il respectait sa pudeur.

— Non, répondit-il. Je ne compte pas voyager prochainement.

— Parce que vous comptez vous mettre à traquer le meurtrier de Tala ?

— Moi aussi, je gagne ma vie en enquêtant, dit-il en haussant les épaules. Je suis journaliste.

— Ne faites pas ça. Ne cherchez pas à retrouver l'assassin. Envoyez-moi cette liste des gens qui vous ont menacé, et tous les enregistrements vidéo que vous avez faits quand vous croisiez Tala au parc. Le plus vite possible…

Elle lui tendit sa carte de visite et précisa :

— Mon adresse mail est à la dernière ligne.

Il la connaissait déjà, cette adresse électronique. Il en savait d'ailleurs beaucoup au sujet de Scarlett — c'est-à-dire tout ce qu'il avait pu apprendre par des moyens licites. *Enfin, presque toujours licites…* Il avait été très curieux de tout ce qui la concernait, depuis qu'il avait repris connaissance sur une civière et qu'il l'avait vue se pencher sur lui pour l'examiner d'un œil sombre et méfiant — mais aussi plein de respect.

Respect qu'il avait lu de nouveau dans ses yeux, plus tôt dans la nuit. Quand il était revenu sur les lieux où Tala avait perdu la vie, pour s'assurer que les secours étaient arrivés, se refusant à la laisser seule dans la nuit. Il avait bien agi simplement parce qu'il n'aurait pas pu faire autrement. Un minimum d'estime de soi lui avait évité de céder à la tentation croissante d'infliger sa propre justice aux salauds dont les crimes constituaient les informations qu'il recueillait et publiait pour gagner sa vie. Mais il vacillait chaque fois qu'une de ces ordures triomphait. Chaque fois qu'il échouait à protéger les gens de leurs méfaits. Chaque fois qu'un enfant allait au lit terrorisé par la présence d'un de ces pervers dans la chambre voisine.

Désormais, seule l'empêchait d'agir sa crainte de sombrer pour toujours dans un abîme de violence. Se substituer à la justice des hommes, c'était s'engager sur une pente bien glissante. Marcus O'Bannion le savait d'expérience.

Cette nuit, il avait lu du respect dans les beaux yeux de Scarlett Bishop. Et, subitement, il n'aspirait plus qu'à le mériter. Cette femme avait attisé sa curiosité trop longtemps. Le destin lui avait peut-être accordé une faveur, pour une fois. Scarlett le guiderait hors des ténèbres, vers la lumière… Ou alors, il cherchait à s'en persuader afin d'échapper à sa lamentable solitude et de passer un peu plus de temps en compagnie de cette femme ravissante. *Ça me suffirait, en fait.*

— Je vais au bureau… Si vous n'avez plus besoin de moi, dit-il d'un ton léger.

— Je ne vous ai pas entendu nous promettre de ne pas traquer le meurtrier de Tala, observa-t-elle froidement.

Exact. Et il ne comptait nullement se lier par une telle promesse. Parce que cela aurait été un mensonge.

— C'est bon ? Je peux partir maintenant ? rétorqua-t-il.

Il eut le plaisir de voir les joues de Scarlett s'empourprer.

— Nom de Dieu, marmonna-t-elle. Vous allez vous faire tuer pour de bon, cette fois.

C'est possible. Mais ce n'était pas nouveau. Il se tourna vers Deacon Novak et lui demanda d'un ton solennel :

— Puis-je me retirer, agent Novak ?

Deacon laissa échapper un soupir agacé.

— Oui, vous pouvez vous retirer. Mais faites gaffe. Faith tient beaucoup à votre famille et je commence à croire qu'ils ne me détestent pas trop.

— On peut dire ça comme ça, dit Marcus avec un sourire ironique.

Ils vous adorent, en fait. Le charme et la bonne humeur de Deacon Novak avaient épaté la mère, le frère et la sœur de Marcus. Il avait le don de les rendre joyeux malgré leur inconsolable chagrin. Il savait les faire sourire, même aux pires moments. Et de cela, Marcus lui serait à jamais redevable. Quant à Faith, elle avait été un précieux soutien après le meurtre de Mikhail. Elle s'était intégrée au clan O'Bannion avec tant d'aisance qu'on aurait dit qu'elle en faisait partie depuis toujours. L'amitié nouvelle avec cette cousine surgie de nulle part constituait le seul rayon de soleil dans la vie de Marcus au cours des neuf derniers mois. Le seul bienfait de la providence.

Non, il y en avait un autre : revoir Scarlett Bishop — laquelle le dévisageait encore d'un air renfrogné.

— Puisque vous gagnez votre vie en faisant du journalisme, doit-on s'attendre à un article sur le meurtre de Tala dans le *Ledger* de demain ? demanda-t-elle.

— Non, le journal est déjà sous presse.

— Et sur le site Internet ? insista-t-elle d'un ton clairement désapprobateur.

Cela donna envie à Marcus de lui promettre tout ce qu'elle désirait, ne serait-ce que pour effacer ce regard sévère de son visage. Mais il ne voulait pas lui mentir.

— La presse va s'emparer de l'histoire dès l'instant où le corps de Tala arrivera à la morgue. Et les journaux raconteront n'importe quoi… Il vaudrait mieux qu'on publie la vérité avant, vous ne trouvez pas ?

— La vérité ? Quelle part de la vérité comptez-vous publier ?

— Vous me demandez de cacher certains détails, inspectrice ?

— Vous le feriez ?

Il aurait dû s'indigner. Cette requête était contraire à la déontologie et à tout ce en quoi il croyait. Mais Marcus n'était pas un journaliste ordinaire. Il se servait du *Ledger* pour combattre le mal depuis qu'il avait pris les commandes du journal, cinq ans auparavant. Son équipe de reporters couvrait l'actualité politique locale, mais enquêtait aussi sur des sujets spéciaux et révélait les mensonges d'hommes et de femmes qui maltraitaient des enfants et parvenaient à échapper aux sanctions des tribunaux chargés de la protection des mineurs. Ces gens faisaient souffrir leurs gosses et continueraient de le faire tant qu'on ne les en empêcherait pas.

Son équipe ne jouait pas toujours franc-jeu, et il lui arrivait d'obtenir des informations par des procédés qui n'étaient pas tout à fait légaux. Mais ils sauvaient des victimes et mettaient les bourreaux hors d'état de nuire. Ils savaient qu'ils ne sauveraient pas l'humanité de ses vices, mais parvenaient à quelques résultats positifs dans leur petit coin du monde.

Accepter ce que lui demandait Scarlett ne différait guère de leur ligne éditoriale. Mais il ne voulait pas qu'elle le sache. Il secoua la tête et répondit :

— A priori, non. Ça dépend de ce que vous me demandez de ne pas divulguer. Moi aussi, je veux que vous retrouviez ce meurtrier, mais mon devoir est de rendre publics tous les faits. Pas seulement les informations approuvées par la police. Quels sont les détails que vous voulez que je taise ?

— Le nom et l'emplacement du parc où vous avez croisé Tala. La découverte de la douille. Et les dernières paroles de la victime.

C'était exactement ce à quoi il s'était attendu, et c'était précisément ces détails qu'il avait déjà décidé d'omettre.

— Ça en fait trois. C'est beaucoup.

— Vous pouvez toujours publier sa photo et mentionner l'endroit où son corps a été découvert.

— Tant que ça ? Vous me permettez de me citer moi-même en tant que témoin visuel ?

— Ça, ça vous regarde. J'aurais cru que vous préféreriez rester discret sur votre implication dans cette affaire.

— Ce sera difficile, puisque mon nom va apparaître dans le rapport de police. Je vais me retrouver à la une des journaux concurrents.

— Il m'est impossible de ne pas mentionner votre nom dans mon rapport. Désolée, dit-elle en ayant l'air en effet de le regretter sincèrement. Trop de gens vous ont vu sur la scène de crime.

— L'info doit déjà circuler, répondit-il d'un ton résigné.

Le regret fit place à l'agacement dans le regard et le ton de Scarlett.

— Alors faites en sorte que la photo de Tala que vous publierez soit une capture d'écran d'un des enregistrements vidéo que vous avez faits au parc… Quand elle était encore en vie.

Marcus se renfrogna. Cette fois, il était réellement vexé.

— Vous croyez vraiment que je publierais une photo de son cadavre, Scarlett ? Pour quel genre d'homme me prenez-vous ?

— Pour le genre d'homme qui gagne sa vie en vendant le plus d'exemplaires possible, dit-elle posément.

Touché.

À cela il n'y avait pas de réplique, et il se tourna vers Deacon.

— Passez le bonjour à Faith.

Il inclina la tête pour saluer Scarlett et ajouta :

— Dans moins d'une heure, vous aurez les fichiers, inspectrice.

Cincinnati, Ohio
Mardi 4 août, 4 h 05

Scarlett fronça les sourcils tandis que Marcus O'Bannion s'éloignait et disparaissait dans la nuit.

— Tu crois qu'il fera ce que je lui ai demandé ? demanda-t-elle à Deacon.

— Je ne sais pas, murmura-t-il. Marcus n'est pas facile à déchiffrer.

C'est un euphémisme, songea-t-elle. Alors qu'elle commençait à voir plus clair en lui, il avait subitement adopté le rôle du journaliste intègre.

— Il a une autre arme à feu, dit-elle.

Deacon lui fit savoir d'un regard qu'il en était arrivé à la même conclusion.

— Qu'est-ce qui te fait penser ça ? demanda-t-il néanmoins.

— Il n'est pas du genre à venir à un rendez-vous dangereux armé d'un simple couteau.

— Il avait un SIG Sauer…

— Dans un holster de cheville, donc pas facile à dégainer… Marcus est venu avec un gilet pare-balles et une caméra discrète… Il s'attendait à ce que ça soit chaud. Je parie qu'il portait aussi un pistolet de plus gros calibre et plus facile à sortir.

— Tu as raison, mais cela n'a d'importance que s'il s'en est servi.

— Et il n'y avait pas de traces de poudre sur ses mains… Mais, comme tu l'as dit, il aurait pu avoir des gants.

— Quoi qu'il en soit, on n'a pas de preuves. Au tribunal, ce serait sa parole contre la nôtre.

— Je ne crois pas qu'il ait tiré sur Tala. Si j'avais le moindre doute, je ne l'aurais jamais laissé repartir libre…

Elle se mordit la lèvre avant d'ajouter :

— Ça ne me plaît pas qu'il nous ait caché son autre flingue.

— Moi non plus.

Deacon inclina la tête pour observer les réactions de Scarlett — d'un peu trop près, au goût de celle-ci.

— Pourquoi nous le cacher ? demanda-t-il.

Elle lui jeta un regard agacé.

— Tu me demandes ça comme si je le connaissais. Je peux compter sur les doigts d'une main les fois où je lui ai parlé. Toi, tu le connais bien mieux que moi.

— Pourtant, c'est toi qu'il a appelée, cette nuit.

C'était vrai. « Je sais que vous pourriez l'aider », avait-il dit. *Mais Deacon aussi aurait pu venir au secours de Tala. Marcus aurait pu nous appeler tous les deux, mais c'est moi, et moi seule, qu'il a choisie.* Cette idée lui réchauffait le cœur et l'irritait en même temps.

— C'est parce qu'il avait rendez-vous avec une jeune fille de dix-sept ans, répliqua-t-elle. Il a dû estimer qu'une femme ferait mieux l'affaire pour recueillir le témoignage de cette adolescente. Et il a pensé que je ne refuserais pas de venir. Il ne faut pas chercher plus loin.

— D'accord, dit Deacon d'une voix qui se voulait apaisante mais qui crissait comme des ongles sur un tableau noir. Comme tu veux, partenaire.

— Merde, tu sais que je déteste cette manière de parler.
— Je suis au courant, dit-il en souriant.

Scarlett sentit son irritation baisser d'un cran. Deacon avait le don de désamorcer la mauvaise humeur de sa coéquipière, l'incitant ainsi à prendre du recul. Au début de leur partenariat, cette capacité à faire baisser la tension agaçait Scarlett. Mais, depuis neuf mois qu'elle travaillait avec lui, elle en était venue à apprécier cette qualité si rare.

— Je suis désolée, dit-elle sincèrement.

Ce n'était pas la faute de Deacon si elle était d'humeur chagrine. La présence de Marcus O'Bannion avait systématiquement pour effet de la troubler et de la rendre anxieuse. Elle inspira profondément. Ce n'était pas le sujet, de toute façon. Le sujet, c'était la mort d'une jeune fille de dix-sept ans, qui était en route pour la morgue.

— Je dors mal depuis quelques jours, se justifia-t-elle. Du coup, je suis un peu tendue.

— Ouais, ouais.

L'expression de Deacon montrait bien qu'il n'était pas dupe.

— Mais pourquoi a-t-il menti, au sujet de son deuxième pistolet ?

— Il n'a menti que par omission. Il a dit : « J'ai dégainé mon arme. » Sans préciser s'il s'agissait du petit SIG… Mais s'il a vraiment tout filmé, on sera bientôt fixés.

— Oui… Mais je doute fortement qu'il nous aurait aussi gentiment proposé de nous transmettre cet enregistrement s'il s'y trouvait le moindre élément pouvant l'incriminer.

Scarlett prit le sac transparent où se trouvait la casquette de base-ball et l'examina sous toutes les coutures. *Ingénieux.*

— La vidéo est enregistrée dans la caméra ?

— Si la caméra a une carte mémoire, la carte ne doit pas pouvoir contenir plus d'une ou deux minutes de vidéo. Je parie qu'il a enregistré tout ça sur un disque dur externe, grâce à une connexion wi-fi.

— Avec quelle portée ?

— Ça dépend du prix qu'il a payé sa caméra. Comme il est loin d'être pauvre, je parie que c'est du haut de gamme.

Donc le disque dur pouvait être à une centaine de mètres, voire un peu plus. Mais il habite à plus de trois kilomètres d'ici et…

Il laissa sa phrase inachevée et leva les yeux au ciel avant de reprendre :

— Ce petit malin a un disque dur dans sa voiture. Il aurait pu nous le remettre avant de partir… mais il ne l'a pas fait.

Petit malin, c'est peu dire, songea Scarlett.

— Il va effacer les images où on voit son flingue avant de nous envoyer l'enregistrement, hein ? dit-elle avec amertume.

— Ouais. Sauf s'il a arrêté de filmer quand les balles se sont mises à siffler…

— Il aurait pu faire ça ?

— Oui, avec son portable. Pas celui qu'il nous a montré… Celui-là, c'est un jetable.

— J'avais pigé. Qu'en penses-tu ?

— Je ne crois pas qu'il a tiré sur la fille, si c'est ça que tu veux savoir. Je suis même sûr que la vidéo qu'il va nous envoyer confirmera point par point tout ce qu'il nous a déclaré au sujet de Tala. Mais il ne nous a pas dit toute la vérité sur les ennemis qu'il s'est faits et qui pourraient souhaiter sa mort. J'ai remarqué qu'il a hésité quand j'ai suggéré que c'était peut-être lui la cible du tueur.

C'est vrai, pensa Scarlett. *Il a eu l'air interloqué. Et inquiet. Et même un peu coupable.*

— Tu as eu une bonne intuition.

Deacon haussa les épaules.

— Les journalistes ont tendance à se faire pas mal d'ennemis. Moi, par exemple, je ne les aime pas beaucoup.

Scarlett sourit. Deacon avait d'excellentes raisons de détester la presse. Sa tignasse blanche et les grosses lunettes noires qu'il portait le jour faisaient de lui une cible de choix pour les médias. La chaleur étouffante de l'été l'empêchait de porter son pardessus de cuir noir, mais tous les journalistes de la ville l'avaient filmé affublé de ce manteau en hiver. Deacon était un personnage, tantôt la tête de Turc, tantôt la coqueluche des médias.

Mieux vaut que ce soit lui que moi, songea Scarlett. Cependant, elle était, elle aussi, assez exposée. Cela faisait partie du boulot. Elle avait même été personnellement visée par un article de presse — une expérience qu'elle ne tenait guère à revivre.

— Le *Ledger* lui appartient, dit-elle. Avant lui, le tirage de ce journal était inférieur à celui de *The Enquirer*, son principal concurrent. Mais depuis que Marcus est revenu d'Irak il y a cinq ans et s'en est occupé, son lectorat a augmenté. Pourtant, je n'ai jamais vu sa signature nulle part. Il ne fait pas partie de l'équipe de journalistes qui travaillent sur le terrain et harcèlent les gens pour les besoins d'un article.

Deacon se pencha vers elle et dit :

— Je vois que tu t'es bien renseignée sur lui…

Scarlett sentit ses joues rosir.

— Oui, l'an dernier… Quand on considérait les O'Bannion comme des suspects potentiels.

Neuf mois auparavant, alors qu'ils traquaient un tueur, Marcus avait sauvé la vie d'une jeune fille, et Scarlett avait envie de croire qu'il était toujours un type bien.

— Je voulais savoir à qui j'avais affaire, se défendit-elle.

— Et ?

— Je crois qu'il est fondamentalement honnête… Mais les médias peuvent briser des vies en enquêtant sur telle ou telle affaire… Et les journalistes se soucient rarement du mal qu'ils peuvent faire aux gens.

Deacon la dévisageait. Son regard indiquait clairement qu'il lisait en elle avec davantage de perspicacité qu'elle ne l'aurait voulu.

— J'ai l'impression que tu parles en connaissance de cause, dit-il.

— Effectivement.

Et Scarlett savait que cela la poursuivrait pour le restant de ses jours.

— J'avais une amie quand j'étais à la fac, confia-t-elle à Deacon, qui est morte parce qu'un journaliste a publié un article sur un problème qui aurait pu être réglé en privé.

Il est devenu célèbre… Et mon amie n'a eu qu'un ange de pierre pour monter la garde sur sa tombe.

— Tu penses que ce journaliste est responsable de sa mort ?

— En partie, oui…, répondit-elle lentement — car cette mort, elle se la reprochait aussi à elle-même. Mais j'en veux surtout au salopard sadique et tordu qui l'a assassinée.

— Ah… J'avais cru comprendre qu'elle s'était suicidée.

— Non. Elle a été tuée par son ex-petit ami, mais elle aurait pu survivre si ce connard de journaliste avait tenu sa langue…

Et si tu avais tenu la tienne, Scarlett. Si tu n'avais pas fait confiance à ce journaliste et si tu ne lui avais pas révélé des faits qu'il aurait mieux valu ne pas divulguer… Si tu n'avais pas agi comme la dernière des idiotes.

— Pendant plus de dix ans, reprit-elle, j'ai voulu que son meurtrier paye pour ce qu'il a fait, mais je dois avouer que, parfois, j'ai eu envie que le journaliste morfle, lui aussi. Son insensibilité, son indifférence aux conséquences de ses actes ont contribué à la mort d'une femme innocente.

— Ne mets pas Marcus dans le même panier.

Non, elle n'était pas portée à croire que c'était un salaud. Mais elle n'était pas disposée non plus à lui accorder une confiance aveugle. Plus jamais elle ne commettrait cette erreur. Elle en aurait le cœur net, d'ailleurs, en lisant l'article que le *Ledger* allait consacrer au meurtre de Tala.

— Comme je l'ai dit, Marcus n'est pas officiellement journaliste au *Ledger*, il en est le propriétaire et le directeur. C'est donc lui qui est responsable des agissements de ses journalistes, puisque c'est lui qui autorise ou pas la publication des articles qui pourraient nuire à certaines personnes ou en chagriner d'autres.

— Cela signifie que notre liste de suspects pourrait inclure toutes les personnes qui ont des reproches à faire aux journalistes qu'il emploie. Cette liste risque d'être très longue… Heureusement qu'il a conservé des traces des menaces les plus explicites.

— C'est vrai, mais je ne pense pas qu'il soit prêt à admettre que ces menaces étaient crédibles. Pourtant, si sa mère lui a fait promettre de porter un gilet pare-balles c'est qu'elle, elle les prend au sérieux.

— Je suis d'accord. Donc, si le tueur est quelqu'un que Marcus s'est mis à dos à cause d'un article, cela confirmerait que c'était lui la cible, et que la mort de Tala n'était qu'un dommage collatéral, fit Scarlett en se tournant vers le bout de trottoir où Tala avait été abattue. Mais quelque chose me dit que cette affaire concerne davantage Tala que Marcus. C'est elle qui lui a demandé de la rencontrer ici. C'est sur elle qu'on a tiré en premier. Et le tueur est revenu pour l'achever. Il a peut-être tiré sur Marcus pour éliminer un témoin gênant. Dans tous les cas, nous n'avons que très peu d'éléments sur la victime : son corps, son prénom, ses derniers mots, une douille, une vague notion du quartier où elle vivait… et le nom d'un caniche au collier serti de diamants.

— Nous savons aussi qu'un couple la « possédait », compléta Deacon d'un ton lugubre.

Scarlett réfléchit un instant avant de dire :

— On a résolu des affaires avec beaucoup moins d'éléments que ça. Si on a affaire à un trafic d'êtres humains, tes contacts au FBI nous seront précieux.

Officiellement, Deacon était détaché par le FBI pour épauler la Brigade de répression de la grande criminalité de Cincinnati, mais il s'était si bien intégré à l'équipe que, la plupart du temps, Scarlett en oubliait qu'il restait un agent fédéral.

Il hocha la tête et dit :

— Je vais demander à mon chef d'antenne une liste de personnes soupçonnées de trafic d'êtres humains dans la région.

— Quant à moi, je m'occupe de la vidéo de Marcus pour essayer d'en tirer des photos du visage de Tala et du chien. Ensuite, on ira à la pêche aux témoins. On verra si quelqu'un se souvient de l'avoir vue.

— Si elle ne sortait que pour promener le caniche en pleine nuit, ça risque d'être difficile.

— Pas sûr… Les gens pourraient se souvenir d'elle justement à cause de ça. On peut aussi se renseigner auprès des vétérinaires. Un chien bichonné comme ça doit être bien soigné.

— Et les témoins visuels du meurtre, les habitants du quartier où elle a été tuée ?

— Les dealers et les prostituées ont peut-être vu quelque chose. Mais ils se sont tous carapatés avant que j'arrive ici…

Elle consulta sa montre avant d'ajouter :

— Le soleil va bientôt se lever. Aucun d'entre eux ne sera de retour avant ce soir. Tommy et Edna ont peut-être vu quelque chose. Ils ont entendu des coups de feu venir de cette allée… Il faut que je leur demande s'ils ont vu quelqu'un s'enfuir.

— Qui sont Tommy et Edna ?

— Un couple de sans-abri qui habite à quelques pâtés de maisons d'ici. En partant, je vais leur demander ce qu'il en est. Et je m'occuperai de l'identification de la victime dès mon arrivée au bureau.

— Je me mets en contact avec l'équipe du FBI. Appelle-moi quand Marcus t'aura envoyé les fichiers vidéo et la liste des menaces.

— OK. À tout à l'heure.

Cincinnati, Ohio
Mardi 4 août, 4 h 15

— Salopard, marmonna Marcus en s'asseyant douloureusement à son bureau.

Il se félicita d'être seul dans les locaux du *Ledger* à cette heure très matinale. Le journal était parti à l'impression à 2 heures du matin, et Diesel comme Cal devaient être en train de ronfler chez eux. Gayle et le reste de l'équipe de jour n'arriveraient qu'à 9 heures.

Ses employés pousseraient des cris d'orfraie quand ils apprendraient sa mésaventure. Surtout Gayle, son assistante. Elle était déjà la secrétaire de la mère de Marcus à la naissance de celui-ci. Ensuite elle avait été sa nounou, puis celle de sa sœur et de ses frères. Elle avait cessé de remplir ces fonctions lorsque Mikhail, le benjamin, était entré au collège. Elle avait alors été embauchée par Marcus au *Ledger*. Mais elle était restée une nounou dans l'âme. Gayle avait une nette tendance à le materner, plus encore que sa propre mère. Les deux femmes se relayaient pour le surveiller comme le lait sur le feu depuis qu'il était sorti de l'hôpital, neuf mois plus tôt.

Il déverrouilla le tiroir de son bureau et en sortit l'ordinateur portable réservé aux affaires confidentielles. Si un détail gênant apparaissait dans les enregistrements vidéo concernant Tala — par exemple, son deuxième pistolet, dont le numéro de série avait été limé —, il sauvegarderait l'original sur cet ordinateur et transmettrait une version retouchée du fichier aux flics.

Il n'avait eu aucune réticence à remettre à Scarlett le petit SIG Sauer de secours. Il venait de l'acheter et ne l'avait utilisé qu'au stand de tir. S'ils le soumettaient à une analyse balistique, ils ne trouveraient rien de compromettant. Peu lui importait, d'ailleurs, qu'ils se doutent qu'il portait une autre arme à feu. Mais il n'avait aucune intention de leur abandonner son Walther PK380. Il possédait ce pistolet depuis trop longtemps pour s'en séparer. En outre, même si une analyse balistique de cette arme ne pouvait pas a priori lui valoir des ennuis judiciaires, il préférait ne prendre aucun risque.

De toute façon, même s'il était amené à leur remettre aussi le PK380, il en possédait d'autres, la plupart dûment déclarés. Et c'est l'un de ces pistolets identiques qu'il leur donnerait.

Marcus préservait jalousement sa vie privée et ses petits

secrets. Voilà pourquoi il avait également plusieurs autres ordinateurs portables « confidentiels ». En fait, aucune de ces machines ne contenait la totalité des données concernant tel ou tel projet. Ainsi, même si l'un de ces ordinateurs venait à tomber entre de mauvaises mains, le projet en question ne serait que partiellement compromis. Et, comme aucun de ces ordinateurs n'était répertorié comme appartenant au journal, ils ne pouvaient être saisis par la justice au cas où Marcus ou l'un de ses employés auraient affaire à la police en tant que journalistes.

Comme lui, cette nuit même.

Cela n'aurait pas dû se passer ainsi. Il avait cru que son rôle se limiterait à prévenir Scarlett Bishop, et qu'ensuite il en aurait fini avec cette triste histoire. Mais au lieu de cela...

Ses mains se figèrent sur le clavier. Au lieu de cela, une jeune fille innocente était morte et il se retrouvait interrogé par la police.

« Pourquoi êtes-vous revenu ? » lui avait demandé Scarlett. *Oui, pourquoi ?* Pourquoi ne s'était-il pas éclipsé quand il en était encore temps ?

Je ne pouvais pas la laisser seule dans la nuit. Non, ça, c'était impossible. Même si cela voulait dire que des flics zélés allaient le tenir à l'œil pendant quelque temps.

Des flics comme Scarlett Bishop. Le fait que ce soit elle qui s'en charge pouvait être une aubaine ou une calamité — l'avenir seul le dirait. Dans les deux cas, il agirait en conséquence.

Alors sois conséquent. Donne-lui les fichiers que tu lui as promis, pour qu'elle puisse faire son boulot.

Comme les enregistrements vidéo où apparaissait Tala seraient plus utiles à l'enquête de Scarlett que la liste des menaces, il brancha l'ordinateur au disque dur qu'il avait laissé dans sa Subaru lorsqu'il était allé retrouver Tala dans la ruelle. Il espéra qu'il n'était pas sorti du champ de connexion wi-fi. Le signal de la caméra dissimulée dans la visière de sa casquette avait une portée de cent cinquante mètres, mais Marcus s'était peut-être éloigné davantage en faisant le tour du pâté de maisons lorsqu'il s'était lancé à la poursuite du meurtrier. Il ouvrit le fichier vidéo et croisa les doigts pour que la caméra ait filmé quelque chose qui lui avait échappé sur le moment et qui soit utile à l'enquête de Scarlett.

— Quel gâchis, marmonna-t-il en découvrant le visage terrifié de Tala sur l'écran.

Il savait que, quelques instants plus tard, il la verrait mourir une nouvelle fois. Mais avant cela, il réécouta les paroles apeurées qu'elle avait prononcées lorsqu'elle lui avait fait part de ses inquiétudes au sujet de sa famille.

Il s'entendit lui demander avec insistance de qui elle avait peur. Il tendit l'oreille au moment où elle murmurait : « L'homme et sa femme. Ils nous possèdent. »

Et soudain — une fraction de seconde avant la détonation — il remarqua un détail qui lui avait échappé sur le moment. Le regard terrifié de Tala en témoignait : non seulement elle avait vu le meurtrier surgir des ténèbres, mais elle l'avait *reconnu*. Son visage lui était familier.

— Salopard ! grogna-t-il, ignorant l'élancement qui lui transperça le dos lorsqu'il se pencha un peu trop brusquement, les yeux rivés sur l'écran.

Mon Dieu, faites que la caméra ait filmé quelque chose d'utile.

L'image vacilla et se flouta tandis que, Marcus s'étant brusquement retourné à cet instant, la caméra balayait à toute vitesse les murs en brique de la ruelle. Lorsqu'elle s'arrêta, l'entrée de la ruelle était déserte. Marcus s'était mis à courir à ce moment-là, et l'image sautait en tous sens tandis qu'il cherchait des yeux le tireur, mais une fois au bout de la rue, il n'y avait aucune trace du meurtrier.

La caméra changea à nouveau d'angle : il s'était retourné pour voir Tala, gisant sur l'asphalte, son polo déjà tout trempé de sang.

« Putain de salopard ! » Ce juron jaillit du haut-parleur de l'ordinateur tandis qu'il se revoyait en train de faire les gestes de premiers secours. « Tala ! » s'entendit-il crier d'une voix désespérée.

Marcus se redressa en lâchant un soupir déçu. La caméra n'avait rien filmé qu'il n'ait vu de ses yeux. Cette vidéo-là ne serait guère utile à Scarlett Bishop.

Néanmoins, il la repassa depuis le début, se concentrant cette fois sur la bouche de Tala, et augmenta le son au moment où il tentait d'arrêter l'hémorragie, dans l'espoir que le micro de la caméra ait capté d'autres mots que ceux qu'il avait déjà rapportés aux deux policiers.

Mais, là encore, rien de nouveau. Tala n'avait rien dit de plus. Ou pas assez fort pour que le micro l'enregistre. Il débrancha le disque dur, le connecta sur son ordinateur de bureau officiel et envoya les fichiers vidéo à Scarlett Bishop, comme promis.

Il lui restait du temps avant l'arrivée de Gayle. Marcus voulait en profiter pour récupérer la liste des menaces qu'elle avait dressée au fil des dernières années. Il ne croyait pas avoir été la cible du tueur mais, si Gayle le surprenait en train de consulter cette liste, elle flairerait quelque chose d'inhabituel. Et surtout, elle verrait au premier regard qu'il avait été blessé. Elle en ferait une pendule, et toute l'équipe du journal serait vite au courant. Pire encore, elle irait tout raconter à la mère de Marcus.

Il s'était toujours fié à Gayle pour ne pas dévoiler ses nombreux secrets, et jamais elle ne l'avait trahi. Mais elle lui avait aussi toujours dit très clairement qu'elle préviendrait la mère de Marcus s'il était en danger physiquement.

Or Marcus craignait que sa mère ne supporte pas le choc si elle venait à apprendre que son fils s'était, une fois de plus, fait tirer dessus. Son attachement à la vie ne tenait qu'à un fil depuis le meurtre de Mikhail. Même sa sœur Audrey faisait des efforts depuis ce décès tragique : cela faisait neuf mois qu'elle ne s'était pas fait arrêter par les flics.

Marcus ne voulait pas semer le trouble dans sa famille. Enfin, pas tout de suite… Il lui fallait d'abord dormir quelques heures, prendre une douche bien chaude et trouver une poche de glace pour apaiser la douleur qui lui vrillait le dos. Mais il avait promis d'envoyer la liste à Scarlett sans tarder — et Marcus O'Bannion tenait toujours ses promesses.

Une fois la liste envoyée, il s'occuperait de l'article. Il en confierait la rédaction à son frère, Stone. Celui-ci repoussait le moment de repartir à l'étranger pour un grand reportage, sans doute parce qu'il ne voulait pas laisser leur mère tant qu'elle était si fragile.

Stone était l'une des rares personnes auxquelles Marcus pouvait confier tous les détails de l'affaire. Il omettrait sans rechigner ceux que Scarlett avait demandé à Marcus de ne pas divulguer, mais c'était aussi un enquêteur hors pair. Avec son aide, Marcus aurait davantage de chances de retrouver la famille de Tala.

Il décrocha son téléphone et appela Stone. Celui-ci répondit à la première sonnerie.

— Quoi de neuf ? demanda Stone en baissant le son de la télévision.

— Je voudrais que tu couvres une affaire…

— Où ça ? Quand ça ?

— Maintenant. Viens à la rédaction. Tu peux passer chez moi me prendre des vêtements propres ?

Il ne voulait pas que ses voisins le voient rentrer couvert de sang.

— Si ça ne t'embête pas, tu pourrais aussi promener BB ? demanda-t-il. Et récupérer le gilet pare-balles dans la commode de ma chambre ? Deuxième tiroir en partant du bas…

Stone resta silencieux un instant avant de répondre d'une voix méfiante :

— Hum… Pour quoi faire ?

— Je te le dirai quand tu seras là.

Il ouvrit le fichier contenant la liste des menaces et soupira.

— Tu devrais en mettre un, toi aussi, conseilla Marcus. Simple précaution.

Nouveau silence.

— Précaution contre quoi, au juste ?

— Ça aussi, je te le dirai quand tu seras là. Merci.

Et il s'empressa de raccrocher avant que Stone ne pose d'autres questions.

Il parcourut la liste qu'avait dressée Gayle. Sa vision se troublait un peu, en raison du manque de sommeil. *Un café. Tout de suite.* Son esprit devait être clair et aiguisé s'il voulait enlever les noms qu'il ne souhaitait pas révéler à Scarlett et à Deacon. Ils étaient suffisamment malins pour se rendre compte que Marcus ne se contentait pas de faire du journalisme. Il ne voulait pas qu'ils s'intéressent de trop près à lui ou à ses plus proches collaborateurs : la poignée de femmes et d'hommes de confiance qu'il mêlait à sa véritable activité — celle pour laquelle il maintenait le *Ledger* en vie alors qu'il aurait dû disparaître depuis des années, comme la plupart des quotidiens régionaux du pays.

Scarlett ne blâmerait pas cette activité sur le plan moral, il le sentait ; mais elle désapprouverait leurs méthodes. Et cela pourrait priver de leur gagne-pain — et de leur liberté — les gens qui se fiaient à Marcus autant qu'il se fiait à eux.

Malheureusement, aucune de ces personnes de confiance n'était là pour faire ce maudit café. Il se leva pour le préparer lui-même.

Cincinnati, Ohio
Mardi 4 août, 4 h 45

Le fait que Marcus possédait une ou plusieurs autres armes à feu n'était pas une hypothèse aux yeux de Scarlett, c'était une certitude. Et cette certitude n'avait cessé de la tourmenter sur le chemin du retour. Il leur avait remis son couteau et son pistolet, mais pas celui qui devait être sa principale arme au moment où Tala avait été abattue. Que leur cachait-il d'autre ? Et pourquoi ?

Il gagne sa vie en publiant des informations. Ceci expliquait cela. La presse était un repaire de fouineurs, qui mentaient comme ils respiraient, toujours à l'affût d'un scoop. Elle n'avait jamais rencontré un seul journaliste soucieux du mal qu'il pouvait faire aux gens. Elle espérait pourtant que Marcus faisait exception. Et qu'il était bien le héros qu'elle aurait tant voulu qu'il soit.

Tu te prépares à une cruelle déception. Le plus probable était qu'il publie un article sur le meurtre de Tala puis qu'il passe à autre chose, oubliant toute l'affaire.

Scarlett passa à la vitesse inférieure en tournant dans la rue étroite qui se terminait devant sa maison. Habiter une maison perchée au sommet de la colline la plus escarpée de Cincinnati avait des désavantages : il fallait être un conducteur expérimenté et rouler en 4×4 pour y parvenir en hiver. Mais la neige et le verglas n'étaient qu'un lointain souvenir, et sa vaillante petite Audi n'avait aucun mal, malgré son âge, à escalader cette pente raide en été.

Les jours de blizzard, elle conduisait son Land Cruiser, plus vétuste encore. Affectueusement surnommé « le tank » par elle et ses frères, il lui avait été légué par son grand-père, Al. Trop volumineux pour dormir dans son garage, il restait garé dans l'allée la plupart du temps. Il consommait d'énormes quantités de carburant, mais il avait permis à Scarlett d'affronter la neige et le verglas. Elle pouvait ainsi profiter des avantages qu'offre une maison en haut de la colline — dont une vue imprenable sur la ville et la rivière Ohio.

Et puis cette position permettait de repérer de loin quiconque approchait à pied ou en voiture. Ce n'était pas ce qui l'avait décidée à choisir cette maison, mais c'était devenu un atout. Cela lui donnait le temps, avant d'ouvrir la porte, de s'adapter à ses visiteurs. Pour sa mère, elle était « Scarlett Anne », affectueuse et patiente. En présence de son père, elle jouait le rôle de l'« inspectrice Bishop », professionnelle et pragmatique. Face à ses frères, elle se muait en « Scar », toujours prête à chahuter avec eux. Et quand c'étaient ses rares amies qui lui rendaient visite, elle redevenait tout simplement Scarlett, la fille qui aimait le bon vin et les potins.

Le rôle qu'elle jouait en présence de sa mère était le plus difficile. Scarlett devait trouver le moyen de masquer la colère et la violence qui l'affectaient, de les repousser tout au fond d'elle-même pour feindre la sérénité — et ce depuis une dizaine d'années. Si sa mère avait découvert ce que sa fille était vraiment devenue, elle en aurait eu le cœur brisé — et Scarlett n'aurait pas pu le supporter. Jackie Bishop avait déjà eu sa part de souffrance.

Elle cachait aussi sa colère à son père, mais pour de tout autres raisons. Membre zélé et décoré du CPD, la police de Cincinnati, il aurait fait un signalement à ses supérieurs, lesquels se seraient empressés de la mettre au placard. Son père l'aurait fait la mort dans l'âme, mais sans hésiter. *Pour me protéger contre moi-même. Parce que je ne suis pas assez forte pour être flic.* Il lui avait dit un jour qu'elle était trop émotive. Que son cœur était trop tendre.

Elle avait donc passé les dix dernières années à lui prouver qu'il avait tort.

Pour se rendre compte, en définitive, qu'il avait eu raison. Elle était effectivement trop émotive. Sa colère devenait de plus en plus difficile à gérer. Elle était comme un baril de poudre prêt à exploser, un danger pour elle-même et pour autrui. Ce qui la rendait inapte au service. Elle en était consciente, mais ne savait rien faire d'autre. Alors, envers et contre tout, elle protégeait l'existence qu'elle s'était construite.

Malheureusement, les membres de sa famille étaient perspicaces, et Scarlett le savait. Elle leur cachait sa vraie personnalité sans pour autant les éviter ou se dérober aux obligations familiales. C'était un exercice d'équilibriste permanent et exténuant. Par ailleurs, son frère Phin avait rompu avec toute la famille, et ses parents en souffraient déjà beaucoup.

Elle était donc la fille exemplaire. La sœur parfaite. La tante préférée.

Elle réapprenait même à être l'amie joviale et chaleureuse.

Dani, la sœur de Deacon, et Faith, sa fiancée, avaient attiré Scarlett dans leur cercle d'amies. Dani était médecin et Faith psychologue, et toutes les deux avaient oublié d'être bêtes. En les fréquentant, Scarlett courait donc le risque d'être démasquée, d'autant qu'elles voyaient aussi Meredith Fallon, une autre psy — l'une des plus impressionnantes que Scarlett ait jamais connues.

Les soirées entre filles étaient donc délicates pour Scarlett, car il lui fallait s'amuser tout en se tenant sur ses gardes. Leur amitié lui donnait l'impression d'avancer sur un terrain miné, mais elle n'avait pas la force d'y renoncer. Cela faisait dix longues années qu'elle n'avait pas eu de véritable amie, et leur affection lui réchauffait le cœur. Elle ressentit subitement le besoin de les joindre pour leur confier que Marcus l'avait appelée et leur demander conseil.

Mais je ne le ferai pas, bien sûr. Cela faisait neuf mois qu'elle leur cachait son obsession pour Marcus. Le fait qu'il l'ait appelée cette nuit ne signifierait rien de spécial pour elles. *Et d'ailleurs cela n'aurait un sens que s'il était aussi obsédé par moi que je le suis par lui.*

Or, s'il s'était intéressé à elle, il aurait agi en conséquence. *Il m'aurait appelée…*

Mais il t'a appelée, objecta une petite voix dans un coin de sa tête.

Scarlett se renfrogna. Cela ne comptait pas. Il l'avait contactée uniquement à cause de Tala. *S'il s'était intéressé un tout petit peu à moi, il m'aurait contactée bien avant.*

Et toi, tu l'as appelé peut-être ? railla la petite voix.

— Oh ! toi, ferme-la, marmonna-t-elle.

Mais c'était vrai. Elle aurait pu passer un coup de fil à Marcus au cours des neuf derniers mois, histoire de tâter le terrain. Pourquoi ne l'avait-elle pas fait ?

Parce que tu as peur.

Ce n'était pas tout à fait exact.

— Je n'ai pas peur, je suis prudente, dit-elle d'une voix qu'elle aurait voulue plus ferme.

Elle se savait sur la défensive.

Et alors ?

— N'importe qui le serait dans de telles circonstances…

Lorsqu'elle parvint à mi-pente, ses pensées s'éparpillèrent subitement et un petit grognement irrité lui échappa. Devant chez elle, à côté du tank, il y avait un autre véhicule. La Jaguar noire aux lignes pures qui était garée à côté du vieux Land Cruiser tout cabossé raviva en elle un sentiment de culpabilité mêlé de peur. Qu'est-ce qu'il fabriquait là, à une heure aussi matinale ?

Comme si tu ne le savais pas. Pourquoi vient-il, en général ?

Combien de fois devrait-elle lui dire que c'était fini avant qu'il renonce ? Elle lâcha un profond soupir. Elle ne voulait pas le voir, surtout pas en ce moment.

Malheureusement, cette fois, elle ne pourrait pas se cacher derrière ses rideaux. *Il va falloir que tu lui parles.*

Ces derniers temps, à chaque fois que Bryan lui avait rendu une visite nocturne, elle était chez elle. Mais il n'en avait rien su parce que Scarlett avait décidé de ne pas lui ouvrir. N'ayant pas assez d'énergie pour ressasser une fois de plus les mêmes arguments, elle s'était recouchée, le laissant attendre en vain dans l'allée.

La première fois, il n'était resté que quelques minutes. Mais à chaque nouvelle visite, il patientait un peu plus longtemps. Trois nuits auparavant, il était arrivé vers 2 heures du matin et était resté près d'une heure assis dans sa voiture, avant de venir tambouriner à sa porte, exigeant bruyamment qu'elle le laisse entrer. Pas dupe, il avait deviné qu'elle était chez elle. Elle avait déjà descendu quelques marches pour aller lui ouvrir, lorsque la voisine avait ouvert sa fenêtre et menacé d'appeler la police s'il n'arrêtait pas son vacarme. Un instant plus tard, Scarlett avait entendu le moteur de la Jaguar vrombir et s'éloigner, et elle s'était sentie minable.

Tu es lâche, Scarlett. C'était vrai. Elle préférait affronter un tueur psychopathe accro aux amphétamines plutôt que d'envoyer paître un vieil ami.

Elle se gara derrière le Land Cruiser pour ne pas bloquer

la Jaguar — elle ne voulait pas lui donner le moindre prétexte de s'attarder. Elle sortit de l'Audi et referma silencieusement la portière. Sa voisine avait d'excellentes oreilles malgré ses quatre-vingt-cinq printemps. Non seulement Mme Pepper risquait de se réveiller, mais la vieille dame serait tout ouïe. En un clin d'œil, tout le quartier serait au courant. Ses voisins étaient de braves gens, mais du genre curieux. Et chacun d'eux viendrait offrir ses bons conseils à Scarlett…

Bryan, qui était resté assis dans sa voiture, montra du doigt la porte d'entrée, mais Scarlett secoua la tête. La dernière fois qu'elle l'avait laissé entrer « juste pour boire un café », il avait refusé de partir. La situation avait été plus qu'embarrassante.

Bryan sortit de sa voiture, claquant la portière bruyamment, au grand agacement de Scarlett. Il lui lança un regard furieux par-dessus le toit de la Jaguar.

— Où étais-tu ? demanda-t-il d'une voix beaucoup trop forte.

— Chut ! fit Scarlett.

Elle désigna les maisons environnantes, plongées dans l'obscurité.

— Ça te dérangerait de faire moins de bruit ? chuchota-t-elle d'un ton exaspéré. Tu vas réveiller tout le quartier.

Il lâcha un soupir contrarié.

— Désolé, murmura-t-il. J'étais inquiet, voilà tout.

Faux, songea-t-elle. *Tu as juste envie de tirer un coup.* Comme à chaque fois qu'il lui rendait visite. Sa venue était censée signifier qu'il était « entre deux relations », selon ses termes — mais Scarlett savait à quoi s'en tenir.

Bryan Richardson était un dragueur invétéré qui passait d'une liaison à l'autre avec une facilité déconcertante. Comme il ne faisait aucune promesse, on ne pouvait pas lui reprocher de mentir. La plupart de ses proches estimaient qu'il aurait dû s'assagir depuis longtemps, mais ils ignoraient ce qu'il avait enduré.

Scarlett le savait, elle. Elle connaissait Bryan par cœur. Leurs cauchemars partagés les avaient unis d'une manière malsaine, engendrant une liaison par intermittence qui s'était poursuivie depuis la fac. Du sexe entre amis, en quelque sorte. Elle y avait trouvé de l'apaisement lorsque ses besoins physiques atteignaient une telle urgence que sa raison s'en troublait. Mais Bryan était aussi un vieil ami vers qui se tourner quand la solitude devenait insupportable.

Ce n'était certes pas auprès de lui qu'elle vivrait heureuse jusqu'à la fin de ses jours. Elle en était consciente et savait que Bryan n'en demandait pas tant — et cela ne la dérangeait pas… Du moins jusqu'à ce qu'elle entende la voix de Marcus O'Bannion, neuf mois plus tôt. Jusqu'à ce qu'elle reste longuement à son chevet, à l'hôpital, observant son combat pour survivre à des blessures subies tandis qu'il sauvait la vie d'une parfaite inconnue.

« Pourquoi ? avait-elle alors demandé à Marcus.

— Parce que c'était ce qu'il fallait faire », avait-il répondu.

Cette rencontre avait tout changé. Et n'avait rien changé du tout. Elle était toujours aussi solitaire et risquait de le rester toute sa vie. Mais, désormais, sa relation avec Bryan lui pesait énormément. Elle lui avait annoncé que tout était fini entre eux. Lui avait conseillé de trouver un autre havre dans la tempête. Mais, à l'évidence, elle n'avait pas été assez ferme.

Finissons-en, maintenant. Pour notre bien à tous les deux.

— Je suis policière, Bryan, dit-elle calmement. Et je le suis depuis dix ans. Que je sache, tu ne t'es jamais inquiété pour moi, dans le passé.

Il contourna la Jaguar et s'arrêta à quelques centimètres de Scarlett.

— Je me fais du souci pour toi tous les jours depuis que je t'ai rencontrée, mais tu n'aurais pas aimé que je te le montre, répondit-il d'une voix empreinte d'une tension qui n'était pas seulement due à la frustration sexuelle.

Il y avait un souci. Mais il y avait *toujours* un souci, avec Bryan. Ce garçon avait des problèmes. Des cicatrices mal refermées, profondes, que personne ne décelait.

Moi aussi. Cela avait cimenté leur relation. Mais le ciment avait perdu de son liant.

— Alors pourquoi me le dire maintenant ? demanda-t-elle.

Il voulut lui caresser la joue, mais elle se déroba. Bryan se renfrogna.

— Parce que j'ai l'impression que tu t'éloignes de moi, et que je ne sais pas pourquoi, geignit-il. Ça fait presque un an que nous n'avons pas…

— Tiré un coup, compléta posément Scarlett. Et, d'ailleurs, ça fait un an et demi.

Bryan afficha une expression perplexe qui ne fit qu'aiguiser l'agacement de Scarlett.

— La dernière fois, c'était avant Julie, lui rappela-t-elle sèchement.

— Ah, oui…

Il esquissa un sourire mais son regard demeura étrangement distant.

— On a passé un bon moment, Julie et moi, fit-il. Quand on a rompu, je suis venu te voir mais tu m'as dit que tu n'étais pas d'humeur câline.

Cela s'était passé un mois après sa rencontre avec Marcus.

— Non, je t'ai dit que je ne voulais plus faire ça avec toi.

Son cœur se serra au souvenir de toutes les fois où elle avait cédé et consenti à avoir une relation sexuelle dénuée de sentiments avec Bryan. Au manque de respect de soi dont elle avait fait preuve. À sa propre irresponsabilité en la matière.

— Et je n'ai pas changé d'avis, Bryan.

— J'ai fait quelque chose ?

Scarlett sentit la pitié monter en elle.

— Non, Bryan. Rien du tout. Tu n'as pas changé.

Il se détendit un peu et posa la tête sur l'épaule de Scarlett, en prenant bien garde de ne pas toucher d'autres endroits de son corps. Il inspira profondément, inhalant son parfum.

— Alors, allons dans ta chambre, chuchota-t-il. J'ai envie de toi. Ça fait si longtemps…

Elle recula d'un pas, puis d'un autre, et se retrouva contre la portière de l'Audi.

— Je suis désolée, Bryan. Je ne peux pas.

— Tu ne peux pas ou tu ne *veux* pas ? demanda-t-il avec une pointe de hargne.

— Les deux.

— Pourquoi ?

— Parce que tu es resté le même, mais moi, j'ai changé.

— Il y a quelqu'un d'autre ? Un autre homme ?

— Non, répondit-elle sincèrement.

Pas encore. Peut-être jamais.

Elle inspira profondément avant d'ajouter :

— Mais j'ai peut-être envie qu'il y en ait un.

Il releva la tête, les yeux plissés.

— Pourquoi pas moi ? proposa-t-il.

— Non, répondit-elle en souriant pour adoucir ses mots. Nous savons tous les deux que tu n'es pas du genre à t'engager.

— C'est vrai.

Il ne lui était même pas venu à l'idée de dire le contraire. Scarlett avait envie de pleurer.

— Et toi, demanda-t-il, tu es du genre à t'engager, peut-être ?

Les larmes lui brûlèrent les yeux, car elle savait exactement ce qu'il sous-entendait. Était-elle vraiment capable de vivre avec un homme ? Et, surtout, avec Marcus ?

— Je ne sais pas, fit-elle. Je suis aussi paumée que toi.

Il resta silencieux un long moment, et elle comprit qu'il repensait à ce jour terrible. Le jour qui avait changé leurs vies à jamais. Et dont le souvenir était extraordinairement net — comme si cette tragédie s'était passée la veille.

Tout ce sang.

Au cours de sa carrière, jamais elle n'avait vu une scène de crime aussi souillée.

Elle sursauta au doux contact d'un tissu sur ses joues ruisselantes de larmes. Bryan était en train de les essuyer avec un mouchoir en coton. Elle ne s'en était même pas aperçue.

— Je suis désolé, murmura Bryan.

Elle se força à sourire.

— De quoi ? demanda-t-elle.

— De ne pas être un compagnon fidèle et constant. J'aimerais bien être le conjoint idéal, mais je n'y arrive pas. Même avec toi.

Touchée, elle lui effleura la joue.

— Ce sera peut-être plus facile quand tu auras rencontré la personne qu'il te faut, dit-elle.

Elle vit dans le regard de Bryan qu'il avait compris.

— Toi, tu l'as rencontrée, la personne qu'il te faut, devina-t-il. Ou, du moins, c'est ce que tu crois…

Il croisa les bras, son expression passant en un instant de la mélancolie au reproche.

— Il t'a brisé le cœur ?

— Non. C'est autre chose… Il ne…

Elle soupira et lâcha le morceau :

— Il n'est pas au courant.

— Alors il est aveugle, ou bien idiot, déclara Bryan.

Son regard redevint malicieux.

— Je pourrais t'aider à l'oublier, suggéra-t-il.

Scarlett secoua la tête, heureuse que ce moment d'attendrissement soit passé.

— Je te remercie pour ce sacrifice, ironisa-t-elle. Mais la réponse est toujours non.

— Tu m'invites à boire un café, alors ?

— Désolée, mais pas maintenant. Je dois m'occuper d'une affaire de meurtre.

Il fronça les sourcils, tout en faisant claquer de son petit doigt la bretelle du débardeur de Scarlett.

— C'est comme ça que tu t'habilles quand tu es en service ? s'étonna-t-il.

Elle se sentit rougir. Ce débardeur moulant ne cachait pas grand-chose de ses épaules. Son jean taille basse n'était guère réglementaire, lui non plus, pour un membre des forces de l'ordrc. *Mais je ne me suis pas habillée pour aller travailler.* Elle pensait à Marcus quand elle avait passé ces vêtements. Elle se souvint des regards qu'il lui avait jetés quand elle examinait la scène de crime.

— J'ai un blouson, dit-elle.

Un blouson qu'elle avait délibérément laissé dans la voiture pour aller à la rencontre de Marcus.

Bryan continuait à la dévisager d'un air suspicieux.

— Je croyais que tu ne travaillais pas aujourd'hui, dit-il.

— Comment le sais-tu ?

— J'ai appelé ta mère hier soir pour lui demander où tu étais, dit-il avec effronterie.

— Tu as appelé ma mère ? demanda-t-elle, n'en croyant pas ses oreilles.

Puis elle se souvint que sa mère avait toujours eu un faible pour Bryan.

— Et comment est-ce qu'elle l'a su ?

— Elle a demandé à ton père.

Scarlett soupira.

— Bien sûr…

Son père était au courant de tout ce qui se passait au sein du CPD, surtout quand cela concernait ses trois enfants — sur sept — qui avaient marché sur ses traces en s'engageant dans la police. Elle inclina la tête de côté pour observer le visage de Bryan à la lumière crue du réverbère.

— Pourquoi as-tu appelé ma mère pour savoir ce que je faisais, Bryan ?

Il haussa les épaules.

— Tu ne réponds pas à mes appels. Et j'avais besoin de… compagnie.

— Et Sylvia ?

— C'est de l'histoire ancienne. On a rompu il y a six mois. Après, il y a eu Kathy. Et après elle, il y a eu Wendy…

— Qu'est-ce qui s'est passé avec Wendy ?

Nouveau haussement d'épaules.

— On a rompu il y a quinze jours.

Scarlett haussa les sourcils. Il était incorrigible. S'il

ne s'était pas brouillé avec Wendy, il n'aurait pas relancé Scarlett avec une telle assiduité.

— C'est pour ça que tu es venu, fit-elle.

Il eut au moins le bon goût d'afficher une mine honteuse. Du moins, pendant un instant.

— Je suis passé te voir plusieurs fois la semaine dernière, mais tu n'étais pas là.

Son ton accusateur laissait entendre qu'il se doutait bien qu'elle avait été chez elle, ces fois-là. Comme elle ne tenait pas à avouer qu'elle se cachait piteusement sous ses couvertures, elle ne lui posa pas la question.

— J'ai des horaires de travail irréguliers, Bryan. Tu le sais bien.

Il lui jeta un regard lourd de sous-entendus.

— Quand ta voiture est dans ton garage, dit-il, ça sent les chaussettes sales.

Elle lâcha un petit soupir. *Maudit diesel puant.*

— Excuse-moi, dit-elle. Je ne voulais pas te heurter.

— Eh bien moi, je ne vais pas me gêner, rétorqua-t-il posément. Attention, ça va faire mal... J'ai vu Trent Bracken la semaine dernière, en train de déjeuner dans un restaurant avec l'associé principal du cabinet Langston & Vollmer.

Scarlett sursauta, comme si on l'avait giflée. Puis elle sentit la colère l'envahir et inspira profondément pour la refouler. Trent Bracken aurait dû être dans le couloir de la mort, pas en liberté et moins encore en train de déjeuner avec un représentant du plus puissant cabinet d'avocats de la ville.

— Comment est-ce possible ? demanda-t-elle d'une voix rauque.

Bryan fit une moue dégoûtée.

— Parce qu'ils viennent de l'embaucher comme associé adjoint. Le nombre de procès qu'il a gagnés est « légendaire ». C'est le terme qu'emploient les associés dans un mémo qu'ils ont envoyé à tous les collaborateurs du cabinet.

— Salopards.

Scarlett dut à nouveau respirer un bon coup, cette fois pour s'empêcher de vomir.

— Ils embauchent un meurtrier ?

— Oui, dit Bryan avec amertume. Ils affirment que « sa terrible expérience du système pénal » lui a « insufflé la passion de défendre les droits des innocents ».

Scarlett sentit ses genoux flageoler et elle dut s'adosser à sa voiture pour rester debout.

— Des innocents, murmura-t-elle. Comme Michelle… Cela ne leur fait rien, qu'il l'ait tuée ?

Elle ne put réprimer un rire amer avant de répondre à sa propre question :

— Bien sûr que non. Ils ne valent pas mieux que les salauds qui ont permis à Bracken de s'en tirer !

Elle pensait aux avocats qu'il avait engagés et qui, jouant sur la moindre faille du système judiciaire, n'avaient eu aucun scrupule à aider un assassin à recouvrer sa liberté.

— Ça ne m'étonne pas, finalement, cracha-t-elle. Ils sont aussi ignobles que lui.

— Je me suis dit qu'il valait mieux que tu le saches, pour que tu ne sois pas prise au dépourvu, au cas où tu le verrais au tribunal.

De nouvelles larmes vinrent brouiller le regard de Scarlett. Elle les refoula et demanda :

— C'est pour ça que tu es venu ? Pour me parler de Bracken ?

Il hocha la tête.

— Et pour le câlin, avoua-t-il.

Elle se força à rire et lui dit :

— Allez, Bryan, rentre chez toi et repose-toi un peu. Demain sera un autre jour… Tu vas peut-être rencontrer une nouvelle copine.

— Peut-être, fit-il tristement. Comment s'appelle-t-il, ce mec, Scarlett ? Dis-moi au moins son nom.

Elle fronça les sourcils. Encore choquée par le nouveau bras d'honneur que Bracken venait de faire à la justice, elle mit du temps à comprendre la question. Le souvenir de la voix de Marcus vint apaiser ses angoisses.

Elle ne voulait le dire à personne. Pas encore. Pour l'instant, ce n'était qu'une folle espérance.

— Il n'y a pas de « mec ». Du moins, en attendant que l'un d'entre nous se décide à faire le premier pas… si cela arrive un jour.

— S'il ne meurt pas avant, il le fera, c'est certain, prédit Bryan d'un ton lugubre.

Il tourna les talons et monta dans sa voiture.

— Bon, à plus tard, dit-il. On se reverra le mois prochain, en tout cas.

Scarlett hocha la tête. « Le mois prochain »… c'est-à-dire pour l'anniversaire de la mort de Michelle, lorsque les amis de celle-ci se réuniraient comme tous les ans autour de sa tombe, pour se souvenir ensemble de la femme dont la perte les avait tous accablés. Il claqua la portière de la Jaguar et fit vrombir le moteur assez bruyamment pour réveiller tout le voisinage. Il sortit de l'allée en faisant crisser les pneus de son bolide puis dévala la côte beaucoup trop vite. Scarlett aurait pu murmurer une prière pour qu'il arrive sain et sauf chez lui. Mais elle ne priait plus depuis qu'elle avait trouvé le corps de Michelle dans une ruelle, couvert de sang.

Cette pensée la tira subitement du passé pour la ramener au présent. *Tala…* Michelle n'avait pas été vengée, mais le meurtre de Tala serait puni, Scarlett se le jura. Puisant dans la colère qui la faisait tenir depuis dix ans, elle se redressa, marcha jusqu'au perron, déverrouilla la porte d'entrée et entra. En refermant la porte derrière elle, les sanglots qu'elle retenait éclatèrent enfin. Elle se laissa tomber sur le sol de l'entrée, la tête entre les genoux, et se berça pour se réconforter, tandis que ses pleurs résonnaient doucement dans la pièce déserte.

Entre deux sanglots, elle perçut un petit bruit de pas irréguliers sur le plancher tout neuf, et un instant plus tard elle sentit une langue râpeuse lui lécher la joue. Lâchant un rire mouillé de larmes, elle enlaça le bulldog à trois pattes qu'elle avait sauvé, le jour où elle l'avait récupéré dans un refuge.

— Salut, Zat, chuchota-t-elle.

Elle s'étonnait encore de la rapidité avec laquelle il s'était frayé un chemin vers son cœur.

Elle resta plusieurs minutes accroupie, serrant son chien dans ses bras. Puis elle se releva et monta à l'étage pour aller dans la salle de bains qu'elle venait de rénover. Une douche, des habits propres, du café, et elle serait fin prête pour tenter d'identifier Tala. Et son meurtrier.

Le bon côté des choses, c'était que cette recherche impliquait sans doute de nouvelles rencontres avec Marcus O'Bannion.

— Et, qui sait ? murmura-t-elle en tournant le robinet de la douche, ce sera peut-être moi qui ferai le premier pas.

Chapitre 3

Cincinnati, Ohio
Mardi 4 août, 5 h 15

— Vous êtes bien matinal, aujourd'hui, patron.

Marcus sursauta et son regard passa de l'écran de son ordinateur portable à la femme qui se tenait sur le pas de la porte. Sa peau était encore chiffonnée par le sommeil, ses cheveux bouclés étaient ébouriffés et ses vêtements froissés.

Jill Ennis n'était pas censée se trouver là toute seule. Elle ne faisait pas partie du personnel de confiance. Pas encore. Et peut-être que ce ne serait jamais le cas.

Elle n'avait rien fait de mal, et son travail au journal était toujours impeccable. Mais elle dégageait quelque chose qui mettait Marcus mal à l'aise, même s'il n'aurait pas su dire pourquoi. Il l'aurait déjà licenciée depuis des mois si elle n'avait pas été la nièce de Gayle. Elle avait achevé ses études secondaires l'année précédente, et Gayle avait demandé à Marcus de lui fournir un emploi en attendant qu'elle décide de ce qu'elle voulait faire de sa vie.

Comme Marcus n'avait jamais rien pu refuser à Gayle, il l'avait embauchée. Son travail consistait à mettre à jour le site Internet du *Ledger*, et elle le faisait bien. Mais elle s'était récemment inscrite à l'université et s'était mise à venir en dehors des horaires habituels, pour travailler sur le site. Il fallait souvent la forcer à partir quand ses collègues rentraient chez eux à 2 heures du matin, au moment où le journal partait à l'impression.

— Que faites-vous ici ? l'interrogea Marcus en se demandant si elle l'avait entendu parler au téléphone.

— Je travaillais sur une maquette publicitaire pour un nouveau client et j'avais du mal à la finaliser. Je me suis endormie à ma table de travail. Dans mes rêves, j'ai entendu quelqu'un jurer, je me suis réveillée et je me suis rendu compte que c'était vous. Qu'est-ce qui se passe ?

Marcus ne daigna pas répondre et se concentra de nouveau sur la liste des menaces qui s'affichait à l'écran. Il n'avait pas consulté cette liste depuis plus de neuf mois et il la trouva beaucoup plus longue que dans ses souvenirs — et comportant beaucoup trop de noms de personnages susceptibles de lui tirer dessus. Il ne pouvait pas remettre cette liste entière à Scarlett Bishop. Elle était assez futée pour y déceler des liens avec d'autres affaires. Et pour comprendre que Marcus ne se contentait pas de publier des informations.

— Vous ne vous endormiriez pas au travail si vous ne passiez pas votre temps à brûler la chandelle par les deux bouts, marmonna-t-il. Je vous paye assez pour que vous ne soyez pas obligée de suivre des cours du soir à la fac.

— Vous me payez bien trop, dit Jill. Ça n'a jamais été un problème.

Il leva les yeux de la liste et demanda :

— Alors, qu'y a-t-il ? Pourquoi est-ce que vous vous acharnez comme ça ? Vous savez bien que je me fiche que vous obteniez un diplôme.

Elle esquissa un sourire sans joie.

— Il vaut mieux que je ne réponde pas à cette question, Marcus.

Surpris par la hargne avec laquelle elle avait prononcé ces mots, Marcus refoula sa propre irritation et s'efforça de paraître aimable.

— Essayez quand même, dit-il.

— Bon, d'accord.

Jill croisa les bras et lui jeta un regard qui lui rappela ceux dont Gayle l'accablait lorsqu'elle le grondait dans son enfance.

— Quand j'étais petit, votre tante me terrifiait quand elle me regardait comme ça, commenta-t-il.

Il se cala dans son fauteuil, se demandant pourquoi Jill avait l'air si sévère.

— Je sais, dit-elle. Stone savait la charmer quand il était pris sur le fait, et il arrivait même à lui extorquer des petits gâteaux… Mais vous, vous avez toujours avoué vos méfaits.

— C'est exact, reconnut-il.

Il y en avait pourtant un qu'il n'avait jamais avoué à Gayle ni à quiconque. En partie parce qu'il en avait honte. En partie parce qu'il redoutait les conséquences de cet aveu pour sa mère et pour Stone. Mais surtout parce qu'il n'avait que huit ans à l'époque — il était un petit garçon traumatisé par une situation à laquelle aucun enfant ne devrait jamais être confronté.

Cette fois, s'il n'avait pas eu à se confesser à Gayle, c'est qu'elle avait tout vu. Et elle avait gardé le secret tout au long des vingt-sept dernières années. L'amour qu'elle lui portait lui avait permis de ne pas sombrer dans l'abîme. S'il était assis à ce bureau à cet instant, c'était grâce à elle, qui n'avait jamais cessé de croire en lui.

À présent, il faisait face à la froideur furieuse de sa nièce sans se démonter.

— Mais je ne suis plus un gamin, Jill, et vous n'êtes pas Gayle. Je suis votre patron…

Il laissa la phrase en suspens, s'attendant à lire un peu de respect dans les yeux de la jeune fille. Mais elle persista à le regarder durement, et il haussa le ton :

— Pourquoi ne me dites-vous pas ce qu'il ne vaut mieux pas que je sache ?

Jill redressa les épaules.

— Vous êtes en train de consulter la liste des menaces… Pourquoi ? demanda-t-elle.

Stupéfait, Marcus se raidit. La colère qu'il refoulait depuis quelques heures menaçait à présent d'éclater. Comment savait-elle cela ? Il ne lui avait jamais révélé quelle était la vraie mission du journal. Il avait réduit au minimum son accès aux informations les plus sensibles.

— Comment connaissez-vous l'existence de cette liste ? demanda-t-il tout bas.

— Ma tante m'en a parlé.

Impossible.

— Non, c'est faux. Je suis sûr qu'elle ne vous en a jamais dit le moindre mot !

Gayle était l'unique personne à laquelle Marcus aurait pu confier la tâche de cataloguer les menaces qui pesaient sur sa vie. Et jamais elle n'en aurait parlé à quiconque, en dehors d'un cercle très restreint de personnes de confiance.

— D'accord, d'accord… Tante Gayle ne m'a jamais parlé de l'existence de cette liste, avoua-t-elle. J'ai piraté son ordinateur et j'en ai déduit toute seule qu'elle existait.

Elle redressa le menton en un geste de défi.

Marcus sentit un frisson lui parcourir la nuque. *Il y a un problème, là. Un énorme problème.* Les manières aimables qu'affectait Jill n'étaient qu'une façade. En fait, elle lui en voulait terriblement. Il se demanda depuis combien de temps elle nourrissait cette colère à son égard.

— Quand ? demanda-t-il.

— Le jour de la mort de Mikhail.

— De son meurtre, rectifia sèchement Marcus. Mikhail a été assassiné.

— Comme vous voudrez, répliqua-t-elle d'un ton aussi sec que le sien. Le jour où Mikhail a été assassiné, je suis venue au journal et j'ai vu tante Gayle, toute blanche, les mains crispées sur la poitrine. C'était son cœur…

Marcus se redressa brusquement, provoquant un élancement dans son dos meurtri. Mais il sentit à peine la douleur sous l'effet de la panique.

— Quoi ? Gayle a eu une crise cardiaque ?

— Ouais. Une « petite ». Elle n'en a parlé à personne, au journal, dit-elle avec amertume.

Marcus ferma les yeux. Gayle n'était pas venue le voir à l'hôpital, la première semaine. Il ne l'avait revue qu'à l'enterrement de Mikhail. Il n'avait pas jugé bon de lui demander la raison de cette absence, l'attribuant au chagrin qu'elle devait éprouver. Elle avait élevé Mikhail dès son plus jeune âge. Son meurtre avait dû la faire souffrir terriblement. Mais jamais Marcus ne s'était douté qu'elle avait eu une telle réaction.

— Gayle a eu une crise cardiaque, murmura-t-il, incapable de trouver d'autres mots pour exprimer sa consternation.

— Oui, c'est ce que je viens de vous dire…

Jill lâcha un soupir agacé et ajouta :

— Et là, vous êtes censé demander : « Pourquoi ne m'a-t-elle rien dit ? »

Il ouvrit les yeux et son regard rencontra celui de Jill, toujours plein de reproche. Il reconnut qu'il méritait cette hostilité.

— Je n'ai pas besoin de poser cette question, répliqua-t-il. Je sais déjà pourquoi. Gayle place le bien-être des autres avant le sien. Elle a toujours été comme ça. Si vous croyez que je l'ignore, vous vous trompez lourdement. Et si vous cherchez à me culpabiliser parce que j'ai ignoré ce malaise et qu'elle a continué à venir travailler comme si de rien n'était, c'est réussi. Je savais que la mort de Mickey lui avait porté un coup terrible, mais je ne me suis jamais douté que son cœur avait failli lâcher.

— Ce n'est pas la nouvelle de la mort de Mickey qui a failli la tuer… Elle n'était pas encore au courant, à ce moment-là… C'est à cause de vous, Marcus, qu'elle a eu un malaise.

Il haussa les sourcils, interloqué.

— Moi ? Elle a appris que j'avais été blessé, c'est ça ?

— Non. Elle a eu cette crise cardiaque le matin, plusieurs heures avant que vous soyez blessé. Je l'ai trouvée, une main crispée sur sa poitrine et l'autre serrant une feuille de papier. J'ai appelé les secours dès que j'ai compris ce qui lui arrivait… Je lui ai conseillé de se détendre et de rester immobile mais, pendant que j'étais au téléphone, elle a refermé le dossier sur lequel elle travaillait et caché la feuille qu'elle avait à la main. Tout ça alors qu'elle suffoquait…

Marcus imagina la scène, ce qui ne fit qu'accroître ses remords.

— Donc, vous avez voulu vous renseigner sur ce qui l'avait bouleversée, dit-il. Je vous comprends. J'imagine qu'elle était en train de mettre la liste à jour.

Il la parcourut rapidement, en quête d'une menace assez plausible et assez terrifiante pour provoquer un infarctus chez une femme de cinquante-cinq ans.

— Ouais, dit Jill. Ça fait des années qu'elle répertorie les menaces qu'on vous adresse, Marcus. Des années.

— Je sais. C'est moi qui lui ai demandé de le faire.

— C'est bien ce que je pensais. C'est pour ça que je vous en veux…

— Et vous n'avez pas vraiment tort, concéda-t-il. Je n'aurais pas dû lui confier une telle responsabilité.

— Non, Marcus, vous n'auriez pas dû. Tante Gayle est trop âgée pour se faire du souci pour vous.

Marcus fronça les sourcils.

— Gayle n'est pas si vieille, objecta-t-il. Je reconnais que j'aurais dû faire plus attention, mais elle n'a que cinquante-cinq ans. Et elle a toujours été en bonne santé.

— Ce n'est plus le cas.

Marcus eut un nouvel accès de panique.

— Sa crise cardiaque… Quel était le degré de gravité ? s'enquit-il.

— Assez élevé, répondit Jill. Le médecin lui a conseillé de prendre sa retraite au plus vite.

— Mais il suffit de me le demander ! Elle sait bien que je ne la laisserai jamais tomber…

Il perçut dans sa propre voix une pointe de désespoir. Gayle faisait partie de la famille. Elle était une seconde mère pour lui, depuis toujours.

— Une maison en Floride, une aide à domicile, promit-il. Tout ce qu'elle veut…

Les yeux de Jill brillèrent d'une colère renouvelée.

— Elle ne veut pas prendre sa retraite. Elle vous est trop dévouée, ainsi qu'à votre famille. Et maintenant que Mickey est mort, elle refuse de quitter votre mère.

— Alors, *moi*, je vais la mettre à la retraite, qu'elle le veuille ou non.

— Ne faites pas ça. Vous n'êtes pas censé connaître ses ennuis de santé, et si Gayle apprend que je vous en ai parlé, elle m'en voudra à mort.

Contrarié, Marcus se tourna vers l'écran et parcourut de nouveau l'inventaire des menaces.

— Ce jour-là, elle n'a rien ajouté à la liste, dit-il au bout d'un moment. Et aucune des menaces reçues depuis n'a été assez plausible pour qu'elle s'en inquiète à ce point. En tout cas, rien d'assez sinistre pour provoquer une crise cardiaque… Avez-vous retrouvé la feuille qu'elle avait à la main ?

— Non.

— Et elle ne vous en a jamais reparlé ? Si ce qu'il y avait d'écrit dessus était aussi terrifiant, elle aurait dû m'avertir, quand même…

Jill haussa les épaules.

— Peut-être que ça lui est sorti de la tête, à cause de l'enterrement de Mickey et de votre hospitalisation.

— Elle n'aurait quand même pas oublié quelque chose d'aussi grave, objecta-t-il.

Nouveau regard glacial.

— Elle a eu une *crise cardiaque*, Marcus. Vous ne concevez donc pas qu'elle puisse se préoccuper d'autre chose que de vous et de votre famille… ? Comme sa santé, par exemple ?

Marcus fut tenté de lui rappeler qu'il était son patron, mais il se ravisa.

— Pendant combien de temps est-elle restée à l'hôpital ?

— Quatre jours.

Dont trois pendant lesquels il était lui-même hospitalisé…

— Quel hôpital ? demanda-t-il.

— Heureusement pas celui du comté. Comme vous y étiez ainsi que Stone, on aurait eu du mal à lui dissimuler la mort de Mikhail. Quand je l'ai appris et que j'ai su que vous étiez blessé…

— Vous avez eu peur qu'elle n'ait une deuxième crise cardiaque…

— Oui. Et le cardiologue était d'accord. Nous avons réussi à lui cacher la nouvelle, ce qui n'est jamais facile avec elle. Je lui ai tout dit trois jours plus tard, en présence de son médecin. À ce stade, Stone était déjà tiré d'affaire, et vous-même étiez sorti de l'unité de soins intensifs. Je pouvais donc lui assurer que deux des trois frères avaient survécu, ce qui atténuait la mauvaise nouvelle.

— Elle aimait tellement Mikhail, murmura Marcus.

— Je sais, dit Jill d'une voix plus douce. Elle était bouleversée quand je lui ai appris sa mort. Mais son cœur a tenu, cette fois… Ce qui m'a rassurée.

— Elle ne vous a pas demandé pourquoi nous n'étions pas venus lui rendre visite à l'hôpital ?

— Non. Elle m'a interdit de vous dire qu'elle était malade. J'ai dû lui promettre de dire à votre mère qu'elle avait pris des congés. Mais le temps qu'elle se rétablisse, j'avais appris le meurtre de Mikhail, et votre blessure ainsi que celle de Stone. Alors je n'ai rien dit à qui que ce soit. D'ailleurs, personne ne m'a demandé où elle était…

— Sauf ma mère, dit Marcus d'un ton accusateur.

Qu'il ne regretta pas, car il en voulait à Jill, et même, dans une moindre mesure, à Gayle.

Gayle avait été là lorsque sa mère avait sombré dans une telle dépression qu'elle était devenue incapable de s'occuper correctement de ses enfants. C'était elle qui mettait du sparadrap sur les plaies aux genoux et aux coudes de Marcus. C'était elle aussi qui veillait à ce qu'il fasse ses devoirs et qui lui avait appris à faire du vélo.

Et quand il avait huit ans, elle était toujours à son chevet quand il se réveillait en pleine nuit. Dans ses cauchemars peuplés d'hommes au regard glacial, armés d'énormes pistolets, les sanglots de ses frères résonnaient sans cesse, ainsi que les coups de feu, plus assourdissants que dans la réalité. Cela avait duré de longs mois et à chaque fois il était réconforté par la présence de Gayle, qui lui chuchotait des mots rassurants. Jusqu'à ce qu'il lui jure que ses cauchemars avaient cessé. En réalité, il avait tout simplement appris à rester allongé dans son lit, immobile et silencieux, faisant semblant de dormir. Mais il savait que, s'il l'appelait, elle accourrait aussitôt.

Elle veillait sur lui depuis qu'il était tout petit. Mais il n'avait pas été à ses côtés quand elle avait eu besoin de sa présence. Certes, il était à l'hôpital, totalement immobilisé, mais Gayle n'en savait rien, sur le moment. Elle avait choisi de priver Marcus d'une occasion de veiller sur elle, comme elle avait veillé sur lui. Et cette pensée le piquait au vif. Mais c'était surtout pour sa mère qu'il en souffrait.

— Ma mère l'a appelée, elle a cherché à savoir où elle était, dit-il d'un ton de reproche. Comme elle n'arrivait pas à la joindre, elle a envoyé quelqu'un chez elle, mais il n'y avait personne…

Jill redressa de nouveau le menton, les lèvres pincées.

— Désolée, mais ce n'était pas mon problème. Votre mère a beaucoup de gens à son service. Elle n'avait pas besoin que tante Gayle lui serve de bonniche aussi…

Le mépris qu'éprouvait Jill envers la famille de Marcus était évident. Là était la cause du malaise qu'il ressentait en sa présence depuis qu'il l'avait embauchée.

— Ce n'est pas parce qu'elle avait besoin d'une bonniche que ma mère a cherché à la contacter, répliqua-t-il d'un ton égal. Elle tenait simplement à ce que Gayle n'apprenne pas la mort de Mikhail en regardant le journal. Elle préférait que ce soit elle qui lui annonce la mauvaise nouvelle, et non un inconnu. Elle était inquiète parce que Gayle avait disparu. Parce que Gayle est son amie, malgré tout le mal que vous semblez penser d'elle.

— Désolée, dit Jill avec raideur. J'essayais d'aider ma tante. En travaillant pour votre famille, elle a sacrifié tant de fois ses propres besoins et ses propres désirs. Bien davantage que vous ne le méritez…

Elle inspira profondément et se corrigea :

— Bien davantage qu'elle n'aurait dû.

Davantage que nous ne le méritons ? Marcus n'avait jamais vu les choses comme cela. Gayle avait toujours été à ses côtés. Elle ne s'était jamais plainte, ne s'était jamais comportée comme si sa fidélité était un fardeau ou un sacrifice. Et elle n'avait jamais paru mettre en doute sa présence ou sa motivation. Elle les aimait. Et rien d'autre n'importait. Mais, à présent, Marcus commençait à en douter…

Merde, ce n'est pas vraiment le moment. Il avait promis à Scarlett Bishop de lui envoyer la liste des personnes qui l'avaient menacé de mort. Surtout, il fallait qu'il se mette sans tarder en quête de l'identité exacte de Tala et de son domicile.

Et cependant, cette dispute avec Jill et le mépris qui bouillonnait en elle avaient leur importance. Visiblement, Jill ne l'aimait pas, lui et sa famille — ce qui incita Marcus à se demander pourquoi elle avait voulu travailler pour lui, au départ. Mais ce qui le chiffonnait le plus, c'était que Jill connaissait depuis neuf mois l'existence de la liste.

— Comment avez-vous deviné que j'étais en train de regarder la liste des menaces ? demanda-t-il.

Ce soudain changement de sujet la fit tressaillir, la surprise se lut un très bref instant sur son visage, mais la colère y revint vite. La colère, la méfiance… et la peur. Oui, elle avait peur de lui. Et pourtant, elle restait ferme. Son attitude était celle d'un soldat résolu à se défendre jusqu'à la mort.

Mais pourquoi a-t-elle peur de moi ? Quel mal croyait-elle donc qu'il puisse lui faire ? Quelle pression pensait-elle qu'il avait exercée sur Gayle depuis tant d'années ?

— J'ai mis une alarme sur le fichier, expliqua-t-elle. Chaque fois que quelqu'un l'ouvre, je reçois une alerte sur mon téléphone portable. C'est ce signal qui m'a réveillée.

Il l'observa avec circonspection.

— Vous êtes meilleure en informatique que vous ne l'avez dit quand je vous ai embauchée, remarqua-t-il.

Il se demanda ce qu'elle avait vu d'autre depuis qu'elle travaillait pour lui.

Elle haussa les épaules.

— Je ne m'attendais pas à ce que ce soit vous qui activiez ce fichier, expliqua-t-elle. Je surveillais ma tante. Elle a eu une crise cardiaque en consultant cette liste. Elle n'a pas eu d'autres problèmes depuis, mais si elle en avait eu, il aurait fallu que je le sache. Je suis arrivée à temps par pur hasard, cette fois-là. Je ne peux pas compter là-dessus, la prochaine fois qu'elle aura un pépin de ce genre.

— Je respecte vos motifs, dit Marcus.

Elle eut un sourire méprisant et demanda :

— Mais… ?

Mais il ne la croyait pas. Elle était trop discrète. Trop prudente. Et cela faisait neuf mois qu'elle pouvait accéder à sa guise aux données de Gayle.

Et si elle en avait trop vu ?

Acheter son silence ne semblait pas une bonne idée. Il la payait déjà bien plus que le salaire habituel des concepteurs graphiques. On en revenait donc à cette question : pourquoi s'épuisait-elle à travailler pour lui toute la journée et à préparer un diplôme le soir ?

— Mais, dit-il, je me rends compte aujourd'hui que je ne sais pas grand-chose de vous.

Elle leva les yeux au ciel.

— Sans blague !

Il ignora le sarcasme.

— Je vous ai demandé pourquoi vous vous épuisiez à la tâche pour obtenir un diplôme, et vous m'avez répondu en me demandant pourquoi je consultais la liste des menaces. Je ne vois pas bien le rapport…

— Non, ça vous dépasse, hein ? Pourquoi avez-vous demandé à ma tante de lister les menaces ?

Il commençait à en avoir assez de l'entendre répondre par une question quand il lui en posait une.

— Il fallait que j'en conserve une trace, répondit-il néanmoins.

— Cette raison n'est pas assez bonne.

— Eh bien, il faudra vous en contenter. Je suis votre patron, après tout.

— Pour l'instant.

Il haussa les sourcils et demanda :

— Vous envisagez de démissionner ?

— Non. J'envisage dès maintenant de trouver un nouveau boulot quand vous aurez été assassiné par l'une des innombrables personnes qui vous vouent une haine mortelle. Et pour la plupart des employeurs, un diplôme, ça compte.

C'est donc ça. Il commençait à y voir plus clair.

— Vous avez peur qu'une des personnes figurant sur cette liste ne passe à l'acte ?

— Vous aussi, répliqua-t-elle d'un ton de défi. Sinon, vous n'auriez pas poussé des jurons en la consultant. Tenez…

Elle lui tendit une clé USB et ajouta :

— La version la plus récente et *complète* de la liste.

Par réflexe, il tendit la main pour s'emparer du petit objet, mais ce mouvement réveilla brusquement sa douleur au dos. La grimace qu'il ne put contenir n'échappa pas au regard perçant de Jill.

— Vous êtes blessé ? demanda-t-elle. Quelqu'un vient d'essayer de vous tuer ?

Merde, il ne manquait plus que ça.

— Non, je ne suis pas blessé. Qu'entendez-vous par « version complète » ? demanda-t-il en désignant l'écran. Celle-ci ne l'est pas ?

— Non. Ce fichier est mémorisé sur le serveur du *Ledger*. C'est sur celui-là que tante Gayle travaille. Elle croit qu'il est complet, mais ce n'est pas tout à fait exact…

Marcus sentit une immense lassitude l'envahir.

— Qu'est-ce que vous avez fait, Jill ?

— J'ai intercepté le courrier pendant les neuf derniers mois. Les messages banals du genre je-vous-hais-et-vous-allez-crever, je les laisse passer. Et tante Gayle les intègre dans le fichier. Les autres, ceux qui sont vraiment inquiétants, je les stocke sur cette clé USB, dont elle ignore l'existence.

Marcus fut pris de vertige.

— Pourquoi ?

— Parce que je trouve qu'elle vous aime trop pour pouvoir supporter de lire tous ces messages. Elle est terrifiée à l'idée que des gens rêvent de vous tuer. Et moi, je l'aime trop pour la laisser sacrifier sa santé. Donc, j'ai pris quelques… libertés.

— Quelles autres libertés vous êtes-vous permises ?

— Je règle les factures et trie votre courrier.

Deux tâches que Gayle était censée accomplir en personne. Cela ne ressemblait pas à la Gayle qu'il avait toujours connue. Mais la Gayle qu'il avait toujours connue n'aurait pas eu une crise cardiaque sans rien lui dire.

— Qu'est-ce que vous lui laissez faire, alors ? demanda-t-il.

— Elle s'occupe de votre agenda, répond au téléphone, elle organise toutes ces réunions que vous détestez tant… Et inventorie les menaces que vous recevez, vous et votre équipe de reporters… sauf celles que je soustrais de la liste, bien sûr.

— Gayle est au courant ?

— De tout, sauf des menaces que j'enlève. Elle ne voulait pas que je la remplace, mais c'était la condition *sine qua non* pour que je la laisse retourner travailler au journal, après sa crise cardiaque. Elle aurait préféré rester à la maison, mais elle estimait que vous aviez trop besoin d'elle ici, parce qu'à l'époque vous étiez encore convalescent.

Le poing de Marcus se crispa autour de la clé USB. Il ne savait plus contre qui diriger sa colère — contre Gayle, pour lui avoir caché tout cela, contre Jill, pour sa complicité active, ou contre lui-même, pour avoir été si aveugle.

— Ça fait six mois que je suis revenu. Depuis ce temps, elle aurait pu prendre sa retraite ou démissionner… Ou, pourquoi pas, me dire la vérité… Comment croyait-elle que j'allais réagir ? En la virant ?

Chose absolument impensable.

— Je me couperais la langue plutôt que d'élever la voix contre elle, déclara-t-il.

Cette fois, le petit sourire de Jill sembla sincère.

— Je sais bien, dit-elle. C'est pour ça que j'ai laissé cette situation se prolonger aussi longtemps. Elle est persuadée que vous avez encore besoin d'elle. Que vous n'êtes toujours pas « redevenu vous-même » depuis la mort de Mikhail. C'est peut-être vrai. Ou pas… Je n'en sais rien. Mais je suis certaine que tante Gayle a besoin de se rendre utile. Et je veille sur elle.

Marcus sentit sa colère s'estomper. Jill avait raison au sujet de Gayle. Et, par la force de l'habitude et sans même en avoir conscience, sa famille et lui en avaient sans doute profité excessivement, au fil des ans.

Il desserra le poing et baissa les yeux vers la clé USB.

— Gayle me signalait toujours les menaces les plus inquiétantes, pour que je sois sur mes gardes, dit-il en guettant les réactions de Jill.

— Pour que vous soyez sur vos gardes ou pour que vous puissiez éliminer la menace ? demanda-t-elle.

Elle ne sait pas, songea Marcus, *mais elle a des soupçons.* Et cela suffisait à le contrarier.

— Qu'entendez-vous par « éliminer » ? dit-il d'un ton plus froid.

La gorge de Jill frémit, ses joues s'empourprèrent. Elle était effrayée mais elle ne cilla pas.

— Vous avez été dans les rangers, Marcus. Vous détenez tous les pistolets possibles et imaginables, et rares sont ceux qui sont déclarés.

Comment avait-elle eu vent de son passé militaire et de sa collection d'armes ? Il remit cette question à plus tard.

— Et pourtant, vous êtes restée, fit-il.

— Comme je vous l'ai déjà dit, vous me payez bien. Et tante Gayle refuse de vous quitter. Je ne peux pas lui dire ce que j'en pense. Elle vous croit incapable de faire le moindre mal. Elle vous prend pour le messie.

— Vous n'avez pas répondu à ma question. Qu'entendez-vous par « éliminer » ?

Elle déglutit avant de répondre :

— J'ai étudié les menaces qui arrivaient. Certaines n'étaient que du vent. Des gens qui se défoulent… Mais d'autres étaient beaucoup plus sérieuses. À mesure qu'elles se répétaient, elles devenaient plus terrifiantes. Puis, subitement, elles cessaient…

Marcus la dévisagea en silence. Il n'avouerait rien tant qu'elle ne formulerait pas une accusation précise. Elle finit par baisser les yeux.

— Vous les avez tués ? demanda-t-elle.

Il admira son courage.

— Non, répondit-il tranquillement.

Du moins, pas encore. Mais il avait été tenté de le faire tant de fois…

— Non, répéta-t-il. J'emploie d'autres moyens.

Elle déglutit à nouveau, mais plus distinctement cette fois. Et l'admiration de Marcus s'accrut lorsqu'elle redressa le menton et le regarda droit dans les yeux.

— Des moyens légaux ? s'enquit-elle.

Merde, cette fille a vraiment du cran. Presque amusé, il lui sourit avant de répondre :

— Pour la plupart.

— Mais encore ? fit-elle d'une voix plus aiguë. Qu'est-ce que ça veut dire, « pour la plupart » ?

— J'ai répondu à votre question.

Elle inspira profondément et dit :

— Bon, d'accord. Si vous voulez la jouer comme ça… Mais si vous êtes arrêté en employant un moyen illégal, ma tante aura-t-elle affaire à la justice, elle aussi ?

Il l'observa attentivement avant de répondre :

— Vous ne vous inquiétez pas pour vous-même ?

— Si, mais je m'inquiète surtout pour elle.

— Vous supposez donc qu'elle est au courant d'activités qui ne sont pas tout à fait légales ?

— Je ne *suppose* rien. Je *sais* qu'il y a des fichiers, sur le disque dur de Gayle, auxquels je n'ai pas pu accéder. Je *sais* aussi qu'elle a une adresse mail secrète dans laquelle je n'ai pas réussi à m'introduire. Il est évident qu'elle a quelque chose à cacher. Moi, je ne me soucie que de sa santé. Et de sa vie.

Marcus se sentit rassuré par le fait qu'elle ne soit pas parvenue à pirater les fichiers cryptés. À moins que Jill ne mente pour gagner sa confiance…

— Vous craigniez que l'une de ces menaces soit mise à exécution et que je me fasse tuer, ce qui vous ferait perdre votre emploi. Mais vous n'avez pas pensé à m'avertir…

— Non. Je me disais que vous aviez déjà assez de soucis comme ça. Et puis, vous ne consultiez jamais la liste vous-même.

— Je croyais que vous ne me surveilliez pas…

— Je ne vous ai pas surveillé délibérément, mais par la force des choses. Allez-vous… Allez-vous me virer ?

C'est ce que je devrais faire. Elle est trop intelligente et elle en sait trop. Mais il décida de la garder auprès de lui pour le moment, afin qu'il puisse la surveiller à son tour.

— Non, répondit-il. Vous aimez votre tante autant que je l'aime. Vous avez agi pour la protéger. J'aurais dû me rendre compte il y a longtemps que je lui en demandais trop. Je ne referai plus la même erreur.

— Merci.

Jill se détendit un peu et inspira profondément, comme si elle rassemblait tout son courage avant de se jeter à l'eau.

— Alors, vous allez me dire ce qu'il y a dans les fichiers secrets que ma tante gère pour vous ?

Il lui jeta un regard glacial.

— Ne poussez pas trop votre chance.

— Vous ne me faites pas confiance ?

— Bien sûr que non.

Il sortit un ordinateur portable de l'un des tiroirs de son bureau. Comme cette vieille machine n'était connectée à aucun réseau, il n'y aurait pas de dégâts si la clé USB était infectée par un virus.

— La confiance, ça se mérite, dit-il. Vous n'avez pas encore mérité la mienne, pour l'instant.

— Mais vous me laissez une chance ?

— C'est à vous d'en décider.

Il alluma l'ordinateur et brancha la clé dessus.

— Votre intuition ne vous a pas trompée, dit-il d'une voix dure. Je ne suis pas doux comme un agneau, Jill. Je ne suis pas toujours charmant. Mais j'essaie de faire ce qu'il faut faire. Et je suis loyal envers ceux qui ont mérité ma confiance et mon estime. Je vous ai embauchée parce que Gayle m'a demandé de le faire, mais ne vous y trompez pas : si vous essayez de me rouler, le fait d'être la nièce de Gayle ne vous servira à rien. C'est bien compris ?

— Je comprends. Vous comptez en parler à ma tante ?

— Non. Mais je trouverai bien un moyen de « découvrir » qu'elle a eu une crise cardiaque sans qu'elle le prenne mal.

Il se promit en même temps de limiter l'accès de Jill à ses données. Il comptait demander au plus vite à un autre de ses employés — une personne de confiance, cette fois — de s'occuper du courrier.

— Merci, dit-elle d'une voix faible et frémissante.

— Il n'y a pas de quoi. Maintenant, vous devriez rentrer chez vous et prendre un peu de repos.

Sur le vieil ordinateur, le fichier que contenait la clé USB avait fini par s'ouvrir. Il se tourna vers l'écran, ignorant ostensiblement Jill. Les menaces qu'elle avait compilées étaient d'une teneur beaucoup plus violente que celles qui figuraient sur la liste expurgée de Gayle. Mais il s'aperçut rapidement qu'elles n'avaient aucun rapport avec les coups de feu de cette nuit. Il décida de choisir les plus à même de balayer les doutes de l'inspectrice Bishop et de la convaincre qu'il n'était pas la cible de ces coups de feu.

— Pourquoi avez-vous besoin de la regarder, tout d'un coup ? demanda Jill.

Marcus releva brusquement la tête. Il se renfrogna en la voyant toujours debout dans l'embrasure de la porte.

— Je vous croyais partie, marmonna-t-il.

Elle traversa la pièce et insista :

— Hein, pourquoi ? Alors que vous ne l'avez pas consultée une seule fois en neuf mois.

— Ça ne vous regarde pas. Rentrez chez vous, maintenant.

— Ça me regarde si ça concerne ma tante. Vous êtes venu consulter la liste parce que vous avez été blessé cette nuit. Si une des personnes qui figurent sur la liste de Gayle ou celle de la clé USB cherche à vous tuer, elle pourrait bien chercher à nuire à ma tante aussi.

Il la regarda droit dans les yeux, s'efforçant d'avoir l'air le plus méchant possible. Mais, quoique tremblante, elle ne baissa pas sa garde. Cette fille avait du courage. Mais avait-elle de l'honneur ?

— Qui est Tala ? demanda-t-elle. Je vous ai entendu prononcer son nom…

Il ravala un juron et hésita, ne sachant que répondre. Elle avait entendu l'enregistrement qu'il venait d'écouter à plein volume. Il aurait préféré ne rien dire, mais il savait qu'il était trop tard. Même si Stone n'écrivait pas d'article sur le meurtre de Tala, d'autres médias ne manqueraient pas d'en parler et de mentionner la présence de Marcus sur la scène de crime — et elle ferait le rapport.

Il aurait voulu la virer sur-le-champ, mais il savait que c'était inutile : elle en savait décidément trop.

Il entendit la porte des locaux de la rédaction s'ouvrir.

— Marcus ? appela Stone depuis l'entrée.

Surprise, Jill sursauta et jeta un coup d'œil à la pendule.

— Qu'est-ce qu'il fait là, lui ? murmura-t-elle.

— C'est moi qui lui ai demandé de venir, répondit Marcus.

Et soudain la solution lui apparut clairement.

— Vous voulez mériter ma confiance ? demanda-t-il à Jill.

Elle eut l'air d'hésiter.

— Oui, dit-elle avec circonspection. Que faut-il que je fasse ?

Le pas lourd de Stone se rapprocha puis cessa. Son imposante stature emplissait toute l'embrasure de la porte du bureau de Marcus.

— Jill ? s'étonna-t-il. Que faites-vous ici si tôt ?

Il haussa les sourcils en découvrant la mine épuisée de la jeune femme.

— Ou plutôt si tard, se corrigea-t-il en jetant à Marcus un regard interrogateur.

— J'aimerais que Jill t'aide à enquêter sur l'affaire dont je t'ai parlé au téléphone.

Stone écarquilla les yeux, visiblement contrarié, et grommela un juron.

Jill parut encore plus surprise.

— Moi ? fit-elle.

— Oui, vous, répondit Marcus. Vous m'avez dit que vous vouliez mériter ma confiance. Vous avez changé d'avis ?

Elle plissa les yeux, comme si elle flairait du louche.

— Je ne sais plus, dit-elle.

Marcus désigna la porte.

— Allez nous chercher un petit déjeuner, ordonna-t-il. Ça vous donnera le temps d'y réfléchir. Quand vous reviendrez, Stone vous dira de quoi il retourne.

Jill contourna Stone, qui semblait aussi stupéfait qu'agacé.

— Je reviendrai, promit-elle.

— Je n'en doute pas, dit Marcus gentiment.

Lorsqu'elle fut sortie de la pièce, il s'adressa à Stone à voix basse :

— Va voir si elle est vraiment sortie. Et ferme la porte à clé. Il faut qu'on cause, tous les deux.

Cincinnati, Ohio
Mardi 4 août, 5 h 50

La sonnerie du téléphone tira Kenneth Sweeney d'un rêve très agréable. Il fit la grimace en regrettant la plage paradisiaque, à l'écart du monde, où une ravissante jeune femme sans visage lui prodiguait d'agréables soins. Il tendit la main pour prendre son téléphone sur la table de nuit. Il jeta un rapide coup d'œil au numéro de son correspondant sur l'écran et se redressa dans son lit, tout à fait réveillé. Le service de la sécurité n'était censé contacter directement le directeur général qu'en cas d'urgence. Comme urgence rimait en général avec descente de police, il se prépara au pire.

— Oui ? Qu'y a-t-il ? demanda-t-il.

Son correspondant hésita un instant avant de répondre :

— Monsieur Sweeney ? Gene Decker à l'appareil.

Ken reconnut cette voix. Gene avait été l'un de ses gardes du corps, jusqu'à ce qu'il soit blessé dans l'exercice de ses fonctions, le mois précédent. Il avait admirablement fait son devoir : il avait reçu une balle dans la jambe en sauvant la peau de Ken, qu'un concurrent avait pris pour cible — une petite frappe qui voulait rafler la clientèle de Ken sur le juteux marché clandestin de l'OxyContin[1]. Comme Decker avait fait des études de comptabilité, on lui avait trouvé quelque chose à faire au bureau commercial, le temps qu'il se remette de sa blessure.

Gene Decker s'était avéré un excellent comptable, mais ses nouvelles attributions ne pouvaient expliquer cet appel si matinal.

— Pourquoi m'appelez-vous, Decker ? demanda Ken d'une voix irritée.

— Une alarme s'est déclenchée sur l'ordinateur du PC de sécurité.

— Où est le garde de service ?

Légère hésitation.

— Il a l'air de dormir, monsieur.

Ken sentit sa colère frôler le point d'explosion et sa tension artérielle se propulser vers les sommets.

— Il dort ? dit-il en maîtrisant son courroux.

— Son haleine semble alcoolisée, monsieur.

— Bon. Où est Reuben Blackwell ?

— Je l'ai déjà appelé chez lui, monsieur. Je suis tombé sur son répondeur. J'ai laissé un message pour lui dire qu'il

1. L'OxyContin, ou « Oxy », est un analgésique stupéfiant. (N.D.T.)

y avait urgence et lui demander de rappeler au plus vite. J'espère que j'ai bien fait.

Ken était furieux. Le responsable en chef de sa sécurité devait être disponible sept jours sur sept, vingt-quatre heures sur vingt-quatre. *Alors il est où, là, bordel de merde ?*

— Racontez-moi ce qui s'est passé, Decker. En commençant par me dire pourquoi vous êtes au travail en dehors des heures de bureau.

— On arrive à la fin de l'année fiscale, monsieur. Nous devons faire parvenir notre déclaration au fisc avant le 15 du mois en cours. Ça fait une semaine que je travaille toute la nuit.

— Où est votre chef ?

— Je suppose que Joel est chez lui, en train de dormir.

Pendant que son subordonné se tape tous les chiffres, pensa Ken. C'était dans l'ordre des choses. Mais Joel Whipple tenait *tous* les comptes de Ken, et Gene Decker n'était pas habilité à accéder à la plupart d'entre eux. Ken se doutait donc que Joel n'était pas en train de roupiller mais de compiler des chiffres, lui aussi.

— OK, dit-il. C'est quoi, cette alarme, alors ?

— J'ai pris une pause et je suis allé faire quelques pas dans le couloir pour me clarifier les idées. J'ai entendu l'alarme sonner derrière la porte du PC de sécurité. J'ai frappé à la porte, mais personne n'est venu ouvrir. Alors je suis entré.

— Quoi ! La porte n'était pas fermée à clé ?

Bordel de merde, Reuben me le payera cher.

— Euh… non, monsieur, elle était déverrouillée. J'ai trouvé le vigile allongé sur le sol. Je l'ai secoué pour lui demander ce qu'il fallait faire dans ces cas-là. Il s'est réveillé et m'a semblé lucide pendant quelques secondes. Il m'a dit de composer le 1 sur le téléphone fixe et il s'est rendormi. Je suis tombé sur la messagerie de Reuben Blackwell. Comme il ne répondait pas, j'ai décidé de composer le 2. Et je suis tombé sur vous, monsieur.

— Bon… Mais je n'entends pas d'alarme, moi.

— J'ai coupé le son de l'ordinateur pour écouter ce que le

garde me disait. Vous voulez l'entendre ? Elle sonne comme un klaxon. Et sur l'écran, on peut lire : « 501 en cours. »

Merde. Un des bracelets a été endommagé.

Il ne fallait surtout pas qu'un subalterne comme Gene Decker s'en mêle.

— Je vais m'en occuper, Decker. Laissez le vigile là où il est. Retournez dans votre bureau et reprenez votre travail là où vous l'avez laissé.

— Je travaillais sur le bilan comptable de fin d'exercice fiscal, lui rappela Decker.

— Ouais, ouais. Et, Decker, pas un mot de tout ça, hein ? Je compte sur votre discrétion.

— Motus et bouche cousue, monsieur.

Ken raccrocha puis composa le numéro du téléphone portable de Reuben. Le responsable de la sécurité répondit à la première sonnerie.

— Il y a un problème, Ken ?

Ken connaissait Reuben depuis une quinzaine d'années — depuis le jour où cet ex-flic de Knoxville l'avait arrêté avec une cargaison d'Oxy dans le coffre de sa voiture. Ken était allé se fournir en Floride et revenait dans l'Ohio par l'autoroute I-75. Il se voyait déjà faire un long séjour derrière les barreaux, mais Reuben l'avait laissé filer, moyennant une part du gâteau. Après avoir gagné la confiance de Ken, il était devenu le quatrième associé au sein de l'entreprise, quittant peu après le Tennessee pour emménager, avec son épouse, à Cincinnati.

Ken avait rencontré ses deux autres associés — le comptable Joel et le directeur des achats, Demetrius — sur les bancs de la fac, trente longues années auparavant. Seul Reuben était encore marié, les autres ayant tous divorcé au moins une fois. Les épouses étaient au mieux une source de dissipation. Et au pire un facteur de vulnérabilité, surtout quand elles se montraient trop curieuses.

C'est ce que la deuxième épouse de Ken avait fait. Elle avait même tenté de le faire chanter quand elle avait appris quel genre d'entreprise son mari dirigeait. À présent, Ken était veuf. Il dormait seul dans son vaste lit depuis qu'il avait égorgé sa femme pour lui prouver qu'elle avait eu tort de tenter de le doubler.

C'était Reuben qui avait compris ce que préparait l'épouse de Ken. C'était Reuben qui lui avait montré les preuves de cette trahison. Et c'était Reuben encore qui avait aidé Ken à se débarrasser du corps. Ken avait confiance en lui plus qu'en quiconque, même si cette confiance était toute relative de la part d'un être aussi méfiant.

— Où es-tu, Reuben ? demanda-t-il posément, de sa voix de directeur général, pour lui faire comprendre qu'il ne l'appelait pas pour bavarder gentiment.

— En route pour le bureau. Tu as besoin de moi ?

— Tu as reçu un appel du PC de sécurité ?

— Oui, mais j'étais sous la douche et quand j'ai essayé de rappeler, personne n'a décroché. C'est justement pour ça que je viens si tôt. Pourquoi ?

— Moi aussi, j'ai reçu un appel…

Ken lui expliqua la situation. Reuben laissa échapper un juron.

— Jackson ne boit pas, s'étonna-t-il. Je ne sais pas ce qui s'est passé, mais je ne vais pas tarder à le savoir.

— Je compte sur toi. Je serai au bureau à l'heure normale. Je veux un rapport complet quand j'arrive. Sur Jackson et sur l'alarme informatique.

— Oui, chef.

Chapitre 4

Cincinnati, Ohio
Mardi 4 août, 5 h 50

Scarlett s'assit à son bureau et alluma son ordinateur. Heureusement, les locaux de la brigade étaient presque déserts. Elle s'était douchée et même maquillée un peu mais, séquelle de sa crise de larmes, ses yeux étaient toujours rouges et gonflés. Il lui fallait une autre tasse de café. Ou plutôt toute une cafetière. Il lui aurait fallu, surtout, ne pas avoir appris que le meurtrier de Michelle avait été embauché par le plus gros cabinet d'avocats de la ville. *Non,* se reprit-elle fermement. *Il faut que tu fasses ton boulot.* L'homme qui avait tué Michelle avait échappé à son juste châtiment. Elle allait tout faire pour que cela ne se reproduise pas avec celui qui avait tué Tala.

Elle se raidit en entendant dans son dos des bruits de pas.

— Bonjour, Scar, fit une voix d'homme.

Scarlett résista à l'envie de cacher ses yeux gonflés lorsque l'inspecteur Adam Kimble se laissa tomber dans son fauteuil, juste à côté du sien.

— Bonjour, Adam.

L'inspecteur était revenu récemment d'un congé pour convenance personnelle après qu'une enquête particulièrement difficile l'avait épuisé moralement.

La présence d'Adam incita Scarlett à masquer ses propres émotions. Elle ne voulait pas qu'on l'oblige à prendre un congé dû au stress. Elle ne supportait pas l'idée que sa famille sache qu'elle avait craqué.

— Tu es bien matinal, aujourd'hui.

Adam lui jeta un regard agacé.

— Ouais. On m'a appelé sur une scène de crime… Arrivé à mi-chemin, j'ai reçu un contrordre du standard. Un autre inspecteur était déjà sur place.

Scarlett grimaça.

— Je suis désolée.

— Il y a de quoi. J'ai mis une cravate, et tout…

Il se tourna vers elle et l'étudia un court moment avant de demander :

— Tout va bien ?

Ils se connaissaient depuis des années, et elle l'appréciait sincèrement. Comme Adam était le cousin germain de Deacon, Scarlett et ce dernier avaient pu rester en contact avec lui pendant son congé. Adam en était revenu détendu, mais il y avait encore une ombre dans son regard.

— Ouais. Ça va, répondit-elle. Et toi ?

— Comme sur des roulettes. Je suis venu prendre un peu d'avance dans la paperasse.

Scarlett se força à sourire.

— Avec une belle cravate comme ça, c'est normal, dit-elle.

— Maintenant, j'ai rendez-vous avec ma mère pour le petit déjeuner…

Il se leva, hésita un instant et lui pressa doucement l'épaule avant d'ajouter :

— Ça a été rude, ce matin, hein ?

— Ouais.

Elle lui laissa penser que ce n'était que cela, car elle ne voulait confier à personne qu'elle avait craqué et éclaté en sanglots chez elle en repensant à Michelle. D'ailleurs, une affaire de corps découvert dans une rue ne pouvait être que rude.

— Mais ça va aller, merci, le rassura-t-elle. Passe le bonjour à ta maman.

Elle attendit qu'il soit parti pour ouvrir ses mails. Elle

se détendit aussitôt en découvrant que le message le plus récent avait été envoyé par Marcus O'Bannion. Il avait tenu sa promesse. Il n'y avait pas de pièce jointe mais un lien, suivi de ces quelques lignes :

Inspectrice Bishop,

Ce lien vous permettra de télécharger les fichiers vidéo que nous avons évoqués. N'hésitez pas à m'appeler si vous souhaitez me poser d'autres questions.

M. O'Bannion

Directeur et éditeur, *The Ledger.*

Le message ne faisait aucune mention de la liste des personnes qui avaient menacé Marcus. Le lien permettait toutefois d'accéder à onze fichiers vidéo, tous dûment datés. Le premier remontait à deux semaines, le dernier était daté de ce jour — ce devait être celui du meurtre.

Encore secouée par sa conversation avec Bryan, Scarlett décida de remettre à un peu plus tard le visionnage de cette vidéo. Elle préférait attendre que le souvenir du meurtre de Michelle, ravivé par cette conversation, s'estompe, afin que ses premières impressions du meurtre de Tala ne soient pas biaisées par ses émotions personnelles. L'impartialité de son enquête l'exigeait — c'était du moins ce dont elle voulait se persuader.

Elle téléchargea la première vidéo et appuya sur PLAY. Elle était en couleur mais la qualité de l'image était faible, la prise de vues un peu étrange, car limitée au champ de vision de Marcus, la caméra étant installée dans la visière de sa casquette.

« Tranquille, ma vieille, tranquille… », disait Marcus.

Un frisson parcourut l'échine de Scarlett lorsqu'elle reconnut la voix de Marcus, si veloutée. Il baissa la tête, filmant ses pieds et le trottoir, où un berger écossais en laisse claudiquait à ses côtés.

« Viens, BB. On va s'asseoir là. »

Sa chienne. Il avait dit qu'elle était âgée et qu'elle ne pouvait plus courir. Il avait dû la prendre dans ses bras lorsqu'il avait voulu rattraper Tala, lors de leur première rencontre — mais cet incident n'avait pas été filmé. Sur l'écran, la chienne s'assit à ses pieds et laissa échapper un gros soupir épuisé avant de poser son museau sur ses pattes avant.

« Je sais, murmura tristement Marcus. Moi aussi, il me manque. »

Puis son ton se fit plus complice.

« Alors, BB, tu crois que la fille reviendra, cette nuit ? Tu sais, celle qui a un toutou de duchesse… J'étais ici hier et avant-hier, mais elle n'est pas venue. »

La caméra pivota lentement en même temps que Marcus regardait autour de lui, scrutant les bosquets du parc.

« C'est ma dernière tentative… Si elle ne vient pas, je laisse tomber. Je ne peux pas l'aider si elle refuse de s'approcher suffisamment pour me dire ce qui ne va pas. »

Deux minutes s'écoulèrent ainsi sans que rien ne se passe, sauf lorsque Marcus se pencha pour caresser BB entre les oreilles.

« C'est peut-être le chant qui l'a attirée, l'autre jour », murmura-t-il à sa chienne. Ça ne coûte rien d'essayer, en tout cas… »

Scarlett s'attendait à ce qu'il chante Vince Gill et se prépara à ce que la chanson réveille de douloureux souvenirs. Mais ce qui sortit des haut-parleurs la bouleversa encore plus : l'*Ave Maria* de Schubert. Elle en eut le souffle coupé. La dernière fois qu'elle avait entendu ce chant, c'était lors du baptême de son neveu — c'était aussi la dernière fois qu'elle avait mis les pieds dans une église. Elle espérait qu'aucun de ses frères célibataires ne se marierait, et que ses frères mariés n'auraient plus d'enfants, parce que les mariages, les baptêmes et les obsèques étaient les seules occasions où elle se forçait à entrer dans une église. Pour s'agenouiller et serrer les dents pendant que tout le monde priait autour d'elle.

L'interprétation de l'*Ave Maria* par Marcus était la plus belle qu'elle ait entendue jusque-là — claire et pure, puissante aussi. Pourtant, elle fut soulagée lorsqu'il s'interrompit subitement, la caméra virevoltant en même temps qu'il se retournait.

Et Tala apparut à l'écran, à peine visible derrière la rangée d'arbres, là où elle s'était postée, prête à prendre la fuite. Elle portait un polo blanc et un jean, les mêmes vêtements qu'elle portait le jour de sa mort. À ses côtés se tenait un grand caniche blanc, artistiquement tondu, avec des rubans sur la queue, des pompons aux chevilles et un toupet au sommet du crâne.

Chassant l'*Ave Maria* de son esprit, elle se concentra sur le caniche. Un chien aussi élégant devait être fréquemment toiletté… Or les toiletteurs étaient sans doute plus enclins, en général, à répondre aux questions indiscrètes que les vétérinaires. Demander à un vétérinaire le nom du propriétaire de l'un de ses « patients » relevait de l'interrogatoire de police. Alors que poser la même question à un toiletteur revenait à lui demander des références sur sa clientèle. Elle griffonna « toiletteurs » sur son calepin au moment où Marcus se remettait à chanter, et elle cessa de réfléchir pour s'imprégner de la beauté de sa voix.

Cette fois, il avait choisi *Go Rest High on That Mountain*, prenant Scarlett au dépourvu. Les larmes lui vinrent aux yeux. Elle repensa à l'enterrement de Michelle. Puis à celui du meilleur ami de son frère aîné, tombé en Irak. Celui d'un collègue, tué dans l'exercice de ses fonctions. Celui d'un ami d'enfance, un pompier brûlé vif dans un incendie. Et tant d'autres… Dont celui du frère de Marcus. L'organisateur des obsèques avait engagé le premier ténor de l'Opéra de Cincinnati, et il avait interprété la chanson à la perfection. Mais la version de Marcus était plus émouvante encore, plus saisissante.

Elle lui fendait le cœur, mais elle l'apaisait aussi.

Tala avait, elle aussi, succombé au charme de la voix de Marcus. Sur la vidéo, on la voyait émerger prudemment du bosquet, puis avancer vers Marcus, qui la suivait des yeux — et de l'objectif de sa caméra. Le visage de la jeune fille était baigné de larmes. Elle marchait avec une main sur la bouche pour étouffer ses sanglots, qui faisaient trembler ses frêles épaules. L'autre main tenait fermement la laisse du caniche.

Elle s'arrêta à quelques mètres et resta immobile jusqu'à ce que Marcus ait chanté la dernière note. Le micro de Marcus capta les sons qu'il émit en déglutissant puis en se raclant la gorge.

« Pourquoi pleures-tu ? » demanda-t-il avec une telle douceur que Scarlett dut presser sa main contre son cœur pour atténuer la douleur qui l'étreignait.

L'image se brouilla un peu lorsque Marcus se leva. Tala se précipita vers le bosquet d'où elle était sortie. Le blanc de son polo et le chien restèrent visibles à l'écran quelques instants, avant qu'elle sorte du parc.

Comme ça, on sait au moins dans quelle direction elle a couru. Cela servirait à délimiter le secteur que les agents du CPD allaient arpenter en quête de témoins visuels, montrant la photo de Tala aux riverains. *Et celle du caniche, aussi.* Ce chien était tellement singulier qu'il devait être bien connu des gens du quartier où vivaient ses maîtres.

Elle revint en arrière dans la vidéo et avança image par image pour trouver celle où Tala et le chien étaient le plus distinctement visibles et en tirer un vidéogramme. Elle fit un zoom sur les pierres qui ornaient le collier rose du caniche. Elle en compta au moins six, si grosses qu'elles ne pouvaient être qu'en toc — même si, à en croire Marcus, c'étaient bien des diamants. Cette pensée suffit à faire bouillir Scarlett. Des milliers de dollars pour un collier de chien !

Avant de visionner la vidéo suivante, Scarlett activa la liste des contacts sur son téléphone portable à la lettre K. Delores Kaminsky… Un psychopathe lui avait tiré dessus sur le parking d'un supermarché neuf mois auparavant, la laissant pour morte sous une camionnette, une balle dans la nuque. Contre toute attente, Delores avait, par une sorte de prodige, survécu à ses blessures.

Delores dirigeait alors un refuge pour animaux ainsi qu'un service florissant de toilettage à domicile. Depuis cette tentative de meurtre, ses activités se limitaient à la gestion de son refuge, mais elle envisageait de se remettre bientôt au toilettage. Aucun de ses amis ne doutait de sa réussite. Scarlett ne l'avait rencontrée que quelques fois mais elle aussi croyait en elle.

Il était à peine 6 h 30, mais Delores avait confié à Scarlett qu'elle était une lève-tôt. Elle devait sans doute nourrir les chiens, à cette heure-là. Scarlett composa son numéro, dans l'intention, au moins, de laisser un message si Delores était encore en train de dormir. Mais celle-ci décrocha à la deuxième sonnerie et dit d'une voix étonnamment méfiante :

— Refuge animalier Patrick's Place. En quoi puis-je vous être utile ?

— Delores, c'est Scarlett.

— Scarlett ! s'écria-t-elle. J'ai vu sur l'écran que l'appel venait du CPD et je me suis dit… Enfin, je suis bien contente que ce soit vous.

— Je vous appelle du bureau. Le réseau passe mal ici, et je ne voulais pas qu'on soit interrompues… Je ne voulais pas vous effrayer.

Cela faisait neuf mois que Delores avait été agressée et sa rééducation physique progressait bien, mais Scarlett craignait qu'elle n'ait davantage de difficulté à surmonter le traumatisme émotionnel.

— Vous ne m'avez pas vraiment effrayée… Après tout, si le type qui m'a attaquée est mort, il ne peut plus rien m'arriver, hein ? J'avais simplement… Peu importe. C'est idiot de ma part… Que puis-je pour vous ? J'espère que Zat n'a pas de problèmes…

— Zat est en pleine forme. Il semble s'être bien acclimaté à ma maison.

— Il ne mâchonne pas vos chaussures ?

— Jamais. Contrairement au chien de Deacon. J'ai eu le bon sens de ne pas choisir un chiot.

Tu parles d'un choix… Scarlett n'avait pas choisi Zat, c'était le bulldog à trois pattes qui l'avait élue.

— En fait, reprit-elle, je vous appelle parce que j'ai besoin de votre cerveau…

Scarlett s'interrompit, regrettant sa gaffe. Delores avait pris une balle dans la tête et, même si la balle n'avait pas atteint le cerveau, son crâne avait subi un important traumatisme lorsque son agresseur l'avait projetée sur le trottoir, avant de la rouer de coups de pied pour la pousser sous la camionnette.

— Désolée, Delores, je n'arrive pas à croire que j'ai pu dire ça, s'excusa Scarlett.

La réaction amusée de Delores la rassura.

— Ce n'est pas grave. Vraiment pas. En fait, je trouve ça plutôt drôle. Pourquoi avez-vous besoin de mon pauvre cerveau esquinté ?

— Il me faut un toiletteur.

— Je n'ai pas encore repris mes activités. Je ne me sens pas assez forte.

— Je n'ai pas besoin de vous pour mon chien, mais pour me fournir des renseignements sur les toiletteurs de la région, en particulier ceux qui ont une clientèle aisée, possédant des chiens de luxe.

— Je vois, dit Delores Je ne les connais pas tous, bien sûr, mais j'ai beaucoup d'amis dans le métier qui pourraient vous aider. Quelle race de chiens ?

— Caniche royal.

— Je connais plusieurs toiletteurs qui s'occupent de ces chiens-là. Mais… Ils ne sauront pas que c'est moi qui vous ai donné leurs noms, hein ? demanda-t-elle avec une pointe d'inquiétude dans la voix.

— Non, bien sûr. Mais, écoutez, si ça vous gêne, je peux trouver quelqu'un d'autre. Je ne vous en voudrai pas.

— Non, non… Je dis des bêtises, parfois…

Elle se força à rire avant d'ajouter :

— Si vous me dites plus précisément ce que vous cherchez, je pourrai peut-être vous aider. J'ai toiletté pas mal de grands caniches dans le passé. Dont trois qui ont été primés dans des concours.

— Reconnaîtriez-vous un chien de concours en voyant sa photo ?

— Ça dépend de la qualité de la photo. En tout cas, si ce n'en est pas un, je pourrai certainement vous le dire. Vous avez un caniche tueur sur les bras ?

La légèreté de la question avait quelque chose d'artificiel. Delores masquait mal son inquiétude, mais elle était quand même disposée à aider Scarlett, et celle-ci lui en savait gré.

— Non, répondit-elle du même ton badin. Mais j'ai besoin de savoir qui est le propriétaire de l'animal qui m'intéresse.

— J'ai pris des centaines de photos de caniches dans des concours. Vous pourrez les consulter, si vous estimez que ça peut vous être utile. J'ai une sorte d'album photos numérique.

— On peut se voir ce matin ?

— Après 11 heures, si ça vous convient. J'ai une séance de rééducation, ce matin. Si c'est urgent, je peux annuler mon rendez-vous.

— Non, ne l'annulez pas, mais prenez votre portable. Si j'ai besoin de votre aide avant, je vous appellerai.

— Parfait. À bientôt, Scarlett.

— Attendez, Delores… Vous avez contacté mon amie Meredith ?

Meredith Fallon, sa nouvelle amie, soignait surtout des enfants et des adolescents, mais elle s'occupait parfois d'adultes.

Je suis bien placée pour le savoir. Elle s'occupe de moi, malgré toutes mes réticences. Mais, à la manière dont Meredith s'y prenait avec elle, Scarlett ne doutait pas qu'elle se souciait sincèrement de son équilibre mental. Meredith avait du mal à sortir de son rôle de psy, même en dehors de son cabinet. Scarlett faisait donc attention à ne pas trop lui révéler ses hantises. *Pas encore, en tout cas… Et peut-être jamais*. Le risque que de telles confidences pouvaient faire courir à sa carrière était trop élevé.

— Pas encore, avoua Delores au bout d'un moment. Je ne suis pas encore prête. Je suis désolée.

— Pas de problème. Je vous comprends parfaitement.

Faute de quoi je ferais preuve d'une totale hypocrisie.

— Quand vous le serez, poursuivit-elle, elle saura vous écouter. En attendant, faites ce que vous avez à faire pour tenir le coup.

Long, très long silence. Si long que Scarlett crut que la communication avait été coupée.

— Delores ? Je ne vous entends plus…

— Je me demandais simplement si… Je veux dire, si vous… J'ai l'impression que vous me comprenez. Je me demandais si vous n'avez pas été, vous aussi, une victime.

Scarlett retint son souffle. Elle aurait préféré ne pas répondre à cette question, mais Delores avait vécu l'enfer et méritait une réponse franche.

— Non, je n'ai jamais été agressée. J'ai pris quelques gifles de temps à autre, mais c'était dans l'exercice de mes fonctions, et ceux qui me les ont données se sont en général très vite retrouvés menottés et immobilisés, avec mon genou enfoncé dans leurs reins. Non, moi, ce serait plutôt que j'ai vu trop de choses horribles… Contactez-moi quand vous serez revenue de votre séance de rééducation et je viendrai vous voir au refuge.

Elle raccrocha et se tourna vers l'image figée et agrandie du caniche blanc sur l'écran. Il fallait qu'elle visionne toutes les vidéos. À commencer par celle que Marcus avait filmée dans la ruelle.

Mais je n'en ai aucune envie… C'est ridicule, hein ? En tant qu'inspectrice spécialisée dans les homicides, elle était confrontée quotidiennement à la mort. Mais revoir à l'écran une victime déjà morte, c'était différent. Et certaines l'émouvaient plus que d'autres. Elle avait le pressentiment que le spectacle de la mort de Tala allait avoir un effet dévastateur sur son moral.

Alors, fais ton boulot. Fais en sorte que justice lui soit rendue. La punition du meurtrier de Tala ne suffirait pas à apaiser ses angoisses actuelles ni celles de Marcus, mais pouvait y contribuer, à terme.

Mais la main de Scarlett, posée sur la souris, refusa de lui obéir. Et elle revint sur sa boîte de réception au lieu d'ouvrir le fichier vidéo. Aucun autre mail de Marcus n'était arrivé depuis. Aucun signe de la liste des menaces qu'il avait promis de lui envoyer. *Il a peut-être oublié… Ou c'est à cause de son assistante… Il m'a dit que c'était elle qui conservait cette liste. Elle ne la lui a peut-être pas encore transmise.* Il avait pourtant dit qu'il lui enverrait dans moins d'une heure.

Pourquoi ne pas lui demander ? Le peu de réseau qu'elle avait suffisait à lui envoyer un texto. Elle se mit à pianoter sur le clavier de son téléphone portable.

> M'avez-vous envoyé le fichier contenant la liste des menaces vous visant ? J'ai bien reçu les fichiers vidéo, mais pas la liste. Scarlett Bishop.

Elle fixa ce message un long moment. Elle aurait dû écrire « inspectrice » au lieu de son prénom. C'était plus convenable. Mais cela faisait neuf mois qu'elle pensait nuit et jour à Marcus O'Bannion. Quand il l'avait appelée, c'était peut-être une manière de faire le premier pas. Ou c'était tout simplement pour lui demander son aide, sans arrière-pensée. Elle ne le saurait jamais, à moins de faire le *deuxième* pas. Et, sans y réfléchir davantage, elle appuya sur la touche ENVOI.

Et maintenant, ma vieille, va faire ton boulot.

Elle rouvrit le dossier contenant les fichiers et cliqua résolument sur l'icône de la bonne vidéo.

Et elle se prépara à voir Tala mourir.

*
* *

Cincinnati, Ohio
Mardi 4 août, 6 h 20

Deacon Novak inspira un grand coup avant d'entrer chez lui, puis relâcha son souffle, soulagé. Non seulement le nouveau chiot n'avait pas souillé le sol de la cuisine, ce qui était en soi un don du ciel, mais un agréable arôme de petit déjeuner flottait dans l'air. Et la femme de sa vie était debout devant la cuisinière, les cheveux encore ébouriffés par le sommeil.

Deux chiens étaient assis à ses pieds. L'un était un labrador adulte dénommé Zeus. L'autre était un chiot — un golden retriever bâtard aux pattes déjà énormes — qu'ils avaient baptisé Goliath. Tous deux venaient de refuges, et Deacon était enchanté par leur compagnie, même si le chiot mâchouillait parfois ses chaussures. Il n'aimait pas laisser sa femme toute seule quand il était appelé sur une scène de crime en plein milieu de la nuit. Mais la présence protectrice des deux chiens le rassurait un peu.

Les deux animaux se levèrent à son entrée. Zeus émit un grondement impressionnant avant de se rendre compte que c'était son maître et de se rasseoir tranquillement aux pieds de Faith, pendant que Goliath bondissait de joie en tous sens. Deacon s'accroupit pour lui gratter les oreilles.

Faith se retourna et le gratifia d'un sourire accueillant, tout en procédant à un rapide examen de son homme, des pieds à la tête. Chaque fois qu'il allait travailler, elle se rongeait les sangs. Mais elle n'en disait jamais un mot.

Deacon se releva et écarta obligeamment les bras.

— Regarde, chérie, pas de sang !

Elle secoua la tête en riant.

— Tant mieux, dit-elle. Tu as faim ?

Il émit un petit gloussement coquin et dit :

— Oui, mais on a mieux à faire.

Elle rougit, et il se dit qu'il ne s'en lasserait jamais.

— Assieds-toi et tais-toi, lui ordonna-t-elle.

Elle posa sur la table deux assiettes garnies de bacon et d'œufs sur le plat.

— Alors ? s'enquit-elle. Qu'est-ce qui s'est passé ? Scarlett va bien ?

— Ouais. Marcus aussi.

Faith écarquilla ses yeux verts.

— Marcus ? *Notre* Marcus ?

— Oui, ton cher cousin, dit-il en hochant la tête.

Il lui fit un résumé de l'affaire.

— Pauvre fille, commenta Faith d'une voix pleine de compassion. Et Marcus, il a été blessé ?

— Il portait un gilet pare-balles, mais il a de la chance de s'en tirer avec un gros hématome. Ce dingue n'a pas voulu aller aux urgences.

— Ça ne m'étonne pas, dit-elle en levant les yeux au ciel. Toi aussi, tu aurais refusé d'y aller. Tous aussi têtus les uns que les autres ! Vous n'êtes pourtant pas faits en kevlar !

— On ne parle pas de ton fiancé têtu, là, mais de ton cousin têtu, dit-il, taquin.

Elle sourit brièvement avant de se renfrogner.

— Ça ne va pas améliorer ses rapports avec sa mère, dit-elle. Depuis qu'elle a perdu Mikhail, Della s'inquiète terriblement pour ses autres enfants… Quand elle n'a pas picolé. Ou quand elle ne roupille pas. Avec tout ce qu'elle boit et tous les calmants qu'elle avale, elle est rarement éveillée. Je vais aller la voir aujourd'hui.

Faith n'avait fait la connaissance de ses cousins que neuf mois auparavant, mais elle n'avait pas tardé à devenir une O'Bannion à part entière. Il se penchait déjà pour effacer d'un baiser la moue de Faith, lorsque son téléphone portable se mit à sonner.

— C'est Zimmerman, dit-il à Faith. Il faut que je prenne l'appel.

Il répondit donc à son patron, l'agent spécial qui dirigeait l'antenne locale du FBI à Cincinnati. Deacon avait été affecté à la Brigade de répression de la grande criminalité, une force conjointe du FBI et de la police de Cincinnati. Il travaillait donc directement sous les ordres du lieutenant Lynda Isenberg, du CPD. Mais officiellement, il appartenait toujours au FBI, et l'agent spécial en chef Zimmerman était, lui aussi, son supérieur. Il ne communiquait pas forcément tous les détails de ses enquêtes à Zimmerman. Mais, là, il avait besoin d'accéder aux ressources du FBI.

— Bonjour, Andy, dit Deacon. Merci de me rappeler aussi vite.

— Quoi de neuf ? demanda Zimmerman.

— On est peut-être tombés sur une affaire de trafic d'êtres humains.

— Esclavage domestique, esclavage sexuel, les deux ?

— Je ne sais pas encore.

Sous le regard indigné de Faith, il répéta à Zimmerman ce que Tala avait confié à Marcus. Faith soignait des victimes d'agressions sexuelles depuis des années, veillant sur ses patientes comme une lionne sur ses petits. Tala aurait été entre de bonnes mains, songea Deacon, si Faith avait eu l'occasion de s'occuper d'elle.

— L'inspectrice Bishop recherche son identité, conclut Deacon.

— Nous avons une équipe spécialisée dans la répression du trafic d'êtres humains dans l'Ohio. L'agent spécial Troy en est l'enquêteur principal, et nous allons lui adjoindre un autre agent pour l'épauler. Cette personne ne doit, en principe, rejoindre le détachement que dans quelques semaines, mais je vais essayer d'accélérer les choses. En attendant, je vais contacter Troy et le faire venir ici dès que possible. Il travaille sur une affaire à Cleveland qui devrait être close aujourd'hui, normalement.

— Bien. Je vous tiendrai au courant, promit Deacon avant de raccrocher.

Faith lui prit la main et la serra doucement.

— Nous avons soigné beaucoup de victimes de ce genre de trafic quand je travaillais à Miami, dit-elle. Là-bas, nous nous y attendions. Mais ici, dans l'Ohio ? Et pourtant, je sais qu'il y a de nombreux cas… Ce fléau sévit partout, de nos jours.

Deacon songea à Tala, dont le corps était en route pour la morgue.

— Tu as raison, malheureusement.

Cincinnati, Ohio
Mardi 4 août, 6 h 20

— Bordel de merde, Marcus ! s'exclama Stone en se frottant les joues. Tu aurais pu y laisser ta peau !

Marcus venait de raconter à son frère tout ce qui s'était passé pendant la nuit. Enfin, presque tout. Car il ne lui dit rien de sa fascination pour Scarlett Bishop.

— Mais je suis encore vivant, rétorqua-t-il.

Stone se cala dans son siège et ferma les yeux.

— Je n'ai pas envie de perdre un autre frère, dit-il d'une voix rauque. Fais un peu plus gaffe à toi, s'il te plaît.

— Qu'aurais-tu fait, à ma place ? demanda Marcus d'un ton délibérément dénué de colère et de critique.

Stone ne réagissait pas bien à la colère, et les critiques de Marcus comptaient parmi les rares choses capables de l'attrister.

— Laisse tomber, lui conseilla Stone. Pour une fois dans ta vie, ne joue pas les héros. Laisse tomber, je te dis.

— Tu veux que je me planque dans mon bureau jusqu'à la fin de mes jours ?

— Non, bien sûr, répondit Stone d'un ton las. Mais ça ne veut pas dire que tu dois te sentir obligé d'accourir au galop chaque fois que quelqu'un a des ennuis…

Il s'interrompit pour taper du poing sur l'accoudoir de son fauteuil.

— Merde, Marcus, reprit-il. Maman a besoin de toi. Comme Audrey, Jeremy…

Il déglutit avant d'ajouter :

— Et moi.

La mauvaise humeur de Marcus se dissipa. Sa mère et son beau-père, Jeremy, avaient été anéantis par la mort de Mikhail. Et Audrey… Sa sœur était devenue adulte du jour au lendemain, pleurant son frère et terrifiée par la détresse suicidaire de sa mère.

Stone et Marcus avaient, eux aussi, marché sur des œufs en compagnie de leur mère. Aucun d'entre eux ne voulait lui causer davantage de chagrin. Marcus l'avait déjà vue dans cet état. Il savait trop bien jusqu'où elle pouvait aller.

Et pourtant, de tous les membres de sa famille, c'était Stone qui l'inquiétait le plus. Stone était une cocotte-minute prête à exploser. Il refusait d'admettre combien la mort de Mikhail l'avait bouleversé. Cela faisait neuf mois que Marcus s'attendait au pire.

Mais il n'était pas disposé pour autant à changer de personnalité. Il n'avait aucune envie d'arrêter d'aider les victimes qui n'avaient aucun appui, aucun autre recours que lui.

— Je sais, murmura-t-il. Mais nous, nous sommes soudés, nous pouvons compter les uns sur les autres. Quelqu'un comme Tala n'a pas cette chance.

Il y eut un long silence, que Stone rompit d'un sourire agacé.

— Un de ces jours, tu vas y rester.

— Pas aujourd'hui, en tout cas, répliqua Marcus d'un ton égal.

— La journée ne fait que commencer.

Cette fois, Marcus ne put contenir sa colère.

— Je porte en permanence un putain de gilet pare-balles ! Comme promis !

— On peut donc dire que tu as eu de la chance qu'il te tire dans le dos et pas dans la tête, rétorqua Stone d'un ton sarcastique. Et s'il avait décidé de t'achever, comme la fille ? Aucun gilet ne protégera ta tête de mule. Tu te prends pour un demi-dieu ? Tu te crois invincible ? Immortel ?

Stone ne parlait plus, il criait.

— Tu es vraiment trop con ! s'exclama-t-il.

Marcus grimaça. C'était faux. Il pesait les risques, étudiait les enjeux. Et il en arrivait toujours à décider que la victime qu'il voulait sauver le méritait, quoi qu'il en coûte.

Stone le regarda d'un air stupéfait et murmura :

— Tu *veux* mourir… Tu es cinglé.

Marcus secoua la tête.

— Non, fit-il. Tu te trompes. Ça ne se passe pas comme ça.

Stone se redressa et le fusilla du regard.

— Alors, ça se passe comment ? Essaie d'expliquer ça à ton demeuré de frère !

Marcus se frotta les tempes. Il souffrait à présent d'une forte migraine. Stone ne recourait au mot « demeuré », pour se désigner lui-même, que lorsqu'il était vraiment contrarié — séquelle de leur enfance dont ni l'un ni l'autre ne voulait se souvenir mais qu'ils ne pouvaient oublier. Une perte commune et les mêmes épreuves les avaient touchés très différemment l'un et l'autre, modelant leurs personnalités et faisant d'eux les adultes qu'ils étaient devenus.

— Je ne t'ai pas demandé de venir ce matin pour qu'on s'engueule, murmura Marcus.

Stone serra les poings.

— Dommage, répliqua-t-il. Parce que c'est exactement ce qui va se passer !

— Crois-moi, Stone, je ne veux pas mourir, dit Marcus, subitement trop épuisé pour batailler. Mais quand je vois des gens comme Tala… Ils méritent d'avoir une vie, eux aussi.

— Plus que toi ? demanda sèchement Stone.

Une fois de plus, Marcus ne répondit que par un silence équivoque. Stone se passa la main dans les cheveux, comme s'il était à deux doigts de sombrer dans la folie. Ce qui n'était pas loin d'être vrai.

— Et il paraît que c'est moi, le demeuré ! s'écria-t-il d'une voix rageuse.

Il se recoiffa du plat de la main et baissa la tête, vaincu.

— Tu es un crétin buté, voilà tout, maugréa-t-il.

— Tu m'aideras quand même ? demanda Marcus à son frère sans hausser le ton.

— T'aider à te suicider ? Pas question, bordel de merde !

— Je ne veux pas mourir. Je te demande simplement de me donner un coup de main pour élucider l'affaire Tala, mais aussi pour contrôler Jill. Tôt ou tard, des journalistes découvriront mon nom dans le rapport de police que Deacon et Scarlett vont rédiger sur le meurtre de Tala. Ils sauront que j'étais en compagnie de cette adolescente de dix-sept ans dans un quartier mal famé au moment où elle a été assassinée. J'aimerais que la lumière soit faite sur cette affaire avant que les médias ne me taillent un costume de pédophile sadique.

Stone redressa les épaules.

— Qu'attends-tu de moi ?

Ce n'est pas trop tôt, songea Marcus. Il avait prévu que son frère se fâche un peu, mais il ne s'était pas attendu à cette avalanche de reproches. La mort de Mikhail les avait tous poussés à bout.

— Il me faut un article signé de toi sur la page d'accueil du site du *Ledger*, le plus vite possible, et à la une de l'édition papier de demain. Je veux que tu relates comment j'ai été contacté par la victime dans le parc, et comment elle m'a demandé un rendez-vous pour que je l'aide à échapper à un couple maltraitant. Je veux que tu indiques qu'un flic du CPD était prévenu, mais que la victime a été abattue juste avant l'arrivée de ce flic.

— « Un couple maltraitant », répéta Stone. Je ne mentionne pas le fait que ce couple la « possédait », elle et sa famille ?

— Non. Ça, c'est aux flics d'enquêter pour savoir ce qu'il en est exactement.

Et à moi, aussi, pensa-t-il. Mais, après les vociférations qu'il venait d'entendre, il préférait ne pas en parler. Pas encore. Pour l'instant, son frère était beaucoup trop bouleversé.

— Bon, d'accord, céda Stone non sans plisser les yeux d'un air méfiant. Comment est-ce que je vais expliquer ce que tu fichais dans ce quartier pourri à une heure aussi tardive ?

— Tu n'as qu'à laisser entendre que Tala ne voulait pas être vue en ma compagnie dans son quartier, de crainte que les gens chez qui elle vivait ne l'apprennent. Mais ne lui attribue pas ces mots. Toute personne ayant accès au dossier, et aux indices qu'il contient, pourrait facilement contester la citation.

— Et l'un de ces « indices », c'est la vidéo que tu as envoyée à Bishop…

Stone grimaça en prononçant ce nom, comme si le simple fait de mentionner Scarlett Bishop lui laissait un mauvais goût dans la bouche.

— Pourquoi as-tu fait ça, d'ailleurs ? demanda-t-il. Quel besoin avais-tu de lui remettre des fichiers vidéo ? Tu n'aurais même pas dû lui en parler.

Il le fallait, bien au contraire. Ne serait-ce que pour chasser la méfiance de ses beaux yeux noirs. Il s'était habitué à lire de la défiance dans les yeux d'autrui depuis qu'il avait pris les rênes du *Ledger*, cinq ans plus tôt. Les gens avaient tendance à mépriser les journalistes, et Marcus s'en accommodait très bien. Ce qui lui importait avant tout, au bout du compte, c'était d'agir selon sa conscience en faveur des victimes sans défense.

Mais le regard suspicieux de Scarlett l'avait piqué au vif. Car, outre la méfiance, il avait décelé une sorte de colère, une meurtrissure qui semblait beaucoup plus personnelle que le ressentiment que la plupart des flics nourrissaient à l'égard des journalistes. Il en avait déduit qu'un journaliste particulièrement odieux avait dû faire beaucoup de mal à Scarlett.

Marcus s'était promis de tout faire pour qu'elle n'ait jamais la moindre raison de le regarder avec une telle suspicion. Même s'il devait pour cela lui révéler ses tourments les plus intimes. Elle devait avoir visionné la vidéo. Elle avait donc été témoin de la réaction de Marcus au moment du meurtre de Tala. Il lui avait donné un aperçu de son cœur.

— Marcus ? fit Stone en se penchant vers lui et en claquant des doigts sous son nez. Tu es toujours là ?

Marcus cligna des yeux et le visage inquiet de Stone lui apparut plus distinctement.

— Ouais, je suis là, marmonna-t-il.

— Tu as eu un passage à vide, là, pendant un instant… Tu avais l'air tout drôle… Tu devrais peut-être consulter un médecin…

— Les infirmiers m'ont examiné sous toutes les coutures. Je me porte comme un charme.

Stone ne parut pas convaincu.

— Ils t'ont quand même dit d'aller à l'hôpital, j'imagine.

— Ouais, mais ça ira. Je vais bien.

En réalité, il se sentait un peu nauséeux, mais la moindre évocation d'un séjour à l'hôpital suffisait à provoquer cette réaction.

— J'ai remis les fichiers vidéo à l'inspectrice Bishop parce qu'une jeune fille venait d'être assassinée sous ses yeux. C'était…

— La seule chose à faire, le coupa Stone en levant les yeux au ciel. Ouais, ouais… Ça va, j'ai compris.

Marcus en doutait parfois. Stone avait trop souvent du mal à comprendre certaines subtilités par lui-même, même s'il finissait souvent par se laisser convaincre quand on les lui expliquait.

— Ça m'évite aussi d'être un suspect aux yeux des flics, dit Marcus.

Du moins, je l'espère.

— Je voudrais voir la vidéo, moi aussi, dit Stone.

— Je ne crois pas que ce soit une bonne idée. Tu n'aimerais pas ce que tu y verrais.

— Sans doute pas. Mais il faut que j'en sache le plus possible, au cas où Bishop déciderait de la divulguer aux médias. Je veux la voir. Tout de suite.

Scarlett ne ferait pas ça, songea Marcus. Mais il garda cette opinion pour lui et tourna l'écran vers Stone. Stone regarda la vidéo sans prononcer le moindre mot, tressaillant à chaque coup de feu. Son visage devint livide au moment où la deuxième balle projetait Marcus à terre. Et quand le crâne fracassé de Tala s'afficha à l'écran, Stone parut suffoquer tant il était choqué.

— Ça va ? s'enquit Marcus.

Stone hocha la tête en tremblant et continua de regarder. À la fin, il poussa un profond soupir avant de dire :

— Tu lui as… Tu lui as remis cette vidéo ? Intégralement ?

— Ouais.

Stone leva la tête et, l'espace d'un instant, Marcus revit le petit garçon que son frère avait été. Si jeune et si apeuré. Si vulnérable. Toujours en quête de réconfort.

— D'accord. J'ai compris. Il fallait que tu le fasses… Comme d'habitude.

— Quoi donc ? Accepter d'aider Tala ou remettre les fichiers à l'inspectrice Bishop ?

Stone ferma les yeux.

— Les deux, murmura-t-il.

Quand il rouvrit les yeux, sa vulnérabilité avait été remplacée par l'apparente confiance en soi qu'il affichait d'ordinaire. Mais ce n'était qu'une façade. Et quand cette façade s'effondrait, il perdait son sang-froid — le pire était alors à craindre. Mais Marcus ne parlerait jamais à quiconque des faiblesses de son frère.

C'est faux. Tu en as parlé à Scarlett. Enfin, en quelque sorte. Il était allongé sur son lit d'hôpital, avec un poumon perforé, et Scarlett était venue lui rendre visite. Elle en voulait terriblement à Stone, parce que ce dernier avait caché des informations qui s'étaient avérées vitales pour sauver la vie d'une femme et d'une petite fille. Scarlett n'avait pas compris ce manque de coopération. Le caractère de Stone était pour elle une énigme.

Marcus avait réagi violemment face à ces reproches. Il s'était écrié : « Tant que vous n'aurez pas vécu un dixième de ce que Stone a dû traverser, je vous *interdis* de le critiquer. » Scarlett n'avait pas insisté, contrairement à ce qu'auraient fait tant d'autres personnes dans de telles circonstances. Elle l'avait cru sur parole. Elle avait respecté son intimité, sa vie familiale. Et elle était restée pour veiller sur lui, en se relayant avec un de ses collègues. *Elle a tout fait pour assurer ma sécurité.*

Marcus lui avait fait confiance, à l'époque. Et c'était toujours le cas.

— Je ne crois pas que l'inspectrice montrera cette vidéo à des journalistes. Mais si elle le fait, ma conversation avec Tala sera accessible au public. Rien de ce que tu écriras dans ton article ne doit pouvoir être démenti par cette vidéo. Ne révèle pas dans quel parc je l'ai rencontrée, ni les derniers mots qu'elle a prononcés.

— Tu veux qu'il y ait une photo d'elle ?

— Oui. Tu n'auras qu'à prélever une image dans l'une des vidéos que j'ai filmées dans le parc. Je vais t'envoyer le lien pour les télécharger. Mentionne aussi le fait que je suis déjà venu en aide à des victimes. Choisis deux noms qui n'apparaissent pas sur la liste des menaces.

— Pourquoi ? Qu'est-ce que ça peut faire, qu'ils y soient ou pas ? C'était Tala, pas toi, la cible !

— C'est à cause de Jill. Elle a vu la liste.

Stone se raidit, l'air furieux.

— Comment est-ce qu'elle a fait ? Gayle ne la lui aurait jamais montrée.

Marcus observa attentivement son frère, espérant qu'il s'était assez calmé pour encaisser une deuxième révélation.

— Tu savais que Gayle avait eu une crise cardiaque ? lui demanda-t-il.

Stone en resta bouche bée.

— Quoi ! Qu'est-ce que tu racontes ?

— J'ai eu la même réaction que toi, dit Marcus.

Il relata à Stone ce que lui avait confié Jill.

— C'est donc la petite qui fait le boulot de Gayle depuis tout ce temps ?

— Presque tout, oui.

Stone se cala dans son fauteuil, fronçant les sourcils.

— On ne peut pas lui en vouloir, dit-il. Si Gayle était ma tante, j'aurais fait la même chose. Mais je ne savais pas que Gayle pensait ça de nous.

— À mon avis, c'est surtout Jill qui s'est persuadée que Gayle devrait nous en vouloir… Quoi qu'il en soit, elle a vu la liste et s'est chargée de la compléter depuis. Elle a remarqué que les menaces les plus plausibles et les plus dangereuses cessaient souvent brusquement…

Il leva les yeux au ciel et ajouta :

— Elle s'imagine que je les descends.

— Elle te prend pour Vito Corleone, ricana Stone. Pourquoi ne lui as-tu pas dit la vérité ?

— Parce que je ne lui fais pas confiance. Je ne sais pas pourquoi, exactement, donc je ne peux pas t'en dire plus. Peut-être que je sens depuis le début qu'elle nous en veut et qu'elle désapprouve nos rapports avec Gayle.

Ou c'est peut-être plus grave, songea-t-il. *Mais là, je suis peut-être un peu parano.*

— Elle a menacé de nous dénoncer ?

— Il n'y a que moi qu'elle puisse balancer, parce qu'elle ne connaît visiblement pas ton rôle dans tout ça. Mais elle n'a rien dit de menaçant en soi. Elle m'a juste demandé si nos activités confidentielles ne risquaient pas d'expédier sa tante en prison. Je pense qu'elle m'a cru quand je l'ai rassurée. Mais elle va continuer à se renseigner, surtout maintenant que j'ai été blessé. Elle redoute que les gens qui ont essayé de me faire la peau ne tentent de s'en prendre à Gayle.

— Là encore, on ne peut pas lui en vouloir. Surtout si elle est persuadée qu'on est des salauds et des égoïstes, qui n'apprécient pas sa tante à sa juste valeur. Mais si on arrive à la convaincre que la cible était bien Tala, et non toi, elle aura moins peur que sa tante ne prenne une balle perdue… En présentant spontanément ton témoignage et les vidéos, tu fais d'une pierre deux coups : tu étouffes dans l'œuf tout soupçon quant à ton implication dans le meurtre de Tala, et tu rassures Jill au sujet de sa tante. Bien joué.

— Si elle m'a cru. Ce dont je ne suis pas certain.

— Je vois, dit lentement Stone. À part se débarrasser d'elle, qu'est-ce qu'on peut faire pour l'empêcher de nous nuire ?

— J'aimerais que vous enquêtiez ensemble sur chacune des menaces qu'elle a compilées. Comme ça, tu pourras lui démontrer qu'il s'agit simplement de gens qui se défoulent sans jamais passer à l'acte.

Stone haussa les sourcils.

— En d'autres mots, tu veux que je lui mente ? demanda-t-il.

Marcus soupira.

— Non, je veux simplement que tu la convainques que Gayle ne court aucun danger.

— Et les menaces qu'on a fait cesser ? Si je ne lui dis pas la vérité là-dessus, elle va continuer à croire que tu es une sorte de parrain de la mafia.

— Je préférerais presque ça, marmonna Marcus. Ça me permettrait de lui dire : « Lâche l'affaire, petite, si tu ne veux pas prendre un bain dans l'Ohio, les deux pieds dans un bloc de béton. »

Il tenta de réfléchir, mais le manque de sommeil commençait à se faire sentir.

— Trouve un moyen de lui expliquer pourquoi ces gens ont arrêté de nous menacer, reprit-il. Dis-lui, par exemple, que nous leur avons envoyé notre avocat pour les menacer de poursuites judiciaires.

— Et si elle se renseigne auprès de Rex ?

L'avocat du *Ledger* était l'un des plus vieux amis de Marcus mais n'était pas mêlé à ses activités secrètes, ce qui lui évitait tout dilemme déontologique.

— Il se réfugiera derrière le secret professionnel et ne lui dira rien du tout. Et ensuite il viendra me voir pour me sermonner et m'exposer toutes les raisons pour lesquelles je ferais mieux de me tenir à carreau. Après quoi, je lui promettrai d'arrêter mes conneries et de rester dans le droit chemin jusqu'à la fin de mes jours.

— Très drôle, ricana Stone.

— Il lèvera les yeux au ciel et s'en ira en marmonnant qu'un jour j'aurai de gros ennuis… et c'est tout.

Stone secoua la tête.

— Bon, d'accord, fit-il. Si c'est comme ça que tu veux la jouer… Tu peux compter sur moi.

— Comme à chaque fois, murmura Marcus. Et je t'en remercie.

Stone balaya le compliment d'un geste de la main et demanda :

— Et toi, qu'est-ce que tu vas faire, maintenant ?

— Expurger la liste et l'envoyer à Bishop.

— Hein ? Mais pourquoi ?

— Parce que je le lui ai promis.

— Tu lui as parlé de la liste ? Non mais je rêve ! Tu nous as fait jurer de ne jamais en parler à personne, et toi, tu la refiles au premier flic venu ?

— Deacon et Bishop m'ont demandé si j'avais été menacé. J'ai préféré leur dire que mon assistante avait établi une liste. Je n'ai jamais eu l'intention de lui faire parvenir la liste complète.

Stone le dévisagea comme s'il avait trois têtes.

— Ils insinuaient que j'aurais pu être la cible, précisa Marcus. J'ai pensé que ce serait plus logique de leur démontrer que ce n'était pas le cas.

Stone ferma les yeux et se pinça le bout du nez.

— Merde alors, lâcha-t-il. Ta manie des bonnes actions va attirer l'attention de cette inspectrice. Il faut qu'elle te lâche la grappe.

Marcus repensa au regard plein d'approbation dont Scarlett Bishop l'avait gratifié dans la ruelle, avant l'arrivée des secours. Plein d'approbation, mais aussi de respect. Et de désir. Il inspira profondément et dut se forcer à respirer régulièrement. Pour rien au monde il n'aurait cherché à échapper à l'attention de Scarlett.

— Ne te tracasse pas pour l'inspectrice, dit-il d'une voix rauque. Je m'en occupe.

Stone lui jeta un regard incrédule avant de dire :

— Elle te *plaît*. Oh ! mon Dieu… Dis-moi que tu me fais marcher…

Marcus envisagea très brièvement de nier, mais il se rendit compte qu'il n'en avait pas envie.

— Et pourquoi est-ce qu'elle ne me plairait pas ? Parce qu'elle est flic ?

— Parce qu'il s'agit de *Bishop.* C'est une mangeuse d'hommes. Elle en bouffe au petit déj' et elle recrache les os. Et après elle les broie pour en faire de la farine. C'est une vraie mante religieuse.

Marcus ne put s'empêcher de sourire. C'était la première fois depuis longtemps qu'il était sincèrement amusé.

— Où es-tu allé pêcher ça ? Tu es sûr de tes sources ?

— En tout cas, c'est la reine des casse-couilles.

Stone et Scarlett ne s'étaient pas rencontrés dans les meilleures conditions. Deacon et Scarlett enquêtaient sur un enlèvement, et Stone leur avait caché des indices. Pour être tout à fait juste, Stone venait de découvrir le corps de Mikhail au fond d'un trou, et il était bouleversé.

— Tu lui as menti, Stone, dit Marcus sans élever le ton. Tu crois vraiment que ça lui a plu ?

Stone le fixa avec stupéfaction.

— Qu'est-ce qu'ils t'ont fait avaler, les infirmiers ? Des hallucinogènes ? Je ne vois pas d'autre explication. Bon, d'accord, elle est bien roulée. Ça, je te l'accorde. Très bien roulée, même… Étant donné les circonstances, je peux comprendre ce moment de folie… Elle a une belle paire de nichons, c'est vrai. Tu n'as qu'à faire une balade en bagnole avec elle, si ça te tente tant que ça. Mais fais bien gaffe à toi, sinon elle va te les couper et les ajouter à sa collection personnelle. Et quand tu lui auras fait faire le tour du pâté de maisons, dépose-la quelque part et oublie-la.

— C'est bon, répondit Marcus sèchement. Tu ne la portes pas dans ton cœur, OK. Mais je n'accepterai pas que tu parles d'elle en ces termes. Que tu n'aimes pas la manière dont elle fait son boulot, passe encore. Mais pour le reste…

— Elle te plaît *vraiment* ? Assez pour sortir avec elle ?

— Je la connais à peine.

— Mais tu aimerais bien…

Marcus haussa les épaules.

— C'est possible. Je ne la reverrai peut-être jamais… Mais si je la revois, ce ne sera pas juste comme ça.

Stone lâcha un soupir.

— Je vois le tableau. Donne-lui cette foutue liste. Mais j'en veux une copie, moi aussi. Il faut que je sache ce qui te pend au nez.

— D'accord.

Marcus jeta un coup d'œil au moniteur du système de surveillance vidéo, qui lui permettait de voir toutes les entrées du bâtiment.

— Jill vient d'entrer dans le hall avec le petit déjeuner. Tu pourrais aller l'aider à porter tout ça.

— J'y vais, et ensuite j'attaque l'article sur Tala.

— Fais gaffe. Je ne veux pas que Jill puisse fouiner ici sans être surveillée.

— Tu veux que je la flique ?

— Oui. Jusqu'à ce que j'aie trouvé quelqu'un d'autre pour la surveiller. Je vais changer tous les mots de passe sur nos serveurs. Et je vais demander à Diesel d'ajouter quelques pare-feu supplémentaires…

Marcus avait déjà piraté un ou deux ordinateurs, mais Diesel, leur expert en informatique, était un vrai petit génie.

Il se cala dans son fauteuil et extirpa son téléphone portable de la poche de son jean. Il l'avait senti vibrer pendant sa conversation avec Stone. Il lut le message puis, le cœur battant, le relut. Surtout la signature. « Scarlett Bishop », et non « inspectrice Bishop ». C'était moins solennel, plus chaleureux. Engageant, presque.

O'Bannion, vous vous faites des illusions.

Ou peut-être pas. C'était son nom. Voilà tout.

Alors, arrêtez de rêver, et concentrez-vous sur ce que vous devez me donner.

Le fait qu'elle insiste ainsi pour qu'il lui envoie la liste n'avait rien de surprenant, étant donné le retard qu'il avait déjà pris. Il avait cependant espéré qu'après avoir regardé les vidéos de Tala, elle se rendrait compte que la liste ne lui serait plus utile. Les enregistrements prouvaient que Tala avait été la cible et non Marcus.

Mais il avait connu assez de flics pour savoir qu'une fois qu'ils avaient une idée en tête, ils s'y accrochaient jusqu'au bout. Il s'agissait simplement de lui donner quelques noms bien choisis qui ne l'inciteraient pas à creuser plus profond. Car ce qu'elle risquait de trouver pouvait avoir des conséquences dramatiques, pour elle comme pour lui.

Chapitre 5

Cincinnati, Ohio
Mardi 4 août, 7 h 05

— Qu'est-ce que vous foutez ? demanda le lieutenant Lynda Isenberg en s'appuyant contre le bureau de Scarlett. Je croyais que vous étiez en train d'étudier les vidéos de O'Bannion.

Scarlett sursauta. Lynda employait rarement un tel ton pour s'adresser à ses subordonnés, et presque jamais avec Scarlett. Elle ne lui en avait jamais donné l'occasion.

Elle s'essuya subrepticement les yeux, coupa le son de son ordinateur et appuya sur la touche PAUSE, figeant l'image de la vidéo qu'elle regardait. Et qu'elle écoutait. Il est vrai qu'elle s'était peut-être laissé un peu trop captiver par la beauté du chant de Marcus. Son timbre, riche et doux à la fois, agissait comme un baume sur le cœur meurtri de Scarlett. Tout en réveillant d'anciens chagrins.

— Je suis en train d'observer la victime, se défendit-elle en constatant avec soulagement que sa voix était ferme. Elle est là, regardez.

Elle désigna l'endroit, près du bord de l'écran, où se tenait Tala, hésitante et méfiante, à peine visible derrière les arbres.

— On dirait qu'elle va s'enfuir, observa Lynda d'une voix glaciale.

Quelque chose ne tournait pas rond, mais Scarlett

éprouvait trop de respect pour Lynda pour se montrer indiscrète. C'était à sa chef de décider de se confier ou pas. Heureusement, Lynda faisait preuve de la même discrétion envers ses subordonnés. En tout cas, si elle avait remarqué les yeux rouges de Scarlett, elle se garda bien de lui demander pourquoi elle avait pleuré.

— Mais elle ne le fait pas, dit Scarlett. Jusqu'à ce qu'il ait fini de chanter. J'ai déjà regardé la moitié des dix vidéos du parc. Quand Marcus s'arrête de chanter, elle part. Mais elle reste toujours jusqu'à la fin de la chanson.

Lynda haussa les sourcils et écarquilla les yeux, sincèrement surprise.

— C'était Marcus O'Bannion qui chantait comme ça ?

— Oui.

La première fois que Tala l'avait entendu, elle avait semblé aussi stupéfaite que Lynda. Et, vidéo après vidéo, la gorge de Scarlett se nouait et ses yeux s'embuaient, tandis que des visions de Michelle lui revenaient en mémoire. Et s'achevaient toujours par la plus horrible, bien sûr… *Tout ce sang.*

C'est pourquoi elle évitait le plus souvent de se souvenir de son amie assassinée. Chaque fois qu'elle repensait à elle, elle sombrait toujours plus profondément, jusqu'à ce qu'elle trouve le courage de chasser ces visions douloureuses, affichant son flegme habituel, en bonne professionnelle. Tout comme Lynda en temps normal. Mais aucune des deux femmes n'arborait cette expression froide et déterminée en cet instant. Et, étrangement, cette émotion partagée avait quelque chose de réconfortant.

Lynda inspira un bon coup.

— On a chanté cette chanson à l'enterrement de mon mari, murmura-t-elle comme pour elle-même.

Scarlett en resta bouche bée. Cela faisait cinq ans qu'elle travaillait sous les ordres de Lynda, et elle n'avait jamais appris que sa chef avait été mariée.

— Je suis désolée…, dit-elle au bout d'un moment. Je ne savais pas…

— C'était il y a quinze ans, rétorqua abruptement Lynda. Aucun rapport avec cette affaire.

— Les chansons font renaître les souvenirs, dit doucement Scarlett.

Maintenant qu'elle avait eu un aperçu de la vulnérabilité de sa chef, elle aurait voulu que la vraie Lynda ne se réfugie pas si rapidement dans sa carapace.

— Cette chanson a été chantée à l'enterrement de ma meilleure amie, aussi, dit-elle en haussant les épaules.

Un long silence s'ensuivit, chacune des deux femmes évitant le regard de l'autre. Puis Lynda se racla la gorge et désigna l'écran de l'ordinateur.

— On ne la voit jamais sortir du bosquet ?

— Je n'en suis pas encore arrivée là. Marcus nous a déclaré qu'elle a laissé son caniche s'approcher assez près de lui pour qu'il puisse le caresser. Je n'ai pas encore visionné cette scène, mais tout ce qu'il nous a dit a été corroboré par les vidéos jusqu'à présent.

— C'est le contraire qui m'aurait étonnée, remarqua prudemment Lynda. Il ne vous aurait pas fourni volontairement des éléments qui infirment ses dires.

Surprise par le ton hésitant de Lynda, Scarlett se tourna vers elle. Cette fois, le regard de sa chef était assombri non par le chagrin mais par l'inquiétude.

— Que voulez-vous dire ? demanda Scarlett d'un ton un peu trop belliqueux.

— Vous avez des liens personnels avec cet homme. Ce n'est qu'un témoin, pour l'instant, mais il pourrait devenir un suspect. Dans une affaire de meurtre, Scarlett… Je ne vous cacherai pas que ça me préoccupe.

Scarlett était persuadée que Marcus ne pouvait en aucun cas devenir un suspect, mais elle décida de ne pas contester cette possibilité, histoire de ne pas donner à Lynda un prétexte pour lui retirer cette enquête.

Cette enquête qu'elle menait au nom de Tala, pas pour les beaux yeux de Marcus.

— Je ne suis pas liée à ce témoin, répliqua-t-elle sans

détourner les yeux. Pas comme vous vous l'imaginez, en tout cas. J'ai eu en tout et pour tout cinq contacts avec Marcus O'Bannion…

Elle leva la main et leva les doigts l'un après l'autre et poursuivit :

— La première fois, c'était quand il a été blessé en sauvant la vie d'une femme. Puis je suis allée lui rendre visite deux fois à l'hôpital. Je l'ai revu, sans lui parler, à l'enterrement de son frère. Et enfin, j'ai répondu à son appel la nuit dernière. Voilà à quoi se limitent nos rapports.

Elle n'était pas tenue d'énumérer les innombrables nuits où elle était restée éveillée en regrettant que ces relations ne soient pas plus nombreuses et plus intimes. *Ça, c'est mon petit secret.*

Lynda n'avait pas l'air convaincue.

— Alors quelle est la nature de votre relation ? demanda-t-elle.

— Je crois que nous testons réciproquement nos idées reçues. Il se méfie des policiers, mais il a cru pouvoir compter sur moi pour aider Tala. Et moi, je me méfie très fortement des journalistes, mais je me dis que lui, il est différent. Et j'espère que vous comptez avoir la même conversation avec Deacon, ajouta-t-elle d'un ton glacial. Il est beaucoup plus « lié » à Marcus que moi, puisque celui-ci n'est autre que son futur cousin par alliance.

Lynda l'observa attentivement pendant un long moment avant de se tourner vers l'écran, où Tala se tenait toujours, figée, entre les arbres.

— Que pouvez-vous me dire de plus sur elle ? demanda Lynda.

— Elle avait dix-sept ans. Sans doute une migrante… J'ai déjà visionné ce que Marcus a filmé la nuit dernière. Je n'ai pas pu voir son visage très distinctement parce que la ruelle était mal éclairée, mais le son était très net. Je pense qu'elle est originaire des Philippines.

C'est Marcus qui l'avait suggéré le premier, en fait. *Ça*

aussi, je le garde pour moi. Scarlett sélectionna la vidéo de la ruelle, remit le son et appuya sur PAUSE.

Scarlett tourna l'écran vers Lynda puis s'assit dans son fauteuil, regardant la scène pour la cinquième fois. Le salut timide de Tala. Les questions prudentes de Marcus.

« Pourquoi pleures-tu, Tala ? »

« Et vous, pourquoi pleurez-vous ? » répliquait la jeune fille.

À l'évocation de ces larmes, que Marcus ne démentait pas, Scarlett sentit sa gorge se nouer comme les fois précédentes. Non seulement il pleurait encore son frère neuf mois après son décès, mais il n'avait pas honte de l'avouer. Cependant, ces larmes, il les avait versées alors qu'il se croyait à l'abri des regards, au fin fond d'un parc et au beau milieu de la nuit. Scarlett se demanda quelle attitude il adoptait face aux membres de sa famille et au reste du monde.

Et elle se demanda s'il lui avouerait son chagrin, à elle.

Elle se rendit compte subitement que c'était ce qu'il venait de faire. En lui remettant les vidéos sans y être contraint, il avait effectivement ouvert son cœur non seulement à Scarlett, mais à toute autre personne à qui elle jugerait bon de les montrer. Il avait confiance en elle. Prise de court par cette douce pensée, elle se promit de mettre ses fichiers à l'abri des regards indiscrets.

Scarlett appuya sur PLAY et se blinda, sachant ce qui allait advenir tandis que la suite de la vidéo défilait. Mais elle n'en tressaillit pas moins lorsqu'elle entendit pour la cinquième fois le premier coup de feu.

Tala s'effondra sur le trottoir. Son visage remplit tout l'écran au moment où Marcus s'agenouillait à ses côtés. On voyait ensuite ses mains tremblantes découper un bout du polo de Tala et panser hâtivement la blessure. Puis Marcus se redressait vivement.

Lynda émit un petit grognement désapprobateur.

— Il la laisse toute seule, remarqua-t-elle.

— Juste le temps d'appeler les secours et de sécuriser la scène de crime, murmura Scarlett.

— Personne en vue, remarqua Lynda d'un ton crispé

tandis que Marcus se mettait à courir. Dommage qu'il n'ait pas réussi à filmer le tireur.

— Il était en train de faire le tour du pâté de maisons pour revenir par l'autre bout de la ruelle et tirer deux autres balles. Marcus a appelé les flics à 2 h 47.

Le visage de Tala remplit de nouveau l'écran.

« Tala ! cria Marcus. Ne meurs pas, nom de Dieu ! Ne meurs pas ! »

Les lèvres de Tala remuèrent, articulant péniblement le mot : « Aidez… » Elle rassembla tout ce qui lui restait de forces pour souffler dans un râle douloureux : « Malaya. »

Lynda saisit la souris et mit la vidéo sur pause.

— Aidez Malaya ? fit-elle, intriguée. Qu'est-ce que ça veut dire, *malaya* ?

— *Malaya* se traduit par « libre » ou « libérer », en tagalog comme en malais, déclara doctement Scarlett.

Elle se garda bien, cette fois encore, de révéler que c'était Marcus qui le lui avait appris. Entre-temps, elle avait eu tout le loisir de vérifier cette information sur Internet.

— Elle lui a demandé de libérer sa famille, dit Lynda.

Puis elle disposa côte à côte l'image figée de Tala à la lisière du bosquet et celle de la jeune fille agonisant sur l'asphalte.

— Elle porte les mêmes vêtements, observa-t-elle.

Scarlett hocha la tête.

— Oui, j'ai remarqué. Elle est habillée comme ça sur toutes les vidéos. Un polo blanc et un jean délavé…

— Une sorte d'uniforme ?

— C'est ce que j'ai pensé. Je n'ai pas vu de logo sur le polo qu'elle portait quand elle a été abattue, puisqu'il était trempé de sang. Le technicien de scène de crime m'a promis que Vince m'appellerait si le labo trouvait quelque chose, mais il ne s'est toujours pas manifesté…

Vince Tanaka, le chef de la scientifique, était extrêmement méticuleux, et son équipe très compétente.

— Pas de logo visible sur les polos qu'elle portait au parc, non plus, poursuivit Scarlett. Mais la qualité de l'image laisse à désirer. Le labo est aussi en train de travailler sur les vidéos. Je peux vous dire aussi deux choses qui paraissent certaines. Premièrement, Tala connaissait son assassin.

Elle revint en arrière et s'arrêta à l'instant où une lueur d'épouvante bien particulière se lisait dans les yeux de la jeune fille, indiquant qu'elle avait reconnu l'homme qui s'apprêtait à la tuer.

— Vous avez raison, dit Lynda. On peut donc écarter la piste d'un meurtre à l'aveugle.

— Et cela confirme que ce n'était pas Marcus la cible, mais bien la jeune fille.

— Vous avez pensé qu'O'Bannion pouvait être visé ?

— Il est journaliste d'investigation. On peut donc se dire qu'il s'est fait pas mal d'ennemis… Il était censé m'envoyer une liste des personnes l'ayant menacé de mort ces dernières années, mais je ne l'ai pas encore reçue.

— Je suis sûre qu'il a visionné attentivement cette vidéo avant de vous la transmettre. Peut-être qu'il a tiré lui-même cette conclusion et pensé que vous n'aviez pas besoin de la liste, en fait.

— C'est possible… Mais j'aimerais bien y jeter un coup d'œil quand même.

— Vous avez raison. Demandez un mandat à un juge, si nécessaire.

— Je lui donne encore une heure. S'il se dérobe, je le ferai. Mais s'il a changé d'avis et s'il ne tient pas à ce que je voie cette liste, il l'a peut-être déjà effacée. Pour l'instant, je pars du principe que Tala était la cible. Nous allons interroger les habitants du quartier, les habitués du parc, et leur montrer des photos de Tala et du caniche. Je cherche parallèlement à identifier le chien.

— Vous allez faire la tournée des vétérinaires ?

— Bien sûr, mais je me suis dit que j'aurais plus de chances auprès des toiletteurs qui ont une clientèle huppée.

— Vous connaissez des toiletteurs ?

— Vous vous souvenez de Delores Kaminsky ?

— Mais bien sûr ! La femme qui a survécu… Elle est

toiletteuse ? Je croyais qu'elle s'occupait d'un refuge pour animaux.

— Elle exerçait les deux activités avant son agression. Et elle envisage de se remettre au toilettage.

Lynda inclina la tête et jeta un regard acéré à Scarlett.

— J'ignorais que vous restiez en contact avec les victimes, dit-elle.

Scarlett haussa les épaules pour dissimuler son embarras.

— C'est rare, mentit-elle.

En réalité, elle prenait des nouvelles de toutes les victimes que ses enquêtes l'avaient amenée à rencontrer. Surtout les plus jeunes. Ces personnes avaient survécu à de terribles traumatismes. Scarlett ne supportait pas l'idée que les souffrances qu'on leur avait infligées pouvaient faire de leur vie un effroyable gâchis. Elle en avait poussé plus d'une à se placer sous la protection des services sociaux, n'hésitant pas à alerter ceux-ci lorsque l'une des victimes risquait de partir en vrille. Les travailleurs sociaux parvenaient parfois à les remettre sur la bonne voie. La plupart du temps, leurs efforts étaient voués à l'échec, et elles replongeaient dans le trou noir du système pénal et carcéral.

Mais Scarlett n'en persistait pas moins à les aider, et elle avait la ferme intention de continuer à le faire.

Lynda resta silencieuse, fixant Scarlett d'un regard entendu. Scarlett sentit ses joues rougir.

— C'est Dani et Faith qui m'ont fait connaître le refuge de Delores, dit-elle enfin après avoir lâché un soupir résigné.

La sœur et la fiancée de Deacon avaient prétexté avoir besoin du Land Cruiser de Scarlett pour transporter les chiens qu'elles venaient d'adopter. Mais celle-ci savait très bien que c'était une manière de l'inclure dans leur bande de filles. Ce qui avait d'ailleurs marché au-delà de leurs espérances.

— Quand Delores a repris conscience, elles sont allées la voir à l'hôpital. Ses amis se sont occupés de veiller sur les chiens, s'efforçant d'en placer le plus possible autour d'eux. Mais il y en avait beaucoup…

— Faith en a adopté deux, si je me souviens bien, dit Lynda en esquissant un sourire.

— Un labrador âgé de trois ans et un golden qui est encore un chiot.

— Je suis au courant. Deacon n'arrête pas de râler parce qu'ils lui mâchent ses chaussures…

Lynda haussa les sourcils comme si elle venait d'avoir une agréable révélation.

— Ne me dites pas que vous en avez adopté un, vous aussi, dit-elle d'un ton malicieux.

Scarlett leva les yeux au ciel.

— Oui, elles m'ont fait culpabiliser et je me suis sentie obligée de les imiter.

Le regard de Lynda s'était adouci.

— Vous avez bon cœur, dit-elle. Il n'y a rien de honteux à cela.

— Je n'en ai pas honte…

Nouveau mensonge.

— Mais j'ai une réputation à défendre, ajouta-t-elle aussitôt.

— Eh bien, vous pouvez compter sur ma discrétion. Votre chien, il est de quelle race ?

— C'est un bulldog. Il lui manque une patte… Personne d'autre n'en voulait.

— Comment s'adapte-t-il à sa nouvelle vie ?

Scarlett repensa aux efforts que Zat avait faits pour la réconforter, quelques heures plus tôt, lorsque, submergée par l'émotion, elle avait éclaté en sanglots. Malgré les mauvais traitements qu'il avait subis toute sa vie, il était très affectueux, et d'un naturel doux et conciliant. Scarlett voulait que Zat vive comme un prince pour le restant de ses jours.

— Ça se passe plutôt bien, dit-elle d'un ton brusque. Il ne mange pas autant que je l'aurais cru. Quoi qu'il en soit, j'ai rendez-vous avec Delores plus tard dans la matinée, pour lui montrer une photo du caniche. On verra si elle peut m'aider.

Lynda se tourna vers l'écran, où l'image des yeux épouvantés de Tala était toujours figée.

— Vous m'avez dit que vous saviez deux choses sur Tala, dit-elle. Quelle est la seconde ?

Heureuse de changer de sujet, Scarlett posa la main sur la souris.

— Vous pouvez rayer Marcus O'Bannion de la liste des suspects potentiels. Ce n'est pas lui qui a tiré…

Elle déplaça le curseur de l'avance rapide jusqu'à l'endroit où Marcus était agenouillé et tentait d'arrêter l'hémorragie.

— Voilà le deuxième tir, poursuivit-elle. Il vient de derrière Marcus et l'a atteint au dos. La force de l'impact l'a projeté au sol.

L'image tangua brièvement tandis que Marcus s'effondrait la tête la première sur l'asphalte, et l'écran devint entièrement noir.

— La caméra s'est cassée en tombant ? demanda Lynda.

— Non, l'objectif est dirigé contre le trottoir. Il a atterri sur le corps de Tala. La chemise de Marcus était trempée de sang quand je suis arrivée. C'est à ce moment qu'un troisième coup de feu est tiré, toujours derrière Marcus.

Trente secondes s'écoulèrent avant que Marcus n'émette un gémissement et ne relève la tête. Le mouvement de la caméra fut accompagné d'un cri, plus faible, tandis que Marcus se redressait et s'agenouillait à côté du corps sans vie de Tala. Il y eut un plan fixe sur la blessure à la tête, et l'image se mit à trembler.

« Non », murmurait Marcus d'une voix rauque. « Oh non ! »

Puis il se pencha lentement et saisit le menton de Tala, avec une telle douceur que les yeux de Scarlett se mirent à lui piquer. Il tourna la tête de la jeune fille avec la même délicatesse, faisant apparaître à l'écran l'arrière fracassé de son crâne.

— Oh non, murmura Lynda. Pauvre fille…

Scarlett serra les dents lorsque Marcus poussa un nouveau gémissement, qui ressemblait plus à la plainte d'une bête blessée à mort qu'à un son humain. Quand elle était arrivée quelques moments plus tard, il avait eu l'air si maître de lui, si solide. Un roc.

— Son frère Mikhail a, lui aussi, été abattu d'une balle dans la tête, dit Lynda.

— Oui, c'est Marcus et son frère, Stone, qui l'ont retrouvé, enterré dans une tombe de fortune. Mikhail n'avait que dix-sept ans.

— Comme Tala.

— Marcus s'est lancé à la poursuite du tueur après ça, mais il n'y avait plus personne. J'ai demandé au labo d'analyser soigneusement les images, au cas où un détail imperceptible, à l'arrière-plan, m'aurait échappé. Marcus nous a remis volontairement un petit pistolet qu'il portait dans un étui à la cheville.

— Deacon m'a dit que vous pensiez tous les deux qu'O'Bannion avait une autre arme à feu sur lui…

— Oui, confirma Scarlett. Et, oui, ça me préoccupe énormément. Marcus O'Bannion nous cache quelque chose, c'est certain. Mais cela n'a rien à voir avec le meurtre de Tala.

— Trouvez ce que c'est, ordonna Lynda. Je ne veux pas qu'on ait de mauvaises surprises pendant le procès, s'il doit déposer en tant que principal témoin.

— Oui, chef.

Scarlett était résolue à découvrir ce qu'il avait omis de leur dire. Ensuite, elle déciderait de lui accorder ou non sa confiance.

Elle rouvrit sa boîte mail et constata que Marcus ne lui avait toujours pas adressé de nouveau message. La liste des menaces était donc toujours en attente. Elle ne lui serait sans doute d'aucune utilité pour trouver l'assassin de Tala mais, en revanche, elle pouvait donner à Scarlett un aperçu de l'âme de Marcus.

Et puis, cela lui fournissait un prétexte pour le recontacter.

Pour que je me mette à chercher ce qu'il dissimule de louche, se reprit-elle aussitôt.

Entendre une nouvelle fois le son de sa voix ne serait qu'un bonus.

Chapitre 6

Cincinnati, Ohio
Mardi 4 août, 7 h 15

Drake était dans sa chambre en train de regarder la télévision lorsqu'il entendit bourdonner son téléphone portable. Depuis que Stephanie l'avait déposé chez lui, il zappait de chaîne d'info en chaîne d'info, tout en surfant ponctuellement sur le web, en quête du moindre article qui mentionnerait les événements de la nuit. Jusque-là, il n'avait vu que de vagues informations faisant état de coups de feu dans le ghetto. Les journalistes n'employaient évidemment pas le mot « ghetto » — ce n'était pas politiquement correct.

Il leva les yeux au ciel. Les médias étaient aux mains de progressistes, qui ne voulaient pas voir ce qui se passait réellement dans le monde, ni même dans leur propre ville. *Tant mieux,* songea Drake. Ces imbéciles parlaient de « victimes non identifiées » dont « le profil restait à déterminer ». *Mais non, bande de crétins. Ils sont morts. C'est ça, leur profil : M-O-R-T-S.*

Aucun journaliste n'avait parlé de Tala ni de l'homme avec qui elle était dans la rue. Pas encore, du moins.

Il leva de nouveau les yeux au ciel lorsqu'il découvrit le numéro qui s'affichait sur l'écran de son portable. Stephanie. Elle cherchait probablement à être rassurée. Il prit son téléphone et se renfrogna en constatant avec agacement que sa main tremblait encore. L'adrénaline s'était dissipée depuis plusieurs heures, le laissant fébrile et nerveux. Il aurait fallu qu'il mange un morceau, mais le frigo ne contenait que de la bière quand il était rentré.

Le téléphone cessa de bourdonner. Il l'avait fixé trop longtemps sans se décider à décrocher. Il se dit que ce n'était pas la peine de la rappeler. Anxieuse comme elle l'était, elle ne manquerait pas de rappeler quelques minutes plus tard.

Drake avait l'estomac barbouillé. La bile lui montait à la gorge, amère et douloureuse. *Faut vraiment que je bouffe quelque chose.* D'autant qu'il avait bu toute la bière. Sa sœur aînée allait piquer une crise quand elle découvrirait le frigo vide en rentrant ce soir. *Vaut mieux que je le remplisse avant son retour.* Non pas parce qu'il avait peur d'elle… Il ne voulait pas qu'elle lui prenne la tête, voilà tout.

Stephanie lui donnerait de l'argent pour acheter de la bière. Il n'en doutait pas un instant.

Ce qui l'inquiétait davantage, c'était que ses mains tremblaient encore, alors qu'il avait bu les six bières du pack. *Super. Je sucre les fraises.*

Tu es secoué. C'est normal. Ce n'est pas tous les jours qu'on tue une personne… Non, deux personnes, en fait.

Cela lui semblait un peu irréel. *J'ai flingué deux êtres humains.*

Cela n'avait pas vraiment été son intention de tuer Tala — et encore moins le type. Le grand costaud habillé en noir avait tout du flic, mais il n'était pas en train d'interpeller Tala. Il lui parlait d'un air tranquille, cordial.

Il essayait sans doute de la convaincre de lui tailler une pipe.

Mais Drake estimait surtout qu'elle avait décidé de les dénoncer. À présent, il ne le saurait jamais — ni qui que ce soit, d'ailleurs. Sa seule certitude était qu'elle avait donné rendez-vous au type, car elle s'était servie du téléphone portable de Drake pour lui envoyer un texto. Elle s'était crue maligne en prenant en douce le téléphone dans la poche du blouson de Drake, sur le canapé du salon chez

Stephanie. Il l'avait laissé là exprès, bien sûr, juste pour voir ce qu'elle ferait.

En l'enlaçant par-derrière pour lui peloter les seins, il avait senti la carte de visite qu'elle avait fourrée dans son soutien-gorge. Il était sur le point d'extirper le bristol lorsque le père de Stephanie était entré dans la pièce.

Drake émit un petit gloussement. *Ce sale connard,* songea-t-il. Ce type croyait vraiment pouvoir garder Tala pour lui tout seul. Drake ne comptait plus le nombre de fois où Stephanie et lui avaient prouvé le contraire… Mais comme Stephanie ne voulait pas se mettre son père à dos, ils jouaient les saintes-nitouches en sa présence. Résultat, quand Drake s'était à nouveau retrouvé seul avec Tala, elle avait eu le temps de cacher la carte, et ni Drake ni Stephanie n'avaient été capables de la trouver. Il avait donc décidé de la piéger et, comme prévu, elle avait mordu à l'hameçon, croyant pouvoir le doubler en lui empruntant son portable.

Quelle conne. Quelle débile arriérée. Ils avaient auparavant annoncé à Tala qu'ils sortaient, ce soir-là, pour aller chercher de la coke. Dans son texto, Tala avait donné rendez-vous au type à quelques pâtés de maisons du foyer pour SDF où Drake et Stephanie achetaient toujours de quoi sniffer. Dès l'envoi de ce texto, elle l'avait effacé, croyant naïvement que cela suffirait à la protéger.

Mais ce soir, elle a reçu une leçon.

Pour lire le texto, Drake n'avait eu qu'à se servir de son ordinateur pour ouvrir l'application qui synchronisait son portable avec sa tablette et cet ordinateur et conservait tous ses messages en mémoire.

Il aurait voulu s'attarder pour la voir saigner, mais cela aurait été une folie. Il avait eu tout juste le temps de lui loger une balle dans la tête avant de détaler. Et il avait bien fait, car quelques secondes seulement s'étaient écoulées avant qu'il entende hurler les premières sirènes. Il l'avait échappé belle.

Mais Tala ne posait plus de problème, à présent. Et même si elle avait tout raconté au type en noir, cela n'avait aucune importance. Ils étaient tous les deux morts. Et les cadavres ne parlent pas.

Son téléphone se remit à bourdonner, le faisant sursauter. *Ce n'est que Stephanie.* Elle se mettrait à flipper si lui-même ne semblait pas calme et maître de ses nerfs. *Alors, calme-toi. Réponds-lui comme si de rien n'était.*

— Oui ? fit-il avec une pointe d'impatience agacée dans la voix, comme quelqu'un qu'on dérange pour rien. Qu'est-ce que tu veux, encore ?

— Il sait que c'est nous, murmura Stephanie d'une voix rauque.

Le cœur de Drake fit une petite embardée. Le père de Stephanie ne pouvait pas être déjà au courant.

— Personne n'en a encore parlé aux infos, dit-il tout doucement. Comment l'a-t-il appris ?

— Je ne lui ai rien dit, je te le jure ! C'est l'alarme du bracelet électronique qu'elle avait à la cheville qui s'est déclenchée…

Le débit de Stephanie était beaucoup trop rapide.

— Je croyais qu'on l'avait désactivée sur l'ordi de papa quand on a piraté son système, mais apparemment ça n'a pas marché… Il l'avait réglée pour qu'elle sonne sur son téléphone et qu'elle déclenche le signal d'alarme à la maison. C'est arrivé en pleine nuit.

Drake ferma les yeux. Comment avaient-ils pu oublier ce maudit bracelet ? Chaque fois qu'ils emmenaient Tala faire un tour, ils faisaient toujours bien attention à désactiver le logiciel de géolocalisation sur le serveur de la maison. Le père de Stephanie ne pouvait s'en apercevoir que s'il était informé de l'absence de Tala et s'il avait besoin de la localiser, ce qui n'aurait pas pu arriver puisqu'ils prenaient toujours soin de revenir avant le réveil des autres domestiques.

— Quelqu'un a dû lui enlever son bracelet, murmura Drake.

Merde. Il n'y avait pas pensé quand il l'avait laissée dans la ruelle. Mais emporter son cadavre aurait été impossible, de toute façon.

— Qu'est-ce qu'il t'a dit ?

— Il m'a seulement demandé si je savais où était Tala. Je lui ai répondu que je n'en savais rien. Mais il m'a regardée bizarrement.

Drake leva les yeux au ciel.

— Il regarde tout le monde comme s'il venait d'avaler une balle de tennis, dit-il.

— Non, cette fois, c'est différent. Il sait que je lui ai menti.

— Alors, que comptes-tu faire ?

Bref silence à l'autre bout de la ligne.

— Qu'est-ce que *je* compte faire ? demanda-t-elle calmement. C'est à cause de toi qu'elle morte ?

Ce ton intriguait Drake. Elle aurait dû être au bord de la crise de nerfs. *Les filles sont toujours terrifiées quand il y a du danger. Elles geignent et me supplient de les tirer du pétrin.* Stephanie en arriverait là, elle aussi. Même si elle ne le savait pas encore.

— Ce que *nous* allons faire, répliqua-t-il, c'est nous détendre et faire semblant d'être insouciants. Et *nous* allons aussi nous souvenir que *nous* étions tous les deux dans la voiture…

Son ton s'était fait dur et menaçant.

— C'est bien compris ? ajouta-t-il.

— Compris.

Il l'entendit inspirer profondément.

— Compris, répéta-t-elle d'un ton beaucoup moins agressif. Comme tu veux.

— Bien dit.

Et si Stephanie se mettait à table ? Drake serait peut-être contraint d'accrocher un troisième cadavre à son tableau de chasse. Étrangement, cette idée ne le révulsa pas autant qu'il l'aurait cru.

De toute façon, il n'avait pas peur du père de Stephanie. Il était protégé par une assurance tous risques : la clé USB qui se trouvait dans son tiroir à sous-vêtements. Il s'en était servi pour copier les fichiers de l'ordinateur du père de Stephanie. Chaque fois qu'ils emmenaient Tala faire un tour.

Quand le vieux verrait les preuves que Drake pouvait à tout moment divulguer, il ne les emmerderait plus jamais.

Cincinnati, Ohio
Mardi 4 août, 7 h 45

— Monsieur Sweeney ? Vous avez une minute ? fit la voix de la secrétaire dans l'interphone.

Au bureau, Alice Newman l'appelait toujours « M. Sweeney ». Partout ailleurs, c'était « papa ». Alice n'avait jamais été une Sweeney — pour des raisons de sécurité, surtout quand elle était enfant. Ken s'était fait trop d'ennemis pour risquer que ses enfants soient pris pour cibles. D'ailleurs, Ken lui-même n'était pas né sous le nom de Sweeney. Aucun membre de son équipe ne portait le nom qu'il avait reçu à la naissance. C'était plus sûr.

Alice était la fille que sa première femme lui avait donnée. Elle était diplômée de la faculté de droit du Kentucky et apprenait le métier sur le tas. Ken espérait qu'elle allait bientôt le remplacer, pour qu'il puisse prendre sa retraite à cinquante ans sur une plage ensoleillée. Heureusement qu'Alice apprenait vite, car Ken approchait des quarante-huit ans.

— L'un de vos employés souhaite vous parler, ajouta-t-elle d'un ton professionnel.

Ken leva les yeux du compte de résultat qu'il étudiait. Les profits avaient baissé et les pertes augmenté depuis l'exercice précédent. À cela s'ajoutait la mauvaise surprise qu'il avait eue, la nuit précédente, quand l'alarme s'était déclenchée, et le fait que Reuben ne s'était toujours pas montré. Bref, il était d'une humeur exécrable.

— Qui est-ce, Alice ? demanda-t-il avec impatience.

— Gene Decker. Il dit que c'est important.

— Dis à Decker de s'adresser à son chef pour tout problème de comptabilité. Et dis à Joel de donner plus de boulot à ses subordonnés pour qu'ils évitent de me déranger. Toujours pas de nouvelles de Reuben ?

— M. Blackwell n'est pas encore arrivé. Et M. Decker insiste... Il dit que ce n'est pas un problème de comptabilité. C'est en rapport avec l'incident de cette nuit.

Merde. Normalement, Decker aurait dû retourner compiler des chiffres et se mêler de ce qui le regardait.

— Fais-le entrer, fit Ken d'un ton glacial.

— Merci, monsieur Sweeney, dit Gene un instant plus tard.

Il referma la porte du bureau de Ken derrière lui et resta à bonne distance, dans une attitude toute militaire — le regard dirigé droit devant lui, les pieds écartés, les mains derrière le dos.

— Je vous suis reconnaissant de m'accorder un peu de temps, ajouta-t-il. Je sais que vous êtes très occupé.

Kenneth lâcha un petit soupir, s'efforçant de ne pas rembarrer ce fidèle employé.

— Venez donc vous asseoir, dit-il en désignant l'un des fauteuils en cuir qui faisaient face à son bureau.

Il observa Decker sans dire un mot.

— On dirait que vous êtes rétabli. Vous ne boitez plus.

— Non, monsieur, presque plus.

Decker s'assit précautionneusement, comme s'il craignait que le fauteuil ne cède sous son poids. Bâti comme un demi de mêlée, il avait étonné ses collègues en montrant qu'il pouvait courir aussi vite qu'un sprinteur ou que son jeu de jambes valait celui d'un boxeur accompli. Ces aptitudes physiques en faisaient un garde du corps idéal — ce dont Ken pouvait personnellement témoigner, lui qui n'aurait plus été de ce monde si Gene Decker n'avait pas réagi avec une telle vivacité. Malheureusement, la balle qu'il avait reçue en protégeant Ken l'avait privé d'une partie de sa vitesse et de son agilité. Il ne pourrait pas réintégrer l'équipe de sécurité avant quelque temps.

Toutefois, perdre Decker comme garde du corps avait été bénéfique pour la société. Des gardes du corps chevronnés, on en trouvait partout et pour pas cher, mais les bons comptables ne couraient pas les rues. Ce jeune homme avait de l'avenir.

Decker remua gauchement dans le fauteuil qui rapetissait la plupart de ses occupants. Ses épaules étaient tout simplement trop larges pour épouser le galbe du dossier. Il y renonça et se pencha, posant ses coudes sur ses genoux. Son expression trahissait un trouble certain.

— Il y a un problème, monsieur, dit-il.

— Je suppose que cela concerne l'alerte informatique de cette nuit.

Decker hocha la tête et précisa :

— Sean, du service informatique, m'a dit que le message d'erreur 501 signalait une alerte sur une balise électronique.

Ken s'efforça de rester impassible mais, intérieurement, il bouillonnait de rage. *Il s'est adressé au service informatique ? Après que je lui ai expressément ordonné de ne plus s'en mêler ?*

— Je vous ai demandé de retourner à la compta et de laisser M. Blackwell s'occuper de ce problème d'alarme. Pourquoi n'avez-vous pas obéi ?

— C'est ce que j'ai fait, monsieur. Je pensais que M. Blackwell viendrait recueillir mon témoignage. Mais comme il ne se manifestait pas, je suis parti à sa recherche.

— Reuben Blackwell n'a pas besoin de votre témoignage. Il est parfaitement au courant de la situation puisque je l'ai appelé… après vous avoir demandé de retourner à la compta.

Decker ne cilla pas.

— Mais il n'est pas venu, monsieur, se défendit-il. Quand je suis allé au PC de sécurité pour lui parler, Jason Jackson était toujours allongé par terre et endormi. Le signal 501 clignotait encore sur l'écran de l'ordinateur.

Ken ne put masquer son incrédulité.

— Je vous demande pardon ? s'étrangla-t-il

— Je sais, monsieur, c'est étrange. Mais c'est la vérité. J'imagine que le PC de sécurité est sous vidéosurveillance. Il doit donc y avoir une vidéo qui prouve ce que je dis.

Ken se promit de visionner cette vidéo dès que Decker serait sorti de son bureau.

— Qu'avez-vous fait, ensuite ?

— J'ai réveillé Jackson et l'ai aidé à se relever, mais… Mais il a vomi…

Il s'interrompit pour grimacer de dégoût avant de poursuivre :

— Il avait de la fièvre et je ne savais pas trop quoi faire de lui. Alors j'ai appelé M. Blackwell, mais je suis tombé une fois de plus sur sa boîte vocale. Je lui ai laissé un message. Ensuite, j'ai nettoyé Jackson, je lui ai appelé un taxi et je l'ai renvoyé chez lui. En le nettoyant, j'ai trouvé dans sa poche un flacon de sirop pour la toux. Ce qui pourrait expliquer son haleine alcoolisée. J'ai gardé le flacon, si vous voulez le voir.

Ken compta mentalement jusqu'à dix.

— Et donc, vous… Vous l'avez renvoyé chez lui, fit-il.

— Oui, monsieur. Dans un taxi, monsieur…

Decker parut hésiter un instant avant de se lancer :

— Jackson est un brave type, monsieur Sweeney. Il est loyal. J'ai travaillé plusieurs fois avec lui quand j'étais affecté à la protection rapprochée. Nous ne sommes pas vraiment amis, mais j'ai partagé plusieurs repas avec lui. Je ne crois pas qu'il ait bu pendant son service. C'est pourquoi j'ai été content de trouver ce flacon de sirop pour la toux. Ce produit a peut-être provoqué une interaction avec un autre médicament.

— J'enverrai quelqu'un chez lui pour voir comment il va…

Et quelqu'un d'autre chez Blackwell.

— Je suppose que vous avez décidé vous-même d'aller au service informatique ? demanda Ken.

Decker hocha la tête sans montrer le moindre signe de regret.

— Comme je vous l'ai dit, le code d'alerte 501 s'affichait encore sur l'écran. Visiblement, personne ne s'en était occupé et, comme j'avais la consigne de ne pas vous rappeler, je me suis rendu au service informatique pour savoir pourquoi.

Avant ma blessure, je travaillais à la sécurité. Je ne pensais pas que ça poserait un problème.

Et c'est là que Decker avait tort. Il avait travaillé pour la branche légale du service de sécurité. Les bracelets électroniques n'étaient pas du ressort de cette branche. Mais il avait raison sur un autre point : il fallait s'occuper de l'alerte 501, et le plus vite possible. Quelqu'un s'était échappé et était déjà, peut-être, en train de tout déballer à la police.

Il était impossible que le fugitif puisse identifier Ken, mais il dénoncerait probablement son propriétaire. La grande majorité des clients de Ken le redoutaient trop pour le dénoncer à son tour comme leur fournisseur, mais certains pouvaient craquer s'ils étaient confrontés aux autorités. Il fallait donc rappeler à ces clients-là qu'ils devaient se taire. Et, dans certains cas, il fallait le leur rappeler avec une grande fermeté — avec des arguments… définitifs.

— Bon, dit calmement Ken. Qu'est-ce qu'on vous a dit, au service informatique ?

— Pas grand-chose. Sean m'a dit que le code 501 signalait une alerte sur une balise électronique. Il a activé la carte des balises sur son ordinateur et lâché un gros mot quand il a découvert la dernière localisation connue de la balise.

— Sa dernière localisation connue ?

— Apparemment, la batterie s'est déchargée au coin de la 14e Rue et de Race Street.

C'est-à-dire, à quelques dizaines de mètres du quartier général du CPD. Ken sentit son estomac se nouer, mais il parvint à dissimuler son agitation intérieure.

— Je vois, fit-il. Sean a-t-il identifié cette balise ?

— Non, mais le numéro qui s'affichait sur la carte était 3942139-13.

Ken haussa les sourcils.

— Vous avez une excellente mémoire, s'étonna-t-il.

— Pas vraiment. Je l'ai noté là…

Decker leva sa main gauche, exhibant le numéro qu'il avait griffonné au stylo noir sur la paume.

Ken déverrouilla le tiroir de son bureau et passa le

doigt sur le dos des carnets qu'il y rangeait et qu'il savait reconnaître au toucher. Ces carnets contenaient toutes ses notes et données personnelles. Il avait beau adorer les gadgets électroniques, il ne se fiait à aucun ordinateur pour abriter en toute sécurité ces informations confidentielles. Pour accéder à ces carnets secrets, il faudrait d'abord récupérer la clé du tiroir sur son propre cadavre.

Il choisit le carnet dont il s'était servi trois ans auparavant, trouva dans l'index le numéro de série de la balise puis alla à la bonne page. La balise avait été remise à un certain Charles « Chip » Anders, qui vivait avec sa femme et sa fille dans le quartier de Hyde Park, à l'est de la ville.

Je me souviens de lui. Anders était grand et mince. Il avait gagné son premier million de manière plutôt honnête. Mais cela ne lui suffisait pas. Il avait été poussé à s'enrichir davantage par son épouse, une véritable arriviste. Mme Anders voulait des diamants et des manteaux de fourrure, une maison de vacances en France… des domestiques. Elle voulait « frayer avec les gens riches et célèbres ».

C'est ce qu'elle avait dit. Au mot près. Ken réprima une moue de dégoût.

Anders était lui aussi avide du pouvoir que pouvait lui procurer la fréquentation de la haute société. Il avait donc profité d'une brève période de prospérité pour acquérir une maison dans un quartier huppé de Cincinnati — jusqu'à ce que le marché plonge, privant l'usine d'Anders des dividendes nécessaires pour soutenir son nouveau train de vie.

C'était là que Ken était intervenu et lui avait proposé un moyen de conserver son faste menacé. D'avoir le beurre et l'argent du beurre. Depuis lors, tout avait souri à Anders. Son entreprise s'était développée, passant d'une seule usine à trois. Et il s'était de nouveau trouvé en mesure d'offrir à sa femme et à sa fille tout ce que convoitaient leurs petits cœurs de rapaces. La fille se pavanait dans une voiture de luxe et suivait des cours dans l'une des meilleures — et des plus coûteuses — universités du pays. Anders et son épouse étaient reçus par l'élite, « frayant » avec les riches sans s'en lasser.

Cela avait un prix, bien sûr. Et cela impliquait un certain nombre de responsabilités. Et de conséquences en cas de négligence.

— Le client a reçu cinq balises, déclara Ken.

Les numéros de série étaient consignés dans son carnet, ainsi que les noms de toutes les personnes qui portaient les bracelets électroniques correspondants.

— Sean vous a dit quel porteur avait déclenché l'alarme ?

Gene secoua la tête.

— Je ne sais même pas…

Il se pinça les lèvres, comme s'il venait de se raviser.

— Non, monsieur, il ne me l'a pas dit. Je n'ai vu que le numéro.

Ken haussa les sourcils.

— Vous ne savez même pas quoi ?

— Ce que vous suivez à la trace.

— Vous avez demandé à Sean ?

— Oui. Il m'a conseillé de vous le demander.

— Il vous a dit ça ? s'étrangla Ken.

— En fait, non, monsieur. Ma question avait l'air de le troubler. Il a vérifié sur son ordinateur et, apparemment, je ne suis pas habilité à en être informé.

Un bon point pour Sean, du service informatique. Certes, le fils que Ken avait eu de sa deuxième épouse n'aurait même pas dû adresser la parole à Decker. Mais, contrairement à Alice, Sean ne passait pas beaucoup de temps avec les employés. Il préférait s'enfermer avec ses ordinateurs. La plupart des employés ignoraient que Ken et Sean étaient apparentés, Sean ayant gardé le patronyme de sa mère — qui était lui-même un nom d'emprunt. La mère de Sean n'avait pas été un ange, elle non plus.

Decker ne connaissait que la façade légale de l'entreprise. S'il avait eu connaissance de l'alerte, c'était uniquement parce que le vigile de service — qui, lui, était *pleinement* au courant — avait commis une lourde négligence dans l'exercice de ses fonctions.

J'espère pour Jason Jackson qu'il était vraiment malade. À l'article de la mort, même. Dans le cas contraire, il recevrait un châtiment mérité.

Il était peut-être temps de récompenser les compétences comptables de Decker et son sens de l'initiative en lui accordant davantage de responsabilités.

Ken rangea le carnet et verrouilla le tiroir. Il leva les yeux vers Decker, guettant chacun de ses gestes.

— Vous voulez savoir ce que nous suivons à la trace ?

Decker ne cilla pas.

— Oui, fit-il.

Ken esquissa un sourire.

— Si je vous le dis, je serai peut-être obligé de vous tuer, dit-il d'un ton faussement badin.

Mais le regard de Decker ne se troubla pas.

— Je m'en doutais, dit-il calmement. Je m'en doute depuis longtemps.

Ken inclina la tête, sincèrement intrigué.

— Pourquoi ?

Decker redressa le menton de quelques millimètres, juste assez pour s'affirmer, sans pour autant être arrogant.

— Parce que je vois les livres de comptes, et que je ne suis pas idiot…

Il haussa l'une de ses larges épaules et reprit :

— Vous vendez des jouets et des jeux pour enfants. Vous gagnez un gros paquet avec ce commerce. Mais le chiffre d'affaires de votre entreprise est beaucoup trop important pour reposer uniquement sur la vente d'animaux en peluche et de jeux vidéo.

Ken hésitait entre colère et curiosité. Les jeux vidéo servaient de couverture à leur réseau clandestin de distribution de films pornographiques. Les animaux en peluche offraient une excellente cachette aux cachets d'Oxy dont le trafic, bien que moins rentable que dix ans plus tôt, constituait encore l'une des grosses sources de revenus de l'entreprise.

— Je vois, fit Ken.

— Ah bon ? demanda Decker. Vraiment ? Si *moi* j'ai remarqué que les dépenses dépassent de loin les revenus légaux, ne pensez-vous pas que d'autres gens peuvent s'en apercevoir aussi ?

— D'autres gens… Qui, par exemple ?

— Vos concurrents. La police. Ou pire encore, le fisc. Croyez-moi, il vaut mieux qu'ils ne s'intéressent pas à vous.

— Je suppose que vous avez une solution.

— Oui, j'en ai une. Mais j'ai besoin d'être mieux informé.

— Vous ne pensez quand même pas que je vais vous permettre, du jour au lendemain, d'accéder à toutes les données…

— Je vous ai déjà dit que je n'étais pas idiot.

— Je n'ai jamais pensé ça.

Ken se cala dans son fauteuil et croisa les jambes.

— Ces balises servent à suivre des gens à la trace, dit-il au bout d'un moment. Elles sont installées dans des bracelets qu'ils portent à la cheville.

Decker cligna des yeux. Quelques secondes s'écoulèrent, pendant lesquelles Ken crut entendre tourner les méninges de son employé.

— Pour le sexe, la main-d'œuvre ou les deux ? finit par demander posément celui-ci, comme s'il demandait à Ken ce qu'il voulait pour le petit déjeuner.

— Pour la main-d'œuvre. Principalement.

Certaines des acquisitions de premier choix de l'entreprise étaient destinées à la traite sexuelle, mais la main-d'œuvre corvéable à merci formait le gros du cheptel.

— Votre aire de diffusion ? demanda Decker.

— Vaste. Très vaste.

Ken ne lui en dirait pas davantage tant qu'il n'aurait pas fait ses preuves.

— Je comprends votre discrétion, dit Decker. Provenance de la marchandise ? Nationale, internationale ou les deux ?

— Les deux.

— D'accord… Il faudrait que je voie les comptes réels

pour pouvoir conseiller les mesures qui rendront vos registres officiels plus présentables aux yeux du fisc.

— Bien sûr. Mais, avant cela, j'ai une autre tâche à vous confier.

La mâchoire de Decker se crispa et Ken perçut dans son regard une lueur d'agacement, presque de colère.

— Vous voulez me mettre à l'épreuve ? demanda Decker.

— Pourquoi pas ? N'est-ce pas ce que vous feriez à ma place ?

— Oui, bien sûr. De quelle tâche s'agit-il ?

— Je veux que vous vous occupiez de ce problème d'alerte. Retournez au service informatique et trouvez le nom du porteur dont le bracelet électronique a été débranché, puis reconstituez ses derniers mouvements. Et vérifiez les enregistrements. Cela fait, revenez me faire votre rapport le plus vite possible.

— Je suppose que Sean sera informé de ma mission quand je retournerai le voir. Sinon, il va m'envoyer paître.

— Je vais le prévenir. D'autres questions ?

— Quels sont les enregistrements que je dois vérifier ?

— Grâce aux micros qui sont installés dans les bracelets, nous enregistrons toutes les conversations des porteurs. Et nous les conservons sur support numérique.

— Pendant combien de temps ?

— Ça, ça ne vous regarde pas. Assez longtemps, en tout cas, pour que vous puissiez déterminer ce qui s'est passé cette nuit. Il se peut que le porteur de bracelet se soit échappé et qu'il ait été repris depuis. Si c'est le cas, le client devrait me rappeler pour demander un nouveau bracelet. Mais je ne lui en fournirai un que lorsque je connaîtrai les circonstances exactes de l'évasion du porteur, et quelles mesures le client a prises pour que cela ne se reproduise plus. Si le porteur est décédé, je veux savoir quand et comment. Le client à qui le bracelet est fourni est censé m'en informer spontanément et immédiatement, mais ils ne le font pas tous en temps voulu. Je compte sur vous pour vous occuper de cet aspect des choses, aussi.

— Compris.

— Vous devez aussi comprendre que vous serez vous-même surveillé de très près.

Nouveau hochement de tête, puis :

— Cela va sans dire. Je vais me mettre tout de suite au travail.

Ken attendit que Decker ait refermé la porte derrière lui pour appuyer sur la touche 1 de son téléphone. Mais le chef du service de sécurité ne décrocha pas et l'appel fut transféré sur la boîte vocale.

Merde, qu'est-ce que tu fous, Reuben ? Il composa un autre numéro. Demetrius, le directeur des achats, répondit à la première sonnerie. Sa voix de basse mélodieuse couvrit un bruit de voitures en fond sonore

— Demetrius à l'appareil.

— C'est moi, dit Ken. Tu as vu Reuben ?

— Non. J'allais t'appeler pour te poser la même question. Nous avions tous les deux rendez-vous avec un fournisseur, mais Reuben n'est pas venu. J'ai dû conclure l'affaire tout seul. Reuben me doit des excuses. Il était censé s'occuper de Morticia pendant que je négociais avec Gomez... Mais monsieur n'a pas daigné se montrer. J'ai dû me concentrer sur le contrat tout en empêchant cette petite teigne de me peloter les parties intimes, mais sans lui briser le poignet... Ce que j'avais une folle envie de faire.

— Qu'est-ce que c'est que cette histoire à la con ? Qui sont Gomez et Morticia ?

— Tu sais, les Barbosa... Ils fournissent de la marchandise en provenance de Rio. Morticia s'assied à côté du négociateur de l'autre partie et le caresse sous la table, pour le déconcentrer et permettre à son mari de glisser en douce toutes sortes de clauses à leur avantage dans le contrat. Et si tu te montres grossier avec madame en lui disant de laisser ton attirail tranquille, elle crie au scandale, monsieur se lève et rompt la négociation. Un joli couple d'escrocs ! Mais leurs cargaisons sont de très bonne qualité, et Reuben, ça ne le dérange pas, lui, de se faire tripoter. C'est donc lui qui s'y colle pendant que moi, je négocie avec Gomez. Sauf qu'aujourd'hui il ne s'est pas pointé. Tu vas voir comment je vais lui remonter les bretelles ! Je vais le…

Ken interrompit cette diatribe :

— Il a disparu.

— Quoi ! Reuben ? Depuis quand ?

— Je l'ai eu au téléphone juste avant 6 heures, ce matin. Il était en route pour le bureau, mais il n'est jamais arrivé.

Ken mit rapidement Demetrius au courant de la situation avant de conclure d'une voix sombre :

— Je ne sais pas où il est passé, et je ne sais pas ce qui a déclenché l'alarme.

— Et ce Decker ? Tu crois qu'on peut lui faire confiance ?

— Je ne sais pas. Je vais le faire surveiller, mais je voulais être certain que Reuben n'était pas avec toi avant de demander à quelqu'un d'autre de s'en charger. Rapplique ici en vitesse, au cas où il faudrait prendre des mesures pour limiter les dégâts.

— J'arrive.

— Je vais t'envoyer l'adresse de Jason Jackson, le vigile que Decker a renvoyé chez lui. Fais un saut là-bas avant de venir ici, et essaie d'en savoir plus sur son comportement. Il a intérêt à avoir le virus Ebola ou une hépatite. Sinon il va me le payer très cher… Dormir au boulot ! Ça fait trois heures qu'on a un bracelet électronique qui se balade dans la nature !

— Je te rappelle de chez Jackson.

Ken raccrocha et appela Sean au service informatique.

— Decker est en chemin, dit-il. Je lui ai demandé de s'occuper de ce bracelet manquant. Laisse-lui l'accès aux enregistrements audio des douze dernières heures. Pendant qu'il les écoute, retrace les déplacements du porteur pendant les dernières vingt-quatre heures et transmets cette info à Decker.

— Vous allez le laisser accéder à ce genre d'infos, patron ? s'étonna Sean.

Au travail, il prenait toujours soin de donner du « patron » à Ken. Et d'ailleurs, il ne l'appelait que rarement, voire jamais « papa » dans l'intimité. Mais Ken ne s'en souciait guère. Sean avait toujours été un gosse un peu bizarre, toujours en train de bidouiller des gadgets électroniques. Il était déjà chargé de la modernisation numérique de l'entreprise lorsque Ken avait été obligé d'éliminer sa mère, quelques années auparavant.

Sean croyait dur comme fer que sa mère avait fugué avec son prof de yoga — Ken et Reuben avaient réussi à en convaincre tout le monde, y compris leurs plus proches associés au sein de l'entreprise, Demetrius et Joel. *On n'est jamais trop prudent quand il s'agit de cacher les détails d'une exécution.*

— Oui, répondit Ken. Mais je vais charger un gars de la sécurité de le surveiller. Assure-toi que Decker n'a pas d'enregistreur sur lui. Et appelle-moi si tu vois quelque chose de louche.

— Entendu.

Chapitre 7

Cincinnati, Ohio
Mardi 4 août, 7 h 55

— Putain, j'adore les mardis.

Marcus leva les yeux pour voir d'où provenait cette salutation matinale. Diesel entra dans la pièce en traînant les pieds et s'affala dans un des fauteuils pivotants disposés autour de la longue et massive table de conférence en acajou qui avait fait la fierté du grand-père de Marcus. À côté de Diesel, de ses deux mètres de haut et de ses cent vingt kilos de muscles, on aurait dit une table de dînette.

Marcus offrit une tasse de café à Diesel, qui l'avala d'un trait, alors que le breuvage était encore bouillant. Après la vie qu'avait menée Diesel Kennedy, il ne devait pas lui rester beaucoup de papilles gustatives, et la paroi de son œsophage devait s'être pétrifiée depuis longtemps. Quant à son estomac, Dieu seul savait dans quel état il était, car Diesel n'avait pas consulté de médecin depuis plus de dix ans.

Marcus s'en souvenait, étant donné qu'il se trouvait avec lui la dernière fois que la médecine s'était penchée sur son cas. Histoire de lui apporter un soutien moral. Mais Diesel n'en avait pas eu besoin, et il était sorti du cabinet du médecin sans manifester la moindre émotion et sans qu'on puisse se douter, à le voir, qu'il venait d'apprendre sa condamnation à mort. Du coup, il s'était mis à boire comme un trou, à fumer comme un pompier, à conduire sa moto comme un fou — et à engloutir des litres de café. Et personne n'osait le lui reprocher. Car tous ces vices ne pouvaient le détruire aussi vite que la balle qui était restée logée à quelques millimètres de son cœur. À cet endroit, l'opération aurait été trop risquée, et le moindre choc pouvait être fatal.

Diesel leva sa tasse vide pour réclamer plus de café. Il ne dormait jamais ; soit il travaillait, soit il jouait. Et ça se voyait.

Marcus remplit de nouveau la tasse de Diesel et attendit que celui-ci la vide, ce qu'il fit avec la même avidité que la première fois. Marcus remplit la tasse une troisième fois avant de remplir la sienne puis de s'asseoir.

— Pourquoi ? demanda-t-il.

Diesel le regarda d'un air perplexe.

— Pourquoi quoi ? fit-il.

— Pourquoi est-ce que tu adores les mardis ?

Diesel eut un sourire malicieux et gourmand.

— C'est le jour où Cal apporte les beignets. C'est les meilleurs.

— Je croyais que tu allais dire quelque chose de plus profond, ricana Marcus.

— Si tu veux de la profondeur d'esprit, va à l'église.

— C'est ça. Tu étais là, hier soir ?

— Ouais, j'ai fermé la boutique à 2 heures, comme d'habitude. Pourquoi ?

— Parce que Jill était là quand je suis arrivé ce matin, à 4 h 15. Elle avait passé la nuit ici.

Diesel écarquilla les yeux.

— Ah bon ? s'étonna-t-il. J'ai pourtant fait ma ronde avant de partir.

— Tu as vérifié dans les toilettes pour femmes ? demanda Marcus.

Diesel tressaillit.

— Mais… Marcus… Tu déconnes, bredouilla-t-il comme un petit garçon pris en défaut.

Et il se mit à rougir comme une pivoine, ce que les

femmes trouvaient charmant — du moins le peu d'entre elles qui avaient eu l'occasion de le fréquenter, car Diesel n'était pas du genre à s'engager sentimentalement.

— Je ne pouvais quand même pas aller là-dedans ! protesta-t-il. J'ai ouvert la porte, j'ai crié « Y a quelqu'un ? » et personne n'a répondu… Je ne peux pas faire plus, il y a des… des trucs de bonnes femmes, là-dedans.

Marcus n'en croyait pas ses oreilles.

— Tu te fiches de moi ? Tu as combattu, tu t'es fait tirer dessus ! Et tu essaies de me faire croire que tu as peur des « trucs de bonnes femmes » ? C'est quoi, ces conneries ?

Diesel le fusilla du regard.

— Pourquoi est-ce que Jill n'aurait rien dit ? demanda-t-il.

— Il s'avère qu'elle a intercepté certains courriers menaçants sans rien dire à personne, pour éviter que Gayle les lise.

— Je vois. C'est sans doute parce que Gayle a eu une crise cardiaque…

— Quoi ! Tu étais au courant ? s'étrangla Marcus.

— Pas toi ?

— Non ! s'écria Marcus, exaspéré. J'étais hospitalisé, à l'époque.

— Ah oui, dit Diesel en fronçant les sourcils. J'avais oublié…

— Salopard ! J'ai failli y rester !

— Je te jure que je croyais que tu étais au courant. J'étais sûr qu'elle t'en avait parlé. Je pensais que tout le monde restait discret pour ne pas remuer le couteau dans la plaie.

— Et toi, comment l'as-tu appris ? demanda Marcus.

Diesel haussa les épaules.

— J'étais là quand elle a eu son malaise. Je travaillais au sous-sol. Quand j'ai entendu du remue-ménage, je suis monté pour voir ce qui se passait. Les gars des urgences semblaient avoir la situation bien en main…

Le regard de Diesel vacilla brièvement avant qu'il n'ajoute :

— Alors, je les ai laissés faire leur boulot et je suis redescendu faire le mien.

Marcus soupira, lisant entre les lignes : Diesel avait eu

ce qu'il appelait un « épisode », c'est-à-dire un accès de panique à la vue de l'équipe médicale. Diesel était atteint d'une forme sévère du trouble de stress post-traumatique.

— Bon, d'accord, concéda Marcus. Le problème est le suivant : Jill a pris connaissance de la liste des menaces. Elle a trié toutes celles qu'on a reçues après la crise cardiaque de Gayle, qui n'a vu depuis que les moins graves.

— Ça pourrait être emmerdant, marmonna Diesel.

— Effectivement. Surtout si elle fait certaines déductions…

Diesel se tassa dans son fauteuil.

— Merde alors, fit-il.

Il se renfrogna puis, regardant Marcus droit dans les yeux, il ajouta :

— Tu n'as qu'à tout lui balancer. Tu peux lui faire confiance, à la gamine.

— Je ne peux rien lui dire tant que je n'en suis pas certain.

— Qu'est-ce qu'il te faut comme preuve ? dit Diesel en vidant sa tasse. Un serment signé avec son sang ?

Marcus leva les yeux au ciel.

— Je n'irai pas jusque-là. Mais… je ne sais pas. Elle m'inquiète un peu.

— Tu as toujours été meilleur juge que moi, répondit Diesel. Comment comptes-tu l'empêcher de fouiner ?

— J'ai demandé à Stone de la surveiller.

Diesel le fixa un instant avant de pouffer, puis il éclata de rire avec une telle énergie qu'il faillit renverser son fauteuil. À cet instant, Stone entra dans la salle de réunion. Son apparition ne fit que décupler l'hilarité de Diesel.

— Qu'est-ce qui te fait marrer comme ça ? demanda Stone.

Diesel s'essuya les joues et se remit aussitôt à rire, moins bruyamment, cette fois.

— Tu vas servir de chaperon à Mlle Chaude-et-Coquine, ricana-t-il. Bonne chance !

Marcus écarquilla les yeux en voyant Stone se contenter de lâcher un soupir agacé en remplissant sa tasse de café.

— Mlle Chaude-et-Coquine ? répéta Marcus. Diesel,

je t'interdis de parler comme ça ici ! C'est un manque de respect caractérisé envers une collègue, et, surtout, c'est illégal : ça s'appelle du harcèlement sexuel, et tu sais que je ne peux pas tolérer ça.

— Comme tu veux, chef, fit Diesel.

Il se redressa, se racla la gorge et, joignant les mains sur la table, lança d'un ton guindé :

— Je trouve simplement quelque peu cocasse que môssieur *Montgomery* O'Bannion puisse être chargé de chaperonner Mlle Jill Ennis.

Le regard de Stone se fit glacial. Il détestait le prénom dont on l'avait affublé à la naissance. Il avait hérité du surnom Stone[1] dans sa petite enfance, le jour où il était tombé sur la tête et où le médecin avait dit à ses parents qu'il n'avait strictement rien, et que son crâne était dur comme de la pierre. Le surnom lui était resté, d'autant plus que Stone était buté et têtu.

— Redis ça encore une fois, ronchonna-t-il, et tu vas voir…

— Quand tu veux, *Montgomery*, et où tu veux. Je t'attends de pied ferme.

— Arrêtez vos conneries, intervint sèchement Marcus alors que Stone s'apprêtait à répliquer. Vous avez cinq ans d'âge mental, ou quoi ?

— Dix, corrigea Diesel.

— Quel connard, grogna Stone en s'asseyant pour boire son café. J'ai laissé Jill en compagnie de Bridget, à la compta, le temps qu'on fasse cette réunion. Elles sont en train de travailler sur des budgets. Où est Cal ? Où sont ses beignets ? C'est mardi, c'est son tour…

— Je suis là, dit Cal en faisant son entrée sans se presser.

Il posa la boîte de beignets sur la table.

— Allez-y, dit-il d'un air las. Servez-vous. Faites-vous plaisir. Mais pas avec les doigts. Prenez des serviettes.

Calvin Booker travaillait au *Ledger* depuis le milieu des

1. En français : « pierre, caillou ». (N.D.T.)

années 1960. Il avait gravi tous les échelons, de garçon de bureau à rédacteur en chef, devenant le bras droit du grand-père de Marcus. Cal aurait dû prendre sa retraite depuis des années, mais il ne cessait de repousser la date. À l'en croire, il craignait de s'ennuyer en restant chez lui à ne rien faire. Mais Marcus savait bien que le vieil homme ne restait que pour l'épauler. Sans Cal, Marcus aurait en effet eu du mal à mener sa barque.

— Gardez-moi un beignet à la confiture, fit Lisette Cauldwell en entrant dans la pièce à son tour, suivie de près par son frère, Phillip.

Lisette, la directrice de la rédaction, avait l'âge de Marcus. Phillip, qui gérait les recettes publicitaires, approchait de la trentaine mais il pouvait facilement passer pour plus jeune. Marcus avait connu Lisette sur les bancs du lycée, et son père avait travaillé au *Ledger* jusqu'à sa mort. Cela faisait longtemps qu'elle avait gagné la confiance de Marcus, et elle s'était portée garante de son frère, également adoubé par Cal, puis adopté par toute l'équipe.

Lisette et Phillip avaient tous deux commencé comme reporters et faisaient encore, à l'occasion, des remplacements sur le terrain, quand l'actualité l'exigeait. Ou quand une affaire était si importante que Marcus avait besoin que tout son équipage soit sur le pont.

— Ferme la porte, dit Marcus.

— Où est Gayle ? demanda Stone.

— Chez le doc…

Phillip s'interrompit en grimaçant, les yeux tournés vers sa sœur qui le fusillait du regard.

— Ne me frappe pas, gémit-il. Ça fait mal.

Stone lâcha un soupir exaspéré.

— Ils étaient aussi au courant pour Gayle, ces deux-là ? demanda-t-il à Marcus.

— Il faut croire… Diesel aussi, d'ailleurs.

Marcus se tourna vers Cal et lui demanda :

— Et toi, tu savais ?

— Je l'ai appris la semaine dernière. On a le même

médecin, Gayle et moi, et je suis tombée sur elle dans sa salle d'attente. Elle m'a demandé de lui promettre de ne pas en parler à Stone, à toi et à ta mère.

Marcus croisa les bras, serrant les dents.

— Que faisais-tu chez le médecin, Cal ? demanda-t-il.

Cal soutint son regard et répondit :

— Mon check-up annuel.

Marcus secoua la tête, refoulant sa colère.

— Tu sais bien que quand on joue au poker, c'est toujours moi qui gagne. Et là, tu as la même expression que quand tu bluffes… Tu sais, quand tu crois que tu *as l'air* de ne pas mentir…

Cal leva les yeux au ciel.

— Et moi qui croyais, dit-il, que tu gagnais à tous les coups parce que tu trichais…

— Toi aussi, Cal, tu as eu une crise cardiaque ? demanda Stone, qui peinait à maîtriser son irritation.

— Non. Mais on m'a posé un stent. À part ça, ça va très bien, merci.

— C'est vraiment dingue, dit Marcus d'une voix crispée. Il y a vraiment quelque chose qui ne tourne pas rond ! Il y a encore un petit cachottier qui souhaite se déclarer ?

Phillip secoua la tête vigoureusement. Diesel se contenta de fixer Marcus d'un air affligé. Lisette soupira.

— Les choses ne sont pas… simples, ces derniers temps, dit-elle. Personne ne veut aggraver ton stress, Marcus. Ni le tien, Stone. Voilà tout. Tout ça n'a pas nui à la bonne marche des affaires, ni à celle des affaires *spéciales*. On est tous avec toi, Marcus. Tu ne dois pas en douter.

Tous les participants à la réunion acquiescèrent, et Marcus se détendit un peu.

— Merci, les amis. Mais ce n'est pas la peine de prendre des gants avec nous. Nous avons besoin de savoir tout ce qui se passe dans ce journal, et donc tout ce qui vous concerne. Ni Stone ni moi ne sommes sur le point de craquer. Alors, finissons-en. Tu es d'accord, Stone ?

— Tout à fait, dit Stone en le défiant du regard. Et tant qu'on y est, Marcus, parle-leur de *tes* petits secrets.

Tous les regards convergèrent vers Marcus. Il dut leur raconter l'affaire, depuis sa première rencontre avec Tala jusqu'à sa conversation avec Jill, qu'il avait trouvée seule dans les locaux au petit matin — et que Stone surveillait désormais. Quand il eut achevé son récit, toute l'équipe peinait à masquer son mécontentement, mais celui-ci était clairement dirigé contre lui.

— Et tu as le culot de nous faire des reproches ! s'indigna Lisette. Tu as failli te faire *tuer*, et c'est à *nous* que tu en veux ?

— Je ne vous en veux pas, se défendit Marcus. D'ailleurs, je ne me fâche jamais.

— C'est bien connu, ironisa Diesel de sa voix traînante. Ce n'est pas ton genre.

Marcus choisit de l'ignorer mais se promit d'avoir une explication avec lui ultérieurement. Il s'inquiétait davantage pour Cal, qui avait pâli et dont les mains s'étaient mises à trembler.

— Tout va bien, Cal ?

— Ouais. Moi, ça va, j'ai la pêche. C'est toi qui m'inquiètes… Je vais t'acheter un nouveau gilet pare-balles.

— Je ne suis pas blessé. Les auxiliaires médicaux m'ont examiné sur place. Mais tu peux jeter un coup d'œil à mon dos toi-même, si tu ne me crois pas.

Cal secoua la tête.

— Pas la peine. Tu es un adulte, maintenant. Tu n'as qu'à faire ce que tu veux, puisque mon avis ne compte pas.

Marcus fronça les sourcils.

— Bien sûr qu'il compte, ton avis. D'ailleurs, j'avais l'intention de tout vous raconter ce matin. À vous… et au monde entier : j'ai demandé à Stone d'écrire un article pour le site.

Stone fit glisser une feuille imprimée sur la table.

— Vérifie que je n'ai rien oublié, dit-il.

Marcus se plongea dans l'article, oubliant un instant les regards accusateurs de l'assemblée.

— C'est parfait. Il ne manque rien, dit-il après quelques instants. Merci. On peut le mettre en ligne tout de suite.

Lisette prit l'article d'une main tremblante.

— C'est vrai que tu fais chier, des fois, marmonna-t-elle. C'est qui, cette Bishop ? Tu crois qu'on peut lui faire confiance ?

— Non, répondit Stone à la place de Marcus.

— Oui, le contredit aussitôt Marcus.

Diesel se cala dans son fauteuil.

— Tiens, tiens, les avis divergent, remarqua-t-il.

— C'est une flic compétente, dit Marcus à Lisette. Stone a eu un différend avec elle.

— Je me souviens d'elle, intervint Phillip.

Il brandit son téléphone portable ouvert pour que chacun puisse voir la photo de Scarlett qu'il venait de trouver sur Internet.

— Elle était à l'enterrement de Mikhail, reprit-il. Je n'ai pas honte de dire qu'elle m'intimide, cette femme.

Lisette examina la photo de Scarlett avant de demander à son frère :

— Pourquoi ?

— Parce qu'elle a l'air tellement… froide. Elle a un regard à vous glacer les couilles.

— Tu vois, Marcus, commenta Stone.

— Ça me dérangerait pas, moi, qu'elle me regarde comme ça, dit Diesel à Phillip mais sans quitter Marcus des yeux.

— Si tu penses que je vais jouer au macho jaloux, tu vas être déçu, répliqua Marcus en lançant un regard sévère à Diesel. Cal, je voudrais que tu contactes un consultant spécialisé dans le harcèlement sexuel sur le lieu de travail. Demande-lui d'organiser une séance lundi prochain, au plus tard. Tout le personnel devra y assister. J'ai bien dit : tout le personnel.

Autour de la table, tout le monde se mit à râler, à l'exception de Cal.

— Je n'ai pas besoin qu'on me fasse la leçon là-dessus, protesta Diesel.

— Non, toi tu es déjà un expert, railla Lisette. Toi et tous les autres mecs dans cette boîte.

— C'est bien pour ça que c'est nécessaire, dit Marcus d'une voix ferme. Phillip, tu sais bien que tu ne devrais pas parler comme ça. Peu importe que ce soit à propos d'une policière, d'une prostituée ou de la dame qui fait ces excellents beignets. Et si tu insultes une femme comme Scarlett Bishop, j'espère pour toi qu'elle ne l'apprendra pas, parce qu'elle est encore plus dure que tu l'imagines. Et puis, Diesel, je ne veux plus entendre des expressions comme « Mlle Chaude-et-Coquine ». Pourquoi as-tu dit ça, d'ailleurs ?

— Elle poursuit Stone partout depuis qu'elle travaille ici. Il faudrait être aveugle pour ne pas s'en apercevoir… Oh ! pardon ! Il faut aussi que je fasse attention à ce que je dis sur les handicapés. Et les minorités, sans doute. Bref, il vaut mieux la fermer.

— Quel con, ce Diesel, dit Stone mais en s'efforçant de ne pas sourire.

— Merci, c'est sympa, fit Diesel d'un ton magnanime. Je recherche à atteindre la perfection dans tout ce que je fais.

Lisette soupira bruyamment.

— Si on en revenait à Jill ? proposa-t-elle. Elle était attirée par Stone avant même de commencer à travailler ici. J'ai du mal à croire que tu ne t'en sois pas aperçu, Marcus. Même moi, ça me fait de la peine pour Stone. Elle ne lâche rien.

Marcus se tourna vers Stone, qui paraissait mal à l'aise.

— C'est vrai ? lui demanda Marcus. Pourquoi est-ce que tu n'as rien dit ? Si j'avais su, jamais je ne t'aurais demandé de faire équipe avec elle.

— C'est vrai que ça fait longtemps qu'elle a un faible pour moi, reconnut Stone. Elle est toute jeune, et je ne voulais pas la heurter. Comme j'étais toujours en mission ailleurs, j'arrivais à l'éviter… Mais depuis que je suis revenu, il y a neuf mois, c'est devenu de plus en plus… difficile. Il fallait que je lui en parle tôt ou tard… C'est ce que j'ai fait ce matin, quand on s'est retrouvés en tête à tête à cause de cette histoire de liste.

— Comment l'a-t-elle pris ? demanda Cal.

— Elle a pleuré, dit abruptement Stone. Et je me sens minable. Nous avons décidé d'un commun accord de ne plus jamais en reparler et de finir ce boulot ensemble. Alors, par pitié, ne la taquinez pas avec ça.

— Tu as fait ce qu'il fallait faire, fit Lisette.

— Merci. C'est marrant, chaque fois qu'on me dit ça, c'est avec un air surpris… Quoi qu'il en soit, on est en train d'éplucher l'ancienne liste, et celle de Jill. Elle contient des menaces très explicites. Je ne crois pas que Jill ait mesuré toute leur gravité, mais enfin elle a fini par comprendre que tu n'étais pas un parrain de la mafia, Marcus.

— Elle le croyait vraiment ? s'étonna Lisette.

Marcus hocha sèchement la tête.

— Elle croyait que je faisais zigouiller mes ennemis, ce qui expliquait pourquoi, à ses yeux, ils cessaient tout d'un coup de me menacer.

— En voilà une bonne idée, fit Diesel.

— La ferme, Diesel ! s'exclamèrent-ils tous d'une même voix.

Diesel haussa les épaules.

— Je dis ce que je pense, marmonna-t-il.

— Alors, arrête de penser, dit Cal. De quelles menaces s'agit-il, cette fois ?

— La routine, répondit Stone.

Son ton blasé ne trompait personne. Stone prenait ces menaces au sérieux tout autant que ses amis.

— « Je vais t'étriper, te coller une balle dans la tête, t'égorger, te ruiner… » La moitié de ces menaces sont adressées à Lisette, Phillip et moi, à cause d'articles que nous avons écrits et qui ne plaisent pas à tout le monde. Mais les plus virulentes visent Marcus, en tant que patron de ce « torchon ».

— Comme d'habitude, quoi, fit Marcus d'un air détaché.

Dédramatiser mais ne jamais se déplacer sans être armé, telle était sa devise.

— Rien de spécial, à part ça ? demanda-t-il à Stone. Pas de menace réitérée ?

— Une seule. Une femme qui promet qu'elle va flinguer « ce sale fouille-merde », enduire son corps de miel et le donner « en pâture aux fourmis rouges », pour avoir eu le culot de suggérer que son « mari innocent » — la « vraie victime », selon elle — aurait pu se livrer à des attouchements sur des petites filles. « Le fouille-merde », c'est toi, Phillip.

— Les fourmis rouges… Il faut reconnaître qu'elle a de l'imagination, dit Phillip.

— Je parie que c'est la prof d'art dramatique, intervint Lisette. Celle dont le mari avait filmé les attouchements avec son iPhone et stocké les vidéos sur le *cloud.*

— J'avais piraté son compte en cinq secondes, dit Diesel d'un ton dégoûté. Le mot de passe, c'était le nom de son chien.

— Ses menaces ont quelque chose de théâtral, comme le fait qu'elle nie en bloc, alors même que la police lui a montré des preuves, dit Stone. Si nous n'avons pas réagi au premier message menaçant qu'elle nous a envoyé, c'est parce que c'était un de ceux que Jill nous avait cachés. Ensuite cette femme a continué à en envoyer. Le dernier date de la semaine dernière. Elle écrit qu'elle va te frapper là où ça fait vraiment mal… qu'elle va se retrouver à la rue parce que son mari a été licencié après son arrestation et que la banque va saisir leur maison… Elle menace de poursuivre le journal en justice, et toi aussi, Marcus, pour dénonciation calomnieuse.

— Ce n'est pas contre moi qu'elle porterait plainte ! ironisa Phillip. Je suis trop pauvre, elle ne pourrait rien tirer de moi. C'est dur d'être un riche patron.

— Laissons Rex s'occuper d'elle, proposa Marcus. Il pourra facilement savoir si elle a engagé un avocat. Si c'est le cas, il n'aura qu'à arranger le coup avec son confrère.

Cal se leva pour reprendre du café.

— Je ne vois rien d'inquiétant là-dedans, dit-il. Si c'est

vraiment de l'argent qu'elle cherche, elle évitera de s'en prendre physiquement à toi, ça risquerait de lui faire perdre le procès.

— J'espère que c'est effectivement pour nous soutirer de l'argent qu'elle nous menace, dit Stone. Parce que si cette femme a l'intention de passer à l'acte, on aura peut-être du mal à prouver que c'est bien elle qui nous a menacés…

Il se renfrogna avant d'ajouter :

— À cause de Jill, qui a effacé ces messages sur le serveur du journal pour les conserver sur le sien. Espérons qu'elle n'a pas détruit la trace numérique en les transférant.

— Quelle idiote, marmonna Diesel.

Il jeta un regard en coin à Marcus et demanda :

— Je peux dire qu'elle est idiote, chef ?

— Oui, ça, tu peux… même si tu m'as dit toi-même que je pouvais lui faire confiance.

— Oui mais j'ai aussitôt ajouté que tu étais meilleur juge que moi, rétorqua Diesel. Il me faudra son ordinateur portable. Dis-lui que ce n'est pas négociable et que, si elle refuse, tu lui botteras le cul et ouste ! À la porte ! Je peux dire « cul » dans ce contexte, chef ? demanda-t-il d'un ton sarcastique.

— Tu me fatigues, Diesel.

Marcus se tourna vers Stone et lui dit :

— Si elle refuse de coopérer, dis-lui que je la licencierai. N'hésite pas à me faire passer pour le méchant. Tant que Diesel n'aura pas identifié avec certitude cette menace, il faudra prendre des précautions, surtout la nuit…

Toute l'équipe acquiesça.

— Bon, reprit Marcus, quels sont les projets ? Je parle des projets spéciaux…

Par opposition aux projets légaux, qu'ils réservaient pour la fin de la réunion.

Lisette ouvrit son dossier et dit :

— Deux enquêtes en cours. La première porte sur des violences familiales, la seconde sur des actes de maltraitance dans une famille d'accueil. C'est une amie qui m'a renseignée sur le premier cas.

Cette « amie » était en fait une fonctionnaire des services d'aide à l'enfance. Seule Lisette connaissait sa véritable identité. Partant du principe qu'on ne risque pas de dire ce qu'on ne sait pas, Marcus préférait ignorer le nom de cette informatrice anonyme, afin de ne pas la mettre en danger.

Le premier cas qu'elle leur avait signalé remontait à cinq ans. Cette travailleuse sociale les avait ensuite orientés, très officieusement, sur de nombreux autres dossiers qui laissaient soupçonner des actes de maltraitance aux services d'aide à l'enfance, mais qu'ils ne pouvaient pas prouver. Exactement comme celui que Lisette se mit à résumer :

— Cette affaire a commencé par un appel téléphonique au service où travaille mon amie. Une voisine de la famille mise en cause avait vu des éraflures sur le bras de l'un des gosses. Il lui a dit qu'il s'était fait mal en jouant avec ses copains, mais elle ne l'a pas cru et a décidé d'alerter les services sociaux. Le père du gamin est vice-président d'une grande entreprise, et il a un avocat aux tarifs astronomiques. Aucun des autres voisins n'a accepté de témoigner, sauf deux femmes de ménage qui travaillent dans le quartier, et elles l'ont fait sous le couvert de l'anonymat. Personne ne veut se fâcher avec des voisins aussi respectables. L'enfant a avoué à une assistante sociale qu'il avait été frappé tant par son père que par sa mère, mais il s'est rétracté peu après. L'avocat du père a prétendu que l'assistante sociale avait forcé le gamin à accuser son père. Qu'elle lui avait offert des bonbons pour le soudoyer… Et maintenant, c'est elle qui fait l'objet d'une enquête et qui est suspendue sans salaire.

— Comment cette tactique peut-elle encore marcher ? murmura Cal.

— Bonne question, dit Lisette d'une voix amère. Notre « amie » n'aime pas qu'on l'oblige à se désintéresser d'un enfant sous prétexte que ses parents maltraitants sont assez riches pour échapper aux poursuites judiciaires. Elle ne voudrait pas, en outre, que ses collègues hésitent à agir chaque fois qu'ils ont affaire à des parents ayant assez d'influence pour les intimider ou pour leur faire perdre leur place. Elle nous a donc demandé de voir ce qu'on pouvait faire.

— J'ai l'impression que ce cas ne sera jamais examiné par un tribunal, dit Marcus.

— C'est aussi mon avis. Alors, on fait quoi ?

Chacun se mit à réfléchir en silence. C'était ainsi qu'ils fonctionnaient. Quand les voies légales étaient bouchées, l'équipe de Marcus en empruntait d'autres.

Car chacun d'entre eux avait ses propres raisons d'agir pour l'enfance maltraitée. Mais ce n'était pas forcément celles qu'on aurait pu imaginer. Seul Diesel avait eu une enfance malheureuse. Phillip et Lisette avaient rejoint l'équipe parce qu'un ami d'enfance de Phillip avait succombé aux sévices que lui infligeait son père. Lisette avait été sa baby-sitter. Elle et Phillip avaient tenté de prévenir leurs propres parents qu'il se passait des choses atroces dans cette famille. Mais M. et Mme Cauldwell étaient fermement convaincus que les parents du malheureux étaient de bons chrétiens pratiquants, et que Lisette et Phillip regardaient trop la télévision. Lorsque l'enfant était mort après une terrible correction administrée par son père, les parents de Lisette étaient devenus les plus ardents défenseurs de l'enfance en danger.

Le grand-père de Marcus avait fait don d'une grosse partie de sa fortune à des associations de protection de l'enfance. Il avait donné pour consigne à Cal de leur attribuer gratuitement des espaces publicitaires dans les pages du *Ledger*, afin qu'elles puissent lever des fonds. Cal avait poursuivi cette bonne œuvre après le décès de son patron. Cal devait avoir ses propres raisons pour continuer à s'occuper de ces associations comme il le faisait, mais Marcus ne les avait jamais percées à jour. En revanche, il n'ignorait rien des motifs de son grand-père.

Il l'a fait à cause de ce qui nous est arrivé. Mais ces mots, jamais ni lui ni Stone ne les prononçaient à haute voix. C'était trop douloureux. Lorsqu'on évoquait le sujet en sa présence — ce qui, heureusement, n'arrivait que rarement —, Marcus paniquait et Stone s'énervait, frappant des murs, des meubles… ou des gens. Petit, cela n'avait pas posé trop de problèmes. Mais il était devenu tellement costaud en grandissant qu'il pouvait terrifier n'importe qui d'un simple regard hostile. Ces accès de fureur mis à part, il était droit et bon. Mais sa rage le consumait de l'intérieur, toujours prête à éclater.

— Le coup de la fraude fiscale ne marchera pas, cette fois, dit Cal. Ce type a probablement des avocats fiscalistes qu'il paie à prix d'or pour qu'ils lui évitent ce genre de désagrément.

Ils s'étaient servis de cette tactique à plusieurs reprises. Diesel accédait, par des voies connues de lui seul, aux données personnelles du suspect et comparait ses dépenses aux sommes qu'il avait déclarées au fisc. Quand la fraude était assez consistante pour envoyer le contrevenant en prison, ce séjour derrière les barreaux débarrassait les victimes de leur bourreau, et leur mission était remplie.

Ces personnes n'étaient donc pas punies pour avoir fait souffrir leurs enfants, mais elles étaient punies quand même — et la plupart des gens avaient plus peur du fisc que des flics. Marcus estimait que si cet expédient avait permis d'enfermer Al Capone et de le mettre hors d'état de nuire, il n'y avait aucune raison de ne pas l'utiliser contre des criminels d'un autre genre.

— Tu as sans doute raison, Cal, dit Marcus. Ce gars doit être trop malin pour frauder, mais j'aimerais que Diesel se renseigne sur lui quand même. Diesel a traité trop de cas faciles, ces derniers temps. Il ne faudrait pas qu'il perde la main.

— Très drôle, grogna Diesel.

Mais on lisait dans son regard que ce défi le stimulait.

— D'ailleurs, reprit-il, si je ne trouve pas d'irrégularités fiscales, je tomberai peut-être sur d'autres données utiles. Il a peut-être une collection de vidéos pornos ou une liaison secrète avec sa secrétaire… Il faudrait que j'en sache davantage sur ce type pour deviner son mot de passe… Ses hobbies, ses amis, ses anciennes conquêtes… On va bien se marrer.

Lisette secoua la tête mais ne put contenir un sourire.

— Fais gaffe, conseilla-t-elle à Diesel. Vas-y mollo, sinon tu risques de lui mettre la puce à l'oreille.

— Tu me sous-estimes, dit Diesel, feignant d'être vexé.

— Je me demandais si ce type avait agressé d'autres personnes que des membres de sa famille. Ses domestiques ont refusé de témoigner, mais on peut tenter le coup du côté de son entreprise.

— Tu sais comment se procurer la liste de ses employés ? demanda Stone.

— Je peux envoyer un faux coursier lui porter un pli. Les gens qui travaillent à la réception du courrier sont souvent bavards. Mais il faudrait que notre coursier soit jeune, pour que ça ait l'air plausible. Et que sa photo n'ait jamais été publiée dans la presse, contrairement à Stone. Et qu'il n'ait pas de tatouages qui font peur, contrairement à Diesel…

Elle se tourna vers son frère et le gratifia d'un sourire radieux.

— D'accord, fit Phillip. Donne-moi l'adresse. Je vais chercher mon uniforme de coursier et mon vélo.

— Commence par trouver les noms des femmes qui travaillent sous les ordres de ce type, lui conseilla Lisette. Les salauds comme lui s'en prennent toujours à plus faible qu'eux.

— Je sais ce que j'ai à faire. J'ai déjà fait le coup du coursier.

C'était exact, et il s'en était très bien tiré. Phillip avait un visage juvénile qui incitait à la confiance.

— Et si on ne trouve rien contre lui ? demanda Stone.

Nouveau silence autour de la table. Tous les visages se tournèrent vers Marcus.

— Dans ce cas, nous créerons une situation dont il ne pourra pas se sortir, dit-il au bout d'un moment.

Ils n'avaient eu recours au genre de ruse auquel Marcus faisait allusion qu'une seule fois. Le suspect, un prédateur pédophile, était trop prudent pour tomber dans les pièges que la police lui avait tendus sur les forums de discussion en ligne. Au *Ledger*, ils n'étaient pas tenus d'obéir aux règles interdisant l'incitation policière à commettre un délit… Et ce pédophile purgeait à présent une peine de huit à vingt-cinq ans de prison.

— Bon, dit Cal. Et le cas de la famille d'accueil ?

— Il nous a été communiqué par un contact au lycée, dit Marcus. Un copain de Mikhail…

Il se racla la gorge et continua :

— Il m'a appelé pour me dire au revoir, parce qu'il part à la fac, loin d'ici… Et pour me dire combien Mickey lui manque…

Tous les participants à la réunion se figèrent tandis que Marcus cherchait ses mots.

— Ils devaient aller tous les deux dans la même fac, reprit-il au bout d'un moment. Avec un autre copain.

— Je me souviens de John, murmura Stone. Ces garçons étaient comme les doigts de la main…

Marcus déglutit tandis que Lisette se collait contre Stone, posant la tête sur son épaule pour le réconforter.

Leur amitié était à toute épreuve, comme celle qui unissait tous les membres de l'équipe. La solidité et la profondeur de ce lien dépassaient tout ce que Marcus avait imaginé lorsqu'il les avait réunis. Il aimait à penser que son grand-père serait heureux de tout cela. Et qu'il en serait fier, aussi.

Il se racla de nouveau la gorge avant de reprendre la parole :

— Bref, John et moi avons discuté un petit moment au téléphone. Il était triste parce que en fin de compte, il était le seul à partir dans cette fac lointaine qu'ils avaient choisie ensemble. Le troisième garçon avait été admis, pourtant ; il aurait même dû avoir une bourse, mais juste avant le bac, il s'est apparemment transformé en zombie. Il a raté ses examens et perdu sa bourse. John redoute le moment où il devra partir à la fac. Il craint que son copain ne fasse une grosse connerie.

— C'est un lourd fardeau pour un gosse de dix-huit ans, dit Cal d'un ton bourru.

— Il a été violé, déclara Stone d'un ton neutre. Il était dans une famille d'accueil ?

Marcus hocha la tête.

— Oui. John lui a conseillé de prévenir la police, mais il a refusé. Et il a fait jurer à John de ne pas alerter les services sociaux. Apparemment, s'ils parlent, d'autres gamins pourraient en pâtir. Des gamins que ce garçon cherche à protéger. John a pensé qu'il pouvait contourner sa promesse en me demandant de parler à l'aide à l'enfance à sa place. Je lui ai demandé de me laisser réfléchir quelques jours, et je lui ai dit que je verrais ce que je peux faire pour agir sans mettre en danger les autres.

Il se tourna vers Diesel, qui avait déjà l'air prêt à tuer.

— Tu pourrais jeter un coup d'œil au contenu de l'ordinateur de son père adoptif avant que je dénonce cette raclure aux autorités.

— Qu'on essaie de m'en empêcher ! gronda Diesel.

— Fais attention, lui recommanda Lisette.

Un sourire carnassier se forma sur les lèvres de Diesel.

— Tu me répètes toujours la même chose, Lisette. Je fais toujours gaffe. Il n'est pas question que je laisse un pervers s'en tirer à cause de mon imprudence.

— Il faut déjà que tu fouilles dans la vie du père abusif, celui qui est riche et arrogant. Laisse-moi te donner un coup de main. Ne te sens pas obligé de travailler en solo sur ce coup-là.

— Je préférerais, objecta Diesel d'une voix lugubre.

Au sein de l'équipe, on évitait de parler de l'enfance de Diesel, mais nul n'ignorait sa haine viscérale des pédophiles et des violeurs d'enfants. Pas besoin d'être un génie pour comprendre d'où elle lui venait.

— Je mets la priorité sur le salaud qui martyrise le copain de John, annonça-t-il. Si dans deux jours je n'ai rien trouvé, je demanderai du renfort. Ça vous va ?

— OK, acquiesça Marcus. Passons aux affaires légales. Quels sont les articles que nous allons publier aujourd'hui ?

— En une, on a la fille tuée dans la ruelle, répondit Lisette. On a trouvé aussi quelques faits divers dans les communiqués du CPD… Mais rien d'aussi dramatique que ton affaire.

Elle les énuméra brièvement, précisant à chaque fois quel reporter elle envisageait d'envoyer, et la réunion commença à ressembler à une séance de travail ordinaire.

Lisette jeta un regard à Diesel, qui était déjà rivé à son ordinateur portable, pianotant fébrilement sur le clavier. Puis elle se tourna vers son frère.

— Je voudrais que tu te mettes sur l'affaire du type riche et arrogant, dit-elle. Diesel est déjà occupé.

— Pas la peine, grogna Diesel.

Phillip l'ignora et opina du chef.

— Entendu, fit-il.

Ils passèrent ensuite une vingtaine de minutes à discuter de l'actualité sportive et culturelle, abordant des sujets qui ne risquaient pas de leur valoir des menaces — ou des coups de feu.

— Pas d'autres questions ? demanda Marcus. Bon, alors cette réunion est terminée. Tenez-moi au courant.

Les membres de l'équipe sortirent un par un de la salle de réunion. Cal fermait la marche. Arrivé à la porte, il marqua une pause et regarda par-dessus son épaule.

— Tu as raconté à ta mère ce qui t'est arrivé ce matin ? demanda-t-il à Marcus.

Marcus secoua la tête, mal à l'aise.

— Non, mais je vais le faire. Il vaut mieux que ce soit moi qui lui en parle, pas Stone.

Cal le salua d'un hochement de tête et referma la porte derrière lui, laissant Marcus seul avec lui-même, redoutant l'inévitable conversation qu'il allait avoir avec sa mère. Quelle que soit la manière dont il lui présenterait les choses, elle serait bouleversée. Et le fait qu'il avait tenté de protéger une « inconnue », comme elle ne manquerait pas de qualifier Tala, ne ferait qu'aggraver ses angoisses. C'était déjà parce qu'il avait volé au secours d'une « inconnue » qu'elle avait failli le perdre neuf mois auparavant. Elle avait eu la même réaction quand il s'était engagé dans l'armée. *Stone a peut-être raison, après tout,* songea-t-il. *Il est possible que je sois suicidaire.*

Mais il ne regrettait rien. Pas même un certain acte, particulièrement méprisable, qu'il avait commis jadis et qui le hantait plus que toutes ses autres fautes réunies. Mais ces terribles réminiscences ne devaient pas l'empêcher d'agir. Il les chassa de son esprit et se mit à réfléchir.

Il lui restait une liste à établir pour faire plaisir à Scarlett Bishop sans éveiller sa curiosité. Et il fallait qu'il prenne une décision concernant Jill. Et Gayle.

Et puis, bien sûr, il y avait Tala.

Chapitre 8

Cincinnati, Ohio
Mardi 4 août, 8 h 15

Quand Scarlett arriva à la morgue, elle retrouva Deacon, qui l'attendait devant la salle d'autopsie.

— Carrie t'a dit pourquoi elle souhaitait qu'on vienne ici ? demanda-t-il.

— Elle a quelque chose à nous montrer mais elle ne m'a pas dit quoi, exactement.

Le Dr Carrie Washington, médecin légiste de son état, n'était pas une femme bavarde.

— Tes petits copains du FBI t'ont appris quelque chose ? demanda Scarlett.

— Pas grand-chose pour l'instant, mais ils surveillent de près plusieurs réseaux soupçonnés de trafic d'êtres humains dans le Midwest, la plupart étant basés dans l'Ohio. L'antenne de Cincinnati centralise toutes les données.

Scarlett secoua la tête.

— J'ai lu le rapport du FBI sur ces réseaux et j'ai été formée au repérage des victimes, dit-elle. Chaque fois que j'entends dire que l'Ohio est l'un des États qui sont le plus touchés, je me dis qu'il doit y avoir erreur…

Mais elle savait que c'était exact. Les statistiques les plus récentes plaçaient l'Ohio parmi les dix États les plus gangrenés par ce fléau, juste après les « suspects habituels » : Californie, New York, Floride et Texas. La ville de Toledo, notamment, était la troisième du pays à figurer au triste palmarès des villes les plus touchées par le trafic d'êtres humains.

— L'Ohio ! s'indigna-t-elle. C'est dur à croire, et pourtant !

— C'est dû à sa position, dit Deacon.

— Je sais, mais quand même.

Frontalier du Canada et traversé par l'autoroute I-75, l'Ohio était, de fait, un lieu de passage idéal pour toutes sortes d'activités illégales. En outre, Cincinnati, située au sud de cet État, en constituait la porte d'entrée, ce qui contraignait les forces de police locales à la plus grande vigilance à l'égard des trafiquants de stupéfiants, par exemple. Tous les flics de la ville, même les débutants, le savaient et étaient à l'affût. Mais la résurgence de l'esclavage les dépassait et ils n'étaient pas assez sensibilisés à ce type de trafic.

— Je me demande depuis combien de temps ces salauds font ça sous nos yeux, sans être inquiétés, murmura Scarlett.

— Depuis plus longtemps qu'on ne le croit, j'en suis certain. La plupart des rapports que j'ai pu consulter à l'antenne locale du FBI portaient sur la traite des esclaves sexuelles, ce qui devrait nous permettre de trouver un lien avec Tala.

— Tu penses qu'on la forçait à se prostituer ?

— Pas toi ?

— Si, reconnut-elle. À en juger par la manière dont elle a proposé de récompenser Marcus pour son aide… Et puis, son travail ne devait pas se limiter à promener un chien…

— C'est ce que je pense aussi. L'agent qui dirige les investigations sur ces réseaux va vérifier quels suspects sont susceptibles de fournir des esclaves philippines. Il doit me rappeler à l'heure du déjeuner. Et toi ? Les deux SDF t'ont appris quelque chose ?

— Edna et Tommy n'étaient plus là quand je suis

revenue à ma voiture. Les sirènes ont dû les effrayer. Je suis passée au refuge de Dani, et ils n'y étaient pas... Mais ils y passeront peut-être dans la journée. Si je ne les trouve pas au refuge, j'irai les voir dans leur coin habituel, ce soir.

— Des nouvelles de Marcus ?

— Il a envoyé les fichiers vidéo, comme promis. J'en ai tiré quelques photos correctes de Tala et du chien. J'en ai distribué des copies aux agents en uniforme pour qu'ils les montrent aux habitués du parc. Surtout, il semble bien que Tala ait reconnu son meurtrier juste avant qu'il ne lui tire dessus.

— Intéressant. Marcus n'en a pas parlé.

— Il ne s'en est peut-être pas rendu compte.

— C'est possible, mais il s'en est forcément aperçu depuis... Je n'imagine pas qu'il ait pu nous envoyer ces vidéos sans les avoir visionnées au préalable.

— Tu dois avoir raison, murmura Scarlett.

Elle était encore émue que Marcus lui ait dévoilé sa souffrance et son chagrin.

— Le caniche est notre meilleur atout. Il est trop tape-à-l'œil pour passer inaperçu. J'ai appelé Delores Kaminsky, tu sais, la femme qui tient le refuge où Faith a trouvé Goliath...

— J'espère qu'il lui manque, ce maudit mangeur de chaussures, et qu'elle veut le récupérer, dit Deacon d'un air dégoûté.

Scarlett esquissa un sourire. Deacon était très à cheval sur la propreté de ses chaussures, toujours impeccablement cirées et reluisantes. Du moins, jusqu'à ce que Faith ramène Goliath chez eux. À présent, les belles chaussures de Deacon étaient parsemées de marques de morsures, laissées par les petites dents pointues du chiot. Deacon avait beau ronchonner et faire semblant de se fâcher, Scarlett savait qu'il gâtait le jeune golden plus que quiconque.

— Je ne crois pas, non, dit-elle. Mais Delores va me donner une liste de toiletteurs haut de gamme.

— Les toiletteurs, fit Deacon d'un air pensif. Je n'y avais pas pensé. Bravo.

— Merci. Mais j'attends toujours la liste des gens qui ont menacé Marcus et les journalistes du *Ledger*. Je l'ai relancé par mail et par texto, et je l'ai même appelé, mais il ne répond pas à mes messages.

Et cette promesse non tenue accroissait sa méfiance à l'égard de Marcus — mais aussi sa déception.

— Avons-nous vraiment besoin de cette liste dans l'immédiat ? demanda Deacon. Surtout maintenant qu'on sait que Tala connaissait son meurtrier…

— Sans doute pas, mais Lynda veut être certaine qu'il ne nous cache pas quelque chose d'illégal. Elle ne veut surtout pas que ses agissements puissent se retourner contre nous, s'il est notre principal témoin à charge quand les coupables passeront en procès. J'étais en route pour la rédaction du *Ledger* quand Carrie m'a appelée pour me demander de venir ici… Bon, allons-y.

Deacon grimaça.

— Oui, quand faut y aller, faut y aller, soupira-t-il.

Scarlett comprenait son manque d'enthousiasme. Elle rassembla tout son courage pour affronter l'odeur à laquelle elle ne s'habituerait jamais, poussa la porte de la morgue et prit un masque, puis une paire de gants en latex dans le distributeur à l'entrée, prête à faire son travail sans se plaindre.

Carrie était penchée sur un corps dans la salle d'autopsie. Elle leva les yeux, grossis par une paire d'épaisses lunettes de protection.

— Inspectrice Bishop, agent spécial Novak, dit-elle en guise de salut.

Elle couvrit le corps d'un drap, avec une délicatesse qui toucha Scarlett.

— Merci d'être venus, ajouta-t-elle. Par ici, je vous prie.

Elle leur fit signe de la suivre jusqu'à un mur de caissons réfrigérés et en ouvrit un, exhibant le corps de Tala, dont le torse était couvert d'un drap.

— J'ai procédé à une recherche dans le système automatisé d'identification des empreintes digitales. Ses empreintes n'y figurent pas, ce qui signifie qu'elle n'a pas d'antécédents judiciaires et qu'elle n'a jamais eu affaire à la police.

Scarlett fixa le visage de Tala et se souvint du désespoir qu'elle avait lu dans ses yeux un instant avant que la première balle ne lui perfore l'abdomen, ainsi que de la voix brisée de Marcus quand il avait découvert les dégâts causés au crâne par la deuxième. Elle serra les dents et refoula les larmes qui lui voilaient le regard pour se concentrer sur le corps de cette jeune fille, qui aurait dû être vivante. Et libre.

— J'espère que le chien va nous permettre de retrouver le type qui a fait ça, marmonna-t-elle. Parce que, autrement, on n'a rien pour l'identifier. La cause du décès, c'est la blessure à la tête, hein ? Vous avez remarqué quelque chose de bizarre ou de louche ?

— Pas mal de trucs louches, répondit Carrie. Mais plutôt sur sa vie que sur sa mort. Elle était en excellente santé. Bons soins dentaires, surtout les dernières années. Un dentiste a soigné ses caries assez récemment.

— Qu'entendez-vous par « assez récemment » ? demanda Scarlett.

— Il y a plus d'un an, mais pas plus de cinq ans. Les analyses sanguines indiquent un niveau normal des principales vitamines. Son poids est normal par rapport à sa taille, ce qui permet d'établir qu'elle n'était pas dénutrie. Mais, là encore, cette nutrition suffisante est relativement récente. Les radios montrent que les os des bras et des jambes ont une faible densité.

— Vous voulez dire qu'elle était mal nourrie dans son enfance mais que les gens qui la séquestraient la nourrissaient correctement ?

— Je peux seulement vous dire que son alimentation était suffisante, répondit Carrie. À vous de trouver qui la nourrissait.

— Vous avez trouvé des traces de drogue dans son organisme ? demanda Scarlett.

— Les analyses d'urine sont négatives, pour les stupéfiants les plus répandus. J'ai envoyé des échantillons sanguins au labo pour un examen plus complet. Je devrais avoir les résultats demain…

Elle tira doucement la main de Tala de dessous le drap avant de poursuivre :

— Ses mains sont rugueuses, mais ses ongles sont manucurés. Elle a des cals au bout des doigts et aux genoux. Elle a pratiqué un travail manuel, mais quelqu'un voulait que ses mains aient l'air soignées. La peau de son visage est d'une grande douceur. À première vue, elle était en bonne santé…

— Mais ? demanda Deacon.

— Mais elle a été battue. Pas assez violemment pour lui briser les os, mais assez pour laisser des ecchymoses.

Carrie découvrit le corps jusqu'à la taille.

Scarlett inspira profondément.

— Bordel de merde, marmonna-t-elle.

D'affreux hématomes couvraient le torse tout entier.

— Avec quoi a-t-elle été frappée ? demanda Scarlett.

— À coups de poing, je pense. Tout du moins, pour ces marques-là. Je crois que les coups qui les ont causées étaient bien dosés, suffisamment forts pour faire très mal, mais pas assez pour nécessiter l'intervention d'un médecin, requise pour immobiliser un os fracturé ou suturer une plaie profonde.

— Et ces coups ont été portés à des endroits où personne ne pouvait en voir les traces, observa Deacon, puisqu'ils étaient cachés par son polo.

— Mais il y a pire, poursuivit Carrie.

Elle tourna délicatement le corps pour faire apparaître le dos. Scarlett grimaça. Deacon étouffa un juron. Le dos de Tala était couvert de bleus, de zébrures rouge vif et de plaies ouvertes.

— Il semble que ces marques ont été laissées par la

boucle d'un ceinturon. Tristement banal, fit Carrie d'une voix blanche.

Elle replaça le corps dans sa position initiale d'une main sûre et adroite. Mais sa respiration était légèrement irrégulière et, lorsqu'elle ouvrit le tiroir en grand, elle ne put réprimer un haut-le-cœur.

— Ça va aller, Carrie ? s'inquiéta Scarlett.

Carrie se força à sourire.

— Oui, oui. C'est juste que les corps qui sont meurtris comme ça…

Elle se racla la gorge avant de reprendre :

— Ses cuisses aussi sont couvertes de zébrures et de plaies, mais, là encore, son pantalon les rendait invisibles. Ainsi que ça…

Elle retroussa le drap jusqu'aux genoux, dévoilant des tibias couverts de traces de coups. Quelques centimètres au-dessus de l'une de ses chevilles, une trace rouge encerclait son mollet.

— On lui a mis un bracelet électronique, du même type que ceux que portent les personnes condamnées pour des petits délits ou mises en liberté conditionnelle, expliqua Carrie.

Scarlett cligna des yeux tandis que les pensées se bousculaient dans sa tête.

— Vous le lui avez enlevé ? demanda-t-elle en se gardant d'ajouter : « Sans nous prévenir ? »

Carrie hocha la tête.

— J'étais encore en route quand mon assistant a commencé à l'examiner. Il a appelé la scientifique, qui est arrivée ici en même temps que moi. L'un des techniciens a tranché le bracelet et ils l'ont emporté pour analyse. Ils m'ont dit qu'ils vous contacteraient.

Scarlett se pinça les lèvres, irritée.

— Eh bien ils ne l'ont pas fait, dit-elle avec aigreur. J'aurais pourtant aimé qu'on me prévienne.

Elle se tourna vers Deacon et lui demanda :

— Ils t'ont prévenu, toi ?

Il secoua la tête, visiblement tout aussi agacé.

— Non, répondit-il. On s'en occupera quand on en aura fini ici.

Puis il se tourna vers Carrie et dit :

— S'ils l'ont tranché alors qu'il émettait encore, cela a dû déclencher une alarme quelque part. J'aurais préféré choisir le bon moment pour le faire.

— Ça dépend du modèle, dit Scarlett. S'il réagit à la température corporelle ou au pouls, l'alarme se sera déclenchée au moment de sa mort. Ou, à la limite, un peu après, quand le corps s'est refroidi. Dans ce cas, le lieu et le moment où le bracelet a été enlevé n'importent pas tant que ça.

— Le labo trouvera de quel modèle il s'agit, dit Deacon. Nous aurons donc au moins une idée du moment où ses ravisseurs ont compris qu'elle était morte, à supposer qu'ils ne l'aient pas tuée eux-mêmes…

Il jeta un regard au corps, en fronçant les sourcils.

— Dans les deux cas, ce bracelet est énigmatique. Si elle savait qu'on pouvait la suivre à la trace, pourquoi aurait-elle donné rendez-vous à Marcus dans cette ruelle ? Elle devait se douter qu'elle était suivie.

— Elle le savait, murmura Scarlett. Elle connaissait le type qui lui a tiré dessus, elle savait qu'elle était traquée. Elle a peut-être pensé qu'à cette heure, son absence passerait inaperçue.

— Mais il la surveillait même la nuit, objecta Deacon, puisqu'ils lui laissaient promener le caniche bien après minuit.

Scarlett se mordit la lèvre. Il y avait quelque chose qui ne collait pas. Mais quoi ?

— Pas systématiquement, dit-elle. Certaines nuits, Marcus l'a attendue, mais elle n'est pas venue. Je me demande bien pourquoi.

— Ils chargeaient peut-être quelqu'un d'autre de promener le chien, dit Deacon. Quelqu'un qui suivait un autre itinéraire dans le parc… Et ils ont peut-être fini par comprendre qu'elle s'arrêtait pour écouter Marcus chanter. C'est peut-être pour ça qu'ils l'ont frappée aussi violemment. Marcus a bien dit qu'elle boitait la dernière fois qu'il l'avait vue au parc, et que ce n'était pas à l'heure habituelle ?

— Oui. C'est ce qui l'a incité à laisser sa carte de visite sur le banc.

Scarlett se tourna vers le médecin légiste et lui demanda :

— Carrie, avez-vous repéré sur son corps des traces de coups antérieures ?

— Non. Son dos et ses jambes sont trop abîmés pour que des cicatrices plus anciennes soient visibles à l'œil nu. Mais je vais essayer d'en détecter en procédant à un examen sous-cutané par ultrasons. C'est important ?

— Je ne sais pas. Peut-être pas du tout. Je voudrais simplement en savoir un peu plus sur la vie qu'elle menait.

— Je pratiquerai l'examen en question cet après-midi.

Carrie recouvrit les jambes de Tala et lissa doucement le drap de sa main gantée avant de refermer le tiroir. Chaque fois que Scarlett la voyait faire ces gestes, avec cette douceur pleine de respect, elle sentait sa gorge se serrer. Carrie semblait réserver ces attentions aux corps des victimes de violences. Ces gestes délicats rappelaient ceux d'une mère qui borde ses enfants avant qu'ils ne s'endorment.

« Je ne pouvais pas la laisser seule dans la nuit », avait dit Marcus, et ces mots résonnaient dans la tête de Scarlett. En les murmurant, il avait eu l'air tellement triste… Mais aussi tellement perdu. Était-ce seulement parce qu'il était choqué et hébété, après qu'une jeune fille avait été abattue sous ses yeux ? Scarlett n'y croyait qu'à moitié. Certes, le meurtre avait de quoi toucher les cœurs les plus endurcis, mais Marcus avait probablement vu bien pire au cours de sa carrière militaire.

— Scarlett ? Allô ? Ici la Terre.

Elle cligna des yeux et s'aperçut que Deacon agitait la main devant elle. Il était penché en avant et la fixait d'un œil inquiet.

— Ça va ? fit-il.

Rouge de confusion, elle redressa les épaules.

— Ouais. Désolée, dit-elle. J'ai eu un moment de distraction.

— Un long moment, dit-il d'une voix soucieuse. Tu as entendu ce que je viens de dire ?

Non sans mal, Scarlett résista à l'envie de baisser les yeux.

— Non, excuse-moi. Tu peux répéter ?

— J'ai demandé à Carrie si la victime avait subi une agression sexuelle.

Bonne question. J'aurais dû la poser moi-même. Mais non, j'étais en train de rêvasser à Marcus et à ses états d'âme… Reprends-toi, Bishop !

— Et l'a-t-elle été ? demanda-t-elle à Carrie d'un ton égal.

— Il n'y a aucune trace de viol. Pas de lésions vaginales. Mais elle avait une activité sexuelle. Elle souffrait d'une blennorragie et avait des verrues tant dans la zone anale et périanale qu'autour du vagin. Comme elles ne sont pas visibles, il est possible qu'elle n'en ait pas eu conscience. J'ai envoyé un prélèvement au labo pour une analyse bactériologique…

— Ça ne m'étonne pas, dit Scarlett. Ce qui est plus surprenant, c'est que vous n'ayez pas constaté de violences sexuelles.

— Moi aussi, ça m'a étonnée, avoua Carrie. Surtout après avoir vu autant de traces de coups. Je vais en aviser les services de santé. Il faudra les tenir informés quand vous l'aurez identifiée et que vous aurez arrêté ses ravisseurs. Toute personne ayant eu des rapports sexuels avec elle est potentiellement infectée.

— Ça me ferait plaisir que les salauds qui l'ont violée aient contracté toutes les MST du monde, dit Deacon d'une voix tendue, s'ils ne risquaient pas de les propager dans leur entourage… Et d'infecter leurs épouses ou leurs petites amies innocentes…

Surprise par l'animosité de Deacon, Scarlett se tourna vers lui. Sa mâchoire était verrouillée, son regard dur.

Sa fureur semblait sur le point d'éclater. Deacon était un protecteur-né et, depuis qu'elle travaillait avec lui, elle avait vu plus d'une fois sa compassion pour les victimes se teinter de hargne à l'égard de leurs bourreaux. Mais elle l'avait rarement vu aussi hors de lui.

Et Scarlett comprit subitement pourquoi. Elle savait que la sœur de Deacon, Dani, était séropositive, mais elle n'avait jamais osé lui demander quand ni comment elle avait contracté le HIV. Après tout, ça ne la regardait pas. Mais à présent, en observant la réaction de Deacon, elle réalisait que Dani comptait parmi les « petites amies innocentes » qu'il venait d'évoquer avec tant de colère.

Elle posa une main prudente sur l'épaule de Deacon et murmura :

— Calme-toi.

Deacon recouvra lentement son sang-froid. Il ferma les yeux et chuchota :

— Excusez-moi.

— Vous n'avez pas à vous excuser, dit Carrie. Je pense exactement la même chose. Quand vous transmettrez ces informations aux services de santé, ce sera pour le bien des innocentes.

Elle avait dit « quand » plutôt que « si », et cette marque de confiance acheva de détendre Deacon. Il rouvrit les yeux, à nouveau maître de lui.

— Vous pouvez compter sur moi, docteur, dit-il.

Scarlett lui pressa doucement le bras.

— Contactez-nous dès que vous en saurez plus, dit-elle à Carrie.

— Bien sûr, assura celle-ci. Mais je n'avais pas fini…

Scarlett sentit son cœur se serrer.

— Il y a autre chose ? fit-elle.

— Oui. Votre victime a accouché au moins une fois. À en juger par la largeur du bassin, je dirais que la naissance a eu lieu au cours des trois dernières années et que la grossesse a été menée à terme.

Scarlett sentit une nouvelle vague d'effroi l'envahir.

— Peut-être que l'enfant..., articula-t-elle.

— Il y a de grandes chances pour qu'il soit encore en vie, fit Carrie d'un ton grave. La victime allaitait encore.

— Alors, il y a quelque part un bébé qui doit commencer à avoir faim, déclara Deacon d'un air sombre.

Cincinnati, Ohio
Mardi 4 août, 8 h 45

Marcus fixa le téléphone sur son bureau pendant un long moment avant de se forcer à saisir le combiné pour appeler sa mère. La femme de ménage décrocha à la première sonnerie et Marcus se sentit lâchement soulagé. Mais le remords reprit aussitôt le dessus dans son esprit.

— Vous êtes bien chez Mme Yarborough. En quoi puis-je vous être utile ?

Della Yarborough avait repris son nom de jeune fille quand elle avait divorcé de Jeremy O'Bannion, près de vingt ans plus tôt. À Cincinnati, le nom de Yarborough avait un certain prestige, et sa mère avait joui du pouvoir qu'il procurait. Mais Marcus avait choisi de conserver le nom de Jeremy, en un geste d'amour et de solidarité envers l'homme qui les avait adoptés, tant juridiquement que moralement, et les avait élevés comme s'ils avaient été ses propres fils.

— Bonjour, Fiona. C'est Marcus. Elle est réveillée ? demanda-t-il tout en connaissant très bien la réponse.

Le fait que Fiona ait décroché aussi rapidement indiquait que sa mère dormait encore. Ce qui voulait dire qu'elle avait pris des somnifères avant de se mettre au lit. Elle se couchait de plus en plus tôt et se levait de plus en plus tard.

— Non, monsieur, dit Fiona à voix basse.

— Vous êtes entrée dans sa chambre, ce matin ?

— Oui, monsieur. Trois fois. Elle dort à poings fermés. Je peux vous être utile ?

— Euh… Oui, en fait. Quand elle se réveillera, dites-lui de m'appeler ou d'appeler Stone le plus vite possible.

— Il y a un problème ?

— Non, non. Nous allons tous les deux très bien. Mais je voudrais lui parler d'un article avant qu'elle ne le lise en ligne. Il sera dans l'édition papier aussi… Il faut absolument que je lui parle avant qu'elle ne le lise.

— Entendu, dit Fiona avec une pointe d'hésitation. Dois-je faire venir son médecin ?

— Non, je veux simplement qu'elle entende le son de ma voix et qu'elle sache que je vais bien. Merci, Fiona.

Marcus raccrocha, déchiré entre la colère, la pitié et l'inquiétude pour sa mère. Il avait déjà failli la perdre ; il ne voulait pas revivre ces heures terribles. Plus jamais. Surtout, il redoutait qu'elle fasse une nouvelle tentative de suicide. Mais que pouvait-il faire ? Quoi qu'il lui dise et quelle que soit son inquiétude, elle n'en ferait qu'à sa tête.

Il fit la grimace en repensant à ce que Cal lui avait dit plus tôt dans la matinée et qui faisait étrangement écho à cette situation : « Tu n'as qu'à faire ce que tu veux, puisque mon avis ne compte pas. » *Au moins, moi, je reconnais que je suis têtu,* songea-t-il.

Il ouvrit son téléphone portable et soupira en découvrant ses messages : Scarlett Bishop lui avait envoyé deux textos et avait laissé deux messages sur sa boîte vocale. Il y avait également des textos de son beau-père. Marcus savait que l'inspectrice attendait la liste. Mais il décida d'écouter ses messages, juste pour le plaisir d'entendre sa voix. *Je suis vraiment pitoyable,* se dit-il.

Dans son premier message, Scarlett lui demandait sur un ton professionnel s'il avait envoyé la liste. Dans le deuxième, elle semblait inquiète.

« Marcus, c'est Scarlett Bishop. Je n'ai pas de nouvelles de vous et je… Euh, je voulais juste savoir si vous alliez bien. Si votre mal au dos s'est aggravé, vous devriez consulter un médecin. J'espère que vous vous reposez et qu'il n'y a rien de grave. Pouvez-vous me rappeler à votre réveil ? J'ai quelques questions supplémentaires à vous poser. »

Marcus réécouta ce message deux fois, et il l'aurait écouté encore si son téléphone portable ne s'était pas mis à sonner à ce moment-là. C'était son beau-père, Jeremy.

Il répondit, un peu honteux d'avoir écouté trois fois le message de Scarlett alors qu'il n'avait même pas écouté ceux de Jeremy. Il bénissait le ciel tous les jours de lui avoir donné Jeremy O'Bannion pour beau-père. Jeremy était entré dans sa vie alors que Stone et lui étaient tout petits — et dans un sale état. Leur seul vœu alors était d'avoir un père pour les protéger. Jeremy n'avait que vingt et un ans à l'époque — onze de plus que Marcus, ce qui n'était pas beaucoup — mais il les avait adoptés et leur avait donné son nom de famille. Et il les avait aidés à chasser leurs cauchemars.

— Salut, Jeremy. Quoi de neuf ?

— Ouf ! soupira-t-il. Ça fait du bien d'entendre le son de ta voix. Je suis mort d'inquiétude depuis que l'inspectrice Bishop m'a appelé.

Marcus cligna des yeux.

— Scarlett Bishop t'a appelé ? Pourquoi ?

— Elle te cherchait. Elle pensait que tu serais peut-être chez moi, parce que tu ne répondais pas sur ta ligne fixe et sur ton portable. Je lui ai demandé pourquoi elle te cherchait… Elle avait l'air très inquiète.

Marcus sentit une chaleur délicieuse envahir son cœur.

— Je vais bien, mais je suis occupé. Je sors de réunion, je la rappellerai.

Quand j'aurai fini d'établir cette maudite liste.

— Et toi, où es-tu ? demanda-t-il en entendant des aboiements familiers en fond sonore.

— À la maison. Je suis passé chez toi pour voir si tu y étais, mais il n'y avait que BB. Je… je l'ai ramenée à la maison. J'espère que ça ne t'embête pas. Elle est… Je sais que ça a l'air idiot, mais, des fois…

— BB est tout ce qui nous reste de Mikhail, dit Marcus.

Son cœur saignait en pensant à la double perte qui avait frappé Jeremy. Celui-ci avait appris que Mikhail était son fils biologique peu avant son meurtre. Jeremy avait toujours aimé Mikhail, qui avait été conçu après son divorce. Tout le monde avait cru, à l'époque, qu'il était le fruit d'une nuit d'amour sans lendemain, que Della avait passée avec un mystérieux inconnu. Marcus comprenait pourquoi sa mère n'avait pas révélé l'identité du père de Mikhail : elle craignait la réaction du nouveau compagnon de Jeremy, Keith. Or ce secret avait fait souffrir toute la famille. Mikhail n'avait pas su qu'il avait le meilleur père du monde. Quant à Jeremy, il avait découvert trop tard que Mikhail était son fils biologique, et il en avait eu le cœur brisé.

— C'est vrai, dit Jeremy. Tu me comprends, toi… Tu as bon cœur, Marcus. Peut-être trop. Ça va te jouer un tour, un de ces jours.

— Je vais très bien, le rassura Marcus. À part quelques bleus… Et toi, ça va, papa ?

Il ne l'appelait pas toujours « papa », mais parfois il avait besoin de prononcer ces deux syllabes, et il pensait que Jeremy désirait les entendre.

— Ça va, répondit-il. J'ai essayé d'appeler ta mère. Je ne voulais pas qu'elle apprenne ce qui t'est arrivé en lisant l'article sur le site du journal.

— Moi aussi, j'ai essayé de la joindre. Mais elle dormait.

— Je m'inquiète pour elle, Marcus. Elle prend trop de cachets. Sans parler de tout ce qu'elle boit…

Ce que Marcus appréciait, entre autres, chez Jeremy, c'était l'amour qu'il éprouvait si sincèrement pour autrui. Il comprenait pourquoi Jeremy n'avait pas été capable de rester avec sa mère. Mais il savait aussi que leur divorce n'avait pas empêché Jeremy de continuer à aimer et à protéger Della et ses enfants.

Della avait tout expliqué à ses fils quand Jeremy et elle avaient demandé le divorce par consentement mutuel. Le départ de Jeremy avait rempli Stone et Marcus de chagrin et de ressentiment, mais Della n'avait ressenti ni tristesse ni rancœur. Jeremy avait été franc avec elle : dès leur première rencontre, il lui avait dit qu'il était gay. Elle s'était contentée de lui demander d'être discret et de ne pas la tromper avec d'autres femmes. Elle avait eu son lot d'infidélités avec le père biologique de Marcus et de Stone. Della et Jeremy avaient vécu heureux ainsi, et ils avaient eu Audrey ensemble. Mais après sa naissance, Jeremy avait rencontré son premier compagnon, Sammy.

Il avait proposé à Della de divorcer, et elle lui avait donné sa bénédiction. Elle avait été sincèrement heureuse pour Jeremy et Sammy, à tel point que Marcus et Stone ne pouvaient que s'en réjouir, eux aussi. Ils adoraient Sammy et, quand il avait trouvé la mort dans un accident de voiture, ils avaient partagé le deuil de Jeremy et l'avaient soutenu dans cette épreuve.

Le nouveau compagnon de Jeremy était très sérieux. Pas antipathique, mais pas non plus très chaleureux. Marcus le soupçonnait de se sentir menacé par les liens familiaux que Jeremy avait refusé de rompre. Surtout par sa relation avec Della. Chaque fois qu'elle avait eu besoin de lui, Jeremy avait tout laissé en plan pour lui venir en aide.

— Moi aussi, je suis inquiet, dit Marcus. Je lui ai conseillé d'aller voir un psy. Je lui ai dit que Faith pourrait convenir. Mais elle s'est défilée au dernier moment.

— Faith… Elle aussi, elle a un cœur en or… Promets-moi de faire attention, fils. S'il te plaît.

— C'est promis. Comment va Keith ?

— Toujours aussi râleur, mais ça y est, il remarche.

Il avait fallu poser deux prothèses au compagnon de Jeremy après que le même psychopathe qui avait grièvement blessé Marcus lui avait tiré une balle dans chaque rotule. L'homme avait aussi harcelé sa cousine Faith et failli la tuer. Et il avait abattu Mikhail de sang-froid, dans la cabane familiale de la forêt du Kentucky. Il y avait séquestré deux jeunes femmes qu'il avait prises en otages, et Mikhail s'était simplement trouvé là au mauvais moment. C'était Stone qui avait retrouvé son corps.

Mikhail avait été abattu d'une balle dans la tête. *Comme Tala.*

Marcus se racla la gorge et chassa de son esprit la vision de la tête mutilée de Tala, essayant de se concentrer.

— Je suis heureux d'apprendre qu'il va mieux. Dis-lui qu'il nous manque sur la pelouse, à la troisième base…

Valide, Keith avait compté parmi les meilleurs joueurs de l'équipe de softball[1] du *Ledger.*

— À cause de son absence, ajouta Marcus, on a perdu nos six derniers matchs contre l'équipe de la radio locale.

— Je le lui dirai. J'ai un cours cet après-midi, je viendrai déposer BB vers midi chez toi. Tu y seras ?

— J'espère bien, marmonna Marcus. Merci, Jeremy. Et si l'inspectrice rappelle, dis-lui que je me porte comme un charme.

— C'est tout ? Je ne suis pas aveugle, Marcus. Je sais lire entre les lignes. Elle avait l'air de s'inquiéter sérieusement pour toi…

— Oui, papa, c'est tout. Et pas un mot à Audrey. Tu la connais… Je ne veux pas qu'elle me bombarde de questions.

— Je ne lui dirai rien. Et merci… Tu viens de confirmer ce dont je me doutais. Je crois que l'inspectrice Bishop avait un peu peur de me parler. Dis-lui qu'elle peut compter sur nous. C'est l'essentiel, hein ?

— Oui, tu as raison, acquiesça Marcus. Qu'est-ce qui te fait dire qu'elle avait peur de te parler ?

Jeremy était probablement l'une des personnes les moins intimidantes de la planète.

— Je crois plutôt qu'elle avait peur de me faire de la peine. Je l'aime bien, Marcus. Et puis elle est très jolie.

1. Le softball est une variante du base-ball. Ce sport se pratique sur un terrain plus petit, avec des battes plus légères et une balle moins dure. (N.D.T.)

— Jeremy, fiche-lui la paix, enfin ! s'écria Keith en fond sonore. Arrête de jouer les entremetteuses !

— Faut que j'y aille, dit fermement Marcus.

Il raccrocha en entendant Jeremy pouffer de rire. Lui-même ne put s'empêcher de sourire. Puis son regard tomba sur l'écran de son ordinateur et les deux listes de menaces. Cela faisait trop longtemps qu'il repoussait le moment. Il fallait qu'il trie les noms qu'il pouvait envoyer ou non à Scarlett.

Une fois cette corvée terminée, il n'aurait plus qu'à imprimer la liste présentable et à la porter lui-même au commissariat. Pour la lui remettre en mains propres.

Chapitre 9

Cincinnati, Ohio
Mardi 4 août, 8 h 50

Ken Sweeney tapotait des doigts sur la table de la salle de réunion, attendant impatiemment que Demetrius se joigne à eux. Ken avait convoqué une réunion exceptionnelle de son équipe dirigeante dès que Demetrius l'avait informé que Jason Jackson n'était pas chez lui.

— Qu'est-ce qu'il fout, Demetrius ? demanda Joel en se frottant les yeux.

Il avait passé la nuit à faire les vrais comptes. Les données que Joel avait communiquées à Decker ne représentaient que la partie visible de l'iceberg.

— Je vais m'endormir sur cette table s'il ne se pointe pas dans les deux minutes, ajouta-t-il.

— Dans le temps, tu étais capable de passer une semaine entière sans dormir, grinça Ken.

— Et toi, dans le temps, tu pouvais courir le 1 500 mètres en six minutes, rétorqua Joel, piqué au vif. Mais on n'est plus à la fac, alors ferme-la.

Ken releva lentement le menton en lançant un regard lourd de menaces à son associé. Joel pâlit légèrement, sa gorge se contracta et il se tassa dans son fauteuil. Ken se détendit, satisfait de s'être fait bien comprendre.

Ken, Joel et Demetrius avaient été à la même université,

où ils formaient un trio improbable. Joel était le fort en maths. Ken, le sportif, né avec une cuillère d'argent dans la bouche. Et Demetrius, issu des quartiers populaires — et plus débrouillard que porté sur la lecture —, n'avait été admis à la fac que parce que ses talents de footballeur lui avaient valu une bourse. Ken et Demetrius s'étaient d'ailleurs rencontrés dans l'équipe de football américain de la fac. Joel avait rejoint leur bande après avoir été désigné pour donner des cours de soutien à Demetrius, même si celui-ci était loin d'être un imbécile — il était sans doute le plus intelligent des trois. Mais c'était Ken le chef. Il l'avait toujours été. Il fallait simplement le rappeler à Joel de temps en temps.

— Demetrius va arriver d'un moment à l'autre, dit Ken calmement. Il vient de m'envoyer un message, il est dans le hall. Mais si tu as hâte de dormir, tu es libre de t'en aller, bien sûr.

— Non, dit Joel d'une voix légèrement tremblante. Je me sens bien.

— Tant mieux, dit Ken. Parce qu'on a un petit problème, là…

Sean et Dave Burton, le bras droit de Reuben, échangèrent un regard nerveux. Tous deux étaient beaucoup plus jeunes que les autres. Conscients d'occuper une place inférieure dans la hiérarchie, ils demeuraient silencieux.

La porte s'ouvrit et se referma sans bruit derrière Demetrius. Il était bâti comme un char d'assaut mais se déplaçait avec la souplesse féline qui l'avait rendu si difficile à plaquer sur les terrains de football américain. Il s'assit et jeta un regard interrogateur à Ken.

— Des nouvelles de Reuben ?

— Non, rien. Et toi ?

— Non plus. Decker va rester dans le hall pendant toute la réunion ?

— Non, répondit Ken. J'attends qu'on ait un plan avant de le faire entrer. Je préfère qu'il n'en sache pas trop pour l'instant. Sean, répète ce que tu m'as dit.

Sean se racla la gorge, visiblement mal à l'aise en raison de la tension qui régnait dans la pièce.

— Le bracelet électronique a transmis un signal d'alarme à 5 h 45, ce matin, alors qu'il se trouvait dans le secteur de la morgue. Il a été déplacé ensuite mais on ne sait pas où, car la batterie s'est déchargée pas longtemps après, au coin de la 14e Rue et de Race Street. Il devait être en route pour le siège du CPD.

— Merde, marmonna Demetrius. Qui a été tué ?

— Le bracelet avait été attribué à Charles Anders, répondit Ken. Il était porté par l'un des cinq travailleurs que nous lui avons fournis il y a trois ans. Le 4 mars, pour être précis.

Demetrius alluma son iPad et, après avoir entré plusieurs mots de passe successifs, ouvrit le tableau qui contenait tous ses contrats et informations commerciales. Au début, Ken s'était opposé à ce que Demetrius utilise cette tablette électronique, mais, comme elle n'était pas connectée à Internet et ne pouvait donc pas être piratée, il avait fini par donner son accord. Il y avait toujours le risque qu'on la lui vole, mais c'était aussi valable pour les carnets de Ken, comme Demetrius ne s'était pas privé de le lui faire remarquer. Et si cela arrivait, il serait bien plus difficile d'accéder aux données de la tablette, protégées et encodées, qu'à celles des carnets.

Chaque membre de l'équipe dirigeante conservait ses propres dossiers secrets, et aucune des données qu'ils contenaient n'était accessible en ligne. Si l'un d'eux était arrêté, la police n'aurait donc pu accéder qu'à une partie d'entre elles. Les comptes tenus par Joel étaient ce qu'il y avait de plus compromettant puisqu'ils couvraient toutes les activités illicites de l'entreprise. Mais Ken savait où se trouvait Joel à n'importe quelle heure du jour et de la nuit, grâce à son téléphone portable. Il avait secrètement équipé les appareils de chaque membre de l'équipe d'une balise de géolocalisation qui lui permettait de savoir où ils étaient à tout moment. Ils ignoraient donc qu'il les suivait à la trace et, s'ils venaient à l'apprendre, ils en seraient certainement très mécontents.

Le téléphone de Ken était le seul qui ne soit pas traçable. Il avait pris toutes les précautions pour s'en assurer.

Le portable de Reuben avait cessé de signaler sa position juste après leur conversation, plus tôt dans la matinée, mais Ken ne s'en était rendu compte que lorsqu'il avait activé son logiciel de traçage après avoir appelé Demetrius. La dernière position connue de Reuben se trouvait à mi-chemin de l'itinéraire qu'il empruntait pour aller de chez lui au siège de l'entreprise. Soit la batterie de l'appareil s'était déchargée, soit le téléphone avait été détruit.

— Ce jour-là, nous avons importé six unités d'Asie du Sud-Est, dit Demetrius en parcourant des yeux le tableau numérique. La plupart de nos acquisitions sont destinées à la côte Ouest, mais nous avons fourni une cargaison à un client d'ici… Oui, c'est bien ça… Nous avons fourni une unité familiale de cinq personnes, recrutées aux Philippines : le père, la mère, deux filles, alors âgées de treize et quatorze ans, et un fils, âgé de neuf ans. Expérience professionnelle du père : il enseignait la biologie à l'université. La mère était infirmière.

— Tu as réussi à localiser les quatre autres bracelets, Sean ? demanda Ken.

— Oui. Ceux du père et du garçon se trouvent dans une usine près de Dayton, au beau milieu de nulle part. Sur Google Earth, on voit un grand bâtiment industriel avec un parking…

Sean tourna son ordinateur portable de façon à ce que les autres puissent voir l'écran.

— N'oubliez pas, précisa-t-il, que Google prévient toujours que ces photos ont été prises il y a trois ans. L'endroit peut donc avoir changé d'aspect. Mais c'est bien l'endroit d'où émettent les deux balises attribuées au père et au fils…

Il tourna l'écran vers lui et poursuivit :

— Les deux autres bracelets émettent de la résidence principale d'Anders, dans le quartier de Hyde Park.

— La résidence principale ? Il en a d'autres ? demanda Ken.

— Oui, monsieur, dit Sean. Je me suis renseigné dès que vous m'avez donné son nom. Il a acheté un appartement à Vail et une maison dans le sud de la France. Ces deux biens ont été acquis avec les fonds de son entreprise, qui en est officiellement propriétaire.

Dave Burton, chef de la sécurité par intérim jusqu'à la réapparition de Reuben, se pencha vers Ken et dit :

— Les hommes que j'ai envoyés surveiller la maison d'Anders viennent de m'aviser qu'il y est en ce moment. Ils l'ont vu faire les cent pas devant ses fenêtres.

— Tu m'étonnes ! dit Ken avec aigreur. Il sait très bien qu'il aurait dû me contacter depuis plusieurs heures. Il ne faut pas le laisser partir.

— Mes hommes ont pour instruction de surveiller la maison et de l'embarquer dès qu'il en sortira, puis de l'emmener dans notre maison sécurisée.

C'est-à-dire à l'abri des regards indiscrets. *Mais Anders,* songea Ken, *sera loin d'y être en sécurité…*

— Parfait, dit-il. Donc le porteur du bracelet qui a déclenché l'alarme se trouve très probablement à la morgue. Et c'est soit la mère, soit l'une des deux filles.

Burton fronça les sourcils.

— Vous ne savez pas qui porte quel bracelet ? s'étonna-t-il, avec une pointe de désapprobation.

Il y eut un moment de tension.

— Non, finit par répondre Ken avec un sourire crispé. Nous ne le savons pas. Je vous pardonne cette question indiscrète, mais seulement parce que c'est la première fois que vous avez directement affaire à nous.

Le regard de Burton fit le tour de la table. Il ne rencontra que des visages fermés et hostiles.

— Excusez-moi, dit-il. Je ne voulais pas vous manquer de respect. Mais comment est-ce que je saurais qui je dois chercher, si je ne sais pas laquelle de ces femmes est morte ?

— Nous ne conservons pas d'autres données que celles

qui nous sont strictement nécessaires, expliqua Demetrius de sa voix de basse profonde. Pour ne pas laisser de traces compromettantes.

— Je sais de qui il s'agit, intervint Scan. Du moins, je crois le savoir. J'ai demandé à Decker d'écouter la transmission audio du bracelet. Au début, on n'entend que du bavardage banal à la morgue, puis un homme dit qu'il faut l'inscrire sur le registre et l'examiner...

Il appuya sur une touche de son ordinateur portable, et la voix d'un homme d'âge mûr se fit entendre dans les haut-parleurs.

« Il s'agit d'une personne de sexe féminin. Âge : entre seize et vingt ans. Type asiatique. Deux blessures par arme à feu de gros calibre... L'une à l'abdomen, sans blessure de sortie... L'autre à la tempe gauche, avec blessure de sortie. Les urgences ont été appelées, la victime a été transportée à l'hôpital, où le décès a été constaté dès son arrivée... »

Sean mit l'enregistrement sur pause.

— Après ça, il lui fait une radio du torse, il repère la balle, et ensuite il y a ceci, dit-il avant d'appuyer sur MARCHE.

« Pas de fracture aux os des membres postérieurs... Mais... C'est quoi, ça ? »

Un bref silence et puis :

« Oh merde ! »

— Suite à quoi, il semble passer deux coups de téléphone, dit Sean après avoir à nouveau interrompu la lecture. Les voici :

« Vince, je suis tombé sur quelque chose qu'il faut absolument que tu voies... Ouais, tout de suite !... La victime qu'on a trouvée morte dans la ruelle... Merci, mec. »

Nouveau silence, puis nouvel appel.

« Carrie, j'aimerais que tu viennes un peu plus tôt, ce matin. On nous a apporté le corps d'une victime et je viens de commencer à l'examiner. Elle porte un bracelet électronique à la cheville... Pas de pièce d'identité sur elle, mais les empreintes digitales seront prélevées quand tu arriveras... Je l'ai déjà appelé. Il arrive. »

Sean appuya sur PAUSE.

— Vince, c'est Vince Tanaka, patron de la police scientifique. Carrie, c'est Carrie Washington, le médecin légiste en chef. Le type qu'on entend parler est son adjoint. Ce qu'on entend ensuite, ce sont des sons indiquant très probablement qu'il prélève les empreintes de la victime. Le gars de la scientifique arrive à la morgue et coupe le bracelet. J'ai vérifié sur le registre numérique des interventions du CPD. La police a été appelée vers 3 heures du matin, dans le voisinage du Meadow, le refuge pour SDF.

Demetrius se renfrogna.

— C'est là que traînent les dealers et les putes, observa-t-il.

Et tu es bien placé pour le savoir, songea Ken. Demetrius avait grandi dans le quartier.

— Qu'est-ce que tu as trouvé d'autre sur le registre des flics ? demanda Ken.

— Le rapport initial indique que la victime était avec un homme quand elle a été abattue. Il s'est fait tirer dessus mais, apparemment, sa blessure n'était pas assez grave pour qu'il soit dirigé vers les urgences. Il a été soigné sur place.

Ken fronça les sourcils. *Ça, ça sent mauvais.*

— Comment s'appelle-t-il ? demanda-t-il

— Il a été interrogé sur la scène et relâché, dit Sean. Le registre ne mentionne pas son nom. Mais je connais quelqu'un au CPD qui me doit un service et qui me le dira.

— Alors, fais vite, dit Ken d'un ton brusque, avant de se tourner vers Demetrius. Il faut absolument retrouver Reuben et Jackson. Ils ne se sont pas volatilisés par l'opération du Saint-Esprit. Ils ont été enlevés ou arrêtés. La disparition de Reuben juste après la découverte du bracelet ne peut pas être une coïncidence.

— Quand je suis sorti de chez Jackson, dit Demetrius, je suis allé chez Reuben et, de là, j'ai pris le chemin qu'il prend d'habitude pour venir ici. Je n'ai pas vu sa voiture. Pas d'accident. Rien qui indique qu'il y ait eu de la bagarre.

— Je sais où est sa voiture, intervint Burton, visiblement mal à l'aise.

Tous les regards convergèrent vers le bras droit de Reuben.

— Et elle est où ? demanda Ken.

Longue hésitation.

— Dans le parking d'un hôtel proche de l'aéroport, finit-il par dire.

Nouveau silence prolongé.

— Quoi ? s'écria Demetrius. Il est allé à l'aéroport ?

Vert de rage, il se tourna vers Ken et lui dit d'un ton accusateur :

— Et c'est seulement maintenant qu'on l'apprend ?

Ken leva la main, comme pour endiguer la fureur de Demetrius.

— Comment savez-vous ça, Burton ? Quand l'avez-vous appris ? Et pourquoi ne nous l'avez-vous pas dit immédiatement ?

De plus en plus nerveux, Burton lâcha un soupir angoissé.

— Je n'ai rien dit parce que je ne sais toujours pas où est Reuben. J'ai trouvé sa voiture une demi-heure avant de venir ici, mais, apparemment, il n'a pas réservé de place sur un avion au départ de Cincinnati, ni de chambre dans un hôtel du secteur de l'aéroport. À moins qu'il ne l'ait fait sous un autre nom…

— Vous ne nous avez toujours pas dit *comment* vous l'avez su, dit Ken d'un ton glacial. Expliquez-vous.

Burton soupira de nouveau et inspira un grand coup pour se donner du courage.

— Reuben avait fait installer des balises de géolocalisation sur tous les véhicules de toutes les personnes travaillant pour l'entreprise.

La peau brune de Demetrius s'assombrit un peu plus.

— *Toutes* les personnes ? Même *moi* ? Même Ken et Joel ?

— Oui, monsieur.

Ken eut le plus grand mal à conserver son sang-froid. *C'est moi, et moi seul, qui surveille les cadres dirigeants de cette entreprise.* Reuben pouvait suivre à la trace les employés si ça lui chantait, mais pas ses propres associés. Ce n'était pas dans ses attributions.

— Il a osé faire ça ? lâcha-t-il. Qui a posé ces putains de balises ? Vous ?

Burton secoua la tête vigoureusement.

— Non, monsieur. Pas sur nos propres véhicules. Les véhicules de l'équipe dirigeante sont entretenus personnellement par Reuben. Je m'occupe de tout le reste. Mais je me permets de vous signaler qu'il a aussi installé des balises sur ses propres voitures. Il a agi dans votre intérêt, monsieur. Il voulait assurer le plus efficacement possible votre sécurité. Pas vous espionner. Il n'aurait utilisé ce système de traçage qu'en cas de disparition de l'un d'entre vous. Même moi, je ne connaissais pas les mots de passe permettant d'accéder à l'historique des déplacements de vos véhicules. J'ai dû les rechercher. C'est pour ça que j'ai mis autant de temps à localiser cette voiture.

Ken ravala sa fureur, à peine atténuée par les explications de Burton. Il trouvait logique que quelqu'un puisse les localiser en cas d'agression ou d'arrestation. *Mais ce quelqu'un ne peut être que moi !* Il avait spécifiquement ordonné à Reuben de ne pas surveiller les voitures de l'équipe dirigeante. Et voilà qu'il apprenait que son chef de la sécurité avait, derrière son dos, désobéi à ses ordres.

Ken se promit de virer Reuben s'ils le retrouvaient vivant. Après un passage à tabac dont il se souviendrait longtemps.

— Comment avez-vous trouvé les mots de passe ? demanda-t-il à Burton.

— Reuben conserve dans un coffre-fort un carnet contenant ses mots de passe et d'autres données confidentielles. Je savais que la combinaison du coffre était inscrite sur un bout de papier, caché sous le tiroir de sa table de nuit. Il me l'avait dit au cas où il disparaîtrait. La combinaison et les mots de passe étaient cryptés, bien sûr.

— Bien sûr ! répéta Demetrius, qui ressemblait de plus en plus à un taureau prêt à charger. Et comme vous êtes visiblement capable de les décrypter, c'est que vous pouviez, vous aussi, nous suivre à la trace.

Burton ne broncha pas, cette fois.

— C'est la première fois que j'accède au logiciel de traçage, affirma-t-il d'une voix ferme.

— Mais bien sûr, répliqua Demetrius en secouant la tête. Et même si nous vous croyions, qu'est-ce qui aurait pu vous empêcher de vendre ces mots de passe au plus offrant ?

C'est d'ailleurs ce que Reuben a peut-être fait, songea Ken. *Il est allé à l'aéroport, après tout.* Du moins, sa voiture y était… À en croire Burton. Mais celui-ci disait-il la vérité ? Jusque-là, il ne leur avait donné aucune raison de douter de sa parole.

Ken sortit son téléphone portable de sa poche et, s'assurant que personne ne pouvait voir l'écran, il envoya un texto à Alice :

Va à l'hôtel de l'aéroport. Vérifie que la voiture de Reuben est garée sur le parking. Le plus vite possible. N'en parle à personne.

Quelques secondes plus tard, la réponse d'Alice s'afficha sur l'écran :

Je range mon poste de travail et j'y vais.

Il lui faudrait trois quarts d'heure pour parvenir à l'aéroport, mais c'était le seul moyen de savoir si Burton leur avait dit la vérité.

Entre-temps, il avait surveillé du coin de l'œil la confrontation tendue entre Demetrius et Burton, qui secoua la tête avec véhémence avant de répondre à l'accusation.

— Je ne dispose pas de cet accès, protesta-t-il. Et même si je les avais vus, ces mots de passe, ça n'aurait aucune importance. Le logiciel change automatiquement de mot de passe après chaque usage, ou avec une fréquence aléatoire quand le logiciel reste inutilisé un certain temps. Si j'avais copié ces mots de passe et que je les avais vendus, ils n'auraient pas tardé à être inutilisables. À chacun de ces changements, Reuben reçoit un mail.

— Il sait donc qu'on le recherche, gronda Demetrius.

— S'il est encore vivant, précisa Joel à voix basse. Je ne le vois pas s'enfuir comme ça. Ce n'est pas son genre. Il a autant d'intérêts dans cette entreprise que chacun d'entre nous.

C'était vrai de l'homme que Ken avait cru connaître. Mais depuis qu'il avait appris que Reuben lui avait désobéi, même au nom de leur propre sécurité commune, il ne savait plus quoi penser.

Burton se racla la gorge

— En supposant qu'il soit encore en vie et qu'il puisse accéder à ses mails, oui, il doit savoir qu'on le cherche. Mais c'était justement ça, son but : si l'un de vous disparaît, les autres peuvent le localiser et l'aider.

— Bon, d'accord, dit Ken. Trouvez-le. S'il a laissé sa voiture à l'hôtel de l'aéroport et qu'il n'a pas pris de chambre, c'est qu'il est allé ailleurs. Il s'est peut-être servi d'un pseudonyme pour louer une voiture ou prendre l'avion. Il faut donc revérifier tout ça avec les noms d'emprunt qu'il a utilisés auparavant. Renseignez-vous également auprès des vendeurs de voitures d'occasion, des hôpitaux et des morgues de la région. Vous vous souvenez de ce que vous avez appris à la police scientifique ?

— C'est comme le vélo, ça ne s'oublie pas, répondit Burton.

Il avait été flic, jadis, lorsqu'il travaillait sous les ordres de Reuben dans les rangs de la police de Knoxville.

— Je vais aller chercher la voiture de Reuben à l'aéroport et nous la passerons au peigne fin.

Ken secoua la tête.

— Non, dit-il. Je vais envoyer un camion qui la remorquera jusqu'ici. Vous ferez ça ici.

Burton plissa les yeux.

— Vous ne me faites pas confiance ?

— Non, répondit Ken. Mais ne le prenez pas pour vous. Je ne fais confiance à personne.

Il se tourna vers Demetrius et lui demanda :

— Tu as quelque chose à ajouter ?

— Non. Sauf que je veux que cette balise soit enlevée de ma bagnole tout de suite.

— Moi aussi, dit Joel.

— Et moi aussi, fit Ken. Sean, occupe-toi de ça. Burton, dites aux hommes qui surveillent la maison d'Anders de nous l'amener.

Burton grimaça.

— Ils n'ont pas beaucoup d'expérience, objecta-t-il. Ils manquent de finesse. Je ne peux pas garantir qu'ils arriveront à l'emmener sans attirer l'attention des voisins.

Demetrius leva les yeux au ciel.

— Je rêve, gronda-t-il. Où est-ce que Reuben les a dénichés ?

— Il nous manque un garde du corps depuis que Decker travaille à la comptabilité, expliqua Burton d'une voix crispée. Et on a perdu deux membres de l'équipe de sécurité, le mois dernier. Reuben ne leur a pas encore trouvé de remplaçants.

L'homme et la femme dont il évoquait la perte transportaient une cargaison humaine de Miami vers Cincinnati lorsque l'un des captifs s'était jeté sur eux avec un couteau. Les deux employés de Reuben avaient été poignardés, et le véhicule que conduisait l'un d'eux s'était écrasé contre le terre-plein central de l'autoroute. Par chance, ils étaient presque arrivés à destination quand l'accident s'était produit. Ce qui avait permis à Reuben d'arriver sur les lieux avant que la police ne soit prévenue, évitant ainsi de justesse une crise majeure.

La cargaison avait été sévèrement châtiée. Ken aurait puni tout aussi cruellement le garde du corps chargé de fouiller la marchandise si celui-ci n'avait pas succombé à ses blessures.

— Bien, dit Ken à Burton. Alors allez-y vous-même. Emmenez Decker avec vous. Il ne court plus aussi vite qu'avant, mais il saura maîtriser n'importe quel membre de cette famille d'imbéciles. Je veux que vous m'ameniez Anders, sa femme et sa fille, indemnes. Je veux savoir comment son esclave s'est libérée, et pourquoi il n'a pas jugé bon de nous en aviser.

— Et s'il ne te le dit pas ? demanda Demetrius, dont l'œil brillait d'une lueur cruelle.

Ken ignora la légère grimace que fit Joel. Leur ami en col blanc n'aimait pas se salir les mains. Heureusement pour lui, cela ne dérangeait ni Ken ni Demetrius.

— Il parlera, dit Ken. On verra s'il tient vraiment à sa femme et à sa fille.

— Et les deux femmes qui se trouvent chez Anders ? demanda Burton.

— Ramenez-les ici aussi. Elles savent peut-être comment l'autre a réussi à s'échapper. Il va peut-être falloir faire des heures sup.

— Quel dommage, ironisa Demetrius.

En d'autres circonstances, Ken aurait peut-être souri. Mais là, il n'était pas d'humeur à plaisanter.

— Je veux savoir où sont Reuben et Jackson, dit-il. Qui était le type qui causait avec la victime dans la rue… Et comment elle a réussi à s'évader. Et il faut récupérer ce foutu bracelet. Par tous les moyens. D'autres questions ? Non ? Bon, alors, allez-y.

Cincinnati, Ohio
Mardi 4 août, 9 h 00

Vince Tanaka leva les yeux lorsque Scarlett et Deacon entrèrent dans son labo. Les grosses lunettes loupes qui masquaient son visage lui donnaient l'air d'un savant fou ou d'un cyborg.

— J'allais vous appeler, fit-il.

Il releva l'une des loupes, jeta un coup d'œil à la pendule murale et grimaça.

— Mince, il est déjà 9 heures. Je me suis laissé absorber par le boulot. Désolé.

Sur sa table de travail était posé le bracelet électronique qu'il avait ôté de la cheville de Tala. Il était fin et noir, bien dessiné, presque élégant… Rien à voir avec le modèle lourd et massif que Deacon et Scarlett avaient l'habitude de voir aux chevilles des condamnés en liberté conditionnelle ou assignés à résidence. Il est vrai qu'en général, ces individus n'étaient pas bâtis comme une frêle jeune fille de dix-sept ans. À en croire la fiche qu'ils avaient consultée à la morgue, elle ne pesait que quarante-deux kilos pour un mètre cinquante.

— Ce n'est pas grave, dit Scarlett. Ce bracelet vient confirmer l'hypothèse que Tala était une esclave. Que pouvez-vous nous dire ?

Deacon enfila une paire de gants en latex puis en tendit une autre à Scarlett. Il prit le bracelet et l'étudia d'un œil pensif.

— Il est vraiment très léger, constata-t-il.

— C'est ce qui se fait de mieux, dit Vince. Il pèse à peine plus de cent grammes. La plupart des tribunaux n'ont pas les moyens de s'offrir ces bracelets-là. Ce modèle est interdit à la vente aux particuliers, mais les gens qui séquestraient la victime savent, à l'évidence, comment s'en procurer.

Scarlett examina le bracelet que tenait Deacon.

— Vous pouvez retrouver le fabricant grâce au numéro de série ? demanda-t-elle.

— C'est déjà fait, répondit Vince. Le fabricant se nomme Constant Global Surveillance, et son siège est à Chicago. Cet exemplaire a été jugé défectueux après un contrôle de qualité. Il est censé avoir été détruit. La personne que j'ai contactée chez CGS s'est dite « extrêmement surprise et peinée » d'apprendre que je l'avais sous les yeux. Apparemment, il va y avoir une enquête interne…

— Ce serait la moindre des choses, dit Deacon en tendant l'objet à Scarlett. Le fabricant vous a dit combien d'autres exemplaires ont été « jugés défectueux à la suite d'un contrôle de qualité » ?

— J'ai posé la question. Mais mon interlocuteur m'a affirmé que l'entreprise ne le saurait qu'après enquête. Heureusement que je n'ai pas appelé le siège en premier.

Si je l'avais fait, je n'aurais sans doute jamais été informé du problème.

— Qui avez-vous appelé en premier ? demanda Deacon.

— Le service après-vente, dont j'ai trouvé le numéro sur le site Internet de CGS. Quand je leur ai dit que je voulais me renseigner sur un exemplaire d'un de leurs produits, mon appel a tout de suite été transféré sur le service des expéditions. J'ai eu de la chance parce que la personne qui a décroché n'était pas le responsable de ce service. C'était un jeune homme qui m'a assuré que je me trompais parce qu'il était impossible que j'aie en ma possession le bracelet portant ce numéro de série, puisqu'il avait été détruit par le labo chargé des contrôles de qualité. J'ai demandé à parler à son chef, qui m'a demandé de patienter. Un quart d'heure plus tard, c'est l'avocat de l'entreprise qui a pris mon appel.

Scarlett soupira.

— Je suppose que l'avocat a tout nié en bloc, dit-elle.

Vince haussa les épaules.

— Autant qu'il a pu, dit-il. Comme j'avais le bracelet en question dans la main, il fallait bien qu'il me raconte quelque chose, sauf à prétendre que c'était une contrefaçon. Il m'a donc fait le coup de l'enquête interne pour éviter d'avoir à répondre à mes questions.

— Ils se montreront peut-être plus coopératifs quand ils auront pris la mesure de la situation, dit Deacon. Si l'un de leurs employés vole des bracelets pour les revendre au marché noir, ils ont tout intérêt à l'en empêcher.

— Ou ils nous demanderont un mandat de perquisition pour se donner le temps de maquiller l'anomalie, surtout si les dirigeants de l'entreprise sont mouillés dans cette combine. Dans les deux cas, je leur ai déjà mis la puce à l'oreille en les interrogeant au téléphone, ce qui leur donne le temps de détruire toutes les preuves éventuelles.

— Peut-être pas, dit Deacon. Donnez-moi cinq minutes…

Il alla à la fenêtre, son téléphone portable plaqué à l'oreille.

— Que pouvez-vous nous dire d'autre sur ce bracelet ? demanda Scarlett à Vince. C'est une simple balise de géolocalisation, ou bien il peut détecter la température ou le pouls ?

— Ce n'est qu'une balise. Pourquoi ?

— Parce que, quand vous l'avez coupé pour l'enlever, vous avez peut-être déclenché une alarme à distance. Ceux qui l'ont mis à Tala doivent savoir qu'elle est à la morgue.

Tanaka fronça les sourcils.

— Mais ces gens, quels qu'ils soient, le savaient déjà, puisqu'ils l'ont tuée.

— C'est possible, mais pas certain. Je crois qu'elle connaissait celui qui l'a tuée, mais ce n'était pas forcément les personnes pour qui elle travaillait. Deacon et moi, on se demandait pourquoi elle avait pris le risque de s'échapper, sachant qu'elle était suivie à la trace. Elle devait avoir des raisons de croire que ce n'était pas le cas à ce moment-là. En déclenchant l'alarme du bracelet, nous les avons informés de sa fuite… et de son décès. Et maintenant, ils savent que leur appareil est entre les mains de la police. Tala craignait pour sa famille. Il se peut que nous ayons provoqué des représailles…

— Oh ! mon Dieu, fit Vince.

Il détourna les yeux pendant un instant avant de revenir vers Scarlett d'un air résolu.

— Je peux déjà vous dire que si ces gens ont pu savoir que le bracelet émettait de la morgue, ils ignorent que nous l'avons apporté ici, au CPD. Il émettait encore un signal très faible quand je l'ai ôté du corps de la victime mais, le temps que j'arrive ici, la batterie s'est déchargée.

— Donc, ils auraient été prévenus quand même, murmura Scarlett.

— Si j'avais su que la famille de la jeune fille était en danger, j'aurais attendu que la batterie soit complètement à plat avant de couper le bracelet.

— Ils ont sans doute compris que nous l'avons récupéré, mais, comme vous le dites, si ce sont les ravisseurs de Tala qui l'ont tuée, ils savaient que son corps, et donc le bracelet, finiraient entre les mains de la police. Je suppose que vous n'avez pas trouvé d'empreintes digitales ?

— Seules celles de la fille sont entières, mais il y a quelques traces papillaires partielles. Une recherche est en cours dans la base de données, on sera bientôt fixés.

Scarlett repensa à l'accent étranger de Tala. Et au dernier mot qu'elle avait prononcé : *malaya*. « Libre », en tagalog.

— Il est probable qu'elle soit venue d'un autre pays, dit-elle.

— Clandestinement ?

— Peut-être. Si c'est le cas, on ne trouvera rien sur elle dans les archives des services de l'immigration. Mais il n'est pas impossible qu'elle soit entrée aux États-Unis légalement et qu'elle ait été réduite en esclavage par la suite.

— Dans ce cas, ses empreintes devraient se trouver dans le fichier de la police des frontières. Je vais vérifier le plus vite possible.

Malaya…

— Si on peut gagner du temps en rétrécissant le champ de recherche, dites-leur de commencer par vérifier le fichier des personnes venant des Philippines…

Scarlett se força à chasser le visage juvénile de Tala de son esprit pour se remémorer la scène de crime dans son ensemble.

— Et la douille que j'ai trouvée dans la ruelle ? demanda-t-elle.

— Il n'y avait qu'une seule empreinte dessus, mais elle est très nette. Les recherches sont en cours. Et puis, il y a ceci…

Vince ôta ses lunettes loupes avant de prendre une boîte sur l'étagère. Il s'apprêtait à l'ouvrir lorsque Deacon les rejoignit.

— Alors ? lui demanda Vince. Est-ce que le FBI peut accéder aux archives du fabricant de bracelets sans leur mettre la puce à l'oreille ?

— Ils préparent déjà une visite surprise au siège de CGS. L'administration pénale fédérale se fournit chez eux et le contrat qu'ellc a passé avec CGS stipule que les laboratoires doivent être « à tout moment accessibles à des audits qualitatifs réalisés par le client » sans préciser qu'il faut les en aviser au préalable, ce qui donne le droit au FBI de débarquer chez eux à l'improviste. L'antenne de Chicago vient d'envoyer une équipe là-bas. Avec un peu de chance, elle y arrivera avant qu'ils aient eu le temps de détruire des documents compromettants.

— Tu crois vraiment qu'un employé revendrait des bracelets au noir ? À première vue, ce serait plutôt un mauvais deal. Ces bracelets ne coûtent que quelques centaines de dollars à l'unité.

— C'est le prix que payent les acheteurs autorisés, objecta Deacon. J'imagine que quelqu'un qui achète un être humain à des trafiquants est prêt à payer plus que quelques centaines de dollars pour protéger son investissement. Des bracelets comme ça, on n'en trouve pas sur eBay.

Scarlett secoua la tête, sceptique.

— Tu as peut-être raison. Mais il faudrait quand même en vendre beaucoup pour que ça vaille le coup. Or, si le gars fait semblant de « détruire » un très grand nombre de bracelets au moment du contrôle de qualité, ça peut difficilement passer inaperçu. Pour éviter de se faire attraper, il faut que ces vols soient occasionnels, et donc ils ne rapportent pas grand-chose. À moins qu'il ne le fasse pas pour l'argent. Il est peut-être *obligé* de le faire…

— Oui, c'est une possibilité, acquiesça Deacon. Je vais me renseigner sur toutes les personnes qui ont eu accès aux bracelets fabriqués au même moment que celui-là. On verra bien si l'une d'entre elles a le profil d'un suspect. Si c'est le cas, ça nous permettra de remonter jusqu'à l'acheteur du bracelet…

— Il était presque déchargé quand Vince l'a ôté de la cheville de Tala, dit Scarlett.

— Oui, je sais. J'étais en attente quand vous en avez parlé et j'ai tout entendu. Avant d'aller plus loin, dit Deacon en désignant la boîte que Vince tenait à la main, j'ai une question. Ce modèle transmet le son ou seulement un signal GPS ?

— Ça dépend. Sur son site Internet, CGS affirme qu'on peut l'utiliser pour appeler le porteur, comme un téléphone en mode vibreur. La vibration sert à rappeler au porteur qu'il a rendez-vous avec son juge d'application des peines, par exemple. Mais je sais que certains modèles peuvent enregistrer ou transmettre en direct des conversations, à l'insu du porteur.

— Les avocats de la défense doivent s'en donner à cœur joie, marmonna Scarlett, quand ils apprennent que leurs clients sont espionnés comme cela.

Le simple fait de mentionner cette profession suffit à lui rappeler ce que Bryan venait de lui apprendre : Trent Bracken, cet assassin, allait bientôt pouvoir défendre des accusés et plaider au tribunal…

Pas maintenant, Scarlett. Concentre-toi. Pour Tala.

— Quelqu'un aurait-il pu entendre Marcus parler à Tala dans le parc ou dans la ruelle ? demanda-t-elle.

— C'est très possible, répondit Vince. Je m'apprêtais justement à le démonter quand vous êtes arrivés. Dès que j'en saurai plus, je vous préviendrai.

— Merci. Marcus pense que Tala a été battue parce qu'il a tenté d'entrer en contact avec elle. Si quelqu'un était à l'écoute pendant qu'elle promenait le caniche, il se pourrait bien qu'il ait raison.

Elle désigna la boîte et demanda :

— Alors, qu'y a-t-il là-dedans ?

— Tout ce qu'on a trouvé sur la victime.

Vince souleva le couvercle et en sortit un à un chaque article, soigneusement ensaché, en indiquant ce que c'était.

— Un jean, un polo, une paire de chaussures, des chaussettes… Un crucifix accroché à un collier… Des bonbons pour chiens… Et ceci…

Il brandit un petit sachet en plastique et précisa :

— Dix grammes de cocaïne. Je dois recevoir les résultats de l'analyse de pureté dans quelques heures.

Scarlett fronça les sourcils.

— Il y a souvent des dealers dans la rue où on l'a trouvée, dit-elle, mais Carrie n'a pas décelé de traces de drogues dans l'organisme de Tala.

Vince se garda de tout commentaire tandis qu'il posait le sachet de coke sur la table. Puis il sortit trois autres sacs de la boîte et les tint un instant sous les yeux des deux flics.

— Une tétine, un anneau de bébé qui fait ses dents et un sachet de Cheerios, dit Scarlett.

Elle sentit son cœur se serrer.

— Le bébé…, ajouta-t-elle.

— Les bonbons pour chiens et la coke étaient dans sa poche de gauche, précisa Vince. Les autres objets dans celle de droite.

— Le bébé doit avoir au moins huit ou neuf mois, si elle lui donnait des Cheerios, dit Scarlett d'une voix mal assurée.

Vince parut surpris.

— Je ne savais pas que vous vous y connaissiez en bébés, dit-il.

— J'ai six neveux et nièces. Difficile de ne pas avoir quelques notions.

Deacon se racla la gorge.

— Pouvez-vous faire une analyse ADN sur la tétine, Vince ? demanda-t-il.

— J'ai déjà prélevé un échantillon dessus, et aussi sur l'anneau.

— Bien. Si nous ne trouvons pas le bébé chez les ravisseurs, nous pourrons au moins prouver que l'enfant était avec elle à un moment donné. Qu'avez-vous trouvé d'autre dans ses poches ?

— Rien. Pas de clés, pas d'argent, pas de pièce d'identité.

Scarlett prit le bras de Vince tandis qu'il commençait à ranger les objets dans la boîte.

— Attendez, dit-elle.

Elle prit la tétine et l'exposa à la lumière de la lampe de travail de Vince.

— C'est quoi, ça ? demanda-t-elle en effleurant du doigt trois petites taches noires sur l'anneau de la tétine.

— Des traces d'encre de stylo-feutre, répondit Vince. Mais l'usure les rend illisibles.

Scarlett sortit la tétine de son sachet en plastique transparent, la replaça sous la lampe et se pencha dessus pour mieux l'examiner.

— Pouvez-vous me prêter une loupe ?

Elle tendit la main et Vince y déposa l'une de ses loupes.

— Il y a trois taches distinctes, constata-t-elle. Séparées par le même espace. C'étaient peut-être des cercles, à l'origine. Et…

Elle inclina la tétine dans un sens puis dans l'autre, afin de mieux l'exposer à la lumière.

— Il y a aussi des couleurs, murmura-t-elle. Trois minuscules fragments de couleur. Rouge et bleu, et… jaune ? Ou peut-être vert. À gauche de chacun des cercles noirs.

— C'est de l'encre de feutre, là aussi ? s'enquit Deacon.

Elle hocha la tête d'un air absent. Elle avait déjà vu ce motif, mais n'arrivait pas à se souvenir où, exactement. Et, soudain, son cerveau fit le rapport. *Merde alors.* Elle se redressa brusquement, le cœur battant. Les deux autres la regardaient d'un air intrigué.

— Oh ! mon Dieu, il s'est trompé.

Deacon inclina la tête.

— Qui ça ?

— Marcus. Il s'est trompé, dit-elle précipitamment. Tu ne regardes jamais *La Roue de la fortune* ?

Deacon cligna des yeux avant de hocher la tête d'un air contrit.

— Ça m'arrive assez souvent, ces derniers temps, avoua-t-il. Faith est une grande fan de Pat et Vanna[1]. Pourquoi ?

— Tu te rappelles ces candidats qui peuvent résoudre une énigme avec une seule lettre ?

1. Les présentateurs de ce jeu télévisé, dans sa version américaine du soir, se nomment Pat Sajak et Vanna White. (N.D.T.)

— Je les déteste, marmonna Vince. Ils gâchent tout le plaisir.

— Eh bien, j'en fais partie. Les marques noires sont peut-être des « a » minuscules. Les traces de couleur pourraient être d'autres lettres, sans doute des consonnes, ce qui pourrait donner « malaya ». Quelqu'un aurait écrit « malaya » sur la tétine. Et si ça ne voulait pas dire « libre » ? Et si c'était un prénom ?

Deacon ouvrit de grands yeux.

— Quand Tala a dit : « Aidez Malaya », elle ne demandait pas à Marcus de libérer sa famille…

Scarlett déglutit, prenant conscience que les derniers mots de Tala avaient un sens encore plus poignant.

— Non, dit-elle. Elle le suppliait de sauver son bébé.

Cincinnati, Ohio
Mardi 4 août, 9 h 15

Drake grogna lorsque son téléphone portable le tira d'un profond sommeil. Il ouvrit un œil et poussa un autre grognement. L'appel provenait du téléphone jetable de Stephanie.

— Vaut mieux que ce soit important, aboya-t-il. Tu m'as réveillé.

— Il est au courant, murmura Stephanie d'une voix crispée. Il est venu dans ma chambre et m'a pris mon iPhone. Il m'a giflée. De toutes ses forces. Il sait que j'ai fait sortir Tala de la maison, la nuit dernière. Il n'arrête pas de me demander pourquoi…

Drake se redressa dans son lit et se frotta la nuque avant de demander tout doucement :

— Tu lui as dit ?

— Non ! Je lui ai juré que je ne voyais pas de quoi il parlait, même quand il m'a collé une autre baffe. Mais je ne sais pas combien de temps je vais tenir.

— Alors monte dans ta belle bagnole et va faire un tour, dit Drake d'un ton irrité.

— Je ne peux pas. Il m'a pris mon sac à main, mon portefeuille, mes clés. Il m'a dit que si j'essayais de partir, il me battrait à mort. Il en est capable. Il faut que tu viennes. Je vais essayer de filer par la porte de service, mais je n'irai pas loin, à pied. Il faut absolument que tu viennes me chercher

— Avec quelle voiture ?

— Je ne sais pas. Débrouille-toi pour en trouver une. Mais ne tarde pas. S'il me fait vraiment mal, je pourrais bien lui dire ce qu'il veut savoir. Et je crois que tu en souffriras plus que moi.

Drake fut surpris par le ton résolu de Stephanie. Par sa force de caractère. Il détestait ça, chez les femmes. Il croyait avoir dompté Stephanie mais, à l'évidence, il s'était trompé. Il aurait voulu lui dire : « Vas-y. Raconte tout à ton père. » Il n'allait tout de même pas appeler les flics… Drake s'apprêtait à dire à Stephanie d'aller se faire voir et à lui annoncer qu'il allait dénoncer son père et toutes les horreurs dont il s'était rendu coupable, mais il se ravisa : ce serait plus facile d'aller chercher Stephanie, de lui coller une balle dans la tête et de jeter son corps dans la rivière.

— D'accord, dit-il calmement. Ma sœur a une Honda Civic. Elle est blanche. Je t'enverrai un SMS quand je serai à deux minutes de chez toi. Ça te va ?

— Ça me va, dit-elle avant de pousser un long soupir de soulagement. Merci, Drake.

— Pas de souci. J'arrive. En attendant, évite ton cher vieux papa…

Cincinnati, Ohio
Mardi 4 août, 9 h 15

Scarlett sortit du CPD, inspirant une bouffée d'air déjà chaud et humide. Elle marqua une pause sur le trottoir, attendant que Deacon la rattrape. Ni l'un ni l'autre n'avait ouvert la bouche depuis qu'ils étaient sortis de l'antre de Vince.

Malaya est un bébé. Le bébé de Tala. Et c'était une fille, comme semblait l'indiquer son prénom. Elle se trouvait sans doute quelque part dans cette ville. Scarlett espéra que l'enfant n'avait pas été laissée seule et qu'elle se trouvait en compagnie de quelqu'un qui sache prendre soin d'elle et la nourrir.

Mais la situation dans laquelle se trouvait le bébé avait bouleversé Scarlett lorsqu'elle avait découvert la tétine. Tala avait été séquestrée, asservie et violemment battue. *Une esclave.* Si elle allaitait encore, c'était qu'elle n'avait pas été séparée de son bébé, auquel était allée sa dernière pensée : « Aidez Malaya. »

La panique que devait avoir ressentie Tala avait gagné Scarlett. Se sentant suffoquer, elle était sortie précipitamment du labo de la police scientifique, chassée par une vague de larmes qu'elle ne voulait montrer à personne. Elle aspira une autre grande bouffée d'air, la gorge encore serrée et douloureuse. Rien d'étonnant, en fait, à ce que Tala ait pris de tels risques, la veille, pour rencontrer Marcus. Son bébé était en danger.

— Mon Dieu, je vous en prie, faites que ce bébé s'en tire sain et sauf.

Les épaules de Scarlett se raidirent lorsqu'elle prit conscience qu'elle venait de murmurer une prière, elle qui n'avait pas prié depuis dix ans. Elle se dit que la supplication qu'elle venait d'adresser au ciel n'était due qu'à sa fatigue et qu'elle n'espérait pas, en fait, qu'elle puisse être entendue et exaucée. Elle avait cessé de croire au Père Noël et aux lapins de Pâques quand elle avait cinq ans. Et cela faisait dix ans qu'elle avait cessé de croire en Dieu, le jour où elle avait découvert le corps mutilé de sa meilleure amie.

Mais la prière avait au moins tiré Scarlett de la confusion mentale née de son accès de panique. Elle inspira profondément puis relâcha son souffle en tremblant de tout son être. *Qu'est-ce qui t'arrive, aujourd'hui, Scarlett ?* Ses nerfs étaient à vif depuis que la sonnerie du téléphone l'avait réveillée en sursaut et que la voix de Marcus l'avait retournée.

Cela avait rallumé en elle toutes sortes d'émotions. *Beaucoup trop d'émotions,* se dit-elle en songeant à la manière dont son corps avait réagi lorsqu'elle avait revu Marcus sur la scène du crime.

La visite de Bryan n'avait fait qu'aggraver son trouble, ajoutant le remords à la déception. Attisant la fureur qui couvait en elle et ravivant les souvenirs qui hantaient ses cauchemars.

Voilà pourquoi elle était aussi sensible, ce jour-là. Et qui ne serait pas saisi d'horreur en apprenant qu'un bébé sans défense se trouvait aux mains de monstres capables d'administrer une punition aussi brutale à sa mère ? Il aurait fallu qu'elle soit elle-même un monstre pour ne pas être bouleversée. Non, la boule qu'elle avait dans la gorge n'avait rien à voir avec Marcus O'Bannion. Ni avec sa voix ou son visage. Ni, surtout, avec son torse nu.

Mais oui, ma vieille, c'est ça... Continue d'y croire, si ça te fait du bien. Et, en effet, ce déni la rassérénait, lui permettait de clarifier ses idées pour se concentrer sur son travail. Il fallait qu'elle trouve ce bébé avant qu'il ne soit trop tard.

Elle ouvrit son téléphone portable pour consulter ses messages en essayant de ne pas trembler. Il y en avait trois. Mais aucun n'était de Marcus O'Bannion. Il n'avait toujours pas envoyé cette satanée liste.

Tu n'as pas besoin de cette liste, se dit Scarlett, sachant que ce dont elle avait vraiment besoin, en l'occurrence, c'était qu'il tienne sa promesse. Que lui cachait-il ? Que faisait-il à cet instant ? Une inquiétude nouvelle l'envahit tout à coup. Était-il possible que le type qui avait tué Tala se soit rendu compte que Marcus était encore vivant ? Et qu'il ait cherché à finir le boulot ?

Cela faisait plusieurs heures que le corps de Tala avait été emmené à la morgue. Les médias devaient d'ores et déjà relayer l'information. Elle se livra à une brève recherche sur Internet, et l'instant suivant, de nombreuses occurrences s'affichaient sur l'écran de son portable. Pleine d'appréhension, elle cliqua sur le premier lien en haut de la page, qui renvoyait à un article du *Ledger* : UN PHILANTHROPE LOCAL BLESSÉ EN TENTANT DE SAUVER LA VIE D'UNE FEMME. Signé Stone O'Bannion. L'article avait été mis en ligne quelques minutes auparavant.

Elle savait à présent ce qu'avait fait Marcus au lieu de lui envoyer la liste. Ou de répondre à ses messages. *Bon, au moins, il n'est pas mort,* songea-t-elle avec amertume.

L'article était fidèle. Tous les faits y étaient relatés. Et même s'il était signé par Stone, elle crut entendre la voix de Marcus en le lisant. Il avait respecté sa promesse : l'article ne précisait pas qu'il avait croisé Tala au parc, ni qu'il avait entendu — et enregistré — les derniers mots de la victime. À la fin de l'article, Marcus parvenait habilement à détourner l'attention du lecteur des raisons de sa présence dans la rue à ce moment-là, donnant l'impression qu'il n'était qu'une victime collatérale, un bon Samaritain qui passait par là et qui s'était fait tirer dans le dos parce qu'il se trouvait au mauvais endroit au mauvais moment.

« Je gagne ma vie en enquêtant, lui avait-il dit. Je suis journaliste. » Au moins, là, il n'avait pas menti. Il l'avait avertie qu'il publierait un article. Et pourtant elle sentit la colère bouillonner en elle, irrationnelle, irrépressible. Elle avait sous les yeux la triste preuve que le vrai Marcus n'était pas l'homme qu'elle aurait voulu qu'il soit. C'était avant tout un journaliste. Un charognard qui se repaissait du malheur des autres.

Elle entendit la porte d'entrée du CPD s'ouvrir et se refermer derrière elle. Un instant plus tard, Deacon était à ses côtés.

— Ça va, Scar ? demanda-t-il.

L'inquiétude qui imprégnait sa voix engendra une nouvelle vague d'émotions dans le cœur de Scarlett. Elle sentit les larmes lui monter aux yeux et ferma les paupières pour les refouler.

— Qu'est-ce qui te fait penser le contraire ? fit-elle d'une voix si râpeuse et éraillée qu'elle ne la reconnut pas elle-même. Le fait que je suis sortie du labo en courant comme une dératée, peut-être ?

Elle serra les dents pour contenir les larmes. *Il ne faut pas que je pleure. Surtout pas.*

Deacon lui donna un petit coup d'épaule en signe de soutien. Puis il se racla la gorge.

— Il y a du nouveau, à propos des fonctions du bracelet.

Elle s'essuya les yeux subrepticement avant de se tourner vers Deacon. Les yeux vairons de son coéquipier ne la troublaient plus depuis longtemps, mais la compassion qu'elle y lut en cet instant lui alla droit au cœur. Elle détourna les yeux et se mit à scruter la rue.

— C'est bon, dit-elle en se reprenant. Parle-moi du bracelet.

— Ce modèle peut transmettre le son, comme un téléphone.

— Je croyais que Vince devait le démonter pour s'en assurer.

— C'est ce qu'il a fait. Il n'a mis que quelques minutes à découvrir le micro et à comprendre comment il fonctionnait… Mais tu étais déjà sortie.

Je ne suis pas sortie, je me suis enfuie.

Elle se pressa la tempe du bout des doigts pour mieux réfléchir malgré la migraine qui suivait invariablement ses crises de larmes.

— Quelle est la portée du micro ? demanda-t-elle.

— Ça ne marche pas comme ça. C'est un micro à transmission satellitaire, comme un GPS…

— Ça veut dire qu'elle ne pouvait aller nulle part sans être écoutée en permanence. Mon Dieu ! Pauvre gamine… Mais alors, ils pouvaient tout entendre, sa voix et celle des autres… Et donc, celle de Marcus…

Ils savaient que Tala lui avait demandé de sauver son bébé.

— Ils pouvaient enregistrer ou simplement écouter en direct ? demanda-t-elle.

— S'ils ont le matériel nécessaire, ils peuvent tout enregistrer.

— Vu le profil de ces gens, il faut partir de ce principe.

— Pas forcément, objecta Deacon. Le bracelet n'était pas équipé d'une caméra.

— Et alors ?

— Et alors, ils pouvaient l'entendre et la localiser, mais ils ne pouvaient pas *voir* ce qu'elle faisait. Elle a promené le caniche toute seule pendant plusieurs semaines dans le parc. Invisible à leurs yeux.

— Tu crois qu'elle aurait pu laisser une sorte de message entre les arbres ? Un appel au secours ?

— C'est possible. En tout cas, ça vaudrait le coup d'aller y jeter un œil. Il nous reste plusieurs heures avant notre rendez-vous avec l'agent Troy à l'antenne locale du FBI. On a le temps.

Scarlett réfléchit un instant avant de dire :

— Et, là-bas, on pourra voir si les collègues ont progressé dans leurs recherches. Ils s'y sont mis très tôt ce matin, et ils ont frappé à toutes les portes dans un rayon de deux kilomètres avec des photos de Tala et du caniche. Aux dernières nouvelles, personne ne les avait encore reconnus. S'ils n'ont toujours pas trouvé de témoin quand on arrivera, il faudra que je me procure la liste des toiletteurs…

Elle hésita puis décida qu'il était préférable d'aller vérifier que Marcus était sain et sauf.

— En allant au parc, on pourrait faire un saut au *Ledger*, proposa-t-elle.

Dcacon fronça les sourcils.

— Pourquoi ? demanda-t-il.

— Parce que Marcus O'Bannion vient d'attirer l'attention sur lui en faisant savoir à tout le monde qu'il était la dernière personne à avoir vu Tala vivante.

Elle lui tendit son téléphone, où s'affichait encore l'article signé par Stone.

Deacon le lut et émit un grognement dédaigneux.

— Quelle blague, fit-il. Sous la signature de son propre frère, il se décrit lui-même comme un héros…

Scarlett leva les yeux au ciel.

— Oui, dit-elle, mais si quelqu'un a écouté les derniers mots de Tala, Marcus a fait de lui une cible, un témoin gênant à éliminer.

— Le bracelet… Merde. Les gens qui l'ont mis à Tala doivent avoir compris qu'il sait qu'elle était une esclave. Et ils doivent imaginer qu'il connaît l'existence de Malaya.

— Et le bracelet continuait d'émettre quand je suis arrivée. Alors ils ont aussi entendu ma conversation avec lui, et avant cela, les fois où Marcus cherchait à entrer en contact avec Tala. Ils doivent donc savoir que sa rencontre avec elle ne devait rien au hasard, contrairement à ce que laisse entendre l'article.

— Tu l'as appelé ?

Scarlett lâcha un soupir frustré.

— J'essaie de le joindre sur son portable depuis le début de la matinée, mais il ne répond pas. J'ai appelé son bureau et une jeune fille m'a répondu que « M. O'Bannion était en conférence et ne voulait pas être dérangé ». J'ai appelé sa mère, mais la femme de ménage m'a assuré qu'elle n'avait pas vu « Monsieur Marcus » depuis plusieurs jours et que sa mère dormait et ne pouvait pas me parler.

— Ça veut dire qu'elle a encore pris des cachets ou qu'elle a trop bu hier soir, expliqua Deacon. J'ai de la peine pour Della… Le fait de perdre Mikhail a été si terrible pour elle… Et aucun membre de sa famille ne veut admettre qu'elle a besoin d'un psy.

Scarlett eut un instant de compassion pour la mère de Marcus. Mais sa priorité, pour le moment, était d'éviter à Marcus de se faire tuer, pour que la pauvre femme ne perde pas un autre fils.

— Quoi qu'il en soit, Marcus est resté injoignable. J'ai même appelé Jeremy, mais il n'était pas chez lui non plus.

Elle avait hésité avant d'appeler le beau-père de Marcus, craignant qu'il lui en veuille toujours après ce qui s'était passé neuf mois plus tôt. Mais il s'était montré cordial, et même très coopératif.

— Jeremy a appelé Marcus à ma demande, mais il est tombé sur son répondeur. Il est même allé chez lui pour vérifier que tout allait bien, mais Marcus n'y était pas et n'avait apparemment pas dormi là.

— Laisse-moi essayer, proposa Deacon. Il décrochera peut-être quand il verra mon numéro s'afficher. C'est quoi, son numéro de portable ?

Scarlett lui donna celui du téléphone jetable avec lequel Marcus l'avait appelée dans la nuit. Puis elle attendit en silence. Son inquiétude monta d'un cran lorsque l'appel de Deacon fut, lui aussi, transféré sur la messagerie. Elle savait que ses craintes n'avaient rien de rationnel. Marcus était sans doute occupé, voilà tout. Mais l'intuition de Scarlett lui soufflait avec insistance qu'il était en danger. Et elle avait appris à se fier à ce qu'elle ressentait.

— Il doit être en train de travailler, dit Deacon. Mais, si ça peut te rassurer, on peut se séparer. Tu n'as qu'à aller seule au *Ledger*, et on se retrouve au parc un peu plus tard.

— Deacon ! le héla Scarlett dès qu'il eut tourné les talons. Comment sauras-tu où commencer à chercher ? On ne sait pas sur quel banc Marcus était assis. Donc, on ne sait pas de quelle direction venait Tala.

Deacon se retourna brièvement pour dire :

— Demande à Marcus, quand tu le verras.

Et il rentra dans l'immeuble du CPD.

— Ouais, marmonna Scarlett. Je n'y manquerai pas.

Chapitre 10

Cincinnati, Ohio
Mardi 4 août, 9 h 15

Demetrius referma la porte du bureau de Ken derrière lui. Ken se laissa tomber dans son fauteuil et attendit que Demetrius se soit assis. Il paraissait beaucoup plus à l'aise que Decker, quelques heures plus tôt. Physiquement, du moins. Ses traits étaient crispés, et Ken savait que son propre visage reflétait la même inquiétude.

— Tu savais que la femme de Reuben l'avait plaqué ? demanda Demetrius sans préambule.

Ken parvint à masquer la surprise que lui causait à la fois la nouvelle en elle-même, et le fait que Demetrius l'ait su avant lui.

— Non. Quand ça ? Et pourquoi ?

— Hier. Ce n'est pas lui qui me l'a dit, d'ailleurs.

Une femme mécontente… Un voyage soudain… La disparition simultanée de Reuben et de l'un de ses hommes de confiance… Ken ne savait pas comment tous ces événements étaient liés, mais cela ne présageait rien de bon. Surtout si la femme de Reuben avait découvert comment son mari gagnait vraiment sa vie.

— Qui te l'a appris, alors ?

— Sa femme s'est pointée chez moi, hier, en larmes. Elle voulait savoir qui d'autre il fréquentait.

Ken se frotta le front.

— « Qui d'autre » ? répéta-t-il. Qu'est-ce que ça veut dire, ça ?

— Ce matin, je t'ai parlé d'une Brésilienne, tu t'en souviens ?

— Celle qui a la main baladeuse et dont Reuben était censé te protéger ? Reuben en a profité, c'est ça ? Et Miriam l'a su ?

— Non, mais elle a su qu'il fricotait avec l'Indienne.

Ken se tassa dans son fauteuil.

— Reuben baisait la femme de notre fournisseur indien ? s'étonna-t-il.

— Pas sa femme, répondit Demetrius. Sa fille.

— Putain de merde.

Ken ferma les yeux, regrettant de ne pas avoir Reuben face à lui, là, tout de suite. Quelle raclée il lui flanquerait ! Chacun des quatre membres fondateurs avait ses petits défauts et ses penchants. Mais ils avaient tous appris à dominer leurs instincts pour le bien de l'entreprise — ou, du moins, à ne pas se faire prendre lorsqu'ils cédaient à la tentation. Le travail de Reuben consistait à déceler les menaces tant au sein de l'entreprise qu'à l'extérieur. Mais il revenait à Ken et à Demetrius de les écarter.

S'il s'agissait de faire un exemple, Demetrius tabassait à mort un concurrent et déposait son corps dans un endroit bien visible, en guise d'avertissement. S'il fallait obtenir des informations, Ken découpait, comme une dinde à Noël, la personne qui les détenait, jusqu'à ce qu'elle lui livre tous ses secrets.

Malheureusement, les goûts spéciaux de Joel et de Reuben étaient potentiellement nuisibles pour l'entreprise. Joel avait un faible pour les jeunes garçons, mais il avait le bon sens de les traquer loin de son propre territoire. Reuben préférait les filles, mais il était beaucoup moins prudent que Joel. Ken lui avait donné une bonne leçon plusieurs années auparavant. Mais, apparemment, cela n'avait pas suffi.

— Dis-moi au moins que la fille a dix-huit ans révolus, marmonna Ken.

— Elle vient de les avoir, mais ce n'est pas ça, le problème. Le fournisseur a emmené sa femme et sa fille avec lui à New York l'an dernier pour qu'elles visitent des universités pendant qu'il faisait des affaires avec nous. Nous l'avons rencontré dans sa suite à l'hôtel, et, à un moment, la fille est entrée dans la pièce. Elle n'est pas restée plus de trois minutes, le temps de dire bonjour et de soutirer un peu de fric à son père. Je ne sais pas comment Reuben s'y est pris, mais apparemment, elle a couché avec lui le soir même…

Demetrius leva les yeux au ciel en secouant la tête avant d'ajouter :

— Et ensuite, la petite s'est persuadée qu'elle était « amoureuse ».

— Nom de Dieu, marmonna Ken. Comment Miriam s'en est-elle aperçue ?

— Elle a trouvé une lettre de la fille dans la poche de Reuben, écrite sur du papier à en-tête de l'hôtel… Miriam a réussi à persuader un employé de l'hôtel de la prévenir quand la fille reviendrait, ce qui est arrivé la semaine dernière. Elle a engagé un détective privé pour prendre des photos compromettantes de Reuben avec la fille dans une des chambres de l'hôtel.

Reuben, tu es le roi des cons.

— Et il les a prises, ces photos ? demanda Ken.

— Hélas, oui, dit Demetrius avec une grimace. Reuben a des tatouages partout. Mais ce n'est pas le pire… L'hôtel en question se trouve tout près de l'aéroport. Celui où on a retrouvé la voiture de Reuben.

Ken lui jeta un regard irrité.

— Tu savais que Reuben y était allé, ce matin ? lui demanda-t-il.

Demetrius prit un air offensé.

— Pas du tout. Sinon, je te l'aurais dit quand tu m'as appelé. Je n'ai fait le rapport que quand Burton nous a dit qu'il avait localisé la voiture de Reuben. Je ne voulais pas parler de la fille du fournisseur ni de Miriam devant les autres. Il va peut-être falloir s'occuper de Miriam. Et ce ne sera pas facile…

— Merde. J'ai envie de le tuer, ce connard de Reuben.

— Prends ta place dans la file d'attente, derrière Miriam. Elle est très, très remontée. Je te déconseille de chercher à la voir, pour le moment.

— Pourquoi tu ne m'as rien dit la nuit dernière ?

— Je sais, j'aurais dû, mais je voulais d'abord en parler à Reuben. Quand tu m'as dit qu'il avait disparu, je me suis inquiété mais je ne voulais pas crier au loup avant d'avoir plus d'informations. Je voulais m'assurer qu'il n'était pas dans le même état que son pote Jackson. Il a fallu que Burton nous parle de la voiture et de l'hôtel pour que je saisisse ce qui s'était passé.

Ken se renfrogna un peu plus.

— Quel lien y a-t-il entre Jackson et ces scènes de ménage ?

Demetrius laissa échapper un long soupir.

— Le détective a dit à Miriam que Jackson faisait le guet pendant que Reuben s'envoyait en l'air avec l'Indienne. Miriam s'est peut-être vengée non seulement de Reuben, mais aussi de Jackson.

— Tu veux dire que Miriam serait responsable de ce qui est arrivé à Jackson ? Que c'est à cause d'elle qu'il a perdu connaissance dans son bureau ?

— Elle m'a dit qu'elle voulait les tuer tous les deux. Étant donné l'heure à laquelle Decker a trouvé Jackson évanoui, j'en déduis qu'il a absorbé un produit juste avant d'aller travailler, ou dès son arrivée ici. Miriam les a peut-être drogués tous les deux. Elle envoyait souvent des petits gâteaux, des sodas et des casse-croûte aux gars de l'équipe de Reuben. Je vais vérifier les vidéos de surveillance, au cas où on le verrait en train de manger ou de boire.

— J'ai déjà regardé, dit Ken. Je voulais vérifier ce que Decker m'a appris. Jackson n'a bu que du café, mais il l'a mélangé avec sa propre crème, qu'il gardait dans un petit flacon en argent, dans le frigo de la salle de pause. Il ressemble à une flasque… Pas étonnant que Decker ait cru que Jackson était bourré.

— Je vais le faire analyser.

— Bon, mais où est Jackson ? S'il n'est pas chez lui, où est-il passé ?

Demetrius haussa les épaules.

— Je n'en sais rien. Miriam l'a peut-être empoisonné, mais elle n'a pas la force physique de le porter et de l'emmener ailleurs.

— Elle avait peut-être un flingue. Si Jackson était aussi mal en point que Decker le dit, il n'aurait pas pu lutter contre elle.

— Possible. Mais il se peut aussi que Reuben se soit arrêté chez Jackson en allant à l'aéroport, et qu'il l'ait emmené, pour que sa femme ne lui tombe pas dessus. Je te l'ai dit, elle était vraiment furax. Je ne serais pas étonné qu'elle leur ait réglé leur compte. Je vais me renseigner auprès des voisins… Quelqu'un a peut-être vu la voiture de Reuben ce matin, après que le taxi est parti.

— Avec un peu de chance, Miriam n'a rien fait, dit Ken d'un ton lugubre. Mais si Reuben est avec Jackson et qu'il sait que Miriam les cherche partout, il va prendre la tangente.

— Ils ont peut-être déjà quitté le pays, fit Demetrius.

— Sean et Burton sont dessus. Si quelqu'un peut retrouver la trace de Reuben, c'est bien Sean. Bon, il est temps de limiter les dégâts. Qu'est-ce qu'on voit sur les photos que le détective a donné à Miriam ?

— De la baise, c'est tout. Mais très créative. Reuben est plus souple que je ne l'aurais cru.

Ken grimaça.

— Je préfère ne pas y penser. Tu as rendu une petite visite au détective ?

— Bien sûr. Dès que Miriam est sortie de chez moi.

— Il est mort ? demanda Ken.

Demetrius hocha la tête.

— Et enterré. J'ai pris son appareil photo, tous ses

fichiers et ses disques durs externes, ainsi que son ordinateur portable, pour que Sean puisse y chercher les sauvegardes des photos qui nous intéressent.

— Bravo.

— Merci, dit modestement Demetrius

— Et Miriam ?

Demetrius hésita avant de répondre :

— Je ne crois pas qu'elle soit au courant du reste. Mais il faut la tenir à l'œil. Et s'assurer qu'elle ne prendra pas d'initiatives. S'il faut se débarrasser d'elle, on le fera… Mais on devrait attendre. Sa disparition, juste après celle du détective… ça ferait louche.

— C'est bien pour ça que je voulais qu'on reste tous célibataires, grogna Ken. Les bonnes femmes viennent toujours nous mettre des bâtons dans les roues.

— Je sais, je sais…

Joel et Demetrius étaient tous deux divorcés depuis longtemps, et Ken avait été assez bête pour se marier — deux fois. Il avait dû faire le ménage lui-même quand la mère de Sean s'était montrée trop curieuse. Depuis, il redoublait de prudence à l'égard du sexe opposé. Il aimait qu'une femme chauffe son lit de temps à autre. Mais il n'en laissait aucune l'approcher de trop près. Reuben était déjà marié quand il avait rejoint la bande, et il répétait avec insistance que Miriam n'avait pas la moindre idée de ce qu'ils vendaient vraiment, en dehors des jeux et jouets. Reuben avait été flic, après tout. Miriam n'aurait jamais imaginé que son mari puisse se compromettre dans le trafic de drogue et d'êtres humains.

— On aurait dû forcer Reuben à divorcer avant de l'admettre parmi nous, dit Ken en le fusillant du regard. Je te l'avais bien dit.

Demetrius plissa les yeux.

— Tu veux vraiment jouer à ce jeu-là ? répliqua-t-il.

Ken fut tenté de relever le défi, mais il savait que cela n'arrangerait en rien la situation.

— Qu'est-ce que tu as sur Burton ? demanda-t-il.

— Pas beaucoup plus de renseignements que toi. Il a servi dans la police, sous les ordres de Reuben, dans le Tennessee. Ensuite il a été son coéquipier à la brigade des mœurs de Knoxville. Il a témoigné en faveur de Reuben quand celui-ci a été accusé d'accepter des pots-de-vin et de voler de la cocaïne saisie. Il a lui-même été viré de la police six mois après Reuben. Il ne le trahirait jamais, et je crois qu'il s'inquiétait aussi pour lui, depuis quelque temps. Autrement, il serait venu directement te faire son rapport sur la voiture de Reuben au lieu d'essayer de le retrouver d'abord.

— Je n'arrive toujours pas à croire que Reuben ait équipé nos voitures de balises électroniques.

— Si, et *seulement si* Burton dit vrai, et que toutes les précautions étaient prises sur les mots de passe, ça ne me choque pas tant que ça. Après tout, tu l'as embauché pour qu'il assure notre sécurité.

— Et j'aurais dû embaucher quelqu'un d'autre, spécialement chargé de l'empêcher de baiser des femmes dont il pourrait être le père.

— C'est vrai. Tu as des nouvelles d'Alice ?

— À quel propos ? feignit de s'étonner Ken.

— À propos de la vérification que tu lui as demandé de faire… Allons, Kenny, ça fait longtemps que je te connais. Tu as envoyé un texto pendant la réunion, ce que tu ne fais jamais. Et quand on est sortis de la salle, Alice n'était plus à son poste. Or elle n'a pas pris une seule pause-déjeuner depuis quatre ans qu'elle travaille ici à plein temps.

— Je vois que tu es drôlement bien renseigné sur ma secrétaire, dit Ken d'un ton glacial.

Demetrius plissa une nouvelle fois les yeux.

— Qu'est-ce que tu t'imagines ? C'est ma filleule ! Et même si elle ne l'était pas, je ne bande pas pour les femmes blanches qui n'ont que la peau sur les os.

— Désolé, dit Ken tout bas. Cette histoire avec Reuben me stresse un peu. Excuse-moi, Demetrius.

— Ce n'est pas grave. Mais ne redis jamais un truc comme ça. Et Decker ?

Ken comprit, avec soulagement, que le sujet était clos.

— Je sais seulement qu'il m'a sauvé la vie en risquant la sienne, dit-il.

Et il ajouta avec un sourire narquois :

— Je ne vais pas remettre en question ses priorités.

— Joel ne l'aime pas.

Ken haussa les épaules.

— Joel a surtout peur que Decker lui prenne sa place. Il est vrai que c'est un petit génie de la comptabilité.

— Eh bien, moi, je ne lui fais pas confiance, dit Demetrius d'un ton catégorique. Ce n'est pas le poste de Joel qu'il convoite, c'est le tien, Ken. Ou celui de Reuben.

— Ce n'est pas forcément une mauvaise chose. Je ne vais pas faire ce boulot toute ma vie. Alice va bientôt occuper mon bureau mais il va falloir trouver un remplaçant pour Reuben, et le plus vite possible. Même si on le retrouve, je ne veux plus qu'il mette les pieds ici. Il pose trop de problèmes et il nous met tous en danger…

Ken resta silencieux un moment, songeant aux implications de cette phrase. Quoi qu'il arrive, ils ne pourraient pas laisser Reuben s'en tirer tranquillement. Il en savait trop. Il faudrait le tuer.

Il chassa cette pensée d'un haussement d'épaules et changea de sujet :

— On approche de la cinquantaine, mon frère. Il est temps de songer à tirer notre révérence.

Demetrius grimaça.

— Toi, tu as encore écouté Joel. Ne me dis pas que tu vas prendre un plan d'épargne-retraite…

— Pas du tout… Mais je ne veux pas avoir à me crever au boulot et à éviter les balles quand j'aurai soixante ans.

— Qu'est-ce que tu veux, alors ?

— Une île privée, avec des femmes à poil qui m'apportent des cocktails dans des noix de coco.

— Des noix de coco ? ricana Demetrius. Putain, j'ai cru un instant que tu étais sérieux.

Il se leva et changea à nouveau de sujet :

— Il faut que j'aille demander à Joel de faire un virement. On attend un arrivage du Brésil. Des jolies filles… Très jolies, même…

— Quel âge ?

— Oh ! ne t'inquiète pas, elles ont toutes dix-huit ans, dit Demetrius d'un ton pince-sans-rire.

Ce qui signifiait que la plupart d'entre elles étaient bien plus jeunes.

— Tu as un acheteur ? demanda Ken.

Demetrius ne partageait pas le goût de Reuben pour les jeunes filles. Il ne voyait dans celles qu'il achetait et revendait que des marchandises et une source de profit. Son intérêt pour elles n'avait rien de sexuel.

— Mieux, répondit-il. J'ai des enchérisseurs, mon pote. Plusieurs. On va tenir une vente aux enchères en ligne. Je te l'ai dit, ces filles sont à croquer. On va s'en mettre plein les poches.

— Et Gupta ?

L'Indien était l'un de leurs principaux fournisseurs, pour le marché du travail. Il recrutait de la main-d'œuvre de qualité. Du muscle et de l'intelligence.

— Tu crois qu'il va cesser de faire affaire avec nous s'il apprend que Reuben baise sa fille ?

— J'espère que non, dit Demetrius d'un ton incertain. Mais Miriam connaît l'identité de la fille. Elle s'est servie de sa carte de crédit pour payer sa chambre à l'hôtel.

— Tu ne m'avais pas dit ça, fit Ken. Ça rend Miriam encore plus dangereuse, pour nous. Si elle va voir Gupta pour dénoncer sa fille, il va se demander ce qu'elle savait d'autre. Et là, c'est certain, il cessera toute relation avec nous. Et on ne sera pas en mesure d'honorer les commandes de main-d'œuvre de nos clients, tant qu'on n'aura pas trouvé un nouveau fournisseur…

Il s'interrompit et demanda :

— Pourquoi tu fais cette tête ?

— Parce que tu es en train de dire qu'il va falloir tuer Miriam. Et, comme je te l'ai dit, si on le fait maintenant, ça va attirer l'attention de la flicaille. Le détective privé avait une grosse clientèle, surtout des femmes jalouses. Donc, si sa disparition est signalée, ça fait aussi un paquet de maris adultères qui seront soupçonnés de l'avoir buté. Mais si Miriam disparaît juste après lui, les flics vont se jeter sur la piste de Reuben... Et cette piste mène tout droit à nous, Ken.

— Pas si elle se suicide. Ça a déjà marché, dans le passé.

Demetrius se détendit.

— J'aurais dû y penser tout seul. Les conneries de Reuben me font dérailler.

— Alors remets-toi sur les rails et occupe-toi de Miriam avant qu'elle file dire à Gupta que notre chef de la sécurité se tape sa fille, dit Ken.

Il s'interrompit en grimaçant et lâcha un juron.

— Et si Reuben ne fuyait pas Miriam ? Et s'il était parti retrouver la gosse à New York ?

Demetrius leva les yeux au ciel et jura à son tour.

— Dommage qu'on n'ait plus le détective, marmonna-t-il. J'aurais dû l'engager pour continuer à suivre Reuben. Je vais demander à Burton d'envoyer un de ses hommes surveiller l'Indienne à New York. Il faut qu'on sache si Reuben entre en contact avec elle. S'il montre le bout de son nez, j'irai lui régler son compte moi-même. On ne peut plus lui permettre de continuer dans cette voie. Comme tu l'as dit, il nous pose trop de problèmes...

— Je sais, fais ce que tu dois...

Ken fut interrompu par la sonnerie du téléphone. C'était Sean.

— Tu as du nouveau ? demanda-t-il d'emblée en activant le haut-parleur du téléphone.

— J'ai trouvé, répondit Sean.

Ken se rendit compte qu'il retenait son souffle.

— Tu as trouvé Reuben ? demanda-t-il.

— Non, monsieur. Mais j'ai trouvé l'identité de l'homme

qui se trouvait avec la fille qui a été tuée cette nuit. Un des journaux locaux a publié un article en ligne sur cette affaire. Je viens de vous envoyer le lien…

Il fut interrompu par une série de coups de klaxon qui retentirent brusquement à l'autre bout de la ligne.

— C'est quoi, ça ? aboya Demetrius.

— Une nouvelle alerte transmise par un bracelet, cria Sean.

Le vacarme cessa subitement et l'on n'entendit plus, dans le haut-parleur, que le cliquetis des doigts de Sean sur le clavier d'un ordinateur.

— J'ai fait transférer toutes les alertes sur mon ordi, expliqua-t-il. Ah, voilà… Il y en a deux, en fait, qui se sont déclenchées en même temps. J'ai les numéros de série des bracelets et je cherche l'endroit d'où ils émettent…

Nouvelle et brève pause.

— Ils se trouvent actuellement tous les deux dans la maison d'Anders, annonça-t-il.

— Les deux autres femmes qu'Anders a achetées, commenta sombrement Ken.

— Putain, Sean, gronda Demetrius. Ce n'est pas à nous qu'il faut signaler ces alertes. Préviens Burton. C'est lui, le chef de la sécurité, maintenant… en tout cas pour l'instant. Il a posté des hommes à lui autour de la maison d'Anders. Et Burton est en route avec Decker pour aller chercher Anders et sa petite famille. Si quelqu'un peut intervenir, c'est lui. Et Decker…

— C'est comme si c'était fait, dit Sean. Je vous tiens au courant. Je disais donc que je venais de vous envoyer un lien vers l'article sur l'homme qui était avec la fille cette nuit.

Ken désactiva le haut-parleur et ouvrit le mail que Sean lui avait adressé. Il cliqua sur le lien et fixa l'écran d'un air consterné.

— Non, murmura-t-il. Ce n'est pas possible.

Il sentit la colère qu'il éprouvait pour Reuben se transformer en haine meurtrière.

— Quoi ? demanda Demetrius.

— Marcus O'Bannion.

— Tu déconnes ? dit Demetrius, le visage crispé.

Ken tourna l'écran vers lui.

— Bordel de merde, murmura Demetrius. O'Bannion était avec la pute d'Anders quand elle a été tuée… O'Bannion ? Bordel de putain de merde.

Ken se retint de serrer les poings et conserva son calme.

— Cette fois, dit-il, il faut qu'il disparaisse. Je ne veux pas que ce qui s'est passé il y a neuf mois recommence. C'est une décision ferme et définitive. Si on s'était correctement occupés de lui à l'époque, on ne serait pas dans cette merde. C'est clair ?

Demetrius hocha la tête avec une raideur toute militaire.

— Comme de l'eau de roche, fit-il.

Cincinnati, Ohio
Mardi 4 août, 9 h 30

Drake n'était plus qu'à un kilomètre de la maison de Stephanie lorsque son téléphone portable se mit à sonner.

— Stephanie, marmonna-t-il en découvrant le numéro sur l'écran.

Il aurait dû savoir qu'elle n'était pas capable de résister à son père. *Si elle dit le moindre mot sur moi… J'aurais dû la tuer ce matin.*

Il appuya sur l'accélérateur et décrocha.

— Ouais ? Qu'est-ce qu'il y a, encore ?

— Dépêche-toi, sanglota Stephanie. Il va la tuer. Après, ce sera mon tour. Dépêche-toi, Drake. Je t'en supplie.

— Il va tuer qui ? De qui parles-tu ? Et c'est quoi, ce boucan ?

— Une nouvelle alerte. Les deux autres bracelets ont été coupés. Papa est fou de rage. Il va penser que c'est moi. Dépêche-toi !

Drake ralentit. Affronter le père Anders en pleine crise, très peu pour lui.

— Qui a fait ça ?

— Je ne sais pas. Pas moi, en tout cas. Elles ont peut-être trouvé des couteaux et se sont libérées elles-mêmes. Il est sorti en courant pour les rattraper, et il va les tuer, c'est sûr. Et ensuite, il va me tabasser jusqu'à ce que je lui dise la vérité. C'est ce qu'il a dit. Il croit que j'ai pris le bébé et que je le planque quelque part.

— Quoi ! Le bébé a disparu ?

— Ouais. Il faut que tu viennes, Drake. Il faut que tu m'aides.

Il fallait surtout qu'il la fasse taire. Il accéléra légèrement.

— Je serai là dans quelques minutes, mon chou. Sors de la maison. Attends-moi à l'endroit habituel.

— Il m'a enfermée. Je ne sais pas si je peux…

Des détonations retentirent en bruit de fond et Stephanie poussa un hurlement.

— Quelqu'un est en train de défoncer la porte !

— Qui ça ? demanda Drake. Qui est en train de défoncer la porte ? Qui a tiré ?

— Papa… Il a sorti ses flingues… Je ne sais pas qui est à la porte… Oh ! mon Dieu… Ils montent l'escalier… Je vais essayer de filer quand ils ouvriront la porte… Il faut que tu sois là quand je sortirai ! Il faut que tu m'emmènes loin d'ici ! Grouille-toi !

La communication fut coupée. Soit elle avait raccroché, soit on lui avait pris son portable.

Ou alors elle avait été abattue. Peut-être était-elle déjà morte, ce qui résolvait le problème. Dans tous les cas, Drake ne voulait pas s'impliquer davantage. Surtout quand l'artillerie était de sortie. Le père de Stephanie était le roi des connards, mais il tirait juste et il avait une collection impressionnante d'armes à feu. Un véritable arsenal. Et s'il en avait sorti deux ou trois, cela signifiait qu'il avait ouvert l'armoire blindée où il entreposait sa petite collection, et qu'il avait constaté qu'il lui manquait un pistolet.

Celui que Drake avait caché sous le siège du conducteur. Celui, aussi, dont il s'était servi pour tirer sur Tala et sur l'homme à qui elle avait donné rendez-vous.

Il ralentit, fit demi-tour et se dirigea vers l'autoroute. Il n'était pas question qu'il soit victime des délires d'Anders. Sa sœur avait fait le plein la veille. Ce qui devait lui permettre d'atteindre la frontière canadienne sans s'arrêter.

Cincinnati, Ohio
Mardi 4 août, 9 h 30

— Bonjour, Marcus.

Marcus ne s'était pas laissé surprendre par le salut de Gayle, même si ses yeux étaient rivés sur l'écran de son ordinateur depuis presque deux heures. Son parfum l'avait trahie, révélant sa présence dès qu'elle avait franchi le seuil du bureau de Marcus. Elle n'en mettait pas trop et ce n'était pas désagréable, loin de là. Ce parfum avait apaisé Marcus, dans son enfance, quand les cauchemars le réveillaient en sursaut, nuit après nuit. Des cauchemars où il revivait les scènes atroces qu'il avait vues. Et les actes affreux qu'il avait commis.

Car, à huit ans, Marcus avait vu le mal en face. Et ensuite, il avait tué.

Grâce à Gayle, il s'était senti protégé. Elle avait su le persuader qu'il n'était pas un monstre. Et elle le comprenait quand cela ne suffisait pas à effacer ses remords. Elle l'avait aidé à surmonter ses hantises tout au long des années qui avaient suivi.

Marcus fixa l'écran sans lever les yeux pour croiser le regard de Gayle, alors même qu'elle s'était placée face à lui, de l'autre côté de son bureau. Il avait pris une douche et s'était rasé. Il n'avait pas l'air de s'être fait tirer dessus quelques heures plus tôt. Il savait qu'il lui faudrait parler à Gayle de sa crise cardiaque et de sa nièce, à qui elle avait donné, sans en aviser Marcus, accès à des fichiers confidentiels. Il avait cru savoir quels mots employer sans pour autant révéler à Gayle que c'était Jill qui lui avait tout avoué. Mais, maintenant qu'elle était face à lui, il restait sans voix. Il se rendit compte qu'il ne s'était jamais fâché contre elle. Or, à cet instant, il était extrêmement en colère. *Elle aurait dû me faire confiance*. Comme il lui avait fait confiance. Dans tous les domaines.

Enfin, presque tous. Par exemple, il ne lui avait jamais parlé de Scarlett Bishop. Il n'en avait d'ailleurs parlé à personne — et seul Stone avait deviné, le matin même, ce qui se passait dans le cœur de son frère. Personne ne savait combien il désirait cette femme depuis qu'il avait repris connaissance sur son lit d'hôpital, neuf mois plus tôt, et qu'en rouvrant les yeux il l'avait vue assise à son chevet. Il n'avait, en fait, pas jugé utile d'en parler à Gayle car elle n'avait jamais rencontré Scarlett — puisque Gayle n'avait pas été à ses côtés à l'hôpital.

Une tasse de café apparut devant lui, et Marcus sut qu'il serait fort et bien sucré — d'aucuns auraient dit beaucoup trop sucré. C'était l'un de ses rares péchés mignons, et il aurait renvoyé dans les cordes toute personne qui aurait trouvé quelque chose à y redire.

— Marcus ? Tout va bien ? Tu m'inquiètes, là.

Il finit par lever les yeux de son écran, croisa son regard et la vit tressaillir.

— Moi, ça va, dit-il. Il paraît que c'est toi qui ne vas pas très bien.

— N'importe quoi. Je me porte comme un charme.

— Ton cardiologue est du même avis ? demanda-t-il, incapable de dissimuler la pointe de reproche qui aiguisait sa voix.

Elle ferma les yeux et se laissa tomber dans le fauteuil qui faisait face au bureau de Marcus.

— Qui te l'a dit ? demanda-t-elle.

Son visage avait pris une teinte grise qui alarma Marcus. Il se redressa et tendit la main vers son téléphone.

— Tu veux que j'appelle un médecin ?

— Non, ça va aller…

Elle ouvrit les yeux et Marcus y lut du regret.

— Je ne voulais pas te le cacher, mais je ne voulais pas non plus t'inquiéter. Et je ne voulais surtout pas inquiéter ta mère.

— Et pourtant, c'est ce qui est arrivé. Elle a envoyé quelqu'un pour savoir où tu étais passée, ce jour-là, mais tu avais complètement disparu. Sans dire un mot. Tu pensais que ça, ça ne l'inquiéterait pas ?

Elle redressa légèrement le menton pour le regarder droit dans les yeux.

— Elle se faisait déjà assez de souci pour toi, à ce moment-là, dit-elle. Et elle ne connaît même pas les risques que tu prends tous les jours. Moi qui suis au courant, je suis déjà rongée par l'inquiétude. On dirait que tu as besoin de te punir, Marcus, et ça me terrifie.

« Tu veux mourir… Tu es fou », avait dit Stone. Marcus ne put s'empêcher de grimacer. Les mots de son frère résonnaient dans sa tête, accusateurs. Il les refoula et plissa les yeux.

— Ce n'est pas de moi qu'il est question, là, dit-il. C'est de toi et de ta crise cardiaque. Tu as failli mourir…

Gayle se redressa et prit son air de nounou.

— Toi aussi, rétorqua-t-elle d'une voix égale. Il y a neuf mois… Et pas plus tard que cette nuit…

Elle brandit sa tablette sur l'écran de laquelle s'affichait l'article de Stone, et ajouta :

— J'ai lu ça au réveil, en buvant mon café. Tu aurais pu nous prévenir, ta mère et moi, avant de publier cette belle histoire.

— J'ai appelé maman. Elle dormait encore. J'ai dit à Fiona de lui demander de m'appeler avant qu'elle ait le temps de lire l'article.

Les lèvres de Gayle tremblaient de colère.

— Heureusement, dit-elle, que je t'ai fait promettre de porter un gilet pare-balles.

Marcus avait dit à Scarlett que c'était à sa mère qu'il

avait fait cette promesse parce que c'était plus facile que d'expliquer que Gayle avait été une mère pour lui lorsqu'il avait eu le plus besoin de réconfort. Scarlett aurait sans doute voulu en savoir plus, et Marcus n'était pas du tout prêt à lui en parler.

— Je parle sérieusement, ajouta Gayle. Il faudrait que je te fasse promettre de porter un casque en acier en plus du gilet en kevlar.

Marcus résista à l'envie de se tortiller dans son fauteuil, comme un gamin qu'on réprimande. *Je suis le patron de ce journal, pas un petit garçon,* se reprit-il. *Et je ne suis pas né de la dernière pluie.* Mais il ne se convainquit pas plus lui-même qu'il n'aurait convaincu Gayle s'il l'avait rembarrée de cette façon-là. Il revint donc résolument au sujet initial : la santé de Gayle.

— Moi, au moins, dit-il, je n'ai pas cherché à dissimuler ce qui m'est arrivé la nuit dernière. Je ne t'ai jamais rien caché. Contrairement à toi.

— Il valait mieux que tu ne saches pas, fit Gayle en haussant le ton.

— Quoi ! s'étrangla-t-il avant de laisser libre cours à sa colère. Mais enfin, Gayle ! Tu ne me fais pas confiance ? J'aurais pu veiller sur toi !

Il se rendit compte qu'il s'était levé, qu'il pointait un doigt accusateur vers Gayle et qu'il était en train de hurler comme un forcené.

— Et merde, marmonna-t-il piteusement en se rasseyant.

— Je ne t'ai pas laissé veiller sur moi parce que tu ne m'as pas laissée veiller sur toi non plus, répliqua fermement Gayle.

— C'était peut-être vrai sur le moment… Mais maintenant ? Et ne change pas de sujet ! la prévint-il en désignant la tablette que Gayle brandissait. On parle de toi, là, pas de moi ! ajouta-t-il.

La mâchoire de Gayle se crispa.

— Je ne te permets pas de me parler sur ce ton, Marcus O'Bannion, lui dit-elle d'un ton glacial.

Marcus inspira profondément et relâcha lentement son souffle. Il baissa la main et dit d'un ton beaucoup plus calme :

— Je comprends que tu m'aies caché ça, il y a neuf mois… Même huit mois. Disons même six mois… Mais je suis rétabli. Je vais très bien. Tu aurais dû m'en parler.

Elle le fusilla du regard.

— Tu viens de te faire tirer dessus ! lui rappela-t-elle d'un ton furieux. Et tu oses me dire en face que tu vas bien !

Marcus baissa la tête, cherchant les mots justes. L'approche personnelle ne marchait pas. Il y avait trop de colère entre eux. Il fallait revenir à un ton plus professionnel. Il leva la tête et la regarda droit dans les yeux.

— Tu as été victime d'une crise cardiaque, Gayle. Ensuite, tu as été absente pendant une semaine. Normalement, le service des ressources humaines aurait dû te déclarer inapte au travail jusqu'à ce que ton médecin donne le feu vert à ton retour. Il aurait dû aussi te prescrire un arrêt maladie d'une semaine pour que tu sois payée en ton absence. Mais ton médecin n'a rien prescrit de tel. Tu es revenue prématurément et tu as permis à une employée subalterne de remplir certaines de tes tâches. Tu lui as donné accès à des archives confidentielles de l'entreprise, qu'elle n'était pas autorisée à consulter. C'est un grave manquement au règlement de l'entreprise… Pire, c'est un grave manquement à la confiance que j'ai en toi.

Choquée, elle ouvrit de grands yeux.

— Tu penses vraiment que j'ai laissé Jill accéder à des données confidentielles ?

— Elle a passé tes mails au crible, Gayle. Alors, non, je ne pense pas que tu l'as laissée accéder à des dossiers confidentiels, je *sais* que tu l'as fait.

Gayle pâlit.

— Elle trie mes mails ? Je ne lui ai jamais demandé de faire ça.

— Eh bien, elle l'a fait quand même. Elle s'est également chargée de mettre à jour la liste des menaces.

Gayle se tassa dans son fauteuil.

— Oh ! non, murmura-t-elle.

— Eh si. C'est elle qui me l'a dit, ce matin. Elle m'a aussi dit que je t'en demandais trop et que, ma famille et moi, nous avons toujours profité de toi. Sinon, selon elle, tu aurais déjà pris ta retraite depuis longtemps et tu aurais fait ta vie sans nous. Et elle a précisé que c'étaient les lettres de menace qui avaient provoqué ta crise cardiaque. C'est vrai ?

Gayle passa un doigt tremblant sur ses lèvres.

— Non. Personne n'a profité de moi, dit-elle. Je suis ici parce que vous êtes ma famille, Marcus. Toi, Stone, Audrey, ta mère… Et Jeremy, même s'il ne vit plus avec nous. Je n'ai pas d'autre famille.

— Je suis heureux de te l'entendre dire. Tu fais partie de la famille. Je…

Submergé par l'émotion, Marcus dut s'interrompre un instant avant de reprendre :

— Tu as toujours répondu présent quand j'avais besoin de toi. Je ne veux pas que tu croies que je suis ingrat. Je sais ce que ça t'a coûté. Tu aurais pu te marier et avoir des enfants, ton propre foyer. Et pourtant tu es restée avec nous…

Gayle se pencha et lui jeta un regard farouche.

— J'*ai* un foyer. J'*ai* des enfants : toi, Stone et Audrey… Et Mikhail, dit-elle avant d'ajouter d'une voix à peine audible, brisée par le chagrin : et Matty, aussi. Oh ! mon Dieu, comme ils me manquent…

Marcus inclina la tête, incapable de respirer. Le nom de Matty était rarement prononcé dans sa famille. Et quand il l'était, c'était toujours dans un souffle — comme si dire son nom à voix haute risquait de le réveiller. Car il était plus facile d'imaginer qu'il dormait que d'admettre qu'il était mort. Bien sûr, Marcus n'avait pas besoin de se persuader qu'il n'était plus de ce monde, il avait vu le corps sans vie de Matty et n'était pas près de l'oublier. Cela hantait ses cauchemars et le tenait parfois éveillé, lorsque ses souvenirs refaisaient surface sans crier gare. Il se demanda si le nom de Mikhail ne finirait pas bientôt par être occulté dans la famille, comme celui de Matty. *Non,* se jura-t-il, *je ne le permettrai pas.*

— Moi aussi, ils me manquent, répondit-il d'une voix rauque. Tous les deux.

Ils restèrent silencieux pendant un long moment avant que Marcus ne trouve la force de relever la tête. Il vit Gayle, les bras serrés contre sa poitrine, les yeux fermés, le corps tout entier secoué par des sanglots silencieux.

Il se leva et contourna son bureau pour venir s'accroupir à côté du fauteuil, un paquet de mouchoirs jetables à la main.

— Arrête de pleurer, chuchota-t-il. Tu me fais peur.

À travers ses larmes, elle lui jeta un regard noir.

— C'est moi qui te fais peur ? Moi ? demanda-t-elle.

Elle prit un mouchoir en papier et s'essuya les joues.

— J'ai failli t'enterrer, toi aussi, Marcus O'Bannion, et tu n'as pas l'air de t'en soucier.

Il avait perdu deux frères. Elle avait perdu deux garçons qu'elle considérait comme ses fils. *Mais ces larmes, elle les verse pour moi.* Parce qu'elle avait failli le perdre, lui aussi.

Le tueur aurait facilement pu m'achever d'une balle dans la tête. Étendu sur l'asphalte et le souffle coupé par l'impact d'une balle de gros calibre, il offrait une cible facile.

« Tu te crois invincible ? Immortel ? » Les mots de Stone résonnèrent dans sa tête et Marcus faillit sourire.

Bon, d'accord, j'ai compris. Quand les deux personnes qui me connaissent le mieux me disent la même chose, le même jour…

Il était peut-être temps, en effet, de les écouter.

Il se releva et s'assit sur le rebord du bureau.

— Pardonne-moi, Gayle. Tu as raison. Je ne voulais pas te faire de peine. Je te promets de faire plus attention, à compter d'aujourd'hui.

Elle renifla et détourna la tête. Elle pleurait encore mais moins fort.

— Euh, j'ai remarqué que tu n'incluais pas Keith dans ta famille, dit-il d'un ton pince-sans-rire, pour changer de sujet.

L'aversion qu'elle éprouvait pour le mari de Jeremy n'était un secret pour personne.

Gayle renifla de nouveau et se tourna vers lui.

— Je ne l'aime pas, cet homme, reconnut-elle. Il se comporte comme si Jeremy lui appartenait. Quand ils viennent nous voir à la maison, il regarde sa montre toutes les cinq minutes et pousse des soupirs d'enfant ronchon pour nous montrer qu'il a hâte de partir.

Ce n'était pas faux. Personne n'aimait Keith, au sein de la famille. Cette antipathie n'avait rien à voir avec l'orientation sexuelle de Jeremy. Elle naissait plutôt du choix qu'il avait fait en s'unissant avec un tel compagnon.

— Keith est possessif, c'est vrai, dit Marcus. Mais Jeremy l'aime, et on n'y peut rien.

— C'est vrai, marmonna-t-elle. De toute façon, aucun d'entre vous n'écoute jamais mes conseils. Bon, il faut que je retourne travailler. Il n'y a personne à l'accueil.

— Pas si vite, dit Marcus.

Il se pencha vers elle et posa deux doigts sur l'épaule de Gayle, comme pour l'obliger à rester assise dans son fauteuil.

— Tu n'as pas répondu à ma question, dit-il. Est-il vrai que c'est une menace qui a provoqué ta crise cardiaque ?

Elle secoua la tête, beaucoup trop calmement.

— Non, C'est faux. J'avais une obstruction artérielle qui n'attendait que le bon moment pour me terrasser. Cela aurait pu arriver n'importe où, au moindre accès de stress. Il vaut mieux, d'ailleurs, que j'aie eu mon malaise ici qu'au volant de ma voiture sur l'autoroute. Jill m'a emmenée à l'hôpital sans tarder. Tout s'est bien passé. Il n'y a pas eu de drame. On m'a prescrit un bêtabloquant et j'ai guéri. Il n'a pas été nécessaire de me poser un stent. Je n'ai pas été opérée. Je suis en parfaite santé.

— Hum, fit Marcus.

Peu convaincu, il la dévisagea jusqu'à ce qu'elle se mette à rougir.

— Tu as toujours été experte dans l'art d'esquiver mes questions, dit-il enfin. Qu'est-ce qu'il y avait dans la lettre que tu lisais quand Jill t'a trouvée, les bras serrés contre ta poitrine ? Elle m'a affirmé que tu l'avais cachée pendant qu'elle appelait les secours.

Gayle redressa presque imperceptiblement le menton.

— Ça n'a plus aucune importance, dit-elle. J'ai réglé cette affaire moi-même.

— Pourrais-tu tout simplement répondre à ma question ?

Elle lui jeta un regard furieux mais capitula.

— Bon, d'accord. Je te la montrerai, cette lettre. Elle est dans mon coffre, à la maison.

— Qui l'a envoyée ? demanda-t-il.

— Leslie McCord.

Marcus grimaça.

— Ah, la charmante Mme McCord..., dit-il d'un ton sarcastique.

La tendre épouse de Woodrow, alias Woody, le prof de lycée pervers qui téléchargeait du porno pédophile sur son ordinateur... Et l'objet de la dernière enquête de Marcus et son équipe avant la disparition de Mikhail.

— Ce n'est pas étonnant. Elle a eu une réaction extrêmement négative quand la perversion de son mari a été révélée au public. Elle a même été jusqu'à m'accuser d'avoir mis ces vidéos sur le disque dur de son cher mari.

— Elle n'a jamais cru qu'il était coupable, mais cette solidarité conjugale, c'est courant...

— Oui, même quand on leur brandit les preuves sous les yeux, acquiesça Marcus. Elle doit nous accuser d'être responsables de son suicide.

Ce salopard avait réussi à se pendre dans sa cellule avant de passer en procès.

— De quoi est-ce qu'elle nous menaçait ? demanda Marcus.

Gayle soupira avec lassitude.

— Elle reprochait à Stone d'avoir écrit l'article, et à toi de l'avoir publié. Elle en voulait à tous les journalistes du *Ledger* d'avoir sali la réputation de son mari et ruiné sa propre vie.

— Ça n'a pas l'air très grave. On a vu bien pire.

— Elle écrivait aussi qu'elle priait pour que tu saches ce qu'on ressent quand on perd un être cher…

Gayle le regarda droit dans les yeux et, cette fois, il eut le plus grand mal à ne pas détourner le regard.

— Elle ajoutait, poursuivit Gayle, qu'on ne sait pas ce que c'est, la souffrance, tant qu'on n'a pas vu celui qu'on aime mourir. Apparemment, son souhait le plus cher était que tu meures en sachant que l'être que tu aimes le plus a supplié en vain qu'on t'épargne… J'ai reçu cette lettre le matin où ta mère a appris que Mikhail avait disparu.

— Mon Dieu, fit Marcus d'une voix accablée. Tu pensais que c'était Leslie McCord qui avait enlevé Mikhail.

— Ou plutôt qu'elle avait payé un tueur à gages pour le faire. Je ne pouvais pas m'empêcher de penser : non, il ne faut pas que ça recommence. Je me suis dit que ta mère n'y survivrait pas, si elle perdait Mikhail comme elle avait perdu Matty.

Le cœur de Marcus s'était mis à battre plus fort.

— Et c'est ce qui est arrivé, murmura-t-il. Sauf que ce n'est pas Leslie McCord qui l'a tué.

Un sourire amer se forma sur les lèvres de Gayle.

— C'est ironique, hein ? murmura-t-elle avec aigreur. Ça m'a fichu une telle frousse que je me suis évanouie. Quand j'ai repris conscience, il y avait Jill à mes côtés qui me hurlait dans l'oreille : « Ne meurs pas ! »

Marcus se passa le dos de la main sur la bouche, s'efforçant d'évacuer le souvenir de la tombe de Mikhail et du corps qui y gisait.

— Je comprends mieux pourquoi tu ne m'as pas parlé de cette lettre quand elle est arrivée. Tu as fini à l'hôpital, ce jour-là… Et moi aussi.

Marcus s'était rendu à la cabane familiale pour y retrouver Stone, qui avait déjà découvert le corps de Mikhail. Ils avaient également trouvé la femme et la petite fille séquestrées par le psychopathe. Elles étaient échevelées, épuisées, mais saines et sauves. Sauf que le meurtrier était survenu à cet instant. Marcus, par réflexe, s'était jeté devant la jeune femme lorsque le tueur s'était mis à tirer. Une balle avait perforé l'un des poumons de Marcus, qu'il avait fallu opérer d'urgence en unité de soins intensifs.

Il était donc vrai qu'il n'aurait pas été en état d'être informé de la crise cardiaque de Gayle ni de la menace qui l'avait provoquée. Ni ce jour-là, ni tout au long du mois qui suivit. Après une blessure aussi grave, sa convalescence et sa rééducation avaient pris plusieurs semaines.

Il secoua la tête.

— Mais pourquoi ne m'en as-tu pas parlé plus tard, quand tu as su que ce n'était pas Leslie McCord qui avait tué Mikhail ? Nous étions tous les deux rétablis et nous avions repris le travail. Pourquoi n'as-tu rien dit ?

— C'était inutile, répondit Gayle.

— Comment le sais-tu ? Leslie aurait pu attendre notre retour au travail et nous prendre par surprise. Elle le peut encore, d'ailleurs.

Gayle secoua la tête.

— Leslie McCord ne menacera plus personne, déclara-t-elle.

Marcus fronça les sourcils.

— Comment ça ?

Gayle ouvrit la bouche pour répondre mais sa voix fut noyée sous des éclats de voix en provenance du bureau voisin.

— Qu'est-ce que vous foutez là ?

C'était la voix de Stone et il semblait furieux.

— Je vous conseille d'ôter votre main de mon épaule, lui répondit une voix féminine.

Une voix calme, posée, et très familière aux oreilles de Marcus.

Elle est ici. Scarlett Bishop est venue ici.

Chapitre 11

Cincinnati, Ohio
Mardi 4 août, 9 h 35

Ken bouillonnait de colère en regardant Demetrius arpenter la pièce.

— Qu'est-ce que tu attends ? demanda Ken.

— J'essaie de réfléchir avant d'agir.

Ken se leva en titubant et se pencha vers Demetrius, les mains crispées sur le bois vernis de son bureau.

— Je viens de te dire ce qu'il fallait faire. Va liquider ce connard d'O'Bannion, comme je te l'avais demandé il y a neuf mois, bordel de merde !

Demetrius s'arrêta, le temps de fusiller Ken du regard.

— On n'avait pas besoin de le liquider il y a neuf mois, répliqua-t-il. Il était hors service.

Et ils n'avaient pas eu besoin de lever le petit doigt pour qu'il en soit ainsi. Un tueur en série s'en était chargé à leur place.

— Eh bien apparemment, il est de nouveau sur le pont, dit sèchement Ken. Il est même très actif, et il se mêle de nos affaires. Pourquoi l'apprenons-nous par la presse ? Je croyais qu'on était censés le surveiller.

— On l'a fait. Selon les rapports de Reuben, quand O'Bannion est sorti de l'hôpital, il a passé deux mois chez sa mère pour récupérer. Depuis, il travaille la plupart du temps dans les locaux de son journal.

Ken se redressa et croisa les bras.

— Il n'y était pas cette nuit, dit-il. Il était dehors, avec une de nos marchandises. Dieu seul sait ce que cette petite salope lui a raconté.

Demetrius brandit son portable.

— Je viens de lire ce putain d'article, dit-il. Tu devrais faire la même chose au lieu de parler pour ne rien dire.

Ken inspira profondément.

— Je ne parle pas pour ne rien dire, marmonna-t-il.

— Tant mieux. Essayons d'avoir une conversation rationnelle. Écoute, l'article dit qu'O'Bannion est arrivé quand elle était déjà blessée. Elle ne lui a rien dit.

Ken se cala dans son fauteuil et lut l'article d'un bout à l'autre, mais ne fut pas convaincu. O'Bannion était fourbe. Fourbe et dangereux.

— C'est ce qu'il dit, commenta Ken. Ce mec-là ment comme il respire.

— C'est normal, il est journaliste, cracha Demetrius. Bien sûr qu'il ment. On peut écouter les enregistrements de la transmission audio du bracelet, pour vérifier. La fille n'a peut-être rien dit à O'Bannion. Mais elle a contacté quelqu'un, et lui en a dit assez pour qu'O'Bannion se pointe.

— Pourquoi est-ce qu'il n'était pas surveillé, cette nuit ?

— Parce que Reuben manquait de personnel. Quand il a perdu deux de ses hommes de main dans un accident, il a proposé d'affecter le gars qui surveillait O'Bannion à la protection des cargaisons. On a tous accepté, toi le premier.

Ken grinça des dents. C'était exact.

— Ça devait être provisoire. Reuben était censé engager un nouveau, objecta-t-il.

— Reuben était censé faire plein de choses, répliqua Demetrius d'un ton égal. On sait maintenant qu'il était occupé ailleurs, à se taper les femmes et les filles de nos fournisseurs.

— On a déjà parlé de ça, et on a pris nos dispositions pour

s'occuper de lui. Maintenant, là, c'est d'O'Bannion qu'on parle. On aurait dû le supprimer dès sa sortie de l'hôpital.

Demetrius se frotta nerveusement les mains.

— Arrête de répéter ça, dit-il. On ne pouvait pas, à ce moment-là. Pas sans prendre le risque que les flics fassent le lien entre lui et le couple McCord. Et on ne pouvait pas refaire le coup du suicide. Pas juste après avoir organisé ceux de McCord et de sa femme.

Ils s'étaient arrangés pour que McCord meure en prison, et cela n'avait pas été très difficile à organiser. L'homme allait parler au juge, et il les aurait tous dénoncés. Il avait été pendu dans sa cellule, les gardiens avaient constaté son suicide. L'assassinat de son épouse avait été nécessaire, lui aussi, tant elle représentait un danger pour l'entreprise. Ils ignoraient ce qu'elle connaissait des secrets de son mari, mais elle l'avait défendu avec véhémence et ils lui avaient cloué le bec par mesure préventive. Son décès avait été officiellement attribué à une surdose de tranquillisants. Ces deux suicides n'avaient soulevé aucun soupçon, puisqu'ils étaient prévisibles et dans l'ordre des choses, aux yeux des autorités.

On aurait dû appliquer la même méthode contre O'Bannion.

— Le coup du suicide aurait marché, après sa sortie de l'hôpital, insista Ken. O'Bannion était encore sous le choc après la mort de son frère. Tout le monde y aurait cru.

Demetrius soupira.

— Tu as raison, dit-il tout doucement. Et j'ai eu tort. Tout le monde s'est trompé, sauf toi. Voilà, tu es content ?

Ken ouvrit la bouche, prêt à riposter, mais il se ravisa, de crainte qu'il ne lui échappe quelque chose qu'il pourrait regretter par la suite.

— Non, je ne suis pas content, répondit-il en s'efforçant de rester calme. Nous avons fait des erreurs. Nous tous, Demetrius, moi y compris…

Il n'était pas sincère, mais il voulait convaincre Demetrius.

— Et ces erreurs, il faut les réparer, poursuivit-il. À commencer par O'Bannion.

Demetrius esquissa un sourire.

— Ne te fatigue pas, Kenny, dit-il d'une voix presque affectueuse. Tu ne penses *jamais* que tu as tort. Je ne vois pas pourquoi je te croirais maintenant. Mais oui, il faut réparer ces erreurs. Et il faut en finir avec O'Bannion. Sauf que je n'ai pas envie d'aller en taule, même pour tes beaux yeux. Alors, réfléchissons.

Il se rassit dans son fauteuil et examina l'écran de son smartphone, l'air buté.

— La personne qui a tué la fille a aussi tiré dans le dos d'O'Bannion, fit Ken après avoir relu l'article. Mais sa blessure n'a pas été jugée assez grave pour que quelqu'un l'emmène à l'hôpital. La source de Sean au CPD lui a assuré qu'il avait été soigné sur place et qu'il était reparti libre.

Il plissa les yeux et regarda Demetrius avant de demander :

— Qui a tué la fille ?

— Bonne question. Mais il faut d'abord se demander « avec quoi ». Si on arrive à déterminer quelle arme le tueur a utilisée, on peut se procurer le même modèle et s'en servir pour tuer O'Bannion. Il suffira ensuite de récupérer la balle et, faute d'analyse balistique, les flics se baseront sur la blessure et penseront que c'est le même tireur qui est revenu finir le boulot.

— Tu peux t'en occuper ?

— Tu me le demandes, tu ne me l'ordonnes pas ? ricana Demetrius. Je vois que tu fais des progrès. Mais oui, je peux m'en charger. Certains flics me doivent des services. D'ailleurs, j'ai simplement besoin de connaître le calibre de l'arme. Je guetterai le moment où O'Bannion sera seul. Mais ça veut dire qu'il faut que ce soit toi qui t'occupes de la femme de Reuben. Si tu n'as pas perdu la main…

— Je m'occuperai de Miriam ! dit Ken, piqué au vif. À toi de faire en sorte qu'O'Bannion ne nous cause plus de soucis.

— À vos ordres, mon capitaine, dit Demetrius en exécutant un salut militaire. Puisque tu as compris qu'il ne fallait pas me donner d'ordres…

Ken lui jeta un regard noir.

— Ne dis pas de conneries, Demetrius.

Il se frotta la nuque en soupirant.

— Burton aurait déjà dû rappeler, dit-il.

Il composa le numéro de Burton et demanda sèchement, lorsque celui-ci décrocha :

— On en est où ?

— On a la famille Anders au complet. Il a fallu les attacher et les bâillonner. Aucun d'entre eux n'a eu le temps d'appeler au secours. On est OK par rapport aux flics.

— Et l'alarme ? demanda-t-il.

Au ton lugubre sur lequel Burton lui avait répondu, Ken se doutait déjà de la réponse.

— On a retrouvé les bracelets coupés au sous-sol. Apparemment, c'est là qu'elles dormaient. Elles ont disparu.

Cincinnati, Ohio
Mardi 4 août, 9 h 50

Scarlett Bishop… Depuis combien de temps était-elle arrivée ? Qu'avait-elle entendu ? Rien de grave, décida Marcus. Au pire, elle avait pu l'entendre reprocher à Gayle d'avoir laissé Jill accéder à son ordinateur. Au mieux, elle n'avait surpris que les reproches que Gayle lui avait faits quant à son imprudence, qui avait failli, une fois de plus, lui coûter la vie… Il combattit son angoisse et la confina dans un petit recoin de son esprit, qui commençait à être diablement encombré d'émotions refoulées. Cette pensée ridicule suffit à faire naître un sourire sur ses lèvres.

— Stone ? appela-t-il. Fais entrer l'inspectrice, s'il te plaît.

Stone ouvrit la porte en grand. Il était taillé comme un videur de boîte de nuit, et sa mine renfrognée aurait suffi à intimider n'importe quel criminel. Mais Scarlett semblait tranquille, presque sereine. Et elle était si belle que Marcus faillit en oublier qu'elle venait d'espionner une conversation privée.

— Inspectrice, la salua-t-il froidement.

Elle avait troqué son débardeur affriolant et son jean moulant contre un sage chemisier et un pantalon ample. Une veste couvrait le holster d'épaule qu'il avait trouvé si sexy. La tresse brune qui lui balayait une épaule avait été remplacée par un chignon, expertement coiffé en spirale — Marcus se demanda combien il fallait d'épingles pour le maintenir en place. Il s'imagina en train de les enlever une à une. Elle était à tomber.

— Elle écoutait à la porte, gronda Stone.

— Il n'y avait personne à l'accueil et j'en avais assez d'attendre, se défendit Scarlett en haussant les épaules.

— Vous n'avez pas appelé ! s'indigna Gayle. Je serais venue tout de suite.

— C'est la spécialiste, grinça Stone. Elle aime bien débarquer à l'improviste.

Scarlett et Deacon avaient piégé Stone la première fois qu'il les avait rencontrés. Ils s'étaient introduits chez lui lorsqu'il avait dit « entrez », croyant que c'était le mari de Jeremy qui avait frappé à la porte. Ils ne s'étaient présentés comme policiers qu'une fois la porte franchie. Juridiquement, ils avaient violé les droits civiques de Stone, mais Stone détenait alors des preuves cruciales qu'il avait refusé de communiquer, ce qui était également interdit — d'autant qu'il s'agissait, en l'occurrence, d'élucider plusieurs meurtres. Du coup, ni Stone ni Deacon et Scarlett n'avaient eu recours à la justice. Et voilà que Scarlett débarquait à nouveau sans s'être annoncée. Une vraie récidiviste. Visiblement, cela ne la dérangeait pas d'enfreindre les règles quand cela l'arrangeait. Ce vilain défaut n'aurait pas dû aiguiser le désir de Marcus — et pourtant…

Ignorant ostensiblement Stone et Gayle, Scarlett fixait Marcus avec un calme imperturbable. *Je devrais lui montrer que je suis en colère,* se dit-il. Mais il se rendit compte qu'il était plus intrigué qu'irrité.

— Je vais raccompagner l'inspectrice, dit Gayle.

Marcus l'en empêcha d'un geste de la main.

— Ça ira, Gayle. Que puis-je faire pour vous, inspectrice ?

— Je suis venue voir si tout va bien pour vous. Puisque vous ne prenez pas la peine de me rappeler…

Il se retint de grimacer. Que pouvait-il dire pour sa défense ? *J'ai ignoré vos messages parce que j'étais trop occupé à trafiquer la liste que je dois vous envoyer ?* A priori, ce n'était pas une bonne idée.

— Désolé de vous avoir inquiétée, mais rassurez-vous : je vais très bien, comme vous pouvez le constater. J'ai tout simplement beaucoup de travail.

— Vous m'avez promis une liste des personnes qui vous ont adressé des menaces. Ça fait des heures que je l'attends.

Elle se tourna vers Gayle et lui dit :

— Je suppose que vous êtes l'assistante de M. O'Bannion. Il m'a dit que vous conserviez cette liste. Comme il est visiblement trop occupé pour s'en charger lui-même, pourriez-vous m'en imprimer une copie ?

Seul un léger raidissement des épaules indiqua que Gayle ignorait jusque-là que Scarlett connaissait l'existence hautement confidentielle de cette liste.

— J'ai bien peur de ne pas savoir de quoi vous parlez, inspectrice…

— Inspectrice Bishop, répondit Marcus à la place de Scarlett. Scarlett Bishop.

— De la brigade des homicides, compléta Scarlett.

— Inspectrice, je vous présente Gayle Ennis, mon assistante personnelle.

— C'est vous qui avez enquêté sur le meurtre de Mikhail, dit Gayle d'une voix subitement enrouée.

L'expression de Scarlett s'adoucit.

— Oui, madame, dit-elle respectueusement. Vous le connaissiez bien ?

Gayle hocha la tête.

— J'ai été sa nourrice, parvint-elle à articuler.

Ce fut au tour de Scarlett d'être prise au dépourvu.

— Mes condoléances, murmura-t-elle. J'enquête sur le meurtre d'une jeune fille, survenu ce matin. Elle aussi, elle a une famille, et cette famille a le droit de savoir pourquoi elle est morte. Cette liste pourrait nous être d'une grande utilité, et chaque minute qui passe est précieuse.

Perplexe, Gayle consulta Marcus du regard.

— Je m'en occupe, déclara-t-il.

Il effleura l'épaule de Gayle d'un geste rassurant et traversa son bureau jusqu'à la porte, où se tenait toujours Scarlett. Il dut résister à l'envie de se pencher vers elle pour humer son parfum. Elle sentait bon les fleurs sauvages, comme au temps où elle venait s'asseoir à son chevet, à l'hôpital.

— Vous avez vu les vidéos ? demanda-t-il doucement.

Elle le regarda droit dans les yeux.

— Oui, fit-elle. Plusieurs fois chacune.

— Et vous pensez encore que vous avez besoin de cette liste ?

— Vous demandez si je pense encore que vous étiez la cible des tirs de cette nuit ? La réponse est non. Mais il faut que j'en aie le cœur net. Je le dois à Tala… et à vous.

Cette réponse la fit remonter dans l'estime de Stone et de Gayle. *Et dans la mienne,* reconnut-il non sans réticence.

— D'accord, fit-il. Si vous estimez en avoir vraiment besoin, je vais vous la faire parvenir le plus tôt possible. Et maintenant, si vous n'avez rien d'autre à me demander, Stone va vous raccompagner…

Stone affichait un air un peu moins bourru depuis que Scarlett avait parlé avec tant de tact à Gayle.

— Inspectrice ? Par ici, je vous prie, dit-il poliment.

Scarlett ne bougea pas d'un pouce et continua à fixer Marcus.

— Je peux attendre ici que la liste soit imprimée, dit-elle d'une voix ferme. D'ailleurs, je voudrais vous parler de deux ou trois autres choses.

Marcus plissa les yeux.

— De quoi s'agit-il ?

— Du caniche, pour commencer. J'ai peut-être trouvé une piste pour identifier ce chien et son propriétaire. Comme les photos que j'ai tirées de la vidéo sont plutôt sombres et floues, j'aimerais que vous m'accompagniez pour tenter de le reconnaître dans un album photos dont dispose l'une de mes sources. Vous êtes le seul témoin à avoir vu ce chien. Là aussi, chaque seconde est précieuse… Donc si vous pouviez trouver le temps d'y aller ce matin, je vous en serais très reconnaissante.

Passer plus de temps avec elle ? Il y avait du pour et du contre. Marcus consulta pour la forme son agenda électronique sur son portable.

— Oui, je peux vous accorder une ou deux heures. Gayle, peux-tu…

— À condition qu'on ait l'exclusivité, l'interrompit Stone.

Scarlett se retourna et jeta un regard exaspéré à Stone.

— Qu'est-ce que ça peut vous faire, à vous ? lui demanda-t-elle.

Stone haussa les épaules.

— Son temps vaut de l'argent. Les exclusivités, ça rapporte. Et puis, si vous prouvez qu'il y avait bien un caniche et que ses propriétaires sont des salauds, ça ne fera que renforcer la version de Marcus. Il a pris un sacré risque en vous appelant la nuit dernière. Beaucoup de gens pourraient penser qu'il se trouvait dans cette rue avec une mineure pour des raisons peu honorables, malgré l'article qu'on a publié ce matin. Toute possibilité de découvrir la vérité sera utile à mon frère.

Scarlett fronça les sourcils d'un air pensif.

— Bon, d'accord, dit-elle au bout d'un moment. Je vous accorde l'exclusivité, à condition que je puisse relire tous vos articles sur cette affaire avant leur publication. Jusqu'à ce qu'on ait arrêté le meurtrier de Tala, s'empressa-t-elle d'ajouter lorsque Stone voulut protester. Je ne tiens pas à ce que vous rendiez publics des éléments qui pourraient renseigner l'assassin et saboter l'enquête.

— Marché conclu, dit Stone, comme si Marcus ne s'était pas trouvé dans la pièce.

— Quels sont les autres sujets dont vous vouliez me parler ? demanda Marcus, qui désirait secrètement que Scarlett lui accorde plus d'attention qu'à Stone.

Scarlett se tourna vers Gayle et lui demanda :

— Qu'est-ce qui vous fait croire que Leslie McCord n'est plus un danger pour M. O'Bannion ?

Marcus lui jeta un regard contrarié.

— Ça n'a rien à voir avec votre enquête, protesta-t-il.

Elle se tourna vers lui et soutint son regard, sans manifester le moindre regret.

— Ce n'est pas à vous que j'ai posé cette question, c'est à Mme Ennis.

— Ne lui réponds pas, Gayle, intervint Stone, qui avait repris son air patibulaire. Elle vous espionnait, toi et Marcus. Dis-lui d'aller demander un mandat chez un juge avant de t'interroger comme ça.

— Elle n'en aura pas besoin, dit Gayle d'un ton las. Elle peut trouver la réponse à sa question en deux clics sur Internet. Leslie McCord est morte. Elle a avalé le contenu d'un flacon de tranquillisants. Elle ne pourra plus faire de mal à personne. C'est pourquoi je ne voyais pas l'intérêt d'en parler. C'est une affaire classée.

Elle se dirigea vers la porte en ajoutant :

— Si vous avez besoin de moi, je serai dans mon bureau.

— Satisfaite, inspectrice Bishop ? demanda Marcus d'un ton sarcastique.

— Je ne le serai que lorsque vous m'aurez remis cette liste, répliqua Scarlett en s'asseyant à la place de Gayle.

Cincinnati, Ohio
Mardi 4 août, 9 h 50

Ken s'efforçait de contrôler son rythme cardiaque. Les deux autres femmes qu'Anders retenait chez lui avaient réussi à s'échapper. *Trois évasions d'esclaves en moins de douze heures. Trois !*

Demetrius, calé dans son fauteuil, regardait Ken d'un œil perplexe.

La situation s'aggravait d'heure en heure. *Si Miriam n'a pas tué Reuben,* pensa Ken, *il regrettera qu'elle l'ait épargné quand j'en aurai fini avec lui.*

Il se força à parler calmement.

— Comment ça ? Les deux femmes ont disparu ? demanda-t-il à Burton.

Demetrius, lui, ne maîtrisait plus sa colère.

— Vos hommes étaient censés surveiller cette baraque quand l'alarme s'est déclenchée ! vociféra-t-il. C'est si dur que ça de choper deux bonnes femmes ?

Un moment de silence tendu, à l'autre bout de la ligne.

— J'ai ordonné à mes hommes d'intervenir dès que j'ai reçu l'appel de Sean, expliqua Burton. Ils ont dû défoncer la porte d'entrée et plusieurs portes intérieures. La maison d'Anders est équipée de fenêtres et de portes blindées. Il y a eu un échange de coups de feu. Anders était très bien armé.

— Des blessés ? demanda Ken.

— Un de mes hommes a pris une balle dans la jambe, mais la balle a traversé le mollet. Rien de grave... Il faudra le recoudre, c'est tout. Decker a dit qu'il pouvait s'en occuper. Il a été infirmier en Irak.

— Décidément, ce Decker a tous les talents, murmura Ken.

S'il y a eu des coups de feu, un voisin les a forcément entendus et a dû s'empresser d'appeler les flics.

— Et Anders ? demanda-t-il. Je veux que vous me l'ameniez indemne, ainsi que sa femme et sa fille. J'espère qu'ils ne sont pas trop amochés...

— Et que vous nous les avez gardés bien au chaud, compléta Demetrius d'une voix féroce.

— Chip Anders est blessé, mais c'est superficiel, dit Burton. Il hurle comme un cochon qu'on égorge. Sa femme a une marque sur le visage. Elle a mordu Decker et il lui a collé une baffe pour la calmer.

Demetrius ne put s'empêcher de sourire. Ken lui jeta un regard noir et demanda à Burton :

— Et la fille ? Vous l'avez frappée aussi ?

Mlle Anders constituerait sans doute le plus puissant moyen de pression sur son père.

— Pas au visage, mais ses fesses vont rester rouges quelques heures, dit Burton. C'est une vraie furie. Elle m'a lacéré le visage, la garce. Nous les avons maîtrisés, ligotés et bâillonnés. Ensuite on les a emmenés dans la camionnette, où ils sont menottés entre eux et aux portières.

— Et la police ?

— J'ai envoyé un homme faire le guet. On avait des silencieux, mais pas Anders. Avec Decker, on a cherché les deux femmes partout dans la maison, puis dans le bois de derrière. Rien. Apparemment, un véhicule les attendait à l'arrière de la maison. Mais il fait tellement sec depuis quelques jours qu'il n'y a aucune trace de pneus dans la rue.

— Un véhicule ? Qui a organisé leur évasion ?

— Aucun des trois Anders n'a voulu répondre à cette question.

— Alors amenez-les-moi, dit Ken calmement. À moi, ils me le diront.

— On sera là dans vingt minutes, après quelques détours pour s'assurer qu'on n'est pas suivis.

— Qu'est-ce qui vous fait penser que vous pourriez l'être ? demanda Demetrius.

— Moi, je n'ai rien vu, mais Decker a cru repérer une voiture suspecte derrière nous… Il a fini par admettre que son imagination aurait pu lui jouer un tour. Mais on n'est jamais trop prudent… Vous voulez qu'on vous les amène où ? Chez vous ?

— Oui. Amenez-les directement au sous-sol. Vous avez pris leurs ordinateurs ?

— Bien sûr. Ainsi que leurs téléphones portables, leurs tablettes, leurs portefeuilles et leurs clés de voiture. Il y avait un coffre-fort mural mais Anders a refusé de nous donner la combinaison. Et on ne pouvait pas rester sur place assez longtemps pour tenter de l'ouvrir quand même.

— Je saurai le convaincre, dit Ken avant de raccrocher.

— Quel âge a la fille ? lui demanda Demetrius.

— Vingt ans. Elle est inscrite à la fac Brown Mackie.

Ken se tenait toujours très informé sur ses clients.

— Pourquoi est-ce que tu t'intéresses à ça ? demanda-t-il à Demetrius.

— Parce que j'ai un acheteur qui serait très intéressé par une étudiante blanche, bon chic bon genre, jeune et jolie.

Ken n'y avait pas pensé.

— Combien ? fit-il.

— Cinquante mille dollars, voire plus. Ça dépend… Si elle est très jolie, je pourrai organiser une autre enchère…

— On verra. Cette menace à elle seule suffira peut-être à les faire parler.

— À ton avis, qui a aidé les deux femmes à s'enfuir ? demanda Demetrius.

— Je parie que c'est la fille d'Anders. Sa femme est une vraie hyène.

Demetrius se leva.

— Bon, je vais m'occuper d'O'Bannion. Garde-moi un des Anders.

Chapitre 12

Cincinnati, Ohio
Mardi 4 août, 10 h 15

Marcus se surprit à lorgner les fesses de Scarlett tandis qu'elle arpentait son bureau comme si elle était chez elle. Il rechignait à relâcher son souffle, encore imprégné de l'odeur de ses cheveux. *Un vrai gamin. Au lieu d'être béat d'admiration comme un collégien, je devrais être furieux.*

Aussi furieux que Stone… Oh ! merde. Marcus faillit repérer trop tard le changement de rythme dans la respiration de son frère. Il se plaça sur le chemin de Stone et le regarda droit dans les yeux. En s'efforçant de ne pas paniquer.

Car le regard de Stone était celui d'un fou. Bouillonnant de rage et d'angoisse.

Pas maintenant. Pas devant Scarlett. Je t'en supplie, Stone. Ne fais pas ça.

— Stone, murmura-t-il en espérant que Scarlett ne pouvait pas l'entendre.

Stone lui jeta un regard éperdu, tandis que sa large poitrine se soulevait comme celle d'un lutteur essoufflé.

J'aurais dû prévoir cette réaction. Pourquoi est-ce que je n'y ai pas pensé ?

Parce qu'il était trop occupé à reluquer Scarlett Bishop, voilà pourquoi. Et il allait payer cher ce moment d'inattention s'il ne parvenait pas à calmer son frère.

Scarlett ne pouvait pas savoir que l'hostilité de Stone envers les flics en général comptait parmi les catalyseurs de sa fureur. Certes. Mais la manière dont elle l'avait superbement ignoré, comme s'il n'était pas là… C'était le pire impair qu'on puisse commettre en présence d'un écorché vif tel que lui.

Son visage était déformé par la colère, ses poings serrés et ses narines dilatées. Il ressemblait à un taureau prêt à charger. Marcus n'eut aucun mal à imaginer son frère saisir Scarlett à bras-le-corps et l'éjecter sans ménagement de la rédaction du *Ledger*.

Marcus posa une main sur la poitrine haletante de Stone.

— Calmos, murmura-t-il. Vas-y mollo.

— Elle n'a aucun droit de rester là, grinça Stone. Dis-lui de partir.

Du coin de l'œil, Marcus vit Scarlett se tourner vers eux, d'un air détaché quoique intrigué — comme si Stone avait été une sorte de bête de foire. Ce dédain déplut souverainement à Marcus, mais il fit comme si de rien n'était. Il ne manquait plus que Stone sente que son frère était d'humeur chagrine pour qu'il pète tout à fait un plomb.

— Je vais m'occuper d'elle, ne t'en fais pas, murmura-t-il.

Il posa une main sur l'épaule de Stone et lui tapota la joue de l'autre, tel un entraîneur qui rassure un boxeur sur le ring.

— Respire un bon coup, frangin, dit-il. En même temps que moi. Lentement… Doucement… Voilà…

Stone obéit et après quelques respirations, ferma les yeux pour se ressaisir tout à fait.

— Je vais bien, Marcus, articula-t-il.

— Je sais, chuchota Marcus. Je sais.

Stone déglutit, sans rouvrir les yeux.

— Dis-lui, murmura-t-il. Fais-la partir, s'il te plaît, Marcus…

Ce chuchotement perça le cœur de Marcus comme un poignard. Et, subitement, il se retrouva *là-bas*. Dans l'obscurité. Et le seul son qu'il percevait était le chuchotement éraillé de Stone :

« Marcus… S'il te plaît… Fais-le partir, pour qu'on puisse rentrer à la maison… Tout ce que je veux, c'est rentrer à la maison…

— Ne t'en fais pas, avait répondu Marcus. Je vais m'en occuper. Et tout ira bien… C'est juré. »

Marcus se racla la gorge.

— Je vais m'en occuper, dit-il à voix haute, d'un ton qu'il espérait résolu et plein d'assurance. Ne t'en fais pas. Tout ira bien.

— Promets-le-moi.

— Oui, dit Marcus en s'efforçant de contenir son émotion. Je te le promets. Maintenant, respire avec moi. Détends-toi… Comme ça…

Après trente secondes, qui lui semblèrent durer plutôt trente minutes, Stone arbora un sourire contrit et dit :

— Tout va bien. La séance d'autodestruction est avortée. Le mauvais génie est rentré dans sa lampe.

Dieu merci. Marcus se détendit, lui aussi.

— Tant mieux, fit-il. Où est Jill ?

— Dans mon bureau, avec Diesel. Il ne la quitte pas des yeux.

— Bien. Mais tu devrais aller le relayer. Elle lui tape sur les nerfs.

Nouveau sourire — sincère, cette fois.

— Je sais. C'est bien pour ça que je lui ai demandé son aide.

Soulagé, Marcus éclata de rire. Son frère avait surmonté son accès de fureur. *Pour l'instant.*

— T'es un gros nul, le chambra Marcus.

— Et toi, t'es encore plus nul que moi.

Calmé, Stone se tourna vers Scarlett.

— Inspectrice Bishop ? lui dit-il froidement.

— Oui, monsieur O'Bannion ? dit-elle d'une voix qui avait perdu sa combativité.

Marcus regarda par-dessus son épaule et constata qu'elle avait, en effet, l'air abattue. Triste. Et complètement épuisée.

Marcus connaissait bien cette sensation.

— La prochaine fois que nous vous surprenons ici sans notre permission, nous porterons plainte sur-le-champ, dit Stone. Je ne vous conseille pas de remettre les pieds ici si vous n'avez pas un mandat en bonne et due forme. C'est bien compris ?

Marcus retint son souffle, espérant que Scarlett n'insisterait pas et ne chercherait pas à batailler. Il était trop fatigué pour jouer les casques bleus.

Mais elle se contenta de hocher la tête et de murmurer :

— Oui, monsieur O'Bannion, c'est bien compris.

Marcus attendit que Stone soit sorti de la pièce avant de relâcher son souffle. Il referma la porte derrière son frère et resta à l'entrée du bureau, tournant le dos à Scarlett et se demandant ce qu'il allait bien pouvoir lui dire. Mais elle le surprit de nouveau en parlant la première :

— Je suis désolée, dit-elle doucement.

Il ne parvint pas à se retourner pour la regarder. Il était tétanisé.

— Pour quelle raison ? demanda-t-il.

— Pour avoir surpris votre conversation avec votre assistante. Et pour tout ce que j'ai fait pour les besoins de l'enquête, si toutefois vous y trouvez à redire.

Marcus puisa dans ses dernières réserves d'énergie pour pivoter sur lui-même et s'adosser à la porte un instant, avant de plier les jambes et de s'accroupir. Il passa les bras autour des genoux, courba la tête et ferma les yeux.

Le grincement du fauteuil lui apprit qu'elle s'était levée. *Merde, elle s'en va*. Il aurait voulu lever la tête. Lui demander de rester. Il fallait qu'il lui dise qu'elle n'était pas responsable de l'accès de rage de Stone. Mais sa tête était trop lourde et il resta prostré.

Le bruissement d'un vêtement, suivi d'une odeur fleurie, lui signala qu'elle s'approchait de la porte. Il ne voulait pas qu'elle s'en aille, mais il valait sans doute mieux pour tout le monde qu'elle ne s'attarde pas. Sauf si…

Merde. Il fallait qu'il rassemble assez d'énergie pour lui laisser le passage.

Mais Scarlett se laissa glisser le long de la porte, comme il venait de le faire, et s'accroupit à côté de lui. Leurs corps n'étaient séparés que de quelques centimètres. La porte vibra légèrement lorsque la tête de Scarlett entra en contact avec le panneau de bois. Il crut qu'elle allait dire quelque chose mais elle n'en fit rien. Seuls le tic-tac de l'horloge de son grand-père et leur respiration meublaient le silence.

Au bout d'un moment, Scarlett murmura :

— Vous avez eu une longue journée, hier. Vous avez dormi un peu ?

— Non. Pas encore.

— Pas étonnant que vous soyez épuisé, dit-elle d'une voix blanche. Je croyais que vous ne répondiez pas à mes appels parce que vous étiez en train de vous reposer.

Il se força à redresser le dos et tourna la tête vers elle pour voir son visage. Elle avait les yeux fermés, mais son expression n'avait pas changé. Elle paraissait toujours aussi triste et abattue. Et cependant si belle, si désirable…

— Qu'est-ce que vous êtes venue faire ici ? demanda-t-il.

— Voir si vous alliez bien. Vraiment.

— Excusez-moi de ne pas avoir répondu à vos appels. La matinée a été un peu mouvementée…

— J'ai remarqué. Mais il faut vraiment que je vous parle.

Elle tourna la tête vers Marcus et ouvrit les yeux.

Pendant un long moment, il resta sans voix, fasciné par le regard de Scarlett. Ses yeux, qu'il pensait noirs, étaient en fait du bleu le plus profond qu'il ait jamais vu. *Le bleu presque noir du ciel de minuit.*

— Pourquoi est-ce que vous me regardez comme ça ? demanda-t-elle.

Il rougit, honteux d'avoir été surpris en train de l'admirer. Il aurait voulu mentir, mais il était trop fatigué pour inventer une explication convaincante. Il lui dit donc la vérité :

— Je croyais que vos yeux étaient noirs.

Dans ses rêves, les yeux de Scarlett étaient toujours d'un noir très pur, ce qui lui donnait un regard un peu sévère. Ses rêves ne seraient plus les mêmes, désormais. Car ses prunelles n'étaient pas aussi sombres qu'il le croyait. Et elles étaient loin d'être sévères, en cet instant. Elles étaient suaves, veloutées. Expressives. Et révélaient une grande fragilité.

Un pâle sourire se forma sur les lèvres de Scarlett. Ces lèvres qu'il aurait tant voulu embrasser… Il lui aurait suffi de se pencher un peu plus pour s'assurer qu'elles étaient aussi douces et exquises qu'elles en avaient l'air. Mais Scarlett secoua presque imperceptiblement la tête, comme pour en dissuader Marcus.

— Non, ils ne sont pas noirs, dit-elle. Même si, à première vue, la plupart des gens croient qu'ils le sont.

Il inspira profondément, se délectant de son parfum floral.

— J'espère, dit-il doucement, que la plupart des gens ne s'en approchent pas assez pour remarquer la différence.

Il guetta sa réaction et fut comblé de bonheur lorsqu'il lut sur son visage la même lueur de désir qu'il avait surprise dans la ruelle, quand il avait enlevé sa chemise.

La gorge de Scarlett se contracta, puis elle détourna son regard, et le charme fut rompu.

— Je suis aussi venue vous prévenir, dit-elle en regardant droit devant elle.

— Comment cela ?

Elle s'assit en tailleur. Son regard avait perdu sa chaleur, et son expression était redevenue toute professionnelle. Mais ses mains, crispées sur ses genoux, trahissaient son trouble. Marcus se prépara à entendre de mauvaises nouvelles.

— Tala portait un bracelet électronique, dit-elle. À la cheville.

Marcus serra les dents. La fureur l'envahit.

— Comme une criminelle…, lâcha-t-il.

« L'homme et sa femme, ils nous possèdent. »

— Ou plutôt comme du bétail, ajouta-t-il.

— Oui, répondit calmement Scarlett. Le bracelet était sophistiqué. Nous essayons de retracer son origine et son parcours. Nous savons d'ores et déjà qu'il était équipé d'un micro permettant de transmettre du son par satellite. Je ne m'y connais pas beaucoup en gadgets de ce genre, mais Deacon est un expert en la matière, et il m'a dit qu'il permettait aux gens qui séquestraient Tala d'écouter toutes ses conversations, partout, sans limite de portée.

Elle sortit son téléphone portable de la poche de sa veste, tapota sur l'écran et fit apparaître l'article signé par Stone.

Il se hérissa, sur la défensive.

— Je vous avais dit qu'il y aurait un article, lui rappela-t-il.

— Je sais. Mais l'article laisse entendre que vous n'avez pas entendu les derniers mots de Tala.

— Ce n'est pas ce que vous vouliez ? s'étonna-t-il.

— J'ai changé d'avis depuis que j'ai appris que les gens qui la suivaient à la trace ont également pu entendre tout ce que vous vous êtes dit dans cette rue.

Marcus mit un moment à comprendre. *Putain de merde…*

— Alors ils savent que j'avais rendez-vous avec elle pour lui venir en aide. Et qu'elle m'a parlé de sa famille…

Son cerveau fatigué avait subitement retrouvé toutes ses capacités de raisonnement.

— C'est comme ça, poursuivit-il, qu'ils ont su qu'elle s'était arrêtée pour m'écouter chanter dans le parc. Ils l'ont frappée pour la punir. Si violemment qu'elle en boitait… C'est bien ça ?

Scarlett demeura impassible et silencieuse, mais il lut au fond de ses yeux un chagrin infini qui valait toutes les réponses du monde.

— Ils l'ont frappée vraiment fort ? demanda-t-il.

— Ils l'ont massacrée, murmura-t-elle.

Elle baissa les paupières brièvement, puis elle cligna plusieurs fois des yeux, et la compassion fit place, dans son regard, au plus strict professionnalisme.

Marcus se rendit compte qu'il s'était insensiblement rapproché d'elle. Sa main, désormais posée à plat sur le parquet, n'était qu'à quelques centimètres du genou de Scarlett.

— Vous faites ça combien de fois par jour ? demanda-t-il.

— Pardon ? fit-elle, interloquée.

La question l'avait prise de court, mais elle n'eut pas un

geste de recul, contrairement à ce à quoi il s'était attendu. Au contraire, elle s'était légèrement rapprochée de lui.

— Combien de fois par jour est-ce que vous refoulez vos émotions pour pouvoir vous concentrer sur votre travail ?

Elle souleva légèrement le menton, et Marcus crut qu'elle allait lui dire de se mêler de ses oignons. Mais elle n'en fit rien et avoua :

— Trop souvent.

Elle se racla la gorge, redressa le dos. Comme pour garder ses distances. Puis elle reprit :

— Le problème, c'est qu'ils vous ont entendu demander à Tala pourquoi elle pleurait. Et qu'ils l'ont entendue vous révéler qu'elle était la propriété d'un homme et d'une femme… Et comme le bracelet a continué à émettre après sa mort, ils vous ont aussi entendu raconter tout ça à une inspectrice de la brigade des homicides.

Marcus ne bougea pas. Il n'osait pas se rapprocher davantage de Scarlett, mais n'avait aucune envie de s'en éloigner.

— C'est ennuyeux, admit-il. Mais vous êtes sûre qu'ils écoutaient au moment où elle a été abattue ?

— Ils le faisaient certainement quand vous êtes entré en contact avec elle au parc. Et comme il m'a semblé, en visionnant la vidéo, qu'elle avait reconnu son meurtrier, je pense qu'ils ont dû la suivre jusqu'à la ruelle.

— Parce qu'ils la soupçonnaient d'avoir rendez-vous avec quelqu'un, marmonna-t-il. Vous pensez donc, vous aussi, qu'elle connaissait son assassin ?

— Cela me paraît évident, dit-elle. Merci de m'avoir envoyé ces fichiers, à propos. Je vous promets de tout faire pour que ces vidéos n'atterrissent pas entre les mains de n'importe qui.

Il baissa les yeux, sachant qu'elle faisait allusion au moment où on le voyait se pencher sur la tête de Tala, affreusement mutilée… Ce moment où il avait poussé un long cri d'horreur et de désespoir.

— Il n'y a pas de quoi, dit-il.

Il hésita avant d'ajouter dans un soupir :

— Et merci pour votre discrétion. Ce moment a été… difficile, pour moi.

— Je sais. Un peu comme si vous aviez découvert une seconde fois le corps de Mikhail…

Il releva la tête, stimulé par quelque chose qu'il venait de percevoir dans sa voix. La pitié était revenue dans ses yeux presque noirs. Mais elle était d'une autre nature que celle qu'elle avait manifestée en évoquant le martyre de Tala. Ce chagrin-là était beaucoup plus personnel.

— Qui ? demanda-t-il laconiquement.

Le regard de Scarlett s'assombrit un peu plus.

— Ma meilleure amie, répondit-elle. À la fac.

Ses doigts se crispèrent un peu plus sur ses genoux. Marcus posa la main sur celle de Scarlett et sentit qu'elle était glacée.

— Je suis désolé, Scarlett, murmura-t-il.

Elle regarda la main de Marcus mais ne fit rien pour l'ôter de la sienne, et il la laissa là.

— C'était il y a longtemps, dit-elle.

— Que ce soit arrivé hier ou il y a dix ans, ça ne change rien.

Ou neuf mois plus tôt. Ou vingt-sept ans plus tôt. Ces souvenirs atroces ne disparaissent jamais vraiment. Ils restent tapis dans un recoin de l'esprit et reviennent brusquement quand on s'y attend le moins.

— C'est vrai, avoua-t-elle.

Elle avait toujours les yeux fixés sur la main de Marcus. Elle desserra les lèvres puis les referma, comme si elle cherchait ses mots. Quand elle finit par les trouver, son murmure était à peine audible :

— Quand on voit ou qu'on entend quelqu'un ou quelque chose qui ravive ces souvenirs, on a l'impression qu'ils remontent à la veille.

Il fronça les sourcils, comprenant avec un temps de retard ce qu'elle venait de dire.

— Chaque enquête sur un homicide vous rappelle la mort de votre amie ?

— Pas toutes, murmura-t-elle d'une voix distante. Mais le meurtre de Tala a été… vraiment rude.

Il comprit que, venant de la part de Scarlett, un tel aveu était exceptionnel.

— Mais alors, pourquoi faire ce métier ? demanda-t-il. Pourquoi vous replonger dans cet enfer jour après jour ?

Elle leva les yeux vers lui, et l'intensité de la souffrance qu'il y lut lui fit l'effet d'un coup de poing au sternum.

— Pour les mêmes raisons qui vous ont poussé à revenir sur la scène de crime, la nuit dernière, répondit-elle. Vous ne vouliez pas laisser Tala toute seule dans la nuit. Mon amie est morte seule… Dans la nuit, elle aussi… Et son meurtrier n'est jamais passé en jugement. Alors, pour moi, elle est toujours dans le noir. Je ne peux rien pour Michelle, mais je veux faire de mon mieux pour que les victimes ne soient pas oubliées et qu'on leur rende justice.

Marcus sentit son cœur se serrer. Il avait compris que Scarlett était unique dès l'instant où il avait posé les yeux sur elle, neuf mois auparavant. Le souvenir de son visage et de son corps suscitait en lui un désir si ardent qu'il n'avait pas pu l'effacer de sa mémoire. Et plus il la découvrait, plus il comprenait qu'il lui faudrait l'avoir, elle. Pas seulement son visage, pas seulement son corps, mais *elle*. Il désirait être avec elle tous les soirs. Et se réveiller à ses côtés tous les matins. Ne faire qu'un avec elle.

— Vous êtes une femme incroyable, dit-il lorsqu'il jugea pouvoir parler sans que sa voix se brise. Heureusement que les victimes peuvent compter sur quelqu'un comme vous.

Un sourire amer se forma sur les lèvres de Scarlett.

— J'aimerais tant qu'elles n'en aient pas besoin, dit-elle. Mais il y aura toujours des salauds et de la souffrance… Alors, je fais ce que je peux.

Elle ôta sa main de celle de Marcus et se leva avec l'aisance d'une danseuse. Son visage se durcit subitement et elle reprit son attitude de flic — mais Marcus n'y trouva rien à redire, cette fois.

— Il faut que je parte, dit-elle.

Il se leva avec beaucoup moins de souplesse qu'elle — la faute à ses douleurs au dos. Pour décontracter ses muscles endoloris, il fit rouler ses épaules un instant tout en se demandant comment la faire rester un peu plus longtemps. C'était égoïste de sa part, il le savait. Il refoula donc l'envie grotesque et honteuse de la supplier de rester. Mais il gagna un peu de temps en s'adossant contre la porte.

— Pour aller où ? demanda-t-il.

Et il eut la satisfaction de la voir lever les yeux précipitamment après un regard furtif en direction de son entrejambe. Il réprima un sourire. Elle était attirée par lui, c'était clair. Et Marcus trouvait cela suffisant, pour le moment.

Elle haussa les sourcils et le dévisagea froidement.

— Faire mon boulot, répondit-elle d'un ton offensé, comme si elle trouvait cette question injurieuse.

— Voyez-vous ça, répliqua-t-il d'un ton sarcastique.

Mais elle ne mordit pas à l'hameçon.

— Le fond du problème, c'est que vous êtes désormais une cible probable pour le meurtrier de Tala. Il a cru vous tuer la nuit dernière, mais vous avez vous-même révélé que vous étiez vivant en publiant cet article. Très franchement, je ne pourrai sans doute pas vous placer sous protection policière... Mais je peux faire un saut de temps en temps, chez vous ou sur votre lieu de travail, pendant la journée.

— C'est inutile, dit-il.

Marcus était tout à fait convaincu de sa franchise. Sa proposition était on ne peut plus sérieuse, et vraiment sympathique. *Adorable, même.* Mais il préféra garder cette pensée pour lui.

— Comme vous voudrez, dit-elle en désignant du menton la porte dont il lui barrait l'accès. Si ça ne vous dérange pas, j'aimerais partir, maintenant.

Cela le dérangeait. Énormément. Il s'écarta néanmoins et tendit le bras vers la poignée de la porte. Mais sa main se figea lorsque, malgré lui, ces mots lui échappèrent :

— Et la liste ? Vous n'étiez pas passée pour en prendre une copie ?

Mais enfin, O'Bannion, tu es débile ou quoi ?

Elle semblait avoir oublié cette maudite liste, et voilà qu'il venait de la remettre sur le tapis. Mais il ne le regretta pas longtemps, car Scarlett parut se détendre, et son expression radoucie reflétait une sorte de soulagement.

Elle lui sourit, et Marcus sentit son cœur s'emballer.

— Vous pourrez me l'envoyer par mail, dit-elle. Ce n'est qu'une formalité. Cela me permettra surtout de préciser certains détails quand je rédigerai mon rapport, une fois qu'on aura arrêté l'assassin.

Marcus se rendit compte qu'elle n'avait que faire de cette liste. Elle voulait surtout qu'il tienne ses promesses. Il se sentit alors obligé de lui donner quelque chose. Pas tout, bien sûr.

— Non, non, dit-il, faussement nonchalant. C'est ce que j'avais pensé faire, mais l'actualité risque de pas mal nous accaparer. Il vaut mieux que je vous la donne maintenant et qu'on n'en parle plus. J'en ai pour quelques minutes. Asseyez-vous, mettez-vous à l'aise.

Elle haussa les épaules.

— D'accord. Mais faites vite, je suis déjà restée plus longtemps que prévu.

Elle retourna s'asseoir dans le fauteuil face au bureau de Marcus.

— Merci, Marcus, ajouta-t-elle.

Il se glissa dans son propre fauteuil et tourna l'écran de son ordinateur pour qu'elle ne puisse pas le voir.

— Pas de souci, fit-il, en espérant qu'il n'y en aurait pas.

Cincinnati, Ohio
Mardi 4 août, 10 h 30

Ken Sweeney enfila une paire de gants en descendant au sous-sol de sa maison d'un pas tranquille et s'arrêta devant ses invités. Les trois Anders, attachés à des chaises et bâillonnés, avaient les yeux bandés. Leurs vêtements étaient déchirés, leurs cheveux en bataille.

Burton et Decker se tenaient derrière le trio et semblaient exaspérés.

— Livraison effectuée, dit Burton. Conformément à vos ordres, monsieur.

L'ex-flic effleura son visage lacéré avant d'ajouter :

— Et en assez bon état.

— Bien. Où est le garde blessé ?

— Toujours dans la camionnette, dit Decker. Heureusement, c'est une balle de petit calibre qu'Anders lui a tirée dans la jambe, sinon la blessure aurait pu être beaucoup plus grave. J'ai arrêté l'hémorragie, mais il faut que j'aille chercher de quoi suturer la plaie correctement. Nous ne savions pas ce que vous vouliez faire de lui. Il ne va pas pouvoir marcher pendant quelques jours.

— Emmenez-le dans l'une des chambres d'amis au premier étage, dit Ken. Il y a des serviettes propres dans le placard à linge. Vous y trouverez aussi une trousse de secours, sur l'étagère la plus haute.

— Et ensuite ? demanda Burton d'une voix crispée.

Ken jeta un coup d'œil à son téléphone. Dix minutes plus tôt, Alice lui avait confirmé que la voiture de Reuben était bien garée dans le parking de l'hôtel, à l'aéroport. Mais elle n'avait rien précisé de plus.

— Le camion qui doit nous amener la voiture de Reuben n'est pas encore arrivé, dit-il. Vous pourrez l'examiner dans mon garage. Vous aurez toute la place qu'il vous faut. Dans l'immédiat, j'ai une autre tâche à vous confier…

Il tendit à Burton une feuille de papier et ajouta :

— Allez à cette adresse. Ramenez la femme qui y habite. Indemne.

Ken escomptait que Miriam se souviendrait que Burton avait été policier et lui ferait confiance.

— Faites en sorte qu'elle vienne de son plein gré. Mais je vous conseille de ne pas lui révéler sa véritable destination, ajouta-t-il d'un ton pince-sans-rire.

Lorsque Burton reconnut l'adresse, Ken discerna une sorte de fureur froide dans le regard de l'homme de main, qui resta silencieux un long moment, les lèvres pincées, avant de hocher sèchement la tête et de tourner les talons.

Ken se dit qu'il y avait une certaine réticence dans l'attitude de Burton et il se promit de le tenir à l'œil, afin de savoir à qui allait vraiment sa loyauté. *À Reuben ou à moi ?*

Ken se tourna vers Decker, qui le regardait d'un air perplexe.

— Commencez par soigner les griffures au visage de Burton, avant de vous occuper du garde blessé par balle. Ensuite, revenez ici.

Ken saisit le nœud coulant qu'il avait confectionné avec de la corde grossière bien rugueuse et alla se placer devant Marlene, l'épouse d'Anders. Il lui releva le menton de façon à pouvoir lui passer la corde autour du cou sans ménagement. Il se tourna vers Decker et ajouta :

— J'aurai peut-être besoin de votre aide pour soulever un gros poids mort.

Un gémissement étouffé monta de la gorge de Marlene, ce qui fit sourire Ken. La torture était toujours plus efficace quand le sujet avait les yeux bandés, mais Ken préférait voir les yeux de ceux qu'il interrogeait. Il était tiraillé entre l'envie de les faire avouer le plus vite possible et celle de faire durer un peu le plaisir. Cela faisait si longtemps qu'il ne s'était pas livré à une bonne petite séance de torture. *Pourvu que je n'aie pas perdu la main.*

— Partez, dit-il à Decker. Laissez-nous seuls. Tout ira bien.

Ken attendit que la porte de l'escalier qui menait au rez-de-chaussée se referme pour frapper dans ses mains avec entrain.

— Bon, les Anders… On peut la jouer cool ou on peut la jouer pas cool du tout. À vous de choisir, déclara-t-il.

Il leur ôta leurs bandeaux, celui de Chip d'abord, puis celui de Marlene et, enfin, celui de la petite tigresse qui avait lacéré le visage de Burton.

— Oh ! mais tu es très jolie, ma chérie, la complimenta-t-il.

Il lui caressa la joue du bout des doigts, en se délectant du regard épouvanté de la fille. Elle remarqua le nœud coulant autour du cou de sa mère, et sa terreur monta d'un cran.

Ken alla se placer devant Chip.

— Je veux savoir *tout* ce qui s'est passé chez vous. Commençons par le commencement. Dites-moi pourquoi vous avez autorisé l'une de vos servantes à sortir de votre maison, la nuit dernière.

Chip secoua la tête avec véhémence, lâchant des grognements qui ressemblaient à des protestations.

Ken arracha brusquement la bande adhésive qui lui barrait la bouche, et Chip lâcha un cri de douleur. Ken s'esclaffa.

— Ça fait mal ? ricana-t-il. Mais ce n'est rien du tout ! On n'a même pas encore commencé. Attendez la suite…

Il poussa le chariot garni d'outils devant les trois Anders : couteaux de boucher de diverses tailles, scalpels bien tranchants, pinces en tout genre, et un rouleau de fil électrique muni d'électrodes à l'une de ses extrémités.

Ils ouvrirent tous trois des yeux ronds comme des soucoupes. Ken prit une pince dans le chariot et ôta la boule de tissu qui obstruait la gorge de Chip. Il la secoua et s'aperçut que c'était un mouchoir en coton aux initiales de son propriétaire.

— De l'eau, fit Chip en toussant.

Ken prit la carafe sur la table, remplit une petite tasse et le fit boire.

— Répondez à mes questions. Et ne me dites surtout pas « je ne sais pas ».

Chip lui jeta un regard furieux.

— Dommage, dit-il. Parce que c'est la vérité. J'ai su qu'elle était sortie seulement quand l'alarme s'est déclenchée, en tout début de matinée. Nous ne savons pas comment elle a réussi à sortir, ni ce qu'elle faisait quand elle s'est fait descendre. Le tapin, sans doute…

Il redressa légèrement son menton fuyant et ajouta :

— Vous n'avez aucun droit de nous retenir ici. Laissez-nous partir tout de suite, et nous ne dirons rien à la police.

Ken ne put s'empêcher de rire en voyant Marlene plisser les yeux.

— J'ai l'impression que votre épouse n'est pas tout à fait d'accord avec votre approche du problème, persifla-t-il.

Il s'appuya contre le chariot et retrouva son sérieux.

— Vous essayez de me faire croire que vous n'avez pas écouté les enregistrements ? Eh bien, moi, je les ai écoutés…

Enfin, pas tous, encore. Mais assez pour savoir que son esclave était à la morgue, aux mains du CPD.

— Mais… Mais comment… Vous y aviez accès, vous aussi ? Ça veut dire que vous avez osé espionner ma famille pendant trois ans ?

Ken lui assena une gifle. Si violente que la chaise de Chip vibra un instant. Ken attendit qu'elle se stabilise pour répondre.

— Eh oui, Chip ! dit-il en accentuant le « p » final.

Quel prénom ridicule pour un adulte, songea Ken en levant les yeux au ciel.

— Je pouvais effectivement surveiller vos conversations privées à tout moment, pourvu qu'elles aient lieu à portée du micro d'un bracelet. Mais je ne le faisais pas. Je me fiche royalement de ce que vous faites des marchandises que je vous fournis, tant que vous obéissez aux règles. Or, vous n'avez pas obéi. Et quand on enfreint les règles, je me réserve le droit d'écouter tout ce que contiennent mes archives.

Il remarqua l'éclair de pure terreur qui traversa les jolis yeux de la fille d'Anders.

Bingo, se dit-il. *Elle a fait une grosse bêtise, la petite.*

La situation aurait pu être amusante si trois esclaves ne s'étaient pas évadées. L'une était morte, et son bracelet était entre les mains des flics. Quant aux deux autres… Ken sentait que Chip savait ce qui s'était passé. Lorsque les deux femmes s'étaient échappées de la maison, une voiture les attendait à l'extérieur. Soit Chip était d'une rare incompétence, soit il avait joué double jeu. *Ou un mélange des deux.*

Chip passa sa langue sur sa lèvre inférieure, qui saignait désormais.

— De quelles règles est-ce que vous parlez ? demanda-t-il d'un air méprisant, presque bravache.

Ken aurait pu être impressionné par tant d'aplomb si les jambes de Chip n'avaient pas tremblé furieusement au même moment.

— Vous ne m'avez pas informé de sa disparition.

— C'est parce que je ne l'ai apprise que plus tard, rétorqua Chip.

— À quelle heure avez-vous entendu l'alarme ?

— À 5 h 45, ce matin. Mais vous devez déjà le savoir puisque vous recevez, vous aussi, les alertes émises par les bracelets. Vous pouvez localiser les gens que vous m'avez vendus à tout instant.

— C'est vrai. Mais je vous l'ai dit, je n'écoute pas ce qui se passe. Sauf quand on enfreint la règle… Ce que vous avez fait. Dites-moi maintenant comment la fille s'est échappée et comment elle a pu arriver au centre-ville. Ensuite, vous me direz pourquoi vous l'avez tuée.

— Je ne l'ai pas tuée ! Je ne savais même pas qu'elle était partie. Elle s'est tirée en douce… Sans doute pour retrouver un homme.

— Ça, au moins, c'est vrai, dit Ken. Elle a effectivement rencontré un homme…

Brusquement, il laissa libre cours à sa fureur :

— Elle a rencontré un putain de journaliste, espèce de connard ! À cause de votre négligence !

Cette nouvelle les choqua. *Plus particulièrement la fille.*

Ken se dirigea vers elle d'un pas tranquille. Il lui caressa une nouvelle fois les joues, saisit une mèche de cheveux et l'enroula autour de son poignet puis il tira sèchement dessus. Les yeux de la fille se remplirent de larmes. Il se pencha sur son visage en souriant.

— C'est *toi* qui l'as laissée filer, hein ? Pourquoi ?

— C'est pas moi, bégaya la fille. Je le jure !

— Alors, c'est qui ?

— Je… Je ne sais pas…

Ken la lâcha et recula d'un pas.

— Bon, fit-il. On va donc la jouer pas cool.

Il émit un petit gloussement en la voyant fermer les yeux, se préparant à recevoir un coup.

— Rassure-toi, ma petite chérie, je ne vais pas te frapper, lui promit-il. Je ne veux surtout pas esquinter ton joli minois. Ça ferait sérieusement baisser ton prix.

— Prix ? Quel prix ? s'écria Chip. Qu'est-ce que ça veut dire ? Ma fille n'est pas à vendre !

— Votre fille est mon… invitée, dit Ken. Pour l'instant. Et vous, Chip, vous n'avez pas votre mot à dire.

Blême et hagarde, la fille écarquillait les yeux.

— De quoi parlez-vous ? articula-t-elle.

— Je parle d'une belle blonde que la nature a pourvue de longues jambes bien dessinées, d'un petit cul rebondi et d'une peau laiteuse. Tu es inscrite à Brown Mackie. C'est une bonne fac. Quelle est ta matière principale ?

— Littérature anglaise, murmura-t-elle.

Ken haussa les épaules.

— Ça ne mène à rien, de toute façon, dit-il. Tu t'appelles Stephanie, hein ? Tu parles des langues étrangères ?

— Le français, murmura-t-elle à nouveau.

— Parfait. On pourra mettre en avant ce petit talent dans le catalogue. Les mots grivois sonnent mieux en français. Tu aimes les déserts ?

— Les déserts ?

— Oui, les déserts… Tu sais, les chameaux, les oasis… et les mecs qui ont des serpillières sur la tête. Nous avons beaucoup d'acheteurs, dans ces pays-là, ils adorent les jolies Blanches comme toi.

Elle se tourna brusquement vers son père et fit :

— Des acheteurs ?

Sa mère s'était, elle aussi, tournée vers Chip, consternée.

— Vous ne leur avez pas dit, hein ? se moqua Ken avant d'éclater de rire. Ah ben, ça alors ! Vous ne leur avez pas dit quel genre d'homme je suis ? Ni quel genre d'homme vous êtes devenu en vous associant avec moi ?

Il se tourna vers les deux femmes et ajouta :

— Mesdames, je suis vendeur d'esclaves. Chip m'en a acheté un certain nombre. Mais ça, vous le saviez, hein, Marlene ? Même si votre mari ne vous en a jamais parlé, vous ne pouviez pas l'ignorer. Vous ne payez jamais vos serviteurs, ils sont forcés de porter un bracelet électronique, ça a dû vous mettre la puce à l'oreille…

Marlene le dévisagea d'un œil torve, mais son bâillon la réduisait au silence.

— J'en déduis que vous étiez pleinement consciente que votre mari recrutait votre petit personnel par des moyens illégaux. Vous a-t-il confié qu'il en avait acheté vingt-quatre autres, pour travailler dans ses usines ? Oui, je vois qu'il vous a tout raconté… Sans doute aussi le fait que je vends aussi de la marchandise à des clients qui recherchent un peu de… sensualité.

Il vit les yeux de Marlene briller et n'en douta plus : elle était parfaitement au courant.

— Des esclaves sexuelles, murmura presque imperceptiblement Stephanie.

Ken se tourna vers la jeune femme. *Stephanie n'était pas au courant, elle.*

— Appelle ça comme tu veux… J'ajouterai qu'on me fournit rarement des spécimens aussi appétissants que toi.

Elle déglutit avant de demander :

— Si je vous dis tout, vous me laisserez partir ?

— Ne dis pas un mot ! intervint Chip. Il ne te laissera jamais partir ! Il ment. Tu as vu son visage. Il ne nous laissera pas sortir vivants d'ici.

Sans cesser de regarder Stephanie, Ken assena sèchement un coup à Chip du revers de la main, le projetant au sol, lui et sa chaise.

— Ce n'est pas vous qui donnez les ordres, ici, Anders, dit-il d'un ton glacial. Écoute-moi, ma chérie… Je peux te choisir une future maison plus ou moins hospitalière… Mais ça va dépendre de ce que tu me dis.

Stephanie fixa d'un air atterré le visage décomposé de son père. La stupeur et l'effroi se lisaient dans ses yeux. Mais, à mesure que les secondes s'égrenaient, Ken y perçut quelque chose de plus que la peur et la confusion. Elle venait de prendre la mesure de la situation et se livrait à ses propres calculs, cherchant à sauver sa peau.

— Je… Je ne… Quelle était la question ? demanda-t-elle.

Ken comprit que ce n'était qu'un subterfuge pour gagner un peu de temps, et il ressentit une pointe d'admiration pour cette fille. Son père, qui ne pouvait pas voir le visage de Stephanie, ne s'était pas rendu compte du changement qui s'effectuait en elle.

— Tiens bon, ma chérie, gémit Chip. Si tu lui dis ce qu'il veut savoir, il va tous nous tuer. Ou pire… Tiens bon. *Elle… Elle* parlera.

Ken vit Marlene et Stephanie échanger brièvement un regard. Celui de Marlene était dur. Autoritaire. Stephanie ouvrait de grands yeux. Mais sa terreur semblait s'être atténuée.

— Qui va parler ? Et de quoi ? demanda Ken, les yeux plissés.

Stephanie ferma les yeux. Se pinça les lèvres. Redressa les épaules.

Ken ne put contenir sa colère.

— Qui va parler ? hurla-t-il.

— Allez vous faire voir, geignit Chip.

Ken tourna les talons vivement, saisit un couteau dans le chariot et en pressa la pointe de la lame contre la carotide de Marlene.

— Je vais lui trancher la gorge, Chip ! s'écria-t-il.

Il prit fermement Stephanie par le menton et la força à tourner la tête vers sa mère.

— Ouvre les yeux, Stephanie ! Ouvre les yeux ou j'égorge ta mère ! Tout de suite !

Stephanie obéit, les yeux emplis d'une terreur nouvelle

et rivés sur la goutte de sang qui coulait le long du cou de sa mère.

— Non ! Non ! Ne la tuez pas ! Je vous en supplie ! Je vais parler ! Je le jure !

— Qui est la femme qui va parler ? demanda Ken.

— Une de nos servantes, cracha Stephanie. C'est moi qui les ai libérées. Mila et sa fille, Erica. Elles vont tout raconter à la police.

Elle ment. Mais Ken n'aurait su dire en quoi, exactement.

— Pourquoi ? demanda-t-il.

— Pourquoi… quoi ? bredouilla Stephanie.

— Un émir va payer cher le privilège de te dompter, ricana Ken. Tu es une petite futée, ma chère Stephanie…

Il fit glisser la pointe de la lame sur le cou de Marlene, y traçant une ligne cramoisie.

— Mais ça ne marche pas, avec moi, mon chou, ajouta-t-il. Alors, crache le morceau, ou je la saigne comme une truie.

— Je ne mens pas, dit Stephanie d'une voix brisée.

Ken la gratifia d'un sourire.

— Bon, d'accord, fit-il. Pourquoi as-tu laissé les servantes s'échapper ?

— Pour créer une diversion, lâcha-t-elle entre ses dents serrées. Excuse-moi, papa.

— Je ne comprends pas, dit Ken en feignant la perplexité.

Il ne croyait rien de ce qu'elle venait de lui dire.

— Pourquoi cherchais-tu à créer une diversion ? demanda-t-il.

— Parce que mon père a piqué une grosse crise de colère contre moi. Il me menaçait parce que je suis sortie de la maison avec Tala la nuit dernière. Maintenant, je vous en supplie, enlevez ce couteau de la gorge de ma mère.

— Ça, c'est à moi d'en décider, ma chérie.

Il pressa un peu plus fort la lame, pour le plaisir d'entendre Marlene geindre sous son bâillon.

— Pourquoi as-tu laissé Tala sortir ?

La gorge de Stephanie se contracta plusieurs fois de suite.

— Je… Je ne…

Elle ferma les yeux et parvint à articuler :

— Vous me faites trop peur… Je n'arrive plus à penser…

— C'est le but recherché, ma chère Stephanie…

Il fit un pas en arrière et décida de troquer le poignard contre les électrodes. Il ne voulait pas tuer prématurément Marlene dans un accès de colère.

— J'ai beaucoup de questions à te poser, reprit-il, mais tu as l'esprit trop clair et tu arrives encore à mentir…

Il ouvrit une bouteille d'eau et en aspergea copieusement la tête de Marlene. Celle-ci lui jeta un regard chargé de haine et d'effroi, ce qui le fit sourire. Puis il fixa les petites pinces crocodiles aux lobes des oreilles de Marlene, pressant bien fort pour accentuer la douleur.

— Il y a quatre réglages possibles sur cet appareil, dit-il. Voici le premier niveau…

Il alluma le transformateur et se délecta du hurlement étouffé de Marlene, à la fois inintelligible et frénétique. Au bout d'une minute, il éteignit l'appareil. Les épaules de Marlene s'affaissèrent. Ses yeux étaient vitreux, son regard éteint.

— Ce n'était que le premier niveau, Stephanie. Réfléchis bien.

Ken s'éloigna et grimpa l'escalier jusqu'à l'entrée, au rez-de-chaussée.

— Decker ! appela-t-il lorsqu'il fut au pied du double escalier en spirale qui menait à l'étage.

Decker apparut en haut de l'escalier. Ses mains gantées étaient maculées de sang.

— Oui, monsieur ? demanda-t-il.

— Avez-vous trouvé des traces de la présence d'une autre personne, chez les Anders ?

Decker fronça les sourcils.

— Non, répondit-il. On a fouillé chaque pièce. Il y a bien une chambre d'amis, qui semble avoir été utilisée récemment. Mme Anders nous a juré que c'était la pièce où dormait la dresseuse de chiens quand elle leur rendait visite.

— La dresseuse de chiens ?

— Oui, monsieur. Mme Anders possède un caniche de compétition. Un grand caniche, monsieur… Je veux dire, pas un de ces petits roquets qui n'arrêtent pas de japper… J'ai vu des photos de lui sur les murs du salon, et plein de médailles et de trophées qu'il a gagnés. Le chien n'était pas dans la maison quand nous sommes intervenus. J'ai fouillé les placards et sous les lits, pour en être certain. Je ne voulais pas qu'il se mette à aboyer. J'ai vérifié dans l'agenda de Mme Anders. Ses trois prochains week-ends étaient réservés à des concours canins, tous dans le Midwest et à moins d'une journée de route. Je ne sais pas si la dresseuse doit garder le chien pendant ces trois semaines ou si elle est censée le ramener entre deux concours.

La dresseuse était peut-être la femme que Chip avait mentionnée et dans laquelle il semblait placer tant d'espoir. Si cette femme était censée revenir rapidement chez eux, ou bien appeler pour donner des nouvelles, elle se rendrait compte de leur absence. Et elle risquait d'appeler la police pour dire que les Anders avaient disparu.

— Bien, dit-il à Decker. Quand vous aurez fini de recoudre le garde, retournez chez Anders et assurez-vous qu'il n'y a personne sur place. Ensuite, vous irez au bureau pour écouter les enregistrements des bracelets des servantes. Commencez par celle qui a été tuée.

— Vous n'avez plus besoin de moi pour soulever des poids morts ? s'étonna Decker.

— Je crois que je peux me débrouiller tout seul.

Ken redescendit au sous-sol sans se presser. Marlene, qui s'était ressaisie, le fusilla du regard. Il attrapa la corde, toujours nouée autour du cou de l'épouse d'Anders, et tira dessus afin que le nœud coulant se resserre assez pour frotter sur l'incision qu'il venait de faire.

— J'ai l'impression que vous allez être la clé de cet interrogatoire, madame Anders. Je n'aurai aucun scrupule à esquinter votre visage, mais on peut encore un peu jouer avec l'électricité…

Il lâcha la corde et se tourna vers Stephanie.

— Bon, dit-il. Reprenons depuis le début.

Chapitre 13

Cincinnati, Ohio
Mardi 4 août, 10 h 45

Scarlett cligna des yeux. Le fauteuil du bureau de Marcus était beaucoup trop moelleux et confortable. Ses oreilles à l'ancienne, légèrement rembourrées, offraient un appui parfait pour la tête, idéal pour faire la sieste. Elle se secoua vigoureusement. *Reste éveillée, Scarlett.*

Elle réprima un bâillement et se leva brusquement. *Marche, ma vieille. Et regarde autour de toi.* Sa supérieure lui avait donné pour instruction de vérifier si Marcus O'Bannion ne cachait pas quelque chose de louche. Et puis l'occasion de mieux comprendre Marcus en étudiant le contenu de son bureau ne se représenterait peut-être pas de sitôt.

— J'ai presque fini, dit-il, caché derrière deux énormes écrans d'ordinateur. Deux ou trois minutes…

— Pas de problème, dit Scarlett. J'ai juste besoin de me dégourdir un peu les jambes.

Elle traversa la pièce lambrissée jusqu'au mur du fond.

Couvert du plancher au plafond de premières pages de journaux encadrées, ce mur avait attiré l'attention de Scarlett dès son entrée dans la pièce. Certains cadres ne contenaient que la coupure de presse, d'autres la page entière. Disposés au hasard, ces documents étaient tous tirés du *Ledger*, sauf un. Le seul autre journal représenté était *Malaya*, le journal philippin que Marcus avait mentionné. Il avait dit que son grand-père avait servi aux Philippines pendant la Seconde Guerre mondiale, mais le gros titre qui était affiché au mur était beaucoup plus récent. Il annonçait la démission du président Marcos, en 1986. Scarlett se demanda pourquoi il avait trouvé sa place parmi les unes marquantes du *Ledger*. Elle savait aussi qu'en laissant son esprit vagabonder ainsi elle repoussait le moment d'annoncer à Marcus que Tala avait un bébé. La nouvelle le bouleverserait sûrement, mais il fallait qu'il l'apprenne.

Il pianotait encore sur son clavier. Elle décida de lui laisser terminer la mise en forme de la liste. Ensuite, elle le lui dirait.

Elle reporta son attention sur les manchettes du *Ledger* : le krach de Wall Street en 1929, l'attaque japonaise à Pearl Harbor en 1941, la fin de la Seconde Guerre mondiale en Europe puis en Asie… Le lancement du satellite Spoutnik puis les premiers pas de l'homme sur la Lune… Les assassinats de John Kennedy et de Martin Luther King… L'explosion en vol de la navette Challenger… La chute du mur de Berlin puis le 11 Septembre… Tous ces événements qui avaient changé la face du monde…

Les nouvelles locales portaient essentiellement sur des exploits sportifs ou des catastrophes climatiques. Un bandeau saluait avec emphase le deuxième titre de champion consécutif remporté par l'équipe locale de base-ball, les Cincinnati Reds, dans les Séries mondiales, au temps glorieux de la « Cincinnati Big Red Machine » dans les années 1970. Disposées l'une à côté de l'autre, deux unes rappelaient les inondations historiques dues aux crues de l'Ohio de 1937 et de 1997.

— Je m'en souviens, murmura Scarlett en désignant la page datée de 1997. Mon oncle a perdu presque tout ce qu'il possédait. C'était la première fois qu'un article dans la presse me touchait personnellement.

— Moi aussi, je m'en souviens, dit Marcus. J'étais avec le

photographe dans l'hélicoptère, quand il a pris cette photo. Le désastre vu du ciel… C'était terrifiant.

— J'imagine…

Scarlett s'efforça d'ignorer le picotement sensuel qu'éveillait en elle la voix de cet homme.

— C'est comme une leçon d'histoire, dit-elle. Là, sous nos yeux, en noir et blanc.

— Je sais, fit-il.

Elle sursauta en se rendant compte qu'il se tenait à quelques centimètres d'elle. Il s'était levé sans un bruit. Elle continua à regarder droit devant elle, inspirant discrètement pour ralentir son rythme cardiaque, mais elle ne put réprimer le frisson qui la parcourut lorsqu'elle sentit l'odeur de Marcus, si proche.

Rien d'extraordinaire à cette odeur. Du savon et de la lotion après-rasage. Des centaines d'hommes dégageaient la même. Elle travaillait avec des hommes et avait six frères… Mais là… C'était différent. C'était Marcus. Elle rêvait de lui depuis des mois, et voilà qu'elle se trouvait à quelques centimètres à peine de lui…

L'envie de le toucher la démangeait tant qu'elle dut enfoncer ses mains tout au fond de ses poches. Ce n'était ni le bon moment ni le bon endroit. *Il est temps de t'en aller, Scarlett. Avant de faire quelque chose que tu pourrais regretter…* Elle s'apprêtait à lui dire qu'il fallait qu'elle file, avec ou sans la liste, lorsque, sans paraître avoir conscience de la réaction de Scarlett, il lui confia tout doucement, avec une sorte de déférence :

— J'ai passé les meilleurs moments de mon enfance dans ce bureau… Je demandais à mon grand-père de me parler de chacun de ces gros titres, et il m'expliquait tout.

Elle lui jeta un coup d'œil en coin. Les yeux de Marcus, brillant d'un désir intense, étaient rivés sur son visage. Elle comprit qu'il la regardait ainsi depuis qu'il l'avait rejointe.

Elle se força à fixer le mur, sachant que ses joues étaient cramoisies.

— Euh, fit-elle, alors comme ça, toutes ces premières pages appartenaient à votre grand-père ?

— Oui, mais les plus anciennes, comme celle du krach de Wall Street ou l'armistice de 1918, lui venaient de mon arrière-grand-père. Mon grand-père a pris les rênes du journal au début des années cinquante. C'est lui qui a ajouté toutes les unes ultérieures à sa prise de fonction.

— Sauf celle de *Malaya*. Pourquoi figure-t-elle parmi celles du *Ledger* ?

— Il s'est lié d'amitié avec un Philippin quand il était dans l'armée, et ils sont restés en contact. Cet homme appartenait à l'opposition et militait pour la destitution de Marcos. Quand ce grand jour est enfin arrivé, il a envoyé un exemplaire de *Malaya* à mon grand-père. Il était si fier de son ami qu'il l'a accroché dans son bureau, parmi tous ceux du *Ledger*.

— Votre grand-père était fidèle en amitié.

— Oui. Il était aussi atteint de collectionnite aiguë. Il y a des cartons remplis de coupures de presse dans le sous-sol de la maison de ma mère. Toute cette paperasse présente un gros risque d'incendie, mais je n'arrive pas à me décider à jeter tout ça.

Scarlett perçut toute la nostalgie qu'il y avait dans la voix de Marcus.

— Vous l'aimiez beaucoup, votre grand-père, dit-elle.

— Oui. Il pouvait être dur, mais je l'aimais. Et il nous aimait de tout son cœur, à sa manière…

Long silence.

— Je crois, reprit-il au bout d'un moment, que toutes les horreurs qu'il avait vues pendant la guerre l'avaient transformé si profondément qu'il avait du mal à s'ouvrir aux autres. Mais, de temps en temps, il nous montrait quel homme il était vraiment.

— Et cela vous a fait du bien ? demanda-t-elle, sans être certaine de vouloir connaître la réponse. De voir qui il était vraiment ?

— Parfois. Certains jours, il pouvait être drôle. Mais la

plupart du temps, il était assez morose. Heureusement, on ne découvrait pas souvent cet aspect de sa personnalité… Enfin, pas avant qu'on emménage chez lui.

— À quelle époque ?

— J'avais huit ans, murmura-t-il.

— Où viviez-vous avant ? demanda-t-elle en s'efforçant de ne pas sembler trop indiscrète.

— N'essayez pas de me tirer les vers du nez, inspectrice, dit-il.

Elle se sentit rougir à nouveau.

— Pardonnez ma curiosité. Ça doit être l'habitude… Vous savez ce que c'est…

— Oui…

Subitement, il eut l'air incroyablement triste.

— Je suis né à Lexington, comme Stone. On vivait assez près de Cincinnati, alors on allait lui rendre visite régulièrement, mais on ne restait jamais très longtemps. Et je crois qu'il était capable de cacher son humeur maussade pendant ces courtes périodes. Quand nous sommes allés habiter chez lui, nous n'avons pas tardé à déchanter. Certains jours, il était le grand-père que nous avions connu avant, chaleureux et plein d'humour. Il jouait au ballon avec nous et nous portait sur ses épaules. Mais, le plus souvent, il était grognon et invivable.

— Il vous frappait quand il était de mauvaise humeur ? demanda Scarlett d'une voix inquiète.

— Vous m'auriez protégé s'il avait levé la main sur moi ? demanda-t-il, avec un petit sourire en coin.

Elle plissa les yeux.

— Oui, fit-elle.

Le sourire de Marcus s'élargit, et Scarlett se trouva momentanément tétanisée. Le visage de Marcus était un peu trop rugueux pour être qualifié de charmant, mais quand il souriait… *Mon Dieu, ce qu'il est beau !*

— Vous aviez trois ans, à l'époque, dit-il, mais je vous remercie pour votre sollicitude.

— À trois ans, j'étais déjà une dure, affirma-t-elle d'un ton badin. Je n'avais pas le choix : j'avais six frères.

— Plus jeunes ou plus âgés que vous ? demanda-t-il.

— Trois plus jeunes et trois plus âgés.

— Pas de sœur ?

— Non. Je suis la seule fille, mes parents ont fait de leur mieux, mais ils n'ont jamais réussi à avoir une autre fille. Ma mère a fini par y renoncer. Et n'esquivez pas ma question.

Il secoua la tête.

— Je ne me le permettrais pas, dit-il. Eh bien, non, il ne nous a jamais frappés. Quand il s'énervait, il se tenait à l'écart du reste de la famille. Il avait une salle de sport au sous-sol, avec des sacs de sable, un ring de boxe, des haltères… Les fois où il était en colère, il descendait se défouler pour dompter la violence qui était en lui… Chaque fois qu'il remontait du sous-sol, on savait qu'on ne reverrait pas sa vraie personnalité avant un bout de temps.

— Il voulait vous protéger contre lui-même, murmura Scarlett. Et se protéger contre vous.

En prononçant ces mots, elle se rendit compte qu'elle était allée trop loin. Marcus pivota, de sorte que leurs épaules ne se frôlaient plus, et les quelques centimètres qui les séparaient parurent subitement être un infranchissable fossé, à en juger par l'expression glaciale qu'il affichait.

— Comment pouvez-vous dire ça ? demanda-t-il d'une voix pleine de mépris. Vous ne l'avez pas connu. Vous ne savez pas quels étaient nos rapports. Nous ne lui aurions *jamais* fait le moindre mal. *Jamais.*

— Je le connais peut-être mieux que vous, dit-elle posément.

Elle imaginait facilement cet homme tourmenté s'épuiser à cogner dans un sac de sable plutôt que de s'en prendre à des enfants.

— Mais vous avez raison, reprit-elle. Je n'aurais pas dû dire ça. Vous m'avez mal comprise. Pardon…

Au fond de sa poche, sa main se crispa autour de ses clés de voiture.

— Je dois partir, dit-elle. Pas la peine de me raccompagner.

Elle s'écarta pour ne pas avoir à le frôler en passant devant lui.

— Soyez prudent, ajouta-t-elle. Et n'hésitez pas à me contacter en cas de besoin.

Marcus la dépassa et lui bloqua le passage.

— Scarlett, je… Je vous demande pardon, fit-il.

Elle arbora son expression la plus professionnelle.

— Vous n'avez pas à vous excuser, dit-elle. Maintenant, si vous voulez bien me laisser passer… Il faut que je file. Je ne pensais pas rester ici aussi longtemps. L'agent Novak m'attend, et je suis déjà en retard.

Les pieds de Marcus ne bougèrent pas d'un millimètre, mais il posa sa main sur l'épaule de Scarlett — délicatement et prudemment, comme s'il craignait de lui faire peur.

— Ne partez pas, murmura-t-il. Ne soyez pas fâchée. Expliquez-moi ce que vous vouliez dire.

Elle sentit la chaleur de sa main et, cette fois, elle céda à l'envie de se laisser toucher — juste un peu. Puis elle frissonna lorsqu'elle sentit le pouce de Marcus lui effleurer la nuque. Il lui caressa le bras puis, du bout des doigts, la main. Sa respiration était hachée, sa voix rauque lorsqu'il dit :

— Je sais qu'il voulait nous protéger contre lui-même. Je le savais déjà quand j'étais gamin. Mais pourquoi est-ce qu'il aurait eu besoin de se protéger contre nous ? Comment aurions-nous pu lui faire du mal ?

Elle le regarda dans les yeux et comprit l'agitation contenue qu'elle y lut, car elle était en proie aux mêmes émotions. Elle regretta d'en avoir trop dit ou pas assez. Marcus O'Bannion était un être perspicace. La réponse qu'il exigeait d'elle risquait de mettre à nu ses pires faiblesses.

Mais peut-être avait-il besoin de les voir exposées ainsi. Peut-être voulait-il savoir où il mettait les pieds avant d'aller plus loin…

Elle repensa à la première page de *Malaya*, accrochée au mur derrière elle.

— Vous m'avez dit qu'il a fait la guerre aux Philippines, à Bataan… Il a dû voir et vivre des choses terrifiantes.

— Là et ailleurs. Il a aussi été correspondant de guerre en Corée…

— Ça vous change de voir la mort de près… Et la souffrance… Surtout quand on sait qu'on ne peut y apporter aucun remède et qu'on se sent impuissant. Ça vous marque, ça vous fait des bleus à l'âme. On en arrive à ne plus distinguer le bien du mal. Mais j'ai l'impression que votre grand-père avait encore en lui beaucoup de bonté et de sens moral… et aussi de dévouement. Avec sa force d'adulte, il craignait de faire du mal à ses petits-enfants. Je trouve son aptitude à se maîtriser vraiment admirable. Peu de gens sont capables de contrôler leurs pulsions, et ils finissent par faire souffrir ceux qu'ils sont censés aimer le plus. Physiquement, parfois… Et, bien plus souvent, émotionnellement.

Le regard de Marcus s'était fait plus chaleureux. Moins distant.

— En tout cas, nous n'aurions pas pu lui faire mal, physiquement, dit-il. Nous étions tout petits. Et on n'aurait jamais cherché à le faire souffrir émotionnellement. Même quand on est devenus adultes.

— Je sais. Et je crois qu'il le savait aussi. Mais ce qu'on sait n'a parfois aucune influence sur notre comportement. L'angoisse est si profonde qu'on se raccroche à ce qui reste d'humain et de généreux dans son âme. Et on préserve jalousement ce petit reste d'humanité en l'enfouissant tout au fond de soi. On le cache même aux gens qu'on aime le plus, de peur qu'il ne s'abîme encore plus au contact d'autrui. Et sans ça, qu'est-ce qui nous reste ?

— Rien, murmura-t-il.

— Exactement. Le besoin de se protéger n'est pas rationnel, c'est instinctif, un peu comme quand on défend par réflexe l'endroit du corps où on a été blessé pendant une bagarre. On aimerait ouvrir son cœur aux autres, ou en tout cas à ceux qu'on aime et dont on est sûr qu'ils ne chercheront pas à nous faire du mal. Mais, quand on se confronte à la réalité, on se referme sur soi-même. Et à force d'ouvrir et de fermer son cœur, on finit parfois par perdre espoir.

Il détourna les yeux et dit :

— Et la porte du cœur se referme pour toujours.

— Oui, ça arrive, dit-elle doucement.

Elle se demanda si c'était toujours du grand-père de Marcus qu'ils parlaient.

— Et il arrive aussi, poursuivit-elle, qu'on la laisse toujours fermée, parce qu'on a honte d'ouvrir son cœur à qui que ce soit. Parce qu'on continue d'être confronté aux horreurs du réel au quotidien. Et l'âme se replie encore plus sur elle-même.

— C'est un cercle vicieux, dit-il d'un ton impassible. Comme une métastase.

— Ouais. On ferme la porte à double tour. Pour contenir la métastase. Pour être sûr qu'elle ne se propage pas à quelqu'un d'autre.

— Alors pourquoi ne pas changer de quotidien avant d'être entièrement dévoré ? demanda-t-il d'un air songeur, comme s'il pensait à voix haute.

— Je crois que c'est à chaque homme de répondre à cette question selon sa conscience.

Il lui jeta un regard perçant et dit :

— Et à chaque femme…

Scarlett hocha la tête.

— Et à chaque femme, répéta-t-elle.

— Alors pourquoi, Scarlett ? Pourquoi continuez-vous à vous confronter aux horreurs du réel ?

La question la prit au dépourvu.

— Parce que je ne sais rien faire d'autre, répondit-elle en toute franchise.

— Laissez quelqu'un d'autre le faire à votre place, répliqua-t-il avec une pointe de colère.

— Ce n'est pas mon genre, dit-elle en souriant tristement.

Elle se racla la gorge et ajouta :

— Et voilà que je suis encore plus en retard… Deacon doit s'impatienter. Il faut que j'y aille. Envoyez-moi la liste par mail quand vous aurez fini de la mettre en forme.

— Elle est prête. Et imprimée.

Il revint à son bureau et ramassa une feuille de papier.

— Je vous l'enverrai aussi par mail, au cas où vous voudriez en transmettre une copie à Deacon.

Elle prit la feuille de papier et parcourut la liste de noms. Il n'y en avait que huit. Marcus avait ajouté la date des lettres ou des mails, une copie de leur contenu, et un bref résumé de l'article à l'origine de chaque menace.

Scarlett plia soigneusement la feuille et la rangea dans la poche de sa veste.

— Merci. Et merci de m'avoir appelée la nuit dernière. Je regrette seulement de ne pas être arrivée plus tôt.

Le regard de Scarlett tomba sur la une de *Malaya* et elle se rendit compte qu'elle n'avait toujours pas parlé du bébé à Marcus.

— Je ne crois pas que Tala serait partie avec vous, dit-elle. Ni même avec moi. Elle comptait bien revenir à l'endroit où elle était séquestrée.

— Comment le savez-vous ? s'étonna-t-il.

— Quand elle a dit « Malaya », ce n'était pas seulement une manière de vous demander de libérer sa famille. Je crois que Malaya est le prénom de son enfant.

— Son *enfant* ? Elle avait un *enfant* ?

— Oui.

— Quel âge ? demanda-t-il d'une voix blanche.

— Le médecin légiste estime que Tala a pu accoucher il y a trois ans maximum. Mais l'enfant ne doit pas avoir beaucoup plus d'un an. On a trouvé sur elle un anneau pour bébé qui fait ses dents et une tétine. Et on sait qu'elle allaitait encore le jour de sa mort…

La gorge de Marcus se contracta.

— Elle n'avait que dix-sept ans, Scarlett, murmura-t-il au bout d'un moment.

— Je sais, dit-elle tout doucement.

— Ça veut dire qu'elle serait tombée enceinte à quinze ans…

— Je sais.

— Elle a dit que l'homme la possédait…

Il détourna les yeux sans prononcer la question qu'ils se posaient tous les deux : la grossesse de Tala résultait-elle d'un viol ?

— Comment savez-vous que le prénom de l'enfant est Malaya ? demanda-t-il plutôt.

— Sur la tétine, on a retrouvé la trace d'une inscription. L'encre est à moitié effacée, mais je crois qu'il y a marqué « Malaya ».

— Alors, le bébé est encore là-bas, quelque part, dit Marcus d'une voix crispée. Sans sa mère, sans protection…

Brusquement, il tourna les talons et revint s'asseoir à son bureau. Il déverrouilla un tiroir et en sortit un Glock d'un modèle ancien et un holster d'épaule à double étui.

Scarlett voulut lui demander si c'était l'arme qu'il portait sur lui, la nuit précédente, quand il pourchassait l'assassin de Tala, mais elle décida de reporter cette question à un moment où il serait moins agité.

Il endossa le holster élimé, la mettant au défi du regard de s'y opposer.

Elle lui jeta un regard inquiet tandis qu'il se penchait pour examiner brièvement la chambre du Glock et ôtait le cran de sûreté. Puis il glissa le pistolet dans l'étui de gauche et remplit de munitions celui de droite.

— J'ai un permis, lâcha-t-il entre ses dents.

— Je suis au courant, dit-elle posément. Mais j'aimerais bien savoir où vous allez comme ça…

Il releva la tête et lui décocha un sourire carnassier.

— Je vais retrouver le bébé. Vous venez avec moi ?

*
* *

Cincinnati, Ohio
Mardi 4 août, 11 h 10

Marcus fixa Scarlett, attendant la remontrance qu'elle allait certainement lui faire. Et qu'il méritait sans aucun doute. Elle lui avait confié une information qu'elle aurait très bien pu — et sans doute *dû* — garder pour elle. Et il avait réagi en s'armant d'un pistolet et en se comportant comme un demeuré.

Mais... Bon Dieu, un bébé !

Quand Scarlett lui avait appris que Tala portait un bracelet, il s'était demandé pourquoi la jeune fille avait pris de tels risques pour le rencontrer. Maintenant, il comprenait.

Du fond de la pièce, Scarlett l'observait d'un œil bleu nuit, et Marcus se demanda ce qu'elle pensait de lui. Une tête brûlée, un irresponsable, qui avait tendance à se faire tirer dessus... Certainement pas quelqu'un à qui elle puisse se fier.

Mais il était fermement décidé à ne pas reculer. Il ne pouvait pas se dérober. Tala avait sollicité son aide, et il n'avait pas réussi à la sauver. Cela ne se reproduirait pas avec ce bébé innocent. *Non.* Pas tant qu'il lui resterait un souffle de vie.

— Je vais au parc, déclara-t-il. Quelqu'un a dû voir Tala promener le caniche.

— Des agents de police ratissent le quartier depuis ce matin. Ils n'ont encore trouvé aucun témoin...

— Parce que ce sont des flics. Les gens préféreront peut-être se confier à quelqu'un d'autre.

Il crut que cette phrase la hérisserait, mais il n'en fut rien. Elle conservait son calme, coûte que coûte.

— À un journaliste, par exemple ? suggéra-t-elle.

— Oui. Les gens ne nous aiment pas beaucoup, c'est vrai... Mais il y a toujours un narcissique qui rêve de passer aux infos, même dans les beaux quartiers.

— Vous ne travaillez pas pour la télé, mais pour la presse écrite, remarqua-t-elle posément.

Marcus sortit une caméra numérique du tiroir de son bureau.

— Ceux qui rêvent d'avoir leur quart d'heure de célébrité ne sont pas si regardants, dit-il.

— Vous essayez de me contrarier, Marcus ?

— C'est possible. Mais je veux surtout vous voir telle que vous êtes. Je sais que la vraie Scarlett est quelque part là-dedans, dit-il en pointant un doigt vers elle.

Elle resta silencieuse, le temps de quelques battements de cœur trop rapides. Puis elle hocha sèchement la tête.

— Vous avez raison, dit-elle. Mais je ne peux pas me permettre de laisser la Scarlett dont vous parlez faire ce qu'elle veut et jouer les justicières pour vos beaux yeux. Je ne peux pas vous empêcher d'interroger les riverains du parc mais, si vous franchissez la ligne rouge, je n'hésiterai pas à vous coffrer.

Marcus imagina Scarlett en train de jouer les justicières et de distribuer des baffes — cette pensée le fit saliver et provoqua même une subite érection. Cette réaction était ridicule et parfaitement déplacée, étant donné la gravité de la situation. Mais elle était indéniable. Il bascula subrepticement d'une jambe sur l'autre pour atténuer la pression qui s'exerçait sur sa braguette.

— Message bien reçu, parvint-il à articuler.

Puis il haussa les sourcils et ne put s'empêcher de lancer une dernière pique.

— Dois-je comprendre que vous ne venez pas avec moi, inspectrice ? demanda-t-il d'un ton mielleux.

— J'aurai tout entendu ! fit-elle en levant les yeux au ciel. Essayez de ne pas vous faire descendre, cette fois. Promis ?

— Je ferai de mon mieux.

Elle secoua la tête et fit un pas vers la porte, avant de se raviser, la main sur la poignée.

— Merci pour la liste, dit-elle. Et pour les vidéos.

— Il n'y a pas de quoi, dit-il. Merci de m'avoir appris que Tala avait un bébé. Je sais que rien ne vous y obligeait.

Elle se renfrogna.

— Et je n'aurais pas dû le faire, dit-elle. Rendez-moi un service : n'en parlez pas dans votre journal, même si c'est comme ça que vous gagnez votre vie. J'aimerais garder mon emploi encore un peu.

— Je vous le promets.

— Et si vous trouvez un narcissique qui rêve d'avoir son quart d'heure de célébrité…

— Je ne manquerai pas de vous transmettre toutes les informations que je vais recueillir. Où est-ce que je peux vous joindre ? Je vous demande ça simplement pour savoir où vous trouver pour vous communiquer le résultat de mes recherches.

Elle lui jeta un regard apitoyé.

— Mon pauvre Marcus, vous n'êtes pas capable de faire mieux ? Si vous voulez vraiment savoir où je vais, il vous suffit de me le demander.

— Je vous l'ai demandé, protesta-t-il, mais vous m'avez regardé de travers et vous m'avez répondu : « Je vais faire mon boulot. »

Elle esquissa un sourire, si ténu qu'il aurait échappé à Marcus s'il n'avait fixé son visage avec une telle intensité.

— C'est de bonne guerre, murmura-t-elle. Redemandez-le-moi. J'essaierai d'être un peu plus aimable.

Il contourna son bureau et s'approcha tout près de Scarlett, qui n'avait pas lâché la poignée. Il se pencha jusqu'à frôler son front et huma une fois de plus le parfum des fleurs des champs.

— Inspectrice Bishop, où est-ce que vous allez comme ça ? demanda-t-il solennellement.

— Je vais rejoindre Deacon au parc. Nous espérons que Tala, sachant qu'elle était écoutée, a laissé un message écrit, que Deacon doit être en train de chercher sous les buissons ou dans un arbre.

— Il ne trouvera rien.

— Pourquoi ?

— Parce que j'ai déjà cherché. J'ai passé des heures à fouiller. Comme elle refusait de répondre quand je lui parlais, j'ai pensé qu'elle était terrorisée, qu'elle craignait d'être suivie. Ou même qu'elle était muette. Alors je me suis dit qu'elle avait peut-être laissé un message quelque part dans le parc. J'ai cherché, cherché... Mais je n'ai rien trouvé.

— Vous avez fait vos recherches de nuit ou de jour ?

— Les deux.

— Vous avez peut-être piétiné des indices...

— Je ne savais pas qu'elle allait se faire tirer dessus, se défendit-il.

— C'est vrai.

À la grande stupéfaction de Marcus, Scarlett lui enfonça brusquement l'index dans le plexus solaire.

— N'oubliez pas de porter un gilet pare-balles, lui ordonna-t-elle. Et faites bien attention à vous.

Et sur ces paroles, elle s'éclipsa, le laissant seul face à la porte ouverte.

Il tendit l'oreille pour entendre les pas de Scarlett dans l'entrée, puis il se tourna vers l'écran de sécurité qui se trouvait sur son bureau. Il la vit sortir du bâtiment et ouvrir aussitôt son téléphone portable.

Lorsqu'il sentit sa nuque s'engourdir, il se rendit compte qu'il fixait l'écran depuis plus d'une minute. Il ne voyait que le dos de Scarlett, et pourtant il se sentait irrésistiblement attiré par elle. C'était ridicule, digne d'un collégien. Mais il se consola en se disant que cela semblait réciproque.

Ils auraient tout le temps d'explorer les possibilités sentimentales qui s'ouvraient à eux. Mais il fallait d'abord localiser le bébé de Tala et identifier le couple qui l'avait réduite en esclavage.

Marcus ôta son holster puis en vida le contenu sur son bureau. Il sortit du tiroir le gilet pare-balles que Stone était allé chercher en début de matinée. Celui que Marcus portait dans la ruelle était d'un modèle plus récent et plus léger, qu'il pouvait mettre sous un T-shirt sans attirer l'attention. Mais il se trouvait en ce moment au CPD et, de toute façon, le choc qu'il avait subi le rendait inutilisable. Son vieux gilet pare-balles était beaucoup moins confortable. Et il fallait porter une chemise à manches longues pour le dissimuler.

Il grimaça. Un gilet bien lourd et une chemise à manches longues, en plein mois d'août… *Super. J'aurai crevé de chaud avant d'être abattu,* songea-t-il amèrement en enlevant son T-shirt.

On frappa sèchement à la porte et celle-ci s'entrouvrit aussitôt.

— Marcus ? fit Gayle d'une voix tendue.

Il se retourna vivement, tournant le dos au mur. Il ne fallait surtout pas que Gayle voie l'énorme hématome sur son dos.

— Je ne suis…

La porte s'ouvrit en grand et Gayle dut laisser le passage à Scarlett Bishop, qui pénétra dans le bureau et s'arrêta net en voyant Marcus.

— Elle n'a rien voulu entendre, dit Gayle, furieuse. Je n'ai jamais vu une personne aussi impolie. Stone est sorti. Dois-je appeler la police ?

Scarlett n'avait rien dit pour sa défense car elle avait les yeux rivés sur Marcus ou, plus précisément, sur sa poitrine dénudée — ce qui donna à Marcus l'envie de rouler des mécaniques et de se pavaner. Il s'en garda bien, évidemment, et conserva toute sa dignité — extérieurement, du moins.

— Ce n'est pas grave, Gayle, dit-il. Laisse-la passer. Et referme la porte derrière toi, s'il te plaît.

Gayle lui jeta un regard noir et s'exécuta, claquant la porte rageusement. Le bruit que fit la porte tira brusquement Scarlett de sa catalepsie de lapin pris dans des phares. Elle se retourna vivement, mais Marcus eut le temps de voir que ses joues étaient rouges comme des pivoines.

— Excusez-moi, bredouilla-t-elle. Je… Vous vous êtes rhabillé ? Vous êtes… présentable ?

— Mais bien sûr, dit-il.

Il ne put s'empêcher de sourire quand elle se retourna et qu'elle vit qu'il était toujours torse nu. Il étendit les bras, pour mieux permettre à Scarlett de l'observer.

— Je suis tout à fait présentable. Quand je suis sur une

plage, je m'cxhibe bien plus que ça. Et puis, c'est vous qui avez fait irruption dans mon bureau et qui violez mon intimité. Une fois de plus… Vous auriez mérité de me trouver tout nu en entrant !

Le rougissement des joues de Scarlett s'étendit à tout son visage.

— Vous n'avez pas l'intention de vous habiller ? demanda-t-elle d'une voix crispée.

Son embarras était si grand que Marcus dut contenir son hilarité.

— Parce que, là, j'ai besoin de vous, ajouta-t-elle.

Instantanément, Marcus redevint sérieux.

— Qu'est-ce qui s'est passé ? demanda-t-il en enfilant avec aisance un bras dans l'une des manches du gilet.

Il eut plus de difficulté avec l'autre manche : son dos était tellement endolori qu'il avait le plus grand mal à exécuter les gestes les plus simples.

— Rien de grave, répondit-elle.

Elle s'approcha de lui et entreprit de l'aider à revêtir son gilet pare-balles. Elle lui prit l'avant-bras et le glissa doucement dans la manche. Puis elle ajusta le gilet et le boutonna.

— Cet hématome doit vous faire un mal fou. Vous avez mis de la glace dessus ?

— Non, avoua-t-il.

Son cœur bondissait en tous sens dans sa poitrine. Les gestes de Scarlett étaient sûrs et précis, et il savoura les quelques secondes où elle l'aida à enfiler son vêtement.

Elle ramassa le T-shirt qu'il venait d'enlever et demanda :

— Vous vouliez remettre ça ?

Marcus mit un bon moment avant de réussir à calmer son pouls et à répondre.

— Non. Il y a une chemise à manches longues dans le placard de la salle de bains. Par là…, dit-il en pointant le doigt vers la droite.

Elle ouvrit la porte de la salle de bains et y entra. Soudain, il l'entendit s'écrier :

— Ça alors ! Cette salle de bains est deux fois plus grande que la mienne !

Elle ressortit un instant plus tard, tenant une chemise bleu marine à la main.

— Celle-ci, ça ira ? demanda-t-elle.

— Très bien.

Il aurait sans doute réussi à s'habiller tout seul, mais il préféra la laisser faire, humant voluptueusement son parfum tandis qu'elle lui boutonnait sa chemise.

— C'est vous qui avez fait installer cette salle de bains ou vous en avez hérité ? demanda-t-elle.

— J'en ai hérité. Mon grand-père aimait son petit confort.

— Ça se voit, dit-elle.

Elle recula d'un pas et reprit son air professionnel.

— J'ai une tâche à vous confier. Je crois que ce serait plus utile que de sonner aux portes des riverains du parc. Ça vous intéresse ?

Si ça me permet de passer plus de temps avec elle ? Et comment !

— Oui, dit-il d'un ton calme qui masquait son excitation.

— Je viens de recevoir un texto d'une amie qui avait un salon de toilettage pour chiens.

— Celle qui a des photos de caniches à me montrer ?

Elle cligna des yeux, perplexe et légèrement embarrassée. Marcus sentit revenir son envie de se pavaner : il avait déstabilisé la pragmatique et rationnelle inspectrice Bishop.

— Ah oui, se souvint-elle. C'est vrai que je vous en ai parlé. Elle a trouvé des vidéos où l'on voit des caniches qu'elle avait filmés dans un concours canin local. Selon elle, la qualité de l'image n'est pas trop mauvaise. Vous êtes la seule personne qui ait vu ce chien. Voulez-vous venir avec moi pour visionner ces vidéos ?

— Bien sûr, dit-il en glissant un bras dans l'une des bretelles du holster.

Il s'efforça de rester concentré lorsqu'elle l'aida pour l'autre bras.

— Et Deacon ? demanda-t-il. Vous ne deviez pas le rejoindre au parc ?

— Il n'a toujours rien trouvé, et il pense aussi que cette piste est plus prometteuse. Il est l'heure de déjeuner, les gens avec des chiens commencent à être plus nombreux dans le parc et il va les interroger. Il va leur montrer la photo de Tala et leur demander s'ils se souviennent de l'avoir vue. Mais ça, il peut s'en charger tout seul. Il vaut mieux que j'aille voir la toiletteuse pendant ce temps-là. Alors ? Vous avez une ou deux heures à me consacrer ?

Marcus désigna la porte.

— Après vous, inspectrice, fit-il galamment.

Elle secoua la tête et désigna le holster d'épaule en haussant les sourcils.

— Vous avez vraiment l'intention de vous balader en public sans veste ? Si vous n'en mettez pas une, vous ne pourrez pas m'accompagner. Je ne tiens pas à avoir l'air d'enquêter avec l'inspecteur Harry.

— Merde, lâcha Marcus. Il fait chaud, dehors ?

— Plus de 35 degrés, et le taux d'humidité est de 85%… Si vous portez une veste par-dessus la chemise et le gilet, vous aurez du mal à neutraliser qui que ce soit, car vous vous retrouverez aux urgences avant, pour un coup de chaleur. Pourquoi ne pas vous servir du holster de poche que vous aviez ce matin ?

Il plissa les yeux.

— Holster de poche ? Quel holster de poche ? fit-il ingénument.

— Je suis persuadée que vous ne vous seriez pas aventuré dans une rue fréquentée par des dealers avec un pistolet bien en évidence à la ceinture. Sauf si vous aviez eu envie de les provoquer… Ce Glock, c'est celui que vous aviez sur vous, la nuit dernière ?

Il savait qu'elle était observatrice, mais là… Il allait falloir qu'il soit encore plus sur ses gardes.

— Si vous saviez que j'avais un autre pistolet, pourquoi

ne l'avez-vous pas confisqué, comme le couteau ? Couteau que j'aimerais bien récupérer, d'ailleurs…

— Je n'en étais pas certaine, mais je m'en doutais. Ça ne vous ressemblait pas de poursuivre un tueur avec un pistolet de poche. Comme vous n'aviez pas de résidus de poudre sur les mains, je n'ai pas insisté… Et on vous rendra votre couteau quand les techniciens de la police scientifique auront fini de l'examiner. Pour l'instant, ils ont d'autres priorités.

Sans dire un mot, Marcus troqua le holster d'épaule contre celui de poche.

— On prend ma voiture ou la vôtre ? demanda-t-il.

— La mienne, dit-elle. C'est une visite officielle, pas une promenade en amoureux.

Pas dupe, Marcus se retint de sourire. Il ouvrit la porte et dit :

— Après vous, inspectrice.

Loveland, Ohio
Mardi 4 août, 12 h 00

Scarlett jeta un coup d'œil à Marcus, assis sur le siège passager. Il avait rabattu sa casquette de base-ball sur son visage et ronflait doucement. Il s'était endormi moins de cinq minutes après être monté dans la voiture.

Il avait l'air complètement épuisé. Et pourtant, elle ne doutait pas qu'il aurait trouvé assez d'énergie pour partir à la recherche des ravisseurs de Tala, comme il avait eu la ferme intention de le faire lorsqu'il avait sorti son Glock de son tiroir. Il aurait sonné aux portes de tous les riverains et interrogé tous les promeneurs au parc.

Et, d'ailleurs, elle pouvait encore lui demander de le faire, si la piste des toiletteurs ne donnait rien.

— Marcus, dit-elle en lui donnant un petit coup de coude. Nous sommes presque arrivés.

Il se réveilla en sursaut, se raidit un instant puis se détendit. Il rejeta sa casquette en arrière et se tourna vers la vitre.

— J'ai dormi combien de temps ?

— À peu près vingt-cinq minutes. Je voulais vous préparer avant notre visite à Delores.

— Me préparer ? Que voulez-vous dire ?

— J'ai rencontré Delores il y a neuf mois. Elle était dans le même hôpital que vous. À cause du même criminel.

— Salopard, marmonna Marcus. Oui, je me souviens, c'est la survivante.

— Oui, dit Scarlett en esquissant un sourire. Et elle déteste qu'on l'appelle comme ça. Ça lui donne l'impression d'être un Harry Potter au féminin[1].

— D'accord, fit-il en riant, je ne l'appellerai pas comme ça en sa présence… J'ai su qu'elle avait été blessée quand je suis sorti de l'unité de soins intensifs. Je voulais faire quelque chose pour l'aider. Jeremy a appris qu'elle dirigeait un refuge pour chiens. Il a suggéré qu'on lui fasse un don. Et il a envoyé quelques-uns de ses étudiants s'occuper des animaux jusqu'à ce qu'ils soient placés. Ça tombait bien, parce que certains de ses élèves préparent l'école vétérinaire. Les animaux ont été soignés et les étudiants ont obtenu des points en travaux pratiques.

— C'était sympa de sa part. Quand Delores est sortie du coma, sa première pensée a été pour les chiens du refuge.

— Jeremy est un type bien. Il a été un vrai père pour Stone et moi. Il nous a élevés comme ses propres gosses.

— Je l'ai appelé, ce matin, avoua Scarlett. Je vous cherchais.

— Je sais, il m'a appelé pour me le dire. Il m'en voulait de vous laisser sans nouvelles. Il m'a dit que vous aviez l'air inquiète.

— Je l'étais. Et pas seulement parce que je craignais

1. « Le survivant » est le titre du premier chapitre du premier épisode *(Harry Potter à l'école des sorciers)* de la célèbre série de romans de J. K. Rowling. (N.D.T.)

qu'il ne vous soit arrivé quelque chose… J'avais surtout peur de lui parler, en fait. Peur de raviver de mauvais souvenirs… Mais il n'en a rien montré et il m'a répondu tout à fait cordialement.

— Je ne crois pas que vous puissiez *raviver* de mauvais souvenirs, Scarlett. Nous n'avons pas oublié Mikhail et nous n'avons pas surmonté notre chagrin depuis sa mort. Il est présent dans nos cœurs tous les jours…

Il marqua une longue pause, sans quitter Scarlett des yeux, avant de conclure :

— Donc, si c'est la raison pour laquelle vous ne m'avez pas appelé depuis neuf mois, elle n'a aucun sens.

— C'est bon à savoir, murmura-t-elle. Mais revenons à Delores.

— Ah oui… Elle sait que je vous accompagne ?

— Oui. Elle m'a dit qu'elle attendait avec impatience de faire votre connaissance. Vous êtes le seul O'Bannion qu'elle n'ait pas encore rencontré.

— Quoi ! s'exclama-t-il, médusé. Vous voulez dire… Elle ne connaît pas seulement Audrey, mais aussi Stone ?

— Oui.

Scarlett avait elle aussi été stupéfaite quand elle avait appris tout ce que Stone avait fait pour Delores.

— Audrey lui a rendu plusieurs visites depuis qu'elle est sortie de l'hôpital, reprit-elle. Elle a même ouvert une souscription pour financer le refuge. Cette fille s'y connaît en collecte de fonds.

— C'est ma mère qui lui a tout appris, dans ce domaine. Elle a été à bonne école… Mais *Stone* ?

— Il est allé la voir à l'hôpital puis au refuge, quand elle l'a rouvert. Il lui a apporté des fleurs, des chocolats, et même une peluche… Elle m'a dit qu'il était mignon tout plein.

— Mignon tout plein ? *Stone* ? s'étrangla Marcus.

— Moi aussi, ça m'a fait sourire… En tout cas, Delores est toujours convalescente. La balle qu'elle a reçue a causé moins de dégâts que sa chute brutale sur la route. Elle était presque morte quand on l'a retrouvée, elle avait perdu beaucoup de sang. Son élocution est encore un peu défaillante, et elle ne se déplace pas avec la même aisance qu'avant son agression, mais elle est très active. Quand on essaie de l'aider à marcher, elle se vexe. Elle est très indépendante. Et, je vous préviens, elle enlace les gens pour les saluer. Si ce n'est pas votre habitude, il faudra vous y faire.

— Ce n'est pas mon habitude, mais je peux faire une exception. Quoi d'autre ?

— Elle s'effraie encore facilement. Il ne faut surtout pas la surprendre par-derrière. C'est comme ça que son agresseur l'a attaquée dans le parking.

— C'est noté. Mais comment est-il possible qu'elle soit toujours en vie ? Il lui a tiré une balle dans la tête… C'est rare de survivre à ce genre de blessure.

— Il lui a tiré dessus à bout portant, ce qui a été, paradoxalement, un facteur de rémission. Un miracle. La sœur de Deacon travaillait aux urgences, à l'époque. Elle m'a dit que même le médecin chef des urgences n'avait vu ça que cinq ou six fois en trente-cinq ans de carrière. Elle a sans doute incliné la tête vers la gauche au dernier moment, ce qui fait que la balle n'a pas pénétré le crâne mais a ripé dessus, entre l'os et le cuir chevelu, et est sortie au niveau de la tempe. Mais le crâne n'a pas été atteint, ni le cerveau.

— Vous me faites marcher, dit Marcus d'un ton incrédule.

Scarlett secoua la tête.

— Je vous jure que c'est vrai. Demandez à Deacon. Mais n'en parlez pas à Delores. Elle n'est pas encore assez remise pour aborder ce sujet.

— Pas de problème. Comment avez-vous fait la connaissance de Delores ? Vous êtes allée lui rendre visite à l'hôpital, vous aussi ?

— Une seule fois. J'avais du boulot, moi, pendant que vous vous prélassiez tous dans vos lits d'hôpital en vous gavant de bonbons… Il y a eu plusieurs corps à identifier après l'arrestation du tueur…

Elle se racla brusquement la gorge avant de poursuivre :

— J'ai sympathisé avec Delores à sa sortie de l'hôpital,

quand elle a rouvert son refuge. Dani et Faith voulaient adopter des chiens abandonnés et m'ont traînée là-bas avec elles. Je me suis fait embobiner et je suis revenue chez moi avec mon propre chien.

— C'est sympa de votre part, dit-il. Vraiment sympa.

— Pas vraiment. Zat m'apporte plus de réconfort que je ne lui en donne.

— Ouais, je vois ce que vous voulez dire. BB, la chienne que je promène au parc, appartenait à Mikhail. Au début, je ne voulais pas d'elle, mais personne ne voulait la recueillir… Stone dit qu'il est allergique aux chiens, et Audrey n'est pas assez fiable. Elle aurait oublié de promener BB, voire de la nourrir. Et Jeremy a fort à faire avec Keith… Quant à maman… Même sans avoir bu, elle ne peut pas regarder BB sans se mettre à pleurer.

Ce n'était pas la première fois qu'il mentionnait les problèmes d'alcoolisme de sa mère qui, de toute évidence, l'affectaient profondément.

— Donc, vous vous y êtes collé, dit Scarlett d'un ton apaisant.

— Oui. Et puis, ça fait du bien d'être accueilli quand on rentre chez soi le soir, avoua-t-il. Ne serait-ce que par un chien.

Scarlett quitta la route pour s'engager dans une allée mal pavée. Elle grimaça lorsque la voiture passa sur un nid-de-poule.

— Désolée, dit-elle. Cette allée est à peine praticable. J'aurais dû prendre le tank.

— Ce tas de ferraille roule encore ? s'étonna Marcus. Sans blague ?

Stupéfiée par ce qu'elle venait d'entendre, Scarlett s'arrêta devant la maison de Delores. Elle se tourna vers Marcus et le fixa d'un œil furieux. Il évita soigneusement son regard.

— Marcus ? fit-elle. Regardez-moi !

— Je ne préférerais pas, marmonna-t-il d'une voix contrite.

— Vous plaisantez ? Regardez-moi ! Qui vous a parlé de mon tank ?

— Euh… Je l'ai peut-être vu… Dans votre allée… Une ou deux fois…

— Vous êtes passé devant chez moi ? fit-elle, ébahie. Deux fois ?

— Deux ou trois fois, peut-être un peu plus.

— Où est-ce que vous avez eu mon adresse ?

Le remords céda la place à l'agacement dans les yeux de Marcus.

— Je vous en prie, dit-il. Un enfant de cinq ans pourrait trouver votre adresse. Je ne vous ai pas suivie. Je ne suis pas resté posté devant chez vous pour vous espionner. Je suis simplement… passé devant chez vous.

Elle était tiraillée entre la consternation et une excitation un peu bête.

— Combien de fois, au juste, Marcus ? demanda-t-elle.

— Quatre fois en neuf mois. C'est tout.

— Mais pourquoi ?

Il baissa les yeux et resta silencieux pendant un long moment. Puis il laissa échapper un long soupir.

— J'étais curieux, avoua-t-il.

— Curieux de quoi ?

Il releva la tête, la fixa droit dans les yeux. Et son regard fit à Scarlett l'effet d'un coup de poing au sternum.

— D'en savoir plus sur vous, fit-il.

Un sourire se dessina sur les lèvres de Marcus, à peine esquissé — mais si charmant qu'elle ne put détacher les yeux de son visage.

— Pourquoi ? demanda-t-il. Vous n'étiez pas curieuse de moi, de votre côté ? Même un tout petit peu ?

Scarlett se rendit compte que ses joues étaient brûlantes, malgré l'air frais que propulsait la climatisation dans l'habitacle.

— Peut-être un peu, concéda-t-elle.

Elle ferma les yeux avant d'ajouter :

— Peut-être beaucoup, même.

Les yeux toujours fermés, elle sursauta lorsque le pouce

de Marcus lui effleura la joue. Mais, quand il lui prit tout doucement le menton entre deux doigts, elle se laissa faire.

— Bon, d'accord… Énormément, en fait, finit-elle par avouer d'une voix rauque.

Il émit un petit rire, profond et velouté.

— Tant mieux, je mourais d'impatience de le savoir.

Elle ouvrit les yeux.

— Ne meurs pas, murmura-t-elle. Je t'en supplie.

Le sourire de Marcus s'estompa.

— Je n'en ai aucune intention.

Il lui caressa les lèvres du bout du doigt, puis ôta sa main précipitamment en disant :

— Je crois que ton amie sait qu'on est là.

Scarlett sursauta avec une telle vivacité que son dos heurta l'accoudoir de la portière. Son visage reflétait le plus grand embarras. Elle avait complètement oublié où ils étaient, ainsi que la raison de leur présence. Et il avait raison : Delores était adossée, les bras croisés, à l'un des piliers de sa terrasse couverte et les regardait d'un air bienveillant. À ses pieds était assis un énorme chien dont la tête dépassait la hanche de Delores. Sa maîtresse, qui ne mesurait guère plus d'un mètre cinquante, paraissait minuscule par rapport à lui.

— Nom de Dieu, lâcha Scarlett. Toute la ville sera au courant cinq secondes après notre départ.

Marcus se redressa sur son siège en fronçant les sourcils.

— Tu comptais me cacher ? demanda-t-il.

— Non, répondit-elle d'une voix nerveuse. Mais je… Marcus, je tiens beaucoup à ma vie privée. Même si ça ne m'arrive pas souvent d'avoir un petit ami, ajouta-t-elle en le regrettant aussitôt.

— Mais ça t'est quand même arrivé, dit-il.

— Deux fois, avoua-t-elle.

Elle haussa les épaules avant d'ajouter :

— Et demie.

Car sa liaison épisodique et fort peu sentimentale avec Bryan ne comptait pas vraiment. Cette relation avait simplement été… commode à un certain moment. Et peu bénéfique, pour l'un comme pour l'autre.

— Et demie ? fit Marcus, intrigué. C'est quoi, une demi-fois ?

— N'essaie pas d'en savoir plus. Allez, viens, on a du pain sur la planche.

— Oui, inspectrice ! À vos ordres, inspectrice ! aboya-t-il.

Puis il la gratifia d'un grand sourire, et elle se sentit fondre à nouveau comme une idiote.

— Nous finirons cette conversation après, ajouta-t-il tout doucement. De toute façon, si je comprends bien, toute la ville sera déjà au courant.

— Merde, marmonna-t-elle. Tant pis. Commençons par essayer de savoir qui est le propriétaire de ce maudit caniche.

Chapitre 14

Cincinnati, Ohio
Mardi 4 août, 12 h 00

Ken se posta à la fenêtre du salon pour regarder Burton installer délicatement Miriam, endormie, sur un siège de la voiture de celle-ci. Il se demanda si cette délicatesse était due à une sincère affection, ou si Burton craignait simplement de laisser des marques sur son corps. Ken n'était pas convaincu de la loyauté de son employé, mais il lui fallait admettre que c'était un professionnel chevronné.

Le téléphone portable de Ken sonna à l'instant où Burton s'éloignait. C'était Demetrius.

— Je commençais à m'inquiéter, dit Ken d'une voix tendue.

— Pour moi ? demanda Demetrius avec une pointe d'ironie.

— Où es-tu ?

— À Loveland… Tu te rends compte ? À pied, dans un bois… Tu me dois mille cent dollars.

— Ah bon ? Pourquoi ?

— Parce que mes Testoni toutes neuves sont fichues.

Ken grinça des dents. Un de ces jours, il allait lui enfoncer ses chaussures de luxe dans le cul.

— Je voulais dire : qu'est-ce que tu fabriques à Loveland ?

— C'est là qu'O'Bannion est allé. Il est avec une meuf… Une flic.

— Super, marmonna Ken. Qu'est-ce qu'ils foutent dans les bois ?

— C'est moi qui suis dans un bois, pas eux. Quand je suis arrivé au bureau d'O'Bannion, elle y était déjà… Je ne sais pas depuis combien de temps. Elle en est sortie à 11 h 20, elle est restée sur le trottoir, les yeux sur son portable, et puis elle est revenue sur ses pas. Quelques minutes plus tard, elle est ressortie avec O'Bannion. Ils sont montés dans la voiture de la flic, une bagnole banalisée du CPD. Ils ont tourné dans une allée privée. Si je les avais suivis, ils m'auraient tout de suite repéré. Donc, je me suis garé un peu plus loin, et j'ai traversé ce foutu bois. Ne quitte pas, je t'envoie une photo de la flic. Je crois que tu la trouveras… intéressante.

Le téléphone de Ken se mit à vibrer et il activa le haut-parleur tout en ouvrant la photo.

— Pas mal, fit-il.

— Ouais, acquiesça Demetrius. Elle est bien roulée, y a pas à dire.

C'était un euphémisme. La femme était grande, élancée. Et cette longue tresse noire savamment relevée… Elle était tout simplement exceptionnelle.

— Tu penses à ce que je pense ? demanda Ken.

— Sans doute pas, ricana Demetrius. Tu es moins pervers que moi.

Ken leva les yeux au ciel.

— Je me demande combien on pourrait en tirer, dit-il. Elle pourrait faire la paire avec Stephanie, et on les vendrait en un seul lot.

— Tu vends toujours les plus beaux jouets avant qu'on n'ait eu le temps de s'amuser avec, ronchonna Demetrius. Je parie qu'elle a du répondant, au lit. Elle a une démarche de panthère… Je pourrais la tester avant de la mettre sur le marché.

— On verra, dit Ken en examinant la photo de plus près. Sa tête me dit quelque chose… Je la connais ?

— Moi aussi, je me suis dit que je l'avais déjà vue quelque part, dit Demetrius. Alors j'ai demandé à DJ de se renseigner et de trouver d'autres photos d'elle…

Le fils de Demetrius, DJ, s'était montré extrêmement utile et digne de confiance, depuis quelques années.

— C'est une inspectrice de la brigade des homicides, poursuivit Demetrius. Elle enquête sur le meurtre de la fille dans la ruelle. Elle s'appelle Scarlett Bishop. Elle a été affectée à la force conjointe du CPD et du FBI il y a un peu moins d'un an. C'est elle qui enquêtait sur l'affaire du tueur en série, l'an dernier.

— Mais oui… C'est elle qui s'occupait d'O'Bannion à l'hôpital, se souvint Ken. Elle était aussi à l'enterrement du frère de ce connard.

— Ouais. Les photos que DJ a retrouvées sont celles que j'ai prises en novembre, à l'enterrement puis à l'hosto.

— DJ a fait une recherche sur ses antécédents ?

— Oui. Elle est blanche comme neige.

— Aucun flic n'est blanc comme neige. Je vais demander à Sean de se renseigner un peu plus. Et que font Bishop et O'Bannion à Loveland ?

— Je n'en ai pas la moindre idée, dit Demetrius d'un ton perplexe. Ils sont entrés dans un refuge pour chiens… Ça s'appelle Patrick's Place.

— Un refuge pour chiens ? O'Bannion a l'intention d'adopter un chien ?

— Je n'en sais rien. Je n'ai pas l'impression que cette visite soit en rapport avec l'enquête, en fait… Je crois qu'ils ont une sorte de… liaison. O'Bannion allait rouler une pelle à Bishop quand la femme qu'ils sont venus voir est sortie sur sa terrasse.

— Merde, marmonna Ken. Une flic et un journaleux… *Partenariat dangereux, s'il en est.*

— Ouais, ça craint, fit Demetrius. Si on le descend, elle ne nous lâchera pas, elle ira jusqu'au bout. Et là, ce sera vraiment la merde. Sauf si on les liquide tous les deux. On en sait plus sur les Anders ? Et sur le lien entre eux et O'Bannion ? Comment est-ce qu'O'Bannion a été contacté par la fille de la ruelle ?

— Je le saurai bientôt. Les trois Anders sont toujours au sous-sol.

Ken jeta un coup d'œil à l'écran de sécurité sur le comptoir. Les trois captifs tentaient désespérément de se débarrasser de leurs liens, ne parvenant qu'à s'écorcher la peau.

— La mère, poursuivit-il, est le pilier de la famille. C'est elle qui leur donne le courage de résister. Dès qu'elle sera hors circuit, Chip et Stephanie balanceront tout. Stephanie cache quelque chose… Elle et son père sont persuadés que leur disparition va être remarquée par une personne qui préviendra les flics.

— Qui ça ?

— Peut-être la dresseuse du chien… Tu sais, pour les concours canins. Mais ce n'est pas sûr. Decker est retourné chez Anders pour vérifier que personne n'était planqué là-bas. Il y serait allé plus tôt s'il ne lui avait pas fallu plus de temps que prévu pour nettoyer et recoudre la plaie.

— Tu veux qu'on échange ? Tu t'occupes d'O'Bannion et de Bishop… Et moi, de l'interrogatoire des Anders…

— Merci, mais je crois que je peux me débrouiller, dit Ken. Ils sont juste un peu plus entêtés que prévu. J'ai donné deux ou trois coups de jus à Marlene, mais ils n'ont pas craqué. Je leur ai accordé une pause, pour les faire mijoter, pendant que je m'occupais de Miriam.

Il y eut un bref silence, suivi d'un soupir.

— La femme de Reuben sait ce qu'on fait vraiment ? demanda Demetrius.

— Ouais… Elle ne s'est pas méfiée de Burton et elle l'a suivi de son plein gré. Mais quand elle a vu où il l'emmenait, elle a essayé de lui échapper. Elle a hurlé qu'elle ne voulait pas voir le démon qui avait corrompu son mari. Elle s'est débattue, elle l'a griffé… J'ai dû lui faire du thé, avec une dose de tranquillisant assez forte pour assommer un bœuf.

— Elle a bu une boisson que tu avais préparée toi-même ? Alors qu'elle a drogué Jason Jackson ?

— Mon couteau sous sa gorge l'a convaincue d'accepter cette preuve de mon hospitalité. Elle s'est calmée, elle m'a dit en gros ce que j'avais besoin de savoir et elle s'est endormie. Burton a pris la voiture de Miriam et il l'a emmenée dans un motel bon marché. Il va la laisser dans une chambre et envoyer du portable de Miriam un message bien senti, mais résigné, à Reuben, en disant qu'elle préfère éviter que ses enfants retrouvent son corps en rentrant de l'école. Puis il laissera la voiture sur le parking du motel. Si Reuben a vraiment installé des balises électroniques sur ses propres voitures, et s'il est toujours en vie, il ne tardera pas à retrouver Miriam… Et alors là, il va exploser de rage.

— Qu'est-ce qu'elle t'a dit ?

— Que j'étais un salaud qui avait embobiné son mari et fait de lui un pervers comme moi. Elle m'a dit que son détective privé s'intéressait à nous. Je lui ai répondu que son détective était mort. Ça l'a rendue un peu plus coopérative. Burton a pris l'ordinateur portable de Miriam et il a lu ses mails. Elle avait noté tout ce qu'elle sait sur nous dans une sorte de mémo, qu'elle s'est envoyé sur sa propre messagerie. Apparemment, elle ne l'a transmis à personne d'autre. Je suppose qu'elle voulait pouvoir y accéder à tout moment. Elle a réussi à accéder aux données que Reuben conservait sous clé. Elle avait fait un double du jeu de clés… Elle m'a juré qu'elle ne l'avait pas tué… Mais, à ce stade de l'interrogatoire, elle commençait à sombrer dans le sommeil.

— Sean a une idée de l'endroit où Jackson et Reuben pourraient être ?

— Aucune, dit Ken. Il n'a trouvé aucune trace de transactions par carte bancaire, ni d'achat de billets d'avion ou de location de voiture. Mais il va poursuivre ses recherches. Ça prend du temps parce qu'il faut qu'il se renseigne pour tous les noms d'emprunt que Reuben a utilisés.

— Et si Reuben se sert d'un nouveau pseudonyme ? demanda Demetrius.

C'était plus que possible. Ken lui-même avait plusieurs identités de rechange, qu'aucun de ses associés ne connaissait. Au cas où il aurait subitement besoin de disparaître.

— Alors il n'y a plus qu'à espérer qu'il contacte Burton. J'ai chargé le seul membre indemne de l'équipe de Reuben de ne pas lâcher Burton d'une semelle.

— Pour être bien certain qu'il va emmener Miriam au motel ?

— Entre autres. Il y a un lien fort entre Miriam et Burton… Peut-être parce qu'ils se connaissent depuis longtemps, du temps où Burton travaillait avec Reuben dans la police de Knoxville, ou alors c'est plus récent, je ne sais pas. Mais je veux surtout que le garde ramène Burton ici. Il faut qu'il examine la voiture de Reuben.

— On envoie toujours quelqu'un à New York pour suivre la nana que Reuben se tapait ?

— Ça va être difficile. On n'a plus assez de personnel au service sécurité. S'il est parti voir cette fille, il sera occupé un moment et il ne nous gênera pas, tant qu'il est avec elle là-bas. S'il a quitté le pays, Sean finira bien par trouver des traces de ses déplacements sur Internet. Et s'il est mort, le problème est résolu.

— Quel con, marmonna Demetrius. Il pense avec sa bite… Il n'aurait pas pu se retenir ? Et les deux autres bracelets qui ont été endommagés chez Anders ?

— La fille prétend que c'est elle qui les a tranchés, mais je ne la crois pas. Je vais redescendre au sous-sol pour insister un peu. Je n'ai pas envie de perdre trop de temps avec eux. Surtout maintenant qu'on sait qu'O'Bannion est avec une inspectrice de la brigade des homicides. La priorité, c'est de se débarrasser de ces deux-là. Tu as eu le renseignement, pour le pistolet ?

— Oui. La servante d'Anders a été abattue avec un Ruger P89.

— Je vais appeler Decker, puisqu'il est sur place, pour lui demander d'inspecter l'armoire d'Anders et de voir s'il manque un flingue, ou si l'un d'entre eux a servi récemment.

— Dis-lui de chercher dans les munitions. Le Ruger était chargé de balles Black Talon.

— Hein ? Il n'y a que les collectionneurs qui se servent encore de ça…

— J'en avais pendant un moment. Je les ai achetées dans les années quatre-vingt-dix, quand tout le monde croyait qu'elles pouvaient tout traverser, même le kevlar. On les appelait les « tueuses de flics », à l'époque. Ce qui était faux, hélas…

— Mais attends… Comment est-ce qu'O'Bannion a pu se sortir indemne d'un tir à bout portant avec une balle à pointe creuse ?

— Eh bien, justement, il portait un gilet en kevlar, expliqua Demetrius.

Ken plissa les yeux.

— Ah bon ? fit-il. Ce salopard avait pris ses précautions ! Il savait que la fille avait des ennuis… Mais comment ?

— Qu'est-ce que ça peut faire ? Quand je l'aurai tué, il ne pourra plus rien raconter.

— Il en savait assez pour l'attirer dans cette rue. J'ai demandé à Decker d'aller au bureau écouter les enregistrements transmis par le bracelet de la fille, quand il aura fini de fouiller la maison d'Anders. Mais, sachant qu'O'Bannion est avec une flic, je ne veux pas attendre son retour. Je vais demander à Sean de le faire tout de suite. O'Bannion a peut-être déjà dit à d'autres gens ce qu'il savait sur la fille.

— À son frère, sans doute, marmonna Demetrius. Celui-là aussi, il faut s'en méfier.

— On est d'accord. Et puis, même s'il n'en a pas parlé à son frère, il a peut-être tout raconté à Bishop.

— C'est ce que je me suis dit quand je les ai vus roucouler ensemble. Donc, on fait quoi ? Je les liquide tous les deux ?

Il avait posé cette question avec une telle note d'espoir dans la voix que Ken ne put s'empêcher de rire.

— Oui, Demetrius. Tous les deux. Et le frère aussi, au cas où. Mais tu récupères tes balles quand tu les auras butés.

— Entendu. Alors, qui a tué la fille, dans la rue ? Anders ?

— Non. Chip et Marlene ont payé un bon prix pour cette esclave. Ça m'étonnerait qu'ils aient risqué de perdre leur investissement. Mais la fille, Stephanie, sait ce qui s'est passé.

Ken jeta un nouveau coup d'œil à l'écran de sécurité. Les trois Anders avaient les yeux fermés. L'épuisement se lisait sur leurs visages.

— On dirait qu'ils font la sieste, dit Ken. Il est temps de les réveiller et d'en finir avec eux.

— Je t'appellerai quand j'aurai réglé son compte à O'Bannion. Ensuite, je m'occuperai de son frère.

— Stone O'Bannion, murmura Ken d'une voix mauvaise.

Il ne se souvenait que trop bien du gros titre dans le *Ledger*, au-dessus de l'article signé Stone O'Bannion : DU PORNO PÉDOPHILE TROUVÉ CHEZ UN PROF DE LYCÉE. Ken, Demetrius et Reuben avaient été obligés de faire du nettoyage express et de prendre des risques inconsidérés à cause des frères O'Bannion.

— Fais-les souffrir, ces connards d'O'Bannion, cracha-t-il. Beaucoup.

— Ne t'en fais pas, dit calmement Demetrius. Ils vont déguster.

Loveland, Ohio
Mardi 4 août, 12 h 15

Scarlett avait dit vrai : Delores Kaminsky avait bien pour habitude d'enlacer pour saluer. Et cette petite bonne femme avait beaucoup plus de force qu'il n'y paraissait. Marcus lui donna gauchement une petite tape dans le dos tandis qu'elle l'étreignait fermement. Quand elle le lâcha enfin, elle se redressa et lui décocha un sourire qu'il lui rendit de bonne grâce.

— Je suis ravie de vous rencontrer, Marcus, dit-elle.

Elle avait environ trente-cinq ans, des yeux bleu pétrole, une peau très blanche et des cheveux bouclés coupés court.

Du haut de son mètre cinquante, elle ressemblait à l'une de ces poupées qu'Audrey collectionnait quand elle était petite. L'énorme molosse, qui surveillait Marcus avec la plus grande vigilance depuis son arrivée, se leva pour l'accueillir.

— Moi de même, Delores. Si j'ai bien compris, je suis le dernier O'Bannion à avoir l'honneur de vous rencontrer.

Les yeux bleus de Delores se mirent à pétiller.

— Il faut dire que nous étions tous les deux très occupés, ces derniers mois, à soigner nos blessures et à nous en remettre, remarqua-t-elle. D'ailleurs je vous pardonne bien volontiers puisque vous êtes venu avec mon inspectrice préférée…

Elle se dressa sur ses orteils pour dire plus bas :

— Mais la prochaine fois, embrassez-la… Je crois que ça lui ferait le plus grand bien.

Du coin de l'œil, Marcus vit le visage de Scarlett passer du rose vif au cramoisi. Marcus sentit ses propres joues rougir aussi.

— Si j'avais su, dit-il, que Stone vous avait offert des fleurs et des chocolats, je vous aurais apporté quelque chose de mieux… La rivalité entre frères, vous voyez ce que c'est…

— Mieux que des fleurs et des chocolats ? Comment est-ce possible ?

Delores gratifia Scarlett d'un sourire et ne se démonta pas quand elle vit celle-ci se renfrogner.

— Ce charmeur va vous couvrir de cadeaux, Scarlett, dit-elle gaiement.

— Je préférerais être couverte d'indices, rétorqua Scarlett d'un ton abrupt.

Delores éclata de rire.

— Voyez-vous ça ! dit-elle. L'inspectrice Bishop qui fait les gros yeux ! Eh bien, au boulot ! Les vidéos sont sur mon ordinateur. Angel, suis-moi !

L'énorme animal obéit sans broncher.

— Ne vous inquiétez pas, dit-elle en aparté à Marcus tandis qu'ils traversaient à pas très lents la cuisine. Scarlett fait toujours cette mine d'enterrement quand elle est contente, mais qu'elle ne veut pas le montrer.

Marcus jeta un coup d'œil par-dessus son épaule vers Scarlett, qui les suivait de près, les bras croisés.

— C'est vrai, inspectrice ?

— Absolument pas, grinça Scarlett.

Marcus émit un petit grognement et suivit Delores dans une pièce encombrée de cages vides et de sacs de croquettes, et qui devait être son bureau.

— Excusez-moi pour le bazar, dit-elle. Je n'ai pas assez d'énergie pour faire le ménage et m'occuper des chiens en même temps. C'est l'un ou l'autre. Je vous laisse deviner ce que je choisis…

Elle désigna l'imposant ordinateur d'un autre âge qui trônait sur son bureau.

— Le fichier est ouvert, ajouta-t-elle. Vous n'avez plus qu'à appuyer sur MARCHE.

— Ça alors, Delores ! s'exclama Scarlett. Il date de quand, ce vieil ordi ?

— Je n'en sais rien. Quatre ans, peut-être cinq. Je l'ai acheté d'occasion.

Scarlett examina d'un œil circonspect l'encombrant écran à tube cathodique.

— Vous avez un penchant pour les antiquités ?

— Ce n'est pas tout à fait ça, fit Delores avec un sourire. Soit j'achète un nouvel ordinateur, soit j'achète de quoi nourrir quinze chiens pendant un mois. L'ordinateur fonctionne encore très bien, c'est la seule chose qui compte. Rapprochez le fauteuil, mettez-vous à l'aise et regardez la vidéo.

— C'est toi qui as vu le caniche, dit Scarlett à Marcus. Vas-y.

Il obéit et s'assit en grimaçant. Le fauteuil était encore plus ancien que l'ordinateur, et très inconfortable. Visiblement, Delores gérait son chenil avec un budget infime. Il se demanda combien d'argent Audrey avait réussi à rassembler, et comment Delores l'avait dépensé. La réponse se trouvait sans doute dans les sacs de croquettes qui étaient entassés du sol au plafond.

Il agita légèrement la souris, faisant disparaître le fond

d'écran qui représentait un chat et un chien. Il mit la vidéo en marche. Au même instant, Scarlett se pencha pour la regarder et Marcus se raidit, de nouveau grisé par le parfum des fleurs sauvages.

Un enclos en plein air s'afficha à l'écran. Quelques personnes arborant des cocardes indiquant qu'elles étaient juges se trouvaient à l'intérieur. Suivait un plan panoramique des spectateurs, rassemblés par petits groupes autour de l'enclos.

— Je ne m'attendais pas à ça, commenta Scarlett. Je croyais que les gens seraient assis sur des gradins, comme à la télé.

— Ce n'est qu'un concours local, expliqua Delores. Ceux qu'on voit à la télévision sont des grands concours nationaux. Celui-ci a été organisé par un petit club de l'Indiana, il y a deux ans. Tous les chiens de concours des environs y participaient. J'y ai assisté parce que l'une de mes clientes faisait concourir son caniche royal. Mais c'était un mâle, et celui que vous recherchez est visiblement une femelle. Si le caniche que vous recherchez appartient à des gens de la région, et qu'il est encore jeune, il y a de bonnes chances pour qu'il ait concouru ce jour-là.

— Pourquoi le départ de la lecture n'est-il pas réglé au début de la vidéo ? demanda Marcus.

— Parce que tout ce qui précède ne montre que des catégories qui ne vous intéressent pas : les chiots et les très jeunes chiens. Regardez, les voilà… Il y a douze caniches de cette catégorie. Chacun d'entre eux va faire le tour de l'enclos pour qu'on puisse bien l'admirer. Vous cherchez une femelle blanche à coupe « lion continental », la plus courante, avec des pompons aux pattes et à la queue. Vous avez de la chance parce que, ce jour-là, quatre des femelles étaient à toison noire ou beige et trois des concurrents blancs sont des mâles.

Marcus chassa Scarlett de ses pensées pour se concentrer uniquement sur les chiens qui défilaient dans l'enclos. Il élimina d'emblée deux des cinq femelles blanches restantes, qui lui parurent trop grandes. Il dut regarder à plusieurs reprises les trois autres parcourir l'enclos avant de se décider à en éliminer une autre. Il en restait donc deux.

Il se redressa, manquant heurter le nez de Scarlett.

— Je n'arrive pas à faire la différence entre ces deux-là, dit-il. Mais ils ressemblent à celui que j'ai vu dans le parc.

— Les numéros 121 et 130, dit Delores. Je ne me souviens pas d'eux, mais on peut vérifier les noms de leurs propriétaires. Avancez la lecture de vingt et une minutes.

Marcus mit la vidéo sur pause au moment où la caméra filmait une brochure ouverte à la page où tous les chiens étaient répertoriés par catégories, avec leurs noms et celui de leurs propriétaires.

— Vous avez filmé la liste des participants, constata-t-il d'un ton approbateur. Très intelligent de votre part.

— Pas tant que ça, gloussa Delores. En fait, je n'ai jamais été très ordonnée. Même avant mon… accident. J'ai filmé la brochure parce que je savais que j'allais finir par l'égarer… En tout cas, on peut trouver le nom des propriétaires sur cette page. Ensuite, c'est à vous de jouer.

Scarlett posa une main sur l'épaule de Marcus pour se pencher un peu plus vers le vieil écran.

— Tu peux agrandir, Marcus ? Je n'arrive pas à lire.

Marcus s'exécuta, puis lâcha un soupir.

— Le numéro 121 habite à Chicago. Mais le numéro 130 appartient à Marlene Anders, domiciliée à Cincinnati. Et le chien s'appelle Coco. En plein dans le mille.

— Pouvons-nous emporter une copie de cette vidéo, Delores ?

— Bien sûr.

Delores ouvrit un tiroir et farfouilla un instant avant d'en extirper une clé USB, qu'elle tendit à Marcus tandis que Scarlett appelait un membre de son équipe pour se renseigner sur Marlene Anders.

Lorsque Marcus eut achevé la copie, il se leva et se baissa pour enlacer Delores avant qu'elle n'ait le temps d'en prendre l'initiative.

— Merci, murmura-t-il.

Elle lui rendit son étreinte.

— Il n'y a pas de quoi, dit-elle. Je ne sais pas pourquoi vous cherchez le propriétaire de ce chien, mais je vois que ça vous tient à cœur.

— C'est exact, se sentit-il obligé de répondre.

— Mais pourquoi ? insista-t-elle.

Marcus échangea un regard avec Scarlett, qui secoua la tête.

— Croyez-moi, Delores, il vaut mieux que vous ne le sachiez pas, murmura-t-elle.

Delores se tourna vers elle et hocha la tête presque imperceptiblement. Puis elle leva les yeux vers Marcus.

— Si c'est pour réparer vos fautes que vous faites tout cela, sachez que vous n'avez pas à payer pour ce qui s'est passé il y a neuf mois. Vous étiez une victime, tout autant que moi.

Il la regarda en clignant des yeux, abasourdi. *Qu'est-ce qu'elle raconte ?*

— Pardon ? fit-il.

— Vous êtes rongé par le remords, Marcus O'Bannion, déclara Delores. C'est palpable…

Marcus jeta un regard en coin à Scarlett, prêt à lui reprocher son indiscrétion, mais il s'aperçut qu'elle était aussi surprise que lui. Avant qu'ils n'aient le temps de dire quoi que ce soit, Delores poursuivit :

— L'inspectrice Bishop ne m'a rien confié qui vous concerne personnellement. Tout ce que je sais de vous, c'est que vous avez perdu votre frère, Mikhail, et que vous avez une sœur et un frère qui éprouvent, eux aussi, un sentiment de culpabilité prononcé…

Il ouvrit la bouche pour protester, mais elle lui tapota doucement l'épaule et demanda :

— Vous savez qu'on fabrique des gilets pare-balles plus légers que celui que vous portez en ce moment ?

Ce brusque changement de sujet le prit une nouvelle fois de court.

— J'en ai un plus léger, mais il a été un peu… esquinté, la nuit dernière, avoua-t-il.

— Je vois, fit-elle. J'ai l'impression que vous menez une vie très dangereuse, Marcus. Moi qui espérais que vous étiez plutôt du genre tranquille, et qu'avec vous Scarlett pourrait se détendre en dehors de ses heures de travail…

Marcus n'eut pas besoin de se tourner vers Scarlett pour savoir qu'elle avait de nouveau rougi.

— Je veillerai sur elle, promit-il calmement à Delores. Et je réfléchirai à ce que vous venez de me dire.

— Merci, dit-elle.

Puis elle prit Scarlett dans ses bras et la gratifia à son tour d'une étreinte appuyée.

— Il est plutôt mignon, lui dit-elle en aparté. Si vous décidez que vous ne voulez plus de lui, je saurai m'en contenter.

— Je… Vous…

Scarlett était visiblement incapable de trouver ses mots, comme Marcus quelques instants auparavant, mais elle y renonça vite et éclata de rire.

— Je ne sais pas quoi dire. Ça me laisse sans voix.

— Je sais, dit Delores en arborant un sourire satisfait qui lui donnait l'air d'un lutin malicieux. C'est mon talent caché.

Elle les poussa vers la porte, ajoutant :

— Il faut que je nourrisse les fauves. La prochaine fois que vous venez, amenez Zat. Dites-lui bonjour de ma part et donnez-lui ceci…

Elle extirpa de la poche de sa blouse un sachet en plastique orné de dessins d'os et rempli de friandises pour chiens.

— Merci, je n'y manquerai pas, dit Scarlett.

Elle tourna la tête vers Marcus et ajouta :

— Lui aussi, il a un chien. Une chienne, en fait… Elle aimerait peut-être avoir un petit quelque chose, elle aussi.

— Ah, c'est donc pour ça que je l'aime bien, celui-là. C'est un ami des chiens…

Delores fouilla dans sa poche et en sortit un autre paquet qu'elle remit à Scarlett.

— Dites aussi bonjour à sa chienne de ma part. Et n'oubliez pas d'embrasser son maître… J'ai eu honte de vous interrompre, tout à l'heure. Et puis, Faith et Dani ne me croiront jamais si je ne leur montre pas une photo. Tiens, si vous l'embrassiez maintenant, je pourrais en prendre une, très discrètement.

Marcus eut la sagesse de ravaler son ricanement tandis que Scarlett, furieuse, fusillait Delores du regard.

— Vous ne vous arrêtez jamais ? lui demanda-t-elle.

Delores cligna des yeux d'un air innocent.

— Non, dit-elle avec un sourire carnassier, je suis comme un requin…

— Requin, mon œil, rétorqua Scarlett en levant les yeux au ciel. Vous me faites plutôt penser à un poisson-clown.

— Hélas, vous avez sans doute raison, dit-elle d'un ton légèrement vexé.

— Delores a voulu dire, intervint Marcus, que si elle s'arrêtait, elle en mourrait.

Delores lui jeta un petit regard en coin, accompagné d'un sourire de connivence presque invisible, et Scarlett regretta aussitôt ce qu'elle venait de dire.

— Pardonnez-moi, Delores, murmura-t-elle. Les gaffes et moi…

Delores lui tapota le bras avant d'ouvrir la porte d'entrée.

— Ne vous en faites pas. Je sais que j'y vais un peu trop fort, parfois. Je n'arrête pas d'oublier que, même si vous êtes amie avec Dani et Faith, vous n'êtes pas comme elles.

— Elles sont beaucoup plus drôles que moi, acquiesça modestement Scarlett.

Trop modestement, songea Marcus. Et cela l'agaça un peu. Cette humilité excessive ne lui plaisait guère.

— On dit que les requins meurent quand ils s'arrêtent de nager, poursuivit Scarlett. Mais ce n'est pas tout à fait exact. Certains requins sont capables de respirer en restant immobiles. Le requin-nourrice, par exemple. Et le requin-bouledogue… Je trouve que ces deux espèces vous correspondent bien, Delores.

Delores resta bouche bée un instant avant d'éclater de rire.

— Bravo ! s'exclama-t-elle. Ça, c'est envoyé !

Scarlett sourit, satisfaite de sa revanche.

— Bon, je vais vous dire au revoir avant de me remettre à gaffer, dit-elle. Merci pour votre aide, Delores.

Elle se pencha vers elle pour ajouter :

— Personne ne saura d'où vient cette vidéo. Vous n'avez rien à craindre.

— Je vous fais confiance, dit Delores.

Elle les salua de la main, son énorme molosse toujours à ses côtés, et les regarda s'éloigner.

Cincinnati, Ohio
Mardi 4 août, 12 h 45

Ken venait de redescendre au sous-sol lorsque son téléphone portable sonna. Impatient de reprendre sa séance avec les Anders, il hésita à répondre mais se décida en voyant que c'était un appel de Decker.

— Vous avez du nouveau ? demanda Ken.

— Non, monsieur. Il y a un problème. Quelqu'un a dû appeler la police. Il y a au moins six voitures de patrouille devant la maison, ainsi que quelques voitures banalisées et une camionnette de la police scientifique. Qu'est-ce que je fais ?

— Dégagez de là, grinça Ken. Vous ne pouvez rien faire d'autre. Je vais demander à Sean de se renseigner sur ce qui se passe là-bas. Retournez au bureau et écoutez les enregistrements. Les Anders vont cracher le morceau.

Il rangea son téléphone et jeta un regard glacial à Chip Anders, toujours étendu par terre sur sa chaise renversée. Il dormait. Il ronflait, même. Ken le réveilla brusquement en le relevant sans ménagement.

— Que… Quoi…, bredouilla Chip, les yeux écarquillés.

— Ne lui faites pas de mal ! hurla Stephanie.

Ken agrippa une mèche de cheveux de la jeune femme et tira de toutes ses forces.

— Arrêtez ! gémit-elle. Arrêtez !

— Ferme ta gueule, si tu veux rester en vie, l'avertit Ken.

Il la lâcha et gifla Chip à pleine volée, mais sans renverser la chaise, cette fois.

— Espèce de crétin ! En jouant les Rambo, vous avez attiré les flics chez vous !

Marlene ouvrit de grands yeux. Elle était toujours bâillonnée mais ses yeux jetaient des éclairs de haine.

— Les flics, murmura Anders. Chez moi ?

— Oui. Qu'est-ce qu'ils vont trouver dans la baraque ? De la drogue ? Du porno ? Des armes à feu illégales ? Cette fameuse bonne femme qui va leur dire que vous avez été enlevés ? Des indices qui vont les mener à moi ?

Chip resta silencieux et ferma les yeux. Ken fut pris d'un nouvel accès de fureur.

— Très bien, éructa-t-il. Si vous voulez la jouer comme ça…

Il se munit d'un petit couteau bien aiguisé et se plaça derrière Marlene. Il lui saisit une poignée de cheveux et tira d'un coup sec pour faire basculer sa tête en arrière. Il ôta le nœud coulant et le jeta sur la table avant de presser la pointe de la lame sous l'oreille de Marlene.

— Ouvrez les yeux, Chip. Il est temps de dire adieu à votre chère conjointe.

Chip ouvrit les yeux juste à temps pour voir le sang jaillir de la gorge de sa femme. Le premier jet gicla jusqu'à son visage, le deuxième aspergea son épaule. Chip poussa un cri strident tandis qu'un troisième jet maculait le chemisier en soie de Marlene.

— Espèce de monstre ! hurla Chip. Vous l'avez tuée ! Vous l'avez tuée…

Il cessa subitement de crier et murmura :

— Enculé…

Ken l'ignora et fit pivoter la chaise de Marlene pour que Stephanie puisse la voir de face. Comme prévu, les yeux de la fille étaient fermés. Son visage était blême, et elle tremblait des pieds à la tête.

— Allez, Stephanie, dit Ken d'un ton cajoleur. Regarde le nouveau sourire de maman.

Stephanie détourna la tête et vomit. Un peu sur le sol, et beaucoup sur son chemisier. L'odeur était infecte. Ken détestait ça.

Il laissa Marlene sur sa chaise. Le sang coulait lentement, à présent, de sa gorge tranchée. De ses mains gantées, il arracha le chemisier de Stephanie, faisant voler les boutons. Elle se retrouva en sous-vêtements, un minuscule soutien-gorge en dentelle qui ne cachait pas grand-chose. Il fourra le chemisier souillé dans un sac-poubelle, qu'il referma soigneusement. Puis il enleva ses gants et les posa sur le sac.

Il alla se laver les mains dans l'évier, derrière le comptoir, et revint avec une autre chaise et du désodorisant, qu'il utilisa pour atténuer l'odeur nauséabonde qui flottait dans la pièce. Il retourna la chaise et s'assit dessus à califourchon, croisant les bras et posant les coudes sur le dossier.

— Alors, Chip… Vous avez essayé de me baiser. Vous m'avez causé beaucoup de problèmes, aujourd'hui. Vous avez attiré l'attention des autorités sur moi.

— Non, haleta Chip. Je vous jure que je n'ai rien fait.

D'une chiquenaude, Ken ôta une peluche du revers de sa veste.

— En fait, je m'en fous de savoir qui a fait quoi, dit-il. C'est le résultat qui compte. En tant que chef de famille, vous auriez dû empêcher votre femme et votre fille de faire des conneries.

La respiration de Stephanie était rapide et hachée. Elle n'avait toujours pas ouvert les yeux.

— Bon, reprit Ken. Il est hors de question que vous sortiez d'ici vivant, Chip. Alors, abandonnez cet espoir. Mais vous pouvez rendre la vie de votre fille un peu moins horrible.

Hagard et paniqué, Chip respirait profondément. Le sang de son épouse dégoulinait sur son visage effaré.

— Vous la laisseriez partir ?

Ken éclata de rire.

— Elle est bien bonne, celle-là ! s'exclama-t-il. Non, Chip, ça aussi, c'est hors de question. Mais je ne la tuerai pas.

— Vous la vendrez… Comme si c'était une de vos putes.

— Vous êtes bien placé pour le savoir… Vous m'en avez acheté plusieurs, fit Ken en haussant les épaules. Oui, je la vendrai, mais je peux lui épargner certains… inconvénients. Mon associé aimerait bien que vous me résistiez. Ça lui donnerait un prétexte pour tester votre fille avant que je la vende aux enchères. Si on en arrive là, je vous promets que vous serez aux premières loges. Mon associé n'est pas très délicat…

Chip déglutit.

— Enculé, lâcha-t-il.

— Allons, allons… Tout de suite, les grands mots. Évitez d'user de ce langage avec moi. Je m'attendais à plus d'élégance de votre part. Mais bon, je vous comprends. À vous de choisir… Ou vous passez à table, ou je laisse mon associé s'en donner à cœur joie avec votre fille.

Les yeux de Chip luisaient d'une haine impuissante.

— Espèce de sale tordu…

— Je vous conseille de peser vos mots, le coupa Ken. Trois de mes hommes ont été blessés en allant vous chercher. Je suis sûr qu'ils aimeraient bien se venger. Alors, dites-moi tout ce que vous savez. Comment votre servante a-t-elle réussi à sortir de chez vous, cette nuit ?

— Je n'en sais rien ! grinça Chip, rouge de colère. Stephanie m'a dit qu'elle était sortie avec elle.

— Pourquoi ?

— Je n'en sais rien ! Rien du tout !

— Stephanie ? demanda Ken d'une voix insistante en se tournant vers elle. Pourquoi es-tu sortie de la maison avec la servante de ton père ?

— Parce que j'avais besoin d'elle, dit froidement Stephanie.

— Enfin, nous faisons des progrès ! Mais encore ?

— Elle achetait de la coke pour moi.

Chip écarquilla les yeux.

— Tu m'avais dit que tu avais arrêté ! s'écria-t-il.

— J'ai menti, cracha Stephanie. Alors, vas-y, papa, punis-moi ! C'est toi qui l'as fait venir chez nous… Tu n'as pas pu t'en empêcher. Comme tu n'as pas pu te retenir de coucher avec elle. Tout ça, c'est ta faute ! C'est à cause de toi qu'on est dans cette merde !

— Je l'ai fait pour toi, rétorqua Chip d'une voix furieuse. J'ai acheté ces esclaves pour toi et ta mère.

— Et regarde où ça a mené maman ! Va te faire foutre !

Les traits de Stephanie se crispèrent tandis qu'elle s'efforçait de serrer le plus possible les paupières.

— Comme c'est charmant, dit Ken d'un ton badin. Ça fait plaisir de vous voir enfin communiquer entre vous. Maintenant, il faut me parler à *moi*. J'imagine, Stephanie, que cette escapade dans un quartier de dealers n'était pas la première…

— Non.

— Pourquoi prendre un tel risque ? demanda-t-il, sincèrement intrigué.

— Parce que, si je m'étais fait prendre une nouvelle fois avec de la coke, je me serais fait virer de la fac et que j'aurais perdu mon argent de poche.

En dépit de l'aberration de ce motif, Ken la crut.

— D'accord, fit-il. Mais pourquoi se servir de cette fille ? Si elle s'était fait prendre, elle aurait ramené les flics chez vous.

— Elle ne s'est jamais fait prendre. Pas avant cette nuit, en tout cas…

— Qui l'a tuée, Stephanie ? C'est toi ?

— Non.

— Alors, qui ?

— Je ne sais pas, dit-elle d'un ton maussade. Sans doute un connard qui voulait lui voler la thune que je lui avais filée pour acheter de la coke. Je n'en sais rien.

— Je pense au contraire que tu le sais très bien, Stephanie, dit Ken.

Il se leva, ôta sa veste et l'accrocha à une patère. Il

l'inspecta un instant et y trouva quelques taches de sang. *Heureusement qu'Alice fait des prodiges quand il s'agit de nettoyer les traces.*

Il retroussa ses manches et se tourna vers Stephanie, qui l'observait d'un œil de bête traquée.

— Qu'allez-vous faire ? murmura-t-elle.

— Eh bien, j'ai besoin de connaître la vérité, mais tu n'es pas très coopérative… Je sais comment te faire très, très mal sans laisser la moindre marque…

— Je vous ai dit la vérité.

— Non, ma chère. Pas toute la vérité.

Il prit une paire de gants en latex mais hésita avant de l'enfiler.

— J'espère que tu n'es pas allergique au latex, dit-il.

— Non, dit-elle d'un air hébété. Pourquoi ?

— Parce que je ne veux pas que tu fasses de l'urticaire. Tu serais trop moche, donc invendable…

Il glissa ses doigts dans les gants puis alla se placer derrière elle. Elle se mit à trembler de plus belle. *Bon début,* songea-t-il.

— Ne me tuez pas, implora-t-elle d'une voix rauque. Pitié !

— Ôtez vos sales pattes de ma fille ! grogna Chip.

Ken lui adressa un large sourire.

— Désolé, Chip, dit-il. J'espère que vous allez apprécier le spectacle.

Il couvrit la bouche de Stephanie d'une main et lui pinça le nez de l'autre. Puis il attendit qu'elle suffoque. Au bout d'une vingtaine de secondes d'asphyxie, il la lâcha. Stephanie aspira de grandes bouffées d'air.

— Oh ! mon Dieu, mon Dieu, haleta-t-elle.

Ken la laissa reprendre son souffle puis se pencha pour lui chuchoter à l'oreille :

— Qui a tué la fille, Stephanie ?

Elle se mura dans le silence, et il dut admirer son courage. Quand les acheteurs verraient la vidéo qu'il était en train d'enregistrer, son prix monterait en flèche.

— Bon, allez, dit-il. On recommence…

Il se remit à l'asphyxier et attendit qu'elle pousse des gémissements, étouffés par la main qu'il plaquait fermement sur sa bouche. Il la lâcha et la laissa se remplir les poumons d'air, puis recommença.

— Dis-moi tout, Stephanie, susurra-t-il. Hoche la tête si tu es décidée à parler. N'essaie pas de me raconter n'importe quoi, ma chérie, ça me mettrait en colère. Et quand je suis en colère, je perds beaucoup de mon charme. Qui a tué la fille ? C'est toi ?

Elle secoua la tête frénétiquement.

— Alors, c'est qui ? Tu vas me le dire, oui ou non ?

Elle hocha la tête, domptée, et il libéra sa bouche mais pas son nez, qu'il continuait de pincer fermement.

— Drake, haleta-t-elle. C'est Drake qui l'a tuée !

Ken recula d'un pas et se rassit sur sa chaise.

— Drake… Qui est-ce ? demanda-t-il.

— Ce petit salaud ! cracha Chip. J'aurais dû me douter qu'il était derrière ce coup-là !

Ken se tourna vers Chip, puis de nouveau vers Stephanie.

— Qui est Drake ? répéta Ken en articulant bien distinctement.

— Mon petit copain…, répondit Stephanie, haletante. Drake Connor. C'est lui qui l'a tuée.

— Pourquoi ?

— Parce qu'elle parlait à un homme.

— Tiens donc… Eh bien, Drake avait du bon matos, fit Ken en regardant Chip. Il a abattu la fille avec un Ruger chargé de balles Black Talon.

Le visage de Chip devint écarlate.

— Il vous l'a volé ? devina Ken.

— Je le tuerai…, marmonna Chip, ignorant la question.

Mais son expression furieuse valait toutes les réponses du monde.

— Non, vous ne le tuerez pas, dit Ken. Mais ne vous faites pas de bile, je m'en chargerai à votre place. Et où est-il, ce Drake, ma chérie ?

— Je n'en sais rien. Je ne l'ai pas revu depuis cette nuit, quand on est revenus du centre-ville.

— Qu'est-ce qu'il a, comme voiture ?

— Il n'en a pas. On prend toujours la mienne.

— On le retrouvera, dit Ken en espérant que ce serait effectivement le cas.

Si Drake a un peu de bon sens, il s'est taillé en vitesse de la ville, songea Ken. *Et il a déjà plusieurs heures d'avance sur nous.*

— Qu'est-ce que Drake vient faire dans cette histoire ? demanda-t-il.

Stephanie jeta un regard haineux à son père et pâlit en découvrant le corps de sa mère.

— Mon Dieu, balbutia-t-elle. Maman…

— Ta maman va aller nourrir les asticots, dit posément Ken. Si tu ne veux pas qu'il t'arrive la même chose, il faut que tu m'en dises plus, Stephanie. Drake t'accompagnait, cette nuit ? Pourquoi ? Et pourquoi est-ce qu'il avait l'arme de ton père ?

— C'est un quartier qui craint, expliqua-t-elle. On y est allés pour acheter de la coke. On la sniffait ensemble. Quand il a vu que Tala tardait à revenir, il s'est fâché.

Fâché… Intéressant, ce choix des mots.

— Tu as dit qu'il lui avait tiré dessus parce qu'elle parlait avec un homme. C'était qui, cet homme ? Un flic ?

— Drake pense que non. Il pense que ce mec voulait payer Tala pour… pour coucher avec elle.

— Ton petit ami a cru que cet inconnu prenait Tala pour une prostituée ? Mais pourquoi est-ce qu'il ne lui a pas dit de dégager ? Pourquoi a-t-il tiré sur la fille et sur ce type ? Ça ne tient pas debout, Stephanie.

Elle se mordit la lèvre et Ken comprit qu'elle réfléchissait à une réponse plausible.

— Et si tu me disais la vérité, tout simplement ? suggéra-t-il.

— Il était…

Stephanie ferma les yeux avant de reprendre :

— Il était jaloux.

— Ah bon ?

— Il pensait qu'elle sortait en douce pour rencontrer ce type. Il pensait qu'ils étaient amants. Drake était jaloux parce que Tala était… à lui.

— Elle n'était pas à lui ! gronda Chip.

— Tala… C'était son prénom ? Pourquoi est-ce que Drake pensait qu'elle était à lui ?

— Il couchait avec elle depuis pas mal de temps, lâcha Stephanie en redressant le menton. Elle était son jouet.

Chip plissa les yeux, ses narines se dilatèrent.

— Petite ingrate ! Petite merde ! Petite salope !

Ken haussa les sourcils. *Intéressant.*

— Et toi, Stephanie, ça ne te dérangeait pas ? C'était ton petit ami, quand même.

— Je participais, dit Stephanie en jetant à son père un regard de défi. On faisait ça ensemble. À trois.

— Je vois, murmura Ken.

Et il commençait en effet à se faire une idée du tableau. Chip écumait de rage. À l'évidence, le fait que Drake et Stephanie aient abusé de son esclave ne lui plaisait pas. Pas du tout, même.

— Pourquoi as-tu regardé ton père comme ça ? demanda Ken.

— Comment ça ?

— Comme si tu lui faisais un bras d'honneur.

— Parce qu'il voulait la garder pour lui, cracha Stephanie. Il l'*aimait.*

De plus en plus intéressant.

— C'est-à-dire ?

— Il lui a fait un bébé, répondit Stephanie avec amertume. Il n'arrêtait pas de s'extasier : « Ma petite fillette ! Comme elle est mignonne ! Comme elle est douée ! » On aurait cru que c'était la huitième merveille du monde… Cette sale môme pleurait tout le temps. Je crois que Tala la pinçait exprès pour la faire pleurer et faire enrager maman…

Ken sentit son estomac se nouer et se leva.

— Nous n'avons pas trouvé de bébé, dit-il.

— Parce qu'*elle* l'a emmenée, dit Stephanie.

— Tu parles de Tala ? demanda Ken.

Stephanie secoua la tête en souriant d'un air féroce.

— Ou de l'une des deux autres femmes ? insista Ken.

Le sourire de Stephanie se fit carnassier.

— Vous rêvez, là ! ricana-t-elle.

Loveland, Ohio
Mardi 4 août, 12 h 45

Lorsqu'ils furent hors de vue de la maison, Marcus et Scarlett sortirent leurs téléphones portables. Scarlett posa le sien sur le tableau de bord, enfonça un écouteur dans son oreille gauche et utilisa la fonction mains libres pour appeler Deacon.

De son côté, Marcus activa le site Internet dont il se servait habituellement pour ses investigations en ligne, et entra « Marlene Anders » dans le moteur de recherche. Juste au cas où Scarlett déciderait de ne pas partager ce que les fichiers administratifs allaient lui apprendre sur cette personne.

— Salut, Deacon, c'est moi, fit Scarlett. Tu as reçu mon texto ?

Elle écouta un instant ce que Deacon disait à l'autre bout du fil avant de hocher la tête.

— Entendu, dit-elle alors. Ne m'attends pas, mais n'y va pas seul… Je sais qu'on n'a pas de mandat. Je croyais que tu allais faire ton numéro de charme à la juge… Lynda s'en occupe ? Tant mieux. Elle a plus de poids que nous. Et les juges lui doivent plus de services. Je te rejoins là-bas dès que possible…

Elle jeta un coup d'œil à Marcus avant de dire à Deacon :

— D'accord, envoie-moi ça. De toute façon, je suis avec Marcus et je suis sûre qu'il s'est déjà renseigné en ligne sur

Anders. Il me transmettra l'info… Mets ton gilet pare-balles, Novak. Ils ont déjà tiré sur deux personnes, cette nuit.

Elle s'arrêta au bout de la longue allée et ôta l'écouteur de son oreille.

— Deacon vient d'arriver devant le domicile de Marlene Anders. Passe-moi le gyrophare. Il est dans la boîte à gants.

Marcus le lui donna et elle le fixa sur le toit.

— Accroche-toi, dit-elle en s'engageant sur la route et en appuyant à fond sur la pédale de l'accélérateur.

— Il vous faudrait des moteurs turbo, dans la police, observa Marcus.

— Il nous faudrait beaucoup de choses, déclara Scarlett d'un air sombre. Un mandat, par exemple.

— C'est pour ça que tu voulais que Deacon fasse son « numéro de charme » ?

— Ça a déjà marché, figure-toi.

— Ah bon ? C'est son arme secrète ?

— Il peut se montrer charmeur.

— Tu crois qu'il va intervenir sans mandat ?

— Deacon ? Ça m'étonnerait, il est trop réglo.

Marcus se cala sur son siège. Scarlett roulait très vite depuis qu'elle avait mis le gyrophare, mais elle maîtrisait parfaitement son véhicule. Il pouvait donc se détendre un peu.

— Et toi ? demanda-t-il.

— Moi ? Si j'ai déjà pénétré dans une maison sans mandat ? C'est possible… Il m'est déjà arrivé de faire de petites entorses au règlement.

— Comme entrer sans permission dans les locaux d'un journal et écouter aux portes ? demanda-t-il, ne plaisantant qu'à moitié.

— Non, ça, ce n'est pas du tout mon genre, répliqua-t-elle d'un ton pince-sans-rire.

Marcus esquissa un sourire. Tant pis si elle se trouvait moins amusante que ses amies. Lui, il appréciait beaucoup son humour sarcastique.

— Ce serait d'une grossièreté impardonnable, renchérit-il.

— Tout au fond de moi, j'espère que Deacon m'attendra, avoua-t-elle. Mais ce délai risque de nuire aux victimes.

Marcus aurait préféré qu'elle dise « *nous* attendra » mais il ne s'en formalisa pas. Lui aussi songeait avant tout aux victimes.

— Surtout au bébé, dit-il. Cette pauvre gosse doit mourir de faim, à l'heure qu'il est.

— Tu sais que je ne peux pas te laisser entrer avec moi, dit-elle.

Il haussa les épaules.

— Je finirai bien par savoir comment ça s'est passé.

Elle resta silencieuse un long moment.

— Je ne te voyais pas comme ça, Marcus, finit-elle par lui confier.

— C'est-à-dire ?

Elle ne détourna pas ses yeux de la route.

— Tu m'as dit que tu gagnais ta vie en enquêtant pour ton journal. Et là, il s'agit d'une grosse affaire… J'aurais imaginé que tu aurais déjà appelé ta rédaction pour qu'elle envoie un journaliste, avec une caméra, à l'adresse que tu as déjà trouvée sur Internet.

— Comment est-ce que tu sais que je ne les ai pas prévenus ? J'aurais pu envoyer un texto.

— Mais tu ne l'as pas fait, n'est-ce pas ?

— Non, dit-il.

Et il remarqua qu'à cette réponse les épaules de Scarlett s'étaient légèrement détendues. Elle avait bluffé avec un aplomb admirable. Mais elle avait réellement espéré qu'il ne réponde pas par l'affirmative.

— Pourquoi ? demanda-t-elle. Un journaliste d'un autre média pourrait très bien avoir suivi Deacon jusqu'au domicile de Marlene Anders et profiter du scoop avant toi.

— Il ne connaîtrait rien du contexte, et j'aurais quand même l'exclusivité que tu nous as accordée. Mais un bon article compte parfois moins qu'une bonne action.

— Je m'attendais à ce que tu dises ça, cette nuit, quand tu es revenu dans la ruelle, mais ce n'est pas ce que tu as donné comme explication… Tu as dit que tu ne voulais pas la laisser seule dans la nuit. Pourquoi ?

Il aurait dû prévoir qu'elle remarquerait cette nuance.

— Parfois, dit-il, un cigare n'est rien d'autre qu'un cigare[1].

— D'accord, dit-elle prudemment. N'en parlons plus. Je comprends que tu aies envie de garder certaines choses pour toi. Parle-moi plutôt de Marlene Anders.

1. Formule attribuée à Sigmund Freud, par laquelle le psychanalyste viennois aurait voulu dire qu'il n'y avait pas toujours un sens caché dans les goûts, les gestes ou les paroles. (N.D.T.)

Chapitre 15

Cincinnati, Ohio
Mardi 4 août, 13 h 05

Scarlett chassa de ses pensées cette histoire de cigares et se concentra sur les informations que Marcus avait glanées sur Internet et qu'il énonçait d'une voix monocorde :

— Marlene Anders est une femme de race blanche, âgée de cinquante-deux ans. Elle a épousé Charles « Chip » Anders quand elle avait vingt et un ans. Elle a travaillé comme hygiéniste dentaire pendant dix ans, jusqu'à ce qu'elle accouche de sa fille, Stephanie Anders. Marlene a cessé de travailler depuis. Il y a une trentaine de liens avec des articles de presse, tous dans la page « Styles » de divers journaux et sites locaux.

— Et Chip ?

Du coin de l'œil, elle le vit pianoter sur le clavier de son téléphone.

— Chip Anders a obtenu un diplôme de l'université catholique Xavier, à Cincinnati. Ensuite, il a repris l'entreprise familiale, spécialisée dans le fast-food…

Il resta silencieux quelques instants avant de poursuivre :

— D'après le registre de la chambre de commerce de l'Ohio, l'entreprise a fait faillite il y a dix ans. La même année, Chip a déclaré une nouvelle société, une entreprise de fabrication en sous-traitance. Comme il n'y a pas d'autre actionnaire que lui, on ne peut pas accéder aux rapports comptables… Mais, deux ans plus tard, Marlene et lui ont changé d'adresse. Ils ont quitté Bridgetown Road pour aller s'installer dans une maison à trois millions de dollars dans le quartier de Hyde Park… À moins de cinq cents mètres du parc où Tala promenait le caniche.

Scarlett émit un petit sifflement. Dans ce quartier huppé, les maisons semblaient tout droit sorties d'un rêve. Évidemment, le fait que l'appartement de Marcus se trouve aussi à Hyde Park n'avait pas échappé à Scarlett. Elle avait toujours su qu'il était fortuné. La demeure de sa mère était un vrai manoir. *Ma maison tout entière tiendrait dans son salon,* se dit-elle. Mais elle n'éprouvait aucune envie. Elle préférait sa petite maison perchée sur l'une des plus hautes collines de la ville. Et elle n'en avait pas hérité, elle. Elle l'avait payée avec l'argent qu'elle avait gagné.

Mais rien de tout cela n'avait d'importance, en cet instant. Il fallait retrouver au plus vite le bébé de Tala. Elle croisa les doigts, espérant que les Anders étaient bien le couple qu'ils recherchaient.

— Je ne savais pas que la sous-traitance industrielle rapportait autant, dit-elle.

— Ça dépend de ce qu'ils fabriquent et pour quels clients. Mais il y a quelque chose qui m'intrigue… Il y a sept ans, son entreprise, qui déclarait jusque-là cinq cents salariés, en a subitement licencié quatre cents… La crise, peut-être ?

— Beaucoup d'entreprises ont été touchées, à l'époque. Et Marlene et Chip devaient quand même payer les traites de leur maison de luxe… Les pauvres petits…

— Et puis, un an plus tard, Chip a racheté trois nouvelles usines, dans différents comtés de l'Ohio. Aucun de ces nouveaux sites n'emploie plus d'une centaine de salariés.

— Tu crois que ça sent le travail clandestin ?

— Ouais, fit Marcus. Voire pire.

Scarlett réfléchit un instant et hocha la tête.

— Moi aussi. Mais pour l'instant, j'ai quelques lacunes à combler… Deacon et moi, on se demandait par quel moyen

Tala était arrivée dans cette rue. La maison des Anders est à presque sept kilomètres de là. Sur la vidéo, elle n'avait pas l'air d'avoir autant marché… Elle ne transpirait pas, elle n'avait pas l'air de souffrir de la chaleur.

— Je me suis posé la même question. Mais je n'ai pas eu le temps de lui demander comment elle était venue, dit-il avec amertume.

— J'ai d'abord cru qu'elle vivait plus près de l'endroit où elle a été assassinée, que quelqu'un l'accompagnait en voiture jusqu'au parc, et que la personne qui l'amenait restait à proximité pour la surveiller. Cela expliquait pourquoi ses propriétaires la laissaient libre de promener le caniche toute seule. Mais, ensuite, nous avons appris qu'elle portait un bracelet électronique. Et qu'elle avait un bébé…

— Le bébé suffisait à la faire obéir, dit Marcus. Le fait qu'ils pouvaient l'entendre grâce au micro du bracelet n'était qu'une intimidation supplémentaire. Ils n'avaient pas besoin de la surveiller d'aussi près. Maintenant qu'on sait qu'elle vivait près du parc, il faut se reposer la question : comment est-elle parvenue jusqu'à la rue ? Et pourquoi a-t-elle choisi cet endroit en particulier ?

Parce qu'on y vend de la drogue et qu'elle était venue en acheter, songea Scarlett. Elle se demanda s'il serait judicieux de faire part de cette déduction à Marcus.

— On a trouvé un sachet de cocaïne dans sa poche, dit-elle.

— Ah bon ? s'étonna Marcus. Elle ne présentait pourtant aucun signe d'accoutumance.

Elle se demanda où il avait appris à déceler ces signes, mais se garda bien de l'interroger à ce sujet.

— Le médecin légiste n'a trouvé aucun résidu de cocaïne dans son organisme et n'a constaté aucun signe d'usage de drogue… Pas de cloison nasale corrodée, aucune trace de shoot.

— Alors, elle l'a peut-être achetée pour quelqu'un d'autre. Elle faisait peut-être les courses pour… Attends…

Il fit une autre recherche sur Internet et reprit au bout d'un moment :

— Stephanie Anders est fichée pour possession de stupéfiants. Elle s'est fait arrêter deux fois… Une fois pour de l'herbe, une autre pour de la coke. Elle n'a pas été condamnée.

— L'argent est roi, dit Scarlett. Sans vouloir t'offenser.

— Il n'y a pas de mal. Donc, Mlle Stephanie veut un peu de coke… Elle confie quelques billets à Tala et elle l'envoie en acheter. Tala remplit sa mission, puis elle se cache dans la rue pour m'attendre.

— Elle s'est peut-être servie du portable de Stephanie Anders pour t'envoyer un texto.

Elle ralluma son téléphone et appela Deacon.

— Salut, c'est encore moi, dit-elle.

— Salut. Lynda n'a toujours pas obtenu de mandat et personne ne répond à la sonnette. On n'entend rien en collant l'oreille à la porte mais, comme cette baraque est immense, ça ne veut rien dire. Le seul aspect positif, c'est que pour l'instant on n'a pas trop attiré l'attention des voisins… Mais la police scientifique n'est pas encore arrivée.

— C'est toujours ça de pris. Quand tu seras à l'intérieur, regarde bien dans la chambre de la fille s'il y a des seringues, des sachets, ce genre de trucs. Stephanie a… Attends… Marcus, quel âge a la gamine ?

— Vingt ans. Elle est inscrite à l'université Brown Mackie.

— J'ai entendu, dit Deacon. Tu crois que la cocaïne qu'on a trouvée dans la poche de Tala appartenait à Stephanie ?

— C'est une possibilité.

Elle informa Deacon de tout ce que Marcus avait découvert sur la famille Anders avant de conclure :

— Je suis là dans dix minutes. Demande à Lynda d'insister, auprès de la juge, sur ce que je viens de te dire. Ça accélérera peut-être les choses, pour le mandat.

— Je l'appelle immédiatement, dit Deacon. À tout de suite.

Cincinnati, Ohio
Mardi 4 août, 13 h 25

— Merde, marmonna Scarlett en s'engageant dans la rue où habitait la famille Anders.

Marcus soupira. On aurait dit que la moitié des effectifs du CPD les avaient précédés. Debout devant une longue file de véhicules de police, Deacon les attendait, mâchoire crispée et bras croisés. Ses yeux étaient masqués par les grosses lunettes noires qui étaient devenues sa marque de fabrique.

— Je n'ai pas l'impression que Deacon ait obtenu son mandat, dit Marcus.

— Il m'aurait appelée pour me le dire, fit Scarlett en se garant. Mais j'avais quand même un petit espoir…

Elle se tourna vers lui et le dévisagea d'un œil sévère avant d'ajouter :

— S'il te plaît, ne fais rien qui m'oblige à solliciter les faveurs d'un juge pour t'éviter la prison.

— Je suis un citoyen respectueux des lois, inspectrice, dit-il en prenant un air innocent.

Elle lui jeta un regard incertain. Elle aurait voulu le croire mais ne se fiait pas entièrement à lui.

— Très bien, murmura-t-elle. Alors tiens-toi à carreau. S'il te plaît.

Elle ne lui avait pas ordonné de rester dans la voiture — elle s'était contentée, en somme, de lui demander de ne pas se faire prendre.

— Je préférerais que tu sollicites les miennes, de faveurs. Ce serait beaucoup plus agréable, dit-il tout doucement et le plus sérieusement du monde.

Dans les yeux de Scarlett, l'incertitude fit place à une excitation qu'elle refoula aussitôt.

— Je reviens le plus vite possible, lâcha-t-elle.

Il prit le temps d'admirer son corps élancé et sa démarche

féline tandis qu'elle rejoignait son coéquipier à petites foulées. Elle était…

Mienne. Elle est mienne.

Et ce depuis l'instant où il avait ouvert les yeux à l'hôpital et où il l'avait vue penchée sur lui, tandis qu'il perdait toujours plus de sang. Il était prêt à mourir, ce jour-là… jusqu'à ce qu'il voie le visage de Scarlett. Ce qu'il avait lu dans ses beaux yeux presque noirs lui avait redonné la volonté de lutter contre la mort.

Et, alors qu'il la regardait s'éloigner, c'était encore ce qui motivait sa soif de vivre. Cela aurait dû lui suffire. Rester assis dans la voiture, à l'attendre, pendant qu'elle faisait son travail. Mais il ne pouvait se résigner à jouer un rôle aussi passif. Il lui fallait agir. Retrouver le bébé. Il le devait à Tala. Et il se le devait à lui-même. Il savait qu'il ne pourrait plus jamais se regarder dans la glace s'il restait assis là à ne rien faire alors que son aide pouvait être précieuse.

Non, ce n'était tout simplement pas une option.

Il sortit une casquette de base-ball noire du sac où était rangé son ordinateur portable, s'en coiffa et activa la caméra de la visière. Il sortit ensuite discrètement de la voiture de Scarlett et se mit à marcher dans la direction opposée à celle de la maison des Anders. Il se faufila dans la rangée d'arbres qui bordait le jardin et le préservait des regards des passants, prenant soin de rester dans l'ombre.

Le mur du sous-sol était à découvert à l'arrière de la maison, bâtie entre deux petites collines. La porte de derrière, toute en bois et d'apparence robuste, était doublée d'une porte vitrée. Elles étaient toutes les deux au niveau du sol. Le long de ce mur, il n'y avait ni arbres ni buissons derrière lesquels se cacher. Le jardin arrière était parfaitement plat sur une trentaine de mètres. Au-delà, il montait en pente vers la route principale.

Marcus leva les yeux et repéra une voiture banalisée, garée de l'autre côté de la rangée d'arbres. Deacon avait, bien évidemment, posté un de ses hommes pour surveiller l'arrière de la maison, afin d'empêcher les Anders de s'enfuir par là. Ou peut-être pour aider les membres de la famille de Tala à s'échapper. Marcus savait que, dès qu'il serait à découvert, le flic interviendrait pour l'empêcher d'entrer dans la maison.

Il fit une courte prière, fonça le long du mur du sous-sol et atteignit la porte. Il jeta un regard rapide en direction de la voiture banalisée. Pas la moindre réaction. Ni cri ni sommation. Rien.

Il ouvrit la porte vitrée, le poing déjà levé pour frapper à la porte en bois, mais se figea lorsque la première porte sortit de ses gonds. *Merde*. Elle était à présent en équilibre, le coin inférieur planté dans la terre et le coin supérieur touchant le mur. Elle tenait debout uniquement parce que Marcus la tenait par la poignée.

Le bois du cadre était fendu et les charnières des deux portes étaient détachées. Ce n'était pas accidentel. Quelqu'un avait forcé ces portes puis les avait remises en place, afin que l'effraction ne soit pas visible au premier coup d'œil.

Marcus avait déjà sorti son téléphone portable pour appeler Scarlett et lui dire de venir lorsque l'inspectrice apparut au coin du mur. La raideur de son pas et son regard exaspéré trahissaient son agacement. Elle portait un gilet pare-balles apparent, son arme de service rangée dans l'une des poches.

Elle s'arrêta à quelques centimètres de Marcus et lui demanda d'une voix furieuse :

— Qu'est-ce que tu fais là ?

— Je m'apprêtais à frapper à cette porte, dit-il calmement. Tu savais que je le ferais.

— Oui, mais je pensais que tu serais plus discret. Tous les flics t'ont vu entrer dans le jardin…

Elle plissa les yeux en découvrant la porte et son attitude changea brusquement.

— Merde, dit-elle. Il faut que je prévienne la scientifique.

Elle sortit son téléphone et composa un numéro.

— Deacon, envoie Vince à l'arrière de la maison. La porte est…

Elle n'eut pas le temps de finir sa phrase. Des éclats de bois se mirent à voler autour d'eux.

Un tireur... Sur la colline au-dessus de nous. En un éclair, Marcus comprit pourquoi le flic en faction dans la voiture banalisée n'était pas intervenu pour le faire décamper. *Merde. Et il n'y a aucun abri.* Le seul endroit où se réfugier était la maison.

Il saisit Scarlett par la taille, la projeta au sol, donnant simultanément un grand coup d'épaule dans la porte, tandis qu'une autre balle perforait le panneau en bois, à l'endroit où sa tête se trouvait une fraction de seconde plus tôt. La porte sans charnières s'effondra sans résistance et Marcus et Scarlett se jetèrent à l'intérieur. Marcus roula sur lui-même, entraînant Scarlett sur le côté, à l'instant où un troisième projectile atteignait le sol, juste derrière eux. Des éclats de béton lui grêlèrent la tête et le dos, telle une volée de flèches minuscules.

Le corps de Marcus couvrait celui de Scarlett comme un bouclier. Il leva la tête et put voir à la lumière du jour une partie du sol et des murs de la pièce. La troisième balle avait creusé un petit cratère dans la chape en béton, à moins de trois centimètres de l'endroit où la porte avait atterri.

Si Marcus n'avait pas eu ces réflexes salvateurs, l'un d'eux, au moins, aurait certainement été atteint. Il observa un instant le visage de Scarlett et fut soulagé de constater qu'elle était indemne. Elle tenait son pistolet d'une main ferme, prête à riposter. Elle avait dû dégainer au moment de leur chute. Il aurait pu regretter qu'elle ne s'accroche pas à lui, toute tremblante, mais il était surtout heureux de constater qu'elle avait gardé son sang-froid — ce sang-froid qui lui était indispensable pour rester en vie.

— Ça va ? murmura-t-il.

— Ouais. Ça m'a coupé le souffle, c'est tout. Et toi ?

Il hocha la tête. Il ressentait une douleur au crâne mais beaucoup moins forte que celle qui lui vrillait le dos. Scarlett se retourna et tendit le cou pour examiner le sol.

— On l'a échappé belle...

Elle gratifia Marcus d'un regard sombre mais approbateur.

— Bien joué, O'Bannion, fit-elle. C'est à l'armée que tu as appris ça ?

— Oui.

Il aurait voulu se relever mais, maintenant qu'ils étaient en sûreté, son adrénaline s'était dissipée et ses muscles s'étaient amollis comme de la gelée. Il s'affaissa sur Scarlett, les hanches entre les cuisses de celle-ci. Il prit appui sur ses avant-bras et baissa le front, frôlant celui de Scarlett.

— Un instant, fit-il.

Elle lui caressa doucement la joue.

— Il nous a ratés, murmura-t-elle.

Marcus frissonna en songeant qu'elle avait frôlé la mort.

— Tu as eu le bon réflexe, Marcus. C'est grâce à toi qu'on est encore vivants.

Il hocha la tête et se rendit compte qu'il la tenait dans ses bras comme il en avait tant de fois rêvé au cours des mois précédents. Et que leurs lèvres se frôlaient. Sauf qu'il n'avait pas imaginé que ce serait dans de telles circonstances.

— Tu as failli mourir, dit-il.

— Non, chuchota-t-elle en effleurant ses lèvres du bout des doigts. Il a tiré à hauteur de ta tête… C'est toi qu'il visait, Marcus.

Elle examina son visage dans le demi-jour et fronça les sourcils en lui touchant la tempe.

— Tu saignes, constata-t-elle.

Marcus rêvait de l'embrasser, mais il savait qu'après le premier baiser il n'aurait pas pu, ni voulu, s'arrêter en si bon chemin. Or, ni le lieu ni le moment ne s'y prêtaient.

— Un éclat de béton, sans doute, dit-il. Ça ne fait pas mal.

— Il faut que tu te fasses examiner par un médecin, murmura-t-elle d'une voix légèrement tremblante. Je *veux* que tu te fasses examiner. S'il te plaît.

Il aurait voulu refuser tout net, mais ce léger tremblement l'avait touché en plein cœur, et il se retrouvait privé de ses défenses.

— Plus tard, fit-il.

— Promets-le-moi.

Ne se fiant pas à sa voix, il répondit d'un hochement de tête. Il ne se fiait plus à son corps non plus. Le moment de peur était passé et ses muscles n'étaient plus mous. Loin de là. Son érection se faisait de plus en plus rigide entre les cuisses de Scarlett. Il se racla la gorge et dit :

— Il faut que je regarde s'il est toujours là.

— Laisse-moi appeler Deacon, d'abord. Je vais lui demander de vérifier pendant qu'on reste ici, à l'écart de la porte…

Elle regarda autour d'elle.

— J'ai fait tomber mon téléphone quand on a enfoncé la porte. Tu le vois ?

— Non. Sers-toi du mien.

Il se força à se lever, aida Scarlett à se mettre debout en la prenant à bras-le-corps et lui tendit son téléphone en disant :

— Dis-lui d'aller jeter un coup d'œil à la voiture banalisée là-haut. Je trouve ça bizarre que le flic n'ait pas réagi.

— Merde, murmura-t-elle.

Elle composa le numéro de Deacon et lui dit sans préambule :

— On n'est pas blessés. On est dans la maison.

Puis elle lui raconta ce qui venait de se passer. Marcus n'écoutait pas la conversation. Il guettait le moindre son venant de l'extérieur. Le tireur avait failli les atteindre à trois reprises. Ce salaud ne semblait pas du genre à se décourager.

Il perçut soudain un faible bruit, qui venait non pas du dehors mais de la droite, quelque part dans le sous-sol. Il se tourna vers Scarlett et inclina la tête dans cette direction.

— Bon, il faut que je raccroche, dit-elle à Deacon. Dépêche-toi.

Elle rendit son téléphone à Marcus et sortit une petite lampe de poche de son gilet.

— Où ? demanda-t-elle d'une voix presque inaudible.

Marcus activa la lampe de poche de son téléphone et dirigea le faisceau vers la source du bruit.

— Par là…

Il sortit le Glock de sa poche et avança prudemment, tendant toujours l'oreille.

Par là. Il perçut une nouvelle fois le petit bruit, si léger qu'il peinait à l'identifier.

C'était un gémissement. Il échangea un regard avec Scarlett et constata qu'elle l'avait entendu, elle aussi.

— Bonjour, dit Marcus. Nous ne vous voulons aucun mal. Sortez de là, s'il vous plaît.

Nouveau gémissement, encore plus inaudible que le précédent… et promptement couvert par le vacarme qui se produisit brusquement au rez-de-chaussée. Deux coups violents contre la porte d'entrée… Puis le fracas qu'elle fit en s'ouvrant, suivi du martèlement de pas pressés dans l'entrée. Et un cri :

— Police ! Les mains en l'air !

Marcus heurta du pied quelque chose de dur. Il dirigea sa lampe vers le sol et s'aperçut qu'il avait failli marcher sur un téléphone portable. L'appareil traînait sur un tapis, à une vingtaine de centimètres d'un lit double, placé tête au mur. Il posa un genou à terre pour l'examiner.

C'est alors que des doigts osseux apparurent lentement dans le cercle de lumière que projetait son téléphone.

— Nom de Dieu ! cria Marcus.

Puis il se rendit compte que cette main était reliée à un bras, lui-même relié à un corps étendu sous le lit.

— Mon Dieu, murmura-t-il.

Le téléphone sur lequel il avait trébuché était intact. Contrairement à la main frêle et décharnée qui se tendait vers l'appareil. Elle était parsemée d'hématomes et de plaies ouvertes, et couverte de sang séché.

La main tentait désespérément d'atteindre le téléphone. Marcus se tourna vers Scarlett et constata qu'elle était aussi horrifiée que lui.

— Deacon ! hurla Scarlett. On a trouvé quelqu'un en bas ! Elle est blessée mais encore vivante !

Cincinnati, Ohio
Mardi 4 août, 13 h 25

Furieux, Ken se pencha vers Stephanie et la saisit par la nuque.

— Qui a emmené ce putain de bébé ? demanda-t-il.

Il se fichait royalement de l'enfant mais il voulait savoir à tout prix qui était là quand ses hommes avaient fait irruption chez elle. Ken ne laissait jamais de témoins.

— J'en ai marre de tes petits jeux à la con, Stephanie, reprit-il. Qui d'autre était dans la maison ?

Elle le regarda droit dans les yeux et rétorqua :

— Demandez à mon père. Elle est à lui, aussi.

— Ta gueule ! lança Chip d'une voix hargneuse. Tu ne sais rien. Ferme-la !

Ken lui jeta un regard glacial.

— Elle a l'air de savoir beaucoup de choses, au contraire, dit-il.

Sans lâcher la nuque de Stephanie, il lui prit le menton de l'autre main et lui enfonça violemment les doigts dans les joues, y laissant la peau à vif. Stephanie écarquilla les yeux.

Il lui sourit en resserrant son étreinte.

— Tu croyais que tu ne risquais rien, hein ? demanda-t-il d'un ton doucereux, satisfait de la voir trembler de nouveau. Tu croyais que j'éviterais d'abîmer ton joli minois…

Il serra plus fort, et les yeux de Stephanie se voilèrent.

— Eh bien, tu t'es trompée, ma chérie. Les traces de coups finissent par disparaître et, d'ailleurs, je t'ai déjà montré que je pouvais te faire souffrir sans te marquer. Mais, maintenant, je commence à me lasser. Je te conseille vivement de me répondre tout de suite… Sinon, je n'hésiterai pas à te défigurer. Ces marques n'auront plus aucune importance, puisque je t'aurai tuée en les faisant.

Il avait prononcé ces mots d'une voix douce, sans cesser de sourire. Il savait de longue date combien ce mélange de brutalité et d'onctuosité était beaucoup plus efficace que les hurlements de rage.

Stephanie ouvrit la bouche, mais aucun son n'en sortit. Elle avait perdu toute combativité, toute capacité de mentir. Elle était pétrifiée par l'effroi.

Elle était à sa merci.

Excellent.

Mais le téléphone portable de Ken choisit cet instant pour se mettre à sonner. Maudissant cette interruption, Ken fut tenté de l'ignorer, mais se ravisa quand il se souvint que cette sonnerie signalait un appel de Demetrius. Sans lâcher la nuque de Stephanie, il répondit.

— C'est fait ? demanda-t-il.

— Pas vraiment.

Demetrius lâcha un soupir, avant d'ajouter :

— En fait, non.

Sans cesser de sourire, pour ne pas trahir son mécontentement, Ken lâcha la nuque de Stephanie et lui tapota la joue.

— Je te laisse un peu de répit, mon chou, susurra-t-il. Je reviens tout de suite.

Il demanda à Demetrius de ne pas quitter et prit les deux chiffons qui avaient servi à bâillonner Stephanie et son père. Il les roula en boule et les fourra dans leurs bouches. Puis il monta au rez-de-chaussée et alla tout droit dans la cuisine, d'où il pouvait surveiller ses captifs sur un écran de sécurité.

— Bon, dit-il calmement à Demetrius. Qu'est-ce qui s'est passé ? Tu devais les descendre…

— Je leur ai tiré dessus, fit Demetrius d'une voix morose. Mais il se peut que je les aie ratés.

— Ratés ? grinça Ken.

Il sentit la fureur monter en lui et coupa le son de son téléphone, le temps de laisser échapper un grondement terrible. *Calme-toi. Tu dois pouvoir parler sans élever le ton.* Il ne fallait surtout pas que les Anders l'entendent perdre son calme. Cela pouvait leur redonner espoir, et il avait déjà perdu assez de temps avec eux.

— Ken ? demanda Demetrius au bout d'une minute. Tu es toujours là ?

Ken remit le son et demanda froidement :

— Qu'est-ce que ça veut dire, au juste, « il se peut que je les aie ratés » ?

— Fais gaffe à ce que tu dis, siffla Demetrius. Si tu comptes me dire que je suis un incapable, tu n'as qu'à te démerder sans moi.

— Tu te trompes, répondit Ken, alors qu'il n'en pensait pas moins. Je te demande simplement comment tu as fait pour le rater. Tu étais censé tirer à la tête, d'assez près pour pouvoir ensuite récupérer la balle avant les flics.

— J'ai dû m'adapter à la situation, dit Demetrius. Je l'ai suivi, lui et l'inspectrice des homicides, jusqu'à la maison d'Anders. Elle est sortie de la voiture pour aller causer avec le flic aux cheveux blancs… Tu sais, le mec du FBI…

— Novak, dit Ken.

Il ne l'avait jamais rencontré en personne, mais il avait lu beaucoup d'articles sur lui.

— Et ensuite ? demanda-t-il.

— Et ensuite, O'Bannion est sorti de la voiture et il est entré en douce dans le jardin, en passant par-derrière. Je suis revenu sur la route principale, d'où on peut voir la porte de derrière. Bishop l'a rejoint et s'est mise à l'engueuler. Ils étaient tous les deux dans ma ligne de mire.

— Et c'est là que tu as tiré ?

— Non, je me suis d'abord occupé du flic en civil qui montait la garde à l'arrière de la baraque.

— Tu as tué un flic ?

— Je crois que c'était un gars du FBI.

— Quoi ! Merde, Demetrius !

— Je ne suis pas sûr qu'il soit mort. Je voulais éviter qu'il se mette en travers de mon chemin. O'Bannion et Bishop étaient sur le point d'entrer dans la maison. Comme Burton, Decker et les autres gardes s'étaient fait tirer dessus par Anders, je me suis dit qu'il devait y avoir des traces de fusillade dans la maison. En entrant, O'Bannion l'aurait tout de suite remarqué, et les flics n'auraient plus eu besoin d'un mandat pour perquisitionner. Il fallait que je me dépêche. J'avais un silencieux, personne n'aurait entendu les coups de feu et leur mort serait passée inaperçue.

— Sauf que tu les as ratés…

— C'est possible, effectivement, grinça Demetrius. Ce salaud a de bons réflexes. Il s'est baissé au dernier moment, il a chopé Bishop et il a enfoncé la porte, comme si elle était en carton.

— C'est normal, Burton et ses hommes l'avaient déjà forcée. Ça va être difficile d'éliminer O'Bannion… Il va redoubler de précautions. En plus, maintenant, on va avoir le CPD et le FBI sur le dos.

— J'ai peut-être touché O'Bannion avec la deuxième balle, dit Demetrius, qui ne paraissait pas se soucier des conséquences que pouvait avoir le meurtre d'un agent du FBI. Je suis en train d'écouter les communications radio des flics. Ceux qui surveillent la porte d'entrée de la maison viennent d'appeler une deuxième équipe de secouristes. Les autres sont à l'arrière de la maison, ils s'occupent du mec du FBI que j'ai descendu.

— Tu crois qu'ils ont appelé les secours parce que O'Bannion est blessé ?

— Ce n'est pas pour l'inspectrice, en tout cas. Je ne pense pas l'avoir atteinte, parce qu'il s'est couché sur elle. Donc, ça doit être pour O'Bannion. Je sais que je ne l'ai pas tué. La balle a dû l'érafler, ils vont simplement le recoudre et le renvoyer chez lui. La prochaine fois, je ne le raterai pas.

— Arrête un peu, Demetrius ! Tu m'entends ? Tu viens de tirer sur un agent du FBI, tu l'as peut-être tué… Le FBI ne va pas rester les bras croisés. Ils s'en tapent, d'O'Bannion, mais ils vont vouloir se venger.

— Personne ne m'a vu.

— Mais ils vont retrouver la balle, bordel de merde ! s'écria Ken, exaspéré.

Il inspira un bon coup pour se calmer.

— Écoute, dit Demetrius. Il suffit de détourner leur

attention. C'est pour ça que j'ai tiré sur O'Bannion avec un Ruger, pour qu'on croie que c'est le même type qui lui a tiré dessus dans la ruelle et qui cherchait à finir le boulot. Il suffit que je m'approche suffisamment de lui.

— Comment est-ce que tu comptes t'y prendre ?

— Je suis en route pour son bureau. Je vais attendre dehors que quelqu'un sorte. Je suis cette personne et je l'enlève. Et, avec cet otage, j'attire O'Bannion dans un piège.

Ken lâcha un soupir. Ils étaient trop impliqués. Il n'y avait plus moyen de reculer.

— S'il s'en sort encore une fois…

— Ne t'en fais pas, grogna Demetrius. Je ne le raterai pas.

— Tu as intérêt. D'autant que si ça se trouve, on a un nouveau problème. On dirait que les Anders nous ont caché quelque chose pour gagner du temps… Soit il y avait quelqu'un d'autre dans la maison quand Burton et Decker sont intervenus, soit il y a quelqu'un qui sait qu'ils ont été enlevés. Je crois qu'ils espèrent que les flics vont venir les sauver.

— Merde. Qui serait au courant ?

— La fille allait me le dire quand tu as appelé. Je vais demander à Decker d'y réfléchir. Avec un peu de chance, après avoir écouté les enregistrements, il aura une idée.

— Je descends O'Bannion, et ensuite je m'en occupe.

— Non, contente-toi de liquider O'Bannion. Je prends le reste.

Pendant un moment, Ken crut que Demetrius allait protester, mais il n'en fit rien.

— D'accord, dit-il.

Un silence, puis il ajouta d'un ton hargneux :

— Fais comme tu veux.

Ken raccrocha.

— C'est bien mon intention, se murmura-t-il à lui-même.

Demetrius et lui se connaissaient depuis toujours, mais cette fois, Demetrius avait été trop arrogant. Beaucoup trop arrogant.

Si le CPD et le FBI remontaient jusqu'à Demetrius, ils

ne reculeraient devant rien pour l'arrêter ou le tuer. Et il n'était pas question que Ken tombe avec lui. Même si cela l'obligeait à éliminer Demetrius avant le FBI.

Cincinnati, Ohio
Mardi 4 août, 13 h 35

Marcus, couché sur le ventre, dirigea sa lampe sous le lit. La vieille femme qui s'y terrait sursauta, éblouie, et se mit à gémir. Elle avait l'air d'avoir dans les soixante-dix ans et avait été violemment battue. Son visage était couvert d'ecchymoses et de plaies. Sa lèvre inférieure, sanglante, était fendue. Les marques qu'elle avait aux mains étaient probablement des blessures de défense. Cette pensée donna la nausée à Marcus. Il fallait être un monstre pour martyriser ainsi une vieille dame.

Ce monstre était peut-être aussi celui qui avait acheté et frappé Tala — avec une telle brutalité qu'une policière aussi chevronnée que Scarlett avait utilisé le terme de « massacre ».

— Madame ? demanda Scarlett en se couchant à côté de Marcus. Je suis l'inspectrice Bishop. Les secours arrivent. Tenez bon.

— Merci, murmura la vieille dame.

— Comment vous appelez-vous ? demanda Marcus.

— Tabby, fit-elle d'une voix à peine audible.

— Tabby ? répéta-t-il. Où est le bébé, Tabby ?

Une larme coula sur la joue ridée de la vieille femme, et Marcus sentit son cœur se serrer.

— En sécurité. Elle est en sécurité…, sanglota-t-elle. Mais pas assez… Pas assez.

Elle saisit le poignet de Marcus.

— C'est vous ? L'homme du parc ?

L'escalier qui menait au sous-sol se mit à vibrer sous les

pas de plusieurs personnes. Marcus ne se retourna pas. Il avait les yeux rivés sur la vieille dame.

— Oui, c'est moi, répondit-il. Qui vous a parlé de moi ?

— Tala…

Elle inspira une grande bouffée d'air et fut prise d'une quinte de toux sèche et saccadée.

— Tala me l'a dit, reprit-elle ensuite. Je lui ai conseillé de vous faire confiance. Je voulais qu'ils payent…

— Qui donc ?

— Mon neveu. Sa femme. Leur horrible gamine… Ils sont démoniaques… Tous… Je vous en supplie, promettez-moi que vous leur ferez payer cher tout le mal qu'ils ont fait.

— Qui vous a fait ça ? demanda Marcus en désignant les plaies qui striaient les mains de Tabby.

— Mon neveu… Chip.

— Pourquoi ?

— Parce que je lui ai pris le bébé… Son bébé…

Marcus sentit son estomac se nouer, même s'il s'était attendu à ce que le père de l'enfant de Tala soit l'un de ses bourreaux.

— Malaya, murmura-t-elle en esquissant un sourire. Elle est libre, maintenant.

— Tant mieux, lâcha Scarlett. Où se trouve-t-elle, madame ?

— Chez une amie. Annie… Annabelle…

— C'est une voisine ? demanda Scarlett.

— Non…

Nouvelle quinte de toux. Puis Tabby battit des paupières et relâcha son étreinte sur le poignet de Marcus.

— Une amie… Temple, balbutia-t-elle.

Un auxiliaire médical apparut dans le champ de vision de Scarlett et Marcus.

— Inspectrice Bishop, monsieur, je vais vous demander de vous écarter, dit-il.

Marcus et Scarlett se levèrent tandis que deux agents de police soulevaient le lit et le posaient sur une bâche stérilisée. Ils étaient sous les ordres de l'officier qui avait dirigé les opérations sur les lieux du meurtre de Tala. Pendant ce temps-là, deux infirmiers s'agenouillèrent de part et d'autre de Tabby et procédèrent à un examen de ses fonctions vitales, tout en l'interrogeant sur ses antécédents médicaux. Les réponses de Tabby étaient entrecoupées de quintes de toux.

— Il faut que je lui pose d'autres questions, dit Scarlett.

L'un des infirmiers secoua la tête.

— Sa tension artérielle est tellement basse que c'est un miracle si elle respire encore, déclara-t-il.

— Une seule question, insista Scarlett en s'approchant de la civière sur laquelle Tabby reposait à présent. Où sont votre neveu, sa femme et sa fille ?

Un nouveau sourire vint s'afficher sur les lèvres tuméfiées de Tabby.

— Ils les ont emmenés… Il y a eu de la bagarre… Des cris…

Scarlett s'accroupit à côté de la civière.

— Qui ça ? demanda-t-elle.

— Je ne… sais pas, articula douloureusement Tabby.

La vieille dame paraissait plus pâle encore depuis qu'elle avait été déplacée sur la civière.

— Ils avaient… des pistolets…

— Comment vous êtes-vous retrouvée sous le lit ? demanda Scarlett.

Marcus aurait voulu la forcer à se relever pour qu'elle laisse enfin la vieille dame tranquille. Mais Tabby fit signe à Scarlett de se pencher un peu plus.

— C'est Chip… qui m'a mise là…

Nouvel accès de toux.

— Quand… ils sont arrivés…

Les infirmiers soulevèrent la civière.

— Inspectrice, nous devons partir, dit l'un d'eux. Tout de suite.

— Hé, Bishop ! appela Deacon, qui se tenait à l'autre bout du sous-sol. Viens voir ça.

Scarlett se leva. Sans y être invité, Marcus lui emboîta

le pas. Quelqu'un avait allumé la lumière, éclairant un espace de vie, spartiate mais propre. Il y avait une cuisine minuscule, une cabine de douche, trois lits et trois petites commodes. *Pour Tala et sa famille ? Mais alors, où est le berceau ?* se demanda Marcus.

L'endroit était plus confortable que les baraquements où Marcus avait vécu quand il était dans l'armée. Mais c'était quand même une prison.

— Nom de Dieu ! s'exclama Scarlett lorsqu'elle vit les deux bracelets que brandissait Deacon.

Ils étaient identiques à celui qu'avait porté Tala, et tous deux avaient été tranchés.

— Si elles se sont échappées avec le bébé, c'est merveilleux. Mais si elles ont été enlevées par la même équipe qui a emmené de force Anders et sa famille, elles courent peut-être un grand danger.

Marcus se pencha pour inspecter les bracelets, prenant bien soin de ne rien toucher.

— Je pense qu'elles se sont évadées, dit-il. Regardez les bords de la coupure, ils sont déchiquetés. Ces bracelets n'ont pas été coupés avec une lame bien aiguisée. On dirait qu'ils ont été sciés laborieusement par quelqu'un qui n'avait pas la force de les trancher d'un seul coup.

— Ils étaient posés sur des chevilles de femme, dit Deacon. Ils ne sont pas assez larges pour une cheville d'homme adulte. Donc, selon vous, le bébé n'a pas été emmené par les ravisseurs des Anders ? Ce serait une bonne nouvelle. Vous avez une idée de l'endroit où elle a pu aller ?

Scarlett hocha la tête et lui rapporta ce que Tabby avait réussi à lui confier sur son amie, Annabelle.

— Elle a aussi dit que c'était Chip qui l'avait frappée pour la punir de lui avoir pris le bébé, ajouta-t-elle.

— Et pourquoi est-ce qu'elle l'avait pris ? demanda Deacon, intrigué.

— Aucune idée, mais d'après elle, le bébé n'était pas assez en sécurité, fit Marcus. Cette Annabelle sait peut-être où sont les deux femmes.

— Possible. Et vous, Marcus, qu'est-ce que vous foutez là ?

Marcus soutint son regard sans ciller. Le ton de Deacon le hérissait.

— C'est-à-dire ? rétorqua-t-il. Sur la planète Terre ?

— Ne vous foutez pas de ma gueule, gronda Deacon d'un ton menaçant.

Marcus redressa le menton, sans baisser les yeux.

— Et réciproquement, répliqua-t-il. Vous serez heureux d'apprendre que je ne suis pas blessé. Comment va le flic dans la voiture banalisée ?

Les lèvres de Deacon se serrèrent jusqu'à ne plus former qu'une fine ligne.

— Il est mort, répondit-il. Il a pris une balle dans la tête, tirée à travers la vitre de la voiture.

Marcus tressaillit.

— Nom de Dieu, lâcha-t-il.

La balle avait dû rester logée dans le crâne du flic, ce qui expliquait l'absence de sang sur les vitres.

— Comment le tireur a-t-il fait pour vous rater ? demanda Deacon d'un ton si doucereux que c'en était insultant. À en juger par la trajectoire de la balle qui a tué l'agent Spangler, il était idéalement positionné, la vue était dégagée, il pouvait vous viser sans problème… Bien avant que l'inspectrice Bishop ne vous rejoigne devant la porte de derrière.

Furieux, Marcus se pencha vers Deacon.

— Qu'est-ce que vous insinuez, agent Novak ?

— Deacon, intervint Scarlett d'un ton sec. Arrête un peu. Et toi, Marcus, calme-toi. J'ai l'impression d'être revenue à l'époque où je vivais chez mes parents avec mes six frères, qui se chamaillaient pour un oui ou pour un non. Mais ils avaient une excuse, *eux*, ils étaient adolescents…

Elle désigna la casquette de Marcus.

— Tu as ta caméra là-dedans ?

— Oui, répondit abruptement Marcus.

Il était embarrassé car il savait qu'elle avait parfaitement raison. Il venait de se conduire comme un adolescent en pleine montée de testostérone. Il enleva la casquette et la déposa dans les mains tendues de Scarlett.

— La carte mémoire ne contient pas grand-chose, une ou deux minutes de vidéo tout au plus, mais on pourra voir le moment où on s'est fait tirer dessus devant la porte.

Il se tourna vers Deacon et ajouta :

— Je suis passé par-derrière parce que j'ai pensé que s'il y avait quelqu'un à l'intérieur, cette personne ouvrirait plus volontiers à un journaliste qu'à un flic. Je n'étais pas en état d'arrestation, ce n'était pas officiellement une scène de crime et j'étais parfaitement dans mon droit en me trouvant à cet endroit précis.

— Et le tireur n'a raté Marcus, dit Scarlett, que parce que Marcus a eu de bons réflexes, qui nous ont sauvé la vie à tous les deux. Heureusement que la porte avait été forcée avant qu'on arrive. Sans doute par les gens qui ont enlevé Anders et sa petite famille.

Deacon hocha la tête avec raideur.

— Je comprends mieux maintenant, dit-il. Désolé. Spangler, l'agent qui a été abattu, était un ami. Et je suis… Je ne réagis pas bien. Je suis heureux de voir que vous vous en êtes tiré, Marcus. Une fois de plus.

Marcus lâcha un profond soupir.

— Moi aussi, je m'excuse, Deacon, et je suis vraiment désolé pour votre ami. Je me suis bien dit qu'il y avait quelque chose de louche quand j'ai vu qu'il n'essayait pas de m'empêcher d'entrer. Normalement, il aurait dû sortir de sa voiture ou prévenir un collègue par radio. Je comptais discuter avec lui, en parlant le plus fort possible, pour qu'on m'entende de la maison, qu'on comprenne que mes intentions étaient pacifiques et qu'on finisse par m'ouvrir.

— Ce n'était pas un mauvais plan, concéda Deacon. Qu'est-ce qu'on sait sur les captives ?

— Pas grand-chose, dit Scarlett. Une certaine Annabelle, qui fréquentait le même temple que Tabby, aurait emmené le bébé. On n'a rien sur les deux autres femmes. Et on ignore qui a enlevé Anders, sa femme et sa fille.

— Pourquoi la tante de Chip se trouvait-elle au sous-sol sous un lit ? demanda Marcus. S'il l'a tabassée, pourquoi l'a-t-il cachée sous un lit quand les autres sont venus avec « des pistolets » ? Est-ce qu'elle est descendue pour emmener le bébé ou est-ce qu'elle vivait, elle aussi, dans ce sous-sol ?

— Ce n'est pas une coïncidence si tout cela s'est passé juste après que le bracelet de Tala a été tranché, dit Scarlett. Ces événements sont liés. C'est peut-être le trafiquant qui a vendu Tala à Anders qui les a enlevés, lui, sa femme et sa fille.

Deacon hocha la tête.

— D'accord, dit-il. Mais ce type aurait aussi tiré sur Marcus et abattu Spangler ? Et Tala, la nuit dernière ?

Marcus regarda autour de lui en fronçant les sourcils.

— Et où est le chien ? demanda-t-il.

— Il n'a pas l'air d'être ici, fit Scarlett, ou alors il est drogué ou mort dans un coin.

L'officier qui dirigeait les opérations vint se joindre à eux. *Scarlett a dit qu'il s'appelait Tanaka,* se souvint Marcus.

— Nous allons passer la maison au peigne fin, Deacon, annonça-t-il.

Il jeta un regard intrigué à Marcus et lui dit :

— Vous avez eu une longue journée, monsieur O'Bannion. Je suis heureux de constater que vous n'êtes pas blessé. Je crois vous avoir entendu dire que la porte avait été forcée...

— C'est exact, dit Marcus. Quelqu'un l'a remise en place après, mais elle ne tenait plus sur ses gonds. Elle est tombée d'elle-même quand je l'ai enfoncée. Mais elle était intacte et je ne crois pas qu'ils se soient servis d'un bélier pour l'enfoncer.

— Des costauds, quoi, fit Deacon. Les Anders se sont défendus. Il y a des impacts de balles sur les murs du salon. La porte d'une des chambres à coucher a également été enfoncée.

— Nous allons chercher des empreintes digitales dans toute la maison, dit Tanaka. Et nous comparerons les balles avec celle que Carrie a extraite du corps de la victime, ce matin… Et celle qui a tué l'agent Spangler.

À ce nom, Scarlett et Deacon se raidirent.

— Il venait d'avoir un enfant, murmura Deacon. Son bébé n'a que quelques mois.

Scarlett baissa les paupières, et quand elle les releva, son regard était redevenu aussi froid et inexpressif qu'il l'avait été, un peu plus tôt, dans le bureau de Marcus. Elle venait, une fois de plus, de refouler son chagrin tout au fond d'elle-même.

— Pourquoi le tireur est-il venu ici ? demanda-t-elle. Attendait-il que quelqu'un sorte de la maison ? Mais qui ? Je pense que si quelqu'un l'avait chargé de nous empêcher d'entrer, il aurait vidé ses chargeurs sur les collègues pendant qu'ils poireautaient devant la maison.

— Peut-être parce qu'il a vu que les flics n'entraient pas. Il en a déduit que vous n'aviez pas de mandat. Je me demande depuis combien de temps il attendait. Les gens qui ont enlevé les Anders lui ont peut-être demandé de rester là ? Ou alors, il serait revenu chercher quelque chose ?

Ils s'écartèrent pour laisser passer les brancardiers qui emportaient Tabby, pâle comme la mort.

— Où l'emmenez-vous ? leur demanda Scarlett.

— À l'hôpital du comté, répondit l'un d'eux. Elle a perdu connaissance. Je leur dirai de vous appeler quand elle se réveillera.

Marcus ne connaissait que trop bien cet hôpital. C'était là que Stone et lui avaient été admis, neuf mois auparavant. Il se promit de demander à Gayle de contacter leur source dans cet établissement, pour qu'elle la prévienne lorsque Tabby se réveillerait. Si toutefois elle reprenait connaissance… Marcus pria pour qu'elle ne meure pas. Elle avait fait son possible, même si cela n'avait pas suffi. Marcus connaissait bien ce sentiment.

Les auxiliaires médicaux montèrent au rez-de-chaussée et Marcus se tourna vers Deacon, qui avait repris le fil de leur conversation.

— Si le tireur est revenu, disait-il, c'est peut-être parce qu'il y a dans cette maison des preuves compromettantes pour les ravisseurs, qui sont probablement des trafiquants d'êtres humains. Il a vu que nous restions devant la maison, et il s'est posté à l'arrière.

— Quand a-t-il abattu l'agent Spangler ? demanda Marcus.

— Je ne le sais pas exactement, dit Deacon. Mais ça ne fait pas longtemps. Le médecin légiste nous en dira plus…

Il ferma les yeux avant d'ajouter :

— Mon Dieu… Il faut que je le dise à sa femme…

Scarlett lui pressa doucement le bras.

— Je peux m'en charger, proposa-t-elle.

Deacon secoua la tête.

— Pas la peine, fit-il. C'est toi qui t'y es collée, la dernière fois. Et puis, c'est moi qui l'ai recruté. Zimmerman viendra avec moi.

Zimmerman était le chef de l'antenne du FBI à Cincinnati et le supérieur direct de Deacon. Marcus le savait parce que Zimmerman lui avait rendu visite à l'hôpital. Il avait l'air d'être un type bien.

— Si tu changes d'avis, fais-le-moi savoir, dit Scarlett.

— Pourquoi voulez-vous connaître l'heure de sa mort ? demanda Tanaka à Marcus.

— Parce que j'essaie de rassembler les pièces du puzzle et de comprendre dans quel ordre les choses se sont passées. Si Spangler a été tué dès son arrivée, cela voudrait dire que le tireur était là avant vous et qu'il est resté pour surveiller la maison. Mais comme cela paraît improbable, selon Deacon, il a dû revenir pour récupérer quelque chose… ou quelqu'un.

— Tabby ? demanda Scarlett.

Marcus haussa les épaules.

— Peut-être. Les gens qui ont enfoncé la porte auraient pu les tuer sur place et laisser les corps ici… Mais ils ne l'ont pas fait.

Scarlett hocha la tête.

— Ils les ont emmenés de force, selon Tabby.

— Les murs du rez-de-chaussée sont criblés de balles, dit Deacon. Il y a eu une fusillade, c'est certain.

— Ils les ont peut-être tués loin de la maison, pour qu'on ne retrouve pas les corps. Ils n'ont pas emmené Tabby parce que Chip l'avait cachée sous le lit.

— Ce que je ne comprends pas, dit Deacon en fronçant les sourcils, c'est pourquoi il a voulu la sauver après avoir failli la tuer lui-même.

— Elle tendait la main vers un portable quand je l'ai trouvée, dit Marcus. Chip l'a peut-être planquée sous le lit non pas pour la sauver mais pour qu'elle puisse les sauver, lui et sa petite famille. Il lui a peut-être laissé le téléphone pour qu'elle appelle la police… Mais elle était trop affaiblie et elle n'a pas réussi à sortir de sa cachette après le départ des ravisseurs.

— Vince, que pouvez-vous nous dire au sujet du téléphone ? demanda Deacon en faisant signe à Tanaka de le suivre.

— C'est un téléphone jetable, dit Tanaka. Son numéro n'est pas celui du portable que la victime a utilisé pour vous envoyer un texto. Il est parti au labo. On va essayer de savoir à qui il appartenait.

— Si les ravisseurs avaient su que Tabby était dans la maison, ils l'auraient fouillée de fond en comble, dit Scarlett. Ils n'auraient pas laissé un témoin derrière eux.

— Chip cachait donc quelques secrets à ses fournisseurs d'esclaves, dit Deacon d'un air pensif.

— Des secrets qu'ils l'ont peut-être forcé à révéler, fit Marcus. C'est pour ça qu'ils ne l'ont pas tué sur place… Ils voulaient l'interroger d'abord.

— Peut-être qu'ils cherchaient à savoir qui a tué Tala, suggéra Scarlett.

— On en revient donc toujours à elle…, répondit Marcus.

Scarlett retrouva son téléphone devant la porte que Marcus avait enfoncée.

— Je vais demander qu'on poste des agents à la porte de la chambre de Tabby, à l'hôpital, dit-elle. Si le type qui nous a tiré dessus est venu pour la chercher ici, il va peut-être tenter d'y aller pour la liquider avant qu'elle parle. Or il se peut que ce soit l'unique témoin de ce qui s'est passé ici… Si elle survit à ses blessures.

Elle passa un appel puis elle remit la casquette-caméra de Marcus à Tanaka, qui la fourra dans un sachet en plastique.

— Attendez, dit-elle lorsque Tanaka ouvrit deux autres sacs pour y mettre les bracelets électroniques. Pourquoi ont-ils laissé ces bracelets ?

— Où voulez-vous en venir ? demanda Tanaka.

— Si les ravisseurs sont passés par cette porte, ils auraient dû tomber sur les bracelets en traversant la pièce jusqu'à l'escalier. Quand ils ont enlevé les Anders, il y a eu un échange de coups de feu. Ils devaient s'attendre à ce que les flics débarquent ici tôt ou tard. Pourquoi laisser les bracelets bien en évidence, comme ça ? Pourquoi ne les ont-ils pas emportés ?

— D'autant que ce sont les mêmes que celui de Tala, observa Deacon.

Tanaka haussa les épaules.

— C'est assez mystérieux, en effet, dit-il. Vous avez eu les numéros de série de ces deux-là ? demanda-t-il en brandissant les sacs qui contenaient les bracelets.

Deacon hocha la tête.

— Oui, merci, dit-il. Je vais vérifier dès que possible auprès du fabricant, et je vous rappelle… Bon, je file… Il faut que j'aille chercher Zimmerman.

Il se tourna vers Marcus et ajouta :

— Quant à vous, faites profil bas pendant les jours qui viennent, c'est compris ? Vous vous êtes fait tirer dessus deux fois dans la même journée… Je ne voudrais pas que le tireur soit plus chanceux, la prochaine fois.

— Je vais faire attention, répondit Marcus.

Il n'en promit pas davantage, car il ne voulait pas mentir à Deacon. Le regard lourd de sous-entendus de Scarlett était parlant : elle avait compris qu'il n'avait aucune intention d'obtempérer.

— Et moi, je vais me mettre à la recherche d'Annabelle, annonça-t-elle.

Deacon lâcha un profond soupir.

— Zimmerman et moi, nous devons aller annoncer le décès de Spangler à sa femme, dit-il. N'oublie pas notre rendez-vous au bureau. À tout à l'heure.

Lorsqu'il fut parti, Scarlett alla se pencher sur la porte enfoncée. D'un œil sombre, elle examina en silence les dégâts causés par les coups de feu, puis elle se tourna vers Marcus et lui dit :

— Je vais te ramener au *Ledger*.

Chapitre 16

Cincinnati, Ohio
Mardi 4 août, 14 h 30

Scarlett boucla sa ceinture de sécurité, puis elle appuya la nuque contre le repose-tête et ferma les yeux. Elle avait gardé son sang-froid tout au long de l'épreuve mais, maintenant qu'ils étaient seuls, elle revivait toute la terreur de ces instants où les balles sifflaient à quelques centimètres de leurs têtes.

— Tu as failli mourir, dit-elle. Une fois de plus.

— Mais j'ai survécu, fit doucement Marcus.

Sa voix fit frissonner Scarlett, malgré la chaleur étouffante qui régnait dans la voiture banalisée noire, qui était restée longuement exposée au soleil du mois d'août.

— Une fois de plus, ajouta-t-il un ton plus bas.

Un nouveau frisson parcourut l'épiderme de Scarlett, accompagné d'un picotement à l'entrejambe. Ravalant un soupir, elle serra les cuisses et ses mains se crispèrent sur le volant. Les mots qui lui venaient à l'esprit s'égaraient avant d'atteindre ses lèvres.

— Mais il est possible, dit Marcus au bout d'un moment, que je meure d'un coup de chaud si tu n'allumes pas la clim.

Cette plaisanterie tira Scarlett de sa langueur. Elle activa la climatisation.

— Je suis désolée, fit-elle en regardant droit devant elle.

— Pas moi.

Elle tourna la tête pour le fixer et soupira en découvrant le désir ardent qui luisait dans ses yeux.

— Il ne faut pas que tu me regardes comme ça, lui reprocha-t-elle.

— Pourquoi ? demanda-t-il en esquissant un sourire diablement sexy. Je ne suis pas flic. Nous n'enfreignons aucune règle… Je ne suis pas considéré comme un suspect, au moins ?

— Non, pas du tout.

Elle avait voulu répondre d'un ton ferme et sérieux, mais sa voix était rauque, fébrile. Il serra les dents avant de répliquer :

— Alors, il ne faut pas que tu me parles comme ça…

Elle inspira, exécuta rapidement un demi-tour et s'éloigna de la file de voitures de police.

— D'accord, murmura-t-elle.

Du coin des yeux, elle le vit sourire à moitié.

— D'accord avec quoi ? demanda-t-il.

— Je ne te parlerai plus comme ça, et tu ne me regarderas plus comme ça.

Le petit sourire de Marcus s'estompa.

— Alors, quand est-ce que je pourrai te regarder ? Et où ?

Elle ne feignit pas d'ignorer où il voulait en venir. Elle savait qu'il fallait répondre, et aussi qu'ils ne pouvaient pas aller plus loin avant que l'enquête ne soit bouclée. Ou peut-être qu'ils n'iraient jamais plus loin. En tout cas, pas tant qu'elle ne saurait pas exactement quel genre de journaliste il était. Elle devait d'abord s'assurer de sa droiture et de sa loyauté. Mais elle n'en dit rien.

— Pas sur une scène de crime, en tout cas, lâcha-t-elle. Et pas en public, tant que l'enquête est en cours.

Elle sentit qu'il l'observait attentivement.

— Pourquoi as-tu examiné la porte du sous-sol avec autant d'attention ? demanda-t-il.

Prise au dépourvu, elle cligna des yeux avant de répondre :

— Je voulais voir l'emplacement des impacts, expliqua-t-elle. Si tu n'avais pas plongé au sol, tu serais mort.

— J'ai eu le bon réflexe, et ce salaud nous a ratés. Mais il a bien failli nous tuer tous les deux.

Elle jeta un coup d'œil au visage de Marcus, puis son regard glissa plus bas. *Non, il n'est pas mort... Loin de là.* Elle serra fermement le volant pour résister à la tentation de glisser la main sur son pantalon.

— Mon Dieu, ce n'est pas du jeu, Marcus...

— C'est bien ce que je pense, murmura-t-il avant de changer de position en grimaçant. Alors, Scarlett, où ? Et quand ?

— Je... Je ne sais pas. Je n'avais pas prévu ça...

— Moi, si, dit-il. Allons chez toi.

Elle tourna brusquement la tête pour le regarder. Il ne plaisantait pas. Jamais elle n'avait vu un homme aussi sérieux. Un coup de klaxon rageur l'incita à se concentrer de nouveau sur la route, juste à temps pour éviter un accident.

— Tu veux dire *tout de suite* ?

— Oui.

— Enfin, Marcus, on ne peut pas faire ça maintenant... Il faut que je promène mon chien et que je retourne au boulot...

— Voyons, Scarlett, dit-il d'un ton pince-sans-rire, tout ce que je veux, c'est te regarder... Tu sais, *comme ça*... Ce que je peux très bien faire pendant que tu promènes ton chien. Qu'avais-tu en tête ? demanda-t-il avant de faire claquer sa langue. Espèce de coquine, va !

Elle ne put s'empêcher de rire, puis reprit son sérieux et soupira.

— L'essentiel, c'est que tu sois vivant, dit-elle.

— Dommage que tu ne m'aies vu que dans des situations tendues. Je ne passe pas ma vie à éviter les balles qui sifflent autour de moi, tu sais.

— Tu portes un gilet pare-balles, tu reçois tous les jours des menaces de mort...

— Et toi, tu es flic, rétorqua-t-il. Tu passes ton temps à te faire tirer dessus.

— En fait, c'est plutôt rare. Je crois que tu es mieux classé que moi dans la catégorie « cibles mouvantes »…

Elle tapota son gilet pare-balles. Sachant qu'un tueur traquait Marcus, elle ne tenait pas à être la victime collatérale de la prochaine fusillade.

— Pourquoi ne veux-tu pas m'emmener chez toi ? demanda-t-il.

— Je n'ai pas dit ça !

Il se frotta la tempe et tendit sa main souillée de sang pour qu'elle puisse la voir sans quitter la route des yeux.

— Il faut soigner cette plaie, dit-il. Ce sont les éclats de béton…

Ceux qu'il lui avait évités, en lui servant de bouclier. Il saignait alors qu'elle n'avait pas la moindre égratignure.

— Allons chez toi pour que tu puisses nettoyer la plaie et me faire un pansement, proposa-t-il.

Elle se mordit la lèvre.

— J'aurais dû demander aux infirmiers de vérifier que tu n'étais pas blessé.

— Ils étaient trop occupés avec Tabby.

— Tu sais bien qu'on aurait pu appeler une autre équipe pour t'examiner… Marcus, je t'emmène à l'hôpital.

— Non.

— Pourquoi pas ?

— Je n'aime pas les hôpitaux.

— Je comprends… Après ce qui s'est passé, l'année dernière… Moi non plus, je ne les aime pas trop.

Scarlett prit la première rue sur la droite.

— Où va-t-on ? s'enquit Marcus d'un ton suspicieux.

— Je vais jeter un coup d'œil à ta blessure. Si ça dépasse mes faibles compétences, je t'emmène chez un médecin… Et pas à l'hôpital, s'empressa-t-elle d'ajouter.

Elle entra sur un parking attenant à une église. À cette heure de la journée, il était presque désert. Scarlett se gara et fit le tour de la voiture pour aller ouvrir la portière de Marcus.

— Allez, debout, ordonna-t-elle en lui tendant la main.

On n'y voit pas assez clair dans la voiture… On est en sûreté, ici. Personne ne peut nous tirer dessus sans se montrer à découvert.

Il suivit ses ordres et s'adossa au capot, les jambes écartées.

— Baisse la tête ! ordonna-t-elle.

— Tu es bien autoritaire, ronchonna-t-il tout en obéissant docilement.

— C'est maintenant que tu t'en rends compte !

Elle se pencha pour mieux inspecter la plaie qu'il avait au crâne. Subitement, il la saisit par les hanches et l'attira tout contre lui, l'enserrant entre ses cuisses.

— Tu voulais jeter un coup d'œil ? murmura-t-il d'une voix caressante qui la fit frissonner des pieds à la tête. Eh bien, vas-y…

Scarlett l'ignora et, d'une main mal assurée, écarta les cheveux poisseux de sang séché autour de la plaie.

— Ce n'est pas profond, annonça-t-elle. Je crois que je vais y arriver.

— Tant mieux.

Il enfouit son visage dans le cou de Scarlett en inspirant profondément.

— Tu sens si bon, murmura-t-il.

Son souffle était aussi chaud et doux que sa voix.

— Je pourrais rester dans tes bras toute la journée, ajouta-t-il. Et toute la nuit…

Toute tremblante, elle s'imagina collée à lui sur le lit de sa chambre.

— Marcus ! Arrête ! protesta-t-elle, mais sans la moindre conviction.

Car chaque atome de son corps la pressait de le serrer plus fort encore. Il leva la tête et lui dit avec le plus grand sérieux :

— Nous ne sommes pas sur une scène de crime, et personne n'est en train de nous tirer dessus. Je crois que nous avons assez attendu, Scarlett…

Sur ces mots, il lui glissa une main derrière la nuque, pressa ses lèvres contre les siennes et l'embrassa à pleine bouche. Scarlett ne put résister plus longtemps : elle l'enlaça et lui rendit son baiser. Les mains de Marcus parcouraient impatiemment son dos, et elle maudit le gilet pare-balles qui l'empêchait de sentir cette caresse sur sa peau nue. Les mains de Marcus glissèrent vers le bas et s'attardèrent sur ses fesses.

C'était si bon. Elle ne put s'empêcher de gémir de plaisir quand il colla ses hanches contre les siennes. Elle avait déjà senti son érection lorsqu'il s'était allongé sur elle, dans la maison. Et il lui avait fallu toute sa volonté — et la peur que le tueur arrive — pour lutter contre la tentation. Mais à présent, il n'y avait plus que Marcus qui lui caressait les fesses, et le renflement qu'elle sentait grossir à mesure qu'il se frottait contre elle.

Pour moi. Cette pensée acheva de la griser. Et accrut son désir. Elle se frotta contre lui, levant la jambe pour enserrer la cuisse de Marcus. *Encore.* Il lui en fallait *encore*.

Marcus émit un grognement rauque en se décollant juste assez pour la laisser respirer, tout en lui mordillant fébrilement les lèvres.

— J'ai envie de toi, murmura-t-il d'une voix âpre et râpeuse. Tu le sais, hein ?

— Oui…, chuchota-t-elle en souriant, emportée par une vague de bonheur. J'avais deviné.

Il lui rendit son sourire.

— Et donc ? fit-il.

Elle recula la tête pour mieux voir son visage et revint subitement à la réalité. Ils étaient garés sur le parking d'une église et se comportaient comme deux adolescents.

Le sourire de Marcus s'évanouit.

— Qu'y a-t-il ?

— Moi aussi, j'ai envie de toi, avoua-t-elle tout bas. Tellement fort que ça me fait peur.

Marcus se raidit. Ses mains étaient toujours plaquées sur les fesses de Scarlett, comme s'il refusait de lâcher sa proie. Ce qui n'était pas pour lui déplaire.

— Pourquoi ? demanda-t-il.

— Parce que je me suis tellement emballée que j'en ai

oublié d'être prudente. Tu es à découvert et j'ai cessé d'être attentive. Il aurait pu se passer n'importe quoi...

Il se détendit un peu.

— Alors, il faut que tu m'invites chez toi, dit-il. On sera en sécurité là-bas.

— Oui. Mais on ne pourra pas rester longtemps, ni se remettre à faire... *ça*, même si c'est très agréable. Il faut que je retrouve Annabelle et le bébé de Tala. Et les salauds qui t'ont tiré dessus.

— S'ils ne méritaient pas d'être punis, j'aurais presque pitié d'eux. Je n'aimerais pas être sur ta liste noire.

Non sans réticence, il se décolla d'elle.

— Alors, tu as trouvé ça *agréable* ? demanda-t-il, sous-entendant que le mot était bien faible.

Scarlett ne sut pas quoi répondre. Elle se força à se séparer de Marcus, remonta dans la voiture, s'assit sur le siège du conducteur et boucla sa ceinture, regardant droit devant elle.

— Oui, dit-elle d'un ton ferme lorsqu'elle entendit la ceinture de Marcus cliqueter. *Agréable.* Il ne faudrait pas que tu prennes la grosse tête.

— Trop tard, inspectrice, répliqua-t-il platement. Elle est déjà très grosse.

Scarlett tourna la tête vers lui et s'esclaffa lorsqu'elle découvrit son air innocent.

— Qu'est-ce que je vais faire de toi ? fit-elle.

— Ne t'en fais pas, j'ai plein d'idées à ce sujet, dit-il en souriant.

Elle démarra et se dirigea vers l'autoroute.

— Je n'en doute pas, monsieur O'Bannion. Pas un instant.

Cincinnati, Ohio
Mardi 4 août, 14 h 35

Ken descendit au sous-sol, une assiette de lasagnes bien chaudes dans une main et un verre de thé glacé dans l'autre.

Il avait dû prendre un peu de temps pour se calmer après l'appel de Demetrius. Et pour remettre de l'ordre dans ses idées. Mais aussi pour se préparer de quoi manger.

Ce salaud, irresponsable et arrogant… Ken avait activé le logiciel de traçage sur son téléphone afin de localiser Demetrius tout en réchauffant son plat. Demetrius était bien en route pour la rédaction du *Ledger*. Ken avait réglé une alarme qui lui signalerait tout changement d'itinéraire. Il huma l'assiette appétissante, savourant d'avance son contenu. Il n'avait senti sa faim que lorsque son estomac s'était mis à gargouiller. Il avait dû se retenir d'étrangler Stephanie, et cela lui avait coûté beaucoup d'énergie.

L'odeur de la nourriture servait aussi à rappeler à ses captifs qu'ils étaient à sa merci, pour la nourriture, l'eau… *Pour leur survie*. Chip et Stephanie devaient avoir faim et soif, à l'heure qu'il était — si toutefois l'odeur du sang de Marlene Anders et le spectacle de la plaie béante ne leur avaient pas coupé l'appétit à jamais.

Le père et la fille levèrent la tête à son approche et lui jetèrent des regards haineux. Cette pause leur avait permis de reprendre un peu de forces. Il lui faudrait davantage de temps pour les briser. *Ce connard de Demetrius…* S'il avait appelé trente secondes plus tard, Ken aurait déjà extorqué l'information à Stephanie.

D'un geste nonchalant, il posa l'assiette sur le chariot, à côté de sa chaise, s'assit et se mit à manger et à boire, toisant Chip et Stephanie qui observaient ses moindres gestes. Il acheva son repas et lâcha un rot.

— Mmm… c'était vraiment bon. Ça fait du bien de manger un morceau, ça retape. C'est épuisant la torture, vous savez…

Il se leva, s'étira et dit :

— Tu es prête, Stephanie ? Ça va recommencer.

Il ôta le bâillon de sa bouche et demanda de but en blanc :

— Qui a emmené le bébé ?

— La tante de papa, Tabby, répondit-elle posément. C'est le diminutif de Tabitha. Elle a soixante-dix-neuf ans, les cheveux blancs, elle est à peu près aveugle. Elle marche avec un déambulateur… Elle n'a pas pu aller bien loin.

Eh bien ! On dirait que la petite Stephanie a décidé de se mettre à table. Il avait prévu qu'elle finirait par se montrer raisonnable. Mais ce qu'elle venait de lui apprendre était extrêmement contrariant.

Ken se souvint que Burton avait mentionné la présence probable d'un véhicule à l'arrière de la maison d'Anders. Tante Tabby était peut-être déjà loin, si on était venu la chercher en voiture.

— En plus, papa lui a foutu une telle raclée que vos hommes n'auront aucun mal à la retrouver, ajouta Stephanie.

Si ça pouvait être vrai, songea sombrement Ken. Mais de nouvelles pièces du puzzle étaient en place. Il aurait parié gros que c'était pour soigner Tabby que les flics avaient appelé les secours, et non pas parce que O'Bannion avait été blessé. Demetrius l'avait raté. *Et maintenant, les flics ont mis la main sur la tante de Chip. Jamais il ne m'avait dit qu'elle vivait chez lui. Super.* De quoi avait-elle été le témoin ? Que pouvait-elle révéler aux flics ?

Il envoya un texto à Sean, Decker et Burton afin de leur transmettre le nom et la description de la tante de Chip, avec pour instructions de la faire taire à tout jamais. Ils avaient déjà éliminé des témoins gênants dans des prisons. Dans un hôpital, ce ne serait pas du gâteau, mais c'était loin d'être impossible.

— Merci, Stephanie. Je viens d'envoyer mes collaborateurs à sa recherche.

Il croisa les jambes et reprit d'un ton intrigué :

— Si ton père a tabassé sa tante, comment a-t-elle eu la force d'emmener le bébé ?

— Elle l'a emmené *avant* de se faire massacrer. C'est pour ça que papa s'est fâché. Elle l'a donné à quelqu'un. Je ne sais pas à qui et, là, je vous jure que c'est vrai. Je croyais qu'elle ne connaissait personne en dehors de la maison. Papa ne la gardait que pour encaisser les chèques de sa pension de retraite.

Médusé, Ken se tourna vers Chip, toujours bâillonné, dont les yeux jetaient des éclairs en direction de sa fille.

— Non, je n'y crois pas ! fit Ken. Tu as tout ce fric, et tu dépouilles ta vieille tante ! Ça fait combien ? Cinq cents dollars par mois ? Tu es vraiment un phénomène, toi !

— Il a fait la même chose avec sa mère, précisa Stephanie. Jusqu'à ce qu'elle menace de le dénoncer. Et là, il lui a cloué le bec… définitivement.

— Comment a-t-il fait ?

— Un oreiller sur le visage, je pense. J'étais à la fac, à l'époque. C'est pour ça, vous savez, qu'il a acheté Mila. La mère de Tala… Elle est infirmière. Elle était chargée de soigner sa mère avant que la vieille se révolte.

Ken observa brièvement Stephanie. Ses yeux étincelaient de haine.

— Sa mère n'était pas ta grand-mère ? s'étonna-t-il.

— Non, je ne suis pas sa fille, en fait.

Chip émit un grondement furieux, étouffé par son bâillon. Mais ses yeux trahissaient sa surprise. Soit il n'en avait rien su, soit il avait cru qu'elle n'était pas au courant.

— Qui est ton vrai père ? demanda Ken.

Stephanie haussa les épaules autant que ses liens le lui permettaient.

— Son meilleur ami, répondit-elle. Quand il y avait un dîner ou une réception à la maison, maman se marrait bien pendant que papa bavardait avec l'homme qui se tapait sa femme. Leur liaison a duré longtemps. Maman a failli plaquer Chip quand il a fait faillite, mais il a réussi à éviter la soupe populaire…

Elle inclina la tête et ajouta :

— Sans doute grâce à vous.

Elle ne se trompait pas. Ken avait vendu à Chip ses premiers esclaves quand ses affaires menaçaient de s'effondrer, et cette main-d'œuvre gratuite lui avait permis de repartir de zéro.

La jeune femme parlait avec assurance, mais Ken remarqua qu'elle évitait soigneusement de regarder le corps ensanglanté de sa mère, toujours assise entre le père et la fille. Stephanie devenait trop sûre d'elle-même et Ken décida de la secouer un peu.

— Soit tu es la meilleure actrice du monde, soit tu es la pire garce que j'aie jamais rencontrée. Tu parles de l'adultère de ta mère devant son cadavre…

Stephanie ferma les yeux, un accès de douleur déforma brièvement les traits de son joli visage.

— Elle aurait voulu que je sorte vivante d'ici. Et elle aurait été d'accord pour que je vous dise tout ce que je sais, si c'est la seule manière d'y arriver.

— Tu ne sortiras pas *libre* d'ici, en tout cas. J'espère que tu en es consciente.

Les yeux toujours fermés, elle hocha la tête. Sa peau blêmit un peu plus.

— Oui, fit-elle. Ça, je l'ai pigé.

— Je te rappelais ça simplement pour qu'il n'y ait aucun malentendu, dit-il aimablement.

— Mais vous avez dit que vous pourriez me faciliter les choses…

— C'est vrai, je l'ai dit. Voici donc la règle du jeu : plus tu seras franche avec moi, plus je me montrerai charitable. Promis juré. Mais, dis-moi, pourquoi Tabby a-t-elle donné le bébé à quelqu'un ?

— Je ne sais pas. Elle a peut-être appris que Tala était morte, et elle a eu peur qu'il n'y ait personne pour le nourrir. Maman et moi, on n'allait quand même pas lui acheter du lait… Et Tabby n'était pas autorisée à avoir de l'argent. Donc elle a dû avoir peur que le bébé crève de faim, parce que Tala l'allaitait encore. Ou bien elle a pensé que maman allait en profiter pour se débarrasser du gosse… Qui sait ?

La maison des Anders était un sacré nid de vipères. Ken éprouvait presque de la pitié pour tante Tabby. Mais pas assez pour annuler l'ordre qu'il venait de donner à Sean et aux autres. La vieille dame devait mourir. Elle serait d'ailleurs sans doute soulagée d'en finir avec une telle vie.

— Est-ce Tabby qui a permis aux deux autres esclaves de s'évader ? demanda-t-il.

— C'est possible. En tout cas, ce n'est pas moi. Et maman n'aurait jamais libéré volontairement ses propres servantes.

Ken fronça les sourcils. Stephanie collaborait, mais il y avait quelque chose de bizarre. Quelque chose de louche. Elle avait lâché trop facilement le nom de la tante, alors que cette femme était leur unique planche de salut…

Drake ! Mais bien sûr ! Le petit copain… Le type qui a tué Tala. Ken s'en voulut, subitement. L'histoire de la tante et du bébé l'avait éloigné du sujet. Il en avait oublié ce maudit petit ami de Stephanie, dont le nom de famille était… Il fouilla sa mémoire. *Ah oui, Connor. Drake Connor.*

— Stephanie, dit-il d'un ton doucereux. Où est Drake ?

La jeune femme pâlit, ses traits se crispèrent.

En plein dans le mille, songea Ken. Mais une sombre pensée lui traversa l'esprit.

— Tu l'as appelé quand mes hommes ont débarqué chez vous ? Tu lui as dit qu'on allait t'enlever ?

— Non, dit Stephanie d'une voix chancelante.

Ken se leva et lui assena brusquement une gifle. Sa tête bascula en arrière tandis qu'elle poussait un cri strident.

— Ne me mens pas, cracha-t-il.

Secouée, Stephanie leva les yeux vers lui.

— Faisons un nouvel essai, dit Ken en se rasseyant. Lui as-tu dit, oui ou non, que des gens venaient te kidnapper ?

Elle baissa les yeux, mais son regard tomba sur le cadavre de sa mère et elle eut un haut-le-cœur. Heureusement qu'elle avait déjà vomi tripes et boyaux.

— Oui, murmura-t-elle.

— Où était-il quand tu lui as dit ça ?

— En route vers chez moi, pour venir me chercher.

— Et donc, tu penses qu'il aurait pu nous suivre jusqu'ici ?

Elle déglutit puis hocha timidement la tête.

À côté d'elle, Chip leva les yeux au ciel. Ken se mit à ricaner.

— Je crois que ton père a raison, pour une fois, Stephanie.

Drake ne va pas venir te sauver. À l'heure qu'il est, il ne doit plus être loin de la frontière…

Il s'interrompit pour envoyer un texto à Sean, Burton et Decker, leur ordonnant de retrouver Drake Connor le plus vite possible. Il se tourna ensuite vers Stephanie et reprit :

— Étant donné qu'il a commis un meurtre cette nuit, je doute fortement qu'il aille demander de l'aide à la police. Et au cas encore plus improbable où il tenterait de te libérer tout seul, on l'attrapera dès son arrivée. Mais n'y compte pas, ma chérie. Tu as plus de chances d'être frappée par la foudre ou de gagner le gros lot à la loterie.

Ken décela enfin une lueur de défaite dans les yeux de Stephanie. Elle avait tenu pendant des heures, dans le fol espoir que Drake viendrait la libérer. C'était presque touchant. Mais surtout ridicule.

Il se leva, épousseta son pantalon et dit :

— Bon, eh bien, je crois que je n'ai plus grand-chose à vous demander, à toi et à ton cher petit papa, dit-il en regardant les instruments de torture sur le chariot.

Stephanie lâcha un petit cri de terreur lorsqu'elle comprit quelles étaient ses intentions.

— Attendez ! s'écria-t-elle. Vous m'avez promis de m'aider, si je parlais.

— Ça, c'était avant que tu me fasses perdre la moitié de la journée. Je travaille, moi, tu sais. Et tu m'as empêché de faire mon boulot. Il va sans doute falloir que je travaille jusqu'à ce soir, à cause de tes conneries. Mais ne t'inquiète pas, je ne vais pas te tuer. Cela dit, je vais le tuer, *lui*, annonça-t-il en désignant Chip. Il n'a aucune valeur marchande. C'est toi qui as déclenché toute cette affaire en sortant avec Tala sans y être autorisée. Mais considérant que c'est *lui* qui t'a impliquée, au départ, en achetant Tala et sa famille, je vais te faire une faveur. À toi de choisir sa mort. Pistolet ou couteau ?

Un rictus hargneux vint déformer les lèvres de Stephanie.

— Qu'est-ce qui fait le plus souffrir ? demanda-t-elle.

Ken éclata de rire.

— Oh ! toi, j'aimerais tellement te garder ! dit-il d'un ton admiratif. Mais tu essaierais de t'enfuir et il faudrait que je te tue, toi aussi.

Elle redressa le menton, mais sa peur était palpable.

— J'essaierai de m'enfuir quelle que soit la personne qui m'achète, déclara-t-elle d'un ton qui sonnait terriblement faux et qui fit sourire Ken.

— Ça, ce sera son problème, dit-il. Mais n'oublie pas que Tala a tenté de s'évader… Et regarde où ça l'a menée…

Il claqua des mains avant de demander :

— Alors, ma chérie, que choisis-tu ? Le couteau le fera plus souffrir… Mais, évidemment, c'est plus sale…

Stephanie esquissa un regard en direction de sa mère mais détourna vivement les yeux au dernier moment.

— Ça ne me dérange pas si c'est plus sale, du moment qu'il souffre beaucoup, dit-elle. Et j'ai une faveur à vous demander…

Une fois de plus, Ken fut impressionné par son cran, mais aussi par l'intensité de son désir de vengeance.

— Laquelle ?

— J'ai quelque chose à lui dire… Quelque chose que je veux lui dire les yeux dans les yeux. Mais je ne veux pas avoir à regarder ma mère. Vous pouvez le mettre face à moi ?

Il fit mine d'y réfléchir un instant avant de hocher la tête.

— D'accord, dit-il.

Il traîna la chaise de Chip jusqu'à un endroit où elle pouvait le regarder sans voir le corps de Marlene.

Elle fixa Chip d'un œil plus que glacial, avec un petit sourire cruel.

— Vous ne voulez pas lui enlever son bâillon ? proposa-t-elle. Vous allez voir, sa réaction sera intéressante…

Le couteau bien en main, Ken ôta le chiffon de la bouche de Chip et esquiva prestement le crachat qu'il avait anticipé.

— Vas-y, Stephanie, et dépêche-toi, dit-il. Je n'ai pas que ça à faire.

— Cette petite bâtarde n'est pas ta fille, déclara Stephanie à Chip avec une joie mauvaise. C'est celle de Drake.

Le visage de Chip prit une teinte de cendre.

— Tu mens ! s'écria-t-il.

Elle continua de lui sourire avec une haine glaciale.

— C'est la pure vérité, rétorqua-t-elle. Quand elle a accouché, j'ai fait faire un test ADN, pour en avoir le cœur net. C'est la fille de Drake. Aucun risque d'erreur.

Chip avait l'air de vouloir dire quelque chose, mais sans savoir quoi, exactement. Stephanie se tourna vers Ken et lui dit :

— Vous pouvez le tuer, maintenant. J'en ai fini avec lui.

— Attendez ! dit Chip d'une voix rauque. Ta mère… elle me l'aurait dit…

— Elle ne le savait pas. Je ne lui en ai pas parlé.

Ken recula d'un pas, décidant qu'un ou deux instants de plus ou de moins ne changeraient rien, alors que cela redevenait intéressant.

— Pourquoi ? demanda-t-il. Tu as dit que la vue de ce bébé lui faisait du mal…

Stephanie déglutit avant de répondre :

— Elle m'a engueulée quand je me suis fait arrêter avec de la coke. Elle m'a dit que si ça se reproduisait, elle me priverait d'argent de poche et de voiture… C'est pour ça que j'ai gardé ce secret… Comme monnaie d'échange, au cas où…

— Tu te serais servie de ce secret pour garder ta voiture ?

— Et mes cartes de crédit, marmonna-t-elle. Qu'est-ce que ça fait, maintenant ?

Ken lâcha un profond soupir.

— Eh bien… Tu m'as fendu le cœur avec toute cette histoire. Mais le temps presse… Si tu ne veux pas voir ce bon vieux Chip se faire saigner, ferme les yeux.

Mais Stephanie garda les yeux résolument ouverts tandis que Ken tranchait la gorge de Chip. Il s'y prit lentement, et le sang gargouilla horriblement dans la bouche de sa victime.

Il essuya la lame du couteau et ôta ses gants en latex.

— Qu'est-ce qui t'a poussée à faire un test ADN ? demanda-t-il ensuite à Stephanie, sincèrement intrigué.

— Le bébé avait une tache de naissance sur la fesse droite, comme Drake, dit-elle en savourant les derniers râles d'agonie de l'homme qui l'avait élevée. J'avais déjà appris qu'il n'était pas mon père biologique, quand on a déterminé mon groupe sanguin, au collège. J'ai d'abord cru que j'avais été adoptée et j'ai demandé des explications à ma mère. Elle m'a avoué que Chip n'était pas mon père et qu'elle l'avait trompé. Elle m'a demandé de ne pas en faire un drame…

Elle secoua la tête avant d'ajouter :

— Moi, je comptais bien le leur faire payer… Mais, là aussi, j'attendais l'occasion. Quand les parents s'engueulent, ils oublient de s'en prendre à leurs enfants. Pour révéler que Drake était le père du bébé, j'attendais le jour où ça chaufferait vraiment. Je savais que Chip voulait d'autres enfants…

— Tu savais que ça le blesserait, hein ?

Ken ne put s'empêcher de l'admirer. Peu de filles de l'âge de Stephanie pouvaient garder un secret de ce genre pour des raisons aussi machiavéliques. *Alice en est capable… Mais bon, elle, c'est ma fille…* Et de cela, Ken, lui, était certain. Il avait fait effectuer des tests de paternité sur Alice comme sur Sean.

Elle hocha la tête.

— Il était tellement heureux d'avoir ce môme, dit-elle. Il croyait que c'était sa fille… Tala ne restait en vie que parce qu'elle l'allaitait. Ma mère l'aurait étranglée sans le moindre scrupule. Elle ne supportait pas l'amour que Chip avait pour cette fille. Je pense qu'elle l'aurait tuée si Drake ne l'avait pas fait avant elle. Le bébé n'aurait pas été nourri au sein éternellement… C'est peut-être pour ça qu'elle a pris le risque de nous doubler…

Elle s'interrompit, le regarda droit dans les yeux et reprit :

— Vous n'avez pas un bureau à Singapour ou à Bangkok, une succursale à l'étranger quelque part, où vous avez besoin de main-d'œuvre qualifiée ? Bora Bora, peut-être ? Ou le Cameroun ? Je parle parfaitement français.

Il ne put réprimer un petit rire.

— Je regrette maintenant de ne pas en avoir, dit-il. Mais

non, désolé. Et j'ai du nettoyage à faire… comme le regretté Chip ici présent a blessé plusieurs de mes collaborateurs, je manque de personnel. Et, pour ne rien te cacher, les flics ont sauvé tante Tabby et l'ont emmenée à l'hôpital. J'ai demandé à mes hommes de la faire taire.

Stephanie encaissa le coup avant de demander :

— Donc, personne ne serait venu à notre secours, hein ?

— Eh non. Désolé.

Il le regrettait vraiment, en quelque sorte. Il éprouvait même une certaine réticence à la laisser seule, attachée sur cette chaise. Mais il avait une autre question à lui poser.

— Pourquoi Drake a-t-il emporté le flingue de Chip dans la ruelle ? demanda-t-il. Je veux la vérité, là aussi.

Elle haussa les épaules.

— Tala avait rencontré un mec au parc, dit-elle. J'étais censée promener le chien mais je détestais cette corvée. Ce caniche débile… Donc je le faisais faire par Tala. Je l'envoyais au parc avec le chien vers 2, 3 heures du matin. Il y a quelques jours, je l'ai surprise en train de chanter, et ça m'a paru louche. Drake et moi, on a vérifié sur le logiciel de traçage, et on s'est aperçus qu'elle restait parfois cinq minutes au même endroit…

Le sourire de Stephanie se fit reptilien.

— Je lui ai filé une de ces corrections ! Elle a failli y passer.

— Comment savais-tu qu'elle avait rencontré cet homme ? demanda-t-il avant de revenir sur sa propre erreur. Ah oui… Grâce aux enregistrements audio…

— Oui. Drake était furax quand il a compris qu'elle tournait autour de ce mec, au parc. Il l'a piégée en lui annonçant qu'on allait en ville acheter de la coke. Il a laissé son blouson dans la pièce où elle était, avec son téléphone dans la poche. Il voulait qu'elle l'utilise, et c'est ce qu'elle a fait. Elle a retrouvé le mec dans la ruelle et… vous connaissez la suite.

— Merci, dit-il sincèrement.

Il rangea son chariot d'instruments de torture et d'armes

dans un placard qu'il ferma à clé. Puis il se dirigea vers l'escalier. Il avait gravi la moitié des marches lorsqu'il l'entendit l'appeler :

— Vous ne m'avez pas dit votre nom.

— Tu n'as pas besoin de le connaître.

Il l'entendit lâcher un soupir contrarié.

— Quel prix allez-vous demander, pour moi ? demanda-t-elle.

— Je ne sais pas. Ce sera une vente aux enchères. Mais je te promets que l'acheteur auquel tu seras adjugée ne te maltraitera pas.

— Tu parles d'une consolation ! fit-elle d'un ton sarcastique. À combien fixeriez-vous l'option « achat immédiat » ?

— Comme sur eBay ? Notre méthode de vente est un peu plus compliquée que ça, ricana-t-il.

Mais comme Stephanie excitait sa curiosité au plus haut point, il lui donna un chiffre extrêmement exagéré :

— Deux millions.

Elle réfléchit un instant avant de dire :

— Bon, eh bien, je voudrais m'acheter moi-même.

Stupéfait, il redescendit au sous-sol et s'arrêta à deux mètres de sa captive, prenant garde de ne pas patauger dans la mare rouge et poisseuse où se mêlaient le sang de Chip et celui de Marlene.

— Et avec quel argent ? demanda-t-il.

— Je connais les mots de passe bancaires de Chip.

— Tu mens ! dit-il, tout en admirant cet ultime effort. Si tu les connaissais, tu n'aurais pas eu peur de perdre tes cartes de crédit…

Il remonta l'escalier, riant tout bas des injures obscènes qu'elle lui criait.

— Je t'aurais bien prise comme esclave, ajouta-t-il, mais je ne pourrais jamais dormir tranquille. Dès que je fermerais les yeux, tu me planterais un pic à glace dans le cœur.

— Qu'est-ce que ça veut dire ? demanda-t-elle, furieuse.

— Que tu es beaucoup trop jeune pour moi, Stephanie, répondit-il en riant. Quelqu'un viendra te voir bientôt.

Il ferma la porte à clé et envoya un texto à Alice pour lui

demander de venir immédiatement. Assistée de Burton, elle s'occuperait de nourrir Stephanie et de la rendre présentable. Puis il chargerait Burton de se débarrasser des corps.

Pendant un instant — très bref —, il avait été tenté de permettre à Stephanie de racheter sa liberté. Mais c'était une folle idée, et Ken Sweeney n'était pas fou. De temps en temps, il aimait se détendre en compagnie d'une jolie femme et oublier ses soucis… Mais pas avec celle-là… Celle-là, c'était une source de dangers, avec un D majuscule.

Il se força à s'éloigner de la porte de l'escalier du sous-sol, entra dans son bureau et s'assit. Mais, au lieu de se mettre au travail, il ouvrit son téléphone portable et activa son logiciel de traçage. Toujours aucun signe de Reuben et de son bras droit, Jason Jackson. Demetrius se trouvait devant la porte d'entrée du *Ledger.* Burton était en route pour la maison de Ken, afin d'inspecter la voiture de Reuben. Joel était chez lui, dans son propre bureau, sans doute en train de travailler sur les comptes. Sean et Alice étaient au siège de la société, dans le centre-ville.

Et Decker était arrivé à l'hôpital du comté, où il devait faire taire tante Tabby. Ken espérait qu'il ferait preuve d'efficacité dans cette mission délicate.

Tout le monde était à son poste — sauf Reuben et Jackson. Ken leur envoya un texto groupé pour les convoquer un peu plus tard à une réunion, précisant que leur présence était obligatoire.

Son entreprise partait à vau-l'eau. Il fallait redresser la barre. Si cela tournait mal, Ken les liquiderait tous — tous les membres de son prétendu groupe de confiance. Et il recommencerait sa vie sur une plage des Caraïbes.

Chapitre 17

Cincinnati, Ohio
Mardi 4 août, 15 h 25

Marcus lâcha un petit soupir de soulagement lorsque Scarlett s'engagea dans la rue escarpée où était située sa maison. Il avait craint qu'elle n'ait pas réellement l'intention de l'amener chez elle. Elle avait été troublée et émue par le long baiser qu'ils avaient échangé, au point d'en oublier son travail et son devoir. Même s'il se sentait flatté, il savait que, si elle avait fait demi-tour en chemin pour le ramener à son bureau, il ne s'en serait pas plaint et n'aurait même pas cherché à l'en dissuader. Il aurait respecté son choix.

Car ce baiser ne l'avait pas moins troublé et ému qu'elle. Il voulait qu'elle s'abandonne au plaisir, qu'elle oublie tout dans ses bras, jusqu'à son propre nom. Mais il fallait que ce soit son choix, à elle.

Il soupira tout bas. Ils approchaient de la maison de Scarlett — et donc de celle de sa voisine. Il était donc temps de clarifier un point, pour éviter tout malentendu. Il espérait que ce qu'il s'apprêtait à lui dire n'inciterait pas Scarlett à changer d'avis.

— J'ai… euh… un aveu à te faire, dit-il, rompant le silence qui régnait dans la voiture. Quand je t'ai dit que je suis passé en voiture devant chez toi…

— Quatre fois, selon toi, dit-elle.

— Oui, euh… En fait, j'ai fait un peu plus que passer sans m'arrêter. Comme, à chaque fois, ton gros Land Cruiser était garé dans l'allée, je me suis demandé à qui il était…

— Il est à moi, dit-elle sèchement.

— Je le sais maintenant, mais, sur le moment, j'ai pensé qu'il appartenait peut-être à ton… à quelqu'un que tu fréquentais.

— Comment as-tu appris que le Land Cruiser était à moi ?

Il rassembla tout son courage et avoua :

— J'ai demandé, en quelque sorte, à ta voisine.

Elle haussa les sourcils.

— Tu as demandé à Mme Pepper ? fit-elle d'un ton alarmé. Oh ! mon Dieu… C'est la pire commère du quartier.

— Je n'en avais pas l'intention, en fait… Et je ne suis pas allé sonner à sa porte pour le lui demander. J'ai été un peu plus malin que ça.

— Si tu as réussi à faire bonne impression sur Mme Pepper, tu es plus habile que la plupart des hommes.

Marcus ne se faisait pas d'illusions : il était plus habile que *certains* hommes, voilà tout. Pendant des mois, son activité réelle et secrète au *Ledger* l'avait empêché de courtiser la femme qu'il n'arrivait pas à chasser de son cœur. *Mais ça, c'est fini.* Il n'envisageait pas de l'entraîner dans ce combat brumeux, toujours aux limites de la légalité. Il ne souhaitait pas lui demander de détourner les yeux pendant qu'il enfreignait la loi, même pour une bonne cause. Il ne voulait pas qu'elle trahisse ses fonctions en l'aidant à agir ainsi. Mais il se refusait à renoncer à Scarlett. Il trouverait bien un moyen de conjuguer son amour pour elle et sa mission.

S'il ne lui avait pas plu, il ne se serait pas montré aussi insistant. Il ne serait même pas allé avec elle dans cette voiture. Mais il était sûr, désormais, qu'elle était attirée par lui : elle ne l'avait pas repoussé, loin de là.

Il fallait qu'il la prenne dans ses bras — seul moyen d'apaiser le désir qui le submergeait.

— Je ne suis pas sûr d'avoir fait bonne impression sur Mme Pepper, dit-il. Mais elle se souvient peut-être de moi.

— Ça, je n'en doute pas une seconde, dit Scarlett. Elle est loin d'être gâteuse. Et elle apprécie beaucoup l'anatomie masculine. Elle est peintre, tu sais. Ça ne m'étonnerait pas qu'elle finisse par faire ton portrait.

Ce compliment indirect le flatta.

— Ah bon ? fit-il. Ça ne me déplairait pas.

— Elle ne peint que des nus.

Marcus toussa.

— Merci, Scarlett. Maintenant, je m'imagine tout nu dans son atelier…

— Tu n'avais qu'à ne pas la draguer.

— En fait, je suis simplement sorti de ma voiture pour lire le numéro d'immatriculation du Land Cruiser. Les plaques étaient couvertes de boue.

Elle lui jeta un regard en coin avant de demander :

— C'était quand, ça ?

— Fin mars.

— Ah oui, il venait de neiger… Continue.

— Ta voisine prend son rôle de gardienne très au sérieux… Elle m'a vu me pencher sur les plaques du Land Cruiser et elle a remonté ton allée. « Jeune homme, imita-t-il d'une voix de fausset, *puis-je* vous demander ce que vous faites dans le jardin de l'*inspectrice* Bishop ? Attention, cette femme a plein d'*armes à feu*, mon garçon ! Beaucoup d'*armes à feu*… »

Scarlett éclata de rire.

— Non ? pouffa-t-elle. Elle a vraiment dit ça ?

Marcus aurait voulu entendre ce rire toute la journée. *Et toute la nuit.*

— Absolument, répondit-il. Je lui ai dit que je voulais acheter le Land Cruiser et je lui ai demandé si elle connaissait le nom du propriétaire. Elle m'a dit que c'était toi, depuis toujours. Je me suis senti soulagé…

— Tu aurais pu vérifier à partir du numéro, dit Scarlett d'un ton acerbe. Je suis sûre que tu en as les moyens.

— En effet, admit-il. Et je m'en suis servi. La recherche a confirmé ce que Mme Pepper m'avait affirmé. Quoi qu'il en soit, je l'ai fait parce que je voulais savoir si j'avais une chance ou si ton cœur était déjà pris. J'aurais dû demander à Deacon… Je t'en parle au cas où ta voisine se souviendrait de moi.

— Ça, c'est certain. Elle approche des quatre-vingt-six ans mais elle a une mémoire de dingue.

— J'avais cru comprendre. J'aime beaucoup ta maison… Elle a du caractère, dit-il tandis que Scarlett se garait dans l'allée à côté du Land Cruiser.

La vieille maison en bois peint offrait à l'œil un charmant camaïeu de couleurs. Scarlett leva les yeux vers la maison et soupira :

— Elle ressemble un peu à une couverture en patchwork. Les anciens propriétaires la repeignaient en fonction des pots de peinture qu'ils trouvaient en solde. Violet, rose, orange… Et même, à certains endroits, vert pomme. J'aime beaucoup les couleurs vives, mais j'aimerais qu'elle ait un aspect un peu plus classique. Je suis en train de poncer les murs pour les repeindre.

— Quelle couleur as-tu choisie ?

— Bleu, dit-elle en souriant. Un bleu turquoise bien pétant. Et une teinte caramel pour les moulures des portes et des fenêtres. C'étaient les couleurs originelles de la maison, quand elle a été construite en 1880. J'ai trouvé une vieille photo dans les archives de la société historique locale, avec les couleurs inscrites au dos. Les travaux traînent un peu, malheureusement. Je n'aime pas me servir d'une ponceuse, alors je fais tout à la main.

— Tu ponces toi-même ? À la main ? Je croyais que tu avais six frères…

— Deux de mes frères sont mariés et ont des enfants, et ils n'ont pas le temps de m'aider. Il y en a deux autres qui sont flics et qui ne prennent jamais leurs vacances aux mêmes dates que moi. Le cinquième est musicien. Il joue du violoncelle à l'orchestre symphonique de Cincinnati. Il ne peut pas prendre le risque de se blesser à la main, précisa-t-elle en remuant les doigts.

Marcus leva les yeux au ciel. Ils sortirent de la voiture et il la suivit jusqu'à la porte du garage.

— Moi aussi, je joue d'un instrument, dit-il. Ça ne m'empêche pas de faire pas mal de bricolage…

Il remua les doigts à son tour, et elle le gratifia d'un sourire à la fois timide et engageant.

— Je sais que tu joues de la guitare. Je t'ai entendu jouer sur les vidéos. Je… J'ai trouvé ça merveilleux.

Il fut pris d'une envie subite de la couvrir de baisers.

— Ce n'est qu'un loisir, relativisa-t-il. Si c'était mon gagne-pain, je ferais comme ton frère et je prendrais bien soin de mes mains.

— Non, tu as raison. Nathaniel pourrait faire plein de choses pour m'aider, dans cette maison. Mais c'est le benjamin, et maman ne laissera personne lui mettre un outil dans la main…

Elle se pencha légèrement et murmura :

— En fait, il vient quand même, de temps en temps, pour me donner un coup de main dans mon atelier… Mais ne le dis pas à ma mère…

— Tu peux compter sur ma discrétion, dit-il avant de guetter la réaction de Scarlett.

Ses yeux bleu nuit clignèrent, et son sourire s'évanouit.

— Je crois bien que oui, murmura-t-elle.

Marcus sentit son cœur se soulever dans sa poitrine.

Ils avaient déjà échangé pareils propos, quand il était à l'hôpital. Sauf que leurs répliques avaient été inversées. Elle s'était souvenue non seulement des mots exacts qu'il avait prononcés, mais aussi du ton qu'il avait employé ce jour-là et qu'elle venait d'imiter, exprimant ainsi sa confiance.

C'est ce qui était en train de naître en eux : une confiance mutuelle. Une connivence. C'était un bon début. Excellent, même.

Elle se pencha brusquement et, d'un coup sec, ouvrit en grand l'un des battants de la porte du garage, avant même qu'il n'ait le temps de proposer son aide. Il attendit qu'elle se soit redressée pour dire :

— Ça fait cinq, seulement.

Elle cligna des yeux.

— Comment ? fit-elle.

— Tu m'as dit que tu avais six frères… Mais tu n'en as mentionné que cinq.

— Phin a fait la guerre en Irak, et il en est revenu transformé. Il est devenu une autre personne… Il est parti s'installer dans le Sud, il y a quelques années, mais nous ne savons pas où il se trouve. Il ne donne jamais de nouvelles.

— C'est dur. C'est arrivé à beaucoup de mes camarades, là-bas. Je suis désolé.

— Merci. C'est mon frère jumeau, et j'ai grandi avec lui jusqu'à ce que j'entre à l'université et qu'il s'engage dans l'armée. Maintenant qu'il est loin, il me manque terriblement…

Elle se racla la gorge et changea de sujet :

— La visite guidée commence par le garage.

— Scarlett !

À ce cri, ils se retournèrent et virent la voisine, debout sur sa terrasse, qui leur adressait de grands gestes de la main.

— Tu as oublié de me présenter ton jeune visiteur ! dit-elle.

— Je ne voulais pas vous déranger, Mme Pepper.

La vieille dame lui décocha un regard sévère.

— Foutaises ! s'exclama-t-elle. Venez par ici, vous… Plus près !

Elle lui fit signe d'approcher et Marcus obéit, traversant la pelouse.

— Encore ! Mes pauvres yeux ne sont plus ce qu'ils étaient.

— Hum ! fit Scarlett, qui n'était pas dupe mais qui le suivit néanmoins.

Marcus leva la tête et découvrit une paire d'yeux perçants, respirant l'intelligence. Il se demanda si elle se souvenait de lui. Les yeux de la vieille dame pétillèrent de malice, lui fournissant sur-le-champ une réponse.

— Celui-ci, je l'aime bien, dit-elle à Scarlett. Il est bien mieux que l'autre. Il a une belle aura. Alors que l'autre…

Elle grimaça avant de déclarer, catégorique :

— Je suis bien contente que tu l'aies fichu dehors.

Marcus jeta un regard intrigué à Scarlett.

— L'autre ? murmura-t-il.

Les joues de Scarlett étaient cramoisies.

— Je ne voudrais pas paraître impolie, madame Pepper, mais nous sommes pressés, dit-elle. Je ne fais d'ailleurs que passer… Je suis venue promener Zat.

— Bien sûr. Mais fais attention, Scarlett… J'ai un mauvais pressentiment. Je sens que tu vas avoir des ennuis.

— Ne vous en faites pas, je serai très prudente.

— Vous ne m'avez pas dit votre nom, jeune homme, dit brusquement Mme Pepper.

— O'Bannion, madame. Marcus O'Bannion.

— J'ai été ravie de vous rencontrer. Revenez quand vous voulez.

— Oui, madame.

Il la gratifia d'un hochement de tête courtois puis suivit Scarlett dans son garage. Il jeta un coup d'œil autour de lui et s'extasia :

— Génial !

La moitié du garage était vide. Une tache d'huile noirâtre souillait le sol à l'endroit où elle garait habituellement sa petite Audi. L'autre moitié était remplie de planches et de tasseaux, d'outils en tout genre — scies électriques, défonceuses, tours à bois —, mais aussi de verre. Des morceaux de verre colorés, de toutes les teintes et de toutes les formes, étaient alignés sur des étagères. Un mobile, composé d'une dizaine de fragments fragiles aux couleurs de l'arc-en-ciel, pendait au plafond, bercé par le souffle que produisait un ventilateur.

— Tu devrais faire percer une fenêtre ici, suggéra-t-il. Le mobile brillerait encore plus.

— Il étincelle quand j'ouvre les portes du garage.

Elle ouvrit en souriant une deuxième porte.

— C'est toi qui les as soufflés, les morceaux de verre du mobile ? demanda Marcus.

— Oui, mais ceux-là, c'est du rebut, des morceaux bullés… Mais je les aime comme ils sont. Il m'arrive même de faire exprès de souffler du verre bullé.

— Moi aussi, ils me plaisent bien comme ça. Et tout ça ? dit-il en désignant les outils de menuiserie. C'est à toi ?

— Oui. J'en ai hérité de mon grand-père, en même temps que du tank… du Land Cruiser, quoi. J'étais la seule, dans la famille, à m'intéresser à la menuiserie. Ça m'aide à évacuer le stress après le travail.

Il prit sur l'établi un barreau de chaise élégamment tourné et demanda :

— Tu fais des meubles ?

— J'en ai fabriqué quelques-uns. J'en retape pas mal, aussi. Des fois, les gens jettent des meubles qui sont encore en bon état. Il suffit de leur redonner une seconde jeunesse. Un peu de ponçage, un pied ou une garniture à changer… Une couche de patine ou de vernis… Et ils sont comme neufs.

— Que fais-tu de ces meubles rénovés ?

— Je donne la plupart à des bonnes œuvres. J'en garde certains. Et j'en offre à mes amis…

Elle désigna un vieux bureau à cylindre qu'elle avait décapé et poncé, et dont les tiroirs venaient d'être teintés.

— Je vais l'offrir à Deacon et à Faith comme cadeau de mariage. Il aura de l'allure quand il sera fini.

— Faith va l'adorer, prédit Marcus.

Il connaissait la passion de sa sœur pour les antiquités. Elle avait passé les neuf derniers mois à dresser l'inventaire de celles que lui avait léguées sa grand-mère, puis à les vendre au bénéfice d'un fonds de soutien aux victimes du tueur qui avait ôté la vie à Mikhail et à plusieurs autres personnes.

— Elle l'aimera d'autant plus que tu as passé tout ce temps à le faire renaître, ajouta-t-il.

Scarlett haussa les épaules modestement, puis tira sur un cordon pour allumer une ampoule avant de refermer les deux battants de la porte du garage. Marcus était fasciné par ses mouvements gracieux. Après avoir fermé le second battant, elle se tourna vers Marcus, visiblement consciente de l'effet que ces gestes innocents mais suggestifs avaient produit sur lui.

— Nous ne sommes pas sur une scène de crime, dit-il en la dévorant des yeux.

Comme il l'avait déjà vue frissonner quand il parlait d'une voix plus grave, il baissa d'une octave pour ajouter :

— Et nous ne sommes pas en public. Nous sommes à l'abri des regards.

— C'est vrai, dit-elle d'une voix faible et rauque qui ne fit qu'accroître l'excitation de Marcus.

Il s'approcha d'elle, mais elle fit un pas de côté et dit :

— Allez, viens, il faut que je promène le chien.

Marcus relâcha bruyamment son souffle et la suivit dans la buanderie, refermant la porte derrière eux.

— Tu veux ma mort ? marmonna-t-il.

Mais il sourit en la voyant pouffer de rire.

— Un peu, peut-être, dit-elle. Mais tu sauras te défendre, j'en suis sûre.

Elle mit un genou à terre en entendant le pas saccadé d'un chien.

— Salut, toi ! s'écria-t-elle tandis qu'un bulldog à trois pattes s'approchait d'elle en claudiquant.

Elle mit ses mains autour des joues flasques de l'animal et lui gratta les oreilles du bout des pouces.

— Je t'ai bien eu, hein ? lui murmura-t-elle. Je ne suis pas entrée par la porte principale. Tu as mis un peu de temps à me trouver.

Le chien leva mollement la tête et émit, pour la forme, un vague grondement à l'intention de Marcus.

— Il ne vaut pas grand-chose comme chien de garde, dit-elle en riant. Mais ce n'est pas grave. Zat, je te présente Marcus. C'est un ami…

Elle regarda Marcus du coin de l'œil et lui dit :

— N'aie pas peur, il ne te mordra pas.

Marcus n'y avait pas songé, trop absorbé qu'il était par la contemplation du visage de Scarlett tandis qu'elle parlait à son chien. En vérité, l'animal l'aurait mordu qu'il ne s'en serait même pas rendu compte. Jamais il ne l'avait vue aussi douce et attentionnée. Il éprouva une pointe de jalousie à l'égard du bulldog, heureux bénéficiaire de ces attentions. Lentement, il se laissa glisser à côté d'elle, posa un genou sur la dalle. Leurs hanches se frôlèrent, et les joues de Scarlett se teintèrent du plus joli rose.

— Tu l'as adopté au refuge de Delores ? demanda-t-il.

— Oui. Mais pas la première fois que j'y suis allée, ni même la deuxième. Quand j'y suis retournée une troisième fois, il y était encore, le pauvre. J'avais espéré qu'une famille avec des enfants finirait par l'adopter, mais personne n'en voulait, visiblement… Alors, je me suis dévouée… Ces crétins n'ont pas compris que tu étais le chien le plus sympa de tout le refuge, hein, Zat ? Et, finalement, c'est moi qui ai eu la chance de te recueillir.

Marcus sentit sa gorge se serrer en songeant à tout ce qu'il avait en commun avec Scarlett, et il se demanda si elle s'en doutait elle-même. Elle réparait des meubles cassés. Le considérait-elle comme un être brisé ? Il espérait que non, même s'il savait que ce n'était pas faux.

— Pourquoi l'as-tu appelé Zat ? demanda-t-il en grattant, lui aussi, les oreilles du chien, pour le seul plaisir de frôler la main de Scarlett.

— C'est un diminutif de Zatôichi… C'est le titre d'une série. Zatôichi est un voyageur aveugle qui manie le sabre… Mes frères aiment beaucoup les films d'arts martiaux japonais. Surtout Phin… Je lui ai envoyé une photo de Zat quand je l'ai adopté, en espérant que ça lui rappellerait les bons moments que nous avons passés à nous gaver d'épisodes de la série. Mais il ne m'a donné aucune nouvelle.

— Quand l'as-tu envoyée ?

— Il y a un mois.

— Envoie-la une deuxième fois, suggéra-t-il. Il a peut-être envie de reprendre contact avec toi, mais il est possible qu'il en soit empêché. Il peut toujours dire qu'il n'a pas reçu le premier message. Ou les vingt premiers… Mais ne laisse pas tomber.

— Je ne laisserai pas tomber. Je ne l'abandonnerai jamais.

Elle le regarda dans les yeux et ajouta :

— Comme toi, avec Stone.

— Oui. Il… Il a besoin de moi.

— Pourquoi ?

Marcus hésita avant de répondre :

— Ça, je te le dirai un autre jour.

Il s'attendait à ce qu'elle le prenne mal, mais elle l'étonna, une fois de plus.

— Je vois, fit-elle. Libre à toi de garder certains secrets… Mais pas tous.

Elle se leva précipitamment et pénétra dans sa cuisine, décorée dans le style des années 1970.

— La rénovation de cette cuisine est prioritaire, dit-elle comme pour s'excuser. Mais la cuisinière et le micro-ondes marchent toujours, donc je peux encore faire à manger… en attendant de m'acheter le four dont je rêve.

— C'est-à-dire ? demanda-t-il, intrigué.

Elle ouvrit un tiroir et en sortit un catalogue.

— Ça, dit-elle.

Marcus ne put retenir un sifflement en découvrant la photo d'un imposant fourneau à six feux et deux fours.

— Mais c'est un monstre, dit-il. Tu fais souvent la cuisine ?

— Ma mère travaillait à plein temps, et mes six frères et moi, nous savons tous nous débrouiller… Mais *moi*, je sais *vraiment* cuisiner, ajouta-t-elle fièrement.

— J'ai le même four chez moi, dit-il. Il n'a jamais servi.

— Mais c'est un crime !

Scarlett rangea le catalogue et dit :

— À propos de crime, il faut que je sorte un peu Zat, que je te ramène à ton bureau et que je retourne faire mon boulot.

Non, pas déjà… Encore quelques minutes.

— Et ma plaie à la tête ? demanda-t-il. Tu ne devais pas la nettoyer ?

Elle tressaillit légèrement.

— Désolée, j'avais oublié. Je m'en occuperai dès que j'aurai promené le chien. Allez, Zat, viens, on va faire un tour.

Le regard de Marcus se posa sur les fesses de Scarlett lorsqu'elle se courba pour mettre sa laisse à Zat. Et il dut enfoncer ses mains tout au fond de ses poches pour se retenir de caresser ses courbes.

— Mets-toi à l'aise, dit-elle. Mais ne t'assieds que sur le canapé bleu ou dans le fauteuil à bascule, dans le salon… Tout le reste est en réparation.

Marcus la suivit jusqu'à la porte de derrière et la regarda attendre patiemment que le chien à trois pattes ait descendu l'escalier en claudiquant. Puis il la vit sortir son téléphone portable de sa poche tandis que Zat arrosait copieusement le jardin.

— Tu laisses s'échapper tout l'air conditionné ! cria-t-elle à Marcus. Ferme la porte ou tout le voisinage va en profiter. Il faut que je regarde mes mails. Je reviens tout de suite.

Il obtempéra, non sans regret. C'était peut-être un peu fleur bleue, mais il s'en fichait. Maintenant qu'il avait décidé d'aller de l'avant dans leur relation, il semblait incapable de se refréner. Il la désirait — et il la désirait tout de suite.

Mais Scarlett, quant à elle, paraissait vouloir y aller plus lentement. *Il faudra que je suive son rythme,* songea-t-il. Il n'était pas question qu'il la force à faire quoi que ce soit. Peu importe si son désir le torturait.

Il se dirigea vers le salon pour s'asseoir sur le canapé, mais s'immobilisa sur le seuil de la pièce. Elle ressemblait plus à un magasin de meubles qu'à un salon. Il y avait des bureaux et des tables de nuit, et même deux têtes de lit double appuyées contre l'un des murs. Des sièges de toutes les tailles, et de tous les styles, étaient empilés les uns sur les autres. Certains étaient visiblement très abîmés. D'autres étaient en cours de réparation. Et d'autres encore paraissaient en parfait état. Il y avait des fauteuils rembourrés, des sièges de bureau, des chaises de salle à manger et… trois fauteuils à bascule, identiques et flambant neufs.

Ils attirèrent son attention et il s'accroupit à côté de l'un d'eux, passa la main sur le bois verni, l'examinant sous toutes les coutures. Le travail de restauration était remarquable.

C'était un meuble élégant, sans fioritures. Il aperçut une inscription gravée sur l'un des patins courbés : SAB.

Scarlett A. Bishop… C'est elle qui les a faits.

— Génial ! murmura-t-il, admiratif. Elle se débrouille vraiment bien.

— Merci, dit-elle derrière lui.

Il se retourna et la vit le surplombant, son téléphone portable dans une main et la laisse du chien enroulée dans l'autre. Elle avait ôté son gilet pare-balles et ne portait plus qu'un débardeur qui mettait en valeur ses formes harmonieuses.

— La lettre A, à quoi correspond-elle ? demanda-t-il.

— Ce n'est pas apparu quand tu as vérifié sous quel nom le Land Cruiser était enregistré ?

— J'aurais pu le savoir, mais j'étais tellement soulagé d'apprendre qu'il t'appartenait que je n'ai pas poussé mes recherches plus loin.

Elle esquissa un sourire avant de répondre :

— Anne. « A » comme Anne.

— Un prénom typiquement catholique, dit-il.

Et il eut la surprise de voir son demi-sourire s'évanouir aussitôt et ses yeux se perdre dans le vide.

— Oui, les Bishop sont de bons catholiques, dit-elle avec aigreur.

Puis elle tourna les talons et disparut dans l'entrée, le laissant seul à se demander quelle gaffe il avait commise. Il avait à l'évidence touché une corde sensible.

Il entendit de l'eau couler et, trente secondes plus tard, elle réapparut avec une trousse de premiers secours.

— Assieds-toi sur le canapé, je vais m'occuper de ta plaie. Ensuite, il faut vraiment que je me mette sur la piste d'Annabelle. J'ai fait une recherche sur tous les lieux de culte dans un rayon de trois kilomètres autour de la maison des Anders, en partant du principe qu'Annabelle fréquentait un temple voisin. Il y en a plus d'une quarantaine. Et plusieurs centaines dans toute l'agglomération…

Marcus se garda bien de lui dire qu'il avait déjà chargé Gayle d'appeler tous les temples, pour leur demander s'ils comptaient parmi leurs paroissiens une certaine Annabelle. Jusque-là, Gayle n'avait rien trouvé. Mais il avait pensé à une autre piste, pendant le trajet en voiture. Tandis que Scarlett posait la boîte de secours sur une petite table au vernis écaillé, au bout du canapé bleu, il sortit son téléphone portable pour faire une recherche. Il remarqua au passage que le contenu de la trousse de secours de Scarlett n'avait rien à envier au matériel dont disposaient la plupart des urgentistes.

— Tu te prépares pour la fin du monde ? demanda-t-il.

— Quelque chose dans ce goût-là, répondit-elle en enfilant une paire de gants en latex. Je suis la baby-sitter préférée de mes nièces et neveux. Ils se font parfois mal en jouant, et j'ai une formation de secouriste. Quand je suis avec eux, je soigne tous leurs bobos… Tu n'es pas allergique au latex ?

— Non, mon corps le tolère très bien, notamment ses parties érectiles, plaisanta-t-il en levant les sourcils d'un air suggestif, ce qui la fit rire.

Scarlett s'aperçut qu'il avait sorti son téléphone et lui demanda :

— Qu'est-ce que tu fais ?

— Je pensais à Annabelle et à Tabby… Je me demandais comment Tabby faisait pour la contacter.

— Elles fréquentaient le même temple, et Tabby a dû se servir du téléphone qu'elle essayait d'attraper quand tu l'as trouvée sous le lit.

— C'est possible. Probable, même. Mais si c'était encore plus simple que ça ?

Elle s'assit sur l'accoudoir du canapé, à quelques centimètres de lui.

— Où veux-tu en venir ? demanda-t-elle.

Il s'efforça de se clarifier les idées, troublé par la proximité du corps de Scarlett.

— Les gens qui ont enlevé les Anders n'ont apparemment pas fouillé la maison pour chercher Tabby… Ils ne savaient pas qu'elle était là, sinon ils n'auraient jamais laissé un tel témoin derrière eux… Ce qui signifie que Chip cachait soigneusement la présence de sa tante. Tu crois qu'il l'aurait laissée sortir pour aller au temple ?

Scarlett se mordit la lèvre et Marcus ravala un petit grognement.

— Non, tu as raison, fit-elle. Vince Tanaka a demandé à notre expert en informatique de se renseigner sur Tabby. J'ai lu son mail en promenant Zat. Le domicile de Tabitha Anders est censé se trouver dans la banlieue de Boston, mais c'est visiblement une adresse bidon. Chip la cachait, en effet, mais pour quelle raison ? Et, si ce n'est pas au temple qu'elle a rencontré Annabelle, où est-ce que…

— « Temple », c'est peut-être le nom de famille d'Annabelle, l'interrompit Marcus.

Il entra le nom « Annabelle Temple », suivi du code postal des Anders, dans le moteur de recherche. Quinze secondes plus tard, une occurrence s'afficha.

— Annabelle Temple vit à trois pâtés de maisons de chez Anders, et c'est une joueuse de golf inscrite au country club…

Marcus tourna son téléphone pour que Scarlett puisse lire l'article et la photo qui l'illustrait.

— Elle a remporté le tournoi des séniors, l'année dernière.

Scarlett se pencha sur le petit écran, frôlant Marcus. Mais, absorbée dans la lecture de l'article sur Annabelle Temple, elle ne parut pas se rendre compte de l'effet qu'elle lui faisait.

— Elle a gagné le tournoi malgré des troubles épileptiques qui l'empêchent de conduire une voiture. Elle va au terrain de golf avec une voiturette, en empruntant la piste cyclable…

Scarlett enleva ses gants et chercha une carte du quartier d'Anders sur son propre téléphone portable.

— La piste traverse les bois près de la maison d'Anders, dit-elle. Tu avais raison. C'est moi qui me suis laissé induire en erreur.

— Ce n'était qu'une supposition, Scarlett.

— Oui, mais elle était excellente. Je vais transmettre ce nom à Isenberg. Elle enverra une employée du service d'aide à l'enfance chercher le bébé, et un collègue pour ramener Annabelle Temple au CPD, pour qu'on recueille son témoignage… Bien raisonné, Marcus. Merci.

Ce compliment réchauffa le cœur de Marcus. Sa tension physique s'atténua lorsqu'elle recula pour passer son appel et il lâcha un profond soupir, sachant qu'il venait de laisser passer l'occasion de la prendre dans ses bras.

Chapitre 18

Cincinnati, Ohio
Mardi 4 août, 16 h 15

— Voilà une investigation rondement menée, déclara Lynda Isenberg quand Scarlett lui donna l'adresse d'Annabelle Temple.

— Je ne peux pas m'en vanter, dit Scarlett. C'est Marcus O'Bannion qui l'a trouvée.

— Ah. Je vois…

Très longue pause, puis :

— Vous avez une confidence à me faire, inspectrice Bishop ?

Scarlett grimaça. Lynda ne l'appelait ainsi que lorsqu'elle l'avait prise en faute. C'était un peu comme lorsque ses parents l'appelaient « Scarlett Anne », ce qu'elle trouvait tout aussi contrariant.

— Non, chef.

— Je vois. Vous êtes sûre ? Il paraît qu'il était avec vous sur la scène de crime.

— Oui, chef, c'est vrai. Et, oui, je suis bien certaine que je n'ai aucun conflit d'intérêts à vous rapporter…

Pas encore, du moins. Tout ce qu'elle avait fait avec Marcus, c'était échanger un baiser. *Bon d'accord, pas un petit baiser.* Certes, mais Marcus n'était pas un suspect, et ils ne s'étaient pas juré un amour éternel. Dans ces deux cas, il y aurait eu, en effet, un conflit d'intérêts en infraction avec les règles de la police.

— Il faut que je nourrisse mon chien, poursuivit-elle, mais je serai revenue au CPD quand Annabelle Temple y arrivera. À tout à l'heure.

Elle raccrocha avant que Lynda n'ait le temps de lui demander si Marcus se trouvait avec elle. Mais son téléphone se remit aussitôt à sonner.

Scarlett fit la moue en découvrant le numéro de son correspondant. Elle décrocha en retenant un soupir agacé.

Assis sur le canapé, Marcus lui jeta un regard intrigué.

— Tu vas bien, Scarlett Anne ? demanda son père. Il paraît que tu t'es fait tirer dessus.

Elle lâcha un profond soupir. Son appartenance à une famille de policiers signifiait qu'elle ne pouvait rien faire, dans sa vie professionnelle, sans qu'ils en soient informés. Son père, en particulier, avait d'excellentes sources, car Lynda et lui étaient de vieux amis.

— Je vais très bien, papa. Je n'ai pas la moindre égratignure.

— Il paraît que c'est à cause d'un journaliste, dit-il d'une voix pleine de dédain.

— Il est le directeur du journal, pas journaliste, rectifia-t-elle.

La différence était mince, mais cruciale, en l'occurrence. Car en tant que directeur, Marcus se comportait toujours correctement, quitte à renoncer à un scoop.

— Et, pour ne rien te cacher, poursuivit-elle, si je suis saine et sauve, c'est grâce à lui. Il s'est couché sur moi pour me protéger, et c'est lui qui a été bombardé d'éclats de béton.

— Ah, fit son père d'un ton bourru. Bon. Je le remercierai si je le rencontre. Ta mère aimerait que tu passes la voir, pour lui prouver que tu n'es pas morte.

Scarlett secoua la tête. Jamais sa mère n'exigerait la même chose de ses frères policiers.

— Dis-lui que je suis bien vivante, lâcha-t-elle en s'efforçant de ne pas laisser transparaître son agacement. Je passerai dès que j'aurai un moment de libre, mais aujourd'hui ce n'est pas possible.

— Je devrais te la passer pour que tu le lui dises toi-même, ronchonna-t-il. Mais je sais que tu es très occupée en ce moment, avec cette enquête…

Il expira bruyamment avant d'ajouter :

— Fais attention à toi, ma chérie, d'accord ?

Elle se força à sourire et dit avec une gaieté qui n'était pas moins feinte :

— Ça va sans dire !

Son père hésita un instant avant d'ajouter :

— Au sujet de ce directeur de journal… Lynda a l'air de penser qu'il est… plus qu'un témoin, pour toi.

Scarlett serra les dents. Encore une question que ses parents n'auraient jamais osé poser à l'un de ses frères.

— C'est une question officielle, chef ?

Nouvelle hésitation, plus longue encore.

— Et si c'en était une ? demanda-t-il sèchement.

— Alors, je te répondrais ce que j'ai répondu à Isenberg. Aucun conflit d'intérêts dans mon comportement, chef. Bon, j'ai du pain sur la planche. Je te rappellerai dès que possible.

Elle raccrocha et inspira profondément. Son père ne pouvait pas s'empêcher de la traiter comme une gamine de cinq ans. Elle avait espéré qu'il changerait d'attitude quand elle était entrée dans la police. Mais elle s'était lourdement trompée. À elle d'apprendre à s'en accommoder. Un de ces jours. Elle lui pardonnait volontiers : il se comportait ainsi parce qu'il l'aimait de tout son cœur. Mais cela ne rendait pas moins insupportable cette condescendance paternelle.

— Je te complique la vie, hein ? demanda Marcus.

Oui. Mais tant pis. Tu me plais quand même.

— Tu as menti à ta chef. Et à ton père… Qui est lui-même flic, si j'ai bien compris.

— Oui, il est flic. On est dans la police depuis plusieurs générations, dans la famille. Et, non, je ne leur ai pas menti, ni à l'un ni à l'autre.

— Tu leur as dit à tous les deux que tu n'avais pas de conflit d'intérêts.

— Parce que c'est vrai. Il y aurait conflit d'intérêts si tu étais un suspect.

Ou si j'étais tombée follement amoureuse de toi.

— Et tu n'es pas un suspect, précisa-t-elle.

— Et si j'en étais un ?

— Si j'avais le moindre soupçon à cet égard, tu te retrouverais en garde à vue sur-le-champ. Mais tu n'en es pas un. Et la meilleure manière, pour toi, de ne pas le devenir, c'est d'être à mes côtés. Tant que tu seras avec moi, personne ne t'accusera de quoi que ce soit.

Il lui décocha un sourire, et Scarlett sentit son cœur faire un bond.

— Tu me protèges, Scarlett ?

— C'est bien possible. Tu en as peut-être besoin…

Elle revint à la table où était posée la trousse de secours et ajouta :

— Toi qui t'es fait cribler d'éclats de béton…

— Touché ! dit-il. Tu t'es enfin décidée à me réparer le crâne, à ce que je vois. J'ai eu peur que tu partes interroger Annabelle Temple.

— Lynda va mettre un certain temps à se coordonner avec les services d'aide à l'enfance, et je ne suis qu'à un quart d'heure du CPD. On a donc encore un peu de temps.

Scarlett sortit une lampe frontale, l'ajusta sur sa tête et l'alluma, puis elle alla se laver les mains dans la salle de bains. Elle revint une minute plus tard et enfila une nouvelle paire de gants en latex.

— Ne bouge plus, ordonna-t-elle en se rasseyant sur l'accoudoir du canapé.

Une pince fine dans une main, elle écarta les cheveux de Marcus autour de la plaie et essuya le sang séché avec une bande de gaze.

— Tu ressembles à un mineur de fond, avec cette lampe, bougonna-t-il.

— Attention, tu as remarqué la pince très pointue que j'ai à la main, à quelques millimètres de ta tête ?

— Et toi, tu as remarqué que tes seins me frôlent le visage ? Il faut bien que j'essaie de penser à autre chose… Et ton look de mineur est la première chose qui m'est venue à l'esprit.

Elle baissa les yeux et rougit, car il avait raison : ses seins effleuraient le nez et la bouche de Marcus. Elle eut un mouvement de recul et ôta ses mains de la plaie, tout en se demandant comment elle allait pouvoir accomplir sa tâche d'infirmière sans le frôler.

— Je me tiendrai à carreau pendant que tu nettoieras la plaie, dit-il. Je m'efforcerai de maîtriser mes plus bas instincts.

— Désolée. J'ai l'habitude de soigner des petits, je n'ai pas le même angle de vue, avec un grand comme toi. J'aurais pu te faire asseoir sur un de mes tabourets de bar, mais ils sont branlants. Je vais en réparer un pour que tu sois mieux installé la prochaine fois que tu manqueras de te faire tuer.

— Je préférerais que tu continues à jouer les petites infirmières au lieu de me faire la morale, grommela-t-il.

— Ça veut dire quoi, ça, jouer les petites infirmières ? demanda-t-elle, étouffant un rire.

— C'est un truc de mec. Un fantasme. Se faire dorloter par une infirmière polissonne.

— Merci, dit-elle d'un ton sarcastique. Maintenant, voilà que j'ai cette image dans la tête…

— Tu t'imagines en uniforme d'infirmière coquine ?

— Tu ne devais pas te tenir à carreau ? le réprimanda-t-elle. Il faut que je sois bien sûre qu'il n'y a aucun débris dans la plaie…

Elle jeta un coup d'œil à la bosse qui déformait la braguette de Marcus et dut inspirer un bon coup avant de se pencher un peu plus pour inspecter la plaie.

— Je ne vois plus aucune écharde ni aucun éclat de béton, je vais pouvoir nettoyer…

Elle prit un flacon de désinfectant dans la boîte et ajouta :

— Ça ne pique pas.

Tandis qu'elle se penchait encore pour arroser la plaie de désinfectant, Marcus demanda :

— C'est qui « l'autre » dont parlait ta voisine ? Celui que tu as fichu à la porte…

Merci beaucoup, madame Pepper. La vieille dame avait fait exprès de mettre les pieds dans le plat.

— Bryan ? C'est mon ex… En quelque sorte.

— En quelque sorte ? fit-il d'un ton méfiant. Qu'est-ce que ça veut dire ?

— Eh bien, pour commencer, que je l'ai fichu à la porte, comme tu l'as dit toi-même, ce qui fait que ce n'est plus qu'un vieux copain. « En quelque sorte », ça signifie que notre liaison était intermittente et qu'elle n'était pas faite pour durer. Nous le savions tous les deux. Au début, il refusait la rupture et se montrait insistant. J'ai dû mettre les choses au clair, et Mme Pepper a dû nous entendre nous expliquer.

— Elle vous a entendus vous engueuler ?

— Non. Pas cette fois-là. On a eu cette discussion dans l'allée, parce que je ne voulais pas lui ouvrir ma porte.

— Il y a eu d'autres fois ?

— Je te l'ai déjà dit, il a eu du mal à accepter cette rupture quand je lui ai signifié son congé.

— C'était quand, ça ?

— Il y a huit mois.

— Tant que ça ? s'étonna-t-il.

Scarlett comprit le sens caché de cette question et répondit :

— Au risque de me répéter, notre liaison était intermittente. On ne se voyait que très rarement, en fait, et le plus souvent à sa demande. Il a eu une relation avec une autre femme, pas très longue mais exclusive, qui s'est terminée il y a huit mois. Il m'a appelée, et c'est là que je lui ai dit que c'était fini pour de bon entre nous.

— Et s'il t'avait demandé de… de le recevoir, il y a neuf mois et demi ?

C'est-à-dire juste avant ma première rencontre avec toi, Marcus. Elle dut se concentrer davantage pour tamponner la plaie.

— J'aurais accepté, je pense, répondit-elle. Bryan est un vieil ami, Marcus. Il savait aussi bien que moi que l'un de nous deux finirait par mettre un terme à cette relation.

— Vous êtes toujours amis ?

Elle hésita avant de hocher la tête.

— Oui, fit-elle en couvrant la plaie de gaze antiseptique. Voilà… Avec ça, tu es paré. Mais tu devrais quand même montrer cette entaille à un médecin. Je n'ai pas vu de débris de béton, mais on ne sait jamais…

Elle sortit un pansement et ajouta :

— Je ne suis pas sûre que cela suffise à maintenir la gaze en place. Tes cheveux me gênent.

— Alors, rase-les, dit-il sèchement. Je ne veux pas aller à l'hôpital ni chez un médecin.

Scarlett grimaça, tant à cause du ton froissé de Marcus qu'à la pensée d'avoir à le priver d'une mèche de ses beaux cheveux noirs. Elle changea la lame de son rasoir et rasa juste assez de cheveux pour que le pansement puisse adhérer à la peau.

— Bryan et moi, ça remonte à loin, Marcus, dit-elle. Depuis la fac…

Visiblement, cette vieille complicité n'enchantait pas Marcus.

— Pour moi, Bryan est avant tout une sorte de… camarade de combat. On a traversé ensemble une épreuve douloureuse. Et pendant longtemps, après, on est restés entre nous, sans voir personne d'autre…

Elle hésita de nouveau avant de soupirer.

— Je ne suis pas amoureuse de lui, fit-elle. Je ne l'ai jamais été. Ce n'était pas vraiment de l'amour que j'avais pour lui.

Un moment de silence.

— Quelle épreuve avez-vous traversée ensemble ? demanda Marcus.

Les mains de Scarlett se figèrent sur le pansement.

— Je t'ai parlé d'une amie de la fac, qui a été tuée, tu t'en souviens ?

— Bien sûr. Michelle…

Il se souvenait de son prénom. Scarlett rassembla tout son courage et lui confia ce qui n'avait cessé de la hanter :

— J'ai trouvé son corps… Jeté derrière une benne à ordures, comme un sac de détritus. Et tout ce sang… Bryan était avec moi. Nous l'avons trouvée ensemble. C'est un moment que nous n'avons jamais pu vraiment oublier, ni lui ni moi.

— Je suis vraiment désolé, Scarlett, murmura Marcus.

— Tu n'y es pour rien. Mais entre Bryan et moi, il y aura toujours ce lien. Je ne pourrai jamais surmonter ce moment qui nous a liés pour toujours. J'ai essayé, crois-moi. Mais je n'y suis jamais parvenue. Je suis désolée…

Elle avait fini de le soigner, mais elle était restée tout près de lui. Subitement, elle ne voulait plus s'éloigner de Marcus : il venait d'appuyer sa tête contre la sienne. Elle ôta ses gants pour lui caresser les cheveux.

— Je lui ai dit que c'était fini et bien fini, poursuivit-elle. Aujourd'hui même. Quand je suis rentrée, il m'attendait dans mon allée. Ça faisait plusieurs semaines que je l'évitais, parce qu'il ne voulait pas comprendre que quand je dis non, c'est non.

Marcus frissonna de plaisir lorsqu'elle lui passa les doigts dans les cheveux.

— Il faut que je lui casse la figure pour qu'il te fiche la paix ? demanda-t-il d'un ton désinvolte.

— Merci, dit-elle en souriant. Non, ce n'est pas la peine. Je peux lui casser la figure moi-même, mais je ne crois pas que ce soit nécessaire. Je… Je lui ai dit qu'il y avait un autre homme dans ma vie. Je crois qu'il a compris.

Marcus redressa la tête pour la regarder dans les yeux.

— Cet autre homme, c'est moi ? s'enquit-il d'un ton faussement nonchalant.

— Oui, Marcus, c'est toi.

Il reposa sa tête contre celle de Scarlett et se détendit.

— Je me renseigne, c'est tout, dit-il.

Le fait qu'il puisse la faire sourire, malgré les images

persistantes du corps brisé de Michelle, tenait du miracle. Scarlett l'attira contre elle et ferma les yeux lorsqu'il l'enlaça à la taille et resta blotti contre elle. Elle se sentait couvée, protégée. Et désirée.

Il lui saisit délicatement la hanche, sans s'aventurer ailleurs…

Mon Dieu, ce que j'ai envie de lui !

Elle sentit ses seins se gonfler, ses tétons se durcir. Sa culotte était toute mouillée. L'odeur de son propre désir lui montait aux narines. À en juger par les profonds soupirs que poussait Marcus, il percevait, lui aussi, à quel point elle était excitée.

Il allait falloir qu'elle se change avant de retourner travailler. Elle ne pouvait pas interroger une femme nommée Temple en dégageant une si forte odeur de sexe.

— J'ai un aveu à te faire, lui chuchota-t-il dans le creux de l'oreille.

— Encore une histoire de harcèlement ? fit-elle d'une voix chargée de désir.

Il lui effleura un téton du bout des lèvres, déclenchant une décharge électrique entre les cuisses de Scarlett.

— Non, madame Je-sais-tout, marmonna-t-il. Et puisque c'est comme ça, je n'en ferai rien.

Elle se demanda s'il la menaçait de ne pas lui faire son aveu ou de ne pas la caresser. Dans les deux cas, ce serait inacceptable.

— Allez, vas-y. S'il te plaît.

Il resta silencieux si longtemps qu'elle crut que sa menace était sérieuse — jusqu'à ce qu'il murmure :

— Tu crois que je n'aime pas les hôpitaux à cause de ce qui s'est passé l'année dernière.

Instinctivement, Scarlett posa une main sur sa poitrine, cherchant des doigts l'endroit où la balle avait perforé la peau et l'un de ses poumons… Mais elle ne rencontra que son gilet en kevlar.

— La vraie raison, c'est que ma mère a passé beaucoup de temps à l'hôpital quand j'étais gamin. J'allais la voir là-bas, et ce n'était pas agréable. L'odeur du désinfectant me… Disons qu'elle me rappelle un lieu que je ne veux plus jamais revoir.

Il y a une blessure, là, songea Scarlett. *Une blessure profonde.*

— Pourquoi était-elle à l'hôpital ?

Nouveau silence, plus long encore.

— Elle avait pris des cachets… Je n'arrivais pas à la réveiller… J'ai appelé les secours. Elle était à deux doigts de mourir quand elle est arrivée aux urgences.

— Oh ! non, murmura Scarlett. Quel âge avais-tu ?

— Huit ans.

L'âge auquel il a emménagé chez son grand-père.

— Pourquoi est-ce qu'elle a fait ça ?

Elle sentit la gorge de Marcus se contracter contre sa poitrine.

— C'était juste après la mort de mon père… Donc, pas d'hôpital pour moi, d'accord ?

— D'accord.

Elle déposa un baiser sur le sommet de son crâne, comme pour soigner cette blessure de l'âme, tout en sachant combien les souvenirs les plus douloureux s'y enracinaient. Et en lui étant reconnaissante de lui avoir confié l'un de ses secrets après qu'elle lui avait confié l'un des siens.

— Si ça s'infecte, dit-elle, j'appellerai Dani, la sœur de Deacon. Elle pourra t'examiner ici ou à son refuge pour sans-abri.

— D'accord, dit-il en inspirant. Tu sens si bon… Je me souvenais de ton parfum, après tes visites à l'hôpital. Quand l'odeur d'antiseptique me faisait suffoquer, je me rappelais ton odeur de fleurs sauvages.

— Mon shampoing et mon savon sont parfumés au chèvrefeuille…

— Merci.

— Pour quoi ?

— Pour avoir remplacé, dans ma tête, le souvenir de ma

mère à l'hôpital par une vision de toi, toute nue et couverte de mousse, pendant que je te savonne partout.

Le corps de Scarlett se crispa sous l'emprise du désir.

— Ce n'est pas du jeu, O'Bannion, murmura-t-elle. Vraiment pas…

Il lâcha un petit rire coquin avant de dire :

— J'ai un autre aveu à te faire.

Elle se dit qu'elle préférerait peut-être celui-ci.

— Dis-moi tout, l'encouragea-t-elle.

Brusquement, il la prit par la taille et la renversa sur le canapé. Un instant plus tard, elle se retrouva sur le dos, sous Marcus, dont le corps était un bien agréable fardeau. La bosse qui tendait l'étoffe de son pantalon était placée là où cela faisait le plus de bien.

Enfin pas tout à fait… Ils n'avaient pas le temps de pousser les choses jusque-là.

Mais comme elle aurait voulu l'avoir, ce temps ! Tandis qu'il se pressait un peu plus contre elle, Scarlett laissa échapper un petit gémissement de plaisir. Oui, elle aurait voulu se donner à lui sans plus tarder.

— C'est quoi, cet autre aveu ? parvint-elle à articuler, haletante.

Il baissa la tête et couvrit de baisers sa gorge puis ses lèvres.

— Je rêve de toi, la nuit, dit-il.

— Moi aussi. Depuis des mois et des mois… Depuis le premier jour où je t'ai vu, où j'ai entendu ta voix.

— Pourquoi ne m'as-tu rien dit ? demanda-t-il d'une voix rauque.

Elle rouvrit les yeux et le regarda bien en face.

— Et toi ?

Il lui répondit, en lui caressant doucement les épaules :

— Je te jure que, si j'ai eu une raison de te le cacher, je l'ai oubliée, aujourd'hui. Dans mes rêves, tu me regardes toujours comme tu le fais en ce moment.

Elle lui caressa la joue, déjà noircie par une barbe naissante — alors qu'il s'était rasé quelques heures plus tôt.

— Moi, c'est toujours de ta voix que je rêve, avoua-t-elle.

— C'est bon à savoir, murmura-t-il.

Son regard brun s'attarda brièvement sur les seins de Scarlett, irradiant le désir, avant de remonter vers son visage. Il la contempla un moment, fasciné.

Scarlett céda. Le carcan qu'elle avait imposé à ses réactions vola en éclats et elle glissa ses mains dans les cheveux de Marcus, collant sa bouche contre la sienne et l'embrassant avec la même fougue que sur le parking de l'église. Comme dans ses rêves. Dans leurs rêves.

Tout ce temps perdu, pensa-t-elle.

Et soudain, elle cessa de réfléchir : il lui saisit les hanches à pleines mains et se plaqua contre elle, gémissant de désir et couvrant de baisers passionnés ses seins et sa bouche. Il avait repris l'initiative, dardant sa langue contre les lèvres de Scarlett comme pour en forcer le passage. Émettant un feulement sourd lorsqu'elle les écarta.

Elle sentit les mains de Marcus glisser de ses hanches vers ses reins et empoigner son débardeur. Il interrompit son baiser pour reprendre son souffle avant de plaquer de nouveau sa bouche affamée contre la sienne, et elle agrippa ses épaules musclées, se frottant contre le renflement toujours plus dur qu'elle sentait entre ses cuisses.

Elle entendit un long gémissement et se rendit compte qu'il jaillissait de sa propre gorge, étouffé par la bouche avide de Marcus, tandis qu'ils ne formaient plus qu'un seul corps, secoué de spasmes.

Jamais elle n'avait éprouvé autant de plaisir tout habillée. Une nouvelle fois, Marcus détacha ses lèvres des siennes, et Scarlett sentit sa tête basculer doucement sur le coussin du canapé. Elle était hors d'elle. Ce long baiser fusionnel l'avait laissée haletante, elle qui courait deux mille mètres en huit minutes sans s'essouffler. Marcus haletait, lui aussi, et appliquait de longs baisers passionnés sur sa gorge et dans l'échancrure de son débardeur, sans cesser de se frotter entre ses cuisses.

— C'est si bon, murmura-t-elle.

Il se redressa pour la regarder dans les yeux d'un air avide.

— J'ai envie de toi, dit-il tout bas. J'ai rêvé de te prendre dans toutes les positions possibles et imaginables, et je me réveillais en bandant tellement fort que j'avais mal. Je veux te toucher, te caresser et te regarder jouir encore et encore… et ensuite je veux jouir en toi et puis tout recommencer jusqu'à ce que tu cries mon nom pendant l'orgasme.

Scarlett ouvrit la bouche, mais aucun son n'en sortit. Les images qu'évoquaient ces mots enflammés aiguillonnaient d'autant plus son désir. Son expression devait être parlante, car un sourire satisfait vint fleurir sur les lèvres de Marcus.

— C'est un oui ? demanda-t-il plusieurs tons plus bas.

Elle déglutit. Hocha la tête. Et se força à articuler :

— C'est un oui.

Sans crier gare, il posa les mains sur ses seins et elle lâcha un petit cri, à la fois de surprise et de plaisir. Elle eut à peine conscience qu'il lui ôtait son T-shirt et son soutien-gorge, mais elle sentit sa bouche chaude et humide happer son téton dénudé et le sucer avidement. Elle se remit à gémir de plaisir et s'arc-bouta.

— Mon Dieu, murmura-t-elle.

Il s'arrêta, mais elle lui agrippa la nuque et supplia :

— Encore… S'il te plaît… Ne t'arrête pas.

— Scarlett… Regarde-moi, dit-il d'une voix râpeuse.

Elle leva les yeux et sentit immédiatement ses muscles se raidir et son corps tout entier réagir au désir impérieux qu'elle lut dans le regard de Marcus. Il glissa une main vers le pantalon de Scarlett.

— Oui ou non ? murmura-t-il d'une voix si rauque qu'elle en était à peine audible.

Elle pressa son corps contre la main de Marcus et le regarda droit dans les yeux, afin que nul doute ne subsiste entre eux.

— Oui, dit-elle.

*
* *

Lincoln Park, Michigan
Mardi 4 août, 16 h 30

Drake Connor était assis dans la voiture de sa sœur, fixant furieusement la jauge d'essence, qui était à zéro. La publicité était mensongère : la Civic de Belle consommait beaucoup plus de carburant que ne le vantait le fabricant. Drake pensait qu'il tiendrait jusqu'à Detroit. Au lieu de cela, il se retrouvait sur le bord de la route, en panne d'essence. Son copain ne répondait pas au téléphone, et sa garce de sœur avait fait opposition sur sa carte bancaire.

Pas de quoi en faire un plat. Je l'ai juste empruntée...

Il n'avait pas pu faire le plein. À la station-service où il s'était arrêté, la transaction avait été refusée. Il avait eu de la chance que les employés n'aient pas appelé les flics. Il n'osait pas réessayer, et il avait déjà dépensé le peu d'argent liquide qu'il avait également dérobé dans le sac à main de sa sœur pour acheter une boîte de munitions et un hamburger graisseux. C'était il y a plusieurs heures déjà, et il commençait à avoir sérieusement faim. Or, la faim le rendait méchant. Raison pour laquelle il s'efforçait d'avoir toujours quelque chose à manger sur lui. Et là, à cause de sa sœur, c'était raté.

Il lâcha un juron, glissa le Ruger du père de Stephanie dans le creux de ses reins et laissa sa chemise flotter sur son pantalon pour cacher l'arme. Il allait devoir continuer à pied.

Ce n'était probablement pas plus mal. Car si Belle avait déclaré le vol de sa carte de crédit, elle avait sans doute aussi déclaré celui de la voiture. Il saurait s'en procurer une autre, et de la nourriture. Puis il se mettrait à la recherche de son copain et il trouverait bien un moyen de passer la frontière discrètement.

Il se mit à marcher, se demandant où pouvait bien être Stephanie. Et si elle l'avait dénoncé aux gens qui avaient fait irruption chez elle et l'avait emmenée, elle et ses parents. Mais était-elle encore en vie ?

Il espérait que non. Car les morts ne parlent pas.

Cincinnati, Ohio
Mardi 4 août, 16 h 45

Oui. Elle a dit oui.

Marcus n'attendit pas. C'était impossible. Il défit le bouton du pantalon de Scarlett, ouvrit la fermeture Éclair, reculant pour s'agenouiller sur le canapé. Scarlett souleva les hanches pour lui permettre de faire glisser le pantalon le long de ses jambes, pendant qu'elle arrachait son débardeur et son soutien-gorge qui étaient restés enroulés autour de son cou. Ils atterrirent sur le pantalon, et elle se retrouva nue, excepté une petite culotte qui mettait en valeur le galbe de ses hanches.

Il resta agenouillé un long moment, subjugué, le souffle court. Scarlett était toute en muscles souples et fins. Ses seins étaient aussi parfaits qu'il les avait rêvés. La petite culotte était en coton ordinaire, mais la tache humide qui la maculait la rendait plus excitante que les dentelles les plus affriolantes.

Il leva les yeux et vit qu'elle le regardait avec une confiance qui ne fit qu'attiser son désir. Elle était fière de son corps — et elle avait toutes les raisons de l'être.

Sans détourner les yeux, il déboutonna sa chemise et s'en débarrassa prestement. Il était en train d'ouvrir la braguette de son jean d'une main fébrile lorsqu'elle se redressa et entreprit d'ôter les attaches en bande Velcro de son gilet pare-balles. La main de Marcus se figea sur sa braguette tandis que celle de Scarlett caressait sa poitrine nue.

— Si tu savais combien j'avais envie de faire ça, tout à l'heure dans ton bureau…, murmura-t-elle d'une voix rauque.

— Pas autant que moi, répliqua-t-il.

Il ferma les yeux et savoura la douce caresse qu'elle lui prodiguait, jusqu'à ce qu'elle fasse glisser ses mains vers ses hanches. Il ouvrit les yeux et vit qu'elle suffoquait de désir.

— Dépêche-toi, Marcus, murmura-t-elle.

Son cerveau frôla le court-circuit. Il puisa dans le peu de lucidité qu'il lui restait pour extraire de sa poche un préservatif, puis il enleva son jean et la petite culotte — et il aurait peut-être conservé assez de maîtrise de soi pour se coucher délicatement sur Scarlett si elle ne lui avait pas agrippé les fesses pour l'attirer brusquement sur son corps offert. Il l'embrassa à pleine bouche tandis qu'elle lui rendait son baiser avec la même fougue, plantant délicieusement ses ongles dans sa chair.

Il passa un doigt entre les cuisses de Scarlett et s'émerveilla :

— Tu es toute mouillée…

Elle lui mordilla les lèvres et dit :

— Dépêche-toi, Marcus, je n'en peux plus…

Il parvint à enfiler le préservatif et plongea aussitôt en elle, s'enfonçant dans son sexe si chaud, si étroit et trempé… Il frémit, la chevauchant au rythme frénétique qu'elle lui imposait. De toute façon, excité comme il l'était, il aurait été parfaitement incapable d'aller lentement.

Enfin…

Il prit Scarlett dans ses bras, s'accrocha à ses épaules, sans cesser de l'embrasser sur la bouche et dans le cou — et d'aller et venir en elle, toujours plus rapide, toujours plus rigide. Elle rejeta la tête en arrière, les yeux fermés, la bouche légèrement ouverte, parfaite.

Il fut pris d'une soudaine envie de savoir si elle était vraiment en symbiose avec lui.

— Scarlett, regarde-moi.

Elle eut du mal à ouvrir les yeux mais, lorsqu'elle souleva ses paupières, Marcus sentit son cœur se serrer. Elle était plus belle que dans ses rêves, plus sensuelle que dans ses fantasmes.

— Fais-moi l'amour, fit-elle entre deux halètements. J'ai besoin de ton amour.

Il était tout près de jouir mais il fallait d'abord qu'il sache si elle était, elle aussi, au bord de l'orgasme. Sans ralentir, il glissa une main fébrile le long du corps de Scarlett et son pouce trouva et pressa son clitoris, lisse et enflé. Scarlett se raidit, et ses ongles s'enfoncèrent dans la chair des fesses de Marcus. Il lui mordilla un téton, et elle explosa en un cri de jouissance animal, qui retentit dans les tympans de Marcus tandis qu'il enfouissait son visage dans le cou de Scarlett et jouissait en même temps qu'elle.

Quand il reprit ses esprits, elle était en train de lui caresser les cheveux. Les mains qui lui avaient strié la peau avec une telle impétuosité étaient redevenues douces et délicates.

— Oh ! mon Dieu, murmura-t-il.

— Ça résume bien mon sentiment aussi, dit-elle d'un ton rieur.

— Je t'écrase…

— Ça ne me dérange pas. Je crois que je t'ai un peu griffé…

— Ce n'est pas grave.

Il soupira, sachant qu'il lui fallait se lever.

— Merci, ajouta-t-il.

Les doigts de Scarlett se figèrent sur sa tête.

— Tu n'as pas à me remercier, dit-elle. J'en avais autant envie que toi. Je ne pouvais pas me concentrer sur mon boulot, il fallait qu'on fasse l'amour…

Elle déposa un petit baiser sur la tempe de Marcus et reprit :

— Mais je crois que la pression va revenir bien vite. J'ai beaucoup de désirs à assouvir avec toi.

Il esquissa un sourire.

— Tant mieux, fit-il. Moi aussi.

La sonnerie d'un téléphone portable leur arracha à tous deux un grognement contrarié.

— C'est le mien, dit-elle.

Elle tendit un bras incertain vers le sol, fouilla son pantalon et en sortit l'appareil au moment où il cessa de sonner.

— Merde, marmonna-t-elle. C'était Isenberg. Donne-moi une minute…

Elle activa la fonction rappel puis grimaça lorsque sa chef décrocha.

— C'est Scarlett. Désolée… Je promenais le chien.

Marcus leva la tête et chuchota :

— Quelle excuse boiteuse.

Elle leva les yeux au ciel, ce qui fit sourire Marcus. Il prit le temps d'admirer ses seins et vit qu'il y avait laissé quelques marques, ce qui lui inspira un brin de fierté possessive.

Les tétons de Scarlett étaient toujours durs, et il en frôla un du bout du nez, puis l'autre. Elle eut un mouvement de recul et lui tira les cheveux pour le forcer à détourner la tête en le regardant d'un œil noir. Il ne put s'empêcher de sourire à nouveau.

— Oui, chef, disait Scarlett. J'y serai le plus vite possible… Il faut que je passe le prendre en chemin.

Dès qu'elle eut raccroché, Marcus lui prit le téléphone et le jeta sur la pile de vêtements.

— Qui dois-tu passer prendre ? s'enquit-il.

— Toi. Tu es convoqué dans le bureau d'Isenberg.

Il haussa les sourcils.

— Pourquoi ?

— Je ne sais pas, répondit Scarlett. On sera bientôt fixés.

Elle pressa ses lèvres contre la poitrine nue de Marcus et lui lécha le téton, lui arrachant un petit gémissement.

— Heureusement que tu n'étais pas au téléphone avec ton chef, dit-elle ensuite en lui jetant un regard sévère.

— C'est moi, le chef, rétorqua-t-il avec un petit sourire satisfait.

— Eh bien, chef, il faut que je prenne une douche.

Elle le gratifia d'une petite tape sur les fesses et ajouta :

— Si tu veux y aller aussi, il y a une salle de bains au fond du couloir. Tu trouveras des serviettes dans le placard, juste à côté. Moi, je vais me laver à l'étage. Et je t'interdis de me suivre.

— Et pourquoi pas ? suggéra-t-il en se détachant d'elle à contrecœur. Ça te ferait faire des économies d'eau.

Il se leva, regrettant déjà la douce chaleur du corps de Scarlett.

Scarlett avait déjà gravi quelques marches lorsqu'elle s'immobilisa dans l'escalier. Elle se retourna et lui répondit posément :

— Parce que j'ai encore envie de toi. Si je prends une douche avec toi, je serai très en retard.

La tête pleine de l'image qu'évoquaient ces mots, Marcus se mit en quête de la salle de bains, se sentant le plus heureux des hommes.

Cincinnati, Ohio
Mardi 4 août, 17 h 00

Ken remercia Alice d'un hochement de tête lorsqu'elle posa une tasse de thé devant lui, sur la table de la salle à manger.

— Tu as nourri Stephanie Anders ? lui demanda-t-il.

Alice fit la grimace.

— Oui. Elle a même failli m'arracher le doigt d'un coup de dents. Burton a dû la mettre dans la cage, je l'ai nourrie à travers le grillage. Je n'aimerais pas être son acheteur. Il faudra qu'il lui mette une muselière. Et s'il veut qu'elle s'occupe de lui… Je crois qu'aucun homme qui tient à ses attributs ne s'y risquerait.

— L'homme qui l'achètera, ricana Ken, le fera justement pour le plaisir de relever le défi et de la dompter.

Alice s'assit et sirota son thé.

— C'est toi qui le dis. En tout cas, précise bien que cet article ne peut être ni repris ni échangé, dit-elle. Et conseille à son acheteur de se faire vacciner contre le tétanos.

Decker les rejoignit autour de la table, son ordinateur portable à la main.

— Elle n'est quand même pas aussi teigneuse que ça ? demanda-t-il.

— Il n'y a pas pire, affirma Ken. Jolie, mais plus dangereuse qu'un serpent venimeux.

Il désigna l'ordinateur que Decker avait posé sur la table et demanda :

— Qu'allez-vous faire avec ça ?

— Sean préfère ne pas quitter le bureau tant que Reuben est toujours porté disparu. On va l'appeler sur son ordi.

Burton, qui venait du garage, fit son entrée en ôtant une paire de gants en latex.

— Où est Demetrius ? demanda-t-il.

— Il s'occupe de Marcus O'Bannion, répondit Ken d'un ton exaspéré. Ce type est apparemment indestructible. Demetrius va nous appeler et participera à la réunion par téléphone. Idem pour Joel. Il a trop de comptes à faire chez lui, en ce moment, pour prendre le temps de venir ici.

— Pourquoi ? demanda Decker.

— Parce que sa charge de travail a augmenté depuis que je vous ai fait réintégrer l'équipe de sécurité. Il faudrait que j'engage un autre comptable pour l'assister.

Decker secoua la tête d'un air irrité.

— Non, dit-il, je voulais savoir pourquoi Demetrius met autant de temps, avec O'Bannion… Il n'a qu'à lui loger une balle dans la tête.

— C'est bien ce que je pense, acquiesça Burton.

Alice leva la main et dit :

— Je suis de leur avis. Je lis le *Ledger* tous les jours. Ce type et son équipe de reporters se sont fait plein d'ennemis. Qu'on le flingue et qu'on n'en parle plus. Ensuite, il suffira de faire accuser l'une des personnes qu'il a expédiées en prison il y a quelques années. Ils finissent tous par sortir de taule, ces pervers. On pourrait même faire croire que le type qui portera le chapeau et O'Bannion se sont entretués. C'est simple, non ?

Ken ne put réprimer un sourire. Alice était vraiment trop mignonne.

— Simple ? Vraiment ?

Elle croisa les bras et plissa les yeux.

— Oui, papa, dit-elle. Je ne plaisante pas. Retire cette mission à Demetrius et confie-la-moi. Je tire aussi bien que tous tes gorilles.

Il lui tapota la main paternellement.

— Je sais, Alice, je sais. Mais laissons encore un peu de temps à Demetrius. Si O'Bannion n'est pas mort demain matin, je te le laisse.

— Pardon ? demanda Sean, qui venait d'apparaître sur l'écran de l'ordinateur de Decker. Qui est-ce que tu lui laisses ?

— O'Bannion, répondit Burton. On en a marre que Demetrius le rate à chaque fois.

— Tout à fait d'accord, grommela Sean. On bute ce connard et on passe à autre chose.

— Pour l'instant, on attend, ordonna Ken. Decker, vous pouvez connecter Demetrius et Joel, maintenant.

Joel avait l'air soucieux et épuisé. Ses cernes noirs intriguèrent Ken. L'absence de Decker aux côtés de Joel s'était-elle traduite par une surcharge de travail aussi éprouvante ? Jusqu'à ce matin, Decker ne s'était pourtant occupé que de la gestion officielle de l'entreprise, beaucoup plus simple que la comptabilité secrète que traitait Joel.

— Ça fait combien de temps que tu n'as pas dormi, toi ? demanda Ken.

— Deux jours. Je suis tombé sur un truc pas clair.

— Quel genre ? demanda Ken en fronçant les sourcils.

— Il faudrait que je t'en parle en privé.

Voilà qui n'augurait rien de bon.

— Quand on aura terminé cette réunion, je te rappellerai, dit Ken.

Lorsque Demetrius appela, ils entendirent le bruit de la circulation en fond sonore.

— Je suis en train de suivre la personne qui me servira à piéger O'Bannion, annonça-t-il. Je n'ai rien de nouveau à rapporter. Rappelez-moi s'il se passe quelque chose d'important.

— Non, dit Ken d'un ton glacial. Reste en ligne. Ceci est

une réunion de toute l'équipe dirigeante. Premier problème : où est Drake Connor ?

— Son nom est apparu sur un avis de recherche de la police, ce matin, dit Sean. Sa sœur, Belle, a été voir les flics pour leur dire que sa voiture a été volée. Et en début d'après-midi, elle a fait opposition sur sa carte de crédit.

— J'ai voulu vérifier qu'elle ne couvrait pas son frère, dit Decker. Je suis allé chez elle, j'ai fouillé sa maison. Sa voiture n'y était pas, et je n'ai vu aucune trace de Drake. Je lui ai dit que j'étais flic et que je venais recueillir son témoignage. Je lui ai demandé pourquoi elle n'avait pas déclaré le vol de la carte de crédit en même temps que celui de la voiture. Elle m'a répondu qu'elle ignorait que Drake lui avait volé aussi sa carte, mais que sa banque l'avait appelée pour lui demander si elle se trouvait dans le Michigan. Quelqu'un a essayé de s'en servir pour acheter de l'essence.

— Il essaie d'aller au Canada, comme je m'y attendais, dit Ken. On peut le suivre à la trace ?

— Ça va être difficile. Il a l'air d'avoir un téléphone jetable. Mais Sean essaie de localiser le GPS de la voiture de sa sœur.

— Je viens de commencer la recherche, intervint Sean. Il va me falloir un petit bout de temps pour que j'arrive à localiser la voiture. Mais on sait qu'il n'est pas loin de Detroit et donc, de la frontière canadienne. S'il nous échappe, qu'est-ce qu'on risque ?

— Il sait que des hommes armés ont embarqué les Anders… Et qu'Anders achetait des esclaves. À l'heure qu'il est, les flics sont déjà au courant, eux aussi. De toute façon, étant donné qu'il a commis un meurtre ce matin, je doute qu'il aille leur raconter ce qu'il sait. Drake représente plutôt un aléa qu'une vraie menace…

Et les aléas, Ken n'aimait pas ça.

— A priori, il ne peut pas nous nuire, mais on ne sait jamais, avec ce genre de taré. Je préférerais qu'on le fasse taire.

— Quand j'en aurai fini avec O'Bannion, je pourrai m'occuper de son cas, proposa Demetrius.

Qui ne vit pas les autres membres de l'équipe lever les yeux au ciel. Burton lui-même secoua la tête, alors que le bras droit de Reuben se montrait d'habitude plutôt satisfait de collaborer avec Demetrius pour gérer les menaces qui pesaient sur l'entreprise. Demetrius avait perdu le respect de ses associés. Il était peut-être temps de le remplacer.

Reuben non plus n'était plus fiable. Où était-il ? Et Joel avait l'air au bout du rouleau. Le « truc pas clair » qu'il avait découvert en établissant les comptes devait être d'une extrême gravité.

— Pour l'instant, concentre-toi sur O'Bannion, ordonna Ken à Demetrius. C'est lui, le plus dangereux.

Alice croisa les bras et jeta un regard lourd de sous-entendus à son père. Il devina ce qu'elle pensait : si O'Bannion représentait la plus grande menace, il ne fallait pas compter, pour l'éliminer, sur un type qui n'avait pas été fichu de lui loger une balle dans le crâne. Sa fille avait raison, mais Ken ne voulait pas l'admettre ouvertement.

— Où est la sœur de Drake, maintenant ? demanda-t-il à Decker. Si elle peut vous reconnaître, elle est devenue un témoin gênant.

— Je m'en suis déjà occupé, répondit Decker. Elle ne parlera plus…

D'un geste éloquent, il se passa l'index sous le menton et précisa :

— Je me suis débarrassé d'elle dans le broyeur. Son corps est haché menu et mélangé avec les restes du couple Anders.

— Qui vous a demandé de faire ça ? s'étonna Ken.

— C'est moi, intervint Burton. Je n'ai pas eu le temps de le faire moi-même, il fallait que j'inspecte la voiture de Reuben…

Il serra les dents et ajouta avec amertume :

— Et que je m'occupe de sa femme…

Extrêmement contrarié, Ken se cala dans son fauteuil et dit de sa voix la plus froide :

— La prochaine fois, Burton, prévenez-moi. Et si vos fonctions vous chagrinent autant, il est peut-être temps pour vous de démissionner…

Burton blêmit, avec raison. Personne ne démissionnait de l'entreprise. On ne la quittait qu'avec la vie. Ken se tourna vers Decker et lui dit :

— Cette expérience ne semble pas vous avoir particulièrement marqué.

Decker haussa les épaules.

— J'ai vu en Irak des hommes déchiquetés par l'explosion d'engins explosifs improvisés, dit-il d'un ton neutre. Les corps de mes camarades de régiment en morceaux, les membres sectionnés… Les mares de sang et les tripes à l'air… Je faisais partie de l'équipe de nettoyage… Déchiqueter un corps dans un broyeur de végétaux dirigé vers une fosse, c'est beaucoup plus propre, en comparaison.

Alice afficha une mine horrifiée.

— Mon Dieu, Decker, vous avez ramassé des morceaux de cadavres ?

Il resta de marbre.

— Il fallait bien que quelqu'un le fasse. On les ramassait à la pelle, on triait les morceaux pour les identifier et on les renvoyait au pays dans de vrais cercueils, à leur taille. Un gaspillage de cercueils, selon moi, mais bon, ça aidait les familles à faire leur deuil…

Il se tourna vers Ken et ajouta :

— Donc, non, monsieur, ça ne m'a pas traumatisé. Et ne vous en prenez pas à Burton. C'est moi qui lui ai demandé en quoi je pouvais lui être utile. Je n'ai pas de formation en police scientifique, moi, contrairement à lui. Pour nous, cette répartition des tâches s'imposait.

— C'est moi qui décide de ce qui s'impose, dit Ken. C'est clair ?

— Parfaitement clair, dit Decker.

— Bien. Qu'avez-vous d'autre à me rapporter, Decker ?

Celui-ci hésita un instant avant de répondre :

— Je suis allé à l'hôpital pour éliminer Tabitha Anders,

mais un policier armé veille sur elle. Je me suis dit qu'il valait mieux attendre, pour agir, de trouver un moyen d'éviter le garde. Pour l'instant, la vieille ne peut rien dire. Elle est inconsciente et son pronostic vital est engagé.

— Vous avez eu raison d'attendre. Alice, tu as toujours cet uniforme d'infirmière ?

— Oui, répondit-elle. Je vais m'occuper de tata Tabby. Mais pas ce soir. Je vais attendre la relève du garde, demain matin.

— Merci. Et toi, Sean ? Tu as fouillé les disques durs des ordinateurs qu'on a saisis chez Anders ?

— Oui, et heureusement qu'on les a saisis avant les flics. Chip Anders était un crétin, qui conservait des informations dommageables pour nous et croyait mettre ses fichiers à l'abri en les cryptant… alors qu'un enfant de cinq ans aurait pu casser ses codes et accéder à ses données. J'ai trouvé ses informations bancaires, et je connais l'emplacement de tous ses coffres-forts de banque. Et puis, ajouta Sean en soupirant, je suis tombé sur un fichier où on est mentionnés comme fournisseurs de main-d'œuvre. Plus précisément, votre nom y figure en toutes lettres, patron, ainsi que celui de Demetrius.

Ken inspira profondément. *Ce connard d'Anders… Je ne regrette vraiment pas de l'avoir tué, et de l'avoir fait souffrir quand je l'ai égorgé.*

— Quoi ! Qu'est-ce qu'il vient de dire ? explosa Demetrius.

— Je viens de dire que Chip avait noté sur un fichier que Ken et vous étiez ses fournisseurs de main-d'œuvre. Si on était arrivés un peu plus tard chez lui, ce fichier serait entre les mains des flics.

— Il a peut-être fait des sauvegardes sur disque dur externe, dit Decker. On a trouvé plusieurs trousseaux de clés chez lui. Avec un peu de chance, l'une de ces clés correspond au coffre où il a planqué les sauvegardes. Mais s'il les a cachées quelque part dans la maison, les flics ont peut-être déjà mis la main dessus.

— L'enculé, marmonna Ken. Combien d'argent sur ses comptes bancaires ?

— Un peu moins de trois millions, dit Sean. Mais il a peut-être ouvert des comptes dans des paradis fiscaux. Je peux continuer à me renseigner, si vous le souhaitez, patron.

Ken secoua la tête.

— Non. Je préférerais qu'on se concentre sur ses coffres-forts. Je veux qu'on mette la main sur ces sauvegardes et qu'on les détruise.

— Je connais déjà l'historique des sauvegardes qu'il a effectuées, dit Sean. Je vais maintenant essayer de localiser les coffres. Il a peut-être fait la liste des banques où il a mis à l'abri ses sauvegardes, avec les numéros des coffres.

— Il faudrait imaginer une ligne de défense au cas où les flics trouveraient ces sauvegardes avant nous, intervint Decker.

— Où voulez-vous en venir ? dit Ken en haussant les sourcils.

— Si les flics les retrouvent, vous direz que c'est un mensonge, bien sûr. Mais il faudra trouver une explication au fait qu'Anders cherchait à vous compromettre. Quelle raison aurait-il pu avoir de vous détester ? En quoi pouvait-il profiter de votre mise en cause ? Un accord commercial qui a mal tourné, peut-être… Ou bien, sa femme le trompait avec vous… Ou encore, une humiliation que vous lui auriez infligée au country club…

Ken se tourna vers Alice et lui dit :

— Essaie de trouver quelque chose de plausible, ma chérie.

— C'est noté, répondit-elle en griffonnant sur un carnet.

— Quoi d'autre ? demanda Ken.

— Je vais avoir besoin des bracelets électroniques que vous avez récupérés chez Anders, dit Sean. Il faut que je les réinitialise, pour le prochain arrivage.

Burton fronça les sourcils. Ainsi que Decker. Les deux hommes échangèrent un regard crispé.

— On les a remis à Sean en même temps que les ordinateurs, dit Decker.

Sean se figea.

— Je ne les ai pas, fit-il.

Ken sentit son estomac se nouer. *Ça, ce n'est pas bon. Pas bon du tout.*

— Où sont-ils localisés par le logiciel de traçage ? demanda Ken à Sean.

— Nulle part, répondit celui-ci. La dernière fois qu'ils sont apparus sur le logiciel, c'est au sous-sol de la maison d'Anders. Ils sont tombés en panne de batterie juste après avoir été enlevés aux deux fugitives.

— Mais je les ai vus dans la camionnette quand on a embarqué les Anders, s'étonna Decker.

— Moi aussi, affirma Burton.

— Ils doivent forcément y être encore, dit Decker.

— Retrouvez-les, ordonna Ken. C'est déjà chiant qu'un de ces bracelets soit tombé entre les mains des flics. S'ils en ont trois, ça va encore leur faciliter la tâche. Demetrius, où le prochain arrivage est-il prévu ?

— Les Brésiliens ? Ils doivent débarquer à Miami. Je me chargerai du transport jusqu'à Cincinnati. Si Alice pouvait m'accompagner, ce ne serait pas plus mal.

— Pas de problème, dit Alice en haussant les épaules. C'est pour quand ?

— Vendredi. Il y en aura six, dont trois sont vierges.

— Tant mieux, lâcha Joel, dont l'intervention fit sursauter Ken, qui avait oublié sa présence en ligne. On devrait les revendre un bon prix. On en a bien besoin, en ce moment.

— Demetrius, dit Ken, je veux que tu montes une vente aux enchères pour la fille d'Anders. Il faut s'en débarrasser au plus vite. C'est une emmerdeuse. Il suffit de prendre quelques photos d'elle à poil, avec une liste de ses qualifications et attributs.

— Elle en a des chouettes, des attributs, observa Burton.

— Et elle parle couramment français, précisa Ken.

— Et elle sait dire les pires obscénités dans au moins six langues différentes, dit Decker en grimaçant. Elle nous en a abreuvés quand on l'a traînée hors de la maison.

— Et elle mord, se plaignit Alice.

— Il faudra lui administrer un somnifère pour le transport, dit Ken. Pensez-y quand le moment sera venu de lui faire nos adieux.

— Je m'en charge, dit Demetrius. Bon, il faut que je vous quitte. J'ai déjà failli perdre la personne que je file, en vous écoutant. Je rappelle plus tard.

Et il raccrocha.

Désolé de t'avoir fait perdre ton temps, mon pote, aurait voulu lui dire Ken d'un ton sarcastique. Mais il s'en garda bien, se tourna vers Burton et lui dit :

— Vous ne m'avez pas fait votre rapport sur la voiture de Reuben.

— Je n'ai pas trouvé grand-chose, avoua Burton. Quelques cheveux de Reuben… Et de Miriam… C'est normal que sa femme soit montée dans sa voiture. Et j'ai trouvé un cheveu de Jackson dans le coffre.

Autour de la table, tous les visages se renfrognèrent. Le fait que Jackson ait séjourné dans le coffre de la voiture de Reuben ne laissait rien présager de bon.

— Reuben ne s'est quand même pas volatilisé, déclara Ken d'un ton ferme. Ça fait des années que je le connais. Il a des goûts de luxe. S'il est en cavale, comment est-ce qu'il fera pour boire de la bière belge hors de prix ? Il n'est pas du genre à prendre le maquis et à camper dans la forêt. Il va réapparaître, tôt ou tard. Bon, cette réunion est terminée. N'éteignez pas vos téléphones.

Decker et Alice sortirent de la pièce, les visages de Sean et de Joel disparurent de l'écran. Ken rappela immédiatement Joel.

— Alors, qu'est-ce que tu avais à me dire en privé ? lui demanda-t-il.

— Je suis tombé sur un trou dans notre trésorerie bancaire. Un trou de cinq millions de dollars… J'ai trouvé la trace de transferts, portant sur la moitié de cette somme, vers un compte ouvert par Reuben.

— Merde. Et l'autre moitié ?

— J'ai eu plus de difficulté à trouver… Mais j'ai fini par comprendre qu'elle a atterri sur un compte appartenant à Demetrius.

Ken fixa d'un œil incrédule le téléphone qu'il tenait à la main.

— Tu en es sûr ?

— Sûr et certain. J'ai mis une balise sur ces deux comptes. Si Reuben ou Demetrius essaient d'accéder à cet argent, je le saurai en temps réel. Je suis désolé, Kenny…

Demetrius était son plus vieil ami, mais là, il s'agissait d'affaires. Et les affaires sont les affaires. Demetrius devait être éliminé. D'ailleurs, Demetrius lui-même aurait été le premier à trouver cela indispensable.

Chapitre 19

Cincinnati, Ohio
Mardi 4 août, 17 h 45

— J'aimerais bien savoir ce qu'Isenberg me veut, marmonna Marcus en entrant, à la suite de Scarlett, dans l'ascenseur du siège du CPD.

Cela le troublait un peu d'être convoqué par la patronne de la Brigade de répression de la grande criminalité. Il ne l'avait jamais rencontrée mais Scarlett était nerveuse, et c'était contagieux.

Scarlett appuya sur le bouton de l'étage des homicides puis recula d'un pas, les bras croisés, à bonne distance de Marcus. Cette réserve ne le dérangeait pas. Scarlett avait fixé une règle selon laquelle ils devaient éviter toute « démonstration d'affection » sur une scène de crime ou en public. Il se demanda si elle considérait que les ascenseurs étaient inclus dans l'espace public, mais il songea aussitôt que l'ascenseur était forcément équipé d'une caméra, probablement assez performante pour capter le moindre détail.

— Je n'en sais rien, dit Scarlett d'un air sombre. Lynda est cool, d'ordinaire, mais il lui arrive de s'énerver et elle peut se montrer imprévisible. Mais si elle commence à m'enquiquiner à propos de ma « relation » avec toi, c'est moi qui vais m'énerver. Elle n'a jamais dit un mot pour critiquer Deacon quand il s'est mis avec Faith.

Cette dernière remarque arracha un sourire à Marcus.

— Et nous, on va se mettre ensemble ?

— Tu as très bien compris ce que je voulais dire, répondit-elle en rougissant.

— Je n'en suis pas certain, dit-il tandis que l'ascenseur s'arrêtait et que ses portes coulissaient. Il va falloir que tu m'expliques…

— Que vous expliquiez quoi ?

La question avait été posée d'un ton sec par une femme aux cheveux gris coupés court, qui le dévisageait d'un œil d'acier pour le moins inamical.

Scarlett fit les présentations d'une voix crispée :

— Marcus, voici le lieutenant Isenberg, officier en charge de la Brigade de répression de la grande criminalité… Lynda, voici Marcus O'Bannion, patron du *Ledger*.

Isenberg le fusilla du regard.

— N'essayez surtout pas de m'appeler Lynda, l'avertit-elle.

Puis elle se tourna vers Scarlett et reposa sa question :

— Que voulait-il que vous lui expliquiez ?

— Le fonctionnement de la brigade, répondit Scarlett. Comment vous et l'agent spécial en chef Zimmerman, vous vous partagez les ressources du FBI et du CPD… Qui a le dernier mot en cas de litige, ce genre de choses…

Bluffé par l'aisance avec laquelle Scarlett mentait, Marcus balançait entre admiration et consternation. Il décida d'attendre, pour en juger, de voir comment lui-même se débrouillerait face à cette gradée qui ne semblait pas le porter dans son cœur.

— Je vois le tableau, grommela Isenberg, visiblement peu convaincue. Allez, venez, elle vous attend.

Scarlett ne bougea pas d'un millimètre, et Marcus jugea bon de l'imiter.

— Qui ça ? demanda-t-elle. De quoi s'agit-il ?

— Mme Annabelle Temple, répondit Isenberg. Suivez-moi.

— Attendez, lieutenant, dit Marcus. Elle vous a amené le bébé ? Il est en sécurité ? Et est-ce qu'elle sait où sont les deux femmes qui se sont enfuies ?

Isenberg lui darda un regard aussi inflexible qu'impénétrable.

— Oui… oui… et non, dit-elle en énumérant ces réponses lapidaires sur ses doigts. Une employée du service de protection de l'enfance est dans la salle d'interrogatoire numéro 1, avec le bébé et Mme Temple. Elle ne voulait pas leur remettre l'enfant avant d'avoir consulté son avocat et de vous avoir parlé, monsieur O'Bannion.

— Moi ?

— Oui, vous. Mme Temple affirme que Tabby Anders lui a dit de veiller sur le bébé et de vous contacter si elle n'avait pas de ses nouvelles avant 17 heures. Apparemment, Tabby Anders a lu votre article sur le site de votre journal, aujourd'hui, et elle vous fait confiance. Mes félicitations. Vous avez réussi à manipuler l'opinion publique en votre faveur.

Marcus ne releva pas le sarcasme mais tint à rétablir la vérité :

— Ce n'est pas seulement l'article… Tala lui avait parlé de moi. C'est elle qui l'a encouragée à me faire confiance.

— Marcus a enregistré Tabby quand elle lui a dit ça, intervint calmement Scarlett. Vous pouvez les entendre dans le fichier que je vous ai envoyé.

— Je sais, dit Isenberg. Je l'ai écouté.

— Alors pourquoi m'en voulez-vous ? demanda Marcus d'un ton abrupt. Je n'ai rien fait de mal.

— C'est vrai, reconnut Isenberg. Mais je n'aime pas que des témoins nous imposent la présence de la presse. Cela pourrait créer un précédent fâcheux.

— Tout ce que j'ai publié, je l'ai soumis au préalable à l'inspectrice Bishop, protesta Marcus.

Isenberg jeta un regard désapprobateur à Scarlett et répliqua :

— Ça aussi, je le sais. Allez, venez… Ne perdons pas de temps.

Marcus n'appréciait guère la manière dont Isenberg traitait Scarlett, mais il n'avait pas à s'en mêler — et si les années qu'il avait passées à l'armée lui avaient appris quelque chose, c'était le respect de la hiérarchie. Il se mordit la langue et obéit à Isenberg, la suivant dans une salle d'interrogatoire banale, avec un grand miroir sans tain, derrière lequel d'autres policiers s'étaient certainement postés pour les observer de la pièce voisine.

Une dame âgée, frêle, était assise à la table. À côté d'elle, un homme vêtu d'un costume à deux mille dollars et chaussé d'une paire de souliers qui devaient valoir la même somme, voire davantage, se frottait les tempes d'un air peiné. Une femme d'une trentaine d'années arpentait le fond de la pièce, tâchant de calmer le bébé, qui s'époumonait.

Voilà le bébé pour lequel Tala a sacrifié sa vie, songea Marcus, soulagé de l'entendre pleurer avec une telle énergie. Il salua la dame âgée d'un hochement du menton et dit :

— Madame Temple ? Je m'appelle Marcus O'Bannion.

— Ah, enfin ! fit la dame en jetant un regard noir à Isenberg. J'avais fini par croire qu'elle ne me laisserait pas vous parler.

Marcus ne put s'empêcher de sourire, malgré sa résolution de ne pas fâcher Isenberg.

— Eh bien, dit-il, me voilà. Mais avant tout…

Il rejoignit l'assistante sociale, qui ne parvenait toujours pas à apaiser la fille de Tala. Celle-ci avait un an, à peu près, et paraissait en très bonne santé. Physiquement, elle ne semblait pas avoir souffert des événements mouvementés de la journée. Le traumatisme émotionnel ne surviendrait que plus tard.

Pour cette gamine, ça ne sera pas facile et elle mettra du temps à s'en remettre, songea-t-il, le cœur serré, tandis que le bébé le fixait de ses grands yeux noirs baignés de larmes.

— Salut, Malaya, dit-il doucement, en donnant à sa voix une intonation chaleureuse et rassurante. Alors, tu pleures ?

L'enfant s'arrêta immédiatement et se mit à renifler doucement. Puis elle tendit ses petites mains potelées vers lui, paraissant sur le point de se remettre à pleurer.

Marcus se tourna vers l'assistante sociale pour lui demander silencieusement son autorisation.

— Tant qu'on est dans cette pièce, c'est d'accord, consentit la jeune femme. Ensuite, je dois l'emmener dans une famille d'accueil en urgence… Alors, ne vous attachez pas trop à elle.

— Je comprends, dit Marcus en prenant Malaya dans ses bras et en la plaquant doucement contre sa poitrine.

Il regretta d'avoir gardé son gilet pare-balles : la petite aurait pu poser sa joue sur une surface plus confortable. Quelques tapes affectueuses dans le dos suffirent à l'endormir. Il jeta un coup d'œil à Isenberg et constata qu'elle le regardait avec une franche hostilité.

— J'avais dix-huit ans quand mon frère Mikhail est né, expliqua-t-il sans toutefois élever le ton, de crainte de réveiller le bébé. Pendant ma dernière année de lycée, je le couchais tous les soirs, pour que ma mère puisse souffler un peu. Alors, arrêtez de me regarder comme ça, ou je risque de vous dire des choses désagréables.

— Je… Je m'excuse, dit-elle à contrecœur. Faites vite, inspectrice, pour que nous puissions expédier cette enfant en accueil d'urgence avant qu'elle ne se remette à brailler.

L'expression de surprise de Scarlett apprit à Marcus que ce comportement insensible n'était pas habituel chez Isenberg. Il contint sa mauvaise humeur et s'assit, laissant à Scarlett le soin de commencer l'entretien.

— Elle a eu à manger ? s'enquit-elle.

— Oui, répondit l'assistante sociale. Mme Temple l'a nourrie et je lui ai donné un autre biberon en vous attendant. Je l'ai changée, aussi. Elle pleure parce qu'elle a peur et qu'elle est fatiguée… Mais M. O'Bannion semble avoir réglé ce problème.

Elle accompagna ces derniers mots d'un signe de la tête approbateur.

— Tant mieux, dit Scarlett en jetant un regard non moins approbateur à Marcus.

Elle s'assit à la droite de Marcus, face à Annabelle.

— Madame Temple, lui dit-elle, merci d'être venue. Cette journée a été éprouvante pour nous tous.

Annabelle détourna les yeux de Malaya et hocha la tête.

— J'ai d'abord refusé de venir ici avec l'agent de police et l'assistante sociale. J'attendais un appel de Tabby. Personne ne veut me dire ce qui lui est arrivé.

— Elle est à l'hôpital, où elle est soignée par les meilleurs médecins, dit Scarlett, qui avait appelé en chemin l'hôpital pour avoir de ses nouvelles. Elle a été brutalement frappée.

Annabelle posa une main tremblante sur sa bouche.

— Oh ! mon Dieu, murmura-t-elle. C'est ce que je redoutais. Elle m'a dit de partir, de ne pas revenir et de ne pas appeler la police. Elle ne voulait pas mettre en danger Mila et Erica.

— Mila et Erica ? Elles sont apparentées à Tala ? demanda Scarlett.

— Mila est sa mère et Erica sa sœur cadette… Où sont-elles ?

— Nous l'ignorons, répondit Scarlett. Nous espérions qu'elles étaient avec vous.

— Non, non, fit Annabelle en secouant tristement la tête. Je ne les ai pas vues depuis que Tabby m'a donné le bébé.

— Pourquoi Tabby craignait-elle de nuire à la famille de Tala en appelant la police ?

— Elle avait peur qu'elles soient expulsées, expliqua Annabelle. Ou même pire… Son neveu leur avait dit que la police les mettrait en prison si elles se plaignaient. Elles sont entrées aux États-Unis clandestinement, mais Tabby m'a juré qu'elles étaient honnêtes et méritantes. J'aurais dû vous prévenir, ce matin, mais j'avais peur pour Tabby… Son neveu… Où est-il ?

— Ça aussi, nous l'ignorons, répondit Scarlett. Selon Tabby, il a été enlevé par des hommes armés, ainsi que son épouse et sa fille.

— Il l'a bien mérité, marmonna Annabelle. Cet homme est un monstre. Cela fait des années qu'il maltraite Tabby.

— Saviez-vous que Tala, sa mère et sa sœur étaient détenues contre leur gré dans cette maison ? demanda Isenberg.

Annabelle lui jeta un regard noir.

— Non, répondit-elle. Tout ce que je savais, c'était que Tabby avait peur de son neveu. Mais c'est seulement ce matin que j'ai appris qu'il y avait d'autres gens dans cette maison, quand Tabby m'a appelée pour que je l'aide. Elle m'a dit qu'un bébé était en danger de mort, m'a suppliée de le recueillir, sans poser de questions, et de veiller sur lui jusqu'à ce qu'elle me rappelle. Et, au cas où elle ne me donnerait pas de nouvelles, elle tenait absolument à ce que je vous contacte, monsieur O'Bannion. Elle m'a dit que la mère du bébé était la fille qu'on avait retrouvée morte dans une rue pendant la nuit. Celle dont vous parlez dans votre article. Elle m'a assuré que vous nous aideriez.

— C'est ce que je ferai, promit Marcus en jetant un regard en coin à Isenberg. Pouvez-nous en dire davantage sur Mila et Erica ? Comment avez-vous appris leurs prénoms ?

— Tabby me les a donnés, ce matin. Je suis allée chez les Anders avec ma voiturette. Elle est sortie de la maison avec le bébé, dans un panier couvert… Un peu comme Moïse sauvé des eaux… J'ai aperçu une femme et une fille, sur le pas de la porte… Elles se tenaient par la main et sanglotaient. La plus âgée serrait son chapelet. Tabby m'a dit que c'étaient la grand-mère et la tante du bébé. Je lui ai demandé pourquoi elles abandonnaient l'enfant et elle m'a répondu que la mère avait été assassinée pendant la nuit, et qu'elles avaient peur pour le bébé. Je leur ai proposé de partir avec moi et d'aller tout raconter à la police. Mais Tabby m'a dit qu'elles refusaient de quitter la maison, de peur d'être expulsées…

Elle n'a pas compris, songea Marcus. *Annabelle ne sait pas que ces femmes étaient des esclaves.* Il se demanda si Tabby était au courant. *Oui, sans doute.* Mais elle était trop terrifiée par son neveu pour le dénoncer. Et il y avait de quoi, en effet, à en juger par la sauvagerie de la correction qu'Anders lui avait administrée.

— Tabby m'a demandé de n'en parler à personne, poursuivit Annabelle, jusqu'à ce qu'elle ait trouvé une solution.

tout en tapotant doucement le dos de Malaya. Mais elle a fini par entrer en contact avec vous…

— Oui. Ce petit jeu s'est poursuivi pendant deux semaines, et puis, un jour, elle s'est levée et elle a traversé le jardin, en s'aidant de son déambulateur. Elle s'est présentée, m'a donné un bouquet d'hortensias et ensuite, elle est rentrée illico dans la maison. Je me suis dit qu'elle était peut-être un peu gaga. Au bout de deux autres semaines, on a commencé à avoir de vraies conversations. Une fois, elle avait le visage tuméfié. Elle m'a dit qu'elle était tombée dans l'escalier… J'ai tout de suite compris ce qu'il en était. Je lui ai proposé de venir chez moi, mais elle a refusé. Elle m'a dit qu'elle ne pouvait pas abandonner les filles… À l'époque, je ne comprenais pas ce qu'elle voulait dire par là…

Son regard se posa sur Malaya.

— Maintenant, je sais, soupira-t-elle. Je lui ai proposé de prévenir la police, mais elle n'a rien voulu savoir. Elle m'a assuré que tout allait bien, elle m'a suppliée de ne pas appeler la police… Elle m'a dit qu'elle ne leur dirait rien. J'aurais dû appeler… Pourquoi ne l'ai-je pas fait ?

Contre toute attente, ce fut Isenberg qui la réconforta.

— Parce qu'on nous apprend à respecter la vie privée des gens, jusqu'à un certain point, dit-elle en posant sa main sur l'épaule d'Annabelle. Même si vous nous aviez appelés, Tabby nous aurait dit qu'il n'y avait pas de problème et qu'elle n'avait aucun motif de se plaindre. Vous êtes venue quand nous vous l'avons demandé, c'est ce qui compte. Vous avez recueilli ce bébé, vous lui avez acheté du lait et des couches, et vous lui avez très probablement sauvé la vie. C'est ça, le plus important.

De nouvelles larmes vinrent couler sur les joues d'Annabelle.

— Merci, lieutenant, mais je crois que je n'arriverai jamais à me le pardonner. Ce que j'ai fait aujourd'hui n'est vraiment pas grand-chose… Comment puis-je aider Mila et Erica ? J'ai de l'argent. Je pourrais offrir une récompense à la personne qui les retrouverait.

— Je ne crois pas que ce soit une bonne idée, intervint l'assistante sociale.

— Pourquoi ?

— Parce qu'elles craignent d'être expulsées. La diffusion d'un avis de recherche à leurs noms, avec une récompense à la clé, ressemble trop à un appel aux chasseurs de prime. Elles vont fuir Cincinnati, et on ne les reverra peut-être plus jamais.

— Elle a raison, acquiesça Scarlett. Mais je crois qu'il y a quelqu'un à qui elles pourraient accorder leur confiance. Tala avait un crucifix autour du cou, et vous venez de nous dire que Mila tenait un chapelet à la main…

Elle se tourna vers Isenberg et suggéra :

— Peut-être qu'elles se fieront à un prêtre.

Isenberg approuva la proposition d'un geste et dit :

— On pourrait demander à un policier de se mettre en soutane et col blanc.

Marcus ouvrait déjà la bouche pour exprimer son désaccord, mais Scarlett le prit de vitesse.

— Il faut gagner leur confiance, objecta-t-elle. Si elles découvrent que c'est un flic, elles ne nous diront rien.

— Alors, j'espère que vous connaissez un prêtre, dit Isenberg. Autrement, il faudra contacter l'association des aumôniers…

Scarlett se tourna vers Marcus.

— Vous en connaissez un, monsieur O'Bannion ? lui demanda-t-elle.

— Dans ma famille, on est épiscopaliens, répondit-il.

— Moi, je suis luthérienne, dit Annabelle. Mon pasteur porte un col blanc et il est très gentil. Je peux vous donner son nom, si vous le souhaitez.

— Et moi, je ne peux rien pour vous, murmura l'assistante sociale. Je suis baptiste. Nos prédicateurs ne portent pas de col blanc.

— Je vais demander à l'un des aumôniers du CPD, dit Isenberg.

— Pas la peine, lieutenant, déclara Scarlett avec une

légère grimace, si légère qu'elle aurait échappé à Marcus s'il ne l'avait pas couvée des yeux. Mon oncle est prêtre. Il est plein de bon sens, c'est quelqu'un de bien. Il saura s'y prendre.

Marcus se demanda pourquoi elle n'avait pas d'emblée parlé de cet oncle. Il se promit de lui poser la question plus tard, quand ils seraient de nouveau seuls.

Scarlett redressa les épaules.

— Bon, je vais demander à un collègue de raccompagner Mme Temple, et ensuite j'appellerai mon oncle, le père Trace.

Le jeune avocat d'Annabelle prit pour la première fois la parole :

— Je vais emmener ma cliente à l'hôpital.

— Je me sens à l'étroit dans ta voiture, protesta Annabelle. Je me suis habituée à ma voiturette de golf.

— C'est une décapotable, mamie, répondit-il en souriant. Si on se dépêche, on aura le temps de s'arrêter chez un fleuriste et on pourra acheter un beau bouquet pour ton amie.

Il tendit un bristol à Marcus et ajouta :

— Quand vous retrouverez Mila et Erica, donnez-leur ma carte. Je ne suis pas spécialisé dans les problèmes d'immigration, mais je connais quelques confrères qui pourraient les aider. Et, pour elles, ce sera gratuit, je vous le promets.

Marcus empocha la carte, prenant soin de ne pas réveiller Malaya.

— Merci, dit-il.

Le petit-fils d'Annabelle travaillait pour l'un des plus prestigieux cabinets d'avocats de la ville. Le grand-père de Marcus avait été leur client pendant de longues années.

— C'est très aimable de votre part, maître Benitez, ajouta Marcus.

— Je suis né dans ce pays, comme mon père, dit Benitez. Mais mon grand-père est arrivé de Cuba dans les années soixante sur un radeau. Tout le monde n'a pas la chance d'être né dans ce pays. Et, si j'ai bien compris, ces femmes ne se trouvaient pas dans cette maison de leur plein gré… Je veux vous aider, autant que possible. Si elles veulent rentrer dans leur pays, nous pourrons nous arranger pour qu'elles le fassent rapidement. Mais si elles tiennent à rester, ce serait trop injuste qu'elles soient expulsées après avoir autant souffert.

Marcus était impressionné par Benitez. Les nuances qu'il venait d'exprimer échappaient à tant de gens… Pour l'instant, personne ne connaissait les circonstances dans lesquelles la famille de Tala était arrivée aux États-Unis, mais Marcus était d'accord avec le jeune avocat : les épreuves qu'elles avaient subies dans ce pays leur donnaient le droit de choisir.

Annabelle fronça les sourcils.

— Tu veux dire, Gabriel, qu'elles ont été enlevées ? demanda-t-elle. Et forcées à travailler pour cet horrible Chip Anders ?

— Il ne s'agit pas d'un enlèvement, mamie. Cela s'appelle du trafic d'êtres humains, et, malheureusement, cette forme moderne d'esclavage est de plus en plus répandue dans le monde… Allez, viens. Les policiers doivent se remettre au travail.

— Je n'y crois pas, dit Annabelle sans bouger. Le trafic d'êtres humains, ça n'existe que dans d'autres pays… Comme la Thaïlande. Pas ici, Gabriel, quand même ! On est dans l'Ohio. À Cincinnati… Et à Hyde Park, en plus ! Pourquoi Anders aurait-il forcé ces malheureuses à travailler pour lui ? Il a assez d'argent pour payer ses employés.

— Hélas, votre petit-fils a raison, intervint Scarlett. Ces trafics d'un autre âge ont lieu de nos jours dans l'Ohio plus souvent qu'on ne l'imagine. Les individus qui ont recours au travail forcé sont souvent assez riches pour payer leurs employés. Mais ils sont avides. Ils veulent réduire leurs coûts salariaux au maximum. Ce sont des esclavagistes modernes, ni plus ni moins.

— C'est aussi une question de pouvoir et de statut social, précisa Marcus. Ils achètent des gens parce qu'ils en ont les moyens… Jusqu'à ce que nous les en empêchions.

— C'est la triste vérité, mamie, dit Benitez.

Visiblement bouleversée, Annabelle ramassa le paquet de couches qui se trouvait sous sa chaise.

— Je… J'ai demandé à ma femme de ménage d'aller acheter des affaires pour le bébé, dit-elle d'une voix brisée. Du lait maternisé, des biberons et des couches… Une couverture et des vêtements… Mais pas de chaussures. Elle va avoir besoin de chaussures.

— Et peut-être une tétine et un anneau de dentition ? demanda Scarlett. Tala les avait sur elle, mais ce sont des pièces à conviction que nous devons garder.

Annabelle fouilla dans le sac.

— Il y a une tétine, mais il faut la stériliser d'abord. Elle est encore dans son emballage.

Son petit-fils la débarrassa du sac et le tendit à l'assistante sociale, puis il offrit son bras à Annabelle. Quand ils sortirent de la pièce, celle-ci avait encore l'air profondément choquée.

L'assistante sociale tendit les bras pour récupérer Malaya.

— Il faut que je l'emmène, maintenant, monsieur O'Bannion, dit-elle. Merci beaucoup. J'avais vraiment besoin d'une petite pause…

Marcus ressentit une étrange réticence à se séparer du bébé et le garda contre lui un instant de plus.

— Vous me direz dans quelle famille d'accueil elle sera placée ? demanda-t-il. Je veux qu'elle sache qui était sa mère, quand elle aura l'âge de l'apprendre.

— Pour l'instant, elle va être accueillie en urgence pendant quelques jours. Je n'ai pas le droit de vous dire dans quelle famille elle sera placée ensuite. Mais je peux donner votre nom à ses futurs parents adoptifs. Ce sera à eux de décider s'ils vous autorisent ou non à la revoir.

Marcus aurait eu envie de protester, mais il savait que cela n'aurait servi à rien et que l'assistante sociale ne faisait qu'appliquer la loi. Par chance, il connaissait des gens, dans les services de protection de l'enfance, qui pourraient le renseigner. Il lui rendit Malaya.

— Pouvez-vous me donner votre carte ? lui demanda-t-il.

Elle en tendit une à Marcus, mais aussi à Scarlett.

— N'hésitez pas à m'appeler en cas de besoin, inspectrice Bishop.

— Je vais vous faire raccompagner par un agent, dit Scarlett en rangeant la carte dans sa poche.

Elle fit signe à un collègue en uniforme et étonna Marcus en déposant un petit bisou sur le front de Malaya.

— Ta mère t'aimait, petite fille, murmura-t-elle. J'espère que tu le sauras, un jour.

Lorsqu'elle releva la tête, son regard était redevenu impassible. Marcus sentit sa gorge se contracter. Scarlett avait, tout autant que lui, été touchée par le fait que le bébé ait été retrouvé indemne et en bonne santé. *C'est le contraire qui aurait été étonnant,* se dit-il. N'avait-elle pas chez elle une trousse de secours de professionnel pour soigner les bobos de ses nièces et neveux ?

Scarlett se tourna vers lui, les yeux encore brillants d'émotion.

— Au moins, on connaît leurs prénoms, soupira-t-elle. Mila et Erica… Bon, Lynda, je vais appeler mon oncle. Je vous laisse avec Marcus.

— Je tâcherai d'être aimable avec votre oncle, dit Isenberg.

— Ainsi qu'avec Marcus ?

— Bien sûr.

Marcus n'était pas enchanté de se retrouver en tête à tête avec elle, mais il se garda bien de le montrer. Isenberg avait déjà été dure avec Scarlett à cause de lui. Il ne voulait pas aggraver son cas.

Lorsqu'ils se retrouvèrent seuls, Isenberg se racla la gorge.

— Elle m'a demandé de rester avec vous parce qu'elle pense que je vous dois des excuses, monsieur O'Bannion.

— C'est ce que je pense aussi, lieutenant.

— Et vous avez raison. La première fois que j'ai eu affaire à vous, vous veniez d'être victime d'une tentative d'homicide en tentant de protéger une innocente. J'estimais alors que vous étiez quelqu'un d'honnête, et je n'ai pas changé d'avis.

— Alors pourquoi vous en prendre à moi comme vous le faites ?

Elle baissa les yeux et lâcha un soupir.

— Nous n'avions pas été en contact direct à ce moment-là. J'avais lu le rapport de l'inspectrice Bishop sur les circonstances de votre blessure, voilà tout. Je ne vous ai vraiment découvert que ce matin, sur la vidéo… Vous chantiez une ballade qui a été chantée à l'enterrement d'un de mes proches. Ça… ça m'a rendue très triste.

— *Go Rest High on That Mountain*, dit Marcus. Elle a aussi été chantée aux obsèques de mon frère. Je n'ai pas pu chanter moi-même parce que j'avais un poumon perforé. Je croyais être seul quand je l'ai chantée au parc, la nuit où j'ai vu Tala pour la première fois. La deuxième fois, c'était pour l'attirer.

— Je sais… Scarlett m'a tout raconté. Quand la porte de l'ascenseur s'est ouverte, tout à l'heure, et que j'ai entendu votre voix, ça m'a rappelé cette chanson, et ce deuil, qui m'a beaucoup affectée. Ajoutez à cela la mort d'un membre de notre équipe, et vous comprendrez pourquoi je suis à cran, aujourd'hui.

— L'agent spécial Spangler, se souvint Marcus avec une pointe de remords. Paix à son âme… Je suis vraiment désolé.

— Quoi qu'il en soit, je n'aurais pas dû m'en prendre à vous.

Marcus jugea ces excuses sincères.

— N'en parlons plus, dit-il. Vous êtes toute pardonnée.

À condition que ça ne se reproduise pas…

— Je regrette que ma chanson ait ravivé des souvenirs douloureux, ajouta-t-il d'un ton conciliant.

— Ils ne se sont jamais éteints, dit-elle avec une sorte de rictus. Le chagrin est toujours là…

Elle inclina la tête, l'observa d'un œil intrigué et lui demanda de but en blanc :

— Vous avez l'intention de draguer mon inspectrice ?

— Scarlett ? fit-il, surpris par son franc-parler. Ça ne vous regarde pas.

— Bravo. Vous avez du courage. Vous en aurez besoin avec Scarlett Bishop… C'est une dure.

Elle se trompe, elle aussi, sur le regard impassible de Scarlett, songea Marcus. Il savait, lui, que la femme qu'il désirait de tout son être avait un cœur sensible et fragile — qu'il redoutait de briser. *Alors, fais bien attention.*

Il resta silencieux et, contre toute attente, Isenberg éclata d'un petit rire.

— Ça m'a l'air plus sérieux que je ne l'avais pensé, dit-elle d'un ton facétieux. Vous êtes peut-être l'homme qui réussira enfin à lui mettre la corde au cou.

— Il y en a eu d'autres avant moi ?

— Oui, et ils ont échoué lamentablement. Certains se sont fait remballer pour un simple « bonjour ». Elle a une réputation à défendre, notre Scarlett. Celle d'une femme qui n'hésite pas à humilier les hommes qui essaient de la séduire. Une pimbêche, quoi…

Ce terme déplut souverainement à Marcus et fit baisser Isenberg dans son estime.

— Je m'étonne que vous puissiez qualifier ainsi une autre femme. Surtout une collègue que vous prétendez respecter.

— Ça fait plaisir de vous voir voler à son secours, répliqua-t-elle malicieusement. C'est bon signe.

Marcus comprit alors qu'elle l'avait mis à l'épreuve.

— J'ai réussi le test ? s'enquit-il.

— En beauté… Pour l'instant. Parlons maintenant de la manière dont vous comptez traiter cette affaire dans votre journal. J'aimerais que vous ne divulguiez pas certains faits.

Tout disposé à négocier, Marcus sortit son téléphone de sa poche et ouvrit un nouveau fichier.

— Lesquels ? demanda-t-il.

Cincinnati, Ohio
Mardi 4 août, 18 h 30

Scarlett se réfugia dans la salle d'observation, à présent déserte, en espérant qu'elle n'avait pas commis une erreur en laissant Marcus seul avec Lynda. Isenberg s'était montrée irritable toute la journée. Elle était naturellement abrupte, mais jamais blessante et désagréable. Scarlett voulait lui donner l'occasion de s'expliquer seul à seul avec Marcus, espérant qu'elle se radoucirait.

Elle le souhaitait en partie pour Marcus, en partie pour Lynda… Mais surtout pour elle-même. Cette enquête pouvait durer encore longtemps, et elle ne voulait pas que ses rapports avec Marcus restent secrets et honteux. Plus Lynda aurait une bonne opinion de Marcus, plus le travail de Scarlett en serait facilité.

À travers le miroir sans tain, elle les regarda discuter pendant un moment — le temps de s'assurer qu'il n'y avait aucune effusion de sang… Puis elle sortit son téléphone portable et composa un numéro qui était gravé dans sa mémoire.

— Paroisse Saint-Ambroise, dit son oncle en décrochant.

Le fait d'entendre cette voix lui serra le cœur. Elle ne s'était pas bien comportée avec lui, et il lui manquait plus qu'elle ne se l'avouait. Il avait été son oncle favori, son confident — jusqu'à ce que la mort de Michelle lui dévoile toute l'inutilité de la prière. Et de Dieu. Son oncle, par son sacerdoce et sa piété, lui rappelait cette douloureuse perte de la foi, et elle avait choisi de l'éviter. Cela faisait dix ans qu'elle ne l'avait pas vu.

— Allô ? Qui est à l'appareil ?

Scarlett se racla la gorge.

— Oncle Trace, c'est Scarlett.

Un bref silence, puis :

— Je t'ai reconnue, ma chérie, dit-il d'un ton circonspect. Je n'ai pas oublié ta voix.

Elle se dit qu'elle méritait cette méfiance.

— Ça fait longtemps. J'avais peur que tu l'aies oubliée.

— Qu'est-ce qui te fait penser ça ? dit-il avec une pointe d'amertume. Le fait que tu ne m'aies rien dit d'autre, en dix ans, que « bonjour », « au revoir » et « joyeux Noël » ? Tu crois vraiment que je pourrais oublier ta voix ? Et puis, le mot CPD s'affiche sur l'écran de mon téléphone, et comme ça ne peut pas être ton père ou l'un de tes frères… à moins qu'ils n'aient subi une subite transformation hormonale… Bref, j'en ai déduit que ça ne pouvait être que toi.

Elle lâcha un petit rire gêné et demanda :

— Comment vas-tu ?

— Aussi bien que la dernière fois que tu m'as vu… et ignoré, au baptême de Colin junior, dit-il d'une voix acerbe.

Piquée au vif, Scarlett tressaillit. Mais son oncle lui demanda aussitôt d'une voix plus douce :

— Que se passe-t-il ?

— Je… J'ai besoin de ton aide. Je recherche deux femmes, qui ont disparu ce matin. Nous pensons qu'elles ont été victimes d'un trafic d'êtres humains. Nous ne voulons donc pas publier d'avis de recherche…

— Vous avez raison, ça leur ferait peur et elles se cacheraient.

— Exactement. Il s'agit d'une adulte et de sa fille cadette, une adolescente. La fille aînée a été assassinée, cette nuit, dans une rue du centre-ville.

— J'ai lu un article sur cette triste affaire, dit-il. En quoi puis-je t'être utile ?

Sa voix était redevenue aussi affectueuse qu'elle l'était quand Scarlett avait dix ans.

— La mère ne se sépare jamais de son chapelet, et la fille aînée portait un crucifix au cou. Je me suis dit qu'un prêtre les rassurerait, qu'elles ne fuiraient pas, à son approche. Ma chef a proposé de déguiser un collègue en prêtre, mais…

— Vous perdriez leur confiance si elles s'en rendaient compte, objecta oncle Trace.

— C'est ce que je lui ai dit… Et c'est pour ça que je m'adresse à toi.

— Où peut-on se voir ?

— Au siège du CPD.

— D'accord…

Une longue, très longue pause, et il ajouta :

— Tu me manques beaucoup, Scarlett.

Scarlett sentit son cœur se fendre, mais elle ne voulait pas lui donner de faux espoirs.

— Ce n'est pas un retour au sein de l'Église, précisa-t-elle.

— Ce n'est pas grave. C'est *toi*, ma nièce, qui m'as manqué. Qu'importe la foi, j'ai envie de te voir et de te parler.

— C'est toujours possible, tu sais ?

— Pour quoi faire ? Pour te donner des remords même quand je te parle gentiment ?

— Oui, dit-elle en accompagnant sa réponse d'un rire mal assuré.

— Tu m'as ignoré pendant dix ans, dit-il doucement. Ça m'a fait de la peine. Ça vaut bien quelques remords, non ?

— C'est vrai, reconnut-elle. Si tu pouvais être ici dans la minute, ce serait idéal.

— Si je me fais arrêter pour excès de vitesse, tu feras sauter la contravention ?

— Disons qu'il faudrait que tu arrives, légalement, le plus vite possible, dit-elle en levant les yeux au ciel.

— Certes. Comment comptes-tu t'y prendre pour localiser ces femmes ?

Elle n'y avait pas encore pensé. Elle passa mentalement en revue les diverses possibilités.

— Tu n'as pas peur des chiens ? demanda-t-elle.

— Non, mais j'y suis allergique, depuis toujours. Pourquoi ?

— J'aimerais que tu accompagnes un maître-chien de notre équipe de sauvetage. Le chien pourra suivre les femmes à la trace à partir de la maison où elles étaient séquestrées. Nous pensons qu'elles n'avaient pas de voiture. Elles ont plusieurs heures d'avance mais, si elles sont toujours à pied, elles n'ont pas pu aller bien loin. Mets tes chaussures de marche. Il va peut-être falloir crapahuter un peu dans les rues… Et prends des cachets antiallergiques.

— Je suppose que tu veux que je vienne en soutane, alors qu'il fait une chaleur étouffante.

— Oui, s'il te plaît. Il faut que tu aies l'air le plus catholique possible.

— Le plus catholique possible ? Je veux bien, moi…

Mais ça fait des années que je ne l'ai pas portée, cette soutane. Je ne sais même pas où je l'ai rangée… Je ferai de mon mieux. À tout de suite.

— En fait, tu as une heure pour arriver… Le temps que je contacte un maître-chien et qu'il se prépare au pistage.

Et, dans l'intervalle, il fallait qu'elle trouve le temps de mettre la main sur Deacon et son expert en trafic d'êtres humains.

Elle raccrocha et fixa un instant son téléphone, pensive. Cette journée avait apporté dans sa vie de grands changements : adieu Bryan, bonjour Marcus… et maintenant, ces retrouvailles avec oncle Trace.

Elle envoya un message urgent à un maître-chien du CPD, qui lui répondit aussitôt :

Je serai sur place dans une heure, avec Romeo. Je vais essayer de trouver d'autres équipes pour participer aux recherches.

Elle appela ensuite Deacon sur son téléphone portable et fronça les sourcils lorsque Faith répondit.

— Scarlett ? Deacon est un peu… occupé en ce moment… Mmm…

Le gémissement étouffé de Faith fit presque vibrer le récepteur.

— Hum, pardon, reprit-elle. Qu'est-ce que tu lui veux ?

La fiancée de Deacon semblait étrangement essoufflée. Décidément, ils étaient incorrigibles.

— Non mais je rêve, s'étrangla Scarlett. Vous n'auriez pas pu attendre ce soir ?

Elle entendit en fond sonore la voix distante de Deacon :

— Dis-lui que je la rappellerai.

— Donne-lui une minute, supplia Faith. Il te rappelle dès que… Tout de suite, quoi !

— Pas sur mon portable. Je suis dans la salle d'interrogatoire numéro 1…

— Je te rappelle, grogna Deacon dans le récepteur.

Et la communication fut coupée. Scarlett se tourna vers la glace sans tain et lâcha un soupir agacé.

— C'est pas vrai, marmonna-t-elle.

Puis son regard se posa sur Marcus et elle se figea. Il était légèrement penché vers Lynda et il lui parlait d'un air sérieux. Lynda ne semblait plus fâchée : ils s'étaient sans doute réconciliés. *Tant mieux*. Lynda dirigea son regard vers le téléphone posé sur la table, et désigna l'écran en haussant les sourcils. Marcus pianota sur l'appareil puis leva la tête pour consulter Lynda des yeux, qui eut un geste approbateur de la tête. Elle prononça quelques mots qui firent naître un sourire sur les lèvres de Marcus. Et quel sourire !

Le cœur de Scarlett chavira. Il avait tant de charme ! Elle désirait tellement être avec lui ! Si seulement elle était à la place de Lynda à cet instant… Il effleura l'écran du téléphone, et Isenberg se renfrogna en disant quelque chose qui effaça le sourire de Marcus.

Le téléphone de la salle d'observation se mit à sonner. Scarlett répondit sans quitter Marcus des yeux.

— Bishop, dit-elle.

— C'est moi, murmura Faith. Je sais qu'il faut que tu parles à Deacon, mais il est sous la douche.

— Ça va, j'ai compris… épargne-moi les détails, grommela Scarlett, mais avec moins de sévérité cette fois-ci — le simple fait d'avoir Marcus sous les yeux avait un effet adoucissant sur ses nerfs.

— Écoute-moi, murmura Faith, je n'ai pas beaucoup de temps… Tu sais, cette annonce de décès qu'il vient de faire…

La douce chaleur dans laquelle baignait Scarlett se dissipa. Comment avait-elle pu oublier l'agent Spangler et la veuve qu'il laissait ?

— Comment ça s'est passé ? s'enquit-elle.

— Mal. L'épouse de Spangler a piqué une crise. Elle s'en est prise à Deacon. Elle lui a griffé le visage, il est tout amoché.

Scarlett se laissa tomber sur l'une des chaises.

— Elle l'a griffé ? Mais pourquoi ? Il n'a pas réussi à l'en empêcher ?

— Je crois qu'il était trop choqué…

— Et sans doute tétanisé par la situation, dit Scarlett en se mettant à la place de son coéquipier. En plus, tu connais Deacon, il devait penser qu'il le méritait… Zimmerman n'est pas intervenu ?

— Il a eu un empêchement, et Deacon a dû y aller seul.

Deacon était loin d'être bête, mais il commettait parfois des erreurs grossières.

— Mais enfin, Faith, pourquoi est-ce qu'il ne m'a pas appelée ? Ou Lynda ? On aurait pu l'accompagner.

— Je crois qu'il regrette de ne pas l'avoir fait, mais annoncer des décès avec Lynda le rend toujours un peu nerveux.

— Elle est un peu rigide, concéda Scarlett.

— Ce n'est rien de le dire, acquiesça Faith. Il voulait t'appeler mais il savait que tu cherchais quelqu'un…

— Oui… Annabelle Temple. Nous l'avons trouvée. Deacon va bien ?

— Physiquement, oui, répondit Faith. Mais émotionnellement, pas du tout. Ce n'est pas la première fois qu'il annonce un décès à la famille d'une victime, mais il ne l'avait jamais fait pour un collègue. Je travaillais à la maison quand il est revenu ici pour se changer et se laver…

— Pourquoi a-t-il eu besoin de se changer en pleine journée ? la coupa Scarlett.

— Comme il ne s'est pas défendu contre Mme Spangler, sa chemise est toute déchirée… Elle lui aurait planté ses ongles dans la poitrine s'il n'avait pas porté son gilet pare-balles.

Vive le kevlar, songea Scarlett en regardant le dos de Marcus, protégé, lui aussi, par ce matériau hyper résistant.

— J'ai l'impression que la femme de Spangler était déjà un peu dépressive…

— C'est possible. Deacon a appelé le pasteur du temple qu'elle fréquente et a attendu son arrivée. Quoi qu'il en soit, j'étais à la maison quand il est passé se changer, et comme il avait le moral à zéro…

— Tu l'as consolé, compléta Scarlett. J'ai compris…

— Il ne veut pas que tu saches combien ça l'a marqué, chuchota Faith.

— Ça aussi, je l'ai compris. Je ferai comme si je n'étais pas au courant, mais il faudra quand même que je le taquine au sujet de votre petit jeu interrompu de tout à l'heure. Il va trouver ça louche si je ne le chambre pas un peu.

— Merci, gloussa Faith. Il m'a dit qu'il te retrouverait à l'antenne locale du FBI. Il paraît que vous avez rendez-vous là-bas.

— C'est exact. J'appelais justement pour lui dire qu'on n'aura pas beaucoup de temps, parce qu'il y a de nouveaux développements dans l'enquête. Je ne pourrai pas l'attendre longtemps s'il est en retard.

— Je transmettrai. Passe le bonjour à mon cousin, ajouta-t-elle d'un ton malicieux. Il est beau gosse, hein ? Il me faut des détails, Scarlett. *Tous* les détails. C'est compris ?

Scarlett sentit ses joues rougir.

— Au revoir, Faith, dit-elle.

Elle raccrocha tandis que Faith éclatait d'un rire coquin. Puis elle passa dans la salle d'interrogatoire, où Lynda était en train de fixer Marcus d'un œil incrédule. Celui-ci la défiait du regard.

Scarlett se renfrogna.

— Mais qu'est-ce qui se passe ? demanda-t-elle. Quand je suis sortie de la salle d'observation, vous aviez l'air de vous entendre à merveille. Dix secondes plus tard, vous vous regardez en chiens de faïence, comme avant…

— Il se montrait raisonnable, expliqua Lynda, et, tout d'un coup, il s'est mis à délirer. Il veut être intégré à l'enquête… Comme dans cette série idiote, à la télé, où un auteur de polars et une inspectrice de la brigade des homicides enquêtent en commun.

Scarlett réprima un sourire.

— Vous voulez parler de *Castle* ? J'aime bien, moi. Je trouve ça très sympa.

— Il s'agit d'une *vraie* enquête criminelle, rétorqua sèchement Lynda. Nous ne sommes pas *très sympas*, inspectrice.

— Et moi, je ne suis pas un auteur de fiction, intervint Marcus en contenant la colère qui montait en lui. Je suis un journaliste, et il en faut un pour raconter cette histoire au public. Combien de gens croient, comme Annabelle, que le trafic d'êtres humains n'existe qu'en Thaïlande ? Et je me suis plié à toutes vos exigences concernant l'article sur le sauvetage de Tabby Anders. Oui ou non ?

— En effet, concéda Lynda. Mais j'ai déjà été roulée par des journalistes, O'Bannion. À la première occasion, vous n'en ferez plus qu'à votre tête. Et c'est comme ça que meurent les flics et les victimes.

Scarlett comprenait la réaction de Lynda. D'un côté, ce que demandait Marcus n'avait rien de déraisonnable. Mais, de l'autre, un collègue avait trouvé la mort quelques heures auparavant. Elle avait eu les mêmes craintes qu'Isenberg, avant de mieux connaître Marcus.

— Il a montré qu'on pouvait se fier à lui, dit-elle d'un ton conciliant. L'article qu'il a publié ce matin ne contenait aucune information que je n'ai pas approuvée au préalable. Et il a raison sur l'importance d'informer les gens sur cette affaire d'esclavage moderne. C'est vraiment important, Lynda. Et je lui fais confiance.

Lynda lui jeta un regard sévère.

— C'est une tête brûlée, objecta-t-elle. Il a failli vous faire tuer tous les deux en essayant de s'introduire dans la maison d'Anders. Et c'est peut-être à cause de lui que l'agent Spangler y est resté.

Marcus ouvrit la bouche pour protester, mais Scarlett leva la main pour l'en dissuader.

— Il n'y a aucune raison de croire que Marcus pourrait être responsable de la mort de l'agent Spangler et… Et je ne lui ai pas dit de ne pas s'introduire dans la maison d'Anders, même si je me doutais qu'il essaierait de le faire.

Lynda se cala sur son siège, son regard gris plus glacial que jamais.

— Vous *saviez* qu'il allait le faire ? demanda-t-elle.

— Je m'attendais à ce qu'il soit tenté de le faire. Quand j'ai vu qu'il était sorti de la voiture, je l'ai suivi…

Elle s'assit sur la chaise qui séparait Marcus de Lynda et ajouta :

— Nous ne pouvions pas intervenir avant d'avoir obtenu un mandat, Lynda. Marcus n'a rien fait d'illégal… Et son intervention a probablement permis de sauver la vie de Tabby Anders. Elle aurait pu mourir de ses blessures s'il avait fallu attendre un mandat pour entrer dans la maison. Grâce à Marcus, qui l'a trouvée sous un lit, elle est vivante, le bébé de Tala a été retrouvé sain et sauf… et nous connaissons les prénoms des deux autres femmes. Pour l'instant, il a été très utile.

— Merci, ironisa Marcus. Je suis tellement content de me rendre *utile*.

Scarlett lui décocha un regard qui signifiait très clairement : « Toi, ferme-la. » Puis elle se tourna vers Lynda et conclut :

— Laissons-le nous regarder travailler. Nous n'avons rien à cacher. À condition, bien sûr, qu'il nous laisse lire ses articles avant de les publier…

Elle lui jeta un regard en coin, constata qu'il tirait une tête d'enterrement et enfonça le clou :

— N'est-ce pas, Marcus ?

Chapitre 20

Cincinnati, Ohio
Mardi 4 août, 19 h 00

Marcus avait le plus grand mal à conserver son sang-froid. Laisser les flics relire ses articles ? Comment Scarlett pouvait-elle imaginer un seul instant qu'il s'y plierait ?

Il la regarda dans les yeux en secouant la tête.

— Pas question, dit-il d'un ton ferme. Ce serait de la censure. Je publie la vérité, qu'elle plaise ou non à la police.

— Je le savais ! s'exclama Isenberg, furieuse. C'est un journaliste. Ils invoquent sans cesse leurs droits constitutionnels mais se fichent bien des droits des policiers et des victimes qu'ils mettent en danger. Ils vous collent un micro devant la bouche et exigent des détails qui peuvent détruire des vies… Ils sont prêts à tout pour un scoop.

Scarlett s'était hérissée en entendant le refus de Marcus, et les mots très durs d'Isenberg la laissèrent sans voix. Elle s'assit, maussade et fermée.

— Scarlett ? demanda Marcus. Il y a un problème ?

— Pas du tout, répondit-elle fraîchement. Je vais très bien.

Mais son regard était devenu inexpressif, éteint. Isenberg semblait, elle aussi, s'inquiéter pour sa subordonnée.

— J'ai dit que j'allais très bien, répéta Scarlett.

La mâchoire crispée, elle se tourna vers Marcus et lui dit :

— Je ne te demande pas de censurer la vérité… Je dis

simplement que certains détails doivent être cachés dans un premier temps, exactement comme tu as accepté de le faire dans l'article de ce matin. Qu'est-ce qui a changé depuis ?

— Rien. Mais je ne veux pas que la police « approuve » ou non mes articles. Faites-moi confiance. Chaque fois que nous aurons décidé ce qu'il convient de passer sous silence, je tiendrai parole.

Il retint son souffle en attendant la réaction de Scarlett. Il savait que l'instant était critique pour l'avenir de leur relation. Elle soutint son regard pendant quelques secondes puis se tourna vers Isenberg, sans manifester la moindre émotion.

— Vous ne lui faites pas confiance, dit-elle d'un ton glacial. Je comprends. Les journalistes gagnent leur vie en révélant des scoops, ils ne se soucient pas des dégâts qu'ils peuvent causer…

Et puis quoi encore ? songea Marcus, piqué au vif. *Je ne laisserai personne dire ça de moi, pas même Scarlett.* Il ouvrit la bouche pour protester mais elle l'en empêcha d'un geste.

Il se mordit la langue jusqu'à sentir le goût du sang dans sa bouche.

— Cependant, reprit Scarlett d'un ton égal, Marcus ne nous a jamais donné de raison de douter de sa parole. Il nous a aidés à retrouver les Anders en identifiant leur caniche. Il a trouvé leur nom et leur adresse une demi-heure avant nous, mais il n'a rien publié à ce sujet. Il est différent des journalistes auxquels nous avons eu affaire. Si vous ne lui faites pas confiance, fiez-vous à moi, Lynda. J'assumerai la responsabilité de tout ce qu'il publiera.

— Je refuse que tu prennes la responsabilité de mes actes, déclara-t-il catégoriquement.

— Ça fait partie de mon métier, Marcus. C'est comme ça. Notre confiance doit être mutuelle.

Si Marcus n'avait pas su que Scarlett était aussi sensible, il n'aurait pas pu deviner ce qui se tramait derrière ce regard glacial. Curieusement, ce flegme ne faisait qu'accroître la confiance qu'il éprouvait pour elle. Jamais il n'avait vu quelqu'un se maîtriser autant. *Au point que c'en est presque dangereux pour elle,* se dit-il. Il était bien placé pour savoir que refouler ses émotions trop profondément pouvait nuire à l'équilibre mental.

— D'accord, dit-il. À ta place, j'aurais sans doute eu les mêmes exigences. Je te comprends d'autant mieux que vous avez perdu un collègue, aujourd'hui…

Il guetta une lueur de soulagement dans les yeux de Scarlett. En vain.

— Merci, se contenta-t-elle de dire froidement. Cet arrangement vous paraît-il convenable, lieutenant ?

— Oui, répondit Isenberg en jetant un regard sévère à Marcus. Ne me donnez pas de raison de le regretter.

À l'évidence, rien ne la ferait changer d'attitude. Il lâcha un soupir et secoua la tête, mais se garda bien de répliquer. Scarlett se leva et dit à Marcus :

— Je dois aller retrouver Deacon à l'antenne locale du FBI. Les gens du FBI n'ont pas accepté que tu assistes à cette réunion, mais on peut se retrouver plus tard. J'aborderai le sujet avec eux.

— De quoi allez-vous parler ? s'enquit-il.

— Nous devons nous entretenir avec l'agent spécial qui dirige les investigations sur le trafic d'êtres humains. Je te ferai un compte rendu.

— Pas de problème, dit Marcus en se levant à son tour. J'ai des choses à finir au bureau.

Il salua Isenberg et sortit de la pièce, accompagné de Scarlett. Il resta silencieux, tâchant de comprendre pourquoi son regard s'était éteint ainsi au cours de la conversation.

Il attendit qu'ils soient dans la voiture de Scarlett et qu'elle ait démarré pour lui demander :

— Qu'est-ce qu'ils t'ont fait, les journalistes ?

Elle tourna la tête vivement et le regarda d'un air surpris.

— Pardon ? fit-elle.

— Tu t'es fermée dès qu'Isenberg s'est mise à parler des journalistes. Allez, dis-moi pourquoi tu leur en veux comme ça, dit-il d'un ton apaisant. Je vois bien que c'est important pour toi. Donc, c'est important pour moi aussi. Qu'est-ce qui s'est passé ? Je sais que c'est personnel… C'est marqué sur ton visage.

— Avant toi, personne ne pouvait lire en moi, murmura-t-elle.

Il se sentit flatté, mais ne céda pas.

— Raconte-moi, Scarlett, insista-t-il. Qu'est-ce qu'il a fait ?

— Je t'ai dit que ma meilleure amie avait été assassinée, répondit-elle d'une voix crispée.

— Oui, tu étais à la fac… Elle s'appelait Michelle. Et son assassin n'a jamais été jugé.

— Oui. Ce que je ne t'ai pas dit, c'est que je le connais… l'assassin… Il s'appelle Trent Bracken… C'était le petit ami de Michelle.

— Mais alors, pourquoi ce Bracken n'est-il pas en prison ?

— Parce que son père a engagé un grand avocat qui a réussi à le tirer d'affaire, dit-elle sombrement. Et maintenant, ce salaud est devenu lui-même avocat… Et il exerce ici, dans cette ville !

— Je comprends que ça puisse te ronger, dit Marcus tout doucement. Savoir qu'il est libre et impuni. Mais quel rapport avec les journalistes ?

— Quand Michelle a été portée disparue, nous, ses amis, avons déclaré à la police que Trent la maltraitait et que Michelle avait peur de lui. Les flics se sont mis à le surveiller discrètement…

— Et il s'en est rendu compte…

— Oui. Parce qu'un journaliste narcissique, grande gueule, en a parlé à tout le monde… Michelle était encore en vie à ce moment-là. Mais quand Bracken a lu son nom dans le journal, ça l'a rendu fou furieux…

Sa gorge se contracta et elle dut se forcer à déglutir pour ne pas suffoquer.

— J'ai trouvé le corps de Michelle le lendemain, reprit-elle d'une voix blanche. Il était encore tiède. Son sang aussi… Il dégoulinait sur le mur de la ruelle où il s'était débarrassé de son corps.

Dans une ruelle ? Sinistre coïncidence… La découverte du cadavre de Tala la nuit précédente avait dû lui rappeler de bien mauvais souvenirs. Il aurait voulu manifester sa sympathie, mais il se dit que cela ne servirait sans doute à rien. Et puis, il y avait cette histoire de journaliste.

— Comment le journaliste a-t-il appris que Bracken était soupçonné ?

— C'est moi qui le lui ai dit.

Marcus tressaillit.

— Tu en as parlé au journaliste ? Mais pourquoi ?

— Parce que je ne savais pas qu'il avait l'intention de devenir journaliste. Quand je le lui ai dit, ce salaud était mon petit ami.

— Ah bon ? murmura Marcus. C'est une sacrée trahison…

— On peut dire ça comme ça, oui. Tous les journalistes de la ville me harcelaient pour obtenir une interview. Comme j'étais la meilleure amie de Michelle, ils s'imaginaient que j'avais des détails sur sa disparition. Moi, bien sûr, je déclinais systématiquement leurs propositions, mais ces connards ne me lâchaient pas. Je me sentais terriblement mal… Pour les éviter, j'ai cessé de dormir à la résidence universitaire et je me suis réfugiée chez Donny, mon petit ami.

— Mais je croyais que c'était Bryan, ton petit ami, à la fac, s'étonna Marcus.

— Non, je t'ai déjà dit que je n'ai jamais été en couple avec Bryan. On était amis, c'est tout.

— Désolé, dit-il d'une voix douce, destinée à apaiser Scarlett. C'est vrai que tu me l'as déjà dit. Pourquoi est-ce que tu n'es pas rentrée chez toi ? Tes six frères auraient pu chasser ces vautours sans problème.

Elle émit un petit rire sans joie.

— Colin et Gil étaient déjà mariés et n'habitaient plus à la maison. Phin était en Irak… Sawyer et Dorian, qui étaient encore au lycée, ont proposé de s'en occuper, mais maman s'y est opposée. S'ils avaient fini au poste, cela aurait nui à leurs études. Nate était encore à l'école primaire, c'était un petit garçon… Je suis retournée chez moi, oui… mais plus tard.

— Après que tu as découvert le corps de Michelle…

— Oui. Pour quelques jours. Je ne pouvais pas rester trop longtemps. On approchait des examens de fin d'année, et mes parents avaient fait beaucoup de sacrifices pour que je puisse aller à la fac. Alors, j'y suis retournée pour finir mon semestre…

Elle ajouta avec un sourire amer :

— Et Donny a eu le culot de me demander une interview, pour préciser certains détails.

— Comment as-tu réagi ?

— Je l'ai privé à vie d'un job à la télé. Il était mignon avant que je lui casse le nez, à ce connard. Maintenant, il ne ressemble plus à rien.

— Tant mieux. Mais revenons à ce que tu disais… Tu t'étais réfugiée chez lui ?

— Oui, parce que j'ai été assez débile pour lui faire confiance.

— Quel âge avais-tu, Scarlett ?

— Vingt ans, murmura-t-elle.

Et une larme unique coula sur sa joue pâle.

— J'avais vingt ans et j'étais complètement idiote. Je ne me serais jamais doutée qu'il pourrait me manipuler comme ça.

Marcus essuya doucement la larme du bout de l'index.

— Qu'est-ce qu'il a fait exactement ?

— Il a joué les confidents et les consolateurs. Pendant que je pleurais contre lui, il prenait des notes… Et il a vendu ces informations à une chaîne, à condition d'être mentionné comme l'auteur du reportage.

— Et ils ont accepté ?

— Bien sûr.

— Il suivait des cours de journalisme ?

— Non, il était en psycho. Son projet était de se servir de ces révélations pour se faire embaucher dans une chaîne d'information nationale et de se servir de ses connaissances en psychologie pour piéger les gens et leur soutirer des révélations.

Marcus ne put s'empêcher de ricaner.

— Et ça a marché ? demanda-t-il.

— Pas vraiment. Je ne savais pas qu'il voulait devenir journaliste et qu'il cherchait à être célèbre à tout prix. Je crois d'ailleurs qu'il n'a fait ce choix qu'après la disparition de Michelle, qui a fait beaucoup de bruit dans les médias nationaux.

— Il a été embauché ?

— Oui, mais pas par une chaîne de télé.

— À cause de son nez cassé, bien sûr, compléta Marcus avec une satisfaction non dissimulée.

— Exactement, dit Scarlett en souriant. Mais il a été embauché par un quotidien à gros tirage, un vrai torchon… Il écrivait comme un pied et il n'a jamais pu dénicher un autre scoop. Il a fini par se faire virer. Il n'a pas repris ses études de psychologie. Et, aujourd'hui, il vend des voitures.

— Ses connaissances en psychologie doivent lui servir à vendre des voitures invendables, j'imagine…

— Sûrement… Et voilà pourquoi je me méfie des journalistes.

Marcus secoua la tête.

— Ce gars-là n'était pas un vrai journaliste, dit-il.

— En tout cas, quand Donny a publié ces révélations, les « vrais » journalistes se sont rués sur moi. Ils ne me laissaient pas un instant en paix. Ils me suivaient sur le campus avec leurs micros et leurs caméras. Heureusement que je n'avais pas d'arme, à l'époque… Je les aurais flingués, ces chacals.

Marcus n'en doutait pas un instant. Elle resta silencieuse un long moment avant de lâcher :

— Je ne les supportais plus… Pour les éviter, je me suis cachée dans une église.

— Celle de ton oncle ?

— Oui. Je m'étais d'abord planquée dans la chapelle de la fac, mais les journalistes m'ont vite retrouvée. Alors, j'ai appelé Bryan, qui avait une moto. Il est venu me chercher à la porte de la chapelle, je suis montée derrière lui et il est reparti comme une fusée. Il a semé les journalistes et m'a emmenée à l'église de mon oncle. Là, oncle Trace et Bryan ont veillé avec moi pendant toute la nuit, avec la famille de Michelle et la mienne. Elle avait fréquenté cette église avec moi… On avait fait notre confirmation ensemble. On a prié toute la nuit, agenouillés face à l'autel. Sauf que les journalistes avaient dégotté nos numéros de portables et n'arrêtaient pas d'appeler. On ne voulait pas les éteindre, car on avait encore espoir que ce soit Michelle qui appelle l'un d'entre nous… Qu'il y ait un miracle…

— Je comprends, souffla Marcus.

Et même plus que tu ne le crois.

Elle lui jeta un regard chargé de culpabilité.

— Je sais, dit-elle. Je me souviens de votre inquiétude quand Mikhail a disparu. Je sais que la famille de Michelle et la mienne ne sont pas les seules à avoir connu des moments aussi terribles.

— Oui, c'était vraiment atroce, murmura-t-il.

Marcus ferma les yeux. Au moins, il n'avait pas assisté au meurtre de son frère. Mais il n'avait pas eu cette chance avec Matty. Et quand il l'avait vu mourir, il était trop jeune pour lui venir en aide.

Ses cris résonnaient encore dans sa tête. Les hurlements d'un petit enfant, à jamais gravés dans la mémoire de Marcus. Comme ceux qu'avait poussés Stone en ces minutes terrifiantes, et qui le hantaient de jour comme de nuit.

« Empêche-le de faire ça, Marcus ! Je veux rentrer à la maison ! »

— Marcus ? fit Scarlett d'une voix chargée d'inquiétude.

Il ouvrit de grands yeux, ravala un juron, regrettant de s'être laissé absorber par ses souvenirs.

— Comment es-tu tombée sur le corps de Michelle ? demanda-t-il aussitôt, afin qu'elle ne lui demande pas d'explications.

— J'ai reçu un texto le lendemain matin, envoyé de son portable… Pendant une seconde, j'ai cru que mes prières avaient été exaucées. Elle voulait que je la retrouve derrière la résidence universitaire, pour éviter les journalistes. Elle me demandait de ne pas prévenir ses parents parce qu'elle ne voulait pas qu'ils la voient dans cet état... Joint au message, il y avait une photo d'elle... Je... je ne l'ai pas reconnue tout de suite. Elle avait les deux yeux au beurre noir, son visage était tout tuméfié. C'était l'œuvre de Trent. J'étais bouleversée, mais soulagée de la savoir encore en vie.

— Tu as prévenu ses parents ?

— Non. Sa mère était sur le point de craquer... Ça faisait plusieurs nuits qu'elle ne dormait pas... Le père de Michelle avait fini par convaincre sa femme de rentrer chez elle pour se reposer. Je crois qu'elle avait pris un somnifère... En tout cas, je me souviens qu'il a dû l'aider à marcher jusqu'à leur voiture, tellement elle était épuisée. Je me suis dit que je soignerais d'abord un peu Michelle... Je voulais mettre une poche de glace sur ses yeux et désinfecter ses plaies avant d'appeler ses parents. Ils soupçonnaient Trent de ne pas être doux et attentionné avec Michelle. Mais personne n'imaginait qu'il la battait. Sauf moi. Je l'avais suppliée de le plaquer, et elle a fini par se décider... Elle avait rompu avec lui la veille de sa disparition...

Ils étaient arrivés au bas de l'immeuble du *Ledger*. Scarlett se gara mais Marcus ne descendit pas de la voiture.

— Et après, qu'est-ce qui s'est passé ? demanda-t-il.

— Bryan nous avait quittés très tôt le matin. Ironiquement, il devait faire une tournée de distribution des journaux. Quand j'ai reçu le texto de Michelle, je l'ai appelé pour lui dire de venir, et il a interrompu sa tournée. J'ai dit à oncle Trace et aux autres membres de ma famille qui étaient restés à l'église que j'avais besoin de faire un peu de jogging pour me clarifier les idées. J'ai retrouvé Bryan à quelques centaines de mètres de l'église et on a foncé vers la résidence universitaire. La plupart des journalistes avaient levé le camp, mais il en restait quelques-uns, à l'entrée du bâtiment, guettant les étudiants qui allaient en cours. Bryan a fait un détour pour les éviter, et personne ne nous a vus entrer dans la ruelle, à l'arrière de la résidence…

Elle s'interrompit, le regard dans le vide.

— Et c'est là que tu l'as trouvée ? demanda Marcus tout doucement.

— Oui… Bryan et moi… Trent avait fini le boulot.

Elle inspira profondément, s'efforçant visiblement de ne pas craquer.

— J'ai dû hurler, reprit-elle au bout d'un moment. Parce que en un rien de temps, ça grouillait de journalistes autour de nous… Ceux qui avaient fait le pied de grue toute la nuit… Ils brandissaient leurs micros, me mitraillaient de flashs. Mes mains étaient encore tachées du sang de Michelle. Tu pourrais sans doute retrouver ces photos dans les archives du *Ledger*. Le journal a dû publier un article sur cette affaire…

Marcus se promit de vérifier dès qu'il serait dans son bureau.

— Et ensuite ? demanda-t-il.

— Bryan m'a aidée à partir et il a appelé mes parents.

Marcus éprouva une pointe de jalousie et en eut tout de suite honte.

— Il était proche de ta famille ? demanda-t-il.

Un pâle sourire se dessina sur les lèvres de Scarlett.

— Maman l'appelait son « septième fils », et elle a encore beaucoup d'affection pour lui. Papa m'a ramenée à la maison et a fait en sorte que les journalistes cessent de me persécuter. Il occupait déjà un poste assez élevé dans la hiérarchie du CPD, et cela suffisait à tenir ces vautours à distance…

Elle inspira de nouveau avant de conclure :

— Et voilà pourquoi je n'aime pas les journalistes.

— Si j'étais à ta place, je ne les aimerais pas non plus, concéda Marcus. Mais je ne suis pas sûr que ce soit ton plus gros problème…

Elle plissa les yeux, sur ses gardes.

— C'est-à-dire ?

— Je pense que tu as l'impression d'avoir tué ta meilleure amie.

— Ta psychologie de comptoir est aussi ridicule que celle de Donny.

— Mais c'est quand même ça, le cœur du problème, hein ? insista Marcus sans s'offusquer. Tu as accordé ta confiance à un individu qui l'a trahie, et ta meilleure amie en est morte.

Elle resta muette pendant un long moment.

— Oui, finit-elle par admettre d'une voix brisée. Tu as raison. Tu es content, maintenant que tu m'as arraché cet aveu ? Tu peux partir, si tu veux…

Il lui saisit doucement le menton pour la forcer à le regarder dans les yeux.

— Non, dit-il, je ne suis pas content, Scarlett. Ce qui t'est arrivé me rend furieux et me dégoûte… Ces journalistes auraient dû avoir honte de leur comportement. Mais je ne vais pas m'excuser pour quelque chose que je n'ai pas fait. Et je n'ai pas voulu t'arracher quoi que ce soit. On a tous des secrets. Tu as parfaitement le droit de ne pas partager les tiens avec moi… Sauf que celui-ci influence la vision que tu as de moi…

Il resserra légèrement son étreinte, prenant soin de ne pas lui faire mal.

— Ce n'est pas moi qui t'ai trahie, ce n'est pas moi qui t'ai harcelée… Je ne suis pas du genre à vendre tes secrets, ou mon âme, pour écouler quelques exemplaires de plus, dit-il avec passion.

Le regard de Scarlett s'éclaira et elle le gratifia d'un sourire sincère.

— Je sais, dit-elle. Je l'ai toujours senti, mais j'avais peur de me fier à mon intuition.

— Pourquoi ?

— Parce que j'avais déjà envie de toi… Très envie… Trop, même… Je voulais, de tout mon cœur, croire que tu étais différent de l'image que j'avais des journalistes, mais j'avais peur d'être induite en erreur par le désir que j'éprouve pour toi… Et cette peur, je l'ai encore.

— Il ne faut pas. Je ne suis pas toujours le gendre idéal, mais tout ce que j'ai fait dans ma vie, je l'ai fait en croyant agir pour le mieux. Même…

Il s'arrêta brusquement, effaré par ce qu'il avait failli révéler. Elle haussa les sourcils.

— Même quoi ? demanda-t-elle.

Même un meurtre.

— Bon, il faut vraiment que j'y aille, lâcha-t-il.

Scarlett agrippa un pan de la chemise de Marcus et tira sèchement dessus.

— Je t'ai tout raconté, Marcus, dit-elle d'un ton de reproche. *Tout.* N'essaie pas de te défiler !

Le cœur de Marcus s'était remis à battre la chamade, mais c'était sous l'effet de la panique, à présent. Il ferma les yeux, prit la main de Scarlett et la pressa contre son cœur — lequel battait tellement fort qu'il ne doutait pas qu'elle puisse le sentir malgré l'épais gilet pare-balles.

— Marcus ? Je t'ai tout avoué. Ma meilleure amie est morte parce que je…

— Tu n'as rien fait de mal, grinça-t-il.

Il ouvrit les yeux et dit :

— Tu n'as tué personne, toi.

Elle se figea mais ne détourna pas les yeux.

— Quoi que tu aies fait, dit-elle, ça ne peut pas être aussi grave que la faute que j'ai commise. Raconte-moi tout. Je t'ai fait confiance. À ton tour.

Il s'efforça de maîtriser son rythme cardiaque. *Cela ne serait que justice,* se dit-il. Il fallait qu'elle sache tout de lui avant de s'engager plus avant dans cette relation. Avant qu'elle lui accorde enfin toute sa confiance. Il paniquait à l'idée de raviver des souvenirs douloureux, mais il craignait surtout que Scarlett ne s'éloigne à jamais de lui lorsqu'elle saurait qui il était réellement.

— Fais d'abord une recherche sur Google, avec ces mots

clés : « Matthias Gargano, Lexington, Kentucky, 1989 »… Je te raconterai le reste après…

Il lâcha la main de Scarlett et lui caressa délicatement la nuque avant de l'attirer contre lui et de l'embrasser sur la bouche — un baiser bref mais fougueux et chargé de désir brûlant, presque brutal.

— Il ne faut pas que tu sois en retard à ton rendez-vous, dit-il. Appelle-moi quand la réunion sera terminée.

Il descendit de la voiture. En s'éloignant, il ne se retourna qu'une fois et vit alors qu'elle le fixait avec de grands yeux étonnés.

Lincoln Park, Michigan
Mardi 4 août, 19 h 25

Drake Connor était fatigué. Il crevait de chaud et de faim. Il marcha d'un pas traînant jusqu'à la station-service, où l'on vendait des boissons fraîches et où il y avait l'air conditionné. Il venait de marcher plusieurs kilomètres le long de routes de campagne, au milieu des champs.

Il avait évité la route principale parce qu'il craignait d'être recherché — par des flics ou par des trafiquants. Il devenait de plus en plus prudent. *Tu veux dire* parano *? Non, parce que ces gens sont* réellement *à ma recherche.* Sa sœur ayant déclaré le vol de sa carte bancaire, il était plus que probable qu'elle ait aussi porté plainte pour le vol de sa voiture. Il ne fallait pas qu'il tombe sur un flic du coin qui le reconnaisse sur l'avis de recherche.

Drake n'avait plus d'argent. Mais il savait comment résoudre ce problème.

Il baissa la visière de sa casquette de base-ball et s'adossa au poteau de l'enseigne de la station-service. Il l'avait aperçue de loin, perchée à vingt-cinq mètres de hauteur. Il lui suffisait d'attendre le bon véhicule — et le bon conducteur.

L'occasion ne tarda pas à se présenter. Un SUV noir

S'il lui arrivait quelque chose, il fallait que j'appelle la police. Elle voulait que quelqu'un sache au moins leurs prénoms…

Deux grosses larmes roulèrent sur les joues parcheminées de la vieille dame.

— Je n'ai pas compris, reprit-elle. Et je ne comprends toujours pas, d'ailleurs… Je m'occupe de bonnes œuvres et de pauvres gens, mais je ne comprends pas toute l'horreur de ce monde. J'aurais dû me fier à mon intuition et appeler la police. Mila et Erica seraient en sûreté, à l'heure qu'il est.

— Elles le sont peut-être, dit Scarlett d'un ton rassurant. Pouvez-vous nous les décrire ? Accepteriez-vous de collaborer avec un dessinateur pour établir un portrait-robot ?

— Comme à la télé ? Oui, bien sûr. Mais je ne sais pas si je saurai les décrire avec beaucoup de précision… Et avant, je veux voir Tabby. Dans quel hôpital se trouve-t-elle ? demanda-t-elle en faisant mine de se lever.

— Celui du comté, répondit Scarlett. Mais restez encore un peu, s'il vous plaît, j'ai d'autres questions à vous poser. Je vous ferai accompagner jusqu'à l'hôpital.

— D'accord. Que voulez-vous savoir d'autre ?

Elle se rassit et croisa les mains sur son sac.

— J'aimerais savoir quand et comment vous avez rencontré Tabby, dit Scarlett.

— C'était au début du mois de juin… J'étais en train d'admirer ses hortensias. Elle prenait le soleil, assise sur une chaise de jardin. Je lui ai dit que j'aimerais bien que mes hortensias soient aussi beaux que les siens. Sur le moment, elle a eu l'air tétanisée. Elle ne m'a pas dit un mot, alors je suis repartie dans ma voiturette. Les jours suivants, elle n'était pas dans son jardin et la chaise avait disparu. Puis, un jour, je l'ai revue assise au même endroit. Je l'ai saluée, et elle m'a fait signe. Un petit geste, comme ça…

Annabelle leva rapidement une main et reprit :

— Mais elle ne m'a rien dit, cette fois-là non plus. Comme si elle avait peur qu'on l'écoute…

— J'ai déjà entendu ça quelque part, marmonna Marcus,

s'arrêta devant l'une des pompes à essence, et une femme d'âge moyen en sortit. Elle portait un tailleur bleu, avec une jupe serrée qui lui descendait sous le genou — pas très pratique pour se défendre. *Parfait*. La femme s'étira en soupirant : elle était fatiguée, après une longue journée de route ou de travail. *Excellent*.

L'idéal aurait été qu'elle aille faire quelques courses dans le petit supermarché de la station, après avoir fait le plein. Drake glissa sa main droite sous sa chemise et ajusta la crosse de son pistolet afin de le dégainer le plus rapidement possible. Il baissa un peu plus la visière de sa casquette et attendit, impatient.

— Enfin, murmura-t-il lorsque la femme remit la pompe en place.

Elle prit son sac à main et se dirigea vers le bâtiment. Si elle avait oublié de verrouiller sa voiture, cela aurait été la cerise sur le gâteau. Mais elle verrouilla les portières à distance sans se retourner et mit les clés dans sa poche.

Drake la suivit jusqu'à la caisse. Il se jeta sur elle, pressa le canon du Ruger contre sa gorge et lui serra fortement le cou pour l'empêcher de se débattre.

— Pose tes mains sur le comptoir, dit-il calmement au caissier. À la moindre embrouille, je lui explose le crâne. Ouvre la caisse et mets le fric dans le sac de la gentille dame…

Il enfonça un peu plus le canon du Ruger dans la gorge de la femme et ordonna :

— Ouvrez votre sac, gentille dame, et posez-le sur le comptoir.

Le caissier lui jeta un regard assassin mais obéit et remplit le sac de petites coupures. Drake était bien tombé. Le tirage du Loto devait avoir lieu ce soir-là, et la super-cagnotte de cinquante millions de dollars avait encouragé les clients à tenter leur chance en revenant du travail.

— Sale petit voyou, cracha le caissier.

Ce qui était plutôt drôle dans sa bouche, étant donné qu'il ne mesurait pas plus d'un mètre soixante.

Du coin de l'œil, Drake perçut un mouvement dans le couloir qui menait aux toilettes. Il dirigea aussitôt le canon de son arme vers le caissier et fit feu. Il entendit un hurlement tandis que l'homme s'effondrait.

Une furie armée d'un fusil de chasse surgit du couloir. Drake eut un accès de panique lorsqu'il la vit braquer l'arme vers lui. Il resserra son étreinte sur son otage, s'empara du sac à main et sortit à reculons du bâtiment, entraînant la femme avec lui.

— Pose ton fusil ! cria-t-il. Ne bouge pas, salope !

— Je vous en supplie ! hurla l'otage. Ne tirez pas ! Il va me tuer !

— Mon mari ! hurla l'autre femme.

Elle courut vers la caisse et disparut derrière le comptoir — probablement pour se pencher sur le caissier.

— Donnez-moi vos clés et je ne vous ferai aucun mal, dit Drake à son otage. Commencez par déverrouiller les portières et, ensuite, donnez-moi ces putains de clés !

La femme au tailleur bleu obéit et Drake, refoulant sa panique, recula, sans lâcher la femme, jusqu'à la portière du conducteur. Il avait l'intention de la relâcher et de la laisser sur place, mais elle commença à se débattre.

— Non ! Laissez-moi ! cria-t-elle.

Elle tenta d'échapper à son étreinte, et Drake n'eut pas le choix : il la jeta à terre et lui logea une balle dans la tête. Puis il monta d'un bond dans le SUV, posa le sac contenant l'argent sur le siège passager et démarra.

Il sentit ses entrailles se liquéfier lorsqu'il jeta un coup d'œil dans le rétroviseur. La femme du caissier sortait du bâtiment, pointant son fusil sur le SUV. Il appuya à fond sur la pédale de l'accélérateur, les pneus du SUV crissèrent et chassèrent sur le goudron, tandis qu'il fonçait vers la sortie de la station.

*
* *

Cincinnati, Ohio
Mardi 4 août, 19 h 30

Scarlett roula sur quelques dizaines de mètres avant de s'arrêter. Son cœur battait à tout rompre. Sa confession l'avait secouée, ravivant ses remords et sa détresse… Mais la panique qu'elle avait lue dans les yeux de Marcus l'avait bouleversée bien davantage. Elle avait même cru qu'il allait vomir, tant il était blême et hagard.

D'une main tremblante, elle entra « Matthias Gargano, Lexington, 1989 » dans le moteur de recherche de son téléphone. Les premiers résultats de recherche la firent tressaillir. Ils renvoyaient à un article publié par un journal de Lexington. Un article sur un enterrement.

Mon Dieu… Il s'agissait des obsèques d'un enfant.

— Qui étais-tu, Matthias Gargano ? murmura-t-elle.

Mais elle l'avait déjà deviné.

Elle lut l'article et constata qu'elle ne s'était pas trompée.

C'est à l'église épiscopale de la Trinité que ses proches endeuillés ont fait leurs adieux à Matthias Gargano, fils de George Gargano et de Della Yarborough-Gargano, décédé à l'âge de trois ans. Ce petit garçon, fauché à l'aube de la vie, laisse en ce monde ses parents et grands-parents, ainsi que ses frères Marcus et Montgomery, âgés respectivement de huit et six ans. Victime d'un enlèvement qui s'est terminé de manière tragique, le petit Matthias sera enterré dans le caveau familial des Yarborough, au cimetière de Spring Grove (Cincinnati, Ohio).

Scarlett dut se forcer à respirer. Pourquoi n'avait-elle jamais rien su de ce petit frère ?

— Oh ! mon Dieu, c'est affreux, murmura-t-elle.

Mikhail n'était pas le premier enfant que la mère de Marcus avait perdu à cause d'un criminel. Vingt-sept ans auparavant, le petit Matthias était lui aussi décédé dans des conditions atroces.

Un autre article, tiré du même journal local et paru quelques jours plus tôt, était surmonté de ce titre : LES FRÈRES GARGANO LIBÉRÉS.

— Oh ! non… Non, non, non !

L'estomac noué, elle poursuivit sa lecture. Les trois frères avaient été kidnappés par des gens extrêmement bien organisés, à différents endroits et au même moment. Marcus et Montgomery avaient été enlevés en revenant de l'école.

Montgomery ? Il doit s'agir de Stone, se dit Scarlett.

Le chauffeur de la famille, qui les raccompagnait chez eux, avait été maîtrisé par les ravisseurs, drogué et éjecté de la voiture. Les deux garçons avaient été drogués, eux aussi, et conduits dans un entrepôt abandonné.

Quant à Matthias, il avait été enlevé dans son lit, pendant sa sieste, par un individu se faisant passer pour l'un des artisans embauchés pour rénover le vaste et luxueux appartement de la famille.

Une rançon de cinq millions de dollars avait été réclamée. Scarlett fut stupéfiée tant par le montant de cette rançon que par le fait que les parents de Marcus avaient réussi à réunir une telle somme en moins de vingt-quatre heures. Mais une catastrophe était survenue lorsque les kidnappeurs s'étaient rendu compte que le FBI et la police de Lexington les attendaient au lieu convenu pour la remise de la rançon. Les ravisseurs avaient exigé de la famille qu'elle ne prévienne pas la police, mais la mère des enfants l'avait quand même fait. Furieux et paniqués, ils avaient tiré sur les trois enfants, en atteignant deux, et ratant l'aîné.

Marcus… Il a été enlevé quand il avait huit ans. On lui a tiré dessus. Il a frôlé la mort… Mon Dieu ! Combien de fois a-t-on tenté de le tuer, dans son existence ? se demanda-t-elle, horrifiée.

Huit ans… C'est l'âge qu'il avait quand sa mère avait été hospitalisée après une surdose de tranquillisants. Les suicides horrifiaient toujours Scarlett parce que, quand elle devait en annoncer un aux proches d'un désespéré étant passé à l'acte, elle n'avait pas de réponses à leurs questions poignantes. Mais cela ne voulait pas dire qu'elle ne comprenait pas ce geste fatal. Elle avait elle-même envisagé de mettre fin à ses jours après la mort de Michelle.

Mais, après le meurtre de Matthias, il restait deux garçons à Della Yarborough, et l'un d'eux avait été grièvement blessé. Ses enfants avaient eu besoin d'elle. Marcus avait eu besoin de sa mère.

— Ah, je comprends…, murmura-t-elle.

C'était pour cela que Marcus était si proche de Gayle. À l'époque, elle était sa nounou. Tout s'expliquait, soudain… Notamment l'attitude protectrice de Marcus à l'égard de Stone.

Un coup de klaxon la tira de ses pensées, et elle se rendit compte qu'elle était très en retard. Elle démarra et s'efforça d'y voir plus clair.

Le secret de Marcus avait un rapport avec cet enlèvement, même si rien, dans ce qu'elle avait lu, n'indiquait qu'il avait commis un crime. Après tout, il n'avait que huit ans, à l'époque. Quel crime peut-on commettre à cet âge-là ?

Et elle ne voyait pas le rapport avec Tala.

Toutefois, Marcus semblait y attacher une telle importance qu'elle souhaitait ardemment en savoir plus. Elle voulait le comprendre, l'aider…

Elle leva les yeux au ciel. *Non,* se dit-elle, *je veux m'assurer qu'il est réglo. Même si je dois, pour cela, l'attacher à une chaise et lui faire subir un interrogatoire en bonne et due forme.*

Mais, pour l'heure, il fallait qu'elle se concentre sur sa mission : trouver l'assassin de Tala.

Chapitre 21

Cincinnati, Ohio
Mardi 4 août, 19 h 30

— Marcus ! le héla Gayle. Vingt-huit personnes ont appelé pour toi pendant ton absence…

Mais Marcus passa en trombe devant le bureau de son assistante sans s'arrêter.

— Marcus ! répéta-t-elle.

Il ralentit le pas et s'immobilisa face à la porte de son bureau.

— J'ai entendu, Gayle, dit-il. Il y a eu vingt-huit appels.

— Non, il y a vingt-huit personnes qui ont essayé de te joindre, et la moitié d'entre elles ont appelé plusieurs fois, rectifia Gayle. Je peux te dire que ce n'était pas pour te jeter des fleurs, c'est le moins qu'on puisse dire. C'est à cause de l'article de Stone. Celui qui explique comment tu as été incapable de sauver la jeune fille de dix-sept ans qui t'avait donné rendez-vous dans une ruelle. Il y a des annonceurs qui voulaient savoir ce que tu fichais dans ce quartier mal famé en pleine nuit. Certains ont menacé de décommander leurs encarts publicitaires. J'ai dû leur faire la danse du ventre, Marcus.

Elle se cala sur son siège, les bras croisés, et ajouta en bougonnant :

— Tu ne me payes pas assez pour ça.

Il parvint à lui sourire.

— Tu as raison, dit-il. Accorde-toi une augmentation.

— Ne te fiche pas de moi. Et n'essaie pas de me faire du charme. Tu ne sais pas t'y prendre avec les femmes, de toute façon.

— Alors que veux-tu ?

Gayle se leva en fronçant les sourcils.

— Qu'est-ce qu'elle t'a fait ?

— Qui ça ?

— Cette inspectrice… Tu es tout pâle, on dirait que tu as vu un revenant…

Elle l'observa plus attentivement et écarquilla les yeux.

— Qu'est-ce que c'est que ça ? demanda-t-elle. C'est un pansement que tu as sur la tête ?

— Je suis fatigué, Gayle, je n'ai pas la force de tout répéter. J'ai déjà tout décrit dans un article…

Il l'avait, du moins, rédigé dans les grandes lignes en attendant Scarlett dans le bureau d'Isenberg. C'était un texte bref et concis, mais qui relatait tous les faits importants. Il comptait confier à Stone le soin de le réécrire dans un style plus soigné.

— Je te l'enverrai par mail, ajouta-t-il. Où est Stone ?

— Ton frère est dans son bureau, répondit Gayle d'un ton désapprobateur. En train de boire comme un trou.

Marcus n'aurait su dire si cette désapprobation le visait plus que Stone.

— Pourquoi ?

— Il dit que tu as fait de lui un baby-sitter. Après avoir déposé Jill à la fac, il est revenu ici, il a pris une bouteille de whisky dans ton bureau et il s'est enfermé dans le sien.

— Super, marmonna Marcus. D'abord maman, et maintenant Stone…

L'expression de Gayle se radoucit.

— Ton frère et ta mère, dit-elle, sont deux cas différents. Tu n'as pas besoin de t'inquiéter autant pour lui, Marcus.

— Selon toi, je ne devrais m'inquiéter que pour maman ? demanda-t-il d'un ton maussade, avant de se reprendre :

Désolé, je ne devrais pas me défouler sur toi comme ça. À tout à l'heure.

Il entra dans son bureau et referma la porte derrière lui. Un coup d'œil à l'écran de sécurité lui apprit que Scarlett était partie pour retrouver son coéquipier, un brave type qui n'avait, lui, jamais tué personne… Sauf dans l'exercice de ses fonctions, bien sûr.

Il se laissa lourdement tomber dans son fauteuil.

Qu'est-ce que je vais bien pouvoir lui raconter ?

La vérité. Il lui devait la vérité. Et il allait la lui dire — pour le meilleur et pour le pire.

D'un geste las, il décrocha son téléphone et appela Stone. Il fut soulagé de constater que son frère n'avait pas l'air ivre.

— Tu peux venir dans mon bureau ? lui demanda-t-il. C'est important.

— Tu n'as pas besoin de racheter un nouveau gilet pare-balles, j'espère ? demanda Stone d'un ton lugubre.

— Non. Celui que je porte est toujours intact.

Il raccrocha, alluma son ordinateur et effectua une recherche sur Google, entrant les mots clés « Michelle, meurtre » et « Trent Bracken ».

Le corps martyrisé de Michelle avait été trouvé dans une ruelle, derrière une benne à ordures, comme l'avait dit Scarlett. Trent Bracken, l'ex-petit ami de Michelle, avait été arrêté lorsque la police avait appris que la victime l'avait désigné comme l'auteur des sévices — dans un message envoyé à sa meilleure amie…

— « Scarlett Bishop, étudiante en droit pénal », lut-il à voix haute.

Il n'y avait pas de photo de Scarlett dans les articles qu'il trouva en ligne, même si l'un d'eux la décrivait comme « extrêmement choquée » par la découverte du corps de son amie.

— Sans blague, maugréa Marcus.

Comme il lui était plus facile de penser au traumatisme qu'avait subi Scarlett qu'au sien, il appela Cal. En tant que rédacteur en chef, celui-ci saurait précisément où trouver des informations sur ce meurtre, tant dans les archives du *Ledger* que dans les arcanes de son incroyable mémoire.

— Qui couvrait les crimes locaux il y a dix ans ? lui demanda Marcus.

— Jeb. Pourquoi ?

Merde. Jeb était décédé un an auparavant.

— Je cherche des archives, expliqua Marcus.

— Je peux m'en charger ou demander à Jill de le faire, proposa Cal.

— Non, dit fermement Marcus.

Il ne voulait pas que Jill soit mêlée à quoi que ce soit le concernant. Pas avant, du moins, d'être certain qu'elle ne projetait pas de faire une grosse bêtise — comme le dénoncer aux autorités, lui et son équipe, pour avoir enfreint la loi à de multiples reprises en enquêtant sur des maris brutaux et des pédophiles. Et, surtout, il ne voulait pas que cette petite fouineuse sache qu'il s'intéressait à Scarlett.

— Tu te souviens d'un meurtre qui a eu lieu à l'université ? La victime se nommait Michelle Schmidt…

— Oui, évidemment, répondit Cal. D'ailleurs, ça m'étonne que tu aies oublié cette affaire. Ah, mais j'oubliais : tu étais en Irak à l'époque… Que cherches-tu, au juste ?

— Tout ce qu'on a sur le meurtrier, Trent Bracken.

— Entendu. Tu sais qu'il a été acquitté ?

Marcus ne s'en souciait guère. C'est Scarlett qui l'inquiétait.

— J'ai besoin de tout ce que nous avons sur ce type, dans nos archives. C'est personnel.

— Un nouveau cas de maltraitance ?

— Non. Comme je l'ai dit ce matin, il faudrait qu'on fasse profil bas jusqu'à ce que l'affaire Tala soit résolue. À propos, garde un peu de place, dans l'édition papier, pour un autre article là-dessus. J'étais dans la maison où Tala était séquestrée… Et dans une heure, je pars avec l'unité spéciale anticriminalité FBI-CPD…

Cal émit un sifflement admiratif.

— Comment as-tu réussi à te faire accepter ? demanda-t-il.

— J'ai léché le cul d'Isenberg.

— Ou plutôt celui de cette jolie inspectrice ? Sinon, je veux bien tenter le coup…

Marcus leva les yeux au ciel.

— Tu n'es qu'un vieux cochon, Cal, gronda-t-il.

— Je vois que tu ne démens pas, ricana Cal. Tant que j'y suis, tu as besoin d'autre chose, aux archives ?

— Oui. Et ça, Jill peut s'en occuper. Demande-lui de se renseigner sur tout ce qui concerne le trafic d'êtres humains dans la région… Toutes les affaires répertoriées… Le profil des victimes, les arrestations de trafiquants… Il faut ratisser large. Elle va sans doute trouver beaucoup de résultats de recherche, la plupart seront anecdotiques. Je veux qu'elle mette à part les données chiffrées et qu'elle fasse le décompte des condamnations de trafiquants.

Selon les souvenirs de Marcus, ces condamnations étaient plutôt rares, ainsi d'ailleurs que les arrestations de suspects dans ce genre d'affaires.

— Tala… c'était une victime d'un trafic d'êtres humains ? demanda Cal au bout d'un moment.

— Oui, tout porte à le croire, répondit Marcus. J'aurai aussi besoin d'une caméra.

— Tu vas la fixer à l'épaule ?

— Oui. Pourquoi ?

— Tu ne préférerais pas que je vienne avec toi et que je filme ?

— Tu veux retourner sur le terrain ? s'étonna Marcus.

Cela faisait plus de vingt ans que Cal ne s'occupait plus que des archives et de l'impression du journal.

— Ouais, répondit-il d'un ton bourru.

— Mais pourquoi ?

— Une femme qui fréquente la même synagogue que moi vient en aide aux victimes de l'esclavage sexuel. Elle nous a présenté son ONG, il y a quelques mois. Tout le monde était ému. Même moi… Si cette fille était une esclave sexuelle, je tiens à te donner un coup de main.

— C'est la canicule, dehors, Cal, objecta doucement Marcus. Et je me suis fait tirer dessus deux fois, aujourd'hui.

Je serais plus tranquille si tu restais ici et si tu faisais travailler la stagiaire.

— *Deux* fois ?

— Oui. Mais ne le dis à personne, s'il te plaît. Pour l'instant… Gayle va encore m'engueuler si elle l'apprend. Je préfère retarder ce moment le plus longtemps possible.

— Je comprends. Mais fais attention… Il ne me reste que quelques mois avant la retraite. Je ne voudrais pas être obligé de former un nouveau directeur à cause de ta mort.

— Comme c'est tendrement dit, ironisa Marcus.

Il leva les yeux et vit Stone franchir la porte du bureau.

— Merci, dit-il à Cal avant de raccrocher.

Il fit signe à Stone de s'approcher et lui dit :

— Tu vas être ravi…

Le regard de Stone s'éclaira.

— Tu refiles Jill à Diesel ?

— N'exagérons rien, répliqua Marcus. Diesel m'étranglerait. Mais elle va travailler avec Cal aux archives, pour voir ce qu'on a sur le trafic d'êtres humains. En attendant, je vais avoir besoin de tes talents d'écrivain…

Il envoya sur la boîte mail de Stone le brouillon qu'il avait rédigé dans le bureau d'Isenberg.

— C'est un compte rendu de ce qui s'est passé chez les Anders, la famille qui a acheté Tala, expliqua-t-il. À toi d'en faire un bon article…

Plus jeune, Marcus avait écrit quelques articles pour le *Ledger*, mais Stone avait toujours été meilleur rédacteur que son frère aîné.

— L'article sera signé de ton nom, ajouta Marcus. Je t'enverrai régulièrement des mises à jour… En direct de la ligne de front : je rejoins l'unité spéciale FBI-CPD.

Stone ignora cette grande nouvelle.

— Tu as une nouvelle blessure à la tête, constata-t-il.

— Oui. Scarlett m'a mis un pansement…

— J'ai l'impression que ce que tu vas me dire ne va pas me plaire, grinça Stone.

— Probablement pas. Mais j'avais un gilet pare-balles.

Stone ferma les yeux et murmura :

— Putain, Marcus…

— Je vais très bien. Vraiment. Ce n'est qu'une égratignure. Maintenant, je vais me changer. J'ai sué comme un bœuf dans cette camisole. Elle pèse lourd comme un âne mort.

Il s'était pourtant douché moins de deux heures auparavant, chez Scarlett. Mais, avec la canicule, sa dispute avec Isenberg et son accès de panique dans la voiture… il mourait de chaud. Peut-être Scarlett lui prêterait-elle un gilet pare-balles de commando comme le sien en attendant qu'il s'achète un maillot ultraléger en kevlar.

— Alors, les recherches que tu as faites avec Jill sur la liste de menaces, qu'est-ce que ça a donné ? demanda-t-il, histoire de changer de sujet.

Stone continuait de le fixer d'un air furieux.

— On aurait dû vérifier il y a longtemps, répondit-il néanmoins. Certains des types qu'on avait chassés de la ville ont repris leurs mauvaises habitudes. D'autres ont fondé une nouvelle famille, trouvé un job. Je t'ai envoyé la liste… Mais tu étais trop occupé à te faire tirer dessus pour la lire.

Leurs mauvaises habitudes… Maltraiter leurs compagnes et leurs enfants. Marcus eut l'impression d'avoir été giflé.

— Merde, marmonna-t-il. Ça n'aura donc servi à rien de les éloigner.

Toujours contrarié, Stone hocha la tête.

— J'ai envoyé la liste à Diesel, dit-il, en lui demandant de se renseigner plus précisément. Mais certains utilisent maintenant des mots de passe indéchiffrables sur leurs ordinateurs et des serveurs proxy sur Internet. Ils sont calés, ils ont bien appris la leçon. Diesel aura du mal à percer leurs petits secrets.

— Scarlett pourrait peut-être se servir de cette liste, suggéra Marcus.

Mais Stone se leva d'un bond, pointant un index menaçant vers Marcus.

— C'est hors de question ! s'écria-t-il. Il n'est pas question que tu la mêles à tout ça. Si tu veux te faire arrêter, c'est ton affaire. Mais si tu lui confies nos secrets, tu nous entraîneras tous dans ta chute…

Stone était furieux. Son large poitrail se soulevait comme celui d'un taureau essoufflé à la corrida.

— Choisis ton camp, Marcus, reprit-il. Je ne suis pas obligé de bosser avec toi. J'avais une carrière de grand reporter avant de rejoindre le *Ledger.* Je pourrais m'y remettre sans problème.

Marcus fut moins choqué par cet accès de colère que d'apprendre que Stone n'était pas heureux de travailler au *Ledger.*

— Bon, bon, dit-il d'un ton conciliant. Calme-toi. Je n'ai pas l'intention de couler le journal.

— D'accord, grogna Stone. Je vais le rédiger, cet article… Tu voudras le voir avant que je le mette en ligne ?

— Oui. Je veux être certain de n'avoir rien oublié d'important, dans le feu de l'action.

Mais ce n'était pas la vraie raison. Tout ce que Marcus allait publier sur cette affaire devait être soumis à Scarlett, dorénavant. Elle avait mis sa carrière en jeu en défendant le droit de Marcus d'informer ses lecteurs.

— Entendu, dit Stone sans enthousiasme.

Et il sortit de la pièce, croisant Cal sur le pas de la porte.

— La caméra que tu voulais utiliser n'est plus là. C'est Phillip qui s'en est servi en dernier. Il a oublié de la rapporter. Elle doit être dans le coffre de sa voiture.

— Dis-lui d'aller la chercher, ordonna Marcus, agacé par ce contretemps. Et engueule-le de ma part… Il vit dans un quartier pourri. Ça ne m'étonnerait pas qu'un voyou l'ait volée dans son coffre et qu'elle soit déjà en vente sur eBay.

— Je lui dirai quand il reviendra. La dernière fois que je l'ai vu, il allait promener BB à ta place… Il avait peut-être un truc à faire sur le chemin du retour. Il ne répond pas à mes appels.

Cette nouvelle déplut à Marcus. Phillip, le plus jeune membre de leur équipe et le frère cadet de Lisette, était négligent avec le matériel, mais son téléphone portable était scotché à sa main en permanence. Si l'appareil avait sonné, Phillip aurait décroché.

— Je rentre chez moi, dit Marcus. Je guetterai sa voiture sur le chemin. Il a peut-être crevé un pneu.

— Il aurait appelé.

— Son portable est peut-être déchargé. Il passe son temps à jouer sur ce foutu machin. Je vais vérifier. Ne t'inquiète pas… Je t'appellerai dès que je l'aurai contacté.

Cincinnati, Ohio
Mardi 4 août, 20 h 15

Scarlett retrouva Deacon dans le hall d'entrée de l'antenne locale du FBI. Elle espérait masquer autant que possible l'état de choc dans lequel l'avait plongée ce qu'elle venait d'apprendre sur l'enlèvement de Marcus et la mort de son petit frère. Mais elle devina que son émotion devait se lire sur son visage lorsque Deacon lui jeta un regard inquiet.

— Qu'est-ce qui s'est passé ? demanda-t-il.

Elle aurait voulu ne pas répondre, mais ils ne se mentaient jamais.

— Je viens d'apprendre que…

Sa bouche resta ouverte mais les mots restaient bloqués dans sa gorge.

— Excuse-moi, Deacon Je ne suis pas moi-même, là.

— Je vois ça, dit-il doucement. Viens avec moi.

Elle le suivit dans une salle de réunion, chancelante, et se laissa tomber sur une chaise.

— Ça n'a aucun rapport avec l'enquête, reprit-elle au bout d'un moment. Je ne devrais même pas y penser, dans de telles circonstances… Mais je ne peux pas m'en empêcher.

— Je ne t'avais jamais vue aussi secouée… Dis-moi ce qui s'est passé.

Scarlett sentit des larmes lui piquer les yeux. Alarmée par cet accès de faiblesse, elle inspira profondément et tâcha de se reprendre. Deacon posa une bouteille d'eau sur la table devant elle, et elle mit à profit les quelques secondes où elle but deux ou trois gorgées au goulot pour refouler ses émotions.

Elle se racla la gorge, sans quitter des yeux l'étiquette de la bouteille.

— Tu savais qu'il y avait un quatrième frère O'Bannion ? demanda-t-elle.

Deacon écarquilla les yeux.

— Non, répondit-il. Et je suis sûr que Faith ne le sait pas non plus.

— Il est né longtemps avant que Jeremy rencontre la mère de Marcus…

— Della, dit Deacon.

— Oui, Della, murmura Scarlett. Qui était à l'époque mariée à son premier époux… C'est normal que la famille de Jeremy n'ait pas été au courant. Marcus, Stone et leur petit frère, Matthias, ont été enlevés il y a vingt-sept ans.

— Ah bon ?

— Ils vivaient à Lexington, à l'époque, et leur nom de famille était Gargano. Les infos sur cet enlèvement sont faciles à trouver grâce à Google, pourvu qu'on entre les bons mots clés.

— Qui te les a donnés ?

— Marcus. Mais il n'a rien réussi à me dire de plus lui-même… Il était trop bouleversé. Comme s'il avait subi un électrochoc… D'après ce que j'ai lu, les types, qui demandaient une rançon astronomique, ont exigé des parents qu'ils ne préviennent pas la police, mais Della l'a fait quand même… et a failli perdre ses trois fils. Celui qui a été tué n'avait que trois ans…

Deacon se frotta les joues.

— Pas étonnant, dit-il, que Della n'ait pas voulu que le FBI s'en mêle quand Mikhail a disparu. Ce doit être le pire cauchemar d'une mère.

— Stone a été blessé, il est resté dans le coma pendant une semaine. Et la balle qui était destinée à Marcus l'a raté.

— Ce veinard a un sacré ange gardien, murmura Deacon.

— Mais jusqu'à quand ? Marcus m'avait demandé de ne pas juger Stone, il y a neuf mois. Je sais pourquoi, maintenant.

Elle comprenait mieux, également, la crise dont elle avait été témoin dans le bureau de Marcus, lorsque Stone avait failli craquer. Elle se demanda combien de fois, au fil des ans, Marcus avait dû ainsi calmer son frère.

Deacon posa une main réconfortante sur l'épaule de Scarlett.

— Excuse-moi, dit-il, je ne voudrais pas te presser, mais on nous attend. Les collègues du FBI ont des infos sur les réseaux de trafiquants d'êtres humains qui opèrent dans la région. Il faut y aller.

Elle hocha la tête, se leva et le suivit d'un pas mal assuré.

— J'ai demandé à une équipe de maîtres-chiens de pister la mère et la sœur de Tala… Je n'ai pas beaucoup de temps à leur accorder, à tes collègues.

— Des chiens ? Tu crois que c'est une bonne idée ?

— Oui, il y aura aussi un prêtre…

Elle lui apprit ce qu'Annabelle Temple leur avait rapporté, et lui parla de l'accord que Marcus et Lynda avaient passé.

— Lynda a autorisé Marcus à suivre l'enquête de l'intérieur ? s'étonna Deacon. Comment est-ce que tu as fait, Scarlett ?

— Je lui ai rappelé qu'on n'a rien à cacher. Quelles sont les personnes que nous allons rencontrer ?

— Il y aura Zimmerman et Luther Troy, un expert du FBI. Ainsi qu'un autre agent fédéral, qui vient d'arriver de Washington… J'ai cru comprendre que c'était une femme. Je n'en sais pas plus.

— Ils ont fait venir un agent exprès pour cette enquête ?

— Mystère… Le prêtre, c'est ton oncle Trace, hein ?

— Oui. Tu connais mon père ?

— Ouais.

— Il est grand et costaud, non ?

— On peut dire ça, oui.

— Eh bien, oncle Trace, le frère cadet de mon père, est

encore plus grand et encore plus costaud. Je te conseille de ne pas faire le malin avec lui. Il pourrait te fracasser le crâne comme une coque de noix.

Deacon poussa en gloussant la porte de la salle de réunion mais se figea subitement sur le seuil. Scarlett faillit lui heurter le dos et recula d'un pas.

— Qu'est-ce qu'il y a ?

Mais Deacon n'entendit pas sa question. Il fixait l'intérieur de la pièce d'un œil stupéfait. Scarlett l'écarta pour se frayer un passage, curieuse de voir ce qui avait provoqué la surprise de son coéquipier.

Une femme se tenait à l'extrémité opposée de la table de conférence. Elle était aussi grande que Scarlett et ses cheveux roux étaient coiffés en arrière et noués en une torsade impeccable. Lorsque Deacon fit un pas vers elle, elle alla à sa rencontre, les bras ouverts, et l'enlaça brièvement mais vigoureusement.

Scarlett jeta un coup d'œil à Zimmerman, qui arborait un petit sourire satisfait. Quant à Deacon, il était aux anges.

— Qu'est-ce que tu fais là ? s'enquit-il.

— Je travaille ici, maintenant.

Deacon se tourna vers son chef et demanda :

— C'est *elle* la nouvelle ?

— Oui, répondit Zimmerman. Elle voulait te faire la surprise.

— Eh bien, c'est réussi ! Mais pourquoi et comment ? Et depuis quand ?

— Je te raconterai tout ça dans une minute, dit la rousse. Mais d'abord…

Elle observa Scarlett un instant et lui dit cordialement :

— Vous devez être l'inspectrice Bishop. J'ai beaucoup entendu parler de vous. Je m'appelle…

— L'agent spécial Kate Coppola, compléta Scarlett qui l'avait enfin reconnue. Vous faisiez équipe avec l'agent Novak à Baltimore.

Scarlett avait vu une photo de Kate, prise à l'occasion du mariage d'un ami commun, et tous les invités posaient pour l'objectif en tenue de soirée. Sur ce cliché, la chevelure flamboyante de Kate lui balayait les épaules. À présent, elle avait une tout autre allure avec son strict tailleur noir, et à peine maquillée… *Mais elle est magnifique,* songea Scarlett avec une pointe d'envie. C'étaient surtout ses yeux qui avaient permis à Scarlett de la reconnaître. Il était impossible de ne pas être frappé par ce regard perçant et déterminé.

Deacon s'en voulait visiblement de ne pas avoir fait les présentations et se rattrapa comme il le put :

— Kate, voici ma partenaire, Scarlett Bishop. Scar, je te présente Kate Coppola, mon ancienne coéquipière.

Scarlett sentit ses épaules se décontracter. Deacon l'avait appelée « Scar » pour signaler à Kate qu'ils n'étaient pas que de simples collègues. Après avoir travaillé un an ensemble, ils étaient devenus de vrais amis. Scarlett et Kate, tout sourire, échangèrent une poignée de main.

— Deacon m'a dit beaucoup de bien de vous, inspectrice, dit Kate. Je suis enchantée de vous rencontrer.

— Moi de même, dit Scarlett. Asseyez-vous et répondez aux questions de Deacon avant qu'il ne tombe en transe.

Kate éclata de rire, et Scarlett sut tout de suite que cette femme chaleureuse s'intégrerait à merveille dans leur groupe.

— J'aurais dû commencer à travailler à Cincinnati dans quelques semaines seulement, expliqua Kate. J'étais en congé et j'en profitais pour régler quelques affaires personnelles à Baltimore. Mais M. Zimmerman m'a appelée ce matin pour me dire de venir tout de suite, parce qu'il avait besoin d'aide pour une enquête importante…

Elle désigna l'homme qui était assis à côté d'elle et ajouta :

— Je vous présente l'agent spécial Troy, mon nouveau coéquipier.

— Troy dirige notre unité spéciale de lutte contre le trafic d'êtres humains, précisa Zimmerman. Il était à Cleveland, ce matin, pour recueillir les témoignages de jeunes femmes exploitées par un réseau local de salons de massage que nous venons de démanteler. Je lui ai demandé de venir à

Cincinnati dès que vous m'avez parlé de la jeune victime de la fusillade de cette nuit.

Troy salua l'assistance d'un signe de la tête.

— Le réseau de Cleveland, dit-il, était lié au crime organisé. Nous avons eu vent d'au moins trois réseaux similaires dans la région de Cincinnati. Mais ce ne sont que des soupçons. Nous manquons de preuves… Mais nous avons infiltré des agents dans deux de ces réseaux.

Scarlett se redressa sur son siège, sentant une énergie nouvelle monter en elle.

— On peut communiquer avec eux ? demanda-t-elle.

— Non, on ne peut pas prendre le risque de les exposer. Mais il est prévu que l'un d'entre eux fasse un break dans deux jours. Il en profitera pour nous rencontrer quelque part. L'autre agent ne communique qu'avec son officier référent et seulement quand il a recueilli des informations de première importance. Nous avons envoyé un message à son référent, mais il ne nous a pas répondu…

— Dommage qu'on ne puisse pas se coordonner avec eux… Je m'en doutais, dit Scarlett en soupirant. Mais je voulais en avoir le cœur net.

Troy lui adressa un regard encourageant.

— Je comprends votre déception, dit-il. Je sais qui sont ces deux agents et où ils opèrent, mais je ne peux pas les contacter. Quoi qu'il en soit, la découverte du corps de la victime de cette nuit va permettre d'accélérer l'enquête.

Scarlett se dit que Marcus se hérisserait s'il entendait quelqu'un réduire la mort de Tala à un simple facteur susceptible de faire avancer des recherches. Mais Scarlett comprenait ce que Troy entendait par là, et ne lui en tenait pas rigueur.

— Elle s'est rebellée, lâcha-t-elle. Et elle l'a payé cher.

— Pour protéger son bébé, d'après ce que j'ai compris, dit Troy. L'enfant se porte bien ?

— Oui, répondit Scarlett.

Elle leur fit un compte rendu des événements de l'après-midi et remarqua la moue que firent les agents fédéraux lorsqu'elle mentionna le rôle de Marcus.

— Nous comptons sur une équipe de maîtres-chiens pour retrouver la mère et la sœur de la victime, poursuivit-elle. Mais je ne sais pas si elles seront capables d'identifier ceux qui ont kidnappé la famille Anders. Elles s'étaient peut-être déjà évadées quand ils ont été enlevés.

— Isenberg m'en a parlé. Je pourrais mettre certaines de nos ressources à votre disposition pour aider les maîtres-chiens du CPD, dit Zimmerman. Mais Isenberg m'a assuré que ce n'était pas nécessaire et que vous vous chargeriez de les retrouver.

Scarlett apprécia, non sans surprise, la prévenance de Zimmerman, qui laissait ainsi à Lynda la conduite de l'enquête.

— Ça vous étonne, inspectrice ? demanda Zimmerman, qui semblait lire dans ses pensées.

Où est passé mon masque de fer ? se demanda-t-elle. Depuis qu'elle était sous le charme de Marcus, son impassibilité pourtant légendaire se lézardait, trahissant ses émotions.

— Un peu, avoua-t-elle. J'ai cru que vous alliez nous tenir la bride sur le cou, surtout depuis que l'un des vôtres a été tué, en début d'après-midi.

Zimmerman haussa les épaules, et son regard se fit subitement plus distant.

— Ce ne sont pas ces malheureuses qui l'ont abattu, dit-il. Et les flics du CPD connaissent mieux le terrain que nous. Mais nous interrogerons ensemble la mère et la sœur de Tala quand on les retrouvera.

— Et la vieille dame qu'on a retrouvée chez Chip Anders ? demanda Kate. Sa tante… Elle est en état d'être interrogée ?

— Pas encore, elle est toujours inconsciente, répondit Scarlett. J'ai appelé l'hôpital en venant ici. L'infirmière en chef a promis de me rappeler dès qu'elle sera réveillée. Et les trois usines de Chip Anders ? Vous avez trouvé des preuves de trafic d'êtres humains sur ces sites ?

Zimmerman eut un sourire sans joie.

— Oui, fit-il. On a fait une descente sur les trois sites au même moment…

Il se tourna vers Deacon d'un air gêné et ajouta :

— J'ai dirigé l'une des équipes qui sont intervenues. J'étais là-bas quand vous m'avez appelé pour m'apprendre la mort de l'agent Spangler. Voilà pourquoi je n'ai pas pu venir avec vous pour notifier son décès à son épouse.

— Ce n'est pas grave, dit Deacon. Je m'en suis occupé seul.

Et tu y as laissé des plumes, songea Scarlett. Mais cela faisait partie du boulot. Elle aussi, elle avait souvent — trop souvent — eu à annoncer ce genre de mauvaise nouvelle, et elle savait d'expérience que cela ne se passait jamais bien. Mais elle, elle n'avait jamais été agressée physiquement par un proche d'une victime. *Pauvre Deacon, il fallait que ça tombe sur lui.*

— Il y avait tellement d'immigrés clandestins dans ces usines qu'elles auraient dû fermer, faute de main-d'œuvre, même si on n'avait pas mis des scellés aux portes. Il va nous falloir du temps pour interroger tous ces gens. Nous manquons d'interprètes pour traduire. Pour l'instant, on en est au stade de l'identification de ces personnes.

— Mais on a déjà retrouvé les deux autres membres de la famille Bautista, intervint Troy. Efren et son fils, John Paul.

— Bautista est le nom de famille de Tala, expliqua Deacon à Scarlett. Les services de l'immigration m'ont contacté pendant que je t'attendais.

— Ils ont retrouvé ses empreintes dans leurs fichiers ? murmura Scarlett.

— Exactement. J'allais te le dire quand on s'est retrouvés dans le hall, mais on a discuté d'autre chose… Tala et sa famille sont venus des Philippines avec un visa H2B, qui a expiré depuis. Il n'était valable qu'un an et cela fait trois ans qu'ils sont arrivés dans le pays.

— Il s'agit d'un permis de travail temporaire, si je me souviens bien, dit Scarlett.

— En principe, il est destiné aux travailleurs saisonniers non agricoles, expliqua Troy. Les gens qui travaillent dans l'hôtellerie, les parcs d'attractions… Une fois qu'ils sont dans le pays, ils cherchent parfois à se faire embaucher dans d'autres secteurs que le tourisme. Plus de soixante-dix pour cent des victimes de trafic d'êtres humains entrent *légalement* aux États-Unis. Ce ne sont pas des clandestins, au départ. On les attire ici en leur faisant miroiter des emplois mieux payés que dans leurs pays.

Soixante-dix pour cent ? Scarlett l'ignorait jusque-là.

— Ah bon ? s'étonna-t-elle. C'est ce qui est arrivé à la famille de Tala ?

— C'est ce que nous pensons, répondit Zimmerman. Pour l'instant, le père et le frère de Tala ne nous ont rien dit. Ils ont peur de nous parler. Chip Anders disait vraisemblablement à ses victimes que la police les emprisonnerait si elle les arrêtait après l'expiration de leurs visas.

— Donc, la famille de Tala est en infraction avec les lois sur l'immigration, dit Kate. Je déteste ce genre de situation. Ces victimes sont attirées aux États-Unis pour y être réduites en esclavage, par des pseudo-agences de travail temporaire qui opèrent dans leurs pays d'origine.

— Les Philippines, par exemple ? demanda Deacon.

— Oui, c'est même l'un des quatre principaux pays d'où sont originaires les victimes de ces trafics, juste après le Mexique mais devant l'Inde et la Thaïlande.

— Ils sont vendus comme du bétail par des compatriotes sans scrupules, dit Scarlett.

— On peut dire ça comme ça, acquiesça Troy d'un ton sinistre. Non seulement on leur ment à propos des soi-disant emplois qu'ils trouveront en arrivant ici, mais on leur fait payer des sommes exorbitantes pour y avoir accès.

— Environ un an du salaire moyen dans leur pays, en général, précisa Kate en secouant la tête. Parfois, on leur prête cet argent, mais avec des taux d'intérêt si élevés qu'ils ne parviennent jamais à rembourser. Leur salaire ne sert en fait qu'à payer cette dette. La plupart des esclaves sexuels, et beaucoup de travailleurs forcés de l'industrie ou de l'agriculture ne gagnent au final pas un sou.

— Quand ces personnes arrivent dans ce pays, elles se rendent compte qu'on les oblige à travailler pour rien et dans des conditions inhumaines, dit Troy. Les victimes sont retenues de force ou sous la menace de représailles contre des membres de leur famille résidant ici ou dans le pays d'origine. Parfois, elles logent dans l'usine où on les exploite, comme plusieurs des esclaves d'Anders… Et il arrive souvent qu'elles finissent par se résigner. Ceux qui les ont achetées les privent de leurs passeports et attendent que leurs visas expirent.

— C'est ce qui est arrivé à la famille de Tala, grinça Scarlett.

— Et quand les visas ont expiré, dit Kate, leurs maîtres leur annoncent qu'elles sont dans l'illégalité et que les Américains détestent les clandestins. Ils leur inspirent la peur de la police, en leur assurant que nous les arrêterons et qu'elles passeront de longues années enfermées avant d'être expulsées. Ils n'ont généralement aucun mal à les convaincre puisque la plupart de ces personnes viennent de pays où la police et la justice sont corrompues, souvent brutales… Et, malheureusement, le fait est que lorsque ces victimes nous contactent, nous ne contrôlons pas ce qui leur arrive ensuite…

— C'est-à-dire ? demanda Deacon.

— On les retient le temps que dure l'enquête sur les réseaux qui les ont réduites en esclavage, répondit Troy. Mais la moitié seulement des trafiquants sont arrêtés. La plupart ont déjà disparu dans la nature quand leurs victimes se manifestent…

Il fit une grimace dégoûtée et ajouta :

— Six pour cent des coupables ont été relâchés parce qu'ils bénéficiaient de l'immunité diplomatique… Eh oui. Moi aussi, je trouve ça scandaleux, mais ça, ça concerne un autre ministère que le mien… Le FBI se concentre sur des réseaux liés au crime organisé. Ces trafiquants-là se font rarement arrêter, parce qu'ils ne laissent pas leurs victimes s'échapper… C'est aussi pour cette raison que l'évasion de Tala est une opportunité pour nous.

— Et puis, intervint Kate, la libération des victimes n'est pas la fin de leurs épreuves… Ils sont toujours des travailleurs clandestins, en infraction avec la loi américaine.

— Alors que ce sont des victimes ! s'indigna Scarlett.

Elle aurait voulu clamer haut et fort que c'était injuste. Mais à quoi bon ? Elle avait appris depuis longtemps que le fait de dénoncer une injustice ne suffisait pas à la corriger.

— Si ces gens souhaitent rester aux États-Unis, qu'est-ce qui se passe ?

— Certains obtiennent des visas de longue durée qui peuvent ensuite devenir des *green cards*, des cartes de résident permanent, répondit Troy. Ça dépend de leur parcours individuel. Les victimes de trafic d'êtres humains sont nombreuses à vouloir rester, parce qu'il y a plus de perspectives d'avenir pour elles ici que dans leurs pays d'origine, surtout pour celles qui sont qualifiées ou diplômées. Il est plus facile, pour elles, de trouver un emploi, condition obligatoire pour obtenir le statut de résident. Efren était enseignant aux Philippines, et Mila y avait travaillé comme infirmière. Leur qualification les rend plus… comment dire… plus « désirables ».

Scarlett se promit de demander à Marcus ce qu'il pouvait faire pour aider les Bautista à trouver un refuge permanent aux États-Unis, à supposer qu'ils en aient encore envie après les épreuves qu'ils avaient endurées. Ils auraient besoin d'être parrainés et de trouver du travail, et Marcus était bien placé pour leur faciliter toutes ces démarches.

— Efren, John Paul et les autres personnes qu'on a trouvées dans l'usine sont-ils en bonne santé ? demanda Kate avec une sollicitude qui toucha Scarlett droit au cœur.

— Pas vraiment, répondit Zimmerman. Plusieurs d'entre elles ont été brutalisées, la plupart étaient sous-alimentées. On se serait cru dans un hospice du XIXe siècle… Anders forçait les travailleurs non qualifiés à coucher sur place, dans des dortoirs crasseux et sans aération, où la chaleur est insupportable. Comme de vrais forçats. Ceux qui étaient plus qualifiés, comme le père de Tala, étaient autorisés à quitter l'usine, mais il leur avait fait mettre des bracelets électroniques pour les empêcher de s'enfuir.

— Qu'est-ce qu'on les forçait à faire ? s'enquit Scarlett.

— Rien d'illégal, selon nos premières constatations, répondit Zimmerman. L'une des usines produisait des poulets, l'autre des fruits secs. Dans la troisième, ils remplissaient des enveloppes pour des courriers publicitaires. Tout le monde était en train de travailler quand nous avons débarqué. Ne pas payer ses employés permet évidemment de fausser la concurrence, ajouta-t-il d'un air écœuré.

— Combien de travailleurs portaient des bracelets électroniques ? demanda Scarlett.

— Un tiers, à peu près, répondit Zimmerman. Ça pourrait signifier qu'Anders se procurait ses esclaves auprès de différents fournisseurs. J'espère que les dépositions des victimes permettront d'y voir plus clair.

Scarlett songea à Mila et à Erica, terrorisées et en fuite.

— Si, par hasard, dit-elle, certains des travailleurs qualifiés ne se trouvaient pas dans l'usine au moment de la descente du FBI, ils sont peut-être en cavale. Il faudrait leur faire savoir qu'Anders leur a menti, qu'ils ne seront pas traduits en justice et qu'ils ne risquent rien en demandant de l'aide aux autorités. On pourrait se servir des médias pour faire passer le message.

Troy se tourna d'un air impassible vers Scarlett et lui demanda :

— Vous nous suggérez de mêler votre journaliste à cette enquête ? Il a déjà écrit un article sur cette affaire dans son journal.

Mon journaliste ? Oui ! Il est à moi.

— C'est le directeur du *Ledger*, expliqua Scarlett. Nous avons également accepté de l'intégrer, comme observateur, dans l'équipe chargée de cette enquête.

Les trois agents du FBI se renfrognèrent et se tournèrent vers elle.

— Vous allez laisser un journaliste suivre votre enquête de l'intérieur ? demanda Troy, consterné.

— Il s'est montré utile jusqu'à présent, se défendit Scarlett. Cette affaire mérite d'être diffusée publiquement, pour le bien des victimes. Les gens n'ont aucune idée des trafics qui ont lieu dans leur ville, quasiment sous leurs yeux. Marcus O'Bannion est l'homme qu'il nous faut pour informer la population.

— Nous sommes un peu parents, lui et moi, intervint Deacon. Je le connais et je le considère comme un type intègre.

— Un peu parents ? s'étonna Kate.

— C'est le cousin par alliance de ma fiancée. Faith lui fait entièrement confiance. Il nous fournira un très bon relais médiatique. Avant, son journal était loin derrière *The Enquirer*, question tirage… Quand il est rentré d'Irak, il y a cinq ans, et qu'il a repris le *Ledger* en main, les choses ont changé. Dans un an, il aura dépassé son concurrent.

— Il a été en Irak ? demanda Troy, dont la réticence s'était subitement atténuée.

— Il était dans l'armée, dit Scarlett. Dans les rangers. Il a fait une première période en Irak et il a rempilé ensuite.

Troy fit un signe de tête approbateur. Il avait l'air convaincu.

— Il faudrait que je le rencontre d'abord, dit-il.

— Bien sûr. Il sera avec l'équipe de maîtres-chiens et le prêtre qui les accompagne à notre demande. La mère de Tala a été vue avec un chapelet. Nous pensons qu'un prêtre lui inspirera confiance.

— Le prêtre est un homme sûr, intervint Zimmerman avant que Troy proteste. C'est un aumônier du CPD.

Scarlett haussa les sourcils.

— Ah bon ? s'étonna-t-elle.

— Il ne vous l'a pas dit quand vous l'avez appelé ? demanda Zimmerman avec un sourire malicieux.

— Non… C'est mon oncle, expliqua-t-elle aux autres. Mais ce n'est pas si surprenant que ça, après tout. La moitié des membres de ma famille travaillent dans la police. Il fera du bon boulot.

— Isenberg a fait quelques recherches sur lui, dit Zimmerman. Il a la tête froide et l'expérience des situations difficiles.

Scarlett ravala un soupir irrité. Elle savait qu'il était normal que Lynda se renseigne sur oncle Trace avant de le laisser discuter avec des victimes. Mais elle aurait préféré que sa supérieure se fie à sa parole.

— Parlons des prochaines étapes, dit-elle. On retrouve Mila et sa fille… On organise leurs retrouvailles avec Efren et John Paul… Ensuite, on les interroge sur les gens qui les ont fait venir dans ce pays ?

— Peut-être pas dans cet ordre, dit Troy. Mais la famille sera bientôt réunie.

— Le plus tôt sera le mieux, insista Scarlett. Les Bautista ont une fille à enterrer.

— On fera notre possible, promit Troy. Et je vais essayer de contacter nos agents infiltrés, pour leur demander s'ils ont entendu parler, dans les réseaux, de l'enlèvement des Anders. Anders est l'homme que nous devons retrouver, notre objectif prioritaire. Il connaît les noms des trafiquants, il sait combien et comment il les a payés. Les victimes pourront sans doute décrire des visages, mais il est peu probable qu'elles connaissent des noms. Il faut aussi partir du principe que d'autres familles sont séquestrées. Et espérer que notre enquête ne leur nuira pas.

— En attendant, je veux que vous travailliez tous ensemble, ordonna Zimmerman. Troy et Coppola, restez en contact permanent avec Novak et Bishop. Partagez vos informations…

Il regarda Scarlett dans les yeux et précisa :

— Aucune information en provenance du FBI ne doit être communiquée au journaliste sans notre accord explicite.

— Oui, monsieur, dit Scarlett. C'est normal.

— Merci. Cette réunion est terminée, dit Zimmerman en se levant. Deacon, j'aimerais vous dire un mot en privé. Dans mon bureau, s'il vous plaît.

Chapitre 22

Cincinnati, Ohio
Mardi 4 août, 20 h 35

Marcus gara sa Subaru sur la place de parking au pied de son immeuble et gravit les marches qui menaient au hall d'entrée en pensant à Scarlett. À ce qu'elle lui avait confié. Et à la recherche en ligne qu'il lui avait demandé de faire. Il se demanda si elle se faisait une idée, désormais, des épreuves que Stone et lui avaient traversées. Et de tout ce qu'avait enduré sa mère, quand ses trois fils avaient été enlevés et que le plus jeune avait été tué de sang-froid par les hommes qui les avaient kidnappés.

Il consulta la messagerie de son téléphone portable, sachant qu'elle n'avait pas eu le temps de lui envoyer un texto. Elle devait encore être en réunion. *Et moi, il faut que je me prépare à participer à la recherche de Mila et Erica.* Il traversa le hall au pas de course, saluant machinalement au passage Edgar, le gardien… Et s'arrêta net. Car il n'était pas à son poste. Pour la première fois depuis que Marcus avait emménagé dans cet immeuble, Edgar n'était pas assis derrière son comptoir.

— Edgar ? appela-t-il.

Le hall lui parut étrangement désert. Il sentit les poils de sa nuque se hérisser. *Il a dû aller aux toilettes,* tenta-t-il de se rassurer. Mais il n'en jeta pas moins un coup d'œil derrière le comptoir. Et il découvrit le corps du sexagénaire, étendu sur le sol.

— Oh non, murmura-t-il.

Il s'accroupit et pressa un index sur la gorge d'Edgar pour lui tâter le pouls.

— Edgar… Edgar ! Parle-moi ! Dis quelque chose…

Il finit par sentir un pouls très faible.

— Dieu merci, murmura-t-il, soulagé.

Mais il sentit son estomac se nouer violemment lorsqu'il remarqua la tache rougeâtre sur l'uniforme, à l'abdomen. *Comme Tala, ce matin…*

Il appela aussitôt les secours.

— Mon nom est Marcus O'Bannion, dit-il dès que la standardiste eut décroché. Je viens de découvrir une victime d'une blessure par balle dans le hall de mon immeuble…

Il lui donna l'adresse et ajouta :

— Il s'appelle Edgar Kauffman. Il a une soixantaine d'années. Il est grièvement blessé au ventre. Il respire encore, mais à peine.

— Les secours vont arriver, répondit la standardiste. Restez en ligne, s'il vous plaît, monsieur.

Marcus aurait voulu raccrocher pour appeler Scarlett. Quelques heures plus tôt, il s'était fait tirer dessus… Et voilà que le gardien de son immeuble venait d'être abattu. Il n'avait pas voulu croire Scarlett quand elle lui avait dit que c'était lui, la cible, chez les Anders. Or cette nouvelle tentative de meurtre, survenue dans son propre immeuble, ne pouvait pas être une coïncidence. *Impossible !*

— Monsieur ? dit la standardiste. Vous êtes toujours là ?

— Oui, répondit-il.

Il activa le haut-parleur de son téléphone et le posa sur le comptoir d'Edgar, s'efforçant de conserver son sang-froid. Il chercha des yeux quelque chose pour arrêter l'hémorragie. Il ouvrit le sac de sport du gardien, rangé sous le comptoir, et y trouva une chemise de rechange. Il en fit une compresse qu'il appliqua sur la plaie et plaça le sac sous les pieds d'Edgar pour les surélever.

Mais pourquoi ? Pourquoi tirer sur ce vieil homme ? Il écarta la question et se concentra sur la blessure.

— Reste avec moi, Edgar, marmonna-t-il en fixant la compresse de fortune avec les bretelles du gardien. Ne meurs pas… Ne me fais pas ce coup-là, mon vieux.

— Monsieur ? fit la voix de la standardiste dans le récepteur.

Marcus prit son téléphone, effleurant par inadvertance la souris de l'ordinateur d'Edgar. L'écran s'alluma et Marcus s'arrêta net.

— Nom de Dieu, lâcha-t-il, horrifié, en découvrant le dernier nom inscrit sur le registre des visiteurs.

Phillip… Edgar avait inscrit le nom de Phillip sur le registre. *Mais oui… Cal m'a dit que Phillip devait passer ici pour promener BB. Phillip est ici. Dans cet immeuble. Et le tueur aussi…*

— Qu'y a-t-il ? demanda la standardiste. Monsieur ? Il y a un problème ?

— Combien de temps avant l'arrivée des secours ?

— Deux minutes, répondit-elle.

Merde.

Téléphone en main, Marcus courut jusqu'à l'ascenseur et appuya sur le bouton d'appel.

— Grouille-toi, salopard, marmonna-t-il à l'ascenseur. Grouille-toi !

— Je vous demande pardon ?

— Dites aux flics de se dépêcher. L'un de mes employés se trouve dans mon appartement, et je crois que c'est là que le tireur se trouve.

Les portes de l'ascenseur coulissèrent et Marcus entra dans la cabine, passa sa carte magnétique devant le lecteur et pressa le bouton correspondant à son étage. Il jeta la carte hors de l'ascenseur juste avant que les portes se referment.

— Je suis dans l'ascenseur, dit-il à la standardiste. Dites aux flics d'aller directement au dernier étage. J'ai laissé ma carte d'accès sur le sol du hall d'entrée pour qu'ils puissent monter. Il n'y a pas de réseau dans la cabine…

Deux secondes plus tard, la communication fut coupée. L'ascenseur était aussi rapide que d'ordinaire, mais Marcus avait l'impression frustrante qu'il était lent et poussif. Arrivé au dernier étage, il se précipita vers la porte de son appartement.

Son cœur se figea dans sa poitrine. La porte d'entrée était grande ouverte.

Où est Phillip ? Et BB ? J'espère qu'ils sont indemnes.

Tenant toujours son téléphone d'une main, il dégaina son pistolet de l'autre et franchit le seuil d'un pas prudent. L'endroit était en désordre : chaises renversées, tableaux éparpillés sur la moquette. Marcus sentit ses pieds écraser les débris d'un vase fracassé.

Le silence était terrifiant. Pas un son, pas le moindre aboiement. Or BB était une aboyeuse. Elle aurait dû s'époumoner après un tel ravage. *Mon Dieu, faites qu'ils soient sains et saufs.*

— Phillip ? appela-t-il doucement. BB ? Viens me voir, ma fille… Je suis rentré.

Le salon était désert, ainsi que le petit salon. Dans la cuisine, les tiroirs étaient ouverts, l'argenterie répandue sur le carrelage, également jonché de verre brisé.

Il entra dans la chambre d'amis, inspecta le placard et, se souvenant où il avait trouvé Tabby Anders, regarda sous le lit. Rien. Il passa ensuite dans sa propre chambre.

— Oh non, murmura-t-il dès qu'il eut ouvert la porte.

Phillip était allongé par terre, baignant dans son sang. BB était à plat ventre, inerte, à deux ou trois mètres de Phillip. Marcus s'agenouilla, dos au mur. Il ne tenait pas à se faire tirer dessus une nouvelle fois. Il posa son arme sur la moquette, à portée de main, et prit le pouls de Phillip. *Allez, Phillip. Je t'en supplie.*

Mais il ne sentit aucun pouls. La fureur monta en lui, meurtrière. Son cœur battait si fort qu'il ne pouvait entendre et sentir que son propre pouls.

Calme-toi. Contrôle-toi. Tout de suite.

Les bras ballants, il régula sa respiration et attendit que

son rythme cardiaque ralentisse, afin de pouvoir penser clairement. Puis il pressa à nouveau un doigt contre la gorge de Phillip, perçut un faible pouls et faillit s'évanouir de soulagement. *Merci, mon Dieu.* Les pulsations étaient infimes et irrégulières, mais Phillip n'était pas mort.

Il décrocha le téléphone de sa table de nuit et composa une nouvelle fois le numéro des secours. Il activa le haut-parleur et fouilla ses poches en quête de son couteau pour couper la chemise ensanglantée de Phillip, mais il se souvint qu'il l'avait remis à Scarlett et Deacon. Il en trouva un autre et jeta un coup d'œil à BB. Le poitrail de la chienne remuait péniblement et son pelage était couvert de sang. Sa gueule était béante et sa langue pendait de côté. Elle était inconsciente mais vivante.

Phillip ne bougeait pas d'un iota. Sa respiration était si ténue que sa poitrine semblait parfaitement immobile. Il découpa la chemise et l'ôta — et, pour la troisième fois de la journée, il découvrit avec horreur une blessure à l'abdomen. Le sang s'écoulait lentement de la plaie, et Marcus dut lutter une nouvelle fois contre la panique qui l'envahissait. Il avait déjà vu des blessures de ce genre, et ce bien avant celle de Tala. Il avait vu trop de soldats agoniser et rendre l'âme, pendant que des infirmiers accouraient pour les soigner.

— Police secours, répondit une standardiste. Quel est le problème ?

— Blessure par balle à l'abdomen. Nom de la victime : Phillip Cauldwell, vingt-sept ans. Il ne réagit pas. J'ai déjà appelé, il y a quelques minutes, pour signaler une autre victime, dans le hall d'entrée de mon immeuble. Envoyez une autre équipe médicale à mon appartement. Les deux victimes sont grièvement blessées au ventre.

— Les secours sont en route. Restez en ligne, s'il vous plaît.

— Entendu, dit-il.

Il se pencha sur le visage de Phillip et lui gronda dans l'oreille :

— Toi, tu ne vas pas mourir. Je te l'interdis ! Tiens bon, je reviens tout de suite.

Il remit son pistolet dans son holster, se releva en chancelant et fonça dans la salle de bains pour y chercher des serviettes propres et une petite trousse de secours. Elle avait piètre allure, comparée à celle de Scarlett, mais il fallait s'en contenter.

Il pressa le plus doucement possible l'une des serviettes contre le ventre sanglant de Phillip, sortit son portable et appela Scarlett. *Décroche, je t'en supplie. J'ai besoin de toi.*

Cincinnati, Ohio
Mardi 4 août, 20 h 40

Deacon suivit Zimmerman hors de la pièce, pendant que l'agent Troy annonçait qu'il devait passer quelques coups de téléphone et qu'il sortait à son tour. Scarlett se retrouva donc seule avec Kate Coppola, qui paraissait avoir quelque chose à lui dire. C'était également le cas de Scarlett, mais elle attendit que Kate parle la première.

— J'ai beaucoup entendu parler de vous, commença Kate. En bien.

Scarlett l'observa d'un œil intrigué et demanda :

— Est-ce que je peux vous demander comment vous avez atterri ici ?

Elle se demandait quelle serait la réaction de Faith quand elle apprendrait que l'ancienne coéquipière de Deacon était venue à Cincinnati pour travailler de nouveau avec lui.

— Je ne cours pas après Deacon, dit Kate avec un sourire narquois. Et ne niez pas que c'est ce que vous pensez, parce que c'est marqué sur votre visage.

Scarlett la jaugea un instant avant de répliquer :

— Si vous ne courez pas après Deacon, c'est quand même une drôle de coïncidence.

Kate ne parut pas s'en offusquer.

— Ce n'en est d'ailleurs pas une, en fait. Je savais que j'allais être promue et mutée… Et, comme mon patron savait combien j'avais aimé travailler avec Deacon…

Scarlett haussa les sourcils.

— Donc, si j'ai bien compris, ce n'est pas à Faith de s'inquiéter, mais plutôt à moi ?

Kate émit un petit gloussement.

— Non. Je ne cherche pas à refaire équipe avec lui, mais j'avais le choix entre différentes missions, et…

Elle haussa les épaules avant de poursuivre :

— Mon ancienne équipe, à Baltimore, était devenue ma famille. Mais je ne pouvais pas rester là-bas pour avancer dans ma carrière, parce que tous les postes auxquels je pouvais prétendre étaient déjà occupés. Mais c'est toujours difficile de quitter une famille… Surtout quand on n'en a jamais eu de vraie, avant… Cette proposition de poste à Cincinnati m'a tout de suite plu. J'ai pensé que je pourrais progresser dans mon métier tout en vivant dans la même ville que quelqu'un que je connais… Vous voyez ce que je veux dire ?

— Oui, je comprends, dit Scarlett en songeant au cercle d'intimes dans lequel Deacon l'avait introduite.

— Mais vous, votre vraie famille vit par ici, hein ? Votre oncle, au moins…

— C'est vrai, dit Scarlett. Mais je sais d'expérience que la famille qui vous adopte au travail est différente de celle dans laquelle on est né, même quand vos parents vous aiment et vous protègent.

Et les miens m'aiment tellement qu'ils m'étouffent.

— En tout cas, répondit Kate, sachez que je ne cherche pas à vous priver de Deacon. Il est heureux de travailler avec vous et vos collègues de la brigade, et il aime ce qu'il fait en ce moment. Moi, je tiens à me concentrer sur la lutte contre les trafics d'êtres humains.

— Vous avez déjà été confrontée à des trafiquants ?

— Oui, malheureusement. Baltimore et Washington sont moins touchées que d'autres grandes villes, mais Baltimore est un port… Et l'équipe de football locale, les Ravens, s'est qualifiée pour la phase finale du championnat, cette année. Le trafic d'esclaves sexuels augmente toujours dans les villes qui ont de grandes équipes, tous sports confondus… J'ai enquêté sur un premier cas de ce genre, il y a six mois. Un proxénète a débarqué en ville avec toutes ses filles pour le grand match. Une voisine nous a prévenus qu'il se passait de drôles de choses dans sa rue. Et elle n'avait pas tort. Nous avons sauvé quatre gamines qui enchaînaient les passes dans un bordel sordide, ça me donne encore la nausée rien que d'y penser.

— Mais vous les avez sauvées, dit doucement Scarlett.

— Oui, mais trop tard. On ne peut pas défaire ce qui a été fait…

— Je vois ce que vous voulez dire. Nous pouvons mettre un terme à ce genre d'activités criminelles et arrêter les coupables. Mais ça ne suffira jamais. Les victimes auront toujours des séquelles psychologiques. Et pourtant… Il faut savoir s'en contenter, sinon on risque tous de craquer et de commettre l'irréparable.

— Je sais, souffla Kate avec émotion. Excusez-moi, je n'aime pas me plaindre…

— Moi non plus, mais quand ça m'arrive, Deacon me laisse pleurnicher, dit Scarlett en esquissant un sourire. J'imagine qu'il vous a déjà aidée à surmonter ce genre d'épreuve. Et que c'est pour cette raison que vous avez choisi de venir ici…

La rousse lui décocha un petit sourire entendu.

— Il m'avait bien dit que vous étiez perspicace, fit-elle.

— Vous avez arrêté le proxénète, dans cette première affaire ?

Kate secoua la tête et son sourire s'évanouit.

— Non. Ce salaud n'était pas sur place quand nous avons débarqué. Il avait eu vent de notre descente et s'était fait la malle. Il a disparu sans laisser la moindre trace. Mais nous avons pu délivrer les filles et on les a placées dans des foyers. Elles étaient toutes mineures, et deux d'entre elles avaient même moins de quinze ans… L'une d'elles était américaine, une fugueuse qui avait quitté l'Iowa, où elle était née. Les trois autres étaient entrées légalement aux États-Unis avec leurs familles, comme Tala… Attirées dans ce pays et séparées de leurs familles dès leur arrivée. Les parents et les fils ont été achetés pour travailler en usine, les filles pour être exploitées comme esclaves sexuelles. Les trafiquants avaient menacé les filles de tuer leurs parents si elles n'obéissaient pas… Alors, elles ont fait ce qu'on leur demandait de faire. Et on a abusé d'elles sans répit.

— Et depuis, vous voulez vous spécialiser dans ces trafics…

— Oui. Je regrette le meurtre de Tala, mais c'est une occasion inespérée. Il faut la saisir pour faire en sorte qu'elle ne soit pas morte pour rien. Que pouvez-vous me dire sur le journaliste avec qui elle avait rendez-vous ?

Scarlett lui raconta tout ce qu'elle savait, mais en passant sous silence la réaction de Marcus quand il avait vu la tête mutilée de Tala. Cette réaction était personnelle, et Scarlett était bien décidée à ce qu'elle le reste.

— Ils se sont donc rencontrés par hasard, dit Kate d'un air pensif.

— Pas vraiment. Marcus savait à quoi s'en tenir quand il l'a vue pour la première fois. Il a tout de suite compris qu'il y avait un problème.

— Et il s'est impliqué. C'est rare. J'aimerais être avec vous quand vous interrogerez la mère et la sœur de Tala. Et m'entretenir avec ce journaliste.

— Je ferai le nécessaire, dit Scarlett.

Son téléphone se mit à bourdonner.

— Quand on parle du loup… C'est Marcus O'Bannion. Veuillez m'excuser un instant…

Elle se leva et se plaça près de la fenêtre, espérant qu'il y aurait plus de réseau.

— Quoi de neuf ? fit-elle.

— Il faut que tu viennes ici, dit Marcus beaucoup trop calmement. Tout de suite.

Scarlett sentit son cœur s'emballer mais répondit :

— Où ça ?

— Chez moi. Je t'envoie l'adresse par texto. Viens avec ton collègue de l'unité de scène de crime… Tanaka… C'est un as, hein ?

— L'as des as.

— Alors, dépêche-toi. S'il te plaît.

— Marcus, tu es blessé ?

Pas de réponse. Il avait déjà raccroché. Un instant plus tard, son téléphone bourdonna de nouveau. C'était le message de Marcus :

Seven Hills Tower, appartement 20-B.

Kate la rejoignit, téléphone portable en main.

— Qui dois-je appeler ? demanda-t-elle.

— Police secours. Dites-leur d'envoyer du monde à Seven Hills Tower, dans le quartier de Hyde Park, appartement 20-B. Où est Deacon ?

Elle n'attendit pas la réponse de Kate pour appeler son coéquipier.

Deacon répondit à la première sonnerie.

— J'en ai encore pour quelques minutes, dit-il en décrochant.

— Marcus vient de m'appeler, fit Scarlett. Il s'est passé quelque chose de grave dans son appartement. Il a demandé qu'on envoie Vince et les techniciens de la scientifique.

— Merde, marmonna Deacon. Vas-y, toi. Je te rejoins là-bas dès que possible.

— Je viens avec vous, dit Kate.

— Alors, allons-y tout de suite.

Scarlett courut vers la sortie, tout en essayant de joindre Vince, tandis que Kate appelait les secours.

Pourvu qu'il ne soit pas blessé. Pourvu qu'il soit indemne.

Cincinnati, Ohio
Mardi 4 août, 20 h 45

Marcus rangea son téléphone portable dans sa poche, sachant que Scarlett s'inquiéterait et regrettant déjà d'avoir été aussi brusque. Mais il fallait qu'il se concentre entièrement sur Phillip, dans l'espoir de le maintenir en vie jusqu'à l'arrivée des secours.

Mais le sang de son ami coulait de plusieurs blessures, et Marcus avait du mal à les comprimer en même temps. *Je vais trop lentement… Plus vite !* La panique menaçait de l'engourdir et de rendre ses gestes moins précis, mais il la dompta et chuchota dans le creux de l'oreille de son ami :

— Je *t'interdis* de mourir, Phillip Cauldwell. Tu m'entends ? Si tu meurs, ça va barder.

Les paupières de Phillip frémirent, mais ne s'ouvrirent pas.

— Toujours aussi autoritaire, murmura-t-il d'une voix presque inaudible.

— Eh oui, dit Marcus, envahi par une vague de soulagement. Car c'est moi le patron, n'oublie jamais ça. Qu'est-ce qui s'est passé ?

— Un type est entré derrière moi dans le hall de l'immeuble… Un balèze… Un Noir… Habillé en noir… Pas pu voir sa tête… Il portait une cagoule…

Sa gorge se contracta et de grosses larmes coulèrent sur ses joues.

— Il a tué Edgar, reprit-il. J'ai tenté de l'en empêcher…

— Edgar n'est pas mort, le rassura Marcus. Les secouristes doivent être en train de le soigner. Parle-moi de ce type… Il t'a forcé à monter ici ?

— Oui… Je n'avais pas mon couteau…

Phillip, qui vivait dans un quartier mal famé, ne se séparait d'habitude jamais de son couteau de combat. Lisette avait essayé de le convaincre d'emménager ailleurs, Marcus lui avait même accordé une augmentation pour qu'il en ait les moyens, mais Phillip avait obstinément refusé de déménager.

— Tu l'avais laissé dans un autre pantalon, hein ? demanda Marcus d'un ton faussement léger.

— Ouais…

Une grimace de douleur déforma les traits de son visage.

— Fallait que je passe un détecteur de métaux, pour accéder à l'immeuble de M. Arrogant… Désolé…

Marcus réfléchit un instant puis se souvint de la réunion du matin. La douzaine d'heures qui s'était écoulée depuis lui paraissait une éternité. « M. Arrogant », c'était le vice-président d'une grande entreprise que son équipe ciblait. Le type qui martyrisait son épouse et son fils. Et que les services de protection de l'enfance n'avaient pu empêcher de nuire parce qu'il avait acheté tous les témoins… Se faisant passer pour un coursier, Phillip s'était rendu au siège de l'entreprise pour tenter de récupérer les noms des employés qui travaillaient avec le vice-président et qui seraient disposés à témoigner sur d'éventuels actes de maltraitance. La chemise que Marcus venait de découper faisait partie de son uniforme de coursier.

— Tu es vivant, c'est l'essentiel, dit Marcus. Comment as-tu fait ?

— Il m'a tiré dessus. Deux balles…

Nouvelle grimace de douleur.

— Il a récupéré la première balle… Avec son couteau… Putain, ça m'a fait mal…

Quoi ! Pourquoi le tireur avait-il pris la peine de récupérer une balle dans le corps de Phillip ? Alors même que celui-ci était encore en vie…

— J'imagine, répondit Marcus, abasourdi.

— Et je ne comprends toujours pas pourquoi il a voulu la récupérer… Ça paraît incroyable, mais c'est vrai… À ce moment-là, BB s'est jetée sur lui… Elle lui a mordu le mollet… Il l'a repoussée d'un coup de pied… Mais ça m'a permis de me défendre. Je lui ai pris son couteau et je l'ai poignardé… Au biceps gauche… Bien profondément…

— Bravo, dit Marcus.

— C'est là qu'il a tiré une deuxième balle… Dans le

ventre… Je me suis effondré, complètement sonné… Il a pris une serviette de bain et il l'a enroulée autour de son bras… il n'a même pas retiré le couteau…

— Pour ne pas laisser des traces de son sang derrière lui.

— Sans doute… Mais BB l'a mordu bien fort…

Un pâle sourire se dessina sur ses lèvres exsangues.

— On pourra prélever l'ADN de ce salaud sur les crocs de ta chienne, Marcus… Retrouve-le… fais ça pour moi…

— Tu as ma parole. Tu l'as entendu parler ? Tu as remarqué un détail particulier ? La couleur de ses yeux, peut-être ?

— Je l'ai entendu pousser un juron quand je l'ai poignardé… Une voix grave… Yeux bruns… Longs cils noirs… Paupières brunes…

Il inspira péniblement avant d'ajouter :

— Il a voulu récupérer la deuxième balle aussi. Il est allé chercher un couteau dans la cuisine et il s'en est servi pour essayer de l'extraire… Il l'a emporté… Pas la balle… le couteau… Putain, j'ai trop mal…

— Tiens bon, les secours vont arriver d'un instant à l'autre. Tiens bon, Phil ! C'est un ordre.

Nouveau sourire, plus pâle encore.

— Tu es vraiment tyrannique…

— Ouais, je sais, murmura Marcus.

Soudain, il entendit des bruits de pas résonner dans son appartement. Des infirmiers et un flic firent leur apparition dans la pièce, Marcus se leva et recula d'un pas.

— Aidez-le, je vous en prie, fit-il.

— On va faire de notre mieux, répondit un infirmier en s'accroupissant à côté de Phillip.

Cincinnati, Ohio
Mardi 4 août, 20 h 55

Ken était assis à son bureau, chez lui, fixant l'écran de son téléphone. Il venait d'activer le logiciel de traçage et craignait d'avoir à prendre des mesures aussi désagréables qu'indispensables. Demetrius n'avait toujours pas rappelé, mais il n'était pas mort. Sa voiture se déplaçait, mais sans destination apparente. Après être resté seulement dix minutes dans l'immeuble d'O'Bannion, il s'était mis à rouler, effectuant des détours complètement erratiques. Et il n'avait toujours pas appelé. Ni envoyé de message.

Non, monsieur se promenait sans but dans les rues de la ville.

Ce qui signifiait qu'il avait échoué. Une fois de plus. S'il avait eu la peau d'O'Bannion, il n'aurait pas manqué d'appeler pour s'en vanter. Même s'il n'avait pas détourné les fonds de l'entreprise — ce qui restait à prouver —, Demetrius était un homme mort.

Quelques mois plus tôt, cette perspective aurait contrarié Ken. Jusqu'à très récemment, même. Mais Demetrius avait lamentablement merdé. *Et s'il m'a vraiment volé de l'argent, je vais lui faire regretter d'être né.*

Une tasse de thé fit son apparition devant lui. Il leva la tête et vit le visage d'Alice, qui le fixait d'un air préoccupé.

— Tu n'as pas dîné, papa, lui dit-elle.

Il éteignit son téléphone avant qu'elle ait le temps de lui demander ce qu'il faisait. Il avait également placé une de ces balises sur le téléphone portable d'Alice — et sur celui de Sean. À leur insu. Ken leur faisait confiance, mais il n'était pas fou. Sean et Alice étaient ses enfants. Son ADN coulait dans leurs veines. Ils n'hésiteraient pas à le trahir, s'ils pouvaient en tirer profit.

— Je n'ai pas très faim, ma chérie. Mais merci pour le thé. Ça me suffira.

— Tu es inquiet à cause de Demetrius, dit-elle en s'asseyant face à lui.

Elle s'était déjà changée pour aller au lit. Elle portait une chaste robe de chambre et de ridicules chaussons en peluche jaune à l'effigie du canari Titi. Un haut de pyjama de l'université du Kentucky dépassait du col de la robe de chambre. Elle était diplômée avec mention très bien de l'université Vanderbilt de Nashville et avait un doctorat en droit de l'université du Kentucky. Elle paraissait pudique et innocente… Bien malin qui aurait pu déceler, sous le masque de la jeune fille modèle, l'esprit affûté et ambitieux de l'héritière de l'entreprise. Sean était trop intello, il passait son temps sur ses ordinateurs, et sa mère l'avait trop gâté. Alors qu'Alice était, elle, un vrai requin.

— Bien sûr que je suis inquiet, dit-il. Ça fait des heures qu'il n'a pas donné signe de vie.

— Ce qui veut dire qu'il a encore raté O'Bannion. Papa, ça devient ridicule… C'est une situation dangereuse. Il faut l'éliminer.

— C'est mon ami depuis la fac. Ce n'est pas aussi simple que ça.

— Demetrius aurait dû tuer O'Bannion il y a neuf mois, quand tu lui en as donné l'ordre. S'il l'avait fait à l'époque, on n'en serait pas là.

Ken lâcha un soupir.

— C'est possible, mais, pour être tout à fait juste, on serait quand même confrontés aux problèmes causés par ce connard d'Anders, et dont Demetrius n'est pas responsable. Stephanie et son gigolo de Drake auraient quand même déconné avec Tala.

— Sauf que si la fille n'avait pas rencontré O'Bannion dans le parc, elle ne l'aurait pas retrouvé dans la ruelle et elle n'aurait pas été abattue par Drake.

— Tu as raison, concéda-t-il. Indirectement, c'est aussi la faute de Demetrius.

Il préféra ne pas mentionner le détournement de fonds. Pas avant d'en être certain.

— Laisse-le-moi, dit Alice. Je vais m'en occuper à ta place. Comme ça, tu n'auras pas à craindre d'hésiter, au dernier moment, à le punir comme il le mérite.

— Peut-être. Mais on n'en est pas encore là.

— Il y a urgence, papa ! insista Alice avec une intensité qui surprit Ken. En ratant O'Bannion, Demetrius lui a permis de continuer à enquêter toute la journée ! O'Bannion dirige un journal. Tous les journalistes sont des fouineurs, surtout ceux du *Ledger*. Pas besoin de te faire un dessin… Il a failli nous faire plonger, il y a neuf mois, quand il a révélé que Woody McCord avait une collection de vidéos pédophiles. S'il avait continué de fouiller, il se serait rendu compte que McCord n'était que la partie visible de l'iceberg. Je pense qu'il s'est remis à enquêter. Si on ne lui règle pas son compte, on va se retrouver en taule à la prochaine révélation de son torchon sur notre réseau. Tu n'aimerais pas te retrouver en prison, hein, papa ? Moi, je sais que je ne veux pas y aller… Et je ne laisserai personne m'y envoyer ! Même pas toi. Alors, réveille-toi et arrête de penser que ça ne nous arrivera jamais…

Elle se pencha vers lui, les yeux luisants de colère, et ajouta :

— Parce que c'est ce qui va se passer, si on ne prend pas des mesures appropriées !

Il la fixa d'un œil mauvais et, pour la première fois depuis longtemps, fut pris d'une subite envie de la gifler.

— Ne me parle pas sur ce ton, Alice, grinça-t-il.

Elle lâcha un soupir excédé.

— Quand je parle doucement, tu ne m'écoutes pas, protesta-t-elle. Dieu sait si j'ai essayé… Tu crois que c'est par hasard qu'O'Bannion a rencontré cette fille ? Il a compris quel genre de marchandise nous vendons et il enquête pour en faire un article. Quand il aura fait le rapport entre Chip Anders et Woody McCord, on sera cuits. Il l'a peut-être déjà fait, d'ailleurs. Laisse-moi le liquider.

— O'Bannion ou Demetrius ?

— Les deux, mon capitaine.

Il secoua la tête.

— Même si j'étais d'accord avec toi, je ne peux pas te laisser abattre Demetrius. Pas avant, en tout cas, qu'on ait récupéré les dossiers dont il était chargé. Il faut que je connaisse ses fournisseurs et les termes précis des contrats en cours.

— Par exemple ?

— Par exemple, les achats de bracelets électroniques… Il nous en manque trois, et je ne sais pas combien il nous en reste ni comment Demetrius se les procure.

— Moi, je le sais.

— Ah bon ? fit Ken, sidéré.

Elle se cala dans son fauteuil et avala une gorgée de thé. Son expression était de nouveau impassible.

— Enfin, je ne le sais pas, mais DJ est au courant, lui… Il me le dira.

— Qu'est-ce qui te fait penser ça ? Il ne trahira jamais Demetrius.

— Détrompe-toi. Il nous arrive de bavarder, tous les deux, dit-elle en souriant. Et, parfois, on fait un peu plus que ça…

Ken en resta bouche bée.

— Toi et DJ ?

— Mais oui… Depuis qu'il est adolescent… Et c'est un beau spécimen, dit-elle d'un ton grivois. Demetrius t'a parlé de Reuben qui couche avec les filles et les femmes des fournisseurs, mais je parie qu'il ne t'a rien dit de ce qu'il faisait de son argent…

Ken attendit la suite, avant de s'impatienter :

— C'est bon, Alice. Dis-moi ce que tu sais.

Alice porta sa main à son nez et renifla, mimant le geste du cocaïnomane.

— Demetrius ? Il sniffe de la coke ? Non… C'est un sportif. Ce n'est pas son genre.

Alice éclata d'un rire méprisant.

— Un sportif ? Mais justement, il y en a plein qui prennent de la coke ! Et je ne te parle pas des stéroïdes ! Comment est-ce que tu crois que Demetrius s'entretient ? Il se gave d'anabolisants.

— Où as-tu appris tout ça ?

— J'ai trouvé des stéroïdes dans le tiroir de sa commode… Oui, papa, j'ai fouillé la maison de Demetrius… Un jour où DJ m'avait fait l'amour comme un dieu… Et j'ai trouvé la planque de Demetrius. Il va bientôt avoir cinquante ans… Et toi aussi. Vous n'êtes plus tout jeunes.

Ken grimaça. Elle avait raison, et il le savait.

— Tu crois que je devrais m'inquiéter ? demanda-t-il.

Elle but une petite gorgée de thé d'un air modeste et réservé.

— Papa, tu n'auras plus à t'inquiéter. Si tu mets en danger l'entreprise en te montrant trop faible, je te descendrai moi-même.

Il émit, pour la forme, un petit grognement mais ne s'offusqua pas. Il n'en attendait pas moins de sa fille.

— J'envisage de vendre ma part et de prendre ma retraite sur une île au soleil.

— C'est peut-être une bonne idée, dit-elle gentiment. Tu as travaillé toute ta vie sans t'arrêter. Pourquoi ne pas profiter des années qui te restent à vivre, tranquille, entouré de jolies filles à demi nues qui te serviront des cocktails exotiques ?

Il s'esclaffa.

— J'y songe, avoua-t-il. Sean et toi pourriez racheter ma part…

— Oui, répondit-elle le plus sérieusement du monde. À moins que ton prix soit exorbitant…

— Il sera très raisonnable, au contraire, bâilla-t-il. Il faut que je dorme de temps en…

La sonnerie de son téléphone portable l'interrompit.

— C'est Demetrius, annonça-t-il.

— Pas trop tôt, grommela Alice. Mets le haut-parleur, s'il te plaît.

— À condition que tu sois muette comme une carpe.

En guise de réponse, Alice serra les lèvres exagérément.

— Demetrius, dit Ken en décrochant. Où étais-tu passé ? demanda-t-il, alors qu'il connaissait précisément la réponse à cette question.

— Euh… Y a eu un problème, Kenny. Je suis blessé… Et je saigne… Je suis en train de me vider de mon sang.

Alice ouvrit de grands yeux consternés et articula en silence le mot « crétin ».

— Qu'est-ce qui t'est arrivé ? s'enquit Ken.

— J'ai suivi un des journalistes qui bossent pour O'Bannion… Tu sais, comme on avait dit, bredouilla Demetrius. Je lui ai tiré dessus avec le Ruger… Et j'étais en train d'extraire la balle, pour…

— Je sais, le coupa impatiemment Ken… Pour que la blessure corresponde à celle de la fille tuée dans la ruelle. Et ensuite ?

— Le chien d'O'Bannion m'a mordu. Et ce connard de journaliste m'a poignardé…

Alice leva les yeux au ciel. Ken s'efforça de rester calme, mais il était d'accord avec elle.

— Avec quoi ? demanda-t-il.

— Avec mon propre couteau, marmonna Demetrius.

Quel empoté ! songea Ken.

— Tu as saigné dans l'appartement d'O'Bannion ?

Long silence.

— Je ne t'ai jamais dit que j'avais été dans l'appartement d'O'Bannion, dit finalement Demetrius.

— Tu as gaffé, là, papa, murmura-t-elle.

Merde. Elle est au courant. Elle sait que je suis à la trace tous les membres de l'équipe dirigeante.

Alice posa sa tasse de thé sur le bureau, sortit son téléphone de sa poche et se mit à pianoter sur le clavier. Elle paraissait tellement absorbée par ce qu'elle faisait que Ken ne releva pas le commentaire.

— Son chien t'a mordu, Demetrius. À moins d'avoir tiré sur son employé en pleine rue, j'ai pensé que ça s'était passé dans l'appartement d'O'Bannion, je me trompe ?

Alice leva les yeux et murmura :

— Bien rattrapé.

Ken lui fit signe de se taire, et elle se repencha sur son téléphone. Elle parut trouver ce qu'elle cherchait, car elle avait l'air subitement en colère, ce qui ne manqua pas d'inquiéter Ken.

— OK, fit Demetrius. C'est logique… Et non, je n'ai pas perdu de sang chez lui. J'ai arraché la lame de mon bras une fois dans la voiture. Justement histoire d'éviter d'en mettre partout si jamais ce petit connard avait tranché une artère en plantant le couteau.

Si une artère avait été tranchée, tu ne serais pas revenu vivant à ta voiture, songea Ken avec aigreur. *Quelle chochotte !*

— Et alors, le sang a jailli quand tu as enlevé le couteau ?

— Non, ça a juste coulé un peu. Mais j'ai une putain de plaie, et je ne peux pas aller à l'hosto, bien sûr. C'est bien Decker qui a recousu le garde qui s'est fait tirer dessus par Anders, ce matin ?

— Oui. Où es-tu ? Je vais venir te chercher.

Alice ouvrit la bouche pour protester mais Ken la fit taire d'un geste, tandis que Demetrius lui indiquait où il se trouvait.

— Tiens bon, Demetrius, dit Ken. J'arrive tout de suite.

Il raccrocha et jeta un regard noir à sa fille.

— Fais-moi confiance. Tu n'es pas la seule à avoir un cerveau… Même si je n'ai pas, moi, un doctorat en droit.

— Que comptes-tu faire ?

— Aller chercher Demetrius et lui demander la liste de tous ses fournisseurs.

— Tu crois vraiment qu'il va te le dire ?

— Oui. Demetrius joue les durs, il se vante d'aimer tabasser les autres, mais au moindre bobo, il se met à pleurnicher. Une petite entaille et il pense qu'il est bon pour l'amputation… Il va cracher le morceau, j'en suis certain. Je l'interrogerai dès que Decker lui aura posé des points de suture, histoire qu'il ne se vide pas de son sang.

— Bonne idée, approuva Alice.

Il allait composer le numéro de Decker mais se ravisa subitement et demanda à Alice :

— Tu savais, pour les balises ?

— Ouais, dit-elle d'un ton dédaigneux. Ça fait plusieurs mois… Tu as cessé de me demander où j'étais quand je sortais le soir… Et Sean a compris, lui aussi.

— C'est pour ça que je ne savais pas que tu fréquentais DJ. Ça ne te… dérange pas, que je te suive à la trace ?

— Si, c'est agaçant, répondit-elle. Mais on trouve ça normal, Sean et moi, que tu cherches à espionner tes associés. De toute façon, on avait juste à laisser nos téléphones à un endroit quand on ne voulait pas que tu saches où on allait.

— Comment est-ce que vous avez été certains que je vous pistais ?

— Sean a piraté ton téléphone. Ça lui a pris une minute et demie. Sinon, avant de songer à ménager Demetrius, regarde un peu ça…

Elle lui montra son téléphone, et il lâcha un juron.

C'était le site Internet de la chaîne d'information locale, et l'article à la une relatait la fusillade qui avait eu lieu chez O'Bannion. Deux victimes « grièvement blessées » admises aux urgences. Un cordon de sécurité avait été mis en place autour de l'immeuble. Le quartier était bouclé.

— Heureusement que Demetrius n'a pas traîné dans le coin, gronda Ken.

— Il a oublié de nous dire que le journaliste n'était pas mort et qu'il avait tiré sur un gardien…

Alice fixa Ken un instant, comme pour s'assurer qu'il mesurait combien ce mensonge par omission aggravait le cas de Demetrius. Puis elle se leva et ajouta :

— Je vais lui préparer une chambre à l'étage.

— Attends, dit-il. Tu avais raison. Je vais m'occuper de Demetrius. Quant à O'Bannion, je te le laisse… C'est officiel. À toi de jouer.

— Merci, papa.

— Deux autres choses… Tu surveilles toujours l'associé de Woody McCord ? Celui qui aurait été dénoncé si Marcus O'Bannion et son équipe du *Ledger* avaient continué d'enquêter sur cette affaire, il y a neuf mois ?

— Oui. On dirait qu'il a tiré la leçon des erreurs de Woody.

— Il a acheté de nouveaux esclaves ?

— Quelques-uns, mais pas auprès de nous. Mais nous touchons encore une part sur ses bénéfices. Ils ne sont pas énormes, mais réguliers… et prometteurs. Le partenaire de McCord a fait appel à Sean pour étendre son petit commerce sur Internet sans se faire attraper, grâce à un serveur proxy. Il a beaucoup apprécié le coup de main, et les profits ont augmenté. Cela fait plusieurs mois que je ne l'ai pas contacté personnellement. Il sait que je l'ai à l'œil, mais tant que ses versements sont virés tous les mois sur un de nos comptes, je ne l'embête pas.

Ken et son équipe avaient accepté d'investir dans l'entreprise que McCord, un professeur de lycée, et son associé, un type haut placé, avaient créée et développée avec succès. Mais McCord avait renoncé à sa part lorsque O'Bannion avait commencé à s'intéresser à lui et à son penchant marqué pour ses jeunes élèves.

En enquêtant sur McCord, O'Bannion avait réussi à pirater l'ordinateur de celui-ci et avait découvert une collection de vidéos pédophiles qu'il avait prises pour celles du professeur. Pour les analyser objectivement, il fallait être de glace, insensible. Ce n'était pas le cas de Marcus O'Bannion.

Mais il n'était pas non plus du genre à renoncer quand il sentait qu'il tenait un bon article. Il avait publié ce qu'il croyait être la vérité, laquelle avait soulevé l'indignation et le dégoût du public. Heureusement, Sean avait effacé à temps les fichiers les plus compromettants du serveur de McCord. Juste avant que la police perquisitionne la maison du pédophile, emmène ses ordinateurs et le jette en prison.

Nous avons dû prendre de gros risques pour nous assurer que ce bon vieux Woody McCord ne parlerait pas. L'hospitalisation d'O'Bannion et tous les malheurs qu'il avait subis à l'époque avaient été providentiels. Il avait été trop atteint pour poursuivre son enquête. Alice avait raison. Sans cela, Ken et toute son équipe seraient depuis longtemps derrière les barreaux.

— Et l'autre chose, c'est quoi ? demanda Alice.

— Comment comptes-tu t'approcher d'O'Bannion ?

— Je ne compte pas m'en approcher. Moi, je me fiche qu'on fasse le lien ou pas avec le meurtre de la gamine. Je te l'ai déjà dit, il a tellement d'ennemis que les flics ne sauront pas par où commencer. Je vais d'abord préparer la chambre pour Demetrius… Ensuite, je réfléchirai au problème O'Bannion.

Ken appela Decker dès qu'elle fut sortie de la pièce.

— Je vais encore avoir besoin de vos talents d'infirmier, lui dit-il. Retrouvez-moi à Eden Park, près du jardin d'hiver. Je vous attendrai à côté de la voiture de Demetrius. Apportez du chloroforme ou un autre produit pour l'endormir…

Il raccrocha, appela Burton et lui donna ses instructions :

— J'ai besoin de vous pour remorquer le véhicule de Demetrius jusqu'à mon garage. Vous nettoierez le sang puis vous vous en débarrasserez. C'est compris ?

— À vos ordres, monsieur.

Chapitre 23

Cincinnati, Ohio
Mardi 4 août, 21 h 05

Scarlett retrouva Marcus dans le salon, somptueux et décoré avec goût. Il était assis sur un canapé, un berger écossais dans les bras. Le chien était immobile.

Elle sentit la compassion se mêler au soulagement qu'elle éprouvait de retrouver Marcus indemne. Mais il leva les yeux vers elle, et une nouvelle angoisse étreignit le cœur de Scarlett. Le regard de Marcus était morne et froid. Éteint.

Un agent de police se tenait derrière lui, l'air irrité. L'homme avait la main sur l'étui de son arme de service, comme s'il craignait que Marcus cherche à s'enfuir.

— Vous êtes Bishop ? demanda-t-il sèchement.

Scarlett jeta un coup d'œil à l'insigne de l'agent.

— Je suis l'*inspectrice* Bishop, *agent* Towson. Retirez-vous, s'il vous plaît.

Elle aperçut des gens qui s'affairaient dans la chambre à coucher. Elle savait que Marcus avait appelé les secours à deux reprises, pour signaler la blessure du gardien, Edgar Kauffman, puis, quelques minutes plus tard, celle de Phillip Cauldwell, journaliste travaillant pour le *Ledger*. La deuxième ambulance était toujours garée au pied de l'immeuble, ce qui signifiait que les auxiliaires médicaux n'avaient pas encore fini de porter les premiers soins à Cauldwell. Elle se tourna vers Kate, qui se tenait en retrait.

— Vous pouvez aller voir ce qui se passe dans la chambre ? lui demanda-t-elle.

Kate opina du chef et se rendit dans la chambre à coucher. Scarlett s'assit à côté de Marcus.

— Tu es blessé ? s'enquit-elle en s'efforçant de paraître calme, alors que son cœur battait à tout rompre.

— Non, mais…

Il déglutit avant de reprendre d'une voix dénuée de toute émotion :

— Phillip Cauldwell fait partie de mon équipe. Je le connais depuis des années. C'est le frère de Lisette Cauldwell, l'une de mes plus proches amies… Il va falloir que je lui annonce que Phillip a été grièvement blessé. Je ne veux pas qu'elle l'apprenne en regardant les infos…

Il jeta un regard affligé à la chienne qui reposait sur ses genoux et ajouta de la même voix monocorde :

— Et il faut que j'appelle un vétérinaire… Il lui a fait du mal.

Scarlett comprit qu'il était encore sous le choc.

— Le type qui a agressé Phillip ? demanda-t-elle doucement.

— Oui. Elle l'a mordu au sang et on pourrait prélever sur ses crocs l'ADN de l'agresseur. Mais je ne veux pas qu'on l'enferme dans une cage. Je veux qu'on la soigne… Elle est tout ce qui me reste de Mikhail, murmura-t-il d'une voix brisée.

Scarlett posa une main sur l'avant-bras de Marcus.

— J'ai appelé Tanaka, dit-elle. Il est en route, avec une équipe. Je peux lui demander de faire venir un vétérinaire de la police scientifique, si tu veux…

Elle appela Vince puis caressa le pelage de la chienne. L'animal émit un faible gémissement, et les bras de Marcus se crispèrent légèrement autour de son corps inerte.

Kate revint et s'accroupit à côté du canapé.

— Votre ami n'est pas mort, dit-elle à Marcus. Il est dans

un état critique, mais ça, vous le saviez déjà. Comme vous avez freiné l'hémorragie, il a une bonne chance de s'en tirer.

— Je te présente l'agent spécial Coppola, fit Scarlett. L'ancienne coéquipière de Deacon... Elle vient d'être mutée ici et va nous aider dans cette enquête. Deacon lui fait entièrement confiance. Raconte-nous ce qui s'est passé.

Il jeta un bref coup d'œil à Kate avant de se tourner vers Scarlett. Son regard était toujours inexpressif et spectral. Il leur relata comment il avait découvert le gardien blessé derrière son comptoir, puis dans quel état il avait trouvé son appartement.

— Il a forcé Phillip à monter avec lui ici, mais je ne crois pas qu'il s'attendait à se faire mordre par BB et poignarder par Phillip avec son propre couteau, dit Marcus d'une voix aussi éteinte que son regard. Tu avais raison... C'était bien moi, la cible, cet après-midi chez les Anders... Peut-être même cette nuit, aussi.

— Non, murmura Scarlett. Cette nuit, le meurtrier a suivi Tala à la trace.

— Et l'agent Spangler... C'est aussi à cause de moi qu'il est mort... J'ai peut-être été suivi tout au long de la journée...

Scarlett réprima un soupir. Le choc émotionnel était plus grave qu'elle ne l'avait pensé. Il s'accusait de tous les maux, mais il ne semblait pas paranoïaque. Il était froid, rationnel.

Tala connaissait le tueur, c'était une quasi-certitude. Et la personne qui l'avait achetée avait été enlevée juste après la mort de la jeune Philippine. *Mais pourquoi le tueur est-il venu ici, chez Marcus ?* Incapable de résoudre cette énigme, elle ravala un juron. *Il y a quelque chose qui m'échappe.*

— Suivi par qui ? intervint Kate.

— Je n'en sais rien, répondit Marcus.

— Je crois qu'il va falloir étudier sérieusement cette liste de menaces, dit Scarlett en prenant garde de ne pas hausser le ton. Ça nous permettrait peut-être d'y voir plus clair... Il faut que j'appelle Isenberg. Je reviens dans une minute.

Elle lui serra doucement le poignet en se levant, regrettant de ne pas pouvoir le prendre dans ses bras pour l'embrasser et le réconforter.

— Agent Towson, pouvez-vous demander au gérant de l'immeuble de venir, s'il vous plaît ? demanda Scarlett. Il me faut les vidéos des caméras de sécurité. Je veux savoir quand l'agresseur a quitté l'immeuble, et par quelle sortie... À moins qu'il ne se cache encore quelque part ici...

— Je vais faire mettre en place un cordon de sécurité autour du bâtiment, dit Kate. Espérons qu'il n'a pas pris d'otage... Nous allons également interroger les voisins. L'un d'eux aura peut-être remarqué quelque chose.

— Merci. Il faut que je mette Isenberg au courant et que je trouve quelqu'un pour me remplacer auprès des maîtres-chiens.

— Non ! dit Marcus, agrippant brusquement Scarlett par le bras.

— Eh là, doucement, s'écria Towson.

Il saisit le poignet de Marcus et tenta de lui faire lâcher prise. Marcus se laissa faire, mais Scarlett savait que c'était uniquement par égard pour elle.

— Je vous ai demandé d'aller chercher le gérant, agent Towson, dit sèchement Scarlett. M. O'Bannion n'est pas un suspect. C'est un témoin, et nous devons le traiter avec respect.

Towson lui jeta un regard noir.

— Oui, madame, dit-il d'un ton railleur avant de sortir de la pièce.

Scarlett secoua la tête, se promettant de signaler le comportement peu professionnel de l'agent. Elle se rassit sur le canapé et entoura d'une main protectrice le poignet de Marcus.

— Pourquoi as-tu dit non ? lui demanda-t-elle.

— Parce que le plus important, c'est de retrouver Mila et Erica. Elles pourront te dire qui a enlevé les Anders.

— C'est possible. Mais la personne qui cherche à te tuer est peut-être aussi celle qui a enlevé Anders... Ou son complice... C'est ce qu'il faut déterminer... J'ai besoin de réponses, Marcus. Tu as failli te faire tuer trois fois en quelques heures. Si tu avais été là quand ce type a forcé Phillip à le laisser entrer chez toi, ce serait sans doute toi qui serais allongé dans la chambre dans une mare de sang.

Il se tourna vers elle et la considéra d'un œil froid avant de dire :

— Et ce serait normal. Phillip est innocent. Il n'a rien à voir là-dedans.

— Je sais.

Elle n'avait pas lâché le poignet de Marcus et s'était mise à caresser son bras pour l'apaiser.

— Mais je suis quand même heureuse de te retrouver indemne. Maintenant, réfléchissons. Si un type cherche à te tuer, pourquoi s'en est-il pris à Phillip ? Pourquoi ne pas attendre, tout simplement, ton retour chez toi ?

— Phillip m'a dit que le type a enroulé une serviette autour de son bras et qu'il est parti avec le couteau toujours planté dedans. Pour éviter de laisser des traces de sang…

— On n'en trouvera peut-être pas, mais un cheveu, un fragment de peau… Qui sait ? Laissons Tanaka faire son boulot.

Il acquiesça d'un petit signe de la tête.

— Je me demandais simplement pourquoi il a suivi Phillip, reprit Scarlett. S'il voulait te régler ton compte, pourquoi ne pas attendre que tu reviennes chez toi ?

— Il s'est servi de Phillip pour entrer chez moi et m'attendre avec un otage. Mais son plan a échoué grâce à BB.

— Il voulait t'attirer dans un piège…

— C'est bien ce que je pense.

— Je vais commencer par regarder les vidéos des caméras de sécurité. En attendant, reste ici avec BB.

Elle s'approcha de la chambre de Marcus, où les infirmiers étaient toujours en train de soigner Phillip, et composa le numéro d'Isenberg.

— Lynda ? C'est Scarlett…

— Qu'est-ce qui s'est passé chez O'Bannion ? demanda-t-elle d'emblée.

Scarlett la mit rapidement au courant, tandis que Vince Tanaka franchissait la porte d'entrée de l'appartement avec sa boîte à outils bourrée de gadgets électroniques. Il la posa et fit signe à Scarlett qu'il allait d'abord jeter un coup d'œil aux autres pièces.

— Il faut que je suive cette piste, dit Scarlett à Isenberg. Pouvez-vous trouver quelqu'un d'autre pour accompagner mon oncle et les maîtres-chiens ? Zimmerman a retrouvé le père de Tala, ainsi que son frère. Vous pourriez peut-être faire en sorte qu'ils soient prêts à parler à Mila et à Erica au téléphone… Cela aidera mon oncle à gagner leur confiance, s'il les retrouve.

— Bonne idée. Je vais demander à Adam Kimble.

— Adam ? Vous êtes sûre qu'il est prêt à retourner sur le terrain ?

Adam revenait d'un congé de six mois pour dépression, après avoir été blessé dans l'exercice de ses fonctions. Il semblait aller mieux, mais Scarlett se demandait si cette apparente rémission ne cachait pas des troubles nerveux persistants.

— Tout à fait, répondit Lynda d'un ton catégorique.

Scarlett se garda bien de la contredire et choisit un autre angle pour aborder le problème.

— Erica et John Paul sont tous deux mineurs. On pourrait demander l'aide d'un psychologue, suggéra-t-elle.

Il y eut un silence lourd de sens à l'autre bout de la ligne.

— Décidément, Scarlett, vous pensez à tout, marmonna Lynda au bout d'un moment. Mais oui, faisons venir un psy. Même si ça ne sert pas à grand-chose, ça nous permettra de couvrir nos arrières. Et puis, ça ne peut pas faire de mal. Qui comptez-vous appeler ?

— Que dites-vous de Meredith Fallon ? Elle a prouvé qu'elle était digne de confiance.

Meredith avait largement contribué à soigner Adam.

— OK. Appelez-la. Vince est arrivé ?

— Oui, à l'instant.

— Bien. Trouvez le type qui a fait ça, Scarlett… Le plus vite possible, dit Lynda avant de raccrocher.

Quelques instants plus tard, les auxiliaires médicaux emmenèrent Phillip sur une civière à roulettes. Son visage était couvert d'un masque à oxygène. Il avait les yeux fermés et le teint grisâtre.

— On l'emmène à l'hôpital du comté, dit l'un des infirmiers avant même que Scarlett pose la question. Et, oui, nous leur dirons de vous appeler pour vous tenir au courant de l'évolution de son état… Et, oui encore, j'ai votre numéro de portable.

— Merci, dit Marcus.

L'homme lui fit un petit signe de tête compatissant avant de pousser la civière vers le palier et la porte de l'ascenseur. À ce moment, le masque glacial qu'affichait Marcus se lézarda enfin, et son regard refléta subitement toute sa souffrance.

— Il faut que je prévienne sa sœur, murmura-t-il.

Scarlett se rassit à côté de lui, regrettant de ne pas pouvoir le prendre dans ses bras.

— Lisette, c'est cela ?

Il hocha la tête d'un air pitoyable.

— Oui. Elle est comme une sœur, pour moi. Et Phillip a toujours été comme un petit frère…

Il ferma les yeux.

— Quelle merde, articula-t-il d'une voix presque inaudible.

— Je suis vraiment désolée, Marcus, murmura-t-elle en lui pressant doucement l'avant-bras. Allons attraper ce salaud.

Marcus ouvrit les yeux et elle y lut une colère indescriptible.

— Oui, fit-il. Allons-y.

Cincinnati, Ohio
Mardi 4 août, 21 h 45

Arrivée à l'hôpital, Scarlett se gara sur le parking des urgences, coupa le contact et se tourna vers Marcus.

— Tu n'es pas responsable, murmura-t-elle dans le silence.

— Tu n'en sais rien, répliqua-t-il en fixant l'enseigne lumineuse qui surplombait l'entrée des urgences.

Car tout était sa faute. La personne qui avait tiré sur Phillip était l'un de ses ennemis. Il ne doutait plus, désormais, qu'on cherchait à l'éliminer.

— Si, je le sais, dit-elle posément. Mais j'aimerais savoir ce qui te fait croire le contraire.

Il n'eut pas le courage d'affronter son regard, même lorsqu'elle tendit la main pour lui caresser la joue.

— Certains de mes secrets ne concernent pas que moi, dit-il au bout d'un moment.

Il regrettait de vouloir à tout prix jouer les justiciers et d'entraîner d'autres gens dans cette entreprise, qui l'absorbait tellement qu'il en avait oublié les risques bien réels.

Tala et l'agent Spangler, fauchés à quelques heures d'intervalle. Edgar et Phillip, abattus peu après, et qui allaient peut-être mourir, eux aussi.

À cause de moi.

Scarlett glissa un doigt sous le menton de Marcus et le força doucement à tourner la tête vers elle.

— Vu les risques que tu cours, tu n'as plus à les assumer seul, le gronda-t-elle gentiment. Plus maintenant.

Elle avait raison. Les dangers qu'elle partageait désormais avec lui donnaient à Scarlett le droit de savoir. Il se laissa faire quand elle lui effleura les lèvres du bout des doigts.

— Il faut que j'en parle aux autres, dit-il.

— D'accord. Mais je pense quand même que tu n'as rien à te reprocher. Tu es un protecteur, Marcus, pas un destructeur.

Il déglutit en songeant qu'il ne méritait pas la confiance et le réconfort que lui offrait Scarlett.

— Je pense que Lisette ne sera pas d'accord avec ça, dit-il.

— Je ne la connais pas, je ne peux pas le savoir.

— Tu ne me connais pas non plus…

— Alors, laisse-moi apprendre qui tu es. S'il te plaît.

Elle posa une main sur la nuque de Marcus et l'attira vers

elle pour coller ses lèvres contre les siennes, en un baiser tout à la fois chaste et délicieux.

— Allons-y, dit-elle lorsque leurs bouches se séparèrent. Ton amie a besoin de toi.

Il glissa son pistolet sous le siège passager. Scarlett avait le droit d'entrer armée dans un hôpital, mais pas lui — et il ne voulait pas qu'on lui confisque son arme. Il avait eu de la chance : l'agent de police qui était arrivé le premier sur la scène de crime ne l'avait pas fouillé, étant donné que Marcus avait gardé BB dans ses bras jusqu'à l'arrivée de Scarlett, puis de la vétérinaire de la police scientifique.

Scarlett verrouilla les portières, lui prit la main et ils entrèrent ensemble dans le bâtiment des urgences. Phillip avait été admis au service des soins intensifs, et Lisette et les autres s'étaient rassemblés dans la salle d'attente du bloc opératoire. Scarlett lâcha la main de Marcus quelques secondes avant qu'ils se mêlent à la garde rapprochée de Marcus au grand complet. Les principaux collaborateurs du *Ledger* faisaient bloc, les uns contre les autres, entourant Lisette de leur soutien affectueux. Lisette avait pleuré, ainsi que Gayle. Cal avait les yeux secs mais semblait sur le point de s'effondrer en larmes.

Diesel se tenait un peu à l'écart et arborait une expression farouche, semblant prêt à tout casser. Le teint verdâtre de Stone donnait l'impression qu'il avait la nausée.

Marcus comprenait leur émotion. Tous trois haïssaient les hôpitaux, pour des raisons différentes quoique apparentées.

Jill était là, elle aussi, assise aux côtés de sa tante. Quand elle vit arriver Marcus, elle lui décocha un regard accusateur. Il ne s'en offusqua pas. Il avait du mal à l'admettre, mais elle avait vu juste quand elle lui avait reproché de mettre ses proches en danger.

Lisette se leva aussitôt et se jeta dans les bras de Marcus en sanglotant. Il l'étreignit longuement, sans prononcer le moindre mot. Du coin de l'œil, il vit Scarlett se diriger vers le bureau des infirmières. Elle leur montra son insigne et désigna le groupe, avant de revenir s'asseoir, en retrait.

Scarlett gardait ses distances. Il aurait voulu, au contraire, qu'elle se rapproche de lui et de ses amis, qu'elle lui passe un bras autour de la taille et qu'elle pose la tête sur son épaule. Mais il comprenait ses réticences. Pas de démonstration publique d'affection…

Tout en tenant Lisette dans ses bras, Marcus tourna la tête de façon à croiser le regard de Scarlett. Elle lui adressa un signe de la tête presque invisible, pour lui faire comprendre qu'elle était encore avec lui et le soutenait moralement.

— Je ne pensais pas que tu viendrais, souffla Lisette.

— Ne sois pas ridicule, dit Marcus en essuyant les larmes qui trempaient les joues de son amie. J'ai dû attendre la vétérinaire, pour BB.

Lisette écarquilla les yeux, mais ce fut Jill qui parla :

— Vous vous inquiétiez plus pour votre chien que pour Phillip ? s'indigna la jeune femme.

Marcus ne voulut pas réagir par la défensive. Il choisit de l'ignorer et adressa ses explications à Lisette :

— C'était une vétérinaire de la police scientifique. BB a mordu l'agresseur de Phillip. Grâce à cela, on aura peut-être un échantillon d'ADN.

Lisette plissa les yeux.

— C'est une bonne chose, acquiesça-t-elle. J'espère que ce type aura la gangrène et qu'il en mourra.

— Moi aussi, mais pas avant qu'on l'attrape. Le chirurgien t'a dit quelque chose ?

— Pas encore. Qu'est-ce qui s'est passé ?

Jill redressa le menton et croisa les bras, attendant ostensiblement la réponse de Marcus. Comme tous les autres.

— Je ne sais pas exactement ce qui est arrivé, dit-il. Phillip n'a pu me dire que quelques mots quand je l'ai découvert dans ma chambre. Il a poignardé le tireur dans mon appartement, mais l'homme n'a pas prononcé un mot. Il n'a pas dit pourquoi il était venu ni ce qu'il voulait… Rien.

— C'est vous qu'il voulait tuer, affirma Jill. Et ma tante aurait pu être à la place de Phillip !

Toutes les têtes se tournèrent vers elle, y compris celle

de Scarlett. Le silence était si pesant que personne n'osait le rompre. Même Gayle restait muette. Elle paraissait trop choquée pour réprimander sa nièce.

— Ben quoi ? demanda Jill d'un ton belliqueux. Vous pensez tous la même chose, alors dites-le !

— Espèce de petite…

Diesel s'interrompit juste à temps pour ne pas prononcer l'injure qui lui brûlait les lèvres.

— Parle pour toi, dit-il plutôt. Je ne suis pas de cet avis.

— Moi non plus, lâcha Stone d'un ton glacial.

Cal intervint pour les appuyer, ainsi que Lisette, qui avait passé un bras autour de la taille de Marcus en signe de soutien.

Scarlett se leva brusquement.

— Quelqu'un pourrait m'expliquer ce qui se passe ? demanda-t-elle.

Tous se turent. Pendant quelques instants, ils la dévisagèrent comme si elle avait deux têtes.

— Que voulez-vous savoir ? finit par dire Gayle, jouant les innocentes de manière peu convaincante.

Scarlett lui décocha un sourire crispé et sévère.

— Je veux savoir pourquoi le tireur a ciblé Marcus. Et pourquoi cela vous met tous en danger.

Diesel échangea un regard avec Stone, lequel secoua la tête. Cela n'échappa pas à Scarlett mais elle ne dit rien, se contentant d'attendre une réponse à sa question.

Jill ouvrit la bouche, mais Gayle l'agrippa par la chemise et tira dessus pour que le visage de sa nièce soit au même niveau que le sien.

— Tu en as déjà trop dit, grinça-t-elle. Ferme-la, maintenant.

Scarlett se tourna vers Lisette et dit :

— Écoutez, je suis vraiment désolée pour ce qui est arrivé à votre frère. Mais si vous continuez tous à jouer à ce petit jeu, nous n'arrêterons jamais le tireur. Je ne voudrais pas vous inquiéter davantage, mais ce type a l'air tenace. Et votre frère est un témoin gênant. Vous êtes journaliste… Je n'ai pas besoin de vous rappeler ce qui arrive aux personnes qui en ont trop vu.

— Oh ! mon Dieu, fit Lisette en blêmissant.

Scarlett se tourna vers les autres et dit :

— Vous ne m'aimez peut-être pas, mais ce n'est pas mon problème. Je ne recherche pas votre amitié. Mais j'ai besoin de votre confiance. J'ai besoin de votre collaboration pour attraper ce tueur avant qu'il fasse une nouvelle victime… Ou qu'il revienne pour achever ce qu'il a commencé… Vous avez l'air très proches. C'est le moment de prouver que vous vous souciez vraiment les uns des autres. Dites-moi la vérité.

Lisette ouvrit la bouche mais la referma tout de suite, après avoir jeté un regard désespéré à l'assistance.

— Marcus, murmura-t-elle d'un ton implorant. Si ce type revient, il tuera Phillip.

Marcus réfléchissait à toute vitesse. Les piratages informatiques dont lui et son équipe s'étaient rendus coupables leur vaudraient, au pire, d'être poursuivis en justice par ceux qu'ils surveillaient pour atteinte à la vie privée. Le *Ledger* serait traîné devant les tribunaux, ainsi que chacun des journalistes impliqués dans les pressions exercées — Stone et Marcus, qui étaient les plus fortunés, seraient en première ligne. Il était peu probable que l'un d'entre eux se retrouve en prison, mais c'était une hypothèse qu'on ne pouvait pas exclure. Il valait donc mieux qu'ils ne communiquent pas ces informations à la police.

Seulement, le type qui avait failli tuer Phillip risquait de revenir finir le boulot. Marcus était prêt à tous les sacrifices pour éviter ce danger à son ami. Mais il ne pouvait se résoudre à dénoncer ceux qui l'avaient si courageusement aidé.

— Je vais appeler Rex, déclara-t-il au bout d'un moment. Il nous conseillera sur ce qu'on peut confier à Scarlett…

À son grand soulagement, sa proposition fut accueillie par des signes de tête approbateurs.

— Rex Clausing est mon avocat, expliqua-t-il à Scarlett.

— Ah bon ? s'indigna-t-elle. Tu ne répondras qu'en présence de ton avocat ? Tu en es bien sûr, Marcus ?

Il ne chercha pas à se défendre.

— Je suis désolé, dit-il. Si ça ne concernait que moi, je t'aurais déjà tout raconté.

Elle ferma les yeux. Inspira profondément. Puis son regard se porta successivement sur tous les membres de l'équipe, qui détournèrent ou baissèrent les yeux chacun à leur tour. La dernière qu'elle défia ainsi en silence fut Jill.

— Vous vouliez dire quelque chose, mademoiselle ? lui demanda-t-elle.

— Non, fit Gayle d'une voix ferme.

— Pardonnez-moi, mais je ne m'adressais pas à vous, rétorqua Scarlett. Cette jeune fille est-elle mineure ?

— Non, dit Jill. J'ai dix-neuf ans et ma tante n'a pas à parler en mon nom. J'aimerais pouvoir vous renseigner, mais je ne suis au courant que de cette liste de menaces, que vous avez déjà.

— Comment savez-vous que je l'ai ? demanda Scarlett.

La résolution de Jill s'évanouit et c'est d'un air embarrassé qu'elle répondit :

— J'ai entendu ma tante en parler…

Consternée, Gayle ferma les yeux.

— Je vais te… Je préfère ne pas le dire, maugréa-t-elle. Je suis extrêmement déçue par ton comportement.

Scarlett afficha de nouveau son masque impassible.

— Combien de temps faudra-t-il à l'avocat pour venir ici ? demanda-t-elle posément.

— Il va arriver d'un moment à l'autre, répondit Lisette. Je l'ai appelé dès que Marcus m'a prévenue que Phillip était ici.

— Vous pensiez avoir besoin d'un avocat ? demanda Scarlett d'un ton soupçonneux.

— Rex est aussi l'ex-mari de Lisette, expliqua Marcus. Nous avons tous grandi ensemble. Ils ont divorcé et sont toujours amis.

— Je suis heureuse de l'apprendre, dit Scarlett d'un ton sarcastique.

Elle leva bien haut son téléphone portable avant d'ajouter :

— Il s'est déjà écoulé une heure depuis que l'homme

que vous prétendez tous aimer a été laissé pour mort par son agresseur. J'ai perdu de précieuses minutes, avec vos tergiversations. Si vous êtes disposés à me dire quelque chose qui puisse m'aider à arrêter ce salaud, appelez-moi. Je vais dans le couloir. Parlez-en entre vous.

Elle se dirigea vers la sortie dans un silence assourdissant. Tous regardaient leurs pieds. Marcus ravala un grondement furieux. Scarlett avait raison. À cent pour cent. Phillip était en danger, et ils se comportaient comme des gamins idiots et égoïstes.

— Ils me protègent, dit-il en rattrapant Scarlett. Trouvons une pièce tranquille, et je t'expliquerai tout.

Elle ne daigna pas se retourner.

— Ne me fais pas perdre mon temps, Marcus, dit-elle avec aigreur.

— Tu n'as pas besoin de savoir qui a fait quoi, exactement, plaida Marcus. C'est moi, le responsable… C'est moi qui ai commis tous les actes illégaux. Je vais tout t'expliquer.

Elle tourna lentement les talons, et son regard bleu nuit, dubitatif, le foudroya.

— D'accord. Suis-moi.

Diesel se leva d'un bond, et Scarlett ouvrit de grands yeux, impressionnée par sa stature.

— C'est des conneries, aboya-t-il.

Il se tourna vers Gayle et, la mine contrite, lui dit :

— Excuse-moi pour le gros mot.

Gayle secoua la tête d'un air las.

— Je ne suis pas ta mère, répliqua-t-elle. Dieu merci.

Scarlett recula d'un pas afin de ne pas avoir à tendre le cou pour regarder le géant dans les yeux.

— Je ne crois pas que nous ayons été présentés, dit-elle.

— Il s'appelle Diesel Kennedy, intervint Marcus.

— Monsieur Kennedy, pouvez-vous me dire pourquoi ce sont des « conneries » ? demanda Scarlett.

Diesel désigna Marcus d'un signe du menton et répondit :

— Je suis aussi coupable que lui… Sans doute plus.

Stone se leva en lâchant un soupir.

— Moi aussi, marmonna-t-il.

— Moi aussi, murmura Lisette.

— Et moi aussi, dit Cal. Je m'appelle Calvin Booker, je suis le rédacteur en chef. Rien ne se décide au journal sans que j'en sois avisé.

Diesel haussa les épaules et, d'un regard appuyé, mit Marcus au défi de le contredire.

— C'est tous pour un et un pour tous, déclara-t-il solennellement.

— Mets-la en veilleuse, Diesel, dit Stone d'un ton excédé.

— Fermez-la tous les deux, ordonna Marcus.

Il désigna Gayle et ajouta :

— Elle n'est pas impliquée.

— C'est faux, protesta Gayle. Je suis au courant de tout : c'est moi qui tape les mémos.

— Vous aussi, vous êtes complice ? lui demanda Scarlett, effarée.

Marcus aurait préféré se couper une main plutôt que d'impliquer Gayle dans une affaire qui pouvait avoir des conséquences judiciaires.

— Non ! s'écrièrent à l'unisson Marcus, Stone, Diesel, Lisette et Cal.

— Comme vous voudrez, soupira Gayle. Vous êtes tous fous. Quand vous serez en prison, je vous apporterai des gâteaux avec des limes dedans.

— Un brownie, pour moi, s'il te plaît, bougonna Diesel.

Gayle se prit la tête à deux mains.

— Il faudra quand même que je vous parle, même si vous n'êtes pas complice, dit Scarlett à Gayle. Et à vous, ajouta-t-elle en se tournant vers Jill.

— Je n'ai rien à vous dire. Je n'ai rien fait, se défendit la jeune fille en haussant les épaules.

— Alors, allez vous asseoir avec votre tante là-bas, ordonna Scarlett en désignant un canapé à l'autre bout de la salle. Je vais m'entretenir avec vos collègues dans une autre pièce… Ne vous inquiétez pas, ajouta-t-elle à l'intention de

Lisette, les médecins vous donneront des nouvelles de votre frère dès qu'il sera sorti du bloc opératoire.

Cincinnati, Ohio
Mardi 4 août, 22 heures

Scarlett attendit que tout le monde soit assis autour de la table d'un petit cabinet de consultation. Marcus faisait grise mine. Il avait voulu assumer seul toute la responsabilité des actes de ses employés et amis — ce qui n'avait pas du tout surpris Scarlett.

Leur souhait de partager cette responsabilité tenait plus de leur loyauté envers leur patron que de leur volonté de dire la vérité, mais cela importait peu, du moment qu'ils collaboraient. Chaque seconde qui passait donnait à l'agresseur de Phillip plus de chances d'échapper à la police, voire de préparer une nouvelle tentative de meurtre. Dans de telles circonstances, la présence de Deacon aux côtés de Scarlett aurait été précieuse. Mais, au fond, elle ne regrettait pas qu'il soit resté sur la scène de crime avec l'agent Coppola. Les hommes étaient déjà trop nombreux autour d'elle, remontés à bloc, et la pièce était saturée de testostérone.

— Vous êtes bien installés ? demanda-t-elle. Ça va comme vous voulez ?

— Non, marmonna Stone. Ça ne va pas. Mais on est là, alors allons-y.

— Merci, dit Lisette à Scarlett. Pour le policier en faction devant le bloc opératoire. Ça me rassure, pour Phillip.

Scarlett lui adressa un sourire compatissant.

— C'est normal, dit-elle.

Elle avait demandé à un autre collègue de surveiller Jill et Gayle. Elle ne voulait pas qu'elles communiquent entre elles ni avec quiconque sans la présence d'un policier. Elle avait prétendu que c'était pour les protéger.

— Je comprends ce que vous ressentez, ajouta-t-elle.

L'un de mes frères s'est fait tirer dessus, il y a quelques années. En fait, il a été opéré ici même, dans cet hôpital. Mes autres frères et moi, nous nous sommes relayés devant la porte de sa chambre en attendant qu'il soit en état de revenir à la maison.

— Il s'en est tiré ? Il va bien ? demanda Lisette avant de grimacer lorsqu'elle vit que Scarlett hésitait à répondre. Oh ! je vois… Toutes mes condoléances, inspectrice. Je ne savais pas…

— Non, il n'est pas mort, s'empressa de clarifier Scarlett. Il a survécu. Les chirurgiens sont excellents, dans cet hôpital. Mais… Phin a fait l'armée, et cet… incident a eu lieu après son retour d'Irak. Nous étions soulagés de le voir revenir indemne, et, peu après, il a reçu une balle pendant une bagarre, dans un bar… Ça fait longtemps qu'on n'a plus de ses nouvelles. Bref…

Elle n'avait pas fait cette digression sans arrière-pensée. Rien de ce qu'elle venait de dire n'était secret. À l'époque, le *Ledger* lui-même avait publié un article sur la bagarre au cours de laquelle Phin avait été touché. La querelle avait éclaté au sujet d'une femme. Évidemment… Phin avait toujours eu un caractère de cochon, même avant d'aller faire la guerre au Proche-Orient. Le *Ledger* avait sans doute relaté ses exploits à plusieurs reprises. Elle avait fait cette confidence dans l'espoir de gagner la confiance de Lisette et d'établir un lien avec celle d'entre eux qui avait le plus à perdre, puisque son frère serait en danger tant que son agresseur ne se retrouverait pas derrière des barreaux.

Tout comme Marcus, d'ailleurs. *Lisette Cauldwell n'est pas la seule femme, dans cette pièce, qui risque de perdre un être aimé,* songea Scarlett. Si Marcus était arrivé chez lui avant Phillip…

Elle s'assit entre Marcus et Diesel. Les énormes épaules de ce dernier débordaient largement sur la place de Scarlett, mais elle ne bougea pas d'un iota, obligeant Diesel à déplacer son siège de quelques centimètres pour ne pas la gêner. Cela provoqua une réaction en chaîne, car chacun dut en faire autant, Stone étant assis à côté de Diesel — et ses épaules étant presque aussi larges que celles de ce dernier. Elle attendit que tout le monde prenne sa place pour prendre la parole :

— Je suppose qu'il y a un rapport avec le *Ledger*…

Elle sortit la liste que Marcus avait imprimée plus tôt dans la journée.

— Voici les menaces dont j'ai été informée, reprit-elle.

Elle se tourna vers Marcus et ajouta :

— Je suppose également qu'il s'agit d'une liste tronquée. Si tu m'avais envoyé la vraie liste, je l'aurais reçue quelques minutes après les vidéos… On est d'accord ?

Rouge comme une pivoine, Marcus hocha la tête. Il ressemblait à un petit garçon pris la main dans le pot de confiture.

— J'ai pensé que ça valait mieux, se défendit-il mollement. Mais je m'aperçois de mon erreur.

— Tu ne savais pas que tu étais visé, murmura-t-elle. Moi aussi, j'étais certaine que Tala était la seule cible dans cette affaire. Oublions tout ça et essayons de réfléchir ensemble.

Elle posa la liste sur la table et dévisagea tour à tour les amis de Marcus.

— Comment réussissez-vous à vous faire autant d'ennemis ? demanda-t-elle.

— Nous exigeons l'immunité, dit Stone posément. Surtout pour Gayle.

— Ah bon ? Je croyais qu'elle ne faisait que taper des mémos, répliqua Scarlett d'un ton pince-sans-rire. Et, au cas où vous ne l'auriez pas remarqué, je ne vous ai pas énoncé vos droits pour vous signifier que vous étiez en état d'arrestation. C'est ce que vous voulez ? Que cet entretien soit un interrogatoire officiel ?

— Non, répondit Marcus. Voilà ce que nous faisons : nous ciblons des personnes maltraitantes et nous les poussons à quitter leurs foyers. Par tous les moyens possibles.

Elle cligna des yeux, prenant le temps de digérer cet aveu. Jusque-là, elle ne savait pas exactement ce que Marcus lui avait caché avec tant de soin. L'entendre de sa bouche lui fit un choc. Quand elle avait dit à Marcus qu'il était un protecteur, elle était sincère. Elle l'avait vu tendre la main à Tala avec tant de bonne volonté, tant de spontanéité… Comme s'il faisait cela tous les jours… Mais le fait que ses amis et lui aient pris tant de précautions pour dissimuler leurs actes la préoccupait.

— Vous enfreignez la loi ? demanda-t-elle.

— On fait un peu de piratage informatique, répondit Diesel d'un ton nonchalant. Et des fois, il nous arrive de… suggérer à certaines personnes de quitter la ville.

Scarlett esquissa un sourire.

— Si vous me rendiez une visite à l'improviste, monsieur Kennedy, et que je vous voyais sur le pas de ma porte, vous n'auriez pas besoin de me suggérer quoi que ce soit, dit-elle. Je prendrais mes jambes à mon cou avant même que vous ayez prononcé le moindre mot.

Flatté, Diesel la gratifia d'un large sourire.

— Merci, fit-il.

— Il n'y a pas de quoi. Comment choisissez-vous ces maltraitants ?

Les regards furtifs qu'échangèrent Marcus et ses complices arrachèrent à Scarlett un soupir agacé.

— Allez-y, enfin ! Je n'ai pas toute la nuit. Et Phillip non plus. Or, j'ai besoin de justifier la présence du garde devant le bloc opératoire. Il me faut un motif.

— Le plus souvent, on nous signale des cas, dit Marcus. Les personnes qui sollicitent notre intervention ne sont pas autorisées à transmettre ces informations. Divulguer leurs noms pourrait leur coûter les emplois qu'elles occupent dans les organismes sanitaires et sociaux, ce qui aurait des conséquences catastrophiques pour les gens qu'elles aident.

— Je vois, dit Scarlett. Ce sont des employés des services de protection de l'enfance, hein ? Je les comprends… Ça doit être frustrant de voir des salauds s'en tirer après avoir maltraité des femmes et des enfants.

— Ça arrive tous les jours, malheureusement, souffla Cal.

C'était la première fois qu'il parlait depuis qu'ils étaient entrés dans la pièce.

— Oui, tous les jours que Dieu fait, acquiesça-t-elle tristement. Moi aussi, j'ai souvent été tentée de « suggérer » à un de ces salauds de dégager…

— Et vous ne l'avez jamais fait ? s'enquit Stone, dont le regard venait de s'allumer.

— J'ai été tentée, Stone, c'est tout. Je n'ai rien dit d'autre… Donc, vous recevez des signalements… Je suppose qu'il s'agit de maltraitants qui sont assez malins pour échapper à la vigilance des services de protection de l'enfance. Et ensuite ? Que faites-vous ? Vous enquêtez pour trouver des preuves de leurs actes ?

— En quelque sorte, dit Marcus. Mais parfois, il n'y a rien, et il faut trouver autre chose…

— Trouver, ou *fabriquer* ? demanda-t-elle d'un ton lourd de sous-entendus.

— Trouver, la plupart du temps… Parfois, on doit se montrer plus… créatifs. Mais on ne fabrique jamais de preuves.

Cal se racla la gorge et dit :

— On pourrait appeler ça de l'incitation à commettre un délit, avec caméras sur les lieux du délit en question.

— Ça va sans dire, ironisa Scarlett.

Elle se tourna vers Diesel et lui demanda :

— C'est vous, le pirate informatique ?

— Oui, répondit-il fièrement. Mais je ne vole pas, moi… Je me contente de… farfouiller.

Scarlett ne put réprimer le sourire qui lui vint aux lèvres. Il était difficile de ne pas avoir de la sympathie pour cet ours mal léché.

— Dans quel but ? demanda-t-elle.

— Pour trouver des preuves… Parfois, c'est évident… Quand on tombe sur des vidéos pédophiles, par exemple… Parfois, il faut fouiller plus profond et trouver des indices d'évasion fiscale ou d'abus de confiance.

— D'évasion fiscale ou d'abus de confiance ? répéta Scarlett, surprise.

— Oui, ce sont des délits fédéraux, sévèrement punis, dit Lisette. Ça suffit à les expédier dans une prison fédérale… Et ça les éloigne de leurs familles, ce qui est le but de la manœuvre.

— Et quand ce n'est pas assez grave pour justifier des poursuites au niveau fédéral, précisa Cal, les gens qui ont commis ces délits financiers ne veulent pas que ça s'ébruite, et ils sont plus disposés à entendre raison quand on leur suggère de quitter le domicile familial.

— Cela s'appelle du *chantage*, murmura Scarlett.

— Comme vous y allez… Appelons plutôt cela de la persuasion, se défendit Cal.

— En tout cas, ça les éloigne de leurs victimes, dit Scarlett en s'efforçant de masquer son approbation. Mais j'imagine qu'ils reviennent tôt ou tard… Que faites-vous, alors ?

— Quand ils reviennent, ils s'aperçoivent que leur famille a déménagé, dit Marcus. Nous aidons les victimes à refaire leur vie si elles le souhaitent. Nous leur procurons de nouvelles identités, de nouveaux emplois… Nous avons aidé certaines femmes maltraitées à s'inscrire à l'université. L'une de nos protégées vient d'avoir son diplôme d'infirmière, une autre est devenue préparatrice en pharmacie. Une autre encore a fait des études de droit. Et il y en a une qui a repris la formation d'institutrice qu'elle avait interrompue parce qu'elle était couverte de bleus et qu'elle n'osait pas se montrer sur le campus. Toutes ces mères ont refait leur vie et ne se sentent plus isolées. Et leurs gamins ne vivent plus dans la peur…

Scarlett sentit sa poitrine se contracter. Le flot d'émotions qu'elle refoulait depuis si longtemps menaçait de déferler. Elle savait que Marcus était un être à part depuis le jour où elle avait entendu sa voix pour la première fois.

Je le savais… Non, je l'espérais. Je l'espérais de tout mon cœur.

— Pourquoi faites-vous tout ça clandestinement ?

demanda-t-elle en regardant Marcus droit dans les yeux, pour bien lui montrer ce qu'elle ressentait.

— Parce que nous enfreignons certaines lois, murmura Marcus.

Son regard était aussi passionné que celui de Scarlett, malgré la présence des autres membres de son équipe.

— Nous piratons des ordinateurs. Nous « incitons » des gens à se séparer de leurs victimes, par un usage modéré mais illégal de la force… Nous fabriquons de faux papiers, de faux passeports et de faux certificats de naissance…

— Oui, grâce à votre imprimerie, murmura-t-elle.

Un regard à Cal lui apprit qu'elle avait vu juste. Il ouvrit les mains pour lui montrer ses doigts noircis par l'encre.

— En somme, vous utilisez les ressources du journal, ajouta-t-elle.

— Et notre savoir-faire, dit Cal. J'ai appris le métier sur le tas, à l'atelier, avant l'arrivée des ordinateurs.

— Si vous nous dénoncez, on sera obligés d'arrêter, gronda Diesel.

Scarlett secoua la tête. Ils se souciaient davantage d'avoir à cesser leurs activités de justiciers de l'ombre que d'être arrêtés et jetés en prison. Ou tués.

— Mais c'est dangereux, objecta-t-elle. Regardez ce qui est arrivé à Phillip.

— Phillip connaissait les risques qu'il prenait, dit calmement Lisette. Il était prêt à les prendre. Je veux que le type qui l'a blessé soit mis hors d'état de nuire, mais personne ici ne veut arrêter le combat. Si Phillip était présent parmi nous, il dirait exactement la même chose.

— Mais pourquoi ? s'étonna Scarlett en parcourant le petit groupe du regard. Qu'est-ce qui vous pousse à prendre tant de risques ?

— On a chacun nos raisons, éluda Diesel.

Et tous hochèrent silencieusement la tête pour approuver sa discrétion.

Scarlett comprit qu'elle n'obtiendrait pas de réponse à cette question, ou du moins pas dans l'immédiat.

— D'accord, fit-elle. Vous enfreignez certaines lois, vous expédiez certains maltraitants derrière les barreaux et vous en « incitez » d'autres à s'éloigner de leurs victimes…

Elle tapota sur la feuille de papier qui était posée devant elle et demanda :

— Y a-t-il un seul nom exploitable dans cette liste ?

— Non, avoua Marcus. C'est bien pour ça que je les ai choisis.

Évidemment. Puisqu'il ne lui avait pas fait d'emblée confiance. Mais elle-même s'était méfiée de lui, au début, lorsque Marcus n'était encore, à ses yeux, qu'un journaliste prêt à tout pour publier un scoop. Comme les choses avaient changé au cours de la journée !

— Je pourrais avoir la liste complète ? demanda-t-elle.

Marcus sortit une clé USB de sa poche.

— La voici, fit-il.

Il la posa dans la main ouverte de Scarlett, qu'il couvrit de la sienne un long moment.

— Il faudra que je t'aide à l'analyser, ajouta-t-il.

— On fera ça plus tard. Je voudrais que vous répondiez franchement à ma prochaine question, parce que je n'aimerais pas avoir une mauvaise surprise. Jusqu'où êtes-vous allés dans vos « persuasions » ? Quel « usage modéré mais illégal » de la force avez-vous fait ? Plus précisément, y a-t-il eu des plaintes pour violences portées contre vous ?

Il s'ensuivit un long silence. Scarlett sentit son cœur chavirer. *Qu'ont-ils donc fait de si grave ?* se demanda-t-elle anxieusement.

— Je ne crois pas, finit par avancer Diesel. Mais je n'en suis pas certain.

— Soyez plus précis.

— Eh bien, n'importe quel allumé peut porter plainte, dit Diesel en haussant les épaules. Donc, tout est possible.

Scarlett lâcha un soupir.

— Qu'est-ce que vous avez fait, au juste ? Il faut que je le sache, insista-t-elle.

Stone croisa les bras.

— On a peut-être été obligés de bousculer quelques connards, concéda-t-il. Il a pu leur arriver de tomber par terre…

— Ou de heurter une porte, ajouta Diesel. Ou d'essuyer un ou deux coups de poing.

— La seule fois où c'était vraiment grave, c'est quand les garçons ont dû passer à tabac un connard qui l'avait bien cherché, ajouta Lisette.

— Quels garçons ?

Stone secoua la tête.

— Pas moi, en tout cas, se défendit-il. Moi, j'ai un alibi en béton : j'étais en Colombie pour couvrir l'élection présidentielle.

Scarlett se tourna vers Marcus.

— Et toi ? lui demanda-t-elle.

— Le type a commis l'erreur d'envoyer le premier coup, dit-il fermement. Écoute, Scarlett, ce salopard sortait de prison. Il avait été condamné pour avoir infligé des sévices à ses propres enfants et à d'autres gosses du voisinage. Après avoir purgé sa peine, il a réussi à soutirer à la meilleure amie de sa fille la nouvelle adresse de son ex-femme et des enfants. Cette amie s'est rendu compte de son erreur et a prévenu sa copine qu'il allait débarquer. Son ex-épouse nous a aussitôt appelés.

— Et pourquoi pas les flics, plutôt ?

Nouveau silence prolongé autour de la table.

— Le mari violent, c'était un flic, finit par dire Marcus.

— Merde, fit Scarlett. Vous avez tabassé un flic ?

— Un peu, concéda Diesel.

— Beaucoup, rectifia Marcus. Et je ne le regrette pas. Il les aurait harcelés jusqu'à la mort. On a menacé de le dénoncer à sa hiérarchie, et il s'est jeté sur nous. On a donc dû le… convaincre de partir et on lui a ordonné de ne plus jamais remettre les pieds chez son ex. Il est reparti la queue entre les jambes… Mais j'avais peur qu'il revienne… Alors on a installé un système d'alarme chez elle, et on lui a offert un énorme chien de garde. Le type n'est jamais revenu. Il est mort quelques semaines plus tard, mais son décès n'a aucun rapport avec les coups qu'on lui a mis.

Scarlett se frotta les tempes, s'efforçant de se souvenir de cette affaire. Un flic condamné à de la prison ferme pour avoir infligé des sévices à sa femme et à ses enfants, cela n'arrivait pas tous les jours… Le nom et le visage de l'homme lui revinrent subitement en mémoire.

— Vous avez raison, dit-elle. Je le connaissais. C'était un vrai connard, qui adorait intimider les gens plus faibles que lui. Il est parti en Californie, et il est mort. Au cours d'une bagarre entre automobilistes, je crois… Ou dans un bar…

Elle plissa les yeux et demanda :

— Vous m'assurez que ce n'est pas vous qui l'avez tué ?

— Ce n'est pas nous, crois-moi, répondit Marcus. Notre… petite prise de bec avec lui est antérieure. Mais on ne peut pas dire que ça nous ait attristés. Quand il est mort, j'étais encore à l'hôpital. Stone était convalescent et ne sortait pas de chez lui. Diesel, Cal et Lisette faisaient tourner le journal.

Scarlett se tourna vers Diesel. Il soutint son regard sans ciller et dit fermement :

— Ce n'est pas moi. Ce connard s'est soûlé la gueule et il s'est mis à peloter une serveuse dans un bar. Le petit copain bodybuildé l'a mal pris. Maintenant, le gars est en taule, en attente de son procès. Je n'ai pas tué ce salopard…

Un rictus terrifiant lui déforma les lèvres lorsqu'il ajouta :

— Mais c'est moi qui ai écrit l'article sur sa mort.

— Je vois, murmura-t-elle en espérant ne jamais voir Diesel en colère.

Son sourire mauvais suffisait à vous hérisser les poils de la nuque. Elle se tourna vers Marcus.

— Il y a eu d'autres incidents de ce genre ? lui demanda-t-elle.

— Très peu. Dans la plupart des cas, une visite de Diesel suffit à raisonner les récalcitrants. Il n'a aucune peine à les convaincre. Il lui suffit de lever le petit doigt… Je te donnerai tous les détails quand on étudiera la liste tous les deux.

— Et les noms qui ne figurent pas sur la liste ? demanda

Scarlett. Il doit bien y avoir des gens sur lesquels vous avez enquêté mais qui n'ont pas envoyé de menaces ?

— M. Arrogant, par exemple, dit Lisette. Phillip est allé interroger ses employés aujourd'hui…

— Ça n'expliquerait pas les coups de feu dans la ruelle et chez Anders, remarqua Marcus.

— Tu as raison, reconnut Lisette d'un ton découragé.

— Qui est M. Arrogant ? s'enquit Scarlett.

— Rich McKay, répondit Lisette. Un avocat d'affaires et vice-président d'une chaîne de grands magasins, Wesman-Peal.

— Les avocats savent comment contourner la loi, dit Scarlett avec une pointe d'aigreur. Quelle était la mission de Phillip ?

— Il devait interroger le personnel, répondit Marcus. Nous pensons que s'il était violent avec sa femme et ses enfants, il l'était peut-être aussi avec ses subordonnés. Phillip s'est fait passer pour un coursier.

— Nous pourrions donc nous fonder sur cette visite pour y aller et dire que la police s'intéresse aux déplacements de Phillip pendant la journée. Y a-t-il un autre cas en cours qui n'a pas donné lieu à des menaces ?

— Non, dit Stone. Depuis l'automne, on n'a pas fait grand-chose, en fait.

Depuis le meurtre de Mikhail.

— Nous venons de nous remettre au boulot, précisa Marcus.

— Je vois, dit Scarlett. Mais je ne crois pas que M. Arrogant puisse être impliqué dans la tentative de meurtre contre Phillip. Si c'est bien toi la cible, Marcus, le tireur devait t'attendre là-bas, à moins qu'il ne nous ait suivis jusqu'à la maison d'Anders.

Marcus pâlit subitement.

— Oh ! merde, fit-il, Delores…

— Quel rapport avec Delores ? dit Stone en se raidissant.

— Nous sommes passés chez elle avant d'aller chez Anders, répondit Marcus. C'est elle qui a identifié le caniche que Tala promenait dans le parc. C'est grâce à ça qu'on a su qu'il appartenait aux Anders. Nous sommes allés directement du refuge de Delores à Hyde Park…

Stone blêmit à son tour et marmonna :

— Le tueur aurait pu s'en prendre à elle, bordel de merde…

D'une main tremblante, il ouvrit son téléphone portable et appuya sur une touche de numérotation abrégée, sous le regard surpris de ses collègues. Au bout d'un moment, il se détendit et dit dans l'émetteur :

— Je voulais savoir si vous étiez ouverts… Merci.

— Tu as son numéro sur ton portable ? s'étonna Marcus.

Les joues pâles de Stone se teintèrent instantanément du rouge le plus vif.

— Oui, se contenta-t-il de répondre.

— Pourquoi voulais-tu savoir si le refuge était ouvert ? demanda Diesel, intrigué.

Stone lui décocha un regard âpre et farouche.

— Laisse tomber, tu veux, menaça-t-il. Je m'inquiète pour elle, isolée comme elle est au fin fond de la cambrousse. Donc, je l'appelle de temps en temps, pour savoir si tout va bien…

— Loveland, ce n'est pas vraiment le fin fond de la cambrousse, fit remarquer Scarlett.

Stone reporta sa colère contre elle.

— Elle vit toute seule au milieu de nulle part, répliqua-t-il. Si quelqu'un débarquait chez elle, elle serait sans défense.

Scarlett préféra ne pas insister. Les sentiments de Stone ne la regardaient pas. Mais elle pouvait au moins apaiser ses craintes.

— Elle a un gros chien de garde et je lui ai appris le maniement des armes à feu. Et elle tire bien, croyez-moi. Pas la peine de vous faire du mauvais sang pour elle.

— Merci, marmonna-t-il. C'est bon à savoir.

— J'enverrai un agent chez elle pour vérifier qu'il n'y a pas de problème là-bas, dit-elle. Et je vais lui demander d'aller dormir chez un ami pendant quelques jours.

Stone ne fit aucun commentaire, mais il lui adressa un regard reconnaissant.

— Merci, murmura Marcus en pressant son genou contre celui de Scarlett.

Elle posa sa main sur la sienne.

— C'est normal, dit-elle. C'est une femme intègre et courageuse. Et c'est mon amie. Vous devriez envisager de renforcer la sécurité dans les locaux du *Ledger*. Et peut-être même celle de vos domiciles personnels. Surtout la maison de ta mère, Marcus, qui est seule avec Audrey. Et celle de Gayle, aussi. Elle ne risque rien tant qu'elle est avec nous, mais il va bien falloir qu'elle rentre chez elle pour dormir. Comme ils ont échoué avec Phillip, ils vont peut-être récidiver.

— On aurait dû y penser avant, grogna Stone.

Il rédigea un bref message tout en disant :

— Je suis en train de contacter l'entreprise qui assure la sécurité des dîners qu'Audrey organise pour collecter des fonds. Je vais leur demander de poster des vigiles devant les deux maisons et à l'entrée du *Ledger*.

— Le chauffeur de ma mère, dit Marcus, est un ex-soldat, et sa femme de chambre est formée aux arts martiaux, donc elle n'est pas sans protection…

— Je leur envoie un texto quand même, fit Stone en continuant de pianoter sur le clavier de son téléphone. Je leur demande d'être sur leurs gardes.

— J'ai déjà demandé que des voitures de patrouille passent régulièrement devant chez elle, dit Scarlett. Mais je n'ai pas pu obtenir une protection policière permanente. N'oubliez pas de dire à vos gardes de se coordonner avec le CPD.

— Merci, inspectrice. C'est sympa de votre part.

— Ce n'était qu'un coup de fil. Votre mère a traversé beaucoup d'épreuves, je veux qu'elle se sente en sécurité. Et qu'elle le soit réellement.

— Et maintenant, inspectrice ? demanda Marcus d'un ton sérieux, mais en lui prenant tendrement la main.

— On va étudier cette liste… Mais il y a encore quelque chose qui cloche. Tala a reconnu son agresseur, cette nuit. J'en suis certaine.

Marcus leva la tête vers le plafond et lâcha un soupir empreint de lassitude.

— Tu as raison. Ça ne…

Mais il n'acheva pas sa phrase car, à cet instant, la porte s'ouvrit et un chirurgien aux traits tirés fit son apparition.

— Je cherche Mlle Cauldwell, dit-il. L'infirmière de garde m'a dit que je pourrais la trouver ici…

Ils se levèrent tous d'un même mouvement, y compris Scarlett. Elle ne lâcha pas la main de Marcus.

— C'est moi, articula Lisette d'une voix tremblante.

— Votre frère est sorti de la salle d'opération, dit le médecin. Sa blessure est grave, mais il a de bonnes chances de survivre. La personne qui lui a prodigué les premiers soins a fait du bon boulot. Il a fallu lui itransfuser un litre et demi de sang. Il est encore sous anesthésie générale et va être transféré en unité de soins intensifs. Les prochaines vingt-quatre heures seront cruciales. On sera fixés demain.

Le chirurgien les salua d'un geste de la tête et sortit de la pièce.

Lisette enfouit sa tête dans les bras de Cal en versant des larmes de soulagement et d'angoisse à la fois.

Marcus s'affaissa sur sa chaise, serrant bien fort la main de Scarlett et tremblant d'émotion contenue. Elle lui caressa les cheveux de sa main libre, colla son ventre contre la joue de Marcus et sentit son cœur se serrer lorsqu'il s'abandonna contre elle et lui passa le bras autour de la taille. L'âpreté de son étreinte laissait penser qu'il n'avait pas été réconforté ainsi depuis longtemps. Et Scarlett se demanda si, comme elle, il avait refusé jusque-là d'admettre qu'il en avait besoin.

En cet instant de communion avec Marcus, elle ne se souciait guère du regard des autres. Même si Isenberg et le commissaire divisionnaire avaient débarqué dans la pièce à ce moment-là, Scarlett n'aurait pas repoussé Marcus. D'autant plus qu'elle sentait sa chemise en coton se mouiller : il pleurait, lui aussi, et ne voulait laisser personne le voir.

Scarlett se pencha et lui chuchota dans le creux de l'oreille :

— Tu as entendu ce qu'a dit le docteur… Tu as probablement sauvé la vie de Phillip. Marcus, tu n'es ni coupable ni responsable de ce qui est arrivé. Le coupable, c'est le type qui a tiré sur Phillip…

Marcus frissonna et resserra son étreinte autour de la taille de Scarlett.

— Écoute-moi bien, Marcus O'Bannion, murmura-t-elle. Tous les membres de ton équipe savaient qu'ils prenaient des risques, et ils l'assument. C'est peut-être l'un d'eux qui a découvert ce qui a incité quelqu'un à vouloir ta mort. Tu n'as pas à porter seul ce fardeau…

Elle lui embrassa brièvement le cou, juste au-dessous de l'oreille, et l'entendit avec soulagement étouffer un petit rire.

— Phillip va s'en tirer, Marcus, ajouta-t-elle. Il faut que tu aies foi en lui.

— Tu ne recules devant rien, inspectrice, dit-il tout bas.

Il ferma les yeux, frotta ses joues humides contre elle et enfouit doucement son visage dans sa chemise pour étancher ses larmes.

— Seulement quand j'y suis contrainte, répliqua-t-elle. Alors, ne m'oblige pas à te montrer de quoi je suis capable.

Il esquissa un sourire en coin, lui lâcha la main et s'essuya les joues du bout des doigts. Elle réajusta son blouson subrepticement pour dissimuler la trace de ses larmes. Elle s'attendait à le voir arborer une expression stoïque lorsqu'il leva la tête, mais ce qu'elle lut dans ses yeux lui coupa le souffle. Elle avait déjà eu le loisir d'y découvrir toute une palette d'émotions : la souffrance et le désir, la colère et le remords… Mais, en cet instant, il la regardait avec un désir si visible, si intense, si insatiable, qu'elle en fut bouleversée. Ce regard avide attisait le feu qui dormait en elle. Elle eut de nouveau envie de l'attirer contre elle — mais pas pour le réconforter, cette fois.

Et elle l'aurait fait si Diesel ne s'était pas poliment raclé la gorge avant de demander :

— Euh, vous avez encore besoin de nous ? Cal et moi, on doit retourner au journal. Il faut boucler l'édition de demain.

Scarlett inspira en fermant les yeux, essayant de se maîtriser. Lorsqu'elle les rouvrit, Marcus la regardait encore comme un loup affamé. Elle se força à pivoter et leva les yeux vers Diesel.

— Je crois que j'en sais assez pour me mettre au travail, dit-elle. J'aurai peut-être d'autres questions à vous poser, plus tard.

Diesel la dévisagea d'un air amusé.

— En fait, vous n'allez pas nous arrêter, si j'ai bien compris…

— Pour quelle raison ? La police n'a reçu aucune plainte officielle contre vous. À vous de faire en sorte que ça n'arrive pas.

Tout sourire, Diesel fit le tour de la table pour aller embrasser Lisette sur les deux joues.

— Je reviendrai plus tard, lui dit-il. Les médecins ne nous laisseront pas entrer dans l'unité de soins intensifs avant un certain temps. Je te relaierai cette nuit, pour que tu puisses dormir un peu.

— Je ne crois pas que j'y arriverai, fit Lisette en reniflant. Je crois que je vais rester ici pour le regarder respirer.

— Viens, ma chérie, dit Cal à Lisette en la prenant par le bras. Gayle nous attend.

Marcus se leva, lui aussi, et se dirigea vers la porte, mais il s'arrêta sur le seuil lorsqu'il vit que Scarlett restait immobile.

Elle était sur le point de le suivre, mais elle s'aperçut que Stone était resté assis, les bras croisés et les traits déformés par une moue suspicieuse.

— Je te rejoins dans deux minutes, dit-elle. Je voudrais dire un mot à Stone, d'abord.

Marcus jeta un regard d'avertissement à son frère avant de se tourner vers elle.

— Je te retrouve dans le hall, dit-il en la fixant intensément. Il faut qu'on examine cette liste ensemble.

Quand il la regardait avec ces yeux affamés, ce n'était pas

à la liste qu'elle pensait. Mais il fallait qu'ils se débarrassent de cette tâche pour éloigner le danger de Marcus… Pour qu'il reste en vie. Elle hocha la tête.

— Évite de t'approcher des fenêtres, lui recommanda-t-elle.

Marcus exécuta une parodie de salut militaire.

— Oui, chef !

Chapitre 24

Cincinnati, Ohio
Mardi 4 août, 22 h 35

Scarlett s'assit en face de Stone et posa ses mains jointes sur la table. Pendant un long moment, aucun des deux n'osa parler. Stone la dévisageait d'un œil froid et morne.

Ce fut Scarlett qui rompit le silence.

— Je sais pourquoi, dit-elle.

— Quoi donc, au juste, inspectrice Bishop ? demanda-t-il avec un sourire narquois.

— Je sais pourquoi vous le protégez comme il vous protège… Et pourquoi vous ne me faites pas confiance… Je sais ce qui s'est passé, il y a vingt-sept ans.

— Vous ne savez rien du tout ! rétorqua-t-il, furieux.

— Je sais que vous avez été enlevé quand vous étiez en bas âge et que vous avez failli mourir. Je sais que votre petit frère a été tué par vos ravisseurs. Je sais aussi que vous avez perdu un autre frère, il y a neuf mois… Et je n'ignore pas que vous avez failli perdre Marcus à trois reprises aujourd'hui.

— Comment avez-vous appris ce qui est arrivé à Matty ?

— Marcus m'a dit de faire une recherche sur Google avec comme mots clés « Lexington » et « Matthias Gargano ». Et je suis tombée sur des articles de l'époque qui relataient cette affaire. Je n'en sais pas davantage…

Elle remarqua qu'il s'était légèrement détendu. Selon

Marcus, il y avait une partie de l'histoire que seul Stone pouvait lui raconter. Et Stone craignait sans doute que Marcus ne lui ait confié des détails trop personnels.

— Cela doit être terrible de perdre un frère puis un autre, Stone, et je vous plains de tout cœur. Moi aussi, j'ai des frères. Et je ne sais pas comment je réagirais si l'un d'eux venait à mourir, ce qui a d'ailleurs failli arriver deux ou trois fois… Je sais que vous vous en fichez, mais sachez que je comprends vos inquiétudes… Je ne peux pas vous promettre que tout sera rose entre Marcus et moi, et que nous vivrons heureux et aurons beaucoup d'enfants… Mais je vous jure que je ne lui ferai aucun mal.

— Ce sera involontaire, mais le résultat sera le même, dit-il d'un ton las. Vous savez que je lui ai conseillé de vous emmener faire un tour et de vous plaquer tout de suite après ?

— Ah bon ? fit-elle en fronçant les sourcils.

— Mais il a dit qu'il en était incapable. Manifestement, ce… cette inclination qu'il a pour vous, elle est forte…

Il se pencha vers elle et la regarda droit dans les yeux avant d'ajouter :

— *Très* forte… Vous comprenez ce que ça signifie ?

Scarlett ne s'étonna pas. « Très fort », tel était en effet le désir qu'elle venait de lire dans les yeux de Marcus. « Très fort », aussi, était celui qu'elle éprouvait depuis qu'elle avait entendu sa voix. Jamais elle n'avait ressenti cela pour un autre homme.

— Oui, Stone. Et j'ai bien compris, aussi, que vous êtes en train de me demander si j'ai la même inclination pour lui.

— Et donc ? C'est oui ou c'est non ?

— C'est oui.

Stone secoua la tête, sceptique.

— Vous ne le connaissez pas, objecta-t-il.

— Pas très bien, c'est vrai. Mais je sais que j'ai envie d'en savoir plus sur lui.

— Pouvez-vous me promettre que vous le rendrez heureux ?

Le désespoir qui imprégnait sa voix toucha Scarlett et lui

donna envie de promettre à Stone que son frère ne serait plus jamais triste et solitaire. Mais elle ne voulait pas lui mentir.

— Je ne peux pas vous le promettre, dit-elle avec regret. Mais seulement parce que la vie m'a appris qu'on ne peut pas être responsable du bonheur de ceux qu'on aime.

Il hocha la tête d'un air pensif et, à la grande surprise de Scarlett, murmura sans amertume :

— C'est vrai…

— Je peux vous promettre de l'aimer et de veiller sur lui… Même s'il faut, pour cela, le protéger *contre lui-même*.

Stone l'observa longuement avant de hocher de nouveau la tête.

— Peut-être que vous le connaissez bien, après tout, dit-il.

Il se leva, l'air épuisé et angoissé.

— Prévenez-moi s'il décide de jouer les héros, ajouta-t-il posément. Ça lui prend bien trop souvent.

— Ça, je l'avais compris toute seule, dit-elle d'un ton narquois.

Il esquissa très brièvement un pâle sourire.

— Et puis, oui, je vous préviendrai s'il devient trop imprudent, le rassura-t-elle.

— Merci, inspectrice. Et n'oubliez pas de prendre des mesures en ce qui concerne Delores… Elle aussi, elle mérite de vivre et d'être heureuse.

— Je m'en occuperai dès que je serai dans ma voiture. Puis-je vous poser une question, Stone ? Cette jeune femme qui est restée avec Gayle, c'est bien sa nièce ?

L'expression de Stone se durcit immédiatement.

— Oui. Elle s'appelle Jill.

— Quel est son rôle, exactement ?

— C'est de nous attirer des ennuis, répondit-il sèchement. Marcus lui a offert un job à la demande de Gayle, mais cette fille a une attitude qui me donne envie de…

Il préféra ne pas préciser quel châtiment il souhaitait lui infliger.

— Moi aussi, j'avais envie de la gifler, dit Scarlett.

Stone ne put s'empêcher de sourire.

— Elle ne fait pas partie de votre équipe ? insista Scarlett.

— Non. Marcus se méfie d'elle.

— Moi aussi. Comment est-elle au courant, pour les menaces ?

— Elle a piraté l'ordinateur de sa tante pendant qu'elle était à l'hôpital. Elle prétend que c'était pour l'aider, et c'est peut-être vrai… Mais elle déteste Marcus. En fait, elle lui en veut parce que Gayle est comme une mère pour lui.

— Et vous ?

— Jill me drague, ce que Diesel trouve extrêmement drôle… Mais moi, je ne trouve pas ça marrant du tout. Les petites filles gâtées, très peu pour moi.

— Euh, non, fit Scarlett avec une pointe d'embarras dans la voix. Je voulais dire… Est-ce que Gayle est aussi une mère pour vous ?

Il rougit, ce qui le rajeunit instantanément d'une dizaine d'années.

— Ah… Eh bien… Non, pas vraiment, répondit-il. Je ne suis pas du genre à être materné… Il faut que je file. Je dois retourner au journal avec Cal et Diesel… Je suis de corvée pour surveiller Jill.

— Vous la tenez à l'œil parce qu'elle sait ce qu'il y a sur la liste ? devina Scarlett. Que craignez-vous qu'elle fasse ?

— Je ne sais pas, mais elle pourrait se servir de cette liste pour nuire à Marcus, surtout après la petite scène dans la salle d'attente. Il faut lui rabattre son caquet.

— Alors, faites-le, suggéra Scarlett.

— Non. Moi, je ne suis pas assez souple. C'est Marcus, le mec sympa. Moi… disons que je ne suis pas très gentil… Faites votre boulot, inspectrice, et trouvez le salaud qui cherche à tuer mon frère.

— Et vous, Stone, vous n'êtes pas visé par ces menaces ?

Il haussa les épaules avant de répondre :

— Par certaines d'entre elles. Mais la plupart des enquêtes ont été menées par Marcus pendant que j'étais en reportage dans d'autres pays. Les connards les plus dangereux en veulent surtout à Lisette et à Phillip… Et à Marcus, bien sûr.

— Et Diesel ?

— Diesel pirate des ordinateurs et joue les gros bras quand c'est nécessaire. Il n'est pas vraiment journaliste, même s'il lui arrive d'écrire un article de temps en temps. Il m'a longtemps caché l'existence de cette liste, et quand je l'ai appris, j'ai eu envie de lui casser la gueule… Je ne savais pas que Marcus s'était fait autant d'ennemis mortels.

— Quand l'avez-vous appris ?

— Juste après la mort de Mikhail. Marcus était à l'hôpital, et Cal avait besoin d'aide au journal.

— Vous vous êtes donc porté volontaire…

— J'étais à Cincinnati, à l'époque… Je n'avais rien de mieux à faire.

— Vous êtes un imposteur, Stone, déclara-t-elle en souriant. Vous voudriez que tout le monde vous prenne pour un homme de Neandertal, mais je sens que vous êtes quelqu'un de bien.

— Non, inspectrice, je ne suis pas un imposteur. Et je ne suis pas quelqu'un de bien. La plupart du temps, je ne suis même pas un type intelligent. Mais, c'est vrai, j'aime ma famille, et je ferai tout pour la protéger…

Il fit un pas en arrière, et ajouta :

— Si vous voulez que j'aie l'air de quelqu'un de bien, veillez sur Marcus.

Et il sortit de la pièce, laissant Scarlett seule.

La tristesse l'envahit, suivie d'une colère impuissante. Elle, au moins, avait été assez âgée pour comprendre la situation lorsqu'elle avait découvert le corps ensanglanté de Michelle. Mais ces garçons avaient été traumatisés dans leur enfance parce qu'un salaud avait décidé de les enlever pour s'enrichir. Ils avaient six et huit ans… Elle préférait ne pas imaginer ce qu'ils avaient subi.

Elle chassa de ses pensées le petit garçon traumatisé qu'avait été Marcus, le remplaçant par l'homme qui, pour venir en aide à Tala dans une sombre ruelle d'un quartier mal famé, avait risqué le scandale, mais aussi la révélation publique des activités de son équipe — et donc d'éventuelles poursuites judiciaires. Tout cela parce qu'il ne voulait pas laisser Tala Bautista toute seule dans la nuit.

Tel était l'homme dont elle rêvait depuis neuf mois. L'homme qui la faisait fondre chaque fois que luisait dans ses yeux cet insatiable désir.

L'homme qui veut me faire l'amour dans toutes les positions possibles et imaginables jusqu'à ce que je crie son nom…

Elle l'emmènerait chez elle dès qu'ils seraient sortis de cet hôpital. Elle s'engagea dans le couloir et sortit son téléphone portable pour vérifier sa messagerie tout en marchant.

— Inspectrice Bishop ?

Scarlett se retourna et vit le chirurgien qui avait opéré Phillip se diriger vers elle. Elle se figea.

— Oh ! non, murmura-t-elle. Ne me dites pas que Phillip Cauldwell est mort.

— Non, non. Son état est stationnaire. Désolé, je ne voulais pas vous faire peur…

Il sortit un petit sachet en plastique de la poche de sa blouse et le lui tendit.

— Nous avons trouvé cette balle dans la cavité abdominale de M. Cauldwell. Je ne voulais pas vous la remettre devant sa sœur et ses collègues.

Le projectile était abîmé, mais elle le reconnut immédiatement comme étant similaire à celui que Carrie Washington avait extrait du corps de Tala.

— Merci, docteur. Je vais transmettre cette balle au labo le plus vite possible. Elle pourrait bien avoir été tirée par la même arme.

Ce qui ne serait pas logique, songea-t-elle. *Puisque Tala connaissait son assassin.*

— Ça ne m'étonnerait pas, dit le chirurgien, parce que la personne qui a tiré cette balle ne voulait clairement pas qu'on la retrouve. Il y a eu deux blessures par balle. La première, au niveau du flanc, est superficielle. Celle-là a été extraite avec un couteau… La deuxième balle s'est logée dans l'abdomen. J'ai constaté de profondes entailles dans

— Où es-tu ? demanda Marcus.

— Je viens de monter dans ma voiture. Jill va passer la nuit chez Gayle, donc je n'ai pas besoin de jouer les baby-sitters. Pourquoi ? Tu es où, toi ?

— J'attends Scarlett dans le hall. Je ne t'ai pas vu passer.

— Je suis garé devant l'entrée des urgences. Si tu veux tout savoir, nous ne nous sommes pas écharpés, ton inspectrice et moi. Je ne sais pas où elle est.

Le ton de Stone avait changé à l'égard de Scarlett. Il n'était pas vraiment amical mais beaucoup moins hostile. Plus contenu, peut-être.

— Tu vas bien ? lui demanda Marcus. Tu n'as pas l'air dans ton assiette.

— Ça va. Écoute, elle est…

Il lâcha un petit soupir avant de finir sa phrase :

— Elle n'est pas méchante…

Cette phrase prit Marcus au dépourvu.

— Non, dit-il en étouffant un rire, elle est même très sympa. Je ne voudrais pas me mêler de tes affaires, mais depuis l'agression contre Phillip, je préférerais que tu me signales tes déplacements… Au cas où les gens qui veulent ma peau s'en prendraient à toi.

— Je ne suis pas Phillip, répliqua Stone d'un ton acerbe. Je peux me débrouiller tout seul. Je n'ai pas besoin que tu veilles sur moi comme sur un enfant.

— Bon, d'accord, dit prudemment Marcus. Tu pourrais au moins m'appeler de temps en temps. J'ai besoin de m'assurer que tu n'as pas de problèmes.

J'en ai toujours eu besoin.

— Entendu, dit Stone au bout d'un moment. Je te rappellerai bientôt.

Marcus raccrocha, contrarié par l'obstination de son frère, et se remit à faire les cent pas dans le hall. Jusque-là, il avait résisté à sa phobie des hôpitaux, mais il commençait à se sentir nerveux et il avait hâte de sortir de l'établissement.

Avant d'appeler Stone, il avait tenté de joindre sa mère pour lui annoncer ce qui était arrivé à Phillip — histoire qu'elle ne l'apprenne pas par la télévision. C'était Audrey qui avait décroché et lui avait dit d'une voix monocorde que Della s'était couchée tôt et ne voulait pas être dérangée. Cela signifiait habituellement qu'elle avait pris un somnifère, voire deux ou trois. Ou qu'elle avait bu plus que de raison.

Nom de Dieu, songea Marcus avec amertume. *Il vaut peut-être mieux, après tout, ne pas entraîner Scarlett dans un tel merdier.* Mais il la désirait trop pour réussir à se montrer raisonnable.

Scarlett apparut alors dans le hall. Elle était en pleine conversation téléphonique. Soulagé, Marcus ne put s'empêcher de sourire béatement. Il avait sans doute l'air ridicule, mais il s'en fichait royalement.

Elle lui rendit son sourire en le voyant, et Marcus se sentit le cœur plus léger.

— Elle sera au labo dans un quart d'heure, disait-elle. Je sors de l'hôpital à l'instant même.

Elle raccrocha et rempocha son téléphone.

— Tu es prêt ? demanda-t-elle à Marcus.

— J'ai cru que j'allais devenir dingue, dans ce hall, mais je t'ai attendue. Je ne voulais pas t'inquiéter.

— Je me serais fait du souci si tu étais parti, c'est vrai, reconnut Scarlett.

Puis elle le surprit en lui prenant le bras devant tout le monde et en l'entraînant à l'extérieur.

— Qu'est-ce qui doit aller au labo ? s'enquit-il.

— Une balle, répondit-elle. Le chirurgien l'a extraite de l'abdomen de Phillip.

Sa voiture était garée à côté d'un SUV. Scarlett surprit à nouveau Marcus en le plaquant brusquement contre la portière de l'énorme véhicule.

— Mais qu'est-ce que…, fit Marcus.

Il ne put achever sa phrase car elle le prit dans ses bras et lui donna le baiser le plus ardent qu'il ait jamais reçu. Tandis qu'elle lui caressait les cheveux, elle se hissa sur la pointe des pieds et darda sa langue entre les lèvres de Marcus, qui sentit son sexe durcir. Il laissa échapper un grognement de plaisir, couvert par les halètements de Scarlett qui se frottait contre lui.

Marcus la souleva et la plaqua à son tour contre le SUV, collant son corps contre le sien, pressant son sexe entre ses cuisses brûlantes. Il passa ses mains sous le blouson de Scarlett pour les refermer sur ses seins, et caressa ses tétons déjà raidis par l'excitation.

Haletante, elle décolla ses lèvres de celles de Marcus.

— Mon Dieu… Il faut que tu arrêtes. Je ne peux pas… Pas ici, dans ce parking… Lâche-moi…

Il n'en fit rien et continua de se frotter contre elle, baissant la tête pour promener sa langue sur le bout de son sein droit.

— Marcus, gémit-elle. Je t'en prie… Pas ici… Attends que…

Un petit cri de plaisir lui échappa quand Marcus se mit à lui mordiller le téton.

— Oh ! mon Dieu, murmura-t-elle. Attends qu'on soit chez moi…

À contrecœur, il lui lâcha les seins mais se remit à l'embrasser sur la bouche.

— C'est toi qui as commencé, chuchota-t-il entre deux baisers, en m'embrassant par surprise, comme ça…

— Non, c'est toi, protesta-t-elle en tâchant de reprendre son souffle. Je t'avais bien dit de ne pas me regarder comme ça…

Il la déposa sur le goudron du parking et posa son front sur le sien.

— De te regarder comment ? demanda-t-il.

— Comme si tu voulais me manger toute crue. Je me serais jetée sur toi devant tout le monde si Diesel n'était pas intervenu.

— Mais c'était il y a vingt minutes…

Elle se mordit la lèvre.

— Je sais, dit-elle. Ça m'a fait tourner la tête, tu as dû t'en rendre compte…

Elle le repoussa doucement et le contourna pour ouvrir la portière de sa propre voiture.

— Allez, monte, ordonna-t-elle.

— Combien de temps est-ce que ça va prendre, de déposer la balle au labo ?

Elle s'installa au volant avant de répondre :

— Une dizaine de minutes. Je vais y aller directement, sans parler à d'autres collègues…

Elle avait dit cela comme si elle se le promettait à elle-même plutôt qu'à lui.

— Il faut que je rende cette voiture et que je récupère la mienne. N'oublie rien dans celle-ci.

Comme, par exemple, le pistolet qu'il avait dissimulé sous le siège du passager… Il essaya de se contorsionner pour l'extraire de sa cachette, mais son érection persistante l'en empêcha.

— Pour l'instant, je n'y arrive pas, dit-il en grimaçant.

— Et pourquoi donc ? le taquina-t-elle.

— Tu es un vrai démon, inspectrice Bishop, dit-il en riant. Tu m'excites, et ensuite tu te moques parce que ça me handicape…

Il tressaillit une seconde plus tard, lorsque la main de Scarlett se posa sur son sexe et entreprit de le caresser à travers son jean. Sentant le plaisir proche d'atteindre son comble, il saisit la main de Scarlett et se força à l'écarter.

— Tu vas me faire jouir comme un adolescent. Quand nous serons au lit, je ne tiendrai pas deux minutes… Je préférerais qu'on parle de sujets non sexuels.

Scarlett accéléra.

— Et si on faisait un petit point général sur la situation ? proposa-t-elle. J'ai reçu un message vocal du vétérinaire de la police scientifique.

Le mot « vétérinaire » retint toute l'attention de Marcus.

— Comment va BB ? demanda-t-il.

— Elle va bien. Elle se repose. Tu pourras lui rendre visite demain, si tu veux. Le vétérinaire a pu prélever des fragments de peau et de sang sur ses crocs. Ces échantillons ont été expédiés au labo pour analyse.

— Tant mieux. De mon côté, j'ai pris des nouvelles de Tabby Anders en t'attendant. Elle est toujours dans le coma.

— Moi aussi, je me suis renseignée quand je me suis présentée à l'infirmière, au bloc opératoire, tout à l'heure. Elle m'a dit que la vie de Tabby ne tenait qu'à un fil. Ce Chip Anders… Frapper avec une telle sauvagerie une vieille dame sans défense… Quel homme ! Quel courage ! ironisa-t-elle avec une pointe de dégoût.

— Des nouvelles de Mila et d'Erica ?

— Pas encore. Ça fait des heures que l'équipe de recherche les suit à la trace. La piste est peut-être trop éventée pour le flair des chiens. Mais les maîtres-chiens n'ont pas trouvé de traces de sang pour l'instant, ce qui est plutôt bon signe.

— Nous devrions aller leur donner un coup de main, proposa-t-il.

Elle lui adressa un sourire compréhensif. Elle savait ce qu'il lui en coûtait de suggérer qu'ils n'aillent pas directement chez elle.

— J'ai envoyé un mail à Isenberg pour lui demander s'ils avaient besoin de nous. Elle m'a répondu qu'elle préférait qu'on se concentre sur la liste. Est-ce que je peux l'envoyer à l'assistant d'Isenberg ? Elle voudrait lui demander de nous aider à déterminer qui a pu te cibler, ainsi que Tala et Phillip… Et Delores… Mince, je l'avais oubliée, elle… J'ai promis à Stone de la faire protéger.

Elle se servit du téléphone mains libres de la voiture pour remédier au problème. Le temps qu'elle prenne tous les arrangements nécessaires avec ses collègues, ils étaient arrivés au parking du CPD. Elle s'arrêta à côté de sa vieille Audi, tendit un trousseau de clés à Marcus et lui dit :

— Attends-moi là. Je vais rendre les clés de la voiture de fonction et remettre la balle aux gens du labo.

— Attends ! fit-il.

Il lui prit doucement le poignet et le caressa.

— Tu m'as demandé si tu pouvais montrer la liste à l'assistant d'Isenberg… Mais il y a trop d'informations sensibles relatives au *Ledger* sur cette liste. En attendant que tu reviennes, je vais la nettoyer un peu, puis je te l'enverrai par mail. Tu n'auras plus qu'à la transmettre à l'assistant.

— Merci, dit-elle.

Elle se pencha sur lui mais se figea en soupirant.

— Maudites caméras, marmonna-t-elle. Il y en a partout dans ce parking…

— Dépêche-toi, dit Marcus.

Il récupéra son arme et ajouta :

— Mon ordinateur portable est dans le coffre.

Scarlett activa l'ouverture du coffre et dit :

— En principe, ici, tu ne risques rien. Mais on ne sait jamais, sois prêt à démarrer en trombe.

— Tu vas me laisser le volant ? s'étonna-t-il.

— Oui, mais c'est exceptionnel. Il ne faut pas que ça devienne une habitude…

Elle attendit qu'il se soit installé dans l'Audi pour se diriger vers la partie du parking réservée aux véhicules de fonction.

Cincinnati, Ohio
Mardi 4 août, 23 h 15

— La blessure est grave ? demanda Ken à Decker lorsque ce dernier eut achevé de recoudre la plaie de Demetrius.

Decker ôta ses gants en latex avant de répondre :

— Il n'aurait sans doute pas perdu tout son sang, répondit-il. Mais j'ai quand même dû lui poser vingt points de suture. Vous avez bien fait de me dire d'apporter de quoi l'endormir, même si j'aurais eu moins de mal à l'amener ici s'il avait été éveillé.

— Ça vous aura évité de l'entendre déblatérer, dit Ken. Dans combien de temps va-t-il se réveiller ?

— L'effet de la kétamine aura cessé dans quelques heures, dit Decker.

Il inclina la tête et regarda Ken d'un œil intrigué.

— Que lui avez-vous chuchoté quand il s'est endormi ? demanda-t-il.

Ken connaissait les drogues et, quand Decker lui avait dit qu'il avait utilisé de la kétamine pour endormir Demetrius, il avait été ravi. Ce produit très puissant rendait les gens extrêmement influençables, et la première pensée, au réveil, d'une personne à qui on l'administrait, était toujours en rapport avec ce qu'on lui avait dit juste avant qu'elle sombre dans l'inconscience.

— Je lui ai dit que chaque entaille que je lui ferais avec mon couteau serait fatale.

Decker émit un petit gloussement.

— Ouh là, dit-il. Il vaut mieux ne pas échouer quand on travaille pour vous. Je saurai m'en souvenir.

Ken regrettait qu'il ait fallu en venir à de telles extrémités, mais il était trop tard pour reculer.

— Alors, vous les avez trouvés, ces bracelets ? demanda-t-il.

Decker secoua la tête.

— Je sais qu'ils étaient dans la camionnette, répondit-il, mais je l'ai fouillée de fond en comble avec Burton, sans succès. Ensuite, j'ai bien regardé avec Sean dans la boîte pleine de matériel informatique que nous avons rapportée de chez Anders... Rien. Ce qui signifie soit que nous les avons perdus en route, ce qui paraît improbable, soit que l'un des Anders a réussi à les jeter hors de la camionnette, ce qui est encore plus improbable puisqu'ils étaient tous les trois ligotés et avaient les yeux bandés.

— Ou bien quelqu'un les a subtilisés, fit Ken d'un ton lugubre. Merde...

Il plissa les yeux et dit à Decker :

— Ça pourrait être vous.

Decker ne cilla pas.

— Je n'aurais eu aucune raison de le faire, objecta-t-il.

— Ah bon ? Et si vous cherchiez à remplacer Burton ? Vous avez pris les choses en main depuis la disparition de Reuben...

— J'aime être en première ligne. Je détestais travailler à la compta.

— Pourtant, vous vous en tirez très bien…

Decker haussa les épaules.

— Je sais faire plein de trucs que je n'aime pas faire, dit-il. Je me suis engagé pour être garde du corps, pas gratte-papier. Mais je respecte la hiérarchie.

— Mais s'il y a une place à prendre en première ligne, que ferez-vous ?

— Je la prendrai. Je suis comme ça.

Decker n'avait pas détourné les yeux un seul instant.

— Avec tout le respect que je vous dois, monsieur, je ne cherche pas à vous remplacer.

Ken faillit sourire.

— Pourquoi pas ?

— Vous êtes assis derrière un bureau toute la journée. Moi, ça me rendrait dingue de passer mon temps enfermé, à vérifier des chiffres… Je ne pense pas que la disparition de Reuben soit une bonne chose. Mais je suis tout disposé à vous faciliter la vie, dans ces circonstances, et à faire du bon boulot en espérant que vous ne me renverrez pas dans les bureaux.

— Et si je le fais quand même ?

— Je me suiciderai en avalant de la paperasse.

Ken éclata de rire.

— Chaque chose en son temps, dit-il. Le poste de Reuben revient à Burton. Pouvez-vous travailler sous ses ordres ?

— Bien sûr. Il m'a l'air honnête.

Ken fronça les sourcils.

— Drôle de manière de parler, observa-t-il. Vous avez conscience que notre entreprise est criminelle ?

Decker sourit.

— Oui, monsieur. Mais cela ne concerne que les rapports qu'elle a avec ses partenaires extérieurs… Les fournisseurs, les clients, l'État… Au sein de notre organisation, les relations entre ses membres doivent être transparentes et loyales. Comme à l'armée… Les militaires sont payés pour tuer des gens. C'est leur métier. Du point de vue de l'ennemi, c'est tout à fait criminel. Mais quand on appartient à une armée, il faut être sûr que le soldat qui combat à vos côtés ne se dérobera pas face au danger.

Cette manière de voir était intéressante. Ken s'adossa au mur de la chambre d'amis dans laquelle était allongé Demetrius.

— Quels sont vos autres talents, Decker ? demanda-t-il.

Le colosse esquissa un sourire.

— Je me débrouille très bien avec le broyeur de bois, répondit-il.

— Je… Je vois.

Ken se demanda si c'était de l'humour noir ou le signe d'une perversion macabre. *Mais, après tout, quelle importance ? Chacun son truc, hein ?*

— J'ai eu une longue journée, reprit-il. Je vais faire un somme pendant que la belle au bois dormant, ici présente, cuve sa kétamine. Réveillez-moi quand il reprendra connaissance.

— Vous voulez que je le fasse parler ?

— Non. C'est mon ami… C'est ma responsabilité. Je saurai m'y prendre avec lui.

Sur ce, Ken tourna les talons et se rendit dans sa chambre. Il referma la porte derrière lui, épuisé. Il était content de savoir que Demetrius serait dans les vapes pendant quelques heures.

Ken avait tué deux personnes de ses mains, ce jour-là. Et il avait ordonné la mort de quatre autres gêneurs. L'épouse de Reuben et la sœur de Drake Connor avaient été réduites au silence. Mais Drake et Marcus O'Bannion étaient encore en vie, posant des problèmes auxquels Ken préférait ne pas penser. Il avait perdu le chef de sa sécurité et découvert que Reuben et Demetrius tapaient dans la caisse à pleines mains. Peut-être même l'avaient-ils fait d'un commun accord.

Sa fille lui avait dit qu'il se faisait trop vieux pour ce boulot. Et elle n'avait peut-être pas tort.

Car il sentait bien qu'il n'aurait pas eu assez d'énergie, en cet instant, pour interroger Demetrius. En outre, au fond de lui, il ne se sentait pas tout à fait bien. Demetrius et lui avaient commencé ensemble, quand ils étaient à la fac, en vendant de l'herbe aux autres étudiants. Et c'est ensemble qu'ils avaient bâti une entreprise qui rapportait des millions et dont la clientèle s'étendait dans quarante-deux pays. C'était avec Demetrius qu'il vendait à ces clients toutes les perversions imaginables. Ken n'en avait pas honte : avec ou sans lui, il y aurait toujours des acheteurs pour ce genre de marchandises, et il n'avait aucun scrupule à leur en procurer et à en profiter. *Alors, autant que ce soit moi.*

Il ôta sa chemise et se regarda dans le miroir. Hier encore, il aurait été fier de son reflet. Aujourd'hui…

Son téléphone portable se mit à bourdonner, et il pria pour que ce ne soit pas Decker qui appelait pour lui annoncer que Demetrius s'était réveillé. Heureusement, ce n'était que Sean.

— Qu'est-ce qui se passe ?

— Je viens d'apprendre quelque chose en écoutant les communications radio des flics…

Ken se laissa tomber sur son lit.

— Quoi ?

— Une femme non identifiée a été découverte dans un motel, il y a une vingtaine de minutes. Les employés n'ont aucun souvenir de l'avoir vue prendre une chambre. Ils affirment qu'elle est entrée ni vu ni connu et qu'elle a fait une overdose de somnifères. La description correspond à la femme de Reuben, Miriam…

— Elle est morte ?

Ken lui avait administré lui-même une dose de calmants qui aurait pu assommer un bœuf, avant que Burton l'emmène mourir dans un motel.

— Non, répondit Sean. Elle est inconsciente mais elle est vivante. La rumeur dit que la police a été prévenue par un correspondant anonyme. J'ai pensé qu'il fallait que tu le saches.

— Attends, elle vient d'être découverte ? Mais elle devrait être morte depuis plusieurs heures… Je lui ai fait avaler une dose suffisante pour tuer Reuben, et elle pèse la moitié de son poids. Si elle est encore vivante, c'est que quelqu'un lui a fait un lavage d'estomac.

— Ou lui a tout fait vomir… C'est bien Burton qui l'a amenée au motel ?

— Ouais, fit Ken.

Burton, qui avait d'abord refusé de la tuer… Le bras droit de Reuben, qui avait visiblement un lien affectif avec la femme de celui-ci… Burton avait sauvé la vie de Miriam, mettant ainsi en danger toute l'entreprise. *Et moi, plus particulièrement.* Car c'était Ken qui lui avait fait avaler la dose mortelle de sédatif.

— Tu veux racheter ma part ? demanda soudain Ken. Alice m'a dit que vous étiez disposés à le faire.

— Peut-être… Mais il faudra faire un grand ménage.

— Si ça continue comme ça, il n'y aura plus grand-chose à nettoyer.

— Tu veux retrouver Burton ?

— Je sais où il est. Et je sais que tu es au courant pour les balises sur vos portables.

— Je ne serais pas un très bon informaticien si je ne m'en étais pas aperçu, rétorqua Sean. Mais je ne t'en veux pas.

Ken resta silencieux un long moment.

— Tu peux t'occuper de Burton ? finit-il par demander. C'est un costaud.

— Non, mais Alice en est capable, elle.

Il avait dit cela sans la moindre amertume ni le moindre regret. Au contraire, il avait semblé, en prononçant ces mots, être fier de sa sœur, qui avait hérité, beaucoup plus que lui, des gènes de Ken et de sa force physique.

— Euh, elle n'est pas… tu sais… avec Burton, hein ? demanda Ken en grimaçant. Comme elle est avec DJ…

— Tu veux vraiment que je réponde à cette question ? ricana Sean.

Ken frémit en imaginant le tableau.

— Non, répondit-il. Contacte Alice, retrouvez Burton et amenez-le ici. Je ne sais pas où elle est, en ce moment. Elle m'a dit qu'elle allait liquider O'Bannion.

Il raccrocha, ôta ses chaussures et s'allongea sur son lit, trop fatigué pour enlever son pantalon. Une vision inattendue de Stephanie Anders, nue et lui donnant du plaisir, vint se former dans son esprit.

— Non merci, murmura-t-il.

La redoutable et venimeuse Stephanie Anders était la dernière femme avec qui il aurait eu l'idée de coucher, et voilà qu'il fantasmait sur elle en fin de journée… C'était ridicule.

C'était peut-être son subconscient qui lui soufflait qu'il était temps de tirer sa révérence. Une fois qu'il aurait réglé les problèmes en cours, il siphonnerait les comptes bancaires de Chip Anders, de Reuben et de Demetrius et il prendrait sa retraite au soleil.

Mais, en attendant, il fallait agir.

Chapitre 25

Cincinnati, Ohio
Mardi 4 août, 23 h 30

Marcus se frotta les lèvres, qui le picotaient encore depuis le baiser qu'il avait échangé avec Scarlett dans le parking de l'hôpital. *Enfin !* songea-t-il. Cela faisait neuf mois qu'il se disait qu'il ne pouvait que l'entraîner dans sa propre chute — et voilà que la voix de la prudence venait enfin de se taire dans sa tête.

Mais il y avait un hic : elle n'avait fait aucune allusion à l'enlèvement et à la mort de Matty. Il se demanda si elle avait pris le temps de faire une recherche en ligne, comme il le lui avait suggéré. Elle avait été très occupée, après tout. Il ne voulait pas lui poser la question frontalement. Car si elle ne l'avait pas fait, et si, avec un peu de chance, cela lui était sorti de la tête, Marcus préférait ne pas le lui rappeler.

Sauf qu'elle avait le droit de savoir. Il ne pouvait pas lui cacher quelque chose d'aussi important. Il se promit de tout lui raconter quand cette affaire serait terminée. Quand il aurait appris à mieux la connaître. Quand, après avoir passé au minimum une nuit entière avec elle, ils se réveilleraient dans le même lit. Il aurait au moins un bon souvenir d'elle à conserver si, par malheur, ces révélations pénibles creusaient un fossé infranchissable entre eux.

Mais peut-être qu'elle ne changerait pas d'avis sur lui.

C'était possible. N'avait-elle pas réagi aux révélations sur les activités clandestines du *Ledger* avec une étonnante ouverture d'esprit ? Certes, mais il s'agissait d'un tout autre problème. Son équipe d'enquêteurs du *Ledger* ressemblait à une version moderne de celle de *Mission impossible*. Ils n'avaient jamais tué qui que ce soit — même si Marcus et Diesel avaient bien failli le faire en quelques occasions.

Or ce qu'il avait fait après la mort de Matty était complètement différent. Il avait tué quelqu'un — même si ce n'était pas lui qui avait appuyé sur la détente. Il regarda le pistolet qui était posé sur ses cuisses. C'était peut-être l'arme du crime. Il n'en était pas sûr. Et ne voulait pas l'être.

Mais il savait que chaque fois qu'il la portait sur lui, il prenait un risque. S'il n'avait eu à s'inquiéter que pour sa propre personne, cela ne l'aurait pas gêné. Mais il n'était plus seul. Scarlett avait mis sa carrière en jeu pour lui. Elle se tenait à ses côtés, faisait front avec lui.

Il se promit de ranger ce pistolet dans son coffre-fort, où il ne pourrait nuire à personne. Il le sortit du holster de poche et passa doucement la main sur le canon. Il se rendit compte qu'il avait caressé la peau de Scarlett de la même manière, quelques minutes plus tôt.

Cela faisait longtemps que cette arme était devenue plus qu'un simple pistolet pour lui. C'était un talisman, tout comme son couteau de combat — mais pour d'autres raisons. *J'aurais du mal à m'habituer à un autre pistolet,* songea-t-il. Mais si cela facilitait ne serait-ce qu'un peu sa relation avec Scarlett, ce ne serait pas cher payé. Maintenant qu'il avait tenu Scarlett dans ses bras et savouré le goût de ses lèvres… Maintenant qu'il l'avait fait jouir… Et maintenant qu'elle l'avait serré contre elle avec cette tendresse fusionnelle… Il savait qu'il ferait tout pour la garder.

Il glissa le pistolet entre son siège et la portière, à portée de main. Puis il sortit son ordinateur portable et ouvrit la liste des menaces. Il l'expurgea de toute référence nominative aux autres membres de l'équipe ou aux actes les plus illégaux qu'ils avaient commis. Il inséra ensuite sa carte wi-fi dans la prise USB et envoya la liste ainsi remaniée à Scarlett.

Un petit bruit le fit sursauter. Sa main saisissait déjà la crosse de son pistolet, mais il se détendit lorsqu'il constata que ce n'était que Scarlett, qui tapotait contre la vitre de la voiture. Il déverrouilla les portières et elle s'installa à côté de lui. Elle portait un gilet pare-balles de combat sur son T-shirt et tenait son blouson à la main.

— Excuse-moi d'avoir mis tant de temps, dit-elle.

Son teint était empourpré, et une fine couche de sueur luisait sur son visage.

— Tu as couru ? demanda Marcus.

Elle jeta son blouson sur la banquette arrière.

— Un peu. Je ne voulais pas que tu t'inquiètes.

— D'où sors-tu ce gilet ?

— C'est Lynda qui me l'a donné.

Marcus fronça les sourcils.

— Tu aurais dû en porter un quand on est allés à l'hôpital, dit-il avec une pointe de reproche.

— J'ai oublié le mien chez moi, après que nous… Après qu'on a fait l'amour sur le canapé.

— Tu ne devrais pas te laisser troubler autant, dit-il en s'en voulant de ne pas avoir remarqué cet oubli. Pourquoi est-ce que tu ne portes pas un gilet en kevlar sous tes vêtements, comme moi ?

— Premièrement, parce que ça démange. Deuxièmement, parce que je n'ai pas de vêtements assez amples. Troisièmement, parce que ça me fait crever de chaud. Et, quatrièmement, parce que, *moi*, je n'ai pas promis à ma mère d'en porter un… Je préfère porter ce gilet de combat par-dessus mon T-shirt. Et puis, c'est toi la cible, pas moi.

— Promets-moi d'en porter un en permanence.

— Je te promets d'en porter un toute la journée, mais seulement jusqu'à ce que ce type soit hors d'état de nuire, déclara-t-elle très sérieusement en le regardant dans les yeux.

— On renégociera ça quand le type sera sous les verrous, marmonna-t-il.

Elle ne put s'empêcher de sourire.

— On verra… Bon, tu peux démarrer, maintenant. Pourquoi est-ce que tu n'as pas mis la clim ? Tu as dû cuire là-dedans.

— J'ai servi en Irak, lui rappela-t-il. Je suis capable de supporter un peu de chaleur.

Il ferma son ordinateur, le posa au pied de la banquette arrière et démarra.

— Moi aussi, monsieur le macho, j'en suis capable, mais je ne préfère pas, dit Scarlett en tournant à fond le bouton de la climatisation. Tu as fini de refaire la liste ?

— Oui. Je l'ai envoyée sur ta boîte mail.

Scarlett se cala sur son siège et ouvrit son téléphone, tandis que Marcus manœuvrait l'Audi hors du parking. Il s'engagea dans la rue et se mit à rouler en direction de la maison de Scarlett sur la colline.

— Je l'ai, dit-elle.

Elle la parcourut du regard pendant quelques instants, tapota sur l'écran tactile, rangea l'appareil dans l'une des poches de son gilet pare-balles et dit :

— Je l'ai envoyée à Isenberg, pour qu'elle la fasse analyser.

Il la regarda du coin de l'œil et dit :

— Je croyais que tu ne devais pas aller dans ton bureau.

— Isenberg m'a appelée pendant que j'étais au labo. Deacon et l'agent Coppola revenaient de chez toi. Et Adam Kimble, l'inspecteur qui dirigeait la recherche de Mila et d'Erica, venait, lui aussi, de rentrer au CPD. On s'est brièvement réunis pour faire le point. Je me suis éclipsée dès que j'ai pu.

— Qu'a dit Deacon ?

— Que les enregistrements des caméras de sécurité de ton immeuble ont filmé le tueur au moment où il est sorti, cinq minutes après y être entré en même temps que Phillip et avoir abattu le gardien.

— Quelle heure était-il ?

— 20 h 40.

— Merde… Il est parti une ou deux minutes avant mon arrivée. Phillip m'a dit qu'il était grand et afro-américain.

— La caméra n'a pas filmé son visage. Il portait une cagoule et une casquette, ainsi que des gants. Le peu de peau qu'on distingue autour de ses yeux était foncé, c'est tout ce qu'on sait.

— On demandera à Phillip de nous en dire davantage quand il reprendra connaissance.

— Oui. Quand le tueur est sorti de ton appartement, il est descendu par l'escalier et il a vérifié que la voie était libre avant de traverser le hall. Il avait une serviette enroulée autour du bras, et on voyait nettement le manche d'un couteau planté dedans… Ce qui corrobore ce que Phillip t'a dit.

— Il ne voulait pas laisser de traces de sang.

— Mais la serviette était déjà toute rouge. Phillip a enfoncé la lame bien profondément.

Marcus songea à Phillip et à Edgar qui, en cet instant même, luttaient tous deux contre la mort.

— Tant mieux, dit-il froidement.

— L'agent Coppola a interrogé tous tes voisins. Personne n'a rien vu. Le tireur s'est servi d'un silencieux.

— Les silencieux adaptables aux Ruger sont très rares, observa Marcus. Il l'a peut-être fait faire sur mesure. Mais il ne s'en est pas servi dans la ruelle… Pourquoi ?

— Bonne question. Par ailleurs, il est certain que le fusil avec lequel il a tué l'agent Spangler et tenté de nous abattre chez Anders était équipé d'un silencieux, dit-elle d'un air pensif.

— Qu'est-ce que tu en déduis ? demanda Marcus.

— Le chirurgien m'a dit que le tireur avait fait feu à deux reprises sur Phillip. Dans le flanc et l'abdomen. Deacon n'a pas trouvé la balle qui lui a transpercé le bras. Il n'y avait que la douille. Selon le chirurgien, le tireur a extrait la balle qui s'était logée dans le flanc. Il a ensuite tenté de récupérer celle qui s'était fichée dans l'abdomen, mais il a fini par renoncer.

— Parce qu'il perdait son sang. Ce qui est clair, c'est qu'il ne voulait pas que la police trouve les balles. Or le type qui m'a tiré dessus dans la ruelle a laissé les balles derrière lui. Mais, si c'est bien le même homme, on dirait qu'il a voulu empêcher les experts en balistique d'établir avec certitude que celles qu'il a tirées sur Phillip provenaient de la même arme. Les balles tirées avec le fusil dont il s'est servi cet après-midi chez Anders ne pouvaient bien sûr pas être identiques à celles qu'il a tirées avec le Ruger… Mais tout ça n'a aucun sens. Pourquoi a-t-il pris la peine d'extraire ces balles ? Il devait se douter que la police déduirait qu'elles ont été tirées par le même homme.

— Mais est-ce qu'on en est sûrs ? demanda-t-elle. Tala connaissait son assassin. Je l'ai lu dans ses yeux.

— Moi aussi, murmura-t-il. Quand j'ai regardé la vidéo, je n'avais aucun doute là-dessus. Ce ne serait pas le même tireur, alors ? Il n'y aurait aucun lien entre les deux ?

— Peut-être. Et on veut nous faire croire que c'est le même… On sera bientôt fixés. L'experte est en train d'analyser les balles et de les comparer. Elle ne travaille pas de nuit, d'habitude. Mais elle va faire des heures supplémentaires.

— Parce qu'un agent du FBI a été tué, c'est ça ?

— Non, dit-elle avec force. Parce qu'un assassin et trafiquant d'esclaves sévit dans cette ville. Face à cela, personne ne refuse de faire des heures supplémentaires.

— Excuse-moi. Je n'aurais pas dû dire ça.

— Ce n'est pas grave.

Elle posa une main sur la cuisse de Marcus. *Elle cherche une fois de plus à me réconforter,* se dit-il.

— Il arrive que ce soit vrai, ajouta-t-elle. Mais pas cette fois.

— Et l'équipe de maîtres-chiens, qu'est-ce qu'ils ont trouvé ?

Elle lâcha un soupir.

— Ils ont perdu la trace des deux fugitives. Apparemment, Mila et Erica sont montées dans un véhicule après avoir longuement marché. Les services de l'immigration nous ont fourni leurs photos ainsi que celles du mari et du fils de Mila.

Nous les avons transmises à tous les agents en patrouille. Ils ont pour consigne d'approcher ces femmes avec douceur et de leur montrer les photos du mari et du fils, ainsi qu'une photo de Malaya, prise par l'assistante sociale. Isenberg a fait légender ces trois photos avec la phrase « elles sont vivantes et en sécurité », en anglais et en tagalog.

— J'espère qu'elles ne vont pas disparaître dans la nature…

— Moi aussi, murmura-t-elle d'une voix peinée.

Il tourna la tête vers elle.

— Quel est le problème ? demanda-t-il.

— Je pense à l'enquête… Rien ne colle dans cette affaire, et ça me donne la migraine.

— Attendons le rapport d'expertise balistique. On saura si c'est bien la même arme qui a servi contre Tala et Phillip.

— Tu as raison.

Mais Marcus sentait bien qu'elle n'arrivait pas à penser à autre chose. Lui non plus, d'ailleurs. Il n'arrêtait pas de réfléchir à ce qui s'était passé chez lui.

— J'essaie de me souvenir si j'ai déjà croisé un type correspondant à la description que Phillip m'a faite, dit-il. Mais ça ne me dit vraiment rien.

— Deacon pourrait t'aider…

— Deacon ? s'étonna Marcus. Mais comment ?

— Il a été formé à l'hypnose. Cela lui sert à aider les gens à se souvenir d'événements enfouis dans leur mémoire. Je l'ai vu à l'œuvre, avec Faith, il y a neuf mois. Depuis, il a aidé trois autres victimes à se remémorer des détails oubliés. Ne t'inquiète pas, dit-elle en le voyant faire la grimace. Il ne te fera pas glousser comme une poule… C'est juste une technique de relaxation.

— Je ne crois pas que ça marchera avec moi. Cela ressemble trop à un interrogatoire ou à un lavage de cerveau, et… Non, malheureusement, dans mon cas, ça ne fonctionnera pas…

— Quand tu étais dans l'armée, tu as été entraîné pour résister aux techniques de manipulation mentale, hein ?

— Je n'ai jamais dit ça, protesta-t-il.

Et pourtant, elle avait vu juste.

— Allez, Marcus, avoue. Tu te déplaces comme un ninja. Je pense être douée pour sentir quand quelqu'un s'approche de moi par-derrière, et je me suis laissé surprendre deux fois par toi… Soit tu es un super-héros, soit tu as reçu un entraînement spécial.

— On ne peut rien te cacher, concéda-t-il avec un petit rire.

— Tu es un super-héros ? le taquina-t-elle.

Il tourna dans la rue escarpée qui menait à la maison de Scarlett et dut rétrograder, faisant tousser le moteur de l'Audi.

— Tu regretteras peut-être que je n'en sois pas un si cette épave nous lâche en pleine côte. On aura peut-être besoin de l'escalader avec des crampons.

— Espèce de mauviette. Je grimpe cette pente en courant tous les jours, quand je m'entraîne pour une course.

— Ah bon ?

Il y réfléchit un instant, heureux de pouvoir penser à autre chose qu'à des blessures par balles, des cadavres et des femmes portées disparues. Un coup d'œil à Scarlett lui apprit qu'elle n'était pas mécontente non plus de changer de sujet. Ses yeux pétillaient, et elle arborait un petit sourire — ce sourire serein qu'il aurait tant voulu contempler tous les matins en ouvrant les yeux.

— J'aimerais bien te voir courir, ajouta-t-il. Surtout si je cours derrière toi.

Une vision de Scarlett en short et en sueur lui traversa l'esprit et lui mit l'eau à la bouche.

— On peut faire ça demain matin, dit-elle. Très tôt. Je te mets au défi…

Il secoua lentement la tête, ayant en tête une tout autre activité.

— Ce sera sans moi, dit-il.

— Quoi ! Tu te dégonfles ?

Il s'engagea dans l'allée de la maison de Scarlett, coupa le moteur et posa les avant-bras sur le volant.

— Moi ? Je ne me dégonfle jamais, inspectrice…

Marcus détacha sa ceinture de sécurité d'une main et posa

l'autre sur la nuque de Scarlett, puis l'embrassa longuement sur la bouche.

— Mais, ajouta-t-il, je crois que demain matin je n'aurai pas très envie de gaspiller mon énergie en remontant cette côte en courant.

Elle lui caressa le menton d'une main tremblante.

— Dans ce cas-là, on peut reporter…

Ils échangèrent de nouveau un long baiser passionné. Lorsque Scarlett décolla ses lèvres, elle sourit et chuchota :

— Mme Pepper nous observe.

Il recula la tête et scruta les alentours.

— Comment le sais-tu ? demanda-t-il.

— J'ai vu le reflet de la lampe de sa terrasse sur ta vitre. Réfugions-nous vite dans la maison avant qu'elle ne vienne nous parler…

Il sortit de la voiture et alla ouvrir la portière de Scarlett, et sa galanterie la fit rire. Il l'aida à sortir de l'Audi et lui rendit ses clés en disant :

— Déverrouille la porte du garage. Je vais l'ouvrir pour que tu puisses rentrer ta voiture.

— Je peux le faire moi-même, Marcus.

— Je sais, dit-il.

Il lui saisit doucement le menton et l'embrassa avec ardeur, puis couvrit son visage de baisers, la faisant gémir de plaisir lorsqu'il lui mordilla le lobe de l'oreille. Il aurait voulu caresser ses courbes, mais l'épais gilet pare-balles le gênait. En outre, il aperçut du coin de l'œil Mme Pepper qui les épiait sans la moindre gêne derrière les rideaux de son salon.

— Laisse-moi quand même ouvrir cette porte, murmura-t-il. Ne serait-ce que pour faire croire à Mme Pepper que je suis un gentleman… J'aimerais qu'elle m'ait à la bonne. Il paraît qu'elle fait des gâteaux délicieux.

Scarlett se laissa convaincre, déverrouilla la porte et le laissa remonter le lourd rideau de fer. Il attendit qu'elle ait garé la voiture et coupé le moteur pour refermer le rideau.

Ils se retrouvèrent dans la pénombre. Et dans l'intimité la plus totale. *Enfin.*

Marcus la prit aussitôt dans ses bras. Ils restèrent collés l'un à l'autre pendant un long moment.

Il tremblait comme un adolescent lors de son premier rendez-vous galant.

— Ce matin, murmura-t-il, tout était différent.

— Je sais…

Elle se dressa sur la pointe des pieds et l'embrassa doucement.

— Ce matin, *nous* étions différents. Je ne savais presque rien de toi. J'ignorais qui tu étais vraiment…

— Un super-héros ? suggéra-t-il en souriant.

— Non, répondit-elle.

Elle lui mordilla la lèvre supérieure puis la titilla du bout de la langue.

— Tout simplement, l'homme que j'espérais tant que tu sois, ajouta-t-elle.

— Je ne suis pas un héros, Scarlett.

— Moi non plus. Je suis moi-même, voilà tout.

Il lui rendit son baiser, tout doucement — car si son corps brûlait de désir, son esprit lui soufflait de ne pas se précipiter. Le moment était trop important.

— Et je t'aime comme tu es, dit-il.

— Attention, il m'arrive d'être imbuvable…

— Il n'y a pas de roses sans épines, philosopha-t-il.

Elle esquissa un sourire puis se figea, subitement très sérieuse.

— J'ai vécu seule très longtemps, Marcus, et je m'y suis habituée. Mais maintenant… avec toi… je ne me sens plus seule… Et ça me fout la trouille. Cet après-midi, on a fait l'amour, et c'était bon… Très bon même. Et très simple. Mais là, maintenant… C'est… plus intense.

Il lui embrassa le cou, la faisant frissonner de désir, et chuchota :

— Je *veux* que ça soit plus intense.

— Tant mieux, articula-t-elle. Ce serait nul si j'étais seule à le vouloir.

Il dégrafa son gilet pare-balles et demanda tout bas :

— Que veux-tu, Scarlett ? Un mari, des enfants ? Un pavillon avec un grand jardin ?

— Oui, répondit-elle. Tout ça à la fois.

— J'aime les jardins, et j'ai toujours eu envie d'avoir des enfants. Et une femme. On a les mêmes désirs…

Il glissa une main sous l'épais gilet, trouva un sein bien ferme et sentit le téton durcir dans le creux de sa paume.

— Et là, tout de suite, de quoi as-tu envie ? demanda-t-il.

Elle lâcha un petit rire essoufflé.

— J'ai envie de t'attirer dans mon lit et de faire plein de trucs très osés avec toi, répondit-elle.

Marcus chavira. Il l'embrassa avec fougue — trop de fougue. Mais elle ne s'en plaignit pas, bien au contraire. Et c'est avec autant d'ardeur qu'elle lui rendit ses baisers, au point qu'il craignit de jouir précocement dans ce garage. Il se décolla d'elle, haletant.

— Par quoi on commence ? demanda-t-il, l'œil luisant.

— Avant, il faudrait que je promène Zat. Et j'aimerais bien prendre une douche…

— Moi aussi. On se retrouve à l'intérieur. Où est ta chambre ?

— À l'étage.

Elle l'embrassa encore une fois avant de se diriger vers la porte.

— Elle est violette.

— Quoi donc ?

— Ma chambre. Elle est peinte en violet. Te voilà prévenu… Bon, je me dépêche.

— D'accord, marmonna-t-il.

Il récupéra son pistolet et son ordinateur portable ainsi que le blouson de Scarlett et son holster, pénétra dans la maison et se rendit tout droit à l'étage. Son cœur battait à tout rompre d'excitation et d'impatience, mais il se sentait détendu et serein, en paix avec lui-même.

Cincinnati, Ohio
Mardi 4 août, 23 h 55

D'habitude, Scarlett laissait Zat gravir les marches seul sur ses trois pattes — mais, ce soir-là, elle n'en eut pas la patience. Elle entendit la douche couler et sentit ses genoux faiblir en imaginant Marcus nu sous le jet. Elle prit Zat dans ses bras et monta en courant à l'étage, au moment même où le bruit de la douche cessait.

Retenant son souffle, elle déposa doucement son chien et marcha jusqu'à la porte ouverte de la salle de bains.

— Oh ! soupira-t-elle, admirative.

Elle l'avait déjà vu torse nu. Et, dans l'après-midi, elle avait eu un aperçu de son sexe quand ils avaient fait l'amour sur le canapé.

Mais elle n'avait pas imaginé, même dans ses rêves les plus fous, quel spectacle délicieux pouvait offrir Marcus O'Bannion, nu et trempé. Les muscles de ses larges épaules, parfaitement dessinés, se contractaient tandis qu'il se séchait les cheveux à l'aide d'une serviette, aspergeant de gouttelettes sa poitrine velue. Ce qui donna envie à Scarlett de l'embrasser avidement, puis de promener sa langue plus bas, et plus bas encore… Cet homme était un fantasme en chair et en os. Le regard de Scarlett s'attarda un instant sur son sexe dressé. Se rappelant ce qu'elle avait ressenti quand, brûlant et dur, il l'avait pénétrée, elle sentit son bas-ventre se contracter avec tant de force qu'elle en frissonna.

Bientôt, il sera de nouveau en moi…

Marcus acheva de s'essuyer la tête puis épongea doucement le pansement qu'il avait toujours à la tempe. Soudain, il prit conscience de la présence de Scarlett qui le dévorait des yeux. Un large sourire creusa ses joues d'adorables fossettes que Scarlett n'avait pas remarquées jusque-là. Il avait l'air heureux. Et très détendu — sauf pour son érection, qui ne cessait de croître.

— Je n'ai pas utilisé beaucoup d'eau chaude, dit-il. Je ne connais pas la taille de ton ballon.

Subitement, Scarlett s'appuya contre le cadre de la porte, s'efforçant de garder son flegme… Tout en sachant qu'elle n'y arriverait pas.

— Il n'y a pas de ballon, répondit-elle. C'est un chauffe-eau. On peut gaspiller toute l'eau qu'on veut…

— C'est bon à savoir.

Il écarta les bras, aiguillonnant le désir de Scarlett.

— Donc, tu peux me rejoindre, ajouta-t-il. Puisqu'il y a de l'eau chaude à volonté.

— Dans un instant. D'abord, je veux te regarder… Tu es tellement… Comme je t'imaginais.

— Inspectrice, tu es beaucoup trop couverte, dit-il d'un ton taquin.

Elle entra dans sa chambre pour se déshabiller.

— Non, non, protesta-t-il. Reste là. À moi de te regarder.

— Une minute, fit-elle.

Elle enleva son gilet pare-balles, posa son téléphone portable sur la table de nuit et rangea son pistolet dans le tiroir. Elle fut tentée de ne pas consulter sa messagerie, mais le fit quand même. Heureusement, il n'y avait aucun nouveau message. C'était un moment de répit, et elle comptait bien en profiter.

Elle revint à la porte de la salle de bains et ôta son T-shirt, exhibant son soutien-gorge de dentelle rose. Elle l'avait choisi pour lui.

Le sourire de Marcus s'estompa, et son regard redevint fixe, semblable à celui qui avait attisé le désir de Scarlett dans le parking de l'hôpital.

— Viens ici, dit-il tout doucement.

Les jambes flageolantes, elle se dirigea vers lui. Marcus parcourut d'un doigt taquin la bordure festonnée de son soutien-gorge.

— C'est joli, ça, souffla-t-il.

Puis il leva les yeux et ajouta :

— Très joli… Enlève-le vite, avant que je le déchire.

Le soutien-gorge s'ouvrait par l'avant et Marcus lâcha un petit grognement lorsqu'elle s'exécuta.

— Si j'avais su que c'était aussi facile…, fit-il.

Elle laissa le soutien-gorge tomber à terre avec un petit rire.

— Mince, haleta-t-il.

Il lui prit les deux seins à pleines mains, et se mit à les caresser doucement. Puis il les couvrit de baisers avant de s'écarter, serrant les poings.

— Continue à te déshabiller, murmura-t-il, mais dépêche-toi, ça me rend fou…

Scarlett n'obéit pas et prit son temps pour se débarrasser une à une des épingles à cheveux qui maintenaient sa tresse en place. Il la regardait sans dire un seul mot, subjugué. Elle retira la dernière épingle et sa longue tresse vint frôler ses reins. Elle empila les épingles sur le rebord du lavabo et commença à défaire la tresse, mais Marcus arrêta son geste.

— Laisse-moi faire, chuchota-t-il.

Il entreprit de démêler les cheveux entrelacés d'une main fébrile.

— J'ai envie de faire ça depuis la première fois que je t'ai vue, fit-il. Dans mes fantasmes, tes cheveux étaient étalés sur mon oreiller… et sur mon corps.

L'excitation de Scarlett ne cessait de croître. Elle ôta ses chaussures, déboutonna son pantalon et le laissa tomber sur ses chevilles. Elle ne portait plus que sa petite culotte rose assortie à son soutien-gorge, ses chaussettes et son holster de cheville.

— C'est mignon, dit-il d'un ton bourru. Surtout le holster de cheville. Ça te donne un petit air canaille…

— Oui, mais compensé par la dentelle rose, dit-elle en glissant son petit doigt sous le fin cordon qui reliait les deux triangles de soie de sa petite culotte.

— C'est l'effet de contraste, dit-il doctement. Les deux vont très bien ensemble, crois-moi. Ta petite culotte est mouillée ?

— Comme à chaque fois que tu t'approches de moi.

Elle mit un genou à terre pour se débarrasser du holster puis se releva.

— Je reviens tout de suite, dit-elle.

— Fais vite.

Elle ne se le fit pas dire deux fois et fourra promptement le holster et le pistolet dans le tiroir de la table de nuit. Quand elle se retourna, elle vit que Marcus s'était adossé au mur carrelé de la cabine de douche et qu'il se caressait doucement le sexe.

— Tu as commencé sans moi ! protesta-t-elle.

— Je t'avais bien dit de te dépêcher, répliqua-t-il.

Scarlett arracha ses chaussettes et sa petite culotte, et le rejoignit dans la cabine. Puis elle referma la porte et tourna le robinet, faisant jaillir l'eau du pommeau au-dessus de leurs têtes.

Il prit un peu de shampoing dans le creux de sa main, se plaça derrière Scarlett et entreprit de lui laver les cheveux, lui massant délicatement le cuir chevelu. Ronronnant sous cette caresse, elle colla son dos contre le ventre et la poitrine de Marcus. Les muscles de ses épaules se décontractèrent, tandis qu'une sensation plus agréable encore naissait au contact du sexe rigide qui se frayait un passage entre ses cuisses.

— Tu as de bien longs cheveux, inspectrice, lui chuchota-t-il dans le creux de l'oreille.

Ses mains savonneuses glissèrent lentement sur ses seins avant de plonger entre ses cuisses. Il enfonça doucement un doigt dans la fente trempée de Scarlett, explorant progressivement son intimité. Le petit cri qu'elle poussa le fit rire.

— Ça va prendre un peu de temps, fit-il.

Elle n'aurait su dire s'il parlait du lavage de ses cheveux ou de la caresse qu'il lui prodiguait. Peu importait. Elle ne pensait plus à rien, elle s'offrait tout entière à lui et savourait passionnément cet instant. Il ne se hâtait pas, la caressant langoureusement, jusqu'à ce qu'elle se trémousse et se frotte contre lui pour l'inciter à accélérer. *Oui… Plus vite… Plus fort…*

Elle lâcha un grognement frustré lorsqu'il cessa de la caresser pour lui rincer les cheveux. Puis il se mit à humer l'un après l'autre les flacons de gel douche, en prenant volontairement son temps.

— Dépêche-toi, Marcus ! le supplia-t-elle d'une voix rauque.

— Ah, voilà celui que j'aime tant, dit-il en choisissant le gel douche parfumé au chèvrefeuille.

Il savonna consciencieusement Scarlett, ne négligeant aucun centimètre carré de peau et stimulant son désir sans pour autant le porter à son comble.

— Espèce de sadique ! On dirait que ça te fait plaisir, protesta Scarlett, exaspérée par une telle cruauté autant que par le désir impérieux et lancinant qui lui vrillait le bas-ventre.

Il fit mine de ne pas avoir entendu et s'accroupit pour lui masser les mollets et les pieds. Puis il décrocha le pommeau de la douche et, un petit sourire aux lèvres, s'en servit pour la rincer.

— Pas toi ? demanda-t-il.

— Oui … Mais… Oh ! mon Dieu…

Les mots lui manquèrent lorsqu'il s'agenouilla et plaqua ses mains sur ses fesses, enfouissant son visage entre ses cuisses.

— Oui… C'est bon… Oui… Continue… Encore…

Sa langue lui arracha immédiatement des gémissements de plaisir. Elle enfouit ses doigts dans les cheveux de Marcus, folle de désir, et s'abandonna complètement à lui. Elle était tout près de jouir. Mais il se releva brusquement, arrachant un « non ! » désespéré à Scarlett, au bord de l'orgasme. Elle posa ses mains sur les épaules de Marcus pour le forcer à s'agenouiller de nouveau. Elle voulait qu'il finisse ce qu'il avait commencé. Mais, à ce moment-là, elle aperçut l'expression sur son visage…

Il ne souriait plus. Ses yeux bruns luisaient de désir. Sans détourner les yeux, il ferma le robinet, la plaqua contre le mur de la cabine et l'embrassa avec tant de passion que la vision de Scarlett se troubla. Il se décolla, lui permettant de reprendre son souffle, et ouvrit la porte de la cabine de douche d'un coup d'épaule. Il la prit dans ses bras et elle enroula les jambes autour de ses hanches, se frottant contre lui comme pour engloutir le sexe érigé de Marcus dans le sien, trempé d'excitation. Il la porta dans la chambre et la déposa délicatement sur le lit, alors qu'ils étaient tous deux encore ruisselants d'eau.

Mais elle n'eut pas le temps de s'en soucier, car il se coucha aussitôt sur elle puis glissa le long de son corps, jusqu'à ce que sa bouche rencontre à nouveau son sexe et que sa langue se remette à la lécher. Cette fois, il se concentra sur le clitoris, le suçant habilement jusqu'à ce qu'elle se mette à crier. À cet instant, il plongea un doigt dans sa fente, puis deux, et la caressa de plus en plus vite, de plus en plus fort, sans cesser de sucer son clitoris.

L'orgasme explosa dans ses entrailles. Les mains crispées sur les draps, elle s'arc-bouta et chercha à reprendre son souffle, mais l'air resta bloqué dans ses poumons. Marcus ne s'arrêta pas pour autant de la sucer et de la caresser, jusqu'à ce que la vague de plaisir retombe enfin et qu'elle s'affaisse, pantelante, sur le matelas. Des larmes lui voilèrent le regard puis coulèrent sur ses joues. Un sanglot naquit au fond de sa gorge. Immédiatement, Marcus se pencha sur elle et essuya doucement ses larmes.

— Je t'ai fait mal ? demanda-t-il d'une voix rauque.

— Pas du tout.

Incapable de s'arrêter, elle lâcha les draps et lui caressa la poitrine.

— C'était… bon, Marcus, articula-t-elle. Si bon…

Elle inspira puis, en relâchant son souffle, elle sentit ses muscles se détendre et son cœur battre à nouveau plus ou moins normalement.

— Je n'avais jamais joui comme ça… C'était tellement… intense. Laisse-moi le temps d'atterrir.

Mais il l'ignora et se remit à l'embrasser avec une avidité renouvelée, lui faisant presque mal. Elle planta ses ongles dans les épaules de Marcus et lui rendit son baiser, savourant ainsi le goût de sa propre excitation. Il jouait des hanches et des reins, et son sexe bandé vibrait entre les cuisses de Scarlett.

D'une main fébrile, il attrapa un préservatif, posé en évidence sur la table de nuit.

— Quand as-tu mis ça là ? demanda-t-il.

— Avant de te rejoindre sous la douche.

Marcus l'embrassa de nouveau avidement, puis il se redressa. Elle le regarda dérouler le préservatif sur son membre, et une nouvelle pensée lui traversa l'esprit. La fellation ne l'avait jamais particulièrement attirée, mais la vision de son sexe si gonflé, si dur, l'excitait d'une manière qu'elle n'aurait jamais crue possible. Elle voulait à son tour le faire jouir dans sa bouche, comme lui venait de le faire pour elle, avec tant de virtuosité et de passion.

Elle leva les yeux et s'aperçut qu'elle avait aiguillonné son désir en contemplant sa verge dressée. Il avait deviné.

— Plus tard, grogna-t-il d'une voix rauque. Il faut que je te prenne… Tout de suite…

Prenant appui sur ses bras, il joignit le geste à la parole et s'enfonça d'un seul coup en elle. Et elle gémit de plaisir, suffoquée, heureuse d'être pénétrée ainsi. D'être prise par cet homme. D'être sienne.

Il lui fallut un instant pour se rendre compte qu'il s'était immobilisé en elle.

— Je t'ai fait mal ? demanda-t-il, haletant, en fronçant les sourcils.

— Pas du tout. Au contraire… Ne t'arrête pas…

— Comme tu voudras…

Et il se mit à aller et venir en elle.

— C'est si bon, Scarlett… Je n'aurais pas pu me retirer.

Mais ils savaient tous deux que s'il lui avait fait mal, il se serait interrompu. Car il n'avait pas perdu sa maîtrise de soi. Et il le prouva, réglant ses mouvements sur le plaisir de Scarlett. Elle était autant excitée par ce qu'il lui faisait les chairs à cet endroit, comme si l'agresseur avait porté plusieurs petits coups de couteau autour de la balle. Je ne suis pas certain de ce qui a pu se passer, mais, selon toutes les apparences, il a tenté de la récupérer, elle aussi, et y a finalement renoncé…

— En fait, dit-elle avec un sourire triste, c'est que Phillip Cauldwell avait lui-même déjà planté un couteau dans le bras de son agresseur. Il a dû prendre la fuite.

— M. Cauldwell s'est bien défendu, répondit le chirurgien. J'espère qu'il lui a bien amoché le bras.

Scarlett haussa les sourcils.

— Vous êtes sûr que vous n'êtes pas policier, docteur ? demanda-t-elle.

— J'étais dans les marines.

— Je comprends mieux, dit-elle en empochant le petit sachet. Eh bien, merci. Quelles sont ses chances de s'en tirer ? Et ne me dites pas qu'il faut attendre vingt-quatre heures pour faire un pronostic…

— Avant que vous m'appreniez qu'il avait poignardé son agresseur, j'aurais dit qu'elles étaient faibles. Mais, si c'est un battant, il survivra.

— Tant mieux. Et merci pour la balle.

Elle prit congé d'un geste de la main et se dirigea vers le hall, où l'attendait Marcus.

Cincinnati, Ohio
Mardi 4 août, 22 h 35

Marcus commençait à s'impatienter et même à s'inquiéter. Scarlett lui avait promis qu'elle n'en avait que pour quelques minutes, mais cela faisait longtemps qu'il attendait. Il fut tenté de retourner dans le petit cabinet de consultation pour s'assurer que son entretien avec Stone n'avait pas tourné au pugilat, mais il se contenta d'appeler son frère sur son portable.

que par son regard fervent. Il était exalté et possessif, fier et lascif… Mais pas seulement…

Il est aussi plein de respect, songea-t-elle, sentant l'émotion lui contracter de nouveau la gorge. Il lui faisait l'amour avec une sorte de déférence, totalement en symbiose avec elle. Sous ses assauts, elle se cabra, gémit et l'implora, impatiente de jouir et de le faire jouir. Mais il tint bon.

Il tenait à l'évidence à s'assurer qu'elle était comblée avant de prendre son propre plaisir, mais Scarlett aurait préféré qu'il perde tout contrôle. Et que la tempête qu'elle voyait couver dans ses yeux, et par laquelle elle voulait être emportée, se déchaîne enfin.

— Vas-y, chuchota-t-elle. Prends-moi comme tu en as envie. Je le veux aussi… Je ne te dirai pas d'arrêter, je te le jure…

— Impossible, dit-il en frissonnant. Je te désire trop fort. Je te ferais mal…

Ce moment était crucial, Scarlett le savait d'instinct. Il allait donner le ton à tous ceux qui viendraient ensuite. Elle le fit brusquement rouler de côté et il se retrouva sur le dos, son membre toujours en elle. Scarlett lut dans ses yeux d'abord de la surprise, puis un désir accru. Il serra les mâchoires et l'agrippa brutalement par les hanches. Mais la douleur qu'elle ressentit était elle-même délicieuse, et son plaisir grandit encore lorsqu'il lui pressa les fesses pour s'enfoncer au plus profond d'elle.

Elle se pencha et lui mordit la lèvre.

— Ne t'arrête pas, ordonna-t-elle. Prends-moi plus fort…

Elle se redressa et le chevaucha toujours plus vite, lui arrachant un sourd grognement. Puis il la fit rouler à son tour sur le matelas et, reprenant la position du missionnaire, il accéléra ses coups de boutoir, si âprement qu'ils frôlaient la bestialité. Elle les encaissa tous voluptueusement et l'encourageait des yeux à aller plus vite, plus fort, plus profond.

C'est comme ça qu'il faut me faire l'amour, songea-t-elle. *C'est comme ça que ça marche entre nous, en tout cas.*

Ils restèrent l'un et l'autre muets, les yeux dans les yeux.

Marcus prit la main de Scarlett. Quel contraste entre la tendresse de ce geste et leur étreinte passionnée !

Si l'orgasme précédent avait été une explosion, celui-ci fut un raz-de-marée progressif et puissant, annihilant sur son passage toute pensée, toute notion du réel, et ne laissant dans son sillage que la plus pure extase.

Elle s'y abandonna en criant le nom de Marcus. Elle savait confusément qu'il l'avait regardée jouir, se retenant pour qu'elle puisse le voir jouir à son tour. Elle lui saisit les mains et serra son membre en elle comme en un étau.

— Maintenant, dit-elle, à moi de te voir jouir.

Cela fut aussi magnifique, aussi fulgurant que dans tous les fantasmes de Scarlett. Les muscles de Marcus se raidirent, son membre vibra en elle, son corps tout entier fut parcouru de spasmes successifs. Il relâcha son souffle et frissonna sous l'effet d'une ultime réplique du séisme orgastique. Il lui lâcha la main et posa doucement son front sur le sien.

— Scarlett, articula-t-il d'une voix à peine audible mais qui avait retrouvé toute sa douceur.

Du bout des doigts, elle lui caressa les joues, lui effleura les lèvres.

— C'était sublime, murmura-t-elle.

— Oui… Je savais que ce serait bon, mais je ne m'attendais pas à ça.

Et il l'embrassa longuement, lascivement, délicieusement.

— Je voudrais passer toute ma vie allongé là, à tes côtés, soupira-t-il ensuite.

Elle posa la main sur le cœur de Marcus, lui caressa la poitrine et chuchota :

— Alors, reste encore un peu là, avec moi…

Chapitre 26

Cincinnati, Ohio
Mercredi 5 août, 0 h 30

Marcus sortit de la salle de bains et se figea sur place. Scarlett était debout, penchée sur le lit, ses fesses nues et rebondies tendues tout droit vers lui. Il sentit son sexe durcir et l'eau lui monter à la bouche. Il lui fallut quelques secondes pour comprendre qu'elle était en train de changer les draps.

Il traversa la pièce à pas de loup et lui caressa les fesses. Elle sursauta et lâcha un juron.

— Marcus ! Arrête de me surprendre par-derrière, protesta-t-elle.

Mais elle ne semblait pas lui en vouloir. Elle se redressa et se colla contre lui, posant ses bras sur les siens lorsqu'il l'enlaça. Elle eut un mouvement de surprise lorsqu'elle sentit entre ses reins le membre raide de Marcus.

— Tu as… Tu es déjà…, articula-t-elle.

— Quand je t'ai vue penchée sur le lit comme ça, ça m'a donné des idées…

— Ah bon ? Lesquelles ?

Il lui frôla l'oreille de ses lèvres et dit :

— Tu le sauras seulement si on les met en pratique.

— Il faut d'abord que je change les draps.

— C'est vrai qu'ils sont un peu mouillés.

Elle se retourna et lâcha un petit rire.

— Plus qu'un peu, dit-elle. Sois gentil et va en chercher une autre paire dans le placard. Sur l'étagère du haut.

Il déposa un baiser sur ses lèvres souriantes et la lâcha, non sans réticence. Le placard était impeccablement rangé. Apparemment, Scarlett était très ordonnée, voire un peu maniaque — ce qui le rassura, car il était plutôt maniaque lui-même, en matière de rangement et de propreté.

Il apporta les draps dans la chambre et aperçut Scarlett agenouillée par terre, la tête et le bras droit plongés sous le lit. Et ses fesses de nouveau pointées vers lui.

— Tu veux ma mort ? geignit-il.

— Zat est sous le lit. Allez, le chien, sors de là…

Elle soupira et se releva avant d'ajouter :

— Je crois qu'on lui a fait peur… Il va falloir qu'il s'y habitue.

Marcus posa les draps sur le matelas dénudé et aida Scarlett à faire le lit.

— Il s'est bien habitué aux murs violets, marmonna Marcus.

Elle éclata de rire.

— Pauvre Zat, fit-elle. Si tu trouves cette couleur trop vive, tu devrais jeter un coup d'œil aux autres pièces… Pour l'instant, je me concentre sur la rénovation de l'extérieur. Je m'occuperai de l'intérieur plus tard. Chaque chose en son temps.

— Tu pourrais embaucher quelqu'un pour le faire.

— Contrairement à toi, je n'ai pas les moyens. Et puis, je me sentirai plus chez moi, si c'est moi qui fais les travaux.

— Je peux t'aider, suggéra-t-il. Et comme je n'ai pas besoin d'argent, il faudra que tu trouves une autre façon de me rémunérer.

Elle décida de le prendre au sérieux.

— Qu'est-ce que tu sais faire ?

Il s'efforça de ne pas paraître offusqué.

— À ton avis, répliqua-t-il, qui a construit les maisons où nous relogeons les victimes dont nous t'avons parlé ce soir ? Les trois petits cochons ?

— Tu sais construire des maisons ? s'étonna-t-elle.

— Je me rends utile. C'est surtout Diesel qui est un pro… C'était son métier, avant. Il travaillait sur les chantiers. Moi, mon rôle, c'est surtout d'apporter les fonds nécessaires. Mais il me laisse me servir d'un marteau de temps en temps.

Elle haussa les sourcils.

— Diesel a décidément de nombreux talents… Maçonnerie, piratage informatique, persuasion musclée, philanthropie à main armée… Comment est-ce que tu l'as rencontré ?

— À l'armée. Il m'a sauvé la vie plusieurs fois. Et j'ai sauvé la sienne… Quand on est revenus à la vie civile, nos chemins se sont séparés. Mais je n'ai pas tardé à hériter du journal, et il me fallait quelqu'un de confiance pour m'aider à gérer les… les affaires. À l'époque, Stone travaillait comme journaliste free-lance pour d'autres médias et il était toujours en vadrouille. Je savais que Diesel était digne de confiance. Comme il n'avait pas trouvé de job intéressant, il a accepté de rejoindre l'équipe du *Ledger.*

Scarlett avait changé les taies d'oreiller pendant qu'il parlait. Elle s'assit ensuite en tailleur sur les couvertures et entreprit de refaire sa tresse.

— Diesel a l'air d'être quelqu'un de sûr, dit-elle. Tu as de la chance de l'avoir à tes côtés.

Il s'assit et lui prit les mains.

— Non, ne refais pas ta tresse, dit-il. Laisse tes cheveux détachés.

— Ils sont encore mouillés. Si je ne les attache pas, ils seront tout emmêlés au réveil.

— Tant mieux, comme ça, je pourrai les coiffer.

Il lui donna un baiser et ajouta :

— Laisse-les… C'est mon fantasme…

— Bon, d'accord…

Il lui aurait volontiers refait l'amour, mais, en cet instant, il avait surtout besoin de tendresse. Il éteignit la lumière et se glissa sous la couverture.

— Viens là, Scarlett, dit-il d'une voix délibérément grave.

Il lut dans ses yeux qu'elle avait de nouveau envie de lui.

— Je croyais, dit-elle, que tu voulais refaire l'amour.

— J'en ai bien l'intention, mais ça peut attendre… Laisse-moi d'abord savourer cet instant.

— Une minute, dit-elle. Je dois vérifier mes messages.

Elle ouvrit son téléphone portable et haussa les sourcils. Après un moment d'hésitation, elle reposa l'appareil sur la table de nuit, rejoignit Marcus sous la couverture et se blottit contre lui.

— Il y a un problème ? demanda-t-il.

Pour toute réponse, elle lui caressa tendrement la poitrine.

— Dis-moi ce qui te préoccupe, insista-t-il.

Elle lâcha un soupir.

— C'est au sujet du gardien de ton immeuble.

Marcus sentit l'angoisse lui étreindre le cœur.

— Edgar ? Il est… ?

— Non, non, le rassura-t-elle. Aux dernières nouvelles, il était toujours en réanimation. C'est à propos de l'agression. J'ai regardé la vidéo des caméras de sécurité dans le bureau d'Isenberg, tout à l'heure. On voit Edgar dégainer un pistolet et viser l'agresseur, mais il hésite, sans doute parce qu'il ne veut pas rater son tir et atteindre Phillip. Le tireur à la cagoule braque son arme vers le dos de Phillip de la main droite, il la lui colle sous le menton… Ensuite, de la main gauche, il s'empare du pistolet d'Edgar et il lui tire dessus avec.

Marcus aurait préféré ne pas visualiser la scène, mais son esprit ne lui en laissa pas le choix.

— Il est ambidextre et il a l'expérience des arts martiaux, dit-il.

— C'est peut-être un ancien soldat, qui a continué de pratiquer un sport de combat. Ce qui est certain, c'est que ses réflexes sont excellents. On croirait qu'il s'était entraîné à réagir comme ça…

— Tu penses qu'il s'attendait à ce qu'Edgar sorte une arme ?

— Je ne sais pas. En tout cas, on a un plan très net sur l'arme, où la marque et le modèle sont bien visibles.

— C'était délibéré. Il *voulait* que la police les voie.

— Apparemment. En tout cas, après avoir abattu Edgar, il a ramassé l'arme et il l'a empochée. Ensuite, on le voit forcer Phillip à entrer dans l'ascenseur. Ce qui me paraît curieux, c'est qu'il aurait été plus facile pour lui de braquer Phillip de la main gauche et de se servir du pistolet qu'il tenait dans la droite pour abattre le gardien…

— Il ne voulait pas laisser derrière lui des balles tirées par son pistolet.

— Exact. Je n'avais pas l'intention de t'en parler… Je pensais qu'il valait mieux que tu ne penses pas à tout ça… Mais Isenberg veut que tu regardes la vidéo pour identifier le tireur. Elle m'a envoyé un lien. Et tu dois avoir un message d'elle sur ton portable, te demandant de la rappeler.

Marcus se redressa et alluma la lumière.

— Pourquoi est-ce qu'elle a attendu aussi longtemps pour te l'envoyer ? Ça fait quatre heures qu'ils l'ont récupérée.

— Dans son message, elle dit qu'ils ont dû la nettoyer avant de pouvoir l'exploiter… L'image était de mauvaise qualité. En fait, je pense qu'elle a mis du temps à se décider à faire appel à toi.

Elle se redressa à son tour et afficha le message sur l'écran de son téléphone.

— Je ne suis pas censée te le transmettre parce que nous ne pouvons pas en informer la presse.

Il leva les yeux au ciel.

— Que faudra-t-il que je fasse pour mériter la confiance de ta chef ? demanda-t-il avec une pointe d'aigreur.

— Rentrer dans la police et travailler sous ses ordres pendant deux ou trois ans. Moi non plus, elle ne m'a pas fait confiance tout de suite… Et, parfois, je sens qu'elle se méfie encore de moi.

Marcus soupira et dit :

— Vas-y, montre-moi.

Elle lui tendit son téléphone. Marcus s'empressa d'appuyer sur MARCHE avant de s'inventer un prétexte pour ne pas le faire. Il tressaillit en voyant le visage crispé de Phillip.

Scarlett posa sa tête sur l'épaule de Marcus et appuya sur ARRÊT.

— Je sais que c'est difficile, dit-elle, mais repasse-la, sans regarder Phillip cette fois, mais en te concentrant sur le visage de l'agresseur.

Il visionna la courte vidéo de bout en bout, jaugeant la stature de l'homme, ses mains gantées, sa gestuelle et ses yeux. Rien de tout cela ne lui était familier. Il la repassa une nouvelle fois, puis une autre fois encore, serrant les dents au moment où il faisait feu sur Edgar.

Scarlett lui prit le téléphone des mains et dit :

— Ça suffit. Tu vas te briser les dents à force de les serrer. Ce type te dit quelque chose ?

— Non, rien du tout.

— Bon, c'est ce que je dirai à Isenberg.

Elle lui saisit doucement le poignet et ne le lâcha pas pendant toute sa conversation avec Lynda.

— C'est Scarlett… Oui, je l'ai reçue. Je la lui ai montrée, mais malheureusement, il n'a pas reconnu le tireur… Oui, chef, j'ai fait vite…

Elle se tut un moment puis ferma les yeux, tandis que ses joues s'empourpraient.

— Oui, chef, il est avec moi, avoua-t-elle au bout d'un moment.

Et merde. Avoir révélé leur liaison aux membres de son équipe était une chose. Mais le fait que Scarlett l'apprenne à sa chef pouvait avoir de tout autres conséquences. Il se demanda si ce n'était pas pour cela qu'Isenberg avait tant tardé à envoyer son message. Elle savait que Scarlett répondrait tout de suite, sachant qu'un tueur courait toujours. *Quelle garce, cette Isenberg*, se dit-il.

Il fut tenté de s'emparer du téléphone et de lui dire ses quatre vérités. Mais il se mordit la langue. C'était le monde de Scarlett, c'était sa bataille.

— Oui, chef, dit-elle après avoir écouté pendant une longue minute les remontrances d'Isenberg. Je serai dans votre bureau à 9 heures précises.

Elle raccrocha et laissa tomber sa tête sur la poitrine de Marcus en soupirant.

— Que peut-elle faire contre toi ? demanda-t-il.

— Elle peut me faire un sermon ou rédiger une note dans mon dossier. Au pire, elle peut obtenir ma suspension…

Il se blottit contre elle et lui massa le crâne.

— Mais si elle veut vraiment me le faire payer, elle en parlera à mon père.

— À ton père ? Mais pourquoi ?

— Parce qu'il est l'un des adjoints du commissaire divisionnaire…

— Ah oui… C'est vrai qu'il est flic, lui aussi. Mais tu ne m'avais pas dit que c'était un haut gradé.

— Tu n'as pas demandé à Diesel de se renseigner sur lui ?

— Pas vraiment. J'ai fait des recherches pour connaître ton adresse et j'ai vérifié le numéro d'immatriculation de ton Land Cruiser… Mais tout le reste, je voulais l'apprendre de ta bouche…

Il déposa un petit baiser dans le cou de Scarlett et ajouta :

— Je regrette qu'elle puisse te causer des ennuis, mais pas d'être venu ici.

— Moi non plus, je ne regrette pas. Ne t'en fais pas, tout va bien se passer… Éteins la lumière, il faudrait qu'on dorme un peu.

Il obéit et l'attira contre lui. Elle se laissa faire, reposa sa tête sur l'épaule de Marcus, et se remit à lui caresser paisiblement la poitrine. Mais elle ne s'endormit pas, et Marcus sentait qu'elle était plongée dans ses réflexions.

— À quoi penses-tu ? demanda-t-il.

— Au service que je dois te demander.

Il enroula une mèche des longs cheveux de Scarlett autour de son index et dit :

— Lequel ?

— Je voudrais que tu planques ton pistolet. Isenberg sait que Deacon et moi t'avons soupçonné d'en avoir un autre, la nuit dernière, dans la ruelle. Si elle désapprouve notre relation, elle trouvera peut-être une raison de te le confisquer… Et je ne crois pas que ça te plairait.

— Qu'est-ce qui te fait dire ça ?

— À la manière dont tu tenais BB sur tes genoux, chez toi, j'ai compris que tu voulais éviter que quelqu'un te fouille. Parce que…

Elle s'interrompit un long moment puis inspira profondément avant de finir sa phrase :

— Parce que le numéro de série a été limé.

— Comment le sais-tu ? demanda-t-il, stupéfait.

— Je l'ai vu, ce matin, en te voyant le ranger dans son holster. On aurait dit Rambo.

— Pourquoi est-ce que tu ne m'en as pas parlé ?

— Parce que je voulais d'abord savoir pourquoi cette arme n'était pas enregistrée, mais aussi pourquoi tu continuais à la porter…

Elle redressa la tête et posa son menton sur son épaule pour le regarder dans les yeux.

— Moi aussi, je préférerais apprendre certaines choses de ta bouche…

— Qu'en penses-tu ?

— Franchement, je ne sais pas. Tu l'as peut-être rapporté d'Irak, comme ton couteau. Ou alors, tu t'en es servi pour faire de la persuasion musclée qui a mal tourné…

— Absolument pas, se défendit-il.

— Tu ne l'as pas rapporté d'Irak ? Ou tu ne t'en es pas servi dans une situation qui a dérapé ?

— Ni l'un ni l'autre. Si tu crois que je suis capable de m'en servir pour tuer quelqu'un, qu'est-ce que je fais ici, dans ton lit ?

Elle continua de le regarder tranquillement.

— Tu es dans mon lit, dit-elle, parce que je ne t'en ai jamais vraiment cru capable. Et même si tu avais fait usage de ton arme, je pense que c'était pour te défendre contre quelqu'un qui devait l'avoir bien mérité.

Il secoua la tête.

— Tu me perds un peu, là, Scarlett, murmura-t-il.

— Ce n'était pas mon intention.

Elle reposa de nouveau sa tête sur son épaule.

— Peut-être que je te comprends plus que tu ne le crois, Marcus. Peut-être qu'il m'est arrivé, à moi aussi, de persuader quelqu'un de manière un peu musclée…

Elle avait dit ces mots si doucement qu'il avait dû tendre l'oreille pour les entendre.

— Et tu as été sanctionnée ? s'enquit-il, intrigué.

— Non. Je n'ai jamais franchi la ligne rouge… Enfin, pas des deux pieds. Les rares fois où j'ai dû le faire, mes coéquipiers m'ont couverte. Et puis, ça ne m'est arrivé que très rarement… Mais, chaque jour qui passe, j'ai de plus en plus de mal à me contrôler.

Il se souvint de ce qu'elle avait dit, le matin, au sujet du grand-père de Marcus.

— Parce que tu vois des choses que tu ne peux pas effacer de ton esprit.

— Tous les jours que Dieu fait, soupira-t-elle. Alors, pourquoi est-ce que tu gardes ce pistolet ? Dis-le-moi, s'il te plaît.

— Je vais le mettre au fond d'un coffre-fort. J'avais déjà décidé de le faire.

— Tu te dérobes, une fois de plus.

Il fixa le plafond et sentit son cœur battre trop fort.

— C'est seulement parce que c'est difficile d'en parler. En fait, je ne sais pas vraiment ce qui se passerait si quelqu'un l'expertisait. J'ai déjà tiré quelques coups avec, de manière préventive seulement. Mais je ne peux pas garantir que mon père n'ait jamais blessé personne… Ça, je n'en sais rien.

— Jeremy ? s'étonna-t-elle. Non, là, tu parles de ton vrai père, n'est-ce pas ?

— À mes yeux, c'est Jeremy, mon vrai père… Mais oui, là, je parle de mon père biologique. L'homme qui a donné son sperme… Et pas grand-chose d'autre, marmonna-t-il avec dégoût.

— Ce n'était pas un type bien ?

Il éclata d'un rire amer, et répondit laconiquement :

— Non.

— Et pourtant, c'est son pistolet que tu emportes partout avec toi…

— Non, ce n'est pas le sien. Il appartenait à mon grand-père maternel.

— Je vois, dit-elle. Comme tu aimais ton grand-père, il a une valeur sentimentale.

Il secoua la tête.

— Non, ce n'est pas tout à fait ça non plus… Mon grand-père n'était jamais armé. Il conservait ce pistolet dans une armoire sécurisée. Mais mon père… Il le prenait de temps en temps. Pour frimer, surtout. Il n'a probablement jamais tué qui que ce soit.

— Ce « probablement » n'est pas très rassurant, observa Scarlett. Si tu veux, je peux l'analyser moi-même, pour en avoir le cœur net. Officieusement, bien sûr… Comme ça, tu sauras au moins si cette arme peut être reliée à un acte criminel.

Ça, c'est hors de question.

— Pas la peine. Je vais le planquer. Et j'en porterai un autre.

— Comme tu veux… Mais je voudrais quand même bien savoir pourquoi tu y es si attaché.

— Je croyais que tu voulais dormir un peu…

— Marcus ! fit-elle avec une pointe d'exaspération.

Il leva un instant les yeux vers le plafond puis se décida à affronter le regard de Scarlett, dont les traits tendus étaient éclairés par un rayon de lune.

— Tu ne veux pas laisser tomber ? fit-il. J'ai… j'ai du mal à en parler.

L'inquiétude remplaça la sévérité dans les yeux de Scarlett.

— Ça, tu me l'as déjà dit, dit-elle.

— Parce que c'est vrai, murmura-t-il.

Elle lui massa doucement la poitrine et constata :

— Ton cœur bat à tout rompre.

Il tenta de se calmer, en vain.

— Tu as fait la recherche sur Google ? demanda-t-il.

— Oui. Et j'ai lu quelques-uns des articles sur cette affaire… Je sais ce que tu as enduré quand tu étais enfant. C'est terrible…

— C'est Stone qui en a vraiment souffert. Moi, je n'ai fait qu'entendre. Lui, il a tout vu…

— Il a assisté à la mort de ton petit frère ?

Il hocha la tête. Et sentit sa gorge se contracter. Il avait du mal à respirer.

— Oui, se força-t-il à dire.

Il serra les dents et lutta contre l'accès de panique qui menaçait.

— Ensuite, reprit-il, et pendant longtemps après, je faisais des cauchemars et je n'arrivais pas à dormir. Je me souviens des longues heures que je passais à fixer le plafond dans l'obscurité.

Scarlett lui caressait la poitrine pour l'apaiser.

— C'est compréhensible, dit-elle.

— Alors, je… j'ai pris le pistolet de mon grand-père et je… je me suis mis à… à dormir avec… sous mon oreiller.

Le bégaiement dont il avait souffert pendant les années qui avaient suivi son enlèvement refaisait surface et lui faisait honte.

— Tu n'avais que huit ans, murmura-t-elle avec une infinie tristesse.

— J'avais déjà l'âge de me servir d'un pistolet, en cas de besoin.

— Et le pistolet a chassé tes cauchemars ?

— Certains… Pas… Pas tous.

— Alors cette arme, c'est une sorte de talisman ?

— Oui, avoua-t-il, soulagé.

Cela, au moins, c'était vrai — comme ce qu'il venait de lui apprendre… Sauf qu'il n'avait pas *tout* dit.

— Merci, chuchota-t-elle. Merci pour ta confiance. Je ne la trahirai pas.

L'estomac de Marcus se serra lorsqu'elle prononça le mot « confiance ». Mais ce remords ne suffit pas à lui en faire dire davantage. Pas maintenant. Pas quand elle était dans ses bras. Et qu'elle croyait en lui. *Mais il faudra bien lui dire la vérité, toute la vérité.* Elle méritait de la connaître.

Elle se pressa contre lui et couvrit de baisers ses joues, son menton, sa bouche.

— Allez, maintenant on dort, murmura-t-elle.

Si seulement c'était aussi facile, songea-t-il avec amertume. Il lui caressa les cheveux et elle se pelotonna contre lui. Au bout de quelques courtes minutes, elle avait sombré dans le sommeil.

Mais Marcus resta éveillé. Son cœur continuait de battre la chamade, tandis qu'il fixait le plafond en cherchant les mots qu'il lui faudrait prononcer pour lui révéler la vérité.

Cincinnati, Ohio
Mercredi 5 août, 0 h 30

Ken entendit les cris furieux de Burton dès qu'il ouvrit la porte de l'escalier qui menait au sous-sol.

— Sweeney ! Bordel de merde, Sweeney ! Espèce d'enculé ! C'est quoi, ce coup de pute ? Sweeney !

Ken descendit les marches d'un pas nonchalant, ajustant ses boutons de manchette. Le petit somme qu'il venait de s'accorder n'avait pas suffi à recharger entièrement ses batteries, mais il avait assez d'énergie pour s'occuper de Burton.

Le sous-sol était de nouveau propre et bien rangé. Plus aucune trace du sang de Chip et de Marlene Anders. Stephanie était assise à même le sol dans sa cage, les bras autour des genoux. Elle portait un T-shirt noir tout simple. *Quel dommage.* Elle lui avait paru si jolie quand il avait déchiré celui qu'elle portait à son arrivée. Elle lui jeta un regard perçant lorsqu'il s'approcha de Burton. Celui-ci était assis sur une chaise, pieds et poings liés. Un nœud coulant était passé autour de son cou. Sa mâchoire était tuméfiée, l'un de ses yeux était tout noir.

L'œuvre d'Alice, songea Ken avec une pointe de fierté paternelle. Décidément, sa fille savait se débrouiller.

Il croisa les bras et demanda à Burton :

— Quels sont ces cris, monsieur Burton ?

Burton leva des yeux luisants de haine vers lui et grogna :

— Qu'est-ce que je fous ici ?

— Miriam Blackwell est vivante.

Burton cligna des yeux, l'air surpris, et ses joues s'empourprèrent. *Quels talents d'acteur !* se dit Ken.

— Comment est-ce qu'elle a fait ?

— C'est ce que j'aimerais bien savoir. Elle a été retrouvée, inconsciente, dans une chambre de motel, grâce à un coup de fil anonyme… J'en ai déduit que la seule chose qui a pu lui sauver la vie, c'est un lavage d'estomac. Ou que quelqu'un l'ait fait vomir.

— Ce n'est pas moi.

— Vous n'étiez pas attaché à l'épouse de Reuben, Burton ?

— Si, répondit-il posément. Mais pas comme vous croyez… Je l'aimais comme une sœur.

Un bon acteur, décidément, songea Ken.

— Quels autres mensonges nous avez-vous racontés ?

— Je ne vous ai jamais menti.

Ken le frappa sèchement du revers de la main, le projetant vers l'arrière. La corde autour du cou de Burton arrêta sa chute brutalement, et le nœud coulant se resserra brusquement sur son cou. La chaise resta en équilibre sur deux pieds et Ken constata que Burton eut le courage de rester impassible tandis qu'il suffoquait. Il le laissa pendre ainsi pendant une dizaine, puis une vingtaine de secondes. Il mit un terme à ce supplice en redressant la chaise d'un coup de pied.

Burton reprit péniblement son souffle.

— Espèce d'enculé ! dit-il avec hargne. Tu es complètement dingue !

— Essayons une nouvelle fois, dit calmement Ken. Quels autres mensonges avez-vous racontés ?

— J'ai dit la vérité !

Ken le gifla à toute volée, la chaise bascula, le nœud coulant se resserra. Ken n'attendit que quelques secondes pour la remettre d'aplomb et demanda :

— Où est Reuben ?

— Je n'en sais rien !

Ken le frappa de nouveau mais, cette fois, il le laissa suffoquer pendant une minute entière, pendant qu'il ouvrait le placard où étaient rangés ses instruments de torture. Le temps qu'il fasse rouler le chariot jusqu'à l'endroit où était pendu Burton, celui-ci commença à tourner de l'œil. Sa peau avait pris une teinte inquiétante. Ken redressa la chaise et desserra le nœud coulant par-derrière, histoire d'éviter une morsure ou un crachat.

— Les ex-flics comme vous sont des durs à cuire, mais je n'en ai jamais vu me résister, dit-il en passant ses couteaux en revue. Ils finissent tous par craquer.

Il choisit un scalpel à la lame bien effilée et se tourna vers Burton. Constatant qu'il restait muet, Ken tira sur le nœud coulant, lui laissant tout juste assez de mou pour qu'il puisse respirer en restant parfaitement immobile.

Subitement, il trancha le haut d'une des oreilles de Burton. Le cri de douleur qu'il poussa résonna dans le sous-sol. Ken revint à son chariot et y posa le bout d'oreille sanguinolent, bien en vue.

— Où est Reuben, monsieur Burton ?

— Va te faire foutre en enfer ! grinça Burton.

Il tremblait de tout son être et un filet de sang coulait le long de son cou, rougissant la corde. Mais il ne bougea pas d'un millimètre, évitant ainsi la strangulation.

— Je préfère aller me faire foutre en enfer que d'y brûler, dit Ken en souriant. Une fois de plus… Où est Reuben ?

Une demi-heure plus tard, et une oreille entière en moins, Ken dut reconnaître qu'il était impressionné par l'obstination de Burton. Soit il ignorait réellement où était passé Reuben, soit c'était un dur doté d'une incroyable capacité de résistance. Ken venait de lui découper toute une oreille petit à petit, la reconstituant au fur et à mesure, comme un puzzle, sur le plateau du chariot, et il n'avait toujours rien avoué.

Il était temps de s'accorder une pause, avant que Burton ne tourne de l'œil. Ce serait contre-productif. Ken rinça le scalpel et rangea ses couteaux dans la boîte à outils, afin de pouvoir les emporter à l'étage et s'en servir pour interroger Demetrius. À cet instant, la porte de l'escalier s'ouvrit.

— Il est réveillé, monsieur, annonça Decker.

— Excellent timing. J'allais justement faire une pause ici. Pouvez-vous descendre, Decker ?

Ken observa les réactions du garde du corps lorsque celui-ci découvrit l'état de Burton, ligoté sur sa chaise et sanguinolent. Le regard de Decker resta impassible lorsqu'il se porta sur l'oreille tranchée, puis sur le nœud coulant.

— Voulez-vous que je lui fasse un pansement ? proposa-t-il sans ciller.

— Oui, pourquoi pas... Il ne faudrait pas que cette plaie s'infecte, n'est-ce pas ?

Decker esquissa un bref rictus.

— Non, dit-il. Ce serait dommage.

Ken referma sa boîte à outils et demanda :

— Demetrius est-il attaché ?

— Conformément à vos ordres, monsieur.

— Bien.

— Pourquoi ? grogna Burton. Si Demetrius t'a doublé, pourquoi est-ce que tu ne le tues pas, tout simplement ? Une balle dans la tête, et c'est fini. C'est quoi, ce numéro de tortionnaire nazi ?

— Reuben ne vous a jamais parlé de mes... hobbies ? La gestion financière et industrielle n'est pas le seul domaine où j'exerce mes talents, dit-il en souriant. Demetrius impressionne, intimide, terrifie. Reuben est un tacticien, un planificateur... Mais moi, je suis le monstre du placard, celui dont votre mère vous disait qu'il n'existe pas... Je suis tortionnaire, et j'aime ça. Je saurai vous soutirer ce que j'ai besoin de savoir. Tout le monde finit par parler...

Sur ce, il laissa Burton aux bons soins de Decker et monta

à l'étage. Il trouva Demetrius dans l'une des chambres d'amis, celle que Ken réservait à ce genre d'entretien.

Decker avait enchaîné les pieds et le poignet du bras valide de Demetrius aux montants métalliques du lit, tandis que son bras blessé, ses cuisses, son bas-ventre et son torse y étaient liés par trois sangles en cuir bien tendues. Un nœud coulant lui entourait le cou, et Ken reconnut une fois de plus l'œuvre de sa fille.

Les narines de Demetrius se dilatèrent lorsque Ken entra dans la pièce. À la vue de la boîte à outils, il ouvrit de grands yeux, où se mêlaient la stupeur et l'effroi.

— Qu'est-ce que ça veut dire ? s'écria-t-il.

Ken lâcha un soupir.

— Si je te disais que ça va me faire plus de mal qu'à toi, je te mentirais, évidemment. Mais je ne vais pas le faire de gaieté de cœur. Je voulais que tu le saches.

— Tu es fou…

Ken posa la boîte à outils sur la table de chevet.

— Et toi tu es un drogué, qui a mis mon entreprise en danger, répliqua-t-il. Tu pourrais nous faciliter les choses, à tous les deux, en me disant tout de suite où tu as planqué ton iPad. Où sont tes données ?

Demetrius se tassa sur le lit.

— Va te faire foutre…, souffla-t-il.

Sans se démonter, Ken choisit une paire de tenailles dans sa boîte à outils et s'en servit pour pincer l'auriculaire de Demctrius, avant de tourner l'outil.

Le corps de Demetrius sursauta puis se figea lorsque le nœud coulant se resserra.

— Qu'est-ce que tu fais, Kenny ? murmura-t-il.

— J'ai besoin de tes données… De la liste de tes fournisseurs… Et des contrats que tu as signés.

— Qu'est-ce que tu mijotes ?

— Je vais prendre ma retraite. Dès que j'aurai appris ce que je veux que tu me dises, je me tire. J'emporte l'argent et je laisse le boulot quotidien à la génération suivante.

Dis-toi bien qu'en répondant à mes questions, tu assures un avenir à ton fils DJ.

— Et moi ? Si je te donne ce que tu veux, tu me laisseras partir ?

— Absolument, fit Ken.

— Je ne suis pas drogué. Je ne sais pas qui t'a dit ça.

— Alice. Elle m'a dit que tu sniffais la coke que tu es censé vendre.

— C'est faux.

— Des containers de marchandises ont disparu. Ainsi que de grosses sommes d'argent. Reuben et toi, vous croyiez vraiment pouvoir m'arnaquer aussi facilement ?

— Je ne vois vraiment pas de quoi tu veux parler, dit Demetrius en fronçant les sourcils.

Ken sortit un coupe-boulon pliant de sa boîte et le déplia. Il examina un instant le corps de Demetrius et dit :

— Commençons par une question simple… Où est ton iPad ?

— Dans ma voiture.

Ken effleura l'un des gros orteils de Demetrius du bout du coupe-boulon.

— Faux. Nous avons fouillé la voiture.

— Il y est, pourtant.

Il coupa l'extrémité de l'orteil de Demetrius et attendit que son hurlement s'arrête.

— J'avais oublié que tu criais aussi fort, dit-il en faisant mine de se déboucher les oreilles. Tu vas finir par péter les vitres. Essayons une nouvelle fois… Où est l'iPad ?

— Dans la voiture. Regarde dans le coffre… Sous le tapis.

— Ah, je vois qu'on progresse…

Ken appela Alice, lui donna pour instruction de récupérer la tablette tactile et de l'apporter à Sean, dans son bureau du centre-ville, où il couchait sur un lit de camp. Il aurait été plus simple que Sean vienne à la maison, mais son fils, qui était un peu excentrique et introverti, ne sortait presque jamais de chez lui. Ken avait bien essayé de le secouer, mais Sean avait sombré dans la dépression. Et comme il était le seul à s'y retrouver dans les réseaux informatiques qu'il avait mis en place, Ken le laissait tranquille.

Sean et Alice allaient pouvoir accéder à la majeure partie des données de Demetrius en analysant le contenu de la tablette, mais Ken savait que son vieil ami emmagasinait beaucoup d'autres informations dans son cerveau.

Il passa l'extrémité du coupe-boulon entre les cuisses de Demetrius. Son ami était si fier de cette partie de son anatomie…

Il adressa un grand sourire à Demetrius, qui frissonnait et dont les narines se dilataient comme les naseaux d'un taureau prêt à charger.

— Et si on parlait de tes mots de passe ? dit Ken.

Chapitre 27

Cincinnati, Ohio
Mercredi 5 août, 6 h 00

Scarlett renversa le réveil d'un coup sec sur la table de nuit.

— Merde, marmonna-t-elle en se rendant compte que c'était son téléphone qui sonnait ainsi.

Elle cligna des yeux et la mémoire lui revint instantanément.

Marcus… Elle saisit le téléphone et roula sur elle-même dans le lit, découvrant qu'elle était seule. Un frisson d'angoisse lui parcourut l'échine. Elle se souvint de son humeur morose au moment où ils s'étaient couchés, juste avant qu'elle s'endorme. *Je n'aurais pas dû insister autant à propos du pistolet…*

Elle sortit du lit, enfila en vitesse un short et un T-shirt puis elle répondit, sans vérifier l'identité de son correspondant. À une heure aussi matinale, c'était forcément Deacon ou Isenberg. Ou sa mère s'il y avait eu un décès dans la famille.

— Allô ?

— Scarlett, c'est oncle Trace.

— Bonjour, fit-elle, prise de court. Désolée de ne pas avoir pu assister aux recherches, hier. J'ai été appelée sur une scène de crime.

— Le lieutenant Isenberg me l'a déjà dit. Et aussi que tu avais accompagné la victime à l'hôpital.

— Il y en avait deux, en fait.

Elle activa le haut-parleur et consulta ses messages.

— Elles sont toujours en unité de soins intensifs. Mais je ne crois pas que tu m'appelles à ce sujet…

— Non. J'ai retrouvé tes disparues.

— Quoi ! Mais comment ? Où ? Et quand ? Ma chef m'a dit que les chiens avaient perdu leur trace. Et que tu étais rentré chez toi.

— Tout cela est vrai. Mais, ensuite, je me suis dit que si elles avaient peur d'être expulsées, elles demanderaient, en bonnes catholiques, à être déposées devant une église.

— Bien sûr… pour trouver refuge…

Scarlett ôta son short et ouvrit son placard pour y prendre un pantalon propre, un chemisier et une veste. Il était temps de se remettre au travail.

— Où les as-tu trouvées ? demanda-t-elle.

— À l'église paroissiale Sainte-Barbara, à Georgetown.

— À une heure de route vers le sud… Qui les a emmenées là-bas ?

— Oui, un chauffeur routier. Il les a déposées devant sa paroisse.

— Sympa de sa part… Mais j'aurais préféré que sa paroisse soit plus proche…

Scarlett sortit des sous-vêtements propres d'un tiroir et retrouva l'une de ses chaussures. Elle ne se rappelait plus où l'autre avait atterri quand elle l'avait enlevée en hâte, la veille.

— Tu es là-bas ? Ou tu les as seulement appelés ?

— J'y suis. J'ai appelé avant d'y aller. J'ai dit au curé de les retenir dans l'église, et j'ai sauté dans ma voiture. Je ne voulais pas t'appeler avant d'être absolument certain que c'étaient bien elles. Mais, maintenant, il n'y a plus le moindre doute… Ces femmes sont bien Mila et Erica Bautista.

Elle s'agenouilla pour chercher sa chaussure manquante sous le lit. Zat n'y était plus — il avait dû surmonter sa peur de la veille. Malheureusement, la chaussure n'y était pas non plus.

— Tu as appelé les flics de Georgetown ?

— Non. Elles m'ont dit qu'elles ne parleraient qu'à Marcus.

— Comment connaissent-elles son nom ? demanda-t-elle en se relevant.

— Tabby Anders leur a montré l'article du *Ledger.* Elle leur a dit que c'était l'homme que Tala avait rencontré dans le parc, l'homme qui a proposé de l'aider. Elles m'ont dit que si j'appelais la police, elles s'enfuiraient. Donc, ne t'habille pas en flic…

— Entendu. Je vais venir avec Marcus dès que possible. Dis-leur qu'il arrive. Qu'est-ce qu'elles t'ont dit d'autre ?

— Pas grand-chose… Elles veulent voir Tabby et Malaya. Je leur ai assuré que Malaya était indemne et bien soignée. J'ai appelé l'hôpital pour avoir des nouvelles de Tabby. Son état reste stationnaire.

— Je m'en doutais, puisque les médecins ne m'ont pas contactée. Merci, oncle Trace. Je te suis redevable.

— Ne dis pas ça, Scarlett. Tu n'aimerais peut-être pas ce que je pourrais te demander…

C'est-à-dire revenir à l'Église… Elle soupira. En cet instant, sa reconnaissance était telle qu'elle ne l'excluait pas.

— Je serai à Sainte-Barbara le plus vite possible, dit-elle avant de raccrocher

Elle jeta sa tenue d'inspectrice sur le lit et opta plutôt pour une robe d'été et des ballerines à talons plats. Elle s'habilla, se lava les dents et prit sa brosse à cheveux.

— Marcus ? appela-t-elle en descendant l'escalier.

Pas de réponse. Elle alla dans le garage et constata que sa voiture y était encore. De sa fenêtre, elle avait vu que le tank était toujours garé dans l'allée. Donc, à moins qu'il ait pris un taxi ou appelé quelqu'un pour venir le chercher, il était encore dans les parages.

— Zat, viens ici ! cria-t-elle. Tu veux sortir ?

Mais elle n'entendit pas en réponse le pas claudicant du bulldog à trois pattes. Lorsqu'elle entra dans la cuisine, elle vit les restes d'un sandwich sur le comptoir — Marcus n'était donc pas parti le ventre vide.

La seule partie de la maison où elle n'avait pas jeté un coup d'œil était le sous-sol. Le loquet de la porte de l'escalier qui y menait était ouvert. Elle l'avait installé pour éviter à Zat de dégringoler ces marches trop raides pour lui.

Elle se mit à le descendre et fut soulagée d'apercevoir son chien, couché en rond sur son tapis, au pied de l'escalier. Elle allait appeler Marcus lorsqu'elle entendit un bruit qui l'en dissuada. Des coups sourds et lourds, ponctués des jurons les plus affreux. Parvenue au bas des marches, elle vit Marcus et hésita à s'approcher de lui.

Il ne portait en tout et pour tout qu'un short de sport, trempé de sueur, et les gants de boxe du frère de Scarlett, Phin. Son corps ruisselait de transpiration tandis qu'il martelait de coups de poing le vieux sac de sable de Phin. Il avait déniché le crochet qui permettait de le suspendre et l'avait vissé dans l'une des poutres du plafond.

Elle tressaillit en découvrant son large dos. Un énorme hématome — causé par la balle qui avait heurté son gilet pare-balles la veille — bleuissait sa peau mais ne l'empêchait pas de se déchaîner sur le sac, qui volait en tous sens. Elle admira sa force musculaire mais la violence des coups qu'il portait était telle qu'elle s'inquiéta pour ses mains, même si ses phalanges étaient protégées par des gants d'entraînement.

Brusquement, il s'arrêta de frapper et agrippa le sac des deux mains.

— Ça sent le chèvrefeuille, dit-il tout bas entre deux halètements.

— Je me suis réveillée, tu n'étais plus dans le lit…

— Je n'arrivais pas à dormir… J'ai promené ton chien et réparé la fuite de l'évier dans la cuisine. Le bruit des gouttes me rendait fou.

— Merci.

Elle fit un pas en avant mais il leva l'une de ses mains gantées.

— Ne me touche pas. S'il te plaît, dit-il.

Il avait prononcé ce « s'il te plaît » d'une voix mal assurée, presque comme un sanglot.

— Marcus ? fit-elle tout doucement. Tu as eu des mauvaises nouvelles de Phillip ? Ou d'Edgar ?

— Ils sont encore inconscients.
— Mais alors qu'est-ce que tu fais là ?
— Il fallait que je réfléchisse.
— Que tu réfléchisses à quoi ?

Mais elle connaissait déjà la réponse à cette question. *Je n'aurais pas dû insister,* se répéta-t-elle. *Il m'a dit qu'il allait le ranger dans un coffre. Cela aurait dû me suffire.*

Mais tout en se faisant silencieusement ce reproche, elle savait que ce n'était pas aussi simple. Marcus avait besoin d'être confronté à ce qui le hantait.

Il redressa la tête et jeta un regard circulaire à la pièce sans s'attarder sur Scarlett.

— On se croirait dans une salle de sport, ici, dit-il. Comment ça se fait ?

Elle le contourna, prenant soin de garder ses distances, et s'assit sur le banc de musculation qu'il avait trouvé dans une petite pièce attenante. Il avait également sorti les haltères. D'un coup d'œil, elle estima le poids total de celles qu'il avait mises sur la barre et fronça les sourcils : il venait de soulever plus de fonte qu'il ne l'aurait dû, avec sa blessure.

— C'est le matériel que Phin a laissé ici, répondit-elle. Quand il est parti, il n'a rien emporté. Tout le contenu de son appartement est là. Soit on apportait tout ici, soit ça partait à la benne. J'espère encore qu'il reviendra, un jour, et qu'il récupérera ses affaires.

Marcus appuya la tête contre le sac de sable.

— Moi aussi, dit-il.

Scarlett aurait voulu qu'il soit prêt à l'action, physiquement et émotionnellement, mais elle comprit que ce n'était pas possible dans l'immédiat.

— C'est ma faute, murmura-t-elle. Tu n'étais pas prêt à répondre à mes questions sur le pistolet, et je t'ai harcelé. Excuse-moi, Marcus.

— Non, ce n'est pas ta faute, c'est la mienne. Tu avais parfaitement le droit de me poser ces questions. C'est moi qui n'ai pas su y répondre.

— Mais c'est ce que tu as fait. C'était ton talisman

quand tu étais un enfant terrifié par l'expérience atroce que tu avais vécue…

Elle grimaça avant d'ajouter :

— J'espère qu'il n'était pas chargé quand tu le cachais sous ton oreiller.

Il se décolla du sac et s'adossa au mur, puis s'accroupit, les coudes sur ses genoux pliés. Dans la même position que la veille, quand il avait apaisé l'accès de rage de Stone. Scarlett le rejoignit.

— Tu es jolie avec cette robe, murmura-t-il.

— Merci. Parle-moi, Marcus, je t'en prie. Je veux t'aider.

— Tu veux me réparer, comme ces chaises que tu retapes, dans ton atelier ? Ou me sauver comme ton cabot ? Il est sympa, ce chien, d'ailleurs. Il aime le saucisson.

Elle esquissa un sourire.

— Ça lui donne des gaz, dit-elle. Ce soir, je le ferai dormir de ton côté du lit…

Il lâcha un petit rire las, puis courba la tête.

— J'ai la tête à l'envers, murmura-t-il.

— Alors, laisse-moi la remettre à l'endroit.

Et il rit de nouveau, mais sans joie. Se sentant incapable de lui remonter le moral par des mots, Scarlett lui caressa le bras, mais il se hérissa.

— Je suis en sueur, dit-il. Tu vas salir ta jolie robe.

— J'en ai d'autres.

D'une main hésitante, elle le caressa de nouveau, de l'épaule au poignet. Elle tira sur la bande Velcro du gant et répéta le même geste sur l'autre main.

— Laisse-moi voir tes mains.

Elle les prit et les dirigea vers la lumière.

— Tes phalanges sont tout enflées, Marcus, constata-t-elle avec inquiétude.

Elle se rendit dans la pièce attenante et envoya un bref message à son oncle pour le prévenir qu'elle aurait au moins une heure de retard. Puis elle souleva le couvercle du congélateur, farfouilla parmi les paquets de plats cuisinés et de légumes surgelés et dénicha deux poches de glace. Son téléphone bourdonna : c'était oncle Trace qui lui disait de ne pas se presser, car les deux fugitives, épuisées, s'étaient endormies, et il veillait sur elles.

Elle revint s'asseoir à côté de Marcus et appliqua la glace sur ses phalanges meurtries, le faisant légèrement tressaillir. Il resta silencieux pendant plusieurs minutes, et Scarlett jugea bon d'en faire autant. Puis elle lui embrassa les phalanges une à une et le sentit frissonner.

— Marcus, je ne peux pas t'aider si tu ne me confies pas ce qui te ronge.

— Tu ne peux rien faire, dit-il d'un ton sans réplique.

— Alors, laisse-moi souffrir avec toi.

Il redressa la tête et Scarlett s'aperçut que ses yeux étaient voilés de larmes.

— Impossible, fit-il.

Elle s'agenouilla et lui saisit doucement le visage des deux mains.

— Je ne renoncerai pas, murmura-t-elle.

Elle l'embrassa tendrement et ajouta :

— Je ne peux pas… Ma mère me reprochait toujours d'être têtue comme une mule. C'est à cause de tous ces flics dans la famille… Mais je peux attendre que tu sois prêt.

Il se décolla d'elle mais sans brusquerie, la tête de nouveau inclinée.

— L'enlèvement avait été monté de l'intérieur, murmura-t-il.

— C'est ce que j'ai lu. L'un des ravisseurs aurait appartenu à une équipe d'artisans qui rénovait votre appartement…

— C'est mon père qui a engagé les ravisseurs.

L'estomac de Scarlett se noua. Elle se souvint de l'amertume avec laquelle il avait évoqué son père. *C'est depuis qu'il en a parlé qu'il est distant.*

— Il les a engagés pour nous enlever. Pour la rançon.

— Ton père voulait toucher la rançon ? s'étonna-t-elle. Mais elle a été payée avec son argent…

— Non, c'était l'argent de maman, jusqu'au dernier centime. L'argent de la famille Yarborough… Mon père biologique était un flambeur. Ma mère l'a tiré d'embarras plus d'une fois, et ils se disputaient souvent à cause de ses folies. Moi, j'étais un gamin taciturne, mais attentif. Je comprenais ce qui se passait. Je le détestais.

— Ta mère lui a coupé les vivres ?

— Pas entièrement. Elle a fini par lui verser une petite rente, mais il l'a mal pris… Et il l'a frappée.

— Oh ! Marcus, c'est affreux…

— J'aurais voulu le tuer, mais il était aussi costaud que je le suis maintenant, et j'étais maigrichon.

— Tu avais huit ans.

— Et j'étais fou de rage. Ensuite, il l'a suppliée de lui pardonner, et il lui a offert, pour s'excuser, un superbe bracelet… acheté avec l'argent de ma mère. Je voulais qu'elle le chasse, mais elle lui a pardonné. En fait, ce n'était pas la première fois… Il a continué d'accumuler des dettes de jeu.

— Et il a décidé d'organiser l'enlèvement de ses propres enfants… Pour payer ses dettes avec sa part de la rançon.

— Elle n'en a jamais rien su. Ne le lui dis pas, je t'en supplie.

Elle lui prit la main, la couvrit à nouveau de baisers.

— Je m'en garderai bien. J'aimerais pouvoir dire que je n'arrive pas à imaginer qu'un père puisse risquer la vie de ses propres enfants pour de l'argent. Mais, malheureusement, j'ai vu tant d'atrocités au cours de ma carrière…

Les larges épaules de Marcus s'affaissèrent.

— Toutes celles que tu n'arrives pas à effacer de ta mémoire, dit-il. Et voilà que je viens de t'en dévoiler une autre.

Elle pesa soigneusement ses mots avant de répliquer :

— Je mentirais si je te disais que je ne m'imagine pas avec horreur ce petit garçon trahi par son père et faisant de terribles cauchemars. Et je te mentirais encore plus si je te disais que cette vision ne me brise pas le cœur. Je suis désolée si cela te blesse dans ton amour-propre, mais tu es à moi, maintenant… Et je souffre pour toi.

Il redressa lentement la tête et la fixa d'un œil ému. Et chargé de désir, de nouveau.

— Redis-moi ça, murmura-t-il.

Elle ne fit pas semblant d'avoir mal compris. Ce moment était trop important.

— Tu es à moi, Marcus.

— Oh ! mon Dieu, murmura-t-il d'une voix rauque.

Scarlett sentit ses yeux s'humidifier. Elle le prit délicatement dans ses bras, et il se blottit contre elle comme un enfant apeuré. Elle l'étreignit un peu plus fort, le berçant doucement.

Au bout d'un moment, il releva la tête, passa une main dans le dos de Scarlett et l'attira contre lui pour l'embrasser passionnément.

— Tu es à moi, inspectrice, dit-il à son tour en détachant ses lèvres de celles de Scarlett. Depuis le premier jour où je t'ai vue.

— Je sais, dit-elle. Mais c'est si bon de l'entendre…

Un petit sourire apparut sur les lèvres de Marcus.

— Absolument, fit-il.

Il la prit dans ses bras et enfouit sa tête entre ses seins lorsqu'elle essaya de le regarder dans les yeux.

— Il faut que je t'avoue quelque chose, dit-il. Ce sera plus facile pour moi si tu ne me regardes pas pendant que je te parle.

— D'accord, dit-elle, se préparant au pire. Je suis prête.

Chapitre 28

Cincinnati, Ohio
Mercredi 5 août, 6 h 25

— Je vais avoir du mal à parler, dit Marcus. Mais il faut que tu saches qui je suis vraiment. Tu ne m'as pas demandé comment je savais que c'était mon père qui avait engagé les ravisseurs.

— J'attendais que tu me le dises toi-même.

— Maman nous faisait déposer à l'école tous les matins par son chauffeur, qui repassait nous prendre à la fin des cours. Pour nous enlever, Stone et moi, les types l'ont neutralisé… Il a été retrouvé quelques heures plus tard, errant dans les rues de Lexington, le cerveau embrumé par la drogue qu'ils lui avaient administrée de force. À ce moment-là, Matty avait déjà été kidnappé, lui aussi.

— Dans son lit…

— Oui. Ils nous ont emmenés dans un entrepôt près de la rivière. Ils nous ont enfermés dans une chambre froide désaffectée. Ça puait horriblement, là-dedans, mais il ne faisait pas froid. Stone et Matty étaient épouvantés. J'essayais d'être courageux, mais moi aussi, j'étais terrifié. Je savais qu'on était riches et que ma mère redoutait que sa fortune nous attire des ennuis… Au début, on n'était pas attachés. Ils devaient penser que trois petits garçons ne chercheraient pas à s'évader.

— Ils ne savaient pas qu'ils avaient affaire aux frères O'Bannion, dit Scarlett.

— Le plus beau jour de ma vie, c'est celui où Jeremy O'Bannion nous a adoptés et donné son nom. Je détestais me présenter sous le nom de Marcus Gargano… Gargano, c'était le nom de mon père… Une ampoule pendait au plafond de la chambre froide, mais l'interrupteur se trouvait à l'extérieur, et on ne pouvait pas allumer la lumière.

— Vous étiez pris au piège, seuls dans le noir, murmura-t-elle.

Son petit frère était mort dans l'obscurité… Comme Tala.

— Ouais, fit-il d'une voix brisée.

Il se racla la gorge et reprit :

— Excuse-moi… Je n'en ai jamais parlé à personne… C'est la première fois depuis vingt-sept ans…

— Ta mère ne t'a pas fait suivre par un psy après un tel traumatisme ? demanda-t-elle, consternée.

— Si, bien sûr, et à grands frais… Mais je n'ai rien dit. J'en étais incapable. Et, surtout, je ne voulais pas que ma mère apprenne ce que j'avais fait. J'avais peur que le psy aille tout lui répéter.

— Qu'as-tu fait, qui te pèse tant, Marcus ? demanda-t-elle tout doucement.

— Je suis monté sur une caisse et j'ai dévissé l'ampoule pour que la pièce reste dans l'obscurité au moment où ils reviendraient nous chercher. Ensuite, j'ai utilisé un trombone que j'avais au fond d'une de mes poches pour récupérer des vis sur une étagère métallique. Et je me suis servi d'un des montants comme matraque pour frapper l'un des types.

Elle sursauta de surprise, avant de se rendre compte qu'il n'avait pas répondu à sa question. Mais c'était à lui de raconter cette histoire, et elle se garda bien d'insister.

— Tu ne manquais pas de ressource !

— Je regardais trop la télé… C'était une connerie, en fait. Je n'avais que huit ans, et, même si je l'ai frappé de toutes mes forces, je ne lui ai pas vraiment fait mal. Mais ça l'a rendu furieux. Il voulait me tuer, mais son complice l'a calmé. Ils ont mis une chaise dans la chambre froide et ils m'ont ligoté dessus, puis ils l'ont tournée pour que je ne puisse pas voir mes frères. Ils les ont attachés aussi. Mais ils ne nous ont pas bâillonnés ou bandé les yeux… Comme on était en hiver et que nous étions tous les trois enrhumés, le plus calme des deux types craignait qu'on ne s'étouffe à cause des bâillons. Je ne voyais plus mes frères mais je les entendais pleurer… Stone n'arrêtait pas de me demander de faire partir ces hommes et répétait en boucle qu'il voulait rentrer à la maison. Et moi, je tentais de le rassurer… Je lui promettais que tout irait bien.

Scarlett se souvint de la crise de nerfs que Stone avait failli avoir dans le bureau de Marcus, la veille.

— C'est ce qu'il a dit hier, remarqua-t-elle. Il t'a demandé de me faire partir. Et tu lui as juré que tout irait bien…

Marcus lâcha un soupir.

— Certaines choses déclenchent en lui des accès de panique. L'un des ravisseurs travaillait comme veilleur de nuit dans cet entrepôt. Il portait un uniforme de vigile… Il a dit à Stone qu'il était flic et qu'il n'hésiterait pas à lui tirer dessus s'il pleurait. Pendant longtemps, Stone n'a pas pu voir un uniforme sans faire une crise. Mais il a fini par surmonter cette phobie. Jeremy l'a beaucoup aidé à se reconstruire. Il est d'un tempérament calme, et sa tranquillité et sa gentillesse ont été d'un grand secours.

— Mais quand Stone était dans l'armée, il portait un uniforme…

— C'est une épreuve qu'il s'est imposée, pour se persuader qu'il avait surmonté son traumatisme. Pendant quelques années, il a porté un uniforme et il était entouré en permanence de gens qui en portaient aussi. Il obéissait à des ordres et il en donnait. Mais sa phobie des flics est restée. S'il se sent menacé par un flic, il est capable de tout…

— Mais moi, je ne porte pas d'uniforme…

— Ça ne change rien, à ses yeux. Je pense que, pour dépasser sa phobie, il l'a transférée sur autre chose et l'a généralisée à toute la police.

— Il ne me faisait pas confiance quand je l'ai rencontré il y a neuf mois, mais il n'a pas fait de crise.

— Pas en ta présence. Après, si.

— C'est pour ça que tu étais si virulent, ce jour-là à l'hôpital, quand je l'ai critiqué parce qu'il nous avait menti. Tu m'as dit que tant que je n'aurais pas vécu un dixième de ce que Stone avait vécu, je n'avais pas le droit de le critiquer… Sur le moment, je n'ai pas compris.

Il déposa un petit baiser sur la tempe de Scarlett.

— C'est normal, dit-il. Je ne voulais pas t'en parler, parce que c'est le secret de Stone. Mais c'est aussi le mien…

— Je ne lui dirai pas que tu me l'as raconté, promit-elle. Je crois qu'on a fait la paix, lui et moi, et je ne voudrais pas la rompre ni remuer le couteau dans la plaie.

Marcus haussa les épaules.

— Merci, fit-il. Il ne te prend plus pour un démon, c'est déjà ça…

Il étouffa un petit rire triste et ajouta :

— Je crois même que tu lui as fait bonne impression. Mais bon, c'est difficile à dire, avec lui…

Il se redressa sans pour autant lâcher Scarlett.

— Il y a d'autres choses qu'il ne m'appartient pas de te dire, dit-il sombrement. Des choses… qu'ils lui ont faites… Ces salauds savaient que j'entendais tout. Ils voyaient que je me débattais pour me libérer. Je… C'était… Oh ! mon Dieu, j'entends encore sa voix, qui m'appelait au secours… Moi, ils ne m'ont pas touché. J'aurais préféré que ce soit moi… Je les ai suppliés de ne pas faire de mal à Stone et à Matty… Ils ont rigolé en disant que mon tour viendrait…

Scarlett tremblait de rage et d'écœurement, ses poings se serraient malgré elle. Elle se mordit la langue pour étouffer les cris d'horreur et de fureur qui montaient en elle. Marcus lui caressa les cheveux en murmurant :

— Ça aussi, ce sont des souvenirs qu'on ne peut pas effacer.

— J'espère qu'ils sont morts, ces monstres.

Parce que s'ils ne le sont pas, je vais les trouver et les tuer de mes propres mains.

— Ils sont tout ce qu'il y a de plus mort, dit Marcus.

Elle voulut reculer la tête pour voir son visage mais il l'en empêcha en resserrant son étreinte.

— Pas encore... Ne me regarde pas encore.

— Ils ont été arrêtés par la police ?

— Non. Mais je suis sûr qu'ils auraient préféré que ce soient les flics qui les retrouvent... Ils ont donné leurs instructions pour la remise de la rançon, exigeant que ni la police locale ni le FBI ne soient prévenus. Gayle m'a raconté depuis que mon père ne voulait pas que ma mère contacte les autorités... Mais elle l'a fait quand même, en douce. Les agents du FBI ont suivi le type qui avait récupéré la rançon jusqu'à l'entrepôt où nous étions séquestrés. C'est comme ça qu'ils nous ont retrouvés. Quand les ravisseurs se sont aperçus que les flics approchaient, ils ont paniqué. Ils ont pris la fuite avec l'argent, mais pas sans tenter de nous liquider. Nous avions vu leurs visages. Moi, qui n'étais qu'un gamin, je n'avais pas compris qu'ils n'avaient aucune intention de nous garder en vie. L'un d'eux a ouvert la porte de la chambre froide et a fait feu...

À cet instant, Marcus serra Scarlett si fort dans ses bras qu'elle eut du mal à respirer, mais elle ne s'en plaignit pas. Il relâcha subitement son étreinte et ajouta d'une voix rauque :

— Désolé, je ne voulais pas te faire mal.

— Ce n'est pas grave. Tu n'es pas obligé de m'en dire plus.

— Pour l'instant, je ne t'ai encore rien dit, souffla-t-il d'un ton las et morose. Mais je sais avec certitude que je dois tout te raconter. Tu as lu les articles de l'époque, donc tu sais que Matty a été tué et que Stone a failli mourir de ses blessures. Ils étaient placés près de la porte et faciles à atteindre. Moi, j'étais assis au fond de la chambre froide. Quand la porte s'est ouverte, j'ai fait basculer la chaise vers l'avant, de tout mon poids, et la balle qui m'était destinée m'a frôlé l'oreille. Je me suis retrouvé par terre, attendant la deuxième balle, mais ce salaud a cru m'avoir atteint… Il a fermé la porte et nous a laissés là. Dans la nuit.

Scarlett ravala la bile qui lui brûlait la gorge et s'efforça en vain de masquer son effroi.

— Marcus, murmura-t-elle. C'est atroce…

Il pressa longuement ses lèvres contre les tempes de Scarlett.

— J'entendais Stone pleurer, mais Matty était étrangement silencieux. Il avait arrêté de respirer… Moi, j'essayais de me libérer. Depuis qu'ils m'avaient attaché à cette chaise, je n'avais pas cessé un instant d'essayer de desserrer mes liens.

— Vous êtes restés combien de temps dans cette chambre froide ?

— Un peu plus de trois jours.

— C'est une éternité !

— Oui… Quand je suis tombé, le dossier de ma chaise s'est brisé, ce qui m'a aidé à dégager mes mains… Mes chevilles étaient encore attachées aux pieds de la chaise, et j'ai rampé jusqu'à la porte. Ces salauds l'avaient fermée avec un cadenas avant de prendre la fuite. Nous étions pris au piège. Je me suis détaché les pieds et je me suis servi d'un morceau de la chaise cassée pour essayer de forcer la porte. Stone avait cessé de pleurer, et j'ai cru qu'il était mort, lui aussi. Je n'ai pas vérifié, car j'étais trop occupé à m'acharner sur cette porte qui résistait à tous mes efforts. Les policiers qui fouillaient les lieux ont fini par entendre le bruit que je faisais. Quand ils ont ouvert la porte, j'ai vu leurs uniformes et j'ai cru que les ravisseurs étaient revenus pour nous achever. Je me suis jeté sur eux… Je voulais les empêcher de s'approcher de Stone et de Matty. Il a fallu deux agents pour me maîtriser.

— C'est vraiment affreux.

Il hocha la tête.

— Oui… Matty n'a pas souffert, il est mort sur le coup. Quant à Stone, il était grièvement blessé. Je me souviens d'avoir vu couler son sang quand les secouristes l'ont emmené… Tout ce sang… Il est resté une semaine dans le coma. Et il a séjourné longtemps à l'hôpital. Il a raté l'enterrement de Matty, ce qui était sans doute préférable pour sa santé mentale.

— Comment as-tu appris la complicité de ton père ?

— Quelques jours après notre libération, j'étais dans notre appartement et j'ai entendu le téléphone sonner. Gayle était à l'hôpital, au chevet de Stone. Et ma mère dormait. Elle avait pris un somnifère, prescrit par son médecin. C'est là que son accoutumance a commencé. Quoi qu'il en soit, je me suis dépêché de répondre parce que je ne voulais pas que la sonnerie la réveille. Et là…

Il déglutit avant de poursuivre :

— J'ai entendu la voix d'un des types qui nous avaient enlevés. Celui qui avait abusé de Stone et de Matty… Je n'ai pas hurlé, je suis resté silencieux. J'étais paralysé par la peur parce que je croyais qu'il allait revenir. Et j'ai entendu mon père décrocher sur un autre appareil, à l'autre bout de l'appartement. Ça s'est passé très vite. Ils se sont mis à parler, et j'ai compris qu'ils se connaissaient. Mon père était furieux. Il a engueulé l'homme : « Il ne devait pas y avoir de violence… Vous avez tué un de mes fils et l'autre est entre la vie et la mort… » Le type a répondu que mon père avait rompu leur accord en envoyant le FBI. Mon père s'est emporté, il en voulait à ma mère d'avoir prévenu les autorités. Mais ce qui le rendait encore plus furieux, c'était que les ravisseurs refusaient de lui verser sa part de la rançon…

Scarlett étouffa un juron. Elle aurait voulu tuer ce père indigne, lui arracher à mains nues ce qui lui tenait lieu de cœur. Mais elle se contint. Et c'est d'une voix calme qu'elle demanda :

— Comment as-tu réagi ?

— Je voulais en parler à quelqu'un, mais je ne savais pas à qui m'adresser. Maman dormait à poings fermés. Gayle était à l'hôpital avec Stone. Mon grand-père paternel vivait près de chez nous, mais il ressemblait trop à mon père, et j'avais peur de me confier à lui. J'ai voulu sortir de l'appartement pour prévenir le premier policier que je rencontrerais, mais mon père m'a empêché de sortir. Il m'a dit que je risquais d'être tué ou enlevé une nouvelle fois, puisque les ravisseurs avaient réussi à s'échapper et que j'avais vu leurs visages.

— Salopard…

— Je ne savais pas quoi faire. Je suis devenu parano, je m'imaginais qu'il me surveillait en permanence. J'avais peur de décrocher le téléphone, car je craignais qu'il puisse m'écouter sur un autre appareil, comme j'avais écouté sa conversation avec son complice. Je me suis donc terré dans ma chambre, et je n'en ai parlé à personne.

— Et ton grand-père maternel ? Tu avais confiance en lui…

— Je l'adorais… Mais même à l'époque, je savais déjà combien il était imprévisible, et il m'intimidait. Il était tout le temps à l'hôpital, avec ma mère et Stone. Je ne le croisais jamais hors de la présence de mon père…

— Ton père veillait à ce que tu sois isolé…

— Oui. En plus, mon grand-père aimait beaucoup mon père. Mon père était de bonne compagnie, il était jovial et avait de la conversation. Ma mère était taciturne, un peu lunatique. Les gens la trouvaient excentrique et la fuyaient. Alors que mon père avait gagné l'affection de tous ceux qui ne vivaient pas avec lui.

— Et Gayle ? Elle vivait avec vous, à l'époque…

— Elle prenait souvent des congés. Mon père attendait qu'elle soit absente pour s'en prendre à ma mère. Et quand il perdait son sang-froid, il la giflait.

— C'est affreux de penser que tu étais si seul dans ta propre famille. Ta mère t'aurait certainement écouté, si tu t'étais confié à elle.

— Elle m'aurait écouté, certes… Mais elle ne m'aurait pas entendu. Elle était sous le choc. Matty était mort, et le pronostic vital de Stone était engagé. Mais le pire, c'était qu'elle aimait mon père, même s'il la battait. Personne n'était au courant. Elle ne se doutait pas que je le savais. J'ai attendu le bon moment pour lui révéler ce qu'il avait fait à ses propres enfants, mais l'occasion ne s'est jamais présentée…

— Comment ton père est-il mort, Marcus ?

Il inspira profondément et ne relâcha pas son souffle, comme tétanisé par cette question.

— Marcus ?

Il exhala un soupir désespéré et reprit son récit :

— À l'enterrement de Matty, un homme s'est approché de mon père. Un grand. Très costaud. Et plein d'assurance… Il a abordé mon père près du cercueil. Il lui a demandé où était passé son argent. Mon père a dit : « C'est l'enterrement de mon fils. Ça ne peut pas attendre ? » Et il a demandé au type de le rappeler plus tard. Quand on est rentrés à l'appartement, j'ai guetté ce coup de téléphone. Quand l'homme a appelé, je n'ai pas osé décrocher sur l'autre appareil, mais je me suis approché discrètement de mon père, pour écouter ce qu'il disait au mystérieux inconnu. Et je l'ai entendu dire : « Je vous rembourserai, je vais bientôt hériter… »

— Il avait l'intention de tuer ta mère ? s'indigna Scarlett.

— C'est comme ça que je l'ai compris, en tout cas. Et c'est là que j'ai pris ma décision. Je me souviens que, ce soir-là, quand je me suis mis au lit, ma mère m'a chanté une berceuse. Elle m'a embrassé en sanglotant. Comme elle était triste et terrifiée, je l'ai laissée me cajoler comme un petit garçon.

— Mais tu *étais* un petit garçon, Marcus !

— Je me souviens que je ne me considérais plus comme tel. Je voulais la mettre en garde, mais je ne savais pas comment m'y prendre. J'hésitais, je tergiversais… Alors qu'il aurait été très simple de lui dire : « Ton mari a payé des gens pour enlever tes enfants dans le but de se faire un peu d'argent, et maintenant il envisage de te tuer… » Mais je n'arrivais pas à prononcer ces mots. Je commençais ainsi : « Mon père… » Mais je bredouillais et je me reprenais : « Ton mari… » Et ensuite j'étais incapable d'articuler le reste. Tout ce qu'elle en a déduit, c'est que j'avais peur de mon père. Un psychologue lui avait affirmé que j'étais susceptible de confondre la réalité et la fiction pendant quelque temps…

— Tu as raison. Elle t'a écouté, mais elle n'entendait pas ce que tu tentais de lui dire.

— Je ne m'en suis rendu compte que plus tard, dit-il en haussant les épaules. Je n'arrivais plus à dormir depuis que les policiers m'avaient ramené chez moi. Ce soir-là, je me faisais trop de souci pour ma mère et je suis allé dans sa chambre pour vérifier que rien ne lui était arrivé. Mais, quand j'ai voulu la réveiller, elle n'a pas réagi, elle était dans le coma… Mon père était sorti, et Gayle était toujours au chevet de Stone. J'ai appelé les secours. Ils ont fait un lavage d'estomac à ma mère, mais elle a quand même failli en mourir.

— Tu as parlé à Gayle de ton père, ce soir-là ?

— Non. Ils ont emmené maman dans un autre hôpital que celui où Stone était soigné. Comme j'étais seul avec ma mère dans la maison, les flics m'ont emmené. J'en ai entendu un dire à ses collègues de se méfier de moi, parce que j'étais le gamin qui avait pété un câble et griffé deux agents quelques jours plus tôt. Ils ont même parlé de me menotter, et j'ai eu un accès de panique à cette seule pensée.

— Tu es mal tombé… Ces connards étaient mal formés, marmonna-t-elle.

— Ils se sont sentis coupables quand je me suis mis à pleurer comme un bébé et à les supplier de ne pas m'attacher. Ils m'ont dit que si je ne tentais pas de les frapper, ils me laisseraient les mains libres. Je me suis fait tout petit sur la banquette arrière de leur voiture, et je n'ai plus ouvert la bouche. Ils ont appelé les services de protection de l'enfance, et une assistante sociale est venue me tenir compagnie dans la salle d'attente des urgences. Elle était jolie et gentille, et j'ai failli trouver le courage de tout lui dire, mais mon père est arrivé et m'a ramené à la maison. J'étais terrifié à l'idée qu'il allait me tuer à mon tour, mais il m'a dit de me rendormir et m'a assuré que ma mère s'en tirerait. Le lendemain matin, quand je suis sorti de ma chambre, il avait disparu. Il avait fait sa valise et laissé un mot à ma mère pour lui dire qu'il partait quelques jours pour se changer les idées après l'enterrement de Matty. Et qu'il lui pardonnait pour avoir « mis en danger la vie de ses enfants » en prévenant la police à son insu… J'ai entendu du bruit dans la chambre de ma mère. Et en y entrant, j'ai vu le grand costaud à la mine patibulaire, celui qui avait abordé mon père à l'enterrement. Il était en train de fouiller dans la boîte à bijoux de ma mère…

— Putain, fit Scarlett.

— Je crois bien que j'ai dit la même chose. Il avait trouvé le mot que mon père avait laissé, et il était furieux. J'étais tellement terrifié que j'ai failli m'évanouir. Mais le type a eu pitié de moi. Il m'a dit qu'il ne faisait jamais de mal aux enfants, qu'il fallait seulement qu'il retrouve mon père parce qu'il devait un paquet de pognon à son patron…

Marcus marqua une pause et parut hésiter avant de poursuivre :

— Je savais où mon père allait quand il voulait prendre ses distances…

Il avait prononcé ces mots précipitamment, et Scarlett remarqua que sa respiration s'était accélérée.

— Tu l'avais entendu en parler ?

— Oui… Et j'y étais déjà allé. Toi aussi, d'ailleurs.

Scarlett fronça les sourcils puis secoua la tête lorsqu'elle comprit.

— Non ! fit-elle. La cabane dans le Kentucky ?

Là où Mikhail avait été assassiné neuf mois plus tôt.

— Exactement.

Il hésitait visiblement à poursuivre son récit, et Scarlett comprit qu'il en arrivait à ce qu'il avait voulu lui cacher jusque-là.

— Tu as dit au type où trouver ton père ? demanda-t-elle.

Le silence de Marcus fut éloquent.

— Personne ne peut t'en vouloir, Marcus. Tu étais un petit garçon et tu étais terrifié…

— Ce serait plus facile de te laisser croire que j'ai agi

ainsi sous le coup de la panique. Mais, en vérité, j'étais devenu très calme tout d'un coup. D'abord, j'ai cru ce type quand il m'a dit qu'il ne s'en prendrait pas à moi. Ensuite, j'ai pensé au meurtre de Matty, à Stone qui luttait contre la mort… Et à ma mère qui était en grand danger. Alors, j'ai pris ma décision. J'ai demandé au type si son patron laisserait ma mère et mon frère en paix si je lui disais où trouver mon père, même s'il ne récupérait pas son argent. Il m'a regardé dans les yeux et m'a dit qu'il ne porterait pas la main sur moi, mais qu'il ne pouvait pas parler au nom des autres hommes de main de son parrain.

— Son parrain ? C'était un gars de la mafia ?

— Oui. Mais ça, je l'ignorais. Ça me dépassait. Mais je savais que les deux ravisseurs avaient gardé toute la rançon. J'ai demandé au type combien mon père devait à son patron. Il m'a répondu que la dette avait atteint un million de dollars. Je lui ai dit que s'il retrouvait les deux ravisseurs, il pourrait rembourser la dette de mon père et garder le reste de la rançon. Il m'a objecté qu'il ne savait pas où trouver les types… Et j'ai répondu qu'il pouvait le demander à mon père… C'est là que je lui ai dit où il était, d'après moi. Cette idée lui a plu, parce que la rançon dépassait de très loin la dette de mon père.

— Il avait ainsi l'occasion de payer la dette de ton père et de garder les quatre autres millions pour lui…

— C'est ce qu'il a fait, j'en suis certain, dit Marcus d'un ton définitif qui indiquait que son récit était terminé.

— Mais… Qu'est-ce qui est arrivé à ton père ? insista Scarlett. La police a découvert son corps dans la cabane ?

— C'est ce à quoi je m'attendais, mais non… On l'a retrouvé dans une chambre d'hôtel dans le centre de Lexington, trois jours plus tard. Il était attaché au lit et avait une balle de 9 mm entre les deux yeux. Le meurtre avait été mis en scène pour faire croire qu'il avait été volé par une prostituée… Son portefeuille était vide, et il y avait des préservatifs par terre.

— Comment le sais-tu ?

— J'ai entendu les flics le dire à ma mère, juste après… Mais j'ai aussi trouvé le moyen de voir les photos de la scène de crime, plusieurs années plus tard. La liberté de la presse permet beaucoup de choses, comme tu le sais… La balle entre les deux yeux était un message limpide adressé à tous les débiteurs du parrain… Ma mère était bouleversée quand les flics sont venus chez nous lui annoncer la nouvelle. Et c'est seulement là que j'ai pleinement compris ce que j'avais fait…

Nous y sommes, songea Scarlett.

— Mais qu'as-tu fait, au juste, Marcus ? Et ne me dis pas que tu as tué ton père !

— Je l'ai livré à son assassin, Scarlett. C'est comme si j'avais commandité son meurtre.

— Peut-être, mais tu cherchais à protéger ta mère et ton frère. Tu savais que leur vie serait en danger tant que la dette ne serait pas payée. Ton père n'a eu que ce qu'il méritait.

— Tu es bien sanguinaire, pour une policière ! dit-il d'un ton faussement badin, qui déplut souverainement à Scarlett.

Elle se dégagea de l'étreinte de Marcus et le regarda droit dans les yeux. La culpabilité qu'elle y lut ne fit que l'agacer un peu plus.

— Je ne suis pas sanguinaire. Je suis une policière qui a vu trop de morts, et trop de meurtriers s'en tirer à bon compte. J'ai vu trop de femmes tuées parce que le système ne fonctionne pas pour elles… Même quand elles dénoncent leurs maris violents, même quand les tribunaux interdisent à leurs ex-conjoints de contacter leurs épouses et même quand elles supplient qu'on les protège, la justice ne peut pas leur venir en aide si elles ne prouvent pas qu'elles ont été battues. Et, trop souvent, même quand elles le peuvent, ces salauds sont libérés le lendemain et reviennent les martyriser. Toi, Marcus, tu as sauvé la vie de ta mère. Et sans doute celle de Stone et la tienne, par la même occasion… Tu avais huit ans et tu as simplement tout raconté à la seule personne qui t'ait écouté…

Encore toute tremblante de colère, elle reprit sa respiration avant d'ajouter :

— Et si cette personne était un tueur de la mafia, eh bien, je trouve cette ironie du sort assez plaisante.

La culpabilité avait disparu des yeux de Marcus, remplacée par cette avidité sensuelle qui troublait tant Scarlett.

— Et si je te disais que je crois bien que je t'aime ? Ce serait trop tôt ?

Scarlett sentit son cœur se serrer. Elle lui prit le visage à deux mains et posa doucement son front contre le sien.

— Oui, ce serait trop tôt… Mais dis-le-moi quand même.

Il esquissa un sourire.

— Je crois que je t'aime, Scarlett Bishop, déclara-t-il. Ou, du moins, ça ne saurait tarder.

Elle dut se forcer à respirer.

— Tant mieux, parce que je crois que je t'aime aussi. Même si tu as un problème de sentiment de culpabilité… Il faudra qu'on le résolve ensemble.

Il l'embrassa tendrement et lui mordilla doucement la lèvre inférieure.

— Tu veux me réparer, inspectrice ? demanda-t-il d'un ton narquois.

— Non, rétorqua-t-elle. Parce que tu n'es pas cassé. Tu es juste un peu cabossé. Comme moi.

Les yeux luisants d'émotion, il déglutit et dit :

— Je t'ai salie. Ta jolie robe est trempée de sueur.

Il passa une main sous la robe et lui caressa les cuisses, effleurant ses fesses.

— Tu veux que je t'aide à l'enlever ? proposa-t-il.

Mais Scarlett calcula mentalement le temps qui s'était écoulé et lâcha un petit soupir déçu.

— C'est tentant, mais il faudra remettre ça à une autre fois, dit-elle. On nous attend. Oncle Trace a appelé. Il a trouvé Mila et Erica. Et elles ne veulent parler qu'à toi…

Il écarquilla les yeux.

— Pourquoi est-ce que tu ne me l'as pas dit avant ? s'étonna-t-il.

— Parce que, quand je suis descendue ici, tu n'étais pas en état de leur apporter ce dont elles ont besoin…

Elle l'embrassa brièvement mais fougueusement, puis lui demanda :

— Maintenant, tu t'en sens capable ?

— Oui. Grâce à toi.

Elle se leva et faillit lâcher un petit cri de frustration lorsque Marcus ôta les mains de ses fesses. *Plus tard,* se promit-elle. *Quand cette enquête sera terminée, on aura tout le temps de faire l'amour.* Elle recula d'un pas, lui tendit la main et l'aida à se relever.

— Allez, à la douche ! Ensemble. Dépêche-toi !

— Comment résister à une telle offre ? demanda-t-il.

Elle s'arrêta au pied de l'escalier pour hisser Zat dans ses bras, mais Marcus la précéda et le souleva délicatement.

Oui, comment résister, maintenant ? se dit Scarlett, attendrie par ce spectacle.

Elle y renonça. Elle venait d'apprendre le plus grand secret de Marcus, le plus sombre aussi. Ce secret prouvait qu'il était tel qu'elle l'avait espéré, et même davantage. Elle n'avait donc plus aucune raison de faire taire ses sentiments pour lui.

Cincinnati, Ohio
Mercredi 5 août, 8 h 20

Marcus raccrocha et tendit son téléphone à Scarlett pour qu'elle le branche sur l'allume-cigares de la vieille Audi. Le bruit de casserole que faisait le moteur l'inquiétait un peu, mais il se garda bien de suggérer à Scarlett de s'en débarrasser et d'acquérir un modèle plus récent. Elle réparait les objets. Et les gens. *Dieu merci.*

— Phillip est toujours dans un état stationnaire, dit-il.

— Moi, j'ai appris que Tabby Anders est en phase de réveil, mais elle n'est toujours pas capable de s'exprimer.

Scarlett avait appelé Gabriel Benitez pour lui dire qu'ils s'apprêtaient à rencontrer Erica et Mila.

— Maître Benitez m'a dit qu'il avait déjà contacté son confrère spécialisé dans le droit des immigrés. Ils sont prêts à rencontrer la famille Bautista dès qu'on les aura réunis dans un endroit sûr et tranquille.

— Cet endroit, je l'ai trouvé, dit Marcus.

Il avait déjà réservé une suite dans l'un des hôtels du centre-ville. Il ne l'avait pas fait par goût du luxe, mais pour des raisons de sécurité et pour dissuader Isenberg de conduire les deux femmes au commissariat par mesure de protection. Après avoir été réduites en esclavage pendant trois ans, Mila et Erica chercheraient sans doute à fuir si la police les enfermait, que ce soit pour les protéger ou non. Si elles décidaient d'aller ailleurs, il respecterait leur choix, bien sûr. Mais il avait pris ses dispositions pour le cas où elles accepteraient de revenir à Cincinnati avec Scarlett et lui. Il espérait qu'elles puissent leur donner des informations sur les gens qui avaient enlevé ce salaud d'Anders, la veille. Car la personne qui avait commandité cet enlèvement était peut-être le trafiquant d'esclaves qu'ils voulaient mettre hors d'état de nuire. Un trafiquant doublé d'un assassin…

— Et le reste ? demanda Scarlett. Ta conversation avec Stone avait l'air houleuse.

— Nous nous sommes disputés au sujet de ma mère pour la énième fois. Je voudrais qu'elle accepte de faire une cure de désintoxication et…

— Et Stone ne veut pas la forcer à quoi que ce soit, compléta tristement Scarlett.

— Exactement, dit-il en essayant de sourire. En fait, je crois qu'il est furieux parce qu'il a fallu qu'il se remette à surveiller Jill. Elle nous pose de gros problèmes, celle-là. J'aurais bien demandé à Cal de remplacer Stone quand il va commencer son service, mais il aura déjà beaucoup de choses à faire… En plus de son propre boulot, il faut qu'il remplace Phillip. Et Lisette… Et moi, jusqu'à ce qu'on ait arrêté le type qui veut ma peau.

— C'est Cal qui dirige le journal en ton absence ?

— Il le dirige même quand je suis présent. Il en sait plus sur la presse que moi. Il m'a énormément aidé à la mort de mon grand-père, à la fois dans la gestion du *Ledger* et dans l'utilisation… non journalistique des moyens du journal.

— Vous comptez continuer à jouer les redresseurs de torts après cette affaire ? demanda doucement Scarlett.

La réponse lui brûlait les lèvres : *oui*. Mais il se retint et demanda :

— Ça t'embêterait ? Tu serais capable de détourner le regard, sachant qu'on transgresse parfois les règles ?

— Je pensais surtout aux risques que vous prenez. Hier soir, vous vous accordiez tous à dire que ce qui était arrivé à Phillip était un risque acceptable. Je me demande si vous penserez la même chose aujourd'hui, surtout si on apprend que Phillip est mort ou qu'il va être handicapé à vie.

Il ouvrit de nouveau la bouche pour dire oui, et de nouveau se ravisa.

— Je ne peux pas parler au nom des autres mais j'imagine qu'ils seront toujours partants… Et moi, je souhaite continuer. Mais je suppose que je ne suis plus seul à prendre ce genre de décision. Jusqu'à hier matin, je l'étais… Mais maintenant, je dois tenir compte de ton avis. Je ne veux pas que tu te morfondes dans un hôpital à attendre que je sorte du coma, en te rongeant les sangs et en te demandant si je vais passer la nuit.

Le sourire dont elle le gratifia fit flancher le cœur de Marcus.

— Merci, dit-elle. Je serai prudente, moi aussi.

Elle entreprit de tresser ses cheveux avant d'ajouter :

— Tu ne m'as jamais vraiment dit pourquoi tu étais aussi attaché à ton pistolet…

Celui qu'il venait de remiser dans l'armoire de Scarlett… Il lui en avait emprunté un autre pour la journée.

Devant son silence, Scarlett demanda :

— Ça te gêne de répondre ?

— Non, plus maintenant. Le jour où le corps de mon

père a été retrouvé, on a sonné à la porte de notre appartement. Gayle était avec Stone à l'hôpital et maman sous sédatif. Quand j'ai ouvert la porte, il était là… Le type de la mafia… Je me suis dit : Merde, il m'a menti… Et j'ai commencé à me demander comment m'enfuir.

— Incroyable… Le tueur est revenu ?

— Oui. Mais il m'a dit de ne pas m'inquiéter et m'a assuré qu'il n'était pas venu pour nous faire du mal. Ensuite, il a dit : « C'est fait. » Je lui ai dit que j'étais au courant, que je me sentais coupable et que je regrettais de lui avoir dit où trouver mon père, mais que j'étais heureux que ma mère soit hors de danger depuis la mort de son mari. Je lui ai demandé pourquoi il l'avait amené dans une chambre d'hôtel, et il a eu l'air gêné. Il m'a dit que j'étais trop petit pour m'intéresser à ce genre de détails. Ça m'a énervé… Ensuite, il m'a dit que mon père descendait souvent dans cet hôtel pour y rencontrer des « dames ».

Elle grimaça et dit :

— Je vois, ça étayait la thèse du vol par une prostituée…

— Il m'a dit ça comme s'il me faisait un cadeau. Rétrospectivement, je me rends compte que la vérité sur le rôle de mon père dans notre enlèvement aurait provoqué l'hystérie des médias, ce qui n'aurait fait qu'ajouter à nos malheurs. Il valait mieux qu'il passe pour la victime d'un fait-divers sordide mais plus banal. Sa mort a fait un peu de bruit dans la presse, mais pas longtemps, surtout parce que mon grand-père maternel est intervenu et a fait circuler une rumeur selon laquelle ma mère avait déposé une demande de divorce avant l'enlèvement. Il a usé de son influence pour qu'elle soit toujours mentionnée dans le *Ledger* comme étant divorcée et non veuve. Les articles du *Ledger* étant cités dans le reste de la presse, tout le monde a fini par croire que ma mère était divorcée. Le pouvoir des médias…

— Pour éviter à ta mère l'image pitoyable d'une épouse trompée…

— Quelque chose dans ce goût-là… Quoi qu'il en soit, j'ai avoué au tueur à gages que je me sentais coupable. Il m'a assuré qu'il aurait fini par trouver mon père sans mon aide. Ensuite, il a dit : « Le reste aussi est fait. Tu n'as plus à t'inquiéter de voir revenir les deux ravisseurs. » Comme s'il se souciait vraiment de moi… Ce qui m'a paru étrange… Je suppose qu'il était fier, à sa manière, d'avoir redressé un tort. Ensuite, il m'a confié qu'ils avaient beaucoup souffert et payé chèrement le mal qu'ils avaient infligé à mes frères… J'étais content de l'apprendre…

— Moi aussi. Et l'argent ?

— Il a tout récupéré, sauf quelques milliers de dollars que les ravisseurs avaient tout de suite dépensés en drogue. Il a payé à son parrain la somme que lui devait mon père. La dette était effacée.

— Mais quel rapport avec le pistolet ?

— J'y arrive… Juste après m'avoir raconté tout ça, il m'a tendu un sac en papier. Il y avait le pistolet dedans.

— Merde alors ! Mais pourquoi ?

— Il l'avait trouvé parmi les affaires de mon père et il avait remarqué que le nom de mon grand-père était gravé sur la crosse. Il a pensé que je voudrais peut-être le récupérer. J'aurais voulu lui demander s'il s'en était servi pour tuer les ravisseurs, mais je n'ai pas osé. J'aurais voulu que ce soit le cas… Et en même temps, cette pensée me terrifiait.

— Je te comprends. Le revolver symbolisait la justice mais aussi ta liberté, parce que les ravisseurs étaient morts…

— Oui. Et je l'ai poncé pour effacer le nom de mon grand-père, dit-il en lui jetant un regard en coin. En même temps que j'ai limé le numéro de série.

— Pourquoi ?

— Parce que ce pistolet avait servi à tuer quelqu'un… Je ne voulais pas que mon grand-père ait des ennuis et qu'il soit traîné dans la boue. Il avait déjà traversé trop d'épreuves.

— Tu es quelqu'un de bien, Marcus. Un peu tordu, mais un type bien… Je n'arrive pas à croire que cet homme ait donné une arme à feu à un petit garçon.

— Oui, c'est étrange… Je me souviens de lui avoir dit : « Vous savez que je n'ai que huit ans, monsieur… Je n'ai même pas le droit de toucher une arme. » Ensuite, il m'a tapoté la tête en disant : « Tu n'auras pas toujours huit ans, petit. » Il m'a souhaité bonne chance, et il est reparti…

Il reprit son souffle avant d'ajouter :

— À ce moment-là, je me suis retourné et j'ai vu Gayle, surgie de nulle part…

— Merde…

— Elle était toute pâle, toute tremblante, et elle était armée d'un fusil que je n'avais encore jamais vu. Elle avait d'abord cru que le type était venu pour m'enlever et s'apprêtait à lui brûler la cervelle. Mais, quand elle a constaté que je n'étais pas effrayé et qu'il n'y avait pas de danger, elle a écouté notre conversation. Elle m'a demandé pourquoi j'avais agi ainsi. Je lui ai dit toute la vérité… Elle s'est assise par terre et s'est mise à pleurer encore et encore. Je l'ai prise dans mes bras pour la réconforter. Elle m'a dit qu'elle pleurait pour moi, à cause de cette décision terrible que j'avais dû prendre, n'ayant personne à qui me confier. J'ai cru qu'elle répéterait tout à ma mère, mais elle ne l'a jamais fait. Elle m'a confisqué le pistolet et l'a rendu à mon grand-père quand nous avons emménagé dans l'Ohio, quelques semaines après le rétablissement de Stone. Maman a vendu l'appartement de Lexington et n'a jamais remis les pieds dans cette ville. Mon grand-père a mis le pistolet dans son coffre à armes, mais la combinaison était facile à deviner…

— La date de la libération de Bataan ?

— En plein dans le mille. Après notre installation à Cincinnati, je continuais de faire des cauchemars. Ceux de Stone étaient encore plus terrifiants. Alors, toutes les nuits, j'allais chercher le pistolet et je le cachais sous mon oreiller. Il y avait huit chambres à coucher dans la maison de mon grand-père, qui appartient maintenant à ma mère, mais j'en ai partagé une avec Stone jusqu'à mon départ pour l'armée. Quand il était vraiment petit, le pistolet le rassurait. Il savait que je pouvais m'en servir pour le protéger… Plus tard, il s'est procuré ses propres armes à feu… Il a tout un arsenal.

Et il sait s'en servir. C'est un tireur d'élite. Il est également ceinture noire de trois sports de combat.

Scarlett médita tout cela pendant quelques instants avant de demander :

— Tu lui as dit ce que ton père avait fait ?

— Non. Il était tellement fragile que je n'osais pas. Mais je lui ai dit que les types qui avaient abusé de lui et avaient failli le tuer étaient morts. J'ai découpé l'article dans le journal et je le lui ai montré… Il a dormi avec jusqu'à ce que le papier se désintègre. Je suis allé à la bibliothèque, pour photocopier l'article, et j'ai fait plastifier la photocopie. Je ne sais pas ce qu'il en a fait depuis.

— Tu le protèges.

— C'est mon frère. Il sait que je me sens coupable, mais il croit que ça vient de mon échec à le sauver… Et à sauver Matty. J'ai envisagé de lui en parler plus d'une fois, mais à quoi bon ? Il a assez de problèmes comme ça.

Elle resta silencieuse si longtemps que Marcus ne put s'empêcher de lui demander :

— Tu n'es pas d'accord ?

Elle haussa les épaules.

— C'est ton frère, Marcus, pas le mien. Mais je le soupçonne d'être plus solide que tu ne le crois… Revenons au pistolet. Ton grand-père ne s'est jamais aperçu qu'il manquait dans son coffre ?

— Il savait très bien que c'était mon talisman. D'ailleurs, qui m'a appris à tirer, à ton avis ?

Elle secoua la tête.

— Il laissait un enfant de huit ans manier un pistolet chargé ? Mais il était dingue !

— Mon grand-père avait ses propres démons. D'ailleurs, il ne m'a pas laissé faire. Il le remettait tout le temps dans le coffre, et moi, systématiquement, je l'en ressortais. Il changeait sans cesse de combinaison et je finissais toujours par la deviner. Finalement, nous sommes parvenus à un accord… Il m'autorisait à le prendre, pourvu qu'il ne soit pas chargé… Mais j'ai réussi à dénicher un autre chargeur plein et prêt à l'emploi…

— Un coup de feu aurait pu partir en plein milieu de la nuit, lâcha Scarlett, effarée.

— Non, parce que je cachais le pistolet sous un oreiller et le chargeur sous un autre. Je me suis entraîné à charger l'arme en quelques secondes. Mais j'étais prudent. Je voulais éviter de tirer sur Stone par mégarde.

— C'est pour toi que je m'inquiétais, dit-elle en secouant la tête à nouveau.

Il hésita brièvement à lui confier le fin mot de l'histoire.

— Ça ne m'aurait pas dérangé, Scarlett. Certains jours, j'espérais même que ça arrive.

Elle pivota sur son siège pour le regarder et il ne fallut qu'un coup d'œil à Marcus pour s'apercevoir que son charmant visage était tout blême.

— Quoi ? murmura-t-elle.

— Je me débats encore avec ce que j'ai fait, ce jour-là. Je sais que tu me crois absous parce que je n'avais que huit ans, mais trois personnes sont mortes sans avoir eu affaire à la justice.

— Parce que tu crois qu'ils méritaient d'être jugés par un tribunal ?

— Non, mais ma mère aurait eu besoin de savoir qu'elle n'avait pas à se reprocher la mort de Matty. Moi, je n'ai jamais pu le lui dire.

— Si tu le lui avais dit, tu aurais dû avouer ce que tu avais fait…

— J'ai semé le vent, et j'ai récolté la tempête, année après année. C'est encore dur, maintenant que je suis assez âgé pour prendre du recul… Et à l'époque, j'étais un gamin traumatisé. L'année de mes neuf ans, j'ai bien failli ne pas voir mon dixième anniversaire…

— Tu voulais te suicider ? demanda-t-elle d'une voix tremblante. À l'âge de neuf ans ?

Il hocha la tête.

— Mais je n'ai jamais tenté de le faire… En partie

grâce à Gayle. Elle savait ce que j'avais fait, et pourtant elle m'aimait toujours autant, ça m'aidait. Mais aussi parce qu'il fallait que je veille sur Stone. Je ne pouvais pas l'abandonner. Seulement, voilà... certains jours je ne supportais plus d'entendre le mot « assassin » résonner dans ma tête en boucle.

— Comment as-tu fait pour survivre à l'armée ? Tu as dû te déchaîner dans les combats...

— Oui j'ai tué beaucoup de personnes, murmura-t-il sombrement. L'armée m'a aidé... Quand je me suis engagé, j'étais assez âgé pour comprendre ce que je faisais, et la guerre m'a aidé à considérer, rétrospectivement, les ravisseurs d'enfants comme étant l'ennemi, en quelque sorte. Elle m'a permis de prendre du recul par rapport aux épreuves que j'avais traversées. Mais chacune des vies que j'ai supprimées au combat me hante. C'est l'une des raisons pour lesquelles nous n'employons, moi et mon équipe du *Ledger*, que très rarement la violence physique contre les gens que nous ciblons. Même si, récemment, surtout depuis le meurtre de Mikhail, j'ai eu du mal à me tenir à cette ligne. J'ai été tenté tellement de fois de tuer des salauds, et qu'on n'en parle plus... Mais je n'ai jamais franchi cette ligne rouge.

— Moi non plus. Mais si jamais tu envisages de nouveau de mettre fin à tes jours, il faut que tu me promettes de...

— Ça ne m'est pas arrivé depuis l'âge de dix ans. Depuis que maman a rencontré Jeremy... Nous sommes devenus une véritable famille... Maman était tellement heureuse ! Elle est tombée enceinte d'Audrey. Nous avions de nouveau un bébé chez nous. La rencontre entre ma mère et Jeremy O'Bannion a été un rayon de soleil dans nos vies.

— C'est une bonne chose, dit-elle simplement en s'essuyant les yeux. On arrive à la sortie pour Sainte-Barbara. Et souviens-toi de ne pas m'appeler « inspectrice ».

— Je m'en garderai bien.

Il ne voulait pas mentir à Mila et Erica, mais ne voulait pas non plus les effrayer.

Scarlett ajusta sa robe et se regarda dans le rétroviseur.

— J'ai l'air d'avoir pleuré, constata-t-elle. Mais ces yeux gonflés me donnent un air moins sévère.

— Tu es très belle, comme ça.

— Merci pour le compliment. Toi aussi, tu es très beau, Marcus. Tu as besoin de quelque chose avant de rencontrer Mila et Erica ?

Il lui pressa la main en répondant :

— Simplement de ta présence.

— Rien ne m'éloignera de toi.

Chapitre 29

Georgetown, Kentucky
Mercredi 5 août, 8 h 40

Trace vint à la rencontre de Scarlett et de Marcus dans le vestibule de l'église Sainte-Barbara. Scarlett appréhendait ses retrouvailles avec son oncle, mais celui-ci la rassura d'emblée en l'étreignant affectueusement dans ses énormes bras. Elle s'y blottit longuement, comme une petite fille en quête de consolation. Comme si les dix dernières années de sa vie n'avaient pas eu lieu.

Il la lâcha et lui releva le menton. Son sourire se changea en une moue inquiète.

— Tu as pleuré, constata-t-il.

Il se tourna vers Marcus et lui demanda :

— Qu'est-ce que vous lui avez fait ?

— Il ne m'a rien fait, dit Scarlett d'un ton catégorique. On a parlé du passé, et ça m'a émue…

Elle passa un bras autour de la taille de son oncle. Et ajouta :

— Oncle Trace, je te présente Marcus O'Bannion.

Marcus tendit la main et dit poliment :

— Bonjour, mon père. Vous êtes le premier membre de la famille de Scarlett que j'ai l'honneur de rencontrer.

Trace baissa les yeux vers Scarlett et haussa les sourcils.

— Il sait s'y prendre, celui-là, fit-il.

— Je sais, dit-elle en riant.

Les deux hommes se serrèrent la main.

— Elles vous attendent dans le chœur, dit Trace. Scarlett, je leur ai dit que tu étais ma nièce, mais pas que tu étais policière. D'ailleurs, tu n'en as pas l'apparence, aujourd'hui… À toi de décider du moment où tu le leur diras.

— Elles sont en bonne santé ? s'enquit Marcus.

— Elles ont parcouru des kilomètres en marchant pieds nus et ont les pieds écorchés. Heureusement, elles sont tombées sur un type bien, le chauffeur routier qui les a prises en stop. Il a senti qu'elles étaient effrayées et ne leur a pas posé trop de questions. Une des paroissiennes leur a lavé et pansé les pieds, mais il faudra qu'un médecin les examine de toute façon. Vous n'aurez aucun mal à communiquer avec elle… du point de vue linguistique, du moins. Elles parlent un anglais impeccable. Mais elles n'ont pas dit grand-chose. Je leur ai montré des photos de M. Bautista et de John Paul… Je leur ai dit qu'ils étaient sains et saufs. Leur seule réaction a été de pleurer de joie et d'adresser au ciel des prières de remerciement. Elles sont encore très apeurées.

Il les conduisit dans l'église, et Scarlett sentit subitement qu'elle allait étouffer. Elle n'avait pas menti à Trace. Après sa longue conversation avec Marcus, elle était à fleur de peau.

Elle s'efforça de refouler ce flot d'émotions et de ne pas tituber en marchant. Heureusement, Marcus lui prit la main et cela la réconforta.

— Ça va ? murmura-t-il.

— Oui, dit-elle en lui serrant la main de toutes ses forces.

Ils suivirent oncle Trace dans le chœur. Et se figèrent sur place. Deux femmes de petite taille étaient assises sur des chaises pliantes. Elles se tenaient par la main avec plus de force encore que Marcus et Scarlett. La plus âgée des deux femmes tremblait de tout son être, les yeux luisants de larmes. La plus jeune avait à peine seize ans, selon les documents fournis par les services de l'immigration. Mais elle paraissait tellement plus âgée… Son regard noir était froid et distant, et ses épaules voûtées.

— Elle ressemble à Tala, murmura Marcus.

Il lâcha la main de Scarlett et s'approcha d'elles. Il s'agenouilla pour qu'elles puissent le regarder dans les yeux.

— Je m'appelle Marcus, dit-il tout bas. Et je vous présente toutes mes condoléances.

Le corps de Mila Bautista se mit à trembler de plus belle, au rythme de ses sanglots, qui redoublèrent lorsque Marcus les prit toutes deux dans ses bras. La mère de Tala posa la tête contre la large épaule de Marcus et s'abandonna à de longs sanglots.

— Ça alors, souffla Trace dans le dos de Scarlett. Il sait vraiment s'y prendre…

Scarlett dut refouler les larmes qui lui montaient aux yeux face à ce spectacle.

— J'ai lu quelque part qu'il a rencontré Tala Bautista dans une ruelle mal famée et qu'il a essayé de lui venir en aide, ajouta-t-il. C'est une habitude, chez lui, de voler au secours de jeunes inconnues en pleine nuit ?

Elle se tourna vers lui et vit qu'il fronçait les sourcils d'un air suspicieux.

— Oui, dit-elle. Mais pas comme on pourrait le croire…

Elle lui expliqua la situation à voix basse, ajoutant que Marcus avait été pris pour cible une deuxième fois dans la même journée, et que son ami Phillip ainsi que le gardien de son immeuble avaient été grièvement blessés un peu plus tard.

— Mais, conclut-elle, je me demande encore qui, de Tala ou de Marcus, était vraiment la cible, dans la ruelle…

— C'était Tala, dit Erica Bautista.

Elle s'était dégagée de l'étreinte de Marcus et caressait les cheveux de sa mère, qui continuait de pleurer. L'expression de la jeune fille était dure et hostile, ce que Scarlett ne comprenait que trop bien.

Scarlett plaça une autre chaise pliante pour s'asseoir en face d'Erica.

— Qu'est-ce qui te fait dire ça ? demanda-t-elle.

— Qui êtes-vous, vous ? rétorqua Erica en plissant les yeux.

— Je m'appelle Scarlett et je suis la nièce du père Trace. Marcus est mon petit ami, et j'ai peur pour lui. Voilà pourquoi je suis venue. Nous voulons vous aider, mais personne ne comprend vraiment ce qui s'est passé.

Erica l'observa encore un instant avant d'affirmer, sans la moindre hésitation :

— Vous êtes de la police.

Scarlett en resta bouche bée. Paniquée, Mila repoussa Marcus et se leva précipitamment. Scarlett savait que si elle se levait aussi, elle la dominerait, et décida de rester assise.

— Je ne travaille pas pour les services de l'immigration, plaida-t-elle. Je ne vais pas les appeler. Je suis ici en tant que nièce du père Trace. Je ne vais pas vous dénoncer. Je vous en donne ma parole.

Mila se tourna vers Marcus, en quête de confirmation. Il hocha la tête et dit :

— C'est la stricte la vérité. Le père Trace est réellement son oncle et je suis réellement son petit ami. Et elle souhaite vraiment vous aider… Je l'ai appelée avant-hier soir, quand j'ai su que j'allais rencontrer Tala.

— Vous lui faites confiance ? demanda Mila, qui tremblait tant que Scarlett craignait qu'elle ne s'effondre.

— Je lui confierais ma vie, dit simplement Marcus.

Mila se rassit.

— Comment as-tu deviné ? demanda Scarlett à Erica, après avoir lâché un soupir de soulagement.

Erica haussa les épaules.

— C'est simple, dit-elle. J'ai lu dans le journal que l'inspectrice Bishop était intervenue la première sur la scène de crime. Et comme ce prêtre est le père Bishop…

— Oui, bien sûr… Je ne voulais pas vous faire croire que je n'étais pas policière… Enfin, si… Mais seulement pour ne pas vous effrayer. Tu peux me croire, Erica, je ne vous dénoncerai pas. Je te le jure.

— Votre coéquipier appartient au FBI, dit Erica d'un ton glacial.

Prise de court une nouvelle fois, Scarlett se tourna vers Marcus et lui demanda :

— Tu as parlé de Deacon dans cet article ?

Erica leva les yeux au ciel.

— J'ai fait une recherche sur Google pour en savoir plus sur vous, inspectrice, dit-elle d'un ton acerbe. Sur l'ordinateur de l'église… Ce n'est pas bien difficile, même pour quelqu'un comme moi…

— Quelqu'un comme toi ? répéta doucement Scarlett. Tu veux dire : la victime d'un crime abject, perpétré par des salauds qui méritent d'être enfermés pour le restant de leurs jours ?

Erica parut prise au dépourvu.

— Non, je voulais dire…

— Je sais ce que tu voulais dire, l'interrompit Scarlett. Je sais aussi que ton père était enseignant aux Philippines et que ta mère était infirmière. Je sais que tu as été bien éduquée et que tu es intelligente. Tu viens de le montrer…

Scarlett la gratifia d'un large sourire et constata que la jeune fille s'était considérablement détendue.

— Ta sœur a fait preuve d'un courage inouï et s'est sacrifiée pour que sa famille échappe à ses bourreaux. Je te jure de tout faire pour que son sacrifice n'ait pas été vain.

Les lèvres d'Erica frémirent, et elle se mit à pleurer ainsi que sa mère.

— Nous l'avons suppliée de ne pas y aller, sanglota Erica. Nous lui avons dit que c'était beaucoup trop dangereux.

— Elle était complètement désespérée, dit Mila en s'essuyant les yeux. À cause de Malaya… Tala refusait absolument de voir son bébé élevé dans cette maison. Alors, elle a saisi l'occasion…

Elle serra les poings avant d'ajouter :

— Je voudrais le tuer, cet homme…

Marcus couvrit de ses mains les poings de Mila.

— Chip Anders ?

À ce nom, les yeux des deux femmes se mirent à briller de haine.

— Oui, cracha Mila. Et sa femme… Et cette horrible fille que ces démons ont engendrée.

— Il a disparu, dit Scarlett. Il semble qu'il ait été enlevé, avec sa femme et sa fille… Savez-vous par qui ?

Mila et Erica échangèrent un regard où la satisfaction se mêlait à la haine et au chagrin.

— Nous ne connaissons pas leurs noms, répondit Mila. Mais Anders avait très peur, hier matin, quand il s'est aperçu que Tala avait disparu.

— Quand s'en est-il rendu compte ? demanda Scarlett.

Mila ouvrit la bouche mais aucun mot n'en sortit. Erica posa la tête sur l'épaule de sa mère et répondit à sa place :

— Quand l'alarme du bracelet s'est déclenchée. Nos bracelets étaient reliés au système d'alarme de la maison. Maman et moi, on n'avait pas le droit d'en sortir.

— Alors que Tala allait promener le chien…

Mila plissa les lèvres, et elle détourna le regard.

— Non, c'est Stephanie qui promenait le chien.

— La fille d'Anders, qui passait les vacances avec ses parents avant de retourner à l'université en septembre, dit Scarlett.

— C'est une vraie salope, celle-là ! grinça Erica.

Mila lui jeta un regard choqué.

— Erica ! la gronda-t-elle. On est dans une église.

Erica parut ne pas s'en soucier.

— C'est une salope, maman, et tu le sais aussi bien que moi. Je ne vois pas comment le dire autrement…

Elle se tourna vers Scarlett et la regarda dans les yeux.

— J'espère que ceux qui l'ont emmenée la feront souffrir comme elle a fait souffrir Tala. Je la déteste…

Sa fureur se mua en un sanglot étouffé.

— C'est elle qui a tué ma sœur, ajouta-t-elle. Elle, ou son petit copain…

Scarlett dressa l'oreille.

— Son petit copain ? s'étonna-t-elle. Personne ne nous a parlé d'un petit copain…

— Il s'appelle Drake Connor, dit Erica.

Scarlett prit la main de la jeune fille et la pressa doucement pour l'encourager. Elle avait du mal à contenir l'excitation que lui causait cette nouvelle, sentant que c'était peut-être le chaînon manquant, l'élément clé qui permettrait d'y voir plus clair.

— Que vous a-t-il fait ? demanda-t-elle.

Erica baissa les yeux, mais Scarlett eut le temps d'y lire de la honte.

— Tout ce qu'il voulait, dit-elle d'une voix blanche.

Scarlett se tourna vers Marcus.

— Tu veux que le père Trace et Marcus nous laissent seules ? demanda-t-elle.

Erica hocha la tête.

— On va attendre dehors, dit Marcus.

Et il s'éloigna en compagnie de Trace, non sans avoir caressé l'épaule de Scarlett au passage.

— Voilà, dit Scarlett. Tu peux tout me raconter.

— Tout le monde sera au courant, murmura Erica d'une voix pitoyable. Tout le monde devinera que… Pour quelle autre raison ce salaud aurait-il acheté trois femmes ?

— C'est d'Anders que tu parles, là ? C'est lui qui vous a achetées, pas Drake ?

— Drake est pauvre, dit Erica. Il n'a pas un sou. Stephanie sortait avec lui uniquement pour faire enrager son père. Et oui, c'est son père qui nous a achetés. Il a envoyé mon père et mon frère travailler dans une de ses usines. Et ma mère devait veiller sur sa mère.

— Sur sa tante, tu veux dire…

— Sur elle aussi, mais quand on est arrivées dans la maison, maman était chargée de s'occuper de la mère d'Anders. Elle était très faible… Elle n'était pas comme son fils, elle était gentille. Elle voulait prévenir les autorités qu'on était forcées de travailler sans salaire et qu'il nous…

utilisait. Mais il l'a tuée avant qu'elle puisse le faire. Sa femme l'a étouffée sous un coussin.

— Marlene Anders ? fit Scarlett, et Erica hocha la tête. La mère de Chip a été assassinée par son épouse ?

— Oui, murmura Mila. Marlene aimait le luxe. Elle voulait avoir des domestiques, mais sans les payer. Elle aimait exercer son pouvoir…

— Et tante Tabby ? demanda Scarlett.

Les yeux de Mila s'emplirent à nouveau de larmes.

— Elle est vivante ? demanda-t-elle. Le père Trace m'a dit qu'elle était à l'hôpital. Que lui est-il arrivé ?

— Elle est dans le coma, mais elle vit toujours. J'ai appelé pour avoir de ses nouvelles en venant ici. Elle tient le coup… Mais elle a été très violemment frappée par Chip.

Les deux femmes poussèrent un petit cri d'effroi.

— Nous l'avons laissée seule là-bas, murmura Mila d'une voix brisée par le remords. Ce monstre l'a frappée parce qu'elle a tranché nos bracelets…

— Marcus l'a trouvée sous un lit, dit doucement Scarlett. Elle nous a parlé de vous et nous a demandé de vous retrouver et de vous protéger.

Mila courba la tête.

— Cette femme a été bonne avec nous. Nous ne voulions pas l'abandonner, mais elle nous a obligées à le faire. Nous avons prié pour elle toute la nuit.

Bonne chance, songea Scarlett avec plus d'espoir sincère que de sarcasme.

— Revenons à Drake, dit-elle.

Les épaules d'Erica se raidirent et son regard plongea vers le sol.

— Tu m'as dit que c'était le petit ami de Stephanie, reprit Scarlett. Il habitait dans le voisinage ?

— Je ne sais pas… En tout cas, il venait plusieurs fois par semaine.

— Tu m'as dit qu'il faisait « tout ce qu'il voulait ». Il t'a violée ?

Pour toute réponse, un hochement de tête presque imperceptible.

— Il préférait Tala… Mais, certains jours, quand Tala avait…

Elle se couvrit le visage des deux mains. Scarlett lui prit délicatement les poignets et s'agenouilla devant elle, pour voir le visage incliné de la jeune fille.

— Tu n'as pas à avoir honte, murmura-t-elle fermement. Je sais que c'est dur, pour toi…

— Comment le savez-vous ? rétorqua Erica avec amertume. Vous avez été violée, vous ?

— Non. Mais je suis dans la police depuis longtemps, et j'ai rencontré beaucoup de femmes victimes de viols. C'est toujours difficile, pour elles, de me raconter ce qu'elles ont subi. Mais certaines de celles qui se sont confiées à moi ont vu leurs violeurs traduits en justice et sévèrement punis. Je crois que ça les aide à surmonter le traumatisme.

— Dans un tribunal américain, les juges ne me croiront pas, répliqua aigrement Erica.

— Je suis un officier de police américain et je te crois, objecta Scarlett. Je ferai tout ce qui est en mon pouvoir pour retrouver Drake et le faire juger pour ses crimes. Mais j'ai besoin de ton aide. J'ai besoin d'en savoir plus sur lui. Pour toi, mais aussi pour Marcus, parce que sa vie est en danger depuis la mort de Tala… Si Drake est impliqué dans le meurtre de Tala, c'est peut-être lui qui cherche à tuer Marcus.

— Oui, Marcus est toujours vivant, lui, dit Erica d'une voix de nouveau éteinte et désabusée. Parce qu'il portait un gilet pare-balles. Pourquoi, d'ailleurs ? Il se doutait que Tala allait être assassinée ?

— Erica ! s'exclama Mila.

— Ce n'est pas grave, fit Scarlett.

Elle savait bien que la question d'Erica avait surtout pour but de changer de sujet et d'éluder d'éventuelles questions sur les viols.

— Marcus vient en aide à beaucoup de femmes et d'enfants qui sont victimes de violences domestiques, expliqua-t-elle.

Il les aide à s'en sortir. Il a compris que Tala était victime de mauvais traitements et il a décidé de l'aider, elle aussi. Comme il s'est déjà fait tirer dessus, il porte un gilet pare-balles en permanence.

— D'accord, fit Erica d'une voix réticente.

Elle leva timidement les yeux vers Scarlett.

— Drake forçait Tala à avoir des rapports sexuels à la moindre occasion… Chaque fois qu'Anders était sorti, et même, parfois, quand il était là… Mais, tous les mois, quand elle avait ses…

— Ses règles, compléta Scarlett.

Erica hocha de nouveau la tête d'un air misérable, sans rien ajouter.

— Drake te violait quand Tala avait ses règles ? demanda Scarlett.

De grosses larmes se mirent à couler sur les joues d'Erica. Un coup d'œil à Mila apprit à Scarlett que les paupières de celle-ci étaient closes — mais elle ne pouvait masquer l'indicible détresse qui lui étreignait le cœur.

— Peux-tu me décrire ce Drake ? demanda-t-elle à Erica.

— Il est grand, murmura Erica. Larges épaules. Et costaud… Il a les cheveux blonds et les yeux marron.

Elle esquissa un sourire avant de préciser :

— Et une dent cassée.

— Par qui ?

— Par Tala, la première fois qu'il l'a violée.

— Bien fait.

— Sauf qu'après ça il l'a frappée tellement brutalement que Stephanie l'a engueulé. Elle avait peur que son père voie les hématomes et qu'il se fâche. Elle lui a rappelé que Tala appartenait à son père.

Scarlett pressa un peu plus la main d'Erica.

— Tes réponses m'aident énormément, tu sais. Quelle est la dent que Tala a cassée ?

— Une en bas…

Elle porta un doigt à sa bouche ouverte et précisa :

— Celle-ci.

— Parfait. Tu as remarqué des tatouages ou des cicatrices ?

— Un tatouage sur le biceps gauche… Un serpent avec la gueule ouverte… Et qui me faisait peur.

— Moi aussi, j'en aurais peur, avoua Scarlett. Sa peau est claire ou foncée ?

— C'est un Blanc. Mais il est bronzé en ce moment parce que c'est l'été… Il a travaillé comme jardinier pour le paysagiste qui tond le gazon des Anders.

— Cette information va nous être très utile. Tu connais le nom de cette entreprise ?

— Belle's Bluebells, répondit Mila à la place de sa fille. Je me souviens de la camionnette. L'entreprise appartient à la sœur de Drake. Il a arrêté de travailler quand Stephanie est revenue de l'université. Elle lui donnait plus d'argent que ce qu'il gagnait en tondant la pelouse…

— Très bien. Juste une seconde…

Scarlett sortit son téléphone portable et rédigea un message à l'intention de Deacon.

Localise Drake Connor, dont la sœur est paysagiste et dirige Belle's Bluebells. C'est le petit ami de Stephanie Anders. Et peut-être le meurtrier de Tala.

Elle montra le message aux deux femmes avant de l'envoyer.

— J'envoie ceci à mon coéquipier, l'agent spécial Deacon Novak. Comme vous pouvez le voir, je ne mentionne pas vos noms. Mais il faut absolument arrêter Drake.

— Votre coéquipier sait que vous êtes venue ici pour nous interroger ? demanda Erica d'un ton suspicieux.

— Oui, mais il ne sait pas où vous êtes exactement.

Scarlett envoya le message. Elle fut tentée de leur parler de l'agent spécial Kate Coppola et de l'enquête du FBI sur le trafic d'êtres humains, mais se ravisa. Cela pouvait attendre encore un peu. Son instinct lui soufflait que ces deux femmes étaient loin d'être convaincues qu'elles ne risquaient plus rien.

Scarlett se releva et se rassit sur sa chaise.

— Vous avez autre chose à me dire sur Stephanie Anders et Drake Connor ? demanda-t-elle.

— Stephanie abusait, elle aussi, de ma Tala, dit Mila entre ses dents serrées. Sexuellement…

Erica se tourna vers sa mère, choquée et horrifiée.

— Non, maman, non !

— Si, fit Mila d'une voix accablée. Ils la forçaient aussi à acheter de la drogue.

— Parce que Stephanie s'était déjà attiré des ennuis à l'université en achetant du cannabis, dit Scarlett.

Mila lui jeta un regard étonné.

— Comment le savez-vous ? demanda-t-elle.

— Je l'ai deviné.

Elle ne voulut pas préciser qu'on avait retrouvé de la cocaïne dans les poches du jean de Tala.

— Votre fille, reprit-elle, a été tuée dans un quartier connu pour abriter des trafics de drogue. Avant de lire la fiche de l'arrestation de Stephanie, je n'arrivais pas à comprendre ce qu'elle était venue faire là. Vous m'avez dit que c'était à elle de promener le caniche… Pourquoi laissait-elle Tala le faire à sa place ? Et comment faisait-elle ? Si vos bracelets électroniques étaient programmés pour déclencher l'alarme dès que vous sortiez de la maison, pourquoi pas celui de Tala ?

— Drake est un feignant, mais il s'y connaît en informatique. Comme Stephanie et lui voulaient emmener Tala avec eux pour qu'elle leur achète de la drogue, il a piraté l'ordinateur d'Anders et il a compris comment il pouvait modifier les paramètres des bracelets. Je ne sais pas comment il a fait. Les soirs où Stephanie voulait être seule avec Drake, elle ordonnait à Tala de promener le chien, en lui disant qu'elle la suivrait à la trace grâce à un logiciel de surveillance. Tala ne savait pas si c'était vrai, mais elle ne voulait pas prendre le risque…

— Elle avait raison, d'autant plus qu'ils pouvaient espionner vos conversations grâce à ces bracelets.

— On n'avait aucune intimité, dit Mila d'une voix

empreinte de honte. Même quand ils m'ont laissée voir mon mari pour la dernière fois… Nous savions qu'ils nous écoutaient en se moquant de nous. Comme si nous étions des animaux dans un zoo.

Scarlett soupira, moralement épuisée. Et encore, elle ne faisait que recueillir leurs témoignages. Elles, elles avaient vécu ce qu'elles relataient.

— Quand nous retrouverons les Anders, ils seront sévèrement punis, dit-elle. Que pouvez-vous me dire des gens qui vous ont fait venir dans ce pays ?

Mila secoua la tête.

— C'est mon mari, dit-elle. Il s'est fait avoir.

— Il est sous la protection du FBI à l'heure où je vous parle. Il est bien nourri et bien soigné, ainsi que John Paul.

Mila se figea comme une statue.

— Alors, c'est vrai ? demanda-t-elle d'une voix à peine audible. Ils sont vraiment vivants ?

Scarlett tressaillit. Cette femme lui avait parlé pendant tout ce temps tout en se demandant si son mari et son fils étaient encore en vie…

— Oui, ils sont vivants. Je croyais que le père Trace vous l'avait déjà dit… Vous ne l'avez pas cru ?

De nouvelles larmes coulèrent sur les joues de Mila, tandis qu'elle prenait sa fille, elle aussi en pleurs, dans ses bras.

— On ne pensait pas qu'il nous mentait… Mais les photos qu'il nous a montrées étaient vieilles et pas très nettes. J'ai eu peur qu'il se trompe…

— Ou que la police lui ait menti, ajouta Erica entre deux sanglots. Les Anders nous ont dit que papa et John Paul étaient morts.

Mais moi, elles me croient. Cette responsabilité était énorme.

— Ils sont vivants, je vous l'assure. Si vous me le permettez, je vais demander à mon coéquipier d'obtenir des photos d'eux. Mais il faudra peut-être qu'il demande à un de ses collègues du FBI… Ils vont peut-être deviner que nous vous avons retrouvées.

Mila et Erica se consultèrent du regard avant de hocher la tête lentement.

— D'accord, dit Mila. Je veux voir ces photos.

Scarlett envoya un message à Deacon et rangea son téléphone.

— Parlons franchement, Mila, dit-elle. Ces photos ne vont pas suffire. Vous voulez revoir votre mari et votre fils en chair et en os, n'est-ce pas ? Vous voulez récupérer votre petite-fille ?

Mila hocha la tête, mais ne répondit pas.

Erica fit mine de se lever.

— Vous avez promis de ne pas nous dénoncer, dit-elle.

— Et je ne le ferai pas. Mais la situation n'est pas forcément aussi désespérée que vous le croyez. Vous avez plusieurs choix.

— Lesquels ?

— Vous vous souvenez de la dame que Tabby a appelée pour lui confier Malaya ? Elle s'appelle Annabelle Temple…

Elles hochèrent toutes deux la tête.

— Elle s'est très bien occupée de Malaya, reprit Scarlett. Elle lui a acheté du lait maternisé, des couches… Et, quand elle a remis Malaya aux services de protection de l'enfance, elle est venue avec son avocat, pour s'assurer que les droits de Malaya seraient respectés.

— Mais Malaya n'est qu'un bébé ! dit Mila, stupéfaite.

— C'est une citoyenne américaine. Ce seul fait ne vous permet pas en soi d'obtenir une carte de résident permanent ou la nationalité américaine, mais l'avocat d'Annabelle nous a assuré que, si nous vous retrouvions, un de ses confrères spécialisés dans l'immigration vous défendrait. Gratuitement.

— Pourquoi ? demanda Erica, toujours méfiante.

— L'avocat d'Annabelle est aussi son petit-fils. Ce sont des gens ouverts et sympathiques. Annabelle est allée tout droit à l'hôpital après son entretien avec nous, et elle est au chevet de Tabby depuis. Son petit-fils est resté toute la nuit avec elle. Son grand-père paternel était, lui aussi, un immigré. C'est pour ça qu'il veut vous aider. Cela signifie que vous serez assistées juridiquement par un avocat spécialisé dans l'immigration. Je ne le suis pas moi-même, mais je sais qu'en tant que victimes d'un trafic d'êtres humains vous serez éligibles à un nouveau visa de séjour temporaire. Il vous permettra de rester dans le pays si vous aidez les autorités dans leur enquête sur ce trafic. La même offre sera faite à M. Bautista.

— Ce n'est pas vraiment une carte de séjour, hein ? dit Erica.

— Non, mais ce visa peut déboucher sur l'obtention d'une carte de résident permanent. Il suffit qu'un employeur vous parraine. Marcus, qui dirige une entreprise de presse, pourra le faire. Mais pour obtenir ce visa, il faudra collaborer avec le FBI.

— On ira en prison ?

— Non. Vous n'avez commis aucun délit.

Scarlett se pencha vers Erica et ajouta :

— Vous avez été victimes d'un crime abject. Personne ne vous reprochera quoi que ce soit. C'est bien compris ?

Erica redressa le menton, mais ses lèvres tremblèrent lorsqu'elle dit :

— Les Américains détestent les immigrés clandestins.

— C'est faux, répliqua Scarlett. Certains sont xénophobes, je te l'accorde, mais tu verras que la plupart de mes compatriotes éprouveront de la compassion pour vous… Et de la colère envers les salauds qui vous ont fait miroiter monts et merveilles, alors qu'ils ne cherchaient qu'à vous piéger pour vous exploiter. Les gens seront disposés à vous aider. Ce qui ne veut pas dire, bien sûr, que tout le monde sera gentil avec vous. L'immigration illégale est un problème complexe. Mais vous n'avez pas passé la frontière clandestinement, vous êtes entrés sur le territoire grâce à des visas en cours de validité.

— Ils nous ont confisqué nos passeports, dit Mila. Et nos visas ont expiré il y a deux mois.

— On vous en délivrera de nouveaux, répondit Scarlett en souriant. Mais il faut que vous me fassiez confiance.

Mila inspira profondément.

— Où devrons-nous aller ? demanda-t-elle.

— Vous pouvez revenir à Cincinnati avec nous. Mon coéquipier et certains de ses collègues du FBI voudraient vous parler des gens qui vous ont fait venir dans ce pays. Ils ont besoin de votre aide pour les arrêter.

Mila se tordit les mains nerveusement.

— Et vous, inspectrice ? Vous serez avec nous ?

Scarlett sentit son cœur se serrer et elle dut se racler la gorge avant de répondre :

— Autant que possible. Ainsi que Marcus… Et le père Trace.

Elle prit la main de Mila et ajouta :

— Vous avez des amis. Vous ne risquez plus rien.

— Où habiterons-nous ? demanda Erica d'une voix qui se voulait ferme, mais dans laquelle Scarlett décela l'appel à l'aide d'une petite fille apeurée.

— Nous allons vous trouver un toit. Ce sera peut-être d'abord un appartement sécurisé, le temps de boucler cette enquête et de coffrer les trafiquants. Ce qui peut signifier que vous serez sous la garde de la police. Ça ne veut pas dire que vous serez en détention… Nous voulons simplement vous protéger.

— Pendant combien de temps ?

— J'aimerais pouvoir te répondre, Erica. Mais écoute-moi bien… Marcus compte beaucoup pour moi. Énormément, même… Et, en ce moment, sa vie est en danger chaque fois qu'il sort dans la rue. Même si je ne me souciais pas de toi et de ta famille, ce qui est loin d'être le cas, j'ai tout intérêt à boucler cette enquête au plus vite. Pour libérer Marcus de cette menace… C'est tout ce que je peux te promettre. Mais il faut que tu saches que je fais très bien mon métier, tout comme mon coéquipier, l'agent Novak.

Mila et Erica restèrent silencieuses un long moment, tandis que Scarlett retenait son souffle. Lorsque Mila hocha enfin la tête, Scarlett respira, soulagée.

— Nous viendrons avec vous, dit Mila. Mais pas de menottes.

— Bien sûr que non ! Je vous en donne ma parole. Maintenant, je vais demander à Marcus de revenir. Ensuite, nous repartirons tous ensemble à Cincinnati.

Elle se leva et se dirigea vers la porte de l'église.

— C'est ce que les autres ont dit aussi, marmonna Erica.

La main de Scarlett se figea sur la poignée de la porte. Elle se retourna et demanda :

— Quels autres ? Anders et sa femme ?

Mila secoua la tête.

— Non, répondit-elle. L'homme et la femme qui sont venus nous chercher à l'aéroport… Ceux qui nous ont emmenés chez les Anders. Ils nous ont dit qu'ils étaient mariés et qu'ils dirigeaient l'entreprise où nous étions censés travailler. Et nous, on est tombés dans le panneau…

Un couple marié pour accueillir une famille… C'était judicieux, du point de vue des trafiquants : rien de tel pour inspirer confiance aux victimes.

— Pouvez-vous me les décrire ? demanda Scarlett.

— L'homme était très grand, très costaud, répondit Mila. Et il avait la peau très brune. Quarante ans, peut-être un peu plus. La femme était plus petite mais beaucoup plus grande que nous, et même que mon mari. Elle était blonde et beaucoup plus jeune que l'homme. Le premier jour, ils ont fait semblant d'être sympas et attentionnés, mais le soir venu, ils ont fait étape pour la nuit et…

— Et ils ont sorti les menottes, compléta Erica. L'homme était très fort, très rapide. Comme un karatéka… Il a fait une clé de cou à Tala quand elle a voulu s'enfuir avec moi et John Paul. Mon père a tenté de lui résister, mais le type lui a donné un coup de poing qui l'a assommé. Et ensuite… il a violé Tala. C'est là qu'on a compris qu'on était fichus.

Scarlett revint lentement sur ses pas et s'agenouilla devant la jeune fille.

— Il t'a violée, toi aussi ?

Erica déglutit avant de faire signe que oui.

Scarlett ferma les paupières et lâcha un soupir.

Puis elle ouvrit les yeux en grand et prit la mesure de la description que venait de faire Mila. *Grand, costaud, basané, karatéka...* C'était peu, mais... La coïncidence méritait d'être approfondie. Elle sortit son téléphone, ouvrit la vidéo qu'elle avait montrée la veille à Marcus et dans laquelle on voyait l'agresseur de Phillip. Elle choisit un passage où sa démarche féline et ses yeux, seule partie de son visage que la cagoule n'occultait pas, étaient bien visibles.

Sans ajouter un mot, elle activa la vidéo sous les yeux des deux femmes et les vit se mettre à trembler.

— Ça lui ressemble, cette façon de marcher, murmura Mila. Je ne l'oublierai jamais. Je le revois dans tous mes cauchemars.

— Et ses yeux ! dit Erica. Il avait des yeux froids, qui n'exprimaient rien...

Mila passa un bras autour de la taille de sa fille.

— Ça pourrait être lui, dit-elle. Il fait la même taille. La femme l'a appelé Demetrius. Il l'appelait Alice. Je ne sais pas si ce sont leurs vrais noms. C'est qui, le jeune homme qu'on voit devant lui ?

— C'est Phillip, un ami de Marcus. Il a été abattu quelques instants plus tard, ainsi qu'une autre personne.

Mila écarquilla les yeux.

— C'est lui qui a tué ma Tala ?

— Je ne sais pas.

Tala connaissait son assassin... Scarlett n'en démordait pas. Elle aurait dû se réjouir de disposer enfin de nouveaux éléments, mais son intuition lui soufflait qu'il en manquait un de taille.

— Quand nous serons de retour à Cincinnati, vous pourrez décrire le visage de Demetrius à un dessinateur de portraits-robots. En chemin, je vais voir ce que je peux faire pour que vous retrouviez au plus vite votre mari et votre fils, dit-elle à Mila.

Cincinnati, Ohio
Mercredi 5 août, 11 h 15

Lorsque Scarlett et Marcus arrivèrent à l'hôtel Netherland Plaza avec Mila et Erica, Deacon Novak les y attendait. Scarlett était aux aguets, le corps en position de protection pour escorter les deux rescapées.

Marcus comprit qu'elle se positionnait pour le protéger, lui aussi — surtout quand Deacon les rejoignit dans le hall de l'hôtel. Les deux flics créèrent un mur pour séparer Marcus et les deux Philippines de toute personne qui tenterait de les abattre. Il aurait voulu que ce soit lui qui fasse rempart de son corps à Scarlett, et non l'inverse. Mais il se garda bien de protester : c'était elle la policière. Remettre en question son aptitude à protéger Marcus l'aurait profondément blessée. Il se contenta de garder la main sur la crosse du pistolet qu'elle lui avait prêté.

Tout comme Marcus, Deacon dominait les deux femmes et se courbait pour ne pas paraître trop intimidant. Il n'enleva pas ses célèbres lunettes de soleil dans le hall, pour éviter que ses yeux vairons les effraient.

— Mila, Erica, dit Scarlett, je vous présente l'agent spécial Novak, mon coéquipier.

— Bonjour, madame Bautista, dit Deacon à Mila.

Et il fit un sourire encourageant à Erica, toujours renfrognée.

Elle n'avait toujours pas admis qu'elles étaient en sûreté, ce que Marcus comprenait parfaitement. Il savait qu'il lui faudrait du temps.

— Bonjour Erica, ajouta Deacon. Nous sommes très heureux de vous avoir retrouvées. Suivez-moi, je vous prie.

Il les fit entrer dans un ascenseur, glissa une clé magnétique dans le lecteur et appuya sur un bouton, restant debout devant les portes jusqu'à ce qu'elles se soient refermées. Et ce n'est qu'à cet instant qu'il se détendit, ainsi que Scarlett.

— Tout est arrangé comme tu l'as demandé, lui dit-il.

— Mon père est ici ? demanda Erica d'une voix chevrotante. Et John Paul ?

— Oui, répondit Deacon, et ils ont hâte de vous voir. Je te préviens, ton père a beaucoup maigri…

En voyant les photos qu'on venait de prendre de M. Bautista, Marcus avait remarqué qu'il était squelettique. Sur ces photos, John Paul semblait être mieux nourri, et Marcus devina que le père avait donné au fils une partie de ses rations alimentaires.

Mila s'était remise à pleurer.

Marcus se racla la gorge.

— L'avocat est arrivé ?

— Ils sont deux, en fait, dit Deacon. Gabriel Benitez, le petit-fils de Mme Temple, et Peter Zurich, le spécialiste de l'immigration.

— Et qui représente le FBI et le CPD ? demanda Marcus.

— L'agent spécial Kate Coppola et son coéquipier, l'agent spécial Luther Troy… Ce sont eux qui mènent l'enquête sur les trafics d'êtres humains dans la région. Isenberg est venue, elle aussi.

Scarlett tressaillit.

— Elle est dans un bon jour ? demanda-t-elle.

Deacon haussa les sourcils.

— Ça pourrait être pire. Tes exigences l'ont fait râler un peu… Elle t'en veut surtout parce que tu ne t'es pas présentée au rapport dans son bureau… Mais bon, elle s'en remettra.

Les « exigences » de Scarlett avaient consisté à tout faire pour faciliter et simplifier la vie des Bautista. Elle avait insisté pour que leurs retrouvailles se fassent en privé, dans un hôtel, et non pas dans un commissariat de police. Comme Marcus avait réservé une suite au Netherland Plaza, Isenberg n'avait pu invoquer aucun prétexte pour s'y opposer. L'hôtel était extrêmement bien équipé en matière de sécurité. Et le CPD n'avait eu qu'à poster un agent en uniforme devant la porte de la suite.

Scarlett avait demandé que tous les entretiens avec les Bautista se déroulent dans cette suite, y compris la séance avec le dessinateur de portraits-robots. Elle avait également exigé que les Bautista soient assistés de leurs avocats, afin d'éviter tout chantage à l'expulsion.

— Pourquoi deviez-vous vous présenter au rapport ? lui demanda Erica, toujours méfiante.

— Ça n'a aucune importance, dit Scarlett en souriant. J'étais censée me faire sermonner par ma chef, mais j'ai préféré vous rencontrer.

— Le père Trace sera là ? demanda Mila.

— Il est arrivé il y a une dizaine de minutes, répondit Deacon.

Marcus et Scarlett avaient mis un peu plus de temps à revenir de Georgetown, car elle avait insisté pour qu'ils fassent quelques détours dans Cincinnati pour s'assurer qu'ils n'étaient pas suivis.

— Je connais une conseillère psychologique qui pourrait vous aider, dit Scarlett lorsque les portes de l'ascenseur s'ouvrirent. Elle est spécialisée dans le suivi des enfants et des adolescents. C'est une amie. Elle attend votre appel.

Mila sortit de la cabine et dit :

— Merci pour votre aide, inspectrice…

Elle posa la main sur son cœur et ajouta :

— Je suis tellement nerveuse.

— Ne t'en fais pas, maman, dit Erica en lui prenant la main. Tout va bien se passer.

Et c'est main dans la main que la mère et la fille parcoururent le long couloir et entrèrent dans la suite.

M. Bautista les attendait, l'air embarrassé. À la vue des deux femmes, il les fixa comme s'il avait vu apparaître des fantômes. À cet instant, John Paul se jeta dans les bras de sa mère en sanglotant. Une seconde plus tard, toute la famille formait un groupe compact. Blottis les uns contre les autres, ils pleuraient à l'unisson. M. Bautista effleurait le visage de son épouse avec une sorte de vénération prudente, comme s'il craignait de l'effaroucher. Pour laisser un peu d'intimité à la famille, Marcus, Deacon et Scarlett les laissèrent en compagnie de leurs avocats et passèrent dans une autre pièce. Marcus dut s'essuyer les yeux, sachant qu'il n'était pas le seul à refouler ses larmes. Le père Trace et Isenberg les attendaient dans la pièce, ainsi que deux personnes vêtues de noir : une rouquine et un homme au front dégarni.

Isenberg jeta un regard perçant à Marcus avant de se tourner vers Scarlett.

— Il faudra quand même que nous parlions de vos priorités personnelles, lui dit-elle. Mais vous avez fait du bon boulot, Scarlett.

Scarlett haussa les épaules.

— C'est oncle Trace qui les a retrouvées, dit-elle.

— Et vous, vous les avez convaincues de nous faire confiance. Félicitations.

Isenberg les invita d'un geste à s'asseoir à la table et ajouta :

— Il est temps de faire le point sur cette enquête.

— En ma présence ? s'étonna Marcus avec une pointe de sarcasme.

— Oui, dit-elle en se renfrognant. Vous n'avez rien publié sans mon autorisation… Je vais donc vous faire confiance encore un peu.

— C'est très aimable de votre part, ironisa-t-il.

Il s'assit à côté de Scarlett, qui échangea un regard complice avec lui, avant de lui présenter la rouquine, Kate Coppola, et l'homme au front dégarni, Luther Troy. Scarlett lui avait déjà dit que Kate avait travaillé avec Deacon à Baltimore, et que celui-ci lui accordait une confiance totale. Aux yeux de Marcus, cela suffisait.

L'oncle de Scarlett se leva.

— Je crois que je vais aller voir si les Bautista ont besoin de moi, dit-il. Une fois passé le choc de leurs retrouvailles, ils vont devoir se confronter à la mort de Tala…

Il pressa l'épaule de Scarlett au passage et murmura :

— J'ai entendu ce que tu as dit à ces malheureuses, dans l'église… Je suis fier de toi, Scarlett.

Elle rougit jusqu'aux oreilles et son oncle sortit de la pièce.

— Quoi de neuf ? demanda-t-elle à Isenberg d'un ton un peu bourru.

— Premièrement, l'expertise balistique de la balle extraite de l'abdomen de Phillip Cauldwell démontre qu'elle n'a pas été tirée par l'arme qui a servi à tuer Tala Bautista.

— Comment ça ? fit Marcus en fronçant les sourcils. Nous pensions que le tireur était l'homme qui avait également tué l'agent Spangler et Tala. Nous sommes revenus à la case départ ?

— Pas tout à fait, dit Deacon. Parce qu'on a retrouvé l'arme qui a servi à tuer Tala… en possession de Drake Connor.

— C'est donc bien le petit ami de Stephanie Anders qui a tué Tala ? demanda Marcus en plissant les yeux.

— Vraisemblablement, oui, dit Deacon. Dès que Scarlett m'a envoyé son nom, j'ai diffusé un avis de recherche et je suis allé chez sa sœur, où j'ai trouvé des traces de lutte. Elle a déclaré le vol de sa voiture, hier matin, et soupçonnait son frère d'être le coupable. Il a déjà eu maille à partir avec la justice, pour des broutilles.

— Cette fois, il va avoir de gros ennuis, grinça Scarlett. Il a violé Erica et abattu Tala.

— Ce n'est pas lui qui a agressé sa sœur, en tout cas, dit Deacon. Elle a passé un appel sur son portable à 15 heures, hier après-midi. Drake était déjà tout près de Detroit, à ce moment-là.

— Ce petit salopard filait vers le Canada, devina Marcus.

— Où est-il ? demanda Scarlett.

— Dans un hôpital de Detroit, répondit Deacon. Menotté au lit… Son nom est apparu dès que j'ai lancé l'avis de recherche. Il a braqué une station-service, abattu un employé et une cliente puis volé un SUV. La cliente est morte, et l'employé est dans un état critique. La femme de l'employé, qui était en train de dresser l'inventaire dans l'arrière-boutique, l'a poursuivi avec un fusil de chasse. Malheureusement pour Drake, elle savait bien s'en servir… Elle a tiré dans le pare-brise arrière et dans un pneu. Il est sorti du véhicule et il s'est mis à courir. Elle a tiré une autre fois et l'a atteint à la jambe. Ensuite, elle est rentrée dans la boutique pour porter les premiers secours à son mari. Heureusement pour nous, la blessure de Drake n'est pas mortelle.

— La police de Detroit va nous le remettre ? demanda Scarlett.

— Oui, c'est certain, répondit l'agent Troy. Ça ne va pas leur plaire, mais ils n'auront pas le choix. Nous avons inculpé Drake de complicité dans un trafic d'êtres humains, qui est un crime fédéral. Même s'il n'a pas personnellement acheté Tala, il connaissait sa situation chez les Anders et il en a profité… Nos collègues du FBI à Detroit sont en train de prendre les dispositions nécessaires pour sa garde à vue, à l'heure où nous parlons. Dès qu'il sera en état de voyager, il sera transféré ici. En attendant, nous allons recueillir sa déclaration sur le meurtre de Tala.

— J'ai appelé la police de Detroit dès que j'ai su qu'il était sous leur garde, dit Deacon. Ils m'ont confirmé qu'il avait été trouvé en possession d'un Ruger, chargé avec des Black Talon, les mêmes balles qui ont été tirées sur Tala et Phillip. L'inspecteur de Detroit qui est chargé de l'enquête nous a envoyé le rapport d'expertise balistique du Ruger. Je l'ai reçu au moment où je quittais la scène de crime, chez la sœur de Drake Connor. Le Ruger de Drake, qui est enregistré au nom de Chip Anders, est l'arme avec laquelle on a tiré sur Tala et sur vous, Marcus, dans la ruelle… mais pas sur Phillip chez vous.

— Alors, ce n'est pas Marcus qui était visé dans la ruelle, dit Scarlett. Drake voulait sans doute éliminer Tala pour l'empêcher de parler à Marcus. Mais, dans ce cas, qui a cherché à tuer Marcus à deux reprises, hier ? Drake était en route pour Detroit lorsque le tireur a abattu l'agent Spangler et tenté de tuer Marcus, chez Anders…

— Oui, mais il y a un lien entre Drake et le type qui a tiré sur Phillip et le gardien de mon immeuble, dit Marcus. Et ce lien, c'est Tala.

Isenberg secoua la tête.

— Vous partez du principe que ce type est aussi celui

qui a amené les Bautista dans l'Ohio, mais rien ne nous permet d'en être certains, objecta-t-elle.

— Mila et Erica l'ont identifié en visionnant la vidéo de sécurité, répliqua Marcus.

— Il portait une cagoule, et elles l'avaient vu trois ans plus tôt… C'est vrai, ça pourrait être lui. Mais, pour l'instant, ce n'est qu'une supposition…

Marcus savait qu'elle avait raison mais il se refusait à l'admettre. Mila et Erica avaient semblé tellement certaines qu'il était tout disposé à les croire. Il était bien décidé à traquer le salaud qui avait tiré sur Phillip, mais il voulait également venger les Bautista.

— Elle n'a pas tort, marmonna Scarlett.

Isenberg esquissa un sourire.

— Ça arrive de temps en temps, dit-elle d'un ton pince-sans-rire.

— Oui, chef, dit Scarlett en souriant à son tour. De temps en temps…

Elle redressa les épaules et ajouta :

— Ce que l'on sait, désormais, c'est que l'homme qui a tiré sur Phillip et le gardien s'est donné beaucoup de mal pour faire croire que c'était le meurtrier de Tala qui finissait le boulot. Il s'est servi du même modèle de pistolet et l'a exhibé devant les caméras de sécurité du hall de l'immeuble. Il a aussi utilisé le même type de projectiles, tout en essayant de ne laisser que les douilles sur place, pour éviter l'expertise balistique.

— Mais quel rapport peut-il avoir avec moi ? demanda Marcus.

— C'est la question à un million de dollars, dit Scarlett. Grâce aux Bautista, nous disposerons bientôt de son portrait-robot. Son visage te dira peut-être quelque chose…

L'agent Coppola se racla la gorge avant de prendre la parole :

— Il est possible que Drake Connor et l'agresseur de Phillip Cauldwell n'aient aucun lien, et que les gens qui veulent votre mort se servent du meurtre de Tala pour brouiller les pistes.

— Nous en revenons donc à la liste, murmura Scarlett.

Elle se tourna vers les agents Troy et Coppola, qui semblaient perplexes.

— Il s'agit d'une liste de menaces de mort adressées à Marcus suite à certaines enquêtes du *Ledger*, leur expliqua-t-elle.

Elle demanda ensuite à Isenberg :

— Où en sommes-nous en ce qui concerne les noms que je vous ai transmis hier soir ?

— Mon assistant a trouvé toutes les dernières adresses connues de ces gens. Certains d'entre eux sont actuellement incarcérés pour d'autres délits…

Isenberg jeta un regard perçant à Marcus avant d'ajouter :

— Mais ça, vous le saviez déjà, hein ?

— Je savais que c'était une possibilité, répondit-il franchement. Je sais aussi que certains ont fait de la prison et mériteraient d'y retourner… Plusieurs de ces personnes se sont rendues coupables de sévices sexuels sur des enfants. Un article dans le journal et un petit tour en taule ne suffisent pas à les dissuader.

— Hélas, non, dit Isenberg. Passons aux bracelets électroniques… Il y a du nouveau, agent Novak ?

— Oui, répondit Deacon. Les deux bracelets que Mila et Erica ont laissés chez Anders nous ont facilité le travail. Le numéro de série du bracelet de Tala renvoyait à un appareil détruit, suite à un contrôle de qualité, dans l'usine qui les produit. Le système judiciaire fédéral achète des bracelets à cette entreprise, CGS, et, en tant que client, a le droit de procéder à l'improviste à des évaluations qualitatives. Des agents fédéraux sont intervenus dans cette usine et ont saisi des données portant sur les jours où ces trois bracelets ont été fabriqués et testés.

— Astucieux, fit Coppola d'un ton admiratif.

— Créatif, corrigea Deacon.

— Ce qui revient strictement au même, dit Coppola en souriant. Je vois que tu n'as pas perdu la main, Novak.

— Merci, fit celui-ci. Quoi qu'il en soit, on a réussi à raccourcir la liste des suspects à deux employés ayant travaillé les jours où les bracelets ont été testés. Ils ont été interpellés ce matin en se présentant sur leur lieu de travail. À l'heure où je vous parle, ils sont en route pour Cincinnati afin d'y être interrogés. L'un des deux semble avoir détruit quatre fois plus de bracelets que l'autre. C'est à lui que nous nous intéressons le plus, bien sûr. Il revendait peut-être des bracelets parfaitement opérationnels à Anders, voire, si on a de la chance, aux trafiquants eux-mêmes.

— Les personnes qu'on a sauvées dans les usines d'Anders portaient toutes des bracelets électroniques ? demanda Marcus.

— Non, pas toutes, répondit Coppola. Principalement celles qui sont le plus qualifiées, comme Efren Bautista. Un quart des victimes que nous avons interrogées avaient fait des études supérieures dans leurs pays d'origine… Ce qui concorde avec les données que nous avons réunies antérieurement sur le trafic d'êtres humains. Ces travailleurs qualifiés portaient tous un bracelet à la cheville.

— Combien d'entre eux ont accepté de répondre à vos questions ?

— Un tiers, à peine, pour l'instant, avoua Coppola. Ils ont peur de nous. On ne peut pas le leur reprocher.

— J'aimerais essayer, dit Marcus. J'aurai peut-être plus de chance que vous, surtout si les Bautista se portent garants de moi. Ces malheureux méritent que leur histoire soit connue de tous, et je veux le faire avec exactitude. Je souhaite également faire en sorte qu'ils soient représentés par des avocats, tout comme les Bautista.

Troy le dévisagea d'un œil sceptique.

— Le petit-fils de Mme Temple a accepté de défendre les Bautista gratuitement. Ça m'étonnerait qu'il accepte de le faire pour tous les gens que nous avons découverts hier dans ces usines.

— Je me chargerai de leur trouver des avocats, même si je dois y mettre de ma poche, dit Marcus. Mais je ne crois pas que ce sera nécessaire… Quand cette histoire paraîtra dans la presse, beaucoup de gens se porteront volontaires pour les aider. Ils ont été victimes d'un crime particulièrement abject. Je ferai tout pour qu'ils n'aient pas à en souffrir davantage et qu'ils ne soient pas expulsés comme des malpropres…

Il reprit son souffle et sentit alors la main de Scarlett lui presser le genou sous la table. Il se rendit compte qu'il s'était emporté, alors que les deux agents du FBI n'avaient rien fait pour mériter une telle véhémence.

— Excusez-moi, leur dit-il. Je vais descendre de ma tribune…

L'agent Coppola lui adressa un sourire bienveillant.

— Je ne veux pas les renvoyer dans leur pays, Marcus. Mon boulot, c'est d'arrêter les salauds qui les ont attirés ici en leur faisant miroiter une vie meilleure. Je dois utiliser tous les moyens nécessaires pour y parvenir. Mais cela sera plus facile s'ils n'ont pas peur de moi. À ce stade de l'enquête, je ne crois pas que ma hiérarchie m'autorisera à les interroger en présence d'un journaliste… Mais, dès que ce sera possible, je vous laisserai vous entretenir avec eux. Je ne doute pas que vous saurez les amadouer et recueillir des informations sur ces trafics odieux. Et, si vous leur trouvez des avocats, tant mieux, je n'ai rien à y redire. À ma connaissance, ces gens n'ont commis ni crime ni délit… Je vais en parler à mon chef… On verra bien ce qu'il en pense.

Marcus faillit se lancer dans une nouvelle diatribe contre la bureaucratie fédérale, mais il réussit à garder son calme.

— Merci, agent Coppola, fit-il docilement.

À cet instant, on frappa timidement à la porte, vers laquelle tous les regards se tournèrent aussitôt. L'oncle de Scarlett apparut. Il avait les traits tirés et le regard las.

— Je crois que les Bautista sont prêts à répondre à vos questions. Mais d'abord…

Il hésita un instant avant de reprendre :

— Ils veulent que Marcus leur parle des derniers moments de Tala. Il leur faut faire leur deuil, mon fils…

Marcus avait déjà relaté ces moments terribles à la police et à son frère. Mais là, il s'agissait des parents de la victime… Cela le rendait terriblement mal à l'aise. Mais Scarlett lui pressa de nouveau le genou et l'encouragea d'un petit geste du menton. Il se leva, rassemblant tout son courage.

— D'accord, souffla-t-il.

Chapitre 30

Cincinnati, Ohio
Mercredi 5 août, 12 h 25

— On a un nouveau problème, dit Sean lorsque Ken répondit sur son téléphone portable.

Ken était en train de se sécher les cheveux, après la douche qu'il avait prise pour se laver du sang de Demetrius. Ken s'était vanté, pour terrifier Burton, d'être le « monstre du placard », mais il avait beau être un tortionnaire chevronné, il était fourbu.

Les hurlements de douleur lui écorchaient les oreilles. Il était toujours difficile de trouver le juste équilibre… *Quand on ne les torture pas assez, ils tiennent bon, et quand on les torture trop, ils vous claquent entre les doigts.* Il avait laissé Demetrius agonisant. Son vieil ami avait fait preuve d'une endurance imprévue. Ou peut-être était-ce sa haine et son désir de vengeance qui l'avaient aidé à résister à la souffrance avec tant d'obstination. À moins que ce ne soient les effets anesthésiants de la cocaïne ou des stéroïdes… Quoi qu'il en soit, il avait tenu bon si longtemps que Ken avait failli renoncer.

À la simple mention de nouveaux problèmes, Ken envisagea sérieusement de raccrocher son téléphone sans chercher à en savoir plus, puis de filer à l'aéroport pour prendre le premier avion à destination de n'importe quel pays n'ayant pas signé de convention d'extradition avec les États-Unis.

— Un seul ? parvint-il cependant à dire d'un ton sarcastique.

— Tu te souviens du fournisseur de bracelets électroniques dont Demetrius t'a parlé pendant son interrogatoire ?

Oui, Ken s'en souvenait... Il avait dû trancher deux doigts à Demetrius pour lui arracher cette information.

— Constant Global Surveillance, dit-il, CGS... Et alors, quel est le problème ?

— Les agents du FBI ont fait une descente dans leur usine hier et ont emporté leurs archives. Ce matin, ils sont revenus et ils ont arrêté le contact de Demetrius dans cette boîte, ainsi qu'un de ses collègues... Le type qui fourguait des bracelets à Demetrius est en route pour Cincinnati en ce moment même.

— Putain de bordel de merde ! Les flics sont remontés jusqu'à notre fournisseur de bracelets !

— C'est ça, dit Sean posément. Qu'est-ce qu'on fait ?

Ken se frotta les tempes. Sa séance avec Demetrius l'avait vidé de son énergie. Physique et mentale.

— Il faut partir du principe, dit-il, que l'employé de CGS peut identifier Demetrius ou fournir assez d'éléments aux flics pour qu'ils se mettent sur notre piste. C'est ce qu'il faut empêcher à tout prix. Je vais envoyer Alice devant le siège du CPD. Elle tire bien de loin. Envoie-lui une photo de l'employé sur son portable.

— Elle va être furieuse, objecta Sean. Elle avait tellement envie de descendre O'Bannion... Elle le guette devant la rédaction du *Ledger* depuis le début de la matinée.

— Eh bien, qu'elle pique sa crise ! répliqua Ken. Envoie-lui la photo. Je me charge de la convaincre.

Il entendit Sen pianoter sur un clavier à l'autre bout de la ligne, tandis que lui-même envoyait un message à Alice pour lui dire de revenir à la maison tout de suite.

— C'est fait, dit Sean.

— Bien.

Ken s'habilla en hâte, téléphone portable en main, et se dirigea vers son bureau, alors qu'il avait surtout besoin de dormir un peu.

— Ce que je veux savoir, reprit-il, c'est comment les flics ont réussi à mettre la main sur les deux bracelets électroniques qui étaient censés se trouver dans la camionnette avec les Anders.

Sean resta silencieux un instant avant de dire :

— Si Burton et Decker les ont tous les deux vus dans la camionnette, mais que les flics ont réussi à mettre la main dessus, ça veut dire que quelqu'un les a rapportés chez Anders ou les a remis aux flics à un moment donné. Quant à moi, je suis absolument certain que ces bracelets n'ont jamais été apportés dans mon bureau.

Maudit sois-tu, Demetrius. Tous ces problèmes venaient du fait que cet incapable n'avait pas liquidé O'Bannion, neuf mois plus tôt.

Il referma la porte de son bureau derrière lui et se laissa tomber dans son fauteuil.

— Burton nous a menti, dit-il. Ou Decker. C'est soit l'un soit l'autre… À moins qu'un des deux autres hommes de main ayant aidé Burton à enlever les Anders n'ait trouvé le moyen de refiler les bracelets aux flics. Il n'y a qu'eux qui sont entrés dans la maison des Anders. L'un des hommes de main était trop blessé, il n'a sans doute pas pu faire quoi que ce soit. Quant à l'autre, tout ce que je sais, c'est que c'est Reuben qui l'a embauché… Récemment, selon Burton.

— Il s'appelle Trevino. C'est un ancien flic, comme Burton et Reuben. Je me suis renseigné sur lui. Trevino a été viré de la police et poursuivi en justice pour s'être servi dans des sacs de cocaïne saisis chez des dealers. Il a fait trois ans de taule. Jusqu'à maintenant, il ne nous a posé aucun problème.

Ken médita ces mots, autant que son cerveau fatigué le lui permettait.

— Comme Burton a menti sur la mort de Miriam,

j'aurais tendance à croire que c'est lui, le traître. Mais je vais appeler Trevino, pour lui dire deux mots…

— N'oublie pas que Decker est retourné chez Anders pour aller chercher la tante de Chip, observa Sean. Il aurait très bien pu en profiter pour rapporter les bracelets.

Ken secoua la tête.

— Ça ne tient pas, dit-il. Les flics étaient déjà sur place quand il est arrivé. Et il s'est tiré avant de se faire repérer.

— C'est vrai. Burton a-t-il avoué qu'il avait sauvé la femme de Reuben au lieu de la… tu sais quoi.

— De la quoi ? s'agaça Ken.

— Fais attention à ce que tu dis au téléphone… Au cas où on serait écoutés. Il se passe des drôles de trucs, en ce moment. L'un des mecs de Reuben est en train de te la faire à l'envers. Soit c'est une taupe, soit il prépare un putsch. C'est peut-être même Reuben qui tire les ficelles, tranquillement installé sous les tropiques et sirotant des *piña colada* en attendant qu'on s'entretue. Ensuite, il n'aura plus qu'à prendre ta place.

Ken cligna des yeux, se reprochant de ne pas y avoir pensé lui-même. Il perdait vraiment la main. Et il venait de dire au téléphone qu'il envoyait Alice commettre un meurtre… Il s'efforça de surmonter sa panique.

— Burton a été inébranlable, dit-il.

Traduction : Ken l'avait torturé et il n'avait rien avoué.

— Il va falloir que je sois plus persuasif, ajouta-t-il. Ou peut-être que je vais demander à Decker de s'occuper de lui. Comme ça, je saurai bien s'il est aussi froid et insensible qu'il veut me le faire croire…

Son téléphone émit un signal indiquant un autre appel.

— C'est Alice, dit-il à Sean. Je te rappelle plus tard.

Il coupa la communication et passa tout de suite à l'autre appel.

— Pas la peine de discuter, dit-il sans prendre la peine de saluer sa fille. Il faut que tu viennes ici tout de suite.

— Tu m'as demandé de me concentrer sur O'Bannion,

papa. Comment veux-tu que je me concentre sur quoi que ce soit, si tu passes ton temps à changer d'avis ?

— Je t'ai dit de ne pas discuter ! cracha-t-il. Je suis toujours ton patron et, tant que tu ne m'auras pas racheté ma part ou que tu ne m'auras pas délogé de mon poste, tu dois obéir.

— Oui, patron, dit-elle au bout d'un moment. Sur quoi veux-tu que je me concentre, maintenant, patron ?

Le ton froid et sarcastique de sa fille faillit le faire rire. Elle ferait elle-même une excellente patronne, un jour. *Bientôt, j'espère…*

— Je te le dirai dans un instant, répondit-il. Mais d'abord, comment ça se passe de ton côté ?

— J'ai d'abord pensé qu'il serait à l'hôpital, avec son ami… Je l'ai attendu devant l'entrée, mais il ne s'est pas montré. Ensuite, je suis allée devant son journal. Il n'y est pas non plus, selon la femme qui travaille à l'accueil. Mais peut-être qu'on lui avait demandé de mentir. Il faudrait que je puisse le suivre.

— On peut aussi l'attirer dans un piège… C'est ce que Demetrius a essayé de faire… Mais il s'y est pris comme un manche.

— J'y songerai, dit-elle à contrecœur. Quelle est la nouvelle cible ?

— Sean t'a envoyé sa photo. Il va arriver au siège du CPD, pour y être placé en garde à vue, dans une heure ou deux. C'est le type qui fournissait des bracelets électroniques à Demetrius.

— Et maintenant, il est aux mains des flics… Bravo ! Je suppose que tu veux que je le…

— Aussi proprement que possible. Quand ce sera fait, remets-toi sur O'Bannion.

— Entendu. Je te rappellerai dès qu'il y aura du nouveau.

— Fais vite, ma chérie.

Ken raccrocha, se cala dans son fauteuil et ferma les yeux. Il avait besoin de dormir. Juste un peu.

Cincinnati, Ohio
Mercredi 5 août, 12 h 30

Les agents Coppola et Troy questionnèrent la famille Bautista sous les yeux de Marcus, de Scarlett et du père Trace. Deacon était sorti de la pièce pour passer quelques coups de téléphone. Lors de l'interrogatoire, les deux avocats gardèrent la plupart du temps le silence, n'interrompant les enquêteurs du FBI que deux ou trois fois, pour expliquer un terme juridique à la famille ou pour s'assurer que tous comprenaient bien quels étaient leurs droits.

Isenberg était restée en retrait, au fond de la pièce, en compagnie de Meredith Fallon, que Mila Bautista avait fini par appeler — même si Erica et John Paul avaient répété avec insistance qu'ils n'avaient pas besoin de soutien psychologique. Meredith ne s'en offusqua pas. Elle se contenta d'écouter, un sourire paisible aux lèvres.

Scarlett fut bouleversée tout au long du récit de la famille, et son émotion atteignit son comble lorsqu'elle entendit Marcus relater les derniers moments de Tala. Il mit l'accent sur le courage de la jeune femme et sur l'amour qu'elle éprouvait pour sa famille. Les Bautista se tenaient par la main et pleuraient à chaudes larmes.

Scarlett s'essuya les yeux, sachant qu'elle n'était pas la seule. Marcus laissa ses larmes couler. Il avait vu Tala mourir et il n'avait pas encore surmonté le choc. Scarlett lui posa une main sur l'avant-bras et le caressa doucement, pour lui rappeler qu'elle était à ses côtés.

Efren Bautista baissa la tête.

— Je m'en veux tellement, dit-il lorsqu'il eut achevé de raconter comment sa famille s'était fait piéger par les trafiquants.

— Pourtant, nous sommes bien éduqués, dit Mila en s'agrippant à la main de son mari.

Elle ne l'avait pas lâchée depuis qu'ils s'étaient retrouvés.

Son fils était assis à ses pieds. Erica se blottissait contre son père. Tous les membres de la famille ne faisaient qu'un.

— Oui, nous aurions dû nous méfier, dit Efren d'une voix lasse. C'est à cause de moi que ma fille est morte. C'est moi qui l'ai amenée dans ce pays.

— Des milliers d'autres personnes se font piéger comme vous, dit Kate. Vous n'êtes pas le seul. Ces trafiquants sont très bien organisés.

— Vous êtes venus pour travailler, renchérit l'agent Troy. Vous ne cherchiez qu'à améliorer la vie de votre famille. Il n'y a aucune honte à cela, monsieur.

Visiblement peu convaincu, Efren secoua la tête.

— J'aurais dû rester aux Philippines, dit-il. Tala serait encore vivante… Elle n'aurait pas été violée et forcée à accoucher du bébé d'Anders.

— C'est un bébé magnifique, dit Marcus. Votre petite-fille a les yeux de Tala.

Les yeux rivés au sol, Efren hocha la tête d'un air hébété.

— Résumons ce que vous nous avez dit jusque-là, dit Kate. Ensuite, nous aurons encore quelques questions, si vous voulez bien y répondre.

Elle attendit qu'Efren acquiesce d'un geste de la tête avant de poursuivre :

— Vous avez été contacté par un voisin qui était en contact avec un recruteur et à qui celui-ci avait promis un emploi aux États-Unis…

Elle épela le nom du voisin, et Mila hocha la tête.

— J'espère qu'il n'a pas vécu le même cauchemar que nous, dit-elle. Nous devrions essayer de savoir où il est. Il nous a dit qu'il devait aller travailler à New York.

— Nous ferons tout notre possible pour le retrouver, lui promit Kate. Mais il faut que vous sachiez que, dans de nombreux cas, le voisin ou l'ami qui vante ces emplois mirifiques aux États-Unis est en fait à la solde du recruteur et qu'il s'enrichit en trahissant ses amis…

Efren et Mila se regardèrent d'un air consterné.

— Désolée, ajouta Kate. J'espère que, dans votre cas, je me trompe…

— Moi aussi, murmura Mila. Ce voisin était aussi le cousin d'Efren… Je ne lui souhaite pas d'avoir souffert comme nous, mais…

Son mari étouffa un cri.

— Il venait d'acheter une voiture neuve, dit Efren entre deux sanglots. Il nous a dit qu'il l'avait achetée pour sa mère, pour qu'elle puisse se déplacer après son départ pour New York… Il nous a menti, Mila. Il nous a menti, et notre fille est morte.

Scarlett relâcha son souffle. Cette trahison était une nouvelle épreuve. Son regard croisa celui de Kate, et elle y lut clairement qu'elle pensait de même.

Lorsque Efren eut recouvré son calme, Kate lui demanda d'autres précisions sur leur recrutement. Il expliqua que le recruteur leur avait facturé des « frais de placement » exorbitants. Ainsi, non content d'avoir été payé par les trafiquants, l'homme avait dépouillé les Bautista de leur épargne. Efren avait dû emprunter à un taux d'intérêt tellement élevé qu'il était presque certain qu'il ne pourrait jamais rembourser. Il était venu aux États-Unis mû par l'espoir d'un travail honnête et d'un salaire suffisant, et il y avait été avili et réduit en esclavage.

La famille avait été séparée presque immédiatement. Mila et Efren n'avaient été autorisés à se voir qu'à quatre reprises au cours de la première année, et pas une seule fois lors des deux suivantes. C'était Chip Anders qui avait imposé cette séparation. Il se plaisait à tourmenter Efren en lui racontant, sans lui épargner les détails, qu'il couchait avec sa femme et ses deux filles. Et pour étouffer en Efren toute velléité de révolte, il menaçait d'infliger à John Paul ce qu'il infligeait à ses filles.

— Souhaitez-vous demander un visa de séjour temporaire ? demanda Peter Zurich, l'avocat spécialisé dans l'immigration.

Efren haussa les épaules.

— Si je rentrais au pays, dit-il, on me traiterait de crétin et on se moquerait de moi... Et je continuerai à m'en vouloir, si je reste ici... Donc, ça m'est égal, mais si Mila et les enfants veulent rester, je resterai avec eux.

— Je... Je ne sais pas..., bredouilla Mila, visiblement affolée par la gravité de ce choix.

— Quand doivent-ils prendre cette décision, maître Zurich ? demanda Meredith.

Sa voix apaisante, mais dénuée de toute condescendance, eut un effet immédiat sur Mila, qui se détendit et recouvra son calme.

— Dans les prochaines semaines, répondit doucement Zurich. Mais il faudrait prendre de l'avance dans la démarche administrative, puisque les autres clandestins libérés par le FBI vont sans doute eux aussi déposer des demandes de visa... Or l'attribution de ces visas est plafonnée annuellement.

— Si les Bautista vous autorisent à en déposer en leurs noms, mais qu'ils changent d'avis, cela posera-t-il problème ? demanda Meredith.

— Il est toujours possible de revenir sur une telle demande.

— Alors, déposez-la, dit Efren sans lever les yeux. Merci pour tout ce que vous faites pour nous.

Zurich donna à chacun des membres de la famille un téléphone portable et sa carte de visite.

— Appelez-moi quand vous voulez, dit-il.

— Je ne peux pas payer, dit Efren, qui n'avait pas compris que c'était un don.

Zurich posa le téléphone d'Efren sur la table.

— Pour l'instant, vous n'avez rien à payer, dit-il. Nous travaillons pour vous gratuitement parce que nous savons que de nombreuses personnes traversent les mêmes épreuves que vous. Il y a cinq ans, j'ai travaillé avec une famille venue d'Inde. Le mari, qui a un diplôme d'ingénieur, s'est retrouvé à travailler dans un restaurant, sans salaire. Il n'osait pas se plaindre et, comme vous, ne savait pas quoi faire pour s'en sortir. Aujourd'hui, il est citoyen américain, ainsi que son épouse et ses enfants. Il consacre bénévolement un peu de son temps libre aux personnes dans votre cas et il les aide à démarrer une nouvelle vie. Nous appelons ça « passer le relais », et j'espère qu'un jour vous serez en mesure de rendre le même service à d'autres immigrés en détresse.

Efren redressa enfin la tête, les yeux rougis par les larmes.

— Merci pour vos efforts, dit-il. Je sais que vous cherchez à m'aider à retrouver ma dignité, mais je crains qu'il ne soit trop tard.

— Non, monsieur, il n'est pas trop tard, répliqua Zurich. Souvenez-vous que vous n'êtes pas seul. Nous en reparlerons bientôt. Pour l'instant, vous avez besoin de prendre du repos…

Il se tourna vers les deux agents fédéraux et demanda :

— Vous allez visiter les logements provisoires où sont hébergés les autres ouvriers d'Anders ?

— Oui, dit Kate. Vous voulez les représenter, eux aussi ?

— Provisoirement. Mon cabinet est en train de rameuter d'autres avocats. Mais aujourd'hui, je suis seul.

— Moi, je vais rester encore un peu, dit le petit-fils d'Annabelle Temple en souriant à Mila. J'ai promis à ma grand-mère de veiller sur vous.

Au moment où les agents fédéraux sortaient de la pièce, la dessinatrice du CPD y entra. Scarlett se leva pour l'embrasser.

— Salut, Lana, dit-elle. Merci d'être venue. Il paraît que c'est ton jour de congé.

— Je faisais le grand ménage chez moi, dit Lana D'Amico d'un ton jovial. Ça me donne une bonne raison d'échapper à cette corvée.

Scarlett la conduisit à l'endroit où les Bautista étaient assis, toujours collés les uns contre les autres.

— Je vous présente le sergent D'Amico, leur dit-elle. Elle va dessiner des croquis basés sur votre description de l'homme et de la femme qui vous ont emmenés à Cincinnati. Le sergent D'Amico est mon amie. Nous faisions équipe, toutes les deux, il y a quelques années, avant que je sois nommée inspectrice. Maintenant, elle travaille comme dessinatrice dans la police.

— Je suis ravie de vous rencontrer, dit Lana.

Son sourire était si enjoué qu'il mettait toujours les témoins à l'aise — et les Bautista ne firent pas exception. Ils se détendirent lorsqu'elle s'assit à la place qu'avait occupée Kate Coppola.

— Lieutenant Isenberg ? Inspectrice Bishop ? appela Deacon, qui se tenait, impassible, à l'entrée de la pièce, son téléphone portable plaqué contre l'oreille.

Il leur fit signe de le rejoindre dans la pièce voisine. Lana posa son carnet de croquis sur ses cuisses.

— Tu peux y aller, dit-elle à Scarlett. On se débrouillera très bien sans toi.

— Marcus, il faut que vous veniez aussi, dit Deacon.

Anticipant une mauvaise nouvelle, Marcus s'était tendu dès qu'il avait vu Deacon dans l'embrasure de la porte. Scarlett lui prit la main et passa avec lui dans la pièce adjacente.

— Tout ira bien, murmura-t-elle. Les nouvelles ne peuvent pas toujours être mauvaises.

Deacon raccrocha et fit un geste encourageant à Marcus.

— Vous aurez peut-être du mal à regarder ça, dit-il. Mais vous serez content de l'avoir vu.

Il tourna son ordinateur portable vers eux. Sur l'écran s'affichait un jeune homme dégingandé, allongé sur un lit d'hôpital. L'une de ses jambes était entièrement enveloppée de pansements. Il était menotté à la rambarde du lit et s'efforçait en vain d'afficher un air blasé et désinvolte, alors que son regard n'exprimait que de la peur.

Deacon pointa l'index vers l'écran et dit :

— Je vous présente Drake Connor.

Cincinnati, Ohio
Mercredi 5 août, 13 h 15

— Salopard, grogna Marcus en faisant un pas vers l'ordinateur. Il peut m'entendre ?

— Non, répondit Deacon. On est en direct, mais il ne peut

ni nous voir ni nous entendre. En revanche, l'agent fédéral et l'inspecteur de la police de Detroit ont des oreillettes, et nous pouvons communiquer avec eux.

Scarlett pressa la main de Marcus, qui inspira bien fort pour se calmer.

— Désolé, fit-il. Le seul fait de le voir…

Il jeta un regard en coin à Isenberg, étonné qu'elle ne l'ait pas encore fichu dehors.

— Je vous promets de maîtriser mon humeur, ajouta-t-il.

— J'attendais ce moment, dit Isenberg. Je commençais à me demander si vous étiez vraiment fait de chair et d'os.

— Oh ! moi, je n'en ai aucun doute, murmura Scarlett.

Marcus étouffa un rire, remerciant mentalement Scarlett pour cette diversion.

— Je vous ai entendue, Scarlett, dit Isenberg d'un ton égal. Je vous conseille de ne pas pousser le bouchon trop loin, inspectrice. D'autant plus que nous n'avons pas encore eu notre petite conversation…

Marcus se renfrogna, mais Scarlett se contenta de secouer la tête. Elle s'assit en face de sa patronne et examina l'écran.

— Qui sont les autres types ? demanda-t-elle à Deacon.

— Le gars en noir, c'est l'agent McChesney de l'antenne du FBI de Detroit. Celui qui porte un costume gris, c'est l'inspecteur Danhauer de la brigade des homicides de Detroit. Le type qui est assis de l'autre côté du lit s'appelle Graham White. C'est l'avocat commis d'office.

— Drake sait que sa sœur est portée disparue ? demanda Scarlett.

— Non, pas encore. Les flics de Detroit ne le lui ont pas encore appris. Mais la bonne nouvelle, la voici…

Il leur montra l'écran de son téléphone portable, sur lequel s'affichait la photo d'une clé USB.

— On l'a trouvée sous le SUV qu'il a tenté de voler. Il s'en est débarrassé quand les flics sont arrivés à la station-service. Il y a ses empreintes digitales dessus. Selon les collègues de Detroit, elle contient des fichiers cryptés. Ils en ont envoyé des copies à Tanaka. Il est en train de casser les codes. J'ai mis l'agent fédéral et l'inspecteur au courant de l'essentiel, pour préparer cet entretien. Ils attendent que nous soyons prêts pour commencer l'interrogatoire.

— C'est bon, vous pouvez leur dire d'y aller, dit Isenberg.

Les flics de Detroit commencèrent par la fusillade à la station-service, dont Drake se déclara innocent, prétendant qu'il avait seulement tenté de voler le SUV. Mais l'inspecteur sortit son iPad et lui montra la vidéo de sécurité de la station-service, et l'expression de Drake se fit maussade.

— Qu'est-ce que vous nous proposez ? demanda l'avocat de Drake.

— Rien, dit l'inspecteur avec un sourire crispé. On n'a pas fini…

— On vient à peine de commencer, confirma l'agent fédéral.

— Où as-tu trouvé le pistolet, Drake ? demanda l'inspecteur.

— Vous n'êtes pas obligé de répondre, intervint l'avocat.

L'inspecteur ne se démonta pas pour autant.

— Il est enregistré au nom du père de ta petite copine. Ils ont tous les deux disparu. Ainsi que la mère de Stephanie. La police de Cincinnati nous a informés qu'il y a eu une fusillade à leur domicile, et que la famille Anders au grand complet a été emmenée de force vers un lieu inconnu. C'est toi qui les as enlevés, Drake ? Tu les as enterrés quelque part ?

— Non. Je ne sais rien de tout ça, moi…, dit-il, mais ses yeux démentaient ses propos. Je n'y allais pas souvent, chez Stephanie… Son vieux me détestait.

— Attention, Drake ! l'avertit son avocat.

— Ben, c'est vrai, quoi… Je disais seulement que je n'avais aucune raison d'y aller.

— Alors, comment est-ce que tu t'es procuré ce pistolet ? demanda McChesney.

— C'est Stephanie qui me l'a donné, répondit Drake d'une voix nonchalante. Je vis dans un quartier dangereux. Elle avait peur pour moi.

Deacon se pencha vers le micro de son ordinateur.

— Il vit dans un quartier où la criminalité est faible, murmura-t-il à l'intention de son collègue de Detroit. Un quartier populaire, mais certainement pas « dangereux ».

— Quand te l'a-t-elle donné ? demanda McChesney.

Drake resta silencieux un moment.

— La semaine dernière, finit-il par dire.

— Tu n'y allais jamais le soir ? demanda Danhauer.

— Je vous ai déjà dit que non.

— Ce petit salaud ment comme un arracheur de dents, marmonna Marcus. Il a violé Tala et Erica chaque fois qu'il en a eu l'occasion…

— Tu ne voyais jamais ta petite amie le soir ? insista McChesney.

— Il vous a déjà répondu, intervint sèchement l'avocat. Question suivante, s'il vous plaît.

L'agent fédéral n'en tint aucun compte et demanda :

— Donc, toi et ta copine, et ton Ruger chargé de balles à pointe creuse, vous ne vous trouviez pas dans une ruelle de Cincinnati à la recherche de cocaïne, il y a deux nuits de cela ?

— Non ! s'exclama Drake en blêmissant.

— Mais alors, comment se fait-il que des balles provenant de ton pistolet, que Stephanie t'a donné la semaine dernière, aient été tirées sur deux victimes, dans cette ruelle, en pleine nuit ?

McChesney inclina la tête et ajouta d'un ton ironique :

— On a du mal à comprendre…

— Ce n'était pas ce pistolet-là.

— Oh ! mais si, c'était celui-là, rétorqua l'agent fédéral. L'expertise balistique le prouve. Et on a relevé tes empreintes digitales sur une des douilles qu'on a retrouvée sur la scène de crime.

L'avocat commis d'office lâcha un soupir.

— Je veux des copies de ces rapports d'expertise, dit-il.

Drake se tourna vers lui.

— Vous les croyez ? lui demanda-t-il. Vous êtes censé être de mon côté !

— Ne te fais pas plus bête que tu ne l'es, Drake, dit l'inspecteur Danhauer d'une voix moqueuse. Ton avocat sait que tu es cuit. Tu es bon pour la peine de mort.

L'avocat secoua la tête et se tourna vers Drake, qui regardait en tous sens autour de lui, comme s'il cherchait une issue par où s'enfuir.

— Ils mentent, Drake, dit l'avocat. Ils cherchent à vous faire peur. Il n'y a pas eu d'exécution dans le Michigan depuis plus d'un siècle et demi. La peine de mort n'y existe tout simplement pas.

— Mais elle existe dans l'Ohio, observa Danhauer avec un sourire cruel. Tu passeras en procès ici, dans le Michigan, pour le meurtre de cette pauvre femme à la station-service. Tu seras condamné à la perpétuité, ça ne fait pas l'ombre d'un doute… Mais ensuite, tu seras jugé dans l'Ohio, pour avoir tué cette jeune fille dans la ruelle. Tu es même revenu sur tes pas pour l'achever d'une balle dans la tête. Tu as tiré dans le dos de l'homme qui tentait de lui sauver la vie… Dans l'Ohio, c'est la peine de mort qui t'attend, mon gars. Et moi, je serai de l'autre côté de la vitre pendant qu'on t'injectera du poison, et je savourerai chaque instant du spectacle…

— J'apporterai du pop-corn, ajouta McChesney d'un ton acerbe.

Scarlett lâcha un petit rire. Marcus sourit, et sa colère baissa d'un cran, juste assez pour qu'il puisse penser.

— Je n'ai tué personne, persista Drake. Vous n'avez aucune preuve.

— Nous avons ton pistolet, Drake, répliqua l'agent fédéral. Il ne nous en faut pas davantage.

— Que voulez-vous, au juste ? demanda une nouvelle fois l'avocat.

McChesney brandit la clé USB.

— Ce n'est pas à moi ! s'écria Drake, furieux.

— Mais bien sûr, ironisa l'agent fédéral… Sauf qu'il y a tes empreintes dessus.

— C'est parce que je l'ai ramassée par terre quand cette salope m'a tiré dessus…

McChesney secoua la tête.

— Regarde, on te voit t'en débarrasser sur la vidéo… Là, tu te fais tirer dessus… Et puis, là, on te voit mettre la main dans ta poche, sortir la clé et la jeter sous la voiture de la pauvre femme que tu as tuée.

Drake serra les dents et ferma les yeux.

— Allez vous faire foutre, grinça-t-il.

— Dans tes rêves, mon gars, rétorqua l'agent fédéral.

L'inspecteur éclata d'un rire sardonique.

— Cet entretien est terminé, dit l'avocat en se pinçant les lèvres.

Drake se tourna vers lui. Son regard était redevenu narquois.

— Dites-leur que je décrypterai les fichiers s'ils me relâchent.

L'avocat le regarda, effaré.

— Euh, mon garçon, dit-il, il n'y a pas la moindre chance pour qu'ils vous relâchent.

Drake haussa les épaules.

— Alors, ils ne connaîtront jamais les secrets de Chip Anders. Et les secrets de Chip sont *très* intéressants, dit-il sur un ton de conspirateur.

— J'espère que Vince va se dépêcher de décoder ces fichiers, murmura Isenberg. Drake projetait de faire chanter le père de Stephanie… Ils pourraient contenir des informations sur les trafiquants.

— Ne t'en fais pas, Drake, dit McChesney en rempochant le sachet qui contenait la clé USB. Nous avons des experts pour ça. Ils auront fini de le faire avant qu'on sorte de cette pièce.

— Continuons, intervint Danhauer en sortant un téléphone portable d'un autre sac. Cet appareil est couvert de tes empreintes digitales, alors n'essaie pas de me dire que ce n'est pas le tien. Il a servi à envoyer un message à l'homme que tu as abattu hier. On lui demandait, dans ce message, de venir dans la ruelle… ça t'arrive souvent, Drake, d'attirer des hommes dans les ruelles ?

— Mais non ! fit Drake. Ce n'est pas moi qui ai envoyé ce texto.

— Justement, dit l'inspecteur, qui avait repris tout son sérieux. C'était un appel à l'aide, lancé par une jeune femme que le père de ta petite copine a achetée à des trafiquants d'êtres humains.

— Et merde, marmonna l'avocat.

Drake haussa les épaules.

— Elle a dû me voler mon portable, lâcha-t-il.

— Elle avait un bracelet électronique à la cheville, dit l'inspecteur. Elle était séquestrée chez les Anders.

— Alors, comment a-t-elle pu sortir ? demanda Drake d'une voix railleuse.

— Comment a-t-elle pu mettre la main sur ton téléphone ? répliqua Danhauer. Il fallait qu'elle soit près de toi. Très près…

— Je ne l'ai jamais touchée, protesta Drake.

Marcus poussa un grognement.

— Dites-lui qu'on a trouvé des traces de sperme, à l'autopsie de Tala, dit Scarlett dans son micro. Et que nous allons comparer les analyses.

— Mais on n'en a pas trouvé, objecta Deacon à voix basse.

— Je voudrais juste voir comment il réagit et comment il va démentir. Je voudrais qu'il avoue avoir violé Tala, de façon à ce qu'Erica ait des éléments à charge solides contre lui, si elle décide de se constituer partie civile…

Elle se pencha vers le micro et dit :

— Dites-lui aussi qu'il devrait profiter de son séjour à l'hôpital pour demander des analyses pour détecter l'herpès génital et la blennorragie.

L'inspecteur Danhauer fit un signe de tête discret pour montrer qu'il avait entendu.

— Tu ne l'as pas touchée ? demanda-t-il à Drake. Alors comment se fait-il que le médecin légiste ait trouvé des traces de ton sperme à l'autopsie ?

— C'est un mensonge ! cracha Drake. Je mettais une capote.

— Je le savais, dit Scarlett avec satisfaction. Quel petit con !

L'inspecteur Danhauer se pencha un peu plus vers Drake.

— Tu as dû oublier d'en mettre au moins une fois, mon pote. Le médecin légiste a également découvert que la victime souffrait à la fois d'un herpès génital et d'une blennorragie. Le bon côté des choses, c'est que tu n'auras pas à craindre d'attraper ces maladies en taule… Tu les as déjà. Ça devrait refroidir les ardeurs de tes codétenus… Tu vois, dans notre État, il n'y a pas de peine de mort, mais on a, dans nos prisons, plein de membres de gangs qui vont te trouver très mignon.

— Allez vous faire foutre. Je n'ai plus rien à dire. Foutez le camp.

— Parlez-lui de sa sœur, suggéra Deacon.

L'inspecteur Danhauer et l'agent McChesney se levèrent tous deux.

— Ah, Drake, une dernière chose, dit l'agent fédéral. Une chose très importante… Nous savons que tu as volé la voiture et la carte bancaire de ta sœur.

— Je les ai empruntées, se défendit Drake.

— Quoi qu'il en soit, il faut que tu saches que tu lui as attiré des ennuis. Ta sœur a disparu. Elle a été enlevée. Sans doute par les gens qui ont enlevé ta petite amie, hier matin.

Les lèvres de Drake se mirent à trembler.

— Non, fit-il. Elle doit être au boulot. Elle passe son temps à bosser.

McChesney secoua la tête.

— Sa camionnette était garée chez elle et son sac à main était sur la table de la cuisine. Il y avait des traces de lutte. Elle s'est bien défendue.

— Vous mentez ! Je suis sûr qu'elle va très bien.

— J'espère que tu as raison. Les gens qui ont enlevé la famille Anders ne rigolent pas… Il vaut mieux pour toi que tu sois enfermé. Ils te cherchent, parce qu'ils savent que tu as déconné avec une des esclaves qu'ils ont fournies à Anders… La fille qui s'est servie de ton portable pour appeler à l'aide était désespérée.

— À ton avis, comment est-ce qu'ils vont réagir, quand ils apprendront que tu es en garde à vue ? demanda Danhauer. On devrait te transférer tout de suite à Cincinnati, juste pour voir combien de temps ils vont mettre à te liquider.

Drake blêmit de nouveau.

— C'est votre boulot de me protéger, fit-il d'une voix blanche.

— Non, ricana l'inspecteur. Notre boulot, c'est de prouver que tu as tiré sur le caissier de la station-service et que tu as tué une femme pour lui voler son véhicule. Tout a été filmé, donc ça sera assez facile, j'en conviens… Les cinglés qui ont enlevé ta sœur et ta petite amie sont basés à Cincinnati. Le boulot du CPD, c'est de trouver l'homme qui a tué la jeune femme dans la ruelle et de démanteler le réseau de trafiquants qui l'ont réduite en esclavage. Et qui ont sans doute enlevé ta sœur, parce qu'ils te cherchent partout pour te punir et te faire taire. Personne ne te protégera, Drake. Ni nous ni le CPD… Sauf, bien sûr, si tu nous aides à arrêter les gens qui te veulent du mal. C'est l'unique moyen de te protéger.

— Il est excellent, ce collègue de Detroit, murmura Scarlett.

— Ouais, acquiesça Deacon, mais je ne sais pas si ça suffira… Ce Drake est un vrai sociopathe.

L'agent McChesney sortit de sa poche le sachet contenant la clé USB et l'agita sous les yeux de Drake comme un pendule.

— C'est ta dernière chance de nous dire ce qu'elle contient.

L'avocat chuchota quelques mots à l'oreille de son client. Drake secoua la tête.

— Si vous ne m'offrez rien, je ne vois pas pourquoi je parlerais. Donnez-moi une raison de vous faciliter le boulot, sinon, allez vous faire mettre.

— Salaud, marmonna Marcus.

L'inspecteur Danhauer prit son ordinateur portable et l'image se brouilla tandis qu'il sortait de la chambre de Drake, suivi de l'agent McChesney, et longeait les murs blancs d'un couloir d'hôpital.

— Je ne pensais pas que Drake craquerait, dit Deacon aux deux policiers de Detroit. Sa sœur, il s'en fout… Il a surtout peur de ce qui peut lui arriver, à lui…

— Exact, fit Danhauer. C'est vraiment une petite ordure.

— Il a quand même raison sur un point, déclara Scarlett. Nous n'avons aucune preuve irréfutable de son implication dans le meurtre de Tala. Il pourra se défendre en admettant qu'il a eu des rapports sexuels avec elle, mais en niant avoir tiré sur elle et sur Marcus.

— Il nous faudrait un témoin visuel, intervint Isenberg. Dans votre rapport, vous mentionnez deux sans-abri, qui se trouvaient non loin de la scène de crime…

— Ils s'appellent Tommy et Edna. Je vais les retrouver.

— Nous allons couper la communication, dit l'agent McChesney. On se rappelle dès qu'il y a du nouveau.

Deacon referma son ordinateur portable.

— Ça va ? demanda-t-il à Marcus.

— Ça m'a donné envie d'écrire un article entièrement consacré à Drake, répondit-il. Je parlerais de ses crimes et je préciserais où il se trouve, en espérant que les trafiquants lisent le *Ledger*.

— Écrivez-le, l'encouragea Isenberg. Mais montrez-le-moi avant de le publier… J'aimerais ajouter quelques remarques personnelles.

Marcus se tourna vers elle et lut dans ses yeux, habituellement si froids, une colère qu'elle peinait visiblement à maîtriser.

— Vous l'aurez dans une heure, promit-il.

— Et les employés suspects de CGS ? demanda Scarlett. Quand est-ce qu'ils arrivent à Cincinnati ?

— Ils sont attendus au CPD d'un moment à l'autre, répondit Deacon.

Il se tourna vers Isenberg et demanda :

— Marcus peut venir avec nous et assister à l'interrogatoire, en restant dans la salle d'observation ?

— Oui. Je suppose qu'il l'a bien mérité, répondit-elle au grand étonnement de Scarlett et de Marcus. Vous viendrez me voir dans mon bureau après l'interrogatoire, inspectrice Bishop.

— Oui, chef.

Marcus se retourna pour voir Isenberg sortir de la pièce et traverser celle où était réunie la famille Bautista.

— Elle t'aime bien, dit Scarlett. Ce qui ne lui plaît pas, c'est ma relation avec toi, alors que je travaille sur une enquête aussi sensible. C'est ce qu'elle va me dire, et elle ne mâchera pas ses mots… Mais je ne crois pas qu'elle ira jusqu'à me suspendre. Elle considère qu'il est de son devoir de protéger ma carrière, parce qu'elle a de l'estime pour moi.

Marcus se tourna vers Deacon, qui hocha la tête.

— C'est vrai, confirma-t-il, Isenberg est pleine de contradictions, mais c'est un bon chef. Allons déjeuner. Ensuite, on ira au CPD interroger les employés de CGS.

La porte qui donnait sur la pièce où se trouvaient les Bautista s'ouvrit légèrement et Lana D'Amico passa la tête dans l'entrebâillement.

— Je peux entrer ? Je voudrais vous montrer un portrait-robot. Nous avons le visage de l'homme, mais pas encore celui de la femme. Les Bautista avaient besoin de souffler un peu.

Scarlett lui fit signe d'entrer. Marcus sentit un frisson d'angoisse lui parcourir l'échine. S'il ne reconnaissait pas l'individu qui avait capturé la famille de Tala, il ne serait pas plus avancé sur les raisons qui motivaient ceux qui cherchaient à lui trouer la peau.

— Le portrait est basé sur des souvenirs qui remontent à trois ans, dit Lana. Mais ils sont tous d'accord pour dire que c'est celui qui ressemble le plus à l'homme qui les a emmenés à Cincinnati.

— Il y a des visages qui ne s'effacent jamais de la mémoire, fit Marcus. Cet homme a violé Erica et sa sœur sous les yeux de leurs parents. Dans ces conditions, je crois que leurs souvenirs ont dû rester nets…

Il ne se rendit compte qu'il serrait les poings que lorsque Scarlett posa une main apaisante sur l'une des siennes.

Lana ouvrit son carnet et Marcus sentit ses poumons se vider. Il examina d'un œil perçant le visage que Lana avait croqué avant de dire :

— Cette tête me dit quelque chose… Je l'ai déjà vue quelque part. Mais je ne me souviens pas où ni quand.

Il se tourna vers Scarlett, étonné lui-même par l'accès de panique que la vue de ce portrait avait déclenché en lui. La raison de cette réaction lui échappait, ce qui ne faisait qu'aggraver son angoisse.

— Ça va te revenir, dit Scarlett en lui massant doucement la nuque.

Elle était si raide qu'il en avait mal et que la douleur se répandait dans son crâne.

— Détends-toi, ajouta Scarlett. Tu vas t'en souvenir.

Marcus inspira profondément, ferma les yeux. Il tenta de se relaxer, en vain. Et le temps filait… Il ouvrit les yeux et vit que Deacon le fixait d'un air perplexe.

— Il paraît que vous pouvez aider les gens à retrouver la mémoire, lui dit Marcus.

Deacon haussa les épaules.

— J'aide les gens à se détendre pour qu'ils puissent se remémorer certains événements, qu'ils ont eux-mêmes refoulés. Vous voulez qu'on essaie ? Ce ne sont que des exercices respiratoires.

— Je peux sortir, si tu veux, proposa tout doucement Scarlett.

Mais Marcus tourna le poignet de façon à ce que ce soit lui qui tienne la main de Scarlett, et non l'inverse.

— Non, fit-il.

Puis il lui lâcha la main et lui posa un bras sur les épaules. Il enfouit son visage dans ses cheveux et huma le parfum apaisant du chèvrefeuille.

— Reste, lui murmura-t-il dans le creux de l'oreille. S'il te plaît. J'ai besoin de toi.

— Eh bien, si tu insistes…, dit-elle en souriant.

Elle avait compris. Il y avait, dans le visage de cet homme, quelque chose qui, confusément, le terrifiait. Et Marcus n'arrivait pas à savoir quoi, ni pourquoi. Or il fallait absolument qu'il s'en souvienne. Pour Phillip. Pour l'agent Spangler. Pour les Bautista. Et pour lui-même.

Chapitre 31

Cincinnati, Ohio
Mercredi 5 août, 14 h 05

Deacon Novak était nerveux. Il avait souvent pratiqué cet exercice, mais il pouvait compter sur les doigts d'une main le nombre de fois où il s'était senti aussi fébrile avant d'hypnotiser quelqu'un. Cela ne marchait pas à tous les coups. Et cela fonctionnait mieux quand il avait un lien affectif avec la personne qu'il essayait d'apaiser. Comme avec Faith, par exemple. Ou avec l'épouse de son ancien patron, à Baltimore.

À présent, Scarlett le regardait avec une telle confiance qu'il se sentait obligé de redoubler d'efforts et de concentration. Il éprouvait de la sympathie pour Scarlett depuis leur première rencontre et n'ignorait pas que le caractère dur et ombrageux de sa coéquipière n'était qu'un moyen de défense, une armure. En travaillant avec elle, il avait eu l'occasion de voir sa véritable nature à plusieurs reprises au cours de l'année qui venait de s'écouler. Mais jamais il n'avait lu dans ses yeux autant d'empathie.

Et c'était Marcus O'Bannion qui faisait naître en elle ce sentiment. Or Marcus avait peur de ce dont il risquait de se souvenir. Deacon s'en inquiétait d'autant plus qu'il le considérait comme l'un des hommes les plus courageux qu'il lui ait été donné de connaître.

Après avoir embrassé Scarlett, Lana D'Amico était retournée auprès des Bautista, emportant son carnet de croquis et laissant à Scarlett le portrait-robot final du trafiquant.

— C'est un simple exercice de respiration, commença Deacon. Rien de plus.

Il guida Marcus tout au long de l'exercice, qu'il lui fit accomplir une fois, puis deux — mais il restait beaucoup trop tendu.

— Je vais essayer quelque chose qui vous paraîtra peut-être un peu bizarre, proposa Scarlett.

Elle dénoua sa tresse et laissa flotter ses longs cheveux. Il était rare de la voir ainsi, et cela adoucissait beaucoup son aspect. Elle rassembla ses cheveux en un bouquet qu'elle présenta des deux mains à Marcus, telle une offrande.

Après avoir jeté en coin un regard légèrement embarrassé à Deacon, Marcus prit les mains de Scarlett et y enfouit son visage.

Aussitôt, ses épaules se décrispèrent un peu. Deacon adressa un regard indulgent à Scarlett.

— Ce n'est pas la chose la plus bizarre que j'aie vue dans ma vie, murmura-t-il. Mais presque…

Elle lâcha un petit rire, qu'elle voulut étouffer. Mais c'était trop tard et ce son joyeux résonna dans la pièce. Deacon se rendit compte que c'était la première fois qu'il la voyait aussi insouciante, presque juvénile.

— Cet exercice est censé être sérieux, protesta Marcus en souriant.

Scarlett lui prit le menton et le lui caressa doucement du bout des doigts, comme s'ils n'étaient que tous les deux.

— Qui a dit ça ? demanda-t-elle. L'essentiel, c'est que tu te détendes.

— On va choquer Deacon, murmura Marcus.

Scarlett étouffa un nouveau rire tandis que ses joues rosissaient.

Deacon pensa à Faith. Pourvu qu'elle n'ait rien de prévu, ce soir-là. Le spectacle de ces deux amoureux lui donnait toutes sortes d'idées…

Il se racla la gorge et l'exercice recommença. Marcus se laissa guider, inhalant toujours le doux parfum des cheveux de Scarlett. Au bout du premier exercice, il avait recouvré son calme.

Ne pouvant remonter à une date ou à une époque précise de la vie de Marcus, Deacon dut commencer par lui poser des questions sur son état d'esprit, sachant que la vue du portrait-robot venait de déclencher un accès d'angoisse impressionnant.

— Comment vous sentez-vous, Marcus ? lui demanda-t-il.

— Pas rassuré, avoua-t-il à contrecœur.

— Refaisons l'exercice, dit Deacon tout doucement.

Après une nouvelle série d'inspirations, il répéta la même question. Les épaules de Marcus semblaient s'être élargies.

— Vous voyez son visage, murmura Deacon en effleurant le portrait.

Marcus eut un mouvement de recul, mais lent, comme s'il était dans la ouate, ce qui était bon signe.

— Et maintenant, comment vous sentez-vous, Marcus ? demanda Deacon.

— Je suffoquais, fit-il en grimaçant. Il y avait une odeur de désinfectant…

— Vous étiez dans un hôpital ?

— Oui.

— En tant que patient ?

— Oui, dit-il en serrant les mâchoires.

Cela pouvait signifier que cet incident s'était produit neuf mois auparavant. Deacon aurait voulu consulter le dossier médical de Marcus. Ce serait le plan B si l'hypnose échouait. Scarlett ouvrit la bouche mais aucun son n'en sortit. Deacon lui adressa un regard approbateur.

— Vous aviez froid, Marcus ? lui demanda-t-il.

— Non.

— Trop chaud ?

— Non.

— Vous étiez triste ?

— Oui. Très triste.

— Vous aviez l'impression de flotter ?

Il avait posé cette question en devinant que ce souvenir était brumeux parce qu'il remontait à un moment où Marcus était bourré de calmants et d'analgésiques.

— Oui, répondit celui-ci. Mais je me souviens que tu es venue me voir…

Deacon mit une petite seconde à se rendre compte qu'il avait prononcé ces mots en s'adressant à Scarlett. Elle lui caressa la joue une nouvelle fois et dit tout doucement :

— C'est vrai.

— Tu m'as veillé, mais ensuite, tu es partie…

— Je m'étais fait remplacer par un collègue, dit-elle.

— Oui, mais il est parti, lui aussi.

Deacon savait que les policiers avaient cessé de monter la garde dès que l'individu qui avait grièvement blessé Marcus avait été mis hors d'état de nuire. Ils avaient cru que le danger était passé. Apparemment, ils s'étaient trompés.

— Et tu étais seul, murmura Scarlett.

— Oui. Et c'est là qu'il est venu.

— L'homme du portrait-robot ? demanda Deacon.

— Oui. Il s'est assis à côté de mon lit.

— Qu'est-ce qui s'est passé ? demanda Scarlett d'une voix calme, malgré son regard affolé.

Le corps de Marcus se raidit. Il redressa brusquement la tête pour fixer Scarlett, tandis que le souvenir renaissait dans sa mémoire.

— Il m'a couvert le visage avec un oreiller, dit-il. Je ne pouvais plus respirer.

— Il a essayé de te tuer, Marcus ! souffla-t-elle, à la fois stupéfaite et effarée.

— Mais pourquoi ? demanda-t-il, perplexe.

Scarlett détourna les yeux et fronça les sourcils.

— C'était il y a neuf mois, dit-elle d'un ton pensif. Que faisais-tu, à l'époque ? Quel ennemi est-ce que tu aurais bien pu te faire ?

— Personne qui m'en veuille assez pour tenter de m'étouffer avec un oreiller. Il y a eu le flic violent qui maltraitait sa famille... Diesel et moi, on l'a poussé à quitter le domicile conjugal... mais il est mort. Et il n'a jamais menacé de me tuer.

— Mais il y a eu une menace de mort à l'époque, se souvint Scarlett. Celle qui a provoqué la crise cardiaque de Gayle. Comment s'appelait ce type ?

— McCord, répondit Marcus. Woody McCord, un professeur de lycée qui collectionnait les vidéos pédophiles... Ce salaud était la cible de notre enquête mais c'est Leslie, sa femme, qui a écrit la lettre de menace, pas lui. Gayle nous a dit qu'elle est décédée après une overdose de calmants.

— De quoi parlez-vous ? s'enquit Deacon.

Scarlett se tourna vers lui.

— Hier soir, j'ai mentionné une liste de menaces... Envoyées par des gens qui reprochent au *Ledger* d'avoir révélé leurs actes de maltraitance. Tu te souviens ?

— Oui... Je ne savais pas que la femme de Woody McCord avait envoyé des menaces au *Ledger*.

— Si, après le suicide de son mari en prison... Il s'est pendu dans sa cellule. Dans sa lettre, elle écrivait qu'elle souhaitait à Marcus de perdre un proche. Quand Gayle a lu sa lettre, Mikhail avait disparu. À ce moment-là, seul Stone savait qu'il était mort. Gayle a cru que Leslie McCord était impliquée dans la disparition de Mikhail.

— Ça lui a fait un tel choc que son cœur a lâché, dit Marcus. Elle a été hospitalisée et, quand elle est sortie de l'hôpital, elle s'est renseignée sur Leslie et elle a appris qu'elle ne représentait plus aucune menace puisqu'elle s'était suicidée à son tour. Enfin, en tout cas, c'est la cause officielle de son décès.

— Je ne vois pas le rapport. Si Woody et Leslie sont morts tous les deux, qui est ce type ? demanda Scarlett en désignant le portrait-robot. Et pourquoi est-ce qu'il a essayé de te tuer à l'hôpital ?

— Peut-être que ça fait plusieurs années qu'il cherche à se venger... Qu'il attend patiemment que je sois vulnérable et à sa merci dans une chambre d'hôpital.

— Peut-être, soupira Scarlett.

— Qui avait écrit cet article sur McCord ? demanda Deacon.

— Stone, répondit Marcus.

— Donc, cet article n'explique pas pourquoi Phillip a été pris pour cible, sauf s'il a servi d'appât pour t'attirer dans un piège, dit Scarlett avec une pointe de déception.

— Phillip n'a même pas enquêté sur McCord… C'est Stone et Diesel qui s'en étaient occupés.

— Diesel est leur expert en informatique, expliqua Scarlett à Deacon.

Deacon se cala sur sa chaise et plissa les yeux.

— Comment êtes-vous tombés sur la collection de vidéos pédophiles de McCord ? demanda-t-il.

Marcus et Scarlett échangèrent un regard.

— Diesel a le don de trouver certaines choses sur les ordinateurs des gens, commença Scarlett.

— Je vois… C'est un pirate informatique, dit Deacon d'une voix égale.

— N'exagérons rien. Disons que c'est un… explorateur…

Deacon la regarda fixement pendant un long moment avant de lâcher un petit rire.

— Toi, quand tu tombes amoureuse, tu tombes *vraiment* amoureuse…

Il secoua la tête et ajouta :

— Peu m'importe comment le *Ledger* a obtenu ces informations… Je me demandais simplement pourquoi c'est Marcus qui a été menacé, alors que c'est Stone qui a écrit l'article et que c'est l'« explorateur » qui a déniché les éléments qui incriminaient McCord.

— Moi aussi, je me pose la même question, fit Scarlett.

— Je suis allé voir McCord en prison, répondit Marcus.

— Comment ! s'exclama Scarlett. Tu es allé le narguer, c'est ça ? Tu es allé le voir et tu lui as dit : « Bonjour, je m'appelle Marcus O'Bannion. Tu sais, celui qui t'a ruiné la vie… » Tu ne voulais pas qu'on menace tes employés. Tu voulais faire croire à tous les types qui avaient à se plaindre du *Ledger* que c'était toi qui menais les enquêtes de ce genre, et pas seulement celle sur McCord. Tu t'es délibérément désigné comme cible.

— Excellente déduction, inspectrice, ironisa Marcus.

— J'ai peur pour toi, répliqua-t-elle. Promets-moi que tu ne prendras plus de tels risques.

Marcus la gratifia d'un large sourire.

— Promis juré. Je ne recommencerai plus, inspectrice.

— Merci. Donc, Woody et Leslie avaient toutes les raisons de te détester. Mais quand cet homme a tenté de t'asphyxier, ils étaient tous les deux déjà morts. Alors qui ? Qui a essayé de te tuer ? Il a bien fallu que vos chemins se croisent à un moment donné. Pendant une autre enquête du *Ledger*, par exemple. Et si c'est bien ce Demetrius le responsable, ça voudrait dire que tu t'étais déjà fait repérer par une bande de trafiquants, neuf mois avant de rencontrer Tala…

— Vous avez dû voir ou entendre quelque chose… Peut-être même sans comprendre ce que c'était vraiment…

Marcus se frotta le front et marmonna :

— Vous avez raison. J'ai du mal à imaginer que des trafiquants puissent patienter plusieurs années avant de décider de me liquider… ça doit être lié à un événement plus récent… Et la seule enquête assez sensible sur laquelle je travaillais il y a neuf mois, c'était celle sur Woody McCord.

— On en revient au pédophile, dit Deacon d'un ton pensif. Il doit y avoir un rapport entre Demetrius et McCord, un rapport dont vous êtes le dénominateur commun, Marcus…

— Et c'est après ta rencontre avec Tala que tu es redevenu une cible pour eux, murmura Scarlett. Alors qu'ils t'avaient laissé en paix pendant neuf mois. Quand tu as révélé les activités criminelles de McCord dans le *Ledger*, Demetrius est venu dans ta chambre d'hôpital pour te tuer. Et quand, neuf mois plus tard, tu publies un article sur Tala, une des esclaves qu'il a capturées, il réapparaît et il tente à nouveau de te tuer… Non seulement il y a un rapport entre Demetrius et McCord, mais il y en a également un entre Demetrius et Tala.

— Mais ces deux articles étaient très différents. Tala était victime d'un réseau de trafic d'êtres humains, alors que McCord collectionnait les vidéos pédophiles.

Scarlett se leva et se mit à arpenter la pièce.

— Peut-être, mais ces deux articles ont été publiés par toi, objecta-t-elle. Partons du principe que Demetrius est bien l'homme qui a tué l'agent Spangler, tenté de te tuer chez les Anders et fait irruption chez toi…

— Mais ce n'est pas Demetrius qui a tué Tala. C'est Drake Connor.

— C'est vrai, mais son meurtre a attiré l'attention de la police et de la presse sur Chip Anders. Ça a servi de déclencheur. C'est Anders qui doit être le lien avec Demetrius, pas Tala.

— Si tu as raison, intervint Deacon, Demetrius est lié à la fois à McCord et à Chip Anders. Mais comment ?

— Il faut que je relise les notes que Stone a prises pendant l'enquête sur McCord, dit Marcus. Il doit être au *Ledger*. Allons-y.

— Attends, il faut d'abord que je me change, dit Scarlett.

— Oui, pourquoi est-ce que tu es en robe, aujourd'hui ? demanda Deacon.

— Parce qu'elle me plaît, comme ça, rétorqua Marcus en souriant à Scarlett.

— C'est mon oncle qui m'a demandé d'avoir l'air le moins flic possible, expliqua Scarlett, qui était devenue écarlate. Pour ne pas faire peur à Mila et Erica. Bref… Voilà où nous en sommes. Premièrement, il faut assister à l'interrogatoire des deux employés de CGS, en espérant que l'un d'eux nous dira à qui il a vendu les bracelets électroniques. Ce devrait être soit Anders, soit les trafiquants eux-mêmes, ce qui serait préférable.

— Des trafiquants comme Demetrius et Alice, dit Marcus. Les deux personnes qui sont allées chercher les Bautista à l'aéroport et qui les ont emmenés à Cincinnati.

— Deuxièmement, continua Scarlett, il faut retrouver Tommy et Edna, pour leur demander s'ils reconnaissent ce salaud de Drake Connor. Et, troisièmement, il faut déterminer si Demetrius a un lien avec Woody McCord.

Le téléphone portable de Marcus bourdonna sur la table. Il l'ouvrit, lut le message qui s'affichait à l'écran et ferma les yeux.

— Merci, mon Dieu, murmura-t-il.

Scarlett regarda par-dessus son épaule et un sourire vint illuminer son visage.

— C'est un message de la sœur de Phillip, Lisette, dit-elle à Deacon. Phillip vient de sortir du coma… Il a demandé un bol de chili con carne.

— Fais une copie du croquis et va le lui montrer à l'hôpital, demanda immédiatement Deacon à Scarlett pendant que Marcus appelait Lisette.

— Je préférerais attendre qu'on ait une identité et une photo qu'on puisse lui montrer parmi un jeu d'autres photos. Je ne veux pas qu'un avocat puisse prétendre plus tard qu'on a influencé le témoin.

— Tu as raison. Mais ce serait bien d'avoir des identités de suspects pour tous les homicides et tentatives d'homicide de la journée d'hier.

Scarlett regarda sa montre avant de répondre :

— Dans une douzaine d'heures, on aura les rapports d'analyses de l'ADN de l'agresseur de Phillip. Le vétérinaire de la police scientifique en a prélevé un échantillon sur les crocs de BB…

Les téléphones portables de Scarlett et de Deacon se mirent tous deux à bourdonner. Ils les ouvrirent en même temps et jurèrent à l'unisson :

— Merde !

Marcus raccrocha et demanda :

— Qu'est-ce qui se passe ?

— Quelqu'un a tiré sur l'un des employés de CGS, au moment où il arrivait au CPD, répondit Scarlett. Il n'a pas été touché, mais l'agent qui l'escortait a pris une balle dans le bras en le protégeant. Heureusement, la blessure n'est pas grave.

Deacon lâcha un soupir de soulagement. Il était encore secoué par la visite qu'il avait dû rendre à la veuve de l'agent Spangler. Son téléphone et celui de Scarlett se remirent à vibrer. Ils échangèrent un sourire après avoir lu le nouveau message et, sans prévenir, Scarlett attrapa Marcus par la nuque et lui fit un baiser sonore sur la bouche.

— Ils ont arrêté le tireur qui a tenté de tuer l'employé de CGS ! annonça-t-elle.

— C'est elle qui a arrêté le tireur, dit Deacon, avec l'aide de l'agent Troy… Bravo, Kate, murmura-t-il. Pas mal pour ta deuxième journée de boulot ici.

Deacon composa le numéro de son ancienne coéquipière et activa le haut-parleur.

— Kate ? C'est moi. Je suis avec Scarlett et Marcus… Félicitations !

— Merci, Deacon. L'adrénaline n'est pas encore redescendue. Le tireur est une tireuse, en fait… Blonde, vingt-cinq ans environ… Elle était à l'affût sur le toit de l'immeuble en face du CPD. Nous l'avons encerclée au moment où elle appuyait sur la détente de son fusil. C'est pour ça qu'elle a raté sa cible. Quelques secondes plus tard, le type était mort.

— Qu'est-ce qui vous a poussés à monter sur ce toit ? fit Marcus.

Un silence. Puis Kate lâcha un soupir avant de répondre :

— On a été prévenus. C'est tout ce que je peux vous dire pour l'instant. Désolée…

Scarlett échangea un regard avec Deacon en haussant les sourcils. Et Deacon comprit qu'ils pensaient tous les deux la même chose : c'était l'agent infiltré du FBI qui avait fourni le tuyau.

— On commence à y voir plus clair, dit-elle à Kate. On a une idée plus précise de l'identité du tireur qui a tué l'agent Spangler et tiré sur le gardien de l'immeuble de Marcus, qui est toujours dans le coma, et sur Phillip Cauldwell, qui vient d'en sortir.

— Tant mieux pour Cauldwell. Je vais interroger tout de suite le technicien de CGS. Il est tellement secoué par ce qui vient de lui arriver qu'il va sans doute tout avouer. Donc, si vous voulez être là, dépêchez-vous. Deacon, j'aimerais que tu l'interroges avec moi. Je suis encore un peu tendue…

— Je serai là dans dix minutes, dit Deacon. Et la femme que vous avez arrêtée ? Elle s'est servie du même modèle de fusil que l'assassin de Spangler ?

— Non, ce n'est ni la même arme ni les mêmes balles… Et j'ai l'impression que ce sera dur de la faire craquer. Elle est d'une arrogance… Je me la garde pour plus tard, celle-là. Elle n'a pas ouvert la bouche, elle refuse de nous donner son nom. On a relevé ses empreintes et je vais attendre de voir si ça donne quelque chose. J'aimerais savoir à qui j'ai affaire avant de l'interroger.

— Oui, c'est préférable, acquiesça Scarlett. J'aurais bien aimé être là, mais nous avons d'autres priorités.

— On enregistrera, dit Deacon. Vas-y, et n'oublie pas ton gilet pare-balles.

— Tu peux compter sur moi. On se retrouve pour faire le point dans le bureau d'Isenberg à 18 heures. Je vais saluer les Bautista avant de partir. Salut, Kate.

Cincinnati, Ohio
Mercredi 5 août, 14 h 30

Alice était en garde à vue. Aux mains des flics.

Debout au milieu du salon, Ken fixait la baie vitrée qu'il venait de fracasser dans un accès de rage.

Il était hébété. Vidé.

Et maintenant ? Que faire ?

Decker, qui avait entendu le bruit du verre brisé, accourut de la chambre où il s'occupait de Demetrius et se pencha sur la rambarde qui séparait les deux escaliers en spirale.

— Monsieur Sweeney ! cria-t-il en descendant les marches. Attention !

Ken resta figé, comme tétanisé.

— Baissez-vous ! hurla Decker.

Il le plaqua au sol, avec une promptitude qui rappela à Ken le moment où Decker lui avait sauvé la vie, un an auparavant. Sauf que cette fois, personne ne lui tirait dessus. Il n'y avait aucun danger. Pas dans cette maison. Il n'y avait rien d'autre à voir que les dégâts que Ken s'était infligés, au sens propre comme au figuré.

Au bout d'un moment de silence absolu, Decker releva la tête et fronça les sourcils.

— La vitre a été cassée de l'intérieur, constata-t-il. Pas de l'extérieur… Merde…

Il se releva prestement et tendit la main pour aider Ken à se relever à son tour.

— Je suis vraiment navré, monsieur. Je vous ai fait mal ?

Ken se redressa, trop épuisé pour se mettre en colère.

— Non, Decker, je vais très bien, dit-il en ignorant sa main tendue.

Mais oui. Je suis bien à l'abri, pendant que ma fille est en prison.

— J'ai cru qu'on vous avait tiré dessus, dit Decker. Qu'est-ce qui s'est passé ?

Il alla jeter un coup d'œil à la baie vitrée que Ken avait brisée en mille morceaux. Un guéridon, sur lequel un vase chinois vieux de cinq siècles avait trôné jusqu'à l'accès de fureur de Ken, était renversé, et des éclats de porcelaine jonchaient la moquette. Le fauteuil Louis XV que sa mère aimait tant avait atterri dans le jardin et gisait au beau milieu des éclats de verre.

— J'ai balancé le fauteuil à travers la fenêtre, répondit Ken.

— Mais pourquoi ?

Ken se frotta les yeux d'un air las.

— Alice a été arrêtée. C'est Sean qui m'a prévenu.

— Oh ! non, fit Decker. Mais comment ?

— Je l'ai envoyée s'occuper du technicien de CGS qui fournissait les bracelets électroniques à Demetrius, et qui a été arrêté par le FBI. Elle devait l'abattre au moment de son arrivée au CPD, mais les flics lui sont tombés dessus. Elle n'a même pas eu le temps d'ajuster son tir.

— Merde.

Ken jeta un regard perçant à Decker, qui avait un physique de mannequin ou de joueur de football américain, tant de talents qu'il aurait pu faire une brillante carrière dans bien des domaines... Et qui cependant avait accepté de travailler pour un salaire de misère comme garde du corps attitré.

— On pourrait croire, commença Ken d'un ton suspicieux, qu'ils savaient qu'elle serait là à ce moment-là... À croire qu'on les avait renseignés...

Decker se figea.

— Qu'est-ce que vous insinuez ? demanda-t-il. Vous me soupçonnez ?

— Peut-être... Mes problèmes ont commencé quand vous m'avez appelé, hier matin. Vous avez rejoint l'entreprise il y a peu, mais vous avez grimpé les échelons très rapidement...

La mâchoire de Decker se crispa.

— Permettez-moi, monsieur, de ne pas être d'accord. Je vous prie respectueusement de vous souvenir que je travaille pour vous depuis trois ans. Que j'ai été votre garde du corps pendant toutes ces années, sauf pendant un mois. Et que j'ai pris une balle à votre place, monsieur. Vos ennuis ont commencé quand votre équipe a commencé à se disloquer. Joel boit comme un trou. Je passais mon temps à corriger ses erreurs dans les livres de comptes officiels. Je préfère ne pas imaginer à quoi ressemble la comptabilité clandestine... Demetrius sniffe de la coke et, à part cogner, il n'est plus bon à grand-chose. Et Reuben, qui a disparu dans la nature, a un problème d'addiction au sexe. C'est pour ça, *monsieur*, que vous vous retrouvez dans cette merde aujourd'hui...

Sa respiration s'était accélérée à mesure qu'il exposait la situation, maîtrisant de moins en moins son courroux. Ken étudia le visage de Decker d'un œil impartial. Il venait de prononcer plus de mots en une seule fois qu'au cours des trois dernières années.

— Vous avez l'air très bien renseigné, Decker, observa Ken.

Decker se hérissa un peu plus.

— J'entends ce qui se dit dans les réunions, monsieur, dit-il. J'ai des yeux... Je vois, j'entrevois, j'aperçois... Mais je ne savais pas qu'Alice devait éliminer le technicien de la société qui fabrique les bracelets. Si je l'avais su, je vous aurais déconseillé d'agir ainsi.

— Et pourquoi donc ?

— Vous pensez qu'ils exposeraient gratuitement un témoin aussi important ? Les flics pouvaient prévoir que vous tenteriez de le faire taire. C'était trop tentant, ça sentait le piège à plein nez.

Et j'aurais dû y penser, regretta Ken.

— Il faut que je la sorte de là, dit-il.

— Avec tout le respect que je vous dois, monsieur, je ne crois pas que ce soit nécessaire. Vous n'envisagez quand même pas d'organiser son évasion ?

Ken se mura dans un silence qui valait toutes les réponses.

— Elle ne craquera pas, n'est-ce pas, monsieur ? Elle ne donnera pas votre nom ?

— Bien sûr que non.

Sauf s'ils lui font une offre si avantageuse pour elle qu'elle serait idiote de refuser... Et sa fille était tout, sauf idiote.

— Elle n'a pas de casier judiciaire ? Ses empreintes ne figurent pas dans le fichier national ? Elle va passer un moment un peu désagréable en détention, mais vous lui trouverez un bon avocat. Elle ne moisira pas longtemps en prison.

— C'est possible.

Mais Ken ne partageait pas cet optimisme. Elle avait été arrêtée en flagrant délit, le doigt sur la détente de son fusil. Quelqu'un avait su qu'elle serait à l'affût sur ce toit, et ce quelqu'un avait tuyauté les flics — de cela, Ken était certain. Mais qui ?

— Comment va Demetrius ?

— Il est mort, monsieur. Il a perdu trop de sang. Il aurait

fallu un chirurgien pour lui sauver la vie. Je suis désolé. J'ai fait ce que j'ai pu. Je m'apprêtais à vous l'annoncer quand j'ai entendu la vitre se casser.

Ken avait ressenti panique et fureur lorsque Sean lui avait appris l'arrestation d'Alice. À présent, il ne ressentait plus rien du tout. Ce qui était préférable.

— Nettoyez cette pièce et sa chambre, dit-il à Decker. Merci.

— Que dois-je faire du corps ?

— La même chose que pour Chip et Marlene Anders. Ah, j'allais oublier… Tuez la fille Anders, pendant que vous y êtes. Demetrius devait la vendre aux enchères, mais on laisse tomber.

— Et le garde qui a été blessé chez Anders, hier matin ? Il est toujours sous calmants. Et Burton ?

— Ça m'est égal. Je ne veux pas que Burton parle aux flics. Si l'autre garde est loyal à Burton, tuez-le aussi…

Ken passa dans son bureau et referma la porte derrière lui. Il se versa un verre de bourbon et se laissa tomber dans son fauteuil. Puis il appela Sean.

— Papa, fit Sean.

Il semblait aussi hébété que Ken.

— Qu'est-ce qu'on va faire, maintenant ? demanda-t-il.

— Ce que j'aurais dû faire il y a longtemps…

Ken posa le verre de bourbon et ouvrit le coffre où il rangeait ses armes. *Je vais acheter un aller simple pour Bora Bora, et ensuite…*

— Je vais tuer Marcus O'Bannion.

Cincinnati, Ohio
Mercredi 5 août, 15 h 45

Scarlett s'installa au volant de l'Audi et jeta un regard en coin à Marcus. Il était un peu trop silencieux.

— Tu veux aller voir Phillip d'abord ? proposa-t-elle. Ce serait normal.

— Non, répondit-il. La priorité, c'est Demetrius. Phillip n'est pas seul, Lisette est à ses côtés…

Il tourna la tête vers la vitre et ajouta :

— Je me suis souvenu d'autres détails sur ce qui m'est arrivé à l'hôpital. Et ça me fait flipper.

— Dis-moi tout.

— Je me suis rendu compte que je m'en étais déjà souvenu, mais que j'avais pensé que c'était un mauvais rêve, à cause de la morphine. Cette saloperie m'a toujours fait un sale effet.

— De quoi te souviens-tu, Marcus ?

— Il y avait une autre personne… Une femme… Je n'ai pas vu son visage.

Scarlett ravala sa colère et dit d'un ton ironique :

— Parce que ton visage était couvert par un oreiller, sans doute ?

— Ça ne m'aidait pas, en effet. Et d'ailleurs, elle devait être dans le couloir, à la porte de ma chambre. Elle lui a dit de se dépêcher parce que quelqu'un arrivait. Je crois que c'est pour ça qu'il n'a pas fini le boulot. Ils ont dû partir précipitamment quand ils ont entendu l'infirmière de garde arriver dans le couloir. Le moniteur de contrôle s'était mis à sonner, comme si le tuyau de perfusion intraveineuse s'était détaché.

— Tu lui dois une fière chandelle, à cette machine.

— L'infirmière a remis en place le tuyau de perfusion, et je ne lui ai rien dit. Je ne pouvais pas parler, de toute façon. Je crois qu'il est revenu, ensuite. Il tenait à la main une seringue hypodermique et il s'en est servi pour injecter Dieu sait quel produit dans les pochettes de perfusion. Je me souviens avoir voulu appeler une infirmière mais j'étais trop défoncé pour articuler le moindre mot… Comme dans ces rêves où on hurle dans sa tête sans faire le moindre bruit. Je ne savais pas si je rêvais ou si j'avais une hallucination… Comme si je devenais fou…

Scarlett se promit de trouver Demetrius pour le tuer de ses propres mains. Mais le fait de le dire tout haut n'aiderait pas Marcus à vaincre ses démons. Elle s'efforça de rester calme.

— Tu étais lucide quand je suis venue te voir à l'hôpital, dit-elle doucement. Il a peut-être trouvé un moyen d'augmenter la dose… Certaines drogues peuvent te faire douter de la réalité des choses. D'autres peuvent te piéger dans ton propre corps.

— Je n'y avais pas pensé.

— Étant donné ce qu'on sait de ce type, il n'y aurait rien d'étonnant à ce qu'il t'ait drogué. Tu n'es pas fou, Marcus. Et ensuite, que s'est-il passé ?

— Je ne sais pas. Je n'en suis pas mort. Donc, il s'est forcément passé quelque chose qui m'a sauvé la vie.

— Ça te reviendra peut-être plus tard… Ou bien, tu pourrais essayer de retrouver l'infirmière qui était de garde cette nuit-là, pour lui demander si elle s'en souvient.

— Il y a quand même neuf mois que c'est arrivé… C'est peu probable.

— N'en sois pas si sûr. Tu étais la vedette dans cet hôpital… Allongé sur ton lit, si beau, si courageux, si héroïque… Un gars qui a sauvé la vie d'une inconnue en lui faisant rempart de son corps… Il y a largement de quoi éveiller la curiosité d'une femme…

Elle battit des cils, à la manière d'une midinette énamourée, et Marcus ne put s'empêcher de rire.

— Du moment que ça éveille la tienne, dit-il en déposant un baiser sur la main de Scarlett. Où est-ce que tu nous emmènes ?

— Au *Ledger*, pour voir Stone. Il faut que j'en sache plus sur l'affaire McCord.

— Et les deux SDF qui ont peut-être vu Drake sur les lieux du meurtre de Tala ?

— J'ai appelé le Meadow… Tommy et Edna s'y sont réfugiés, à l'abri de la canicule. Tommy a des problèmes cardiaques, expliqua-t-elle. Dani y est, et elle m'a promis de les retenir là-bas. Quand on arrivera au *Ledger*, je veux que tu marches droit devant toi et que tu te dépêches d'entrer dans le bâtiment. Idem quand on sera au centre d'accueil pour SDF. Il ne faut pas que tu traînes dans la rue. Quelqu'un cherche à t'abattre…

— Je porte un gilet pare-balles, lui rappela-t-il.

— Le tireur d'hier visait ta tête… Alors baisse-la en marchant. Ne m'attends pas et ne perds pas de temps.

— Et toi ?

— Ce n'est pas moi qui suis ciblée. Et puis, moi aussi, je suis protégée, dit-elle en tirant sur le col du fin maillot en kevlar qu'elle portait sous son chemisier. Ça m'irrite la peau, ce machin… Promets-moi de ne pas jouer les héros.

— Bon, bon, d'accord, grogna-t-il. Je me ferai tout petit.

Marcus tint parole et se hâta d'entrer dans le hall du *Ledger* lorsqu'elle s'arrêta juste devant la porte. Il la prit dans ses bras dès qu'elle l'eut rejoint et, avant qu'elle ne puisse protester, l'embrassa à pleine bouche, savourant longuement cet instant.

— Hé, les tourtereaux, trouvez-vous un coin tranquille pour faire ça !

C'était la voix de Diesel. Scarlett décolla ses lèvres de celles de Marcus et lui sourit.

— On est en public, le gronda-t-elle.

Mais Marcus voulait précisément que le monde entier sache que Scarlett était sienne.

— Je sais, dit-il avant de se retourner.

Diesel était assis derrière le bureau d'accueil, un large sourire aux lèvres.

— Monsieur Kennedy, le salua Scarlett.

Elle jeta un regard circulaire au hall d'entrée et remarqua la présence d'un vigile armé, assis dans un coin.

— Où est Gayle ?

— Je lui ai dit d'aller boire un café pendant que j'installe de nouveaux pare-feu sur son ordinateur. J'ai déjà renforcé les défenses du serveur du réseau, mais il y avait beaucoup de boulot sur l'ordinateur de Gayle.

— À cause de Jill, murmura Scarlett.

Diesel haussa les épaules.

— Quoi de neuf, de votre côté ? demanda-t-il. À part le besoin urgent de trouver une chambre…

— On est venus voir Stone, rétorqua Marcus. J'aimerais que tu nous accompagnes dans son bureau.

— À vos ordres, dit Diesel en se levant.

Marcus les conduisit dans un couloir sur lequel donnaient plusieurs portes. Il s'arrêta devant l'une d'elles et frappa. Stone ouvrit aussitôt et dévisagea Scarlett d'un air peu accueillant, quoique nettement moins hostile que la veille.

— J'ai eu ton message, Marcus, dit-il. Je ne m'attendais pas à ce que tu viennes accompagné. Quel est le problème ?

Marcus montra à Stone et à Diesel le portrait-robot de Demetrius, leur raconta ce que les Bautista avaient enduré et leur parla de la tentative d'assassinat à l'hôpital, dont il venait de se souvenir grâce à Deacon.

Stone était visiblement consterné.

— Ils ont déjà tenté de te tuer à l'hôpital ? Il y a neuf mois ? Putain, Marcus…

— Tu t'attires des ennuis même quand tu es inconscient, fit Diesel, aussi stupéfait qu'inquiet.

— La menace la plus grave, cette semaine-là, venait de Leslie McCord, dit Scarlett. Mais elle était déjà morte quand Marcus a été hospitalisé. Il manque une pièce du puzzle. Quels sont vos souvenirs de cette enquête ?

Stone et Diesel tressaillirent tous les deux.

— Ça a été l'une des pires, dit Diesel tout bas. Je… Je n'arrive toujours pas à oublier ces photos, et je n'en ai regardé que quelques-unes. Dès que j'ai compris ce que McCord collectionnait sur son disque dur personnel, j'ai renoncé à tout éplucher en détail.

— C'est moi qui ai écrit l'article, fit Stone. Avant de le mettre en ligne, on a refilé l'info à l'ICAC, la brigade de répression des crimes contre les enfants commis sur Internet. Dès que les policiers ont confisqué l'ordi de McCord, on a publié toute l'histoire.

— Où sont ces photos, maintenant ? demanda Scarlett.

— Entre les mains de l'ICAC, répondit Stone. Nous n'en avons pas conservé de copies.

— Je fais toujours des sauvegardes des disques durs que je pirate, dit Diesel, sauf quand il y a des photos d'enfants. Je n'en veux pas, ça me fout trop les boules.

— Vous n'êtes pas le seul, dit Scarlett. Je peux voir vos notes ?

Stone chercha sur son ordinateur pendant une poignée de secondes et, quelques instants plus tard, son imprimante crachait des feuilles A4.

— Voici l'article, ainsi que toutes les notes que j'ai prises au cours de l'enquête. Ce sont des garçons de l'équipe de football de son lycée qui nous ont prévenus que McCord se montrait un peu trop amical avec certains de ses élèves. Marcus était l'un des entraîneurs bénévoles de cette équipe.

— Le *Ledger* parraine des activités sportives pratiquées par les jeunes, expliqua Marcus. C'est un environnement qui peut les rendre vulnérables et qui attire toutes sortes de prédateurs, mais il favorise aussi l'esprit collectif.

— En fait, ce n'est pas le *Ledger* à proprement parler qui sponsorise ces équipes, rectifia Diesel en se tournant vers Scarlett. C'est une idée de Marcus. Et il finance tout ça de sa poche.

Elle leva la tête pour sourire au colosse et effleura la cuisse de Marcus, qui était assis à côté d'elle.

— Ça ne m'étonne pas, dit-elle.

Embarrassé, Marcus leva les yeux au ciel.

— Certains gamins préfèrent se confier à leur entraîneur qu'à leur professeur… surtout quand le professeur en question est un prédateur. McCord enseignait les sciences naturelles. Certains garçons étaient mal à l'aise quand il se montrait trop affectueux pendant les travaux pratiques en labo. Ils m'ont dit que les filles flippaient, elles aussi… Il n'y avait pas d'accusations précises… Mais j'ai quand même demandé à Diesel de se renseigner sur lui.

Diesel se frotta le crâne.

— Je ne m'attendais pas à tomber sur ce que j'ai découvert, dit-il. En fouinant dans certains ordinateurs, j'avais déjà vu des collections de photos pornos, dont certaines, même, avec des enfants… Mais la collection de McCord était… Il y avait des photos, des vidéos… De longues vidéos, pas des clips…

Il dut déglutir avant de poursuivre :

— J'ai cessé de les visionner dès que j'ai eu la certitude que c'était un pédophile. Sans vouloir vous offenser, inspectrice, je ne voue pas un amour immodéré à la police, mais je plains ceux de vos collègues qui ont dû analyser toute cette saloperie, dit-il en frissonnant.

— Moi aussi, dit Scarlett. Il n'y avait que des fichiers de ce type sur le disque dur de McCord ? Ou bien d'autres choses ?

— Il y avait d'autres fichiers, soupira Diesel. Du traitement de texte et des feuilles de calcul… Mais je ne les ai pas ouverts… Je me suis contenté de faire une recherche pour déterminer si d'autres images n'étaient pas incluses dans ces documents. Puis j'ai mis le disque de sauvegarde dans mon coffre-fort, à la maison.

Scarlett consulta Marcus du regard avant de dire :

— Il faudrait y jeter un coup d'œil. Je peux m'en charger, Marcus, si tu veux.

— Je veux bien, dit-il d'une voix sombre et tendue. Je crois que je n'en serais pas capable.

Scarlett lui effleura le genou et se mit à feuilleter les documents que Stone venait d'imprimer.

— Donc, vous prévenez l'ICAC par un coup de téléphone anonyme. Ils obtiennent un mandat de perquisition et ils tombent sur la collection de McCord. Il est arrêté, vous publiez votre article, le public frémit d'horreur. McCord perd son emploi et va en prison…

Elle tourna la page et fronça les sourcils.

— Il a engagé un avocat pour négocier avec l'accusation,

dit-elle. Négocier quoi ? Qu'avait-il à offrir en échange d'un adoucissement de sa peine ?

— Son avocat n'a pas voulu le dire, répondit Stone. Je l'avais harcelé pour qu'il crache le morceau. Ce n'est qu'après le suicide de McCord qu'il nous a révélé qu'il envisageait de balancer ses fournisseurs, dans le but d'être poursuivi non plus pour diffusion et recel de pornographie infantile, mais pour proxénétisme.

— Pour proxénétisme ? Ah bon ? Je sais que la peine minimale encourue est plus légère que pour la pédopornographie, mais qui dit proxénétisme dit rétribution financière. McCord aurait eu des révélations à faire sur un réseau de prostitution ?

— L'avocat ne m'en a pas dit davantage, dit Stone en haussant les épaules.

Scarlett trouva le nom de l'avocat dans les notes de Stone et effectua une brève recherche sur son téléphone portable.

— Merde, marmonna-t-elle, il ne pourra rien nous apprendre de plus… Il est mort.

Marcus se pencha par-dessus l'épaule de Scarlett pour lire en même temps qu'elle.

— Il est mort dans l'incendie de son cabinet, dit-il. Un incendie criminel…

— Ils ont fait le ménage, commenta Scarlett. Toutes les personnes qui pourraient nous apprendre plus précisément ce que McCord comptait divulguer sont mortes…

Elle reposa la feuille et exprima à haute voix la pensée qui lui trottait dans la tête depuis qu'ils avaient quitté l'hôtel :

— Demetrius a vendu les Bautista à Chip Anders… Il procurait peut-être des enfants à McCord pour…

— Pour Dieu sait quoi, grinça Marcus.

— Il faut qu'on épluche ces fichiers, Diesel, dit Scarlett. On peut se retrouver chez vous.

— Je vais y aller et vous les rapporter, répondit sèchement Diesel.

Scarlett aurait voulu protester, mais elle sentit subitement une indéfinissable tension s'installer dans la pièce. Elle effleura furtivement le genou de Marcus.

— Désolé, mais nous n'avons pas le temps, dit Marcus à Diesel. Il faut qu'on aille au Meadow. C'est un centre d'accueil situé dans Race Street.

— Je connais, dit Diesel avec raideur. Je vous rejoins là-bas le plus vite possible.

Ils se séparèrent, et Scarlett attendit d'être seule avec Marcus dans son bureau pour lui poser la question qui lui brûlait les lèvres :

— Je ne voulais pas le vexer, dit-elle. Qu'est-ce que j'ai dit de mal ?

Il lui posa une main sur l'épaule et la lui massa doucement.

— Rien, répondit-il. C'est Diesel qui a un problème. Il n'aime pas recevoir des gens chez lui. Même moi, je n'y suis allé que deux ou trois fois… J'ai peur de voir ce qu'il déniche en piratant les ordinateurs des maltraitants.

— Je te comprends. Je n'ai pas osé demander plus de détails, ni à lui ni à Stone… Je…

Elle songea à ce que Marcus lui avait raconté au sujet de son frère et à tout ce qu'il avait laissé entendre, sans trouver les mots pour le dire.

— Diesel aussi ? demanda-t-elle sobrement.

— Je ne sais pas, murmura Marcus. Il ne m'en a jamais parlé. Je ne lui ai jamais posé la question…

Il se redressa, embrassa Scarlett sur le front et dit plus fermement :

— Allons-y, ou il arrivera au centre d'accueil avant nous. Il habite à deux pas.

Il sortit un vieil ordinateur portable d'un tiroir et le fourra dans son sac.

— Pourquoi emportes-tu cet ordinateur pourri ?

— Il n'est pas connecté à Internet, on pourra s'en servir pour lire les fichiers. Je ne veux pas prendre le risque de contaminer le serveur du *Ledger* avec un virus.

— C'est Diesel qui t'a appris à être aussi prudent ?

— Non, j'ai quand même quelques réflexes… Même si je ne lui arrive pas à la cheville. Lui, il est imbattable.

Il mit son sac en bandoulière puis embrassa Scarlett, toujours avec la même passion.

— Pour se donner du courage, chuchota-t-il.

Chapitre 32

Cincinnati, Ohio
Mercredi 5 août, 16 h 30

— Ça fait des années que je ne suis pas allé au Meadow, dit Marcus.

Il était assis sur le siège passager et scrutait les toits des alentours tandis qu'ils approchaient du centre d'accueil. À cette heure de l'après-midi, il aurait pu apercevoir un reflet sur le canon d'un fusil, ce qui leur aurait donné une fraction de seconde pour se jeter à terre. Parfois, cela suffisait à rester en vie.

Scarlett regardait droit devant elle en conduisant, guettant chaque ombre furtive, chaque mouvement suspect.

— Tu connais cet endroit ? s'étonna-t-elle.

Dans la mémoire de Marcus, le centre Lorelle E. Meadow existait depuis toujours. Situé dans un quartier du centre qui ne s'était pas encore embourgeoisé, il était pris en étau entre deux immeubles dont les fenêtres étaient déjà obturées par des panneaux de bois quand Marcus était enfant.

— Jeremy nous emmenait souvent ici le samedi, moi et Stone, pour aider les bénévoles qui servent des repas chauds gratuits, pendant qu'il recevait les malades au dispensaire du centre. On a fait ça pendant des années. On était les seuls bénévoles à venir avec nos gardes du corps, précisa-t-il d'un ton narquois. Maman ne nous aurait pas laissés y aller sans protection.

— Je la comprends.

— Ainsi que Jeremy. Il venait avec Sammy.

— Sammy, le premier compagnon de Jeremy ? Stone nous en avait parlé en novembre dernier, quand on l'a interrogé avec Deacon. Il nous a dit que Sammy était mort dans l'accident de voiture où Jeremy a eu les mains brûlées. Et qu'ensuite Jeremy a épousé Keith, un vieil ami du lycée.

Marcus hocha la tête, heureux de constater qu'elle se souvenait de l'histoire de sa famille, qui n'était certes pas banale.

— C'est ça, dit-il. À l'époque, on ne savait pas que Sammy et Jeremy étaient amants…

Il eut un petit sourire triste avant d'ajouter :

— Je ne crois pas que Jeremy soit revenu au Meadow depuis la mort de Sammy. Ça lui a fait un tel choc… Il était complètement paumé.

— Et c'est à cette époque que… que Mikhail a été conçu ?

— Oui…

Même si Marcus comprenait pourquoi sa mère n'avait révélé à personne l'identité du père de Mikhail, il lui en voulait quand même d'avoir privé Jeremy de son fils. Et Mikhail de son père. C'était tellement triste… Mais Della avait eu peur que Keith s'en prenne à Mikhail s'il apprenait que Jeremy était venu chercher du réconfort dans les bras de son ex-épouse.

— Je me demande souvent si cela aurait changé les rapports de Jeremy avec Mikhail, dit Marcus. Il le traitait aussi bien que nous et le considérait tout autant comme un fils, quand il venait nous rendre visite. Et dire que Mikhail était en fait le seul de nous trois à être biologiquement le sien…

— Que veux-tu dire ? Qu'est-ce qui aurait changé ?

— Jeremy nous voyait tous les jours, Stone et moi. Il était notre papa. Il vérifiait qu'on mangeait des légumes verts, qu'on faisait nos devoirs… Et il faisait en sorte qu'on ait bien conscience d'être des privilégiés. Il tenait à ce qu'on s'acquitte de cette dette envers les plus pauvres et les plus faibles. Mikhail n'a pas bénéficié de cette éducation ouverte et humaniste. Quand je suis revenu de l'armée, il avait douze ans et j'ai été choqué de voir qu'il était devenu un enfant gâté, dans toute sa splendeur. Alors j'ai fait avec lui ce que Jeremy a fait avec moi.

— Je ne savais pas que vous étiez aussi proches.

Marcus hocha la tête et sentit sa gorge se contracter.

— Pendant les cinq dernières années de sa vie, nous l'étions énormément. Je le faisais travailler comme livreur de journaux pour le *Ledger*. Je lui interdisais de sortir le soir. Je veillais à ce qu'il fasse ses devoirs. Et je l'obligeais à travailler sur les chantiers de construction que Diesel dirigeait. Au début, il s'en est plaint, mais ce boulot a fini par lui plaire…

Il ajouta, avec un sourire aux lèvres :

— Surtout quand, grâce à ce travail très physique, il a commencé à se muscler, parce que les filles s'intéressaient plus à lui… Mais maman le couvait trop. Il était sans cesse protégé par des gardes du corps et ne se retrouvait jamais seul. Il était comme un lion en cage. J'ai convaincu maman de lui laisser un peu plus de liberté et, quand il a eu seize ans, de lui acheter une voiture…

Il ferma les yeux et dut se faire violence pour ajouter d'une voix blanche :

— Quand il a fugué, je me suis senti responsable. Il est allé chercher son copain et ils sont allés à la cabane dans cette voiture. Là-bas, il a donné les clés de la voiture à son copain et lui a demandé de venir le chercher une semaine plus tard…

— Tu n'es pas responsable, Marcus, protesta Scarlett. Le seul coupable, c'est le monstre qui l'a tué.

— Je savais que maman s'inquiétait pour lui, tous les jours de la semaine. Mais je ne voulais pas qu'il devienne craintif et introverti, comme Stone et moi… On avait peur de dormir dans le noir et on laissait la lumière allumée toute la nuit. On a fini par surmonter cette phobie de l'obscurité, mais ça a duré longtemps. Ne le répète à personne…

— Tu peux me faire confiance.

— Je sais.

Marcus haussa les épaules et ajouta :

— Si je te le demande, c'est parce que ce n'est pas très… viril d'avoir peur du noir.

— Ça n'a rien à voir avec la virilité, dit Scarlett en souriant. Et tu n'as pas à te reprocher d'avoir aimé ton petit frère. Tu voulais qu'il mène une vie plus heureuse et qu'il devienne une personne intègre et ouverte. Et tu as voulu lui montrer comment mûrir…

Elle déglutit et son regard se voila subitement.

— Tes enfants auront de la chance d'avoir un père comme toi, Marcus O'Bannion, murmura-t-elle d'une voix émue.

Marcus sentit son cœur s'emballer.

— Merci, fit-il.

Scarlett s'arrêta devant le refuge pour SDF et s'essuya les yeux.

— Je pense que c'est bon, dit-elle après avoir scruté la rue et les toits. Vas-y, et n'oublie pas de baisser la tête.

— Oui, chef, dit-il d'une voix docile.

Ils franchirent la porte du centre d'accueil sans encombre et tombèrent nez à nez avec Diesel, qui les attendait dans l'entrée.

— J'ai apporté les fichiers, dit-il.

Il exhiba un petit disque dur externe qu'il tendit à Scarlett d'une main crispée, comme s'il lui brûlait les doigts. Elle le rangea dans sa poche.

— Merci, dit-elle. Je vous revaudrai ça.

— Diesel !

Ce cri joyeux avait été poussé par un petit garçon de cinq ou six ans, appuyé sur des béquilles, qui vint à sa rencontre clopin-clopant. Sa jambe droite était prise dans un plâtre vert pomme.

Diesel baissa la tête et jeta un regard surpris à l'enfant.

— Emilio ? fit-il.

Il mit un genou à terre et demanda :

— Qu'est-ce que tu fais là, petit ? Et qu'est-ce qui est arrivé à ta jambe ?

Scarlett se tourna vers Marcus, en quête d'une explication.

— Ce gamin joue au foot dans l'équipe des poussins, chuchota Marcus. C'est Diesel qui les entraîne.

Le regard ébahi de Scarlett aurait mérité une photo.

Même agenouillé, Diesel dominait Emilio qui leva les yeux, en adoration devant ce doux géant.

— Mon frère a une bronchite, dit-il. Ma mamie l'a emmené voir le docteur Dani.

— Je ne le connais pas, celui-là, fit Diesel.

Le petit garçon pouffa de rire.

— C'est une dame ! dit-il.

— Dani est la sœur de Deacon Novak, expliqua Scarlett. Elle doit être avec Tommy et Edna, les deux personnes que nous sommes venus interroger.

— La sœur de Deacon ? Elle a des cheveux blancs, comme lui ?

— Eh bien, elle ressemble plutôt à Malicia dans *X-Men*… Elle a les cheveux noirs avec des mèches blanches.

Le sourire d'Emilio se fit coquin.

— Dani est très jolie, dit-il à Diesel. Tu veux que je te la montre ?

Marcus avait rencontré Dani Novak lorsqu'elle était venue le voir à l'hôpital. Au cours des derniers mois, elle avait accompagné Deacon et Faith à plusieurs fêtes chez Jeremy et avait conquis le père adoptif de Marcus en se montrant capable de citer plusieurs phrases de son dernier article dans le *Journal of Medicine*. Dani était sympathique et drôle, et elle avait un air de famille évident avec Deacon. En outre, Emilio ne s'était pas trompé : elle était en effet très jolie, mais pas aussi belle, aux yeux de Marcus, que son inspectrice adorée.

D'ailleurs, si la vue des flics, avec ou sans uniforme, provoquait des troubles phobiques chez Stone, celle des médecins en blouse blanche avait le même effet sur Diesel.

Marcus se demanda quelle tête il ferait face à la jolie sœur de Deacon.

Diesel ébouriffa les cheveux d'Emilio.

— Pas aujourd'hui, petit, chuchota-t-il en se penchant vers l'enfant. Comme j'ai une peur bleue des seringues, j'évite les docteurs, sauf cas de force majeure. Même celles qui sont jolies. Tu vas cafter ?

— Non, dit Emilio avec le plus grand sérieux. Juré. Mais elle est vraiment sympa. Elle te plairait…

— Je n'en doute pas, répliqua Diesel. Mais je passe mon tour.

Emilio baissa la tête et demanda tout bas :

— C'est qui, eux ?

— Le gars, c'est M. Marcus. C'est mon chef mais c'est aussi mon ami. Et elle, c'est Mlle Scarlett. Ce n'est pas mon chef… C'est seulement mon amie.

Comprenant qu'elle venait juste d'être acceptée par Diesel, Scarlett ne put contenir un petit sourire ému.

— Je suis ravie de te rencontrer, Emilio, dit-elle. Il est trop cool, ton plâtre. Qu'est-ce qui t'est arrivé ?

— J'ai glissé en jouant au base-ball, expliqua le gamin d'un ton dépité. J'ai foncé pour attraper la balle et je suis tombé.

— Ouille, ça doit faire mal, ça, dit Diesel. Ça explique pourquoi tu as raté l'entraînement, jeudi dernier… Mais, si tu veux, tu peux venir quand même regarder les matchs et tenir le score. Tu sais compter et écrire les chiffres, hein ?

— Jusqu'à vingt.

— Ça devrait suffire, puisqu'on ne marque jamais beaucoup de buts, au foot. On pourrait…

— Emilio ! Où es-tu ? appela une voix féminine.

Dani Novak arriva en courant, sa blouse blanche flottant derrière elle.

Scarlett lui fit signe et dit :

— Il est avec nous, Dani.

Dani se précipita vers l'enfant.

— Tu sais que tu ne dois pas disparaître comme ça.

Surtout pas ici… Ta grand-mère est dans tous ses états. Elle a failli faire une crise cardiaque !

Surtout pas ici, songea Marcus, où les trois quarts des habitués étaient des SDF ou des toxicomanes, ou les deux à la fois. Dani jeta un regard méfiant à Diesel, toujours agenouillé à côté d'Emilio, et mit elle aussi un genou à terre, faisant à l'enfant un rempart de son corps. Ce qui était aussi ridicule qu'inutile. Avec ses cent vingt kilos de muscles, Diesel aurait pu la projeter dans les airs comme une poupée de chiffon.

Mais malgré son crâne rasé et ses tatouages impressionnants, Diesel était d'une gentillesse peu commune — sauf avec les criminels qu'il écrasait comme des punaises quand l'occasion s'en présentait. Et, d'ailleurs, il n'était pas en état de menacer qui que ce soit. Figé sur place, il fixait la blouse blanche de Dani comme une bête malfaisante prête à se jeter sur lui. Marcus envisagea d'intervenir et de trouver un prétexte pour renvoyer Dani à son dispensaire, mais se ravisa. Il était temps que Diesel surmonte ses phobies.

— Mais si mamie avait eu une crise cardiaque en vrai, tu l'aurais réparée, dit Emilio à Dani. Elle dit tout le temps que tu fais des miracles.

Dani se pinça les lèvres et baissa enfin sa garde. Un sourire radieux vint éclairer son visage.

— Petit charmeur, va ! fit-elle. Ce n'est pas sûr que j'arrive à la réparer. Alors, mieux vaut ne pas prendre le risque, hein ?

Elle lui ouvrit les bras et ajouta :

— Il est temps que tu ailles la retrouver.

— Attends ! dit Emilio en lui tirant sur la main. Regarde, c'est mon entraîneur, Diesel.

Dani haussa les sourcils.

— C'est celui qui t'encourage à faire le fou ?

Diesel redressa les épaules et il inspira profondément.

— Non, madame, murmura-t-il.

Au son de sa voix, Dani inclina la tête comme Marcus avait souvent vu Deacon le faire.

— Non, confirma Emilio. Je me suis fait mal en jouant au base-ball. Diesel nous entraîne au foot.

Dani gratifia Diesel d'un large sourire.

— Bonjour, je suis le docteur Novak, mais tout le monde m'appelle Dani.

Diesel redressa la tête mais ne dit rien. Son silence dura si longtemps que Marcus, intrigué, se tourna vers lui et constata que les yeux de son ami étaient rivés sur ceux de Dani. Il paraissait à la fois stupéfait et fasciné. On aurait dit qu'un sortilège venait de le priver de l'usage de la parole.

Scarlett le prit en pitié et intervint :

— Diesel travaille avec Marcus au *Ledger*… Allez, Emilio. J'ai du travail, moi.

Et elle hissa le gamin dans ses bras, comme si elle faisait cela tous les jours. Ce n'était sans doute pas loin d'être le cas, d'ailleurs, étant donné qu'elle avait l'habitude de servir de baby-sitter à sa flopée de neveux et nièces. Elle venait de dire à Marcus qu'il ferait un excellent papa. *Eh bien, elle, elle ferait une excellente maman,* songea-t-il, grisé par cette pensée : fonder sa propre famille. Cette idée l'absorba tellement qu'il mit un moment à se rendre compte qu'Emilio avait cessé de sourire et s'était figé. Le gamin jeta un regard alarmé à Dani puis à la bosse que formait l'arme de service de Scarlett sous son blouson. Il avait dû la frôler lorsqu'elle l'avait pris dans ses bras.

— Mon pistolet…, murmura-t-elle à Dani, qui était aussi immobile que le petit garçon.

— Ce n'est rien, Emilio, dit Dani à celui-ci en lui massant doucement le dos. C'est une policière. C'est la coéquipière de mon frère.

Emilio écarquilla les yeux et parut un peu rassuré.

Dani ramassa ses béquilles et dit à Scarlett :

— Tommy et Edna sont dans la salle d'attente. Vous venez, Marcus ? Et vous, Diesel ?

— On vous rejoint dans un instant, dit Marcus.

Lorsque les femmes eurent passé la porte du dispensaire,

Marcus empoigna le biceps de Diesel et le remit tant bien que mal sur ses pieds.

— Il va falloir y aller doucement avec la bière, dit-il. Tu t'empâtes…

Diesel ne réagit pas. Son regard était toujours fixé sur la porte que venait de franchir Dani. Marcus agita la main devant le visage de son ami.

— Ho ! Diesel ! Il y a quelqu'un ?

Diesel hocha la tête lentement. Puis il tourna les talons et sortit du centre d'accueil, sans prononcer le moindre mot. Marcus le suivit jusqu'à la porte et le regarda descendre, d'un seul pas de géant, les quatre marches du perron.

— Diesel ! Kennedy ! Stop !

Diesel se retourna et leva les yeux vers Marcus. S'attendant à voir le regard hébété et vitreux qu'il avait toujours après un accès de panique, Marcus fut surpris d'y lire la plus intense détresse.

— Attends, Diesel !

Il allait descendre les marches à son tour pour rattraper Diesel lorsqu'il se souvint qu'il avait promis à Scarlett de rester à couvert.

— Dis quelque chose, le supplia-t-il.

— Ne t'en fais pas, Marcus. Reste avec ton inspectrice. À plus tard.

Cincinnati, Ohio
Mercredi 5 août, 16 h 50

— Alors ? chuchota Dani lorsqu'elle se trouva seule avec Scarlett dans le couloir du dispensaire. Toi et Marcus… ?

— Tout à fait, répondit Scarlett.

Elle risqua un regard vers le visage de Dani et constata que son amie souriait.

— Ça fait longtemps que je ne pense qu'à lui, précisa-t-elle. Mais je ne savais pas que c'était réciproque.

— Je suis vraiment heureuse pour toi. Depuis que Faith m'a appelée pour m'annoncer la nouvelle…

— Je ne pensais pas que ça resterait secret longtemps, dit Scarlett d'un ton ironique. Vu le temps que vous passez toutes les deux au téléphone… Mais là, vingt-quatre heures à peine, c'est un record.

Elle posa Emilio à terre et Dani lui rendit ses béquilles. Le petit garçon clopina jusqu'à l'endroit où était assise sa grand-mère, qui se mit aussitôt à le réprimander.

Dani regarda par-dessus son épaule, et son sourire s'estompa.

— L'ami de Marcus va bien ? demanda-t-elle. Je n'ai pas voulu le mettre mal à l'aise en lui demandant ce qui n'allait pas, mais il n'avait pas l'air dans son assiette.

— Je n'en sais rien. Je le connais depuis hier soir. Mais je sens bien qu'il cache des blessures profondes. À part ça, je pense que c'est un brave type. Marcus m'en dira plus, si ce n'est pas un secret. Sinon…

Elle haussa les épaules.

— Je sais, dit Dani. Je ne peux pas m'empêcher de vouloir soigner les gens…

Elle tendit le doigt vers le fond de la pièce, où Tommy et Edna étaient en train de ronfler devant la télévision.

— Bon, mes patients m'attendent, dit-elle. Je te laisse faire ton boulot.

— Merci de les avoir retenus ici, Dani.

Scarlett étudia un instant le visage de son amie et décela de gros cernes sous son joli maquillage.

— Et toi ? demanda Scarlett. Tu es sûre que ça va bien ?

Dani lâcha un soupir.

— Je suis très fatiguée. Et nauséeuse. Mais mon hémato complet est redevenu normal, donc je suis censée être en bonne santé. Je suis simplement un peu stressée parce que je ne sais pas ce qui m'attend.

Dani, qui travaillait auparavant aux urgences dans un hôpital, avait pris un congé sans solde lorsque sa séropositivité au VIH avait été révélée. Elle jeta un regard las à la salle d'attente bondée de patients.

— J'adore travailler ici, dit-elle, mais ça ne paye pas mes factures, surtout depuis que je suis revenue dans mon appartement. Mais au moins, je dors à peu près bien… Chez Deacon et Faith, je n'arrivais pas à fermer l'œil de la nuit. Ils faisaient un de ces boucans… « Oooh, Deacon, c'est si bon ! » roucoula-t-elle en imitant la voix de Faith.

Scarlett éclata de rire.

— Je sais, dit-elle. J'en suis arrivée au point où je n'ose plus téléphoner chez lui. Chaque fois que j'appelle, je les interromps en pleine action.

Dani inclina la tête.

— Je ne t'avais pas entendue rire comme ça depuis… En fait je crois bien que je ne t'ai jamais entendue rire aussi fort. Tant mieux. Marcus a une bonne influence sur toi…

Son regard se fit nostalgique, et elle se força à sourire.

— Bon, il faut que j'y aille, dit-elle. Veille bien sur lui, et fais attention à toi.

— Il y a une chambre de libre chez moi, si tu décides de quitter ton appartement, proposa Scarlett.

Dani recula de quelques pas en direction de son bureau, secouant la tête.

— Non merci, dit-elle d'un ton désinvolte. Il faudrait que je supporte tes : « Oooh, Marcus, c'est si bon ! »

Elle pouffa de rire en voyant Scarlett rougir puis l'embrassa.

— Allez, à bientôt, fit-elle.

Scarlett sentit Marcus approcher derrière elle.

— Qu'est-ce qu'il y a de si drôle ? demanda-t-il.

— Oh ! tu connais Dani… Faith et elle ont parlé de… de nous.

Elle l'observa un instant et s'aperçut qu'il était inquiet à cause du départ précipité de Diesel.

— Je sais, je sais, dit-elle doucement. Certains de tes secrets ne concernent pas que toi. Mais sache que tu peux te confier à moi si nécessaire.

— Merci.

Il l'attira vers lui et ils échangèrent un long baiser.

— Merci pour ça, aussi, dit-il ensuite. J'en avais bien besoin.

Il scruta la salle d'attente et demanda :

— Ce sont eux, Tommy et Edna ?

— Oui. Je vais les réveiller.

Elle sortit son téléphone portable et consulta sa messagerie.

— J'ai demandé à l'assistant d'Isenberg de m'envoyer un jeu de photos comprenant celle de Drake Connor, au cas où ils l'auraient vu du côté de la ruelle, la nuit du crime. Et ne fais pas attention à Tommy… Il va faire au moins une demande en mariage pendant l'entretien.

— À toi ou à moi ? plaisanta Marcus.

— Edna pourrait te le proposer de son côté. On organisera un double mariage.

— Tu les connais depuis longtemps ?

— Oui. Quand je suis sortie de l'école de police, j'ai bossé dans ce quartier pendant un bon bout de temps. J'ai essayé de leur trouver un logement à plusieurs reprises… Mais ils ont choisi de vivre comme ça.

Elle marcha jusqu'au banc où ils s'étaient assoupis et les secoua doucement.

— Tommy, Edna… Réveillez-vous !

Edna s'éveilla en sursaut tandis que Tommy émergeait lentement de son sommeil. Edna regarda autour d'elle, désorientée, mais elle se détendit quand elle vit Scarlett.

— Bonjour, inspectrice Bishop. Y paraît que tu voulais nous parler.

— Mam'selle Scarlett, dit Tommy avec son accent traînant du Sud. Je savais bien que tu finirais par dire oui. Où est-ce que tu m'emmènes pour notre lune de miel ? Vaudrait mieux aller à la montagne… Il fait frais, là-bas.

Scarlett s'accroupit pour ne pas les dominer du regard et dit :

— Malheureusement, il va falloir reporter ça à plus tard, Tommy. Vous vous souvenez de la dernière fois où on s'est vus ?

Edna hocha la tête.

— Oui, dit-elle. C'est quand cette pauvre fille a été tuée. Tu t'es mise à courir…

— Je suis revenue vous voir après, mais vous étiez déjà partis.

Une grimace vint déformer le visage d'Edna.

— Trop de flics et de gyrophares, dit-elle. On a pris nos affaires et on s'est trouvé un coin plus peinard.

Elle leva les yeux et demanda :

— C'est qui, celui-là ?

— Il s'appelle Marcus. C'est lui, l'homme avec qui j'avais rendez-vous. Il était venu en aide à la jeune fille, parce qu'elle était maltraitée par les gens chez qui elle vivait. Celui qui l'a tuée voulait l'empêcher de parler à Marcus. Vous avez vu autre chose ? Par exemple, quelqu'un qui s'enfuyait ?

— Y avait plein de gens qui s'enfuyaient, dit Tommy. Quand les gens d'ici entendent des coups de feu, ils se carapatent parce qu'ils ont peur que les flics croient que c'est eux qu'ont tiré et qu'ils les flinguent.

Il haussa les épaules avant d'ajouter :

— Peut-être bien qu'ils ont raison de filer comme ça. Les flics, ils ont tendance à tirer sur tout ce qui bouge, par ici… Mais toi, t'es pas comme eux, mam'selle Scarlett. Et lui ?

— Marcus ? Il n'est pas policier, il est journaliste.

— Tant mieux. J'aimerais pas que tu renonces à m'épouser pour un flicard. Je t'ai vue l'embrasser.

— Vous êtes une vraie petite fouine, dit Scarlett en souriant. Vous faisiez semblant de dormir.

Tommy ne lui rendit pas son sourire.

— Je dors avec les yeux ouverts, mam'selle Scarlett, déclara-t-il le plus sérieusement du monde.

— Les flics nous en font baver, des fois, dit Edna. Ils nous bousculent, ils nous secouent, ils nous gueulent dessus… « Fichez le camp ! Vous pouvez pas dormir là ! » qu'ils disent. Ça fait des années qu'on dort dans ce coin… Je vois pas pourquoi ils nous emmerdent comme ça.

Le quartier avait été le théâtre d'émeutes raciales une

décennie auparavant. Même si les conditions de vie s'étaient nettement améliorées depuis, de nombreux habitants craignaient encore la police et s'en méfiaient.

— Je suis désolée, dit sobrement Scarlett.

Elle se garda bien de leur dire que la plupart des flics qui les faisaient déguerpir ne cherchaient qu'à les protéger.

— Avez-vous vu courir quelqu'un qui ne semblait pas être du quartier ?

Edna hésita.

— Je veux pas avoir d'ennuis, dit-elle au bout d'un moment.

Scarlett attendit patiemment. Edna finit par lâcher un soupir, long et profond.

— Bon, dit-elle. Oui, je l'ai vu.

Elle désigna Marcus et dit :

— Je l'ai vu courir, lui.

— Je sais que Marcus était là, dit doucement Scarlett. Un des coups de feu que vous avez entendus le visait. Heureusement pour lui, il portait un gilet pare-balles… Sinon, il ne serait plus de ce monde.

Edna observa attentivement Marcus avant de dire :

— Ç'aurait été dommage qu'un beau gosse comme lui reste sur le carreau. Mais y avait un autre gars… Un Blanc. Un jeunot. Il courait comme un lièvre. Il a sauté par-dessus une poubelle renversée comme un de ces gars aux Jeux olympiques.

— Comme au 110 mètres haies, vous voulez dire ? demanda Scarlett.

Les collègues de Detroit lui avaient envoyé un rapport sur les antécédents de Drake. Il avait pratiqué l'athlétisme au lycée et s'était distingué dans la course d'obstacles.

— Vous avez vu son visage ? demanda Scarlett.

— Ouais, répondit Edna. Il est passé juste devant moi.

— Moi, j'avais les yeux sur son flingue, dit Tommy. On aurait dit un de ces couillons des gangs du quartier.

— Pourquoi est-ce que vous ne me l'avez pas dit ?

— Parce que t'as pas…

— Je sais, l'interrompit Scarlett en agitant la main. Je ne vous ai pas posé la question.

— Non, protesta Tommy, j'allais dire que c'est parce que tu es pas restée assez longtemps pour qu'on parle. T'es partie comme une balle.

Scarlett se sentit bien bête, tout d'un coup.

— Vous croyez que vous pourriez l'identifier ? demanda-t-elle.

Tommy secoua vigoureusement la tête et dit d'un ton prudent :

— Tous les Blancs se ressemblent, à mes yeux.

— Pas question qu'on mette les pieds dans un commissariat, inspectrice, dit fermement Edna en se croisant les bras.

— Pas de problème. Je vais vous montrer quelques photos, dit Scarlett.

Elle brandit son téléphone pour qu'ils puissent voir l'écran, et fit défiler les photos que l'assistant d'Isenberg lui avait transmises. Elle se promit de persuader Edna de venir au commissariat pour une identification en bonne et due forme, si nécessaire.

— C'est lui, déclara Edna dès qu'elle vit la photo de Drake Connor.

Bingo ! On te tient, Drake. Scarlett s'efforça de rester impassible, alors qu'elle jubilait intérieurement.

— Dans quelle direction a-t-il filé, après être passé devant vous ?

— Il a couru jusqu'au bout de la rue et il est monté dans une bagnole de luxe, côté passager.

— Une Mercedes, précisa Tommy avec une pointe d'admiration. Gris métallisé. Elle brillait sous le réverbère et elle a démarré en moins de deux.

Excellent, songea Scarlett. Comme par hasard, une Mercedes gris métallisé était enregistrée au nom de Stephanie Anders… Elle envoya immédiatement un texto à Vince Tanaka :

Cherchez des éléments qui indiqueraient que Drake

Connor et Tala Bautista sont montés dans la Mercedes qu'on a trouvée dans le garage des Anders.

— Vous avez vu qui était au volant ? demanda-t-elle.

— Une fille, répondit Tommy.

— Ça m'étonne pas que t'aies remarqué cette fille, commenta Edna d'une voix acerbe.

— Et toi, t'as bien remarqué le gars, riposta Tommy. Et puis, c'est pas parce qu'il y a de la neige sur le toit que le feu est éteint dans la cheminée.

— Oh ! il est bien éteint, ce feu, répliqua Edna. Et, de toute façon, ça n'a jamais été qu'un feu de brindilles…

— À quoi ressemblait-elle, cette conductrice ?

— Elle était jolie, répondit Tommy. Mais pas aussi jolie que toi.

— C'est bon à savoir, dit Scarlett. Des détails ? Couleur des cheveux, de la peau ?

— Elle était blonde et blanche. Elle avait des boucles d'oreilles avec des brillants. Ses ongles étaient rouges… et longs comme des griffes. Elle tenait le volant comme ça…

Il tendit les deux mains en pliant le pouce et en écartant les doigts avant d'ajouter :

— C'est tout ce que j'ai eu le temps de voir

— C'est déjà beaucoup. Merci à tous les deux.

Edna fronça les sourcils d'un air inquiet.

— Il va chercher à nous retrouver, le gars ?

— Non, répondit Scarlett. Il est en garde à vue à quatre cents kilomètres d'ici.

— Ben tant mieux.

— C'est aussi mon avis, acquiesça Scarlett. Bon, les amis, restez bien au frais, hein ? Il fait une chaleur à mourir, dehors.

Tommy désigna Marcus et demanda :

— Il est muet ?

Scarlett éclata de rire.

— Pas du tout, répondit-elle. Pourquoi ?

— Je voudrais qu'il reste un peu avec nous. Allez, file, mam'selle Scarlett… Je veux lui causer d'homme à homme.

Scarlett jeta un coup d'œil à Marcus et haussa les épaules. Puis elle se leva et marcha jusqu'à la porte, à l'autre bout de la vaste salle d'attente, où elle s'arrêta pour envoyer un compte rendu à Isenberg et à Deacon, tout en épiant du coin de l'œil Tommy, Edna et Marcus.

> Les témoins ont identifié Drake Connor comme ayant fui la scène de crime juste après le meurtre de Tala Bautista. Il était armé et est monté dans une Mercedes gris métallisé. J'ai récupéré des fichiers concernant l'enquête du *Ledger* sur Woody McCord. Il est possible que McCord ait envisagé de dénoncer son fournisseur. Trafic d'enfants ou d'adultes. Probablement pour des films pédopornographiques. McCord est mort dans sa cellule, son avocat est décédé peu après dans un incendie criminel. L'épouse de McCord est morte quelques jours après son mari. Toutes les personnes liées à McCord sont décédées. Il est possible que le réseau auquel appartient le dénommé Demetrius ait fourni des enfants à McCord comme il a fourni des esclaves à Anders. Je me dirige vers le CPD.

Vingt secondes plus tard, elle reçut un appel d'Isenberg.

— Vous avez fait du bon boulot, inspectrice, lui dit sa chef.

Scarlett étouffa un soupir agacé en constatant qu'elle lui donnait encore de l'« inspectrice » au lieu de l'appeler par son prénom.

— Merci, lieutenant, répondit-elle sur le même ton sec. Je ne suis pas dans un endroit où je peux parler librement.

— Compris. Contentez-vous d'écouter. L'agent Coppola a fini d'interroger le technicien de CGS. Elle avait raison. Ce type était tellement secoué par la tentative de meurtre à laquelle il venait d'échapper qu'il a répondu à toutes nos questions en échange de notre protection. Le nom de son acheteur de bracelets électroniques est Demetrius Russell. Le technicien mettait régulièrement de côté des bracelets qu'il déclarait défectueux, puis il les vendait à Demetrius, qui le payait toujours en espèces.

— C'est donc bien Demetrius le lien…

— Tout à fait. Le type a avoué qu'il lui vendait jusqu'à deux cents bracelets par an.

Scarlett en resta bouche bée.

— Ça fait beaucoup… Comment a-t-il fait pour ne pas se faire remarquer par sa hiérarchie ?

— Il le faisait avec la complicité de son chef de service, qui touchait sa part. Le FBI vient d'envoyer une équipe pour l'arrêter.

— Relisez la septième phrase de mon compte rendu.

— Celle où vous écrivez que McCord est mort en prison ? Vous pensez qu'il a été assassiné ? Et que son suicide était un simulacre ?

— Oui. Je pense qu'il faut qu'on fasse attention au technicien de CGS.

— Je vais faire doubler sa garde, dit Isenberg. Et j'ai d'autres nouvelles… Nous en savons plus sur la personne qui a tenté de l'assassiner. Les experts du FBI ont fait du bon travail avec leur logiciel de reconnaissance faciale. La fille s'appelle Alice Newman et elle est diplômée en droit de l'université du Kentucky.

— Et elle se balade sur les toits pour tirer sur des témoins gênants… Logique.

— Nous avons réagi comme vous en l'apprenant. Elle n'a toujours pas ouvert la bouche, sauf pour réclamer un avocat… Mais on a trouvé sur son portable des photos du suspect qu'elle a tenté de tuer aujourd'hui. Et de Marcus…

Scarlett se sentit frémir. Elle se racla la gorge et parvint à dire d'une voix égale :

— Je vois.

Elle se tourna vers Marcus et les deux vieux clochards, et ressentit une peur si intense que ses genoux faillirent lâcher. Demetrius avait tenté de tuer Marcus neuf mois plus tôt, il avait recommencé à deux reprises la veille… Et cette femme semblait avoir pris le relais après le double échec de son probable complice.

« Il y avait une autre personne… Une femme… »

Une femme qui faisait le guet dans le couloir pendant

que Demetrius tentait d'étouffer Marcus sous un oreiller. Scarlett supposa que cette femme était la même que celle qui l'avait accompagné lors du transfert des Bautista à Cincinnati — et qui se prénommait Alice, selon les Bautista.

— Vous avez enregistré la voix de cette femme ? demanda-t-elle à sa chef. Même si ce n'est que pour réclamer un avocat…

— Oui. Nous la filmons et l'enregistrons depuis qu'elle est en garde à vue. Pourquoi ?

Parce que, même si elle s'obstinait à refuser de parler, je pourrais faire entendre le son de sa voix à Marcus et aux Bautista.

— Je ne peux pas parler librement, dit-elle. Mais je vous rappellerai dès que je sortirai du refuge.

Elle raccrocha au moment où Marcus prenait congé de Tommy et Edna. L'amusement peiné qui se lisait dans son regard se mua en inquiétude dès qu'il croisa celui de Scarlett.

— Qu'y a-t-il ? demanda-t-il.

— Rien de grave, mais il faut qu'on aille au CPD tout de suite.

Quelques minutes plus tard, ils se trouvaient à bord de la voiture de Scarlett, en route pour le CPD.

— Qu'est-ce qui s'est passé ? s'enquit de nouveau Marcus.

Elle lui répéta tout ce qu'Isenberg venait de lui apprendre.

— La femme dont tu te souviens, celle qui était avec Demetrius et qui l'a prévenu pendant qu'il t'asphyxiait… Tu crois que tu pourrais reconnaître sa voix ?

— Je ne sais pas, dit-il franchement. Quelle importance ? Elle avait ma photo sur son portable. J'aurais sans doute été sa prochaine cible.

— Si tu identifiais sa voix, cela nous permettrait de faire le lien entre elle et Demetrius, ce qui ferait d'elle une complice de trafic d'êtres humains. Sans ça, elle risque de prétendre qu'elle n'est impliquée que dans la tentative de meurtre de cet après-midi.

Il haussa les sourcils.

— Tentative d'assassinat par un tueur à gages… C'est un

crime sévèrement puni, dit-il. C'est une très longue peine de prison qui l'attend, dans tous les cas de figure.

— Je sais, mais je veux que justice soit rendue à Tala. Je veux que chacune des personnes qui ont profité de ses trois ans de souffrance en paie chèrement le prix. Je voudrais qu'ils meurent. Faute de quoi, je veux qu'ils croupissent en prison jusqu'à la fin de leurs jours, afin qu'ils sachent ce qu'on ressent quand on est prisonnier et qu'on n'est plus maître de sa propre vie…

Les larmes lui piquaient les yeux, et c'est d'une voix tremblante qu'elle reprit :

— Je veux pouvoir regarder Malaya dans les yeux quand elle aura grandi, et je veux être certaine d'avoir fait tout ce qui est humainement possible pour faire en sorte que le sacrifice de sa mère n'ait pas été vain.

Marcus essuya du bout des doigts les larmes qui coulaient sur les joues de Scarlett.

— D'accord, dit-il. Je ferai de mon mieux.

— J'en suis sûre, murmura-t-elle sincèrement.

Elle se tut pendant quelques minutes, le temps de reprendre contenance. Elle s'était laissé déborder par ses émotions. Une fois de plus. Cela lui arrivait souvent quand elle était en compagnie de Marcus. Peut-être était-ce une bonne chose de laisser libre cours à sa sensibilité. En tout cas, elle se sentait mieux maintenant qu'elle lui avait confié ce qu'elle avait sur le cœur. Et cela ne semblait pas le déranger.

— Ça va, mam'selle Scarlett ? demanda-t-il en imitant la voix traînante et affectueuse de Tommy.

— Oui, répondit-elle en souriant. D'ailleurs, qu'est-ce que Tommy t'a raconté ?

Marcus étouffa un petit rire avant de répondre :

— Tout ce que me diront ton père et tes frères quand je les rencontrerai. Si je te brise le cœur, il me brisera les os et m'arrachera les membres un à un. Ce genre de trucs, quoi…

— Ah bon ? Il est vraiment chou…

— Pardon ? Il me menace de mort et tu trouves ça « chou » ? Tu es gonflée, la taquina-t-il.

— En tout cas, tu n'as pas à t'inquiéter… Je doute que Tommy soit du genre à mettre ses menaces à exécution.

— Je n'en suis pas si sûr. Il est vieux mais ses mains sont encore robustes, et il m'a assuré qu'il savait s'en servir. J'aurais tendance à le croire sur parole. Tu savais qu'il était décoré de la Purple Heart[1] ?

— Pas du tout, dit Scarlett. Il a combattu au Vietnam ?

— Ouais. Il ne s'en sépare jamais. Il l'avait dans sa poche…

— Il ne me l'a jamais montrée, à moi.

— Il m'a demandé ce que j'avais fait dans la vie. Je lui ai dit que j'avais servi dans l'armée. Et là, je suis remonté dans son estime… Et il m'a gentiment dit que si je te faisais souffrir, il se contenterait de m'arracher quelques boyaux…

Elle éclata de rire et Marcus sourit brièvement avant de lâcher un soupir dépité.

— Ça me tue de savoir que tant d'anciens combattants sont à la rue, dit-il. Ça me donne envie de les aider.

— Tu ne peux pas aider tout le monde, Marcus.

— Je sais, mais je ne peux pas m'empêcher d'essayer. Tout comme toi, d'ailleurs…

Il resta silencieux un instant avant d'ajouter :

— Il m'a parlé de tout ce que tu as fait pour lui et Edna, et pour d'autres SDF…

Scarlett se sentit rougir.

— Tommy exagère tout le temps, protesta-t-elle.

— Je ne crois pas. Il m'a parlé des bouteilles d'eau que tu leur apportes quand il fait chaud, et de la nourriture que tu leur donnes chaque fois que tu les croises. Je sais aussi que tu le harcèles pour qu'il fréquente le Meadow et qu'il aille régulièrement en consultation au dispensaire.

Scarlett leva les yeux au ciel. Ses joues étaient brûlantes.

1. Littéralement « cœur violet » : il s'agit d'une médaille militaire, décernée au nom du président des États-Unis aux soldats blessés ou tués au combat. (N.D.T.)

— Je ne le harcèle pas, je lui rappelle qu'il vaudrait mieux qu'il y aille.

— Hum… Il m'a aussi parlé des couvertures, des chaussures et des gants que tu leur as donnés l'hiver dernier, pendant la vague de froid. De son anniversaire, que tu n'oublies jamais, ni celui d'Edna, d'ailleurs… Et il m'a dit que, quand sa sœur est morte, tu l'as accompagné à l'hôpital. C'était quand ?

— Il y a presque douze ans, murmura-t-elle.

— Tu n'avais que dix-huit ans… Tu n'étais même pas encore dans la police.

— Non, mais je savais déjà ce que je voulais faire. Grâce à sa sœur, Tommy a pu mener une vie stable. Il n'a pas toujours vécu dans la rue, tu sais. Il avait un petit stand de cireur de chaussures, pendant un temps. Le samedi après-midi, quand papa n'était pas de service, il m'emmenait à mes cours de danse et, au retour, il faisait un détour pour se faire cirer les chaussures par Tommy. Je m'asseyais sur ses genoux pendant que Tommy et lui bavardaient. Ces moments étaient précieux pour mon père, ça lui permettait de prendre le pouls du quartier et de gagner la confiance des habitants. Je ne l'ai compris que plus tard, quand je suis moi-même devenue flic. Un jour, quand j'avais neuf ans, j'ai demandé à papa pourquoi il payait Tommy pour lui cirer les chaussures, alors que je pouvais le faire pour moins cher, s'il le souhaitait. Et j'ai dit qu'en plus il économiserait du temps et de l'essence. J'étais *la* bonne affaire.

Marcus esquissa un sourire.

— Ah, ton sens des affaires ! ironisa-t-il. Et qu'a répondu ton père ?

— Que Tommy avait plus besoin que moi de cet argent. J'ai répondu que j'en avais besoin puisque j'épargnais pour m'acheter un vélo de fille, car j'en avais marre qu'on me refile les vélos de garçon de mes frères aînés. Je lui ai dit aussi que j'étais sa fille, alors que Tommy n'était qu'un type qui traînait dans la rue. Mais papa m'a dit qu'il aidait Tommy parce qu'il aurait pu être à sa place…

— Ton père est un ancien combattant, lui aussi ?

— Ouais, il a fait le Vietnam. Il y est allé à la fin de la guerre, quelques mois seulement. Je n'avais pas compris sur le moment, mais maintenant que tu m'apprends que Tommy a fait le Vietnam aussi et qu'il a été blessé, tout s'explique. Bref, Tommy dormait chez sa sœur Sondra plusieurs fois par semaine dans un vrai lit et il mangeait des repas chauds. Puis ses visites se sont espacées, et quand Sondra est morte, il s'est retrouvé sans logement du tout. Son dernier lien avec la société s'est brisé à ce moment-là. Je ne me vante pas de l'aider. Ce que je fais est normal.

— C'est normal pour *toi*. Mais combien de flics se comportent comme ça, à ton avis ?

Marcus s'était tourné sur son siège pour la fixer de profil. Ce regard insistant la mit mal à l'aise.

— Je n'en sais rien, dit-elle. Je n'en parle pas avec les collègues. Tommy non plus n'était pas censé en parler.

— Tu as peur que ça nuise à ta réputation de dure à cuire ?

— Oui. Je me suis battue pour bâtir cette réputation, tu sais, dit-elle d'un ton indigné qui fit rire Marcus. Tu crois que je plaisante ? Si Tommy ou d'autres se mettent à vendre la mèche, tout le monde va me prendre pour une cruche.

— Vos secrets sont sous bonne garde, avec moi, mam'selle Scarlett.

— Tommy m'appelle comme ça depuis toujours, répondit-elle tristement. Très franchement, je fais tout ça par pur égoïsme. Il y a des moments où je suis tellement à bout que j'ai envie de me pointer chez un drogué qui a battu sa petite amie à mort juste pour le plaisir de l'étrangler. Je m'imagine en train de lui serrer le cou jusqu'à sentir ses cervicales se casser comme du verre. Sans parler des fois où je m'énerve sur un suspect, et où il faut que je me fasse violence pour ne pas céder à mon envie de lui en coller une. C'est dans ces moments-là que je prends ma voiture pour aller faire un tour dans les quartiers pauvres dans le but de…

— De faire quelque chose de charitable ?

— Si tu veux…

Elle haussa les épaules, gênée d'évoquer cet aspect de sa personnalité.

— Ça me permet de voir un peu de lumière dans l'obscurité, dit-elle. Donc, tu vois, c'est surtout à moi que ça fait du bien. J'en profite plus que Tommy, donc je suis égoïste.

— Si ça peut te faire plaisir de croire ça… Tu ne m'as pas beaucoup parlé de ton père. Je suppose que c'était un père… distant.

— Non, dit Scarlett. Mon père est un type formidable, en fait. Il s'inquiète pour moi, tout comme ma mère. Avant, j'étais leur petite fille chérie… Et, maintenant, je suis devenue une flic hargneuse et aigrie…

— Ça aussi, tu n'arrêtes pas de le dire. Mais je ne l'ai jamais remarqué.

Elle resta silencieuse quelques instants avant de répondre :

— J'imagine que ta présence m'apaise.

— J'aime beaucoup cette hypothèse, dit-il en souriant.

— Papa n'a jamais voulu que je devienne flic. Il disait que je serais broyée par ce métier. Mais je n'ai jamais eu d'autre vocation. Et, quand Michelle est morte… et que Trent Bracken s'en est tiré… je me suis juré, au nom de Michelle, d'être impitoyable…

— Mais ton père a raison, Scarlett. Tu as le cœur tendre, et face à des tragédies comme la mort de Tala, tu refoules toutes tes émotions… Combien de temps pourras-tu tenir ainsi ?

— Le plus longtemps possible.

— Je m'attendais à ce que tu me dises ça. Je suppose que ce n'est pas à moi de te convaincre d'adopter une autre attitude.

— C'est l'hôpital qui se moque de la charité, dit-elle d'une voix résignée.

Elle entra dans le parking du CPD et allait couper le moteur, lorsqu'elle se figea en repensant à l'enquête en cours.

— Attends un peu, fit-elle. Il y a un truc qui cloche. Les

agents du FBI ont amené le suspect de CGS par la porte principale, alors qu'ils auraient très bien pu passer par le parking pour le protéger. Ce n'est pas un peu gros ?

— Si, tu as raison. Quand nous lui avons demandé comment elle savait qu'il y aurait un tueur sur le toit, Coppola nous a répondu qu'ils avaient eu un tuyau…

— C'était un coup monté, dit Scarlett. Un piège tendu par le FBI. Le suspect a servi d'appât. Je ne vais pas m'en plaindre, mais c'était risqué.

— Ils devaient avoir sacrément confiance en leur source, dit Marcus en guettant les réactions de Scarlett.

Scarlett pesa ce qu'elle s'apprêtait à lui dire, puis décida qu'il avait le droit d'être mis au courant.

— Ils ont un agent infiltré dans ce réseau, dit-elle.

— Le FBI ?

— Oui. Je ne le connais pas. Je ne sais pas où il opère ni comment ils communiquent avec lui. Tout ce que je sais, c'est que je n'étais pas censée t'en parler.

— J'aurais fini par le deviner, dit-il avec raideur. Mais je te remercie de me le dire maintenant.

Scarlett douta fortement de la sincérité de ce remerciement au vu du ton qu'il venait d'employer.

— Je ne t'ai pas posé de questions sur Diesel, moi, fit-elle.

— C'est vrai… Mais là, c'est différent, c'est ma vie qui est en jeu.

— Je n'en étais pas certaine avant cette conversation. Le FBI surveille plusieurs réseaux de trafic d'êtres humains. Coppola et Troy appartiennent tous les deux à une unité spéciale qui lutte contre ces réseaux. Je ne savais pas que l'agent infiltré surveillait précisément les trafiquants qui veulent ta mort. Maintenant, j'en suis certaine. Et toi aussi.

— Excuse-moi, dit-il en se détendant. Tu as raison.

— Bien sûr que j'ai raison. Mais maintenant, il faudra que tu fasses semblant d'être surpris si quelqu'un d'autre t'en parle.

Il simula un regard interloqué et demanda :

— Ça ira, comme ça ?

— Disons que tu ne ferais pas une grande carrière au théâtre, ricana-t-elle. Allez, viens. Allons voir cette chère Alice Newman.

Chapitre 33

Cincinnati, Ohio
Mercredi 5 août, 18 h 00

Ken trouva Decker dans la chambre où Demetrius était mort. Le jeune et ambitieux garde du corps était torse nu et en nage. Armé d'une scie circulaire, il achevait de découper le matelas sanglant sur lequel Ken avait martyrisé Demetrius. Il faisait une chaleur étouffante dans la pièce, car Decker avait ouvert la fenêtre pour l'aérer, et l'air conditionné ne suffisait pas à la rafraîchir.

Decker éteignit son outil quand il aperçut Ken qui se tenait sur le pas de la porte.

— J'ai presque fini, monsieur, dit-il en sortant une serviette de toilette de la poche arrière de son jean pour s'essuyer le visage. Je vais le sortir dans le jardin et le brûler.

— Non, fit Ken. La fumée pourrait attirer l'attention. Enterrez-le.

Ken était heureux de voir le matelas réduit en charpie. Le meurtre de son meilleur ami avait été beaucoup plus difficile qu'il ne l'avait imaginé, même si Demetrius, qui l'avait trahi, avait mérité son sort.

— Entendu, dit Decker.

Il fit mine de redémarrer la scie mais se ravisa et demanda :

— Ce sera tout ?

— Où sont Burton et la fille Anders ? Je reviens du sous-sol et je l'ai trouvé désert.

— J'ai exécuté vos ordres, monsieur. Ils ont été supprimés.

— Déjà ?

— Je vous ai dit que je me débrouillais bien avec le broyeur… Ne me dites pas que vous avez changé d'avis…

Ken éclata d'un rire sombre et las.

— Non, dit-il. J'ai simplement eu envie d'avoir un dernier entretien avec Mlle Anders. C'était…

— Une salope, compléta Decker.

Il se tourna pour montrer à Ken quatre longues estafilades qu'il avait à l'épaule.

— Putain ! s'exclama Ken. Ça vous apprendra à ne pas porter de chemise.

— J'en portais une. Mais elle avait de faux ongles, qu'elle a aiguisés sur le sol en béton de sa cage. Elle m'a lacéré l'épaule.

Ken regrettait de ne pas avoir assisté à la scène. Il regrettait encore plus de ne pas avoir rendu visite à Stephanie avant que Decker s'occupe d'elle. *Une bonne petite baise, rien de tel pour vous clarifier les idées avant de partir à la chasse.* Et l'image mentale des griffes de cette tigresse, plantées dans les épaules nues et musculeuses de Decker, n'avait fait que durcir l'érection qui lui était venue en pensant à tout ce qu'il comptait lui infliger.

— Si j'étais vous, je vérifierais que mon vaccin contre le tétanos est à jour, conseilla-t-il à Decker.

— Il l'est, heureusement. Entre elle et sa mère…

— Ah oui, c'est vrai, Marlene vous a mordu, hier.

— Ces bonnes femmes sont vraiment impossibles, ronchonna Decker. Quand j'aurai fini de nettoyer cette chambre, j'irai au bureau. En l'absence de Reuben et de Burton, le travail s'accumule là-bas. Il va falloir que vous embauchiez de nouveaux gardes du corps. Si vous voulez, je peux réfléchir à une liste d'ex-militaires que je connais, qui seraient intéressés par ce genre de travail et dignes de confiance.

— Oui, bonne idée, dit Ken.

Mais le cœur n'y était pas. Il avait fait son temps. Son équipe dirigeante était décimée. Alice était en prison. Et Ken avait beau vouloir se convaincre qu'elle resterait ferme face aux flics, il savait pertinemment qu'elle le dénoncerait sans hésiter si elle estimait n'avoir pas d'autre choix. Il était donc bien décidé à quitter le pays au plus vite.

Il avait déjà acheté un billet d'avion Toronto-Papeete. Le vol était prévu le lendemain, en fin de journée. De Tahiti, il prendrait l'avion pour Bora Bora, où il avait loué un petit bungalow. Toutes ces démarches avaient été effectuées avec de faux papiers, prévus de longue date en cas d'urgence. Personne ne connaissait ce faux nom, pas même Alice et Sean.

Ken n'avait pas encore décidé s'il serait judicieux de faire venir Sean. Sa complicité avec son fils était beaucoup moins forte que celle qui le liait à Alice. Sean n'avait jamais aimé se salir les mains, alors qu'Alice était une vraie femme d'action. *Merde, voilà qu'elle me manque déjà.* Mais il n'avait pas l'intention de tomber dans un piège en tentant de la sortir de prison. Elle avait accès à des fonds importants. Et puis, elle était juriste de formation… Elle avait plus d'atouts pour se sortir elle-même de prison qu'il n'avait de moyens pour la faire évader.

Decker et ceux qui resteraient pourraient bien faire comme il leur plairait. S'ils souhaitaient profiter du réseau que Ken et ses associés avaient bâti au cours des décennies, grand bien leur fasse. Après tout, Joel avait échappé à l'hécatombe, et il avait en sa possession toute la comptabilité. Il pourrait prendre la tête de l'entreprise.

Certes, Ken ne croyait pas que Joel durerait longtemps… Les jeunes chercheraient sans doute à l'éliminer — ou son cœur fragile finirait par le lâcher. Mais au début au moins, il trouverait bien le moyen de se débrouiller sans Ken.

Avant de tirer sa révérence, Ken n'avait plus qu'un seul objectif : tuer Marcus O'Bannion. Ce type était capable de retrouver sa trace au fin fond de l'océan Pacifique.

Je vais régler ce dernier détail pour ne pas avoir à vivre dans la peur jusqu'à la fin de mes jours.

Il décida de commencer par le siège du *Ledger*. Plusieurs employés d'O'Bannion étaient à son service depuis de longues années. Il devait bien y en avoir un qu'il chercherait à libérer s'il venait à être kidnappé…

Sinon, Ken avait un plan B.

Il avait trouvé sur l'iPad de Demetrius des photos d'O'Bannion et de cette inspectrice, assis tous deux dans la voiture de celle-ci, devant l'entrée du refuge animalier de Loveland. À première vue, les rapports du journaliste et de la policière étaient extrêmement personnels. Ken rechignait à s'en prendre à une policière, mais cette jolie brune ferait un excellent appât…

— Euh…, fit Decker, l'interrompant dans ses pensées. Y a-t-il autre chose que je puisse faire pour vous ?

— Non, non. Faites-moi cette liste. Je vais prévenir Sean que vous êtes en route pour le bureau…

Ken jeta un dernier regard à la chambre et lança, pour ne pas éveiller les soupçons de Decker :

— Demetrius et moi, on était comme les doigts de la main. On a passé tellement de bons moments ensemble… Il va me manquer.

— Je vous comprends, répondit Decker d'un ton compatissant.

Non, tu ne peux pas me comprendre.

— Bonsoir, Decker. N'oubliez pas de fermer à clé la porte d'entrée en sortant.

Cincinnati, Ohio
Mercredi 5 août, 18 h 00

Quand il sortit de l'ascenseur pour entrer dans les locaux de la Brigade de répression de la grande criminalité, Marcus était extrêmement nerveux. Il allait devoir identifier la femme qui se trouvait dans la salle d'interrogatoire numéro quatre 4 comme étant celle qui avait été complice de la tentative de meurtre dont il avait été victime à l'hôpital. Il comprenait l'importance de son témoignage, tant pour l'enquête que pour Scarlett elle-même.

Le problème, c'était qu'il ne savait pas s'il en serait capable. Il n'aurait eu aucun scrupule à inventer une histoire pour faire plonger une personne qui s'était rendue coupable de tant de crimes. Cette femme était une tueuse — ou plutôt elle l'aurait été, et très délibérément, sans le « tuyau » que le FBI avait obtenu d'une source anonyme. En théorie, il lui suffirait de dire à Scarlett ce qu'elle voulait entendre.

Mais il avait accepté de témoigner à sa demande, et elle le jugeait incapable de malhonnêteté.

Isenberg les attendait à la porte de l'ascenseur.

— Monsieur O'Bannion, inspectrice Bishop, les salua-t-elle d'un ton sec.

La petite grimace agacée de Scarlett n'échappa pas à Marcus. Il lutta, une fois de plus, contre l'envie de dire à Isenberg d'aller se faire voir. Il savait que Scarlett avait entretenu des relations amicales et détendues avec sa chef. *Jusqu'à ce que j'apparaisse dans le tableau,* songea-t-il.

Il serra les dents et suivit Isenberg dans la salle d'observation adjacente à la salle d'interrogatoire. Scarlett et lui se postèrent près de la glace sans tain. Elle lui frôla l'épaule, comme pour lui donner du courage.

— Si tu n'es pas sûr que c'est elle, ce n'est pas grave, murmura-t-elle.

Ces mots allégèrent un peu le fardeau qui pesait sur ses épaules.

D'autres policiers étaient assis dans la pénombre, au fond de la salle d'observation, parmi lesquels les agents Troy et Coppola, ainsi que Deacon. Les trois agents fédéraux se levèrent à leur entrée. Deacon vint se placer à côté de Scarlett, et Kate Coppola à côté de Marcus. Troy, qui les dépassait tous d'une demi-tête, resta derrière eux.

Marcus constata avec soulagement qu'Isenberg avait

disparu dans l'obscurité, au fond de la pièce. Selon Scarlett, sa chef se souciait de sa carrière, mais Marcus aurait préféré qu'elle s'y prenne autrement.

Mais il n'était pas venu pour rendre visite au lieutenant Isenberg, ni pour se faire bien voir. Il était là pour identifier une personne qui l'aurait abattu si elle n'avait pas été arrêtée à temps.

— Je vous présente Alice Newman, dit Kate Coppola. Elle n'est pas très contente d'être parmi nous.

Alice tournait le dos au miroir sans tain. Elle était menottée à sa chaise et se tenait très droite. Ses cheveux blonds étaient coiffés en un chignon, qui rappela vaguement quelque chose à Marcus.

Deacon désigna l'homme assis à côté d'Alice.

— C'est Karl Hohl, l'avocat qu'elle a choisi. Comme on lui a confisqué son portable, elle a demandé qu'on lui apporte les pages jaunes. Elle les a ouverts à la rubrique « avocats » et en a choisi un au hasard, les yeux fermés.

— Je vais demander qu'on l'oblige à se tourner vers la glace, dit Kate.

— Pas encore, dit Marcus. Je voudrais entendre sa voix avant de voir son visage.

— D'accord. Alors, je vais essayer de la faire parler.

— Elle ne s'est pas montrée coopérative, précisa Deacon. Vous serez peut-être obligé de vous contenter de l'enregistrement des quelques mots qu'elle a prononcés pour demander un avocat.

— D'accord. Essayez de lui faire dire quelque chose qui ressemble à « dépêche-toi ».

Comme si elle avait senti qu'elle avait un public, Alice Newman jeta un coup d'œil par-dessus son épaule, et Marcus resta bouche bée un instant.

— Bordel de merde, marmonna-t-il enfin.

— Tu la connais ? murmura Scarlett, qui, contrairement à lui, ne semblait pas étonnée. C'est qui ?

— Allison Bassett, la sœur aînée d'un des copains de lycée de Mikhail, répondit-il. Enfin, c'est ainsi qu'elle s'est présentée… Je croyais connaître tous les amis de Mikhail, mais je n'avais jamais entendu parler du frère d'Allison. Après sa mort, il y a eu une cérémonie au lycée, où les gens qui l'avaient fréquenté sont venus présenter leurs condoléances. J'ai rencontré beaucoup d'amis de Mikhail que je ne connaissais pas de son vivant. Je ne me suis pas méfié d'elle…

— Comment vous a-t-elle contacté ? demanda Deacon.

— Elle m'a rendu visite à l'hôpital quand je suis sorti de l'unité de soins intensifs. Elle m'a dit que son frère était bouleversé par la mort de Mikhail. Selon elle, comme sa famille s'était installée à Cincinnati au début de l'année scolaire, son frère craignait d'avoir du mal à se faire accepter par les autres élèves, mais Mikhail s'était lié d'amitié avec lui. Elle est revenue me voir à plusieurs reprises pour discuter. Elle n'a jamais essayé de m'asphyxier sous un oreiller…

Il avait prononcé cette dernière phrase d'un ton désinvolte mais d'une voix qui tremblait un peu. Cette femme aurait pu en profiter pour le tuer, dans l'état de faiblesse où il se trouvait alors.

— De quoi parliez-vous ? demanda Deacon.

Scarlett restait muette et fixait Alice d'un œil sombre.

— Principalement de moi et de ma famille, répondit Marcus, mais aussi de ma convalescence et de mon retour au travail. Elle avait lu plusieurs articles du *Ledger* et elle me posait beaucoup de questions sur les enquêtes qui avaient permis de les publier. Elle m'a même parlé de l'article sur McCord, elle m'a dit qu'elle avait été très choquée…

Encore sous le choc, il secoua la tête.

— En fait, reprit-il, elle venait pour me tirer les vers du nez… Elle voulait sûrement savoir si on allait continuer d'enquêter sur l'affaire McCord. Et dire que je ne me doutais de rien…

— Et vous l'avez revue, après votre sortie de l'hôpital ? demanda Kate.

— Elle est passée me voir chez ma mère une ou deux

fois. Quand je me suis rétabli, je la croisais parfois à la salle de sport.

Il vit le reflet de Kate froncer les sourcils dans la glace.

— Et vous n'avez pas trouvé ça bizarre ? demanda-t-elle. Ça ne vous est jamais venu à l'idée qu'elle vous épiait ?

Marcus se raidit. Il se demanda comment Scarlett allait prendre ce qu'il s'apprêtait à répondre et se jeta à l'eau :

— Non, je n'ai pas trouvé ça louche parce que je pensais qu'elle s'intéressait à moi parce que… Euh… Quand les médias ont parlé de cette histoire, plusieurs inconnues sont venues me rendre visite à l'hôpital. Je recevais des e-mails d'admiratrices, des messages sur ma page Facebook, et cetera.

— Le super-héros, le chevalier blanc qui vole au secours des demoiselles en détresse…, ironisa Deacon.

Marcus haussa les épaules, gêné.

— Quelque chose dans ce goût-là, dit-il. J'ai reçu un certain nombre de propositions… intéressantes… Mais ça s'est vite calmé. Sauf pour elle… Elle me draguait ouvertement. Un jour, je lui ai demandé de but en blanc pourquoi elle avait choisi de venir s'entraîner dans la même salle de sport que moi. Elle m'a répondu que c'était pour avoir l'occasion de me voir. Elle a même précisé qu'elle avait soudoyé le type de l'accueil pour qu'il la prévienne quand je venais m'entraîner.

Marcus vit Scarlett cligner des yeux comme elle avait l'habitude de le faire pour maîtriser ses émotions. Il n'aurait su dire lesquelles, en l'occurrence… Effroi rétrospectif ou colère à la pensée qu'une femme aussi dangereuse se soit à ce point acharnée sur lui ? Il espéra qu'elle ne lui reprochait pas d'avoir laissé Alice lui tourner autour — car il n'avait pas eu cette faiblesse.

— Je lui ai dit très clairement que je n'étais pas intéressé, dit-il d'une voix ferme.

— Mais elle insistait ? demanda Scarlett d'un ton professionnel.

Et, à cet instant, il sentit les doigts de Scarlett lui effleurer presque imperceptiblement la hanche. Dans de telles circonstances, elle ne pouvait guère faire plus pour lui exprimer son soutien et sa confiance en lui.

— Oui, soupira-t-il. Quand je changeais mes horaires d'entraînement, elle changeait les siens. J'ai fini par lui dire que mon cœur était déjà pris… Et c'était sincère.

— Et là, elle a laissé tomber ?

— Oui. Elle s'est trouvé un autre type à la salle. Moi, j'étais content qu'elle arrête de me courir après. Maintenant, je me demande qui était cet homme. Parce que, lui aussi, il a cherché à lier connaissance avec moi. La salle de sport s'appelle le Silver Gym, c'est juste à côté du *Ledger.* La direction devrait avoir dans ses archives une photo de ce type. Elle l'appelait DJ… Un gars très costaud… Afro-américain, âgé de vingt ou vingt et un ans, tout au plus… Un mètre quatre-vingt-dix, pas loin de cent vingt kilos… Il soulevait cent cinquante kilos de fonte. Je le reconnaîtrai si la direction de la salle de sport nous montre des photos.

Scarlett et Deacon échangèrent un regard.

— Il s'appelle DJ, dit-elle, et il a l'âge…

Marcus comprit tout de suite.

— Demetrius junior ? fit-il. C'est possible. Il avait la même stature.

— Je vais m'en occuper, dit Kate. En attendant, est-ce bien la femme qui parlait à Demetrius pendant qu'il tentait de vous étouffer ?

Elle lui tendit une oreillette et la brancha sur son téléphone.

— Pour l'instant, c'est tout ce que nous avons, ajouta-t-elle.

Marcus enfonça l'écouteur dans son oreille et appuya sur la touche MARCHE du téléphone de Kate. Il entendit une voix aigre et colérique réclamer un avocat. Il la réécouta à plusieurs reprises, mais secoua la tête.

— Je ne sais pas, dit-il en toute franchise. C'est un souvenir tellement confus… Et cette voix ne ressemble pas du tout à celle d'Allison. D'ailleurs, quand Allison me parlait, ça ne me rappelait pas la voix de la femme de l'hôpital… Je suis désolé.

— C'est bien ce que je pensais, dit Kate. Mais il fallait vérifier.

— Ses rapports avec le fils de Demetrius la relient aux trafiquants, dit Scarlett.

— Pas assez étroitement, regretta Kate. Croisons les doigts pour qu'on réussisse à récupérer une info intéressante à l'interrogatoire…

— Je peux lui parler, proposa Marcus. En me revoyant, elle dira peut-être quelques mots sous le coup de la surprise.

Kate se tourna vers Troy.

— Qu'en pensez-vous ? lui demanda-t-elle.

— Allez-y d'abord, dit-il. Confrontez-la avec ce que nous savons déjà d'elle, et voyons si elle peut nous donner le nom de l'individu plus âgé. Si elle ne desserre pas les dents, nous ferons intervenir O'Bannion.

— Quel individu plus âgé ? demanda Scarlett en plissant les yeux d'un air méfiant. De quoi parlez-vous ?

— Calmos, Scarlett, murmura Deacon en lui tapotant légèrement l'épaule. Personne ne te cache quoi que ce soit. On vient de l'apprendre…

— J'ai même fait des copies pour vous, dit Kate. Mais nous ne voulions pas influencer Marcus avant qu'il l'identifie.

Elle tendit à Scarlett une feuille de papier sur laquelle étaient imprimées plusieurs photos. Scarlett la tint à la lumière qui provenait de la glace sans tain, pour que Marcus puisse la voir, lui aussi.

Il glissa une main au creux de ses reins et se pencha pour examiner les clichés. Il y en avait trois. À côté de chaque photo se trouvait un détail agrandi. Sur la première, on voyait trois jeunes femmes qui souriaient à l'objectif, en shorts et débardeurs qui ne cachaient pas grand-chose. La deuxième et la troisième étaient des photos de groupe, prises lors d'une remise de diplômes. Alice Newman figurait sur les trois photos. Sur la troisième, Alice, revêtue de sa tenue universitaire d'apparat, était assise avec un homme assez âgé pour être son père. Cet homme d'allure sportive portait un costume qui devait coûter très cher, et avait un bras posé sur l'épaule d'Alice. Ils ne posaient pas pour le photographe et on ne voyait qu'une partie du visage de l'homme, mais l'agrandissement montrait qu'il souriait avec fierté.

— Nous avons trouvé le nom « Alice Newman » dans la base de données du service des immatriculations, après avoir traité sa photo avec un logiciel de reconnaissance faciale, expliqua Kate. Ensuite, nous avons fait une recherche sur les réseaux sociaux et nous sommes tombés sur cette photo d'elle sur la plage avec deux copines. Celle du milieu est également diplômée de la faculté de droit du Kentucky, et nous avons compulsé les photos de sa page Facebook… Nous avons trouvé Alice à l'arrière-plan de deux photos de remise de diplômes. L'homme qui figure sur la troisième photo n'apparaît sur aucun réseau social. Sa photo ne figure pas non plus dans la base de données des immatriculations. Pas plus que Demetrius Russell, d'ailleurs…

Elle roula les épaules et fit craquer ses phalanges.

— Souhaitez-moi bonne chance, ajouta-t-elle. Et vous, Marcus, ne bougez pas. Je vous ferai signe quand je le jugerai nécessaire.

Malheureusement, Alice se mura dans un silence boudeur, les yeux rivés sur la glace sans tain. Au bout d'une trentaine de minutes de questions sans réponses, Kate fit le signe convenu.

Marcus inspira profondément et redressa les épaules avant d'entrer dans la salle d'interrogatoire. Il observa sans dire un mot la réaction d'Alice. Et ne fut pas déçu. Ses yeux se plissèrent, chargés de haine. Si Marcus ne s'y était pas attendu, il aurait eu un mouvement de recul.

— Salut, Allison, dit-il doucement. Ou est-ce Alice ?

Elle se cala sur sa chaise et un sourire mauvais naquit sur ses lèvres.

— Ça alors ! dit-elle. Mais c'est M. Indestructible en personne ! J'aurais dû te tuer quand j'en avais l'occasion…

*
* *

Cincinnati, Ohio
Mercredi 5 août, 18 h 55

Scarlett relâcha son souffle.

— Ça a le mérite d'être clair, dit-elle à Deacon.

— En effet, murmura Deacon. Les femmes criminelles me surprendront toujours. Elles ont l'air douces comme des agneaux… Et tout à coup elles se transforment en hyènes… Ça me fout les jetons, ça.

Son désarroi sincère fit sourire Scarlett. Deacon était le coéquipier le plus perspicace qu'elle ait jamais eu, mais il avait une fâcheuse tendance à se faire embobiner par les femmes.

— C'est un des moyens par lesquels la nature compense les différences de sexe, dit-elle. Par exemple, les anémones de mer semblent être de charmantes fleurs, n'est-ce pas ? Eh bien, grâce à leurs jolis tentacules, elles peuvent injecter une toxine paralysante à leurs proies qui les frôlent sans méfiance, pour les dévorer ensuite…

— Tu es vraiment sangui…

— Fais attention à ce que tu dis ! Moi aussi, j'ai des tentacules…

— Pfff, fit Deacon d'une voix railleuse. Mais bon, si ça peut te faire plaisir, je dirai à tout le monde que j'ai peur de toi.

— J'espère bien, murmura-t-elle.

Marcus s'assit sur la chaise qui était à côté de celle d'Alice, la tourna vers elle et s'y assit à califourchon.

— Elle s'est approchée de lui tant de fois, Deacon…, dit Scarlett. Pourquoi est-ce qu'elle ne l'a pas tué quand elle en avait l'occasion ?

— Je n'en sais rien. Mais l'essentiel, c'est qu'il soit vivant. Et qu'elle, elle soit en garde à vue.

De l'autre côté de la glace sans tain, Marcus rompit le silence.

— Et pourquoi est-ce que tu ne l'as pas fait ? demanda-t-il à Alice. Tu aurais pu le faire, même après que ton pote a foiré le coup de l'oreiller. Je te remercie de m'avoir sauvé la vie, soit dit en passant. Demetrius était sur le point de m'asphyxier complètement quand tu l'as prévenu que quelqu'un venait.

Prise au dépourvu, Alice ouvrit la bouche avant de pouvoir ravaler les mots qui lui vinrent à l'esprit :

— C'était un crétin !

— En plein dans le mille, murmura Deacon.

— Quelle garce, dit Scarlett.

— Tu es en garde à vue, et lui, non… Si c'est un crétin, tu es quoi, toi ? demanda Marcus.

— Une employée loyale, marmonna-t-elle.

Son avocat se racla la gorge avant de la mettre en garde :

— Mademoiselle Newman !

— Ne vous inquiétez pas, maître ! dit-elle avec un rire sardonique qui glaça les sangs de Scarlett. Je ne vais rien lui dire. Rien ! Sauf si on m'accorde ce que je veux…

— C'est-à-dire ? demanda Kate.

— L'immunité. Totale.

— Rien que ça ? Vous êtes en plein délire, ma petite.

— Alors vous me faites perdre mon temps, dit-elle avec un sourire hautain. Et vous perdrez le vôtre. Soit je sors libre d'ici, soit je ne vous dis rien.

— L'agent Coppola n'aura peut-être pas besoin de toi, intervint Marcus. Je me demande si DJ sera aussi stoïque quand on l'interrogera.

— DJ n'est qu'un gigolo. Il ne sait rien.

— C'est possible. On en aura bientôt le cœur net, puisqu'il est dans la salle d'interrogatoire voisine, mentit-il avec aplomb. J'aimerais bien voir sa tête quand il va apprendre que son père est mort. Mais peut-être qu'il le sait déjà ? Tu crois qu'il continuera à faire tes quatre volontés comme un clébard quand il apprendra ce que tu as fait à son père ? Moi, j'espère qu'il lui poussera une paire de couilles et qu'il te balancera au FBI.

Cette fois, la surprise d'Alice fut encore plus grande.

— Va te faire foutre, O'Bannion, cracha-t-elle.

De l'autre côté de la glace, Deacon inclina la tête.

— Comment sait-il tout ça ?

— Il l'a deviné, dit Scarlett. Quand elle a dit que Demetrius était un crétin, elle en a parlé au passé. Il sait aussi que DJ est plus jeune qu'Alice et qu'elle le menait par le bout du nez à la salle de sport. Il n'est pas bête, tu sais…

Marcus affichait à présent un rictus implacable.

— Pas par toi, en tout cas, répliqua-t-il. Tu ne m'intéressais déjà pas avant que j'apprenne que tu cherchais à me tuer. Les tarées dans ton genre, ce n'est pas mon truc.

— Crève ! aboya Alice.

Marcus ne cilla pas et la dévisagea d'un œil méprisant. Scarlett le regarda avec une fierté qui se changea en effroi lorsqu'elle l'entendit répliquer :

— C'est-à-dire que ça risque de ne pas être facile. N'oublie pas que je suis M. Indestructible.

— Il est encore temps d'essayer, Marcus, dit Alice en souriant.

— Quel con ! grogna Deacon. Ce n'est pas malin d'exciter un serpent acculé avec un bâton.

— Il est têtu comme une bourrique, grinça Scarlett. Je vais lui dire deux mots, après.

Son téléphone portable se mit à bourdonner, mais elle choisit de l'ignorer. Elle ne voulait pas détourner les yeux de la vipère assise dans la pièce voisine. *Assise trop près de lui.*

— Puisque tu es ici et que Demetrius est mort, il faudra bien que quelqu'un prenne la relève, dit Marcus à Alice. Mais qui ? Pas DJ… Ce n'est qu'un tas de muscles. Mais peut-être ce type…

Il désigna la photo agrandie par Kate et demanda :

— C'est ton proxénète ? C'est lui qui t'entretient ?

Alice se raidit presque imperceptiblement avant de se détendre et d'afficher un sourire vicieux.

— Oui, fit-elle. Ou plutôt, c'était lui… Il m'a payé mes études en échange de mes faveurs. Mais depuis que j'ai eu mon diplôme, je ne l'ai jamais revu. J'ai trouvé mieux ailleurs.

Kate s'assit à côté de Marcus.

— Tueuse à gages, c'est ça ? demanda-t-elle d'un ton acerbe. Pas besoin d'avoir un diplôme de droit pour tuer les gens…

Le téléphone de Scarlett bourdonna de nouveau. Elle marmonna un juron et ne décrocha pas, car elle ne voulait pas manquer la réaction d'Alice.

— C'est un texto de Vince, dit Deacon en ouvrant son propre téléphone. Il a décodé les fichiers de la clé USB de Drake Connor. Tu viens ?

— Je te rejoins. Je veux voir la fin de cet interrogatoire.

Elle tendit à Deacon le disque dur externe que Diesel lui avait remis et lui demanda :

— Tu peux demander à Vince de vérifier qu'il n'est pas contaminé ? Ce sont les fichiers que Diesel a copiés sur l'ordinateur de McCord.

— Inutile de te demander comment tu te l'es procuré, je suppose…

— Dis à Vince que je dois examiner ces données et que je veux être sûre qu'elles ne sont pas infectées avant de les transférer sur mon propre ordinateur.

— D'accord, dit Deacon avec circonspection. J'espère que tu sais ce que tu fais.

Il se retourna et dit :

— Vous venez, Lynda ? Et vous, agent Troy ?

Scarlett n'avait pas oublié leur présence, pas plus qu'elle n'avait oublié celle d'un autre policier, assis à côté d'Isenberg. Elle attendit que Deacon et les autres soient sortis de la pièce pour lâcher un long soupir.

— Tu peux te rapprocher, papa, tu verras mieux.

Jonas Bishop la rejoignit devant la glace et croisa les bras.

— Je ne savais pas si tu m'avais vu, dit-il.

— Je t'ai repéré dès que j'ai mis le pied dans la pièce, mais je ne voulais pas distraire Marcus. Tu pourras lui parler après l'interrogatoire.

— Toujours aussi autoritaire, ronchonna-t-il.

Mais il lui caressa les cheveux d'un geste paternel et lui

mit un bras sur l'épaule. Elle se laissa faire et posa la tête contre sa large poitrine, mais en gardant les mains dans les poches.

Elle ne voulait pas qu'il se rende compte qu'il avait eu raison depuis le début. Qu'elle n'était pas taillée pour être policière. Que ce métier l'avait broyée et poussée à l'extrême limite de ses capacités de résistance.

Alice s'était de nouveau calée sur sa chaise. Elle n'avait plus dit un mot depuis que Kate était intervenue dans la conversation. À présent, elle fixait le vide et ne desserrait pas les lèvres.

Kate ouvrit son téléphone portable et fit signe à Marcus de se taire. Un silence de plomb régnait dans la salle d'interrogatoire.

— Pourquoi es-tu venu, papa ? demanda Scarlett.

Il lui pressa doucement le biceps avant de répondre :

— Je voulais te voir. On ne te voit pas assez.

— Je suis désolée.

— Ne sois pas désolée, mais ne t'éloigne pas trop de nous…

Son père, qu'elle avait appris à craindre, lui parut soudain hésitant et nerveux.

— Ton oncle m'a dit que tu l'avais appelé…

— J'avais besoin de son aide. Il me fallait un prêtre. Oncle Trace a été formidable.

Il y eut entre eux un long silence que Jonas finit par rompre :

— Alors, c'est lui, hein ? L'homme que tu as choisi…

Scarlett perçut dans la voix de son père quelque chose qui la hérissa.

— Oui, dit-elle en regrettant aussitôt de paraître sur la défensive. Marcus est un type bien.

— Comment pourrais-je en juger ? dit-il sur un ton léger. Je ne l'ai jamais rencontré, ce garçon.

— Je m'apprêtais à lui proposer de venir vous voir à la maison…

Plus tard, précisa-t-elle mentalement.

— On est très occupés en ce moment, ajouta-t-elle. Avec cette enquête…

— Oui, il paraît. Jamais je n'aurais cru que tu pourrais être à nouveau attirée par un journaliste.

— Marcus n'est pas à proprement parler journaliste. Et il est très différent de tous ceux que je connais.

— Ta mère a longtemps eu peur que tu choisisses Bryan. Elle se faisait un sang d'encre à cause de ça…

— Je croyais qu'elle l'aimait bien, s'étonna-t-elle.

— Elle a de la compassion pour lui, parce qu'il n'a pas connu sa mère. Mais elle n'a jamais espéré que tu l'épouses. J'essayais de la rassurer… Je lui affirmais que tu avais trop de bon sens pour commettre une telle erreur.

— Merci, papa, dit-elle d'une voix émue.

— Mais…

Scarlett sentit son dos se raidir.

— Mais quoi ? demanda-t-elle.

Avec son père, il y avait toujours un « mais ».

— Mais ton lieutenant pense que tu mets ta carrière en danger en fréquentant de trop près ce type avant que cette affaire, où il est témoin, soit réglée. Tu connais les règles, Scarlett Anne…

Jusque-là, quand il l'appelait par son prénom, c'était toujours quand il était déçu ou qu'il avait des reproches à lui faire. Mais cette fois, il l'avait dit avec une tendresse mêlée d'inquiétude.

— Comme ma poche, papa.

— Il ne suffit pas de les connaître. Il faut les suivre. Cette liaison pourrait nuire à ta carrière.

Ce n'était pas un reproche en l'air. C'était la réalité. Et Scarlett appréciait son franc-parler.

— Je sais, dit-elle. J'espère qu'on n'en arrivera pas là… Mais si je dois choisir entre ma carrière et Marcus, je choisirai Marcus. Ça fait trop longtemps que je l'attends.

Jonas se raidit un peu plus.

— Ça fait deux jours que tu le connais, ma puce, dit-il.

— Non, dit-elle en souriant. Ça fait plus longtemps que ça.

Son sourire s'estompa lorsque son regard tomba sur celui d'Alice Newman, qui la fixait sans la voir.

— Et puis, ça me ferait peut-être du bien de quitter le service, dit-elle d'une voix mal assurée. Je suis fatiguée, papa.

— Depuis combien de temps ? demanda-t-il d'une voix si douce que Scarlett sentit des larmes lui piquer les yeux.

— Depuis le premier jour, répondit-elle en riant malgré ses larmes. Quand j'arrête un criminel, il y en a deux qui prennent sa place…

Elle cligna des yeux pour focaliser son regard voilé sur Alice Newman.

— Cette femme achetait et revendait des êtres humains… Des enfants. Des familles entières… Comme du bétail. Elle et ses complices ont tenté de tuer Marcus je ne sais combien de fois… Parce qu'il a le cœur large et l'âme droite… Parce qu'il n'a pas supporté de voir une jeune fille souffrir le martyre. Et tout ce que je peux faire d'elle, c'est l'arrêter, alors qu'en fait je n'ai qu'une envie, c'est de la…

Elle s'interrompit abruptement.

— De la découper en rondelles ? suggéra son père. De l'attacher à un lit et de donner à chacune de ses victimes un grand couteau pour qu'elles la désossent comme une carcasse de viande ?

Sidérée, elle tressaillit et regarda son père droit dans les yeux. Il ne souriait pas.

— Mais, papa…

— Tu crois que tu es la seule, Scarlett ? Détrompe-toi.

— Mais je ne t'ai jamais entendu parler comme ça…

— Pas en ta présence. Pas à une enfant… Ça n'aurait été ni convenable ni judicieux. Mais je peux te dire que je ne me privais pas pour en parler à ta mère… Elle a toujours su que je ne passerais pas à l'acte et que j'avais seulement besoin de me défouler verbalement. Elle me connaît bien…

Scarlett se mordit la lèvre.

— J'ai bien peur que cette envie ne se limite pas à des fantasmes, dit-elle prudemment.

— Mais encore ?

Elle tourna la tête vers la glace et vers Marcus, qui attendait patiemment, pendant que Kate consultait ses messages sur son téléphone.

— J'ai été tentée de tuer Trent Bracken… Plusieurs fois, murmura-t-elle.

— C'est compréhensible. Il a tué ta meilleure amie et n'a pas été condamné à une seule journée de prison.

— Non, tu ne comprends pas. Ce n'est pas seulement une envie, c'est un vrai scénario que j'ai bien failli mettre en scène… J'avais tout prévu, jusqu'à me trouver un alibi solide. Il m'est arrivé plusieurs fois de le guetter devant chez lui, mon pistolet de service à la main, en espérant le voir sortir ses poubelles… Un soir, il est apparu sur le pas de sa porte. J'ai pointé mon pistolet vers lui et j'ai enlevé la sécurité. Je l'ai eu dans ma ligne de mire pendant une bonne vingtaine de secondes… Mais je n'ai pas tiré. Et il est rentré chez lui, sans savoir à quoi il venait d'échapper.

Il y eut un long et lourd silence.

— Qu'est-ce qui t'a empêchée de tirer ? finit par demander Jonas d'une voix bourrue.

— Je ne sais pas vraiment. Je crois que c'est mon orgueil, d'une certaine manière. J'aurais voulu qu'il me voie presser sur la détente. Qu'il sache que c'était moi… Et que le sang de ce salaud me rougisse les mains… C'est seulement ainsi que j'aurais pu oublier celui que Michelle avait versé.

— Mais tu ne l'as pas fait, murmura-t-il en lui pressant machinalement l'épaule.

— J'en étais incapable. Je ne pouvais pas appuyer sur la détente…

Elle haussa les épaules et ajouta :

— Il faut croire que tu m'as bien élevée.

— Ce n'est pas la seule bonne chose que j'ai faite, Scarlett Anne.

— En tout cas, un policier ne doit pas se comporter de la sorte. Le nombre de fois où j'ai failli craquer… Alors, quand Isenberg me dit que je mets ma carrière en danger, ça ne me dérange pas. Je préfère y renoncer à cause de

Marcus plutôt que pour avoir tabassé un type qui vient de battre son enfant à mort. Tu avais raison, papa… je ne suis pas faite pour être flic. Je n'ai pas la peau assez dure.

Il se raidit.

— Comment ça ? s'indigna-t-il. Qu'est-ce que tu racontes ? Tu es une excellente policière, Scarlett. Je n'ai jamais dit le contraire !

Elle recula d'un pas pour le regarder dans les yeux.

— Si, tu l'as dit. Le jour où j'ai été admise à l'école de police… J'étais tout excitée, mais tu as dit que j'avais le cœur trop tendre et que ce métier me broierait.

Il lui jeta un regard incrédule mais elle ne détourna pas les yeux, attendant qu'il se souvienne de ses propres paroles. Il pâlit subitement et dit tout bas :

— Tu n'étais pas censée m'entendre dire ça. C'était à ta mère que je parlais. Dans notre chambre.

— Je me suis levée pour aller aux toilettes et je vous ai entendus vous disputer.

— Non, tu m'as entendu décharger mes angoisses sur ta mère… Mais enfin, Scarlett ! Tu étais encore hantée par la mort de Michelle. J'ai été surpris que tu passes avec succès le test psychologique. Seul un aveugle n'aurait pas vu que tu étais très perturbée.

— Je n'étais pas perturbée, papa.

— Ah bon ? Comment appelles-tu quelqu'un qui guette l'auteur d'un crime pour lui loger une balle dans la tête quand il sort ses poubelles ?

— Bon, d'accord, dit-elle en rougissant. Tu as raison.

— Écoute, tu n'as entendu qu'une partie de cette conversation, ce soir-là. Ta mère m'a dit que tu étais beaucoup plus forte que je ne le pensais. Que nous t'avions élevée pour que tu sois capable de prendre tes propres décisions. Et qu'il fallait que je te fasse confiance. Et c'est ce que j'ai fait. Je ne t'ai rien dit, je n'ai pas essayé de te dissuader. J'ai gardé mes angoisses pour moi. Parce que, oui, j'étais angoissé. Et, oui, tu avais le cœur tendre. Et tu l'as encore. Tu sais ce que ta mère m'a dit, ce soir-là ?

— Non. Quoi donc ?

— Que tu tenais ça de moi. Et que, de nos sept enfants, tu étais celle qui me ressemblait le plus. Et elle avait raison… Car c'est ce cœur qui fait de toi une bonne professionnelle, dit-il d'une voix tremblante. Et le premier qui dit le contraire, je lui démolis le portrait…

Scarlett se pinça les lèvres et sentit les larmes lui mouiller les yeux.

— Tu ne vas pas te battre pour si peu, murmura-t-elle d'une voix rauque. Tu perdrais ta retraite.

Elle s'essuya les yeux du revers de la main.

— Ça, c'est hors de question. Ta mère ne reste avec moi que pour profiter de ma future pension, plaisanta-t-il.

Il lui caressa la joue de son énorme main et reprit son sérieux. Il avait lui aussi les yeux humides.

— Pourquoi n'es-tu pas venue m'en parler ? demanda-t-il. Pourquoi as-tu gardé ça pour toi, pendant tant d'années ?

— Parce que je voulais te prouver que tu avais tort et que je pouvais exercer ce métier aussi bien que toi. Et que je n'avais pas le cœur trop tendre.

— Tu as le cœur tendre, ma puce, mais pas *trop* tendre… Sinon, tu aurais craqué depuis longtemps… Et tu aurais appuyé sur la détente quand tu avais ce salaud de Bracken dans ta ligne de mire. Tu aurais tabassé des criminels… Et tu ne serais jamais devenue l'inspectrice Bishop. Tu as peut-être eu des doutes, mais tu as tenu le choc…

Il la prit dans ses bras et la secoua doucement avant d'ajouter :

— Et, si tu t'étais confiée à quelqu'un, par exemple à ton père, ta colère et ta frustration n'auraient peut-être pas atteint ce niveau, et tu n'en serais pas arrivée à douter autant de toi-même.

— Je ne voulais pas te montrer ma colère, avoua-t-elle. Je ne voulais pas que tu penses que j'étais au bout du rouleau.

— Alors, tu as choisi de garder tes distances. Pendant toutes ces années… Quel gâchis…

Il lâcha un profond soupir et demanda :

— Qu'est-ce que tu vas faire ?

— Je compte sur Marcus. Lui, il ne voit pas de colère en moi. Je crois que c'est parce que je me sens toujours bien quand je suis avec lui.

— Il est ta soupape de sûreté.

— Comme maman, avec toi.

— Bon, d'accord. Viens dîner avec lui dimanche. Tes frères voudront le rencontrer. Nous lui parlerons d'homme à homme.

— Pas la peine, dit-elle en riant. Tommy lui a déjà fait le sermon cet après-midi.

— Tommy ? Tommy le cireur de chaussures ?

— En personne. Je le suis de près, lui et d'autres sans-abri, je leur file un coup de main de temps en temps… Il passe souvent au Meadow, ces jours-ci. Il a vu un suspect fuir une scène de crime. Grâce à son témoignage et à celui d'Edna, une petite crapule du nom de Drake Connor, qui a commis un meurtre dans le Michigan, va aussi être inculpé ici, dans l'Ohio, pour homicide volontaire. C'est lui qui a tué la fille dans la ruelle et qui a tiré sur Marcus.

— Je ne savais pas que tu veillais sur Tommy. Il ne me l'a pas dit. Vois-tu, parfois, j'ai besoin de faire cirer mes chaussures…

Scarlett savait à quoi s'en tenir. Ce n'était pas pour faire briller ses chaussures que son père allait voir Tommy.

— Mais il n'a plus son stand, fit-elle mine de s'étonner.

— Non, mais il a gardé son nécessaire de cirage. Quand j'ai deux minutes de libres, je me mets à sa recherche. Pas aussi souvent que je le voudrais… Mais il ne m'a jamais dit que tu le voyais.

— Je lui ai demandé de n'en parler à personne. Il n'était pas censé me trahir, dit-elle en se renfrognant. Je m'occupe de lui et d'autres gens qui sont à la rue, et ils me préviennent quand ils voient quelque chose de louche. Exactement comme toi, à l'époque. J'en parlais justement à Marcus, cet après-midi.

— Tu étais tellement mignonne avec ton tutu rose… Et

il te fallait toujours un cornet de glace ! À la framboise et aux pépites de chocolat…

— Oui, toujours le même parfum, dit Scarlett, émue par ces souvenirs d'enfance. Je me demandais pourquoi tu faisais un tel détour pour faire cirer tes chaussures. Mais je n'ai pas tardé à comprendre pourquoi. Je n'avais pas besoin d'aller à l'école de police, papa… J'ai appris à devenir flic en t'observant.

— Merci, ma puce. C'est gentil.

— C'est la vérité. D'où ma réaction quand je t'ai entendu dire que je n'étais pas faite pour être flic. Je voulais être comme toi.

Il se racla la gorge avant de dire d'une voix bourrue :

— Tu sais que je t'aime, ma fille.

— Moi aussi, dit-elle en posant sa tête sur l'épaule de son père.

Il la serra bien fort contre lui avant de dire :

— Donc, on est bien d'accord ? Il n'y a pas d'autres malentendus à régler ?

— Je ne sais pas, dit-elle avec effronterie. Je vais y réfléchir et je te préviendrai si je trouve quelque chose.

Le téléphone portable de Scarlett se mit à bourdonner, couvrant le petit rire de Jonas. Elle reprit tout son sérieux et lut les messages qu'elle venait de recevoir.

— Les techniciens de la police scientifique ont décodé la clé USB de Drake Connor, annonça-t-elle avec un sourire de satisfaction. Et ils ont trouvé des données intéressantes, dont plusieurs photos. Ils m'en ont envoyé quatre…

Elle cliqua sur la première et reprit :

— C'est le même homme que sur la photo de remise de diplômes, sauf que, sur celle-là, il serre la main de Chip Anders… Anders, expliqua-t-elle à son père, c'est le salaud qui a acheté Tala et sa famille.

Les yeux de Jonas s'assombrirent.

— La photo est légendée, poursuivit Scarlett. Cet homme s'appelle Kenneth Sweeney…

Elle tourna son téléphone vers son père et poursuivit :

— Sur la suivante, on voit Anders en compagnie de Demetrius Russell. Anders récupère la famille Bautista, la photo a été prise dans son salon. J'y étais hier. Les photos ne sont pas très nettes, mais j'ai tout de suite reconnu l'endroit.

— Ces photos ont été prises avec une caméra cachée, dit Jonas. Anders voulait être bien sûr qu'on ne le doublerait pas. Entre criminels, il n'y a pas d'honneur.

— Drake a volé ces photos sur l'ordinateur d'Anders dans le but de le faire chanter le moment venu. En voici une troisième…

Elle fronça les sourcils en la découvrant et demeura perplexe un instant avant de la commenter :

— C'est la main de Chip Anders. Tu vois sa bague ? Il est en train de signer un papier à un bureau d'accueil. La caméra devait être placée quelque part dans son costume. Sans doute un stylo qui dépassait de sa poche.

— Et voilà la flingueuse du CPD, assise de l'autre côté du bureau.

Et en effet, c'était bien Alice Newman. Scarlett ouvrit la dernière photo, également prise avec un stylo-espion.

— Et là, c'est le jackpot ! jubila-t-elle. Kenneth Sweeney, Alice Newman et Demetrius Russell tous ensemble. Nous n'avions, en fait, même pas besoin que Marcus se souvienne du son de sa voix.

Elle se sentit soulagée et eut peur d'avoir mis trop de pression sur Marcus pour qu'il identifie la voix d'Alice.

— Je dois admettre que ton journaliste m'a fait bonne impression, dit Jonas. Il aurait pu prétendre qu'il reconnaissait cette voix, pour toi, mais aussi pour en tirer un article sensationnel. Mais il n'était pas sûr de lui, et il l'a reconnu.

— En effet. Je crois que tu l'aimeras beaucoup, papa, quand tu découvriras qui il est vraiment.

— J'ai hâte de le rencontrer, Scarlett Anne.

Chapitre 34

Cincinnati, Ohio
Mercredi 5 août, 19 h 15

Ken fit trois fois le tour du pâté de maisons avant de trouver une place à l'arrière de l'immeuble du *Ledger*. Il repéra la porte de derrière et un quai de chargement, qui semblait ne pas avoir servi depuis de longues années. Il n'avait pas beaucoup de temps pour attirer O'Bannion à l'extérieur. Il fallait qu'il parte pour Toronto le lendemain matin à 10 heures, grand maximum.

Les plages, les palmiers et les vahinés l'attendaient. Et surtout, la liberté…

Stimulé par une montée d'adrénaline, il sortit son attirail du coffre. Il avait deux fusils d'assaut, trois armes de poing et suffisamment de munitions pour abattre au moins une centaine de personnes — même s'il était très improbable qu'il y ait autant de monde dans les locaux du *Ledger*. La moitié des quatre-vingt-cinq employés du journal travaillaient à l'imprimerie, dans les quartiers ouest de Cincinnati. Et la plupart de ceux qui travaillaient au siège devaient être rentrés chez eux à cette heure. Mais Ken, qui s'était bien renseigné au préalable, savait que quatre membres de l'équipe dirigeante seraient là. Il avait vu leurs voitures garées dans la rue. Gayle Ennis, la secrétaire administrative… Cal Booker, le rédacteur en chef… Stone O'Bannion, grand reporter et frère de Marcus… Et Elvis « Diesel » Kennedy, petit génie de l'informatique et emmerdeur patenté.

Parmi tous les employés du *Ledger*, Stone et Diesel étaient ses cibles prioritaires. Stone avait écrit l'article sur McCord, et quelqu'un avait piraté l'ordinateur de celui-ci pour y trouver des photos et des vidéos pédopornographiques. Il semblait logique que ce soit le petit génie de l'informatique. Ken était prêt à tuer Cal Booker, si nécessaire, mais il avait plus de soixante ans et approchait de la retraite, et son meurtre semblait inutilement cruel. Quant à Gayle Ennis, Ken l'enlèverait. Il avait remarqué comment Marcus O'Bannion la couvait à l'enterrement de Mikhail. Marcus ferait n'importe quoi pour la sauver, Ken n'en doutait pas.

Toutes les autres personnes se trouvant dans l'immeuble avaient intérêt à ne pas se trouver sur la trajectoire de ses balles.

Ken avait revêtu un gilet pare-balles qui le protégeait du coup aux testicules. Il mit les deux fusils en bandoulière, comme Rambo, et fourra les pistolets dans des holsters, à la taille et à la cheville. Puis il enfila un bleu de travail assez ample pour dissimuler son arsenal, le temps de pénétrer dans l'immeuble. Une fois à l'intérieur, il s'en débarrasserait et passerait à l'action.

Cela faisait plus de vingt-cinq ans qu'il n'avait pas été sur le terrain. À l'époque, Demetrius et lui tiraient leurs principaux revenus du trafic de drogue. C'était le bon temps. Joel tenait déjà les comptes, Ken et Demetrius fixaient les règles. Et les enfreignaient quand bon leur semblait.

Merde… À quel moment sommes-nous devenus vieux ? Sauf qu'il n'y avait plus de « nous ». Demetrius était mort. *Pauvre con, tu m'as obligé à te tuer.*

Il enfila une cagoule de ski, la retroussa sur le haut de son crâne et la recouvrit d'une casquette de base-ball, dont la longue visière cachait son visage.

Il sortit de sa voiture, en proie à une nervosité mêlée d'excitation, comme s'il se rendait à son premier rendez-vous galant. Il n'aurait jamais dû arrêter l'action directe pour confier ces missions à d'autres gens, dont il avait fini par dépendre. Le jour où il avait cessé de se salir les mains, il avait commencé à s'amollir. À s'avachir. À vieillir, quoi…

Il entra dans l'immeuble par la porte principale. Il prévoyait d'en sortir par celle de derrière.

Il abaissa sa cagoule pour se masquer le visage, ouvrit la fermeture à glissière de son bleu de travail et le retroussa jusqu'à la taille. Il tenait un fusil d'une main et un pistolet de l'autre. Ken sourit en apercevant une femme derrière le bureau d'accueil.

Il avait déjà trouvé Gayle Ennis. *Parfait.* Il n'avait plus qu'à s'emparer d'elle et à traverser le bâtiment.

— Désolée, dit machinalement la femme, nous ne recevons plus de livrai…

Elle leva les yeux, vit la cagoule, les armes, resta bouche bée un bref instant puis se mit à hurler. Immédiatement, Ken se plaça derrière elle et la ceintura, en appuyant le canon de son pistolet sous son menton.

Un vigile surgit d'un coin du hall d'entrée et se précipita vers Ken, qui ouvrit le feu. L'homme tomba à plat ventre, et Ken l'acheva aussitôt d'une balle dans la tête. Un deuxième vigile sortit d'un bureau en brandissant une arme et connut le même sort que le premier.

Gayle poussait de longs cris pour avertir ses collègues.

— Allez-y, criez, madame Ennis, chuchota Ken. Je veux qu'ils viennent. J'ai une surprise pour eux.

Elle ferma la bouche et serra les dents. Elle tremblait tellement que Ken crut qu'elle allait s'évanouir. Il la traîna jusqu'à la porte du bureau de la direction, où le nom MARCUS O'BANNION était gravé sur la plaque. La pièce était vide.

— Où est-il ? demanda Ken.

— Je n'en sais rien, dit Gayle.

— Ce n'est pas grave, il viendra vous chercher.

Il fouilla les poches de Gayle, trouva son téléphone portable et s'en empara. À cet instant, d'autres employés apparurent à la porte du bureau et Ken les faucha d'une rafale.

Gayle se remit à hurler.

— Très bien, l'encouragea-t-il. C'est exactement ce que je veux… Je tire, vous hurlez, vos amis viennent à votre secours et je les tue…

Il traversa le hall en la poussant devant lui et franchit la porte de la salle de rédaction, compartimentée en son centre par des cloisons. Un troisième vigile ouvrit le feu avant de se retrancher derrière l'une des cloisons. La balle frôla l'oreille de Ken en sifflant.

Elle n'est pas passée loin, celle-là, songea-t-il, furieux.

— Je vais tuer Gayle ! cria-t-il au vigile.

Il resserra son étreinte sur son otage, sans éprouver le moindre scrupule à se servir d'une femme comme bouclier humain.

— Montre-moi ta tête ! appela-t-il.

Il vit une ombre se profiler sur le mur de la salle de rédaction et tira au jugé. Il vit le bras du vigile émerger, puis son corps tout entier, et Ken le cribla de balles, le projetant à terre.

Sur une porte, à sa gauche, il aperçut un nom : STONE O'BANNION.

Ken poussa la porte mais la pièce était vide.

— Où sont-ils, Gayle ? demanda-t-il à voix basse.

Mais elle ne desserra pas les lèvres.

Poussant toujours son otage devant lui, il traversa la salle de rédaction. Derrière l'une des cloisons, il vit une femme d'âge moyen, recroquevillée sous un bureau, tentant désespérément de se faire toute petite. Ken tira une nouvelle rafale vers elle, et Gayle se mit à sangloter.

— Arrêtez, gémit-elle. Que voulez-vous ? Je vous donnerai tout ce que vous voulez.

— Ça, je n'en doute pas, ricana-t-il.

Ce qu'il voulait, c'était la peau de Marcus O'Bannion.

— Ce que je veux, c'est dire un mot à Stone et Diesel, reprit-il. Où sont-ils ?

— Je suis là, dit Stone.

Il venait d'apparaître dans la salle et avançait vers Ken, les bras levés.

— Laisse-la partir. Si c'est moi que tu veux, me voici.

— Jette tes armes par terre et pousse-les du pied vers moi. Ensuite, on pourra discuter.

Stone sortit un pistolet de la poche de son pantalon puis un autre d'un holster de cheville.

— Lâche-la, dit-il. Emmène-moi à sa place.

— Je n'ai aucune envie de t'emmener… C'est ta mort que je veux !

Joignant le geste à la parole, Ken tira une rafale, criblant de balles le large torse, puis les jambes de Stone, qui s'effondra.

— Stone ! hurla Gayle. Oh ! non !

— Où est Diesel ? demanda Ken.

— Je ne sais pas…, haleta Gayle. Pas ici, en tout cas. Ça fait plusieurs heures qu'il est parti…

— Je ne vous crois pas. Sa voiture est garée devant l'immeuble.

— Il la laisse toujours ici…

Gayle saisit le poignet de Ken et tenta de le baisser. Ken lui enfonça le canon de son arme un peu plus fort sous le menton.

Il s'apprêtait à foncer vers la porte de derrière lorsqu'il entendit quelqu'un armer un fusil. Il se tourna vers la droite et vit Cal Booker qui le tenait en joue avec un fusil de chasse.

— Lâche-la ! cria Booker.

Ken lâcha une bordée de jurons en même temps qu'une rafale vers la poitrine de Cal. Celui-ci chancela un instant avant de s'écrouler à son tour. Ken se remit à pousser devant lui Gayle, qui était devenue totalement hystérique. Il parvint ainsi à l'issue de secours.

— Attention à la marche, ma p'tite dame, dit-il en la traînant vers sa voiture.

Il ouvrit la portière du passager, la projeta à l'intérieur et lui ordonna de s'agenouiller sur le plancher et de poser la tête sur le siège. Puis il verrouilla les portières pour l'empêcher de s'échapper et lui menotta les mains derrière le dos. Il jeta une vieille couverture sur son corps tremblant et démarra.

Dès qu'il aurait installé sa nouvelle invitée dans la cage

du sous-sol, il appellerait Marcus. Il avait hâte de l'avoir au bout de la ligne.

Cincinnati, Ohio
Mercredi 5 août, 19 h 20

Marcus aurait voulu sortir de la salle d'interrogatoire, mais Kate Coppola avait insisté pour qu'il reste. Sans doute parce que sa présence rendait Alice Newman nerveuse — comme le souhaitait Coppola. À en juger par la manière dont elle consultait sans cesse son téléphone, elle attendait visiblement une information importante. Ou, du moins, c'est ce qu'elle voulait faire croire à Alice.

Il espérait que cette information allait bientôt arriver, car il lui tardait de retrouver Scarlett, qui l'attendait de l'autre côté du miroir sans tain. Il ne pouvait pas la voir, mais il savait qu'elle était encore là.

D'ailleurs, il n'avait pas encore jeté le moindre regard en direction de la glace. Il ne pouvait tout simplement pas détourner son regard de la vipère à côté de laquelle il était assis. Elle fixait le vide, une main menottée à la chaise, l'autre recroquevillée et prête à griffer. Marcus ne doutait pas qu'elle saisirait la moindre chance de lui lacérer le visage, voire de lui crever les yeux.

Mais il ne lui en laisserait pas l'occasion. Sa peau et ses yeux appartenaient à Scarlett. Cette pensée le fit sourire, malgré la gravité du moment.

— Tu trouves ça drôle ? marmonna Alice en fixant le reflet de Marcus dans la glace.

— Non, Alice, je ne trouve pas ça drôle du tout. Je trouve ça même terrifiant qu'un individu comme toi puisse circuler librement dans la société. Et terrifiant que le mal puisse se cacher sous un joli minois comme le tien et te permettre de tromper les gens vulnérables. Mais je vais tout faire pour que le monde entier sache qui tu es vraiment. Et qui *il* est…

Il désigna la photo d'Alice avec l'homme d'âge mûr.

— Chaque lecteur, chaque auditeur, chaque téléspectateur saura quel monstre tu es.

Alice haussa les sourcils.

— Quel lyrisme ! persifla-t-elle. Faut-il que je chante ou que je pleure ?

— Ne chante surtout pas, railla-t-il. Ta voix de crécelle m'écorcherait les oreilles.

— Oh ! je suis vraiment navrée…

Et elle lui décocha un sourire angélique, qui transforma instantanément la cruauté haineuse de son expression en innocence juvénile. Elle était redevenue la jeune femme attentionnée qui était venue lui rendre visite à l'hôpital. Elle le narguait.

— Je ne voulais pas t'offenser, minauda-t-elle. Vous, les chanteurs, vous avez les oreilles si sensibles.

Marcus se figea. Il ne lui avait jamais parlé de musique quand elle venait le voir à l'hôpital ou à la salle de sport. Après la mort de Mikhail, il n'avait pas eu le cœur à chanter. Elle avait dû l'entendre grâce au bracelet électronique de Tala Bautista. C'était un nouveau maillon de la chaîne qui la liait à Demetrius. Marcus se promit de prouver ce lien de manière irréfutable — il le devait à Tala.

Le téléphone de Kate bourdonna derrière lui.

— Oui ! jubila-t-elle.

Elle venait de recevoir l'information tant attendue. *Dieu merci*. Marcus se balança en arrière sur sa chaise, sans quitter Alice des yeux.

— Vous allez la faire chanter ou pleurer, agent Coppola ? demanda-t-il d'un ton sarcastique.

Kate émit un petit gloussement triomphant.

— On va voir, monsieur O'Bannion, répondit-elle. Mais si elle chante, ce sera une marche funèbre…

Elle se leva, vint se placer à côté d'Alice et posa son téléphone sur la table, l'écran bien en vue.

— Votre client conservait des archives, lui dit-elle.

Elle fit défiler quatre photos. Sur la première, on voyait

Chip Anders avec l'homme présent lors de la remise du diplôme d'Alice. Sur la deuxième, Chip était en compagnie de Demetrius.

— Vous vous souvenez de ce jour-là, Alice ? demanda Kate en affichant le troisième cliché. Chip Anders est venu vous rendre visite.

Le sourire angélique d'Alice s'était évanoui. Kate lui montra une quatrième photo.

— Et vous voilà avec Demetrius Russell et Kenneth Sweeney.

Alice ne réagit que par un infime battement de cils.

— Vous êtes sûre que vous ne voulez pas me parler ? demanda Kate d'une voix égale. Une tentative de meurtre commandité, ça vous vaudra déjà, en soi, une très longue peine. Or, désormais, je peux prouver votre complicité dans une association de malfaiteurs, vouée au trafic d'êtres humains, et dans le meurtre de l'agent fédéral Spangler. Vous avez l'air intelligente, vous avez un diplôme de droit… Je vous conseille de bien réfléchir à votre situation.

— Je veux l'immunité, cracha Alice. Vous n'avez pas de preuves matérielles. Ce ne sont que des suppositions.

— Pour l'instant, répliqua tranquillement Kate, mais ça pourrait bien changer. Nous avons trouvé des données dans l'ordinateur de Woody McCord que nous n'avons pas encore exploitées.

Elle se tourna vers Marcus et lui dit :

— Monsieur O'Bannion, vous pouvez partir quand vous voulez. Merci pour votre aide.

Marcus se leva et recula jusqu'à la porte en continuant de regarder Alice.

— Un faisceau de suppositions suffit souvent à convaincre un jury, dit-il. Elle sait que je chante, à mes moments perdus. Or elle n'a pu l'apprendre qu'en ayant accès aux données du bracelet électronique de Tala. Quand vous perquisitionnerez son bureau et son domicile, cherchez ces enregistrements.

Kate esquissa un sourire.

— Encore merci, monsieur O'Bannion. Votre aide a été précieuse.

Marcus sortit de la salle d'interrogatoire et s'arrêta un instant dans le couloir. Il ne voulait pas que Scarlett le voie dans cet état de nervosité. Puisqu'ils ignoraient combien de tueurs ce réseau de trafiquants avait à sa solde, il valait mieux qu'elle ne se laisse pas distraire. Les complices d'Alice n'allaient pas tarder à comprendre l'importance qu'avait Scarlett aux yeux de Marcus, ce qui ferait d'elle une cible de choix.

Au bout d'un moment, il entra dans la salle d'observation et se raidit. Scarlett le regardait, un bras autour de la taille d'un homme plus âgé vêtu d'un uniforme impeccablement repassé. *Son père, sans doute,* se dit-il. Malgré la pénombre, il vit qu'ils avaient les mêmes yeux — et que ceux du père de Scarlett le fixaient attentivement. Marcus se demandait depuis combien de temps il le regardait ainsi.

Scarlett vint à la rencontre de Marcus, s'arrêtant à bonne distance de lui. Mais il lut dans son regard qu'elle mourait d'envie de le toucher, et cela suffit à le rassurer.

— Ça va ? demanda-t-elle.

Marcus se força à hocher la tête, sous l'œil perçant du père de Scarlett.

— Oui, fit-il.

Il ne put ignorer les yeux gonflés de Scarlett. Sans se soucier des regards indiscrets, il lui prit le menton entre le pouce et l'index.

— Tu as pleuré, constata-t-il. Ça va ?

— Oui, dit-elle en se penchant vers lui.

Elle sourit, et il sut qu'elle était sincère.

— Ça va encore mieux, ajouta-t-elle, depuis que tu n'es plus assis à côté de ce monstre. Viens…

Elle se retourna et posa une main sur les reins de Marcus. Ce n'était qu'un petit geste affectueux, mais, là, dans les entrailles du siège du CPD, c'était osé.

— Marcus, je te présente mon père, le lieutenant Bishop, dit-elle. Papa, voici Marcus.

Marcus tendit une main cordiale à Jonas.

— Lieutenant, c'est un honneur de vous rencontrer. Scarlett m'a dit tellement de bien de vous.

L'homme n'hésita pas : il serra la main de Marcus fermement, mais sans chercher à l'intimider.

— Pareillement, dit Jonas de sa voix bourrue.

Marcus savait que le moment était crucial. Cette première impression pouvait façonner l'opinion du père de Scarlett pour les années à venir. Il préférait donc que cette impression ne soit pas celle d'un homme ne sachant pas s'affirmer.

— Pareillement ? fit-il. Est-ce un honneur pour vous de me rencontrer ? Ou bien Scarlett vous a-t-elle dit beaucoup de bien de moi ?

Jonas esquissa un sourire.

— Les deux, répondit-il.

— Bon, d'accord, dit Marcus en lâchant la main du père de Scarlett. Comment dois-je vous appeler ? Lieutenant ? M. Bishop ? Jonas ? Et ne me répondez pas : « Les trois. »

Jonas jeta un regard amusé à sa fille.

— Vous pouvez m'appeler Jonas, dit-il. Je crois qu'il fera l'affaire, Scarlett. Il faut que je rentre à la maison. Ta mère a préparé un carré de porc à la cocotte. Si vous voulez vous joindre à nous, vous êtes les bienvenus… Tous les deux.

Scarlett secoua la tête.

— J'ai des fichiers à analyser, dit-elle. Mais quand j'aurai fini, on viendra peut-être boire le café, s'il n'est pas trop tard. J'aurai sans doute besoin de décompresser après avoir analysé les fichiers de l'ordinateur de McCord.

— Il n'est jamais trop tard, Scarlett, dit Jonas. Tu peux débarquer à toute heure du jour et de la nuit. Appelle-moi.

— Je n'y manquerai pas.

Sans l'ombre d'une hésitation, elle enlaça son père en murmurant :

— Merci.

Jonas la serra bien fort, comme s'il craignait qu'elle ne s'échappe.

— Pas la peine de me remercier, Scarlett Anne, chuchota-t-il. Tu pourras toujours compter sur moi.

Marcus ne savait pas ce qu'ils s'étaient dit, et pourtant il sentit sa gorge se contracter. Il fit un pas en arrière et se réjouit d'entendre bourdonner son téléphone portable, ce qui lui donnait un prétexte pour laisser au père et à la fille un instant d'intimité.

Il fut soulagé de découvrir que c'était Diesel qui l'appelait. Il n'avait pas donné de ses nouvelles depuis qu'il était sorti précipitamment du Meadow quelques heures plus tôt.

— Salut Diesel, ça va ? demanda Marcus.

— Marcus…

La voix de Diesel était tremblante et hachée.

Il pleure… Oh ! mon Dieu…

Marcus sentit ses genoux vaciller et le sang se glacer dans ses veines. Il se laissa tomber sur une chaise.

— Qu'est-ce qui t'arrive ? demanda-t-il à Diesel.

Scarlett se tourna brusquement vers lui, alarmée par la panique qui imprégnait sa voix. Elle s'arracha aux bras de son père et s'agenouilla à côté de Marcus.

— Qu'est-ce qui se passe ? demanda-t-elle.

— Je ne sais pas…

Il n'entendait que les sanglots rauques de Diesel.

— Diesel, qu'est-ce qu'il y a ? Parle-moi. Où es-tu ?

— Au *Ledger*. Ils sont morts, Marcus. Ils sont tous morts…

— Attends, je mets le haut-parleur, dit-il. Scarlett est avec moi. Qu'est-ce que tu dis ? Qui est mort ?

— Cal… Bridget… Et Stone…

Marcus se sentit suffoquer. Dans le lointain, il entendit la voix de Scarlett demander à son père d'envoyer des secours. Puis il sombra dans un trou noir.

*
* *

Cincinnati, Ohio
Mercredi 5 août, 19 h 30

— Marcus !

Scarlett lui serrait la main de toutes ses forces.

— Respire, dit-elle.

Les yeux de Marcus étaient vitreux. Il était pétrifié, incapable de faire le moindre geste. Elle lui martela la poitrine de coups de poing.

— Respire, nom de Dieu ! hurla-t-elle.

Il aspira un mince filet d'air, puis un autre. Toujours privé de l'usage de la parole, il lui pressa le poignet si fort qu'elle tressaillit, mais elle ne lui lâcha pas la main.

Son père s'était agenouillé de l'autre côté de la chaise de Marcus.

— J'ai prévenu Isenberg, dit-il. Des voitures de police et des ambulances sont en route.

Elle le remercia d'un signe du menton.

— Diesel, dit-elle calmement dans le téléphone de Marcus, c'est Scarlett. Vous avez entendu ? Les secours arrivent. Ne raccrochez pas. Tout d'abord, êtes-vous blessé ?

— Non, je suis venu pour aider Cal à boucler l'édition de demain…

Il étouffa un sanglot et se racla la gorge.

— C'est Jerry que j'ai trouvé en premier… Dans l'entrée… Mort… Abattu d'une balle dans le dos… Et Bridget… Elle était sous son bureau… Et Cal, j'ai glissé dans son sang…

Scarlett s'efforça de lui parler calmement, pour qu'il reste concentré et qu'il maîtrise ses émotions.

— Vous avez pris leur pouls ?

— Non… Pas encore…

Il inspira profondément et cessa de sangloter.

— C'est ce que je suis en train de faire, reprit-il au bout d'un moment.

Il semblait s'être un peu calmé.

— Je prends celui de Cal, dit-il. Non… Rien… Stone, maintenant… Oh ! mon Dieu… Oui ! Je sens des pulsations.

Scarlett ôta sa main de celle de Marcus pour lui saisir le menton.

— Tu as entendu ? demanda-t-elle en le forçant à la regarder dans les yeux. Stone est vivant !

Marcus fit visiblement un effort surhumain pour parler et demanda :

— Qu'est-ce qui s'est passé, Diesel ?

— Je n'en sais rien ! gémit-il, complètement perdu. Un mec s'est pointé et s'est mis à tirer sur tout le monde.

Marcus se leva, écartant la main de Scarlett lorsqu'elle tenta de le forcer à se rasseoir.

— Et les vigiles ?

— Ils sont morts.

— Tous les trois ?

— Ouais…

Un bruit de tissu qu'on déchire se fit entendre à l'autre bout de la ligne.

— Il faut que j'arrête l'hémorragie, dit Diesel. Stone ? Hé, Stone ! Réveille-toi, mon pote. Je vois ses yeux bouger sous ses paupières. Il essaie de me parler…

Marcus attendit, raide comme un piquet. Scarlett l'attira vers elle pour que sa tête repose sur son épaule.

— Respire, mon chéri, murmura-t-elle. Stone est solide comme un roc.

— Merde ! s'exclama Diesel d'une voix paniquée. Stone vient de me dire que le tueur a emmené Gayle ! Il a tiré sur tout le monde, sauf sur elle, et il est parti avec elle…

Marcus se rassit lourdement sur sa chaise, exsangue.

— Quoi ! Où l'a-t-il emmenée ?

— Je ne sais pas. Personne n'est…

Diesel s'interrompit et reprit :

— Attends… il y a quelqu'un…

Ils entendirent des bruits de pas, une porte qui s'ouvrait.

— Ah, c'est vous ! soupira Diesel, soulagé. Venez, j'ai besoin d'aide !

Pendant de longues secondes, on n'entendit plus que des cris d'horreur et des lamentations.

— Oh ! s'écria Diesel. J'ai dit que j'avais besoin d'aide. Liam, arrête de pleurer et va chercher une couverture et un oreiller pour Stone… Ne regarde pas par là ! Regarde-moi. Va chercher le coussin du fauteuil de Stone. Vas-y !

— Ça y est, murmura Marcus, Diesel est en mode opérationnel.

Il se leva de nouveau. Scarlett le saisit par la chemise.

— Où vas-tu ? demanda-t-elle.

— Au *Ledger*, pardi !

— N'y pense pas, Marcus ! répliqua-t-elle. Quelqu'un a enlevé Gayle. C'est peut-être ce Sweeney… Et c'est toi qu'il veut ! Rassieds-toi et réfléchissons. Isenberg a envoyé des collègues sur place.

— Novak et Tanaka, précisa Jonas.

— Tu as entendu ? Deacon est en route. S'il y a le moindre indice, il le remarquera. S'il y a un cheveu par terre, Tanaka le trouvera… Alors, reste avec moi pour l'instant.

— Elle a raison, intervint Diesel. L'ambulance est arrivée. Merde, je…

Il commençait à hyperventiler.

— Calme-toi, lui dit Marcus. Va dans mon bureau et attends les flics. Qui sont les rescapés ?

— Non, je ne vais pas me planquer ! Ça ira… Jill est indemne… Ainsi que Liam, le gars qui bosse avec Lisette…

— Je sais qui est Liam, grogna Marcus.

— Ouais, mais pas ta fliquette. Il y a aussi Donna, de la compta, et Frank, le gars de l'entrepôt. Ils sont descendus aux archives quand ils ont entendu les coups de feu. Ils sont sains et saufs. Stone respire. Les urgentistes sont en train de le soigner. Voilà, c'est tout…

— J'arrive, dit Marcus d'un ton résolu.

— Non. Fonce à l'hôpital. Stone va avoir besoin de toi. Ainsi qu'Audrey et ta mère.

— C'est Marcus ? fit une voix féminine à l'autre bout de la ligne. Marcus, c'est Jill…

Scarlett fut étonnée par le changement de ton de la nièce de Gayle. Sa voix, humble et respectueuse, était très loin de celle, pleine d'aigreur, de la jeune femme en colère qui s'en était prise à Marcus dans la salle d'attente, la veille.

— Stone est conscient, dit Jill. Il portait un gilet pare-balles, qui le protégeait jusqu'aux genoux. Liam et moi, nous avons découpé ses vêtements pour essayer d'arrêter l'hémorragie. Il a été criblé de balles, et le gilet ne les a pas toutes arrêtées. Mais il ne saigne pas abondamment. Je vous dis ça pour que vous ne vous inquiétiez pas trop.

Scarlett coupa le son et dit tout bas à Marcus :

— Elle est trop calme. Elle ne sait pas que Gayle a été enlevée.

Marcus redressa les épaules lorsque Scarlett réactiva le son.

— Jill, où étiez-vous ?

— Au sous-sol avec Cal, dans la salle des archives… Marcus, Cal est…

Sa voix se perdit dans un murmure.

— Je sais, dit Marcus en grimaçant. Que s'est-il passé, Jill ?

— Nous avons entendu des coups de feu dans le hall d'entrée, et avant qu'on puisse réagir, Stone nous a poussés dans l'escalier, Donna, Liam, Frank et moi. Cal y était déjà. Stone nous a dit de ne pas bouger et il est remonté en fermant la porte derrière lui. Mais Cal n'a rien voulu entendre…

Sa voix se brisa de nouveau.

— Heureusement que tante Gayle était déjà partie, ajouta-t-elle au bout d'un moment.

Il y eut un lourd silence et le visage de Diesel dut trahir la vérité, car Jill se mit à geindre :

— Non, non… C'est impossible ! Elle était rentrée chez elle !

— Jill ! hurla Diesel. Attends !

Le cri strident que poussa Jill couvrit tous les bruits de fond à l'autre bout de la ligne.

— Le sac à main de Gayle est sur son bureau, dit Diesel d'une voix sombre. Il faut que j'y aille. Un agent de police vient d'empêcher Jill de le prendre. Ne viens pas ici. Va à l'hosto. Scarlett… ? Empêchez-le de venir ici.

— Vous pouvez compter sur moi, dit Scarlett.

Elle coupa la communication et, sans lâcher la chemise de Marcus, composa le numéro de Jeremy de sa main libre.

— Jeremy, c'est Scarlett Bishop. Marcus est indemne, s'empressa-t-elle de dire. Mais Stone est blessé…

Elle le mit rapidement au courant de la situation, sans cesser de regarder Marcus droit dans les yeux.

— Où êtes-vous ? demanda-t-elle.

— Chez moi. Avec Keith.

C'est-à-dire à plus de trois quarts d'heure de route.

— Je vous écoute, inspectrice, dit Keith. J'ai mis le haut-parleur et j'ai tout entendu. Dans quel hôpital Stone a-t-il été admis ?

— Je ne le sais pas encore. Sans doute à celui du comté. C'est là qu'il y a le meilleur service de traumatologie.

— Nous nous mettons en route immédiatement. Appelez-nous quand vous saurez précisément où il est.

— Attendez, intervint Jeremy. Della est-elle au courant ?

— Pas encore. Je vais appeler Audrey. Si elle n'est pas chez elle, je demanderai à parler à Mme Yarborough.

— Merci, inspectrice. Marcus ?

— Je t'écoute, papa, dit Marcus d'une voix blanche.

— J'avais seulement besoin d'entendre le son de ta voix. On arrive.

Scarlett raccrocha.

— Tu veux appeler Audrey ? demanda-t-elle.

Il hocha la tête et passa l'appel, au cours duquel sa voix se brisa à plusieurs reprises.

— Elle va se mettre en route pour l'hôpital, avec ma mère, dit-il en raccrochant.

— Ta famille a besoin de toi, dit Scarlett.

Il secoua la tête. La souffrance qu'elle lut dans son regard était infinie.

— Ma famille, c'est aussi Gayle… Quand je pense

qu'elle est aux mains de ce salaud... Salopard... Je vais le tuer, je le jure !

Scarlett posa son front contre celui de Marcus.

— N'y pense même pas. Tu ne peux rien faire. Il faut se concentrer sur l'endroit où il a pu l'emmener. Nous savons déjà pourquoi il l'a enlevée... Il veut t'attirer dans un piège. Mais je ne le laisserai pas faire. Parce que je t'aime, Marcus. Tu as compris ?

— J'ai compris. Allons-y. Mais reste avec moi, s'il te plaît.

— Essaie un peu de te débarrasser de moi ! répliqua-t-elle en lui passant un bras autour de la taille.

Elle leva la tête vers son père et lui dit :

— Merci, papa.

— Je n'ai rien fait, dit-il. C'est toi qui as contrôlé la situation.

Ils s'apprêtaient tous les trois à sortir de la salle d'observation lorsque Marcus se figea sur place. Dans la salle d'interrogatoire, Alice Newman arborait un petit sourire narquois.

Marcus se détacha brusquement de Scarlett en poussant une sorte de rugissement.

— Et merde, marmonna Scarlett qui se lança à sa poursuite et tenta de le ceinturer.

Mais il était fou de douleur et de colère. Il saisit Alice par le cou et la plaqua contre le mur, entraînant la chaise à laquelle elle était menottée.

— Marcus ! s'écria Scarlett. Arrête ! Si tu la tues, elle ne pourra rien nous dire.

Ce fut son père qui l'empêcha de commettre l'irréparable. Il le saisit par les épaules et le fit pivoter. Marcus heurta le mur. L'agent de police qui était de garde dans la salle lui fit une clé de bras pour le maîtriser, mais Marcus sembla ne pas s'en apercevoir.

— Arrêtez ! tonna Jonas, qui vint se placer entre Marcus et Alice. Je vous interdis d'agir ainsi !

Il se tourna vers l'agent et lui ordonna :

— Faites-le sortir d'ici. Passez-lui les menottes, si nécessaire… Et attendez qu'il se soit calmé pour les lui enlever.

Scarlett prit le visage de Marcus à deux mains et lui dit :

— Elle ne vaut pas que tu perdes ta liberté, Marcus. Et moi, j'ai besoin de toi…

— Je veux la tuer, dit-il en tremblant de tout son être.

— Je te comprends. Mais si tu le fais, nous serons séparés pendant très longtemps… Je t'en supplie… Fais-moi confiance pour que je fasse mon boulot…

Il la dévisagea pendant un long moment. Sa respiration devint plus régulière.

— D'accord, fit-il enfin. Je t'attends dehors…

Scarlett se tourna vers Alice, qui affichait un large sourire. Scarlett garda son calme et sourit, elle aussi — et son rictus méprisant n'avait certes rien d'amical. Elle soutint le regard d'Alice jusqu'à ce que son sourire railleur s'estompe.

— Nous n'avons pas été présentées, Alice. Je suis l'inspectrice Bishop.

Elle tira la chaise d'Alice vers la table et menotta prestement sa main libre à la chaise, en tirant sèchement sur la chaîne — juste assez pour lui faire mal sans que les caméras filment un geste brutal prohibé. Puis Scarlett s'assit à côté d'Alice, sachant que son père l'observait. *Il me protège,* songea-t-elle. C'était sans doute inutile, en l'occurrence, mais elle ne s'en réjouit pas moins.

— Vous êtes censée m'impressionner ? M'intimider ? la nargua Alice.

— Vous savez ce qui vous attend, Alice ? Au cas où vous auriez oublié ce qu'on vous a appris à la fac de droit, je vous rappelle que vous allez être incarcérée. D'abord en garde à vue, en attendant de passer devant le juge pour qu'il vous signifie l'acte d'accusation. Ensuite, vous irez en détention… Et, croyez-moi, l'orange ne vous ira pas bien au teint…

— Très drôle, dit Alice en levant les yeux au ciel. Qu'est-ce qu'on se marre…

— Si vous aimez la rigolade, vous adorerez la prison,

dit Scarlett sans cesser de sourire. Vous allez même vous éclater. Surtout quand vos codétenues apprendront que vous êtes pédophile. Et que vous avez acheté et vendu des êtres humains… Des femmes et des enfants… Pour en faire des esclaves sexuels.

Alice secoua la tête et afficha un sourire hautain.

— Jamais vous ne pourrez m'inculper de pédophilie, ricana-t-elle. Vous essayez de me faire peur, mais ça ne marchera pas. Vous bluffez. Vous n'avez aucune preuve, et vous le savez.

Scarlett lisait dans le regard d'Alice qu'elle était ébranlée.

— Je n'ai pas besoin de preuves car même si vous n'êtes pas inculpée de ces crimes, il me suffira de faire courir la rumeur en détention… Je ferai croire que vous êtes impliquée dans une affaire de pédophilie, mais que vous avez négocié avec le procureur pour éviter ce chef d'inculpation. Comme vous êtes juriste, toutes vos codétenues croiront sans peine que vous avez réussi à magouiller.

La mâchoire d'Alice se crispa.

— Vous n'avez aucune preuve, répéta-t-elle.

— Ah bon ? On a des photos de vous avec Demetrius, Anders et Sweeney…

— Je leur servais le café, c'est tout.

— Peu importe votre rôle exact, ce qui compte, c'est ce que dit la rumeur…

Scarlett se pencha vers Alice et ajouta :

— Vous allez être une proie de choix. Avec vos cheveux blonds et votre peau laiteuse, vos codétenues vous détesteront d'emblée… Alors, quand elles apprendront que vous êtes pédophile… Là, vous allez bien vous marrer, je vous le garantis. Vous serez la reine du bal. Mais vos nouvelles copines ne vous tueront pas… Non, elles tiendront à garder leur jouet le plus longtemps possible… Réfléchissez-y, Alice. Tous les jours, elles s'occuperont de vous. Elles voudront toutes en profiter. Tous les jours et toutes les nuits…

La peur était maintenant visible dans le regard d'Alice.

— Vous ne m'effrayez pas, inspectrice, dit-elle sans conviction.

— Pourquoi auriez-vous peur de moi ? Je n'ai pas porté la main sur vous, sauf pour vous passer les menottes. Je connais quelques filles en taule qui me sont redevables. Elles se feront un plaisir de me renvoyer l'ascenseur. Vous êtes tellement jolie… Pour l'instant.

Alice se tourna vers son avocat.

— Vous allez la laisser me menacer comme ça ? lui demanda-t-elle d'une voix furieuse.

— Quelle menace ? demanda l'homme platement. Elle n'a fait que vous complimenter en vous disant que vous êtes jolie. Elle ne vous a pas menacée du tout.

— Il est bien, votre avocat, Alice. Il me plaît beaucoup, dit Scarlett.

Elle se leva. Un coup d'œil vers la porte lui apprit que Kate Coppola avait assisté en silence à la scène.

— Agent Coppola, dit Scarlett, je crois qu'elle est prête à aller en cellule. Je vais demander à un agent de l'y amener. À plus tard, Alice. Vous passerez le bonjour à vos nouvelles copines. Je suis sûre qu'elles vous plairont beaucoup…

— Je ne vous dirai rien, cracha Alice. Vous ne m'intimidez pas.

— Oh ! mais je n'espérais pas y arriver. DJ nous fournira les informations dont nous avons besoin. Mon but, Alice, c'est que vous viviez en prison une expérience… extraordinaire.

— DJ est dans la salle d'interrogatoire numéro 6, précisa Kate. Et, cette fois, c'est vrai… On vient de l'amener.

Le regard d'Alice trahit sa fureur. Elle avait cru Marcus lorsqu'il avait prétendu que DJ était déjà en garde à vue.

— Il sera déçu, dit-elle à Scarlett tandis que celle-ci se tournait vers la porte.

— Qui ça ? demanda Scarlett, sachant très bien ce qu'Alice allait dire.

— O'Bannion. Vous lui avez promis que vous me feriez parler, hein ?

— Pas du tout, répliqua Scarlett en souriant. Je lui ai dit

que je ferais mon boulot. L'un de mes devoirs est de faire en sorte que les victimes obtiennent justice. Il arrive parfois que la justice porte un uniforme orange.

De crainte de céder à l'irrésistible envie de rouer Alice de coups, Scarlett s'empressa de sortir de la pièce. Elle s'adossa au mur du couloir, dans lequel l'attendait son père.

— Où est Marcus ? lui demanda-t-elle.

— Ici, dit Marcus en sortant de la salle d'observation. Je suis désolé pour tout à l'heure.

Il semblait épuisé et abattu.

— Tu n'as pas à t'excuser. Et moi, je regrette qu'on ait été obligés de te retenir.

— Tu vas interroger DJ ? demanda-t-il.

— Oui. Toi, il faut que tu ailles à l'hôpital. Quoique… Oh ! merde… Ces salauds t'attendent peut-être là-bas.

— Je porte un gilet pare-balles, lui rappela-t-il.

— Ils viseront la tête.

— Je porterai un casque de combat. Fais-moi confiance. Tu l'as dit toi-même… Ma famille a besoin de moi. Je ne vais pas me terrer ici, et il n'est pas question que j'abandonne Stone. Il faut qu'il sache que je suis à ses côtés.

Scarlett acquiesça à contrecœur. Il avait raison, et elle le savait. Il comptait sur elle pour faire son boulot. Il fallait en retour qu'elle compte sur lui pour qu'il fasse preuve de bon sens et qu'il tienne parole.

— Ce qui m'inquiète aussi, dit-elle, c'est que ces salauds vont aussi mettre la vie d'autres gens en danger. Des infirmières, des patients, des visiteurs…

— Merde, c'est vrai, ça, admit-il en pâlissant.

— Attends, dit-elle. Il y a peut-être une solution…

Elle se tourna vers son père et lui demanda :

— Que pourrait-on faire pour sécuriser entièrement l'hôpital ? Parce que, même si Marcus n'y va pas…

Elle leva la main pour balayer l'objection qui naquit aussitôt sur les lèvres de Marcus et lui dit :

— Je sais que tu vas y aller, mais même si tu n'y vas pas,

ils te guetteront peut-être là-bas. Papa ? Serait-il possible d'assurer une sécurité maximale sur place ?

— Nous pouvons poster des agents à chaque entrée, répondit Jonas, et autour du service des urgences et du bloc opératoire, et contrôler chaque visiteur avec des détecteurs de métaux, pour s'assurer qu'aucune arme ne rentre dans l'hôpital. Nous coopérerons avec le service de sécurité privé de l'établissement.

— Ça suffira, dit Scarlett. Je vais interroger DJ. Peut-être qu'il me dira où est ce Kenneth Sweeney. Anders ayant disparu et Demetrius étant mort, c'est peut-être lui qui dirige le réseau, maintenant…

— Je vais emmener Marcus à l'hôpital, proposa Jonas.

— Merci, Jonas, dit Marcus. Pouvez-vous nous laisser seuls un instant, s'il vous plaît ?

— Bien sûr. Rejoignez-moi devant l'ascenseur.

Scarlett prit Marcus par la main et le conduisit dans une salle de réunion inoccupée. Elle referma la porte derrière elle et le prit dans ses bras. Il frissonna et se blottit contre elle.

— Que vais-je faire sans Stone ? Et sans Gayle ? murmura-t-il.

— Pour l'instant, tu dois te dire que tu vas les revoir vivants.

— Et sinon ? Quand Mikhail a été assassiné, j'ai failli en mourir. Si je perds Stone…

— Arrête ! Tu as entendu ce qu'a dit Jill… Stone est conscient. Il va s'en tirer. Il est trop têtu pour céder face à la mort.

— Espérons. Il nous reste à retrouver Gayle…

— Exactement.

— J'aurais dû fermer le journal en attendant qu'il n'y ait plus de danger, regretta-t-il d'une voix rauque. Quel con je fais !

— Tu ne voulais pas mettre tous tes employés au chômage technique. En faisant grimper les ventes du *Ledger*, tu leur as procuré une sécurité financière et tu te sens responsable de leur bien-être. Tu crois vraiment qu'un seul d'entre eux serait resté chez lui si tu leur avais laissé le choix ?

— Je ne sais pas, et je ne le saurai jamais…

Il resta silencieux un long moment avant de reprendre :

— Je connais Cal depuis que je suis gamin. Quand j'allais voir mon grand-père, à l'époque où on habitait encore à Lexington, Cal était toujours à ses côtés. Il ne m'a jamais traité comme un rival… C'est ma faute, Scarlett. Je n'avais pas prévu qu'un de mes employés puisse être victime de mon activité.

— Écoute, Marcus, tout ce que je sais, moi, c'est que chaque membre de ton équipe m'a dit, les yeux dans les yeux, qu'il assumait le risque… Y compris Cal.

— Ce n'est vrai que pour ceux de l'équipe restreinte, ça ne l'est pas de Bridget ou de Jerry…

— C'est pourquoi tu as engagé des vigiles pour les protéger.

— Tu ne veux vraiment pas que je culpabilise, hein ?

— Ta famille a besoin de toi, Marcus. Tes employés aussi. Ils vont être écrasés de chagrin. Si tu veux honorer la mémoire de Cal, continue à faire vivre le *Ledger*.

— Tu es si calme…

— Mais je ne le serai pas toujours. Et, quand je ne le serai pas, ce sera à ton tour de l'être à ma place. Quelqu'un m'a dit que c'est comme ça que ça marche.

— Ton père ?

— Oui.

Elle se dressa sur la pointe des pieds pour l'embrasser sur la bouche.

— Allez, il faut que tu y ailles. Je te rejoindrai au plus vite.

— D'accord, dit-il en se redressant. À tout à l'heure, à l'hôpital.

Chapitre 35

Cincinnati, Ohio
Mercredi 5 août, 20 h 45

Scarlett trouva la salle d'attente du bloc opératoire pleine de gens, parmi lesquels, à sa grande surprise, ses propres parents. Jackie Bishop était assise à côté de Della et lui tenait la main. Marcus était assis entre sa mère et le père de Scarlett.

La fiancée de Deacon, Faith, avait pris place à gauche de son oncle Jeremy et lui tenait la main — celles de Jeremy étaient toujours gantées pour cacher les traces de brûlures — et Audrey, impassible, s'était installée à la droite de celui-ci.

Jill occupait le fauteuil voisin, mais c'était sur les genoux de Keith qu'elle avait posé la tête. Ses yeux étaient fermés, mais des larmes filtraient entre ses paupières et coulaient sur ses joues, mouillant le pantalon de Keith. Le regard du mari de Jeremy était paternel et bienveillant, chose inhabituelle chez lui, tandis qu'il lui caressait les cheveux. Cette scène touchante rappela à Scarlett que Jill était à peine sortie de l'enfance. Elle se souvint aussi de la justesse des prévisions de la jeune fille. Il s'était passé exactement ce qu'elle avait dit redouter : sa tante courait le plus grand danger à cause des risques qu'avaient pris Marcus et son équipe.

Lisette et Diesel partageaient un canapé. Ils paraissaient

tous deux abasourdis, hagards. Tous, à l'exception des parents de Scarlett, semblaient hébétés.

Ils avaient revêtu des gilets pare-balles apparents — qui semblaient tristement déplacés en un tel lieu. Marcus avait ôté son casque, mais il l'avait porté, comme promis.

Scarlett lui déposa un baiser sur le front.

— DJ n'a rien lâché, lui chuchota-t-elle dans le creux de l'oreille. Je suis désolée. J'ai rarement été confrontée à quelqu'un d'aussi obstiné.

— Je m'y attendais, même si j'espérais le contraire, dit Marcus d'un ton fataliste.

— J'ai passé le relais à Kate. Des nouvelles de Stone ?

— Il est toujours en salle d'opération. Deacon l'a accompagné dans l'ambulance, mais il est reparti tout de suite au… sur la scène de crime. Stone est resté conscient pendant tout le trajet, et il l'était encore quand les infirmiers l'ont emmené en salle d'opération…

Il voulut ajouter quelque chose mais se ravisa après avoir jeté un regard en coin à sa mère.

Scarlett fit un petit signe d'acquiescement, comprenant qu'il lui en dirait davantage en tête à tête. Elle remarqua le regard embrumé de Della Yarborough. La mère de Marcus n'était pas complètement dans les vapes, mais il était clair qu'elle avait pris des cachets.

Scarlett se pencha pour embrasser sa propre mère sur la joue.

— Salut, maman, je ne m'attendais pas à te trouver là.

— Ton père m'a appelée pour me dire qu'il ne rentrait pas dîner, et il m'a parlé de Marcus… Si tu tiens à ce garçon, alors nous y tenons aussi, Scarlett. Voilà pourquoi nous sommes ici.

Scarlett sentit son cœur se gonfler.

— Merci, maman…

Elle se tourna vers la mère de Marcus.

— Mme Yarborough, dit-elle prudemment. Je… J'aurais préféré que nous nous rencontrions dans des circonstances plus heureuses…

— Vous pouvez m'appeler Della, dit-elle en se forçant à sourire brièvement. Alors, vous et Marcus… ?

Scarlett sentit ses joues s'empourprer.

— Oui, madame. J'espère que vous n'y voyez pas d'inconvénient…

— Et si j'en voyais ?

— Sauf votre respect, madame, je resterais avec lui quand même.

Cette fois, le sourire de Della dura un peu plus longtemps avant de s'estomper.

— Vous êtes venue à l'enterrement de Mikhail, dit-elle, alors que rien ne vous y obligeait.

— Je me devais d'y aller, dit Scarlett.

Elle hésita puis haussa les épaules et ajouta :

— Je vais aux enterrements de toutes les victimes… Je pense que c'est ce qu'il faut faire.

Della hocha très lentement la tête.

— Vous, dit-elle, vous vous entendrez bien avec Marcus… Donc, non, Scarlett, je n'y vois vraiment aucun inconvénient.

— Ouf, souffla Scarlett en souriant. J'ai eu peur, pendant deux ou trois secondes…

Elle jeta un coup d'œil en coin à sa propre mère, qui lui fit un petit signe d'encouragement.

— Vous savez où est Gayle ? demanda soudain Della.

— Non, madame, pas encore, répondit-elle. Mais nous la cherchons.

Elle entendit un bruissement derrière elle et se retourna. Jill s'était levée. Son regard était sombre, ses yeux rougis par les larmes.

— Ça ne suffit pas, dit-elle d'un ton glacial. Vous avez des suspects en garde à vue… Vous, la super-flic, faites-les parler… Faites-leur dire où ce salaud a emmené ma tante.

Scarlett se releva lentement, se sentant soudain très lasse.

— Je ne suis pas une super-flic, Jill, murmura-t-elle. Nous ne sommes pas dans une série télévisée, mais dans la vraie vie. Les suspects ne se mettent pas toujours à table.

Parfois, j'ai envie de les étrangler pour leur faire cracher la vérité. Mais je n'ai pas le droit de le faire.

— Essayez la ruse, suggéra Jill.

Mon Dieu, ce qu'elle est jeune et naïve.

— En général, quand ils sont assez idiots pour se faire piéger, c'est qu'ils le sont assez pour que je n'aie même pas besoin de leurs aveux, parce qu'ils ont laissé des preuves accablantes. Malheureusement, les gens qui ont enlevé votre tante sont loin d'être idiots.

Jill ne parut pas convaincue.

— Passez un accord avec eux, alors.

— C'est impossible, Jill. Ils ont tué trop de gens. Ils ont acheté et revendu des familles entières pour les réduire en esclavage. Et des enfants, Jill… Des enfants innocents, pour les livrer à des pervers. Vous ne pouvez pas imaginer ce qu'ils ont dû endurer… Vous pensez vraiment que votre tante voudrait que ces criminels sortent de prison, et recommencent à martyriser d'autres familles ?

Les épaules de Jill s'affaissèrent, et elle se remit à sangloter.

— Ce sont des tueurs… Et ils ont enlevé ma tante…

Scarlett lâcha un soupir et prit la jeune fille dans ses bras. Elles restèrent un moment serrées l'une contre l'autre. Puis Jill serra les poings et se mit à marteler les clavicules de Scarlett, si violemment que celle-ci vacilla sur ses jambes.

— Vous devez la ramener à la maison ! explosa-t-elle en levant le poing, visiblement prête à frapper Scarlett au visage. Allez la chercher, au lieu de faire semblant de vous intéresser à elle !

Scarlett entendit Marcus et Jonas se lever derrière elle. Sans se retourner, elle leur fit signe de ne pas bouger et immobilisa fermement la jeune fille.

— Vous allez venir avec moi, lui ordonna-t-elle. On va aller faire un tour, toutes les deux.

— Euh… Scarlett ? murmura Faith d'un air inquiet. Rappelle-toi que ce n'est qu'une gamine.

Scarlett leva les yeux au ciel.

— Enfin quelqu'un pour s'apercevoir que je suis une teigne ! railla-t-elle. J'avais peur de m'être ramollie.

Quelqu'un rit tout bas dans la pièce, ce qui fit baisser la tension qui y régnait. Même Jill esquissa un pâle sourire, mais cela ne fit que raviver l'irritation de Scarlett.

— Mais tu sais quoi ? demanda-t-elle à Faith. Elle a dix-neuf ans et elle est assez âgée pour essayer de flanquer son poing dans la figure d'une flic. Alors, elle va m'écouter, la gamine… Ne t'inquiète pas, Faith, on va juste mettre les choses au clair.

Jill abandonna toute résistance et suivit docilement Scarlett dans une autre salle d'attente, plus petite et déserte. Scarlett la lâcha et Jill se frotta le poignet.

— Vous m'avez fait mal, se plaignit-elle.

— Vous appelez ça « faire mal » ? Merde alors ! Vous avez de la chance que je ne vous aie pas brisé les deux bras.

— Vous n'oseriez pas, dit Jill, intimidée.

— Vous avez raison. Parce que je sais me contrôler, moi. Autrement, vous auriez déjà pris une bonne claque. Je n'ai qu'une chose à vous dire : comportez-vous comme une adulte. Vous avez peur et vous êtes furieuse, j'ai compris. Mais vous n'êtes pas la seule à aimer Gayle et à s'inquiéter pour elle. Par contre, pour ce qui est de piquer une colère de gamine capricieuse… C'est la première et dernière fois que je vous préviens. Je passe l'éponge sur les coups que vous venez de me donner. Mais la prochaine fois que vous me touchez, je ne réponds plus de rien. C'est compris ?

— Oui, dit Jill d'une voix boudeuse.

— Très bien. Si vous tenez absolument à jouer les sales gosses, restez dans cette pièce, seule dans votre coin. Si vous voulez aider votre tante, reprenez-vous.

— Je vais rester ici, décida Jill en s'asseyant.

— Comme vous voulez.

Scarlett se tourna vers la porte, mais son taux d'adrénaline retomba brusquement. L'épuisement la gagna d'un seul coup et elle se laissa tomber dans un fauteuil à côté de Jill.

Jill lui jeta un regard dédaigneux.

— Je ne peux pas être seule dans mon coin en compagnie de *quelqu'un d'autre*, observa-t-elle.

— Et si vous essayiez de la fermer, pour voir ?

— On dirait Stone.

— Merci pour le compliment.

Jill pouffa de rire puis soupira.

— Excusez-moi de vous avoir frappée, dit-elle d'un air contrit. Je ne sais pas pourquoi j'ai réagi comme ça.

— Sans doute parce que vous étiez paumée, et que j'étais à portée de vos petits poings. Mais ne recommencez jamais.

— J'ai compris. Vous allez bien ? Vous êtes toute blanche...

— La journée a été longue. Il faudrait que je mange un morceau, mais je n'ai pas le courage de me lever. Je crois que j'ai épuisé mes dernières réserves d'énergie en vous amenant dans cette pièce.

— J'ai un Snickers. Je peux le partager avec vous, proposa Jill.

Scarlett accepta, et engloutit sa part.

— Bon, je me sens déjà moins teigneuse, fit-elle, revigorée par le sucre.

— Oh ! vous n'êtes pas si teigneuse. J'ai vu pire.

— C'est trop aimable.

Jill resta silencieuse pendant plus d'une minute.

— Je sais ce qu'ils font, finit-elle par dire.

— Qui donc ?

— Marcus, Gayle, Lisette et les autres. Ils se servent du *Ledger* pour révéler publiquement des affaires de maltraitance ou pour communiquer les résultats de leurs enquêtes aux flics, afin que les maltraitants aillent en taule.

— Et comment l'avez-vous appris ?

— J'ai constaté que plusieurs menaces figurant sur la liste ne correspondaient pas à des articles publiés dans le *Ledger*. Alors, pourquoi menacer Marcus ? Je les ai comparées avec les arrestations effectuées ces dernières années par la police locale. Presque toutes les personnes qui avaient envoyé des menaces au *Ledger* avaient été arrêtées et emprisonnées, pour des actes de maltraitance ou pour d'autres délits, notamment fiscaux… Je ne suis pas aussi idiote que Marcus a l'air de le croire.

— Il ne vous prend pas du tout pour une idiote, Jill. C'est bien pour ça que vous l'inquiétez. Il sait que vous êtes intelligente, mais il n'est pas sûr de votre loyauté.

— Ma loyauté, elle va à Gayle. C'est elle qui m'a fait entrer au *Ledger*. Elle est ma seule famille.

— Vous croyez que Marcus n'est pas au courant de ça ?

— Peut-être que si… D'ailleurs, le malaise de Gayle, ce n'était pas vraiment sa faute. Elle avait des problèmes cardiaques, mais elle n'en parlait pas.

— Ce n'était pas très malin de sa part.

— Elle a sa fierté. Et elle ne voulait surtout pas inquiéter Marcus et Stone. Elle est toujours très prudente avec eux, elle marche sur des œufs… On dirait qu'elle a peur qu'ils cassent.

— C'est peut-être ce qui va leur arriver.

— Mais non, grogna Jill. Ils n'ont peur de rien.

— Vous avez votre portable ?

— Oui. Pourquoi ?

— Vous devriez faire une recherche sur Google. « Matthias Gargano », « Lexington » et « 1989 ».

Scarlett ferma les yeux. Le petit cri de Jill apprit à Scarlett qu'elle avait trouvé les articles sur l'enlèvement de Marcus et de ses frères.

— Oh ! mon Dieu, fit-elle. Je ne savais pas que Stone et Marcus… Ils avaient un petit frère ?

— Oui. Il est mort. Gayle s'est occupée de Marcus et de Stone par la suite. Elle les a connus quand ils n'étaient que des petits garçons traumatisés… C'est un souvenir qui n'a pas dû s'effacer de sa mémoire. Et de la leur non plus.

— Oui… Et ensuite, Mikhail… Pas étonnant que Della se gave de somnifères. À sa place, je ferais pareil. Pauvre Gayle ! La mort de Mikhail l'a tellement fait souffrir… À l'époque, je me disais : Et moi ? Je compte pour des prunes, ou quoi ? Je ne comprenais pas.

— Maintenant, ça doit être plus clair. La balle est dans votre camp.

— J'ai été odieuse, hein ?

— Ouais.

— Je vais essayer de m'améliorer, promit Jill en souriant.

— Parfait, approuva Scarlett.

Les yeux toujours fermés, elle continua à parler, en partie pour se maintenir éveillée, mais surtout pour éviter à Jill de repenser au kidnapping de sa tante.

— Je vous dois quand même un compliment, dit-elle. La crise cardiaque de Gayle a été indirectement causée par les efforts de l'équipe de Marcus. Là-dessus, vous avez vu juste.

— Comment est-ce que vous le savez ?

— J'écoutais à la porte, hier matin, quand Gayle parlait à Marcus de la lettre qu'elle lisait ce jour-là. La femme menaçait de tuer une personne chère à Marcus parce qu'à cause des révélations qu'il avait faites sur lui, son mari s'était suicidé en prison. Et comme Mikhail était porté disparu à ce moment-là…

— Mince, soupira Jill. C'est tombé au mauvais moment. J'aurais dû lui donner la lettre tout de suite. Elle n'aurait pas eu à s'inquiéter pour Mikhail.

Scarlett ouvrit les yeux.

— Que voulez-vous dire ? Quand l'avez-vous reçue ?

— La semaine d'avant. Gayle était en congé maladie… Elle était très fatiguée. J'ai rangé la lettre dans un tiroir fermé à clé en attendant, comme d'habitude. Ensuite, j'ai moi-même dû prendre un congé pour préparer mon mémoire pour la fac, et je lui ai remis la lettre le jour de mon retour au travail… C'est-à-dire le jour de sa crise cardiaque. Après, on a appris que Mikhail avait été retrouvé mort. Je sais qu'il était encore vivant quand la lettre est arrivée. Si je la lui avais donnée avant, elle n'aurait pas eu un tel choc.

Scarlett fronça les sourcils. Il y avait quelque chose qui clochait là-dedans, mais elle n'arrivait pas à mettre le doigt dessus. Elle sortit de sa poche les feuilles de papier pliées que Stone avait imprimées plus tôt dans la journée.

— C'est quoi ? demanda Jill.

— Les notes que Stone a rédigées pour l'article qu'il a publié dans le *Ledger* sur Woody McCord, le mari de la femme qui a envoyé la lettre de menace.

Scarlett se leva et se mit à arpenter la pièce en les lisant. Mais pas à voix haute. Elle ne voulait pas partager ces informations avec Jill avant d'en avoir le cœur net.

Au bout d'un moment, elle s'arrêta de marcher et nota les dates clés au verso de l'une des feuilles.

— Quel jour avez-vous reçu cette lettre, Jill ?

— C'était un jeudi. Je m'en souviens parce que le lendemain, c'était Halloween et que je devais aller à une fête avec Mikhail et ses amis. Nous sommes allés acheter des déguisements…

Elle détourna les yeux avant d'ajouter :

— C'est la dernière fois que je l'ai vu vivant. C'est le lendemain qu'il a fugué.

— Je suis désolée de remuer des souvenirs douloureux, mais c'est important, insista Scarlett.

— Pourquoi ? demanda Jill en fronçant les sourcils. Qu'est-ce qui vous fait dire ça ?

— Je le sens, répondit Scarlett en grimaçant. Ça peut paraître étrange, mais j'ai appris à me fier à mon intuition.

— C'est peut-être vrai que vous êtes une super-flic, après tout, dit Jill avec une pointe de sarcasme.

— Non, le super-flic, ce serait plutôt Deacon. Il a une mémoire incroyable…

Elle jeta un coup d'œil aux notes qu'elle venait de griffonner hâtivement.

— Si vous avez reçu cette lettre jeudi, reprit-elle, elle a dû être postée le lundi ou le mardi… Mercredi au plus tard.

— Et alors ? demanda Jill. Où voulez-vous en venir ?

— Je ne le sais pas encore.

Scarlett remit en forme ses notes et en fit un tableau chronologique.

Lun. 27-10 — merc. 29-10 : Leslie McCord écrit ses lettres et les poste.

Merc. 29-10 : Woody McCord dit à son avocat qu'il est disposé à donner des noms.

Jeu. 30-10 : Jill reçoit la lettre au Ledger.

Jeu. 30-10 : W. McCord est retrouvé mort, pendu dans sa cellule (meurtre ou suicide ?).

Lun. 3-11 : L. McCord meurt d'une overdose (date estimée à l'autopsie).

Merc. 5-11 : Gayle lit la lettre et a un malaise cardiaque.

Jeu. 6-11 : Le corps de Leslie est retrouvé chez elle (selon rapport de police).

En le relisant, Scarlett comprit ce qui lui avait échappé. *Cela veut dire que Leslie McCord a écrit une lettre mentionnant la mort de son mari avant que celui-ci meure !* Elle leva les yeux de ses notes et croisa le regard de Jill.

— Il faut que je voie cette lettre, dit-elle.

— Encore une de vos intuitions ?

— Oui. Vous connaissez la combinaison du coffre de votre tante ?

— Non. J'ai essayé de la trouver, un jour, mais je n'ai pas réussi.

Scarlett aurait parié que Diesel en était capable.

— Venez avec moi. Vous ne pouvez pas rester seule ici, ce n'est pas prudent.

Jill se leva en faisant la moue.

— Mais alors pourquoi est-ce que vous m'avez dit de rester là, tout à l'heure ?

— Parce que j'étais trop fatiguée pour penser clairement. Maintenant, ça va mieux. Mon cerveau s'est remis à fonctionner.

Scarlett revint dans la salle d'attente principale et tomba en pleine dispute. Marcus et Diesel s'étaient dressés l'un contre l'autre. Deacon tentait, avec l'aide du père de Scarlett, de calmer les deux hommes.

— Qu'est-ce qui se passe, ici ? demanda-t-elle. C'est à cause de Stone ?

Diesel haletait comme un soufflet de forge.

— Non, fit-il sans quitter Marcus des yeux. Il est toujours en chirurgie…

La mâchoire de Marcus était verrouillée, ses poings crispés. Scarlett écarta doucement Diesel, couvrit de ses mains les poings de Marcus, les porta à son menton et attendit qu'il se calme.

Trente secondes plus tard, il s'était légèrement détendu et avait posé la tête sur l'épaule de Scarlett.

— Il a appelé, murmura-t-il.

— Qui ?

— L'homme qui a enlevé Gayle.

Oh merde. Elle dut respirer un bon coup, pour ne pas perdre elle-même son sang-froid. Elle ferma les yeux un bref instant et les rouvrit en se promettant de rester calme. Pour Marcus.

— Laissez-moi deviner… Il veut faire un échange ? demanda-t-elle.

— Dans le mille, lâcha Diesel, toujours furieux.

Marcus leva la tête, s'efforçant visiblement de se maîtriser.

— Ta gueule, Diesel, ordonna-t-il.

— Et toi, bien sûr, tu veux y aller, dit-elle à Marcus.

Cincinnati, Ohio
Mercredi 5 août, 21 h 15

— Dis donc, c'est vrai qu'elle est intelligente, ta nana, Marcus, ironisa Diesel. Enfin, peut-être pas tant que ça, puisqu'elle traîne avec un mec suicidaire.

Marcus grinça des dents si fort qu'une douleur aiguë lui

vrilla le crâne. Il fallait qu'il oublie Diesel et qu'il se concentre sur Scarlett. Elle l'observait d'un œil froid et clinique.

— Diesel, gronda Marcus, si tu ne la fermes pas…

— Quoi ? le défia Diesel en écartant les bras. Tu vas me frapper ? Vas-y. Je vais t'en coller une ou deux en retour. Ça fera peut-être rentrer un peu de bon sens dans ta putain de tête.

— Euh… Excusez-moi, intervint une infirmière qui venait d'apparaître dans l'embrasure de la porte. Faut-il que j'appelle la sécurité ?

— Non, dit Marcus.

— Non, madame, marmonna Diesel. Pas la peine.

Scarlett tenait toujours dans ses mains les poings fermés de Marcus.

— Bon, dit-elle posément. Quelqu'un de sensé peut me raconter ce que j'ai raté ?

Deacon se racla la gorge.

— Nous pensons, dit-il, que c'est Sweeney qui a appelé, parce que Stone nous a décrit le tueur et que ça correspond à l'homme qu'on voit avec Alice sur la photo. Sweeney a dit que Gayle était entre ses mains. Il exige que Marcus se présente à l'entrée du Shawnee Lookout Park, à minuit. Sweeney a promis d'échanger Gayle contre Marcus. Marcus veut y aller. Il a un plan, qu'il ne nous a pas encore exposé. Diesel l'a traité de cinglé. Ma position est plus mitigée…

Il se tourna vers Jonas et lui demanda :

— Je n'ai rien oublié, monsieur ?

— Non, je ne crois pas, répondit Jonas.

— Bon, réfléchissons, dit Scarlett d'un ton égal.

Elle se maîtrisait tellement que Marcus craignit que la tension qu'elle refoulait finisse par la faire exploser. Il la comprenait. Lui-même devait réprimer sa forte envie de taper sur quelque chose… Et de préférence sur Diesel.

Jonas posa une main prudente sur l'épaule de Marcus et lui demanda :

— Vous êtes calmé ?

— Pas encore, avoua Marcus.

— Qu'a dit Sweeney, exactement ? intervint Scarlett. Mot à mot ?

Marcus plongea une main dans sa poche et sortit son téléphone portable.

— Je l'ai enregistré, dit-il. C'est le numéro de portable de Gayle qui s'est affiché…

— Il ne faut pas que Jill entende, objecta Scarlett.

— Je reste, déclara Jill. Allez-y, Marcus…

— La bande-son n'est pas trop horrible, chuchota-t-il dans l'oreille de Scarlett. Je ne lui montrerai pas la vidéo…

— Mon Dieu, murmura-t-elle.

Marcus appuya sur MARCHE et redressa les épaules, se préparant à réécouter cette brève mais terrible conversation.

— *Allô ? C'est Gayle ?*

Marcus tressaillit au son de sa propre voix, pleine d'espoir. En entendant de nouveau le petit rire malsain de son correspondant, Marcus sentit des tentacules d'acier lui serrer le cœur.

— *Non, Marcus, ce n'est pas Gayle. Mais elle est avec moi. Vous m'avez causé beaucoup d'ennuis, ces derniers temps. Allons droit au but. Rendez-vous à l'entrée du Shawnee Lookout Park à minuit. Je n'ai pas beaucoup de temps à vous accorder. Retrouvez-moi là-bas, et je mettrai Gayle dans votre voiture, vivante et libre de rentrer chez elle.*

— *Comme les employés du* Ledger *que vous avez massacrés ?* demanda Marcus, glacial.

— *Ça, c'était une petite revanche. Je vous l'ai dit, vous me causez bien des soucis. Si vous ne venez pas, Gayle mourra. À vous de choisir. Et je ne vous conseille pas d'appeler les flics.*

Marcus interrompit la lecture, craignant la réaction de sa mère.

— Voilà, dit-il. En gros, c'est tout.

— Passe l'enregistrement en entier, dit Della d'une voix lasse. Ça n'a plus d'importance, maintenant.

— D'accord, soupira Marcus.

La voix de Ken Sweeney résonna de nouveau dans la pièce :

— *Vous savez ce qui est arrivé à votre mère quand elle a prévenu les autorités, il y a vingt-sept ans. Il ne faudrait pas que l'histoire se répète, hein ?*

— *Qu'est-ce qui me prouve que Gayle est en vie ?*

— *Posez-lui la question,* disait Sweeney d'un ton doucereux.

— *Marcus !* fit Gayle, d'une voix qui semblait faible et brisée. *Je t'interdis d'accepter. Je…*

— *Minuit,* l'interrompit laconiquement Sweeney.

L'enregistrement était terminé.

— Et ça donnait quoi, sur la vidéo ? demanda tout bas Scarlett à Marcus.

Marcus se pencha, huma le parfum de chèvrefeuille avant de répondre :

— Gayle est dans une cage, ligotée…

Il hésita avant de préciser :

— Et entièrement dévêtue.

— Elle a un bandeau sur les yeux ?

— Non.

— Je crois qu'il faut partir du principe qu'il ne la relâchera pas vivante. Il faut déterminer l'endroit où elle est séquestrée. Avant minuit…

Jill étouffa un gémissement. Lisette se leva du canapé où elle s'était assise, hébétée, depuis qu'elle avait appris que Cal et les autres étaient morts. Elle prit Jill dans ses bras et la serra bien fort.

— Vous avez une idée, inspectrice ? demanda-t-elle. Parce que, moi, je n'arrive pas à réfléchir.

— Ça fait partie de sa stratégie, dit Scarlett. Ruiner le moral de l'adversaire, pour l'empêcher de se concentrer et de prendre les bonnes décisions… Deacon, tu as essayé de localiser l'appel ?

— Vince est en train de s'en occuper, répondit-il. Mais il n'a pas beaucoup d'espoir. Il sait déjà que l'appel n'a pas été passé avec le portable de Gayle, sinon il l'aurait déjà localisé. Sweeney a dû trouver le moyen de faire croire que c'était le numéro de Gayle, tout en appelant depuis un téléphone jetable.

Marcus s'y attendait. Un criminel de cet acabit n'aurait pas commis une erreur aussi grossière.

— Et le disque dur ? demanda Scarlett à Deacon. Et les copies des fichiers de McCord ? Vince a trouvé quelque chose ?

Deacon secoua la tête.

— Rien qui puisse nous permettre de localiser Sweeney, hélas, répondit-il.

— Diesel, savez-vous percer les coffres-forts ? demanda Scarlett.

Tous les regards convergèrent vers elle.

— Tu veux qu'il perce un coffre-fort ? s'étonna Marcus.

— Oui. Alors, Diesel, vous en êtes capable, oui ou non ? Sinon, j'envoie une équipe de techniciens chez Gayle tout de suite… Mais ça risque de nous faire perdre du temps.

— Pourquoi est-ce que vous voulez que j'ouvre son coffre ?

— Il y a une lettre dedans qui m'intéresse.

— Tu parles de la lettre que Leslie McCord a envoyée au *Ledger* ? demanda Marcus. Pourquoi veux-tu la lire ?

— Parce qu'elle a écrit cette lettre plusieurs jours *avant* la mort de son mari. Jill m'a dit que ce courrier était arrivé une semaine avant que Gayle l'ouvre…

Elle sortit une feuille de papier de sa poche et la lui tendit.

— Ce n'est peut-être pas grand-chose, ajouta-t-elle, mais c'est notre seule piste. Et le temps presse.

Marcus parcourut le tableau chronologique que Scarlett avait griffonné.

— Tu as raison, il y a quelque chose de louche… Diesel ?

Diesel jeta un regard gêné à Deacon Novak et à Jonas Bishop.

— Je peux peut-être le faire, fit-il avec circonspection.

— Personne ne va vous coffrer, Diesel, alors arrêtez votre cirque, siffla soudain Scarlett. Mais je vous tuerai de mes propres mains si vous ne me répondez pas clairement. Est-ce que vous pouvez forcer ce putain de coffre, oui ou non ?

Diesel écarquilla les yeux et hocha la tête.

— Oui, répondit-il.

Elle lui saisit le bras et le poussa vers la porte.

— Alors, allez-y, nom de Dieu ! ordonna-t-elle d'une voix exaspérée. Jill, donnez vos clés à Deacon. Deacon, peux-tu accompagner Diesel et m'appeler dès qu'il aura ouvert le coffre pour me dire ce qu'il y a dans cette lettre ? Moi, je reste ici… Je vais réfléchir à un plan.

Deacon se leva immédiatement.

— Oui, m'dame, fit-il.

Puis il déposa un baiser sur les lèvres de Faith et lui dit :

— Je t'appelle dès que possible.

Après le départ de Deacon, on aurait pu entendre une mouche voler. La mère de Scarlett était bouche bée, son père contenait un sourire. Marcus se sentit stimulé, en dépit de son angoisse. Une fois de plus, Scarlett l'avait aidé à se reprendre.

— Excuse-moi, maman, dit-elle. Mais je suis comme ça.

— Je sais, Scarlett ! Mais je… Et dire que je m'inquiétais au sujet de tes aptitudes professionnelles…

Scarlett se frotta les mains et dit à Marcus :

— Il faut mettre au point un plan, monsieur O'Bannion.

— Et sans tarder, inspectrice Bishop, répliqua-t-il.

— Un plan où tu n'aies pas à te livrer à cet assassin.

— Je suis ouvert à toutes les suggestions, dit-il.

Elle se renfrogna, déglutit et lui dit :

— Je t'en veux encore terriblement d'y avoir pensé ne serait-ce qu'un seul instant.

Il l'attira vers lui et lui embrassa le front.

— Je sais. Mais il s'agit de Gayle, et elle est terrifiée. Moi aussi, d'ailleurs…

Scarlett s'assit à une table, dans un coin de la salle d'attente.

— Il nous faudrait un moyen de localiser ce Sweeney…, dit-elle. Mais nous ne savons même pas si c'est sa véritable identité.

Lisette s'assit en face d'elle.

— J'ai passé deux heures, avant le… la fusillade, à écumer les bases de données. Kenneth Sweeney n'existe pas en ligne. Pas plus que Demetrius Russell, d'ailleurs.

— Ce sont des noms d'emprunt, dit Scarlett. Ce qui n'a rien d'étonnant, s'agissant de criminels aussi bien organisés. Kate m'a dit la même chose. Elle s'est renseignée sur la voiture qu'Alice conduisait, cet après-midi. C'est une voiture volée. Quand j'ai quitté le CPD, l'un des assistants de Tanaka tentait de décoder les téléphones d'Alice et de DJ, en espérant trouver des adresses, des contacts…

Marcus s'assit à côté de Scarlett.

— Écoute, lui dit-il, il faut partir du principe qu'on ne va pas arriver à le localiser à temps…

Il fit apparaître une carte du parc sur l'écran de son téléphone portable.

— Ce qu'il nous faut, reprit-il, c'est un plan qui me fasse entrer dans le parc et en sortir *vivant*.

— Ce serait préférable, dit Scarlett.

Cincinnati, Ohio
Mercredi 5 août, 22 h 15

Ken finit de ranger ses vieilles photos dans sa valise. Il n'emportait que ce qu'il ne pourrait pas remplacer. Les photos, le premier dollar que Demetrius et lui avaient gagné… Le trophée qu'il avait gagné en jouant au football américain à la fac… Et les petites boucles d'oreilles de sa mère, avec de minuscules brillants, qui avaient une valeur sentimentale. Il ne lui restait aucun autre bijou de famille. Il les avait vendus depuis longtemps…

À l'époque, il avait eu besoin de cet argent pour pouvoir garder la maison de ses parents. Et c'était justement pour n'avoir jamais à la vendre qu'il avait fondé son entreprise avec Demetrius.

Il prit quelques vêtements de rechange et un peu d'argent liquide — mais pas trop pour ne pas alerter les policiers lors des contrôles de sécurité à l'aéroport. Il emportait également les documents nécessaires à l'ouverture d'un compte bancaire dès son arrivée en Polynésie. Il avait déjà payé les six premiers mois de loyer de sa maison à Bora Bora, en virant une somme importante à l'agence de location depuis un compte ouvert dans un paradis fiscal sous un nom d'emprunt.

— Je crois que je suis prêt, murmura-t-il.

— Tu allais partir sans dire au revoir ?

Ken se retourna lentement. Sean se tenait dans l'embrasure de la porte, les bras croisés. Il ne semblait pas en colère. *Tant mieux. Je ne veux pas être obligé de le tuer, lui aussi.*

— Je comptais t'appeler, une fois arrivé à destination, dit-il. Pour te proposer de me rejoindre là-bas…

— Là-bas ? Mais où, exactement ?

— Qu'est-ce que tu es venu faire ici ? demanda Ken.

La dernière fois que Sean était venu dans la maison familiale, c'était avant la « disparition » de sa mère, quelques années auparavant. Ken savait très bien où était passée cette dernière… Il avait lui-même fait disparaître son corps dans le broyeur à bois.

— Tu as vu les infos ? demanda Sean

— Non, j'étais trop occupé. Pourquoi ? Il y a un problème avec Alice ?

— Pas que je sache. Mais un type avec une cagoule est entré au siège du *Ledger* et il s'est mis à tirer sur les employés avec un fusil d'assaut AR-15. Il y a six morts et un blessé. Une disparue. Et quatre survivants.

Ken ne cilla pas, mais il bouillonnait intérieurement. Comment ça ? Un blessé ? Quatre survivants ?

— C'est terrible, dit-il. Marcus O'Bannion est mort ?

— Pourquoi faire semblant ? demanda Sean, perplexe. Je sais que tu cherches à liquider O'Bannion.

— L'habitude, sans doute.

Ken ferma sa valise et demanda :

— Rien d'autre ?

— Les flics ont embarqué DJ.

Ken s'assit sur le bord du lit, stupéfait.

— Comment ont-ils su ?

— La salle de sport… Tu te souviens ? Alice surveillait O'Bannion après son accident, pour qu'on soit sûrs qu'il n'allait pas reprendre son enquête sur McCord. DJ s'est inscrit dans la même salle, ils ont commencé à s'entraîner ensemble avec Alice, et il a aussi parlé plusieurs fois à O'Bannion. Soit Alice a parlé de DJ aux flics, soit O'Bannion a été appelé à témoigner et il l'a reconnu. En tout cas, les flics l'ont cueilli à la salle de sport en début de soirée.

— Et ça va ? Il tient le coup ?

— Pour l'instant oui, selon mes informations. Il ne leur a pas dit un mot. Pourquoi est-ce que tu t'es senti obligé de faire un carnage au *Ledger* ?

— Je n'ai jamais dit que c'était moi, répliqua Ken en plissant les yeux. Et même si c'était moi, ça ne te regarde pas.

— Si, ça me regarde ! Alice et DJ sont en garde à vue, les flics vont bientôt nous tomber dessus. Après ce massacre, ils ne vont pas lâcher le morceau. Et O'Bannion non plus.

— Ne t'inquiète pas pour O'Bannion. J'en fais mon affaire.

Ken tendit à Sean un dossier qu'il avait préparé.

— Là-dedans, il y a tout ce que tu dois savoir… Les fournisseurs, les clients, les tarifs, les bénéfices… L'entreprise est à toi, maintenant.

— Ou plutôt ce qu'il en reste, dit Sean sans décroiser les bras. Après ce qui s'est passé au *Ledger*, j'ai comme l'impression que c'est foutu… S'ils sont un tout petit peu malins, les clients vont nous fuir comme la peste.

Ken jeta le dossier sur le lit.

— Comme tu voudras, dit-il. Mais réfléchis bien… Tous les autres sont morts ou en taule, tu pourras diriger la boîte comme tu l'entends.

— Je viens de te dire qu'il n'y a plus rien à diriger. Et plus rien dans la caisse non plus. Les comptes de l'entreprise ont été vidés. Je me demande bien qui a pu siphonner le fric, dit Sean d'une voix railleuse.

— Baisse d'un ton, grogna Ken. Parles-en à Joel. Il m'a dit qu'il avait constaté que des grosses sommes avaient été transférées sur des comptes offshore ouverts par Reuben et Demetrius. Reuben doit être aux Caraïbes à l'heure qu'il est, avec une fille sur chaque genou.

— C'est là que tu vas ? Aux Caraïbes ?

— Non. Quand je serai arrivé, je te dirai où je suis. Et tu pourras me rejoindre, si tu veux.

— Et Alice ?

— Elle s'est fait attraper par les flics, Sean. Nous savons tous quel est le prix à payer quand on échoue…

Il prit sa valise et son sac de voyage, passa devant son fils et descendit l'escalier. Sean le suivit.

— Qui est la femme dans la cage ?

— Tu n'es pas au courant ? Moi qui croyais que tu savais tout…

— Tu as l'intention d'attirer O'Bannion ici…

— Non.

Sean lui saisit le bras.

— Mais alors où ? Tu vas agir tout seul, papa ? Tu vas affronter O'Bannion sans l'aide de personne ?

Ken lui adressa un sourire condescendant.

— Pourquoi, tu te portes volontaire ? Toi ?

Sean plissa les yeux.

— Ce type a fait l'armée dans un corps d'élite.

— Et alors ? J'étais tout seul quand j'ai débarqué au *Ledger*, et j'ai buté trois vigiles armés…

— Mais tu as laissé cinq survivants, sans compter la femme dans la cage. Stone O'Bannion a survécu à ses blessures.

— On s'en fout. Personne n'a vu mon visage. Et maintenant, si tu n'y vois pas d'inconvénient, je dois me préparer pour un rendez-vous.

Il se dirigea vers le garage pour charger ses bagages dans sa voiture. Mais Sean lui emboîta le pas.

— Où est le fric, Ken ?

— Je n'en sais rien, gronda-t-il. Tire-toi. Je n'ai rien à te dire.

Il lui tourna le dos pour ranger le sac et la valise et ne comprit son erreur que lorsqu'il sentit le canon d'un pistolet s'enfoncer dans ses reins.

— Maintenant, dit Sean, il va falloir que tu sois un peu plus coopératif, papa.

Cincinnati, Ohio
Mercredi 5 août, 22 h 15

— Non, dit Isenberg d'un ton catégorique.

Elle était arrivée à l'hôpital soi-disant pour les aider à mettre un plan sur pied. Ce qui signifiait, en gros, qu'elle entendait dire point par point à Marcus ce qu'il pouvait faire ou pas.

— Nous ne pouvons pas encourager l'usage de civils en tant qu'appâts dans des négociations avec des preneurs d'otage.

Scarlett, Jonas et le patron de Deacon, Zimmerman, avaient demandé à Isenberg de se joindre à cette cellule de crise improvisée, installée dans la salle de réunion où Scarlett avait interrogé, la veille, les gens du *Ledger*.

Par respect pour la supérieure de Scarlett, Marcus avait accepté qu'elle les rejoigne. Mais il n'avait pas l'intention de se laisser dicter sa conduite.

Marcus haussa les épaules et se cala dans le fauteuil qu'il avait choisi délibérément — c'était celui qu'avait occupé Stone, la veille. Cela le rapprochait de son frère, en quelque sorte, mais cela lui rappelait aussi ce qui était en jeu.

— Sauf votre respect, lieutenant, dit-il, c'est à moi de faire ce choix.

— Vous choisissez donc de vous faire tuer ?

Isenberg avait posé cette question d'un ton sarcastique,

mais son regard trahissait une sincère inquiétude — ce qui aida Marcus à maîtriser, autant que possible, son humeur.

— Non, lieutenant, répondit-il. Mais cet homme doit être mis hors d'état de nuire. Il a tiré sur mon frère et l'a laissé pour mort…

Le regard de Marcus tomba sur la chaise vide qui séparait Isenberg de Zimmerman, et ses mains se mirent à trembler. C'était la chaise où Cal était assis, la veille.

— Sweeney a tué une personne qui était comme un grand frère pour moi. Il l'a abattu de sang-froid, ainsi que cinq autres innocents. Comme si leurs vies ne valaient rien. Il vend des êtres humains… des familles, des enfants… comme s'ils étaient des animaux…

Il songea à Gayle, à la terreur qu'elle devait ressentir, et sa colère monta d'un cran.

— Il a enlevé une femme qui est comme une mère pour moi…

Il dut s'interrompre pour se racler la gorge.

— Alors, pardonnez-moi, mais c'est ma famille, c'est à moi de m'en occuper.

Isenberg se hérissa.

— Mais vous avez besoin de mes subordonnés, il me semble, objecta-t-elle sèchement.

Marcus se raidit. Il avait demandé de l'aide uniquement à Scarlett. Mais Isenberg, Zimmerman et Jonas Bishop avaient insisté pour mobiliser plus de policiers.

— Sweeney doit être arrêté, insista-t-il. Il doit payer pour ses crimes. Aujourd'hui, il fait une fixation sur moi… Ce qui fait de moi votre meilleur atout.

Isenberg plissa les yeux et ouvrit la bouche, mais Zimmerman la précéda.

— Moi aussi, je veux qu'il paie, monsieur O'Bannion, dit-il calmement. Mais je tiens à ce qu'on s'y prenne intelligemment.

Marcus s'apprêtait à répliquer et à les envoyer paître en termes très crus, lorsqu'un petit signe de tête de Scarlett l'empêcha de tout gâcher en cédant à son humeur.

— Que proposez-vous d'autre ? demanda-t-elle en regardant successivement Isenberg et Zimmerman, puis son père. Nous allons poster des tireurs d'élite autour du lieu de rendez-vous. Là… et là…

Elle désigna plusieurs points sur la carte qui était dépliée sur la table.

— Kate Coppola est elle-même une tireuse d'élite et Adam sait très bien se servir d'un fusil, lui aussi.

Ils avaient fait appel à Adam Kimble, le cousin de Deacon, et il avait accepté sans hésiter. Marcus savait que cet inspecteur chevronné ne s'était pas porté volontaire pour ses beaux yeux, mais pour être aux côtés de Scarlett, avec qui il avait fait équipe pendant de longues années, et de Deacon. Faith allait bientôt devenir la cousine par alliance d'Adam, et, comme elle était déjà la cousine de Marcus, tout cela restait dans la famille.

— Nous bénéficierons du soutien d'un hélico et une équipe de maîtres-chiens se tiendra prête, en cas de nécessité, poursuivit Scarlett. Une unité d'intervention du FBI sera également mobilisée au sol, prête à nous épauler. Marcus aura une protection blindée intégrale, contrairement à Stone, qui ne portait qu'un simple gilet pare-balles cet après-midi, quand il avait été fauché par Sweeney.

Les projectiles que tiraient les fusils d'assaut transperçaient le kevlar comme du beurre fondu, et Stone avait une chance inouïe d'être vivant. Les quinze balles qui l'avaient atteint n'avaient endommagé aucun organe vital. C'était du moins ce que leur avait dit le chirurgien, lorsqu'il était venu faire un point tandis que Stone était encore sur le billard. Il avait exprimé son « bon espoir » que Stone s'en tirerait.

Mais cela n'avait pas suffi à rassurer Marcus. Il aurait fallu qu'il entende la voix de Stone.

— Que proposez-vous d'autre ? répéta Scarlett.

— Rien, pour l'instant, dit Zimmerman.

— Je ne sais pas, avoua Isenberg. Mais j'ai un mauvais pressentiment.

Scarlett lui adressa un sourire crispé. Elle aussi, elle était angoissée. Marcus le devinait à son regard anxieux et à la manière dont elle lui tenait la main sous la table.

— Ce n'est pas l'idéal, évidemment, dit Scarlett. Sweeney a choisi le lieu et l'heure. Il a l'avantage. Si j'arrive à déterminer où il séquestre Gayle dans la prochaine demi-heure, nous passerons au plan « prise d'assaut » et nous tenterons de la libérer. Faute de quoi, Marcus fera semblant d'accepter l'échange, jusqu'à ce qu'on récupère Gayle. À ce moment, Adam et Kate neutraliseront Sweeney et nous l'arrêterons. Voilà le plan. Sauf si vous avez une meilleure idée.

Isenberg se tourna vers Jonas Bishop, son égal dans la hiérarchie du CPD.

— Vous avez parlé à votre fille ? lui demanda-t-elle.

— Oui. Elle est prête à démissionner si vous l'empêchez de suivre ce plan. Je vous demande donc de bien réfléchir avant de prendre une décision.

Isenberg tressaillit.

— Quoi ! s'exclama-t-elle.

Marcus se tourna vers Scarlett et lui jeta un regard désemparé.

— Non… Tu ne démissionneras pas. Pas à cause de moi.

— Ça, c'est à moi d'en décider.

— Je suis vraiment navré, lieutenant, dit Marcus à Isenberg.

Elle le dévisagea un instant puis il l'entendit, à sa grande surprise, lâcher un petit rire.

— Il y a de quoi, en effet, dit-elle…

Elle se tourna vers Scarlett et lança :

— D'accord, inspectrice. Vous avez mon feu vert, même si tout cela ne me plaît pas beaucoup.

— Bien, chef, dit Scarlett.

— Et oubliez cette histoire de démission. Jamais je n'en serais arrivée à demander votre suspension. J'aurais d'abord sollicité votre transfert.

— C'est bon à savoir, murmura Scarlett.

Elle consulta son téléphone et ajouta :

— Il va bientôt falloir y aller… Et Deacon ne m'a toujours

pas envoyé de texto au sujet de Diesel et du coffre-fort de Gayle. Je préfère ne pas le rappeler… Il n'aime pas qu'on le harcèle.

— Ils vont nous envoyer un message toutes les trente minutes pour faire le point, lui rappela Marcus. Deacon est très ponctuel.

— Je sais, dit-elle. Mais je pensais qu'ouvrir un coffre-fort prenait moins de temps que ça. À la télé, ils font ça en cinq minutes.

— Si Diesel avait réussi à l'ouvrir en moins de cinq minutes, j'aurais été tenté de l'arrêter, plaisanta Jonas. Mais je n'aurais pas osé te contrarier, Scarlett.

— J'ai appelé une équipe d'experts en coffres-forts qui travaille pour le CPD, dit Isenberg. Ils étaient sur une autre intervention à l'autre bout de la ville. Ils vont peut-être mettre un peu de temps à arriver chez Gayle, mais…

On entendit frapper à la porte, et Faith passa la tête dans la pièce.

— Excusez-moi de vous déranger, dit-elle, mais une personne voudrait parler à Marcus.

Elle ouvrit la porte, et Marcus ouvrit de grands yeux surpris en découvrant la petite bonne femme qui se tenait devant lui.

— Delores ?

Scarlett se leva pour lui serrer la main.

— Il y a un problème, Delores ? lui demanda-t-elle.

— Peut-être, dit-elle. C'est pour ça que je suis venue.

Elle était toute pâle et avait les yeux rougis par les larmes.

— Delores s'occupe du refuge pour chiens où j'ai trouvé Zat, expliqua-t-elle à son père en conduisant Delores dans la pièce.

— J'ai appelé l'hôpital, mais ils n'ont rien voulu me dire, répondit Delores. Où est Stone ? Comment va-t-il ?

Surpris, Marcus jeta un coup d'œil en coin à Scarlett et constata qu'elle était aussi perplexe que lui.

— Le chirurgien est optimiste… Stone va s'en tirer, même s'il est très grièvement blessé.

Les épaules de Delores se détendirent

— Alors il est vivant ? Oh ! merci mon Dieu !

Elle se laissa tomber dans un fauteuil et enfouit son visage dans ses mains.

— J'étais tellement inquiète ! dit-elle, les larmes aux yeux. Je suis venue ici dès que j'ai entendu la nouvelle aux infos.

Marcus se souvint de la réaction de Stone quand il avait cru Delores en danger. Il y avait décidément anguille sous roche.

— Mais vous n'avez rencontré Stone que deux ou trois fois, dit-il prudemment.

— En fait, je le vois souvent, avoua-t-elle. Il m'apporte des fournitures pour le refuge au moins une fois par semaine. Il porte les sacs qui sont trop lourds pour moi. Il m'aide à nettoyer les cages. Il m'a demandé de lui promettre de n'en parler à personne. Je crois qu'il avait peur qu'on le prenne pour un grand benêt sentimental. Hier soir, il m'a dit que vous aviez été suivis, hier, quand vous êtes passés me voir, et qu'un tueur pouvait connaître mon nom. Il a monté la garde devant ma porte. Toute la nuit.

— Stone ? fit Marcus, qui n'en revenait pas. C'est bien de mon frère que vous parlez ?

— C'est vrai ? fit Faith, tout aussi abasourdie.

— Tout à fait vrai, répondit Delores en esquissant un sourire. Il est vraiment adorable. Il n'est même pas entré. Il s'est assis sur la terrasse et il a travaillé sur son ordinateur toute la nuit. Le pauvre, il s'est fait dévorer par les moustiques. Il m'avait promis de revenir ce soir, mais comme je ne le voyais pas venir, je me suis inquiétée. Je l'ai appelé, mais il n'a pas répondu… J'ai allumé la télé et j'ai appris ce qui s'était passé au *Ledger*.

— Nous ne savions pas que vous vous inquiétiez tant pour lui, dit Scarlett. Sinon, nous vous aurions appelée. Malheureusement, nous allions sortir, Marcus et moi, quand vous êtes arrivée. Nous serons bientôt de retour… Mais Faith va rester ici.

Faith posa un bras sur l'épaule de Delores.

— Je vais vous présenter à tout le monde, lui dit-elle.

— Non, non, je ne veux surtout pas déranger…

Elle jeta à Scarlett un regard où se mêlaient l'espoir et l'anxiété.

— Soyez prudente, murmura-t-elle.

— Je le serai, ne vous inquiétez pas… Tu es prêt ? demanda Scarlett à Marcus.

La mâchoire crispée, il hocha la tête.

Isenberg se leva et le dévisagea d'un air sévère.

— Ceci n'est pas une opération suicide, monsieur O'Bannion, dit-elle. Si vos vies sont en danger, n'insistez pas et repliez-vous.

Marcus s'abstint de tout commentaire. Il ne voulait pas lui fournir un prétexte d'annuler l'opération, mais il était hors de question qu'il ne tente pas tout ce qui était en son pouvoir pour délivrer Gayle.

Isenberg leva les yeux au ciel.

— Je vous aurai prévenu, marmonna-t-elle.

Elle marcha jusqu'à la porte, l'ouvrit et passa la tête dans le couloir.

— Vous pouvez me donner le sac, maintenant, dit-elle à l'agent de police qu'elle avait laissé à la porte.

L'agent entra dans la pièce et remit un sac à dos à Isenberg, qui le jeta dans les mains de Marcus. Le sac était très lourd. Il l'ouvrit, et son cœur se serra lorsqu'il comprit ce qu'Isenberg venait de faire.

— Une couverture thermique, une trousse de secours, de l'eau, des barres protéinées, un coupe-boulon, énuméra-t-il.

Il se tourna vers Scarlett et précisa :

— Pliable pour qu'il soit plus facilement transportable.

Scarlett gratifia sa chef d'un regard reconnaissant.

— Pour libérer Gayle, murmura-t-elle. Merci, Lynda.

— Ne faites pas de bêtises, Scarlett, c'est tout ce que je vous demande. Dernière chose… L'agent Coppola dirige cette opération et vous devez lui obéir.

Le sourire reconnaissant de Scarlett s'évanouit.

— Pourquoi ? demanda-t-elle.

— Parce que vous êtes investie émotionnellement dans cette opération, répondit Isenberg. Je veux vous voir revenir tous les deux vivants. Si Coppola vous demande de décrocher, vous avez intérêt à obtempérer. C'est bien compris ?

— Oui, chef, dit-elle abruptement.

Elle se dressa sur la pointe des pieds et embrassa son père.

— À plus tard, papa, fit-elle.

Jonas la regarda droit dans les yeux.

— Ta chef a fait le bon choix. Il faut lui obéir.

— Je sais, chuchota-t-elle. Mais je ne suis pas obligée d'aimer ça.

Elle reposa ses talons à terre et dit d'une voix résolue :

— Allons-y.

Cincinnati, Ohio
Mercredi 5 août, 22 h 18

Ken inspira profondément et conserva son calme, malgré le pistolet qu'il sentait contre son dos. Le pistolet dont le menaçait son propre fils… Il s'était déjà trouvé dans des situations plus tendues mais, là, Sean avait eu l'avantage de la surprise.

— Moi qui croyais que si l'un de mes enfants tentait un coup de force, ce serait plutôt ta sœur, dit-il d'un ton narquois.

— Surprise-surprise, ironisa Sean en enfonçant un peu plus le canon du pistolet dans les reins de Ken. Avance… Lentement… Au moindre geste brusque, je te fais sauter la cervelle.

Ken se mit à marcher, évaluant attentivement la démarche de son fils, son équilibre mais aussi sa manière de tenir l'arme. Sean n'avait jamais été sur le terrain. Il n'avait aucune expérience en la matière, contrairement à Ken. Sa main tremblait, et il marchait un peu trop près de lui. Ken ne doutait pas qu'il pourrait le désarmer facilement. Mais il voulait d'abord savoir ce que Sean avait derrière la tête.

— Pourquoi ? demanda Ken d'une voix faussement apeurée.

— Avance et tais-toi.

— Si c'est pour l'argent, on peut en discuter…

Sean éclata de rire.

— Ce n'est pas pour l'argent, dit-il. L'argent, je l'ai déjà récupéré… Ton compte offshore est vide.

Ken trébucha, sincèrement surpris. Personne ne connaissait l'existence de ce compte, ni le nom d'emprunt sous lequel il l'avait ouvert.

— Tu mens, fit-il.

— Ah bon ? dit Sean avec désinvolture. Vous me traitez de menteur, monsieur William Bosley ?

Ken étouffa un juron mais ne perdit pas son calme. Puis Sean énonça les chiffres du numéro du compte bancaire en question, et Ken sentit son estomac se liquéfier.

— Comment as-tu fait ? demanda-t-il.

— J'ai utilisé les mêmes moyens que ceux qui m'ont permis de découvrir que tu nous suivais à la trace grâce à nos portables. Je suis l'expert en informatique, dans cette boîte, après tout. C'est moi qui contrôle tous les logiciels, toutes les machines et toutes les données. Absolument tout.

Ken lui avait fait confiance. *Quelle erreur !*

— Mais pourquoi ? demanda-t-il à nouveau.

— Pourquoi ? répéta Sean. C'est sérieux, comme question ?

— Quand je pose une question, c'est pour entendre la réponse, dit Ken d'un ton abrupt. Ne joue pas avec moi. Je t'ai demandé pourquoi tu te comportes comme ça avec moi.

— Parce que ma mère n'est pas partie avec son prof de yoga, dit Sean d'un ton acerbe. Parce qu'elle ne m'a pas abandonné, même si tu as voulu me le faire croire pendant des années. Elle n'est pas partie de son plein gré… Tu l'as assassinée.

Et merde…

— D'où tiens-tu ça ?

— C'est Reuben qui m'a raconté comment tu l'avais

tuée… Et comment tu t'étais débarrassé de son corps… Il m'a avoué qu'elle était dans une fosse, avec les autres gens que tu as tués pendant toutes ces années…

La voix de Sean était tremblante mais sa poigne s'affermit sur la crosse du pistolet.

— Espèce de salaud ! dit-il. Tu l'as balancée dans le broyeur !

— C'est faux ! mentit Ken. Et pourquoi Reuben t'aurait-il raconté un truc pareil ?

— Parce que j'ai des vidéos de lui avec des mineures. Plus d'une dizaine… Et chaque fois avec des filles différentes, précisa-t-il avec une pointe de dégoût. Comme il ne voulait pas aller en taule, il m'a proposé un marché… Ces vidéos, en échange de celle où on te voit tuer ma mère.

Maudit sois-tu, Reuben.

Ils étaient arrivés à la porte du garage. Ken décida de commencer par maîtriser Sean et d'aviser ensuite. Il était fermement décidé à le tuer, mais pas avant d'avoir récupéré l'argent qu'il lui avait volé. Et il fallait pour cela que Sean soit capable de communiquer physiquement, soit à voix haute, soit avec un crayon et du papier. Au minimum, il fallait qu'il soit en état de lui donner des mots de passe et des numéros de compte.

Il lui restait un peu de temps avant l'arrivée d'O'Bannion, juste assez pour extorquer ces informations à Sean, en utilisant les mêmes arguments *tranchants* qu'avec Demetrius.

— Reuben m'avait appris que ta mère avait contacté les flics et qu'elle voulait nous dénoncer, mentit Ken.

En fait, la mère de Sean détestait les flics. Son intention était de faire chanter Ken et toute son équipe.

— Mais je sais maintenant, poursuivit-il, qu'on ne peut pas se fier à Reuben. Il m'a volé de l'argent. Demetrius aussi…

— Non, c'est faux, dit Sean. C'était moi. Joel a mis des semaines à s'en rendre compte, et je lui ai fait croire que c'était Reuben et Demetrius. D'ailleurs, Joel aussi t'a menti. Il s'est servi dans la caisse à pleines mains… Il a mis ça sur un autre compte et il se le garde pour lui.

De nouveau surpris, Ken jeta un coup d'œil par-dessus son épaule.

— Tu voulais que je tue Demetrius, c'est ça ?

Sean lui jeta un regard méprisant.

— Je ne voulais pas le faire moi-même, dit-il. Mais il fallait bien que quelqu'un le fasse… Demetrius était complètement cinglé.

J'ai torturé et tué mon meilleur ami. À cause d'un mensonge. Non, pas tout à fait… Je l'ai tué parce qu'il a été incapable de tuer O'Bannion. Ça, c'est normal. Mais je ne l'aurais pas torturé. Je lui aurais logé une balle dans la tête. Il aurait eu une mort rapide et sans douleur.

— Où est Reuben ? s'enquit-il.

— Je n'en sais rien. Je pensais que tu l'avais tué.

— Eh bien, non.

— Dommage. Il l'aurait bien mérité…

Ils approchaient de la porte. Il y avait deux marches entre la buanderie et le garage. C'était l'occasion ou jamais.

Ken posa un pied sur la première marche puis il pivota brusquement, saisit la main de Sean et dirigea le canon du pistolet vers le sol en béton, tout en lui tordant le poignet de toutes ses forces.

Sean poussa un cri de douleur et décocha un coup de poing sous le menton de Ken, qui en eut le souffle coupé. Mais Ken tira parti de la différence de hauteur entre lui et son fils, qui se tenait toujours une marche au-dessus de lui : Ken lui saisit les épaules et bascula en arrière, les projetant tous deux au sol. Ken atterrit sur le dos et Sean s'écroula sur lui. Mais si le dos de Ken était endolori, Sean était tombé la tête la première sur le béton et souffrait bien davantage. Il n'était plus qu'une masse flasque et frémissante. En une fraction de seconde, Ken le fit rouler sur le dos et s'empara du pistolet.

Ken fit feu deux fois, dans le genou puis dans le flanc. Il n'avait atteint aucun organe vital, mais Sean ne pouvait plus bouger. Il poussa un hurlement et ses doigts se crispèrent en l'air, sans rien agripper. Car Ken s'était déjà relevé et braquait l'arme vers sa tête.

— Tout doux, mon fils, dit-il d'un ton glacial. Et si on parlait de tes mots de passe ?

Chapitre 36

Cincinnati, Ohio
Mercredi 5 août, 22 h 45

— On est bientôt arrivés, dit Scarlett.

Ils étaient à moins de dix minutes du lieu de rendez-vous. Elle aurait voulu tenter de convaincre Marcus de renoncer, mais elle savait que c'était impossible : s'il abandonnait Gayle aux griffes de ce monstre, il ne se le pardonnerait jamais.

Il était ainsi, et elle l'acceptait tel qu'il était.

— Tu l'aurais vraiment fait ? demanda-t-il. Tu aurais démissionné ?

— J'avais déjà dit à mon père que si j'étais obligée de choisir, je te choisirais, toi. Je ne lui ai pas dit explicitement que je démissionnerais, mais ça revenait au même. Tu sais, si on en était arrivés là, je n'aurais vraiment pas eu envie de rester dans la police. Je fais bien mon métier, je suis intègre. Si je n'y croyais pas, je ferais un autre boulot… En cas de confrontation entre moi et ma hiérarchie, je ne céderais pas.

— Je… Je ne…, bredouilla-t-il, troublé. Merci.

— La meilleure manière de me remercier, ce serait d'appeler Deacon… Il devait rappeler pour faire le point, et il a du retard. Mais si c'est moi qui le fais, il va s'énerver.

Il composa le numéro de Deacon et activa le haut-parleur.

— Oui, je sais, j'ai trente secondes de retard, ronchonna Deacon en décrochant. Mais, ajouta-t-il d'une voix moins bourrue, on a trouvé la lettre. Tu veux que je te la lise ou que je te l'envoie ?

— Envoie-la sur mon portable, dit Scarlett. Je vais m'arrêter pour la lire.

— Alors, la terreur ? demanda Diesel à l'autre bout de la ligne. Heureuse ?

— Merci, répondit Scarlett en souriant. Excusez-moi de vous avoir menacé, mais vous l'aviez bien cherché.

— C'est vrai, avoua Diesel. J'étais chaud bouillant.

Scarlett s'apprêtait à le gronder gentiment, mais Marcus l'en dissuada d'un geste. Il se faisait un sang d'encre pour Gayle, et ses nerfs étaient à vif.

— Bon, je vais m'arrêter sur la bande d'arrêt d'urgence, dit-elle. Diesel, je compte sur vous pour oublier cette conversation.

Le temps qu'elle se gare, la lettre était déjà arrivée sur sa boîte mail. Marcus et elle se penchèrent sur le minuscule écran. Deacon, toujours en ligne, attendait.

Quand ils eurent terminé la lecture, Scarlett fronça les sourcils, extrêmement déçue.

— C'est exactement ce que Gayle a dit à Marcus, dit-elle. Bon, merci quand même, les gars…

— Attendez ! dit Marcus. Pas si vite…

Il prit le téléphone, agrandit l'image et regarda Scarlett en souriant.

— Regardez l'adresse de l'expéditeur, reprit-il. Ce n'est pas celle de McCord… Mais c'est à sept ou huit kilomètres de l'entrée du parc où je suis censé retrouver Sweeney.

— Tu crois qu'elle aurait écrit l'adresse de Sweeney sur sa lettre ? demanda Scarlett. Mais pourquoi ? Et comment aurait-elle fait pour la connaître ?

— Elle l'a fait exprès, intervint Diesel. Je parie qu'elle savait que ses jours étaient comptés, ainsi que ceux de son cher petit mari… Elle voulait désigner discrètement la personne qui était susceptible de les tuer. Elle avait peut-être déjà rendu visite à Sweeney… Ou alors, elle l'a suivi jusque chez lui… Anders avait bien pris des photos de Sweeney pour se protéger. Les McCord ont peut-être voulu faire pareil.

— Mais pourquoi ne pas le dénoncer directement ?

— Elle se méfiait de lui, dit Scarlett, mais Woody avait décidé de passer un deal avec l'accusation. Elle ne voulait pas admettre explicitement que son mari était coupable… Il faut repenser tout notre plan. Il nous reste un peu plus d'une heure… Et on peut se tromper. Si c'est le cas, il faut pouvoir revenir le plus rapidement possible au plan A… C'est-à-dire retrouver Sweeney à l'endroit où il a convoqué Marcus. Laissons au moins Adam sur place. Et on appelle Kate en renfort pour lui demander de nous rejoindre à l'adresse qui figure sur la lettre de Leslie McCord.

Adam Kimble connaissait le parc comme sa poche. Ils étaient tombés d'accord pour qu'il y aille en éclaireur et qu'il grimpe dans un arbre à proximité du lieu de rendez-vous, prêt à faire feu en cas de besoin. Kate était censée l'accompagner.

— OK, dit Marcus. Appelons Kate pour qu'elle vienne nous filer un coup de main. Notre priorité, c'est de délivrer Gayle. Ensuite, on s'occupera de Sweeney. Donnons-nous jusqu'à 23 h 30 pour retrouver Gayle. Si on n'y arrive pas, j'irai au rendez-vous comme convenu, avec un micro pour que toi et tes collègues puissiez entendre ce qui se passe. Si Kate n'a pas le temps de se positionner en hauteur, elle assurera le soutien au sol d'Adam…

Marcus jeta un regard effroyablement sérieux à Scarlett et ajouta :

— Deacon, quel que soit le plan au final, si vous et vos collègues ne pouvez sauver que l'un de nous deux, choisissez Gayle. Promettez-le-moi.

Il y eut un long silence à l'autre bout de la ligne. Scarlett se refusait à envisager cette possibilité. Si elle laissait une telle idée s'insinuer dans sa tête, elle serait trop bouleversée pour participer efficacement à une opération aussi délicate.

— D'accord, finit par soupirer Deacon. Il n'y a plus qu'à prier pour que cette adresse soit la bonne.

— Mais si c'est la bonne, on ne fonce pas dans le tas tête baissée, dit Scarlett.

— C'est-à-dire ? demanda Deacon.

— On évalue le terrain d'abord. On pourrait commencer par consulter une carte de la propriété sur Google Earth. Ensuite, on trouve un moyen pour s'y introduire, on retrouve Gayle et on se tire.

— Ouais. Autrement dit, vous allez improviser, commenta Diesel.

— On peut dire ça comme ça, avoua Scarlett. Ce sera délicat, mais au moins ce ne sera plus Sweeney qui aura l'initiative.

— Je vais contacter Kate et Adam, dit Deacon. Et demander à Adam de rester sur place et à Kate de se coordonner avec toi. Je te retrouve à l'adresse indiquée par Leslie McCord dans une vingtaine de minutes.

Cincinnati, Ohio
Mercredi 5 août, 23 h 05

Kate Coppola rejoignit à petites foulées Marcus et Scarlett, qui l'attendaient près de leur voiture, garée en bordure de la propriété que Leslie McCord avait désignée dans sa lettre.

— Le mur d'enceinte mesure au moins cent mètres de long sur cinquante de large, dit-elle. Le terrain qu'il entoure doit couvrir un demi-hectare.

Kate était arrivée dix minutes plus tôt et avait aussitôt effectué au pas de course un repérage du mur qui entourait la maison. Deacon devait arriver dix minutes plus tard. Scarlett consulta son téléphone. Le temps filait, et ils ne savaient toujours pas comment pénétrer dans la propriété. Si Sweeney s'y trouvait, ils pourraient l'arrêter quand il sortirait pour aller au rendez-vous.

— Le mur fait trente centimètres d'épaisseur et deux mètres cinquante de hauteur, poursuivit Kate. Il est surmonté tout du long par un câble électrique à haute tension. Il y a un portail en fer au bout d'une longue allée bordée d'arbres. Je n'ai pas vu de guérite de gardien, mais je n'étais pas bien placée. Il y en a peut-être une quand même.

— Des caméras ? s'enquit Scarlett.

— Au moins quinze ou seize. Je suis montée sur un arbre pour mieux observer l'intérieur. Malheureusement, aucune branche ne s'étend par-dessus le mur… On ne pourra pas passer par là. La bonne nouvelle, c'est qu'avec tant de mesures de sécurité, c'est sans doute bien la maison de Sweeney.

— La mauvaise, dit Scarlett, c'est que c'est une véritable forteresse.

Marcus ferma les yeux, mais c'est d'une voix ferme qu'il demanda :

— Vous êtes sûre que le câble à haute tension est alimenté ?

— Je l'ai entendu bourdonner, répliqua Kate.

— Qu'avez-vous vu d'autre ? demanda-t-il.

— Le mur entoure la maison et un garage adjacent, dit Kate. Il y a une porte grillagée qui donne sur le reste de la propriété. Je n'ai pas fait le tour du terrain tout entier, et je ne peux pas vous dire sa superficie. Mais j'ai vu qu'il est entouré d'une clôture grillagée. Électrifiée, elle aussi…

— Selon le cadastre, la propriété couvre plus de quinze hectares, dit Marcus. J'ai vérifié en ligne pendant le trajet. Elle appartient à un certain Kenneth Spiegel, âgé de quarante-huit ans.

— Kenneth Sweeney, Kenneth Spiegel… Il a eu la bonne idée de garder son prénom, dit Kate. Je crois qu'il n'y a plus guère de doute.

— L'âge correspond, lui aussi, observa Scarlett. En supposant que Kenneth est bien l'homme qu'on voit sur les photos avec Alice.

— Vous avez trouvé sa photo au nom de Spiegel ? demanda Kate.

— Pas encore, répondit Marcus. Deacon a demandé à l'assistant d'Isenberg de vérifier dans le fichier des immatriculations automobiles. En tout cas, la taxe foncière est au nom de Spiegel. Il a hérité la propriété de sa mère, Martha, il y a vingt-deux ans. Ce terrain est dans leur famille depuis plus de cent ans. La maison principale fait trois cent soixante-dix mètres carrés… Il y a six chambres, quatre salles de bains, et un garage qui peut abriter jusqu'à six voitures.

— Ça correspond à ce que j'ai vu, dit Kate. Le fond de la propriété est presque entièrement boisé, mais j'ai vu deux remises à travers le grillage. Une de taille normale, du genre de celles où on range les outils de jardinage, l'autre beaucoup plus grande et plus haute.

— Ça fait beaucoup d'endroits où cacher quelqu'un, marmonna Scarlett.

— Je pense que Gayle doit être enfermée quelque part au sous-sol, dit Marcus. Dans la vidéo, la cage se trouvait sur un sol en béton brut, et les murs, à l'arrière-plan, n'étaient pas peints.

— Et il y avait un peu d'écho, précisa Scarlett. Il faudrait commencer par là.

— Kate, vous n'avez pas aperçu des gens ? Des gardiens ? demanda Marcus.

— Non, mais j'ai repéré des traces de passage. Il y a des détritus dans les poubelles, et l'une des portes du garage est ouverte. J'ai pris quelques photos…

Elle leur tendit son téléphone.

— Comment va-t-on faire pour entrer ? demanda Scarlett en faisant défiler les photos. Vous avez une idée ?

— Non, murmura Marcus en courbant les épaules.

Scarlett lui prit la main et dit :

— Alors, attendons qu'il sorte. S'il n'est pas déjà parti, il passera forcément par le portail. Kate se poste sur un arbre, et elle lui loge une balle dans la tête quand il passe, en espérant que sa voiture ne soit pas blindée. Si on échoue, nous immobiliserons son véhicule.

Marcus redressa la tête, les yeux pleins d'espoir.

— Le tout, c'est de le prendre par surprise, dit-il.

Kate consulta sa montre.

— Deacon ne va pas tarder à arriver, mais les gars de l'équipe d'intervention du FBI ne seront pas là avant une vingtaine de minutes. J'ai vraiment besoin de leur soutien pour déclencher l'action.

— Mais Sweeney risque de partir pour le rendez-vous avant…, dit Marcus.

— Kate, je propose qu'on se rapproche le plus possible du portail et que l'on prenne nos positions, fit Scarlett. On ne bouge pas avant l'arrivée des renforts, sauf si Sweeney franchit ce portail. Ça vous va ?

— Oui, ça marche.

— Alors, allons-y, dit Marcus. Comment fait-on pour éviter les caméras ?

— Le feuillage des arbres nous cache… Suivez-moi.

Cincinnati, Ohio
Mercredi 5 août, 23 h 10

Ken se déconnecta de son compte bancaire et ferma son ordinateur portable avant de se tourner vers son fils, qui gisait pieds et poings liés sur le sol, tout tremblant malgré la chaleur qui régnait dans le garage. Il lui manquait quelques doigts et quelques orteils.

Ce n'était que justice. Ken n'avait-il pas torturé Demetrius parce que Sean lui avait fait croire que son vieil ami l'avait trahi ? Sean s'était pris pour un grand manipulateur, tirant les ficelles en coulisse. Mais il s'était surestimé.

— Je dois reconnaître que tu as tenu beaucoup plus longtemps que je l'aurais cru avant de me confier tes petits secrets, dit Ken. Tu seras heureux d'apprendre que je viens de récupérer mon argent… et le tien. Mais ne t'en fais pas, tu n'en auras plus besoin, mon fils.

Sean lui jeta un regard plein de haine et de souffrance.

— Espèce d'enculé…, cracha-t-il d'une voix éraillée.

Il avait tant crié de douleur que sa voix s'était cassée.

— Voyons, surveille ton langage, dit Ken d'un ton égal.

Il s'essuya le front du revers de la manche. Il avait ouvert la porte du garage pour faire entrer un peu d'air frais après l'interrogatoire de Sean, mais l'air du dehors était tout aussi chaud et humide. Il fallait qu'il prenne une douche et qu'il change de vêtements. Ses vêtements étaient souillés du sang de Sean. Maintenant qu'il avait récupéré son argent, il fallait qu'il soit frais et dispos pour éliminer O'Bannion.

Ken n'avait aucune intention d'aller à sa rencontre. Il n'y aurait pas d'échange de courtoisies ou de menaces. Pas de confrontation finale, pas de face-à-face dramatique. Peu importait qu'O'Bannion sache qui l'avait tué. Il s'agissait tout simplement de le rayer de la carte.

Ken avait passé de longs moments à explorer le parc dans son enfance. Il savait où se poster pour avoir le meilleur angle de tir, et pour s'enfuir très rapidement après avoir tué O'Bannion.

Ken voulait pouvoir vivre libre et à sa guise dans le petit paradis qu'il avait choisi pour prendre sa retraite.

Il se pencha pour empoigner les chevilles de Sean, afin de le traîner hors du garage. Mais il hésita. Il y avait encore deux ou trois choses qu'il aurait aimé savoir.

— Si j'ai bien compris, personne ne m'a volé de l'argent, Demetrius était loyal et tu ne sais vraiment pas où est Reuben ?

— Va te faire foutre.

Ken décocha un petit coup de pied dans la rotule fracturée de Sean, lui arrachant un nouveau cri de douleur.

— Maintenant, je vais taper beaucoup plus fort, et ça va faire beaucoup plus mal, je te le garantis, dit-il. Parle-moi de la femme de Reuben, Miriam. A-t-elle vraiment été sauvée grâce à un appel anonyme ?

Il appuya légèrement la pointe de son couteau contre le genou brisé.

— Il y a bien eu un appel, articula Sean. Mais Miriam était déjà morte… Personne ne l'a fait vomir, il n'y a pas eu de lavage d'estomac. Elle est morte empoisonnée par le produit que tu l'as forcée à avaler.

— Alors, tu m'as menti en me faisant croire que Burton me doublait, lui aussi, dit Ken.

— Non, je ne t'ai pas menti, dit Sean avec un horrible rictus. C'est toi qui as déduit qu'il te trahissait.

Ken bouillonnait de rage.

— Dire que j'ai ordonné la mort de Burton, dit-il avec amertume. Decker l'a tué et s'est débarrassé de son corps.

— Ta conscience te tourmente ? ricana Sean.

— Non. Mais ça m'a coûté un fidèle employé, sur lequel j'aurais pu compter plus tard.

Ken était hors de lui. La mort trop rapide de Stephanie était regrettable — même si Ken l'aurait tuée lui-même après avoir assouvi son désir. Mais perdre un collaborateur qui avait poussé la loyauté jusqu'à laisser mourir la femme de son ami pour obéir à Ken… Burton était un atout, et Ken l'avait livré au bourreau.

— Et Alice ? demanda-t-il. Ta sœur était complice de tes magouilles ?

Sean se pinça les lèvres, et Ken enfonça la pointe de la lame un peu plus dans sa blessure sanguinolente. Sean écarquilla les yeux, tétanisé par la douleur. Ken le gifla de toutes ses forces pour l'empêcher de s'évanouir.

— Reste éveillé ! ordonna-t-il avec hargne. Tu crèveras quand je l'aurai décidé… Je répète : ta sœur était-elle complice de tes magouilles ?

— Non ! s'écria Sean d'une voix stridente. Elle était loyale. Elle voulait te racheter ta part… Te payer…

— Contrairement à toi. Toi, tu as choisi de me voler !

— Je voulais que tu meures en sachant que tu avais tout perdu, cracha Sean, les joues trempées de larmes. Mais elle, elle t'aime… Et c'est bien pour ça que je la déteste.

Surpris, Ken haussa les sourcils.

— Tu avais l'intention de la tuer, elle aussi ? demanda-t-il.

— Non, non… Je n'aurais jamais pu la tuer… C'est pour ça que je me suis arrangé pour… l'écarter.

Ken se leva lentement. Il essayait de réfléchir. Alice était en prison. *Parce que je l'ai envoyée au CPD pour éliminer un témoin gênant, sur la foi de ce que Sean m'avait dit...* C'était Sean, en effet, qui l'avait informé du transfert au CPD du technicien de CGS qui fournissait les bracelets électroniques à Demetrius. Il saisit son fils par le col de sa chemise ensanglantée.

— Tu l'as piégée pour qu'elle aille en taule ?

— J'allais la faire sortir ! cria Sean. J'allais lui payer les meilleurs avocats !

— Quand ça ? demanda Ken.

— Après ta mort, répondit Sean. Après avoir déchiqueté ton cadavre dans le broyeur à bois...

La main de Ken se crispa sur le col de Sean. Il le gifla du revers de l'autre main, avec une telle violence que sa tête heurta le sol dans un craquement sinistre.

— Petit salaud, dit-il sans hausser le ton.

Je veux lui briser le cou. Mais cette mort serait trop rapide. Trop douce.

— Dis-moi, Sean, tu comptais me tuer avant de me passer dans le broyeur ? demanda-t-il avec le même calme apparent.

Sean comprit où il voulait en venir et blêmit.

— Je... je n'y ai pas pensé..., dit-il.

— Eh bien, moi si, dit Ken en souriant. Et tu vas y passer vivant.

Il eut le plaisir de voir toute résistance abandonner son fils. Et il le laissa mariner dans son sang, ses larmes et son effroi.

Mais il ne pouvait pas mettre sa menace à exécution sur-le-champ. Il consulta sa montre et lâcha un juron. O'Bannion n'était pas idiot. Les bois devaient déjà grouiller de flics, le doigt sur la détente. Et peut-être de chiens policiers... Ils le sentiraient à un kilomètre, ainsi couvert de sueur et de sang. Il fallait qu'il prenne cette douche.

Il vérifia la solidité des liens de Sean et lui enfonça un chiffon roulé en boule dans la bouche. Puis il nettoya ses couteaux et les rangea dans leur boîte. Il la prit, ainsi que son ordinateur, et monta au rez-de-chaussée. Il fit couler l'eau dans la douche de la salle de bains principale et se débarrassa de ses vêtements souillés. À son retour, il les jetterait dans la fosse avec le corps en charpie de Sean.

Il se plaça sous le jet brûlant et sentit subitement tout le poids de ses quarante-huit ans. Sa fille était en prison. Il devait trouver le moyen de la faire sortir. Et il faudrait le faire à distance… Car une seule chose était claire et limpide : le lendemain, il serait à bord du vol pour Papeete, quoi qu'il arrive. Une fois là-bas, il ferait tout ce qui était en son pouvoir pour faire libérer Alice.

Il se mit à réfléchir aux diverses possibilités qui s'offraient en la matière lorsque, soudain, la lumière s'éteignit, ainsi que le moteur de la climatisation. *Une panne de courant…* C'était impossible : il y avait un groupe électrogène de secours, qui aurait dû se déclencher automatiquement. Mais la panne persistait.

Tiens, tiens…

Ken se rinça hâtivement et sortit de la douche.

Cincinnati, Ohio
Mercredi 5 août, 23 h 10

Avec son portail en fer, ses caméras régulièrement espacées et son câble à haute tension, le mur était tel que l'avait décrit Kate. Scarlett tapota sur son épaule et ils s'arrêtèrent tous trois à l'abri d'un arbre.

Scarlett désigna l'une des caméras.

— Comment avez-vous déterminé qu'elles étaient en marche ? murmura-t-elle.

— Un voyant lumineux rouge était allumé sur chacune d'entre elles, répondit Kate.

Or le voyant de celle que montrait Scarlett était éteint. Kate tendit l'oreille et ajouta :

— Le câble à haute tension ne bourdonne plus… Et tout

à l'heure, il y avait plus dc lumière, à cause des projecteurs de l'autre côté du mur.

— Ils ont dû oublier de payer leur facture d'électricité, plaisanta Marcus. Si la clôture de derrière n'est plus électrifiée, on ferait mieux de passer par là, plutôt que d'attendre que Sweeney sorte.

Kate consulta de nouveau sa montre puis envoya un message de son téléphone portable.

— Je préviens Deacon qu'on va entrer, dit-elle. Nous ne savons pas si cette panne d'électricité est accidentelle ou préméditée. Dans tous les cas, le courant peut être rétabli à tout moment. Passons par la clôture grillagée. Si le courant revient, on se replie dans la zone boisée en attendant les renforts.

Ils coururent jusqu'à l'endroit où la clôture grillagée prolongeait le mur d'enceinte. Marcus cueillit une feuille sur un arbre et la jeta contre le grillage. Elle ne grésilla pas, indiquant ainsi que la clôture n'était pas électrifiée. Il sortit le coupe-boulon de son sac et s'en servit pour pratiquer dans le grillage une ouverture d'un mètre de large sur un mètre cinquante de haut, pour leur permettre de passer en courbant la tête. Même si le courant revenait, ils auraient la possibilité de repartir par là, si nécessaire.

Kate s'enfonça dans un bosquet, courant en direction des deux remises à outils qu'elle avait repérées. Scarlett se précipita vers la porte grillagée par laquelle on accédait au jardin et fit une ouverture de même dimension que celle qu'avait découpée Marcus dans la clôture.

Elle lui tendit le coupe-boulon, qu'il rangea dans le sac. Elle se faufila dans l'ouverture et Marcus la suivit aussitôt dans le jardin.

Tiens bon, Gayle, pensa-t-il. *J'arrive.*

*
* *

Cincinnati, Ohio
Mercredi 5 août, 23 h 15

L'agent spécial Kate Coppola jeta un coup d'œil par-dessus son épaule et vit Marcus et Scarlett disparaître derrière le mur d'enceinte. Mentalement, elle leur souhaita bonne chance, sachant bien qu'ils s'étaient lancés dans la recherche la plus dangereuse : au-delà du mur, il n'y avait qu'une maison, un garage et un jardin à découvert. Ils ne pourraient se cacher nulle part.

Marcus O'Bannion était là pour sauver Gayle avant toute chose. À ses yeux, et à ceux de Scarlett, la neutralisation de Kenneth Sweeney était secondaire. Mais l'objectif de Kate était inverse : elle voulait d'abord arrêter les trafiquants. Elle devait également entrer en contact avec l'agent infiltré et, si nécessaire, l'exfiltrer. Cela faisait quelques semaines qu'il n'avait pas donné de ses nouvelles. Ce silence radio n'avait rien d'inhabituel. Ce qui était plus inquiétant, c'était que son agent ne s'était pas manifesté depuis deux jours.

Elle traversa le bosquet le plus silencieusement possible. La grande remise était la plus proche. Ses murs étaient en tôle ondulée et son toit pentu la faisait ressembler à un chapiteau de cirque. Le bâtiment n'avait pas de fondations visibles, ses murs préfabriqués étaient faciles à monter et à démonter.

Une structure temporaire ? Mais à quoi pouvait-elle bien servir ?

Elle entendit une branche craquer et se tapit derrière un arbre. Un homme sortit de la remise et se mit à marcher dans sa direction. Ce n'était pas Sweeney. Le colosse qui approchait d'elle était jeune et blond. Il était presque aussi impressionnant que l'ami de Marcus, Diesel. Elle voulait éviter de lui tirer dessus, pour ne pas alerter les éventuels occupants de la maison. Mais elle ne tenait pas à affronter ce géant à mains nues.

Kate mit son fusil en bandoulière, et se hissa dans l'arbre.

Elle attendit que l'homme l'ait dépassée de quelques pas puis se laissa tomber, atterrissant accroupie derrière lui et lui collant aussitôt le canon de son fusil dans le dos.

— Les mains en l'air ! ordonna-t-elle.

Il obéit sans se presser.

— Plus haut !

Elle enfonça un peu plus l'extrémité du canon entre les omoplates de l'homme.

— Plus haut, j'ai dit ! Maintenant, mets-toi à plat ventre. Allez !

Il obtempéra et s'allongea sur le ventre.

— Les paumes au sol, les doigts bien écartés !

Il obéit et n'opposa pas plus de résistance lorsqu'elle lui passa les menottes.

— Où est ton patron ? demanda-t-elle.

— Ça dépend, dit-il. Qui êtes-vous ?

Elle pressa un peu plus son arme contre son dos.

— Réponds ou je t'explose la cervelle. Où est ton patron ?

— Dans la maison, je crois. En tout cas, il y était encore il y a quelques minutes. Ne tirez pas…

Il tourna légèrement la tête pour la regarder du coin de l'œil.

— Répondez-moi, s'il vous plaît… Qui êtes-vous ? répéta-t-il.

— Agent spécial Coppola, FBI. Et toi, t'es qui ?

Le géant relâcha son souffle.

— Enfin ! dit-il, soulagé. Il faut envoyer un message urgent à votre chef d'antenne. Dites-lui : « Ananas sous la mer… »

— Pardon ?

Surprise, Kate mit un genou à terre pour l'examiner de plus près. *Ça pourrait être lui.* Toujours sur ses gardes, elle retroussa la jambe droite de son pantalon, en quête d'une certaine cicatrice. Elle s'y trouvait. Elle lui ôta rapidement les menottes.

— Agent spécial Davenport, dit-elle. Vous tombez à pic.

Cincinnati, Ohio
Mercredi 5 août, 23 h 15

Scarlett et Marcus franchirent au pas de course la distance qui séparait la porte grillagée du garage. Une seule des six larges portes était ouverte. Cela semblait indiquer que Sweeney n'était pas encore parti.

S'ils se retrouvaient au parc, Sweeney se débrouillerait pour abattre Marcus. Scarlett en était certaine. Une fois Marcus liquidé, il tuerait Gayle. Et il n'hésiterait pas à abattre toute personne se mettant en travers de son chemin. Comme au *Ledger*.

Mais s'il était toujours chez lui, ils avaient encore une chance de délivrer Gayle et d'éviter le piège du rendez-vous du parc. Cette porte grande ouverte ne lui disait pourtant rien qui vaille. *Tant pis.* Marcus avait raison : Gayle était probablement séquestrée au sous-sol. Il fallait entrer.

La maison était massive, imposante, construite dans le style néo-Tudor, si prisé par la bourgeoisie de Cincinnati avant la Seconde Guerre mondiale. Les murs étaient en brique et en bois, il y avait six larges et hautes fenêtres en façade, à l'étage supérieur.

Scarlett remarqua un détail curieux : l'une de ces grandes baies vitrées avait été brisée de l'intérieur. Un panneau de contreplaqué avait été installé pour condamner l'ouverture, mais l'on voyait les restes de la vitre, qui n'avaient pas encore été ôtés du cadre. Le trou dans la vitre était très large. *De la largeur d'un corps.*

Un cri d'horreur étouffé lui fit tourner la tête vers Marcus, qui fixait l'allée menant à la porte ouverte. Une large trace de sang maculait le goudron, comme si on avait traîné un cadavre hors du garage.

Le visage de Marcus avait pâli.

— Ce n'est pas Gayle, murmura-t-il. Ça ne peut pas être Gayle…

— Non, dit-elle. Ils ne la tueront pas avant de t'avoir capturé ou tué. Allons vite la chercher.

Elle dégaina son arme de service et se dirigea vers la porte, dos au mur, mais Marcus ne bougea pas d'un centimètre.

— Ça paraît trop facile, chuchota-t-il d'un ton suspicieux. La panne de courant juste au moment où on doit franchir le grillage électrifié… Et maintenant, cette porte ouverte, comme une invitation à entrer… C'est louche.

Scarlett avait les mêmes doutes.

— Mais il ne sait pas que nous connaissons son adresse, objecta-t-elle.

— Il a peut-être aperçu Kate quand elle a fait son repérage. Il nous a peut-être même vus arriver par la route…

— C'est possible.

— J'y vais seul, dit Marcus. Toi, tu m'attends là.

Hors de question…

— Non, on y va tous les deux, fit-elle. Je te couvre… Allons-y !

Il ferma les yeux brièvement et, quand il les rouvrit, elle y lut la plus grande détermination. L'arme au poing, il franchit la porte et, sans un bruit, progressa en se baissant dans l'immense garage, suivant la traînée de sang qui allait de l'allée jusqu'au milieu de l'une des places de stationnement. Là, ils virent une mare de sang à demi séché. Il était évident qu'un corps avait été déplacé hors du garage.

Scarlett prit le sang en photo puis se servit de ses mains pour mesurer la largeur de la trace. Elle les leva bien haut pour montrer à Marcus que la personne qui avait été traînée était bien plus grosse que Gayle. Il comprit tout de suite.

— Ce n'est pas Gayle, articula-t-il silencieusement.

Puis il désigna d'un air sombre la camionnette garée sur l'une des six places. Scarlett reconnut le véhicule qui avait été filmé par les caméras de sécurité, à l'arrière du siège du *Ledger*. C'était dans cette camionnette que Sweeney était venu faire ce carnage et enlever Gayle. Sweeney avait simplement changé les plaques d'immatriculation. Scarlett les prit en photo, au cas où il parvienne à s'échapper et qu'il faille lancer un avis de recherche.

Marcus ouvrit les portières de la camionnette et éclaira l'intérieur avec sa lampe de poche. Il y avait une tache de sang séché sur le plancher. Si ce sang avait été versé par Gayle, la tache aurait dû être encore humide.

— Demetrius ? murmura Scarlett. Ou Anders ?

Marcus haussa les épaules. Il plongea la main vers le tableau de bord et s'empara des clés sur le contact.

Il atteignit la porte qui donnait sur la buanderie. Scarlett le suivait, les sens en éveil. Pour la première fois, elle le voyait se comporter en soldat aguerri. Elle savait qu'il avait servi dans des troupes d'élite. Elle avait eu l'occasion, la veille, d'éprouver ses réflexes et sa souplesse. Alors qu'elle mettait généralement un peu de temps à s'adapter à ses coéquipiers, Marcus et elle semblaient agir d'emblée en symbiose, comme de vieux complices.

Ils ne rencontrèrent aucun obstacle. La maison trop silencieuse paraissait abandonnée. En raison de la panne d'électricité, on n'entendait pas un bruit — pas le moindre bourdonnement de lampe halogène ou de climatisation. Ce silence lourd et oppressant était en lui-même anxiogène.

Scarlett vit Marcus grimacer et comprit qu'il craignait que Sweeney n'ait déjà déplacé Gayle. Elle secoua la tête.

— Ne pense pas à ça, chuchota-t-elle.

Il hocha la tête et redressa les épaules.

Ils passèrent de la buanderie dans une vaste entrée. Deux escaliers parallèles menaient au palier du premier étage, où les rampes se rejoignaient en une balustrade. Ce palier offrait une vue sur tout le rez-de-chaussée mais aussi, grâce à une large baie vitrée surplombant la porte d'entrée principale, sur les abords de la maison, côté façade. À l'étage, un couloir partait du palier et desservait plusieurs chambres. Si Scarlett et Marcus ne trouvaient pas Gayle au sous-sol, ils remonteraient fouiller ces pièces.

Ils se dirigèrent vers la cuisine. Marcus entra le premier et signala d'un geste qu'il avait trouvé comment accéder au sous-sol. Scarlett referma la porte de la cuisine derrière elle, couvrant toujours Marcus tandis qu'il ouvrait celle du sous-sol. Un escalier escarpé plongeait dans l'obscurité la plus totale.

C'était le moment le plus risqué. Ils devaient descendre ces marches sans distinguer ce qui les attendait en bas. *Le piège est peut-être là.* Scarlett fit signe à Marcus de descendre l'escalier. Si Gayle se trouvait bien en bas, dans l'incapacité de se mouvoir, il pourrait la prendre dans ses bras pour l'emmener hors de la maison. Elle lui fit comprendre en quelques gestes qu'elle restait en haut de l'escalier pour monter la garde. Cela aurait été un jeu d'enfant, en effet, que de les enfermer au sous-sol s'ils y descendaient tous deux.

Elle tendit l'oreille mais ne perçut aucun son tandis que Marcus descendait d'un pas prudent les marches, toujours aussi silencieusement. Elle inspira profondément et se prépara à l'attente.

Cincinnati, Ohio
Mercredi 5 août, 23 h 20

Ken boutonna sa chemise, aux aguets. Il n'avait entendu aucun bruit suspect en provenance du rez-de-chaussée depuis le début de la panne d'électricité. Il était sorti précipitamment de la douche et était allé de fenêtre en fenêtre pour scruter le jardin plongé dans l'obscurité. Il n'avait vu personne, mais il n'en avait pas déduit pour autant qu'il n'y avait pas de danger.

Cette panne ne pouvait pas être une coïncidence. Il se demanda si Sean ne l'avait pas provoquée à l'aide d'une minuterie. Ou si son fils n'était pas venu avec un complice. Mais lequel ? L'équipe était décimée…

Il ne restait que Decker et Trevino, l'homme que Burton avait recruté récemment. Sean était censé s'être renseigné sur lui… Ken s'en voulut terriblement d'avoir sous-estimé son fils. Et Reuben.

Sa mâchoire se crispa. Reuben devait probablement se moquer de lui depuis longtemps, sachant qu'il détenait une vidéo aussi compromettante. Ken regretta de ne pas avoir pris la même précaution à l'égard de Reuben.

Il mit ses chaussures, puis consulta son logiciel de traçage sur son téléphone portable. Decker était au bureau, en ville, conformément à ce qu'il lui avait dit en prenant congé. Joel était chez lui, comme d'habitude. Decker et Joel seraient sans doute les deux derniers membres opérationnels de l'équipe, une fois que Ken aurait pris sa retraite. Ils pouvaient garder l'entreprise, ou ce qu'il en restait. Jusqu'à ce qu'Alice sorte de prison.

Il n'avait pas installé de balise sur le téléphone portable de Trevino. Ce type occupait une position trop dérisoire dans la hiérarchie de l'entreprise pour que Ken s'en soit soucié. Il se promit de ne jamais refaire les mêmes erreurs, s'il devait un jour s'arracher à sa retraite polynésienne pour créer une nouvelle entreprise. La prochaine fois — si prochaine fois il y avait —, il s'arrangerait pour contrôler les moindres faits et gestes de tous ses associés et employés, sans exception.

La maison était toujours plongée dans le plus profond silence. Il prit la valise qu'il achevait de remplir lorsque Sean l'avait interrompu, dégaina son pistolet et descendit l'escalier à pas feutrés — et pour la dernière fois. Il avait tout juste le temps d'arriver au Shawnee Lookout Park avant l'heure du rendez-vous et de se poster à l'endroit qu'il avait choisi à l'avance. De là, il aurait une vue imprenable sur l'entrée du parc, ainsi qu'un angle de tir idéal pour abattre quiconque s'y présenterait. Il tuerait O'Bannion, monterait dans la camionnette et roulerait sans s'arrêter jusqu'à Toronto. Il avait renoncé à revenir ensuite chez lui pour passer Sean dans le broyeur — même si cet acte de vengeance lui aurait procuré la plus grande satisfaction.

Il ne prendrait pas le temps non plus de tirer une balle dans la tête de cette pauvre Gayle. Au lieu de cela, il demanderait à Decker de revenir dans une semaine... L'assistante d'O'Bannion serait morte de soif et d'épuisement — d'autant que son cœur était fragile... Decker aurait pour instruction de déposer son cadavre sur le perron de la maison familiale d'O'Bannion. Après la mort de Marcus et de plusieurs employés du *Ledger*, ce petit cadeau macabre ne ferait qu'ajouter à leur souffrance.

Arrivé au rez-de-chaussée, il fouilla l'obscurité du regard, brandissant son pistolet. Mais il n'entendit aucun bruit. Et ne vit personne.

Il s'arrêta un instant dans la buanderie pour s'assurer que le silencieux était bien fixé au canon de son pistolet. Il logerait une balle dans la tête de Sean avant de monter dans la camionnette. C'était une mort beaucoup trop douce pour ce petit salaud, mais Ken n'avait plus qu'un désir : disparaître le plus vite possible.

Il entra dans le garage et se figea.

Sean avait disparu.

Cincinnati, Ohio
Mercredi 5 août, 23 h 20

— Qu'y a-t-il dans la grande remise ? demanda Kate à l'agent Davenport.

Il se redressa avec une grâce étonnante et épousseta sa chemise et son jean, couverts de terre et de feuilles mortes. Certaines feuilles restèrent collées, et il dut les arracher une à une. En les voyant tomber à terre, Kate remarqua qu'elles étaient couvertes de sang.

— Mince, dit-elle. Vous êtes blessé ?

— Non. Ce n'est pas mon sang. Cette remise est l'endroit où ils se débarrassent des cadavres, dit-il laconiquement.

Il se remit à marcher vers la maison principale.

— Ils se servent d'un broyeur à bois, précisa-t-il. Quand ils veulent faire disparaître un corps, ils creusent une fosse vers laquelle ils dirigent le broyeur. Ensuite ils transforment leur victime en steak haché et ils le recouvrent de compost pour accélérer la dégradation des tissus… Et voilà ! Plus de corps. Quand la fosse est pleine, ils démontent la remise, déplacent le broyeur de bois à un autre endroit et ils creusent un nouveau trou, autour duquel ils remontent la remise.

— Que faisiez-vous, à l'instant, dans cette remise ?

— Je viens d'y cacher quelqu'un. Vous êtes venue avec une équipe médicale ? L'un des gars qui est dans cette remise en aurait sérieusement besoin.

— Deux ambulances vont arriver. Elles attendront près d'ici que nous les alertions. Où est votre agent traitant ?

Le grand blond se figea sur place.

— Que voulez-vous dire ? demanda-t-il d'une voix inquiète. Il ne vous a pas contactés ?

— Ça fait deux jours qu'on n'a pas eu de ses nouvelles.

— Merde… Donc, ni Jason Jackson ni Reuben Blackwell n'ont été arrêtés ?

— Non, répondit-elle. Qui sont ces hommes ?

Davenport se raidit et saisit le bras de Kate.

— Envoyez quelqu'un le plus vite possible au 5487, Wharton Court, ordonna-t-il. Mon agent traitant se nomme Symmes. S'il n'a pas de pièce d'identité sur lui, on peut l'identifier grâce à la fermeture Eclair qu'il s'est fait tatouer autour du biceps. Les dénommés Jackson et Blackwell sont des hommes de main de Sweeney. Ces deux-là, il ne faut pas les laisser en liberté, vous pouvez me croire… Si Symmes n'a pas appelé, c'est qu'il s'est passé quelque chose de grave…

Kate appela le FBI et transmit les instructions de Davenport, puis elle lui demanda :

— Quels rôles ont Reuben Blackwell et Jason Jackson ?

— Reuben Blackwell est le chef de la sécurité, dans l'équipe de Sweeney. Jackson est l'un de ses gorilles… Si vous ne les avez pas arrêtés, comment êtes-vous au courant, pour Sweeney ?

— On a mené l'enquête, tout simplement, répondit-elle en se remettant à marcher. Si Sweeney est dans la maison, il faut qu'on y aille. Deux membres de mon équipe sont déjà dedans. C'est une opération de sauvetage. Sweeney a pris un otage quand il est allé faire un carton au siège du *Ledger*.

— Je sais… C'est pour ça que je suis revenu. Je pensais pouvoir la délivrer.

— Merci. Parlez-moi des activités de Sweeney.

— Sweeney dirige un réseau de trafiquants de drogue et d'êtres humains. Il avait trois associés… Reuben Blackwell, Demetrius Russell et Joel Whipple.

— Nous avons déjà une idée du rôle que jouait Demetrius. Il est mort, hein ?

— Oui… Comment le savez-vous ?

— Il a été poignardé par le jeune homme qu'il a tenté de tuer hier soir, Phillip Cauldwell.

— Ce n'est pas de ça qu'il est mort. Son corps est dans la remise. Avec Sean, le fils de Sweeney. Sean a tenté de prendre le pouvoir, mais papa ne s'est pas laissé faire… Sean est l'expert en informatique de la bande. Et il n'est pas encore tout à fait mort. Si vous arrivez à le prendre vivant, c'est lui qui vous permettra d'accéder aux données de cette organisation criminelle. Alors si j'étais vous, je m'en occuperais le plus vite possible.

— Entendu. Vous avez vu Gayle Ennis, l'otage de Sweeney ?

— Non, mais je sais qu'elle est dans la maison, sans doute au sous-sol.

— C'est justement là que Scarlett et O'Bannion vont aller voir en premier.

— Le journaliste et l'inspectrice ? Ils ne savent pas à qui ils ont affaire.

— Je pense que si. Où sont les autres ? Cet endroit semble abandonné.

— Ils sont presque tous morts ou en prison. Ils ont fini par s'entretuer… Joel, le comptable, devrait se trouver chez lui.

Il donna l'adresse à Kate, qui envoya aussitôt un message à Troy.

— Les collègues sont en route, dit-elle ensuite. Qu'y a-t-il dans la petite remise ?

— Des outils de jardinage. Et le compteur électrique…

— C'est vous qui avez coupé le courant ?

— Oui. Je vous ai vue monter dans l'arbre tout à l'heure, grâce à l'une des caméras de sécurité. Je me suis dit que vous veniez en renfort… Vous avez trouvé les deux bracelets électroniques que j'ai laissés chez Anders ?

— Oui, dit-elle. Ça aussi, c'était vous ? Où sont les Anders ?

— Sweeney a tué les parents, répondit-il en mimant un égorgement. Il y avait du sang partout… Il les a saignés devant leur fille.

— Stephanie, se souvint Kate. Et elle, que lui est-il arrivé ?

— Elle est toujours vivante. Sweeney m'a demandé de la tuer, mais je l'ai cachée dans la grande remise, derrière un tas de cageots. La fille est cinglée. Elle est ligotée et bâillonnée, vous n'avez plus qu'à l'embarquer. Mais faites gaffe à ses ongles… C'est une vraie tigresse.

— C'est noté, dit Kate. À propos, son petit ami est en garde à vue. Les collègues de Detroit l'ont retrouvé dans le Michigan. Il s'appelle Drake Connor. On a trouvé sur lui une clé USB contenant des fichiers qu'il avait dérobés au père de Stephanie… Des photos qu'Anders avait prises pour pouvoir faire pression sur Sweeney, le cas échéant. Ce sont ces photos qui nous ont permis de faire le lien entre Alice Newman et Kenneth Sweeney.

Davenport eut un petit sourire cruel.

— Tant mieux. C'était Alice qui était destinée à reprendre les rênes de l'organisation… C'est la fille de Sweeney.

— Ça paraît logique. On a trouvé des photos où on les voit ensemble lors de la remise de son diplôme de droit.

— Sur Facebook ?

— C'est bien pratique, parfois.

— Quand vous arrêterez Stephanie, vous trouverez Dave Burton avec elle. C'était le bras droit de Reuben. Il le remplaçait depuis que j'ai fait disparaître Reuben… Il a du sang sur les mains, lui aussi. Sweeney m'a ordonné de le tuer, mais je l'ai caché au même endroit que Stephanie. Sweeney croit qu'ils sont réduits en purée. Je ne crois pas qu'il me soupçonne. Pas encore…

— Allons le trouver. Il est temps d'en finir avec lui.

Cincinnati, Ohio
Mercredi 5 août, 23 h 20

Marcus descendit à pas de loup les marches qui menaient au sous-sol, refoulant sa peur de laisser Scarlett seule dans la cuisine. Elle savait se débrouiller toute seule. Cette certitude lui permit de se concentrer sur ce qu'il entendait et voyait. Il lui fallait retrouver Gayle tout en évitant le piège qu'il redoutait.

Il devait y avoir un ou deux soupiraux car une faible lumière filtrait dans l'obscurité. Marcus éteignit sa lampe de poche, pour ne pas offrir une cible facile. Ils avaient pénétré dans la propriété puis dans la maison avec une aisance suspecte.

Il s'immobilisa, guettant le son d'une respiration. Il perçut une sorte de reniflement, presque un sanglot, qui provenait de l'autre bout du sous-sol.

Gayle…

Elle était vivante. Marcus sentit son cœur s'emballer et ses genoux flageoler.

Il progressa, tête baissée, vers le fond de la pièce, distingua la cage et, à l'intérieur, la silhouette de Gayle.

— Gayle, chuchota-t-il. C'est moi.

Il l'entendit inspirer brièvement par le nez puis pousser un sanglot, étouffé par son bâillon. Marcus sentit son cœur se fendre en deux. Sans perdre un instant, il sortit le coupe-boulon de son sac et trouva à tâtons l'anneau du cadenas qui verrouillait la porte de la cage. Il le trancha, posa le cadenas délicatement sur le sol et sortit la couverture de survie de son sac. Puis il ouvrit la porte et grimaça en l'entendant grincer. Mais personne n'ouvrit le feu.

Toujours à tâtons, il défit rapidement les liens de Gayle. Puis il l'enveloppa dans la couverture et la prit dans ses bras. Ses sanglots se firent plus bruyants.

— Chut, murmura-t-il.

Il lui ôta délicatement son bâillon, et elle aspira aussitôt une grande bouffée d'air.

— Il faut que tu tiennes le coup, lui chuchota-t-il dans le creux de l'oreille. Ne pleure pas. Il ne faut pas qu'on nous entende.

Il sentit Gayle se raidir et trembler tandis qu'elle refoulait courageusement ses larmes. Marcus remit son sac en bandoulière, se releva en la portant dans ses bras et remonta les marches sans faire le moindre bruit.

Il retrouva Scarlett là où il l'avait laissée. Elle ne dit pas un mot lorsqu'elle le vit remonter avec Gayle, mais son regard exprimait le plus grand soulagement. Elle ouvrit la porte de la cuisine et jeta un coup d'œil de l'autre côté avant de faire signe à Marcus d'amener Gayle. Ouvrant la voie, elle se dirigea vers la sortie. Dans la buanderie, elle s'arrêta un instant pour plonger la main dans la poche de Marcus et en sortir les clés de la camionnette de Sweeney. Elle en profita pour le gratifier d'un sourire radieux.

Mais Marcus ne lui rendit pas son sourire. Il était toujours aux aguets. Jusque-là, tout s'était passé trop facilement. Il s'attendait au pire.

Et le pire arriva. Scarlett n'avait pas fait deux pas dans le garage qu'elle disparut brusquement du champ de vision de Marcus. Un quart de seconde plus tard, il l'entendit pousser un cri de douleur, suivi du bruit métallique de son pistolet qui tombait à terre. L'arme glissa sur le sol, propulsée par un coup de pied.

Marcus recula d'un pas pour se placer derrière le mur qui séparait la buanderie du garage, sans lâcher Gayle.

— Monsieur O'Bannion !

La voix venait de la gauche, près de la porte du garage.

C'était celle de l'homme qui l'avait appelé pour lui dire qu'il avait enlevé Gayle. L'homme qui avait tiré sur son frère et tué Cal.

— C'est gentil de me rendre visite à l'improviste, reprit Sweeney. Si j'avais su que vous veniez, je vous aurais préparé un accueil un peu plus chaleureux.

— Tu rêves, Sweeney, articula Scarlett d'une voix haletante. Il n'est pas venu avec moi.

Sweeney avait fait du mal à Scarlett. Marcus ne savait pas ce que ce salaud lui avait fait, mais il perçut très nettement la douleur dans la voix de Scarlett.

— Allons, allons, inspectrice, dit Sweeney. Bien sûr qu'il est venu avec vous. Je dois avouer que votre visite m'a surpris. Mais, que ce soit ici ou au lieu de rendez-vous convenu, le résultat de notre rencontre sera le même… Aucun d'entre vous ne sortira d'ici vivant.

— Tu crois vraiment que je suis venue seule, espèce de salopard ? La maison est encerclée par le FBI et le CPD. Ils ont une folle envie de faire ta connaissance… Tu as enlevé et tué une innocente…

— Je ne l'ai pas tuée, dit-il d'un ton égal.

— Eh bien, elle était tout ce qu'il y a de plus morte quand je l'ai trouvée. À ton avis, pourquoi est-ce qu'elle n'est pas remontée du sous-sol avec moi ?

— Parce que O'Bannion est avec elle.

Mais il n'en paraissait pas convaincu.

— Mais oui, c'est ça ! ricana Scarlett. Il se planque derrière la porte, peut-être ? Pauvre con ! Jamais je ne m'encombrerais d'un civil dans une opération de libération d'otage… Surtout un civil qui a des liens personnels avec l'otage.

— Ce qui est pratique, s'il n'est pas là, c'est que votre vie n'a plus aucun prix, à mes yeux. Vous m'avez entendu, O'Bannion ? demanda-t-il d'une voix chantante. Je n'ai plus aucune raison d'épargner votre petite copine.

— Mais non, tu ne vas pas me tuer, dit Scarlett d'une voix méprisante. Les tireurs d'élite t'attendent dehors. Dès que tu mettras un pied hors de cette baraque, ils t'abattront, quelle que soit la porte par laquelle tu passeras. Je suis ton seul espoir de sortir d'ici vivant…

« Quelle que soit la porte par laquelle tu passeras »… C'était une manière de demander à Marcus de l'abandonner et de s'enfuir.

Gayle s'était mise à trembler comme une feuille dans les bras de Marcus. Elle mordait sa couverture pour ne pas faire de bruit en claquant des dents. Il fallait la sortir de cette maison et la remettre à une équipe médicale. Elle était sur le point de craquer.

— J'espère que tu as des chaussures confortables, dit Scarlett à Sweeney d'une voix railleuse, malgré la douleur évidente qui la tenaillait. Parce qu'il faudra se tirer d'ici à pied… D'ailleurs, tant qu'on y est… Au revoir, les clés ! Bonjour, les tireurs d'élite du FBI !

Malgré la peur qui lui glaçait les sangs, Marcus sourit. Scarlett venait de jeter les clés de la camionnette hors du garage, dans l'allée. Kate devait être à l'affût, perchée sur un arbre… Scarlett tentait ainsi de lui offrir l'occasion d'abattre Sweeney.

— Vas-y ! le nargua-t-elle. Va les chercher !

Sweeney éclata de rire.

— Bien tenté, ma chère, ricana-t-il. Ce sont vos propres clés que vous venez de jeter. Vous êtes une petite maligne. Allons-y. Vous prendrez le volant. Moi, je ne serai pas visible de l'extérieur… Et si vous vous arrêtez, je vous brûle la cervelle.

Marcus entendit des bruits de pas traînants sur le sol en béton. Puis le cri de fureur de Sweeney, quand il comprit qu'elle n'avait pas bluffé et que c'étaient bien les clés de la camionnette qu'elle venait de jeter dans l'allée.

Marcus en profita pour sortir de sa cachette, portant toujours Gayle dans ses bras, traversa promptement la buanderie et revint dans l'entrée. Il se précipita vers la porte, l'ouvrit et fonça dans la nuit.

La lune était haute dans le ciel et déversait une lumière

argentée sur le jardin. Elle n'éclairait pas aussi bien que des projecteurs mais Marcus risquait quand même de se faire repérer par d'éventuels complices de Sweeney. Il longea le mur de la maison dans la direction opposée au garage et atteignit l'ouverture que Scarlett avait pratiquée dans la porte grillagée. Il se retourna, et ce qu'il vit lui glaça les sangs.

Kate Coppola se dirigeait à pas de loup vers la porte du garage, suivie d'un grand blond. L'homme était armé d'un pistolet. Marcus leva les yeux et sentit son cœur se contracter dans sa poitrine. Il n'y avait pas un seul tireur dans les arbres.

Dans ces conditions, il était hors de question qu'il abandonne Scarlett. *Je sauve Gayle et je reviens…* Il se baissa pour passer par l'ouverture et courut vers celle qu'il avait cisaillée dans la clôture. Quand il l'eut franchie à son tour, il tourna à gauche et se dirigea, toujours au pas de course, vers la route.

— Marcus ! fit une voix familière.

Il s'immobilisa, tourna la tête et vit Diesel et Deacon qui venaient vers lui en courant. Il alla à la rencontre de Diesel et lui colla Gayle dans les bras.

— Emmène-la loin d'ici, ordonna-t-il. Sweeney a capturé Scarlett, et l'un de ses hommes a capturé Kate.

— Putain de merde, marmonna Deacon.

Tenant d'une main son téléphone portable, il retint de l'autre Marcus par le bras.

— Attendez ! dit-il.

Marcus se dégagea et rétorqua :

— Scarlett ne peut pas attendre.

Cincinnati, Ohio
Mercredi 5 août, 23 h 30

Marcus piqua un sprint et entendit Deacon qui appelait des renforts dans son téléphone. Il était temps. Il s'arrêta devant la porte grillagée pour reprendre son souffle et laisser Deacon le rattraper. Ils jetèrent ensemble un regard au jardin et jurèrent à l'unisson :

— Merde !

Scarlett était debout dans l'allée, à peine visible à la faible lumière de la lune. Elle avait la tête basse, les mains jointes derrière la nuque pendant que Sweeney la désarmait. Il avait déjà trouvé trois armes de poing et deux couteaux dans ses poches. Ce faisant, il pressait son pistolet, équipé d'un silencieux, contre le crâne de Scarlett. L'une des mains de Scarlett était ensanglantée. Ce salaud lui avait tiré une balle dans le bras.

Kate Coppola était elle aussi debout et dans la même position que Scarlett. Le colosse blond la tenait en joue. Il lui avait confisqué son fusil et l'avait mis en bandoulière.

Marcus aurait voulu franchir la porte grillagée et voler au secours de Scarlett. Mais il n'avait pas assez de soutien. S'il se montrait brusquement, Sweeney presserait certainement la détente de son arme et la tuerait. Il en était réduit à rester là, dans l'impossibilité d'intervenir.

— Merci Decker, dit Sweeney. Je ne vous attendais pas, mais vous tombez à pic.

— Je vous aurais appelé, mais je suis revenu parce que j'avais oublié mon chargeur de portable ici, sur le comptoir de la cuisine.

Marcus fronça les sourcils. Il ne se souvenait pas d'avoir vu un chargeur dans cette cuisine impeccablement rangée.

— Vous savez ce qu'il vous reste à faire, dit Sweeney.

— C'est-à-dire ? demanda hargneusement Scarlett

— Tuer, faire disparaître, dit laconiquement le grand blond.

— C'est le traitement que nous réservons aux hôtes indésirables, fit Sweeney.

Il observa Kate d'un air intrigué avant de dire à Scarlett :

— C'est ça, votre équipe de tireurs d'élite du FBI ? Une rouquine avec un fusil ? C'est qui, cette bonne femme ?

Kate lui jeta un regard noir mais resta muette.

L'homme qu'il avait appelé Decker sortit l'insigne de Kate de la poche de son blouson.

— Agent spécial Coppola, lut-il.

Puis il la menotta. Kate avait l'air furieuse. Marcus se demanda comment le blond avait réussi à la capturer.

— À votre tour, madame, dit Decker à Scarlett.

Elle éclata d'un rire amer.

— Madame ? Vous plaisantez, ou quoi ? demanda-t-elle.

— Je ne plaisante jamais, madame.

Decker la força à pivoter, et elle se retrouva face à lui.

— Ne tuez pas l'inspectrice Bishop, dit Sweeney tandis que Decker menottait Scarlett. J'ai besoin d'elle pour le retour d'O'Bannion… Car il reviendra… Il est fait comme ça. Emmenez la rouquine au broyeur.

Horrifié, Marcus sentit les poils de sa nuque se hérisser. *Un broyeur ?*

— Je n'y manquerai pas, monsieur, dit poliment Decker. Ah, j'allais oublier… J'ai trouvé Sean dans le garage quand je suis arrivé. J'ai pris la liberté de l'emmener à la fosse, pour vous éviter cette corvée.

Sweeney lui jeta un regard d'abord agacé, puis soulagé.

— Merci, Decker. Je vous revaudrai ça.

— Rien d'autre, monsieur ?

— Non, ce sera tout, pour l'instant.

Marcus et Deacon reculèrent tous deux d'un pas et se collèrent au mur, attendant que le dénommé Decker passe la porte avec Kate pour lui sauter dessus.

Mais Kate se débattait comme un beau diable. Sweeney s'écarta de Scarlett pour aider Decker à la maîtriser.

Marcus et Deacon se précipitèrent alors dans le jardin, l'arme au poing. Mais ils s'arrêtèrent net lorsqu'ils virent Scarlett, Kate et le grand blond braquer tous les trois des pistolets sur Sweeney. Scarlett et Kate avaient chacune une menotte qui pendait au poignet gauche.

— Approchez lentement, dit Decker à Marcus et Deacon sans quitter Sweeney des yeux.

Decker pointait son fusil vers la tête de Ken.

— Pas de gestes brusques, s'il vous plaît, lui dit Decker d'une voix menaçante.

— Merde, fit Deacon. Quelqu'un pourrait m'expliquer ce qui se passe ?

Kate désigna Decker d'un signe du menton.

— Ananas sous la mer, dit-elle.

— Ah, fit Deacon. Tu aurais pu me prévenir.

— J'allais le faire, répliqua Kate, mais j'étais occupée.

— Qui est-ce ? demanda Marcus à Scarlett.

— Je ne sais pas, répondit-elle. Il m'a mis un pistolet dans la main en faisant semblant de me menotter. J'ai suivi le mouvement.

Decker rendit son fusil à Kate et sortit une autre paire de menottes. Sweeney le regarda faire, les yeux luisants de haine.

— Vous m'avez bien eu, monsieur Decker, grinça-t-il.

— C'était le but du jeu, dit Decker.

Sweeney pivota subitement et bondit vers les armes dont il avait délesté Scarlett. Decker chancela puis tomba à genoux sur le goudron de l'allée, un couteau planté dans le flanc. Sweeney saisit deux pistolets, un dans chaque main, et ouvrit le feu.

Scarlett s'écroula. Marcus rugit et se mit à tirer, en même temps que Deacon et Kate. Il y eut un moment de chaos pendant lequel les balles sifflèrent de toutes parts. Et, soudain, la fusillade cessa, aussi brusquement qu'elle avait commencé. Le silence qui suivit était lourd comme une chape de plomb. L'odeur âcre de la poudre flottait dans l'air.

Le corps criblé de balles, Sweeney était étendu sur le goudron, tel un pantin désarticulé, les yeux fixant le ciel étoilé.

Comme Tala.

Marcus se précipita vers Scarlett. Elle était allongée sur le ventre et brandissait le pistolet que lui avait donné Decker. Marcus comprit qu'elle avait roulé au sol pour se mettre en position de tir et qu'elle avait, elle aussi, vidé son chargeur sur Sweeney. Elle jeta un regard à Marcus et hocha la tête pour le rassurer. Et il vacilla de bonheur et de soulagement.

Il la prit dans ses bras, sans se soucier du regard des autres flics.

— J'ai cru que tu étais morte, murmura-t-il en enfouissant son visage dans le creux de son cou.

— Je suis vivante, fit-elle. La balle a heurté le gilet pare-balles. Le choc m'a coupé le souffle…

Elle tressaillit et grimaça lorsqu'il la serra un peu plus fort contre lui.

— Et je crois, ajouta-t-elle, que j'ai un vilain hématome au thorax…

Il relâcha immédiatement son étreinte et se mit à trembler comme une feuille. Ils restèrent ainsi un long moment. Puis Marcus releva la tête pour prendre la mesure de la situation.

Deacon s'était accroupi à côté du corps de Sweeney. Kate avait mis son fusil en bandoulière et s'occupait de Decker. Celui-ci retira le couteau de son flanc d'un air agacé.

— Ce n'est rien, agent Coppola, dit-il d'un air penaud. Je n'arrive pas à croire que cette raclure ait réussi à me surprendre.

Il écarta les mains de Kate et répéta :

— Ce n'est rien… Je me suis déjà fait plus mal dans la cour de récré. Il y a une trousse de secours dans la buanderie. Je vais me faire un pansement.

Marcus ouvrit le sac à dos qu'Isenberg lui avait donné. Il en sortit quatre rouleaux de gaze, en jeta trois à Decker et garda le quatrième pour panser la blessure superficielle que Scarlett avait à la main.

— Il est mort ? demanda Marcus à Deacon en enroulant de gaze la main de Scarlett.

— Ouais, répondit Deacon.

Marcus se releva et aida Scarlett à en faire autant. Il contempla le cadavre de Sweeney. Il eut la satisfaction de constater que toute la partie supérieure de son crâne avait été réduite en bouillie. Sa chemise était trempée de sang. Mais une partie de son corps était restée intacte.

Marcus dirigea le canon de son arme vers la poitrine de Sweeney et lui tira une balle dans le cœur.

— Ça, c'est pour Cal, dit-il à voix basse. Et pour Tala… Et pour toutes tes autres victimes…

Il frissonna lorsque Scarlett lui passa un bras autour de la taille.

— Allez, murmura-t-elle en le berçant doucement. C'est fini.

C'est alors qu'il se rendit compte qu'il pleurait à chaudes larmes. Et elle aussi.

Cincinnati, Ohio
Mercredi 5 août, 23 h 55

Davenport est une tête de mule, songea Kate en suivant le colosse dans la grande remise au toit pentu. Il venait d'être poignardé et se comportait comme si sa blessure n'était qu'une piqûre de moustique. Il avait insisté pour qu'on soigne en premier le fils de Sweeney. Deux urgentistes étaient entrés dans la propriété par l'arrière avec leur équipement.

— C'est là qu'ils sont, dit Davenport en faisant coulisser la porte de la grande remise. Sean, Stephanie Anders et Dave Burton… Burton aura besoin de soins, lui aussi. Sweeney lui a tranché une oreille.

— Charmant, dit Kate.

— La fille n'a que des écorchures et des hématomes, dit Davenport. Elle a fait plus de dégâts qu'elle n'en a reçu, vous pouvez me croire…

Lorsqu'elle pénétra dans la remise, Kate se figea sur place face au grand broyeur à bois, dont la glissière donnait sur une vaste fosse. Une odeur pestilentielle flottait dans l'air et Kate dut faire un gros effort pour ne pas vomir.

— Désolé pour l'odeur, murmura Davenport. J'étais censé me débarrasser de tous les corps, mais je ne l'ai pas fait, pour qu'ils servent de pièces à conviction. Chip et Marlene Anders sont enterrés ici, et aussi Demetrius, dans des fosses peu profondes que j'ai creusées. J'espère que le médecin légiste pourra les autopsier, même si la chaleur a dû accélérer leur décomposition.

Il alla ensuite au fond du bâtiment, qu'il avait cloisonné avec des panneaux de contreplaqué.

— Je ne voulais pas que Sweeney les voie. Il ne venait pas souvent ici, mais comme il a menacé de passer lui-même Sean au broyeur à bois…

Il écarta la cloison de fortune. Et se figea.

— Merde, marmonna-t-il en courant vers la chaise où était assis le cadavre de Stephanie Anders.

La jeune femme avait été égorgée. Autour d'elle, une mare de sang trempait le sol.

— Tu parles d'une écorchure…, souffla Kate.

Davenport désigna une autre chaise — vide, celle-là — et une brouette ensanglantée, également vide. Des cordes tranchées jonchaient le sol.

— Burton a disparu, constata-t-il. Ainsi que Sean.

— Comment ont-ils fait pour s'enfuir ? Vous m'avez dit que Sean était agonisant…

Davenport se pinça les lèvres.

— Il avait l'air mal en point, c'est sûr, dit-il. En tout cas, Burton s'est échappé…

Il ramassa une des cordes et l'examina. Son extrémité était déchiquetée.

— Sean devait avoir une lame cachée quelque part sur lui, ajouta-t-il. Je ne l'ai pas fouillé.

Il semblait s'en vouloir terriblement.

— Et merde, dit-il, dépité.

Cincinnati, Ohio
Jeudi 6 août, 0 h 10

Diesel lança une bouteille d'eau à Marcus puis une autre à Scarlett, lorsqu'ils vinrent à sa rencontre à l'endroit où ils avaient laissé leur voiture. Deux équipes médicales étaient arrivées. L'une d'elles s'occupait de Gayle. L'autre était avec Kate et Davenport.

— Sweeney est mort ? demanda Diesel.

— Oui, dit Marcus.

Il but au goulot une grande rasade puis déclara :

— Ça fait du bien…

— Ça alimentera ton réservoir à larmes, dit Diesel en regardant ses yeux rougis.

— Va te faire voir, rétorqua Marcus.

Il n'avait pas honte. Les larmes avaient eu un effet cathartique. Surtout après avoir logé une balle dans le cœur aride de Sweeney.

Après avoir, elle aussi, bu tout son soûl, Scarlett demanda :

— Où est Gayle ?

— Elle est partie en ambulance à l'hôpital du comté, répondit Diesel. J'ai voulu l'accompagner, mais elle n'a rien voulu savoir. Elle a insisté pour que je reste avec vous deux. C'est qui, le culturiste ? demanda-t-il en désignant Davenport.

Celui-ci était avec Kate et parlait à Deacon. Ils avaient l'air sombres et furieux.

— Je crois que c'est l'agent du FBI qui était infiltré dans l'organisation de Sweeney.

— Ils n'ont pas l'air très contents, observa Diesel.

— Non, en effet, murmura Scarlett. Ils sont allés chercher le fils de Sweeney, qui était blessé. Les gens du FBI espéraient l'interroger. Mais vu leurs têtes, je crois qu'il a dû mourir de ses blessures.

Diesel jeta un regard méfiant aux agents fédéraux.

— Sans vouloir vous offenser, Scarlett, dit-il, je trouve qu'il y a un peu trop de flics dans le secteur…

— Je les saluerai de votre part, dit-elle en réprimant un sourire.

— Parfait. Maintenant que je peux dire à Gayle que je vous ai vus sains et saufs, je retourne à l'hôpital pour lui tenir compagnie et voir où en est Stone.

Et il s'éloigna sans demander son reste.

— Étant donné qu'il a la phobie des hôpitaux, c'est déjà un gros effort de sa part, dit Marcus d'un ton ironique.

Deacon, Kate et Davenport s'approchèrent d'eux.

— Que s'est-il passé ? demanda Marcus.

— Tout d'abord, laissez-moi vous présenter l'agent spécial Davenport, dit Kate.

— C'était vous, l'infiltré ? demanda Marcus.

— Oui, répondit Davenport. Sous le nom de Gene Decker. Je crois que ce pseudonyme ne me servira plus, désormais.

Deacon se tourna vers Marcus et le mit en garde :

— Mais si le FBI charge Davenport d'une autre mission sous fausse identité, vous ne pourrez pas mentionner son rôle dans cette enquête et encore moins son vrai nom. Tant pis pour le scoop…

— Mais ça y est, c'est fini ! protesta Marcus. Pourquoi ne pas tout raconter dans un article ? C'est bien fini, hein ?

Davenport secoua la tête.

— Pas encore, répondit-il. Deux complices de Sweeney ont réussi à s'enfuir… Dave Burton, qui remplaçait Reuben Blackwell comme chef de la sécurité de l'organisation. Et Sean Cantrell, le fils de Sweeney et son expert en informatique.

— Nous avons commencé à les chercher, en vain, dit Kate d'un ton morose. Nous avons lancé un avis de recherche.

— Woody McCord était-il un de leurs clients ? demanda Marcus.

— Oui, répondit Davenport. Vous le connaissiez ?

— Nous avions révélé ses crimes dans le *Ledger*. Mais nous avons dû suspendre nos investigations… Sweeney craignait sans doute que nos recherches nous mènent jusqu'à lui. C'est certainement pour ça qu'il m'a pris pour cible, ainsi que le *Ledger*.

— Il vous haïssait, confirma Davenport. Lui et ses complices voulaient votre mort. À présent, ils sont morts ou en prison… Mais il en reste cinq en liberté… Outre les deux individus qui viennent de s'échapper, il y a Joel Whipple, qui tenait les comptes, et un homme de main récemment embauché, un certain Trevino. Le cinquième est caché sous un lit dans l'une des chambres de la maison. Il s'appelle Rod Kinsey. Il a été blessé par balle hier matin, lors de l'enlèvement des Anders. Je lui ai filé des somnifères. Lui, ça m'étonnerait qu'il puisse nous dire grand-chose sur le réseau. Ce n'était qu'un sous-fifre.

— Où sont Joel Whipple et Trevino ? demanda Scarlett. Et comment les deux autres ont-ils fait pour s'échapper ?

— Nous ne le savons pas encore, dit Kate. Burton et Sean ne se trouvaient plus dans la remise quand nous sommes allés les chercher. Et Stephanie Anders a été égorgée… Elle est morte.

— Tant mieux, dit Marcus.

Scarlett lui posa la main sur le bras.

— Reprenons depuis le début, dit-elle. Parlez-nous de l'organisation de Sweeney. Nous ne connaissons que le rôle de Demetrius et celui d'Alice.

— Sweeney, Demetrius, Joel, Reuben dirigeaient ensemble cette organisation criminelle. Sweeney et Demetrius ont commencé à rapporter de la drogue de Floride dans les années quatre-vingt, sous couvert d'une entreprise spécialisée dans la vente de jouets… Ils transportaient des ours en peluche bourrés de cachets. Mais quand la Floride a durci sa législation sur la drogue, ils se sont lancés dans le trafic d'esclaves… Adultes ou enfants… Pour fournir de la main-d'œuvre ou pour vendre leurs victimes en tant qu'esclaves sexuels. Sweeney était à la tête du trafic. C'est lui qui se chargeait des ventes. Demetrius s'occupait des rapports avec les fournisseurs. Ils attiraient des étrangers, à qui ils procuraient des visas temporaires. Reuben était le chef de la sécurité, et Joel le comptable.

— Et vous, quel rôle aviez-vous ? demanda Scarlett.

— J'ai été embauché comme garde du corps de Sweeney, mais je n'avais pas accès aux informations confidentielles. Mon agent traitant a mis en scène un petit incident, au cours duquel j'ai été blessé par balle. Je ne pouvais donc plus travailler comme garde du corps. Comme j'ai un diplôme de maths, j'ai réussi à les convaincre que je pouvais être comptable. Je pensais pouvoir accéder aux livres de comptes. Mais ils ne m'ont confié que des tâches concernant les activités légales. J'ai donc voulu revenir à la sécurité, mais pas en tant que garde du corps… Il me fallait un poste plus stratégique, qui m'aurait impliqué davantage dans les activités criminelles de l'organisation. Mais ils étaient contents de mes services de comptable, le temps passait et je n'avais aucun accès aux infos que j'avais pour mission de collecter.

— Vous vous êtes donc arrangé pour libérer un poste ?

— En gros, oui… Reuben était le chef de la sécurité et Dave Burton, son adjoint. Ils avaient travaillé ensemble dans la police, à Knoxville. Ils étaient très proches, j'aurais eu du mal à m'intégrer. Du coup, je m'y suis pris autrement. Jason Jackson travaillait au bureau de la sécurité, au siège de l'entreprise, dans le centre-ville. Je me suis rapproché de lui, ce qui me donnait un prétexte pour aller le voir dans son bureau de temps en temps. J'attendais l'occasion de m'introduire dans leur réseau informatique interne pour trouver les preuves dont le FBI avait besoin pour intervenir. Cette occasion est venue quand le bracelet électronique de Tala a été coupé. J'ai drogué Jackson, qui était de service cette nuit-là, je l'ai emmené chez lui et je me suis arrangé pour faire croire à Sweeney qu'il était tombé malade. Ensuite, j'ai attiré Reuben chez Jackson, je lui ai donné un somnifère et je les ai emmenés tous les deux dans un appartement sécurisé. J'ai contacté mon agent et je lui ai indiqué où les trouver.

— Vous vouliez remplacer Reuben ?

— Pas vraiment. Je voulais surtout qu'il ne m'empêche pas d'être en contact direct avec les autres membres de l'équipe dirigeante. Reuben cloisonnait strictement ses missions. Il faisait en sorte que les vigiles ne connaissent rien des activités réelles de l'entreprise.

— Où est l'appartement sécurisé ? demanda Deacon.

— Tout près de la maison de mon agent traitant. Il a garé la voiture de Reuben sur le parking de l'hôtel de l'aéroport. De là, il devait se rendre directement à l'appartement sécurisé pour coffrer Reuben et Jackson. Mais j'ai perdu le contact avec lui. Je m'apprêtais à lancer un appel d'urgence à ma hiérarchie quand l'agent Coppola m'a braqué avec son fusil.

— Je viens d'envoyer une équipe à l'appartement, dit Kate. Mais je n'ai pas encore reçu de ses nouvelles.

— Vous avez accédé aux données que vous cherchiez ? demanda Deacon à Davenport.

— En partie. J'ai pu en copier une bonne partie. Le reste est dans ma tête. Mais il pourrait en rester beaucoup sur le serveur de l'entreprise… Si Sean ne les a pas effacées, ce qui est très possible.

— Et Sean ? demanda Scarlett. C'est vraiment le fils de Sweeney ?

— Oui. Sa sœur travaillait aussi pour Sweeney. Mais vous connaissez déjà Alice…

— Hélas, oui, dit Marcus d'une voix sombre.

— Quel était son rôle ? demanda Scarlett.

— Alice était le vrai bras droit de Sweeney et devait lui succéder à la tête de l'organisation. Cette femme est d'une froideur implacable et ne se laisse pas démonter facilement. Sean est introverti. Il passait son temps dans son bureau. J'ai senti qu'il n'aimait pas son père, mais il ne l'a jamais admis devant moi. Ce soir, il est venu ici pour reprocher à Sweeney d'avoir prélevé en douce de grosses sommes sur les comptes bancaires de l'entreprise. Ensuite, il lui a annoncé qu'il avait récupéré cet argent et il l'a menacé avec un pistolet. Mais Sweeney ne s'est pas laissé faire… Il avait beaucoup de force, alors que son fils ne faisait jamais d'exercice. Résultat : le père a eu le dessus sur le fils, il l'a ligoté et lui a coupé les doigts et les orteils un par un jusqu'à ce que Sean lui révèle les numéros et les mots de passe de ses comptes bancaires.

— Vous avez assisté à cette scène sans intervenir ? demanda Scarlett, consternée.

— J'étais dans la petite remise, fit Davenport avec froideur. Dès que j'ai eu accès à la maison de Sweeney, j'ai posé des micros un peu partout. La remise me servait de poste d'écoute. Si j'étais intervenu, j'aurais gâché trois ans de travail clandestin.

— Excusez-moi, dit Scarlett avec raideur.

Mais son expression se radoucit et elle ajouta :

— Ça a dû être atroce, ces scènes de torture…

— On peut dire ça comme ça. Pendant ces trois ans, j'ai pu recueillir des informations au compte-gouttes, qui m'ont permis de sauver quelques victimes. Mais je n'ai pas pu le faire pour la grande majorité d'entre elles. Quand Sweeney a obtenu de Sean ce qu'il voulait savoir, il l'a menacé de le passer vivant au broyeur à bois… Mais il a dû renoncer parce qu'il avait rendez-vous avec M. O'Bannion. Il a laissé Sean, pieds et poings liés, au garage. Je suis allé le chercher, je l'ai traîné dans la grande remise. Il en connaissait encore plus que Sweeney sur le fonctionnement de l'organisation. C'est d'ailleurs la raison pour laquelle je m'apprêtais à contacter l'antenne locale… pour que Sean soit soigné le plus rapidement possible. Mort, il ne nous aurait plus été d'aucune utilité.

— Et maintenant, il s'est volatilisé, dit Marcus en secouant la tête. Avec Burton.

— Pourquoi Sean a-t-il trahi son père ? demanda Scarlett.

— Sweeney a tué la mère de Sean, il y a plusieurs années.

— Ça me paraît être une bonne raison, commenta Kate.

— Sean est d'autant plus dangereux qu'il est intelligent et sans scrupules, dit Davenport. Il faut absolument qu'on les retrouve, lui et Burton.

— Que sont devenus Chip et Marlene Anders ? demanda Scarlett.

— Sweeney les a égorgés. Lentement… Pour être sûr qu'ils souffrent atrocement. Je les ai enterrés dans la grande remise. Demetrius aussi. Mais son corps est dans un état effroyable. Sweeney l'a longuement torturé pour qu'il lui donne toutes les informations sur les fournisseurs.

— J'espère qu'il a beaucoup souffert, dit Marcus d'un ton glacial. Ce salaud a tiré de sang-froid sur Phillip et Edgar. Il a tué l'agent Spangler.

— Qui d'autre avez-vous tué ou planqué quelque part ? demanda Kate.

— Je n'ai tué personne, se défendit Davenport. Au contraire… J'ai d'abord caché Reuben et Jackson… Ensuite, Dave Burton, Stephanie Anders et Belle Connor.

— La sœur de Drake, expliqua Deacon. Je suis allé chez elle. Je suis heureux d'apprendre qu'elle est vivante. Où est-elle ?

— Je suis allé la voir à l'endroit où elle travaillait ce jour-là. Je me suis fait passer pour un inspecteur et je l'ai prévenue que sa vie était en danger. Je lui ai demandé de ne pas rentrer chez elle et de ne pas se montrer pendant quelques jours. En fait, j'espérais qu'elle appellerait les flics. Je ne voulais pas que vous la croyiez disparue. J'ai mis un peu de désordre dans sa maison pour faire croire à un vrai enlèvement, pour essayer d'attirer votre attention sur son frère, Drake. Drake vous aurait menés à Stephanie Anders, donc à Chip, et ensuite à Sweeney. Mais vous n'avez pas eu besoin de cela pour comprendre le rôle d'Anders dans cette affaire.

— Nous avons retrouvé Anders grâce au caniche de sa femme, dit Scarlett. Mais nous n'avons jamais appris où était passé ce chien.

— Marlene a dit à Sweeney qu'il était chez une dresseuse. Je suis sûr que vous trouverez le nom de cette personne écrit quelque part dans la maison des Anders. J'ai le numéro de portable de Belle Connor. Je crois qu'on peut l'appeler pour lui dire qu'il n'y a plus de danger.

Deacon inclina la tête et observa Davenport un instant avant de lui dire :

— Vous êtes allé chez Anders… C'est donc vous qui avez laissé les bracelets de Mila et d'Erica sur place ?

— Oui. Ça a bien failli me coûter cher.

— Ça nous a été précieux, dit Deacon. Merci.

— Et Joel ? demanda Kate. Que peut-on en tirer ?

— Il est très possible qu'il accepte de témoigner à charge. J'ai l'impression qu'il en avait marre et qu'il voulait passer à autre chose. Vous trouverez toutes sortes de preuves dans la maison de Sweeney et au siège de l'entreprise. Quant à moi, je préfère ne jamais y remettre les pieds. Je croyais être parti pour de bon, en fin d'après-midi, et j'ai essayé de contacter mon agent traitant. Je comptais lui dire que le moment était venu, pour le FBI, de passer à l'action. Mais, quand j'ai entendu la nouvelle de la fusillade au *Ledger* et de l'enlèvement de Gayle, je suis revenu.

— Merci, dit Scarlett. Nous pouvons tous vous en être reconnaissants.

Marcus jeta un coup d'œil à l'éraflure que Scarlett avait au bras et constata avec soulagement qu'elle avait cessé de saigner.

— Il faut qu'on aille à l'hôpital pour soigner ce bobo et pour rejoindre ma famille, dit-il. Vous savez où nous trouver si vous avez besoin de nous.

— Il faut aussi que j'aille voir Zimmerman pour lui faire mon rapport, dit Davenport d'un ton qui en disait long.

Marcus se demanda quelles étaient les informations que l'agent secret réservait à sa hiérarchie. Mais il se garda bien de l'interroger à ce sujet. Il était d'ailleurs surpris que Davenport leur en ait déjà tant dit.

Kate désigna les deux urgentistes qui attendaient près de l'ambulance.

— Davenport, dit-elle, laissez-les jeter un coup d'œil à votre blessure. Et n'allez pas me raconter que ce n'est pas nécessaire… Il faut vous faire recoudre. Je ne veux pas que vous vous évanouissiez en plein débriefing dans le bureau de mon chef.

Davenport toucha sa blessure du bout des doigts et grimaça en voyant que ses doigts étaient rouges et poisseux.

— Merde, maugréa-t-il. Bon, d'accord… Mais pas question que je monte dans l'ambulance.

Marcus, Scarlett et Deacon les laissèrent à leur prise de bec.

— Kate a toujours été un peu autoritaire, chuchota Deacon lorsqu'ils se furent éloignés de quelques mètres.

— Je t'ai entendu, Novak ! s'écria Kate sans se démonter.

— Et, en plus, persifla Deacon, elle a l'oreille fine, cette…

Il ne termina pas sa phrase. Les feux arrière de l'ambulance volèrent en éclats et Davenport chancela avant de tomber à genoux. Il baissa la tête et regarda sa chemise sanglante, les traits figés par le choc.

— Tout le monde à terre ! hurla Deacon.

Marcus se jeta sur Scarlett, l'entraîna derrière l'ambulance et la plaqua au sol. Elle lâcha un petit cri de douleur lorsque son thorax déjà meurtri heurta l'asphalte.

— Désolé, dit-il. Je t'ai fait mal ?

— Non… Laisse-moi me relever.

Elle roula sur elle-même, s'accroupit et scruta les alentours.

— Merde ! s'exclama-t-elle. Kate !

Kate s'était mise à courir sur la route d'accès en direction de la route principale, pointant son fusil devant elle. Le visage crispé par la douleur, Scarlett se releva et se mit, elle aussi, à courir. Elle dégaina son arme tout en se tenant les côtes de l'autre main.

Marcus la suivit. Il se retourna brièvement et vit Deacon s'agenouiller à côté de Davenport, qui ne bougeait plus du tout et qui pâlissait à vue d'œil. Les urgentistes lui avaient enlevé sa chemise et tentaient d'arrêter l'hémorragie. Sa blessure semblait grave.

Soudain, trois coups de feu successifs résonnèrent dans la nuit, suivis d'un fracas retentissant de métal et de verre. Le cœur de Marcus se mit à battre à tout rompre, car Scarlett avait disparu de son champ de vision. Il la rattrapa à la sortie d'un virage. Elle s'était arrêtée et fixait une voiture noire qui venait d'entrer en collision avec un bouquet d'arbres à quelques centaines de mètres de là. Kate se tenait à mi-chemin entre la voiture et Scarlett, pointant son fusil vers la voiture et prête à faire feu.

— Elle a tiré dans la lunette arrière et dans les pneus, dit Scarlett avec une pointe d'admiration. À huit cents mètres et alors que la voiture roulait en zigzaguant…

— Davenport est grièvement blessé, dit-il. Deacon est indemne.

Scarlett hocha la tête et ils se dirigèrent vers le lieu de l'accident, sans quitter la voiture noire des yeux. Trois voitures de patrouille et deux véhicules banalisés du FBI les dépassèrent sur les chapeaux de roues et entourèrent la voiture noire.

— L'un des passagers a tiré sur Kate mais il ne visait pas aussi bien qu'elle, dit Scarlett. Avec un peu de chance, c'est le connard qui a tiré sur Davenport qu'elle a atteint.

— Et toi, comment vas-tu ? demanda Marcus en désignant les côtes de Scarlett, sur lesquelles sa main gauche était toujours posée.

— Je n'ai sans doute qu'un gros hématome au thorax. Rien de cassé… Ne t'inquiète pas, je vais montrer ça à un médecin, dit-elle d'un ton agacé. Mais il faut d'abord sécuriser cette scène.

Marcus sentit l'odeur des substances chimiques répandues par l'ouverture des airbags. Il y avait trois hommes dans l'habitacle, et aucun d'entre eux n'avait mis sa ceinture de sécurité. Tous semblaient avoir perdu connaissance.

Les policiers vérifièrent l'intérieur, confisquèrent les armes avant de leur passer les menottes. Le conducteur, un jeune homme de type méditerranéen qui avait feint d'être évanoui, tenta de poignarder l'un des flics. Mais, hébété par le choc, il fut facilement désarmé par les policiers, qui le menottèrent aussitôt.

Le passager, à l'avant, avait réellement été assommé, ainsi que celui qui gisait sur la banquette arrière, à qui il manquait plusieurs doigts et orteils. *Ce doit être Sean, le fils de Sweeney,* se dit Marcus. *Salopard !*

Kate s'était, elle aussi, approchée de la voiture, mais elle continuait de surveiller les alentours. Lorsque l'ambulance arriva, elle était toujours aux aguets.

Deacon apparut et s'arrêta devant Marcus et Scarlett.

— Ils emmènent Davenport à l'hôpital, dit-il. Il est salement touché, Kate…

Kate se raidit.

— Ça tombe mal. Il aurait pu identifier ces types.

Marcus se dit que d'aucuns auraient pu juger ces propos aussi durs que déplacés, mais il savait que ce n'était pas vrai. Il avait vu comment Kate s'était comportée en présence des Bautista, dans l'après-midi. Elle avait fait preuve de patience et de bonté avec ces malheureux. Kate était simplement concentrée sur son boulot et stressée par la fusillade.

— C'est bien pour ça qu'ils l'ont visé, dit Deacon. La balle lui a traversé le poumon et est ressortie par le dos.

Marcus grimaça au souvenir de sa propre expérience en la matière : neuf mois plus tôt, il avait lui-même eu le poumon perforé par une balle.

— Il n'en mourra pas, rassura-t-il Kate. Je n'en suis pas mort… Ça fait mal, c'est sûr. Très mal… Mais je suis encore vivant.

Le regard de Kate croisa le sien. Et il vit qu'elle revenait déjà à son état normal.

— Merci, dit-elle. Il détient beaucoup d'informations précieuses. Visiblement, les derniers complices de Sweeney se sont dit la même chose…

Elle se tourna vers Scarlett et lui dit :

— Allez vous faire examiner par un toubib. Tout est sous contrôle, ici. Et merci de m'avoir prêté main-forte.

— Vous n'aviez pas besoin de moi, dit Scarlett. Vous vous êtes très bien débrouillée toute seule. Vous me tenez au courant ?

— Absolument, répondit Kate.

Cincinnati, Ohio
Jeudi 6 août, 2 h 15

Lorsque Scarlett entra avec Marcus dans la salle d'attente du bloc opératoire, les acclamations fusèrent. Marcus se prêta au jeu, écartant les bras et saluant l'assistance. On l'avait appelé un peu plus tôt pour lui annoncer que Stone était sorti du coma et qu'il avait demandé à le voir. Mais il avait d'abord fallu recoudre la petite plaie que Scarlett avait au bras. Et faire une radio de son thorax. Elle ne s'était pas trompée : aucune côte n'était fracturée.

Son père voulut la serrer dans ses bras pour l'embrasser, mais elle leva un doigt pour l'avertir :

— Doucement, papa, s'il te plaît.

Jonas l'enlaça donc délicatement, comme si elle était une poupée de verre filé.

— Tu as été formidable, aujourd'hui, ma fille, lui chuchota-t-il dans le creux de l'oreille. Souviens-toi toute ta vie de ce moment… Ça t'aidera à oublier ceux où tu avais des envies de meurtre.

Sa mère l'embrassa elle aussi, puis étreignit Marcus. Elle les invita à venir dîner tous les deux. Scarlett était tellement épuisée qu'elle aurait pu dormir tout le reste de la semaine, mais elle accepta l'invitation de sa mère : ses relations avec ses parents prenaient un nouveau départ.

Jill embrassa Scarlett et la remercia, en versant des larmes de joie, d'avoir sauvé sa tante. Scarlett posa les deux mains sur les épaules de la jeune fille et lui dit :

— C'est aussi grâce à vous, puisque vous m'avez parlé de cette lettre. Si Marcus était allé au rendez-vous au parc, nous serions sans doute morts à l'heure qu'il est… Alors, c'est à moi de vous remercier.

Marcus et Scarlett se rendirent ensuite dans la chambre de Stone. À leur entrée, il leur fit signe de ne pas faire de bruit. Delores dormait, pelotonnée, dans un fauteuil à côté du lit, la main dans la sienne.

— C'est nouveau, ça, chuchota gentiment Marcus.

— Elle recueille les chiens errants, dit Stone en haussant les épaules.

Marcus plissa les yeux.

— Arrête, Stone. Je ne veux plus t'entendre te rabaisser comme ça.

Son frère haussa de nouveau les épaules. Il ferma les yeux mais Scarlett eut le temps d'y lire du chagrin et de la souffrance.

— Cal, Bridget… Jerry… Et ces vigiles… J'ai essayé, Marcus, murmura Stone.

— Je sais. Et je sais que tu as sauvé Jill et les trois autres rescapés. Tu es un héros, Stone.

— Ouais, c'est ça, marmonna-t-il.

Il fit signe à Scarlett d'approcher.

— Il est à Miami, dit-il.

— Qui ça ? demanda Scarlett, perplexe.

— Le caporal Phineas Bishop… C'est votre frère, pas vrai ?

Scarlett sentit sa gorge se contracter et étouffa un sanglot.

— Vous avez trouvé Phin ? demanda-t-elle. Comment avez-vous fait ? Ça fait si longtemps que j'essaie…

— C'est normal, puisqu'il fait tout pour que vous ne le retrouviez pas. J'ai passé un peu de temps, hier, à envoyer des mails à des vieux copains de l'armée. Je connais des gens qui s'occupent des anciens combattants. Sur le terrain, pas dans des hôpitaux… Un de mes camarades de régiment connaissait quelqu'un qui connaissait Phin. L'adresse de votre frère est sur mon ordinateur. Je vous l'envoie dès que possible.

Scarlett avait du mal à respirer. De nouvelles larmes se mirent à voiler son regard. Marcus lui passa un bras autour de la taille pour la soutenir.

— Oh ! mon Dieu, Stone, murmura-t-elle. Vous n'imaginez pas le bien que ça me fait.

— Si, je l'imagine très bien. Je vous ai rendu votre frère… Tout comme vous m'avez rendu le mien. On est quittes, maintenant.

Il leva les yeux et son regard croisa celui de Marcus.

— C'est fini, hein, les attitudes suicidaires ?

— Oui, Stone, c'est fini et bien fini.

— J'ai sommeil, dit Stone en baissant les paupières. Gayle est saine et sauve ? Les salauds qui ont fait ça sont tous morts ?

— Oui… Nous en avons tué un nous-mêmes. Il s'en est

fallu de peu que ce soit lui qui nous tue, Scarlett, Deacon, Kate et moi… Et Davenport…

— Davenport ? C'est qui, celui-là ? demanda Stone en se forçant à ouvrir les yeux.

— On vous racontera tout ça plus tard, dit Scarlett. Dormez, maintenant. Nous reviendrons bientôt.

Elle déposa un baiser sur son front et ajouta :

— Merci.

— Il n'y a pas de quoi, répliqua Stone avec un pâle sourire. Vous pouvez me rendre un service ?

— Bien sûr… Lequel ?

— Vous pourriez m'acheter un panier pour chien, un collier, et tout ça ? C'est Delores qui m'a convaincu d'en prendre un…

Scarlett étouffa un rire.

— Je reviendrai vous voir demain, promit-elle.

Marcus la suivit dans le couloir.

— Tu vas en parler à tes parents, pour Phin ? s'enquit-il.

— Je préfère attendre d'avoir l'adresse. Peut-être quand on ira dîner chez eux…

— Je n'ai qu'une envie… Aller chez toi et m'endormir dans la chambre violette avec Zat caché sous le lit. Et de ne plus jamais en sortir.

Arrivés à l'ascenseur, ils entendirent Kate les appeler :

— Attendez !

— Des nouvelles de Davenport ? demanda Scarlett.

— Sa blessure n'est pas aussi grave qu'on aurait pu le craindre. La balle a traversé le thorax de part en part…

Elle tapota son flanc gauche et précisa :

— Il a une côte brisée, des contusions pulmonaires et du sang dans les poumons. Les médecins ont pratiqué une transfusion sanguine et un drainage pleural.

Marcus grimaça.

— Ça a l'air quand même assez grave, dit-il.

— Oui, mais ça aurait pu être bien pire. Il a été plongé dans un coma artificiel. J'ai cru comprendre que la douleur est insupportable tant que les contusions ne sont pas résorbées…

— Et les trois types qui étaient dans la voiture noire ? demanda Scarlett.

— Le conducteur s'appelle Danny Trevino, et le passager du siège avant, Dave Burton. Deux anciens flics... On a retrouvé facilement leurs noms dans le fichier des empreintes digitales. Trevino a identifié le type mutilé qui était sur la banquette arrière. C'est bien Sean Cantrell, le fils de Sweeney. Burton est mort pendant le trajet vers l'hôpital. C'est moi qui l'ai eu, apparemment, dit-elle avec une pointe d'amertume.

— Vous l'avez empêché de nous tirer dessus, dit Scarlett. Vous nous avez sans doute sauvé la vie.

— J'aurais préféré le prendre vivant. Trevino affirme que Burton l'a appelé pour lui demander de venir les chercher, lui et Sean. Il les a trouvés sur la route, probablement pendant qu'on était avec Sweeney. Selon Trevino, Sean a dit à Burton qu'il avait un canif caché dans sa chaussure. Burton a réussi à basculer à terre avec sa chaise et à récupérer le couteau. Ils se sont libérés mutuellement. Et c'est avec ce canif que Burton a égorgé Stephanie Anders.

Scarlett ne put s'empêcher de grimacer.

— Un canif ? fit-elle. Même s'il était bien aiguisé, sa mort a dû être lente et atroce. Elle a sans doute beaucoup souffert. Je ne m'en plains pas, d'ailleurs.

— Moi non plus, dit Marcus d'une voix dure. Mais j'aurais préféré qu'elle soit jugée, pour que la famille de Tala puisse faire son deuil.

— Et Sean ? demanda Scarlett. Il a survécu ?

— Il est en chirurgie, répondit Kate. Ironie du sort, l'accident a causé plus de dégâts corporels que la séance de torture que son père venait de lui infliger... J'espère qu'il survivra, car c'est lui qui détient le plus d'informations intéressantes... L'agent de Davenport, Symmes, et les deux types que Davenport avait drogués et enfermés, sont morts. Encore une histoire de couteau bien caché, apparemment... Les gens de l'unité de scène de crime ont trouvé un ourlet décousu sur le pantalon de Reuben Blackwell... Reuben et Jackson avaient presque réussi à se libérer quand l'agent

Symmes est entré dans l'appartement. Ils se sont battus. L'un des complices de Sweeney a poignardé Symmes, mais il les a abattus avant qu'ils puissent s'enfuir. Ils sont tous trois morts de leurs blessures.

Scarlett poussa un long soupir.

— L'agent Symmes était-il marié ? demanda-t-elle.

— Non. Il ne laisse ni femme ni enfants… Troy et Zimmerman sont allés annoncer sa mort à ses parents.

— Et Davenport ? Il va pouvoir témoigner ?

— Quand il sera sorti du coma, il faudra attendre quelques jours, une semaine tout au plus, pour qu'il puisse être capable de parler. En attendant, je vais écouter tout ce qu'il a enregistré dans la maison de Sweeney… Et puis, il y a Alice… J'ai hâte de l'interroger de nouveau. Je sens que ça va me plaire…

— Elle ne vous dira rien, dit Marcus d'un ton las.

— N'en soyez pas si sûr. Comment va Gayle Ennis ?

— Elle se repose, dit Marcus. Les médecins vont la garder en observation pour la nuit. Et demain matin, normalement, elle pourra rentrer chez elle. Nous allons aider sa nièce à veiller sur elle, mon père adoptif, ma sœur et moi.

Il n'a pas mentionné sa mère, remarqua Scarlett. Mais, maintenant qu'elle avait fait la connaissance de Della Yarborough, elle ne s'en étonna pas. Cette femme était trop fragile, trop vulnérable. Et Marcus voulait la préserver le plus possible. Scarlett songea à sa propre mère, qui avait tenu à soutenir Della dans cette épreuve, alors qu'elle ne l'avait jamais vue de sa vie jusqu'à cette soirée tragique. Scarlett se sentit fière de sa mère. Et elle plaignit Marcus, qui se croyait obligé de porter un tel poids en permanence.

Mais cela va cesser, se promit Scarlett. Elle ferait tout pour que l'homme qu'elle aimait comprenne qu'il ne pouvait pas se tenir pour responsable de tous les malheurs du monde.

— Je suis contente d'apprendre que Gayle est en bonne santé, dit Kate.

Elle hésita un instant avant d'ajouter :

— Je suis vraiment désolée, pour vos amis du *Ledger*. N'hésitez pas à me contacter si vous avez besoin de moi.

— Nous n'y manquerons pas, dit Scarlett. Pour l'instant, il nous faut un peu de repos. La journée de demain sera bien chargée…

— Bonne nuit, répondit Kate. Et encore merci.

Scarlett appela l'ascenseur et poussa Marcus dans la cabine, puis elle appuya sur le bouton du rez-de-chaussée.

— L'union fait la force, dit-elle doucement. Tu comprends ce que ça veut dire, Marcus ? Tu n'as plus besoin de tout faire tout seul. Tu as tes amis, ta famille… Et, maintenant, tu as aussi ma famille et mes amis à moi.

Marcus déglutit et demanda :

— Et toi ? Je t'ai, toi ?

— Oui, dit-elle tout simplement. Allez, viens.

Épilogue

Cincinnati, Ohio
Mercredi 12 août, 20 h 30

Scarlett mit les assiettes dans le lave-vaisselle. Puis elle nettoya amoureusement le nouveau four qui était apparu, comme par magie, dans sa cuisine, deux jours après la mort de Sweeney et la délivrance de Gayle. C'était l'appareil Viking, équipé d'une cuisinière à six feux et de deux fours, dont elle avait parlé avec Marcus, la première fois qu'il était venu chez elle.

Au cours de la semaine qui s'était écoulée depuis, ils avaient beaucoup fait l'amour — tantôt sauvagement, tantôt tendrement. Et parfois, tout simplement pour chasser les fantômes que Marcus avait dans le regard. *Comme ce soir,* songea Scarlett.

— Je crois que c'est tout, dit la mère de Scarlett.

Elle venait de vérifier qu'il ne restait plus de couverts oubliés dans un coin après le buffet qui s'était achevé quelques minutes plus tôt.

— J'ai même demandé à ton frère de regarder sous les lits, ajouta Jackie, au cas où vos chiens auraient fait des réserves d'os.

— Merci, dit Scarlett en souriant. Mais Zat et BB sont

restés dehors tout l'après-midi. S'ils ont réussi à grappiller quelques restes, ils ont dû les enterrer dans le jardin.

Les deux chiens avaient suivi Marcus comme son ombre tout au long de la journée. Scarlett embrassa sa mère sur la joue.

— Merci pour ton aide, lui dit-elle. Je n'avais jamais organisé de collation après des obsèques. Grâce à toi, tous les invités en garderont un souvenir très fort.

Ils avaient enterré Cal ce jour-là, et l'humeur générale était sombre… Jusqu'à ce que Jackie s'en mêle et demande à chacun de raconter son meilleur souvenir de Cal. Il y avait eu des larmes, bien sûr, mais aussi beaucoup d'éclats de rire.

— C'est un talent que j'ai perfectionné au fil des années, dit Jackie. Hélas…

Le père et les frères de Scarlett avaient en effet assisté à trop d'enterrements et de cérémonies funèbres. Cela faisait partie du métier de flic. Et de la vie des femmes de flics.

— Bon, Scarlett, je vais rentrer, dit Jackie en tapotant la joue de sa fille.

Puis elle jeta un coup d'œil à Marcus, qui était assis seul sur la terrasse, à l'arrière de la maison, et ajouta :

— Prends soin de lui.

Comme elle avait elle-même pris soin de Jonas toute sa vie.

— J'en ai bien l'intention, dit Scarlett.

Elle verrouilla la porte d'entrée après le départ de sa mère. Et se figea subitement au son de la musique qui venait de la terrasse. Marcus s'était mis à gratter sa guitare. C'était la première fois qu'elle l'entendait jouer en vrai, et pas sur un enregistrement.

Pendant les obsèques de Cal, il avait chanté la ballade de Vince Gill. Scarlett s'était attendue à ce qu'il chante et s'y était préparée émotionnellement. Elle avait été surprise par la douceur de la voix d'Audrey, qui avait chanté en duo avec lui, en parfaite harmonie, sans lâcher la main de

Marcus. Le frère et la sœur avaient ainsi chanté a cappella, et tout le monde avait pleuré autour de la tombe de Cal.

Scarlett le rejoignit sur la terrasse et s'assit à côté de lui sur la balancelle. De là, ils avaient une vue magnifique sur la rivière Ohio. Il lui jeta un regard furtif du coin de l'œil et fit mine de poser sa guitare, mais elle l'en dissuada :

— Non, j'ai envie de t'écouter… Qu'est-ce que tu joues ?

Il posa le bras droit sur l'instrument et lui dit :

— C'est chouette, ce que ta mère a fait, cet après-midi…

Il n'avait pas répondu à la question, mais elle ne s'en formalisa pas.

— Oui, dit-elle. Maman est douée pour détendre l'atmosphère dans de telles circonstances.

— Cal détestait *Go Rest High on That Mountain*… Parce qu'il n'arrivait pas à s'empêcher de pleurer quand il l'écoutait.

Quand Marcus s'était mis à chanter, pendant l'enterrement, Diesel avait craqué. Scarlett avait tenté de le réconforter tandis qu'il pleurait à chaudes larmes.

Mais Marcus n'avait pas versé la moindre larme en chantant et, quand il était venu se rasseoir à côté de Scarlett, il était resté silencieux. Il avait courbé la tête, absorbé par son chagrin, et Scarlett lui avait massé doucement le dos.

Il ne s'était pas changé en revenant à la maison après les obsèques et portait encore son costume noir. Il n'avait pas enlevé sa cravate non plus, et s'était contenté d'en desserrer le nœud.

Brusquement, il frappa le bois verni de sa guitare.

— Je n'aurais pas dû chanter ça, regretta-t-il. J'aurais dû en choisir une que Cal aimait… Une chanson plus joyeuse.

— Je crois que cette chanson a fait du bien aux amis de Cal, murmura-t-elle. Cela fait partie du rituel, en quelque sorte. Les enterrements sont faits pour apaiser le chagrin des survivants.

Il haussa les épaules et resta muet. Scarlett sentit qu'elle n'avait pas fourni la bonne réponse. Elle se blottit contre lui.

— Quelle était la chanson préférée de Cal ? demanda-t-elle.

— *What a Wonderful World*, murmura-t-il tristement.

Et Scarlett reconnut la mélodie qu'il venait de jouer.

— J'ai envisagé de la chanter à l'enterrement, ajouta-t-il. Mais j'ai eu peur de manquer de respect aux familles de ceux que nous avons perdus. Et finalement, je me demande si ce n'est pas à Cal que j'ai manqué de respect…

— Je crois que Cal t'aimait, Marcus. Et il t'aimait tant qu'un tel détail ne l'aurait pas dérangé. Et tu as sans doute raison : les autres familles auraient été froissées. Mon grand-père disait souvent qu'il vaut mieux ne rien faire plutôt que de risquer de heurter les autres. Mais, maintenant, tu peux la chanter… Pour lui. Et pour moi.

— D'accord.

Il se remit à jouer, et Scarlett se rendit compte qu'elle retenait son souffle, tant elle était impatiente de l'entendre. La voix de Marcus était aussi limpide et veloutée que celle de Louis Armstrong était rauque et bourrue. Mais la version de cette ode à la joie de vivre que Marcus chanta ce soir-là était tout aussi belle.

Lorsqu'il s'arrêta, elle lui prit le visage à deux mains et l'embrassa avec une douceur infinie. Il lui rendit son baiser, posant en même temps la guitare contre le mur pour laisser Scarlett s'asseoir sur ses genoux. Quand leurs lèvres se séparèrent, ils étaient tous les deux haletants.

— J'en avais besoin, murmura-t-il.

— Moi aussi.

— Nous avons de la compagnie, dit-il avec un sourire en levant les yeux vers le jardin de la voisine.

Mme Pepper se tenait de l'autre côté de la clôture et les épiait d'un air extatique. Lorsqu'elle s'aperçut qu'ils la regardaient, elle les salua d'un petit geste de la main.

— Je vous ai fait des petits gâteaux, Marcus, cria-t-elle. Je vais les laisser sur mon perron. Vous pourrez passer les prendre quand vous voulez.

— Merci, madame Pepper, cria-t-il.

Elle s'éclipsa précipitamment tandis que Marcus disait en souriant à Scarlett :

— Elle va me faire grossir avec tous ses gâteaux…

— Ne t'en fais pas pour ça, rétorqua-t-elle. J'ai l'intention de te faire travailler dur pour rénover cette baraque. Avec moi, tu ne manqueras pas d'exercice physique…

Il ouvrit la bouche mais Scarlett la lui ferma en lui posant un doigt sur les lèvres.

— Et pas de blagues de collégiens sur le genre d'exercice physique que tu préférerais faire avec moi, ajouta-t-elle. Tu es pire que Stone et Diesel.

— Où crois-tu que Stone a appris à dire des bêtises ? C'est la faute de Diesel, qui est né avec l'esprit mal placé.

Elle gloussa, heureuse d'être assise sur les genoux de son homme. Ils se balancèrent ainsi, collés l'un à l'autre, en regardant le ciel se teinter d'or et de cuivre.

— Ça m'a fait plaisir de revoir Tabby Anders, cet après-midi, dit Scarlett. Elle est venue avec Annabelle Temple. Elle s'est installée chez elle, avec les Bautista, jusqu'à ce qu'ils puissent prendre un nouveau départ. Leur demande de visa de séjour temporaire est en bonne voie.

— Je sais. J'ai discuté un peu avec elles après la cérémonie. Phillip aurait aimé pouvoir venir, ainsi qu'Edgar.

— Le plus important, c'est qu'ils soient vite rétablis. Et j'ai revu Kate, aujourd'hui…

— Je l'ai aperçue, mais je n'ai pas trouvé l'occasion de lui parler. Et toi ?

— Elle m'a appris que Davenport est sorti du coma ce matin. Dès qu'il ne sera plus sous respiration artificielle, elle ira lui poser quelques questions. Les médecins ont pronostiqué une rémission lente mais complète.

— Voilà d'excellentes nouvelles, dit Marcus avec soulagement.

D'autant que Sean, le fils de Sweeney, n'avait pas survécu à ses blessures. Il était mort deux jours après avoir échoué à s'emparer de l'entreprise de son père. Scarlett espérait que ses souffrances avaient été insupportables. Mais elle ne voulait pas salir ce moment en prononçant son nom, alors qu'ils ne voulaient songer qu'à tout ce qui rendait ce monde aussi merveilleux que dans la chanson de Louis Armstrong.

— Tu as remarqué le couple qui est venu me parler après la cérémonie ? demanda Marcus au bout d'un long moment de silence serein.

— Non… Il y avait une telle foule…

— La femme était enceinte jusqu'aux yeux…

— Ah oui… Je me souviens. Qui est-ce ?

— Cette femme est l'une de celles que nous avons aidées à se séparer de leurs maris violents, il y a quatre ans. Elle a emmené ses gamins et a refait sa vie. Elle a repris ses études supérieures et a obtenu un diplôme. L'homme avec qui elle est venue à l'enterrement, c'est son nouveau mari. Le bébé doit naître dans quelques semaines. Elle m'a dit que c'était un garçon et m'a demandé la permission de l'appeler Cal.

Scarlett se décolla juste assez pour voir le visage de Marcus.

— C'est fantastique, dit-elle.

— C'est ce que je leur ai dit. Ensuite, j'ai demandé à son nouveau mari s'il ne préférerait pas que son fils porte le même prénom que lui. Il m'a répondu que c'était lui qui avait eu cette idée, et qu'il n'aurait ni femme ni enfant aujourd'hui, si nous n'avions pas délivré sa femme il y a quatre ans.

— C'est… C'est merveilleux, murmura-t-elle, les larmes aux yeux.

Marcus lui décocha un sourire où la fierté se mêlait à la joie.

— Ensuite, reprit-il, le mari m'a avoué qu'il préférait l'appeler Cal plutôt que Diesel… Il a été encore plus sûr de son choix quand je lui ai appris que le vrai prénom de Diesel était Elvis.

Scarlett éclata de rire.

— Je le comprends ! dit-elle.

— Donc, le monde peut être merveilleux, soupira-t-il. Pour eux, en tout cas…

— Tu ne peux pas être partout, Marcus. Il se passe parfois des choses horribles, et nous ne pouvons pas toujours les empêcher. Il y aura toujours des assassins qui échapperont à la justice… Et des femmes et des enfants martyrisés par des maris abusifs… Tu ne peux pas sauver chaque femme battue, ni chaque enfant maltraité… Pas plus que je ne peux arrêter tous les meurtriers…

— Nous ferons de notre mieux, murmura-t-il. Mais si j'arrête de faire ce que je faisais avant, comment est-ce que…

— Comment est-ce que tu vas continuer à aider les faibles par des moyens légaux, pour que ta petite amie n'ait pas à t'expédier derrière les barreaux ? dit-elle d'un ton pince-sans-rire.

— Exactement, dit-il en lui embrassant le bout du nez.

— Je n'ai pas de conseils à te donner, mais je ne doute pas que tu imagineras bien un moyen d'y arriver. Et souviens-toi que tu n'es pas seul. Tu ne seras plus jamais seul. C'est compris, Marcus O'Bannion ?

— C'est bien compris, inspectrice. Je crois que je vais construire un petit belvédère dans le jardin, demain… Avec des écrans pour empêcher les moustiques de me dévorer. Et pour éviter les regards indiscrets…

— Mme Pepper nous épie encore ?

— Du haut de sa fenêtre, répondit-il en souriant.

— Alors, on va lui en donner pour son argent, dit-elle en lui rendant son sourire.

Il l'embrassa avec fougue avant de dire :

— J'ai bien peur que son cœur ne tienne pas le choc si elle nous voit faire tout ce dont j'ai envie.

Elle éclata de rire tandis qu'il se levait en la prenant dans ses bras.

— Je te parie qu'elle rêve de toi la nuit, le taquina-t-elle.

— Tant mieux pour elle… Et toi ?

— Moi, je rêve de toi depuis la première fois que j'ai entendu ta voix. Chante-moi une chanson, et tu pourras faire de moi tout ce que tu voudras. Joue-moi de la guitare… Et là… on verra si *ton* cœur tient le choc.

Il la fit basculer sur le côté pour saisir sa guitare par le manche et dit :

— Je crois que je suis prêt à prendre le risque.

Composé et édité par HarperCollins France.

Achevé d'imprimer en octobre 2018.

CPI
BLACK PRINT

Barcelone

Dépôt légal : novembre 2018.

Pour limiter l'empreinte environnementale de ses livres, HarperCollins France s'engage à n'utiliser que du papier fabriqué à partir de bois provenant de forêts gérées durablement et de manière responsable.

Imprimé en Espagne.